SAMMLUNG TUSCULUM

SOPHOKLES

DRAMEN

Griechisch und deutsch

Herausgegeben und übersetzt von Wilhelm Willige,
überarbeitet von Karl Bayer.
Mit Anmerkungen und einer Einführung
von Bernhard Zimmermann

ARTEMIS & WINKLER

Bibliografische Information der Deutschen Bibliothek

Die Deutsche Bibliothek verzeichnet diese Publikation in
der Deutschen Nationalbibliografie; detaillierte bibliografische Daten sind
im Internet über http://dnb.ddb.de abrufbar.

4. Auflage 2003

Artemis & Winkler Verlag, Düsseldorf und Zürich

Druck und Verarbeitung: Pustet, Regensburg
ISBN 3-7608-1631-2
www.patmos.de

INHALT

DIE DRAMEN

ΑΙΑΣ
AIAS

ΑΙΑΣ

Τὰ τοῦ δράματος πρόσωπα

Ἀθάνα · Ὀδυσσεύς · Αἴας · Χορὸς Σαλαμινίων ναυτῶν · Τέκμησσα · Ἄγγελος · Τεῦκρος · Μενέλαος · Ἀγαμέμνων

Κωφὰ πρόσωπα

Εὐρυσάκης · Παιδαγωγός · Στρατοκῆρυξ

Ἀθάνα

Ἀεὶ μέν, ὦ παῖ Λαρτίου, δέδορκά σε
πεῖράν τιν' ἐχθρῶν ἁρπάσαι θηρώμενον·
καὶ νῦν ἐπὶ σκηναῖς σε ναυτικαῖς ὁρῶ
Αἴαντος, ἔνθα τάξιν ἐσχάτην ἔχει,
πάλαι κυνηγετοῦντα καὶ μετρούμενον
ἴχνη τὰ κείνου νεοχάραχθ', ὅπως ἴδῃς,
εἴτ' ἔνδον εἴτ' οὐκ ἔνδον. εὖ δέ σ' ἐκφέρει
κυνὸς Λακαίνης ὥς τις εὔρινος βάσις.
ἔνδον γὰρ ἁνὴρ ἄρτι τυγχάνει, κάρα
στάζων ἱδρῶτι καὶ χέρας ξιφοκτόνους.
καί σ' οὐδὲν εἴσω τῆσδε παπταίνειν πύλης
ἔτ' ἔργον ἐστίν, ἐννέπειν δ' ὅτου χάριν
σπουδὴν ἔθου τήνδ', ὡς παρ' εἰδυίας μάθῃς.

Ὀδυσσεύς

ὦ φθέγμ' Ἀθάνας, φιλτάτης ἐμοὶ θεῶν,
ὡς εὐμαθές σου, κἂν ἄποπτος ᾖς, ὅμως

AIAS

Die Personen der Handlung

Athene · Odysseus · Aias · Der Chor (Seeleute aus Salamis) · Tekmessa · Ein Bote · Teukros · Menelaos · Agamemnon

Stumme Personen

Eurysakes · ein Knabenführer · ein Herold

Schauplatz: Vor Troia, zuerst vor dem Zelt des Aias am äußersten Ende des griechischen Lagers, zuletzt am Strand in einer bewaldeten Bucht.

Athene und Odysseus von verschiedenen Seiten

Athene

für Odysseus unsichtbar

Du Sohn Laërtes', immer wieder seh' ich dich
zu raschem Anschlag gegen Feinde auf der Jagd.
Auch jetzt gewahr' ich, wie du bei dem Schiffsgezelt
von Aias, der die letzte Reihe innehat,
schon lang' umherschleichst jägergleich und seine frisch
getretnen Spuren prüfst, damit du siehst, ob er
drin oder nicht drin ist: du kommst zum Ziel, als hättst
du einer spartischen Hündin scharfe Witterung.
Es trifft sich nämlich, daß er drinnen ist: das Haupt,
die Hände, die das Mordschwert führen, triefen Schweiß.
Und du brauchst länger nicht durch diesen Eingang da
zu lugen; vielmehr sage mir, wozu du dir
die Mühe machst, damit mein Wissen dich belehrt!

Odysseus

Athenes Stimme! Aller Götter liebste mir!
So wohlvertraut ist mir, kann ich dich auch nicht sehn,

φώνημ' ἀκούω καὶ ξυναρπάζω φρενὶ
χαλκοστόμου κώδωνος ὡς Τυρσηνικῆς.
καὶ νῦν ἐπέγνως εὖ μ' ἐπ' ἀνδρὶ δυσμενεῖ
βάσιν κυκλοῦντ', Αἴαντι τῷ σακεσφόρῳ.
κεῖνον γάρ, οὐδέν' ἄλλον, ἰχνεύω πάλαι.
νυκτὸς γὰρ ἡμᾶς τῆσδε πρᾶγος ἄσκοπον
ἔχει περάνας, εἴπερ εἴργασται τάδε·
ἴσμεν γὰρ οὐδὲν τρανές, ἀλλ' ἀλώμεθα·
κἀγὼ 'θελοντὴς τῷδ' ὑπεζύγην πόνῳ.
ἐφθαρμένας γὰρ ἀρτίως εὑρίσκομεν
λείας ἁπάσας καὶ κατηναρισμένας
ἐκ χειρὸς αὐτοῖς ποιμνίων ἐπιστάταις.
τήνδ' οὖν ἐκείνῳ πᾶς τις αἰτίαν νέμει.
καί μοί τις ὀπτὴρ αὐτὸν εἰσιδὼν μόνον
πηδῶντα πεδία σὺν νεορράντῳ ξίφει
φράζει τε κἀδήλωσεν· εὐθέως δ' ἐγὼ
κατ' ἴχνος ᾄσσω, καὶ τὰ μὲν σημαίνομαι,
τὰ δ' ἐκπέπληγμαι, κοὐκ ἔχω μαθεῖν ὅτου.
καιρὸν δ' ἐφήκεις· πάντα γὰρ τά τ' οὖν πάρος
τά τ' εἰσέπειτα σῇ κυβερνῶμαι χερί.
'Αθ ἔγνων, 'Οδυσσεῦ, καὶ πάλαι φύλαξ ἔβην
τῇ σῇ πρόθυμος εἰς ὁδὸν κυναγίᾳ.
'Οδ ἦ καί, φίλη δέσποινα, πρὸς καιρὸν πονῶ;
'Αθ ὡς ἔστιν ἀνδρὸς τοῦδε τἄργα ταῦτά σοι.
'Οδ καὶ πρὸς τί δυσλόγιστον ὧδ' ᾖξεν χέρα;
'Αθ χόλῳ βαρυνθεὶς τῶν 'Αχιλλείων ὅπλων.
'Οδ τί δῆτα ποίμναις τήνδ' ἐπεμπίπτει βάσιν;
'Αθ δοκῶν ἐν ὑμῖν χεῖρα χραίνεσθαι φόνῳ.
'Οδ ἦ καὶ τὸ βούλευμ' ὡς ἐπ' 'Αργείοις τόδ' ἦν;
'Αθ κἂν ἐξέπραξεν, εἰ κατημέλησ' ἐγώ.
'Οδ ποίαισι τόλμαις ταῖσδε καὶ φρενῶν θράσει;
'Αθ νύκτωρ ἐφ' ὑμᾶς δόλιος ὁρμᾶται μόνος.
'Οδ ἦ καὶ παρέστη κἀπὶ τέρμ' ἀφίκετο;
'Αθ καὶ δὴ 'πὶ δισσαῖς ἦν στρατηγίσιν πύλαις.
'Οδ καὶ πῶς ἐπέσχε χεῖρα μαιμῶσαν φόνου;
'Αθ ἐγώ σφ' ἀπείργω, δυσφόρους ἐπ' ὄμμασι

dein Ruf: ich hör' und nehm' ihn mit dem Herzen auf
wie der tyrrhenischen, ehernen Trompete Klang.
Ja, du hast recht erkannt: um einen Gegner kreist
mein Schritt auch jetzt, um Aias mit dem Ehrenschild.
Denn ihm und keinem andren spür' ich nach so lang'.
Hat er doch diese Nacht ein unbegreiflich Werk
an uns verübt, wenn wirklich er der Täter war.
Doch wissen wir nichts Sichres, sind im Zweifel noch;
drum unterzieh' ich mich freiwillig dieser Müh'.
Denn eben hingemetzelt und von Menschenhand
gemordet finden wir das ganze Beutevieh
und die Beschützer dieser Herden obendrein.
Ein jeder aber schiebt die Schuld hieran auf ihn.
Mir hat's ein Späher, der ihn übers Feld allein
mit frisch von Blut benetztem Schwert hineilen sah,
berichtet und versichert. Eilends nehm' ich nun
alsbald die Spur auf: manche find' ich auch heraus,
bei andren stutz' ich, kann nicht sehn, von wem sie sind.
Rechtzeitig kommst du: werd' ich allzeit doch seit je
und so auch künftighin von deiner Hand gelenkt.

Ath Ich weiß, Odysseus, und als treue Schützerin
begab ich früh mich auf die Pfade deiner Jagd.

Od Doch, liebe Herrin, hat nun mein Bemühn Erfolg?

Ath Ja, denn der Mann hat wirklich diese Tat verübt.

Od Und warum führt' er diesen rätselhaften Handstreich aus?

Ath Zorn um Achilleus' Waffen hat ihn übermannt.

Od Warum denn fällt er über Herdentiere her?

Ath Er wähnt', in eurem Mord zu färben seine Hand.

Od Wie? Den Argeiern galt der Anschlag eigentlich?

Ath Und hätt' ich mich versäumt, er hätt' ihn ausgeführt.

Od Wie konnt' er's wagen? Wie erfrechte sich sein Sinn?

Ath Arglistig stürzt' er sich allein bei Nacht auf euch.

Od Und war schon nah daran und schon ans Ziel gelangt?

Ath Am Eingangstor der beiden Feldherrn war er schon.

Od Warum nun hielt er die mordgierige Hand zurück?

Ath Ich hindert' ihn an seiner heillos wilden Lust

γνώμας βαλοῦσα, τῆς ἀνηκέστου χαρᾶς,
καὶ πρός τε ποίμνας ἐκτρέπω σύμμεικτά τε
λείας ἄδαστα βουκόλων φρουρήματα·
ἔνθ' ἐσπεσὼν ἔκειρε πολύκερων φόνον
κύκλῳ ῥαχίζων, κἀδόκει μὲν ἔσθ' ὅτε
δισσοὺς 'Ατρείδας αὐτόχειρ κτείνειν ἔχων,
ὅτ' ἄλλοτ' ἄλλον ἐμπίτνων στρατηλατῶν.
ἐγὼ δὲ φοιτῶντ' ἄνδρα μανιάσιν νόσοις
ὤτρυνον, εἰσέβαλλον εἰς ἕρκη κακά.
κἄπειτ', ἐπειδὴ τοῦδ' ἐλώφησεν πόνου,
τοὺς ζῶντας αὖ δεσμοῖσι συνδήσας βοῶν
ποίμνας τε πάσας ἐς δόμους κομίζεται,
ὡς ἄνδρας, οὐχ ὡς εὔκερων ἄγραν ἔχων.
καὶ νῦν κατ' οἴκους συνδέτους αἰκίζεται.
δείξω δὲ καὶ σοὶ τήνδε περιφανῆ νόσον,
ὡς πᾶσιν 'Αργείοισιν εἰσιδὼν θροῇς.
θαρσῶν δὲ μίμνε μηδὲ συμφορὰν δέχου
τὸν ἄνδρ'· ἐγὼ γὰρ ὀμμάτων ἀποστρόφους
αὐγὰς ἀπείρξω σὴν πρόσοψιν εἰσιδεῖν.

οὗτος, σὲ τὸν τὰς αἰχμαλωτίδας χέρας
δεσμοῖς ἀπευθύνοντα προσμολεῖν καλῶ·
Αἴαντα φωνῶ· στεῖχε δωμάτων πάρος.
'Οδ τί δρᾷς, 'Αθάνα; μηδαμῶς σφ' ἔξω κάλει.
'Αθ οὐ σῖγ' ἀνέξῃ μηδὲ δειλίαν ἀρῇ;
'Οδ μὴ πρὸς θεῶν· ἀλλ' ἔνδον ἀρκείτω μένων.
'Αθ τί μὴ γένηται; πρόσθεν οὐκ ἀνὴρ ὅδ' ἦν;
'Οδ ἐχθρός γε τῷδε τἀνδρὶ καὶ τανῦν ἔτι.
'Αθ οὔκουν γέλως ἥδιστος εἰς ἐχθροὺς γελᾶν;
'Οδ ἐμοὶ μὲν ἀρκεῖ τοῦτον ἐν δόμοις μένειν.
'Αθ μεμηνότ' ἄνδρα περιφανῶς ὀκνεῖς ἰδεῖν;
'Οδ φρονοῦντα γάρ νιν οὐκ ἂν ἐξέστην ὄκνῳ.
'Αθ ἀλλ' οὐδὲ νῦν σε μὴ παρόντ' ἴδῃ πέλας.
'Οδ πῶς, εἴπερ ὀφθαλμοῖς γε τοῖς αὐτοῖς ὁρᾷ;
'Αθ ἐγὼ σκοτώσω βλέφαρα καὶ δεδορκότα.

und warf ihm um die Augen irreführenden Wahn:
ich lenkt' ihn auf die Herden ab, das Beutevieh,
das unverteilt gemischte in der Hirten Hut.
Dort fiel er ein und mähte all das Hornvieh hin,
rings um sich schlagend; bald vermeint' er schon, die zwei
Atriden halt' er in der Hand und morde sie,
bald, hier- und dorthin stürzend, andre Heeresherrn.
Ich aber trieb den Mann in seiner Raserei
nur weiter an und stieß ihn ganz ins Unheilsnetz.
Hierauf, als er von dieser Arbeit ausgeruht,
band er mit Riemen, was von Rindern lebte noch,
zusammen, alle Schafe auch und trieb sie heim,
als wären's Männer, kein geraubtes Hörnervieh,
und schindet die Gefesselten im Zelte jetzt.
Ganz offen zeig' ich diese Krankheit nun auch dir,
daß du es siehst und den Argeiern allen sagst.
Doch sei getrost, erwarte keinen Schaden dir
von ihm! Ich wende seines Blickes Richtung ab,
und so verhindr' ich, daß er ins Gesicht dir schaut.

Sie ruft ins Zelt hinein:

Du da, der seiner Kriegsgefangnen Hände fest
in Fesseln hält verdreht, dich ruf ich: komm heraus!
Aias befehl' ich: tritt aus deinem Zelt hervor!
Od Was tust du, Göttin? Ruf' ihn ja nicht hier heraus!
Ath Schweigst du wohl still und nimmst vor Feigheit dich in acht
Od O Götter! Nicht! Genug sei's, daß er drinnen steckt!
Ath Wovor erschrickst du? War er früher denn kein Mann?
Od Doch diesem Mann hier feindlich, und das ist er noch.
Ath Lacht nicht am glücklichsten, wer über Feinde lacht?
Od Doch mir genügt es, wenn der Mann zu Hause bleibt.
Ath Du scheust es, leibhaft einen Rasenden zu sehn?
Od Wär' er bei Sinnen, ging' ich ihm nicht aus dem Weg.
Ath Auch jetzt soll er nicht sehen, daß du nahe bist.
Od Wie? Wenn er mit denselben Augen sieht wie sonst?
Ath Ich trübe seinen Blick, und schaut er noch so scharf.

’Οδ γένοιτο μένταν πᾶν θεοῦ τεχνωμένου.
’Αθ σίγα νυν ἑστὼς καὶ μέν’ ὡς κυρεῖς ἔχων.
’Οδ μένοιμ’ ἄν· ἤθελον δ’ ἂν ἐκτὸς ὢν τυχεῖν.
’Αθ ὦ οὗτος, Αἴας, δεύτερόν σε προσκαλῶ.
τί βαιὸν οὕτως ἐντρέπῃ τῆς συμμάχου;

Αἴας

ὦ χαῖρ’ ’Αθάνα, χαῖρε Διογενὲς τέκνον,
ὡς εὖ παρέστης· καί σε παγχρύσοις ἐγὼ
στέψω λαφύροις τῆσδε τῆς ἄγρας χάριν.
’Αθ καλῶς ἔλεξας. ἀλλ’ ἐκεῖνό μοι φράσον·
ἔβαψας ἔγχος εὖ πρὸς ’Αργείων στρατῷ;
Αἰ κόμπος πάρεστι κοὐκ ἀπαρνοῦμαι τὸ μή.
’Αθ ἦ καὶ πρὸς ’Ατρείδαισιν ᾔχμασας χέρα;
Αἰ ὥστ’ οὔποτ’ Αἴανθ’ οἵδ’ ἀτιμάσουσ’ ἔτι.
’Αθ τεθνᾶσιν ἅνδρες, ὡς τὸ σὸν ξυνῆκ’ ἐγώ.
Αἰ θανόντες ἤδη τἄμ’ ἀφαιρείσθων ὅπλα.
’Αθ εἶέν· τί γὰρ δὴ παῖς ὁ τοῦ Λαερτίου;
ποῦ σοι τύχης ἕστηκεν; ἦ πέφευγέ σε;
Αἰ ἦ τοὐπίτριπτον κίναδος ἐξήρου μ’ ὅπου;
’Αθ ἔγωγ’. ’Οδυσσέα τὸν σὸν ἐνστάτην λέγω.
Αἰ ἥδιστος, ὦ δέσποινα, δεσμώτης ἔσω
θακεῖ· θανεῖν γὰρ αὐτὸν οὔ τί πω θέλω.
’Αθ πρὶν ἂν τί δράσῃς ἢ τί κερδάνῃς πλέον;
Αἰ πρὶν ἂν δεθεὶς πρὸς κίον’ ἑρκείου στέγης
’Αθ τί δῆτα τὸν δύστηνον ἐργάσῃ κακόν;
Αἰ μάστιγι πρῶτον νῶτα φοινιχθεὶς θάνῃ.
’Αθ μὴ δῆτα τὸν δύστηνον ὧδέ γ’ αἰκίσῃ.
Αἰ χαίρειν, ’Αθάνα, τἄλλ’ ἐγώ σ’ ἐφίεμαι·
κεῖνος δὲ τείσει τήνδε κοὐκ ἄλλην δίκην.
’Αθ σὺ δ’ οὖν, ἐπειδὴ τέρψις ἥδε σοι τὸ δρᾶν,
χρῶ χειρί, φείδου μηδὲν ὧνπερ ἐννοεῖς.
Αἰ χωρῶ πρὸς ἔργον· τοῦτο σοὶ δ’ ἐφίεμαι,
τοιάνδ’ ἀεί μοι σύμμαχον παρεστάναι.

Od Wohl: alles mag geschehn, wo eine Gottheit werkt.
Ath Nun bleibe schweigend stehen, wo du eben bist!
Od So bleib' ich; doch ich wünscht', ich wäre weit von hier.
Ath Du, Aias, schon zum zweitenmal ruf' ich nach dir.
Was achtest du so wenig deine Helferin?

Aias kommt heraus

Aias

Heil dir, Athene, Tochter, zeusgeborne, Heil!
Wie trefflich halfst du! Und mit goldnem Siegespreis
will ich bekränzen dich zum Dank für diesen Fang!
Ath Geziemend sprichst du. Eines aber sage mir:
hast du in Argos' Heer genug dein Schwert getaucht?
Ai Ich darf mich rühmen, und ich leugn' es auch nicht ab.
Ath Auch gegen Atreus' Söhne schwangst du deinen Speer?
Ai So, daß sie Aias niemals mehr beleidigen.
Ath Tot sind die Männer, wenn ich recht dein Wort verstand.
Ai Tot! Meine Waffen sollen sie mir nun entziehn!
Ath Mag sein. Was aber ward aus des Laërtes Sohn?
Welch Los erlitt er? Oder ist er dir entflohn?
Ai Wie? Fragst du mich nach dem durchtriebnen Fuchse noch?
Ath Ja, ich. Odysseus mein' ich, der dein Gegner ist.
Ai Als mein willkommenster Gefangner sitzt er drin,
O Herrin: sterben lassen will ich ihn noch nicht...
Ath Bevor du – was tust oder was von ihm erlangst?
Ai bevor, gebunden an des Zeltdachs Pfosten, er...
Ath Was willst du denn dem Unglückseligen Schlimmes tun?
Ai Mit einem blutigrot gepeitschten Rücken stirbt!
Ath Nein doch! Derart den Armen quälen mußt du nicht!
Ai Athene, jeden andren Wunsch erfüll' ich dir,
doch diese Strafe duldet er und keine sonst!
Ath Nun, wenn du Freude daran findest, so zu tun,
leg Hand an, spare nichts, was du dir ausgedacht!
Ai Ich geh' ans Werk; eins aber trag' ich dir noch auf:
mir immer so als Kampfgenossin beizustehn.

Er geht ins Zelt

Ἀθ ὁρᾷς, Ὀδυσσεῦ, τὴν θεῶν ἰσχὺν ὅση;
τούτου τίς ἄν σοι τἀνδρὸς ἢ προνούστερος
ἢ δρᾶν ἀμείνων ηὑρέθη τὰ καίρια;
Ὀδ ἐγὼ μὲν οὐδέν᾽ οἶδ᾽· ἐποικτίρω δέ νιν
δύστηνον ἔμπας, καίπερ ὄντα δυσμενῆ,
ὁθούνεκ᾽ ἄτῃ συγκατέζευκται κακῇ,
οὐδὲν τὸ τούτου μᾶλλον ἢ τοὐμὸν σκοπῶν.
ὁρῶ γὰρ ἡμᾶς οὐδὲν ὄντας ἄλλο πλὴν
εἴδωλ᾽ ὅσοιπερ ζῶμεν ἢ κούφην σκιάν.
Ἀθ τοιαῦτα τοίνυν εἰσορῶν ὑπέρκοπον
μηδέν ποτ᾽ εἴπῃς αὐτὸς ἐς θεοὺς ἔπος,
μηδ᾽ ὄγκον ἄρῃ μηδέν᾽, εἴ τινος πλέον
ἢ χειρὶ βρίθεις ἢ μακροῦ πλούτου βάθει.
ὡς ἡμέρα κλίνει τε κἀνάγει πάλιν
ἅπαντα τἀνθρώπεια· τοὺς δὲ σώφρονας
θεοὶ φιλοῦσι καὶ στυγοῦσι τοὺς κακούς.

Χορός

Τελαμώνιε παῖ, τῆς ἀμφιρύτου an^4
Σαλαμῖνος ἔχων βάθρον ἀγχιάλου,
σὲ μὲν εὖ πράσσοντ᾽ ἐπιχαίρω·
σὲ δ᾽ ὅταν πληγὴ Διὸς ἢ ζαμενὴς
λόγος ἐκ Δαναῶν κακόθρους ἐπιβῇ,
μέγαν ὄκνον ἔχω καὶ πεφόβημαι
πτηνῆς ὡς ὄμμα πελείας.
ὡς καὶ τῆς νῦν φθιμένης νυκτὸς
μεγάλοι θόρυβοι κατέχουσ᾽ ἡμᾶς
ἐπὶ δυσκλείᾳ, σὲ τὸν ἱππομανῆ
λειμῶν᾽ ἐπιβάντ᾽ ὀλέσαι Δαναῶν
βοτὰ καὶ λείαν,
ἥπερ δορίληπτος ἔτ᾽ ἦν λοιπή,
κτείνοντ᾽ αἴθωνι σιδήρῳ.

Ath Siehst du, Odysseus, nun, wie groß der Götter Macht?
Wen hättest du einsichtiger als diesen Mann
gefunden, fähiger das Trefflichste zu tun?
Od Ich wüßte keinen sonst; bedauern muß ich ihn,
den ganz Unseligen, wie sehr er mich auch haßt,
weil er so schlimm verstrickt in der Verblendung ist.
Hierin erkenn' ich sein Geschick so gut wie meins:
seh' ich doch, daß wir gar nichts andres sind, soviel
wir leben, als ein Schein und flüchtiger Schatte nur.
Ath Da du dies also einsiehst, sprich du selber nur
kein zügelloses Wort je gegen Götter aus,
noch blähe dich voll Stolz, wenn mehr als andre du
durch Kraft des Armes oder Reichtums Fülle prangst!
Es beugt der Tag darnieder alles Menschliche
und führt es wieder aufwärts: den Besonnenen
lieben die Götter, und den Frevler hassen sie.

Beide gehen nach verschiedenen Seiten

Chor

zieht ein

Salaminischer Herr, du, Telamons Sohn,
gebietend auf wogenumschlungenem Thron,
es erfreut mich, wenn es dir wohlgeht.
Doch wenn Zeus' Geschoß oder zorniges Wort
und verleumdrisches dich von den Danaërn trifft,
dann befällt mich die Furcht, überkommt mich Schreck
wie den Blick einer ängstlichen Taube.
So hält der eben vergangenen Nacht
gewaltiger Aufruhr uns im Bann
mit dem Schimpf, du hättest gestürmt den Pferch,
der wimmelt von Pferden, zu töten das Vieh
des Danaërheers,
das noch übrig war von dem Beutezug,
und mit blinkendem Schwerte gemordet.

τοιούσδε λόγους ψιθύρους πλάσσων
εἰς ὦτα φέρει πᾶσιν Ὀδυσσεύς,
καὶ σφόδρα πείθει. περὶ γὰρ σοῦ νῦν
εὔπειστα λέγει, καὶ πᾶς ὁ κλύων
τοῦ λέξαντος χαίρει μᾶλλον
  τοῖς σοῖς ἄχεσιν καθυβρίζων.
τῶν γὰρ μεγάλων ψυχῶν ἱεὶς
οὐκ ἂν ἁμάρτοι· κατὰ δ᾽ ἄν τις ἐμοῦ
τοιαῦτα λέγων οὐκ ἂν πείθοι.
πρὸς γὰρ τὸν ἔχονθ᾽ ὁ φθόνος ἕρπει.
καίτοι σμικροὶ μεγάλων χωρὶς
σφαλερὸν πύργου ῥῦμα πέλονται·
μετὰ γὰρ μεγάλων βαιὸς ἄριστ᾽ ἂν
καὶ μέγας ὀρθοῖθ᾽ ὑπὸ μικροτέρων.
ἀλλ᾽ οὐ δυνατὸν τοὺς ἀνοήτους
  τούτων γνώμας προδιδάσκειν.
ὑπὸ τοιούτων ἀνδρῶν θορυβῇ
χἠμεῖς οὐδὲν σθένομεν πρὸς ταῦτ᾽
ἀπαλέξασθαι σοῦ χωρίς, ἄναξ.
ἀλλ᾽ ὅτε γὰρ δὴ τὸ σὸν ὄμμ᾽ ἀπέδραν,
παταγοῦσιν ἅπερ πτηνῶν ἀγέλαι
μέγαν αἰγυπιόν·
τάχ᾽ ἄν, ἐξαίφνης εἰ σὺ φανείης,
  σιγῇ πτήξειαν ἄφωνοι.

ἦ ῥά σε Ταυροπόλα Διὸς Ἄρτεμις, da^4 Str. 1
ὦ μεγάλα φάτις, ὦ he
μᾶτερ αἰσχύνας ἐμᾶς, ὥρ- ep^2
μασε πανδάμους ἐπὶ βοῦς ἀγελαίας, ep he$^-$
ἦ πού τινος νίκας ἀκάρπωτος χάριν, ia^3
ἤ ῥα κλυτῶν ἐνάρων he
ψευσθεῖσα δώροις εἴτ᾽ ἐλαφαβολίας; rz he
ἢ χαλκοθώραξ εἴ τιν᾽ Ἐνυάλιος rz he
μομφὰν ἔχων ξυνοῦ δορὸς ἐννυχίοις rz he
μαχαναῖς ἐτείσατο λώβαν; tr ad

Solch Flüstergerede ersinnt und trägt
Odysseus zischelnd allen ans Ohr,
und er findet Glauben: von dir erzählt
er gerne Geglaubtes, und wer es auch hört,
den freut es noch mehr als den, der spricht,
  und man spottet ob deiner Betrübnis.
Denn wer nach den Herzen der Großen zielt,
verfehlt sie kaum; doch wenn man von mir
so spräche, man fände wohl Glauben nicht.
Denn den, der da hat, beschleicht der Neid.
Und dennoch: ohne die Großen sind
die Kleinen ein trügender Schutz der Burg;
mit den Großen erhebt der Geringe sich,
und der Große, von Kleineren wird er gestützt.
Doch kann man die Unverständigen nicht
  mit dieser Erkenntnis belehren.
Von solchen Leuten wirst du verschrien;
wir aber vermögen dawider nichts,
um es abzuwehren, ohne dich, Herr.
Denn, wenn sie erst wieder entfliehn deinem Blick,
dann lärmen sie laut, wie ein Vogelschwarm
den Geier beschimpft;
aber eiligst, falls du plötzlich erschienst,
  verkröchen sie stumm sich und schweigsam!

Hat dich die taurische Zeustochter Artemis –
o welch entsetzlich Gerücht,
Quelle meiner Schande – etwa
zu des Heeres weidenden Rindern getrieben?
Vielleicht ward ihr kein Dank für irgendeinen Sieg,
oder sie wurde getäuscht
um Kriegserträgnis oder um Beute der Jagd?
Hat gar der erzumpanzerte kriegrische Gott
im Zorn den Undank für seinen hilfreichen Speer
hart bestraft durch nächtliches Blendwerk?

οὔποτε γὰρ φρενόθεν γ' ἐπ' ἀριστερά, da^4 Ant. 1
παῖ Τελαμῶνος, ἔβας he
τόσσον ἐν ποίμναις πίτνων· ἥ- ep^2
κοι γὰρ ἂν θεία νόσος· ἀλλ' ἀπερύκοι ep he$^-$
καὶ Ζεὺς κακὰν καὶ Φοῖβος Ἀργείων φάτιν. ia^3
εἰ δ' ὑποβαλλόμενοι he
κλέπτουσι μύθους οἱ μεγάλοι βασιλῆς, rz he
ἢ τᾶς ἀσώτου Σισυφιδᾶν γενεᾶς, rz he
μὴ μηκέτ', ὦναξ, ὧδ' ἐφάλοις κλισίαις rz he
ἐμμένων κακὰν φάτιν ἄρῃ. tr ad

ἀλλ' ἄνα ἐξ ἑδράνων he Ep.
ὅπου μακραίωνι en
στηρίζει ποτὲ τᾷδ' ἀγωνίῳ σχολᾷ, gl ia
ἄταν οὐρανίαν φλέγων. gl
ἐχθρῶν δ' ὕβρις ὧδ' ἀτάρβητα
ὁρμᾶτ' ἐν εὐανέμοις βάσσαις, } te ep te
πάντων καγχαζόντων mo^2
γλώσσαις βαρυάλγητα· te
ἐμοὶ δ' ἄχος ἕστακεν. te

Τέκμησσα

ναὸς ἀρωγοὶ τῆς Αἴαντος, an^4
γενεᾶς χθονίων ἀπ' Ἐρεχθειδᾶν,
ἔχομεν στοναχὰς οἱ κηδόμενοι
τοῦ Τελαμῶνος τηλόθεν οἴκου.
νῦν γὰρ ὁ δεινὸς μέγας ὠμοκρατὴς
Αἴας θολερῷ
κεῖται χειμῶνι νοσήσας.
Χο τί δ' ἐνήλλακται τῆς εὐμαρίας
νὺξ ἥδε βάρος;
παῖ τοῦ Φρυγίου ⟨σὺ⟩ Τελεύταντος,
λέγ', ἐπεί σε λέχος δουριάλωτον
στέρξας ἀνέχει θούριος Αἴας·
ὥστ' οὐκ ἂν ἄϊδρις ὑπείποις.

Nie hast du so vom Verstand weg ins Törichte,
Telamons Sohn, dich verirrt,
daß du dich auf Herden stürztest.
Wohl von Göttern kommt dieses Leid; doch es wehre
die Kränkung der Argeier Zeus samt Phoibos ab!
Wenn aber fälschlich und schnöd
Geschichten ausstreun unsere mächtigen Herrn
oder er, der Sproß vom heillosen Sisyphos-Stamm,
bleib länger, Herr, nicht so im Gezelt an der See,
sonst bestärkst du nur das Gerede.

Stehe doch auf von dem Sitz,
wo allzu lange du
schon verharrest in dieser Rast, dem Kampfe fern,
himmelhoch diesen Greu'l entfachst!
Der Frevel der Feinde tobt sich aus
in Tälern, luftigen, ungestört
und alle frohlocken
mit bissigen Hohnreden.
In mir aber bleibt Jammer.

Tekmessa

tritt aus dem Zelt

Die ihr Aias' Schiffsgenossen seid
aus Erechtheus' Geschlecht, den die Erde gebar,
nun beklagen wir laut, in Treue besorgt,
des Telamon Haus, so ferne von hier:
denn Aias, unbändig, ein Riese an Kraft,
er liegt nun, gefällt
vom düstern Sturme des Wahnsinns.
Ch In welch schweres Leid hat ihm diese Nacht
verwandelt sein Glück?
Du Kind des Teleutas, des Phrygiers, sprich!
Da der stürmische Aias im Kampf dich errang
und liebend als seine Gefährtin dich ehrt,
so weißt du es sicher und sagst es.

Τε πῶς δῆτα λέγω λόγον ἄρρητον;
θανάτῳ γὰρ ἴσον πάθος ἐκπεύσῃ.
μανίᾳ γὰρ ἁλοὺς ἡμὶν ὁ κλεινὸς
νύκτερος Αἴας ἀπελωβήθη.
τοιαῦτ' ἂν ἴδοις σκηνῆς ἔνδον
χειροδάικτα σφάγι' αἱμοβαφῆ,
κείνου χρηστήρια τἀνδρός.

Χο οἵαν ἐδήλωσας ἀνδρὸς αἴθονος — ia cr ia — Str. 2
ἀγγελίαν ἄτλατον οὐδὲ φευκτάν, — ch ia ba
τῶν μεγάλων Δαναῶν ὕπο κληζομέναν, — da^{4-}
τὰν ὁ μέγας μῦθος ἀέξει. — ch ad
οἴμοι φοβοῦμαι τὸ προσέρπον. περίφαντος ἀνὴρ — ia ch^{2} ba
θανεῖται, παραπλάκτῳ χερὶ συγκατακτὰς — io^{4}
κελαινοῖς ξίφεσιν βοτὰ καὶ — (alcm)
βοτῆρας ἱππονώμας. — ia ba

Τε ὤμοι· κεῖθεν κεῖθεν ἄρ' ἡμῖν — an^{4}
δεσμῶτιν ἄγων ἤλυθε ποίμναν·
ὧν τὰ μὲν εἴσω σφάζ' ἐπὶ γαίας,
τὰ δὲ πλευροκοπῶν δίχ' ἀνερρήγνυ.
δύο δ' ἀργίποδας κριοὺς ἀνελὼν
τοῦ μὲν κεφαλὴν καὶ γλῶσσαν ἄκραν
ῥιπτεῖ θερίσας, τὸν δ' ὀρθὸν ἄνω
κίονι δήσας
μέγαν ἱπποδέτην ῥυτῆρα λαβὼν
παίει λιγυρᾷ μάστιγι διπλῇ,
κακὰ δεννάζων ῥήμαθ', ἃ δαίμων
κοὐδεὶς ἀνδρῶν ἐδίδαξεν.

Χο ὥρα τιν' ἤδη κάρα καλύμμασι — ia cr ia — Ant. 2
κρυψάμενον ποδοῖν κλοπὰν ἀρέσθαι, — ch ia ba
ἢ θοὸν εἰρεσίας ζυγὸν ἑζόμενον — da^{4-}
ποντοπόρῳ ναῒ μεθεῖναι. — ch ad
τοίας ἐρείσουσιν ἀπειλὰς δικρατεῖς Ἀτρεῖδαι — ia ch^{2} ba
καθ' ἡμῶν· πεφόβημαι λιθόλευστον Ἄρη — io^{4}

Te Wie sprech' ich es aus, das unsagbare Wort?
Du vernimmst ein Geschick, das gleich ist dem Tod;
denn zu rasen begann uns Aias, der Held,
und hat sich bei Nacht mit Schande bedeckt.
Denn solches sähest du drin im Zelt:
zerfleischt mit den Händen, blutüberströmt
die Opfertiere des Mannes.

Ch Ach, welche Leidbotschaft tust du kund von dem
hitzigen Mann, – unleidlich, unentrinnbar:
nun von den Danaerkönigen weitergesagt,
wird sie durch viel Reden nur schlimmer.
Weh mir! Mich schreckt, was da heranschleicht: vor den Augen aller
verstirbt er, der mit irrsinniger Hand erschlug und
mit blutrünstigem Schwerte das Vieh
und Hirten von der Roßtrift!

Te Weh mir! Dorther, dorther kam er ja!
Gefesseltes Vieh trieb er uns herein,
und schlachtete drin sie teils an der Erd'
oder spaltete ihnen die Rippen durch,
griff zwei weißfüßige Widder heraus,
schnitt einem das Haupt und die Zunge ab
und schleudert sie weg, den anderen knüpft
er am Pfosten empor
und nimmt einen ledernen Zügel vom Pferd,
schlägt zu mit dem Knall des doppelten Riems
und höhnt mit Schmähungen, die ein Gott
ihm eingab, keiner der Menschen.

Ch Die Stunde kam nun, sich zu verbergen in
Hüllen und leisen Fußes wegzueilen
oder, die Bänke der Rudrer besetzend, das Schiff
über das Meer gleiten zu lassen;
des Atreusstamms doppelte Macht wird uns mit wildem Wüten
bedrohn jetzt: mich erfüllt Furcht, daß der Steinigungstod

ξυναλγεῖν μετὰ τοῦδε τυπείς, (alcm)
τὸν αἶσ' ἄπλατος ἴσχει. ia ba

Τε οὐκέτι· λαμπρᾶς γὰρ ἄτερ στεροπᾶς an⁴
ᾄξας ὀξὺς νότος ὣς λήγει,
καὶ νῦν φρόνιμος νέον ἄλγος ἔχει·
τὸ γὰρ ἐσλεύσσειν οἰκεῖα πάθη,
μηδενὸς ἄλλου παραπράξαντος,
μεγάλας ὀδύνας ὑποτείνει.

Χορός

ἀλλ' εἰ πέπαυται, κάρτ' ἂν εὐτυχεῖν δοκῶ·
φρούδου γὰρ ἤδη τοῦ κακοῦ μείων λόγος.
Τε πότερα δ' ἄν, εἰ νέμοι τις αἵρεσιν, λάβοις,
φίλους ἀνιῶν αὐτὸς ἡδονὰς ἔχειν,
ἢ κοινὸς ἐν κοινοῖσι λυπεῖσθαι ξυνών;
Χο τό τοι διπλάζον, ὦ γύναι, μεῖζον κακόν.
Τε ἡμεῖς ἄρ' οὐ νοσοῦντος ἀτώμεσθα νῦν.
Χο πῶς τοῦτ' ἔλεξας; οὐ κάτοιδ', ὅπως λέγεις.
Τε ἀνὴρ ἐκεῖνος, ἡνίκ' ἦν ἐν τῇ νόσῳ,
αὐτὸς μὲν ἥδεθ' οἷσιν εἴχετ' ἐν κακοῖς,
ἡμᾶς δὲ τοὺς φρονοῦντας ἠνία ξυνών·
νῦν δ' ὡς ἔληξε κἀνέπνευσε τῆς νόσου,
κεῖνός τε λύπῃ πᾶς ἐλήλαται κακῇ
ἡμεῖς θ' ὁμοίως οὐδὲν ἧσσον ἢ πάρος.
ἆρ' ἔστι ταῦτα δὶς τόσ' ἐξ ἁπλῶν κακά;
Χο ξύμφημι δή σοι καὶ δέδοικα, μὴ 'κ θεοῦ
πληγή τις ἥκει. πῶς γάρ, εἰ πεπαυμένος
μηδέν τι μᾶλλον ἢ νοσῶν εὐφραίνεται;
Τε ὡς ὧδ' ἐχόντων τῶνδ' ἐπίστασθαί σε χρή.
Χο τίς γάρ ποτ' ἀρχὴ τοῦ κακοῦ προσέπτατο;
δήλωσον ἡμῖν τοῖς ξυναλγοῦσιν τύχας.
Τε ἅπαν μαθήσῃ τοὔργον, ὡς κοινωνὸς ὤν.
κεῖνος γὰρ ἄκρας νυκτός, ἡνίχ' ἕσπεροι
λαμπτῆρες οὐκέτ' ᾖθον, ἄμφηκες λαβὼν
ἐμαίετ' ἔγχος ἐξόδους ἕρπειν κενάς.

mich qualvoll überwältigt mit ihm,
den heillos Wahn umstrickt hält.

Te Nicht mehr: er ruht, wie der Süd sich legt
wenn er ohne Gewitter sich aufgemacht.
Und nun, bei Verstand, hat er neues Leid;
denn selbstverschuldetes Unheil sehn,
an dem kein anderer Anteil hat,
bereitet unsagbaren Jammer.

Chorführer

Doch hat er Ruhe, steht, so glaub' ich, alles gut:
das Übel, das vorbei ist, nimmt man weniger schwer.
Te Wenn man dich wählen ließe, wonach griffest du:
zum Kummer seiner Freunde selbst in Freuden stehn
oder mit ihnen leiden in Gemeinsamkeit?
Chf Zwiefaches Übel ist doch wohl das schlimmere, Frau.
Te So sind wir jetzt, da er nicht krank ist, erst im Leid!
Chf Wie sagst du? Ich verstehe nicht, wie du das meinst.
Te Solange dieser Mann vom Wahn umfangen war,
freut' er sich selbst des Schlimmen, das ihn fesselte,
doch uns Gesunde quälte seine Gegenwart.
Jetzt, da er abließ, von der Krankheit sich erholt,
wird er von bittrem Gram gepeinigt ganz und gar,
wir gleichfalls und um nichts geringer als zuvor.
Ward so aus einem einzigen nicht zwiefach Leid?
Chf Da hast du recht: ich fürchte, eines Gottes Schlag
hat ihn getroffen. Wie denn sonst, wenn er nun still
und doch nicht froher ist als während seines Wahns?
Te Daß dies sich so verhält, sollst du versichert sein.
Chf Wie brach denn dieses Unheil nun zuerst herein?
Tu es uns kund, die wir mittragen dies Geschick!
Te Vernehmt, als gute Freunde, alles, was geschah!
In tiefer Nacht, die Abendlampen brannten schon
nicht mehr, da nahm er sein zweischneidig Schwert zur Hand
und suchte sich zur Tür zu schleichen ohne Grund.

κἀγὼ 'πιπλήσσω καὶ λέγω· τί χρῆμα δρᾷς,
Αἴας; τί τήνδ' ἄκλητος οὔθ' ὑπ' ἀγγέλων
κληθεὶς ἀφορμᾷς πεῖραν οὔτε του κλύων
σάλπιγγος; ἀλλὰ νῦν γε πᾶς εὕδει στρατός.
ὃ δ' εἶπε πρός με βαί', ἀεὶ δ' ὑμνούμενα·
γύναι, γυναιξὶ κόσμον ἡ σιγὴ φέρει.
κἀγὼ μαθοῦσ' ἔληξ', ὁ δ' ἐσσύθη μόνος.
καὶ τὰς ἐκεῖ μὲν οὐκ ἔχω λέγειν πάθας·
εἴσω δ' ἐσῆλθε συνδέτους ἄγων ὁμοῦ
ταύρους, κύνας βοτῆρας, εὔερόν τ' ἄγραν.
καὶ τοὺς μὲν ηὐχένιζε, τοὺς δ' ἄνω τρέπων
ἔσφαζε κἀρράχιζε, τοὺς δὲ δεσμίους
ᾐκίζεθ' ὥστε φῶτας ἐν ποίμναις πίτνων.
τέλος δ' ἀπᾴξας διὰ θυρῶν σκιᾷ τινι
λόγους ἀνέσπα τοὺς μὲν Ἀτρειδῶν κάτα,
τοὺς δ' ἀμφ' Ὀδυσσεῖ, συντιθεὶς γέλων πολύν,
ὅσην κατ' αὐτῶν ὕβριν ἐκτείσαιτ' ἰών·
κἄπειτ' ἐπᾴξας αὖθις ἐς δόμους πάλιν
ἔμφρων μόλις πως ξὺν χρόνῳ καθίσταται,
καὶ πλῆρες ἄτης ὡς διοπτεύει στέγος,
παίσας κάρα 'θώυξεν· ἐν δ' ἐρειπίοις
νεκρῶν ἐρεισθεὶς ἕζετ' ἀρνείου φόνου,
κόμην ἀπρὶξ ὄνυξι συλλαβὼν χερί.
καὶ τὸν μὲν ἧστο πλεῖστον ἄφθογγος χρόνον·
ἔπειτ' ἐμοὶ τὰ δείν' ἐπηπείλησ' ἔπη,
εἰ μὴ φανοίην πᾶν τὸ συντυχὸν πάθος.
κἀγώ, φίλοι, δείσασα τοὐξειργασμένον
ἔλεξα πᾶν ὅσονπερ ἐξηπιστάμην.
ὃ δ' εὐθὺς ἐξῴμωξεν οἰμωγὰς λυγράς,
ἃς οὔποτ' αὐτοῦ πρόσθεν εἰσήκουσ' ἐγώ.
πρὸς γὰρ κακοῦ τε καὶ βαρυψύχου γόους
τοιούσδ' ἀεί ποτ' ἀνδρὸς ἐξηγεῖτ' ἔχειν·
ἀλλ' ἀψόφητος ὀξέων κωκυμάτων
ὑπεστέναζε ταῦρος ὣς βριμώμενος.

314 κἀνήρετ' ἐν τῷ πράγματος κυροῖ ποτε.

Ich aber tadelt' ihn und sagte: Was beginnst
du, Aias? Warum stürmst du ungerufen jetzt
hinaus? Kein Bote holt dich, kein Trompetenschall
ist hörbar, vielmehr schlummert jetzt das ganze Heer.
Doch er entgegnete mir kurz das alte Lied:
Ach, Frau, der Frauen bester Schmuck ist Schweigsamkeit!
Dies hörend schwieg ich, und er stürzt' allein hinaus.
Doch weiß ich nicht zu sagen, was sich dort begab.
Er kam und trieb zusammengebundnes Vieh herein:
Rinder und Hütehunde und manch wolligen Fang.
Die einen köpft' er, andren bog er hoch den Hals
und schlachtet' und zerschnitt sie; die Gefesselten
mißhandelt' er: wie Männer fiel er Herden an.
Zuletzt rannt' er zur Tür hinaus, an ein Gespenst
in Worten sich ergießend, die Atriden teils
und teils Odysseus scheltend, brach in Lachen aus,
wie sehr er doch an ihnen seine Wut gestillt,
und hierauf stürzt' er wieder in das Zelt herein,
und mit der Zeit, nur langsam, kommt er zur Vernunft.
Als er nun die Behausung voll von Greueln sieht,
schlug er sein Haupt und brüllt'; gestützt aufs Trümmerfeld
von Leichen aus dem Herdenmorde saß er da
und krallte fest ins Haar die Hand, die Nägel ein.
So blieb er sitzen, völlig lautlos, lange Zeit.
Dann rief er wilde Worte und bedrohte mich,
falls ich ihm nicht erklärte, was mit ihm geschehn.
Ich, Freunde, teilt' in meiner Angst ihm alles mit,
soweit mir das Geschehene begreiflich war.
Er aber brach alsbald in bittren Jammer aus,
wie ich ihn früher niemals noch von ihm vernahm.
Denn für den feigen, den verzagten Mann, so sprach
er immer sonst, gehöre sich ein solch Geschrei;
doch still und ohne allen lauten Klageton
pflegt' er zu stöhnen nur wie ein ergrimmter Stier.

νῦν δ' ἐν τοιᾷδε κείμενος κακῇ τύχῃ
ἄσιτος ἀνήρ, ἄποτος, ἐν μέσοις βοτοῖς
σιδηροκμῆσιν ἥσυχος θακεῖ πεσών.
καὶ δῆλός ἐστιν ὥς τι δρασείων κακόν.
ἀλλ', ὦ φίλοι, τούτων γὰρ οὕνεκ' ἐστάλην,
ἀρήξατ' εἰσελθόντες, εἰ δύνασθέ τι.
φίλων γὰρ οἱ τοιοίδε νικῶνται λόγοις.
Χο Τέκμησσα, δεινά, παῖ Τελεύταντος, λέγεις
ἡμῖν τὸν ἄνδρα διαπεφοιβάσθαι κακοῖς.

Αἴας

ἰώ μοί μοι.
Τε τάχ', ὡς ἔοικε, μᾶλλον· ἢ οὐκ ἠκούσατε
Αἴαντος, οἵαν τήνδε θωύσσει βοήν;
Αἰ ἰώ μοί μοι.
Χο ἁνὴρ ἔοικεν ἢ νοσεῖν, ἢ τοῖς πάρος
νοσήμασι ξυνοῦσι λυπεῖσθαι πάλιν.
Αἰ ἰὼ παῖ παῖ.
Τε ὤμοι τάλαιν'· Εὐρύσακες, ἀμφὶ σοὶ βοᾷ.
τί ποτε μενοινᾷ; ποῦ ποτ' εἶ; τάλαιν' ἐγώ.
Αἰ Τεῦκρον καλῶ. ποῦ Τεῦκρος; ἢ τὸν εἰσαεὶ
λεηλατήσει χρόνον, ἐγὼ δ' ἀπόλλυμαι;
Χο ἁνὴρ φρονεῖν ἔοικεν. ἀλλ' ἀνοίγετε.
τάχ' ἄν τιν' αἰδῶ κἀπ' ἐμοὶ βλέψας λάβοι.
Τε ἰδού, διοίγω· προσβλέπειν δ' ἔξεστί σοι
τὰ τοῦδε πράγη, καὐτὸς ὡς ἔχων κυρεῖ.

Αἰ ἰώ, sp Str. 1
φίλοι ναυβάται, μόνοι ἐμῶν φίλων do²
μόνοι ἔτ' ἐμμένοντες ὀρθῷ νόμῳ, do²
ἴδεσθέ μ' οἷον ἄρτι κῦ- ia²
μα φοινίας ὑπὸ ζάλης ia²
ἀμφίδρομον κυκλεῖται. ch ba

---

327 τοιαῦτα γάρ πως καὶ λέγει κὠδύρεται.

Jetzt aber, preisgegeben solchem schweren Los,
hockt ohne Speis und Trank er mitten unter dem
vom Schwert erschlagnen Vieh, versunken, regungslos.
Man sieht ihm deutlich an: er sinnt auf schlimme Tat.
Und nun, ihr Freunde, – deshalb kam ich hier heraus –
geht doch hinein und helft mir, wenn ihr irgend könnt.
Denn Freundesworten fügen solche Männer sich.

Chf Teleutas' Kind, Tekmessa, Schreckliches sagst du uns:
daß Unheil diesen Mann in Raserei gestürzt.

Aias

im Zelt

Weh über mich!

Te Bald wird es schlimmer, scheint mir. Oder hört ihr nicht,
wie Aias schreit, mit welchem Klang sein Wehruf schallt?

Ai Weh über mich!

Chf Der Mann ist krank, so scheint es, oder grämt sich, weil
die frühere Krankheit wieder ihm vor Augen steht.

Ai Weh mir, Kind, Kind!

Te Ach, welches Leid! Eurysakes, er ruft nach dir!
Was hat er im Sinn? Wo bist du denn? Ich Arme, ach!

Ai Teukros, dich ruf' ich. Wo ist Teukros? Ist er denn
nur stets auf Beute aus? Und ich vergeh' indes!

Chf Der Mann scheint bei Besinnung. Aber öffnet doch!
Vielleicht, sobald er mich erblickt, beherrscht er sich.

Te Sieh her: ich öffne, und es steht dir frei zu sehn,
was er getan hat, und ihn selbst: wie's um ihn steht.

Tekmessa öffnet die Zelttür, Aias wird sichtbar

Ai Hoiho!
Ihr Schiffsleute, mir allein noch getreu,
alleine noch verharrend aufrechten Sinns,
o seht doch, welche Woge jetzt
im mörderischen Wettersturm
mich wild im Kreis umhertreibt!

Χο	οἶμ' ὡς ἔοικας ὀρθὰ μαρτυρεῖν ἄγαν.	ia^3	
	δηλοῖ δὲ τοὔργον ὡς ἀφροντίστως ἔχει.	ia^3	
Αἰ	ἰώ,	sp	Ant. 1
	γένος ναΐας ἀρωγὸν τέχνας,	do^2	
	ἅλιον ὃς ἐπέβας ἑλίσσων πλάταν,	do^2	
	σέ τοι σέ τοι μόνον δέδορ-	ia^2	
	κα πημονὰν ἐπαρκέσοντ'.	ia^2	
	ἀλλά με συνδάιξον.	ch ba	
Χο	εὔφημα φώνει· μὴ κακὸν κακῷ διδοὺς	ia^3	
	ἄκος πλέον τὸ πῆμα τῆς ἄτης τίθει.	ia^3	
Αἰ	ὁρᾷς τὸν θρασύν, τὸν εὐκάρδιον,	do^2	Str. 2
	τὸν ἐν δαΐοις ἄτρεστον μάχαις,	do^2	
	ἐν ἀφόβοις με θηρσὶ δεινὸν χέρας;	do^2	
	οἴμοι γέλωτος, οἷον ὑβρίσθην ἄρα.	ia^3	
Τε	μή, δέσποτ' Αἴας, λίσσομαί σ', αὔδα τάδε.	ia^3	
Αἰ	οὐκ ἐκτός; οὐκ ἄψορρον ἐκνεμῇ πόδα;	ia^3	
	αἰαῖ αἰαῖ.	sp^2	
Χο	ὦ πρὸς θεῶν ὕπεικε καὶ φρόνησον εὖ.	ia^3	
Αἰ	ὢ δύσμορος, ὃς χεροῖν	te	
	μεθῆκα τοὺς ἀλάστορας,	ia^2	
	ἐν δ' ἑλίκεσσι βουσὶ καὶ	ch ia	
	κλυτοῖς πεσὼν αἰπολίοις	ia ch	
	ἐρεμνὸν αἷμ' ἔδευσα.	ia ba	
Χο	τί δῆτ' ἂν ἀλγοίης ἐπ' ἐξειργασμένοις;	ia^3	
	οὐ γὰρ γένοιτ' ἂν ταῦθ' ὅπως οὐχ ὧδ' ἔχοι.	ia^3	
Αἰ	ἰὼ πάντα δρῶν, ἁπάντων τ' ἀεὶ	do^2	Ant. 2
	κακῶν ὄργανον, τέκνον Λαρτίου,	do^2	
	κακοπινέστατόν τ' ἄλημα στρατοῦ,	do^2	
	ἦ που πολὺν γέλωθ' ὑφ' ἡδονῆς ἄγεις.	ia^3	
Χο	ξὺν τῷ θεῷ πᾶς καὶ γελᾷ κὠδύρεται.	ia^3	
Αἰ	ἴδοιμι δή νιν, καίπερ ὧδ' ἀτώμενος.	ia^3	
	ἰώ μοί μοι.	sp^2	

Chorführer leise zu Tekmessa

Chf Was du bezeugst, ach, allzu wahr erweist es sich!
Die Tat enthüllt den schlimmen Zustand seines Sinns.

Ai Weh mir!
Du Volk, das, vertraut mit Seefahrerkunst,
das Schiffsruder schwingend das Meerschiff bestieg,
in dir, in dir allein erschau'
ich einen Helfer mir im Leid.
Drum gib den Tod auch mir nun!
Chf Rede nicht sündhaft! Heile doch das Übel nicht
mit Übeln! Straf' nicht härter dich, als du gefehlt!

Ai Du siehst, wie der Mann, der standhaft und kühn,
der furchtlos gekämpft in graunvoller Schlacht,
an arglosem Vieh Gewalttat verübt?
Welch Hohngelächter! Wie bin ich mit Schmach bedeckt!

Tekmessa schreitet auf das Zelt zu

Te Nein, Herrscher Aias, sag das nicht, ich fleh' dich an!
Ai Bleib draußen! Setze deinen Fuß sofort zurück!
Ai ai! Ai ai!
Chf Gib, bei den Göttern, nach und komme zur Vernunft!
Ai Ich Armer, der aus der Hand
die Frevler sich entrinnen ließ,
doch auf gehörnte Rinder und
der Ziegen ruhmwürdiges Volk
sich stürzt', ihr Blut vergießend!
Chf Was jammerst du noch über das Geschehene?
Denn niemals könnt' es anders werden, als es ist.

Ai Ha, Schandtäter du, ein Werkzeug von je
für jegliche Schmach: Laërtes' Gezücht,
der Heimtücke Hort, du Auswurf des Heers,
in lautes Lachen brichst du nun vor Freuden aus!
Chf Ein jeder lacht und weint, wie es die Gottheit fügt.
Ai Ich möcht' ihn sehn, wie schwer mich auch das Schicksal schlägt.
Weh über mich!

Χο	μηδὲν μέγ' εἴπῃς· οὐχ ὁρᾷς, ἵν' εἶ κακοῦ;	ia^3
Αἰ	ὦ Ζεῦ, προγόνων πάτερ,	te
	πῶς ἂν τὸν αἱμυλώτατον,	ia^2
	ἐχθρὸν ἄλημα, τούς τε δισσ-	ch ia
	άρχας ὀλέσσας βασιλῆς,	ia ch
	τέλος θάνοιμι καὐτός;	ia ba
Τε	ὅταν κατεύχῃ ταῦθ', ὁμοῦ κἀμοὶ θανεῖν	ia^3
	εὔχου· τί γὰρ δεῖ ζῆν με σοῦ τεθνηκότος;	ia^3

Αἰ	ἰώ,	sp	Str. 3
	σκότος, ἐμὸν φάος,	do	
	ἔρεβος ὦ φαεννότατον, ὡς ἐμοί,	do^2	
	ἕλεσθ' ἕλεσθέ μ' οἰκήτορα,	ia do	
	ἕλεσθέ μ'· οὔτε γὰρ θεῶν γένος	ia do	
	οὔθ' ἁμερίων ἔτ' ἄξιος	io do	
	βλέπειν τιν' εἰς ὄνασιν ἀνθρώπων.	ia ia sp	
	ἀλλά μ' ἁ Διὸς	do	
	ἀλκίμα θεὸς	do	
	ὀλέθριον αἰκίζει.	do	
	ποῖ τις οὖν φύγῃ;	do	
	ποῖ μολὼν μενῶ;	do	
	εἰ τὰ μὲν φθίνει,	do	
	φίλοι, τίσις δ' ἐμοῦ πέλας,	ia^2	
	μώραις δ' ἄγραις προσκείμεθα,	ia^2	
	πᾶς δὲ στρατὸς δίπαλτος ἄν	ia^2	
	με χειρὶ φονεύοι.	rz	
Τε	ὦ δυστάλαινα, τοιάδ' ἄνδρα χρήσιμον	ia^3	
	φωνεῖν, ἃ πρόσθεν οὗτος οὐκ ἔτλη ποτ' ἄν.	ia^3	

Αἰ	ἰώ,	sp	Ant. 3
	πόροι ἁλίρροθοι	do	
	πάραλά τ' ἄντρα καὶ νέμος ἐπάκτιον,	do^2	
	πολὺν πολύν με δαρόν τε δὴ	ia do	
	κατείχετ' ἀμφὶ Τροίαν χρόνον·	ia do	
	ἀλλ' οὐκέτι μ', οὐκ ἔτ' ἀμπνοὰς	io do	
	ἔχοντα· τοῦτό τις φρονῶν ἴστω.	ia ia sp	

Chf Nicht lästre! Siehst du nicht, wie du im Argen bist?
Ai O Zeus, meiner Ahnen Ahn,
ach, könnt' ich den durchtriebenen
Feind, diesen Schuft, vernichten samt
des Königspaars zwiefacher Macht,
um selbst danach zu sterben!
Te Erflehst du dies für dich, so wünsche nur auch mir
den Tod! Denn warum sollt' ich leben, wenn du stirbst?

Ai Hoiho!
Dunkel, o du mein Licht,
du, Grabesnacht, wie leuchtend hell bist du für mich!
Nehmt auf, nehmt auf als Mitwohner mich,
nehmt auf mich! Denn ich bin nicht mehr wert,
nach Hilfe mich umzuschauen bei
den Göttern, bei der Menschen Eintagsvolk.
Doch Allvaters Kind,
Göttin streitgesinnt,
sie schindet zu Tode mich.
Wohin flieh' ich nun?
Wo komm' ich zur Ruh'?
Wenn die Ehre stirbt,
doch, Freunde, mir die Rache nah
und ich mich irrem Fang ergab,
dann mag des Heeres Allgewalt
mit Händen mich morden!
Te O ich Unselige! Worte spricht ein edler Mann
derart, wie er sie früher nie geduldet hätt'!

Ai Hoiho!
Strömungen ihr des Meers,
ihr Grotten an des Meers Gestad', du Hain am Strand,
wie lange, lange Zeit habt ihr schon
an Troias Mauern fest mich gebannt!
Doch sollt ihr mich niemals, niemals mehr
bei Atem sehn: wer klug ist, mag's verstehn!

ὦ Σκαμάνδριοι do
γείτονες ῥοαί, do
εὔφρονες Ἀργείοις, do
οὐκέτ᾽ ἄνδρα μὴ do
τόνδ᾽ ἴδητ᾽, ἔπος do
ἐξερῶ μέγ᾽, οἷ- do
ον οὔτινα Τροία στρατοῦ ia^{2}
δέρχθη χθονὸς μολόντ᾽ ἀπὸ ia^{2}
Ἑλλανίδος· τανῦν δ᾽ ἄτι- ia^{2}
μος ὧδε πρόκειμαι. rz
Χο οὔτοι σ᾽ ἀπείργειν οὐδ᾽ ὅπως ἐῶ λέγειν ia^{3}
ἔχω, κακοῖς τοιοῖσδε συμπεπτωκότα. ia^{3}

Αἰ αἰαῖ· τίς ἄν ποτ᾽ ᾤεθ᾽ ὧδ᾽ ἐπώνυμον
τοὐμὸν ξυνοίσειν ὄνομα τοῖς ἐμοῖς κακοῖς;
νῦν γὰρ πάρεστι καὶ δὶς αἰάζειν ἐμοὶ
καὶ τρίς· τοιούτοις γὰρ κακοῖς ἐντυγχάνω·
ὅτου πατὴρ μὲν τῆσδ᾽ ἀπ᾽ Ἰδαίας χθονὸς
τὰ πρῶτα καλλιστεῖ᾽ ἀριστεύσας στρατοῦ
πρὸς οἶκον ἦλθε πᾶσαν εὔκλειαν φέρων·
ἐγὼ δ᾽ ὁ κείνου παῖς, τὸν αὐτὸν ἐς τόπον
Τροίας ἐπελθὼν οὐκ ἐλάσσονι σθένει
οὐδ᾽ ἔργα μείω χειρὸς ἀρκέσας ἐμῆς,
ἄτιμος Ἀργείοισιν ὧδ᾽ ἀπόλλυμαι.
καίτοι τοσοῦτόν γ᾽ ἐξεπίστασθαι δοκῶ,
εἰ ζῶν Ἀχιλλεὺς τῶν ὅπλων τῶν ὧν πέρι
κρίνειν ἔμελλε κράτος ἀριστείας τινί,
οὐκ ἄν τις αὔτ᾽ ἔμαρψεν ἄλλος ἀντ᾽ ἐμοῦ.
νῦν δ᾽ αὔτ᾽ Ἀτρεῖδαι φωτὶ παντουργῷ φρένας
ἔπραξαν, ἀνδρὸς τοῦδ᾽ ἀπώσαντες κράτη.
κεἰ μὴ τόδ᾽ ὄμμα καὶ φρένες διάστροφοι
γνώμης ἀπῇξαν τῆς ἐμῆς, οὐκ ἄν ποτε
δίκην κατ᾽ ἄλλου φωτὸς ὧδ᾽ ἐψήφισαν.
νῦν δ᾽ ἡ Διὸς γοργῶπις ἀδάματος θεὰ
ἤδη μ᾽ ἐπ᾽ αὐτοῖς χεῖρ᾽ ἐπευθύνοντ᾽ ἐμὴν
ἔσφηλεν ἐμβαλοῦσα λυσσώδη νόσον,

O Skamandros, du
nachbarlicher Strom,
hold dem Argeiervolk,
niemals siehst du mehr
diesen Mann hier; stolz
sprech' ich's aus: ihm gleich
hat Troia keinen aus dem Heer
gesehen, der gekommen ist
aus Hellas' Land; doch so entehrt
jetzt lieg' ich am Boden!

Chf Ich weiß nicht: wehr' ich deinen Worten, oder laß
ich sprechen dich, der so in Leid versunken ist?

Ai Ai ai! Wer glaubte je, mein Name werde so
zu meinem Leide stimmen, wie dafür gewählt?
Doppelt und dreifach nämlich darf ich's rufen jetzt:
Ai ai! In solches Unheils Not gerat' ich jetzt,
ich, dessen Vater aus dem Land am Ida hier
den ersten Preis der Tapferkeit im Heer errang
und kehrte heim im Glanze jedes hohen Ruhms.
Indessen ich, sein Sohn, der in dasselbe Land
um Troia kam und nicht geringer bin an Kraft
und dessen Arm nicht kleinere Taten ausgeführt,
ich muß entehrt durch die Argeier untergehn!
Und doch, des einen glaub' ich ganz gewiß zu sein:
Wenn lebend noch Achilleus seine Waffen selbst
verleihen könnte jemandem als Siegespreis,
so trüge sie kein andrer wohl davon als ich.
Nun wandten die Atriden dem verschlagnen Schuft
sie zu und stießen d i e s e s Mannes Recht zurück.
Doch wären dieses Aug' und alle Sinne nicht
von meiner Absicht abgeirrt, sie fällten nie
mehr über einen andren solchen Urteilsspruch.
Nun hat die Jungfrau-Göttin mit dem Schreckensblick
mich, der ich meine Hand schon gegen jene hob,
mit blinder Raserei umstrickt und irrgeführt,

ὥστ' ἐν τοιοῖσδε χεῖρας αἱμάξαι βοτοῖς·
κεῖνοι δ' ἐπεγγελῶσιν ἐκπεφευγότες,
ἐμοῦ μὲν οὐχ ἑκόντος· εἰ δέ τις θεῶν
βλάπτοι, φύγοι τἂν χὠ κακὸς τὸν κρείσσονα.
καὶ νῦν τί χρὴ δρᾶν; ὅστις ἐμφανῶς θεοῖς
ἐχθαίρομαι, μισεῖ δέ μ' Ἑλλήνων στρατός,
ἔχθει δὲ Τροία πᾶσα καὶ πεδία τάδε.
πότερα πρὸς οἴκους, ναυλόχους λιπὼν ἕδρας
μόνους τ' Ἀτρείδας, πέλαγος Αἰγαῖον περῶ;
καὶ ποῖον ὄμμα πατρὶ δηλώσω φανεὶς
Τελαμῶνι; πῶς με τλήσεταί ποτ' εἰσιδεῖν
γυμνὸν φανέντα τῶν ἀριστείων ἄτερ,
ὧν αὐτὸς ἔσχε στέφανον εὐκλείας μέγαν;
οὐκ ἔστι τοὔργον τλητόν. ἀλλὰ δῆτ' ἰὼν
πρὸς ἔρυμα Τρώων, ξυμπεσὼν πολλοῖς μόνος
καὶ δρῶν τι χρηστόν, εἶτα λοίσθιον θάνω;
ἀλλ' ὧδέ γ' Ἀτρείδας ἂν εὐφράναιμί που.
οὐκ ἔστι ταῦτα. πεῖρά τις ζητητέα
τοιάδ' ἀφ' ἧς γέροντι δηλώσω πατρὶ
μή τοι φύσιν γ' ἄσπλαγχνος ἐκ κείνου γεγώς.
αἰσχρὸν γὰρ ἄνδρα τοῦ μακροῦ χρῄζειν βίου,
κακοῖσιν ὅστις μηδὲν ἐξαλλάσσεται.
τί γὰρ παρ' ἦμαρ ἡμέρα τέρπειν ἔχει
προσθεῖσα κἀναθεῖσα τοῦ γε κατθανεῖν;
οὐκ ἂν πριαίμην οὐδενὸς λόγου βροτοῦ
ὅστις κεναῖσιν ἐλπίσιν θερμαίνεται.
ἀλλ' ἢ καλῶς ζῆν ἢ καλῶς τεθνηκέναι
τὸν εὐγενῆ χρή. πάντ' ἀκήκοας λόγον.
Χο οὐδεὶς ἐρεῖ ποθ', ὡς ὑπόβλητον λόγον,
Αἴας, ἔλεξας, ἀλλὰ τῆς σαυτοῦ φρενός.
παῦσαί γε μέντοι καὶ δὸς ἀνδράσιν φίλοις
γνώμης κρατῆσαι τάσδε φροντίδας μεθείς.
Τε ὦ δέσποτ' Αἴας, τῆς ἀναγκαίας τύχης
οὐκ ἔστιν οὐδὲν μεῖζον ἀνθρώποις κακόν.
ἐγὼ δ' ἐλευθέρου μὲν ἐξέφυν πατρός,
εἴπερ τινὸς σθένοντος ἐν πλούτῳ Φρυγῶν·

daß ich die Hände taucht' in dieser Tiere Blut,
und jene sind entkommen gegen meinen Wunsch,
verlachen mich und spotten. Freilich, wenn ein Gott
uns hemmt, entflieht ein Feiger auch dem Stärkeren.
Was nun beginnen? Offensichtlich hassen mich
die Götter, das Hellenenheer verabscheut mich,
ganz Troia samt Umgebung sieht in mir den Feind.
Verlaß ich die Atriden und den Ankerplatz
und fahre heimwärts über das Ägäische Meer?
Wie schlag' ich dann vor meinem Vater Telamon
die Augen auf? Wie wird er es ertragen, wenn
er mich erblickt: entblößt von jedem Siegespreis,
indes er selbst den höchsten Kranz des Ruhms empfing?
Das ist nicht zu ertragen. Oder geh' ich hin
zum Wall der Troer, greif' allein die vielen an,
vollbringe Taten, um zu fallen ganz zuletzt?
Doch sollt' ich den Atriden dies zuliebe tun?
Das darf nicht sein! Nach einem Probestück muß ich
mich umsehn, das dem alten Vater zeigen soll,
daß ich sein Sohn, nicht feige, nicht entartet bin.
Denn Schmach ist's, wenn ein Mann sich langes Leben wünscht,
der unabänderlich verstrickt in Unheil ist.
Wie könnte das erfreun, wenn Tag dem Tage folgt
und uns den Tod verzögert oder nahe rückt?
Auf keines Menschen Weisheit leg' ich hohen Wert,
der sich an leeren Hoffnungen erwärmen kann.
Rühmlich zu leben oder rühmlich tot zu sein
geziemt dem Edlen. – Alles hast du nun gehört.

Chf Keiner wird sagen, daß du Unaufrichtiges
gesprochen hättest, Aias: aus dem Herzen kam's.
Doch nun laß ab, vertreibe die Bekümmernis:
gönn' es den Freunden, daß ihr Rat den Ausschlag gibt!

Te O Herrscher Aias, für die Menschen gibt es kein
größeres Unglück als der Knechtschaft harten Zwang.
Ich stamme zwar von einem freien Vater ab,
der reich und mächtig wie kein andrer Phryger war,

νῦν δ' εἰμὶ δούλη. θεοῖς γὰρ ὧδ' ἔδοξέ που
καὶ σῇ μάλιστα χειρί. τοιγαροῦν, ἐπεὶ
τὸ σὸν λέχος ξυνῆλθον, εὖ φρονῶ τὰ σά,
καί σ' ἀντιάζω πρός τ' ἐφεστίου Διὸς
εὐνῆς τε τῆς σῆς, ᾗ συνηλλάχθης ἐμοί,
μή μ' ἀξιώσῃς βάξιν ἀλγεινὴν λαβεῖν
τῶν σῶν ὑπ' ἐχθρῶν, χειρίαν ἀφείς τινι.
εἰ γὰρ θάνῃς σὺ καὶ τελευτήσας ἀφῇς,
ταύτῃ νόμιζε κἀμὲ τῇ τόθ' ἡμέρᾳ
βίᾳ ξυναρπασθεῖσαν Ἀργείων ὕπο
ξὺν παιδὶ τῷ σῷ δουλίαν ἕξειν τροφήν.
καί τις πικρὸν πρόσφθεγμα δεσποτῶν ἐρεῖ
λόγοις ἰάπτων· ἴδετε τὴν ὁμευνέτιν
Αἴαντος, ὃς μέγιστον ἴσχυσε στρατοῦ,
οἵας λατρείας ἀνθ' ὅσου ζήλου τρέφει.
τοιαῦτ' ἐρεῖ τις· κἀμὲ μὲν δαίμων ἐλᾷ,
σοὶ δ' αἰσχρὰ τἄπη ταῦτα καὶ τῷ σῷ γένει.
ἀλλ' αἴδεσαι μὲν πατέρα τὸν σὸν ἐν λυγρῷ
γήρᾳ προλείπων, αἴδεσαι δὲ μητέρα
πολλῶν ἐτῶν κληροῦχον, ἥ σε πολλάκις
θεοῖς ἀρᾶται ζῶντα πρὸς δόμους μολεῖν·
οἴκτιρε δ', ὦναξ, παῖδα τὸν σόν, εἰ νέος
πατρὸς στερηθεὶς σοῦ διοίσεται μόνος
ὑπ' ὀρφανιστῶν μὴ φίλων, ὅσον κακὸν
κείνῳ τε κἀμοὶ τοῦθ', ὅταν θάνῃς, νεμεῖς.
ἐμοὶ γὰρ οὐκέτ' ἔστιν εἰς ὅ τι βλέπω
πλὴν σοῦ. σὺ γάρ μοι πατρίδ' ᾔστωσας δορί,
καὶ μητέρ' ἄλλη μοῖρα τὸν φύσαντά τε
καθεῖλεν Ἅιδου θανασίμους οἰκήτορας.
τίς δῆτ' ἐμοὶ γένοιτ' ἂν ἀντὶ σοῦ πατρίς;
τίς πλοῦτος; ἐν σοὶ πᾶσ' ἔγωγε σῴζομαι.
ἀλλ' ἴσχε κἀμοῦ μνῆστιν· ἀνδρί τοι χρεὼν
μνήμην προσεῖναι, τερπνὸν εἴ τί που πάθοι.
χάρις χάριν γάρ ἐστιν ἡ τίκτουσ' ἀεί·
ὅτου δ' ἀπορρεῖ μνῆστις εὖ πεπονθότος,
οὐκ ἂν γένοιτ' ἔθ' οὗτος εὐγενὴς ἀνήρ.

und bin nun Sklavin. So gefiel's den Göttern wohl
und deiner Hand vor allem. Und mithin, seit ich
dein Lager teile, halt' ich treuen Sinns zu dir.
Und drum beschwör' ich dich beim Herdbeschützer Zeus,
bei deinem Bett, darin du dich mit mir vermählt,
laß mich von deinen Feinden keine Schmähungen
hinnehmen! Überlaß mich keiner fremden Hand!
Denn wenn du stirbst und läßt verscheidend mich zurück,
so werd' ich, glaub' es mir, noch an demselben Tag
von den Argeiern mit Gewalt hinweggeschleppt:
samt deinem Sohne duld' ich dann der Knechtschaft Los.
Und mancher von den Herrn spricht einen bittren Gruß,
um mich zu kränken: Sehet hier das Eheweib
des Aias, der als Mächtigster im Heere galt!
Seht, welche Knechtschaft sie getauscht für welches Glück!
So wird man reden. Und mich stößt ein Gott hinein,
dich aber und dein Haus beschimpft ein solches Wort.
Nein, achte deinen Vater, laß ihn nicht allein
im traurigen Alter! Achte deine Mutter auch
in ihren hohen Jahren, die so oft für dich
die Götter anfleht, daß du lebend kehrest heim!
Mit deinem Sohn, Herr, habe Mitleid, wenn er dann
beraubt des Vaters leben müßte, ohne dich,
bei lieblos strengen Waisenpflegern: welches Leid
du über mich und über ihn bringst, wenn du stirbst!
Ich habe ja nichts mehr, worauf ich blicken kann,
als dich. Verheert hast du die Heimat mir durch Krieg.
Mutter und Vater hat ein andres Schicksal mir
geraubt, im Tod zu wohnen in des Hades Reich.
Wer also würde nun statt deiner Heimat mir,
wer Wohlstand? Ganz geborgen bin ich ja in dir.
Drum denke nun auch mein; geziemt es doch dem Mann
dankbar zu bleiben, wenn ihm Freude ward geschenkt.
Denn Huld gebiert ja immer wieder neue Huld.
Doch wem Erinnrung an empfangnes Glück vergeht,
der hört wohl damit auf, ein edler Mann zu sein.

Χο Αἴας, ἔχειν σ' ἂν οἶκτον ὡς κἀγὼ φρενὶ
θέλοιμ' ἄν· αἰνοίης γὰρ ἂν τὰ τῆσδ' ἔπη.
Αἰ καὶ κάρτ' ἐπαίνου τεύξεται πρὸς γοῦν ἐμοῦ,
ἐὰν μόνον τὸ ταχθὲν εὖ τολμᾷ τελεῖν.
Τε ἀλλ', ὦ φίλ' Αἴας, πάντ' ἔγωγε πείσομαι.
Αἰ κόμιζέ νύν μοι παῖδα τὸν ἐμόν, ὡς ἴδω.
Τε καὶ μὴν φόβοισί γ' αὐτὸν ἐξελυσάμην.
Αἰ ἐν τοῖσδε τοῖς κακοῖσιν, ἢ τί μοι λέγεις;
Τε μὴ σοί γέ που δύστηνος ἀντήσας θάνοι.
Αἰ πρέπον γέ τἂν ἦν δαίμονος τοὐμοῦ τόδε.
Τε ἀλλ' οὖν ἐγὼ 'φύλαξα τοῦτό γ' ἀρκέσαι.
Αἰ ἐπῄνεσ' ἔργον καὶ πρόνοιαν ἣν ἔθου.
Τε τί δῆτ' ἂν ὡς ἐκ τῶνδ' ἂν ὠφελοῖμί σε;
Αἰ δός μοι προσειπεῖν αὐτὸν ἐμφανῆ τ' ἰδεῖν.
Τε καὶ μὴν πέλας γε προσπόλοις φυλάσσεται.
Αἰ τί δῆτα μέλλει μὴ οὐ παρουσίαν ἔχειν;

Τε ὦ παῖ, πατὴρ καλεῖ σε. δεῦρο προσπόλων
ἄγ' αὐτὸν ὅσπερ χερσὶν εὐθύνων κυρεῖς.
Αἰ ἕρποντι φωνεῖς, ἢ λελειμμένῳ λόγου;
Τε καὶ δὴ κομίζει προσπόλων ὅδ' ἐγγύθεν.

Αἰ αἶρ' αὐτόν, αἶρε δεῦρο· ταρβήσει γὰρ οὔ,
νεοσφαγῆ που τόνδε προσλεύσσων φόνον,
εἴπερ δικαίως ἔστ' ἐμὸς τὰ πατρόθεν.
ἀλλ' αὐτίκ' ὠμοῖς αὐτὸν ἐν νόμοις πατρὸς
δεῖ πωλοδαμνεῖν κἀξομοιοῦσθαι φύσιν.
ὦ παῖ, γένοιο πατρὸς εὐτυχέστερος,
τὰ δ' ἄλλ' ὁμοῖος· καὶ γένοι' ἂν οὐ κακός.
καίτοι σε καὶ νῦν τοῦτό γε ζηλοῦν ἔχω,
ὁθούνεκ' οὐδὲν τῶνδ' ἐπαισθάνῃ κακῶν.
ἐν τῷ φρονεῖν γὰρ μηδὲν ἥδιστος βίος,
ἕως τὸ χαίρειν καὶ τὸ λυπεῖσθαι μάθῃς.

554 b τὸ μὴ φρονεῖν γὰρ κάρτ' ἀνώδυνον κακόν.

Chf Ich wünschte, daß du Mitgefühl im Herzen trügst,
Aias: dann hießest du wohl ihre Worte gut.
Ai Und sicher wird ihr hohes Lob von mir zuteil,
wenn sie nur meine Wünsche ganz erfüllen will.
Te Gern, lieber Aias, werd' ich tun, was du verlangst.
Ai So bringe meinen Jungen mir! Ich will ihn sehn.
Te Ich hab' ihn auch nur aus Besorgnis weggeschafft...
Ai Um meines Unheils willen oder weshalb sonst?
Te Daß es sein Tod sein könnte, trät' er vor dich hin.
Ai Auch dazu war mein böser Geist imstande wohl!
Te Und ich war auf der Hut, damit es nicht geschah.
Ai Die Tat, und daß du Vorsicht übtest, lobe ich.
Te Wie kann ich dir nun weiterhin behilflich sein?
Ai Laß mich nun mit ihm sprechen, ihn leibhaftig sehn!
Te Von Dienern wird er gar nicht weit von hier bewacht.
Ai Was zögert er? Warum erscheint er noch nicht hier?

Tekmessa ruft hinter die Szene

Te Mein Kind, der Vater ruft dich. Bring ihn gleich hierher,
wer von den Dienern eben an der Hand ihn führt!
Ai Folgt er dem Rufe oder hat er nichts gehört?
Te Schon bringt ihn da ein Diener her von nebenan.

Eurysakes kommt, begleitet von einem Knabenführer

Ai So heb ihn hoch, bring ihn hierher! Er wird sich ja
nicht fürchten, dieses frisch vergoßne Blut zu sehn,
wenn wahrhaft er mein Sohn ist, von des Vaters Art.
Gleich anfangs muß man ihn nach Vaters rauhem Sinn
zureiten, bis er ihm in seinem Wesen gleicht. –
Mein Kind, glücklicher werde, als dein Vater war,
sonst aber ähnlich: schlecht wirst du dann wohl nicht sein.
Beneiden aber muß ich dich um eins auch jetzt:
daß du von all den schlimmen Dingen nichts verstehst.
Denn im Nichtwissen liegt des Lebens höchstes Glück,
bis du das Freuen und das Leiden kennen lernst.

ὅταν δ' ἵκῃ πρὸς τοῦτο, δεῖ σ', ὅπως πατρὸς
δείξεις ἐν ἐχθροῖς οἷος ἐξ οἵου 'τράφης.
τέως δὲ κούφοις πνεύμασιν βόσκου, νέαν
ψυχὴν ἀτάλλων, μητρὶ τῇδε χαρμονήν.
οὔτοι σ' Ἀχαιῶν, οἶδα, μή τις ὑβρίσῃ
στυγναῖσι λώβαις, οὐδὲ χωρὶς ὄντ' ἐμοῦ.
τοῖον πυλωρὸν φύλακα Τεῦκρον ἀμφί σοι
λείψω τροφῆς ἄοκνον ἔμπα, κεἰ τανῦν
τηλωπὸς οἰχνεῖ, δυσμενῶν θήραν ἔχων.
ἀλλ', ἄνδρες ἀσπιστῆρες, ἐνάλιος λεώς,
ὑμῖν τε κοινὴν τήνδ' ἐπισκήπτω χάριν,
κείνῳ τ' ἐμὴν ἀγγείλατ' ἐντολήν, ὅπως
τὸν παῖδα τόνδε πρὸς δόμους ἐμοὺς ἄγων
Τελαμῶνι δείξει μητρί τ', Ἐριβοίᾳ λέγω,
ὥς σφιν γένηται γηροβοσκὸς εἰσαεί.
καὶ τἀμὰ τεύχη μήτ' ἀγωνάρχαι τινὲς 572
θήσουσ' Ἀχαιοῖς μήτε λυμεὼν ἐμός.
ἀλλ' αὐτό μοι σύ, παῖ, λαβὼν ἐπώνυμον,
Εὐρύσακες, ἴσχε διὰ πολυρράφου στρέφων
πόρπακος ἑπτάβοιον ἄρρηκτον σάκος·
τὰ δ' ἄλλα τεύχη κοίν' ἐμοὶ τεθάψεται.
ἀλλ' ὡς τάχος τὸν παῖδα τόνδ' ἤδη δέχου,
καὶ δῶμα πάκτου μηδ' ἐπισκήνους γόους
δάκρυε. κάρτα τοι φιλοίκτιστον γυνή.
πύκαζε θᾶσσον. οὐ πρὸς ἰατροῦ σοφοῦ
θρηνεῖν ἐπῳδὰς πρὸς τομῶντι πήματι.
Χο δέδοικ' ἀκούων τήνδε τὴν προθυμίαν.
οὐ γάρ μ' ἀρέσκει γλῶσσά σου τεθηγμένη.
Τε ὦ δέσποτ' Αἴας, τί ποτε δρασείεις φρενί;
Αἰ μὴ κρῖνε, μὴ 'ξέταζε· σωφρονεῖν καλόν.
Τε οἴμ' ὡς ἀθυμῶ· καί σε πρὸς τοῦ σοῦ τέκνου
καὶ θεῶν ἱκνοῦμαι, μὴ προδοὺς ἡμᾶς γένῃ.
Αἰ ἄγαν γε λυπεῖς. οὐ κάτοισθ', ἐγὼ θεοῖς
ὡς οὐδὲν ἀρκεῖν εἴμ' ὀφειλέτης ἔτι;

571 ἔστ' ἂν μυχοὺς κίχωσι τοῦ κάτω θεοῦ.

Doch wenn du dahin kommst, sollst deinen Feinden du
beweisen, wer du bist und wer dein Vater war.
Bis dahin weide dich an milder Luft und sei
des jungen Lebens froh zu deiner Mutter Glück!
Ich weiß es: kein Achaier darf je kränken dich
mit frechem Hohn, und bist du gleich getrennt von mir.
Als wachsamen Beschützer lass' ich Teukros dir:
der hütet unverzagt dein Wachstum, wenn er jetzt
auch in der Ferne schweifend Jagd auf Feinde hält.
Euch, schildbewehrte Männer, meerverbundnes Volk,
euch trag' ich dies als Liebesdienst gemeinsam auf:
ihr sollt ihm meinen Willen übermitteln, daß
er diesen Knaben hier in meine Heimat führt,
ihn Telamon und Mutter Eriboia bringt,
daß er fortan zur Stütze ihres Alters wird.
Und meine Rüstung soll kein Preisverteiler je
Achaiern überreichen, auch mein Quälgeist nicht.
Du, Kind, nimm ihn, den breiten Schild, nach dem du heißt,
Eurysakes, und schwing am starkumnähten Griff
den siebenhäutigen, den undurchdringlichen!
Die andren Waffen lege man mit mir ins Grab!
Nun nimm das Kind so schnell wie möglich mit hinweg,
schließe die Wohnung, klag' und weine draußen nicht
vorm Zelt! Zur Weheklage neigt ein Weib ja meist.
Nur schnell: mach dicht! Kein weiser Arzt singt je
Beschwörungslieder, wenn ein Weh des Schnitts bedarf.

Chf Mit Sorge hör' ich diesen eiligen Entschluß,
denn mir gefällt die Schärfe deiner Zunge nicht.

Te Gebieter Aias, was zu tun hast du im Sinn?

Ai Frag' nicht und forsche nicht! Verständig sein geziemt.

Te Ach, wie ich bange! Hör mich flehn bei deinem Kind
und bei den Göttern: kein Verräter werd' an uns!

Ai Du wirst beschwerlich. Weißt du nicht, daß Göttern ich
hinfort zu keinem Dienste mehr verpflichtet bin?

Τε εὔφημα φώνει.
Αἰ τοῖς ἀκούουσιν λέγε.
Τε σὺ δ' οὐχὶ πείσῃ;
Αἰ πόλλ' ἄγαν ἤδη θροεῖς.
Τε ταρβῶ γάρ, ὦναξ.
Αἰ οὐ ξυνέρξεθ' ὡς τάχος;
Τε πρὸς θεῶν, μαλάσσου.
Αἰ μῶρά μοι δοκεῖς φρονεῖν,
εἰ τοὐμὸν ἦθος ἄρτι παιδεύειν νοεῖς.

Χορός

ὦ κλεινὰ Σαλαμίς, σὺ μέν gl Str. 1
που ναίεις ἁλίπλακτος εὐδαίμων, gl sp
πᾶσιν περίφαντος αἰεί· en
ἐγὼ δ' ὁ τλάμων παλαιὸς ἀφ' οὗ χρόνος ia gl
Ἰδᾷδι μίμνων χειμῶνι πόᾳ τε μηνῶν ia hi
ἀνήριθμος αἰὲν εὐνῶμαι te sp
πόνῳ τρυχόμενος, do
κακὰν ἐλπίδ' ἔχων do
ἔτι μέ ποτ' ἀνύσειν do
τὸν ἀπότροπον ἀΐδηλον Ἅιδαν. do ba

καί μοι δυσθεράπευτος Αἴ- gl Ant. 1
ας ξύνεστιν ἔφεδρος, ὤμοι μοι, gl sp
θείᾳ μανίᾳ ξύναυλος· en
ὃν ἐξεπέμψω πρὶν δή ποτε θουρίῳ ia gl
κρατοῦντ' ἐν Ἄρει· νῦν δ' αὖ φρενὸς οἰοβώτας ia hi
φίλοις μέγα πένθος ηὕρηται. te sp
τὰ πρὶν δ' ἔργα χεροῖν do
μεγίστας ἀρετᾶς do
ἄφιλα παρ' ἀφίλοις do
ἔπεσ' ἔπεσε μελέοις Ἀτρείδαις. do ba

ἦ που παλαιᾷ μὲν σύντροφος ἁμέρᾳ, ia gl Str. 2
λευκῷ τε γήρᾳ μάτηρ νιν ὅταν νοσοῦν- ia gl

Te Hör auf zu lästern!
Ai Sag es dem, der hören will!
Te Du gibst nicht nach?
Ai Du sprichst schon lange viel zu viel.
Te O Herr, ich zittre...
Ai *zu den Dienern* Schließt ihr nun nicht schnellstens ab?
Te Laß dich erbitten!
Ai Töricht scheint dein Trachten mir,
wenn du mein Wesen jetzt noch umzubilden meinst.

Er geht ins Zelt, Tekmessa folgt ihm mit dem Kinde

Chor

Hochgepriesenes Salamis,
du wohnst wogenumbrandet, reich beglückt,
von allen gerühmt für ewig.
Doch ich, wie lang ist es her, daß ich standhaft stets
am Ida ausharre winters und sommers: Unzahl
von Monaten lieg' ich nun hier fest,
in Mühn reib' ich mich auf,
bedrückt bin ich von Furcht,
daß ich gar bald muß hinab
zum grausen, entsetzlichen Hades eilen.

Und der schwierige Aias ist
mir gesellt als Gefährte, wehe mir,
den göttlicher Wahnsinn heimsucht,
den du gesandt hast dereinst als Gebieter
im Sturm des Schlachtfelds: doch nun ist sein Geist im Irrwahn,
den Freunden ward er zu großem Leid.
Was einstmals er vollbracht
an Großtaten des Ruhms,
stürzte und stürzte, verhaßt
den hassenden, törichten Atreus-Söhnen.

Wenn nun die Mutter, die älteste Zeiten sah,
im weißen Scheitel hört, Aias, ihr Sohn, sei schwer

τα φρενομόρως ἀκούσῃ, — ch ba
αἴλινον αἴλινον — do
οὐδ' οἰκτρᾶς γόον ὄρνιθος ἀηδοῦς — ascl (m) ∧
ἥσει δύσμορος, ἀλλ' — sp ch
ὀξυτόνους μὲν ᾠδὰς — ch ba
θρηνήσει, χερόπλακτοι δ' — pher
ἐν στέρνοισι πεσοῦνται — pher
δοῦποι καὶ πολιᾶς ἄμυγμα χαίτας. — phal

κρείσσων γὰρ Ἅιδᾳ κεύθων ὁ νοσῶν μάταν, — ia gl — Ant. 2
ὃς ἐκ πατρῴας ἥκων γενεᾶς ἄρι- — ia gl
σ̇τος πολυπόνων Ἀχαιῶν, — ch ba
οὐκέτι συντρόφοις — do
ὀργαῖς ἔμπεδος, ἀλλ' ἐκτὸς ὁμιλεῖ. — ascl (m) ∧
ὦ τλᾶμον πάτερ, οἵ- — sp ch
αν σε μένει πυθέσθαι — ch ba
παιδὸς δύσφορον ἄταν, — pher
ἂν οὔπω τις ἔθρεψεν — pher
δίων Αἰακιδᾶν ἄτερθε τοῦδε. — phal

Αἰ ἅπανθ' ὁ μακρὸς κἀναρίθμητος χρόνος
φαίνει τ' ἄδηλα καὶ φανέντα κρύπτεται·
κοὐκ ἔστ' ἄελπτον οὐδέν, ἀλλ' ἁλίσκεται
χὡ δεινὸς ὅρκος χαἰ περισκελεῖς φρένες.
κἀγὼ γάρ, ὃς τὰ δείν' ἐκαρτέρουν τότε,
βαφῇ σίδηρος ὥς, ἐθηλύνθην στόμα
πρὸς τῆσδε τῆς γυναικός· οἰκτίρω δέ νιν
χήραν παρ' ἐχθροῖς παῖδά τ' ὀρφανὸν λιπεῖν.
ἀλλ' εἶμι πρός τε λουτρὰ καὶ παρακτίους
λειμῶνας, ὡς ἂν λύμαθ' ἁγνίσας ἐμὰ
μῆνιν βαρεῖαν ἐξαλύξωμαι θεᾶς·
μολών τε χῶρον ἔνθ' ἂν ἀστιβῆ κίχω
κρύψω τόδ' ἔγχος τοὐμόν, ἔχθιστον βελῶν,
γαίας ὀρύξας ἔνθα μή τις ὄψεται·
ἀλλ' αὐτὸ νὺξ Ἅιδης τε σῳζόντων κάτω.
ἐγὼ γὰρ ἐξ οὗ χειρὶ τοῦτ' ἐδεξάμην

getroffen von Geisteskrankheit, –
wehe uns, wehe uns
wird sie rufen und nicht sanft wie der Vogel
singen ihr Klagelied, nein,
jammern in wildem Wehlaut
wird sie, wird mit den Händen
sich die Brüste zerschlagen,
daß es schallt, und die grauen Haare raufen.

Denn besser, Hades birgt den, der am Geiste krankt!
Er, der aus edlem Haus kommt als der Beste der
Achaier, der kampferprobten,
wandelt doch nicht im Kreis
angeborener Art, ging in die Irre.
Armer Vater, was steht
nun dir bevor zu hören
über des Sohnes Unheil,
wie es keiner der hehren
Aiakiden erduldet außer diesem!

Aias und Tekmessa treten aus dem Zelt

Ai Die unermeßlich lange Zeit macht offenbar
alles Verborgne und verhüllt, was sichtbar ist.
Es gibt nichts Unausdenkbares, doch sinkt dahin
der heilige Eid und auch der felsenfeste Sinn.
Auch ich, der vorhin auf dem Schlimmsten fest bestand,
ward biegsam, wie der Stahl im Öl, mit meinem Wort
durch diese Frau: es tut mir leid, verwitwet sie
zu lassen unter Feinden und den Sohn verwaist.
Doch geh' ich nun zum Bad, zur grünen Flur am Strand
des Meeres, rein zu waschen mich von meiner Schuld,
vielleicht dem schweren Zorn der Göttin zu entgehn.
Und find' ich eine unwegsame Stelle dort,
verberg' ich dies mein Schwert, der Waffen feindlichste,
und grab' es in die Erde, wo es niemand sieht,
wo nur die Nacht des Hades drunten es bewahrt.
Denn seit dem Tag, da ich's mit meiner Hand empfing

παρ' Ἕκτορος δώρημα δυσμενεστάτου,
οὔπω τι κεδνὸν ἔσχον Ἀργείων πάρα.
ἀλλ' ἔστ' ἀληθὴς ἡ βροτῶν παροιμία,
ἐχθρῶν ἄδωρα δῶρα κοὐκ ὀνήσιμα.
τοιγὰρ τὸ λοιπὸν εἰσόμεσθα μὲν θεοῖς
εἴκειν, μαθησόμεσθα δ' Ἀτρείδας σέβειν.
ἄρχοντές εἰσιν, ὥσθ' ὑπεικτέον. τί μήν;
καὶ γὰρ τὰ δεινὰ καὶ τὰ καρτερώτατα
τιμαῖς ὑπείκει· τοῦτο μὲν νιφοστιβεῖς
χειμῶνες ἐκχωροῦσιν εὐκάρπῳ θέρει·
ἐξίσταται δὲ νυκτὸς αἰανὴς κύκλος
τῇ λευκοπώλῳ φέγγος ἡμέρᾳ φλέγειν·
δεινῶν τ' ἄημα πνευμάτων ἐκοίμισε
στένοντα πόντον· ἐν δ' ὁ παγκρατὴς ὕπνος
λύει πεδήσας, οὐδ' ἀεὶ λαβὼν ἔχει.
ἡμεῖς δὲ πῶς οὐ γνωσόμεσθα σωφρονεῖν;
ἐγὼ δ' ἐπίσταμαι γὰρ ἀρτίως, ὅτι
ὅ τ' ἐχθρὸς ἡμῖν ἐς τοσόνδ' ἐχθαρτέος,
ὡς καὶ φιλήσων αὖθις, ἔς τε τὸν φίλον
τοσαῦθ' ὑπουργῶν ὠφελεῖν βουλήσομαι,
ὡς αἰὲν οὐ μενοῦντα. τοῖς πολλοῖσι γὰρ
βροτῶν ἄπιστός ἐσθ' ἑταιρείας λιμήν.
ἀλλ' ἀμφὶ μὲν τούτοισιν εὖ σχήσει· σὺ δὲ
εἴσω θεοῖς ἐλθοῦσα διὰ τάχους, γύναι,
εὔχου τελεῖσθαι τοὐμὸν ὧν ἐρᾷ κέαρ.

ὑμεῖς θ', ἑταῖροι, ταὐτὰ τῇδέ μοι τάδε
τιμᾶτε, Τεύκρῳ τ', ἢν μόλῃ, σημήνατε
μέλειν μὲν ἡμῶν, εὐνοεῖν δ' ὑμῖν ἅμα.
ἐγὼ γὰρ εἶμ' ἐκεῖσ' ὅποι πορευτέον·
ὑμεῖς δ' ἃ φράζω δρᾶτε, καὶ τάχ' ἄν μ' ἴσως
πύθοισθε, κεἰ νῦν δυστυχῶ, σεσωμένον.

Χορός

ἔφριξ' ἔρωτι, περιχαρὴς δ' ἀνεπτάμαν. ia³ Str.
ἰὼ ἰὼ Πὰν Πάν, ia²

von Hektor als ein höchst feindseliges Geschenk,
steh' ich bei den Argeiern nicht in Ehren mehr.
Ein Spruch geht bei den Menschen um, und der ist wahr:
Ungaben sind des Feindes Gaben, schaden nur.
In Zukunft wissen wir: den Göttern fügt man sich,
und werden lernen den Atriden huldigen.
Sie sind die Herrscher, drum gehorche man! Was sonst?
Denn auch das Schreckliche wie das Gewaltigste
beugt sich der Würde: so muß auf verschneitem Pfad
der Winter weichen vor des Sommers Fruchtbarkeit,
und so verblaßt das finstere Gewölb der Nacht
vorm Lichtgespann des Tags mit seinem hellen Schein;
der wilden Stürme Hauch beruhigt sich und stillt
des Meeres Brausen; auch des Schlafes Allmacht löst,
wo sie gefesselt hat, und hält nicht stets im Bann.
Wie sollten wir nicht lernen, uns zu mäßigen?
Denn eben jetzt hab' ich es eingesehen, daß
der Feind insoweit nur von uns zu hassen ist,
als könnt' er wieder lieben; so will ich dem Freund
hinfort nur soviel helfen und zu Diensten stehn,
als blieb' er es nicht immer; vielen Menschen ist
der Kameradschaft Hafen oft recht trügerisch.
Nun, lassen wir das alles gut sein! Aber du
geh rasch hinein und flehe zu den Göttern, Frau,
daß sie erfüllen alles, was mein Herz begehrt!

Tekmessa geht ins Zelt

Ihr, Kameraden, ehrt nun ebenso wie sie
mein Wollen! Teukros, wenn er kommt, verständigt ihr,
für uns zu sorgen und euch wohlgesinnt zu sein.
Mich führt mein Weg dorthin, wohin ich gehen muß.
Tut ihr, was ich euch sage! Bald vielleicht vernehmt
ihr, daß ich, zwar im Unheil jetzt, errettet bin.

Er geht hinweg

Chor

Vor Wonne schaudr' ich, schwebe vor Freuden himmelan!
Hoiho, hoiho! Pan, Pan,

ὦ Πὰν Πὰν ἁλίπλαγκτε Κυλ- gl
λανίας χιονοκτύπου gl
πετραίας ἀπὸ δειράδος φάνηθ', ὦ phal
θεῶν χοροποί' ἄναξ, ὅπως ch ia
μοι Νύσια Κνώσι' ὀρ- te
χήματ' αὐτοδαῆ ξυνὼν ἰάψῃς. phal
νῦν γὰρ ἐμοὶ μέλει χορεῦσαι. hi
Ἰκαρίων δ' ὑπὲρ πελαγέων (alc)
μολὼν ἄναξ Ἀπόλλων ia ba
ὁ Δάλιος εὔγνωστος te
ἐμοὶ ξυνείη διὰ παντὸς εὔφρων. ia ch ba

ἔλυσεν αἰνὸν ἄχος ἀπ' ὀμμάτων Ἄρης. ia^3 Ant.
ἰὼ ἰώ. νῦν αὖ, ia^2
νῦν, ὦ Ζεῦ, πάρα λευκὸν εὐ- gl
άμερον πελάσαι φάος gl
θοᾶν ὠκυάλων νεῶν, ὅτ' Αἴας phal
λαθίπονος πάλιν, θεῶν ch ia
δ' αὖ πάνθυτα θέσμι' ἐξ- te
ήνυσ' εὐνομίᾳ σέβων μεγίστᾳ. phal
πάνθ' ὁ μέγας χρόνος μαραίνει· hi
κοὐδὲν ἀναύδατον φατίσαιμ' (alc)
ἄν, εὖτέ γ' ἐξ ἀέλπτων ia ba
Αἴας μετανεγνώσθη te
θυμοῦ τ' Ἀτρείδαις μεγάλων τε νεικέων. ia ch ba

Ἄγγελος

ἄνδρες φίλοι, τὸ πρῶτον ἀγγεῖλαι θέλω,
Τεῦκρος πάρεστιν ἄρτι Μυσίων ἀπὸ
κρημνῶν· μέσον δὲ προσμολὼν στρατήγιον
κυδάζεται τοῖς πᾶσιν Ἀργείοις ὁμοῦ.
στείχοντα γὰρ πρόσωθεν αὐτὸν ἐν κύκλῳ
μαθόντες ἀμφέστησαν, εἶτ' ὀνείδεσιν
ἤρασσον ἔνθεν κἄνθεν οὔτις ἔσθ' ὃς οὔ,

o Pan, Pan, übers Meer vom schnee-
sturmgepeitschten kyllenischen
Gebirgsfelsen hernieder komm, erschein, o
Führer der Götterreigen! Schwing
die nysischen, knosischen
Tänze mit, die ich selbst ersonnen habe!
Heute verlangt es mich, zu tanzen.
Über die Flut des Ikaros-Meers
auch du komm, Herr Apollon,
komm, delischer Gott, leibhaft
und sei mit mir, bleib mir auf immer huldreich!

Nun nahm die Last des Grams von den Augen Ares ab.
Hoiho, hoiho! Nun, Zeus,
nun darf wieder mit hellem Glanz
glückverheißenden Tages Licht
den schnellfahrenden Schiffen nahn, da Aias
endlich sein Leid verwand und nun
die Opfer nach altem Brauch,
streng der Satzung gemäß, vollzieht in Ehrfurcht.
Alles besiegt der Gang der Zeiten.
Nichts soll unmöglich heißen für mich,
da Aias unverhofft nun
sich umstimmen ließ, absteht
vom Zorn und Streit gegen die Atreus-Söhne.

Ein Bote ist gekommen

Bote

Zunächst, ihr lieben Leute, will ich melden, daß
zurück soeben Teukros ist vom mysischen
Gebirg. Doch wie er vor das Zelt der Feldherrn kommt,
verhöhnen die Argeier alle ihn zugleich.
Denn als sie merkten, daß er in die Nähe kam,
umstanden sie im Kreis ihn und bewarfen ihn
mit Schmähungen von allen Seiten, keiner schwieg,

τὸν τοῦ μανέντος κἀπιβουλευτοῦ στρατῷ
ξύναιμον ἀποκαλοῦντες, ὡς οὐκ ἀρκέσοι
τὸ μὴ οὐ πέτροισι πᾶς καταξανθεὶς θανεῖν.
ὥστ' ἐς τοσοῦτον ἦλθον, ὥστε καὶ χεροῖν
κολεῶν ἐρυστὰ διεπεραιώθη ξίφη.
λήγει δ' ἔρις δραμοῦσα τοῦ προσωτάτω
ἀνδρῶν γερόντων ἐν ξυναλλαγῇ λόγου.
ἀλλ' ἡμὶν Αἴας ποῦ 'στιν, ὡς φράσω τάδε;
τοῖς κυρίοις γὰρ πάντα χρὴ δηλοῦν λόγον.

Χορός

οὐκ ἔνδον ἀνήρ, ἀλλὰ φροῦδος ἀρτίως,
βουλὰς νέας νέοισιν ἁρμόσας τρόποις.
'Αγ ἰοὺ ἰού.
βραδεῖαν ἡμᾶς ἆρ' ὁ τήνδε τὴν ὁδὸν
πέμπων ἔπεμψεν, ἢ 'φάνην ἐγὼ βραδύς.
Χο τί δ' ἐστὶ χρείας τῆσδ' ὑπεσπανισμένον;
'Αγ τὸν ἄνδρ' ἀπηύδα Τεῦκρος ἔνδοθεν στέγης
μὴ 'ξω παρήκειν, πρὶν παρὼν αὐτὸς τύχῃ.
Χο ἀλλ' οἴχεταί τοι, πρὸς τὸ κέρδιον τραπεὶς
γνώμης, θεοῖσιν ὡς καταλλαχθῇ χόλου.
'Αγ ταῦτ' ἐστὶ τἄπη μωρίας πολλῆς πλέα,
εἴπερ τι Κάλχας εὖ φρονῶν μαντεύεται.
Χο ποῖον; τί δ' εἰδὼς τοῦδε πράγματος πάρει;
'Αγ τοσοῦτον οἶδα καὶ παρὼν ἐτύγχανον.
ἐκ γὰρ συνέδρου καὶ τυραννικοῦ κύκλου
Κάλχας μεταστὰς οἶος 'Ατρειδῶν δίχα,
ἐς χεῖρα Τεύκρου δεξιὰν φιλοφρόνως
θεὶς εἶπε κἀπέσκηψε παντοίᾳ τέχνῃ
εἶρξαι κατ' ἦμαρ τοὐμφανὲς τὸ νῦν τόδε
Αἴανθ' ὑπὸ σκηναῖσι μηδ' ἀφέντ' ἐᾶν,
εἰ ζῶντ' ἐκεῖνον εἰσιδεῖν θέλοι ποτέ.
ἐλᾷ γὰρ αὐτὸν τήνδ' ἔθ' ἡμέραν μόνην
δίας 'Αθάνας μῆνις, ὡς ἔφη λέγων.
τὰ γὰρ περισσὰ κἀνόητα λήματα

beschimpften als den Bruder ihn des Rasenden, der
das Heer mit Mord bedroht: es stehe nichts im Weg,
ihn gänzlich zu vernichten durch die Steinigung.
So kam es schließlich dahin, daß die Hände zu
den Schwertern griffen: aus den Scheiden schwirrten sie.
Schon ging der Streit aufs Äußerste, da ward er noch
durch die Vermittlung älterer Leute beigelegt.
Wo ist denn aber Aias? Melden will ich's ihm.
Den Herren muß ja jedes Wort berichtet sein.

Chorführer

Nicht drinnen ist er, sondern ging soeben weg:
auf einen neuen Plan bracht' ihn ein neuer Sinn.
Bo O weh, o weh!
Zu spät hieß er, der mich auf diesen Weg geschickt,
mich gehen, oder ich kam allzu spät ans Ziel.
Chf Was ist's, was du bei deiner Pflicht verabsäumt hast?
Bo Teukros befiehlt: ihr sollt ihn halten drin im Zelt
und nicht herausgehn lassen, bis er selbst erscheint.
Chf Er ist ja fort, weil er sich eines Besseren
besann, sich zu versöhnen mit der Götter Zorn.
Bo Worte von großer Torheit voll sprichst du da aus,
wenn das, was Kalchas weissagt, klug und weise ist.
Chf Was ist's? Was hörtest du davon? Warst du dabei?
Bo Zufällig war ich selbst dabei und weiß soviel:
vom Kreise des versammelten Fürstenrats hinweg
trat Kalchas abseits, von den Atreus-Söhnen fern,
nahm wohlgesonnen Teukros bei der rechten Hand
und bat und drängte ihn, mit allen Mitteln und
aller Entschiedenheit Aias für heut ins Zelt
zu sperren und zu hindern, daß er es verläßt,
wenn er ihm je im Leben noch begegnen will.
Denn ihn verfolgt an diesem einen Tage nur
der Zorn der göttlichen Athene, wie er sagt.
Denn unverständig überhebliche Sinnesart

πίπτειν βαρείαις πρὸς θεῶν δυσπραξίαις
ἔφασχ' ὁ μάντις, ὅστις ἀνθρώπου φύσιν
βλαστὼν ἔπειτα μὴ κατ' ἄνθρωπον φρονῇ.
κεῖνος δ' ἀπ' οἴκων εὐθὺς ἐξορμώμενος
ἄνους καλῶς λέγοντος ηὑρέθη πατρός.
ὃ μὲν γὰρ αὐτὸν ἐννέπει· τέκνον, δορὶ
βούλου κρατεῖν μέν, σὺν θεῷ δ' ἀεὶ κρατεῖν.
ὃ δ' ὑψικόμπως κἀφρόνως ἠμείψατο·
πάτερ, θεοῖς μὲν κἂν ὁ μηδὲν ὢν ὁμοῦ
κράτος κατακτήσαιτ'· ἐγὼ δὲ καὶ δίχα
κείνων πέποιθα τοῦτ' ἐπισπάσειν κλέος.
τοσόνδ' ἐκόμπει μῦθον. εἶτα δεύτερον
δίαν 'Αθάναν, ἡνίκ' ὀτρύνουσά νιν
ηὑδᾶτ' ἐπ' ἐχθροῖς χεῖρα φοινίαν τρέπειν,
τότ' ἀντιφωνεῖ δεινὸν ἄρρητόν τ' ἔπος·
ἄνασσα, τοῖς ἄλλοισιν 'Αργείων πέλας
ἵστω, καθ' ἡμᾶς δ' οὔποτ' ἐκρήξει μάχη.
τοιοῖσδέ τοι λόγοισιν ἀστεργῆ θεᾶς
ἐκτήσατ' ὀργήν, οὐ κατ' ἄνθρωπον φρονῶν.
ἀλλ' εἴπερ ἔστι τῇδε θἠμέρᾳ, τάχ' ἂν
γενοίμεθ' αὐτοῦ σὺν θεῷ σωτήριοι.
τοσαῦθ' ὁ μάντις εἶφ'· ὃ δ' εὐθὺς ἐξ ἕδρας
πέμπει με σοὶ φέροντα τάσδ' ἐπιστολὰς
Τεῦκρος φυλάσσειν. εἰ δ' ἄρ' ὑστερήσαμεν,
οὐκ ἔστιν ἁνὴρ κεῖνος, εἰ Κάλχας σοφός.

Χο ὦ δαΐα Τέκμησσα, δυσμόρων γένος,
ὅρα μολοῦσα τόνδ' ὁποῖ' ἔπη θροεῖ.
ξυρεῖ γὰρ ἐν χρῷ τοῦτο μὴ χαίρειν τινά.

Τε τί μ' αὖ τάλαιναν, ἀρτίως πεπαυμένην
κακῶν ἀτρύτων, ἐξ ἕδρας ἀνίστατε;

versinkt durch Götterwillen tief im Mißgeschick,
so sprach der Seher, wenn ein Mensch, nach Menschenart
geschaffen, über Menschenmaß hinaus sich dünkt.
Er aber ward, als er von Hause fortzog, schon
töricht befunden bei des Vaters weisem Wort.
Der nämlich warnt ihn noch und spricht: Mein Kind, im Kampf
trachte zu siegen, doch zu siegen nur mit Gott!
Und er versetzte prahlerisch im Unverstand:
Vater, mit Göttern trägt wohl auch der Nichtigste
den Sieg im Kampf davon. Ich aber bin gewiß:
ich reiße diesen Ruhm an mich auch ohne sie.
So prahlten seine Worte. Dann, ein andermal,
als ihn die göttliche Athene rief und ihn
ermunterte zu blutigem Angriff auf den Feind,
entgegnet er mit dem unglaublich dreisten Wort:
Herrin, den übrigen Argeiern stehe bei!
Bei mir und bei den Meinen bricht der Feind nicht durch. –
Durch solche Reden zog er sich den grimmen Zorn
der Göttin zu, weil er nicht dachte wie ein Mensch.
Doch überlebt er diesen Tag noch, können wir
vielleicht mit Götterhilfe seine Retter sein.
So sprach der Seher. Teukros aber schickt sogleich
vom Sitz aus mich mit diesem Auftrag her zu dir,
daß ihr ihn ausführt. Kommen wir jedoch zu spät,
so lebt der Mann nicht mehr, wenn Kalchas richtig sieht.

Chorführer ruft

Chf Tekmessa, o du Ärmste, hart vom Leid verfolgt,
komm her, sieh diesen hier und höre, was er sagt!
Das schneidet tief ins Fleisch hinein, und keinen freut's!

Tekmessa

tritt mit dem Kind heraus

Was schreckt ihr wieder mich, die eben sich erholt
vom unablässigen Leid, empor von meinem Sitz?

Χο τοῦδ' εἰσάκουε τἀνδρός, ὡς ἥκει φέρων
Αἴαντος ἡμῖν πρᾶξιν ἣν ἤλγησ' ἐγώ.
Τε οἴμοι, τί φής, ὤνθρωπε; μῶν ὀλώλαμεν;
'Αγ οὐκ οἶδα τὴν σὴν πρᾶξιν, Αἴαντος δ' ὅτι,
θυραῖος εἴπερ ἐστίν, οὐ θαρσῶ πέρι.
Τε καὶ μὴν θυραῖος, ὥστε μ' ὠδίνειν τί φής.
'Αγ ἐκεῖνον εἴργειν Τεῦκρος ἐξεφίεται
σκηνῆς ὕπαυλον μηδ' ἀφιέναι μόνον.
Τε ποῦ δ' ἐστὶ Τεῦκρος, κἀπὶ τῷ λέγει τάδε;
'Αγ πάρεστ' ἐκεῖνος ἄρτι· τήνδε δ' ἔξοδον
ὀλεθρίαν Αἴαντος ἐλπίζει φέρειν.
Τε οἴμοι τάλαινα, τοῦ ποτ' ἀνθρώπων μαθών;
'Αγ τοῦ Θεστορείου μάντεως, καθ' ἡμέραν
τὴν νῦν ὃ τούτῳ θάνατον ἢ βίον φέρει.
Τε οἲ 'γώ, φίλοι, πρόστητ' ἀναγκαίας τύχης,
καὶ σπεύσαθ' οἱ μὲν Τεῦκρον ἐν τάχει μολεῖν,
οἱ δ' ἑσπέρους ἀγκῶνας, οἱ δ' ἀντηλίους
ζητεῖτ' ἰόντες τἀνδρὸς ἔξοδον κακήν.
ἔγνωκα γὰρ δὴ φωτὸς ἠπατημένη
καὶ τῆς παλαιᾶς χάριτος ἐκβεβλημένη.
οἴμοι, τί δράσω, τέκνον; οὐχ ἱδρυτέον.
ἀλλ' εἶμι κἀγὼ κεῖσ' ὅποιπερ ἂν σθένω.
χωρῶμεν, ἐγκονῶμεν, οὐχ ἕδρας ἀκμή. 811
Χο χωρεῖν ἑτοῖμος, κοὐ λόγῳ δείξω μόνον. 813
τάχος γὰρ ἔργου καὶ ποδῶν ἅμ' ἕψεται.

Αἴας

ὁ μὲν σφαγεὺς ἕστηκεν ᾗ τομώτατος
γένοιτ' ἄν, εἴ τῳ καὶ λογίζεσθαι σχολή,
δῶρον μὲν ἀνδρὸς Ἕκτορος ξένων ἐμοὶ

---

812 σῴζειν θέλοντες ἄνδρα γ' ὃς σπεύδει θανεῖν.

Chf Vernimm von diesem Mann, der Aias' Schicksal uns
verkünden kommt, ein Unheil, das mich tief betrübt!
Te Weh mir! Was bringst du, Mensch? Ist's unser Untergang?
Bo Von deinem Unglück weiß ich nichts, von Aias nur:
sofern er draußen ist, hoff' ich nicht mehr für ihn.
Te Wohl ist er draußen! Ah, was sagst du, mir zur Qual?
Bo Ihn festzuhalten trägt euch Teukros auf: ihr sollt
ihn nicht allein fortgehen lassen aus dem Zelt.
Te Doch wo ist Teukros? Und warum befiehlt er dies?
Bo Zurück ist er soeben. Doch er sieht voraus,
daß dies Entweichen Aias' Untergang bewirkt.
Te Ich Arme! Wehe mir! Von wem erfuhr er das?
Bo Von Thestors Sohn, dem Seher, an dem heutigen Tag,
daß diesem Leben oder Tod beschieden ist.
Te Ach, Freunde, helft mir in der Drangsal dieser Not!
Ihr treibt mir Teukros an, damit er eilends kommt!
Ihr sucht die Bucht im Westen, ihr im Osten ab
und forscht des Herrn verhängnisvollem Aufbruch nach!
Denn nun erkenn' ich, daß ich von dem Mann getäuscht,
daß ich aus seiner alten Huld verstoßen bin.
Weh mir, was tu' ich, Kind? Stillsitzen kann ich nicht:
auch ich will überallhin gehen, wo ich kann.
Ja, gehn wir, laufen wir! Zur Rast ist keine Zeit.
Chf Bereit zu laufen, zeig' ich's nicht mit Worten nur:
Geschwindigkeit der Tat, der Füße folgt sogleich.

Alle gehen, der Chor in zwei Halbchören nach verschiedenen Seiten

Einsame Gegend am Strand, im Hintergrund Gebüsch. Aias befestigt hinter einem Busch sein Schwert mit dem Griff im Erdboden

Aias

Da steht der Mörder so, daß er aufs sicherste
mich trifft, – sofern man Muße, drauf zu achten, hat –,
Geschenk des Mannes Hektor, des verhaßtesten

μάλιστα μισηθέντος, ἐχθίστου θ' ὁρᾶν.
πέπηγε δ' ἐν γῇ πολεμίᾳ τῇ Τρῳάδι,
σιδηροβρῶτι θηγάνῃ νεηκονής·
ἔπηξα δ' αὐτὸν εὖ περιστείλας ἐγώ,
εὐνούστατον τῷδ' ἀνδρὶ διὰ τάχους θανεῖν.
οὕτω μὲν εὐσκευοῦμεν· ἐκ δὲ τῶνδέ μοι
σὺ πρῶτος, ὦ Ζεῦ, καὶ γὰρ εἰκός, ἄρκεσον.
αἰτήσομαι δέ σ' οὐ μακρὸν γέρας λαχεῖν.
πέμψον τιν' ἡμῖν ἄγγελον, κακὴν φάτιν
Τεύκρῳ φέροντα, πρῶτος ὥς με βαστάσῃ
πεπτῶτα τῷδε περὶ νεορράντῳ ξίφει,
καὶ μὴ πρὸς ἐχθρῶν του κατοπτευθεὶς πάρος
ῥιφθῶ κυσὶν πρόβλητος οἰωνοῖς θ' ἕλωρ.
τοσαῦτά σ', ὦ Ζεῦ, προστρέπω, καλῶ δ' ἅμα
πομπαῖον Ἑρμῆν χθόνιον εὖ με κοιμίσαι,
ξὺν ἀσφαδάστῳ καὶ ταχεῖ πηδήματι
πλευρὰν διαρρήξαντα τῷδε φασγάνῳ.
καλῶ δ' ἀρωγοὺς τὰς ἀεί τε παρθένους
ἀεί θ' ὁρώσας πάντα τὰν βροτοῖς πάθη,
σεμνὰς Ἐρινῦς τανύποδας, μαθεῖν ἐμὲ
πρὸς τῶν Ἀτρειδῶν ὡς διόλλυμαι τάλας.
ἴτ', ὦ ταχεῖαι ποίνιμοί τ' Ἐρινύες,
γεύεσθε, μὴ φείδεσθε πανδήμου στρατοῦ.
σὺ δ', ὦ τὸν αἰπὺν οὐρανὸν διφρηλατῶν
Ἥλιε, πατρῴαν τὴν ἐμὴν ὅταν χθόνα
ἴδῃς, ἐπισχὼν χρυσόνωτον ἡνίαν
ἄγγειλον ἄτας τὰς ἐμὰς μόρον τ' ἐμὸν
γέροντι πατρὶ τῇ τε δυστήνῳ τροφῷ.
ἦ που τάλαινα, τήνδ' ὅταν κλύῃ φάτιν,
ἥσει μέγαν κωκυτὸν ἐν πάσῃ πόλει.
ἀλλ' οὐδὲν ἔργον ταῦτα θρηνεῖσθαι μάτην·
ἀλλ' ἀρκτέον τὸ πρᾶγμα σὺν τύχῃ τινί.

---

839 καί σφας κακοὺς κάκιστα καὶ πανωλέθρους
ξυναρπάσειαν, ὥσπερ εἰσορῶσ' ἐμὲ
αὐτοσφαγῆ πίπτοντα· τὼς αὐτοσφαγεῖς
842 πρὸς τῶν φιλίστων ἐκγόνων ὀλοίατο.

unter den Fremden mir, zuwider meinem Blick.
Fest steckt er in der Troas hier, im Feindesland,
am Wetzstein frisch geschliffen, der das Eisen schärft.
Gut hergerichtet hab' ich ihn und eingebohrt;
so hilft er bestens diesem Mann zum raschen Tod.
Nun sind wir wohlbereitet. Stehe du nunmehr,
o Zeus, vor allen, wie es billig ist, mir bei!
Doch fleh' ich dich um keine große Gnade an.
Schick' mit der schlimmen Nachricht einen Boten doch
an Teukros, daß er mich als erster hebt empor,
wenn ich nun falle durch dies blutbenetzte Schwert,
daß keiner von den Feinden vorher mich erspäht,
mich Hunden oder Vögeln wirft zum Fraße vor.
Um dies laß mich dich anflehn, Zeus; doch ruf' ich auch
den Totenführer Hermes, daß er Frieden mir
gewährt, wenn ich entschlossen und mit raschem Sprung
durchbohre meinen Leib mit dieser Klinge hier.
Um Beistand ruf' ich auch die ewigen Jungfraun an,
die immer alles Leid der Sterblichen erspähn,
die hehren, weit ausschreitenden Erinyen, daß
sie sehn, wie ich durch die Atriden untergeh'.
Ihr raschen Rächerinnen, ihr Erinyen, kommt,
ersättigt euch am ganzen Heer und schont es nicht!
Doch du, der hoch am Himmel hin im Wagen fährt,
Helios, wenn du meiner Heimat Erde schaust,
so ziehe deinen goldgezierten Zügel an
und tue meine Greuel, meinen Untergang
dem alten Vater, der unseligen Mutter kund!
Die arme Frau, sobald sie diese Nachricht hört,
erfüllt mit lautem Jammer wohl die ganze Stadt.
Doch dies vergebens zu beklagen hilft ja nichts;
vielmehr zu handeln gilt es so, daß es gelingt.

ὦ θάνατε θάνατε, νῦν μ' ἐπίσκεψαι μολών·
καίτοι σὲ μὲν κἀκεῖ προσαυδήσω ξυνών.
σὲ δ', ὦ φαεννῆς ἡμέρας τὸ νῦν σέλας,
καὶ τὸν διφρευτὴν Ἥλιον προσεννέπω,
πανύστατον δὴ κοὔποτ' αὖθις ὕστερον.
ὦ φέγγος, ὦ γῆς ἱερὸν οἰκείας πέδον
Σαλαμῖνος, ὦ πατρῷον ἑστίας βάθρον,
κλειναί τ' Ἀθῆναι, καὶ τὸ σύντροφον γένος,
κρῆναί τε ποταμοί θ' οἵδε, καὶ τὰ Τρωικὰ
πεδία προσαυδῶ, χαίρετ', ὦ τροφῆς ἐμοί·
τοῦθ' ὑμὶν Αἴας τοὔπος ὕστατον θροεῖ,
τὰ δ' ἄλλ' ἐν Ἅιδου τοῖς κάτω μυθήσομαι.

Ἡμιχόριον α΄

πόνος πόνῳ πόνον φέρει. ia^{2}
πᾷ πᾷ sp
πᾷ γὰρ οὐκ ἔβαν ἐγώ; cr ia
κοὐδεὶς ἐπισπᾶταί με συμμαθεῖν τόπος. ia^{3}
ἰδοὺ ἰδού, ia
δοῦπον αὖ κλύω τινά. cr ia

Ἡμιχόριον β΄

ἡμῶν γε ναὸς κοινόπλουν ὁμιλίαν. ia^{3}
α΄ τί οὖν δή; ba
β΄ πᾶν ἐστίβηται πλευρὸν ἕσπερον νεῶν. ia^{3}
α΄ ἔχεις οὖν; ba
β΄ πόνου γε πλῆθος, κοὐδὲν εἰς ὄψιν πλέον. ia^{3}
α΄ ἀλλ' οὐδὲ μὲν δὴ τὴν ἀφ' ἡλίου βολῶν ia^{3}
κέλευθον ἁνὴρ οὐδαμοῦ δηλοῖ φανείς. ia^{3}

Χο τίς ἂν δῆτά μοι, τίς ἂν φιλοπόνων do^{2} Str.
ἁλιαδᾶν ἔχων ἀΰπνους ἄγρας do^{2}

O Tod, o Tod, nun komm, wirf einen Blick auf mich!
Doch erst wenn ich dort unten bin, begrüß' ich dich.
Dich aber, lichter Tagesglanz, der heut erstrahlt,
und Helios, den Wagenlenker, ruf' ich an
zum allerletzten Mal und künftig niemals mehr.
O Licht! O heimatlichen Bodens heilig Land
Salamis, Wohnsitz du des väterlichen Herds!
Athen, ruhmreiches, mit dem stammverwandten Volk!
Ihr Quellen und ihr Flüsse hier, du, troisches
Gefild! Euch ruf' ich zu: lebt wohl! Aias, den ihr
umhegtet, nährtet, sagt euch jetzt sein letztes Wort.
Das andre sag' ich denen dort in Hades' Reich.

Er stürzt sich im Gebüsch in das aufgestellte Schwert

Der erste Halbchor

kommt

Die Mühe bringt nur Müh' auf Müh'!
Wo, wo,
wo hab' ich noch nicht gesucht?!
Und keine Stelle doch verriet mir eine Spur.
Doch sieh! Doch sieh!
Ich höre wieder ein Geräusch.

Der zweite Halbchor

von der andren Seite

Uns hört ihr, die Gefährten eurer Meeresfahrt!
1. Wie steht's nun?
2. Alles ist westlich von den Schiffen abgesucht.
1. Und habt ihr...?
2. Mühsal in Menge, aber sonst ist nichts zu sehn.
1. Auch auf dem Weg nach Sonnenaufgang zu hat sich
vom Herrscher nirgendwo uns eine Spur gezeigt.

Der ganze Chor

Wer gibt mir Bescheid? Wer wohl unterm Volk
der Fischer, die um Beute schlaflos sich mühn,

ἢ τίς Ὀλυμπιάδων he
θεᾶν, ἢ ῥυτῶν do
Βοσπορίων ποταμῶν, he
τὸν ὠμόθυμον εἴ ποθι ia²
πλαζόμενον λεύσσων do
ἀπύοι; σχέτλια γὰρ cr²
ἐμέ γε τὸν μακρῶν ἀλάταν πόνων do²
οὐρίῳ μὴ πελάσαι δρόμῳ, cr do
ἀλλ' ἀμενηνὸν ἄνδρα μὴ λεύσσειν ὅπου. ch ia ia

Τε ἰώ μοί μοι. sp²
Χο τίνος βοὴ πάραυλος ἐξέβη νάπους;
Τε ἰὼ τλάμων. sp²
Χο τὴν δουρίληπτον δύσμορον νύμφην ὁρῶ
Τέκμησσαν, οἴκτῳ τῷδε συγκεκραμένην.

Τε ᾤχωκ', ὄλωλα, διαπεπόρθημαι, φίλοι.
Χο τί δ' ἔστιν; ba
Τε Αἴας ὅδ' ἡμῖν ἀρτίως νεοσφαγὴς
κεῖται, κρυφαίῳ φασγάνῳ περιπτυχής.
Χο ὤμοι ἐμῶν νόστων· do
ὤμοι, κατέπεφνες ⟨ἅμ'⟩, ὦναξ, en
τόνδε συνναύταν, ὦ τάλας· do cr
ὦ ταλαῖφρον γύναι. cr²
Τε ὡς ὧδε τοῦδ' ἔχοντος αἰάζειν πάρα.
Χο τίνος ποτ' ἆρ' ἔπραξε χειρὶ δύσμορος;
Τε αὐτὸς πρὸς αὑτοῦ· δῆλον. ἐν γάρ οἱ χθονὶ
πηκτὸν τόδ' ἔγχος περιπετὲς κατηγορεῖ.
Χο ὤμοι ἐμᾶς ἄτας, οἷος ἄρ' αἱμάχθης, do²
ἄφαρκτος φίλων· do
ἐγὼ δ' ὁ πάντα κωφός, ὁ πάντ' ἄιδρις, rz he
κατημέλησα. πᾷ πᾷ rz sp
κεῖται ὁ δυστράπελος δυσώνυμος Αἴας; he rz
Τε οὔτοι θεατός· ἀλλά νιν περιπτυχεῖ
φάρει καλύψω τῷδε παμπήδην, ἐπεὶ

welche der Göttinnen vom
Olymp, welcher der
Flüsse des Bosporos weiß,
ob irgendwo der Grimmige
schweifend und suchend späht
oder ruft? Ach, es ist schlimm,
daß ich in langen Mühn mich umtreibend doch
immer fern bleibe vom rechten Weg,
nimmer den unstet irren Mann erblicken kann!

Tekmessa kommt

Te Weh über mich!
Chf Doch wessen Klagelaut erklang dort vom Gehölz?
Te Ich Unselge!
Chf Ich seh' die kriegsgefangne, leidgetroffne Frau:
Tekmessa ist's, durchdrungen ganz von diesem Leid.

Tekmessa tritt aus dem Gebüsch

Te Ich bin verloren, bin vernichtet und zerstört!
Ch Was hast du?
Te Aias liegt hier soeben frisch dahingestreckt,
durchbohrt vom Schwert, das noch in seinem Leibe steckt!
Ch Weh, niemals kehr' ich heim!
Weh mir, du ermordest zugleich, Herr,
deine Schiffsmannschaft, Armer du!
O du unglücklich Weib!
Te Nun ist es Zeit ‚Aias' zu rufen, Aias, weh!
Chf Durch wessen Hand hat's der Unselige verübt?
Te Durch seine eigne offenbar; dies Schwert klagt an,
das aus dem Boden ragt: er stürzte sich hinein.
Ch Weh über meine Schuld! Liegst nun in deinem Blut:
kein Freund schützte dich!
Und ich, der gänzlich töricht, ganz ahnungslos war,
hab' dich verabsäumt! Wo? Wo
liegt der unlenkbare, der unselige Aias?
Te Nicht anzusehen! Nein, mit diesem hüllenden
Gewand verberg' ich gänzlich ihn, weil keiner wohl,

οὐδεὶς ἄν, ὅστις καὶ φίλος, τλαίη βλέπειν
φυσῶντ᾽ ἄνω πρὸς ῥῖνας ἔκ τε φοινίας
πληγῆς μελανθὲν αἷμ᾽ ἀπ᾽ οἰκείας σφαγῆς.
οἴμοι, τί δράσω; τίς σε βαστάσει φίλων;
ποῦ Τεῦκρος; ὡς ἀκμαῖ᾽ ἄν, εἰ βαίη, μόλοι
πεπτῶτ᾽ ἀδελφὸν τόνδε συγκαθαρμόσαι.
ὦ δύσμορ᾽ Αἴας, οἷος ὢν οἵως ἔχεις,
ὡς καὶ παρ᾽ ἐχθροῖς ἄξιος θρήνων τυχεῖν.

Χο ἔμελλες, τάλας, ἔμελλες χρόνῳ — do^2 Ant.
στερεόφρων ἄρ᾽ ἐξανύσσειν κακὰν — do^2
μοῖραν ἀπειρεσίων — he
πόνων. τοιά μοι — do
πάννυχα καὶ φαέθοντ᾽ — he
ἀνεστέναζες ὠμόφρων — ia^2
ἐχθοδόπ᾽ Ἀτρείδαις — do
οὐλίῳ σὺν πάθει. — cr^2
μέγας ἄρ᾽ ἦν ἐκεῖνος ἄρχων χρόνος — do^2
πημάτων, ἦμος ἀριστόχειρ — cr do
— ⏑ ⏑ — ὅπλων ἔκειτ᾽ ἀγὼν πέρι. — ch ia ia

Τε ἰώ μοί μοι. — sp^2
Χο χωρεῖ πρὸς ἧπαρ, οἶδα, γενναία δύη.
Τε ἰώ μοί μοι. — sp^2
Χο οὐδέν σ᾽ ἀπιστῶ καὶ δὶς οἰμῶξαι, γύναι,
τοιοῦδ᾽ ἀποβλαφθεῖσαν ἀρτίως φίλου.
Τε σοὶ μὲν δοκεῖν ταῦτ᾽ ἔστ᾽, ἐμοὶ δ᾽ ἄγαν φρονεῖν.
Χο ξυναυδῶ. — ba
Τε οἴμοι, τέκνον, πρὸς οἷα δουλείας ζυγὰ
χωροῦμεν, οἷοι νῷν ἐφεστᾶσι σκοποί.
Χο ὤμοι, ἀναλγήτων — do
δισσῶν ἐθρόησας ἄναυδον — en
ἔργον Ἀτρειδᾶν τῷδ᾽ ἄχει. — do cr
ἀλλ᾽ ἀπείργοι θεός. — cr^2
Τε οὐκ ἂν τάδ᾽ ἔστη τῇδε, μὴ θεῶν μέτα.
Χο ἄγαν δ᾽ ὑπερβριθές γε τἄχθος ἤνυσαν.

und wär' es auch ein Freund, erträgt den Anblick, wie
er zu den Nüstern schnaubt das schwarze Blut empor,
das aus der Todeswunde seines Selbstmords quillt.
Weh mir, was tu' ich? Wer von Freunden trägt ihn weg?
Wo Teukros bleibt! Wenn er erschiene, käm' er recht,
mitzubestatten seines toten Bruders Leib.
Ach, armer Aias, welch ein Mann, und endest so,
daß du die Trauer deiner Feinde selbst verdienst!

Ch Verhängt, Ärmster, war, verhängt dir die Frist,
mit starrem Sinn zum Ziel des Unheils zu gehn
unter unsäglichen Mühn.
Gestöhnt hast du mir
immer bei Nacht und bei Tag
mit wildem Mut von solchem Leid,
grollend dem Atreus-Stamm
voll des Grams, der zerstört!
Doch war der große Tag der Anfang von all
seiner Pein, als unsre Tapfersten
lagen im Wettstreit um der (goldnen) Waffen Preis.

Te Weh über mich!
Chf Ein echter Schmerz, ich weiß es, dringt ins Herz hinein.
Te Weh über mich!
Chf Es ist kein Wunder, daß du nochmals wehrufst, Frau,
da du nun einen solchen Freund verloren hast.
Te Du kannst den Schmerz verstehn, ich fühl' ihn allzu tief.
Chf Das glaub' ich!
Te Wehe, mein Kind, in welches Joch der Sklaverei
gehn wir, und was für Zwingherrn setzt man über uns!
Ch Weh mir, mit diesem Leid
berufst du die frevelnde Untat
des gefühllosen Brüderpaars.
Doch ein Gott wend' es ab!
Te Es stünde anders, hätten's Götter nicht gewollt!
Chf Sie haben allzu schwere Last dir auferlegt.

Τε τοιόνδε μέντοι Ζηνὸς ἡ δεινὴ θεὸς
Παλλὰς φυτεύει πῆμ’ ’Οδυσσέως χάριν.
Χο ἦ ῥα κελαινώπαν θυμὸν ἐφυβρίζει do^{2}
πολύτλας ἀνήρ, do
γελᾷ δὲ τοῖσδε μαινομένοις ἄχεσιν rz he
πολὺν γέλωτα, φεῦ φεῦ, rz sp
ξύν τε διπλοῖ βασιλῆς κλύοντες ’Ατρεῖδαι. he rz
Τε οἱ δ’ οὖν γελώντων κἀπιχαιρόντων κακοῖς
τοῖς τοῦδ’. ἴσως τοι, κεἰ βλέποντα μὴ ’πόθουν,
θανόντ’ ἂν οἰμώξειαν ἐν χρείᾳ δορός.
οἱ γὰρ κακοὶ γνώμαισι τἀγαθὸν χεροῖν
ἔχοντες οὐκ ἴσασι, πρίν τις ἐκβάλῃ.
ἐμοὶ πικρὸς τέθνηκεν ἢ κείνοις γλυκύς,
αὑτῷ δὲ τερπνός. ὧν γὰρ ἠράσθη τυχεῖν
ἐκτήσαθ’ αὑτῷ, θάνατον ὅνπερ ἤθελεν.
τί δῆτα τοῦδ’ ἐπεγγελῷεν ἂν κάτα;
θεοῖς τέθνηκεν οὗτος, οὐ κείνοισιν, οὔ.ω.
πρὸς ταῦτ’ ’Οδυσσεὺς ἐν κενοῖς ὑβριζέτ
Αἴας γὰρ αὐτοῖς οὐκέτ’ ἐστίν, ἀλλ’ ἐμοὶ
λιπὼν ἀνίας καὶ γόους διοίχεται.

Τεῦκρος

ἰώ μοί μοι.
Χο σίγησον· αὐδὴν γὰρ δοκῶ Τεύκρου κλύειν
βοῶντος ἄτης τῆσδ’ ἐπήβολον μέλος.

Τευ ὦ φίλτατ’ Αἴας, ὦ ξύναιμον ὄμμ’ ἐμοί,
ἆρ’ ἠμπόληκας, ὥσπερ ἡ φάτις κρατεῖ;
Χο ὄλωλεν ἀνήρ, Τεῦκρε, τοῦτ’ ἐπίστασο.
Τευ ὤμοι βαρείας ἆρα τῆς ἐμῆς τύχης.
Χο ὡς ὧδ’ ἐχόντων
Τευ ὢ τάλας ἐγώ, τάλας.
Χο πάρα στενάζειν.
Τευ ὢ περισπερχὲς πάθος.

Te Dies Unheil stiftete Zeus' schlimme Tochter an:
Pallas hat's um Odysseus' willen nur getan.
Ch Gewiß verspottet er nun den Umnachteten,
der arglist'ge Mann
und lacht im Anblick all dieser wütenden Qual
mit lauter Lache, pfui, pfui,
mit ihm die Könige, beide Söhne des Atreus.
Te Laß sie nur lachen, sich an seinem Leid erfreun!
Vielleicht, wenn sie den Lebenden auch nicht geliebt,
jammern sie nach dem Toten in der Not des Kampfs.
Die Schlechtberatnen kennen ja das Gute nicht,
das sie in Händen halten, bis man's ihnen nimmt.
Mir ist sein Sterben bitter, ihnen freilich süß,
ihm selbst erfreulich; denn worauf sein Sehnen stand,
das hat er nun erreicht: den Tod, den er gewollt.
Wie also dürften sie frohlocken über ihn?
Dieser erlag den Göttern und nicht ihnen! Nie!
Drum mag Odysseus sich in leerem Stolze blähn!
Für sie ist Aias nicht mehr da. Mir freilich läßt
er durch sein Scheiden Trauer nur und Pein zurück.

Teukros

Man hört nur seine Stimme

Weh über mich!
Chf Sei still! Mich dünkt, ich höre Teukros' Stimme, der
Wehklage anstimmt, wie sie diesem Schmerz gebührt.

Teukros tritt hervor

Teu O liebster Aias, brüderliches Antlitz mir,
du hast's vollbracht, und das Gerücht bestätigt sich?
Chf Geendet hat er, Teukros: dessen sei gewiß!
Teu Weh über mich bei diesem schweren Schicksalsschlag!
Chf Da dies geschehen . . .
Teu O ich Unglückseliger!
Chf darf man wohl klagen.
Teu Allzu jähe Leidenschaft!

Χο ἄγαν γε, Τεῦκρε.
Τευ φεῦ τάλας. τί γὰρ τέκνον
τὸ τοῦδε, ποῦ μοι γῆς κυρεῖ τῆς Τρῳάδος;
Χο μόνος παρὰ σκηναῖσιν.

Τευ οὐχ ὅσον τάχος
δῆτ' αὐτὸν ἄξεις δεῦρο, μή τις ὡς κενῆς
σκύμνον λεαίνης δυσμενῶν ἀναρπάσῃ;
ἴθ', ἐγκόνει, σύγκαμνε. τοῖς θανοῦσί τοι
φιλοῦσι πάντες κειμένοις ἐπεγγελᾶν.

Χο καὶ μὴν ἔτι ζῶν, Τεῦκρε, τοῦδέ σοι μέλειν
ἐφίεθ' ἁνὴρ κεῖνος, ὥσπερ οὖν μέλει.

Τευ ὦ τῶν ἁπάντων δὴ θεαμάτων ἐμοὶ
ἄλγιστον ὧν προσεῖδον ὀφθαλμοῖς ἐγώ,
ὁδός θ' ὁδῶν πασῶν ἀνιάσασα δὴ
μάλιστα τοὐμὸν σπλάγχνον, ἣν δὴ νῦν ἔβην,
ὦ φίλτατ' Αἴας, τὸν σὸν ὡς ἐπῃσθόμην
μόρον διώκων κἀξιχνοσκοπούμενος.
ὀξεῖα γάρ σου βάξις ὡς θεοῦ τινος
διῆλθ' Ἀχαιοὺς πάντας, ὡς οἴχῃ θανών.
ἁγὼ κλύων δύστηνος ἐκποδὼν μὲν ὢν
ὑπεστέναζον, νῦν δ' ὁρῶν ἀπόλλυμαι.
οἴμοι.
ἴθ', ἐκκάλυψον, ὡς ἴδω τὸ πᾶν κακόν.

ὦ δυσθέατον ὄμμα καὶ τόλμης πικρᾶς,
ὅσας ἀνίας μοι κατασπείρας φθίνεις.
ποῖ γὰρ μολεῖν μοι δυνατόν, ἐς ποίους βροτούς,
τοῖς σοῖς ἀρήξαντ' ἐν πόνοισι μηδαμοῦ;
ἦ πού ⟨με⟩ Τελαμών, σὸς πατὴρ ἐμός θ' ἅμα,
δέξαιτ' ἂν εὐπρόσωπος ἵλεώς τ' ἰσως
χωροῦντ' ἄνευ σοῦ. πῶς γὰρ οὔχ; ὅτῳ πάρα
μηδ' εὐτυχοῦντι μηδὲν ἥδιον γελᾶν.
οὗτος τί κρύψει; ποῖον οὐκ ἐρεῖ κακόν,

Chf Ja, Teukros, allzu rasch!

Teu Ach, Armer! Und das Kind,
sein Sohn, wo auf dem troischen Feld hält er sich auf?

Chf Er ist allein beim Zelte.

Teukros zu Tekmessa

Teu Und du eilst nicht hin,
so schnell du kannst, und bringst ihn her, damit kein Feind
ihn, wie das Junge der entfernten Löwin, raubt?
Geh! Eile! Gib dir Mühe! Treiben alle doch
mit denen, die der Tod gefällt hat, gerne Spott.

Tekmessa geht

Chf Als er noch lebte, Teukros, trug der Bruder selbst
dir auf, für ihn zu sorgen, so wie du nun tust.

Teukros erblickt den verhüllten Leichnam

Teu Dies ist der Anblick, der für mich am schmerzlichsten
von allen ist, die meine Augen je gesehn!
Der Weg, den ich jetzt ging, hat wie kein andrer sonst
von allen Wegen mir das Herz mit Qual beschwert,
du liebster Aias, als dein Schicksal ich erfuhr
und ich dich suchen ging und folgte deiner Spur.
Denn jäh, als käm's von einem Gott, ging ein Gerücht
bei den Achaiern um, du seist dahin und tot.
Dies hörend, in der Ferne noch, stöhnt' ich laut auf
vor Jammer; nun erblick' ich's und vergeh' im Leid!
Weh mir!
Geh, deck' ihn auf, laß mich das ganze Elend sehn!

Es geschieht

O Anblick, unerträglich! O verwegne Tat!
Welch bittren Kummer hast du sterbend mir gesät!
Wohin, zu was für Menschen darf ich nun noch fliehn,
der ich dir nie in deiner Pein zur Seite stand?
Wird Telamon, dein Vater und der meinige,
wohl heiter und mit frohem Blick empfangen mich,
der ohne dich kommt? Wie denn sonst? Wo selbst im Glück
niemals ein frohes Lachen ihm gegeben war!
Was wird mir der ersparen, welche Bosheit mir

τὸν ἐκ λέχους γεγῶτα δοριπόνου νόθον,
τὸν δειλίᾳ προδόντα καὶ κακανδρίᾳ
σέ, φίλτατ' Αἴας, ἢ δόλοισιν, ὡς τὰ σὰ
κράτη θανόντος καὶ δόμους νέμοιμι σούς.
τοιαῦτ' ἀνὴρ δύσοργος, ἐν γήρᾳ βαρύς,
ἐρεῖ, πρὸς οὐδὲν εἰς ἔριν θυμούμενος.
τέλος δ' ἀπωστὸς γῆς ἀπορριφθήσομαι,
δοῦλος λόγοισιν ἀντ' ἐλευθέρου φανείς.
τοιαῦτα μὲν κατ' οἶκον· ἐν Τροίᾳ δέ μοι
πολλοὶ μὲν ἐχθροί, παῦρα δ' ὠφελήσιμα.
καὶ ταῦτα πάντα σοῦ θανόντος ηὑρόμην.
οἴμοι, τί δράσω; πῶς σ' ἀποσπάσω πικροῦ
τοῦδ' αἰόλου κνώδοντος, ὦ τάλας, ὑφ' οὗ
φονέως ἄρ' ἐξέπνευσας; εἶδες, ὡς χρόνῳ
ἔμελλέ σ' Ἕκτωρ καὶ θανὼν ἀποφθίσαι;

(σκέψασθε, πρὸς θεῶν, τὴν τύχην δυοῖν βροτοῖν.
Ἕκτωρ μέν, ᾧ δὴ τοῦδ' ἐδωρήθη πάρα,
ζωστῆρι πρισθεὶς ἱππικῶν ἐξ ἀντύγων
ἐκνάπτετ' αἰέν, ἔστ' ἀπέψυξεν βίον·
οὗτος δ' ἐκείνου τήνδε δωρειὰν ἔχων
πρὸς τοῦδ' ὄλωλε θανασίμῳ πεσήματι.
ἆρ' οὐκ Ἐρινὺς τοῦτ' ἐχάλκευσε ξίφος
κἀκεῖνον Ἅιδης, δημιουργὸς ἄγριος;
ἐγὼ μὲν οὖν καὶ ταῦτα καὶ τὰ πάντ' ἀεὶ
φάσκοιμ' ἂν ἀνθρώποισι μηχανᾶν θεούς.)
Χο μὴ τεῖνε μακράν, ἀλλ' ὅπως κρύψεις τάφῳ
φράζου τὸν ἄνδρα, χὤ τι μυθήσῃ τάχα.
βλέπω γὰρ ἐχθρὸν φῶτα, καὶ τάχ' ἂν κακοῖς
γελῶν ἃ δὴ κακοῦργος ἐξίκοιτ' ἀνήρ.
Τευ τίς δ' ἐστὶν ὅντιν' ἄνδρα προσλεύσσεις στρατοῦ;
Χο Μενέλαος, ᾧ δὴ τόνδε πλοῦν ἐστείλαμεν.
Τευ ὁρῶ· μαθεῖν γὰρ ἐγγὺς ὢν οὐ δυσπετής.

1038 ὅτῳ δὲ μὴ τάδ' ἐστὶν ἐν γνώμῃ φίλα,
1039 κεῖνός τ' ἐκεῖνα στεργέτω κἀγὼ τάδε.

nicht sagen: Bankert einer kriegsgefangnen Magd,
der dich aus Feigheit, aus Unmännlichkeit verriet,
geliebter Aias, gar aus Tücke, daß mir einst
des Toten Haus und deine Macht zum Erbe wird!
So wird er mürrisch, durch des Alters Last beschwert,
mich schelten, er, der um ein Nichts in Zorn gerät.
Zuletzt verstoßen, werd' ich aus dem Land gejagt
und heiße Knecht und schien doch erst ein freier Mann!
So wird's zu Hause werden. Hier vor Troia hab'
ich viele Feinde, wenig, was mir helfen kann.
Und all dies wurde mir durch deinen Tod zuteil!
O Leid! Was tu' ich? Und wie soll ich dich befrein
von diesem bittren, blanken Schwert, durch dessen Mord
dein Leben du verhauchtest? Siehst du, wie zuletzt
der tote Hektor dein Vernichter sollte sein?

Zum Chor

(Betrachtet, bei den Göttern, beider Menschen Los!
Mit jenem Gurte, welchen der da ihm geschenkt,
ward Hektor festgebunden an des Wagens Kranz
und fortgeschleift, bis er sein Leben ausgehaucht.
Und Aias, der von Hektor diese Gabe hat,
liegt da, durch sie entseelt in mörderischem Sturz.
Hat die Erinys nicht geschmiedet dieses Schwert,
nicht Hades jenen Gurt mit wilder Meisterschaft?
Drum möcht' ich wohl behaupten, daß die Götter dies
und alles für die Menschen stets sich denken aus.)

Chf Sprich nicht zu lange, sondern sag, wie du im Grab
ihn bergen willst und was du rasch entgegnen wirst
denn einen Feind dort seh' ich, und er kommt gewiß,
der Not zu spotten, wie das Arggesinnte tun.

Teu Wer ist der Mann vom Heere, den du kommen siehst?

Chf Menelaos, dem zulieb wir hergefahren sind.

Teu Ich sehe: nun, so nah, erkennt man ihn ganz leicht.

οὗτος, σὲ φωνῶ τόνδε τὸν νεκρὸν χεροῖν
μὴ συγκομίζειν, ἀλλ' ἐᾶν ὅπως ἔχει.
Τευ τίνος χάριν τοσόνδ' ἀνήλωσας λόγον;
Με δοκοῦντ' ἐμοί, δοκοῦντα δ' ὃς κραίνει στρατοῦ.
Τευ οὔκουν ἂν εἴποις ἥντιν' αἰτίαν προθείς;
Με ὁθούνεκ' αὐτὸν ἐλπίσαντες οἴκοθεν
ἄγειν 'Αχαιοῖς ξύμμαχόν τε καὶ φίλον,
ἐξηύρομεν ζητοῦντες ἐχθίω Φρυγῶν·
ὅστις στρατῷ ξύμπαντι βουλεύσας φόνον
νύκτωρ ἐπεστράτευσεν, ὡς ἕλοι δορί·
κεἰ μὴ θεῶν τις τήνδε πεῖραν ἔσβεσεν,
ἡμεῖς μὲν ἂν προυκείμεθ' αἰσχίστῳ μόρῳ,
οὗτος δ' ἂν ἔζη. νῦν δ' ἐνήλλαξεν θεός.
ὧν οὕνεκ' αὐτὸν οὔτις ἔστ' ἀνὴρ σθένων
τοσοῦτον ὥστε σῶμα τυμβεῦσαι τάφῳ,
ἀλλ' ἀμφὶ χλωρὰν ψάμαθον ἐκβεβλημένος
ὄρνισι φορβὴ παραλίοις γενήσεται.
πρὸς ταῦτα μηδὲν δεινὸν ἐξάρῃς μένος.
εἰ γὰρ βλέποντος μὴ 'δυνήθημεν κρατεῖν,
χερσὶν παρευθύνοντες – οὐ γὰρ ἔσθ' ὅπου
λόγων ἀκοῦσαι ζῶν ποτ' ἠθέλησ' ἐμῶν –
πάντως θανόντος γ' ἄρξομεν, κἂν μὴ θέλῃς.
καίτοι κακοῦ πρὸς ἀνδρὸς ἄνδρα δημότην
μηδὲν δικαιοῦν τῶν ἐφεστώτων κλύειν.
οὐ γάρ ποτ' οὔτ' ἂν ἐν πόλει νόμοι καλῶς
φέροιντ' ἄν, ἔνθα μὴ καθεστήκῃ δέος,
οὔτ' ἂν στρατός γε σωφρόνως ἄρχοιτ' ἔτι,
μηδὲν φόβου πρόβλημα μηδ' αἰδοῦς ἔχων.
ἀλλ' ἄνδρα χρή, κἂν σῶμα γεννήσῃ μέγα,
δοκεῖν πεσεῖν ἂν κἂν ἀπὸ σμικροῦ κακοῦ.

1058 ἡμεῖς μὲν ἂν [τήνδ' ἣν ὅδ' εἴληχεν τύχην
1059 θανόντες ἂν] προυκείμεθα αἰσχίστῳ μόρῳ,
1061 τὴν τοῦδ' ὕβριν πρὸς μῆλα καὶ ποίμνας πεσεῖν.

Menelaos

tritt auf, ein Herold geht voran, zwei Bewaffnete begleiten ihn

Du da, dir sag' ich, daß du diesen Toten nicht
bestatten darfst: du läßt ihn liegen, wie er liegt!
Teu Mit welchem Recht führst du so große Reden hier?
Me Ich will es! Ich will's, der dem ganzen Heer befiehlt!
Teu Und welchen Anlaß schützt du vor? Teilst du das mit?
Me Daß wir gewähnt, wir brächten aus der Heimat ihn
als Freund und Waffenbruder der Achaier mit,
und ihn nun schlimmer finden als den phrygischen Feind,
da er zum Mord am ganzen Heer entschlossen war,
bei Nacht uns überfiel, die Waffe in der Hand,
und hätt' ein Gott den dreisten Anschlag nicht gehemmt,
so lägen wir, schimpflichsten Todes Beute, da,
er aber lebte; doch ein Gott hat's abgewandt.
Darum ist keinem unsrer Männer so viel Macht
gegeben, daß er diesen Leib im Grabe birgt.
Nein, hingeworfen auf den fahlen Ufersand,
sei er als Fraß den Küstenvögeln dargebracht!
Gerate du hierüber nicht in heftigen Zorn!
Denn wurden wir des Lebenden nicht Herr, um ihn
mit unsrer Hand zu lenken – denn er wollte ja
niemals im Leben meinem Wort gehorsam sein –,
des Toten sind wir mächtig, wenn du's auch nicht wünschst.
Der Untergebne zeigt ein schlechtes Mannestum,
der nicht auf seine Vorgesetzten hören will.
Denn weder können eines Staats Gesetze gut
gedeihen, wo die Furcht sich nicht hinzugesellt,
noch wird ein Heer je mit Besonnenheit geführt,
dem Furcht und Ehrerbietung nicht zum Schutze dient.
Drum muß ein Mann, und wär' er riesengroß und stark,
gewiß sein, daß ihn auch ein kleiner Fehltritt stürzt.

δέος γὰρ ᾧ πρόσεστιν αἰσχύνη θ' ὁμοῦ,
σωτηρίαν ἔχοντα τόνδ' ἐπίστασο·
ὅπου δ' ὑβρίζειν δρᾶν θ' ἃ βούλεται παρῇ,
ταύτην νόμιζε τὴν πόλιν χρόνῳ ποτὲ
ἐξ οὐρίων δραμοῦσαν ἐς βυθὸν πεσεῖν.
ἀλλ' ἑστάτω μοι καὶ δέος τι καίριον,
καὶ μὴ δοκῶμεν δρῶντες ἃν ἡδώμεθα
οὐκ ἀντιτείσειν αὖθις ἃν λυπώμεθα.
ἕρπει παραλλὰξ ταῦτα. πρόσθεν οὗτος ἦν
αἴθων ὑβριστής, νῦν δ' ἐγὼ μέγ' αὖ φρονῶ.
καί σοι προφωνῶ τόνδε μὴ θάπτειν, ὅπως
μὴ τόνδε θάπτων αὐτὸς ἐς ταφὰς πέσῃς.
Χο Μενέλαε, μὴ γνώμας ὑποστήσας σοφὰς
εἶτ' αὐτὸς ἐν θανοῦσιν ὑβριστὴς γένῃ.
Τευ οὐκ ἄν ποτ', ἄνδρες, ἄνδρα θαυμάσαιμ' ἔτι,
ὃς μηδὲν ὢν γοναῖσιν εἶθ' ἁμαρτάνει,
ὅθ' οἱ δοκοῦντες εὐγενεῖς πεφυκέναι
τοιαῦθ' ἁμαρτάνουσιν ἐν λόγοις ἔπη.
ἄγ', εἴπ' ἀπ' ἀρχῆς αὖθις, ἦ σὺ φὴς ἄγειν
τόνδ' ἄνδρ' Ἀχαιοῖς δεῦρο σύμμαχον λαβών;
οὐκ αὐτὸς ἐξέπλευσεν ὡς αὑτοῦ κρατῶν;
ποῦ σὺ στρατηγεῖς τοῦδε; ποῦ δὲ σοὶ λεὼν
ἔξεστ' ἀνάσσειν ὧν ὅδ' ἡγεῖτ' οἴκοθεν;
Σπάρτης ἀνάσσων ἦλθες, οὐχ ἡμῶν κρατῶν·
οὐδ' ἔσθ' ὅπου σοὶ τόνδε κοσμῆσαι πλέον
ἀρχῆς ἔκειτο θεσμὸς ἢ καὶ τῷδε σέ.
ὕπαρχος ἄλλων δεῦρ' ἔπλευσας, οὐχ ὅλων
στρατηγός, ὥστ' Αἴαντος ἡγεῖσθαί ποτε.
ἀλλ' ὧνπερ ἄρχεις ἄρχε, καὶ τὰ σέμν' ἔπη
κόλαζ' ἐκείνους· τόνδε δ', εἴτε μὴ σὺ φὴς
εἴθ' ἅτερος στρατηγός, ἐς ταφὰς ἐγὼ
θήσω δικαίως, οὐ τὸ σὸν δείσας στόμα.
οὐ γάρ τι τῆς σῆς οὕνεκ' ἐστρατεύσατο
γυναικός, ὥσπερ οἱ πόνου πολλοῦ πλέῳ,
ἀλλ' οὕνεχ' ὅρκων οἷσιν ἦν ἐνώμοτος,
σοῦ δ' οὐδέν· οὐ γὰρ ἠξίου τοὺς μηδένας.

Wem Achtung innewohnt und Ehrgefühl dazu,
dem wird es wohlergehen, dessen sei gewiß!
Doch wo man ungezügelt tun darf, was man will,
dort sinkt der Staat, das glaub' mir, mit der Zeit einmal,
und fährt er gleich mit günstigen Winden, auf den Grund.
Nein, etwas Furcht am rechten Ort muß auch bestehn!
Und denkt doch nicht, daß, wenn wir treiben, was uns freut,
wir nicht so büßen müssen, daß es uns gereut!
Das geht in stetem Wechsel: dieser war bis jetzt
entbrannt in frevlem Sinn, nun bin ich stolz und froh.
Und dir verbiet' ich, den da zu begraben, daß
du nicht, begräbst du ihn, selbst in die Grube fährst!
Chf Menelaos, stelle nicht so weise Lehren auf,
wenn du dann selbst an Toten Frevel üben willst!
Teu Ich darf mich, Männer, nicht mehr wundern, wenn ein Mann
der nichts ist der Geburt nach, schwerstens sich vergeht,
da Leute, die sich dünken edler Art zu sein,
in ihren Reden derart sich versündigen.
Sag noch einmal von vorne, ob du meinst, du hast
ihn den Achaiern als Mitkämpfer hergeführt!
Fuhr er von sich aus nicht und als sein eigner Herr?
Wieso befiehlst du ihm? Wieso kommt es dir zu,
dem Kriegsvolk zu gebieten, das er mitgebracht?
Du kamst als Fürst von Sparta, nicht als unser Herr,
und nirgends steht geschrieben, daß du größre Macht
besitzt, ihm zu befehlen, als er selber dir.
In der Gefolgschaft andrer kamst du, keinesfalls
als Feldherr aller, der Aias gebieten darf.
Herrsch' über deine Untertanen, fahre sie
mit stolzen Worten an! Ihn, ob du's gleich verwehrst,
ob gar der andre Feldherr, leg' ich in ein Grab
nach Recht und Brauch und ohne Furcht vor deinem Wort.
Denn nicht um deines Weibes willen zog er ja
zu Felde, wie die allzeit Vielgeschäftigen,
vielmehr des Eides wegen, den er einst beschwor,
doch nicht für dich: die Nichtse hat er nie geehrt.

πρὸς ταῦτα πλείους δεῦρο κήρυκας λαβὼν
καὶ τὸν στρατηγὸν ἧκε· τοῦ δὲ σοῦ ψόφου
οὐκ ἂν στραφείην, ἕως ἂν ᾖς οἷός περ εἶ.
Χο οὐδ' αὖ τοιαύτην γλῶσσαν ἐν κακοῖς φιλῶ·
τὰ σκληρὰ γάρ τοι, κἂν ὑπέρδικ' ᾖ, δάκνει.
Με ὁ τοξότης ἔοικεν οὐ σμικρὸν φρονεῖν.
Τευ οὐ γὰρ βάναυσον τὴν τέχνην ἐκτησάμην.
Με μέγ' ἄν τι κομπάσειας, ἀσπίδ' εἰ λάβοις.
Τευ κἂν ψιλὸς ἀρκέσαιμι σοί γ' ὡπλισμένῳ.
Με ἡ γλῶσσά σου τὸν θυμὸν ὡς δεινὸν τρέφει.
Τευ ξὺν τῷ δικαίῳ γὰρ μέγ' ἔξεστιν φρονεῖν.
Με δίκαια γὰρ τόνδ' εὐτυχεῖν κτείναντά με;
Τευ κτείναντα; δεινόν γ' εἶπας, εἰ καὶ ζῇς θανών.
Με θεὸς γὰρ ἐκσῴζει με, τῷδε δ' οἴχομαι.
Τευ μή νυν ἀτίμα θεούς, θεοῖς σεσωμένος.
Με ἐγὼ γὰρ ἂν ψέξαιμι δαιμόνων νόμους;
Τευ εἰ τοὺς θανόντας οὐκ ἐᾷς θάπτειν παρών.
Με τούς γ' αὐτὸς αὑτοῦ πολεμίους· οὐ γὰρ καλόν.
Τευ ἦ σοὶ γὰρ Αἴας πολέμιος προὔστη ποτέ;
Με μισοῦντ' ἐμίσει· καὶ σὺ τοῦτ' ἠπίστασο.
Τευ κλέπτης γὰρ αὐτοῦ ψηφοποιὸς ηὑρέθης.
Με ἐν τοῖς δικασταῖς, κοὐκ ἐμοί, τόδ' ἐσφάλη.
Τευ πόλλ' ἂν κακῶς λάθρᾳ σὺ κλέψειας κακά.
Με τοῦτ' εἰς ἀνίαν τοὔπος ἔρχεταί τινι.
Τευ οὐ μᾶλλον, ὡς ἔοικεν, ἢ λυπήσομεν.
Με ἕν σοι φράσω· τόνδ' ἐστὶν οὐχὶ θαπτέον.
Τευ σὺ δ' ἀντακούσῃ τοῦτον ὡς τεθάψεται.
Με ἤδη ποτ' εἶδον ἄνδρ' ἐγὼ γλώσσῃ θρασὺν
ναύτας ἐφορμήσαντα χειμῶνος τὸ πλεῖν,
ᾧ φθέγμ' ἂν οὐκ ἂν ηὗρες, ἡνίκ' ἐν κακῷ
χειμῶνος εἴχετ', ἀλλ' ὑφ' εἵματος κρυφεὶς
πατεῖν παρεῖχε τῷ θέλοντι ναυτίλων.
οὕτω δὲ καὶ σὲ καὶ τὸ σὸν λάβρον στόμα
σμικροῦ νέφους τάχ' ἄν τις ἐκπνεύσας μέγας
χειμὼν κατασβέσειε τὴν πολλὴν βοήν.
Τευ ἐγὼ δέ γ' ἄνδρ' ὄπωπα μωρίας πλέων,

Drum komm nur nochmals her mit noch mehr Herolden,
ja, mit dem Feldherrn selbst: an dein Gelärm indes
kehr' ich mich nicht, solang du bist, wie du nun bist.
Chf Auch solche Sprache lieb' ich nicht im Mißgeschick:
das harte Wort, wenn's auch berechtigt ist, verletzt.
Me Der Bogenschütze, scheint mir, denkt nicht klein von sich.
Teu Nicht als ein niedres Handwerk lernt' ich diese Kunst.
Me Wie würdest du erst prahlen, trügst du einen Schild!
Teu Auch schildlos trotzt' ich dir, wenn du gerüstet kämst.
Me Die Zunge, die du führst, zeugt von gewalt'gem Mut!
Teu Stark fühlen darf man sich, wenn man im Rechte ist.
Me So ist es Recht, wenn's meinem Mörder wohl ergeht?
Teu Mörder? Erstaunlich ist's! So bist du tot und lebst!
Me Ein Gott hat mich beschützt: für den da war ich tot!
Teu Beschützt von Göttern, schände nun die Götter nicht!
Me Bot ich vielleicht den göttlichen Gesetzen Hohn?
Teu Wenn du die Toten nicht begraben lassen willst...
Me Ja, ich: Kriegsfeinde nicht; das wäre ja nicht recht.
Teu Trat Aias denn als Kriegsfeind je entgegen dir?
Me Er haßte mich, ich ihn: auch du hast das erlebt.
Teu Er sah, daß du beim Stimmenzählen ihn betrogst.
Me An mir nicht, an den Richtern lag's, daß er verlor.
Teu Durch Arglist schaffst du dir wohl heimlich oft Gewinn.
Me Dies Wort bringt jemandem noch bittren Kummer ein!
Teu Nicht größren, scheint mir, als ich selbst zufügen kann.
Me Dir sag' ich eins: begraben werden darf er nicht!
Teu Du hör dagegen dies: daß er begraben wird!
Me Einst sah ich einen Mann, der, mit der Zunge kühn,
das Schiffsvolk antrieb, abzufahren auch bei Sturm,
von dem man keinen Laut mehr hörte, als die Wut
des Sturms ihn griff: in seinen Mantel eingehüllt,
durft' ihn ein jeder Schiffsmann treten, dem's gefiel.
Genau so wird auch dir und deinem frechen Mund,
aus kleiner Wolke hergeweht, ein großer Sturm
gar bald auslöschen dein gewaltiges Geschrei.
Teu Und ich sah einen Mann, der voller Torheit war,

ὅς ἐν κακοῖς ὕβριζε τοῖσι τῶν πέλας.
κᾆτ' αὐτὸν εἰσιδών τις ἐμφερὴς ἐμοὶ
ὀργήν θ' ὁμοῖος εἶπε τοιοῦτον λόγον·
ὤνθρωπε, μὴ δρᾶ τοὺς τεθνηκότας κακῶς·
εἰ γὰρ ποήσεις, ἴσθι πημανούμενος.
τοιαῦτ' ἄνολβον ἄνδρ' ἐνουθέτει παρών.
ὁρῶ δέ τοί νιν, κἄστιν, ὡς ἐμοὶ δοκεῖ,
οὐδείς ποτ' ἄλλος ἢ σύ. μῶν ᾐνιξάμην;

Με ἄπειμι· καὶ γὰρ αἰσχρόν, εἰ πύθοιτό τις
λόγοις κολάζειν ᾧ βιάζεσθαι πάρα.

Τευ ἄφερπέ νυν. κἀμοὶ γὰρ αἴσχιστον κλύειν
ἀνδρὸς ματαίου φλαῦρ' ἔπη μυθουμένου.

Χο ἔσται μεγάλης ἔριδός τις ἀγών. an^{4}
ἀλλ' ὡς δύνασαι, Τεῦκρε, ταχύνας
σπεῦσον κοίλην κάπετόν τιν' ἰδεῖν
τῷδ', ἔνθα βροτοῖς τὸν ἀείμνηστον
τάφον εὐρώεντα καθέξει.

Τευ καὶ μὴν ἐς αὐτὸν καιρὸν οἵδε πλησίοι
πάρεισιν ἀνδρὸς τοῦδε παῖς τε καὶ γυνή,
τάφον περιστελοῦντε δυστήνου νεκροῦ.
ὦ παῖ, πρόσελθε δεῦρο, καὶ σταθεὶς πέλας
ἱκέτης ἔφαψαι πατρός, ὅς σ' ἐγείνατο.
θάκει δὲ προστρόπαιος ἐν χεροῖν ἔχων
κόμας ἐμὰς καὶ τῆσδε καὶ σαυτοῦ τρίτου,
ἱκτήριον θησαυρόν. εἰ δέ τις στρατοῦ
βίᾳ σ' ἀποσπάσειε τοῦδε τοῦ νεκροῦ,
κακὸς κακῶς ἄθαπτος ἐκπέσοι χθονός,
γένους ἅπαντος ῥίζαν ἐξημημένος,
αὔτως ὅπωσπερ τόνδ' ἐγὼ τέμνω πλόκον.

ἔχ' αὐτόν, ὦ παῖ, καὶ φύλασσε, μηδέ σε
κινησάτω τις, ἀλλὰ προσπεσὼν ἔχου.
ὑμεῖς τε μὴ γυναῖκες ἀντ' ἀνδρῶν πέλας

der stolz in seines Nächsten Leid sich brüstete,
und ihn erblickt' ein andrer, der mir ähnlich war,
mir gleich an Sinnesart; der sprach zu ihm das Wort:
Du, Mensch, begeh' an Toten keine Freveltat!
Denn tust du dies, so wisse, daß du's büßen mußt!
So warnend trat er hin vor den Verblendeten.
Und diesen seh' ich, und es ist, so dünkt es mich,
kein andrer als du selbst. Wie? Sprach ich rätselhaft?

Me Ich gehe. Schimpflich wär' es ja, erführe man,
daß ich mit Worten strafe, wo ich zwingen kann.

Er geht mit seiner Begleitung

Teu Ja, trolle dich! Höchst schimpflich wär' es auch für mich,
hört' ich auf eines Narren Wort, der Eitles schwatzt.

Ch Nun wird ein gewaltiger Zwist entstehn.
Doch, Teukros, eile so schnell, wie du kannst,
eine tiefe Gruft für ihn zu erspähn,
wo, unvergeßlich den Sterblichen,
das weite Grab ihn umfange!

Tekmessa kommt mit Eurysakes

Teu Und seht: genau zur rechten Stunde nahen da
die beiden, dieses Mannes Sohn und seine Frau,
mit mir zu richten des unseligen Toten Grab.
O Kind, komm her, tritt nah heran als Flehender
und rühr' den Vater an, der dir das Leben gab!
Schutzsuchend sitze hier, in deinen Händen halt
mein Haar, das deiner Mutter, drittens deins
als Pfand der Schutzgewähr! Wenn jemand aus dem Heer
von diesem Toten dich gewaltsam trennen will, –
der Arge sterb' im Argen, grablos, heimatfern,
vertilgt mitsamt der ganzen Wurzel seines Stamms,
so wie ich diese Strähne schneide mir vom Haar.

Er gibt dem Kinde das abgeschnittene Haar

Nimm es, mein Kind, und achte drauf, daß keiner dich
von hier vertreibe! Kniee hin und halt dich fest!
Und ihr, steht nicht wie Weiber um ihn her, und zeigt

παρέστατ', ἀλλ' ἀρήγετ', ἔστ' ἐγὼ μόλω
τάφου μεληθεὶς τῷδε, κἂν μηδεὶς ἐᾷ.

Χορός

τίς ἄρα νέατος ἐς πότε λή-	ch^2	Str. 1
ξει πολυπλάγκτων ἐτέων ἀριθμός	ch ch ba	
τὰν ἀπαύσταν αἰὲν ἐμοὶ δορυσσοή-	ep ch ia	
των μόχθων ἄταν ἐπάγων	ch^2	
τάνδ' ἀν' εὐρυεδῆ Τροίαν,	gl	
δύστανον ὄνειδος Ἑλλάνων;	te sp	
ὄφελε πρότερον αἰθέρα δῦ-	ch^2	Ant. 1
ναι μέγαν ἢ τὸν πολύκοινον Ἅιδαν	ch ch ba	
κεῖνος ἀνήρ, ὃς στυγερῶν ἔδειξεν ὅ-	ep ch ia	
πλων Ἕλλασιν κοινὸν Ἄρη.	ch^2	
ὢ πόνοι πρόγονοι πόνων.	gl	
κεῖνος γὰρ ἔπερσεν ἀνθρώπους.	te sp	
ἐκεῖνος οὔτε στεφάνων	ia ch	Str. 2
οὔτε βαθειᾶν κυλίκων	ch^2	
νεῖμεν ἐμοὶ τέρψιν ὁμιλεῖν,	ch ad	
οὔτε γλυκὺν αὐλῶν ὄτοβον	¯ch^2	
δύσμορος οὔτ' ἐννυχίαν	ch^2	
τέρψιν ἰαύειν·	ad	
ἐρώτων δ'	ba	
ἐρώτων ἀπέπαυσεν, ὤ-	gl	
μοι. κεῖμαι δ' ἀμέριμνος οὔ-	gl	
τως, ἀεὶ πυκιναῖς δρόσοις	gl	
τεγγόμενος κόμας, λυγρᾶς	ch ia	
μνήματα Τροίας.	ad	
καὶ πρὶν μὲν αἰὲν νυχίου	ia ch	Ant. 2
δείματος ἦν μοι προβολὰ	ch^2	
καὶ βελέων θούριος Αἴας·	ch ad	

als Männer euch, beschützt ihn, bis ich komm' und ihm
ein Grab bereite, wenn es niemand gleich erlaubt!

Er geht. Tekmessa und das Kind bleiben bei dem Toten

Chor

Wann wird es enden? Das äußerste Ziel
eilender Jahrläufe, wann wird's erscheinen,
die zu unaufhörlicher Qual mir immerfort
auferlegten Mühsal des Kriegs
über Troias Gelände hin, –
dem Heer der Hellenen Leid und Schmach?

Wär' er doch eher verweht in die Luft
oder im allbergenden Hades drunten,
jener Mann, der alle Hellenen lehrte furcht-
barster Wehr gemeinsamen Krieg!
Kämpfe zeugen nur neuen Kampf.
Denn er hat der Menschen viel vertilgt.

Des Kranzes Schmuck gönnt er mir nicht,
auch nicht den Trunk aus dem Pokal
läßt er mich noch freudig genießen,
nicht Flötenmusik lieblichen Klangs,
weh über ihn, auch nicht der Nacht
ruhend mich freuen.
Und Liebe –
der Lieb' auch hat er mich beraubt.
Weh, so lieg' ich verlassen hier:
stets vom reichlichen Tau benetzt,
trieft mir das Haar und mahnt an dich,
elendes Troia!

Bis heute war immer bei Nacht
mächtiger Schutz gegen die Furcht,
gegen den Pfeilhagel mir Aias:

νῦν δ' οὗτος ἀνεῖται στυγερῷ ‾ch^2
δαίμονι. τίς μοι, τίς ἔτ' οὖν ch^2
τέρψις ἐπέσται; ad
γενοίμαν ba
ἵν' ὑλᾶεν ἔπεστι πόν- gl
του πρόβλημ' ἁλίκλυστον, ἄ- gl
κραν ὑπὸ πλάκα Σουνίου, gl
τὰς ἱερὰς ὅπως προσεί- ch ia
ποιμεν Ἀθάνας. ad

Τεῦκρος

καὶ μὴν ἰδὼν ἔσπευσα τὸν στρατηλάτην
Ἀγαμέμνον' ἡμῖν δεῦρο τόνδ' ὁρμώμενον·
δῆλος δέ μοὔστὶ σκαιὸν ἐκλύσων στόμα.

Ἀγαμέμνων

σὲ δὴ τὰ δεινὰ ῥήματ' ἀγγέλλουσί μοι
τλῆναι καθ' ἡμῶν ὧδ' ἀνοιμωκτεὶ χανεῖν;
σέ τοι, τὸν ἐκ τῆς αἰχμαλωτίδος λέγω·
ἦ που τραφεὶς ἂν μητρὸς εὐγενοῦς ἄπο
ὑψήλ' ἐκόμπεις κἀπ' ἄκρων ὡδοιπόρεις,
ὅτ' οὐδὲν ὢν τοῦ μηδὲν ἀντέστης ὕπερ,
κοὔτε στρατηγοὺς οὔτε ναυάρχους μολεῖν
ἡμᾶς Ἀχαιῶν οὔτε σοῦ διωμόσω,
ἀλλ' αὐτὸς ἄρχων, ὡς σὺ φής, Αἴας ἔπλει.
ταῦτ' οὐκ ἀκούειν μεγάλα πρὸς δούλων κακά;
ποίου κέκραγας ἀνδρὸς ὧδ' ὑπέρφρονα,
ποῖ βάντος ἢ ποῦ στάντος οὗπερ οὐκ ἐγώ;
οὐκ ἆρ' Ἀχαιοῖς ἄνδρες εἰσὶ πλὴν ὅδε;
πικροὺς ἔοιγμεν τῶν Ἀχιλλείων ὅπλων
ἀγῶνας Ἀργείοισι κηρῦξαι τότε,
εἰ πανταχοῦ φανούμεθ' ἐκ Τεύκρου κακοί,
κοὐκ ἀρκέσει ποθ' ὑμὶν οὐδ' ἡσσημένοις

nun rafft ihn dahin grausen Geschicks
Walten! Doch wo find' ich nun, wo
künftig noch Freude?
O wär' ich,
wo waldreich überm Meere das
Vorgebirg, das umwogte, ragt:
unter Sunions hohem Fels,
daß wir die heil'ge Stadt Athen
wieder begrüßten!

Teukros

zurückkommend

Da bin ich eilends wieder, weil ich sah, daß dort
Fürst Agamemnon auf uns zugelaufen kommt,
und sicher bin, er tut den Mund zum Schmähen auf.

Agamemnon kommt mit derselben Begleitung wie vorher sein Bruder

Agamemnon

Man meldet mir, daß du mit dreisten Reden wagst
hier gegen uns dich auszulassen, ungestraft?
Dich mein' ich, Sohn des kriegsgefangnen Weibes, dich!
Hätt' eine Mutter gar von Adel dich genährt,
wie würdest du dann prahlen und auf Zehen gehn,
da du, ein Nichts, dich eingesetzt hast für ein Nichts
und laut beschwörst, nicht Heer- noch Flottenführer der
Achaier seien wir, auch nicht die deinigen,
und sagst, daß Aias auszog als sein eigner Herr.
Ist dies, aus eines Sklaven Mund, nicht übler Schimpf?
Von welchem Manne krächzt du so voll Übermut?
Wo ging er oder stand er je, wo ich nicht war?
Gibt's Männer nicht bei den Achaiern außer ihm?
Zu unserm Schaden haben wir den Wettkampf um
Achilleus' Waffen ausgerufen, wie mir scheint,
wenn Teukros uns nun überall verleumden darf
und ihr, zwar unterlegen, niemals dem euch fügt,

εἴκειν ἃ τοῖς πολλοῖσιν ἤρεσκεν κριταῖς,
ἀλλ' αἰὲν ἡμᾶς ἢ κακοῖς βαλεῖτέ που
ἢ σὺν δόλῳ κεντήσεθ' οἱ λελειμμένοι.
ἐκ τῶνδε μέντοι τῶν τρόπων οὐκ ἄν ποτε
κατάστασις γένοιτ' ἂν οὐδενὸς νόμου,
εἰ τοὺς δίκῃ νικῶντας ἐξωθήσομεν
καὶ τοὺς ὄπισθεν ἐς τὸ πρόσθεν ἄξομεν.
ἀλλ' εἰρκτέον τάδ' ἐστίν· οὐ γὰρ οἱ πλατεῖς
οὐδ' εὐρύνωτοι φῶτες ἀσφαλέστατοι,
ἀλλ' οἱ φρονοῦντες εὖ κρατοῦσι πανταχοῦ.
μέγας δὲ πλευρὰ βοῦς ὑπὸ σμικρᾶς ὅμως
μάστιγος ὀρθὸς εἰς ὁδὸν πορεύεται.
καὶ σοὶ προσέρπον τοῦτ' ἐγὼ τὸ φάρμακον
ὁρῶ τάχ', εἰ μὴ νοῦν κατακτήσῃ τινά·
ὃς ἀνδρὸς οὐκέτ' ὄντος, ἀλλ' ἤδη σκιᾶς,
θαρσῶν ὑβρίζεις κἀξελευθεροστομεῖς.
οὐ σωφρονήσεις ; οὐ μαθὼν ὃς εἶ φύσιν
ἄλλον τιν' ἄξεις ἄνδρα δεῦρ' ἐλεύθερον,
ὅστις πρὸς ἡμᾶς ἀντὶ σοῦ λέξει τὰ σά ;
σοῦ γὰρ λέγοντος οὐκέτ' ἂν μάθοιμ' ἐγώ·
τὴν βάρβαρον γὰρ γλῶσσαν οὐκ ἐπαΐω.
Χο εἴθ' ὑμὶν ἀμφοῖν νοῦς γένοιτο σωφρονεῖν·
τούτου γὰρ οὐδὲν σφῷν ἔχω λῷον φράσαι.
Τευ φεῦ, τοῦ θανόντος ὡς ταχεῖά τις βροτοῖς
χάρις διαρρεῖ καὶ προδοῦσ' ἁλίσκεται,
εἰ σοῦ γ' ὅδ' ἀνὴρ οὐδ' ἐπὶ σμικρὸν λέγων,
Αἴας, ἔτ' ἴσχει μνῆστιν, οὗ σὺ πολλάκις
τὴν σὴν προτείνων προὔκαμες ψυχὴν δορί·
ἀλλ' οἴχεται δὴ πάντα ταῦτ' ἐρριμμένα. –
ὦ πολλὰ λέξας ἄρτι κἀνόητ' ἔπη,
οὐ μνημονεύεις οὐκέτ' οὐδέν, ἡνίκα
ἑρκέων ποθ' ὑμᾶς οὗτος ἐγκεκλῃμένους,
ἤδη τὸ μηδὲν ὄντας ἐν τροπῇ δορός,
ἐρρύσατ' ἐλθὼν μοῦνος, ἀμφὶ μὲν νεῶν
ἄκροισιν ἤδη ναυτικοῖς ἑδωλίοις
πυρὸς φλέγοντος, ἐς δὲ ναυτικὰ σκάφη

was doch der größre Teil der Richter billigte,
vielmehr uns immerfort mit Schmähungen bewerft
oder, als die Besiegten, tückisch morden wollt.
Jedoch auf solche Weise schafft man nimmermehr
für irgendein Gesetz Bestand und Sicherheit,
wenn wir ausscheiden wollen, die mit Recht gesiegt,
und schieben die Zurückgebliebenen nach vorn.
Das muß verhütet werden! Denn die breiten nicht,
auch nicht die starken Schultern gehn am sichersten:
die Klugen tragen überall den Sieg davon.
Ein Stier mit starken Flanken geht geradeaus
des Weges, wenn ihm eine kleine Peitsche droht.
Und dieses Zaubermittel seh' ich bald auf dich
zukommen, wenn du nicht Vernunft annehmen willst,
wenn du für den, der nicht mehr, der schon Schatten ist,
noch frech dich brüstest und mit losem Munde schwatzt.
Kommst du nicht zur Besinnung? Weißt nicht, wer du bist,
und führst uns einen andren, freien Mann herbei,
der deine Sache hier für dich vor uns vertritt?
Denn deine Reden hör' ich mir nicht länger an:
die Sprache der Barbaren kann ich nicht verstehn.
Chf Ach, würd' euch beiden doch Besonnenheit zuteil!
Nichts Besseres als dies wüßt' ich zu wünschen euch.
Teu Pfui! Daß bei Menschen Dank für einen Toten gar
so rasch zerrinnt und bei Verrat betroffen wird,
wenn dieser Mann hier deiner, Aias, nicht einmal
mit kurzen Worten noch gedenkt, für den du oft
dich mühtest und dem Speer dein Leben botest dar!
Wie weggeworfen schwand das alles schon dahin. –
Du, der jetzt soviel unverständige Worte sprach,
denkst du denn gar nicht mehr daran, wie er dereinst,
als ihr in eurem Lager eingeschlossen wart,
schon ganz zunichte wart im Wechselglück des Kriegs,
allein als Retter kam, als auf den Schiffen schon
ganz oben bei den höchsten Ruderbänken Brand
emporgelodert war und auf ein Schiffsverdeck

πηδῶντος ἄρδην Ἕκτορος τάφρων ὕπερ;
τίς ταῦτ᾽ ἀπεῖρξεν; οὐχ ὅδ᾽ ἦν ὁ δρῶν τάδε,
ὃν οὐδαμοῦ φής, οὗ σὺ μή, βῆναι ποδί;
ἆρ᾽ ὑμὶν οὗτος ταῦτ᾽ ἔδρασεν ἔνδικα;
χὤτ᾽ αὖθις αὐτὸς Ἕκτορος μόνος μόνου,
λαχών τε κἀκέλευστος, ἦλθ᾽ ἐναντίος,
οὐ δραπέτην τὸν κλῆρον ἐς μέσον καθείς,
ὑγρᾶς ἀρούρας βῶλον, ἀλλ᾽ ὃς εὐλόφου
κυνῆς ἔμελλε πρῶτος ἅλμα κουφιεῖν;
ὅδ᾽ ἦν ὁ πράσσων ταῦτα, σὺν δ᾽ ἐγὼ παρών,
ὁ δοῦλος, οὑκ τῆς βαρβάρου μητρὸς γεγώς.
δύστηνε, ποῖ βλέπων ποτ᾽ αὐτὰ καὶ θροεῖς;
οὐκ οἶσθα σοῦ πατρὸς μὲν ὃς προὔφυ πατὴρ
ἀρχαῖον ὄντα Πέλοπα βάρβαρον Φρύγα;
αὐτὸς δὲ μητρὸς ἐξέφυς Κρήσσης, ἐφ᾽ ᾗ
λαβὼν ἐπακτὸν ἄνδρ᾽ ὁ φιτύσας σ᾽ ἀνὴρ,
ἐφῆκεν ἐλλοῖς ἰχθύσιν δοῦναι βοράν.
τοιοῦτος ὢν τοιῷδ᾽ ὀνειδίζεις σποράν;
ὃς ἐκ πατρὸς μέν εἰμι Τελαμῶνος γεγώς,
ὅστις στρατοῦ τὰ πρῶτ᾽ ἀριστεύσας ἐμὴν
ἴσχει ξύνευνον μητέρ᾽, ἣ φύσει μὲν ἦν
βασίλεια, Λαομέδοντος· ἔκκριτον δέ νιν
δώρημ᾽ ἐκείνῳ ᾽δωκεν ᾽Αλκμήνης γόνος.
ἆρ᾽ ὧδ᾽ ἄριστος ἐξ ἀριστέοιν δυοῖν
βλαστὼν ἂν αἰσχύνοιμι τοὺς πρὸς αἵματος,
οὓς νῦν σὺ τοιοῖσδ᾽ ἐν πόνοισι κειμένους
ὠθεῖς ἀθάπτους, οὐδ᾽ ἐπαισχύνῃ λέγων;
εὖ νυν τόδ᾽ ἴσθι, τοῦτον εἰ βαλεῖτέ που,
βαλεῖτε χἠμᾶς τρεῖς ὁμοῦ συγκειμένους.
ἐπεὶ προδήλως τοῦδ᾽ ὑπερπονουμένῳ
θανεῖν καλόν μοι μᾶλλον ἢ τῆς σῆς ὑπὲρ
γυναικὸς ἢ τοῦ σοῦ γ᾽ ὁμαίμονος λέγω.
πρὸς ταῦθ᾽ ὅρα μὴ τοὐμόν, ἀλλὰ καὶ τὸ σόν.

1293 ᾽Ατρέα δ᾽, ὃς αὖ σ᾽ ἔσπειρε, δυσσεβέστατον
1294 προθέντ᾽ ἀδελφῷ δεῖπνον οἰκείων τέκνων;

Hektor hoch über eure Gräben weg sich schwang?
Wer hat dies abgewehrt? Hat das nicht er getan,
der, sagst du, nirgends ging und stand, wo du nicht warst?
Und meintet ihr, er täte damit recht an euch?
Als wieder er allein Hektor entgegenzog
zum Zweikampf, ungeheißen, nur vom Los bestimmt,
da warf er nicht ein rasch zerfallnes Los hinein,
den feuchten Erdkloß, sondern eins, das gleich zuerst
dem buschigen Helm entspringen sollt' in leichtem Schwung.
Er war es, der dies tat, mit ihm zusammen ich,
der Sklave, der von der Barbarenmutter stammt.
Unseliger, mit welcher Stirn sprichst du das aus?
Weißt du denn nicht, daß deines Vaters Vater gar
der alte Pelops war, ein Phryger und Barbar?
Von einer kretischen Mutter stammst du selbst, bei der
dein eigner Vater einen fremden Mann ergriff,
daß stummen Fischen er zum Fraß sie geben hieß.
Solch einer schmäht die Abkunft eines solchen Manns,
der einen Telamon zu seinem Vater hat!
Dieser gewann als ersten Siegespreis im Heer
zur Gattin meine Mutter, ihrer Herkunft nach
Laomedons, des Königs, Tochter, die der Sohn
Alkmenes einst ihm gab als auserlesnen Dank.
Und ich, als edler Sohn von einem edlen Paar
entsprossen, soll beschimpfen lassen mein Geblüt
in ihm, dem du, da er in solchem Elend sank,
das Grab verwehrst? Schämst du dich nicht, daß du es sagst?
Eins aber wisse: werft ihr diesen Mann hinaus,
so werft ihr auch uns drei hinaus und neben ihn.
Denn ganz gewiß ist es weit rühmlicher für mich,
im Kampf für ihn zu sterben als für eine Frau,
sei's nun die deine oder deines Bruders Weib.
Bedenke nun dein Bestes, nicht das meinige!

ὡς εἴ με πημανεῖς τι, βουλήσῃ ποτὲ
καὶ δειλὸς εἶναι μᾶλλον ἢ 'ν ἐμοὶ θρασύς.

Χο ἄναξ Ὀδυσσεῦ, καιρὸν ἴσθ' ἐληλυθώς,
εἰ μὴ ξυνάψων, ἀλλὰ συλλύσων πάρει.

Ὀδυσσεύς

τί δ' ἔστιν, ἄνδρες; τηλόθεν γὰρ ᾐσθόμην
βοὴν Ἀτρειδῶν τῷδ' ἐπ' ἀλκίμῳ νεκρῷ.
Ἀγ οὐ γὰρ κλύοντές ἐσμεν αἰσχίστους λόγους,
ἄναξ Ὀδυσσεῦ, τοῦδ' ὑπ' ἀνδρὸς ἀρτίως;
Ὀδ ποίους; ἐγὼ γὰρ ἀνδρὶ συγγνώμην ἔχω
κλύοντι φλαῦρα συμβαλεῖν ἔπη κακά.
Ἀγ ἤκουσεν αἰσχρά· δρῶν γὰρ ἦν τοιαῦτά με.
Ὀδ τί γάρ σ' ἔδρασεν ὥστε καὶ βλάβην ἔχειν;
Ἀγ οὔ φησ' ἐάσειν τόνδε τὸν νεκρὸν ταφῆς
ἄμοιρον, ἀλλὰ πρὸς βίαν θάψειν ἐμοῦ.
Ὀδ ἔξεστιν οὖν εἰπόντι τἀληθῆ φίλῳ
σοὶ μηδὲν ἧσσον ἢ πάρος ξυνηρετεῖν;
Ἀγ εἴπ'· ἦ γὰρ εἴην οὐκ ἂν εὖ φρονῶν, ἐπεὶ
φίλον σ' ἐγὼ μέγιστον Ἀργείων νέμω.
Ὀδ ἄκουέ νυν. τὸν ἄνδρα τόνδε πρὸς θεῶν
μὴ τλῇς ἄθαπτον ὧδ' ἀναλγήτως βαλεῖν·
μηδ' ἡ βία σε μηδαμῶς νικησάτω
τοσόνδε μισεῖν ὥστε τὴν δίκην πατεῖν.
κἀμοὶ γὰρ ἦν ποθ' οὗτος ἔχθιστος στρατοῦ,
ἐξ οὗ 'κράτησα τῶν Ἀχιλλείων ὅπλων,
ἀλλ' αὐτὸν ἔμπας ὄντ' ἐγὼ τοιόνδ' ἐμοὶ
οὐκ οὖν ἀτιμάσαιμ' ἄν, ὥστε μὴ λέγειν
ἕν' ἄνδρ' ἰδεῖν ἄριστον Ἀργείων, ὅσοι
Τροίαν ἀφικόμεσθα, πλὴν Ἀχιλλέως.
ὥστ' οὐκ ἂν ἐνδίκως γ' ἀτιμάζοιτό σοι·
οὐ γάρ τι τοῦτον, ἀλλὰ τοὺς θεῶν νόμους
φθείροις ἄν. ἄνδρα δ' οὐ δίκαιον, εἰ θάνοι,
βλάπτειν τὸν ἐσθλόν, οὐδ' ἐὰν μισῶν κυρῇς.

Denn wenn du dich an mir vergreifst, so wirst du bald
viel lieber feig sein als verwegen gegen mich!

Odysseus kommt

Chf König Odysseus, sieh, du kommst zur rechten Zeit,
wenn du zu schlichten und nicht mitzustreiten kommst.

Odysseus

Was ist es, Männer? Denn von weitem hört' ich schon
bei diesem tapfren Toten die Atriden schrein.
Ag Mußt' ich nicht eben schändlichste Beleidigung
anhören, Fürst Odysseus, von dem Manne da?
Od Und welche? Denn ich hege Nachsicht für den Mann,
der bös entgegnet, wenn er üble Worte hört.
Ag Er hörte Schimpf, denn Schimpf hat er mir angetan.
Od Was tat er dir denn an, um dich zu schädigen?
Ag Er will nicht dulden, daß dem Toten dort das Grab
versagt wird: mir zum Trotz begraben will er ihn.
Od Ist's möglich, daß ein Freund zu dir die Wahrheit spricht
und doch nicht minder dir verbunden bleibt als sonst?
Ag Sprich! Denn sonst wär' ich ja nicht bei Verstand: in dir
seh' unter den Argeiern ich den besten Freund.
Od So höre! Bei den Göttern, lasse diesen Mann
nicht so gefühllos unbeerdigt liegen dort!
Und niemals darf die Macht zu solchem Hasse dich
hinreißen, daß du alles Recht mit Füßen trittst.
Auch mir war dieser einst der ärgste Feind im Heer,
seitdem Achilleus' Waffen ich als Preis errang.
Doch wenn er sich auch so zu mir verhielt, mag ich
ihn doch nicht so entehren, um nicht zu gestehn,
daß ich in ihm den Besten der Argeier nach
Achilleus sah, soviel gen Troia segelten.
Mit Unrecht würde er drum jetzt von dir entehrt.
Nicht ihn verletzt du dann, vielmehr die göttlichen
Gesetze: unrecht ist es, einen tapfren Mann
zu kränken, wenn er starb, war er dir auch verhaßt.

Ἀγ σὺ ταῦτ᾽, Ὀδυσσεῦ, τοῦδ᾽ ὑπερμαχεῖς ἐμοί;
Ὀδ ἔγωγ᾽· ἐμίσουν δ᾽, ἡνίκ᾽ ἦν μισεῖν καλόν.
Ἀγ οὐ γὰρ θανόντι καὶ πρὸς ἐμβῆναί σε χρή;
Ὀδ μὴ χαῖρ᾽, Ἀτρείδη, κέρδεσιν τοῖς μὴ καλοῖς.
Ἀγ τόν τοι τύραννον εὐσεβεῖν οὐ ῥᾴδιον.
Ὀδ ἀλλ᾽ εὖ λέγουσι τοῖς φίλοις τιμὰς νέμειν.
Ἀγ κλύειν τὸν ἐσθλὸν ἄνδρα χρὴ τῶν ἐν τέλει.
Ὀδ παῦσαι· κρατεῖς τοι τῶν φίλων νικώμενος.
Ἀγ μέμνησ᾽, ὁποίῳ φωτὶ τὴν χάριν δίδως.
Ὀδ ὅδ᾽ ἐχθρὸς ἁνήρ, ἀλλὰ γενναῖός ποτ᾽ ἦν.
Ἀγ τί ποτε ποήσεις; ἐχθρὸν ὧδ᾽ αἰδῇ νέκυν;
Ὀδ κινεῖ γὰρ ἁρετή με τῆς ἔχθρας πάρος.
Ἀγ τοιοίδε μέντοι φῶτες ἔμπληκτοι βροτῶν.
Ὀδ ἦ κάρτα πολλοὶ νῦν φίλοι καὖθις πικροί.
Ἀγ τοιούσδ᾽ ἐπαινεῖς δῆτα σὺ κτᾶσθαι φίλους;
Ὀδ σκληρὰν ἐπαινεῖν οὐ φιλῶ ψυχὴν ἐγώ.
Ἀγ ἡμᾶς σὺ δειλοὺς τῇδε θἠμέρᾳ φανεῖς.
Ὀδ ἄνδρας μὲν οὖν Ἕλλησι πᾶσιν ἐνδίκους.
Ἀγ ἄνωγας οὖν με τὸν νεκρὸν θάπτειν ἐᾶν;
Ὀδ ἔγωγε· καὶ γὰρ αὐτὸς ἐνθάδ᾽ ἵξομαι.
Ἀγ ἦ πάνθ᾽ ὁμοῖα· πᾶς ἀνὴρ αὑτῷ πονεῖ.
Ὀδ τῷ γάρ με μᾶλλον εἰκὸς ἢ ᾽μαυτῷ πονεῖν;
Ἀγ σὸν ἆρα τοὔργον, οὐκ ἐμὸν κεκλήσεται.
Ὀδ ὡς ἂν ποήσῃς, πανταχῇ χρηστός γ᾽ ἔσῃ.
Ἀγ ἀλλ᾽ εὖ γε μέντοι τοῦτ᾽ ἐπίστασ᾽, ὡς ἐγὼ
σοὶ μὲν νέμοιμ᾽ ἂν τῆσδε καὶ μείζω χάριν,
οὗτος δὲ κἀκεῖ κἀνθάδ᾽ ὢν ἔμοιγ᾽ ὁμῶς
ἔχθιστος ἔσται. σοὶ δὲ δρᾶν ἔξεσθ᾽ ἃ λῇς.

Χο ὅστις σ᾽, Ὀδυσσεῦ, μὴ λέγει γνώμῃ σοφὸν
φῦναι, τοιοῦτον ὄντα, μῶρός ἐστ᾽ ἀνήρ.
Ὀδ καὶ νῦν γε Τεύκρῳ τἀπὸ τοῦδ᾽ ἀγγέλλομαι,
ὅσον τότ᾽ ἐχθρὸς ἦ, τοσόνδ᾽ εἶναι φίλος.
καὶ τὸν θανόντα τόνδε συνθάπτειν θέλω
καὶ ξυμπονεῖν καὶ μηδὲν ἐλλείπειν ὅσων
χρὴ τοῖς ἀρίστοις ἀνδράσιν πονεῖν βροτούς.

Ag Du also kämpfst, Odysseus, gegen mich, für ihn?
Od Ja ich! Doch haßt' ich ihn, als Haß zu Recht bestand.
Ag Gegen den Toten vorzugehen ziemt dir nicht?
Od Atride, freue dich unedlen Vorteils nicht!
Ag Es ist nicht leicht für einen Herrscher, fromm zu sein.
Od Doch leicht, den Freund zu ehren, der es redlich meint.
Ag Der wackre Mann soll hören auf die Führenden.
Od Laß sein! Du herrschst, auch wenn du dich den Freunden fügst.
Ag Bedenke, welchem Mann du deine Gunst erweist!
Od Mir war er feindgesinnt, doch sonst von edler Art.
Ag Was tust du also? Ehrst du einen toten Feind?
Od Über der Feindschaft steht mir eines Mannes Wert.
Ag Als wankelmütig gelten Menschen solcher Art.
Od Gar mancher ist uns heute Freund und morgen Feind.
Ag Und solche Freunde zu gewinnen lobst du dir?
Od Hartherzige Gesinnung loben mag ich nicht!
Ag Am heutigen Tag erweist du uns als Feiglinge!
Od Nein, als Gerechte vor dem ganzen Griechenheer!
Ag Du willst, daß ich begraben lasse diesen Mann?
Od Ja, ich! Denn auch mit mir kommt es einmal dahin.
Ag Stets ist's das gleiche: jeder ist für sich besorgt.
Od Für wen soll ich denn lieber sorgen als für mich?
Ag Als deine Sache, nicht als meine gelt' es denn!
Od Wie du's auch hältst, geehrt sein wirst du jedenfalls.
Ag Doch über eins sollst du gewiß sein: daß ich dir
zwar gern auch größre Gunst gewähren will als dir;
er aber wird mir gleicherweise dort wie hier
der ärgste Feind sein. Du darfst tun, was dir beliebt.

Er geht mit seiner Begleitung

Chf Odysseus! Wer da leugnet, daß ein Mann wie du
mit weisem Sinn begabt ist, der muß närrisch sein!
Od Und jetzt erklär' ich Teukros, daß in Zukunft ich
genau so Freund bin, wie ich Feind gewesen bin.
Auch will ich diesen Toten mitbegraben, will
mich mitbemühen und nichts unterlassen, was
die Menschen ihren besten Männern schuldig sind.

Τευ ἄριστ' Ὀδυσσεῦ, πάντ' ἔχω σ' ἐπαινέσαι
λόγοισι· καί μ' ἔψευσας ἐλπίδος πολύ.
τούτῳ γὰρ ὢν ἔχθιστος Ἀργείων ἀνὴρ
μόνος παρέστης χερσίν, οὐδ' ἔτλης παρὼν
θανόντι τῷδε ζῶν ἐφυβρίσαι μέγα,
ὡς ὁ στρατηγὸς οὑπιβρόντητος μολὼν
αὐτός τε χὡ ξύναιμος ἠθελησάτην
λωβητὸν αὐτὸν ἐκβαλεῖν ταφῆς ἄτερ.
τοιγάρ σφ' Ὀλύμπου τοῦδ' ὁ πρεσβεύων πατὴρ
μνήμων τ' Ἐρινὺς καὶ τελεσφόρος Δίκη
κακοὺς κακῶς φθείρειαν, ὥσπερ ἤθελον
τὸν ἄνδρα λώβαις ἐκβαλεῖν ἀναξίως.
σὲ δ', ὦ γεραιοῦ σπέρμα Λαέρτου πατρός,
τάφου μὲν ὀκνῶ τοῦδ' ἐπιψαύειν ἐᾶν,
μὴ τῷ θανόντι τοῦτο δυσχερὲς ποιῶ·
ἀτὰρ καθ' ἡμᾶς ἐσθλὸς ὢν ἐπίστασο.
Ὀδ ἀλλ' ἤθελον μέν· εἰ δὲ μή 'στί σοι φίλον
πράσσειν τάδ' ἡμᾶς, εἶμ' ἐπαινέσας τὸ σόν.

Τευ ἅλις· ἤδη γὰρ πολὺς ἐκτέταται an[4]
χρόνος. ἀλλ' οἳ μὲν κοίλην κάπετον
χερσὶ ταχύνετε, τοὶ δ' ὑψίβατον
τρίποδ' ἀμφίπυρον λουτρῶν ὁσίων
θέσθ' ἐπίκαιρον·
μία δ' ἐκ κλισίας ἀνδρῶν ἴλη
τὸν ὑπασπίδιον κόσμον φερέτω.

παῖ, σὺ δὲ πατρός γ', ὅσον ἰσχύεις,
φιλότητι θιγὼν πλευρὰς σὺν ἐμοὶ
τάσδ' ἐπικούφιζ'· ἔτι γὰρ θερμαὶ
σύριγγες ἄνω φυσῶσι μέλαν
μένος. ἀλλ' ἄγε πᾶς, φίλος ὅστις ἀνὴρ
φησὶ παρεῖναι, σούσθω, βάτω,

1396 τὰ δ' ἄλλα καὶ ξύμπρασσε, κεἴ τινα στρατοῦ
θέλεις κομίζειν, οὐδὲν ἄλγος ἕξομεν.
1398 ἐγὼ δὲ τἆμὰ πάντα πορσυνῶ· σὺ δὲ

Teu Bester Odysseus! Grund hab' ich, zu loben dich
in allem: was ich nie gehofft, hast du erfüllt.
Du, der sein schlimmster Feind von den Argeiern war,
du stehst allein ihm hilfreich bei und mochtest nicht
an diesem Toten freveln als ein Lebender
wie dieser hirnverbrannte Feldherr, der da kam,
er selbst und auch sein Bruder, – wollten beide doch
zu seinem Schimpf vom Grab ihn ausgeschlossen sehn.
Drum soll der Vater, der gebietet im Olymp,
Erinys, die gedenkt, und Dike, die vollstreckt,
die Argen arg vertilgen, ebenso wie sie
den Mann der Schmach aussetzen wollten unverdient!
Doch dich, des greisen Vaters, des Laërtes Sohn,
würd' ich mit Sorge nur sein Grab berühren sehn:
mir bangt, ich tu' ihm damit Unwillkommnes an.
Doch wisse, daß du ehrenhaft an uns gehandelt hast!
Od Es war mein Wunsch zwar; aber ist es dir nicht lieb,
daß ich euch helfe, füg' ich deinem Willen mich.

Er geht

Teu Genug! Denn es ist schon geraume Zeit
verstrichen. Auf! Ihr, höhlt ihm die Gruft
mit hurtiger Hand! Ihr, setzt mir zurecht
den ragenden Dreifuß zum heiligen Bad
und zündet die Flamme!
Eine Rotte bringe vom Männerzelt
seine Rüstung her, die er trug unterm Schild!

Zu Eurysakes

Du, Kind, umfasse, so fest du kannst,
in Liebe des Vaters Leib und richt'
ihn auf mit mir: es sprühen ja noch
seine warmen Adern das schwarze Blut
empor. Und ein jeder Mann, der als Freund
sich bekennt, der komme und trete mit an,

τῷδ' ἀνδρὶ πονῶν τῷ πάντ' ἀγαθῷ
κοὐδενί πω λῴονι θνητῶν.

Χο ἦ πολλὰ βροτοῖς ἔστιν ἰδοῦσιν an[4]
γνῶναι· πρὶν ἰδεῖν δ' οὐδεὶς μάντις
τῶν μελλόντων ὅ τι πράξει.

sich hilfreich zu mühn um den edelsten Mann
und um keinen besseren künftig!

Ch Den Menschen ist vieles zu wissen gegönnt,
wenn sie schauen. Doch eh er geschaut hat, kennt
kein Mensch, was die Zukunft ihm bringe.

ΤΡΑΧΙΝΙΑΙ
DIE TRACHINIERINNEN

ΤΡΑΧΙΝΙΑΙ

Τὰ τοῦ δράματος πρόσωπα

Δηάνειρα · Δούλη τροφός · Ὕλλος · Χορὸς γυναικῶν Τραχινιῶν · Ἄγγελος · Λίχας · Ἡρακλῆς · Πρέσβυς

Δηάνειρα

Λόγος μὲν ἔστ᾽ ἀρχαῖος ἀνθρώπων φανείς,
ὡς οὐκ ἂν αἰῶν᾽ ἐκμάθοις βροτῶν, πρὶν ἂν
θάνῃ τις, οὔτ᾽ εἰ χρηστὸς οὔτ᾽ εἴ τῳ κακός·
ἐγὼ δὲ τὸν ἐμόν, καὶ πρὶν εἰς Ἅιδου μολεῖν,
ἔξοιδ᾽ ἔχουσα δυστυχῆ τε καὶ βαρύν,
ἥτις πατρὸς μὲν ἐν δόμοισιν Οἰνέως
ναίουσ᾽ ἔτ᾽ ἐν Πλευρῶνι νυμφείων ὄκνον
ἄλγιστον ἔσχον, εἴ τις Αἰτωλὶς γυνή.
μνηστὴρ γὰρ ἦν μοι ποταμός, Ἀχελῷον λέγω,
ὅς μ᾽ ἐν τρισὶν μορφαῖσιν ἐξῄτει πατρός,
φοιτῶν ἐναργὴς ταῦρος, ἄλλοτ᾽ αἰόλος
δράκων ἑλικτός, ἄλλοτ᾽ ἀνδρείῳ κύτει
βούπρῳρος· ἐκ δὲ δασκίου γενειάδος
κρουνοὶ διερραίνοντο κρηναίου ποτοῦ.
τοιόνδ᾽ ἐγὼ μνηστῆρα προσδεδεγμένη
δύστηνος αἰεὶ κατθανεῖν ἐπηυχόμην,
πρὶν τῆσδε κοίτης ἐμπελασθῆναί ποτε.
χρόνῳ δ᾽ ἐν ὑστέρῳ μέν, ἀσμένῃ δέ μοι,
ὁ κλεινὸς ἦλθε Ζηνὸς Ἀλκμήνης τε παῖς·

DIE TRACHINIERINNEN

Die Personen der Handlung

Deianeira · Ihre Amme · Hyllos · Der Chor (Jungfrauen der Stadt Trachis) · Ein Bote · Lichas, Herold · Herakles · Ein alter Mann

Stumme Personen

Iole · Diener · Dienerinnen · Lastträger · kriegsgefangene Frauen

Schauplatz: Vor einem Palast in Trachis, einer Stadt zwischen dem Oita und der Küste des Meerbusens von Melis (oder Malis).

Deianeira

kommt aus dem Palast, begleitet von der Amme

Ein Wort zwar geht von altersher bei Menschen um:
daß man vom Leben eines Sterblichen nicht weiß,
bevor er tot ist, ob es glücklich war, ob schlimm.
Ich aber weiß schon jetzt, eh' ich zur Totenwelt
gelange, daß das meinige glücklos ist und schwer.
Schon als ich noch in meines Vaters Oineus Haus
in Pleuron lebte, hatt' ich vor dem Ehestand
quälendste Angst wie sonst kein Weib Aitoliens.
Mein Freier war ein Flußgott: Acheloos, der
um mich in dreierlei Gestalt beim Vater warb:
leibhaft als Bulle stürmend, schillernd und gekrümmt
als Drache wieder, dann mit eines Mannes Rumpf
und Stierhaupt; aus dem dichten Backenbart jedoch
strömte des Quellgeriesels Wasserflut hervor.
Als ich solch einen Freier mir beschieden sah,
da wünscht' ich Arme flehentlich zu sterben noch,
bevor ich diesem Ehebett mich näherte.
Zwar erst in letzter Stunde, doch zum Glück für mich
erschien Alkmenes und des Zeus berühmter Sohn,

ὅς εἰς ἀγῶνα τῷδε συμπεσὼν μάχης
ἐκλύεταί με. καὶ τρόπον μὲν ἂν πόνων
οὐκ ἂν διείποιμ'· οὐ γὰρ οἶδ'· ἀλλ' ὅστις ἦν
θακῶν ἀταρβὴς τῆς θέας, ὅδ' ἂν λέγοι.
ἐγὼ γὰρ ἥμην ἐκπεπληγμένη φόβῳ,
μή μοι τὸ κάλλος ἄλγος ἐξεύροι ποτέ.
τέλος δ' ἔθηκε Ζεὺς ἀγώνιος καλῶς,
εἰ δὴ καλῶς. λέχος γὰρ Ἡρακλεῖ κριτὸν
ξυστᾶσ' ἀεί τιν' ἐκ φόβου φόβον τρέφω,
κείνου προκηραίνουσα. νὺξ γὰρ εἰσάγει
καὶ νὺξ ἀπωθεῖ διαδεδεγμένη πόνον.
κἀφύσαμεν δὴ παῖδας, οὓς κεῖνός ποτε,
γήτης ὅπως ἄρουραν ἔκτοπον λαβών,
σπείρων μόνον προσεῖδε κἀξαμῶν ἅπαξ·
τοιοῦτος αἰὼν ἐς δόμους τε κἀκ δόμων
ἀεὶ τὸν ἄνδρ' ἔπεμπε λατρεύοντά τῳ.
νῦν δ' ἡνίκ' ἄθλων τῶνδ' ὑπερτελὴς ἔφυ,
ἐνταῦθα δὴ μάλιστα ταρβήσασ' ἔχω.
ἐξ οὗ γὰρ ἔκτα κεῖνος Ἰφίτου βίαν,
ἡμεῖς μὲν ἐν Τραχῖνι τῇδ' ἀνάστατοι
ξένῳ παρ' ἀνδρὶ ναίομεν, κεῖνος δ' ὅπου
βέβηκεν οὐδεὶς οἶδε· πλὴν ἐμοὶ πικρὰς
ὠδῖνας αὐτοῦ προσβαλὼν ἀποίχεται.
σχεδὸν δ' ἐπίσταμαί τι πῆμ' ἔχοντά νιν·
χρόνον γὰρ οὐχὶ βαιόν, ἀλλ' ἤδη δέκα
μῆνας πρὸς ἄλλοις πέντ' ἀκήρυκτος μένει.
κἄστιν τι δεινὸν πῆμα· τοιαύτην ἐμοὶ
δέλτον λιπὼν ἔστειχε, τὴν ἐγὼ θαμὰ
θεοῖς ἀρῶμαι πημονῆς ἄτερ λαβεῖν.

Τροφός

δέσποινα Δῃάνειρα, πολλὰ μέν σ' ἐγὼ
κατεῖδον ἤδη πανδάκρυτ' ὀδύρματα
τὴν Ἡράκλειον ἔξοδον γοωμένην·
νῦν δ', εἰ δίκαιον τοὺς ἐλευθέρους φρενοῦν
γνώμαισι δούλαις, κἀμὲ χρὴ φράσαι τὸ σόν.

der mit ihm aneinanderstieß in hartem Kampf
und mich erlöste. Freilich von des Streits Verlauf
könnt' ich nicht sprechen, denn ich weiß ihn nicht. Doch mag
erzählen, wer den Anblick schreckenlos ertrug!
Ich nämlich saß dabei, ergriffen von der Angst,
die Schönheit bringe mir wohl einst noch Kummer ein.
Zum guten Ende führt' es Zeus, des Kampfes Hort, –
wenn es denn gut war. Denn, vereint mit Herakles
als sein erkornes Weib, nähr' ich nur Angst um Angst
und härme mich um ihn; denn Nacht bringt mit sich Qual,
und Nacht vertreibt sie wieder, wie sie sie empfing.
Wir zeugten ja auch Kinder, die er dann und wann
so wie ein Landmann ein entlegnes Ackerfeld
beim Säen und beim Ernten einmal nur gesehn.
Ein solches Leben treibt den Mann in fremdem Dienst
mir jederzeit ins Haus und wieder aus dem Haus.
Doch nun er alle Kämpfe überstanden hat,
bin ich von Sorgen und von Angst erst recht gequält.
Denn seit er Iphitos' wilde Kraft erschlagen hat,
wohnen wir hier in Trachis als Vertriebene
in eines Gastfreunds Hause; doch wohin sich er
begeben, – niemand weiß es; über mich nur hat
er bittre Qual um ihn gebracht, seitdem er fort.
Es ist mir fast gewiß, daß ihn ein Unheil traf.
Denn nicht seit kurzem erst, vielmehr zehn Monde schon
und weitre fünf bleibt jede Nachricht aus von ihm.
Ein Unheil ist geschehen! Dieses Schriftstück ließ
er hier bei seinem Aufbruch: zu den Göttern bet'
ich oft, daß ich's zu meinem Leide nicht erhielt.

Amme

O Herrin Deianeira, oft hab' ich dich schon
gesehen, wie du unter tränenströmender
Wehklag' um Herakles' Auszug Leid getragen hast.
Jetzt – wenn es recht ist, daß der Sklavin Sinn den frei
Geborenen rät – gebührt auch mir ein Wort dazu.

πῶς παισὶ μὲν τοσοῖσδε πληθύεις, ἀτὰρ
ἀνδρὸς κατὰ ζήτησιν οὐ πέμπεις τινά,
μάλιστα δ' ὅνπερ εἰκὸς Ὕλλον, εἰ πατρὸς
νέμοι τιν' ὤραν τοῦ καλῶς πράσσειν δοκεῖν;
ἐγγὺς δ' ὅδ' αὐτὸς ἀρτίπους θρῴσκει δόμους,
ὥστ', εἴ τί σοι πρὸς καιρὸν ἐννέπειν δοκῶ,
πάρεστι χρῆσθαι τἀνδρὶ τοῖς τ' ἐμοῖς λόγοις.

Δη ὦ τέκνον, ὦ παῖ, κἀξ ἀγεννήτων ἄρα
μῦθοι καλῶς πίπτουσιν· ἥδε γὰρ γυνὴ
δούλη μέν, εἴρηκεν δ' ἐλεύθερον λόγον.

Ὕλλος

ποῖον; δίδαξον, μῆτερ, εἰ διδακτά μοι.
Δη σὲ πατρὸς οὕτω δαρὸν ἐξενωμένου
τὸ μὴ πυθέσθαι, ποῦ 'στιν, αἰσχύνην φέρειν.
῾Υλ ἀλλ' οἶδα, μύθοις εἴ τι πιστεύειν χρεών.
Δη καὶ ποῦ κλύεις νιν, τέκνον, ἱδρῦσθαι χθονός;
῾Υλ τὸν μὲν παρελθόντ' ἄροτον ἐν μήκει χρόνου
Λυδῇ γυναικί φασί νιν λάτριν πονεῖν.
Δη πᾶν τοίνυν, εἰ καὶ τοῦτ' ἔτλη, κλύοι τις ἄν.
῾Υλ ἀλλ' ἐξαφεῖται τοῦδέ γ', ὡς ἐγὼ κλύω.
Δη ποῦ δῆτα νῦν ζῶν ἢ θανὼν ἀγγέλλεται;
῾Υλ Εὐβοῖδα χώραν φασίν, Εὐρύτου πόλιν,
ἐπιστρατεύειν αὐτόν, ἢ μέλλειν ἔτι.
Δη ἆρ' οἶσθα δῆτ', ὦ τέκνον, ὡς ἔλειπέ μοι
μαντεῖα πιστὰ τῆσδε τῆς χώρας πέρι;
῾Υλ τὰ ποῖα, μῆτερ; τὸν λόγον γὰρ ἀγνοῶ.
Δη ὡς ἢ τελευτὴν τοῦ βίου μέλλει τελεῖν,
ἢ τοῦτ' ἀνατλὰς βίοτον εὐαίων ἔχειν. 80/1
ἐν οὖν ῥοπῇ τοιᾷδε κειμένῳ, τέκνον, 82
οὐκ εἶ ξυνέρξων, ἡνίκ' ἢ σεσώμεθα 83
κείνου βίον σώσαντος, ἢ 'ξολώλαμεν; 85

80 ἢ τοῦτον ἄρας [ἆθλον ἐς τό γ' ὕστερον
81 τὸν λοιπὸν ἤδη] βίοτον εὐαίων ἔχειν.
84 ἢ πίπτομεν σοῦ πατρὸς ἐξολωλότος

Warum, da du an soviel Söhnen reich bist, schickst
du keinen auf die Suche nach der Spur des Herrn?
Vor allen käm' es Hyllos zu, wenn der Verbleib,
das Wohlergehn des Vaters ihm am Herzen liegt.
Da kommt er eben selbst mit leichtem Schritt nach Haus.
So kannst du, wenn du meinst, daß zutrifft, was ich sprach,
des jungen Manns bedienen dich und meines Rats.

Hyllos ist von der Stadt her gekommen

De Mein Kind, mein Sohn, von Menschen niedren Standes kommt
zuweilen auch ein guter Rat; denn diese Frau,
zwar Dienerin, hat doch ein freies Wort gesagt.

Hyllos

Welches? Laß hören Mutter, wenn ich's hören darf!
De Daß du versäumst, zu forschen, wo dein Vater sei,
der schon so lang verschollen ist, sei eine Schmach.
Hy Ich weiß es ja, – wenn man Gerüchten trauen darf.
De Und wo auf Erden hörst du daß er weile, Kind?
Hy Vergangnen Sommer, sagt man, hat er lange Zeit
als Knecht im Dienste einer lydischen Frau gefront.
De Auf alles bin ich, wenn er das ertragen hat, gefaßt.
Hy Doch ist er, wie ich höre, wieder frei davon.
De Wo aber soll er, lebend oder tot, nun sein?
Hy Man sagt, daß er Euboias Land, des Eurytos Stadt
mit Heeresmacht bedrohe oder es plane erst.
De Kind, weißt du denn auch, daß er zuverlässige
Weissagung über dieses Land mir hinterließ?
Hy Und welche, Mutter? Denn ich weiß kein Wort davon.
De Daß er entweder dort des Lebens Ziel erreicht
oder noch dies erträgt und Lebensglück erringt.
Willst du ihm, der vor solcher Schicksalswende steht,
mein Kind, nicht beistehn, da wir ja gerettet sind,
wenn er sich rettet, oder mit ihm untergehn?

Ὑλ ἀλλ' εἶμι, μῆτερ· εἰ δὲ θεσφάτων ἐγὼ
βάξιν κατῄδη τῶνδε, κἂν πάλαι παρῆ.
νῦν δ' ὡς ξυνίημ', οὐδὲν ἐλλείψω τὸ μὴ
πᾶσαν πυθέσθαι τῶνδ' ἀλήθειαν πέρι.
Δη χώρει νυν, ὦ παῖ· καὶ γὰρ ὑστέρῳ, τό γ' εὖ
πράσσειν ἐπεὶ πύθοιτο, κέρδος ἐμπολᾷ.

Χορός

ὃν αἰόλα νὺξ ἐναριζομένα	ia he	Str. 1
τίκτει κατευνάζει τε φλογιζόμενον,	rz he	
Ἅλιον, Ἅλιον αἰτῶ	he⁻	
τοῦτο καρῦξαι τὸν Ἀλκμή-	ep²	
νας, πόθι μοι πόθι μοι παῖς	he⁻	
ναίει ποτ', ὦ λαμπρᾷ στεροπᾷ φλεγέθων,	rz he	
ἢ ποντίας αὐλῶνας, ἢ	ia²	
δισσαῖσιν ἀπείροις κλιθείς,	ia²	
εἴπ', ὦ κρατιστεύων κατ' ὄμμα.	alc 9	
ποθουμένᾳ γὰρ φρενὶ πυνθάνομαι	ia he	Ant. 1
τὰν ἀμφινεικῆ Δηιάνειραν ἀεί,	rz he	
οἷά τιν' ἄθλιον ὄρνιν,	he⁻	
οὔποτ' εὐνάζειν ἀδακρύ-	ep²	
των βλεφάρων πόθον, ἀλλὰ	he⁻	
εὔμναστον ἀνδρὸς δεῖμα τρέφουσαν ὁδοῦ	rz he	
ἐνθυμίοις εὐναῖς ἀναν-	ia²	
δρώτοισι τρύχεσθαι, κακὰν	ia²	
δύστανον ἐλπίζουσαν αἶσαν.	alc 9	
πολλὰ γὰρ ὥστ' ἀκάμαντος	he⁻	Str. 2
ἢ νότου ἢ βορέα τις	he⁻	
κύματ' ἂν εὐρέι πόντῳ	he⁻	
βάντ' ἐπιόντα τ' ἴδοι,	he	
οὕτω δὲ τὸν Καδμογενῆ	ia ch	

88 νῦν δ' ὁ ξυνήθης πότμος οὐκ ἐᾷ πατρὸς
98 ἡμᾶς προταρβεῖν οὐδὲ δειμαίνειν ἄγαν

Hy Ich gehe, Mutter. Hätt' ich dieses Götterworts
Verkündigung gekannt, wär' ich wohl längst schon dort.
Da ich es nun erfahren, unterlass' ich nichts,
daß uns die Wahrheit sich hierüber ganz enthüllt.

De Mein Sohn, so geh denn! Auch wer spät kommt, – wenn er nur
erfährt, es stehe gut, so erntet er Gewinn.

Hyllos geht. Der Chor zieht ein

Chor

Den Sternennacht, wenn ihr Gefunkel erstirbt,
gebiert und wiegt in Schlaf, wenn sein Leuchten verglüht,
Helios, Helios bitt' ich:
dies zu künden, wo, ach, wo der
Sohn von Alkmene auf Erden
sich aufhält: Der du leuchtenden Glanzes erstrahlst,
sei er auf Meers Gebreiten, sei
er auf dem Festland beiderseits,
sprich, Gott, der mit dem Blick gebietet!

Denn allezeit seh' ich von Sehnen verzehrt
die heißumkämpfte Frau Deianeira nach ihm
gleich einem bangenden Vogel:
niemals kommt des tränenlosen
Blickes Verlangen zur Ruhe;
sie denkt des Gatten, schwebt um sein Wandern in Furcht
und härmt sich ab in Sorgen um
das gattenlose Bett; sie ahnt
ein unglückselig schlimmes Schicksal.

Denn wie bei Süd- oder Nordwinds
rastlosem Wehn man die Wogen
über die Weiten des Meeres
sinken und aufsteigen sieht,
so beugt den Sohn Thebens hinab

στρέφει, τὸ δ᾽ αὔξει βιότου — ia ch
πολύπονον, ὥσπερ πέλαγος — ia ch
Κρήσιον. ἀλλά τις θεῶν — ch ia
αἰὲν ἀναμπλάκητον Ἅι- — ch ia
δα σφε δόμων ἐρύκει. — ch ba

ὧν ἐπιμεμφομένα σ᾽ αἰ- — he$^-$ — Ant. 2
δοῖα μέν, ἀντία δ᾽ οἴσω. — he$^-$
φαμὶ γὰρ οὐκ ἀποτρύειν — he$^-$
ἐλπίδα τὰν ἀγαθὰν — he
χρῆναί σ᾽· ἀνάλγητα γὰρ οὐδ᾽ — ia ch
ὁ πάντα κραίνων βασιλεὺς — ia ch
ἐπέβαλε θνατοῖς Κρονίδας· — ia ch
ἀλλ᾽ ἐπὶ πῆμα καὶ χαρὰ — ch ia
πᾶσι κυκλοῦσιν, οἷον ἄρ- — ch ia
κτου στροφάδες κέλευθοι. — ch ba

μένει γὰρ οὔθ᾽ ἄμαρ οὔτε — gl — Ep.
νὺξ βροτοῖσιν οὔτε κῆ- — cr ia
ρες οὔτε πλοῦτος, ἀλλ᾽ ἄφαρ — ia^2
βέβακε, τῷ δ᾽ ἐπέρχεται — ia^2
χαίρειν τε καὶ στέρεσθαι. — ia ba
ἃ καὶ σὲ τὰν ἄνασσαν ἐλπίσιν λέγω — ia^3
τάδ᾽ αἰὲν ἴσχειν· ἐπεὶ τίς ὧδε — ia cr ba
τέκνοισι Ζῆν᾽ ἄβουλον εἶδεν; — ba cr ba

Δῃάνειρα

πεπυσμένη μέν, ὡς ἀπεικάσαι, πάρει
πάθημα τοὐμόν· ὡς δ᾽ ἐγὼ θυμοφθορῶ
μήτ᾽ ἐκμάθοις παθοῦσα, νῦν δ᾽ ἄπειρος εἶ.
τὸ γὰρ νεάζον ἐν τοιοῖσδε βόσκεται
χώροις, ἵν᾽ οὐ ψῦχός νιν οὐ θάλπος θεοῦ,
οὐδ᾽ ὄμβρος, οὐδὲ πνευμάτων οὐδὲν κλονεῖ,
ἀλλ᾽ ἡδοναῖς ἄμοχθον ἐξαίρει βίον
ἐς τοῦθ᾽, ἕως τις ἀντὶ παρθένου γυνὴ

des Lebens vielfältige Not
und hebt ihn empor, ähnlich dem Meer
Kretas; jedoch ihn hält ein Gott
stets, wenn er stürzen soll, zurück
von dem Palast des Hades.

Drum muß ich dir, zwar mit Ehrfurcht,
aber doch tadelnd entgegnen.
Laß mich dir sagen: du darfst vom
sicheren Glauben dich nicht
entfernen! Kein Los ohne Leid
beschied des Alls Walter und Herr
Kronion für uns sterblich Geschlecht.
Sondern es kreisen Leid und Lust
über uns allen wie die Kreis-
läufe des Großen Bären.

Für Menschen hat weder Tag noch
Nacht Bestand, auch Unheil nicht
und nicht der Wohlstand; sondern schnell
entweicht und kommt dem andren zu
das Freuen wie das Darben.
Dies, sag' ich, mußt auch du, die Herrin, jederzeit
in Hoffnung festhalten; denn wann hätte
Zeus seiner Kinder eins vergessen?

Deianeira

Weil du, so scheint es mir, von meinem Kummer weißt,
bist du gekommen. Wie er mir am Herzen nagt,
nie mögest du's erleben, denn noch kennst du's nicht.
Die Jugend nämlich tummelt sich auf solcher Flur,
wo weder Kälte sie noch Glut des Sonnengotts
und auch kein Regen oder Sturm bedrängen kann.
In Freuden führt ein müh'los Leben sie empor
so weit, bis eine, nicht mehr Jungfrau sondern Frau

κληθῇ, λάβῃ τ' ἐν νυκτὶ φροντίδων μέρος,
ἤτοι πρὸς ἀνδρὸς ἢ τέκνων φοβουμένη.
τότ' ἄν τις εἰσίδοιτο, τὴν αὑτοῦ σκοπῶν
πρᾶξιν, κακοῖσιν οἷς ἐγὼ βαρύνομαι.
πάθη μὲν οὖν δὴ πόλλ' ἔγωγ' ἐκλαυσάμην·
ἓν δ', οἷον οὔπω πρόσθεν, αὐτίκ' ἐξερῶ.
ὁδὸν γὰρ ἦμος τὴν τελευταίαν ἄναξ
ὡρμᾶτ' ἀπ' οἴκων Ἡρακλῆς, τότ' ἐν δόμοις
λείπει παλαιὰν δέλτον ἐγγεγραμμένην
ξυνθήμαθ', ἁμοὶ πρόσθεν οὐκ ἔτλη ποτέ,
πολλοὺς ἀγῶνας ἐξιών, οὕτω φράσαι,
ἀλλ' ὥς τι δράσων εἷρπε κοὐ θανούμενος.
νῦν δ' ὡς ἔτ' οὐκ ὢν εἶπε μὲν λέχους ὅ τι
χρείη μ' ἑλέσθαι κτῆσιν, εἶπε δ' ἣν τέκνοις
μοῖραν πατρῴας γῆς διαιρετὸν νέμοι,
χρόνον προτάξας· ὡς, τρίμηνος ἡνίκα
χώρας ἀπείη κἀνιαύσιος βεβώς,
τότ' ἢ θανεῖν χρείη σφε τῷδε τῷ χρόνῳ,
ἢ τοῦδ' ὑπερδραμόντα τοῦ χρόνου τέλος
τὸ λοιπὸν ἤδη ζῆν ἀλυπήτῳ βίῳ.
οἰζὺν ἔφραζε πρὸς θεῶν εἱμαρμένον
τῶν Ἡρακλείων ἐκτελευτᾶσθαι πόνων,
ὡς τὴν παλαιὰν φηγὸν αὐδῆσαί ποτε
Δωδῶνι δισσῶν ἐκ πελειάδων ἔφη.
καὶ τῶνδε ναμέρτεια συμβαίνει χρόνου
τοῦ νῦν παρόντος ὡς τελεσθῆναι χρεών·
ὥσθ' ἡδέως εὕδουσαν ἐκπηδᾶν ἐμὲ
φόβῳ, φίλαι, ταρβοῦσαν, εἴ με χρὴ μένειν
πάντων ἀρίστου φωτὸς ἐστερημένην.
Χο εὐφημίαν νῦν ἴσχ'· ἐπεὶ καταστεφῆ
στείχονθ' ὁρῶ τιν' ἄνδρα πρὸς χάριν λόγων.

Ἄγγελος

δέσποινα Δηάνειρα, πρῶτος ἀγγέλων
ὄκνου σε λύσω· τὸν γὰρ Ἀλκμήνης τόκον

genannt, allnächtlich ihren Teil an Sorgen trägt
und um den Gatten oder um die Kinder bangt.
Dann kann sie wohl, wenn sie das eigne Los erwägt,
erkennen, welche Last von Übeln mich beschwert.
Ich selbst nun habe zwar schon manches Leid beweint;
doch eins, dem keines glich bisher, erzähl' ich jetzt.
Denn als zur letzten Fahrt der Herrscher Herakles
von Hause aufbrach, ließ er in der Wohnung hier
mir eine alte Tafel, die beschrieben war
mit Weisungen, wie er sie früher nie, sooft
er auch zu Kämpfen schritt, an mich gerichtet hat,
da er als Täter auszog, nicht als Sterbender.
Doch jetzt, als wär' er schon nicht mehr, verfügt er, was
mir als Besitz aus unsrer Ehe bleiben, was
der Kinder Anteil sein soll von des Vaters Reich.
Genau setzt er die Zeit fest: falls drei Monat' und
ein ganzes Jahr er außerhalb des Landes bleibt,
dann werd' er sterben müssen innert dieser Zeit
oder, sobald er überschritt das Ziel der Frist,
sich künftig eines nie getrübten Lebens freun.
Das Elend Herakleischer Mühsal gehe ganz
zu Ende, sagt er: von den Göttern sei's bestimmt,
wie es die alte Eiche zu Dodona ihm
verkündet habe durch zwei Felsentauben einst.
Nun müßte sich die Wahrheit dieses Götterspruchs
genau zu dieser jetzigen Zeit bestätigen.
Darum, ihr Lieben, fahr' aus sanftem Schlummer ich
empor, vor Angst erbebend, ob ich nun beraubt
des allerbesten Mannes immer bleiben muß.

Chf Sprich jetzt nichts Schlimmes mehr! Denn einen Mann dort seh'
ich kommen, der bekränzt zu froher Botschaft ist.

Bote

tritt von der Stadt her auf

Als erster Bote, Herrin Deianeira, will
ich dich von Furcht befreien; denn vernimm: der Sohn

καὶ ζῶντ' ἐπίστω καὶ κρατοῦντα κἀκ μάχης
ἄγοντ' ἀπαρχὰς θεοῖσι τοῖς ἐγχωρίοις.
Δη τίν' εἶπας, ὦ γεραιέ, τόνδε μοι λόγον;
'Αγ τάχ' ἐς δόμους σοὺς τὸν πολύζηλον πόσιν
ἥξειν, φανέντα σὺν κράτει νικηφόρῳ.
Δη καὶ τοῦ τόδ' ἀστῶν ἢ ξένων μαθὼν λέγεις;
'Αγ ἐν βουθερεῖ λειμῶνι πρὸς πολλοὺς θροεῖ
Λίχας ὁ κῆρυξ ταῦτα· τοῦ δ' ἐγὼ κλύων
ἀπῇξ', ὅπως τοι πρῶτος ἀγγείλας τάδε
πρὸς σοῦ τι κερδάναιμι καὶ κτῴμην χάριν.
Δη αὐτὸς δὲ πῶς ἄπεστιν, εἴπερ εὐτυχεῖ;
'Αγ οὐκ εὐμαρείᾳ χρώμενος πολλῇ, γύναι.
κύκλῳ γὰρ αὐτὸν Μηλιεὺς ἅπας λεὼς
κρίνει παραστάς, οὐδ' ἐᾷ βῆναι πρόσω.
τὸ γὰρ ποθοῦν ἕκαστος ἐκμαθεῖν θέλων
οὐκ ἂν μεθεῖτο, πρὶν καθ' ἡδονὴν κλύειν.
οὕτως ἐκεῖνος οὐχ ἑκών, ἑκοῦσι δὲ
ξύνεστιν· ὄψῃ δ' αὐτὸν αὐτίκ' ἐμφανῆ.
Δη ὦ Ζεῦ, τὸν Οἴτης ἄτομον ὃς λειμῶν' ἔχεις,
ἔδωκας ἡμῖν ἀλλὰ σὺν χρόνῳ χαράν.
φωνήσατ', ὦ γυναῖκες, αἵ τ' εἴσω στέγης
αἵ τ' ἐκτὸς αὐλῆς, ὡς ἄελπτον ὄμμ' ἐμοὶ
φήμης ἀνασχὸν τῆσδε νῦν καρπούμεθα.

Χορός

ἀνολολυξάτω δόμος — cr ia
ἐφεστίοις ἀλαλαγαῖς — ia cr
ὁ μελλόνυμφος· ἐν δὲ κοινὸς ἀρσένων — ia^3
ἴτω κλαγγὰ τὸν εὐφαρέτραν — ba cr ba
'Απόλλωνα προστάταν, — ba ia
ὁμοῦ δὲ παιᾶνα παι- — ia cr
ᾶν' ἀνάγετ', ὦ παρθένοι, — ia cr
βοᾶτε τὰν ὁμόσπορον — ia^2
Ἄρτεμιν 'Ορτυγίαν, ἐλαφαβόλον, — da^4
ἀμφίπυρον, — ch
γείτονάς τε Νύμφας. — ith

Alkmenes lebt, hat obgesiegt und führt herbei
den heimischen Göttern Erstlingsgaben aus der Schlacht.
De Welch eine Botschaft, Alter, bringst du da für mich!
Bo Daß in dein Haus dein weitgerühmter Gatte bald
wird kommen im Geleite sieggekrönter Macht.
De Von welchem Bürger oder Fremden hörtest du's?
Bo Lichas, der Herold, ruft es laut vor vielen aus
am Weideplatz der Rinder. Ich, es hörend, lief
davon, um's dir als erster anzusagen, daß
ich einen Lohn von dir und Dank verdienen mag.
De Warum kommt er nicht selbst, wenn er doch Gutes bringt?
Bo Er hat nicht eben viel Bewegungsfreiheit, Frau.
Das ganze Volk von Melis nämlich steht gedrängt
im Kreis um ihn und hindert ihn am Weitergehn.
Denn da es jeder gern genau erfahren will,
läßt man nicht ab, bis man nach Herzenslust gehört.
So hält er ungern sich bei ihnen auf, die es
gern wollen; aber bald wirst du ihn vor dir sehn.
De O Zeus, der Oitas nie gemähte Trift bewohnt,
nun hast du, wenn auch spät, uns Freude doch gewährt!
Stimmt an, ihr Mädchen, die ihr drin im Hause seid
und außerhalb des Hofes! Unverhofftes Licht
geht aus von dieser Botschaft, und wir freun uns jetzt!

Chor

Laßt nun im hochzeitlichen Haus
erschallen laut Jubelgesang
am heil'gen Herd! Ertöne auch der Jünglinge
Gesang auf ihn, den Meister des Pfeils
Apoll, ihn, der uns beschützt!
Zugleich das Loblied, das Lob-
lied, o ihr Jungfraun, stimmet an,
und auch nach seiner Schwester ruft,
Artemis, Hirschjägerin, der ortygischen,
fackelumloht,
und den nahen Nymphen!

ἀείρομαι οὐδ᾽ ἀπώσομαι rz cr
τὸν αὐλόν, ὦ τύραννε τᾶς ἐμᾶς φρενός. ia^3
ἰδού μ᾽ ἀναταράσσει, ba^2
εὐοῖ μ᾽ ὁ κισσὸς ἄρτι βακχίαν sp ia^2
ἐπιστρέφων ἅμιλλαν. ia ba

ἰὼ ἰώ, Παιάν· ia sp
ἴδ᾽, ὦ φίλα γύναι, ia ba
τάδ᾽ ἀντίπρῳρα δή σοι ia ba
βλέπειν πάρεστ᾽ ἐναργῆ. ia ba

Δη ὁρῶ, φίλαι γυναῖκες, οὐδέ μ᾽ ὄμματος
φρουρὰν παρῆλθε, τόνδε μὴ λεύσσειν στόλον·

χαίρειν δὲ τὸν κήρυκα προυννέπω, χρόνῳ
πολλῷ φανέντα, χαρτὸν εἴ τι καὶ φέρεις.

Λίχας

ἀλλ᾽ εὖ μὲν ἵγμεθ᾽, εὖ δὲ προσφωνούμεθα,
γύναι, κατ᾽ ἔργου κτῆσιν· ἄνδρα γὰρ καλῶς
πράσσοντ᾽ ἀνάγκη χρηστὰ κερδαίνειν ἔπη.
Δη ὦ φίλτατ᾽ ἀνδρῶν, πρῶθ᾽ ἃ πρῶτα βούλομαι
δίδαξον, εἰ ζῶνθ᾽ Ἡρακλῆ προσδέξομαι.
Λι ἔγωγέ τοι σφ᾽ ἔλειπον ἰσχύοντά τε
καὶ ζῶντα καὶ θάλλοντα κοὐ νόσῳ βαρύν.
Δη ποῦ γῆς; πατρῴας, εἴτε βαρβάρου; λέγε.
Λι ἀκτή τις ἔστ᾽ Εὐβοιίς, ἔνθ᾽ ὁρίζεται
βωμοὺς τέλη τ᾽ ἔγκαρπα Κηναίῳ Διί.
Δη εὐκταῖα φαίνων, ἢ ᾽πὸ μαντείας τινός;
Λι εὐχαῖς, ὅθ᾽ ᾕρει τῶνδ᾽ ἀνάστατον δορὶ
χώραν γυναικῶν ὧν ὁρᾷς ἐν ὄμμασιν.
Δη αὗται δέ, πρὸς θεῶν, τοῦ ποτ᾽ εἰσὶ καὶ τίνες;
οἰκτραὶ γάρ, εἰ μὴ ξυμφοραὶ κλέπτουσί με.

Auch aus dem Hause ist Gesang zu hören

Es reißt mich empor, ich wehre nicht
der Flöte, meines Herzens König du und Herr!
O sieh mich überwältigt,
berauscht vom Efeu endlich wieder nun,
zum wilden Tanz getrieben!

Hoiho! Hoiho! Lobpreist!
Nun sieh, geliebte Frau:
Vor Augen kannst du nahe
es deutlich selber sehen!

De Ich seh' es, liebe Mädchen: meines Auges Wacht
ist's nicht entgangen, zu erspähen diesen Zug.

Der Herold Lichas kommt mit einer Schar kriegsgefangner Frauen, unter ihnen Iole

Den Herold heiß' ich denn zuvor willkommen, der
so spät erscheint, – falls du mir etwas Frohes bringst.

Lichas

O ja, wir kommen froh, und froh begrüßt man uns,
Herrin, nach dem Verdienst; denn es gebührt dem Mann,
der redlich handelt, daß ein edles Wort ihn lohnt.
De Erst sage, Bester, was zuerst ich wissen will:
ob ich als Lebenden Herakles empfangen darf.
Li Ich jedenfalls ließ ihn bei voller Kraft zurück,
lebend und blühend und von Krankheit nicht beschwert.
De Und wo? In fremdem oder heimischem Lande? Sprich!
Li Es ist ein Strand von Euboia; dort stiftet er
Altar und Früchteopfer dem kenaiischen Zeus.
De Auf ein Gelübde oder ein Orakel hin?
Li Gelübde, als er mit dem Speer der Frauen Land,
die du hier siehst, verheerte und eroberte.
De Sie aber, Götter, wer und wessen Kind sind sie?
Ich fühle Mitleid, wenn ihr Schicksal mich nicht täuscht.

Λι ταύτας ἐκεῖνος Εὐρύτου πέρσας πόλιν
ἐξείλεθ᾽ αὑτῷ κτῆμα καὶ θεοῖς κριτόν.
Δη ἦ κἀπὶ ταύτῃ τῇ πόλει τὸν ἄσκοπον
χρόνον βεβὼς ἦν ἡμερῶν ἀνήριθμον;
Λι οὔκ, ἀλλὰ τὸν μὲν πλεῖστον ἐν Λυδοῖς χρόνον
κατείχεθ᾽, ὥς φησ᾽ αὐτός, οὐκ ἐλεύθερος,
ἀλλ᾽ ἐμπποληθείς. τοῦ λόγου δ᾽ οὐ χρὴ φθόνον,
γύναι, προσεῖναι, Ζεὺς ὅτου πράκτωρ φανῇ.
κεῖνος δὲ πραθεὶς Ὀμφάλῃ τῇ βαρβάρῳ
ἐνιαυτὸν ἐξέπλησεν, ὡς αὐτὸς λέγει,
χοὕτως ἐδήχθη τοῦτο τοὔνειδος λαβών,
ὥσθ᾽ ὅρκον αὑτῷ προσβαλὼν διώμοσεν,
ἦ μὴν τὸν ἀγχιστῆρα τοῦδε τοῦ πάθους
ξὺν παιδὶ καὶ γυναικὶ δουλώσειν ἔτι.
κοὐχ ἡλίωσε τοὔπος, ἀλλ᾽ ὅθ᾽ ἁγνὸς ἦν,
στρατὸν λαβὼν ἐπακτὸν ἔρχεται πόλιν
τὴν Εὐρυτείαν. τόνδε γὰρ μεταίτιον
μόνον βροτῶν ἔφασκε τοῦδ᾽ εἶναι πάθους·
ὃς αὐτὸν ἐλθόντ᾽ ἐς δόμους ἐφέστιον,
ξένον παλαιὸν ὄντα, πολλὰ μὲν λόγοις
ἐπερρόθησε, πολλὰ δ᾽ ἀτηρᾷ φρενί,
λέγων χεροῖν μὲν ὡς ἄφυκτ᾽ ἔχων βέλη
τῶν ὧν τέκνων λείποιτο πρὸς τόξου κρίσιν,
φωνῇ δέ, δοῦλος ἀνδρὸς ὡς ἐλευθέρου
ῥαίοιτο· δείπνοις δ᾽ ἡνίκ᾽ ἦν ᾠνωμένος,
ἔρριψεν ἐκτὸς αὐτόν. ὧν ἔχων χόλον,
ὡς ἵκετ᾽ αὖθις Ἴφιτος Τιρυνθίαν
πρὸς κλιτύν, ἵππους νομάδας ἐξιχνοσκοπῶν,
τότ᾽ ἄλλοσ᾽ αὐτὸν ὄμμα, θατέρᾳ δὲ νοῦν
ἔχοντ᾽, ἀπ᾽ ἄκρας ἧκε πυργώδους πλακός.
ἔργου δ᾽ ἕκατι τοῦδε μηνίσας ἄναξ,
ὁ τῶν ἁπάντων Ζεὺς πατὴρ Ὀλύμπιος,
πρατόν νιν ἐξέπεμψεν, οὐδ᾽ ἠνέσχετο,
ὁθούνεκ᾽ αὐτὸν μοῦνον ἀνθρώπων δόλῳ
ἔκτεινεν. εἰ γὰρ ἐμφανῶς ἠμύνατο,
Ζεύς τἂν συνέγνω ξὺν δίκῃ χειρουμένῳ.

Li Die Stadt des Eurytos zerstörend, wählt' er sie
für sich aus als Besitz und für der Götter Dienst.
De Hat er vor dieser Stadt so unabsehbar lang
verweilt, so ungezählte Tage zugebracht?
Li Nein, vielmehr hielt er sich die meiste Zeit im Land
der Lyder auf, so sagt er, nicht als freier Mann,
sondern verkauft; doch darf kein Ärgernis dem Wort
anhaften, Frau; denn Zeus ist's, der es so gefügt.
Verhandelt an ein fremdes Weib, an Omphale,
hat er ein volles Jahr verbracht, so sagt er selbst.
Und diese Schande hat so sehr an ihm genagt,
daß er, den Eid sich selber auferlegend, schwor,
er werde den Urheber dieses Leides noch
samt Weib und Kind zum Sklavendienste nötigen.
Und er hat Wort gehalten! Als er abgebüßt,
wirbt er ein Söldnerheer und führt es vor die Stadt
des Eurytos; der nämlich sei an diesem Leid,
sagt er, mitschuldig als der einzige Sterbliche.
Ihn habe er in seinem Haus, an seinem Herd
besucht als alter Gastfreund; doch mit Worten ward
er oft von ihm geschmäht; oft mit gehässigem Sinn
sprach er: unfehlbar zwar sei Herakles' Geschoß,
doch seinen Söhnen steh' er nach im Bogenkampf,
und rief, als Knecht lass' er von einem freien Mann
sich schinden; als er dann bei Tische trunken war,
ward er hinausgeworfen. Drum ergriff ihn Zorn:
als Iphitos hinterher zu Tiryns' Felsenburg
hinaufkam, um verirrten Pferden nachzuspähn,
mit Blicken hier, mit den Gedanken anderswo
verweilend, stieß ihn Herakles turmhoch vom Fels.
Für diese Untat aber grollte ihm der Herr,
der Vater alles Lebens, der Olympier Zeus,
verkauft' als Knecht ihn in die Fremde und ertrug
es nicht, daß er, als einzigen Menschen, ihn mit List
getötet; wenn er nämlich offen Rache nahm,
so hätte Zeus verziehn, weil er im Rechte war.

ὕβριν γὰρ οὐ στέργουσιν οὐδὲ δαίμονες.
κεῖνοι δ' ὑπερχλίοντες ἐκ γλώσσης κακῆς
αὐτοὶ μὲν Ἅιδου πάντες εἴσ' οἰκήτορες,
πόλις δὲ δούλη· τάσδε δ' ἅσπερ εἰσορᾷς
ἐξ ὀλβίων ἄζηλον εὑροῦσαι βίον
χωροῦσι πρὸς σέ· ταῦτα γὰρ πόσις τε σὸς
ἐφεῖτ', ἐγὼ δέ, πιστὸς ὢν κείνῳ, τελῶ.
αὐτὸν δ' ἐκεῖνον, εὖτ' ἂν ἁγνὰ θύματα
ῥέξῃ πατρῴῳ Ζηνὶ τῆς ἁλώσεως,
φρόνει νιν ὡς ἥξοντα· τοῦτο γὰρ λόγου
πολλοῦ καλῶς λεχθέντος ἥδιστον κλύειν.
Χο ἄνασσα, νῦν σοι τέρψις ἐμφανὴς κυρεῖ,
τῶν μὲν παρόντων, τὰ δὲ πεπυσμένῃ λόγῳ.
Δη πῶς δ' οὐκ ἐγὼ χαίροιμ' ἄν, ἀνδρὸς εὐτυχῆ
κλύουσα πρᾶξιν τήνδε, πανδίκῳ φρενί;
ὅμως δ' ἔνεστι τοῖσιν εὖ σκοπουμένοις
ταρβεῖν τὸν εὖ πράσσοντα, μὴ σφαλῇ ποτε.
ἐμοὶ γὰρ οἶκτος δεινὸς εἰσέβη, φίλαι,
ταύτας ὁρώσῃ δυσπότμους ἐπὶ ξένης
χώρας ἀοίκους ἀπάτοράς τ' ἀλωμένας,
αἳ πρὶν μὲν ἦσαν ἐξ ἐλευθέρων ἴσως
ἀνδρῶν, τανῦν δὲ δοῦλον ἴσχουσιν βίον.
ὦ Ζεῦ τροπαῖε, μή ποτ' εἰσίδοιμί σε
πρὸς τοὐμὸν οὕτω σπέρμα χωρήσαντά ποι,
μηδ', εἴ τι δράσεις, τῆσδέ γε ζώσης ἔτι.
οὕτως ἐγὼ δέδοικα τάσδ' ὁρωμένη.

ὦ δυστάλαινα, τίς ποτ' εἶ νεανίδων;
ἄνανδρος, ἢ τεκοῦσα; πρὸς μὲν γὰρ φύσιν
πάντων ἄπειρος τῶνδε, γενναία δέ τις.

Λίχα, τίνος ποτ' ἐστὶν ἡ ξένη βροτῶν;
τίς ἡ τεκοῦσα, τίς δ' ὁ φιτύσας πατήρ;

---

295 πολλή 'στ' ἀνάγκη τῇδε τοῦτο συντρέχειν.

Denn auch die Götter lieben keinen Frevelmut.
Doch jene, die mit böser Zunge sich erfrecht,
sind allesamt der Unterwelt Bewohner jetzt,
die Stadt geknechtet: diese Frauen, die du siehst,
aus hohem Glück in ein unselig Los gestürzt,
kommen zu dir; denn also hat es dein Gemahl
geboten; ich als sein Getreuer führ' es aus.
Er aber selbst, sobald die heiligen Opfer er
dem Schirmherrn Zeus für die Eroberung dargebracht,
sei sicher, er wird kommen: dieses hört sich doch
von all den schönen Worten wohl am frohesten an.

Chf Jetzt, Herrin, kehrt die Freude sichtlich ein bei dir,
nun diese hier sind und du dieses Wort gehört.

De Hör' ich die Botschaft an von meines Gatten Glück,
wie sollt' es nicht in tiefster Seele mich erfreun?
Dennoch bedrängt ja den, der alles recht erwägt,
die Furcht, daß dem Erfolgreichen noch Unheil droht.
Denn mich beschleicht ein schmerzlich Mitleid, Freundinnen,
beim Anblick dieser Frauen, die ein fremdes Land
durchirren müssen, elend, unbehaust, verwaist,
die freier Männer Kinder ehedem vielleicht
gewesen: jetzt ertragen sie der Knechtschaft Los!
O Zeus, du Leidabwender, niemals möcht' ich dich
so vorgehn sehen gegen meinen eignen Stamm,
doch willst du's, – nicht, solang ich noch am Leben bin!
So sehr erschreckt der Anblick dieser Frauen mich!

zu Iole

Unglückliche! Was für ein junges Weib bist du?
Noch ledig? Oder Mutter? – Zwar ihr Aussehn zeigt:
sie weiß von all dem nichts und ist aus edlem Haus.

da Iole weinend schweigt

Lichas, von was für Menschen stammt die Fremde her?
Wer ist die Mutter, welcher Vater zeugte sie?

ἔξειπ᾽· ἐπεί νιν τῶνδε πλεῖστον ᾤκτισα
βλέπουσ᾽, ὅσῳπερ καὶ φρονεῖν οἶδεν μόνη.
Λι τί δ᾽ οἶδ᾽ ἐγώ; τί δ᾽ ἄν με καὶ κρίνοις; ἴσως
γέννημα τῶν ἐκεῖθεν οὐκ ἐν ὑστάτοις.
Δη μὴ τῶν τυράννων; Εὐρύτου σπορά τις ἦν;
Λι οὐκ οἶδα· καὶ γὰρ οὐδ᾽ ἀνιστόρουν μακράν.
Δη οὐδ᾽ ὄνομα πρός του τῶν ξυνεμπόρων ἔχεις;
Λι ἥκιστα· σιγῇ τοὐμὸν ἔργον ἤνυτον.
Δη εἴπ᾽, ὦ τάλαιν᾽, ἀλλ᾽ ἡμὶν ἐκ σαυτῆς· ἐπεὶ
καὶ ξυμφορά τοι μὴ εἰδέναι σέ γ᾽, ἥτις εἶ.

Λι οὔ τἄρα τῷ γε πρόσθεν οὐδὲν ἐξ ἴσου
χρόνῳ διήσει γλῶσσαν, ἥτις οὐδαμὰ
προύφηνεν οὔτε μείζον᾽ οὔτ᾽ ἐλάσσονα,
ἀλλ᾽ αἰὲν ὠδίνουσα συμφορᾶς βάρος
δακρυρροεῖ δύστηνος, ἐξ ὅτου πάτραν
διήνεμον λέλοιπεν. ἡ δέ τοι τύχη
κακὴ μὲν αὕτη γ᾽, ἀλλὰ συγγνώμην ἔχει.
Δη ἣ δ᾽ οὖν ἐάσθω, καὶ πορευέσθω στέγας
οὕτως ὅπως ἥδιστα, μηδὲ πρὸς κακοῖς
τοῖς οὖσιν ἄλλην πρός γ᾽ ἐμοῦ λύπην λάβοι·
ἅλις γὰρ ἡ παροῦσα. πρὸς δὲ δώματα
χωρῶμεν ἤδη πάντες, ὡς σύ θ᾽ οἷ θέλεις
σπεύδῃς, ἐγώ τε τἄνδον ἐξαρκῆ τιθῶ.

Ἄγγελος

αὐτοῦ γε πρῶτον βαιὸν ἀμμείνασ᾽, ὅπως
μάθῃς, ἄνευ τῶνδ᾽, οὕστινάς τ᾽ ἄγεις ἔσω
ὧν τ᾽ οὐδὲν εἰσήκουσας ἐκμάθῃς ἃ δεῖ.
τούτων ἔχω γὰρ πάντ᾽ ἐπιστήμην ἐγώ.
Δη τί δ᾽ ἐστί; τοῦ με τήνδ᾽ ἐφίστασαι βάσιν;
Ἀγ σταθεῖσ᾽ ἄκουσον· καὶ γὰρ οὐδὲ τὸν πάρος
μῦθον μάτην ἤκουσας, οὐδὲ νῦν δοκῶ.
Δη πότερον ἐκείνους δῆτα δεῦρ᾽ αὖθις πάλιν
καλῶμεν, ἢ ᾽μοὶ ταῖσδέ τ᾽ ἐξειπεῖν θέλεις;

Sag an! Von allen jammert mich am meisten sie,
zumal nur sie ihr Leid auch zu erkennen weiß.

Li Was weiß denn ich? Warum auch fragst du mich? Mag sein,
daß sie nicht bei den Letzten dort geboren ist.

De Nicht gar im Herrscherhaus, als Sproß des Eurytos?

Li Ich weiß nicht, hab' auch gar nicht lange nachgeforscht.

De Weißt auch den Namen nicht von den Gefährtinnen?

Li Mitnichten: schweigend hab' ich meine Pflicht erfüllt.

De So sag es uns doch selbst, Unglückliche! Denn dies
ist auch von Übel: nicht zu wissen, wer du bist.

Iole schweigt

Li Genau wie früher gibt sie sicherlich auch jetzt
kein einzig Wort von sich, sie, die bisher noch nichts,
weder Gewichtiges noch Geringes, hören ließ:
bejammernd ihres Unglücks Schwere nur, vergießt
die Arme Tränen stets, seit sie die Heimatstadt
verließ, die windumbrauste; dieses Schicksal ist
gewiß recht hart; doch schuldet man ihm Nachsicht wohl.

De Gut also: laßt sie! Gehe sie ins Haus hinein,
so wie es ihr am liebsten ist, damit sie nicht
bei allem Ungemach durch mich noch Leid erfährt.
Es ist genug mit diesem. Laßt uns alle jetzt
ins Haus hineingehn, daß du eilen kannst, wohin
es dich verlangt, ich drinnen alles rüsten kann.

Lichas führt die Frauen ins Haus, Deianeira will auch hineingehn, aber der Bote vertritt ihr den Weg

Bote

Verharre hier zuvor noch kurz, daß du erfährst,
ohne die Frauen, wen du einläßt in dein Haus!
Denn du vernahmst noch nicht, was du doch wissen mußt;
ich aber weiß von alledem genau Bescheid.

De Was ist los? Was hältst du meinen Gang hier auf?

Bo Bleib hier und höre! Denn auch vorhin hörtest du
kein leeres Wort von mir, und so, glaub' ich, auch jetzt.

De Und wollen wir nun jene wiederum heraus
entbieten oder teilst du's mir und diesen mit?

Ἀγ σοὶ ταῖσδέ τ' οὐδὲν εἴργεται, τούτους δ' ἔα.
Δη καὶ δὴ βεβᾶσι, χὤ τι λῇς σήμαινέ μοι.
Ἀγ ἀνὴρ ὅδ' οὐδὲν ὧν ἔλεξεν ἀρτίως
φωνεῖ δίκης ἐς ὀρθόν, ἀλλ' ἢ νῦν κακός,
ἢ πρόσθεν οὐ δίκαιος ἄγγελος παρῆν.
Δη τί φής; σαφῶς μοι φράζε πᾶν ὅσον νοεῖς·
ἃ μὲν γὰρ ἐξείρηκας ἀγνοία μ' ἔχει.
Ἀγ τούτου λέγοντος τἀνδρὸς εἰσήκουσ' ἐγώ,
πολλῶν παρόντων μαρτύρων, ὡς τῆς κόρης
ταύτης ἕκατι κεῖνος Εὔρυτόν θ' ἕλοι
τήν θ' ὑψίπυργον Οἰχαλίαν, Ἔρως δέ νιν
μόνος θεῶν θέλξειεν αἰχμάσαι τάδε,
οὐ τἀπὶ Λυδοῖς οὐδ' ὑπ' Ὀμφάλῃ πόνων
λατρεύματ', οὐδ' ὁ ῥιπτὸς Ἰφίτου μόρος·
ὃν νῦν παρώσας οὗτος ἔμπαλιν λέγει.
ἀλλ' ἡνίκ' οὐκ ἔπειθε τὸν φυτοσπόρον
τὴν παῖδα δοῦναι, κρύφιον ὡς ἔχοι λέχος,
ἔγκλημα μικρὸν αἰτίαν θ' ἑτοιμάσας
ἐπιστρατεύει πατρίδα τῆσδε καὶ πόλιν
ἔπερσε. καὶ νῦν, ὡς ὁρᾷς, ἥκει δόμους
ἐς τούσδε πέμπων οὐκ ἀφροντίστως, γύναι,
οὐδ' ὥστε δούλην· μηδὲ προσδόκα τόδε·
οὐδ' εἰκός, εἴπερ ἐκτεθέρμανται πόθῳ.
ἔδοξεν οὖν μοι πρὸς σὲ δηλῶσαι τὸ πᾶν,
δέσποιν', ὃ τοῦδε τυγχάνω μαθὼν πάρα.
καὶ ταῦτα πολλοὶ πρὸς μέσῃ Τραχινίων
ἀγορᾷ συνεξήκουον ὡσαύτως ἐμοί,
ὥστ' ἐξελέγχειν· εἰ δὲ μὴ λέγω φίλα,
οὐχ ἥδομαι, τὸ δ' ὀρθὸν ἐξείρηχ' ὅμως.
Δη οἴμοι τάλαινα, ποῦ ποτ' εἰμὶ πράγματος;
τίν' ἐσδέδεγμαι πημονὴν ὑπόστεγον
λαθραῖον; ὢ δύστηνος· ἆρ' ἀνώνυμος
πέφυκεν, ὥσπερ οὑπάγων διώμνυτο;

---

362 ἐπιστρατεύει πατρίδα [τὴν ταύτης, ἐν ᾗ
363 τὸν Εὔρυτον τῶνδ' εἶπε δεσπόζειν θρόνων,
364 κτείνει τ' ἄνακτα πατέρα] τῆσδε καὶ πόλιν

Bo Vor dir und diesen hemmt mich nichts; die andren laß!
De Sie sind gegangen: sprich denn aus, soviel du willst!
Bo In nichts, wovon der Mann soeben redete,
spricht er wahrheitsgetreu: entweder lügt er jetzt
oder er trat zuvor als falscher Bote auf.
De Was meinst du? Sag mir alles offen, was du weißt!
Denn was du ausgesprochen hast, versteh' ich nicht.
Bo Aus jenes Mannes eignem Munde hört' ich es
in vieler Zeugen Beisein, daß der Herr allein
um dieses Mädchens willen Eurytos bezwang
und seine Hochburg Oichalia: Eros nur
von allen Göttern hat ihn zu dem Kampf verführt,
nicht Lydien, auch nicht die mühevolle Fron
bei Omphale und nicht Iphitos' Todessturz:
der da verhehlt das jetzt und sagt das Gegenteil.
Weil er den Vater nicht bestimmen konnte, ihm
sein Kind zu geben zum geheimen Liebesbund,
bracht' er geringen Vorwand und Beschuldigung vor
und überfällt des Mädchens Heimat und zerstört
die Stadt. Jetzt kehrt er, wie du, Herrin, siehst, zurück
und schickt sie in dies Haus nicht ohne Vorbedacht
und nicht als Dienerin: das nimm nur ja nicht an!
Ist auch nicht glaubhaft, wo er vor Begierde brennt.
Es schien mir gut, vor dir das Ganze darzutun,
Fürstin, was ich zufällig nur von dem erfuhr.
Und viel Trachinier haben am Versammlungsplatz
all dies mitangehört, und so auch ich, um ihn
zu überführen. Sag' ich Unerfreuliches,
tut es mir leid; gleichwohl sprach ich die Wahrheit aus.
De Wehe, welch Leid! Wie tief im Unglück bin ich schon!
Was für ein Unheil hab' ich unverseh'ns ins Haus
genommen! Ich Unselige! Wie? Sie ist
doch namenlos, wie der beschwor, der sie gebracht?

Αγ ἡ κάρτα λαμπρὰ καὶ κατ' ὄμμα καὶ φύσιν·
πατρὸς μὲν οὖσα γένεσιν Εὐρύτου ποτὲ
Ἰόλη 'καλεῖτο, τῆς ἐκεῖνος οὐδαμὰ
βλάστας ἐφώνει δῆθεν οὐδὲν ἱστορῶν.

Χορός

ὄλοιντο πάντες οἱ κακοί, μάλιστα δὲ
λαθραῖ' ὃς ἀσκεῖ μὴ πρέπονθ' αὑτῷ κακά.
Δη τί χρὴ ποεῖν, γυναῖκες; ὡς ἐγὼ λόγοις
τοῖς νῦν φανεῖσιν ἐκπεπληγμένη κυρῶ.
Χο πεύθου μολοῦσα τἀνδρός, ὡς τάχ' ἂν σαφῆ
λέξειεν, εἴ νιν πρὸς βίαν κρίνειν θέλοις.
Δη ἀλλ' εἶμι· καὶ γὰρ οὐκ ἀπὸ γνώμης λέγεις.
Αγ ἡμεῖς δὲ προσμένωμεν; ἢ τί χρὴ ποεῖν;

Δη μίμν', ὡς ὅδ' ἁνὴρ οὐκ ἐμῶν ὑπ' ἀγγέλων
ἀλλ' αὐτόκλητος ἐκ δόμων πορεύεται.
Λι τί χρή, γύναι, μολόντα μ' Ἡρακλεῖ λέγειν;
δίδαξον, ὡς ἕρποντος, εἰσορᾷς, ἐμοῦ.
Δη ὡς ἐκ ταχείας σὺν χρόνῳ βραδεῖ μολὼν
ᾄσσεις, πρὶν ἡμᾶς κἀννεώσασθαι λόγους.
Λι ἀλλ' εἴ τι χρῄζεις ἱστορεῖν, πάρειμ' ἐγώ.
Δη ἦ καὶ τὸ πιστὸν τῆς ἀληθείας νεμεῖς;
Λι ἴστω μέγας Ζεύς, ὧν γ' ἂν ἐξειδὼς κυρῶ.
Δη τίς ἡ γυνὴ δῆτ' ἐστὶν ἣν ἥκεις ἄγων;
Λι Εὐβοιίς· ὧν δ' ἔβλαστεν, οὐκ ἔχω λέγειν.
Αγ οὗτος, βλέφ' ὧδε. πρὸς τίν' ἐννέπειν δοκεῖς;
Λι σὺ δ' ἐς τί δή με τοῦτ' ἐρωτήσας ἔχεις;
Αγ τόλμησον εἰπεῖν, εἰ φρονεῖς, ὅ σ' ἱστορῶ.
Λι πρὸς τὴν κρατοῦσαν Δῃάνειραν, Οἰνέως
κόρην, δάμαρτά θ' Ἡρακλέους, εἰ μὴ κυρῶ
λεύσσων μάταια, δεσπότιν τε τὴν ἐμήν.
Αγ τοῦτ' αὔτ' ἔχρῃζον, τοῦτό σου μαθεῖν. λέγεις
δέσποιναν εἶναι τήνδε σήν;
Λι δίκαια γάρ.

Bo So strahlend wie ihr Anblick ist auch ihr Geschlecht:
entsprossen einstmals aus dem Haus des Eurytos,
heißt sie Iole; der da hat die Herkunft nicht
erwähnt; nun ja, gewiß hat er sie nicht erforscht!

Chorführerin

Verderben treffe alle Bösen, doch zumal
den, der das Böse heimlich übt, das ihm nicht ziemt!
De Was ist zu tun, Jungfrauen? Welch Erschrecken mich
betäubt hat bei den Worten, die wir jetzt gehört!
Chf Geh und verhör' den Mann, der wohl die Wahrheit rasch
gestehn wird, wenn du strengstens ihn zur Rede stellst.
De Ja, ich will gehen, denn nicht ohne Klugheit ist dein Rat.
Bo Ich aber bleibe noch? Oder was soll ich tun?

Lichas kommt aus dem Hause

De Bleib! Denn da tritt der Mann, und nicht auf meinen Ruf,
vielmehr aus eignem Antrieb aus dem Haus hervor.
Li Was soll ich, Frau, nun Herakles berichten gehn?
Belehre mich: du siehst bereit zum Aufbruch mich.
De Du kamst so spät und drängst mit soviel Eile nun
hinweg, noch eh' sich dein Gespräch mit uns erneut?
Li Wenn du mich sonst noch fragen willst, so bleib' ich noch.
De Und gibst du auch die zuverlässige Wahrheit kund?
Li Soweit ich sie nur weiß: hör' es der große Zeus!
De Wer ist denn nun das Weib, das du hierher geführt?
Li Euboierin, – doch weiß ich nicht, von wem sie stammt.
Bo Du da, sieh her! Bedenkst du auch, mit wem du sprichst?
Li Und du, zu welchem Zweck stellst du die Frage mir?
Bo Sei klug und sag nur offen, was ich dich gefragt!
Li Mit Deianeira, mit der Fürstin, Tochter von
Oineus, des Herakles Gemahlin, wenn ich nicht
ein Trugbild sehe, die auch meine Herrin ist.
Bo Dies eben wollt' ich hören, dies von dir. Du sagst,
daß diese deine Herrin ist?
Li Und zwar mit Recht.

Ἀγ τί δῆτα; ποίαν ἀξιοῖς δοῦναι δίκην,
ἢν εὑρεθῇς ἐς τήνδε μὴ δίκαιος ὤν;
Λι πῶς μὴ δίκαιος; τί ποτε ποικίλας ἔχεις;
Ἀγ οὐδέν. σὺ μέντοι κάρτα τοῦτο δρῶν κυρεῖς.
Λι ἄπειμι. μῶρος δ' ἦ πάλαι κλύων σέθεν.
Ἀγ οὔ, πρίν γ' ἂν εἴπῃς ἱστορούμενος βραχύ.
Λι λέγ', εἴ τι χρῄζεις· καὶ γὰρ οὐ σιγηλὸς εἶ.
Ἀγ τὴν αἰχμάλωτον, ἣν ἔπεμψας ἐς δόμους,
κάτοισθα δήπου;
Λι φημί· πρὸς τί δ' ἱστορεῖς;
Ἀγ οὔκουν σὺ ταύτην, ἣν ὑπ' ἀγνοίας ὁρᾷς,
Ἰόλην ἔφασκες Εὐρύτου σπορὰν ἄγειν;
Λι ποίοις ἐν ἀνθρώποισι; τίς πόθεν μολὼν
σοὶ μαρτυρήσει ταῦτ' ἐμοῦ κλύειν παρών;
Ἀγ πολλοῖσιν ἀστῶν. ἐν μέσῃ Τραχινίων
ἀγορᾷ πολύς σου ταῦτά γ' εἰσήκουσ' ὄχλος.
Λι ναί·
κλύειν γ' ἔφασκον. ταὐτὸ δ' οὐχὶ γίγνεται
δόκησιν εἰπεῖν κἀξακριβῶσαι λόγον.
Ἀγ ποίαν δόκησιν; οὐκ ἐπώμοτος λέγων
δάμαρτ' ἔφασκες Ἡρακλεῖ ταύτην ἄγειν;
Λι ἐγὼ δάμαρτα; πρὸς θεῶν, φράσον, φίλη
δέσποινα, τόνδε τίς ποτ' ἐστὶν ὁ ξένος.
Ἀγ ὃς σοῦ παρὼν ἤκουσεν ὡς ταύτης πόθῳ
πόλις δαμείη πᾶσα, κοὐχ ἡ Λυδία
πέρσειεν αὐτήν, ἀλλ' ὁ τῆσδ' ἔρως φανείς.
Λι ἄνθρωπος, ὦ δέσποιν', ἀποστήτω· τὸ γὰρ
νοσοῦντι ληρεῖν ἀνδρὸς οὐχὶ σώφρονος.
Δη μή, πρός σε τοῦ κατ' ἄκρον Οἰταῖον νάπος
Διὸς καταστράπτοντος, ἐκκλέψῃς λόγον.
οὐ γὰρ γυναικὶ τοὺς λόγους ἐρεῖς κακῇ,
οὐδ' ἥτις οὐ κάτοιδε τἀνθρώπων, ὅτι
χαίρειν πέφυκεν οὐχὶ τοῖς αὐτοῖς ἀεί.
Ἔρωτι μέν νυν ὅστις ἀντανίσταται
πύκτης ὅπως ἐς χεῖρας, οὐ καλῶς φρονεῖ.
οὗτος γὰρ ἄρχει καὶ θεῶν ὅπως θέλει,

Bo Wie also? Welche Strafe wohl verdientest du,
wenn du nicht redlich gegen sie befunden wärst?
Li Wieso nicht redlich? Was für Ränke hast du vor?
Bo Keine. Doch du bist allerdings darauf bedacht.
Li Ich gehe. Nur ein Narr hört dich noch länger an.
Bo Nicht eh'du kurz gesagt hast, was ich fragen will!
Li Sprich, was du willst! Denn schweigsam bist du eben nicht.
Bo Die Kriegsgefangene, die du hier ins Haus gebracht ...
du weißt ja wohl ...
Li Gewiß. Und warum fragst du noch?
Bo Sagtest du nicht von ihr, die du nicht kennen willst,
daß du Iole, Eurytos' Tochter hergeführt?
Li Zu was für Leuten denn? Wer ist's, wo kommt er her,
der dir bezeuge, daß er dies von mir vernahm?
Bo Zu vielen Bürgern! Ja, auf dem trachinischen
Versammlungsplatz hat es viel Volk von dir gehört!
Li Ja!
Daß ich es hörte, sagt' ich: nicht dasselbe ist's,
Vermutung äußern und behaupten, was man weiß.
Bo Wieso Vermutung? Sagtest du nicht eidlich aus,
du brächtest sie für Herakles als Nebenfrau?
Li Ich? Nebenfrau? O Götter! Liebe Herrscherin,
nenne mir den da: sag mir, wer der Fremdling ist!
Bo Einer, der selbst von dir gehört, Begier nach ihr
habe die Stadt bezwungen: nicht das lydische Weib
zerstörte sie, die Liebe zu dem Mädchen war's.
Li Der Mensch da soll hinweggehn, Herrin! Denn Geschwätz
mit einem Irren ziemt nicht dem Besonnenen.
De Nein, nicht – bei Zeus, der hoch von Oitas Waldgebirg
herniederblitzt – verhehle mir die Wahrheit nicht!
Denn keiner niedren Frau erstattest du Bericht,
auch keiner, die nicht weiß, daß unter Menschen nicht
denselben allezeit nur Glück beschieden ist.
Und wer nun gar dem Liebesgott entgegentritt,
ihm in den Arm fällt wie beim Faustkampf, ist ein Narr.
Denn der befiehlt selbst Göttern, wie es ihm beliebt.

ὥστ', εἴ τι τὠμῷ τ' ἀνδρὶ τῇδε τῇ νόσῳ
ληφθέντι μεμπτός εἰμι, κάρτα μαίνομαι,
ἢ τῇδε τῇ γυναικί, τῇ μεταιτίᾳ
τοῦ μηδὲν αἰσχροῦ μηδ' ἐμοὶ κακοῦ τινος.
οὐκ ἔστι ταῦτ'. ἀλλ' εἰ μὲν ἐκ κείνου μαθὼν
ψεύδῃ, μάθησιν οὐ καλὴν ἐκμανθάνεις·
εἰ δ' αὐτὸς αὑτὸν ὧδε παιδεύεις, ὅταν
θέλῃς γενέσθαι χρηστός, ὀφθήσῃ κακός.
ἀλλ' εἰπὲ πᾶν τἀληθές· ὡς ἐλευθέρῳ
ψευδεῖ καλεῖσθαι κὴρ πρόσεστιν οὐ καλή.
ὅπως δὲ λήσεις, οὐδὲ τοῦτο γίγνεται·
πολλοὶ γὰρ οἷς εἴρηκας, οἳ φράσουσ' ἐμοί.
κεἰ μὲν δέδοικας, οὐ καλῶς ταρβεῖς, ἐπεὶ
τὸ μὴ πυθέσθαι, τοῦτό μ' ἀλγύνειεν ἄν·
τὸ δ' εἰδέναι τί δεινόν; οὐχὶ χἀτέρας
πλείστας ἀνὴρ εἷς Ἡρακλῆς ἔγημε δή;
κοὔπω τις αὐτῶν ἔκ γ' ἐμοῦ λόγον κακὸν
ἠνέγκατ' οὐδ' ὄνειδος· ἥδε τ' οὐδ' ἄν, εἰ
κάρτ' ἐντακείη τῷ φιλεῖν, ἐπεί σφ' ἐγὼ
ᾤκτιρα δὴ μάλιστα προσβλέψασ', ὅτι
τὸ κάλλος αὐτῆς τὸν βίον διώλεσεν,
καὶ γῆν πατρῴαν οὐχ ἑκοῦσα δύσμορος
ἔπερσε κἀδούλωσεν. ἀλλὰ ταῦτα μὲν
ῥείτω κατ' οὖρον· σοὶ δ' ἐγὼ φράζω κακὸν
πρὸς ἄλλον εἶναι, πρὸς δ' ἔμ' ἀψευδεῖν ἀεί.
Χο πιθοῦ λεγούσῃ χρηστά, κοὐ μέμψῃ χρόνῳ
γυναικὶ τῇδε, κἀπ' ἐμοῦ κτήσῃ χάριν.
Λι ἀλλ', ὦ φίλη δέσποιν', ἐπεί σε μανθάνω
θνητὴν φρονοῦσαν θνητὰ κοὐκ ἀγνώμονα,
πᾶν σοι φράσω τἀληθὲς οὐδὲ κρύψομαι.
ἔστιν γὰρ οὕτως ὥσπερ οὗτος ἐννέπει.
ταύτης ὁ δεινὸς ἵμερός ποθ' Ἡρακλῆ
διῆλθε, καὶ τῆσδ' οὕνεχ' ἡ πολύφθορος
καθῃρέθη πατρῷος Οἰχαλία δορί.
καὶ ταῦτα, δεῖ γὰρ καὶ τὸ πρὸς κείνου λέγειν,

444 κἀμοῦ γε· πῶς δ' οὐ χἀτέρας οἵας γ' ἐμοῦ;

Drum, wenn ich meinem Manne diese Krankheit je
zum Vorwurf machte, müßt' ich ganz von Sinnen sein,
oder dem jungen Weibe, das den Anlaß gab
zu dem, was weder sie entehrt noch gar mich kränkt.
So ist das nicht. Wenn du nun lügst, weil du's von ihm
gelernt hast, stehst in keiner edlen Lehre du;
doch wenn du selbst dich so erziehst, wirst du als schlecht
befunden werden, wo du redlich scheinen willst.
Nein, sag die ganze Wahrheit! Denn dem freien Mann
haftet der Name Lügner wie ein Schandfleck an.
Doch wenn du es verheimlichst, – es gedeiht dir nicht,
denn viele, denen du's gesagt hast, melden's mir.
Und wenn du fürchtest, sorgst du dich ganz ohne Grund;
denn nichts erfahren, das nur wäre mir zur Qual.
Wär' es so schlimm, zu wissen? Hat nicht Herakles,
der eine Mann, viel andren Frau'n sich schon vermählt?
Und ihrer keine hat von mir ein böses Wort
erduldet oder Schmähung: so auch diese nicht,
und schmölze sie vor Liebe hin! Tat sie mir doch
gleich auf den ersten Blick besonders leid, weil ihr
die eigne Schönheit ihres Lebens Glück zerstört,
sie ungewollt der Väter Land zu ihrem Leid
vernichtet und versklavt hat. Doch dies alles mag
im Wind verwehn! Dir aber sag' ich dies: du magst
zu andren falsch sein, – gegen mich sei immer wahr!
Chf Folg' ihr, die edel spricht, und über diese Frau
beklagst du dann dich nie und findest Dank bei mir.
Li O teure Herrin, ich erkenne wohl, du siehst
Menschliches menschlich an und nicht verständnislos:
so sag' ich dir die ganze Wahrheit, leugne nichts.
Denn es verhält sich so, wie dieser da erzählt.
Gewaltige Sehnsucht überkam einst Herakles
nach ihr, und ihre Heimat Oichalia ward
durch Kriegsmacht ihrethalb verheert und ausgetilgt.
Und dies – denn auch was für ihn spricht, muß ich gestehn –

οὔτ᾽ εἶπε κρύπτειν οὔτ᾽ ἀπηρνήθη ποτέ,
ἀλλ᾽ αὐτός, ὦ δέσποινα, δειμαίνων τὸ σὸν
μὴ στέρνον ἀλγύνοιμι τοῖσδε τοῖς λόγοις,
ἥμαρτον, εἴ τι τήνδ᾽ ἁμαρτίαν νέμεις.
ἐπεί γε μὲν δὴ πάντ᾽ ἐπίστασαι λόγον,
κείνου τε καὶ σὴν ἐξ ἴσου κοινὴν χάριν
καὶ στέργε τὴν γυναῖκα καὶ βούλου λόγους
οὓς εἶπας ἐς τήνδ᾽ ἐμπέδως εἰρηκέναι.
ὡς τἄλλ᾽ ἐκεῖνος πάντ᾽ ἀριστεύων χεροῖν
τοῦ τῆσδ᾽ ἔρωτος εἰς ἅπανθ᾽ ἥσσων ἔφυ.
Δη ἀλλ᾽ ὧδε καὶ φρονοῦμεν ὥστε ταῦτα δρᾶν,
κοὔτοι νόσον γ᾽ ἐπακτὸν ἐξαρούμεθα,
θεοῖσι δυσμαχοῦντες. ἀλλ᾽ εἴσω στέγης
χωρῶμεν, ὡς λόγων τ᾽ ἐπιστολὰς φέρῃς,
ἅ τ᾽ ἀντὶ δώρων δῶρα χρὴ προσαρμόσαι,
καὶ ταῦτ᾽ ἄγῃς. κενὸν γὰρ οὐ δίκαιά σε
χωρεῖν προσελθόνθ᾽ ὧδε σὺν πολλῷ στόλῳ.

Χορός

μέγα τι σθένος ἁ Κύπρις ἐκφέρεται an^4 Str.
νίκας ἀεί. ia
καὶ τὰ μὲν θεῶν ep
παρέβαν, καὶ ὅπως Κρονίδαν ἀπάτα- an^4
σεν οὐ λέγω, ia
οὐδὲ τὸν ἔννυχον Ἅιδαν, he⁻
ἢ Ποσειδάωνα τινάκτορα γαίας· ep he⁻
ἀλλ᾽ ἐπὶ τάνδ᾽ ἄρ᾽ ἄκοιτιν he⁻
⟨τίνες⟩ ἀμφίγυοι κατέβαν πρὸ γάμων, an^4
τίνες πάμπληκτα παγκόνιτά τ᾽ ἐξ- ba cr ia
ῆλθον ἄεθλ᾽ ἀγώνων; ch ba

ὁ μὲν ἦν ποταμοῦ σθένος, ὑψίκερω an^4 Ant.
τετραόρου cr

befahl er nicht zu leugnen noch verhehlt' er's je.
Nein, o Gebieterin, ich selbst, aus Sorge, dein
Gemüt mit solchen Reden zu betrüben, ich
verging mich so, wenn du dies ein Vergehen nennst.
Da du nun alles, was geschah, vernommen hast,
sei, ihm zuliebe und um deinetwillen auch,
zu jenem Weibe freundlich, laß das Wort, das du
gesagt hast, ungeschmälert fortbestehn!
Denn er, der alles sonst mit harter Faust bezwingt,
erlag der Liebe zu dem Mädchen ganz und gar.

De Gewiß, so denk' ich auch und werde danach tun
und nicht die eingeschleppte Krankheit noch erhöhn
im nichtigen Kampf mit Göttern. Laßt ins Haus hinein
uns gehen, daß du meine Grüße überbringst
und auch, was sich als Gegengabe eignen mag,
mit fortnimmst. Denn es wäre unrecht, gingest du
mit leerer Hand, der du mit großem Zuge kamst.

Sie geht mit Lichas hinein, der Bote entfernt sich

Chor

Mit gewaltiger Macht trägt die Liebe doch stets
den Sieg davon!
Götterliebschaft
übergeh' ich, und wie der Kronide betört
ward, sag' ich nicht,
oder der düstere Hades
oder auch Poseidon, Erschüttrer des Erdreichs.
Aber um diese als Gattin
welche Gegner berannten sich, ringend ums Glück?
Wer kam zum Streit, zum dröhnenden, staubauf-
wölkenden Sturm des Zweikampfs?

Eines Stromes Gewalt war der eine, gehörnt
und viergefüßt

φάσμα ταύρου, — ep
Ἀχελῷος ἀπ᾽ Οἰνιαδᾶν, ὁ δὲ Βακ- — an^4
χίας ἄπο — ia
ἦλθε παλίντονα Θήβας — he$^-$
τόξα καὶ λόγχας ῥόπαλόν τε τινάσσων, — ep he$^-$
παῖς Διός· οἳ τότ᾽ ἀολλεῖς — he$^-$
ἴσαν ἐς μέσον ἱέμενοι λεχέων· — an^4
μόνα δ᾽ εὔλεκτρος ἐν μέσῳ Κύπρις — ba cr ia
ῥαβδονόμει ξυνοῦσα. — ch ba

τότ᾽ ἦν χερός, ἦν δὲ τόξων πάταγος — te ch — Ep.
ταυρείων τ᾽ ἀνάμιγδα κεράτων· — da^4
ἦν δ᾽ ἀμφίπλικτοι — rz
κλίμακες, ἦν δὲ μετώπων ὀλόεντα — da^2 rz
πλήγματα καὶ στόνος ἀμφοῖν. — he$^-$
ἁ δ᾽ εὐῶπις ἁβρὰ — mo ba
τηλαυγεῖ παρ᾽ ὄχθῳ — mo ba
ἧστο, τὸν ὃν προσμένουσ᾽ ἀκοίταν. — ch ith
ἐγὼ δὲ τἄλλ᾽ ἦν οἷα φράζω· — ia rz
τὸ δ᾽ ἀμφινείκητον ὄμμα νύμφας — ia cr ba
τελευτὰν ἀμμένει· — ba cr
κἀπὸ ματρὸς ἄφαρ βέβαχ᾽, — gl
ὥστε πόρτις ἐρήμα. — pher

Δηάνειρα

ἦμος, φίλαι, κατ᾽ οἶκον ὁ ξένος θροεῖ
ταῖς αἰχμαλώτοις παισὶν ὡς ἐπ᾽ ἐξόδῳ,
τῆμος θυραῖος ἦλθον ὡς ὑμᾶς λάθρᾳ,
τὰ μὲν φράσουσα χερσὶν ἁτεχνησάμην,
τὰ δ᾽ οἷα πάσχω συγκατοικτιουμένη.
κόρην γάρ, οἶμαι δ᾽ οὐκέτ᾽, ἀλλ᾽ ἐζευγμένην,
παρεσδέδεγμαι, φόρτον ὥστε ναυτίλος,
λωβητὸν ἐμπόλημα τῆς ἐμῆς φρενός.
καὶ νῦν δύ᾽ οὖσαι μίμνομεν μιᾶς ὑπὸ

ganz dem Stier gleich,
Oiniads Acheloos; der andere kam
vom bakchischen
Theben herbei, den gekrümmten
Bogen, Speere und seine Keule erhebend:
Herakles. Diese nun eilten
auf den Plan in den Kampf um des Mädchens Besitz.
Nur Liebesgöttin Kypris auf dem Plan
weilte, den Streit zu lenken.

Da schwirrten die Pfeile, da dröhnte die Faust
und dazwischen die Hörner des Stieres.
Da gab's verschlungne
Beine, da gab's mit der Stirn Stöße von grauser
Wucht und Gestöhn von den beiden.
Sie, holdselig, reizvoll,
auf weit sichtbar'm Hügel
Saß sie, harrend ihres künft'gen Gatten.
Doch ich will kundtun, wie es ausging:
So hart umkämpft, harrte aus das Auge
der Jungfrau bis zuletzt.
Dann entfloh sie der Mutter rasch,
ein verlorenes Kälblein.

Deianeira tritt heraus, begleitet von einer Dienerin, die ein Kästchen trägt

Deianeira

Ihr Lieben, während noch der Gast im Hause drin
zu den gefangnen Mädchen vor dem Aufbruch spricht,
tret' ich indessen unbemerkt zu euch heraus,
teils um zu sagen, was ich klug ins Werk gesetzt,
teils auch um euch zu klagen, was ich dulden muß.
Denn keine Jungfrau, glaub' ich, mehr ein Eheweib
hab' ich da aufgenommen wie ein Schiffsherr Fracht,
beschämende Belohnung für mein liebend Herz!
Zu zweien unter einer Decke warten wir

χλαίνης ὑπαγκάλισμα. τοιάδ' Ἡρακλῆς,
ὁ πιστὸς ἡμῖν κἀγαθὸς καλούμενος,
οἰκούρι' ἀντέπεμψε τοῦ μακροῦ χρόνου.
ἐγὼ δὲ θυμοῦσθαι μὲν οὐκ ἐπίσταμαι
νοσοῦντι κείνῳ πολλὰ τῇδε τῇ νόσῳ,
τὸ δ' αὖ ξυνοικεῖν τῇδ' ὁμοῦ τίς ἂν γυνὴ
δύναιτο, κοινωνοῦσα τῶν αὐτῶν γάμων;
ὁρῶ γὰρ ἥβην τὴν μὲν ἕρπουσαν πρόσω,
τὴν δὲ φθίνουσαν· ὧν ἀφαρπάζειν φιλεῖ
ὀφθαλμὸς ἀνδρός, τῶν δ' ὑπεκτρέπει πόδα.
ταῦτ' οὖν φοβοῦμαι, μὴ πόσις μὲν Ἡρακλῆς
ἐμὸς καλῆται, τῆς νεωτέρας δ' ἀνήρ.
ἀλλ' οὐ γάρ, ὥσπερ εἶπον, ὀργαίνειν καλὸν
γυναῖκα νοῦν ἔχουσαν· ᾗ δ' ἔχει, φίλαι,
λυτήριον κήλημα, τῇδ' ὑμῖν φράσω.
ἦν μοι παλαιὸν δῶρον ἀρχαίου ποτὲ
θηρός, λέβητι χαλκέῳ κεκρυμμένον,
ὃ παῖς ἔτ' οὖσα τοῦ δασυστέρνου παρὰ
Νέσσου φθίνοντος ἐκ φονῶν ἀνειλόμην,
ὃς τὸν βαθύρρουν ποταμὸν Εὔηνον βροτοὺς
μισθοῦ 'πόρευε χερσίν, οὔτε πομπίμοις
κώπαις ἐρέσσων οὔτε λαίφεσιν νεώς.
ὃς κἀμέ, τὸν πατρῷον ἡνίκ' ἐς δόμον
ξὺν Ἡρακλεῖ τὸ πρῶτον εὖνις ἑσπόμην,
φέρων ἐπ' ὤμοις, ἡνίκ' ἦ 'ν μέσῳ πόρῳ,
ψαύει ματαίαις χερσίν· ἐκ δ' ἤυσ' ἐγώ,
χὼ Ζηνὸς εὐθὺς παῖς ἐπιστρέψας χεροῖν
ἧκεν κομήτην ἰόν· ἐς δὲ πλεύμονας
στέρνων διερροίζησεν. ἐκθνῄσκων δ' ὁ θὴρ
τοσοῦτον εἶπε· παῖ γέροντος Οἰνέως,
τοσόνδ' ὀνήσῃ τῶν ἐμῶν, ἐὰν πίθῃ,
πορθμῶν, ὁθούνεχ' ὑστάτην σ' ἔπεμψ' ἐγώ·
ἐὰν γὰρ ἀμφίθρεπτον αἷμα τῶν ἐμῶν
σφαγῶν ἐνέγκῃ χερσίν, ᾗ μελαγχόλους
ἔβαψεν ἰοὺς θρέμμα Λερναίας ὕδρας,
ἔσται φρενός σοι τοῦτο κηλητήριον

fortan auf die Umarmung! Dies schickt Herakles,
der immer der getreue mir und edle heißt,
als Preis für seines Hauses lange Hut voraus.
Doch ich vermag es nicht, zu zürnen gegen ihn,
weil er von dieser Krankheit oft befallen wird.
Freilich, mit ihr zusammenhausen, welche Frau
vermöcht' es, und zu teilen gleiches Eheglück?
Ich sehe dort die Jugend mehr und mehr erblühn
und hier vergehn: der Jugend Blüte sieht der Mann
gewöhnlich gern, vom Alter wendet er den Fuß.
Dies nun befürcht' ich: daß zwar Herakles als mein
Gemahl noch gelten wird, doch als der Jüngeren Mann.
Doch freilich, wie ich sagte, ziemt das Zürnen nicht
der Frau, die bei Verstand ist. Hiermit sag' ich euch,
ihr Lieben, wie der Zauber Lösung finden kann.
Von einem Untier aus der Urzeit ward mir einst
ein alt Geschenk, bewahrt in einem erznen Krug,
das ich, noch Mädchen, von dem zottigen Nessos, der
dem Tod schon nahe war, aus seinem Blut empfing.
Der trug auf seinen Armen durch den tiefen Strom
Euenos Menschen gegen Lohn, bediente sich
weder des Ruderbootes noch des Segelschiffs.
Er trug auch mich, als ich ins väterliche Haus
mit Herakles zum ersten Mal als Gattin zog,
auf seinen Schultern. Aber mitten auf dem Fluß
greift er nach mir mit dreister Hand. Ich aber schrie.
Da wandte sich alsbald der Sohn des Zeus und schoß
mit einem Federpfeil, und der durchdrang die Brust
ihm bis in seine Lungen, und das Ungetüm
sprach sterbend also: Kind des alten Oineus, nun
bleibt dir von meinem Fährdienst, wenn du auf mich hörst,
ein großer Vorteil, weil ich dich als letzte trug.
Wenn du aus meiner Wunde das geronnene Blut
mit deinen Händen an dich nimmst, wo gallig schwarz
das Schlangenvieh von Lerna einst den Pfeil gefärbt,
so wird dir das als Zaubermittel dienen für

τῆς Ἡρακλείας, ὥστε μήτιν᾽ εἰσιδὼν
στέρξει γυναῖκα κεῖνος ἀντὶ σοῦ πλέον.
τοῦτ᾽ ἐννοήσασ᾽, ὦ φίλαι, – δόμοις γὰρ ἦν
κείνου θανόντος ἐγκεκλῃμένον καλῶς –
χιτῶνα τόνδ᾽ ἔβαψα, προσβαλοῦσ᾽ ὅσα
ζῶν κεῖνος εἶπε· καὶ πεπείρανται τάδε.
κακὰς δὲ τόλμας μήτ᾽ ἐπισταίμην ἐγὼ
μήτ᾽ ἐκμάθοιμι, τάς τε τολμώσας στυγῶ.
φίλτροις δ᾽ ἐάν πως τήνδ᾽ ὑπερβαλώμεθα
τὴν παῖδα καὶ θέλκτροισι τοῖς ἐφ᾽ Ἡρακλεῖ,
μεμηχάνηται τοὔργον, εἴ τι μὴ δοκῶ
πράσσειν μάταιον· εἰ δὲ μή, πεπαύσομαι.
Χο ἀλλ᾽ εἴ τις ἐστὶ πίστις ἐν τοῖς δρωμένοις,
δοκεῖς παρ᾽ ἡμῖν οὐ βεβουλεῦσθαι κακῶς.
Δη οὕτως ἔχει γ᾽ ἡ πίστις, ὡς τὸ μὲν δοκεῖν
ἔνεστι, πείρᾳ δ᾽ οὐ προσωμίλησά πω.
Χο ἀλλ᾽ εἰδέναι χρὴ δρῶσαν· ὡς, οὐδ᾽ εἰ δοκεῖς
ἔχειν, ἔχοις ἂν γνῶμα, μὴ πειρωμένη.
Δη ἀλλ᾽ αὐτίκ᾽ εἰσόμεσθα· τόνδε γὰρ βλέπω
θυραῖον ἤδη· διὰ τάχους δ᾽ ἐλεύσεται.
μόνον παρ᾽ ὑμῶν εὖ στεγοίμεθ᾽· ὡς σκότῳ
κἂν αἰσχρὰ πράσσῃς, οὔποτ᾽ αἰσχύνῃ πεσῇ.

Λι τί χρὴ ποεῖν; σήμαινε, τέκνον Οἰνέως·
ὡς ἐσμὲν ἤδη τῷ μακρῷ χρόνῳ βραδεῖς.
Δη ἀλλ᾽ αὐτὰ δή σοι ταῦτα καὶ πράσσω, Λίχα,
ἕως σὺ ταῖς ἔσωθεν ἠγορῶ ξέναις,
ὅπως φέρῃς μοι τόνδε ταναϋφῆ πέπλον,
δώρημ᾽ ἐκείνῳ τἀνδρὶ τῆς ἐμῆς χερός.
διδοὺς δὲ τόνδε φράζ᾽, ὅπως μηδεὶς βροτῶν
κείνου πάροιθεν ἀμφιδύσεται χροΐ,
μηδ᾽ ὄψεταί νιν μήτε φέγγος ἡλίου
μήθ᾽ ἕρκος ἱρὸν μήτ᾽ ἐφέστιον σέλας,
πρὶν κεῖνος αὐτὸν φανερὸς ἐμφανῶς σταθεὶς
δείξῃ θεοῖσιν ἡμέρᾳ ταυροσφάγῳ.

Herakles' Herz, damit er keine andre Frau
jemals erblicke, die er lieber hat als dich.
Daran, ihr Lieben, dacht' ich. Denn seit Nessos' Tod
hielt ich es eingeschlossen wohlverwahrt im Haus.
Dies Hemd hab' ich bestrichen und hinzugetan,
was er mir sonst noch nannte, und nun ist's vollbracht.
Von schlimmen Künsten möcht' ich weder wissen noch
sie lernen: Frauen, die das wagen, hasse ich.
Doch trüg' ich über jenes Weib den Sieg davon
durch Liebesbann und Zauberei an Herakles –
das Werk ist vorbereitet –, wenn als Torheit nicht
mein Tun erscheint; sonst unterlass' ich es.

Chf Wenn man Vertrauen zu der Sache haben kann,
so scheint uns der Entschluß, den du gefaßt, nicht schlecht.

De Mit dem Vertrauen steht es so: man darf daran
zwar glauben, doch erprobt hab' ich es keineswegs.

Chf Du kommst zum Wissen nur durch Handeln. Nichtig ist
dein Glauben an die Kenntnis, die du nicht erprobst.

De Bald werden wir es wissen; denn dort seh' ich schon
den Mann am Tor, und eilig kommt er hier herab.
Nur wahrt mir das Geheimnis! Selbst wer Schändliches
im Dunkel tut, fällt doch der Schande nicht anheim.

Lichas ist aus dem Haus gekommen

Li Was soll ich tun? Gib, Oineus' Tochter, mir Befehl!
Zu lang hab' ich mich aufgehalten: es wird spät.

De Gerade damit, Lichas, hab' ich mich befaßt,
indes du drinnen mit den fremden Frauen sprachst:
daß du dies lange Festgewand ihm bringen sollst
als ein Geschenk für meinen Mann aus meiner Hand.
Wenn du's ihm bringst, so sag ihm, daß kein Sterblicher
eher als er den Leib damit bekleiden soll,
daß auch der Sonne Strahl es nicht berühren darf
noch des Altares oder Herdes Feuerschein,
bevor er offensichtlich, öffentlich darin
den Göttern sich am Tag der Stieresopfer zeigt.

οὕτω γὰρ ηὔγμην, εἴ ποτ᾽ αὐτὸν ἐς δόμους
ἴδοιμι σωθέντ᾽ ἢ κλύοιμι, πανδίκως
στελεῖν χιτῶνι τῷδε, καὶ φανεῖν θεοῖς
θυτῆρα κλεινῷ κλεινὸν ἐν πεπλώματι.
καὶ τῶνδ᾽ ἀποίσεις σῆμ᾽, ὃ κεῖνος ὄμμα θεὶς
σφραγῖδος ἕρκει τῷδ᾽ ἔπ᾽, εὖ μαθήσεται.
ἀλλ᾽ ἕρπε, καὶ φύλασσε πρῶτα μὲν νόμον,
τὸ μὴ ᾽πιθυμεῖν πομπὸς ὢν περισσὰ δρᾶν·
ἔπειθ᾽ ὅπως ἂν ἡ χάρις κείνου τέ σοι
κἀμοῦ ξυνελθοῦσ᾽ ἐξ ἁπλῆς διπλῆ φανῇ.
Λι ἀλλ᾽ εἴπερ Ἑρμοῦ τήνδε πομπεύω τέχνην
βέβαιον, οὔ τι μὴ σφαλῶ γ᾽ ἐν σοί ποτε,
τὸ μὴ οὐ τόδ᾽ ἄγγος ὡς ἔχει δεῖξαι φέρων,
λόγων τε πίστιν ἣν λέγεις ἐφαρμόσαι.
Δη στείχοις ἂν ἤδη. καὶ γὰρ ἐξεπίστασαι
τά γ᾽ ἐν δόμοισιν ὡς ἔχοντα τυγχάνει.
Λι ἐπίσταμαί τε καὶ φράσω σεσωμένα.
Δη ἀλλ᾽ οἶσθα μὲν δὴ καὶ τὰ τῆς ξένης ὁρῶν
προσδέγματ᾽, αὐτή θ᾽ ὡς ἐδεξάμην φίλως.
Λι ὥστ᾽ ἐκπλαγῆναι τοὐμὸν ἡδονῇ κέαρ.
Δη τί δῆτ᾽ ἂν ἄλλο γ᾽ ἐννέποις; δέδοικα γὰρ
μὴ πρῴ λέγοις ἂν τὸν πόθον τὸν ἐξ ἐμοῦ,
πρὶν εἰδέναι, τἀκεῖθεν εἰ ποθούμεθα.

Χορός

ὦ ναύλοχα καὶ πετραῖα — en — Str. 1
θερμὰ λουτρὰ καὶ πάγους — cr ia
Οἴτας παραναιετάοντες, οἵ τε μέσσαν — ⁻he⁻ ep
Μαλίδα πὰρ λίμναν — ch sp
χρυσαλακάτου τ᾽ ἀκτὰν κόρας, — rz cr
ἔνθ᾽ Ἑλλάνων ἀγοραὶ — mo ch
Πυλάτιδες κλέονται, — ia ba

Denn so gelobt' ich: säh' ich oder hört' ich einst,
er sei nach Haus gerettet, wollt' ich nach Gebühr
ihn mit dem Leibrock schmücken und den Göttern als
erlauchten Opfrer zeigen im erlauchten Kleid.
Du nimmst ein Zeichen dessen mit, das er sogleich
erkennen wird, wenn er dies Siegel hier erblickt.
So geh und achte erstlich auf die Regel stets,
daß du des Boten Amt nicht überschreiten sollst,
und darauf, daß sein Dank und auch der meine dir
zuteil wird: statt des einen Danks ein doppelter!

Li Doch wenn ich zuverlässig Hermes' Botenwerk
ausübe, dann verfehl' ich's doch wohl nicht bei dir,
daß ich ihm dies Gefäß nicht brächte, wie es ist,
die Worte nicht genau anfüge, die du sprachst.

De Nun möchtest du wohl gehen. Denn du weißt ja nun,
wie hier bei uns im Hause alles sich verhält.

Li Ich weiß und werde melden: alles ist wohlauf.

De Doch weißt du auch und sahest, wie die Fremde hier
einzog und wie ich selber freundlich sie empfing.

Li So daß mein Herz von Freude ganz betroffen war.

De Was könntest du wohl sonst noch sagen? Denn mir bangt,
daß du zu früh von meiner Sehnsucht sprechen wirst,
bevor du weißt, ob man auch dort nach uns verlangt.

Deianeira geht hinein, Lichas bricht auf

Chor

Ihr, die ihr die Häfen, heißen
Felsenquellen und die Höhn
des Oitagebirges umwohnt, und ihr entlang der
malischen Bucht, auch ihr
vom Strande der Göttin goldbepfeilt,
wo Hellas' heiliger Bund
von Pylai hochberühmt ist,

ὁ καλλιβόας τάχ' ὑμῖν	en	Ant. 1
αὐλὸς οὐκ ἀναρσίαν	cr ia	
ἀχῶν καναχὰν ἐπάνεισιν, ἀλλὰ θείας	¯he¯ ep	
ἀντίλυρον μούσας.	ch sp	
ὁ γὰρ Διὸς 'Αλκμήνας κόρος	rz cr	
σοῦται πάσας ἀρετᾶς	mo ch	
λάφυρ' ἔχων ἐπ' οἴκους·	ia ba	

ὃν ἀπόπτολιν εἴχομεν	gl	Str. 2
παντᾷ, δυοκαιδεκάμηνον ἀμμένουσαι	¯he¯ ep	
χρόνον, πελάγιον, ἴδριες οὐ-	ia^2	
δέν· ἁ δέ οἱ φίλα δάμαρ	ia^2	
τάλαιναν δυστάλαινα καρδίαν	ba cr ia	
πάγκλαυτος αἰὲν ὤλλυτο·	ia^2	
νῦν δ' Ἄρης οἰστρηθεὶς	mo^2	
ἐξέλυσεν ἐπίπονον ἁμέραν.	cr^3	

ἀφίκοιτ' ἀφίκοιτο· μὴ	gl	Ant. 2
σταίη πολύκωπον ὄχημα ναὸς αὐτῷ,	¯he¯ ep	
πρὶν τάνδε πρὸς πόλιν ἀνύσει-	ia^2	
ε, νασιῶτιν ἑστίαν	ia^2	
ἀμείψας, ἔνθα κλῄζεται θυτήρ·	ba cr ia	
ὅθεν μόλοι πανάμερος,	ia^2	
τᾶς πειθοῦς παγχρίστῳ	mo^2	
συντακεὶς θηρὸς ὕπο παρφάσει.	cr^3	

Δῃάνειρα

γυναῖκες, ὡς δέδοικα, μὴ περαιτέρω
πεπραγμέν' ᾖ μοι πάνθ' ὅσ' ἀρτίως ἔδρων.
Χο τί δ' ἔστι, Δῃάνειρα, τέκνον Οἰνέως;
Δη οὐκ οἶδ'· ἀθυμῶ δ', εἰ φανήσομαι τάχα
κακὸν μέγ' ἐκπράξασ' ἀπ' ἐλπίδος καλῆς.
Χο οὐ δή τι τῶν σῶν Ἡρακλεῖ δωρημάτων;
Δη μάλιστά γ'· ὥστε μήποτ' ἂν προθυμίαν
ἄδηλον ἔργου τῳ παραινέσαι λαβεῖν.

die Flöte mit holden Tönen
wird euch bald – nicht widrige
Geräusche des Grams wiederholen, sondern lyra-
ähnlichen Musenklang.
Denn Zeus' und Alkmenes großer Sohn,
er eilt, mit jeglichem Preis
des Muts gekrönt, zur Heimat,

dessen Ferne wir überall
gespürt, den wir volle zwölf Monde lang ersehnten
herbei vom Meere: wir ahnten ja nichts,
indessen die geliebte Frau,
die arme, ihr von Gram beschwertes Herz
vergehn ließ, weinend immerfort.
Doch nun hat Ares sie
zornentbrannt vom Leben in Leid erlöst.

Er erschein', er erscheine! Nie
verzögre das zahlreich bemannte Schiff die Fahrt ihm,
bevor den Herd auf der Insel er
verlassen, wo als Opfrer man
ihn kennt, und heim in diese Stadt gelangt!
Er kehre drum noch heut zurück
im Salben-Zauberkleid
liebeschmelzend, wie es das Tier verhieß!

Deianeira
herauskommend

Wie bin ich bang, ihr Jungfraun, ob ich nicht zu weit
gegangen bin mit allem, was ich vorhin tat!
Chf Was ist dir, Deianeira, Oineus' Tochter? Sprich!
De Ich weiß nicht. Doch ich fürchte, daß gar bald sich zeigt:
von Übel war, was ich in froher Hoffnung tat.
Chf Doch wohl mit deiner Gabe nicht für Herakles?
De Gerade dies! Drum rat' ich keinem, je ein Werk
voreilig zu betreiben, das noch unerprobt.

Χο δίδαξον, εἰ διδακτόν, ἐξ ὅτου φοβῇ.
Δη τοιοῦτον ἐκβέβηκεν, οἷον, ἢν φράσω,
γυναῖκες, ὑμῖν θαῦμ' ἀνέλπιστον μαθεῖν.
ᾧ γὰρ τὸν ἐνδυτῆρα πέπλον ἀρτίως
ἔχριον ἀργῆτ', οἰὸς εὐείρῳ πόκῳ,
τοῦτ' ἠφάνισται διάβορον πρὸς οὐδενὸς
τῶν ἔνδον, ἀλλ' ἐδεστὸν ἐξ αὑτοῦ φθίνει,
καὶ ψῇ κατ' ἄκρας σπιλάδος. ὡς δ' εἰδῇς ἅπαν,
ᾗ τοῦτ' ἐπράχθη, μείζον' ἐκτενῶ λόγον.
ἐγὼ γὰρ ὧν ὁ θήρ με προυδιδάξατο
παρῆκα θεσμῶν οὐδέν', ἀλλ' ἐσῳζόμην,
χαλκῆς ὅπως δύσνιπτον ἐκ δέλτου γραφήν,
τὸ φάρμακον τοῦτ' ἄπυρον ἀκτῖνός τ' ἀεὶ
θερμῆς ἄθικτον ἐν μυχοῖς σῴζειν ἐμέ,
ἕως νιν ἀρτίχριστον ἁρμόσαιμί που.
κἄδρων τοιαῦτα. νῦν δ', ὅτ' ἦν ἐργαστέον,
ἔχρισα μὲν κατ' οἶκον ἐν δόμοις κρυφῇ
μαλλῷ σπάσασα κτησίου βοτοῦ λάχνην,
κἄθηκα συμπτύξασ' ἀλαμπὲς ἡλίου
κοίλῳ ζυγάστρῳ δῶρον, ὥσπερ εἴδετε.
εἴσω δ' ἀποστείχουσα δέρκομαι φάτιν
ἄφραστον, ἀξύμβλητον ἀνθρώπῳ μαθεῖν.
τὸ γὰρ κάταγμα τυγχάνω ῥίψασά πως
ἀκτῖν' ἐς ἡλιῶτιν· ὡς δ' ἐθάλπετο,
ῥεῖ πᾶν ἄδηλον καὶ κατέψηκται χθονί,
μορφῇ μάλιστ' εἰκαστόν, ὥστε πρίονος
ἐκβρώματ' ἂν βλέψειας ἐν τομῇ ξύλου.
τοιόνδε κεῖται προπετές. ἐκ δὲ γῆς, ὅθεν
προύκειτ', ἀναζέουσι θρομβώδεις ἀφροί,
γλαυκῆς ὀπώρας ὥστε πίονος ποτοῦ
χυθέντος ἐς γῆν Βακχίας ἀπ' ἀμπέλου.
ὥστ' οὐκ ἔχω τάλαινα, ποῖ γνώμης πέσω·

680 ἐγὼ γὰρ ὧν ὁ θήρ με [Κένταυρος, πονῶν
681 πλευρὰν πικρᾷ γλωχῖνι,] προυδιδάξατο
684 καί μοι τάδ' ἦν πρόρρητα καὶ τοιαῦτ' ἔδρων·
696 τῆς οἰός, ᾧ προύχριον, ἐς μέσην φλόγα,

Chf So sage, wenn's sich sagen läßt, was dich erschreckt!
De Es ist etwas geschehn, was, Jungfraun, euch, wenn ihr
es hört, erstaunlich wie ein Wunder scheinen wird.
Womit ich vorhin erst das schimmernde Gewand
einsalbte, war geschornen Schafes wollig Vlies.
Das ist verschwunden: nicht verbraucht von irgendwem
da drinnen, sondern, aus sich selbst verzehrt, zergeht's,
zerbröckelt's an des Estrichs Rand. Damit du ganz
erkennst, wie's zuging, hol' ich etwas weiter aus.
Denn keinen von den Winken, die das Untier mir
gegeben hat, vergaß ich, sondern hielt sie fest
wie Schrift auf eherner Tafel, die untilgbar ist:
dies Mittel sollt' ich feuerfest und unberührt
vom heißen Sonnenstrahl bewahren im Versteck,
bis ich es frisch auftragen würde irgendwo.
So tat ich auch. Doch als es nun zu handeln galt,
salbt' ich mit wollnen Flocken heimlich im Gemach
daheim – die Wolle holt' ich von der Herde mir –
und legte, schön gefaltet, fern dem Sonnenstrahl,
ins leere Kästchen das Geschenk, wie ihr es saht.
Ins Haus zurückgekehrt, erblick' ich, was kein Wort
beschreiben und kein Menschensinn begreifen kann.
Die Flocken nämlich hatt' ich achtlos, wo das Licht
der Sonne hinschien, weggeworfen. Dort erwärmt,
ward alles unkenntlich, zerfloß, zerbröckelte:
es war am eh'sten Sägespänen ähnlich, wie
man sie wohl sehen kann, wenn Holz zerschnitten wird.
So liegt es dort, zerfallen. Doch am Boden, wo
es hinfiel, zischte Schaum in dicken Klumpen auf,
so wie aus blauen Trauben schaumiger Most im Herbst
von Bakchos' Rebstock auf den Boden sich ergießt.
Nun weiß ich Arme nicht, wie ich mir raten soll.

ὁρῶ δέ μ' ἔργον δεινὸν ἐξειργασμένην.
πόθεν γὰρ ἄν ποτ', ἀντὶ τοῦ θνῄσκων ὁ θὴρ
ἐμοὶ παρέσχ' εὔνοιαν, ἧς ἔθνῃσχ' ὕπο;
οὐκ ἔστιν, ἀλλὰ τὸν βαλόντ' ἀποφθίσαι
χρῄζων ἔθελγέ μ'· ὧν ἐγὼ μεθύστερον,
ὅτ' οὐκέτ' ἀρκεῖ, τὴν μάθησιν ἄρνυμαι.
μόνη γὰρ αὐτόν, εἴ τι μὴ ψευσθήσομαι
γνώμης, ἐγὼ δύστηνος ἐξαποφθερῶ·
τὸν γὰρ βαλόντ' ἄτρακτον οἶδα καὶ θεὸν
Χείρωνα πημήναντα, χὦνπερ ἂν θίγῃ,
φθείρει τὰ πάντα κνώδαλ'· εἰ δὲ ὧδ' ὅδε
σφαγῶν διῆλθεν ἰὸς αἵματος μέλας,
πῶς οὐκ ὀλεῖ καὶ τόνδε; δόξῃ γοῦν ἐμῇ.
καίτοι δέδοκται, κεῖνος εἰ σφαλήσεται,
ταὐτῇ σὺν ὁρμῇ κἀμὲ συνθανεῖν ἅμα.
ζῆν γὰρ κακῶς κλύουσαν οὐκ ἀνασχετόν,
ἥτις προτιμᾷ μὴ κακὴ πεφυκέναι.
Χο ταρβεῖν μὲν ἔργα δείν' ἀναγκαίως ἔχει,
τὴν δ' ἐλπίδ' οὐ χρὴ τῆς τύχης κρίνειν πάρος.
Δη οὐκ ἔστιν ἐν τοῖς μὴ καλοῖς βουλεύμασιν
οὐδ' ἐλπίς, ἥτις καὶ θράσος τι προξενεῖ.
Χο ἀλλ' ἀμφὶ τοῖς σφαλεῖσι μὴ 'ξ ἑκουσίας
ὀργὴ πέπειρα, τῆς σε τυγχάνειν πρέπει.
Δη τοιαῦτα δ' ἂν λέξειεν οὐχ ὁ τοῦ κακοῦ
κοινωνός, ἀλλ' ᾧ μηδέν ἐστ' οἴκοι βαρύ.
Χο σιγᾶν ἂν ἁρμόζοι σε τὸν πλείω λόγον,
εἰ μή τι λέξεις παιδὶ τῷ σαυτῆς· ἐπεὶ
πάρεστι, μαστὴρ πατρὸς ὃς πρὶν ᾤχετο.

Ὕλλος

ὦ μῆτερ, ὡς ἂν ἐκ τριῶν σ' ἓν εἱλόμην,
ἢ μηκέτ' εἶναι ζῶσαν, ἢ σεσωμένην
ἄλλου κεκλῆσθαι μητέρ', ἢ λῴους φρένας
τῶν νῦν παρουσῶν τῶνδ' ἀμείψασθαί ποθεν.

Doch seh' ich wohl: ich habe Schreckliches verübt.
Warum, wofür auch sollte sterbend wohl das Tier
Wohlwollen zeigen – mir, die ihm den Tod gebracht?
Unmöglich! Nein, vernichten wollt' es den, der schoß,
und ich ließ mich betören! Ach, nur allzu spät,
da sie mir nichts mehr nützt, kommt die Erkenntnis mir!
Denn ich allein, wenn nicht etwa ein Wahn mich täuscht,
ich Arge werde schuldig sein an seinem Tod.
Ich weiß doch, daß sein Pfeilschuß Cheiron selbst, den Gott,
tödlich verwundet hat, und jeglich Wild, das er
nur leise streift, erliegt ihm. Wenn nun dieses Gift,
von jenem Blut geschwärzt, sein wundes Fleisch durchdringt,
wie sollt' es ihn nicht töten? So erscheint es mir.
Doch ist's beschlossen: sollt' er nun zugrunde gehn,
so sterb' auch ich zugleich und durch dasselbe Los.
In Schmach zu leben, das ertrüge keine Frau,
die darauf Wert legt, nicht von niedrer Art zu sein.

Chf Notwendig stellt die Furcht sich ein bei schwerem Tun;
doch allzu früh entsage man der Hoffnung nicht!

De Es bleibt bei ungerechten Unternehmungen
auch nichts zu hoffen, was uns Trost gewähren kann.

Chf Doch den, der ohne Vorsatz sich vergeht, den trifft
gelinder Zorn, und das muß gelten auch für dich.

De So spricht wohl jemand, der nicht mitbetroffen ist
vom Unheil, den vielmehr daheim nichts Schweres quält.

Chf Es ist wohl besser, du verschweigst das übrige,
wenn du es nicht dem eignen Sohne sagen willst:
da ist er, der zuvor den Vater suchen ging.

Hyllos

kommt zurück

O Mutter, eins von dreien wünscht' ich mir für dich:
daß du nicht mehr am Leben wärst, daß, lebend zwar,
du eines andren Mutter hießest, oder daß
du beßren Sinnes wärest, als du wirklich bist.

Δη τί δ' ἐστίν, ὦ παῖ, πρός γ' ἐμοῦ στυγούμενον;
῾Υλ τὸν ἄνδρα τὸν σὸν ἴσθι, τὸν δ' ἐμὸν λέγω
πατέρα, κατακτείνασα τῇδ' ἐν ἡμέρᾳ.
Δη οἴμοι, τίν' ἐξήνεγκας, ὦ τέκνον, λόγον;
῾Υλ ὃν οὐχ οἷόν τε μὴ τελεσθῆναι· τὸ γὰρ
κρανθὲν τίς ἂν δύναιτ' ἂν ἄκραντον ποεῖν;
Δη πῶς εἶπας, ὦ παῖ; τοῦ πάρ' ἀνθρώπων μαθὼν.
ἄζηλον οὕτως ἔργον εἰργάσθαι με φής;
῾Υλ αὐτὸς βαρεῖαν ξυμφορὰν ἐν ὄμμασιν
πατρὸς δεδορκὼς κοὐ κατὰ γλῶσσαν κλύων.
Δη ποῦ δ' ἐμπελάζεις τἀνδρὶ καὶ παρίστασαι;
῾Υλ εἰ χρὴ μαθεῖν σε, πάντα δὴ φωνεῖν χρεών.
ὅθ' εἷρπε κλεινὴν Εὐρύτου πέρσας πόλιν,
νίκης ἄγων τροπαῖα κἀκροθίνια,
ἀκτή τις ἀμφίκλυστος Εὐβοίας ἄκρον
Κήναιόν ἐστιν, ἔνθα πατρῴῳ Διὶ
βωμοὺς ὁρίζει τεμενίαν τε φυλλάδα·
οὗ νιν τὰ πρῶτ' ἐσεῖδον ἄσμενος μολών.
μέλλοντι δ' αὐτῷ πολυθύτους τεύχειν σφαγὰς
κῆρυξ ἀπ' οἴκων ἵκετ' οἰκεῖος Λίχας,
τὸ σὸν φέρων δώρημα, θανάσιμον πέπλον·
ὃν κεῖνος ἐνδύς, ὡς σὺ προυξεφίεσο,
ταυροκτονεῖ μὲν δώδεκ' ἐντελεῖς ἔχων
λείας ἀπαρχὴν βοῦς· ἀτὰρ τὰ πάνθ' ὁμοῦ
ἑκατὸν προσῆγε συμμιγῆ βοσκήματα.
καὶ πρῶτα μὲν δείλαιος ἵλεῳ φρενὶ
κόσμῳ τε χαίρων καὶ στολῇ κατηύχετο·
ὅπως δὲ σεμνῶν ὀργίων ἐδαίετο
φλὸξ αἱματηρὰ κἀπὸ πιείρας δρυός,
ἱδρὼς ἀνῄει χρωτί, καὶ προσπτύσσεται
πλευραῖσιν ἀρτίκολλος, ὥστε τέκτονος,
χιτὼν ἅπαν κατ' ἄρθρον· ἦλθε δ' ὀστέων
ἀδαγμὸς ἀντίσπαστος· εἶτα φοινίας
ἐχθρᾶς ἐχίδνης ἰὸς ὣς ἐδαίνυτο.
ἐνταῦθα δὴ 'βόησε τὸν δυσδαίμονα
Λίχαν, τὸν οὐδὲν αἴτιον τοῦ σοῦ κακοῦ,

De Was ist's, mein Sohn, das du an mir so hassen mußt?
Hy Den Mann, den deinen, wisse, meinen Vater, sag'
ich dir, hast du gemordet an dem heutigen Tag!
De Weh mir, mein Kind, was für ein Wort bringst du hervor!
Hy Es kann nicht widerrufen werden: was einmal
vollzogen ist, wer machte das wohl ungetan?
De Was sagst du, Kind? Von welchem Menschen hörtest du's,
daß du mich solch abscheulicher Untat zeihen darfst?
Hy Mit eignen Augen hab' ich Vaters schweres Leid
mit angesehn: ich hört' es nicht aus fremdem Mund.
De Wo hast du ihn gefunden und geholfen ihm?
Hy Wenn du es wissen mußt, sei alles denn gesagt!
Als er, der Eurytos' berühmte Stadt zerstört,
mit Siegeszeichen und mit Beute weiterzog, –
es gibt ein Vorgebirg, Kenaion heißt es, an
Euboias meerumwogtem Strand: dem Vater Zeus
weiht' er Altäre dort im dichtbelaubten Hain,
wo ich zuerst ihn, freudig nahend, wiedersah.
Als er ein großes Opferfest beginnen will,
kommt der vertraute Lichas von daheim zu ihm,
um dein Geschenk zu bringen: das tödliche Gewand.
Er zieht es an, wie du es vorgeschrieben hast,
und tötet zwölf erlesene Opferstiere gleich
als lautre Erstlingsspende; doch im ganzen bracht'
er hundert ganz verschiedene Weidetiere bei.
Zuerst nun freute sich der Ärmste seines Schmucks
und Festgewands und betete mit heitrem Sinn.
Doch als der hehren Weihehandlung Brand empor-
gelodert war blutrot aus harzigem Fichtenholz,
quoll aus der Haut der Schweiß ihm, und es haftete
am Leib ihm, wie von einem Künstler festgeleimt
an jedes Glied, das Kleid; ein jähes Zucken fuhr
ihm krampfhaft durchs Gebein, und dann durchwühlt' es ihn
wie einer mörderisch feindseligen Schlange Gift.
Und schließlich schrie er nach dem unglückseligen
Lichas, der keine Schuld an deiner Untat trug:

ποίαις ἐνέγκοι τόνδε μηχαναῖς πέπλον·
ὃ δ' οὐδὲν εἰδὼς δύσμορος τὸ σὸν μόνης
δώρημ' ἔλεξεν, ὥσπερ ἦν ἐσταλμένον.
κἀκεῖνος ὡς ἤκουσε καὶ διώδυνος
σπαραγμὸς αὐτοῦ πλευμόνων ἀνθήψατο,
μάρψας ποδός νιν, ἄρθρον ᾗ λυγίζεται,
ῥιπτεῖ πρὸς ἀμφίκλυστον ἐκ πόντου πέτραν·
κόμης δὲ λευκὸν μυελὸν ἐκραίνει, μέσου
κρατὸς διαρραγέντος αἱματορρύτου.
ἅπας δ' ἀνευφήμησεν οἰμωγῇ λεώς,
τοῦ μὲν νοσοῦντος, τοῦ δὲ διαπεπραγμένου·
κοὐδεὶς ἐτόλμα τἀνδρὸς ἀντίον μολεῖν.
ἐσπᾶτο γὰρ πέδονδε καὶ μετάρσιος,
βοῶν, ἰύζων· ἀμφὶ δ' ἐκτύπουν πέτραι,
Λοκρῶν τ' ὄρειοι πρῶνες Εὐβοίας τ' ἄκρα.
ἐπεὶ δ' ἀπεῖπε, πολλὰ μὲν τάλας χθονὶ
ῥιπτῶν ἑαυτόν, πολλὰ δ' οἰμωγῇ βοῶν,
τὸν δυσπάρευνον ἐνδατούμενος γάμον
οἷον κατακτήσαιτο λυμαντὴν βίου,
τότ' ἐκ προσέδρου λιγνύος διάστροφον
ὀφθαλμὸν ἄρας εἶδέ μ' ἐν πολλῷ στρατῷ
δακρυρροοῦντα, καί με προσβλέψας καλεῖ·
ὦ παῖ, πρόσελθε, μὴ φύγῃς τοὐμὸν κακόν,
μηδ' εἴ σε χρὴ θανόντι συνθανεῖν ἐμοί·
ἀλλ' ἆρον ἔξω, καὶ μάλιστα μέν με θὲς
ἐνταῦθ' ὅπου με μή τις ὄψεται βροτῶν·
εἰ δ' οἶκτος ἴσχει σ', ἀλλά μ' ἔκ γε τῆσδε γῆς
πόρθμευσον ὡς τάχιστα, μηδ' αὐτοῦ θάνω.
τοσαῦτ' ἐπισκήψαντος, ἐν μέσῳ σκάφει
θέντες σφε πρὸς γῆν τήνδ' ἐκέλσαμεν μόλις
βρυχώμενον σπασμοῖσι. καί νιν αὐτίκα
ἢ ζῶντ' ἐσόψεσθ' ἢ τεθνηκότ' ἀρτίως.
τοιαῦτα, μῆτερ, πατρὶ βουλεύσασ' ἐμῷ
καὶ δρῶσ' ἐλήφθης, ὧν σε ποίνιμος Δίκη

791 τὸ δυσπάρευνον [λέκτρον] ἐνδατούμενος
792 [σοῦ τῆς ταλαίνης καὶ τὸν Οἰνέως] γάμον

warum mit arger List er diesen Rock gebracht.
Doch er, der Arme, wußte nichts: von dir nur sei
die Gabe, sagt' er, wie ihm aufgetragen war.
Und er, da er es hörte, während wilder Schmerz
sein ganzes Inneres durchschüttert und durchkrampft,
packt ihn am Beine, dort wo das Gelenk sich krümmt,
und schleudert bis zum meerumspülten Felsen ihn.
Durchs Haupthaar spritzt ihm weißes Hirn heraus, nachdem
blutüberströmt sein Schädel mittendurch zerbarst.
Das ganze Volk brach aus in lauten Jammerruf
über den Rasenden hier und den Gemordeten dort,
und niemand wagte an den Starken sich heran.
Zu Boden riß es ihn und warf ihn wieder hoch;
er schrie; er heulte, daß die Felsen hallten rings,
der Lokrer waldige Gipfel wie Euboias Höhn.
Als er erschöpft war, oftmals elend selber sich
zu Boden werfend, schreiend oft vor Pein und Qual,
verfluchend den unseligen Ehebund, den er
geschlossen habe seinem Leben zum Verderb,
da hob er aus dem Rauch, der ihn umwölkte, noch
sein irres Auge, sah im Volksgedränge mich
Tränen vergießen, blickt mich an und ruft mir zu:
O Sohn, komm hierher, fliehe nicht vor meinem Leid,
und wenn du sterben mußt mit mir, dem Sterbenden!
Nein, hebe mich von hinnen, bring am liebsten mich
dorthin, wo mich kein Sterblicher mehr sehen kann!
Und hemmt dich Mitleid, schaffe wenigstens mich rasch
aus diesem Land hinweg: laß mich nicht sterben hier!
Nachdem er dies befohlen, legten wir ihn denn
ins Mittelschiff und fuhren mühsam hier ans Land
ihn, der in Krämpfen ächzte. Doch ihr sollt ihn gleich,
noch lebend oder eben erst verstorben, sehn.
Dies, Mutter, sannst und tatst du meinem Vater an:
es ist erwiesen! Dafür strafe Dike dich

τείσαιτ' Ἐρινύς τ'. εἰ θέμις δ', ἐπεύχομαι·
θέμις δ', ἐπεί μοι τὴν θέμιν σὺ προὔβαλες,
πάντων ἄριστον ἄνδρα τῶν ἐπὶ χθονὶ
κτείνασ', ὁποῖον ἄλλον οὐκ ὄψῃ ποτέ.

Χορός

τί σῖγ' ἀφέρπεις; οὐ κάτοισθ', ὁθούνεκα
ξυνηγορεῖς σιγῶσα τῷ κατηγόρῳ;
Ὑλ ἐᾶτ' ἀφέρπειν. οὖρος ὀφθαλμῶν ἐμῶν
αὐτῇ γένοιτ' ἄπωθεν ἑρπούσῃ καλός.
ὄγκον γὰρ ἄλλως ὀνόματος τί δεῖ τρέφειν
μητρῷον, ἥτις μηδὲν ὡς τεκοῦσα δρᾷ;
ἀλλ' ἑρπέτω χαίρουσα· τὴν δὲ τέρψιν ἣν
τὠμῷ δίδωσι πατρί, τήνδ' αὐτὴ λάβοι.

Χορός

ἴδ' οἷον, ὦ παῖδες, προσέμειξεν ἄφαρ ia ¯he Str. 1
τοὔπος τὸ θεοπρόπον ἡμῖν ¯he¯
τᾶς παλαιφάτου προνοίας, ep^2
ὅ τ' ἔλακεν, ὁπότε τελεόμηνος ἐκφέροι ia^3
δωδέκατος ἄροτος, ἀναδοχὰν τελεῖν πόνων ia^3
τῷ Διὸς αὐτόπαιδι· καὶ τάδ' ὀρθῶς ch ia ba
ἔμπεδα κατουρίζει. ia sp
πῶς γὰρ ἂν ὁ μὴ λεύσσων ia sp
ἔτι ποτ' ἔτι πόνων do
ἔχοι θανὼν λατρείαν; ia ba

εἰ γάρ σφε Κενταύρου φονίᾳ νεφέλᾳ ia ¯he Ant. 1
χρίει δολοποιὸς ἀνάγκα ¯he¯
πλευρὰ προστακέντος ἰοῦ, ep^2
ὃν ἔτεκε θάνατος, ἔτρεφε δ' αἰόλος δράκων, ia^3
πῶς ὅδ' ἂν ἀέλιον ἕτερον ἢ τανῦν ἴδοι, ia^3

und die Erinys! Ist es recht, so bet' ich drum.
Recht ist es aber, da du dich am Recht vergingst,
den besten Mann von allen auf der Erde, wie
du keinen je erblicken wirst, gemordet hast.

Deianeira wendet sich, um hineinzugehen

Chorführerin

Was gehst du schweigend? Weißt du nicht genau, daß du
dich selbst bezichtigst, wenn du vor dem Kläger schweigst?

Hy Laßt sie nur gehen! Frischer Fahrwind wehe ihr,
damit sie weit hinweg mir aus den Augen kommt!
Was soll sie sich noch auf des Mutternamens Stolz
berufen, sie, die nicht wie eine Mutter tut?
Mag sie in Freuden gehen! Doch die Wonne, die
sie meinem Vater schenkt, empfange sie auch selbst!

Er geht ins Haus

Chor

Nun seht, ihr Kinder, wie sich plötzlich an uns
erfüllt hat der göttliche Ausspruch
längst verkündeter Voraussicht,
der lautete: wenn sich vollendet im Mondesablauf ganz
das zwölfte der Jahre, so werde der Mühsal Last von Zeus'
leiblichem Sohn genommen, und genau das
vollzieht sich mit sichrem Schritt:
wie soll, wer die Augen schloß,
je noch den mühsamen Dienst
der Fron im Tod erleiden?

Denn wenn ihm der Kentauer mit tückischem Zwang
den Leib in der tödlichen Hülle
salbt mit angeschmolznem Gifte,
das zeugte der Tod, das die schillernde Schlange trug im Leib,
wie könnt' er noch andere Sonnen als die von heute schaun,

δεινοτάτῳ μὲν ἄρθρα προστετακὼς — ch ia ba
νήματι; μελαγχαίτα τ' — ia sp
ἄμμιγά νιν αἰκίζει — ia sp
φόνια δολιόμυ- — do
θα κέντρ' ἐπιζέσαντα. — ia ba

ὧν ἅδ' ἁ τλάμων ἄοκνος — ch^2 Str. 2
μεγάλαν προσορῶσα δόμοισι βλάβαν νέων — an^4
ἀίσσουσαν γάμων τὰ μὲν αὐτὰ — + ia^2 + io
προσέβαλεν, τὰ δ' ἀπ' ἀλλόθρου — gl
γνώμας μολόντ' ὀλεθρίαισι συναλλαγαῖς — rz gl
ἦ που ὀλοὰ στένει, — cr^2
ἦ που ἀδινῶν χλωρὰν — cr mo
τέγγει δακρύων ἄχναν. — io mo
ἁ δ' ἐρχομένα μοῖρα προ- — io^2
φαίνει δολίαν καὶ μεγάλαν ἄταν. — io^2 mo

ἔρρωγεν παγὰ δακρύων, — ch^2 Ant. 2
κέχυται νόσος, ὦ πόποι, οἷον ἀναρσίων — an^4
οὔπω Ζηνὸς κέλωρ' ἀγακλειτὸν — + (ia^2) + io
ἐπέμολεν πάθος οἰκτίσαι. — gl
ἰὼ κελαινὰ λόγχα τοῦ προμάχου δορός, — rz gl
ἃ τότε θοὰν νύμφαν — cr mo
ἄγαγες ἀπ' αἰπεινᾶς — cr mo
τάνδ' Οἰχαλίας αἰχμᾷ· — io mo
ἁ δ' ἀμφίπολος Κύπρις ἄν- — io^2
αυδος φανερὰ τῶνδ' ἐφάνη πράκτωρ. — io^2 mo

Ἡμιχόριον α'

πότερον ἐγὼ μάταιος, ἢ κλύω τινὸς
οἴκτου δι' οἴκων ἀρτίως ὁρμωμένου;

Ἡμιχόριον β'

τί φημί;
ἠχεῖ τις οὐκ ἄσημον, ἀλλὰ δυστυχῆ
κωκυτὸν εἴσω, καί τι καινίζει στέγη.

mit dem entsetzlichsten Gespinst beklebt die
Gelenke, zugleich gequält
mit hämischer List vom schwarz-
haarigen Tier durch die Glut
der mörderischen Stacheln?

Arglos sah die Arme dem Haus
das bedrohliche Ungemach junger Verheiratung
eilends nahen, was sie nun selbst zwar
hinderte; doch das Entsetzliche,
das fremdem Rat entsprang, verderblichem Zwiegespräch,
beklagt sie nun jammernd wohl,
benetzt ihre Wangen wohl
mit bitterer Tränen Tau.
Das Schicksal, das kommt, bringt ans Licht
den tückischen Trug, tödliche Unheilstat.

Quell der Tränen, brich nur hervor!
Es ergoß sich ein Übel, ach, wie es nicht feindlicher
je auf Zeus' gewaltigen Sprossen
stürzte, ein Schicksal, erbarmenswert!
Weh, todesdunkle Lanzenspitze des Heldenspeers,
die neulich die Jungfrau rasch
im Kampf um die schroffe Burg
entriß Oichalías Höhn!
Und helfend erschien Kypris, laut-
los sichtbar, denn sie wirkte, daß dies so kam.

Erster Halbchor

Bin etwa ich von Sinnen, oder hör' ich recht,
daß Klagelaut soeben durch das Haus hin eilt?

Zweiter Halbchor

Was sag' ich?
Es gellt, nicht zu verkennen, drin von Ungemach
und Weherufen: Unerhörtes birgt das Dach.

α΄ ξύνες δὲ
τήνδ᾽ ὡς ἀηδὴς καὶ συνωφρυωμένη
χωρεῖ πρὸς ἡμᾶς γραῖα σημανοῦσά τι.

Τροφός

ὦ παῖδες, ὡς ἄρ᾽ ἡμὶν οὐ σμικρῶν κακῶν
ἦρξεν τὸ δῶρον Ἡρακλεῖ τὸ πόμπιμον.

Χορός

τί δ᾽, ὦ γεραιά, καινοποιηθὲν λέγεις;
Τρ βέβηκε Δῃάνειρα τὴν πανυστάτην
ὁδῶν ἁπασῶν ἐξ ἀκινήτου ποδός.
Χο οὐ δή ποθ᾽ ὡς θανοῦσα;
Τρ πάντ᾽ ἀκήκοας.
Χο τέθνηκεν ἡ τάλαινα;
Τρ δεύτερον κλύεις.
Χο τάλαιν᾽, ὀλεθρία· τίνι τρόπῳ θανεῖν σφε φής;
Τρ σχετλίῳ τά πρός γε πρᾶξιν.
Χο εἰπέ, τῷ μόρῳ,
γύναι, ξυντρέχει do
Τρ αὑτὴν διηίστωσε. ia mo
Χο τίς θυμός, ἢ τίνες νόσοι; ia²
Τρ τάνδ᾽ αἰχμὰ βέλεος κακοῦ gl
ξυνεῖλε.
Χο πῶς ἐμήσατο ia²
πρὸς θανάτῳ θάνατον he
ἀνύσασα μόνα;
Τρ στονόεντος en
ἐν τομᾷ σιδάρου. ith
Χο ἐπεῖδες μάταν τάνδ᾽ ὕβριν; do cr
Τρ ἐπεῖδον, ὡς δὴ πλησία παραστάτις. ia³
Χο τίς ἦνεν; φέρ᾽ εἰπέ. ba²

1. Doch sieh nur
die dort: wie grambeschwert, mit düstren Brauen, ach,
die Alte zu uns kommt, uns etwas kundzutun!

Amme

ist herausgekommen

O Kinder, kein geringes Leid hat wahrlich uns
die Herakles gesandte Gabe eingebracht!

Chorführerin

Welch neue Unglücksbotschaft, Alte, bringst du uns?
Am Den letzten aller Pfade – Deianeira hat
ihn angetreten mit bewegungslosem Fuß.
Chf Doch wohl nicht als Verstorbne?
Am Alles hörtest du.
Chf So ist sie tot, die Arme?
Am Hör es nochmals denn!
Chf Die Unglückselige! Wie ist sie gestorben? Sprich!
Am Schrecklich, wie sie's vollbrachte!
Chf Sag, in welchen Tod,
o Frau, eilte sie?
Am Sie hat sich selbst getötet.
Chf In Wahnsinn oder Raserei?
Am Von der Spitze des Unglückspfeils
getroffen.
Chf Wie ersann sie sich
noch zu dem Tode den Tod
und vollbracht' es allein?
Am Mit des Schwertes
grauenvollem Stoße!
Chf Du sahst dieser Tat tatlos zu?
Am Ich sah ihr zu; da ich ja gleich daneben stand.
Chf Wer tat es? So sprich doch!

Τρ αὐτὴ πρὸς αὑτῆς χειροποιεῖται τάδε. ia^{3}
Χο τί φωνεῖς;
Τρ σαφηνῆ. ba^{2}
Χο ἔτεκεν, ἔτεκεν μεγάλαν ch^{2}
ἁ νέορτος ἅδε νύμφα tr^{2}
δόμοισι τοῖσδ' ἐρινύν. ia ba

Τρ ἄγαν γε· μᾶλλον δ', εἰ παροῦσα πλησία
ἔλευσσες οἶ' ἔδρασε, κάρτ' ἂν ᾤκτισας.
ἐπεὶ παρῆλθε δωμάτων εἴσω μόνη
καὶ παῖδ' ἐν αὐλαῖς εἶδε κοῖλα δέμνια
στορνύνθ', ὅπως ἄψορρον ἀντῴη πατρί,
κρύψασ' ἑαυτὴν ἔνθα μή τις εἰσίδοι,
βρυχᾶτο μὲν βωμοῖσι προσπίπτουσ', ὅτι
γένοιτ' ἐρήμη, 'κλαιε δ' ὀργάνων ὅτου
ψαύσειεν οἷς ἐχρῆτο δειλαία πάρος·
ἄλλῃ δὲ κἄλλῃ δωμάτων στρωφωμένη,
εἴ του φίλων βλέψειεν οἰκετῶν δέμας,
ἔκλαιεν ἡ δύστηνος εἰσορωμένη,
αὐτὴ τὸν αὑτῆς δαίμον' ἀγκαλουμένη.
ἐπεὶ δὲ τῶνδ' ἔληξεν, ἐξαίφνης σφ' ὁρῶ
τὸν Ἡράκλειον θάλαμον εἰσορμωμένην.
κἀγὼ λαθραῖον ὄμμ' ἐπεσκιασμένη
φρούρουν· ὁρῶ δὲ τὴν γυναῖκα δεμνίοις
τοῖς Ἡρακλείοις στρωτὰ βάλλουσαν φάρη.
ὅπως δ' ἐτέλεσε τοῦτ', ἐπενθοροῦσ' ἄνω
καθέζετ' ἐν μέσοισιν εὐνατηρίοις,
καὶ δακρύων ῥήξασα θερμὰ νάματα
ἔλεξεν· ὦ λέχη τε καὶ νυμφεῖ' ἐμά,
τὸ λοιπὸν ἤδη χαίρεθ', ὡς ἔμ' οὔποτε
δέξεσθ' ἔτ' ἐν κοίτῃσι ταῖσδ' εὐνάτριαν.
τοσαῦτα φωνήσασα συντόνῳ χερὶ
λύει τὸν αὑτῆς πέπλον, ᾗ χρυσήλατος

---

898 Χο καὶ ταῦτ' ἔτλη τις χεὶρ γυναικεία κτίσαι;
899 Τρ δεινῶς γε· πεύσῃ δ', ὥστε μαρτυρεῖν ἐμοί.
911 καὶ τὰς ἄπαιδας ἐς τὸ λοιπὸν οἰκίας.

Am Mit eignen Händen hat sie's an sich selbst verübt!
Chf Was sagt du?!
Am Die Wahrheit!
Ch Es gebar, es gebar diese neu
Hergeführte, dieses Jungweib
dem Hause großes Unheil!

Am Wahrhaftig! Hättest aus der Nähe du gesehn,
wie sie's vollführt hat, es erbarmte dich noch mehr.
Als sie allein ins Innere des Hauses kam
und sah den Sohn im Hof ein breites Tragebett
bestreun, zurück zum Vater damit hinzugehn,
verbarg sie sich, wo keiner mehr sie könne sehn,
und sank vor den Altären lautaufjammernd hin,
daß sie verwaist sei, weinte, wenn sie ein Gerät
berührte, dessen sich die Ärmste sonst bedient,
und schweift' in den Gemächern hier und dort umher,
und wenn ihr Blick auf einen treuen Diener fiel,
sah ihn die Unglückselige unter Tränen an,
laut klagend über ihren eignen Unheilsgeist.
Doch als sie davon abließ, seh' ich plötzlich sie
hineilen in das Schlafgemach von Herakles.
Und ich verbarg, ins Dunkle tretend, meinen Blick
und spähte, und da seh' ich, wie die Frau aufs Bett
des Herakles rasch ausgebreitete Decken wirft.
Doch als sie damit fertig, springt sie selbst hinauf
und kauert mitten auf dem Ruhelager hin
und bricht in eine heiße Flut von Tränen aus
und spricht: O du mein Ehebett und Brautgemach,
lebt wohl für alle Zeiten, denn ihr nehmt mich nie
in dieses Lager wieder auf als Schläferin.
Und als sie dies gesprochen, löst mit rascher Hand
sie ihr Gewand dort, wo die goldgetriebene

προύκειτο μαστῶν περονίς, ἐκ δ' ἐλώπισεν
πλευρὰν ἅπασαν ὠλένην τ' εὐώνυμον.
κἀγὼ δρομαία βᾶσ', ὅσονπερ ἔσθενον,
τῷ παιδὶ φράζω τῆς τεχνωμένης τάδε.
κἀν ᾧ τὸ κεῖσε δεῦρό τ' ἐξορμώμεθα,
ὁρῶμεν αὐτὴν ἀμφιπλῆγι φασγάνῳ
πλευρὰν ὑφ' ἧπαρ καὶ φρένας πεπληγμένην.
ἰδὼν δ' ὁ παῖς ᾤμωξεν· ἔγνω γὰρ τάλας
τοὔργον κατ' ὀργὴν ὡς ἐφάψειεν τόδε,
ὄψ' ἐκδιδαχθεὶς τῶν κατ' οἶκον, οὕνεκα
ἄκουσα πρὸς τοῦ θηρὸς ἔρξειεν τάδε.
κἀνταῦθ' ὁ παῖς δύστηνος οὔτ' ὀδυρμάτων
ἐλείπετ' οὐδέν, ἀμφί νιν γοώμενος,
οὔτ' ἀμφιπίπτων στόμασιν, ἀλλὰ πλευρόθεν
πλευρὰν παρεὶς ἔκειτο πόλλ' ἀναστένων,
ὥς νιν ματαίως αἰτίᾳ 'μβάλοι κακῇ,
κλαίων ὁθούνεχ' εἷς δυοῖν ἔσοιθ' ἅμα,
πατρός τ' ἐκείνης τ', ὠρφανισμένος βίου.
τοιαῦτα τἀνθάδ' ἐστίν. ὥστ' εἴ τις δύο
ἢ κἄτι πλείους ἡμέρας λογίζεται,
μάταιός ἐστιν· οὐ γάρ ἐσθ' ἥ γ' αὔριον,
πρὶν εὖ παρῇ τις τὴν παροῦσαν ἡμέραν.

Χορός

πότερα πρότερον ἐπιστένω,	ch ia	Str. 1
πότερα πάθεα περαιτέρω,	ch ia	
δύσκριτ' ἔμοιγε δυστάνῳ.	ch^{2}	
τάδε μὲν ἔχομεν ὁρᾶν δόμοις,	ch ia	Ant. 1
τάδε δὲ μελόμεν' ἐπ' ἐλπίσιν·	ch ia	
κοινὰ δ' ἔχειν τε καὶ μέλλειν.	ch^{2}	
εἴθ' ἀνεμόεσσά τις	te	Str. 2
γένοιτ' ἔπουρος ἑστιῶτις αὔρα,	ia ia ba	
ἥτις μ' ἀποικίσειεν ἐκ τόπων, ὅπως	ia^{3}	

Spange den Brüsten auflag; dann entblößte sie
sich ihre ganze linke Seite samt dem Arm.
Und ich, so schnell ich irgend konnte, rannte hin
zum Sohn und teil' ihm mit, was sie da unternimmt.
Doch während ich den Weg hin und zurück geeilt,
hat sie, so sehn wir, sich mit dem zweischneidigen Schwert
die Seite unterhalb von Brust und Herz durchbohrt.
Der Sohn erblickt's und jammert. Denn der Ärmste sah,
daß er die Tat mit seinem Zorn herbeigeführt,
zu spät belehrt vom Hausgesinde, daß sie nur
verleitet durch des Untiers Rat gehandelt hat.
Und hierauf ließ der arme Sohn nicht ab, um sie
zu klagen, bricht in laute Weherufe aus,
bedeckt mit Küssen ihren Mund und legte sich,
ihr Seit' an Seite, hin und schluchzte vielmals auf,
er habe töricht schlimme Schuld auf sich gewälzt,
und weint, daß er von beiden nun zugleich verwaist,
vom Vater und von ihr, im Leben stehen muß.
So also steht es drinnen. Drum, wenn einer zwei,
ja mehrere Tage gar voraus berechnen will,
der muß ein Narr sein. Denn ein Morgen gibt es nicht,
eh man den heutigen Tag nicht glücklich übersteht.

Sie geht hinein

Chor

Beklag' ich das frühere Unheil? Sag!
Bewein' ich den weiteren Schicksalsschlag?
Schwer ist die Wahl. O Unglückstag!

Das eine ist drinnen im Haus zu schaun,
das andre erwarten wir hier mit Graun.
Beides ist eins: erwarten, schaun!

O käme doch nur ein Wind
vom Hause her, bewegte sich ein Lufthauch
und trüge mich hinweg von diesem Ort, damit

τὸν Ζηνὸς ἄλκιμον γόνον   ia^{2}
μὴ ταρβαλέα θάνοιμι   en
μαῦρον εἰσιδοῦσ' ἄφαρ·   lec
ἐπεὶ ἐν δυσαπαλλάκτοις ὀδύναις   an^{4}
χωρεῖν πρὸ δόμων λέγουσιν   en
ἄσπετον θέαμα.   ith

ἀγχοῦ δ' ἄρα κοὐ μακρὰν   tc   Ant. 2
προὔκλαιον, ὀξύφωνος ὡς ἀηδών.   ia ia ba
ξένων γὰρ ἐξόμιλος ἥδε τις βάσις.   ia^{3}
πᾷ δ' αὖ φορεῖ νιν; ὡς φίλου   ia^{2}
προκηδομένα βαρεῖαν   en
ἄψοφον φέρει βάσιν.   lec
αἰαῖ, ὅδ' ἀναύδατος φέρεται.   an^{4}
τί χρή, φθίμενον νιν, ἢ καθ'   en
ὕπνον ὄντα κρῖναι;   ith

Ὕλλος

ὤμοι ἐγὼ σοῦ,   an
πάτερ, ὤμοι ἐγὼ σοῦ μέλεος. ⟨φεῦ,⟩
τί πάθω; τί δὲ μήσομαι; οἴμοι.

Πρέσβυς

σίγα, τέκνον, μὴ κινήσῃς   an^{4}
ἀγρίαν ὀδύνην πατρὸς ὠμόφρονος.
ζῇ γὰρ προπετής. ἀλλ' ἴσχε δακὼν
στόμα σόν.
Ὑλ   πῶς φής, γέρον; ἦ ζῇ;
Πρ   οὐ μὴ 'ξεγερεῖς τὸν ὕπνῳ κάτοχον
κἀκκινήσεις κἀναστήσεις
φοιτάδα δεινὴν
νόσον, ὦ τέκνον;
Ὑλ   ἀλλ' ἐπί μοι μελέῳ
βάρος ἄπλετον· ἐμμέμονεν φρήν.

ich nicht vor Angst vergehe, Zeus'
gewaltigen Sohn so hilflos
wiedersehn zu müssen jetzt;
denn er kehrt unter unentrinnbarer Qual
zum Hause zurück, so sagt man,
unsagbarer Anblick.

Ganz nah ist es, nicht mehr weit,
was laut ich wie die Nachtigall beweinte:
von fremden Männern ungewohnte Schritte dort!
Wie aber trägt man ihn! Besorgt
wie um einen Freund, so setzen
lautlos sie den schweren Schritt.
O Jammer, wie wortlos, stumm man ihn trägt!
Wie? Soll als tot ich ihn oder
schlafbenommen ansehn?

Herakles, schlafend, wird auf einer Bahre herbeigetragen. Ein Alter führt den Zug, der die Bahre niedersetzt. Hyllos kommt aus dem Hause

Hyllos

Weh mir um dich, ach,
Vater, wehe, welch Leid trag' ich um dich! Ach,
wie geschieht mir? Was soll ich beginnen?

Der Alte

Schweig stille, Kind, errege nicht
die verzehrende Qual in dem rasenden Mann!
Er lebt, doch er schläft. Drum dämpfe im Schmerz
deinen Laut!
Hy Wie sagst du, Alter? Er lebt?
Al Wirst du ihn nicht wecken, den Schlummer umfängt,
und nicht erregen, reizen dies
rasende Wüten
seiner Krankheit, Kind?
Hy Doch es lastet auf mir
unermeßliche Pein, und mein Herz tobt!

Ἡρακλῆς

ὦ Ζεῦ,
ποῖ γᾶς ἥκω; παρὰ τοῖσι βροτῶν an⁴
κεῖμαι πεπονημένος ἀλλήκτοις
ὀδύναις; οἴμοι ⟨μοι⟩ ἐγὼ τλάμων·
ἡ δ' αὖ μιαρὰ βρύκει. φεῦ.

Πρ ἆρ' ἐξῄδησθ' ὅσον ἦν κέρδος
σιγῇ κεύθειν καὶ μὴ σκεδάσαι
τῷδ' ἀπὸ κρατὸς
βλεφάρων θ' ὕπνον;
Ὑλ οὐ γὰρ ἔχω πῶς ἂν
στέρξαιμι κακὸν τόδε λεύσσων.

Ἡρ ὦ Κηναία κρηπὶς βωμῶν,
ἱερῶν οἵαν οἵων ἐπί μοι
μελέῳ χάριν ἤνυσας, ὦ Ζεῦ.
οἵαν μ' ἄρ' ἔθου λώβαν, οἵαν·
ἣν μή ποτ' ἐγὼ προσιδεῖν ὁ τάλας
ὤφελον ὄσσοις, τόδ' ἀκήλητον
μανίας ἄνθος καταδερχθῆναι.
τίς γὰρ ἀοιδός, τίς ὁ χειροτέχνης
ἰατορίας, ὃς τήνδ' ἄτην
χωρὶς Ζηνὸς κατακηλήσει;
θαῦμ' ἂν πόρρωθεν ἰδοίμην.

ἐέ, Str. 1
ἐᾶτέ μ', ἐᾶτέ με te
δύσμορον εὐνάσαι, do
ἐᾶθ' ὕστατον εὐνάσαι. gl

πᾷ ⟨πᾷ⟩ μου ψαύεις; ποῖ κλίνεις; sp⁴ Str. 2
ἀπολεῖς μ', ἀπολεῖς. an²
ἀνατέτροφας ὅ τι καὶ μύσῃ. ia²

Herakles

erwachend

O Zeus!
Wo kam ich hin? Was für Menschen im Land
sind's, wo ich, gefoltert von endlosem Schmerz,
nun liegen muß, ich Unseliger, ah,
nun brennt mich die Qual aufs neue!

Der Alte zu Hyllos

Al Nun siehst du wohl ein, wie wichtig es war,
Stillschweigen zu wahren und ihm nicht vom Haupt,
von der Wimper den Schlaf
zu verscheuchen?

Hy Ich weiß ja nicht, wie ich
den Anblick der Qual soll ertragen!

He O du, Kenaion, Opferstatt,
welchen Dank für welche Feiern an mich
Unseligen wendest du, beim Zeus!
Wie sehr entehrtest du mich, wie sehr!
O Elender, hätt' ich dich nie erblickt mit Augen,
ich, um dies unheilbare Blühn
des Wahnsinns nimmer mitanzusehn!
Denn wer ist der Zauberer, wer ist der Arzt,
dessen Heilkunst diese entsetzliche Qual,
es sei denn Zeus, zu besänftigen weiß?
Solch Wunder bliebe mir ferne!

Ah!
So laßt mich, so laßt mich doch
ruhen von aller Pein,
ach, laßt mir die letzte Ruh'!

Wie greifst du, wohin drehst du mich?!
Du ermordest mich noch!
Hast wieder geweckt, was ruhte!

ἥπταί μου, τοτοτοῖ, ἥδ' αὖθ' ἕρπει. πόθεν ἔστ', ὦ da^6
πάντων Ἑλλάνων ἀδικώτατοι ἀνέρες, οἷς δὴ
πολλὰ μὲν ἐν πόντῳ, κατά τε δρία πάντα καθαίρων,
ὠλεκόμαν ὁ τάλας, καὶ νῦν ἐπὶ τῷδε νοσοῦντι
οὐ πῦρ, οὐκ ἔγχος τις ὀνήσιμον οὐκέτι τρέψει;

ἐέ, Ant. 1
οὐδ' ἀπαράξαι ⟨μου⟩ do
κρᾶτα βίου θέλει do
μολὼν τοῦ στυγεροῦ; φεῦ φεῦ. gl

Πρ ὦ παῖ τοῦδ' ἀνδρός, τοὔργον τόδε μεῖζον ἀνήκει da^6
ἢ κατ' ἐμὰν ῥώμαν· σὺ δὲ σύλλαβε. σοὶ γὰρ ἑτοίμα
ἐς πλέον ἢ δι' ἐμοῦ σῴζειν.
Ὑλ ψαύω μὲν ἔγωγε,
λαθίπονον δ' ὀδυνᾶν οὔτ' ἔνδοθεν οὔτε θύραθεν
ἔστι μοι ἐξανύσαι βίοτον· τοιαῦτα νέμει Ζεύς.

Ἡρ ὦ παῖ, ποῦ ποτ' εἶ; τᾷδέ με τᾷδέ με do^2 Str. 3
πρόσλαβε κουφίσας. ἒ ἔ, ἰὼ δαῖμον. do^2

θρῴσκει δ' αὖ, θρῴσκει δειλαία sp^4 Ant. 2
διολοῦσ' ἡμᾶς an^2
ἀποτίβατος ἀγρία νόσος. ia^2

ὦ Παλλάς, Παλλάς, τόδε μ' αὖ λωβᾶται. ἰὼ παῖ, da^6
τὸν φύσαντ' οἴκτιρ', ἀνεπίφθονον εἴρυσον ἔγχος,
παῖσον ἐμᾶς ὑπὸ κλῇδος· ἀκοῦ δ' ἄχος, ᾧ μ' ἐχόλωσεν
σὰ μάτηρ ἄθεος, τὰν ὧδ' ἐπίδοιμι πεσοῦσαν
αὔτως, ὧδ' αὔτως, ὥς μ' ὤλεσεν. ὦ γλυκὺς Ἅιδας,

ὦ Διὸς αὐθαίμων, εὔνασον εὔνασόν μ' do^2 Ant. 3
ὠκυπέτᾳ μόρῳ τὸν μέλεον φθίσας. do^2

Χο κλύουσ' ἔφριξα τάσδε συμφοράς, φίλαι,
ἄνακτος, οἵαις οἷος ὢν ἐλαύνεται.

Wie's mich nun packt! Tototoi! Es kommt schon wieder! Woher nur
seid ihr, aller Hellenen undankbarste Männer, für die ich,
weithin das Meer von Plagen, das Dickicht völlig zu säubern,
brachte mich um, ich Armer, und jetzt will hier an dem Kranken
keiner das Feuer, das Schwert zu meinem Heile gebrauchen?

Ah, ah!
Keiner will kommen und
will mir das Haupt vom Rumpf
des verhaßten Lebens trennen? Oh, oh!

Al Sohn dieses Mannes, ach, dieses Werk übersteigt doch bei weitem
all meine Kräfte: drum lege du Hand an! Du bist ja mehr als
ich imstande zu retten, zu helfen.

Hy So greif' ich denn selbst zu.
Aber ein Leben, das frei ist von Qual, kann ich weder aus eigner
Kraft noch mit fremder Hilfe ihm schenken: Zeus nur gewährt dies.

He Kind, wo bist du denn? Hier mußt du – hier mußt du
greifen und heben. – Ach, dieses Elend!

Wieder springt – springt die Pest mich an
und vernichtet mich,
diese unangreifbare, wilde Qual!

Pallas, Pallas, oh, nun befällt es mich wiederum! – Kind, ach,
hab mit dem Vater Erbarmen! Dein Schwert zieh ohne Bedenken,
stoß es mir doch in die Brust und heile den Schmerz, den mir deine
ruchlose Mutter entfacht hat! O säh' ich darnieder gestreckt sie
so, genau so, wie sie mich tötete! Hades, du holder,

komm, Zeus' leiblicher Bruder, und laß mich doch – laß – mich ruhn
gib einen raschen Tod, – endige meine Qual!

Chf Mit Schaudern hör' ich, Freundinnen, die Not mit an,
wie heftig sie den Herrn, welch einen Mann! bestürmt.

Ἡρ ὦ πολλὰ δὴ καὶ θερμὰ καὶ λόγῳ κακὰ
καὶ χερσὶ καὶ νώτοισι μοχθήσας ἐγώ·
κοὔπω τοιοῦτον οὔτ' ἄκοιτις ἡ Διὸς
προὔθηκεν οὔθ' ὁ στυγνὸς Εὐρυσθεὺς ἐμοὶ
οἷον τόδ' ἡ δολῶπις Οἰνέως κόρη
καθῆψεν ὤμοις τοῖς ἐμοῖς Ἐρινύων
ὑφαντὸν ἀμφίβληστρον, ᾧ διόλλυμαι.
πλευραῖσι γὰρ προσμαχθὲν ἐκ μὲν ἐσχάτας
βέβρωκε σάρκας, πλεύμονός τ' ἀρτηρίας
ῥοφεῖ ξυνοικοῦν· ἐκ δὲ χλωρὸν αἷμά μου
πέπωκεν ἤδη, καὶ διέφθαρμαι δέμας
τὸ πᾶν, ἀφράστῳ τῇδε χειρωθεὶς πέδῃ.
κοὐ ταῦτα λόγχη πεδιάς, οὔθ' ὁ γηγενὴς
στρατὸς Γιγάντων, οὔτε θήρειος βία,
οὔθ' Ἑλλάς, οὔτ' ἄγλωσσος, οὔθ' ὅσην ἐγὼ
γαῖαν καθαίρων ἱκόμην, ἔδρασέ πω·
γυνὴ δέ, θῆλυς οὖσα κοὐκ ἀνδρὸς φύσις,
μόνη με δὴ καθεῖλε φασγάνου δίχα.
ὦ παῖ, γενοῦ μοι παῖς ἐτήτυμος γεγώς,
καὶ μὴ τὸ μητρὸς ὄνομα πρεσβεύσῃς πλέον.
δός μοι χεροῖν σαῖν αὐτὸς ἐξ οἴκου λαβὼν
ἐς χεῖρα τὴν τεκοῦσαν, ὡς εἰδῶ σάφα
εἰ τοὐμὸν ἀλγεῖς μᾶλλον ἢ κείνης ὁρῶν.
ἴθ', ὦ τέκνον, τόλμησον· οἴκτιρόν τ' ἐμὲ
πολλοῖσιν οἰκτρόν, ὅστις ὥστε παρθένος
βέβρυχα κλαίων, καὶ τόδ' οὐδ' ἂν εἷς ποτε
τόνδ' ἄνδρα φαίη πρόσθ' ἰδεῖν δεδρακότα,
ἀλλ' ἀστένακτος αἰὲν εἱπόμην κακοῖς.
νῦν δ' ἐκ τοιούτου θῆλυς ηὕρημαι τάλας.
καὶ νῦν προσελθὼν στῆθι πλησίον πατρός,
σκέψαι δ', ὁποίας ταῦτα συμφορᾶς ὕπο
πέπονθα· δείξω γὰρ τάδ' ἐκ καλυμμάτων.

ἰδού, θεᾶσθε πάντες ἄθλιον δέμας,

1069 λωβητὸν εἶδος ἐν δίκῃ κακούμενον.

He Viel heiße Kämpfe hab' ich, schon zu denken schlimm,
mit meinen Fäusten, meinem Nacken durchgekämpft.
Niemals jedoch hat Zeus' Gemahlin solche Qual
mir auferlegt, auch des Eurystheus Tücke nicht,
wie sie die falschgesinnte Tochter Oineus' jetzt
um meine Schultern warf mit dem Gewand, das mir
die Rachegeister webten, das den Tod mir gibt.
Denn festgeklebt am Leib, hat sich's von außen her
ins Fleisch gefressen, haust in mir und saugt mir an
den Lungenröhren, hat mein bestes Lebensblut
schon weggetrunken, und so siecht mein ganzer Leib
dahin von dieser rätselhaften Fessel Griff.
Kein Kampf im Felde, nicht das erdgeborene
Heer der Giganten, auch nicht wilden Tiers Gewalt,
nicht Hellas noch ein fremdes Volk, soweit ich kam,
als ich die Erde säuberte, tat dies mir an:
ein Weib, ein weibisch Wesen, nicht von Mannes Art,
hat jetzt allein mich, ohne Schwertstreich hingerafft!
O Kind, nun zeig dich mir als echtgeborner Sohn
und laß der Mutter Namen dir nicht höher stehn!
Auf deinen Armen bring die Mutter aus dem Haus!
Gib sie in meine Hände, daß ich sehen kann,
ob's dich mehr schmerzt, mein Los als ihres anzusehn.
So geh, mein Kind, und fasse Mut! Erbarm dich mein,
der vielen leidtut, der wie eine Jungfrau laut
aufschluchzt im Weinen, und nicht einer dürfte wohl
je sagen, daß der Mann hier sonst sich so verhielt.
Nein, klaglos immer beugt' ich allen Übeln mich.
Statt eines solchen sieht man heut ein elend Weib!
Und nun komm her und tritt zum Vater nah heran
und sieh dir an, durch welches Unglück ich all dies
erdulde; denn ich zeig' es ohne Hüllen dir.

Er deckt sich auf

Schau her! Betrachtet alle dieses Unheilsbild!

ὁρᾶτε τὸν δύστηνον, ὡς οἰκτρῶς ἔχω.
αἰαῖ, ὢ τάλας, do
ἒ ἔ,
ἔθαλψε μ' ἄτης σπασμὸς ἀρτίως ὅδ' αὖ,
διῇξε πλευρῶν, οὐδ' ἀγύμναστόν μ' ἐᾶν
ἔοικεν ἡ τάλαινα διάβορος νόσος.
ὦναξ Ἀΐδη, δέξαι μ', te
ὦ Διὸς ἀκτίς, παῖσον. ch mo
ἔνσεισον, ὦναξ, ἐγκατάσκηψον βέλος,
πάτερ, κεραυνοῦ. δαίνυται γὰρ αὖ πάλιν,
ἤνθηκεν, ἐξώρμηκεν. ὦ χέρες χέρες,
ὦ νῶτα καὶ στέρν', ὦ φίλοι βραχίονες,
ὑμεῖς ἐκεῖνοι δὴ καθέσταθ', οἵ ποτε
Νεμέας ἔνοικον, βουκόλων ἀλάστορα,
λέοντ', ἄπλατον θρέμμα κἀπροσήγορον,
βίᾳ κατειργάσασθε, Λερναίαν θ' ὕδραν,
διφυῆ τ' ἄμεικτον ἱπποβάμονα στρατὸν
θηρῶν, ὑβριστήν, ἄνομον, ὑπέροχον βίᾳ,
Ἐρυμάνθιόν τε θῆρα, τόν θ' ὑπὸ χθονὸς
Ἅιδου τρίκρανον σκύλακ', ἀπρόσμαχον τέρας,
δεινῆς Ἐχίδνης θρέμμα, τόν τε χρυσέων
δράκοντα μήλων φύλακ' ἐπ' ἐσχάτοις τόποις.
ἄλλων τε μόχθων μυρίων ἐγευσάμην,
κοὐδεὶς τροπαῖ' ἔστησε τῶν ἐμῶν χερῶν.
νῦν δ' ὧδ' ἄναρθρος καὶ κατερρακωμένος
τυφλῆς ὑπ' ἄτης ἐκπεπόρθημαι τάλας,
ὁ τῆς ἀρίστης μητρὸς ὠνομασμένος,
ὁ τοῦ κατ' ἄστρα Ζηνὸς αὐδηθεὶς γόνος.
ἀλλ' εὖ γέ τοι τόδ' ἴστε, κἂν τὸ μηδὲν ὦ
κἂν μηδὲν ἕρπω, τήν γε δράσασαν τάδε
χειρώσομαι κἀκ τῶνδε. προσμόλοι μόνον,
ἵν' ἐκδιδαχθῇ πᾶσιν ἀγγέλλειν, ὅτι
καὶ ζῶν κακούς γε καὶ θανὼν ἐτεισάμην.

Χο ὦ τλῆμον Ἑλλάς, πένθος οἷον εἰσορῶ
ἕξουσαν, ἀνδρὸς τοῦδέ γ' εἰ σφαλήσεται.

Ὑλ ἐπεὶ παρέσχες ἀντιφωνῆσαι, πάτερ,

Seht an den Armen: wie beklagenswert ich bin!
Ah, ah, diese Qual,
oh, oh,
soeben brennt der Krampf des Schmerzes wieder auf,
durchtobt die Flanken, und es scheint, die mörderisch
fressende Krankheit läßt mich nie mehr ohne Qual.
O Herrscher Hades, nimm mich hin!
O du, Zeus' Blitzstrahl, triff mich!
O schleudre, Herr du, schmettre dein Geschoß herab,
Vater, den Wetterstrahl! Denn wieder frißt es jetzt,
es wächst und bricht hervor. O Hände, Hände ihr,
o Brust und Rücken und ihr Arme, stets getreu,
seid ihr denn wirklich noch dieselben, die dereinst
Nemeas Wohngast, Plagegeist des Hirtenvolks,
den Löwen, unbezähmbar wüstes Ungetüm,
bezwangen mit Gewalt und Lernas Schlange dann
und der Kentauren Heer, roßbeinig, zwiegestalt,
unbändig, frevelnd, riesenstark, gesetzlos wild,
den erymanthischen Eber, in der Unterwelt
Hades' dreiköpfigen, unbezwingbarn Höllenhund,
der schrecklichen Echidne Sproß, den Drachen, der
die goldnen Äpfel hütet fern am Rand der Welt.
Noch viele tausend andre Mühen kostet' ich,
doch niemand wurde Sieger über meinen Arm,
und jetzt, kraftlos an Gliedern, mit zerfetztem Fleisch,
bin ich vom blinden Greuel heillos ausgehöhlt,
und wurde doch der besten Mutter Sohn genannt
und ward gerühmt als Zeus', des Sternenlenkers, Sproß!
Dies aber sollt ihr wissen: bin ich gleich ein Nichts
und kann kaum kriechen, – sie, die mir das angetan,
werd' ich dafür vernichten! Komme sie nur her,
damit sie lerne, allen kundzutun, daß ich
im Tod noch, wie im Leben, Böse züchtige!

Chf Unselig Hellas, welches Leid seh' ich dir noch
bevorstehn, wenn dir dieser Mann verlorengeht!

Hy Sofern du, Vater, zu erwidern mir erlaubst,

σιγὴν παρασχὼν κλῦθί μου νοσῶν ὅμως.
αἰτήσομαι γάρ σ' ὧν δίκαια τυγχάνειν.
δός μοι σεαυτόν, μὴ τοσοῦτον ὡς δάκνῃ
θυμῷ δύσοργος. οὐ γὰρ ἂν γνοίης ἐν οἷς
χαίρειν προθυμῇ κἀν ὅτοις ἀλγεῖς μάτην.
Ἡρ εἰπὼν ὃ χρῄζεις λῆξον· ὡς ἐγὼ νοσῶν
οὐδὲν ξυνίημ' ὧν σὺ ποικίλλεις πάλαι.
Ὑλ τῆς μητρὸς ἥκω τῆς ἐμῆς φράσων ἐν οἷς
νῦν ἐστιν οἷς θ' ἥμαρτεν οὐχ ἑκουσία.
Ἡρ ὦ παγκάκιστε, καὶ παρεμνήσω γὰρ αὖ
τῆς πατροφόντου μητρός, ὡς κλύειν ἐμέ;
Ὑλ ἔχει γὰρ οὕτως ὥστε μὴ σιγᾶν πρέπειν.
Ἡρ οὐ δῆτα τοῖς γε πρόσθεν ἡμαρτημένοις.
Ὑλ ἀλλ' οὐδὲ μὲν δὴ τοῖς γ' ἐφ' ἡμέραν ἐρεῖς.
Ἡρ λέγ', εὐλαβοῦ δὲ μὴ φανῇς κακὸς γεγώς.
Ὑλ λέγω. τέθνηκεν ἀρτίως νεοσφαγής.
Ἡρ πρὸς τοῦ; τέρας τοι διὰ κακῶν ἐθέσπισας.
Ὑλ αὐτὴ πρὸς αὑτῆς, οὐδενὸς πρὸς ἐκτόπου.

Ἡρ οἴμοι· πρὶν ὡς χρῆν σφ' ἐξ ἐμῆς θανεῖν χερός;
Ὑλ κἂν σοῦ στραφείη θυμός, εἰ τὸ πᾶν μάθοις.
Ἡρ δεινοῦ λόγου κατῆρξας· εἰπὲ δ' ᾗ νοεῖς.
Ὑλ ἅπλοῦν τὸ ῥῆμ'· ἥμαρτε χρηστὰ μωμένη.
Ἡρ χρήστ', ὦ κάκιστε, πατέρα σὸν κτείνασα δρᾷ;
Ὑλ στέργημα γὰρ δοκοῦσα προσβαλεῖν σέθεν
ἀπήμπλαχ', ὡς προσεῖδε τοὺς ἔνδον γάμους.
Ἡρ καὶ τίς τοσοῦτος φαρμακεὺς Τραχινίων;
Ὑλ Νέσσος πάλαι Κένταυρος ἐξέπεισέ νιν
τοιῷδε φίλτρῳ τὸν σὸν ἐκμῆναι πόθον.
Ἡρ ἰοὺ ἰοὺ δύστηνος, οἴχομαι τάλας.
ὄλωλ' ὄλωλα, φέγγος οὐκέτ' ἔστι μοι.
οἴμοι, φρονῶ δὴ ξυμφορᾶς ἵν' ἕσταμεν.
ἴθ', ὦ τέκνον· πατὴρ γὰρ οὐκέτ' ἔστι σοι·
κάλει τὸ πᾶν μοι σπέρμα σῶν ὁμαιμόνων,
κάλει δὲ τὴν τάλαιναν Ἀλκμήνην, Διὸς
μάτην ἄκοιτιν, ὡς τελευταίαν ἐμοῦ

so höre, wenn auch leidend, mich mit Schweigen an!
Ich werde nur erbitten, was ich rechtens darf.
Wende dich mir zu, aber so nicht, daß du schmähst,
vom Zorn gestachelt! Denn sonst siehst du nicht, worin
du dich vergebens freust, was fälschlich dich betrübt.

He Sag, was du willst, und dann laß ab, denn ich bin krank,
verstehe nichts von dem, was du so lange schwatzt.

Hy Von meiner Mutter will ich sprechen: wie es jetzt
mit ihr bestellt ist, was sie ungewollt verschuldet hat.

He Du Unverschämter! Du erwähnst die Mutter noch,
des Vaters Mörderin, so daß ich's hören muß?

Hy Weil es sich so verhält, daß man nicht schweigen darf.

He Das freilich nicht – nach dem, was sie begangen hat!

Hy Du wirst gestehn: nach all dem nicht, was heut geschah!

He Sprich! Doch sieh zu, daß du dich nicht mit Schmach bedeckst!

Hy Ich spreche: Sie ist tot, gemordet eben jetzt!

He Durch wen? Weissagst du Wunder, wo es übel steht?

Hy Sie durch sich selber! Niemand andres hat's getan

Herakles schreit

He Ah! Eh' sie nach Gebühr durch meine Hand verschied?!

Hy Auch dein Zorn wird sich wenden, wenn du alles weißt!

He Du fängst großartig an! Doch rede, wie du denkst!

Hy Mit einem Wort: in guter Absicht fehlte sie.

He Ermordung deines Vaters nennst du Schlechter gut?

Hy Sie meinte einen Liebesbann dir anzutun,
da sie das Mädchen drinnen sah, – und täuschte sich.

He Wer weiß in Trachis so Bescheid mit Zauberei?

Hy Nessos vorzeiten, der Kentaur, beschwatzte sie,
durch solches Mittel dein Verlangen zu erneun.

He Weh mir Unseligem! Nun ist es aus mit mir!
Verloren bin ich! Nein, es bleibt kein Licht für mich.
Jammer! Ich weiß es nun, wo wir im Unglück stehn.
Geh denn, mein Kind! Denn du hast keinen Vater mehr.
Ruf deiner Blutsverwandten ganze Sippe mir!
Alkmene ruf, die unglücksel'ge, die sich Zeus
sinnlos vermählt hat, – daß ihr von dem Götterspruch

φήμην πύθησθε θεσφάτων ὅσ᾽ οἶδ᾽ ἐγώ.
Ὑλ ἀλλ᾽ οὔτε μήτηρ ἐνθάδ᾽, ἀλλ᾽ ἐπακτίᾳ
Τίρυνθι συμβέβηκεν ὥστ᾽ ἔχειν ἕδραν,
παίδων τε τοὺς μὲν ξυλλαβοῦσ᾽ αὐτὴ τρέφει,
τοὺς δ᾽ ἂν τὸ Θήβης ἄστυ ναίοντας μάθοις·
ἡμεῖς δέ σοι πάρεσμεν, εἴ τι χρή, πάτερ.
Ἡρ σὺ δ᾽ οὖν ἄκουε τοὔργον· ἐξήκεις δ᾽ ἵνα
φανεῖς ὁποῖος ὢν ἀνὴρ ἐμὸς καλῇ.
ἐμοὶ γὰρ ἦν πρόφαντον ἐκ πατρὸς πάλαι,
πρὸς τῶν πνεόντων μηδενὸς θανεῖν ποτε,
ἀλλ᾽ ὅστις Ἅιδου φθίμενος οἰκήτωρ πέλοι.
ὅδ᾽ οὖν ὁ θὴρ Κένταυρος, ὡς τὸ θεῖον ἦν
πρόφαντον, οὕτω ζῶντά μ᾽ ἔκτεινεν θανών.
φανῶ δ᾽ ἐγὼ τούτοισι συμβαίνοντ᾽ ἴσα
μαντεῖα καινά, τοῖς πάλαι ξυνήγορα,
ἃ τῶν ὀρείων καὶ χαμαικοιτῶν ἐγὼ
Σελλῶν ἐσελθὼν ἄλσος ἐξεγραψάμην
πρὸς τῆς πατρῴας καὶ πολυγλώσσου δρυός,
ἥ μοι χρόνῳ τῷ ζῶντι καὶ παρόντι νῦν
ἔφασκε μόχθων τῶν ἐφεστώτων ἐμοὶ
λύσιν τελεῖσθαι· κἀδόκουν πράξειν καλῶς.
τὸ δ᾽ ἦν ἄρ᾽ οὐδὲν ἄλλο πλὴν θανεῖν ἐμέ.
τοῖς γὰρ θανοῦσι μόχθος οὐ προσγίγνεται.
ταῦτ᾽ οὖν ἐπειδὴ λαμπρὰ συμβαίνει, τέκνον,
δεῖ σ᾽ αὖ γενέσθαι τῷδε τἀνδρὶ σύμμαχον,
καὶ μὴ ᾽πιμεῖναι τοὐμὸν ὀξῦναι στόμα,
ἀλλ᾽ αὐτὸν εἰκαθόντα συμπράσσειν, νόμον
κάλλιστον ἐξευρόντα, πειθαρχεῖν πατρί.
Ὑλ ἀλλ᾽, ὦ πάτερ, ταρβῶ μὲν ἐς λόγου στάσιν
τοιάνδ᾽ ἐπελθών, πείσομαι δ᾽ ἅ σοι δοκεῖ.
Ἡρ ἔμβαλλε χεῖρα δεξιὰν πρώτιστά μοι.
Ὑλ ὡς πρὸς τί πίστιν τήνδ᾽ ἄγαν ἐπιστρέφεις;
Ἡρ οὐ θᾶσσον οἴσεις μηδ᾽ ἀπιστήσεις ἐμοί;
Ὑλ ἰδού, προτείνω, κοὐδὲν ἀντειρήσεται.

1156 πράσσειν, κλύοντες ἐξυπηρετήσομεν.

über mein Ende hört, soweit ich davon weiß!
Hy Doch deine Mutter ist nicht hier: es fügte sich,
daß sie am Meeresstrand von Tiryns Wohnsitz fand.
Der Enkel einige nahm sie mit und zieht sie auf.
Die andren fändest du in Thebens Burg behaust.
Doch ich, wenn du mich, Vater, brauchst, bin da für dich.
He Hör du denn, was zu tun ist! Zeit ist es für dich,
zu zeigen, welch ein Mann du bist, in meinem Dienst.
Mir ward von meinem Vater einst vorausgesagt:
durch keinen, der noch atmet, litt' ich je den Tod,
sondern durch einen Toten, der im Hades wohnt.
Drum mordet der Kentaur, das tote Untier, mich,
den Lebenden, wie der Gottesspruch verkündet hat.
Doch nenn' ich dir noch eine jüngere Weissagung,
die zu der ältern stimmt und sich erfüllt wie sie.
Die schrieb ich auf, als ich zum Hain der Sellen kam,
des Priesterbergstamms, der auf blanker Erde schläft.
Vielstimmig tat es meines Vaters Eiche kund,
verhieß, daß ich gar bald, und zwar zur jetzigen Zeit
von aller Mühsal, die mir aufgebürdet ist,
Erlösung fände: Wohlergehn erhofft' ich mir;
doch war damit nichts andres als mein Tod gemeint.
Denn für Verstorbene gibt es keine Mühsal mehr.
Da dies nun alles sich so klar erfüllt, mein Kind,
sollst du zum Kampfgenossen werden diesem Mann
und nicht noch warten, bis mein Mund dich scharf ermahnt,
von selbst dich fügen, mittun und das Schönste zum
Gesetz dir wählen: deinem Vater folgsam sein!
Hy Zwar muß solch eine Wendung deiner Worte mich
erschrecken, Vater, doch befolg' ich dein Geheiß.
He So reiche mir vor allem deine rechte Hand!
Hy Warum verlangst du die Bekräftigung obendrein?
He Gibst du die Hand mir schleunig und entziehst dich nicht?
Hy Sieh doch: ich reiche sie und widerspreche nicht.

Ἡρ ὄμνυ Διός νυν τοῦ με φύσαντος κάρα
Ὑλ ἦ μὴν τί δράσειν; καὶ τόδ' ἐξειρήσεται.
Ἡρ ἦ μὴν ἐμοὶ τὸ λεχθὲν ἔργον ἐκτελεῖν.
Ὑλ ὄμνυμ' ἔγωγε, Ζῆν' ἔχων ἐπώμοτον.
Ἡρ εἰ δ' ἐκτὸς ἔλθοις, πημονὰς εὔχου λαβεῖν.
Ὑλ οὐ μὴ λάβω· δράσω γάρ· εὔχομαι δ' ὅμως.
Ἡρ οἶσθ' οὖν τὸν Οἴτης Ζηνὸς ὑψίστου πάγον;
Ὑλ οἶδ', ὡς θυτήρ γε πολλὰ δὴ σταθεὶς ἄνω.
Ἡρ ἐνταῦθά νυν χρὴ τοὐμὸν ἐξάραντά σε
σῶμ' αὐτόχειρα καὶ ξὺν οἷς χρῄζεις φίλων,
πολλὴν μὲν ὕλην τῆς βαθυρρίζου δρυὸς
κείραντα, πολλὸν δ' ἄρσεν' ἐκτεμόνθ' ὁμοῦ
ἄγριον ἔλαιον, σῶμα τοὐμὸν ἐμβαλεῖν,
καὶ πευκίνης λαβόντα λαμπάδος σέλας
πρῆσαι. γόου δὲ μηδὲν εἰσίτω δάκρυ,
ἀλλ' ἀστένακτος κἀδάκρυτος, εἴπερ εἶ
τοῦδ' ἀνδρός, ἔρξον· εἰ δὲ μή, μενῶ σ' ἐγὼ
καὶ νέρθεν ὢν ἀραῖος εἰσαεὶ βαρύς.
Ὑλ οἴμοι, πάτερ, τί εἶπας; οἷά μ' εἴργασαι.
Ἡρ ὁποῖα δραστέ' ἐστίν· εἰ δὲ μή, πατρὸς
ἄλλου γενοῦ του μηδ' ἐμὸς κληθῇς ἔτι.
Ὑλ οἴμοι μάλ' αὖθις, οἷά μ' ἐκκαλῇ, πάτερ,
φονέα γενέσθαι καὶ παλαμναῖον σέθεν.
Ἡρ οὐ δῆτ' ἔγωγ', ἀλλ' ὡς ἔχω παιώνιον
καὶ μοῦνον ἰατῆρα τῶν ἐμῶν κακῶν.
Ὑλ καὶ πῶς ὑπαίθων σῶμ' ἂν ἰῴμην τὸ σόν;
Ἡρ ἀλλ' εἰ φοβῇ πρὸς τοῦτο, τἄλλα γ' ἔργασαι.
Ὑλ φορᾶς γέ τοι φθόνησις οὐ γενήσεται.
Ἡρ ἦ καὶ πυρᾶς πλήρωμα τῆς εἰρημένης;
Ὑλ ὅσον γ' ἂν αὐτὸς μὴ ποτιψαύων χεροῖν·
τὰ δ' ἄλλα πράξω κοὐ καμῇ τοὐμὸν μέρος.
Ἡρ ἀλλ' ἀρκέσει καὶ ταῦτα· πρόσνειμαι δέ μοι
χάριν βραχεῖαν πρὸς μακροῖς ἄλλοις διδούς.
Ὑλ εἰ καὶ μακρὰ κάρτ' ἐστίν, ἐργασθήσεται.
Ἡρ τὴν Εὐρυτείαν οἶσθα δῆτα παρθένον;
Ὑλ Ἰόλην ἔλεξας, ὥς γ' ἐπεικάζειν ἐμέ.

He So schwöre nun beim Haupte meines Vaters Zeus!
Hy Was zu erfüllen? Wird mir das nicht auch gesagt?
He Die Tat mit auszuführen, die mein Wort dich heißt.
Hy Ich schwör' es also: Zeus sei Zeuge meines Eids!
He Und Leid, falls du ihn brächest, fleh' auf dich herab!
Hy Das wird nicht sein: ich halt' ihn. Dennoch bitt' ich drum.
He Du kennst des Oitas Höhn, des höchsten Gottes Sitz?
Hy Ich kenn' ihn, da ich oft als Opfrer oben stand.
He Dorthin sollst du des Vaters Leib mit eigner Hand
jetzt tragen mit den Freunden, die du dir erwählst.
Viel Holz vom wurzeltiefen Eichbaum fällt sodann
und viel vom kräftig-wilden Ölbaum auch sollt ihr
ausschneiden und hinauf dann heben meinen Leib.
Dann nimm der fichtenen Fackel Flamme, um ihn zu
verbrennen! Aber nichts von Klagetränen dort,
nein, ohne Jammern, ohne Weinen handle, bist
du dieses Mannes Sohn! Wenn nicht, erwart' ich dich
auch drunten jederzeit mit meinem schweren Fluch!
Hy Mein Vater, weh, was sagst du?! Wozu zwingst du mich!
He Was du zu tun hast! Willst du nicht, so nenne dich
Sohn eines andren, doch nicht mehr den meinigen!
Hy Und nochmals weh mir! Was, mein Vater, forderst du!
Ein Mörder soll ich sein, ein Frevler gegen dich?
He Das hab' ich nicht gesagt: Befreier sollst du sein,
mein Arzt und einziger Retter aus der Krankheit Pein!
Hy Wie heil' ich dich, wenn ich verbrenne deinen Leib?
He Und hast du Furcht, so tu das andre wenigstens!
Hy Hinauf dich tragen? Ja, das sei dir nicht verwehrt!
He Und baust du auch den Holzstoß auf, wie ich's gewünscht?
Hy Soweit ich selbst dabei nicht Hand anlegen muß,
erfüll' ich alles und versäume keine Pflicht.
He So mag auch das genügen. Doch gewähre mir
noch eine kleine Gunst zu all dem, was du gibst!
Hy Und wenn sie auch sehr groß ist, gern wird sie gewährt.
He Du kennst das Mädchen doch, das Kind von Eurytos?
Hy Iole meinst du, wie ich wohl vermuten darf.

Ἡρ ἔγνως. τοσοῦτον δή σ᾽ ἐπισκήπτω, τέκνον·
ταύτην, ἐμοῦ θανόντος, εἴπερ εὐσεβεῖν
βούλῃ, πατρῴων ὁρκίων μεμνημένος,
προσθοῦ δάμαρτα, μηδ᾽ ἀπιστήσῃς πατρί·
μηδ᾽ ἄλλος ἀνδρῶν τοῖς ἐμοῖς πλευροῖς ὁμοῦ
κλιθεῖσαν αὐτὴν ἀντὶ σοῦ λάβοι ποτέ,
ἀλλ᾽ αὐτός, ὦ παῖ, τοῦτο κήδευσον λέχος.
πιθοῦ· τὸ γάρ τοι μεγάλα πιστεύσαντ᾽ ἐμοὶ
σμικροῖς ἀπιστεῖν τὴν πάρος συγχεῖ χάριν.
Ὑλ οἴμοι. τὸ μὲν νοσοῦντι θυμοῦσθαι κακόν,
τὸ δ᾽ ὧδ᾽ ὁρᾶν φρονοῦντα τίς ποτ᾽ ἂν φέροι;
Ἡρ ὡς ἐργασείων οὐδὲν ὧν λέγω θροεῖς.
Ὑλ τίς γάρ ποθ᾽, ἥ μοι μητρὶ μὲν θανεῖν μόνη
μεταίτιος, σοὶ δ᾽ αὖθις ὡς ἔχεις ἔχειν,
τίς ταῦτ᾽ ἄν, ὅστις μὴ ᾽ξ ἀλαστόρων νοσοῖ,
ἕλοιτο; κρεῖσσον κἀμέ γ᾽, ὦ πάτερ, θανεῖν
ἢ τοῖσιν ἐχθίστοισι συνναίειν ὁμοῦ.
Ἡρ ἁνὴρ ὅδ᾽ ὡς ἔοικεν οὐ νεμεῖν ἐμοὶ
φθίνοντι μοῖραν· ἀλλά τοι θεῶν ἀρὰ
μενεῖ σ᾽ ἀπιστήσαντα τοῖς ἐμοῖς λόγοις.
Ὑλ οἴμοι, τάχ᾽, ὡς ἔοικας, ὡς νοσεῖς φράσεις.
Ἡρ σὺ γάρ μ᾽ ἀπ᾽ εὐνασθέντος ἐκκινεῖς κακοῦ.
Ὑλ δείλαιος, ὡς ἐς πολλὰ τἀπορεῖν ἔχω.
Ἡρ οὐ γὰρ δικαιοῖς τοῦ φυτεύσαντος κλύειν.
Ὑλ ἀλλ᾽ ἐκδιδαχθῶ δῆτα δυσσεβεῖν, πάτερ;
Ἡρ οὐ δυσσέβεια, τοὐμὸν εἰ τέρψεις κέαρ.
Ὑλ πράσσειν ἄνωγας οὖν με πανδίκως τάδε;
Ἡρ ἔγωγε· τούτων μάρτυρας καλῶ θεούς.
Ὑλ τοιγὰρ ποήσω, κοὐκ ἀπώσομαι, τὸ σὸν
θεοῖσι δεικνὺς ἔργον. οὐ γὰρ ἄν ποτε
κακὸς φανείην σοί γε πιστεύσας, πάτερ.
Ἡρ καλῶς τελευτᾷς, κἀπὶ τοῖσδε τὴν χάριν
ταχεῖαν, ὦ παῖ, πρόσθες, ὡς πρὶν ἐμπεσεῖν
σπαραγμὸν ἤ τιν᾽ οἶστρον ἐς πυράν με θῇς. –
ἄγ᾽ ἐγκονεῖτ᾽, αἴρεσθε. παῦλά τοι κακῶν
αὕτη, τελευτὴ τοῦδε τἀνδρὸς ὑστάτη.

He Ja, sie. Und dieses nun trag' ich dir auf, mein Sohn:
Sie mach' nach meinem Tode, wenn du fromm zu sein
gewillt bist, dessen eingedenk, was du mir schwurst,
zu deinem Weib! Versag' es deinem Vater nicht,
auf daß kein andrer Mann sie, die zur Seite mir
gelegen hat, jemals besitze außer dir!
Vielmehr nimm du sie selber zur Gemahlin, Kind!
Folg mir! Denn wenn du dich im Großen fügst, jedoch
versagst im Kleinen, tilgst du auch die erste Gunst.
Hy Weh mir! Mit einem Kranken zürnen ist nicht recht,
doch so gesinnt ihn sehen, – wer ertrüge das?
He Meinst du, daß du den Wunsch mir nicht erfüllen willst?
Hy Wer könnte sie, die meiner Mutter Tod allein
verschuldet und was über dich gekommen ist,
wer könnte, wenn er nicht an bösen Geistern krankt,
sie wählen? Besser, Vater, wär's, ich stürbe auch,
als je zusammenleben mit dem schlimmsten Feind.
He Der Mann will, scheint es, auch im Tod mir nicht mein Recht
zukommen lassen. Doch der Fluch der Götter harrt
auf dich, wenn du dich gegen meine Worte sträubst!
Hy Ach, bald, so scheint es, zeigt dein Wort, wie krank du bist!
He Weil du mein Übel neu aus seiner Ruhe störst!
Hy O Leid! In all den Zweifeln steh' ich ratlos da!
He Weil du auf deines Vaters Wort nicht hören willst.
Hy So soll ich lernen, Vater, Frevelhaftes tun?
He Es kann kein Frevel sein, wenn du mein Herz erfreust.
Hy Und du befiehlst mir allen Ernstes, dies zu tun?
He Ja, ich! Die Götter sollen meine Zeugen sein!
Hy So will ich's tun und sträube mich nicht länger: als
dein Werk den Göttern stell' ich's hin; ich kann ja nicht
als schlecht erscheinen, Vater, folg' ich deinem Wort.
He Du endest edel, und nun füge dem, mein Sohn,
die rasche Gunst hinzu, daß du, bevor der Wut
des Krampfs ich neu verfalle, mich zum Holzstoß bringst! –
Beeilt euch also! Hebt mich! Ruhe von der Qual
gibt dies: das letzte Ende dieses Lebens erst.

Ὑλ ἀλλ᾽ οὐδὲν εἴργει σοὶ τελειοῦσθαι τάδε,
ἐπεὶ κελεύεις κἀξαναγκάζεις, πάτερ.

Ἡρ ἄγε νυν, πρὶν τήνδ᾽ ἀνακινῆσαι an^4
νόσον, ὦ ψυχὴ σκληρά, χάλυβος
λυκοκόλλητον στόμιον παρέχουσ᾽,
ἀνάπαυε βοήν, ὡς ἐπίχαρτον
τελέουσ᾽ ἀεκούσιον ἔργον.
Ὑλ αἴρετ᾽, ὀπαδοί, μεγάλην μὲν ἐμοὶ
τούτων θέμενοι συγγνωμοσύνην,
μεγάλην δὲ θεοῖς τῶν πρασσομένων,
οἳ φύσαντες καὶ κληζόμενοι
πατέρες τοιαῦτ᾽ ἐφορῶσι πάθη.
τὰ μὲν οὖν μέλλοντ᾽ οὐδεὶς ἀφορᾷ,
τὰ δὲ νῦν ἑστῶτ᾽ οἰκτρὰ μὲν ἡμῖν,
αἰσχρὰ δ᾽ ἐκείνοις,
χαλεπώτατα δ᾽ οὖν ἀνδρῶν πάντων
τῷ τήνδ᾽ ἄτην ὑπέχοντι.

λείπου μηδὲ σύ, παρθέν᾽, ἀπ᾽ οἴκων,
μεγάλους μὲν ἰδοῦσα νέους θανάτους,
πολλὰ δὲ πήματα ⟨καὶ⟩ καινοπαγῆ,
κοὐδὲν τούτων ὅ τι μὴ Ζεύς.

1266 μεγάλην δὲ θεῶν [ἀγνωμοσύνην
1267 εἰδότες ἔργων] τῶν πρασσομένων

Hy So hindert nun nichts mehr, daß dies sich dir erfüllt,
denn du befiehlst es, Vater, nötigst mir es ab.

He Wohlan denn, eh' diese Qual aufs neu'
erwacht ist, lege, mein hartes Herz,
einen Zaum mir mit eisernen Stacheln an
und verhalte den Schrei, um mit freudigem Mut
das erzwungene Werk zu vollenden!

Hy So hebt ihn, Gefährten, und legt für mich
dereinst ein mächtiges Zeugnis ab
vor den Göttern von all dem, was geschah!
Sie lassen als Väter, als Stifter laut
sich preisen und sehn solch Leid mit an!
Was künftig geschieht, kann keiner erschaun.
Was vor uns steht, ist ein Jammer für uns,
Schmach ist es ihnen,
doch am schwersten von allen Menschen für ihn,
der dieses Verhängnis erduldet.

zum Chor

Verlaßt auch ihr nicht, Jungfrauen, ein Haus,
wo ihr diese gewaltigen Tode gesehn,
vielfältiges, unerhörtes Leid,
doch in all dem nichts, was nicht Zeus ist.

ΑΝΤΙΓΟΝΗ
ANTIGONE

ΑΝΤΙΓΟΝΗ

Τὰ τοῦ δράματος πρόσωπα

Ἀντιγόνη · Ἰσμήνη · Χορὸς Θηβαίων γερόντων · Κρέων · Φύλαξ · Αἵμων · Τειρεσίας · Ἄγγελος · Εὐρυδίκη · Ἐξάγγελος

Ἀντιγόνη

Ὦ κοινὸν αὐτάδελφον Ἰσμήνης κάρα,
ἆρ' οἶσθ' ὅ τι Ζεὺς τῶν ἀπ' Οἰδίπου κακῶν
ὁποῖον οὐχὶ νῷν ἔτι ζώσαιν τελεῖ;
οὐδὲν γὰρ οὔτ' ἀλγεινὸν οὔτ' ἄτης ἄτερ
οὔτ' αἰσχρὸν οὔτ' ἄτιμόν ἐσθ', ὁποῖον οὐ
τῶν σῶν τε κἀμῶν οὐκ ὄπωπ' ἐγὼ κακῶν.
καὶ νῦν τί τοῦτ' αὖ φασι πανδήμῳ πόλει
κήρυγμα θεῖναι τὸν στρατηγὸν ἀρτίως;
ἔχεις τι κεἰσήκουσας; ἤ σε λανθάνει
πρὸς τοὺς φίλους στείχοντα τῶν ἐχθρῶν κακά;

Ἰσμήνη

ἐμοὶ μὲν οὐδεὶς μῦθος, Ἀντιγόνη, φίλων
οὔθ' ἡδὺς οὔτ' ἀλγεινὸς ἵκετ' ἐξ ὅτου
δυοῖν ἀδελφοῖν ἐστερήθημεν δύο,
μιᾷ θανόντοιν ἡμέρᾳ διπλῇ χερί·
ἐπεὶ δὲ φροῦδός ἐστιν Ἀργείων στρατὸς
ἐν νυκτὶ τῇ νῦν, οὐδὲν οἶδ' ὑπέρτερον,
οὔτ' εὐτυχοῦσα μᾶλλον οὔτ' ἀτωμένη.
Ἀν ᾔδη καλῶς, καί σ' ἐκτὸς αὐλείων πυλῶν
τοῦδ' οὕνεκ' ἐξέπεμπον, ὡς μόνη κλύοις.
Ἰσ τί δ' ἔστι; δηλοῖς γάρ τι καλχαίνουσ' ἔπος.

ANTIGONE

Die Personen der Handlung

Antigone · Ismene · Der Chor (die Ältesten von Theben) · Kreon
Wächter · Haimon · Teiresias · Bote · Eurydike · Zweiter Bote

Stumme Personen

Ein Knabe · Diener · Dienerinnen

Schauplatz: Vor dem Königspalast in Theben

Antigone und Ismene treten aus dem Tor des Palastes

Antigone

O du, geschwisterlich vertraut, Ismenes Haupt!
Weißt du ein Leid, von Oidipus ererbt, das Zeus
uns beiden Überlebenden noch nicht verhängt?
Denn nichts, wie schmerzlich oder schrecklich es auch sei,
wie schmählich oder schändlich, blieb noch übrig, das
ich nicht bei unser beider Leiden schon gesehn.
Und nun? Was sagen sie da wieder? Welch Gebot
hat heut der Feldherr allem Volke kundgetan?
Hast du etwas vernommen? Oder ahnst du nicht,
daß unseren Lieben Leid, als wären's Feinde, naht?

Ismene

Zu mir drang keine Kunde mehr, Antigone,
von unsern Lieben, weder froh noch schmerzlich, seit
wir zwei der beiden Brüder uns beraubt gesehn,
die uns an einem Tag zwiefache Tat entriß.
Seit der Argeier Heer hinweggezogen ist
in dieser letzten Nacht, weiß ich nichts Weiteres,
ward mir kein andres Glück noch Ungemach bekannt.

An Ich wußt' es wohl und führte vor die Tore drum
des Hofes dich heraus, daß du allein es hörst.

Is Was ist's? Man sieht, du ringst mit einem dunklen Wort.

Ἀν οὐ γὰρ τάφου νῷν τὼ κασιγνήτω Κρέων
τὸν μὲν προτίσας, τὸν δ' ἀτιμάσας ἔχει;
Ἐτεοκλέα μέν, ὡς λέγουσι, σὺν δίκῃ
†χρησθεὶς δικαίᾳ† καὶ νόμῳ, κατὰ χθονὸς
ἔκρυψε τοῖς ἔνερθεν ἔντιμον νεκροῖς,
τὸν δ' ἀθλίως θανόντα Πολυνείκους νέκυν
ἀστοῖσί φασιν ἐκκεκηρῦχθαι τὸ μὴ
τάφῳ καλύψαι μηδὲ κωκῦσαί τινα,
ἐᾶν δ' ἄκλαυτον, ἄταφον, οἰωνοῖς γλυκὺν
θησαυρὸν εἰσορῶσι πρὸς χάριν βορᾶς.
τοιαῦτά φασι τὸν ἀγαθὸν Κρέοντα σοὶ
κἀμοί, λέγω γὰρ κἀμέ, κηρύξαντ' ἔχειν,
καὶ δεῦρο νεῖσθαι ταῦτα τοῖσι μὴ εἰδόσιν
σαφῆ προκηρύξοντα, καὶ τὸ πρᾶγμ' ἄγειν
οὐχ ὡς παρ' οὐδέν, ἀλλ' ὃς ἂν τούτων τι δρᾷ,
φόνον προκεῖσθαι δημόλευστον ἐν πόλει.
οὕτως ἔχει σοι ταῦτα, καὶ δείξεις τάχα,
εἴτ' εὐγενὴς πέφυκας εἴτ' ἐσθλῶν κακή.
Ἰσ τί δ', ὦ ταλαῖφρον, εἰ τάδ' ἐν τούτοις, ἐγὼ
λύουσ' ἂν εἴθ' ἅπτουσα προσθείμην πλέον;
Ἀν εἰ ξυμπονήσεις καὶ ξυνεργάσῃ σκόπει.
Ἰσ ποῖόν τι κινδύνευμα; ποῦ γνώμης ποτ' εἶ;
Ἀν εἰ τὸν νεκρὸν ξὺν τῇδε κουφιεῖς χερί.
Ἰσ ἦ γὰρ νοεῖς θάπτειν σφ', ἀπόρρητον πόλει;
Ἀν τὸν γοῦν ἐμὸν καὶ τὸν σόν, ἢν σὺ μὴ θέλῃς,
ἀδελφόν· οὐ γὰρ δὴ προδοῦσ' ἁλώσομαι.
Ἰσ ὦ σχετλία, Κρέοντος ἀντειρηκότος;
Ἀν ἀλλ' οὐδὲν αὐτῷ τῶν ἐμῶν ⟨μ'⟩ εἴργειν μέτα.
Ἰσ οἴμοι· φρόνησον, ὦ κασιγνήτη, πατὴρ
ὡς νῷν ἀπεχθὴς δυσκλεής τ' ἀπώλετο,
πρὸς αὐτοφώρων ἀμπλακημάτων διπλᾶς
ὄψεις ἀράξας αὐτὸς αὐτουργῷ χερί·
ἔπειτα μήτηρ καὶ γυνή, διπλοῦν ἔπος,
πλεκταῖσιν ἀρτάναισι λωβᾶται βίον·
τρίτον δ' ἀδελφὼ δύο μίαν καθ' ἡμέραν
αὐτοκτονοῦντε τὼ ταλαιπώρω μόρον

An Vom Grab schließt Kreon einen unsrer Brüder aus!
Den einen ehrt er und den andren ächtet er.
Eteokles zwar, wie sie sagen, senkte er
nach heiligem Gesetz und altem Brauch hinab
ins Erdreich: dort ist er bei Toten hochgeehrt.
Doch Polyneikes' Leichnam, der unselig fiel,
so ließ er, heißt es, laut den Bürgern künden, soll
im Grabe keiner bergen, keiner soll beklagen ihn
nein, ruhmlos, grablos lassen, Vögeln, die den Schatz,
den süßen, sich erspähen, zu willkommnem Fraß.
Und solches, sagt man, hat der gute Kreon dir
und mir – ich sag': auch mir – gebieten lassen, ja,
er kommt hierher, es deutlich denen kundzutun,
die es nicht wissen, und betreibt die Sache nicht,
als wär's ein Nichts, nein, wer etwas dawider tut,
dem ist der Tod der Steinigung durchs Volk bestimmt.
So steht's, und du wirst bald erweisen, ob du recht
geartet bist, ob edler Eltern schlechtes Kind.
Is Was könnte, o du Leiderprobte, weiter ich,
sei's bindend oder lösend, tun, wenn das geschah?
An Sieh zu, ob du mitwirken und mithandeln willst!
Is Bei welchem Unterfangen? Worauf steht dein Sinn?
An Ob du mit dieser Hand den Toten bergen willst.
Is Du denkst ihn zu bestatten wider der Stadt Verbot?
An Ja, meinen Bruder und den deinen auch, wenn du
nicht willst; denn nimmer werd' ich schuldig des Verrats.
Is O du Verwegne! Wo es Kreon untersagt?!
An Mich von den Meinen trennen darf er nimmermehr!
Is Weh mir! Gedenk, o Schwester, wie der Vater uns
verfeindet, bar des Ruhmes unterging, nachdem
er eigene Verbrechen selbst enthüllt, wie er
sich beide Augen ausriß selbst mit eigener Hand,
wie seine Mutter und sein Weib, zwiefach benamt,
ihr Leben dann in fester Schlinge schimpflich ließ,
zum dritten, wie die beiden Brüder sich zugleich
einander mordeten, unselig, und den Tod

κοινὸν κατειργάσαντ᾽ ἐπ᾽ ἀλλήλοιν χεροῖν.
νῦν δ᾽ αὖ μόνα δὴ νὼ λελειμμένα σκόπει
ὅσῳ κάκιστ᾽ ὀλούμεθ᾽, εἰ νόμου βίᾳ
ψῆφον τυράννων ἢ κράτη παρέξιμεν.
ἀλλ᾽ ἐννοεῖν χρὴ τοῦτο μέν, γυναῖχ᾽ ὅτι
ἔφυμεν, ὡς πρὸς ἄνδρας οὐ μαχουμένα·
ἔπειτα δ᾽ οὕνεκ᾽ ἀρχόμεσθ᾽ ἐκ κρεισσόνων
καὶ ταῦτ᾽ ἀκούειν κἄτι τῶνδ᾽ ἀλγίονα.
ἐγὼ μὲν οὖν αἰτοῦσα τοὺς ὑπὸ χθονὸς
ξύγγνοιαν ἴσχειν, ὡς βιάζομαι τάδε,
τοῖς ἐν τέλει βεβῶσι πείσομαι. τὸ γὰρ
περισσὰ πράσσειν οὐκ ἔχει νοῦν οὐδένα.
ʼΑν οὔτ᾽ ἂν κελεύσαιμ᾽ οὔτ᾽ ἄν, εἰ θέλοις ἔτι
πράσσειν, ἐμοῦ γ᾽ ἂν ἡδέως δρῴης μέτα.
ἀλλ᾽ ἴσθ᾽ ὁποῖά σοι δοκεῖ, κεῖνον δ᾽ ἐγὼ
θάψω. καλόν μοι τοῦτο ποιούσῃ θανεῖν.
φίλη μετ᾽ αὐτοῦ κείσομαι, φίλου μέτα,
ὅσια πανουργήσασ᾽· ἐπεὶ πλείων χρόνος
ὃν δεῖ μ᾽ ἀρέσκειν τοῖς κάτω τῶν ἐνθάδε.
ἐκεῖ γὰρ αἰεὶ κείσομαι· σοὶ δ᾽ εἰ δοκεῖ,
τὰ τῶν θεῶν ἔντιμ᾽ ἀτιμάσασ᾽ ἔχε.
ʼΙσ ἐγὼ μὲν οὐκ ἄτιμα ποιοῦμαι, τὸ δὲ
βίᾳ πολιτῶν δρᾶν ἔφυν ἀμήχανος.
ʼΑν σὺ μὲν τάδ᾽ ἂν προὔχοι᾽· ἐγὼ δὲ δὴ τάφον
χώσουσ᾽ ἀδελφῷ φιλτάτῳ πορεύσομαι.
ʼΙσ οἴμοι, ταλαίνης ὡς ὑπερδέδοικά σου.
ʼΑν μὴ ᾽μοῦ προτάρβει· τὸν σὸν ἐξόρθου πότμον.
ʼΙσ ἀλλ᾽ οὖν προμηνύσῃς γε τοῦτο μηδενὶ
τοὔργον, κρυφῇ δὲ κεῦθε, σὺν δ᾽ αὔτως ἐγώ.
ʼΑν οἴμοι, καταύδα· πολλὸν ἐχθίων ἔσῃ
σιγῶσ᾽, ἐὰν μὴ πᾶσι κηρύξῃς τάδε.
ʼΙσ θερμὴν ἐπὶ ψυχροῖσι καρδίαν ἔχεις.
ʼΑν ἀλλ᾽ οἶδ᾽ ἀρέσκουσ᾽ οἷς μάλισθ᾽ ἁδεῖν με χρή.
ʼΙσ εἰ καὶ δυνήσῃ γ᾽· ἀλλ᾽ ἀμηχάνων ἐρᾷς.
ʼΑν οὐκοῦν, ὅταν δὴ μὴ σθένω, πεπαύσομαι.
ʼΙσ ἀρχὴν δὲ θηρᾶν οὐ πρέπει τἀμήχανα.

gemeinsam sich bereiteten im Handgemeng!
Jetzt sinnst du, wie wir zwei allein Verbliebnen gar
am schlimmsten untergehn, wenn wir, des Herrschers Macht
mißachtend, übertreten des Gesetzes Spruch.
Vielmehr laß uns bedenken, daß wir Frauen und
zum Kampfe gegen Männer nicht geschaffen sind,
auch dieses, daß wir, untertan den Herrschenden,
gehorchen müssen dem Gebot und schlimmren noch!
Ich werde beten zu den Unterirdischen,
daß sie verzeihn: ich beuge mich ja nur dem Zwang.
Denen, die an der Macht sind, füg' ich mich: es hat
ja keinen Sinn, zu handeln übers Maß hinaus.
An Nicht fordern möcht' ich, nicht mehr, wolltest du auch noch
mithandeln, würdest du's zu meiner Freude tun.
Nein, denke, wie du magst: den Bruder werd' ich selbst
begraben. Schön ist mir nach solcher Tat der Tod.
Von ihm geliebt, lieg' ich bei ihm, dem Lieben, dann,
die fromm gefrevelt hat: viel längre Zeit als hier
muß ich da drunten denen wohlgefallen, dort
werd' ich ja immer liegen; du, wenn's dir gefällt,
entehre, was bei Göttern hoch in Ehren steht!
Is Ich will ja nichts Ehrloses tun; doch bin ich nicht
geschaffen, Trotz zu bieten aller Bürgerschaft.
An Nimm dies als Vorwand! Ich jedoch, ich gehe hin
und berge des geliebten Bruders Leib im Grab.
Is Ach, du Unselige, wie bin ich bang um dich!
An Um mich sei nicht in Sorge! Sichre dein Geschick!
Is Doch so verrate keinem diese Tat vorher,
ja, halte sie geheim! Ich tue ebenso.
An Ah, schrei es aus! Du wirst mir viel verhaßter sein
mit deinem Schweigen: tu es allen Leuten kund!
Is Du hast bei kalten Dingen ein so heißes Herz!
An Doch weiß mir hold, die ich zumeist erfreuen muß!
Is Wenn's dir gelänge! Aber du begehrst Unmögliches.
An Gewiß: wenn mir die Kraft gebricht, dann lass' ich ab.
Is Gar nicht erst jagen soll man nach Unmöglichem!

Αν εἰ ταῦτα λέξεις, ἐχθαρῇ μὲν ἐξ ἐμοῦ,
ἐχθρὰ δὲ τῷ θανόντι προσκείσῃ δίκῃ.
ἀλλ' ἔα με καὶ τὴν ἐξ ἐμοῦ δυσβουλίαν
παθεῖν τὸ δεινὸν τοῦτο· πείσομαι γὰρ οὐ
τοσοῦτον οὐδὲν ὥστε μὴ οὐ καλῶς θανεῖν.
Ισ ἀλλ' εἰ δοκεῖ σοι, στεῖχε· τοῦτο δ' ἴσθ', ὅτι
ἄνους μὲν ἔρχῃ, τοῖς φίλοις δ' ὀρθῶς φίλη.

Χορός

ἀκτὶς ἀελίου, τὸ κάλ- gl Str. 1
λιστον ἑπταπύλῳ φανὲν gl
Θήβᾳ τῶν πρότερον φάος, gl
ἐφάνθης ποτ', ὦ χρυσέας ch^2
ἁμέρας βλέφαρον, Διρκαί- gl
ων ὑπὲρ ῥεέθρων μολοῦσα, hi
τὸν λεύκασπιν † Ἀργόθεν ἐκ ch^2
φῶτα βάντα πανσαγίᾳ ch^2
φυγάδα πρόδρομον ὀξυτέρῳ ch^2
κινήσασα χαλινῷ· pher

ὃν ἐφ' ἁμετέρᾳ γᾷ Πολυνείκης an^4
ἀρθεὶς νεικέων ἐξ ἀμφιλόγων
⟨ἤγαγε κεῖνος δ'⟩ ὀξέα κλάζων
αἰετὸς ἐς γᾶν ὑπερέπτα,
λευκῆς χιόνος πτέρυγι στεγανὸς
πολλῶν μεθ' ὅπλων
ξύν θ' ἱπποκόμοις κορύθεσσι.

στὰς δ' ὑπὲρ μελάθρων φονώ- gl Ant. 1
σαισιν ἀμφιχανὼν κύκλῳ gl
λόγχαις ἑπτάπυλον στόμα gl
ἔβα, πρίν ποθ' ἁμετέρων ch^2
αἱμάτων γένυσιν πλησθῆ- gl

An Wenn du so redest, machst du dich mir ganz verhaßt
und wirst mit Recht verhaßt auch dem Verstorbnen sein.
Doch laß mich nur in meinem unverständigen Sinn
dies Ungeheure leiden: was ich Schweres auch
erdulden mag, so bleibt mir doch ein edler Tod.
Is Wenn dies dir gut dünkt, zieh denn hin! Nur wisse, daß
du irre gehst, doch wahrhaft lieb den Lieben bist!

Sie geht in den Palast, Antigone zur Stadt

Chor

Der Chor zieht ein

Strahl der Sonne! Du schönster dem
siebentorigen Theben je
aufgegangener Morgenglanz,
erstrahlst endlich, goldenen Tags
Augenlicht und erhellst die Stadt,
über Dirkes Gewässer wandelnd.
Den Weißschild aus Argos, der her
zog in voller Rüstung und Wehr,
jagtest du fort, und in wildester Flucht
ließ er hängen die Zügel.

Polyneikes hat gegen unseren Gau,
empört von neidischer Streitsucht, ihn
geführt, und er, scharf kreischend gleich
dem Adler, flog übers Land dahin,
von Schwingen geschirmt so weiß wie der Schnee,
an Rüstungen reich
und roßhaarbuschigen Helmen.

Schon betrat er die Dächer, ließ
rings die Speere umgieren den
siebenfältigen Mund mit Mord –
und floh, eh' von unserem Blut
seine Backen sich füllten und

ναί τε καὶ στεφάνωμα πύργων   hi
πευκάενθ' Ἥφαιστον ἑλεῖν.   ch^2
τοῖος ἀμφὶ νῶτ' ἐτάθη   ch^2
πάταγος Ἄρεος, ἀντιπάλου   ch^3
δυσχείρωμα δράκοντος.   pher

Ζεὺς γὰρ μεγάλης γλώσσης κόμπους   an^4
ὑπερεχθαίρει, καί σφας ἐσιδὼν
πολλῷ ῥεύματι προσνισομένους,
χρυσοῦ καναχῆς ὑπερόπτας,
παλτῷ ῥιπτεῖ πυρὶ βαλβίδων
ἐπ' ἄκρων ἤδη
νίκην ὁρμῶντ' ἀλαλάξαι·

ἀντιτύπᾳ δ' ἐπὶ γᾷ πέσε τανταλωθεὶς   px   Str. 2
πυρφόρος ὃς τότε μαινομένᾳ ξὺν ὁρμᾷ   px
βακχεύων ἐπέπνει   sp ch
ῥιπαῖς ἐχθίστων ἀνέμων.   ch^2
εἶχε δ' ἄλλᾳ τὰ μέν,   cr^2
ἄλλα δ' ἐπ' ἄλλοις ἐπενώ-   ch^2
μα στυφελίζων μέγας Ἄρης   ch ad
δεξιόσειρος.   ad

ἑπτὰ λοχαγοὶ γὰρ ἐφ' ἑπτὰ πύλαις   an^4
ταχθέντες ἴσοι πρὸς ἴσους ἔλιπον
Ζηνὶ τροπαίῳ πάγχαλκα τέλη,
πλὴν τοῖν στυγεροῖν, ὣ πατρὸς ἑνὸς
μητρός τε μιᾶς φύντε καθ' αὑτοῖν
δικρατεῖς λόγχας στήσαντ' ἔχετον
κοινοῦ θανάτου μέρος ἄμφω.

ἀλλὰ γὰρ ἁ μεγαλώνυμος ἦλθε Νίκα   px   Ant. 2
τᾷ πολυαρμάτῳ ἀντιχαρεῖσα Θήβᾳ,   px
ἐκ μὲν δὴ πολέμων   sp ch
τῶν νῦν θέσθαι λησμοσύναν,   ch^2
θεῶν δὲ ναοὺς χοροῖς   cr^2

auch bevor noch den Kranz der Türme
Hephaists Kienbrand fressend ergriff.
Ihm im Rücken laut sich entspann
dröhnendes Streiten: die wehrende Wucht
unbezwinglichen Drachens.

Denn Zeus ist des großen Mundes Geprunk
über alles verhaßt, und als er sie sah
in vollem Strome herbeigeeilt,
  in verächtlichem Stolz auf des Goldes Geklirr,
stößt Er mit geschwungenem Blitz ihn hinab,
der den höchsten First
  mit Siegesgeschrei schon erklettert.

Taumelnd hinunter zur hallenden Erde stürzte
er, der in rasendem Sturme den Brand getragen:
trunken schnob er herauf
mit der Macht des widrigsten Winds.
Doch es kam anders bald:
andren beschied anderes Los,
der sie vertrieb, Ares, der starke,
sichere Helfer.

Um die sieben Tore, gleich gegen gleich,
gereiht sieben Fürsten, ließen sie Zeus,
dem Siegverleiher, den eisernen Zoll.
Nur die schrecklichen Zwei, die ein Vater gezeugt
und eine Mutter, die zielten den Speer
aufeinander und teilten nach doppeltem Sieg
  in gemeinsames Sterben sich beide.

Aber die herrlichbenamte, die Siegesgöttin,
jauchzend erschien sie in Theben, dem wagenreichen.
Nach dem Schrecken des Kriegs
walte drum Vergessenheit jetzt!
Von Altar zu Altar

παννυχίοις πάντας ἐπέλ- ch²
θωμεν, ὁ Θήβας δ' ἐλελίχθων ch ad
Βάκχιος ἄρχοι. ad

ἀλλ' ὅδε γὰρ δὴ βασιλεὺς χώρας, an⁴
Κρέων ὁ Μενοικέως, — ⏑ νεοχμὸς
νεαραῖσι θεῶν ἐπὶ συντυχίαις
χωρεῖ τίνα δὴ μῆτιν ἐρέσσων,
ὅτι σύγκλητον τήνδε γερόντων
προύθετο λέσχην,
  κοινῷ κηρύγματι πέμψας;

Κρέων

ἄνδρες, τὰ μὲν δὴ πόλεος ἀσφαλῶς θεοὶ
πολλῷ σάλῳ σείσαντες ὤρθωσαν πάλιν·
ὑμᾶς δ' ἐγὼ πομποῖσιν ἐκ πάντων δίχα
ἔστειλ' ἱκέσθαι, τοῦτο μὲν τὰ Λαΐου
σέβοντας εἰδὼς εὖ θρόνων ἀεὶ κράτη,
τοῦτ' αὖθις, ἡνίκ' Οἰδίπους ὤρθου πόλιν,
κἀπεὶ διώλετ', ἀμφὶ τοὺς κείνων ἔτι
παῖδας μένοντας ἐμπέδοις φρονήμασιν.
ὅτ' οὖν ἐκεῖνοι πρὸς διπλῆς μοίρας μίαν
καθ' ἡμέραν ὤλοντο παίσαντές τε καὶ
πληγέντες αὐτόχειρι σὺν μιάσματι,
ἐγὼ κράτη δὴ πάντα καὶ θρόνους ἔχω
γένους κατ' ἀγχιστεῖα τῶν ὀλωλότων.
ἀμήχανον δὲ παντὸς ἀνδρὸς ἐκμαθεῖν
ψυχήν τε καὶ φρόνημα καὶ γνώμην, πρὶν ἂν
ἀρχαῖς τε καὶ νόμοισιν ἐντριβὴς φανῇ.
ἐμοὶ γὰρ ὅστις πᾶσαν εὐθύνων πόλιν
μὴ τῶν ἀρίστων ἅπτεται βουλευμάτων,
ἀλλ' ἐκ φόβου του γλῶσσαν ἐγκλῄσας ἔχει,
κάκιστος εἶναι νῦν τε καὶ πάλαι δοκεῖ·
καὶ μείζον' ὅστις ἀντὶ τῆς αὑτοῦ πάτρας
φίλον νομίζει, τοῦτον οὐδαμοῦ λέγω.

laßt uns im Tanzreigen die Nacht
durch uns ergehn! Theben erschütternd
Bakchos gebiete!

Doch seht: nun kommt der König des Lands,
der Sohn von Menoikeus, Kreon; er tritt
aus dem Haus, den neu nach dem neuen Geschick
die Götter stellten; doch welchen Plan
erwägt er, daß er hierher berief
den Ältestenrat
durch öffentliche Verkündung?

Kreon tritt aus dem Palast, begleitet von einem Herold und zwei Bewaffneten

Kreon

Männer! Die Götter richten den Bestand der Stadt,
die sie mit wildem Sturm geschüttelt, wieder auf.
Euch hieß durch Boten ich vor allen andren hier
erscheinen; denn ich weiß zwar das gar wohl, daß ihr
Laios' Thron und Macht von je verehrt habt, weiß
auch dies: als Oidipus die Stadt errettete,
habt ihr bei ihm und, als er umkam, auch getreu
und steten Sinns bei seinen Söhnen ausgeharrt.
Da diese nun an einem Tag durch doppeltes
Schicksal gefallen sind, einander trafen und
erschlugen sich in eigenhändiger Greueltat,
so fiel die ganze Macht des Thrones jetzt an mich
als Nächsten im Geschlechte der Gefallenen.
Doch ist's unmöglich, ganz zu kennen jedes Manns
Seele und Sinn und Meinung, ehe er des Rechts
und auch der Herrschaft kundig sich erwiesen hat.
Mich dünkt nun: wer ein Lenker ist des ganzen Staats
und sich nicht immer an den besten Ratschluß hält,
sondern aus Furcht die Zunge eingeschlossen läßt,
der ist verwerflich; so hab' ich von je gedacht.
Und wer gar höher als das eigne Vaterland
die Angehörigen stellt, – nichtswürdig nenn' ich den!

ἐγὼ γάρ, ἴστω Ζεὺς ὁ πάνθ' ὁρῶν ἀεί,
οὔτ' ἂν σιωπήσαιμι τὴν ἄτην ὁρῶν
στείχουσαν ἀστοῖς ἀντὶ τῆς σωτηρίας,
οὔτ' ἂν φίλον ποτ' ἄνδρα δυσμενῆ χθονὸς
θείμην ἐμαυτῷ, τοῦτο γιγνώσκων, ὅτι
ἥδ' ἐστὶν ἡ σῴζουσα καὶ ταύτης ἔπι
πλέοντες ὀρθῆς τοὺς φίλους ποιούμεθα.
τοιοῖσδ' ἐγὼ νόμοισι τήνδ' αὔξω πόλιν.
καὶ νῦν ἀδελφὰ τῶνδε κηρύξας ἔχω
ἀστοῖσι παίδων τῶν ἀπ' Οἰδίπου πέρι·
Ἐτεοκλέα μέν, ὃς πόλεως ὑπερμαχῶν
ὄλωλε τῆσδε, πάντ' ἀριστεύσας δορί,
τάφῳ τε κρύψαι καὶ τὰ πάντ' ἀφαγνίσαι
ἃ τοῖς ἀρίστοις ἔρχεται κάτω νεκροῖς·
τὸν δ' αὖ ξύναιμον τοῦδε, Πολυνείκη λέγω,
ὃς γῆν πατρῴαν καὶ θεοὺς τοὺς ἐγγενεῖς
φυγὰς κατελθὼν ἠθέλησε μὲν πυρὶ
πρῆσαι κατάκρας, ἠθέλησε δ' αἵματος
κοινοῦ πάσασθαι, τοὺς δὲ δουλώσας ἄγειν,
τοῦτον πόλει τῇδ' ἐκκεκήρυκται τάφῳ
μήτε κτερίζειν μήτε κωκῦσαί τινα,
ἐᾶν δ' ἄθαπτον καὶ πρὸς οἰωνῶν δέμας
καὶ πρὸς κυνῶν ἐδεστὸν αἰκισθέντ' ἰδεῖν.
τοιόνδ' ἐμὸν φρόνημα, κοὔποτ' ἔκ γ' ἐμοῦ
τιμῇ προέξουσ' οἱ κακοὶ τῶν ἐνδίκων.
ἀλλ' ὅστις εὔνους τῇδε τῇ πόλει, θανὼν
καὶ ζῶν ὁμοίως ἐξ ἐμοῦ τιμήσεται.

Χορός

σοὶ ταῦτ' ἀρέσκει, παῖ Μενοικέως, ποεῖν
τὸν τῇδε δύσνουν καὶ τὸν εὐμενῆ πόλει·
νόμῳ δὲ χρῆσθαι παντί, τοῦτ' ἔνεστί σοι
καὶ τῶν θανόντων χὠπόσοι ζῶμεν πέρι.
Κρ ὡς ἂν σκοποὶ νῦν ἦτε τῶν εἰρημένων ....
Χο νεωτέρῳ τῳ τοῦτο βαστάζειν πρόθες.

Denn ich, das wisse Zeus, der immer alles sieht,
ich will nicht schweigen, wenn ich sehe, wie anstatt
der Wohlfahrt das Verhängnis zu den Bürgern kommt,
noch werd' ich einen Feind des Heimatlandes je
zum Freunde mir erwählen, wohl erkennend, daß
die Heimat uns beschützt und nährt: auf diesem Schiff
fahren wir sicher und erwerben Freunde uns.
Also gesinnt denk' ich zu mehren diesen Staat.
Und dem entspricht, was ich den Bürgern wegen der
Söhne des Oidipus soeben kundtun ließ:
Eteokles, der als Fürkämpfer dieser Stadt
in allem sich bewährt hat und gefallen ist,
soll man im Grabe bergen und ihm alles weihn,
was sich für unsre besten Toten unten ziemt.
Doch der sein Bruder war, Polyneikes mein' ich, der
die Vatererde und die Götter unseres Lands,
zurückgekehrt vom Bann, mit Feuers Brand bis auf
den Grund vertilgen wollte, das verwandte Blut
einschlürfen wollt' und euch als Knechte schleppen fort,
ihn, so ist es der Stadt verkündet, soll man nie
mit einem Grabe ehren, nie beklagen ihn,
nein, grablos lassen für die Vögel seinen Leib
und für die Hunde, Äsung schmachvoll anzuschaun!
Solches ist mein Beschluß: es werden nie bei mir
die Schlechten Ehre finden vor den Rechtlichen.
Doch wer da wohlgesinnt ist unsrer Stadt, der wird,
ganz gleich, ob tot, ob lebend, hoch von mir geehrt.

Chorführer

Dir, des Menoikeus Sohn, beliebt es, so zu tun,
wenn's einer übel oder wohl meint mit der Stadt,
und jede Satzung anzuwenden steht bei dir:
auf die Verstorbnen wie auf uns, die Lebenden.
Kr Daß ihr nun Hüter dessen seid, was ich gebot . . .
Chf Die Last zu tragen lege jüngeren Leuten auf!

Κρ ἀλλ' εἴσ' ἑτοῖμοι τοῦ νεκροῦ γ' ἐπίσκοποι.
Χο τί δῆτ' ἂν ἄλλο τοῦτ' ἐπεντέλλοις ἔτι;
Κρ τὸ μὴ 'πιχωρεῖν τοῖς ἀπιστοῦσιν τάδε.
Χο οὐκ ἔστιν οὕτω μῶρος ὃς θανεῖν ἐρᾷ.
Κρ καὶ μὴν ὁ μισθός γ' οὗτος. ἀλλ' ὑπ' ἐλπίδων
ἄνδρας τὸ κέρδος πολλάκις διώλεσεν.

Φύλαξ

ἄναξ, ἐρῶ μὲν οὐχ ὅπως σπουδῆς ὕπο
δύσπνους ἱκάνω κοῦφον ἐξάρας πόδα.
πολλὰς γὰρ ἔσχον φροντίδων ἐπιστάσεις,
ὁδοῖς κυκλῶν ἐμαυτὸν εἰς ἀναστροφήν·
ψυχὴ γὰρ ηὔδα πολλά μοι μυθουμένη,
τάλας, τί χωρεῖς οἷ μολὼν δώσεις δίκην;
τλήμων, μένεις αὖ; κεἰ τάδ' εἴσεται Κρέων
ἄλλου παρ' ἀνδρός, πῶς σὺ δῆτ' οὐκ ἀλγυνῇ;
τοιαῦθ' ἑλίσσων ἤνυτον σχολῇ βραδύς,
χοὔτως ὁδὸς βραχεῖα γίγνεται μακρά.
τέλος γε μέντοι δεῦρ' ἐνίκησεν μολεῖν
σοί· κεἰ τὸ μηδὲν ἐξερῶ, φράσω δ' ὅμως.
τῆς ἐλπίδος γὰρ ἔρχομαι δεδραγμένος,
τὸ μὴ παθεῖν ἂν ἄλλο πλὴν τὸ μόρσιμον.
Κρ τί δ' ἐστὶν ἀνθ' οὗ τήνδ' ἔχεις ἀθυμίαν;
Φυ φράσαι θέλω σοι πρῶτα τἀμαυτοῦ· τὸ γὰρ
πρᾶγμ' οὔτ' ἔδρασ' οὔτ' εἶδον ὅστις ἦν ὁ δρῶν,
οὐδ' ἂν δικαίως ἐς κακὸν πέσοιμί τι.
Κρ εὖ γε στοχάζῃ κἀποφάργνυσαι κύκλῳ
τὸ πρᾶγμα. δηλοῖς δ' ὥς τι σημανῶν νέον.
Φυ τὰ δεινὰ γάρ τοι προστίθησ' ὄκνον πολύν.
Κρ οὔκουν ἐρεῖς ποτ', εἶτ' ἀπαλλαχθεὶς ἄπει;
Φυ καὶ δὴ λέγω σοι. τὸν νεκρόν τις ἀρτίως
θάψας βέβηκε κἀπὶ χρωτὶ διψίαν
κόνιν παλύνας κἀφαγιστεύσας ἃ χρή.
Κρ τί φῄς; τίς ἀνδρῶν ἦν ὁ τολμήσας τάδε;

Kr Jawohl, Aufseher für den Leichnam stehn bereit.
Chf Was also hättest sonst du aufzutragen noch?
Kr Daß ihr an Ungehorsamen nicht Nachsicht übt.
Chf So töricht ist doch keiner, daß er sterben will!
Kr Und wirklich wäre dies der Lohn. Doch Hoffnung auf
Gewinn hat Männern oft schon Untergang gebracht.

Ein Wächter ist von der Stadt heraufgekommen

Wächter

Herr, ich will nicht behaupten, daß ich atemlos
vor Eile komme oder leicht die Füße hob.
Denn aus Besorgnis hatt' ich vielmals Aufenthalt,
und oft zur Rückkehr dreht' ich unterwegs mich um;
denn meine Seele rief mir warnend vieles zu:
Ärmster! Was gehst du dorthin, wo dir Strafe droht?
Elender, zögerst du? Und hört es Kreon nun
von einem andren, wie entrinnst du dann dem Schmerz?
Dies wälzend kam ich langsam und mit Müh' ans Ziel,
und so wird auch die kurze Straße ziemlich lang.
Jedoch am Ende siegte dies: hierher zu gehn
zu dir, und meld' ich auch ein Nichts, gleichviel, ich sag's.
Denn an die Hoffnung angeklammert komm' ich nur,
daß mich nur das, was mir verhängt ist, treffen kann.
Kr Was ist es denn, weshalb du dich so mutlos zeigst?
Wä Erst red' ich also von mir selbst: ich habe nicht
die Tat verübt und weiß nicht, wer der Täter war,
und sollt' ich Strafe leiden, wär' es nicht gerecht.
Kr Du zielst ja lang, verschanzt dich gegen diese Tat
ringsum! Man merkt, du zeigst was Unerhörtes an.
Wä Ja, denn in große Angst versetzt das Schreckliche.
Kr Ob du nun endlich sprichst? Dann aber packe dich!
Wä So sag' ich's dir: den Toten hat soeben wer
bestattet, hat den Leib mit dünnem Staub bestreut,
ihn nach dem Brauch geweiht und ist entwichen dann!
Kr Was sagst du?! Wer der Männer war's, der das gewagt?

Φυ οὐκ οἶδ'· ἐκεῖ γὰρ οὔτε του γενῇδος ἦν
πλῆγμ', οὐ δικέλλης ἐκβολή· στύφλος δὲ γῆ
καὶ χέρσος, ἀρρὼξ οὐδ' ἐπημαξευμένη
τροχοῖσιν, ἀλλ' ἄσημος οὑργάτης τις ἦν.
ὅπως δ' ὁ πρῶτος ἡμὶν ἡμεροσκόπος
δείκνυσι, πᾶσι θαῦμα δυσχερὲς παρῆν.
ὁ μὲν γὰρ ἠφάνιστο, τυμβήρης μὲν οὔ,
λεπτὴ δ' ἄγος φεύγοντος ὣς ἐπῆν κόνις.
σημεῖα δ' οὔτε θηρὸς οὔτε του κυνῶν
ἐλθόντος, οὐ σπάσαντος ἐξεφαίνετο.
λόγοι δ' ἐν ἀλλήλοισιν ἐρρόθουν κακοί,
φύλαξ ἐλέγχων φύλακα, κἂν ἐγίγνετο
πληγὴ τελευτῶσ', οὐδ' ὁ κωλύσων παρῆν.
εἷς γάρ τις ἦν ἕκαστος οὑξειργασμένος,
κοὐδεὶς ἐναργής, ἀλλ' ἔφευγε μὴ εἰδέναι.
ἦμεν δ' ἑτοῖμοι καὶ μύδρους αἴρειν χεροῖν,
καὶ πῦρ διέρπειν, καὶ θεοὺς ὁρκωμοτεῖν
τὸ μήτε δρᾶσαι μήτε τῳ ξυνειδέναι
τὸ πρᾶγμα βουλεύσαντι μήτ' εἰργασμένῳ.
τέλος δ' ὅτ' οὐδὲν ἦν ἐρευνῶσιν πλέον,
λέγει τις εἷς, ὃ πάντας ἐς πέδον κάρα
νεῦσαι φόβῳ προύτρεψεν· οὐ γὰρ εἴχομεν
οὔτ' ἀντιφωνεῖν οὔθ' ὅπως δρῶντες καλῶς
πράξαιμεν. ἦν δ' ὁ μῦθος, ὡς ἀνοιστέον
σοὶ τοὔργον εἴη τοῦτο κοὐχὶ κρυπτέον.
καὶ ταῦτ' ἐνίκα, κἀμὲ τὸν δυσδαίμονα
πάλος καθαιρεῖ τοῦτο τἀγαθὸν λαβεῖν.
πάρειμι δ' ἄκων οὐχ ἑκοῦσιν, οἶδ' ὅτι·
στέργει γὰρ οὐδεὶς ἄγγελον κακῶν ἐπῶν.
Χο ἄναξ, ἐμοί τοι μή τι καὶ θεήλατον
τοὔργον τόδ' ἡ ξύννοια βουλεύει πάλαι.
Κρ παῦσαι, πρὶν ὀργῆς κἀμὲ μεστῶσαι λέγων,
μὴ 'φευρεθῇς ἄνους τε καὶ γέρων ἅμα.
λέγεις γὰρ οὐκ ἀνεκτὰ δαίμονας λέγων
πρόνοιαν ἴσχειν τοῦδε τοῦ νεκροῦ πέρι.
πότερον ὑπερτιμῶντες ὡς εὐεργέτην

Wä Weiß nicht. Denn dort war weder irgendeines Beils
Hieb noch Aufwurf des Karsts, die Erde aber fest
und trocken, ohne Riß und auch befahren nicht
von Rädern: irgendein spurloser Täter war's.
Und als des Tages erster Späher dies uns zeigt,
erschien es als ein unfaßbares Wunder uns.
Der Tote war nicht mehr zu sehn, zwar nicht im Grab,
doch dünn, wie um dem Fluch zu wehren, Staub darauf,
und weder eines Raubtiers Spuren fanden sich
noch eines Hundes, der gekommen und gezerrt.
Doch brausten böse Worte durcheinander nun:
der Wächter zieh den Wächter, und es wäre wohl
noch Schlägerei entstanden; keiner hätt's gehemmt.
Denn einer wie der andre trug ja Schuld daran,
doch keiner offensichtlich, alle leugneten.
Wir wollten glühend Eisen fassen mit der Hand,
durch Feuer gehn und bei den Göttern schwören, daß
wir's nicht getan und auch von keinem wußten, der
die Tat ersonnen habe oder ausgeführt.
Zuletzt, als uns nichts weiter nachzuforschen blieb,
da fiel ein Wort, bei dem wir alle unser Haupt
vor Schreck zu Boden senkten; denn wir wußten ihm
nichts zu entgegnen, wußten auch nicht, wie uns das
gelänge; einer nämlich sagte, daß die Tat
dir anzuzeigen, ja nicht zu verschweigen sei.
Das ward beschlossen, und mich Gottverlassenen
verdammt das Los, teilhaftig dieses Glücks zu sein!
Nun steh' ich widerwillig vor Unwilligen, ich weiß;
denn niemand liebt ja den, der schlimme Kunde bringt.
Chf Die ganze Zeit, Herr, geh' ich schon mit mir zu Rat,
ob diese Tat nicht eine gottgewirkte ist.
Kr Hör auf, bevor dein Reden mich mit Zorn erfüllt,
damit du nicht als Greis und Narr zugleich erscheinst!
Denn unerträglich ist's, wenn du von Göttern sprichst,
die Sorge trügen wegen dieses toten Manns.
Sie ehrten wohl besonders als Wohltäter ihn

ἔκρυπτον αὐτόν, ὅστις ἀμφικίονας
ναοὺς πυρώσων ἦλθε κἀναθήματα
καὶ γῆν ἐκείνων καὶ νόμους διασκεδῶν;
ἢ τοὺς κακοὺς τιμῶντας εἰσορᾷς θεούς;
οὐκ ἔστιν. ἀλλὰ ταῦτα καὶ πάλαι πόλεως
ἄνδρες μόλις φέροντες ἐρρόθουν ἐμοὶ
κρυφῇ, κάρα σείοντες, οὐδ' ὑπὸ ζυγῷ
λόφον δικαίως εἶχον, ὡς στέργειν ἐμέ.
ἐκ τῶνδε τούτους ἐξεπίσταμαι καλῶς
παρηγμένους μισθοῖσιν εἰργάσθαι τάδε.
οὐδὲν γὰρ ἀνθρώποισιν οἷον ἄργυρος
κακὸν νόμισμ' ἔβλαστε. τοῦτο καὶ πόλεις
πορθεῖ, τόδ' ἄνδρας ἐξανίστησιν δόμων·
τόδ' ἐκδιδάσκει καὶ παραλλάσσει φρένας
χρηστὰς πρὸς αἰσχρὰ πράγμαθ' ἵστασθαι βροτῶν·
πανουργίας δ' ἔδειξεν ἀνθρώποις ἔχειν
καὶ παντὸς ἔργου δυσσέβειαν εἰδέναι.
ὅσοι δὲ μισθαρνοῦντες ἤνυσαν τάδε,
χρόνῳ ποτ' ἐξέπραξαν ὡς δοῦναι δίκην.
ἀλλ' εἴπερ ἴσχει Ζεὺς ἔτ' ἐξ ἐμοῦ σέβας,
εὖ τοῦτ' ἐπίστασ', ὅρκιος δέ σοι λέγω,
εἰ μὴ τὸν αὐτόχειρα τοῦδε τοῦ τάφου
εὑρόντες ἐκφανεῖτ' ἐς ὀφθαλμοὺς ἐμούς,
οὐχ ὑμὶν Ἅιδης μοῦνος ἀρκέσει, πρὶν ἂν
ζῶντες κρεμαστοὶ τήνδε δηλώσηθ' ὕβριν,
ἵν' εἰδότες τὸ κέρδος ἔνθεν οἰστέον
τὸ λοιπὸν ἁρπάζητε, καὶ μάθηθ', ὅτι
οὐκ ἐξ ἅπαντος δεῖ τὸ κερδαίνειν φιλεῖν.
ἐκ τῶν γὰρ αἰσχρῶν λημμάτων τοὺς πλείονας
ἀτωμένους ἴδοις ἂν ἢ σεσωμένους.
Φυ εἰπεῖν τι δώσεις, ἢ στραφεὶς οὕτως ἴω;
Κρ οὐκ οἶσθα καὶ νῦν ὡς ἀνιαρῶς λέγεις;
Φυ ἐν τοῖσιν ὠσὶν ἢ 'πὶ τῇ ψυχῇ δάκνῃ;
Κρ τί δὲ ῥυθμίζεις τὴν ἐμὴν λύπην ὅπου;
Φυ ὁ δρῶν σ' ἀνιᾷ τὰς φρένας, τὰ δ' ὦτ' ἐγώ.
Κρ οἴμ' ὡς λάλημα δῆλον ἐκπεφυκὸς εἶ.

und bargen den, der ihrer Tempel Säulenbau
und die geweihten Gaben zu verbrennen kam
und zu vertilgen ihre Satzungen, ihr Land?
Wann sahst du Schlechte von den Göttern so geehrt?
Das gibt's nicht! Aber längst ertragen das nur schwer
die Männer dieses Staates, ja, sie murren mir,
schütteln die Köpfe heimlich, halten unterm Joch
den Nacken nicht gebührlich, zu verehren mich.
Von ihnen sind, ich weiß genau, die Wächter da
durch Lohn verleitet worden zu der üblen Tat.
Denn nichts, was bei den Menschen jemals Sitte ward,
ist so verderblich wie das Geld: selbst Städte tilgt
es aus; es jagt die Männer aus den Häusern fort,
es wandelt auch die redliche Gesinnung um
und lehrt sie häßlichen Geschäften nachzugehn;
es unterweist die Menschen in Verschlagenheit,
und auch Verbrechen nicht zu scheun bei ihrem Tun.
Die aber lohngedungen jene Tat verübt,
die haben endlich ihre Strafe sich erwirkt.
Ja, wenn noch irgend Ehre Zeus von mir empfängt,
so wisse dies, bei meinem Eide sag' ich's dir:
Wenn ihr mir den Urheber dieses Grabes nicht
ausfindig macht und mir ihn hier vor Augen stellt,
so soll mir nicht der Tod für euch genügen: erst
sollt ihr lebendig hängen, bis ihr eingesteht,
damit ihr künftig wißt, wo Sold zu holen ist,
und fürder dort ihn rafft und endlich einsehn lernt,
daß man nicht immer den Gewinn bloß lieben soll!
Mehr Leute wirst du wohl durch schimpflichen Gewinst
in ihr Verderben als zum Heil gelangen sehn.
Wä Darf ich was sagen oder mach' ich kehrt und geh'?
Kr Weißt du nicht, daß dein Reden jetzt schon lästig ist?
Wä Beißt's in den Ohren oder in der Seele dich?
Kr Wie? Willst du untersuchen, wo mein Ärger sitzt?
Wä Der Täter kränkt den Sinn dir, doch die Ohren ich.
Kr Ach, wie du als geborenes Geschwätz dich zeigst!

Φυ οὔκουν τό γ' ἔργον τοῦτο ποιήσας ποτέ.
Κρ καὶ ταῦτ' ἐπ' ἀργύρῳ γε τὴν ψυχὴν προδούς.
Φυ φεῦ·
ἦ δεινόν, ᾧ δοκῇ γε, καὶ ψευδῆ δοκεῖν.
Κρ κόμψευέ νυν τὴν δόξαν· εἰ δὲ ταῦτα μὴ
φανεῖτέ μοι τοὺς δρῶντας, ἐξερεῖθ' ὅτι
τὰ δειλὰ κέρδη πημονὰς ἐργάζεται.

Φυ ἀλλ' εὑρεθείη μὲν μάλιστ'· ἐὰν δέ τοι
ληφθῇ τε καὶ μή, τοῦτο γὰρ τύχη κρινεῖ,
οὐκ ἔσθ' ὅπως ὄψῃ σὺ δεῦρ' ἐλθόντα με.
καὶ νῦν γὰρ ἐκτὸς ἐλπίδος γνώμης τ' ἐμῆς
σωθεὶς ὀφείλω τοῖς θεοῖς πολλὴν χάριν.

Χορός

πολλὰ τὰ δεινὰ κοὐδὲν ἀν- ch ia Str. 1
θρώπου δεινότερον πέλει· gl
τοῦτο καὶ πολιοῦ πέραν gl
πόντου χειμερίῳ νότῳ gl
χωρεῖ, περιβρυχίοισιν en
περῶν ὑπ' οἴδμασιν, θεῶν ia^2
τε τὰν ὑπερτάταν, Γᾶν ia ba
ἄφθιτον, ἀκαμάταν ἀποτρύεται, da^4
ἰλλομένων ἀρότρων ἔτος εἰς ἔτος, da^4
ἱππείῳ γένει πολεύων. sp ith

κουφονόων τε φῦλον ὀρ- ch ia Ant. 1
νίθων ἀμφιβαλὼν ἀγρεῖ gl
καὶ θηρῶν ἀγρίων ἔθνη gl
πόντου τ' εἰναλίαν φύσιν gl
σπείραισι δικτυοκλώστοις, en
περιφραδὴς ἀνήρ· κρατεῖ ia^2
δὲ μαχαναῖς ἀγραύλου ia ba
θηρὸς ὀρεσσιβάτα, λασιαύχενά θ' da^4

Wä Doch nicht als einer, der die Tat verrichtet hat!
Kr Auch das: für Silber gabst du deine Seele hin.
Wä O weh!
Wie schlimm, wer urteilt und ein falsches Urteil fällt!
Kr Bewitzle nur das Urteil jetzt! Doch wenn ihr mir
nicht anzeigt, die es taten, sollt ihr noch gestehn,
daß schändliche Gewinnsucht Schaden nehmen muß!

Er geht hinein

Wä Am besten wär's, er fände sich; doch mag man ihn
ergreifen oder nicht – denn Glück entscheidet dies –,
mich sollst du hierher niemals wiederkommen sehn!
Denn jetzt, weit über alle Hoffnung und Verstand
errettet, schulde ich den Göttern vielen Dank.

Er eilt weg

Chor

Vieles ist ungeheuer, nichts
ungeheuerer als der Mensch.
Das durchfährt auch die fahle Flut
in des reißenden Südsturms Not;
das gleitet zwischen den Wogen,
die rings sich türmen! Erde selbst,
die allerhehrste Gottheit,
ewig und nimmer ermüdend, er schwächt sie noch,
wenn seine Pflüge von Jahre zu Jahre, wenn
seine Rosse sie zerwühlen.

Völker der Vögel, frohgesinnt,
fängt in Garnen er, rafft hinweg
auch des wilden Getiers Geschlecht,
ja, die Brut der salzigen See
in eng geflochtenen Netzen,
der klug bedachte Mann, besiegt
mit List und Kunst das freie,
bergebesteigende Wild und umschirrt mit dem

ἵππον ὑπαξέμεν ἀμφίλοφον ζυγὸν da^4
οὔρειόν τ' ἀκμῆτα ταῦρον. sp ith

καὶ φθέγμα καὶ ἀνεμόεν pr Str. 2
φρόνημα καὶ ἀστυνόμους pr
ὀργὰς ἐδιδάξατο καὶ δυσαύλων pr ba
πάγων ὑπαίθρεια καὶ ia cr
δύσομβρα φεύγειν βέλη ia cr
παντοπόρος· ἄπορος ἐπ' οὐδὲν ἔρχεται cr ia ia
τὸ μέλλον· Ἅιδα μόνον ia cr
φεῦξιν οὐκ ἐπάξεται· cr ia
νόσων δ' ἀμαχάνων φυγὰς ia^2
ξυμπέφρασται. tr

σοφόν τι τὸ μαχανόεν pr Ant. 2
τέχνας ὑπὲρ ἐλπίδ' ἔχων pr
τοτὲ μὲν κακόν, ἄλλοτ' ἐπ' ἐσθλὸν ἕρπει. pr ba
νόμους περαίνων χθονὸς ia cr
θεῶν τ' ἔνορκον δίκαν, ia cr
ὑψίπολις· ἄπολις ὅτῳ τὸ μὴ καλὸν cr ia ia
ξύνεστι τόλμας χάριν. ia cr
μήτ' ἐμοὶ παρέστιος cr ia
γένοιτο μήτ' ἴσον φρονῶν ia^2
ὃς τάδ' ἔρδοι. tr

ἐς δαιμόνιον τέρας ἀμφινοῶ, an^4
τὸ δὲ πῶς εἰδὼς ἀντιλογήσω
μὴ οὐ τήνδ' εἶναι παῖδ' Ἀντιγόνην;
ὦ δύστηνος
καὶ δυστήνου πατρὸς Οἰδιπόδα,
τί ποτ'; οὐ δή που σέ γ' ἀπιστοῦσαν
τοῖς βασιλείοισιν ἄγουσι νόμοις
καὶ ἐν ἀφροσύνῃ καθελόντες;

Φύλαξ

ἥδ' ἔστ' ἐκείνη τοὔργον ἡ 'ξειργασμένη·
τήνδ' εἵλομεν θάπτουσαν. ἀλλὰ ποῦ Κρέων;

Joche den mähnigen Nacken des Rosses und
auch des unbeugsamen Bergstiers.

Und Rede und, rasch wie der Wind,
das Denken erlernt' er, den Trieb,
die Staaten zu ordnen, und auch der Fröste
Unwohnlichkeit im Gefild
und Regensturms Pfeile fliehn:
allbewandert, in nichts unbewandert schreitet er
ins Künft'ge; vorm Tod allein
sinnt er niemals Zuflucht aus;
doch für heilloser Krankheit Pein
fand er Hilfe.

Mit kluger Geschicklichkeit für
die Kunst ohne Maßen begabt,
kommt heut er auf Schlimmes, auf Edles morgen.
Wer seines Lands Satzung ehrt
und Götterrecht schwurgeweiht,
gilt im Staate; doch nichtig ist, wem das Unrecht sich
gesellt hat zu frevlem Tun.
Sitze nie an meinem Herd,
und sei im Bunde nie mit mir,
wer so handelt!

Als gespenstisches Blendwerk scheint es mir,
doch seh' ich es: wie könnt' ich bestreiten,
daß dieses Mädchen Antigone ist?
Unselige, Kind
unseligen Vaters: von Oidipus!
Was ist? Sie führen dich doch nicht her,
weil du ungehorsam dem Königsgesetz
und bei sinnloser Tat sie dich griffen?

Der Wächter kommt mit Antigone

Wächter

Sie ist's gewesen! Sie hat diese Tat verübt!
Sie griffen wir beim Graben! Sagt, wo Kreon ist!

Χορός

ὅδ' ἐκ δόμων ἄψορρος ἐς δέον περᾷ.

Κρέων

τί δ' ἔστι; ποίᾳ ξύμμετρος προύβην τύχῃ;
Φυ ἄναξ, βροτοῖσιν οὐδέν ἐστ' ἀπώμοτον.
ψεύδει γὰρ ἡ 'πίνοια τὴν γνώμην· ἐπεὶ
σχολῇ ποθ' ἥξειν δεῦρ' ἂν ἐξηύχουν ἐγὼ
ταῖς σαῖς ἀπειλαῖς, αἷς ἐχειμάσθην τότε.
ἀλλ' ἡ γὰρ ἐκτὸς καὶ παρ' ἐλπίδας χαρὰ
ἔοικεν ἄλλῃ μῆκος οὐδὲν ἡδονῇ,
ἥκω, δι' ὅρκων καίπερ ὢν ἀπώμοτος,
κόρην ἄγων τήνδ', ἣ καθηρέθη τάφον
κοσμοῦσα. κλῆρος ἐνθάδ' οὐκ ἐπάλλετο,
ἀλλ' ἔστ' ἐμὸν θοὔρμαιον, οὐκ ἄλλου, τόδε.
καὶ νῦν, ἄναξ, τήνδ' αὐτός, ὡς θέλεις, λαβὼν
καὶ κρῖνε κἀξέλεγχ'· ἐγὼ δ' ἐλεύθερος
δίκαιός εἰμι τῶνδ' ἀπηλλάχθαι κακῶν.
Κρ ἄγεις δὲ τήνδε τῷ τρόπῳ πόθεν λαβών;
Φυ αὕτη τὸν ἄνδρ' ἔθαπτε· πάντ' ἐπίστασαι.
Κρ ἦ καὶ ξυνίῃς καὶ λέγεις ὀρθῶς ἃ φής;
Φυ ταύτην γ' ἰδὼν θάπτουσαν ὃν σὺ τὸν νεκρὸν
ἀπεῖπας. ἆρ' ἔνδηλα καὶ σαφῆ λέγω;
Κρ καὶ πῶς ὁρᾶται κἀπίληπτος ᾑρέθη;
Φυ τοιοῦτον ἦν τὸ πρᾶγμ'. ὅπως γὰρ ἥκομεν,
πρὸς σοῦ τὰ δείν' ἐκεῖν' ἐπηπειλημένοι,
πᾶσαν κόνιν σήραντες ἣ κατεῖχε τὸν
νέκυν, μυδῶν τε σῶμα γυμνώσαντες εὖ,
καθήμεθ' ἄκρων ἐκ πάγων ὑπήνεμοι,
ὀσμὴν ἀπ' αὐτοῦ μὴ βάλῃ πεφευγότες,
ἐγερτὶ κινῶν ἄνδρ' ἀνὴρ ἐπιρρόθοις
κακοῖσιν, εἴ τις τοῦδ' ἀκηδήσοι πόνου.
χρόνον τάδ' ἦν τοσοῦτον, ἔστ' ἐν αἰθέρι
μέσῳ κατέστη λαμπρὸς ἡλίου κύκλος

Chorführer

Da kommt er aus dem Haus zurück zu rechter Zeit!

Kreon

herraustretend

Was gibt es? Warum komm' ich so gelegen euch?
Wä Die Menschen sollten nie etwas verschwören, Herr!
Denn aus dem Vorsatz macht Nachdenken Lüge: so
hab' ich geprahlt, ich käme schwerlich wieder her,
als deine Drohung wie ein Wetter niederging.
Doch eine Freude, die so unverhofft uns trifft,
läßt jedes andre Glück bei weitem hinter sich.
Drum komm' ich jetzt, wiewohl ich's abgeschworen erst,
mit dieser Jungfrau, die ergriffen ward, als sie
das Grab bestellte. Diesmal wurde nicht gelost,
nein, dieser Fund ist mein: kein andrer half dabei.
Und nun, Herr, nimm sie selbst und, wie es dir beliebt,
befrag und überführe sie! Doch bin ich frei,
und rechtens aus dem bösen Handel nun heraus.
Kr Du bringst mir diese? Wo und wie ergriffst du sie?
Wä Die hat den Mann begraben: alles weißt du nun.
Kr Begreifst du, was du sagst? Ist's Wahrheit, was du sprichst?
Wä Diese erblickt' ich, als den Leichnam sie begrub,
dem du's versagt hast. Red' ich klar und deutlich nun?
Kr Und wie ward sie erspäht? Wie traf und fing man sie?
Wä So war die Sache: als ich hingekommen war,
von dir bedroht mit jenem fürchterlichen Wort,
und abgefegt vom Toten allen Staub, der ihn
umgab, den Leib, den modernden ganz freigelegt,
saßen wir an den Hügeln, wo der Wind so ging,
daß wir vermieden, daß Geruch von ihm uns traf.
Und wachsam spornten wir uns nun mit Schelten an
und bösem Wort, wenn einer seine Pflicht vergaß.
Dies dauerte so lange fort, bis mitten in
die Himmelsluft die lichte Sonnenscheibe trat

καὶ καῦμ' ἔθαλπε· καὶ τότ' ἐξαίφνης χθονὸς
τυφὼς ἀείρας σκηπτόν, οὐράνιον ἄχος,
πίμπλησι πεδίον, πᾶσαν αἰκίζων φόβην
ὕλης πεδιάδος, ἐν δ' ἐμεστώθη μέγας
αἰθήρ· μύσαντες δ' εἴχομεν θείαν νόσον.
καὶ τοῦδ' ἀπαλλαγέντος ἐν χρόνῳ μακρῷ,
ἡ παῖς ὁρᾶται κἀνακωκύει πικρᾶς
ὄρνιθος ὀξὺν φθόγγον, ὡς ὅταν κενῆς
εὐνῆς νεοσσῶν ὀρφανὸν βλέψῃ λέχος·
οὕτω δὲ χαὔτη, ψιλὸν ὡς ὁρᾷ νέκυν,
γόοισιν ἐξῴμωξεν, ἐκ δ' ἀρὰς κακὰς
ἠρᾶτο τοῖσι τοὔργον ἐξειργασμένοις.
καὶ χερσὶν εὐθὺς διψίαν φέρει κόνιν,
ἔκ τ' εὐκροτήτου χαλκέας ἄρδην πρόχου
χοαῖσι τρισπόνδοισι τὸν νέκυν στέφει.
χἠμεῖς ἰδόντες ἱέμεσθα, σὺν δέ νιν
θηρώμεθ' εὐθὺς οὐδὲν ἐκπεπληγμένην,
καὶ τάς τε πρόσθεν τάς τε νῦν ἠλέγχομεν
πράξεις· ἄπαρνος δ' οὐδενὸς καθίστατο,
ἅμ' ἡδέως ἔμοιγε κἀλγεινῶς ἅμα.
τὸ μὲν γὰρ αὐτὸν ἐκ κακῶν πεφευγέναι
ἥδιστον, ἐς κακὸν δὲ τοὺς φίλους ἄγειν
ἀλγεινόν. ἀλλὰ τἆλλα πάνθ' ἥσσω λαβεῖν
ἐμοὶ πέφυκε τῆς ἐμῆς σωτηρίας.
Κρ σὲ δή, σὲ τὴν νεύουσαν ἐς πέδον κάρα,
φῄς, ἢ καταρνῇ μὴ δεδρακέναι τάδε;

Ἀντιγόνη

καὶ φημὶ δρᾶσαι κοὐκ ἀπαρνοῦμαι τὸ μή.
Κρ σὺ μὲν κομίζοις ἂν σεαυτὸν ᾗ θέλεις
ἔξω βαρείας αἰτίας ἐλεύθερον·

σὺ δ' εἰπέ μοι μὴ μῆκος, ἀλλὰ σύντομα,
ᾔδησθα κηρυχθέντα μὴ πράσσειν τάδε;
Ἀν ᾔδη· τί δ' οὐκ ἔμελλον; ἐμφανῆ γὰρ ἦν.

und glühend brannte. Plötzlich jagt ein Wirbelsturm
den Staub vom Boden auf und bläst ihn himmelhoch,
erfüllt die Fluren und zerzaust das volle Haar
der Bäume des Gefilds; der Himmel ward getrübt:
wir trugen gottgesandte Not geschlossnen Blicks.
Doch als sich dies verzogen hatte, lang darnach,
sieht man die Jungfrau, und sie jammert bitterlich:
scharf klang es wie beim Vogel, der verwaist im Nest
das Lager seiner Jungen aufgefunden hat;
so brach auch diese, da sie nackt den Toten sah,
in Klagelaute aus; mit bösen Flüchen dann
fluchte sie denen, die ihr dieses angetan.
Mit ihren Händen bringt sie trocknen Staub sogleich,
hebt einen schönen, erzgetriebnen Krug empor
und ehrt den Toten, spendend mit dreifachem Guß.
Und wir gewahren's, eilen hin und greifen sie
sofort, und sie erschrack nicht, und wir klagten sie
der frühern Tat sowohl wie dieser neuen an.
Doch sie stand da und leugnete mitnichten ab.
Mir ist dies lieb und tut mir doch zugleich auch leid;
denn selber schlimmen Nöten zu entkommen ist
erfreulich sehr, doch die in Not zu bringen, die
uns lieb sind, schmerzlich; dieses alles aber darf
ich nicht so hoch anschlagen wie mein eignes Heil.

Kr Sprich denn, du, die das Haupt zu Boden niederbeugt:
bekennst du oder leugnest du, daß du's getan?

Antigone

Ja, ich bekenne, daß ich's tat, und leugne nicht.

Kr Du also hebe dich hinweg, wohin du willst:
du bist befreit von dieses schweren Vorwurfs Last.

Der Wächter eilt weg

Du aber sage mir, ohn' Umschweif, sondern kurz:
du wußtest, daß geboten war, dies nicht zu tun?

An Ich wußt's. Wie sollt' ich nicht? Es ward ja deutlich kund.

Κρ καὶ δῆτ' ἐτόλμας τούσδ' ὑπερβαίνειν νόμους;
Ἀν οὐ γάρ τί μοι Ζεὺς ἦν ὁ κηρύξας τάδε,
οὐδ' ἡ ξύνοικος τῶν κάτω θεῶν Δίκη
τοιούσδ' ἐν ἀνθρώποισιν ὥρισεν νόμους,
οὐδὲ σθένειν τοσοῦτον ᾠόμην τὰ σὰ
κηρύγμαθ' ὥστ' ἄγραπτα κἀσφαλῆ θεῶν
νόμιμα δύνασθαι θνητὸν ὄνθ' ὑπερδραμεῖν.
οὐ γάρ τι νῦν γε κἀχθές, ἀλλ' ἀεί ποτε
ζῇ ταῦτα κοὐδεὶς οἶδεν, ἐξ ὅτου 'φάνη.
τούτων ἐγὼ οὐκ ἔμελλον, ἀνδρὸς οὐδενὸς
φρόνημα δείσασ', ἐν θεοῖσι τὴν δίκην
δώσειν· θανουμένη γὰρ ἐξῄδη, τί δ' οὔ;
κεἰ μὴ σὺ προυκήρυξας. εἰ δὲ τοῦ χρόνου
πρόσθεν θανοῦμαι, κέρδος αὔτ' ἐγὼ λέγω.
ὅστις γὰρ ἐν πολλοῖσιν ὡς ἐγὼ κακοῖς
ζῇ, πῶς ὅδ' οὐχὶ κατθανὼν κέρδος φέρει;
οὕτως ἔμοιγε τοῦδε τοῦ μόρου τυχεῖν
παρ' οὐδὲν ἄλγος· ἀλλ' ἄν, εἰ τὸν ἐξ ἐμῆς
μητρὸς θανόντ' ἄθαπτον ἠνσχόμην νέκυν,
κείνοις ἂν ἤλγουν· τοῖσδε δ' οὐκ ἀλγύνομαι.
σοὶ δ' εἰ δοκῶ νῦν μῶρα δρῶσα τυγχάνειν,
σχεδόν τι μώρῳ μωρίαν ὀφλισκάνω.

Χορός

δηλοῖ τὸ γοῦν λῆμ' ὠμὸν ἐξ ὠμοῦ πατρὸς
τῆς παιδός· εἴκειν δ' οὐκ ἐπίσταται κακοῖς.
Κρ ἀλλ' ἴσθι τοι τὰ σκλήρ' ἄγαν φρονήματα
πίπτειν μάλιστα, καὶ τὸν ἐγκρατέστατον
σίδηρον ὀπτὸν ἐκ πυρὸς περισκελῆ
θραυσθέντα καὶ ῥαγέντα πλεῖστ' ἂν εἰσίδοις.
σμικρῷ χαλινῷ δ' οἶδα τοὺς θυμουμένους
ἵππους καταρτυθέντας· οὐ γὰρ ἐκπέλει
φρονεῖν μέγ' ὅστις δοῦλός ἐστι τῶν πέλας.
αὕτη δ' ὑβρίζειν μὲν τότ' ἐξηπίστατο,
νόμους ὑπερβαίνουσα τοὺς προκειμένους·

Kr Und wagtest doch, zu übertreten das Gebot?
An Es war ja Zeus nicht, der es mir verkündet hat,
noch hat die Gottheit, die den Toten Recht erteilt,
je für die Menschen solche Satzungen bestimmt.
Auch glaubte ich, so viel vermöchte kein Befehl
von dir, um ungeschriebne, ewige, göttliche
Gesetze zu überrennen als ein Sterblicher.
Denn nicht von heut und gestern, sondern immerdar
bestehn sie: niemand weiß, woher sie kommen sind.
Aus Furcht vor eines Menschen Willen wollt' ich mich
am Recht der Götter nicht vergehn; ich wußte ja,
daß ich einst sterben werde, – warum sollt' ich nicht? –
hättst du's auch nicht vorher verkündet; doch wenn ich
nun vor der Zeit schon sterbe, nenn' ich's nur Gewinn.
Denn wer wie ich in mannigfachem Leide lebt,
wie trüge der im Tode nicht Gewinn davon?
Drum ist es mir nicht schmerzlich, daß dies Schicksal jetzt
mich trifft; doch litte ich's, daß meiner Mutter Sohn
als unbegrabner Leichnam draußen liegenbleibt,
das schmerzte mich; doch dies hier macht mir keinen Schmerz.
Und schein' ich dir verfallen auf ein töricht Tun,
so ist's vielleicht ein Tor, der mich der Torheit zeiht.

Chorführer

Es zeigt die schroffe Art des schroffen Vaters sich
im Kinde: Übeln sich zu fügen weiß sie nicht.
Kr Doch wisse, daß die allzu starre Sinnesart
sehr bald erliegen wird, wie du den festesten,
im Feuer allzu spröd geglühten Stahl ja auch
am ehesten brechen und zersplittern sehen kannst.
Mit kurzem Zügel, weiß ich, wird der Übermut
der Rosse rasch gebändigt; denn es ziemt sich nicht,
sich groß zu dünken, wenn man Knecht im Hause ist.
Die hier verstand nur allzu gut aufs Freveln sich,
als sie bestehende Gesetze übertrat.

ὕβρις δ', ἐπεὶ δέδρακεν, ἥδε δευτέρα,
τούτοις ἐπαυχεῖν καὶ δεδρακυῖαν γελᾶν.
ἦ νῦν ἐγὼ μὲν οὐκ ἀνήρ, αὕτη δ' ἀνήρ,
εἰ ταῦτ' ἀνατεὶ τῇδε κείσεται κράτη.
ἀλλ' εἴτ' ἀδελφῆς εἴθ' ὁμαιμονεστέρα
τοῦ παντὸς ἡμῖν Ζηνὸς ἑρκείου κυρεῖ,
αὐτή τε χἠ ξύναιμος οὐκ ἀλύξετον
μόρου κακίστου· καὶ γὰρ οὖν κείνην ἴσον
ἐπαιτιῶμαι τοῦδε βουλεῦσαι τάφου.
καί νιν καλεῖτ'· ἔσω γὰρ εἶδον ἀρτίως
λυσσῶσαν αὐτὴν οὐδ' ἐπήβολον φρενῶν.

φιλεῖ δ' ὁ θυμὸς πρόσθεν ᾑρῆσθαι κλοπεὺς
τῶν μηδὲν ὀρθῶς ἐν σκότῳ τεχνωμένων.
μισῶ γε μέντοι χὤταν ἐν κακοῖσί τις
ἁλοὺς ἔπειτα τοῦτο καλλύνειν θέλῃ.
Ἀν θέλεις τι μεῖζον ἢ κατακτεῖναί μ' ἑλών;
Κρ ἐγὼ μὲν οὐδέν· τοῦτ' ἔχων ἅπαντ' ἔχω.
Ἀν τί δῆτα μέλλεις; ὡς ἐμοὶ τῶν σῶν λόγων
ἀρεστὸν οὐδέν, μηδ' ἀρεσθείη ποτέ,
οὕτω δὲ καὶ σοὶ τἄμ' ἀφανδάνοντ' ἔφυ.
καίτοι πόθεν κλέος γ' ἂν εὐκλεέστερον
κατέσχον ἢ τὸν αὐτάδελφον ἐν τάφῳ
τιθεῖσα; τούτοις τοῦτο πᾶσιν ἁνδάνειν
λέγοιτ' ἄν, εἰ μὴ γλῶσσαν ἐγκλῄοι φόβος.
ἀλλ' ἡ τυραννὶς πολλά τ' ἄλλ' εὐδαιμονεῖ
κἄξεστιν αὐτῇ δρᾶν λέγειν θ' ἃ βούλεται.
Κρ σὺ τοῦτο μούνη τῶνδε Καδμείων ὁρᾷς.
Ἀν ὁρῶσι χοὗτοι· σοὶ δ' ὑπίλλουσι στόμα.
Κρ σὺ δ' οὐκ ἐπαιδῇ, τῶνδε χωρὶς εἰ φρονεῖς;
Ἀν οὐδὲν γὰρ αἰσχρὸν τοὺς ὁμοσπλάγχνους σέβειν
Κρ οὔκουν ὅμαιμος χὠ καταντίον θανών;
Ἀν ὅμαιμος ἐκ μιᾶς τε καὶ ταὐτοῦ πατρός.
Κρ πῶς δῆτ' ἐκείνῳ δυσσεβῆ τιμᾷς χάριν;
Ἀν οὐ μαρτυρήσει ταῦθ' ὁ κατθανὼν νέκυς.
Κρ εἴ τοί σφε τιμᾷς ἐξ ἴσου τῷ δυσσεβεῖ.

Das aber ist ihr zweiter Frevel, daß sie sich
nun lachend noch mit ihrer Tat zu brüsten wagt.
Da wäre wahrlich ich kein Mann, sie wäre Mann,
wenn straflos solcher Übermut frohlocken darf.
Drum, sei sie Schwesterkind, sei blutsverwandter mir
als jeder, den in unsrem Hause Zeus beschirmt,
sie soll samt ihrer Schwester nicht dem schlimmsten Los
entgehen; denn auch diese klag' ich an zugleich,
daß sie die Grablegung mit angestiftet hat.
Drum ruft sie her! Ich sah sie drinnen eben jetzt
wie rasend und nicht mächtig ihrer Sinne mehr.

Ein Diener geht hinein

So pflegt sich zu verraten ein verstohlner Sinn,
wenn er im Dunkel auf unlautre Dinge denkt.
Nicht minder ist es mir verhaßt, wenn man, ertappt,
sein schlimmes Treiben gar noch zu beschönigen sucht.

An Willst du denn mehr als meinen Tod, da du mich griffst?
Kr Ich will nichts weiter: alles hab' ich, hab' ich dies!
An Was säumst du also? Wie an deinen Worten mir
nichts wohlgefällt und niemals wohlgefallen wird,
so müssen dir die meinen unerquicklich sein.
Und doch, was brächte mir wohl rühmlicheren Ruhm,
als daß ich meinen Bruder in ein Grab gelegt?
Die alle hier, sie fänden es wohl lobenswert,
wenn ihnen nicht die Furcht die Zunge fesselte.
Doch ist die Tyrannei mit vielem ja beglückt:
ihr steht auch zu, zu tun, zu reden, was sie mag!
Kr So denkst du unter Thebens Bürgern ganz allein.
An Sie sehen's auch; doch reden sie dir nach dem Mund.
Kr Du aber schämst dich nicht, daß du nicht denkst wie sie?
An Nicht schändlich ist's zu ehren, die uns blutsverwandt.
Kr War blutsverwandt nicht auch der andre Tote dir?
An Ja, Bruder von der Mutter und vom Vater her.
Kr So frevelst du an diesem, wenn du jenen ehrst.
An Das wird der Tote, der im Grab ist, nicht bejahn.
Kr Wenn du ihn ebenso wie den Verräter ehrst?

’Αν οὐ γάρ τι δοῦλος, ἀλλ’ ἀδελφὸς ὤλετο.
Κρ πορθῶν δὲ τήνδε γῆν· ὁ δ’ ἀντιστὰς ὕπερ.
’Αν ὅμως ὅ γ’ Ἅιδης τοὺς νόμους ἴσους ποθεῖ.
Κρ ἀλλ’ οὐχ ὁ χρηστὸς τῷ κακῷ λαχεῖν ἴσον.
’Αν τίς οἶδεν, εἰ κάτωθεν εὐαγῆ τάδε;
Κρ οὔτοι ποθ’ οὑχθρός, οὐδ’ ὅταν θάνῃ, φίλος.
’Αν οὔτοι συνέχθειν, ἀλλὰ συμφιλεῖν ἔφυν.
Κρ κάτω νυν ἐλθοῦσ’, εἰ φιλητέον, φίλει
κείνους· ἐμοῦ δὲ ζῶντος οὐκ ἄρξει γυνή.

Χορός

καὶ μὴν πρὸ πυλῶν ἥδ’ ’Ισμήνη, an
φιλάδελφα κάτω δάκρυ’ εἰβομένη·
νεφέλη δ’ ὀφρύων ὕπερ αἱματόεν
ῥέθος αἰσχύνει,
τέγγουσ’ εὐῶπα παρειάν.

Κρ σὺ δ’, ἣ κατ’ οἴκους ὡς ἔχιδν’ ὑφειμένη
λήθουσά μ’ ἐξέπινες, οὐδ’ ἐμάνθανον
τρέφων δύ’ ἄτα κἀπαναστάσεις θρόνων,
φέρ’, εἰπὲ δή μοι, καὶ σὺ τοῦδε τοῦ τάφου
φήσεις μετασχεῖν, ἢ ’ξομῇ τὸ μὴ εἰδέναι;

’Ισμήνη

δέδρακα τοὔργον, εἴπερ ἥδ’· ὁμορροθῶ
καὶ ξυμμετίσχω καὶ φέρω τῆς αἰτίας.
’Αν ἀλλ’ οὐκ ἐάσει τοῦτό γ’ ἡ δίκη σ’, ἐπεὶ
οὔτ’ ἠθέλησας οὔτ’ ἐγὼ ’κοινωσάμην.
’Ισ ἀλλ’ ἐν κακοῖς τοῖς σοῖσιν οὐκ αἰσχύνομαι
ξύμπλουν ἐμαυτὴν τοῦ πάθους ποιουμένη.
’Αν ὧν τοὔργον Ἅιδης χοἱ κάτω ξυνίστορες·
λόγοις δ’ ἐγὼ φιλοῦσαν οὐ στέργω φίλην.
’Ισ μήτοι, κασιγνήτη, μ’ ἀτιμάσῃς τὸ μὴ οὐ
θανεῖν τε σὺν σοὶ τὸν θανόντα θ’ ἁγνίσαι.
’Αν μή μοι θάνῃς σὺ κοινά, μηδ’ ἃ μὴ ’θιγες

An Nicht ein beliebiger Knecht, ein Bruder kam ja um!
Kr Als Feind des Landes! Jener stritt für unsren Schutz.
An Gleichviel: die Totenwelt gebietet diese Pflicht.
Kr Doch nicht, daß Edle gleiches Los wie Schlechte trifft.
An Wer weiß, ob das da unten auch für heilig gilt?
Kr Doch niemals wird der Feind, auch nicht im Tod, zum Freund.
An Doch nicht der Feindschaft leb' ich, nur dem Freundesdienst.
Kr Kommst du hinab, sei Freundin, wenn du Freundschaft brauchst,
für jene dort! Mich lenkt mein Leben lang kein Weib!

Chor

Wahrhaftig! Da tritt Ismene vors Tor,
die Tränen der Schwesterliebe vergießt.
Eine Wolke über den Brauen entstellt
ihr glühend Gesicht,
betaut die liebliche Wange.
Ismene ist, von einem Diener geführt, herausgetreten

Kr Du, die im Haus wie eine Schlange mich beschlich
und heimlich aussog! Und ich habe nicht gemerkt,
daß ich zwei Schäden nährte zum Verderb des Throns!
Nun sprich! Bekenne, daß auch du bei diesem Grab
geholfen! Oder schwörst du, daß du nichts gewußt?

Ismene

Wenn sie es tat, so tat ich's mit: ich geb' es zu
und habe teil daran und trage mit die Schuld.
An Doch wird Gerechtigkeit dir's nicht gestatten, da
du nicht gewollt hast und ich dir nicht Anteil gab.
Is Doch nun, in deinem Leide, heg' ich keine Scheu
und mache selbst mich zur Gefährtin deiner Not.
An Wer es getan hat, weiß die ganze Totenwelt.
Ich liebe nicht die Freundin, die mit Worten liebt.
Is Schwester, entehre mich doch nicht, als könnt' ich nicht
sterben mit dir und den Gefallenen betreun!
An Du sollst mit mir nicht sterben! Was du nicht berührt,

ποιοῦ σεαυτῆς. ἀρκέσω θνῄσκουσ’ ἐγώ.
’Ισ καὶ τίς βίος μοι σοῦ λελειμμένῃ φίλος;
’Αν Κρέοντ’ ἐρώτα· τοῦδε γὰρ σὺ κηδεμών.
’Ισ τί ταῦτ’ ἀνιᾷς μ’ οὐδὲν ὠφελουμένη;
’Αν ἀλγοῦσα μὲν δῆτ’, εἰ γέλωτ’ ἐν σοὶ γελῶ.
’Ισ τί δῆτ’ ἂν ἀλλὰ νῦν σ’ ἔτ’ ὠφελοῖμ’ ἐγώ;
’Αν σῶσον σεαυτήν. οὐ φθονῶ σ’ ὑπεκφυγεῖν.
’Ισ οἴμοι τάλαινα, κἀμπλάκω τοῦ σοῦ μόρου;
’Αν σὺ μὲν γὰρ εἵλου ζῆν, ἐγὼ δὲ κατθανεῖν.
’Ισ ἀλλ’ οὐκ ἐπ’ ἀρρήτοις γε τοῖς ἐμοῖς λόγοις.
’Αν καλῶς σὺ μὲν τοῖς, τοῖς δ’ ἐγὼ ’δόκουν φρονεῖν.
’Ισ καὶ μὴν ἴση νῷν ἐστιν ἡ ’ξαμαρτία.
’Αν θάρσει. σὺ μὲν ζῇς, ἡ δ’ ἐμὴ ψυχὴ πάλαι
τέθνηκεν, ὥστε τοῖς θανοῦσιν ὠφελεῖν.
Κρ τὼ παῖδέ φημι τώδε τὴν μὲν ἀρτίως
ἄνουν πεφάνθαι, τὴν δ’ ἀφ’ οὗ τὰ πρῶτ’ ἔφυ.
’Ισ οὐ γάρ ποτ’, ὦναξ, οὐδ’ ὃς ἂν βλάστῃ μένει
νοῦς τοῖς κακῶς πράσσουσιν, ἀλλ’ ἐξίσταται.
Κρ σοὶ γοῦν, ὅθ’ εἵλου σὺν κακοῖς πράσσειν κακά.
’Ισ τί γὰρ μόνῃ μοι τῆσδ’ ἄτερ βιώσιμον;
Κρ ἀλλ’ ἥδε μέντοι μὴ λέγ’· οὐ γὰρ ἔστ’ ἔτι.
’Ισ ἀλλὰ κτενεῖς νυμφεῖα τοῦ σαυτοῦ τέκνου;
Κρ ἀρώσιμοι γὰρ χἀτέρων εἰσὶν γύαι.
’Ισ οὐχ ὥς γ’ ἐκείνῳ τῇδέ τ’ ἦν ἡρμοσμένα.
Κρ κακὰς ἐγὼ γυναῖκας υἱέσι στυγῶ.
’Ισ ὦ φίλταθ’ Αἷμον, ὥς σ’ ἀτιμάζει πατήρ.
Κρ ἄγαν γε λυπεῖς καὶ σὺ καὶ τὸ σὸν λέχος.
Χο ἦ γὰρ στερήσεις τῆσδε τὸν σαυτοῦ γόνον;
Κρ Ἅιδης ὁ παύσων τούσδε τοὺς γάμους ἔφυ.
Χο δεδογμέν’, ὡς ἔοικε, τήνδε κατθανεῖν.
Κρ καὶ σοί γε κἀμοί. μὴ τριβὰς ἔτ’, ἀλλά νιν
κομίζετ’ εἴσω, δμῶες· ἐκδέτους δὲ χρὴ
γυναῖκας εἶναι τάσδε μηδ’ ἀνειμένας.
φεύγουσι γάρ τοι χοἰ θρασεῖς, ὅταν πέλας
ἤδη τὸν Ἅιδην εἰσορῶσι τοῦ βίου.

sei nicht dein Eigen! Wenn ich sterbe, ist's genug.
Is Verläßt du mich, welch Leben kann mir teuer sein?
An Das frage Kreon! Ihm galt deine Sorge ja!
Is Was kränkst du mich, wo es dir doch nicht helfen kann?
An Es schmerzt mich freilich, wenn ich deiner spotten muß.
Is Was könnt' ich dir jetzt andres noch zuliebe tun?
An Rette dich selbst! Ich neide nicht, daß du entrinnst.
Is Wehe mir Armen! Teilen darf ich nicht dein Los?
An Du wähltest ja zu leben, doch zu sterben ich.
Is Nicht ohne daß ich meine Gründe dir gesagt.
An Du hieltest diesen Weg für gut, den andren ich.
Is Doch haben wir nun beide teil an dem Vergehn.
An Getrost! Du lebst, doch meine Seele ist schon lang
gestorben, um zu dienen den Verstorbenen.
Kr Die beiden Mädchen sind wahnsinnig: eine ward
es eben jetzt, die andre war's von Anfang an.
Is Es bleibt uns, Herr, auch angeborner klarer Sinn
nicht treu im Unglück: leicht gerät er außer sich.
Kr Bei dir, als du mit Argen plantest arge Tat!
Is Was wär' ein einsam Leben ohne diese mir?
Kr Doch sage ja nicht „diese“, denn sie ist nicht mehr!
Is Doch willst du töten deines eignen Kindes Braut?
Kr Auch auf das Saatgefild von andren läßt sich sä'n!
Is Nur hat es nie sich so gefügt wie ihm und ihr!
Kr Für Söhne schlechte Frauen – mir ist das verhaßt!
Is O liebster Haimon, wie entehrt der Vater dich!
Kr Du bist mir lästig, du mit deinem Ehebund!
Chf Du willst sie also rauben deinem eignen Sohn?
Kr Hades ward zum Beschwichtiger dieser Hochzeitslust.
Chf Beschlossen ist, so scheint es, daß sie sterben soll.
Kr Es gilt für dich wie mich. Drum jetzt kein Zögern mehr!
Bringt sie hinein, ihr Diener! Festgebunden und
nicht losgelassen müssen diese Frauen sein.
Denn auch die Kühnen fliehen noch, sobald sie erst
gewahren, daß der Todesgott dem Leben naht.

Diener führen die Mädchen hinein

Χορός

εὐδαίμονες οἷσι κακῶν ἄγευστος αἰών.	‾he rz	Str. 1
οἷς γὰρ ἂν σεισθῇ θεόθεν δόμος, ἄτας	ep he‾	
οὐδὲν ἐλλείπει γενεᾶς ἐπὶ πλῆθος ἕρπον·	ep he ba	
ὁμοῖον ὥστε πόντιον	ia^2	
οἶδμα δυσπνόοις ὅταν	cr ia	
Θρῄσσῃσιν ἔρεβος ὕφαλον ἐπιδράμῃ πνοαῖς,	ia^3	
κυλίνδει βυσσόθεν κελαινὰν	ba cr ba	
θῖνα καὶ δυσάνεμοι	cr ia	
στόνῳ βρέμουσιν ἀντιπλῆγες ἀκταί.	ia ia ba	
ἀρχαῖα τὰ Λαβδακιδᾶν οἴκων ὁρῶμαι	‾he rz	Ant. 1
πήματα φθιμένων ἐπὶ πήμασι πίπτοντ',	(ep) he‾	
οὐδ' ἀπαλλάσσει γενεὰν γένος, ἀλλ' ἐρείπει	ep he ba	
θεῶν τις, οὐδ' ἔχει λύσιν.	ia^2	
νῦν γὰρ ἐσχάτας ὑπὲρ	cr ia	
ῥίζας ὃ τέτατο φάος ἐν Οἰδίπου δόμοις,	ia^3	
κατ' αὖ νιν φοινία θεῶν τῶν	ba cr ba	
νερτέρων ἀμᾷ κοπίς,	cr ia	
λόγου τ' ἄνοια καὶ φρενῶν Ἐρινύς.	ia ia ba	
τὰν σάν, Ζεῦ, δύνασιν τίς ἀν-	gl	Str. 2
δρῶν ὑπερβασίᾳ κατάσχοι;	hi	
τὰν οὔθ' ὕπνος αἱρεῖ ποθ' ὁ πάντ' ἀγρῶν οὔτ'	io^3	
ἀκάματοι σκεδῶσιν	ch ba	
μῆνες, ἀγήρως δὲ χρόνῳ δυνάστας	ch ch ba	
κατέχεις Ὀλύμπου	rz	
μαρμαρόεσσαν αἴγλαν.	ch ba	
τό τ' ἔπειτα καὶ τὸ μέλλον	en	
καὶ τὸ πρὶν ἐπαρκέσει	te	
νόμος ὅδ'· οὐδὲν ἕρπει	cr ba	
θνατῶν βιότῳ πάμπολύ γ' ἐκτὸς ἄτας.	io^3	
ἁ γὰρ δὴ πολύπλαγκτος ἐλ-	gl	Ant. 2
πὶς πολλοῖς μὲν ὄνασις ἀνδρῶν,	hi	
πολλοῖς δ' ἀπάτα κουφονόων ἐρώτων·	io^3	

Chor

Glückselige sind, die im Leben das Leid nicht schmeckten!
Deren Haus ein Gott erschüttert, der Qualen
keine bleibt da aus: sie beschleichen der Sippe Fülle.
Das ist, wie wenn der flutenden
Brandung atemloser Schwall
das unterseeische Dunkel mit thrakischem Hauch berennt
und wühlt vom Abgrund auf den schwarzen
Sand, und von dem stürmischen
Gestöhne hallen die gepeitschten Küsten.

Uralt im Geschlechte der Labdakos-Enkel seh' ich
Leiden immer auf andere Leiden sich stürzen:
nie befreit ein Sproß diesen Stamm; doch darnieder reißt ihn
ein Gott, der kein Erlösen kennt.
Was noch heut ins Licht herauf
sich streckt, die spätesten Wurzeln im Hause des Oidipus,
nun mäht auch das der Todesgötter
Sichel blutig mit hinab
und Wortes Wirrnis und der Geist des Fluches.

Wer kann, Zeus, von den Menschen je
deiner Macht übertretend trotzen,
die nimmer der Schlaf fesselt, der Allerbeuter,
nimmer zerstört der Monde
Unrast? In nie alterndem Leben herrschst du
auf Olympos' Höhn in
schimmernden Marmors Lichtglanz.
Und hinfort in alle Zukunft
wie von jeher wird bestehn
dies als Gesetz: es läuft nichts
im Menschengeschick jahrelang frei von Unheil.

Denn die schweifende Hoffnung wird
vielen Menschen Quelle des Segens,
verführt aber viel andre zu Leichtsinnswünschen,

εἰδότι δ' οὐδὲν ἕρπει, ch ba
πρὶν πυρὶ θερμῷ πόδα τις προσαύσῃ. ch ch ba
σοφίᾳ γὰρ ἔκ του rz
κλεινὸν ἔπος πέφανται, ch ba
τὸ κακὸν δοκεῖν ποτ' ἐσθλὸν en
τῷδ' ἔμμεν ὅτῳ φρένας te
θεὸς ἄγει πρὸς ἄταν· cr ba
πράσσει δ' ὀλίγιστον χρόνον ἐκτὸς ἄτας. io^{3}

ὅδε μὴν Αἵμων, παίδων τῶν σῶν an^{4}
νέατον γέννημ'· ἆρ' ἀχνύμενος
τάλιδος ἥκει μόρον Ἀντιγόνης,
ἀπάτης λεχέων ὑπεραλγῶν;

Κρ τάχ' εἰσόμεσθα μάντεων ὑπέρτερον.
ὦ παῖ, τελείαν ψῆφον ἆρα μὴ κλύων
τῆς μελλονύμφου πατρὶ λυσσαίνων πάρει;
ἢ σοὶ μὲν ἡμεῖς πανταχῇ δρῶντες φίλοι;

Αἵμων

πάτερ, σός εἰμι· καὶ σύ μοι γνώμας ἔχων
χρηστὰς ἀπορθοῖς, αἷς ἔγωγ' ἐφέψομαι.
ἐμοὶ γὰρ οὐδεὶς ἀξιώσεται γάμος
μείζων φέρεσθαι σοῦ καλῶς ἡγουμένου.
Κρ οὕτω γάρ, ὦ παῖ, χρὴ διὰ στέρνων ἔχειν,
γνώμης πατρῴας πάντ' ὄπισθεν ἑστάναι.
τούτου γὰρ οὕνεκ' ἄνδρες εὔχονται γονὰς
κατηκόους φύσαντες ἐν δόμοις ἔχειν,
ὡς καὶ τὸν ἐχθρὸν ἀνταμύνωνται κακοῖς,
καὶ τὸν φίλον τιμῶσιν ἐξ ἴσου πατρί.
ὅστις δ' ἀνωφέλητα φιτύει τέκνα,
τί τόνδ' ἂν εἴποις ἄλλο πλὴν αὑτῷ πόνους
φῦσαι, πολὺν δὲ τοῖσιν ἐχθροῖσιν γέλων;
μή νύν ποτ', ὦ παῖ, τὰς φρένας γ' ὑφ' ἡδονῆς
γυναικὸς οὕνεκ' ἐκβάλῃς, εἰδὼς ὅτι
ψυχρὸν παραγκάλισμα τοῦτο γίγνεται,

kommt über Ahnungslose,
bis an der Glut man sich den Fuß verbrannt hat.
Ein berühmtes Wort kam
einst aus dem Mund der Weisheit:
Wem ein Gott den Geist ins Unheil
stoßen will, dem scheint zuletzt
Arges, als wär' es edel;
die wenigste Zeit bleibt er dann frei von Unheil.

Sieh Haimon dort, aus deinem Geschlecht
der letzte Sproß! Er kommt wohl im Leid
um das Schicksal des Mädchens Antigone,
beklagt den Verlust seiner Ehe?

Haimon ist von der Stadt her aufgetreten

Kr Bald werden wir es besser als Wahrsager sehn.
Mein Sohn, dich treibt doch nicht Zorn auf den Vater her,
weil du das Urteil über deine Braut gehört?
Oder verbleib' ich teuer dir bei allem Tun?

Haimon

Dein bin ich, Vater, und du magst mit edlem Sinn
mich allzeit lenken, gerne folg' ich dir alsdann.
Denn mir wird nie ein Ehebund als größres Gut
denn du erscheinen, wenn du stets mich weise führst.
Kr So muß es auch in deinem Herzen stehn, mein Sohn,
die väterliche Meinung über alles gehn.
Deswegen beten Männer ja, daß ein Geschlecht
von untertanen Sprößlingen im Haus erblüh',
damit dem Feinde sie vergelten Übeltat,
die Freunde ehren, stets dem Vater gleichgesinnt.
Doch wer das Leben nichtsnutzigen Kindern schenkt,
was, meinst du, hat der andres denn als Sorgen sich
gezüchtet und ein Hohngelächter für den Feind?
Deswegen wirf, mein Kind, aus Sinnenlust jetzt nicht
um Weibes willen Einsicht weg: du weißt ja, daß
dies eine frostige Umarmung geben wird,

γυνὴ κακὴ ξύνευνος ἐν δόμοις. τί γὰρ
γένοιτ’ ἂν ἕλκος μεῖζον ἢ φίλος κακός;
ἀλλὰ πτύσας ὡσεί τε δυσμενῆ μέθες
τὴν παῖδ’ ἐν Ἅιδου τήνδε νυμφεύειν τινί.
ἐπεὶ γὰρ αὐτὴν εἷλον ἐμφανῶς ἐγὼ
πόλεως ἀπιστήσασαν ἐκ πάσης μόνην,
ψευδῆ γ’ ἐμαυτὸν οὐ καταστήσω πόλει,
ἀλλὰ κτενῶ. πρὸς ταῦτ’ ἐφυμνείτω Δία
ξύναιμον· εἰ γὰρ δὴ τά γ’ ἐγγενῆ φύσει
ἄκοσμα θρέψω, κάρτα τοὺς ἔξω γένους.
ἐν τοῖς γὰρ οἰκείοισιν ὅστις ἔστ’ ἀνὴρ
χρηστός, φανεῖται κἀν πόλει δίκαιος ὤν.
καὶ τοῦτον ἂν τὸν ἄνδρα θαρσοίην ἐγὼ
καλῶς μὲν ἄρχειν, εὖ δ’ ἂν ἄρχεσθαι θέλειν,
δορός τ’ ἂν ἐν χειμῶνι προστεταγμένον
μένειν δίκαιον κἀγαθὸν παραστάτην.
ὅστις δ’ ὑπερβὰς ἢ νόμους βιάζεται,
ἢ τοὐπιτάσσειν τοῖς κρατύνουσιν νοεῖ,
οὐκ ἔστ’ ἐπαίνου τοῦτον ἐξ ἐμοῦ τυχεῖν.
ἀλλ’ ὃν πόλις στήσειε, τοῦδε χρὴ κλύειν
καὶ σμικρὰ καὶ δίκαια καὶ τἀναντία.
ἀναρχίας δὲ μεῖζον οὐκ ἔστιν κακόν.
αὕτη πόλεις τ’ ὄλλυσιν, ἥδ’ ἀναστάτους
οἴκους τίθησιν· ἥδε συμμάχου δορὸς
τροπὰς καταρρήγνυσι· τῶν δ’ ὀρθουμένων
σῴζει τὰ πολλὰ σώμαθ’ ἡ πειθαρχία.
οὕτως ἀμυντέ’ ἐστὶ τοῖς κοσμουμένοις,
κοὔτοι γυναικὸς οὐδαμῶς ἡσσητέα.
κρεῖσσον γάρ, εἴπερ δεῖ, πρὸς ἀνδρὸς ἐκπεσεῖν,
κοὐκ ἂν γυναικῶν ἥσσονες καλοίμεθ’ ἄν.

Χο ἡμῖν μέν, εἰ μὴ τῷ χρόνῳ κεκλέμμεθα,
λέγειν φρονούντως ὧν λέγεις δοκεῖς πέρι.

Αἷ πάτερ, θεοὶ φύουσιν ἀνθρώποις φρένας,
πάντων ὅσ’ ἐστὶ χρημάτων ὑπέρτατον.
ἐγὼ δ’ ὅπως σὺ μὴ λέγεις ὀρθῶς τάδε,
οὔτ’ ἂν δυναίμην μήτ’ ἐπισταίμην λέγειν·

ein schlechtes Weib als Bettgenoß im Haus; denn was
schlägt uns wohl tiefere Wunden als ein schlechter Freund?
Voll Abscheu aber laß nun, einer Feindin gleich,
dies Mädchen sich im Hades gatten irgendwem!
Denn da ich sie in offner Widersetzlichkeit
ergriffen hab' als einzige aus der ganzen Stadt,
will ich nicht als ein Lügner vor den Bürgern stehn.
Sie sterbe! Rufe sie nur Zeus dagegen an,
den Gott der Sippe! Wenn ich schon im eignen Haus
Zuchtloses fördre, wagt sich's draußen dreist hervor.
Wer sich im Kreis des Häuslichen als fester Mann
bewährt, der zeigt sich auch im Staate stets gerecht.
Solch einem Manne trau' ich es wohl zu, daß er
gut herrschen kann und sich auch gern der Herrschaft fügt;
er wird, beim Sturm der Speere in die Reihn gestellt,
aufrecht verharren als ein guter Kamerad.
Wer sich empört und vergewaltigt das Gesetz
und meint, daß er den Führenden befehlen darf,
dem wird von meiner Seite niemals Lob zuteil.
Wen auch der Staat einsetze, man gehorche ihm
im Kleinen selbst, sei's Recht, sei es das Gegenteil!
Der Übel größtes ist die Zügellosigkeit:
sie rottet Staaten aus, Wohnungen wandelt sie
in Wüsten, reißt des Kampfgenossen Lanze mit
hinweg zu Flucht und Sturz; doch wo Gehorsam herrscht,
da gibt er Halt den vielen Leibern in den Reih'n.
Drum gilt's zu schützen, was der Ordnung dienen will,
und einem Weibe niemals untertan zu sein.
Denn besser, muß es sein, erliegen einem Mann,
als daß man uns gefügig Weibern nennen darf.

Chf Uns, wenn wir nicht vom Alter ganz befangen sind,
scheint mit Verstand und Sinn gesagt, wovon du sprichst.

Ha Die Götter pflanzen Menschen die Besinnung ein,
Vater, von allen Gütern unser edelstes.
Ich nun, daß du nicht recht mit deinen Worten hast,
könnt' ich nicht sagen und vermöcht' ich es auch nie!

γένοιτο μένταν χἀτέρῳ καλῶς ἔχον.
σὺ δ' οὐ πέφυκας πάντα προσκοπεῖν ὅσα
λέγει τις ἢ πράσσει τις ἢ ψέγειν ἔχει.
τὸ γὰρ σὸν ὄμμα δεινὸν ἀνδρὶ δημότῃ
⟨βλέπειν ἐναντί' οὐδὲ χρήσεται παρὼν⟩
λόγοις τοιούτοις οἷς σὺ μὴ τέρψῃ κλύων·
ἐμοὶ δ' ἀκούειν ἔσθ' ὑπὸ σκότου τάδε,
τὴν παῖδα ταύτην οἶ' ὀδύρεται πόλις,
πασῶν γυναικῶν ὡς ἀναξιωτάτη
κάκιστ' ἀπ' ἔργων εὐκλεεστάτων φθίνει·
ἥτις τὸν αὑτῆς αὐτάδελφον ἐν φοναῖς
πεπτῶτ' ἄθαπτον μήθ' ὑπ' ὠμηστῶν κυνῶν
εἴασ' ὀλέσθαι μήθ' ὑπ' οἰωνῶν τινος·
οὐχ ἥδε χρυσῆς ἀξία τιμῆς λαχεῖν;
τοιάδ' ἐρεμνὴ σῖγ' ὑπέρχεται φάτις.
ἐμοὶ δὲ σοῦ πράσσοντος εὐτυχῶς, πάτερ,
οὐκ ἔστιν οὐδὲν κτῆμα τιμιώτερον.
τί γὰρ πατρὸς θάλλοντος εὐκλείας τέκνοις
ἄγαλμα μεῖζον, ἢ τί πρὸς παίδων πατρί;
μή νυν ἓν ἦθος μοῦνον ἐν σαυτῷ φόρει,
ὡς φὴς σύ, κοὐδὲν ἄλλο, τοῦτ' ὀρθῶς ἔχειν.
ὅστις γὰρ αὐτὸς ἢ φρονεῖν μόνος δοκεῖ,
ἢ γλῶσσαν, ἣν οὐκ ἄλλος, ἢ ψυχὴν ἔχειν,
οὗτοι διαπτυχθέντες ὤφθησαν κενοί.
ἀλλ' ἄνδρα, κεἴ τις ᾖ σοφός, τὸ μανθάνειν
πόλλ' αἰσχρὸν οὐδὲν καὶ τὸ μὴ τείνειν ἄγαν.
ὁρᾷς παρὰ ῥείθροισι χειμάρροις ὅσα
δένδρων ὑπείκει, κλῶνας ὡς ἐκσῴζεται,
τὰ δ' ἀντιτείνοντ' αὐτόπρεμν' ἀπόλλυται.
αὕτως δὲ ναὸς ὅστις ἐγκρατῆ πόδα
τείνας ὑπείκει μηδέν, ὑπτίοις κάτω
στρέψας τὸ λοιπὸν σέλμασιν ναυτίλλεται.
ἀλλ' εἶκε θυμοῦ καὶ μετάστασιν δίδου.
γνώμη γὰρ εἴ τις κἀπ' ἐμοῦ νεωτέρου
πρόσεστι, φήμ' ἔγωγε πρεσβεύειν πολὺ
φῦναί τιν' ἄνδρα πάντ' ἐπιστήμης πλέων·

Doch glückt auch einem andren wohl ein guter Rat.
Dir ist's unmöglich, alles zu erspähen, was
der sagt und jener tut und der zu tadeln hat.
Denn schrecklich ist's dem Mann des Volkes, deinen Blick
fest zu erwidern; drum gebraucht er auch vor dir
nie solche Worte, die zu hören dich nicht freut.
Mir aber dringt es im verborgenen ans Ohr,
wie sehr die Stadt um dieses Mädchen weheklagt,
weil sie, von allen Frauen die schuldloseste,
aufs schlimmste umkommt für höchst ruhmeswerte Tat:
Ist sie, die ihren Bruder, den im blutigen Kampf
gefallnen, ohne Grab nicht von der rohen Gier
der Hunde, von den Vögeln nicht zerreißen ließ,
ist sie nicht goldne Ehre zu empfangen wert?
So dunkle Rede läuft geheim umher beim Volk.
Mir aber, Vater, ist kein einziger Besitz
begehrenswerter als dein Glück und Wohlergehn.
Nichts ist ja Kindern größre Freude als das Blühn
des väterlichen Ruhms, dem Vater der des Kinds.
Drum hege nicht die eine Meinung nur in dir,
was du gesprochen hast, nichts andres sonst, sei recht!
Denn wer da glaubt, daß er allein Besonnenheit
und Redegabe wie kein andrer hat und Geist,
der wird, genau betrachtet, oft als leer erkannt,
Doch keinen schändet's, mag er noch so weise sein,
wenn er noch lernt und nicht den Bogen überspannt.
Du siehst es bei des Gießbachs wilder Flut: solang
der Baum sich biegt, bewahrt er seine Zweige sich;
doch sperrt er sich, so kommt er samt der Wurzel um.
Gleichfalls, wer allzu fest des Schiffes Segeltau
gespannt hält, ohne nachzulassen, kippt und sinkt
auf umgedrehter Ruderbank bis auf den Grund.
Drum laß vom Zorn und billige eine Änderung!
Denn wenn man mir als Jüngerem eine Meinung auch
gestatten will, so nenn' ich es das höchste Heil,
wenn einem Manne ganzer Weisheit Fülle wird.

εἰ δ' οὖν, φιλεῖ γὰρ τοῦτο μὴ ταύτῃ ῥέπειν,
καὶ τῶν λεγόντων εὖ καλὸν τὸ μανθάνειν.
Χο ἄναξ, σέ τ' εἰκός, εἴ τι καίριον λέγει,
μαθεῖν, σέ τ' αὖ τοῦδ'· εὖ γὰρ εἴρηται διπλῇ.
Κρ οἱ τηλικοίδε καὶ διδαξόμεσθα δὴ
φρονεῖν πρὸς ἀνδρὸς τηλικοῦδε τὴν φύσιν;
Αἱ μηδὲν τὸ μὴ δίκαιον· εἰ δ' ἐγὼ νέος,
οὐ τὸν χρόνον χρὴ μᾶλλον ἢ τἄργα σκοπεῖν.
Κρ ἔργον γάρ ἐστι τοὺς ἀκοσμοῦντας σέβειν;
Αἱ οὐδ' ἂν κελεύσαιμ' εὐσεβεῖν ἐς τοὺς κακούς.
Κρ οὐχ ἥδε γὰρ τοιᾷδ' ἐπείληπται νόσῳ;
Αἱ οὔ φησι Θήβης τῆσδ' ὁμόπτολις λεώς.
Κρ πόλις γὰρ ἡμῖν ἁμὲ χρὴ τάσσειν ἐρεῖ;
Αἱ ὁρᾷς τόδ' ὡς εἴρηκας ὡς ἄγαν νέος;
Κρ ἄλλῳ γὰρ ἢ 'μοὶ χρή με τῆσδ' ἄρχειν χθονός;
Αἱ πόλις γὰρ οὐκ ἔσθ' ἥτις ἀνδρός ἐσθ' ἑνός.
Κρ οὐ τοῦ κρατοῦντος ἡ πόλις νομίζεται;
Αἱ καλῶς ἐρήμης γ' ἂν σὺ γῆς ἄρχοις μόνος.

Κρ ὅδ', ὡς ἔοικε, τῇ γυναικὶ συμμαχεῖ.
Αἱ εἴπερ γυνὴ σύ· σοῦ γὰρ οὖν προκήδομαι.
Κρ ὦ παγκάκιστε, διὰ δίκης ἰὼν πατρί.
Αἱ οὐ γὰρ δίκαιά σ' ἐξαμαρτάνονθ' ὁρῶ.
Κρ ἁμαρτάνω γὰρ τὰς ἐμὰς ἀρχὰς σέβων;
Αἱ οὐ γὰρ σέβεις, τιμάς γε τὰς θεῶν πατῶν.
Κρ ὦ μιαρὸν ἦθος καὶ γυναικὸς ὕστερον.
Αἱ οὔ τἂν ἕλοις ἥσσω γε τῶν αἰσχρῶν ἐμέ.
Κρ ὁ γοῦν λόγος σοι πᾶς ὑπὲρ κείνης ὅδε.
Αἱ καὶ σοῦ γε κἀμοῦ, καὶ θεῶν τῶν νερτέρων. 749
Κρ γυναικὸς ὢν δούλευμα, μὴ κώτιλλέ με. 756
Αἱ βούλῃ λέγειν τι καὶ λέγων μηδὲν κλύειν; 757
Κρ ταύτην ποτ' οὐκ ἔσθ' ὡς ἔτι ζῶσαν γαμεῖς. 750
Αἱ ἥ δ' οὖν θανεῖται καὶ θανοῦσ' ὀλεῖ τινα.
Κρ ἦ κἀπαπειλῶν ὧδ' ἐπεξέρχῃ θρασύς;
Αἱ τίς δ' ἔστ' ἀπειλὴ πρὸς κενὰς γνώμας λέγειν;
Κρ κλαίων φρενώσεις, ὢν φρενῶν αὐτὸς κενός,

Sonst aber, denn nicht immer trifft es sich ja so,
ist's gut, von dem zu lernen, der verständig spricht.

Chf Herr, dir steht an zu lernen, wenn er Treffendes
bemerkt, und dir von ihm; denn beide spracht ihr gut.

Kr In solchem Alter sollen wir uns also noch
das Denken lehren lassen von so jungem Mann?

Ha Doch nichts, was unrecht wäre! Bin ich gleich noch jung,
muß man doch mehr die Sache als das Alter sehn.

Kr Die Sache wäre: daß man die Empörer ehrt?

Ha Schlechte zu ehren, – auch nicht fordern würd' ich das!

Kr Ist die da drin von dieser Krankheit nicht durchseucht?

Ha Dem widerspricht in Theben das gesamte Volk.

Kr Soll denn die Stadt mir sagen, wie ich herrschen muß?

Ha Siehst du, wie allzu jugendlich du selbst jetzt sprichst?

Kr Soll es nach andren oder mir gehn hier im Land?

Ha Der Staat ist keiner, der nur einem Mann gehört.

Kr Gilt denn der Staat nicht als des Herrschers Eigentum?

Ha Wie schön gebötest du allein im leeren Land!

Kreon zum Chorführer

Kr Der streitet auf des Weibes Seite, wie mir scheint.

Ha Wenn du das Weib bist! Denn um dich bin ich besorgt.

Kr Indem du mit dem Vater rechtest, Schändlicher?

Ha Seh' ich doch, daß du wider das, was Recht ist, fehlst!

Kr So fehl' ich, wenn mein Herrscheramt mir heilig ist?

Ha Nicht heilig hältst du's, wenn du Götterrecht zertrittst.

Kr Verruchter Sinn! Und unterworfen einem Weib!

Ha Doch niemals fändest du im Dienst der Schande mich.

Kr Nun, deine ganze Rede gilt doch ihr allein.

Ha Und dir und mir auch und den Todesgöttern dort!

Kr Du Weibesdiener, schwatze mir doch ja nichts vor!

Ha Du willst nur reden, reden, aber hören nicht!

Kr In ihrem Leben nicht vermählst du dich mit ihr!

Ha So stirbt sie, und im Sterben nimmt sie jemand mit!

Kr Verwegner! Willst du drohend mir zu Leibe gehn?

Ha Sinnlosem Urteil widersprechen – heißt das drohn?

Kr Dich reut noch dein Belehren! Sinnlos bist du selbst!

Αἰ εἰ μὴ πατὴρ ἦσθ', εἶπον ἄν σ' οὐκ εὖ φρονεῖν.
Κρ ἄληθες; ἀλλ' οὐ, τόνδ' Ὄλυμπον, ἴσθ' ὅτι,
χαίρων ἐπὶ ψόγοισι δεννάσεις ἐμέ.

ἄγετε τὸ μῖσος, ὡς κατ' ὄμματ' αὐτίκα
παρόντι θνήσκῃ πλησία τῷ νυμφίῳ
Αἰ οὐ δῆτ' ἔμοιγε, τοῦτο μὴ δόξῃς ποτέ,
οὔθ' ἥδ' ὀλεῖται πλησία, σύ τ' οὐδαμὰ
τοὐμὸν προσόψῃ κρᾶτ' ἐν ὀφθαλμοῖς ὁρῶν,
ὡς τοῖς θέλουσι τῶν φίλων μαίνῃ συνών.

Χο ἀνήρ, ἄναξ, βέβηκεν ἐξ ὀργῆς ταχύς·
νοῦς δ' ἐστὶ τηλικοῦτος ἀλγήσας βαρύς.
Κρ δράτω, φρονείτω μεῖζον ἢ κατ' ἄνδρ' ἰών·
τὼ δ' οὖν κόρα τώδ' οὐκ ἀπαλλάξει μόρου.
Χο ἄμφω γὰρ αὐτὼ καὶ κατακτεῖναι νοεῖς;
Κρ οὐ τήν γε μὴ θιγοῦσαν· εὖ γὰρ οὖν λέγεις.
Χο μόρῳ δὲ ποίῳ καί σφε βουλεύῃ κτανεῖν;
Κρ ἄγων ἐρῆμος ἔνθ' ἂν ᾖ βροτῶν στίβος
κρύψω πετρώδει ζῶσαν ἐν κατώρυχι,
φορβῆς τοσοῦτον ὡς ἄγος μόνον προθείς,
ὅπως μίασμα πᾶσ' ὑπεκφύγῃ πόλις.
κἀκεῖ τὸν Ἅιδην, ὃν μόνον σέβει θεῶν,
αἰτουμένη που τεύξεται τὸ μὴ θανεῖν,
ἢ γνώσεται γοῦν ἀλλὰ τηνικαῦθ', ὅτι
πόνος περισσός ἐστι τἀν Ἅιδου σέβειν.

Χορός

Ἔρως ἀνίκατε μάχαν, ia ch Str. 1
Ἔρως, ὃς ἐν κτήνεσι πίπτεις, ia ad
ὃς ἐν μαλακαῖς παρειαῖς en
νεάνιδος ἐννυχεύεις, en
φοιτᾷς δ' ὑπερπόντιος ἔν τ' ia ch
ἀγρονόμοις αὐλαῖς· ch sp
καὶ σ' οὔτ' ἀθανάτων φύξιμος οὐδεὶς io^3

Ha Wärst du mein Vater nicht, spräch' ich, du seist nicht klug!
Kr Wahrhaftig?! Beim Olympos droben, wisse: nicht
straflos hast du mich erst getadelt, nun verhöhnt!

Zu den Dienern

Herbei mit dem Abscheu, daß sie gleich vor Augen hier,
ihm nahe stirbt, in Gegenwart des Bräutigams!
Ha Vor meinen Augen sterben, nein, das wird sie nicht!
Das schlag dir aus dem Sinn! Und niemals wirst auch du
mit deinen Augen mich im Leben wiedersehn!
Dann rase mit den Freunden, die gefügig sind!

Er eilt hinweg

Chf Der Mann, Herr, eilt, vom Zorn getrieben, jäh hinweg:
auf Schlimmes denkt so junger Sinn, wenn Leid ihn quält.
Kr Er tue nur und trachte mehr, als menschlich ist!
Die Mädchen wird er nicht von ihrem Los befrein.
Chf Hast du den Tod denn ihnen beiden zugedacht?
Kr Nicht der, die nichts verschuldet hat: da hast du recht.
Chf Doch welche Todesart bestimmst der andren du?
Kr Da draußen, wo sich keines Menschen Spur mehr zeigt,
verberg' ich lebend sie in einem Felsengrab
mit so viel Nahrung nur, daß keine Schuld uns trifft
und der Befleckung nicht die ganze Stadt verfällt.
Dort mag sie Hades, den sie ehrt als einzigen Gott,
anflehen und dem Tode etwa noch entgehn;
vielleicht auch kommt sie zur Erkenntnis noch zuletzt,
daß man vergebens Unterirdische verehrt.

Er geht hinein

Chor

Du, Eros, siegst immer im Kampf:
o Eros, du stürzt dich auf Beute,
du, der auf den zarten Wangen
des Mädchens verborgen nächtigt!
Du stürmst dahin über das Meer;
Landsmanns Gehöft triffst du:
kein unsterblicher Gott kann dir entrinnen,

οὔθ' ἁμερίων σέ γ' ἀνθρώ- io^2
πων, ὁ δ' ἔχων μέμηνεν. ch ba

σὺ καὶ δικαίων ἀδίκους ia ch Ant. 1
φρένας παρασπᾷς ἐπὶ λώβᾳ· ia ad
σὺ καὶ τόδε νεῖκος ἀνδρῶν en
ξύναιμον ἔχεις ταράξας· en
νικᾷ δ' ἐναργὴς βλεφάρων ia ch
ἵμερος εὐλέκτρου ch sp
νύμφας, τῶν μεγάλων ἐκτὸς ὁμίλων io^3
θεσμῶν· ἄμαχος γὰρ ἐμπαί- io^2
ζει θεὸς Ἀφροδίτα. ch ba

νῦν δ' ἤδη 'γὼ καὐτὸς θεσμῶν an^4
ἔξω φέρομαι τάδ' ὁρῶν, ἴσχειν δ'
οὐκέτι πηγὰς δύναμαι δακρύων,
τὸν παγκοίταν ὅθ' ὁρῶ θάλαμον
  τήνδ' Ἀντιγόνην ἀνύτουσαν.

Αν ὁρᾶτ' ἔμ', ὦ γᾶς πατρίας πολῖται, ia ch ba Str. 2
τὰν νεάταν ὁδὸν do
στείχουσαν, νέατον δὲ φέγ- gl
γος λεύσσουσαν ἀελίου, ch^2
κοὔποτ' αὖθις· ἀλλά μ' ὁ παγ- ch^2
κοίτας Ἅιδας ζῶσαν ἄγει ch^2
τὰν Ἀχέροντος ad
ἀκτάν, οὔθ' ὑμεναίων pher
ἔγκληρον, οὔτ' ἐπὶ νυμ- ch^2
φείοις πώ μέ τις ὕμνος ὕ- gl
μνησεν, ἀλλ' Ἀχέροντι νυμφεύσω. gl sp

Χο οὐκοῦν κλεινὴ καὶ ἔπαινον ἔχουσ' an^4
ἐς τόδ' ἀπέρχῃ κεῦθος νεκύων,
οὔτε φθινάσιν πληγεῖσα νόσοις
οὔτε ξιφέων ἐπίχειρα λαχοῦσ',
ἀλλ' αὐτόνομος ζῶσα μόνη δὴ
  θνατῶν Ἀίδαν καταβήσῃ.

dir keiner der Eintagsmenschen;
doch die Ergriffnen rasen.

Du bist's, der auch rechtlichen Sinn
zur Missetat lockt und zum Unrecht.
Du hast auch entfacht den Streit hier
der Männer verwandten Blutes.
Doch siegt mit Macht Sehnsucht und zieht
hin zu dem Blick holder
Jungfrau, über Gewalt menschlicher Vorschrift
hinaus: unbezwingbar treibt ihr
Spiel Aphrodites Gottheit.

Antigone kommt, von Dienern geführt

Nun muß ich selber den Befehl
übertreten, wenn ich das sehe, kann
nicht länger hemmen der Tränen Quell:
zum allbettenden Brautgemach
nun seh' ich Antigone wandeln.

An Ihr seht mich, o Bürger der Vatererde,
wie ich den letzten Weg
gehen muß und zum letzten Mal
darf erblicken Helios' Licht
und nie wieder; treibt mich doch, all-
bettend, Hades lebenden Leibs
hin zum Gestad des
Acheron, und kein Brautlied
erklang mir, auch kein Gesang
ward zu meiner Vermählung ge-
sungen: Acherons Braut nun soll ich sein.

Ch Und drum: erlaucht und des Lobes gewiß
gelangst du hinab in der Toten Heim;
nicht zehrender Krankheit erlagest du,
empfingst nicht des Schwertes blutigen Lohn:
du lebst nach eignem Gesetz, drum allein
zum Lande der Toten gehst du.

Ἀν	ἤκουσα δὴ λυγροτάταν ὀλέσθαι	ia ch ba	Ant. 2
	τὰν Φρυγίαν ξέναν	do	
	Ταντάλου Σιπύλῳ πρὸς ἄ-	gl	
	κρῳ, τὰν κισσὸς ὡς ἀτενὴς	ch^2	
	πετραία βλάστα δάμασεν,	ch^2	
	καί νιν ὄμβροι τακομέναν,	ch^2	
	ὡς φάτις ἀνδρῶν,	ad	
	χιών τ' οὐδαμὰ λείπει,	pher	
	τέγγει δ' ὑπ' ὀφρύσι παγ-	ch^2	
	κλαύτοις δειράδας· ᾇ με δαί-	gl	
	μων ὁμοιοτάταν κατευνάζει.	gl sp	
Χο	ἀλλὰ θεός τοι καὶ θεογεννής,	an^4	
	ἡμεῖς δὲ βροτοὶ καὶ θνατογενεῖς.		
	καίτοι φθιμένᾳ μέγα κἀκοῦσαι		
	τοῖς ἰσοθέοις σύγκληρα λαχεῖν		
	ζῶσαν καὶ ἔπειτα θανοῦσαν.		
Ἀν	οἴμοι γελῶμαι. τί με, πρὸς	ia ch	Str. 3
	θεῶν πατρῴων,	rz	
	οὐκ οἰχομέναν ὑβρίζεις,	io^2	
	ἀλλ' ἐπίφαντον;	ad	
	ὦ πόλις, ὦ πόλεως	do	
	πολυκτήμονες ἄνδρες·	pher	
	ἰὼ Διρκαῖαι κρῆ-	mo^2	
	ναι Θήβας τ' εὐαρμάτου ἄλ-	ch^2	
	σος, ἔμπας ξυμμάρτυρας ὔμμ' ἐπικτῶμαι,	ch^3	
	οἵα φίλων ἄκλαυτος, οἵοις νόμοις	ia ia cr	
	πρὸς ἕργμα τυμβόχωστον ἔρ-	ia^2	
	χομαι τάφου ποταινίου·	ia^2	
	ἰὼ δύστανος, ἔτ' οὖσ'	ba ch	
	ἐν βροτοῖς, οὐκέτ' οὖσα,	cr tr	
	μέτοικος οὐ ζῶσιν, οὐ θανοῦσιν.	ia cr ba	
Χο	προβᾶσ' ἐπ' ἔσχατον θράσους	ia^2	
	ὑψηλὸν ἐς Δίκας βάθρον	ia^2	

An Ich hörte, wie jämmerlich umgekommen
Phrygiens Fremde einst
Tantals Tochter an Sipylos'
Höh'n: wie Efeu klammert sich fest,
wuchs der Fels und zwängte sie ein;
Regenströme zehren an ihr,
sagen die Leute,
niemals läßt auch der Schnee sie;
aus Wimpern, weinenden, netzt
sie die Klippen: genau wie sie
bettet drunten der Gott des Schicksals mich.

Ch Doch Göttin war sie, aus Göttergeschlecht,
wir aber sind Menschen, sind sterblich gezeugt.
Und doch, einer Toten ist's hoher Ruhm,
mit den Göttergleichen zu teilen das Los
im Leben und fürder im Tode.

An Weh mir! Man lacht meiner! Warum,
bei Vätergöttern,
verhöhnst du mich nicht als Tote,
sondern im Leben?
Stadt du! Und ihr, der Stadt
besitzglückliche Männer!
Oh, Dirkes Quellen ihr!
Der wagenreichen Thebe Geheg!
Euch all' ruf' ich: steht mir als Zeugen heute bei,
wie unbeweint von Lieben, kraft welchen Spruchs
ich gehen muß hinab in un-
erhörten Grabes Kerkergruft!
Ich Arme bin schon nicht mehr,
weil' ich gleich noch bei Menschen,
im Leben nicht heimisch, nicht im Tode.

Ch Du schrittest bis zum Äußersten
der Kühnheit: an den stolzen Thron

πολὺ προσέπαισας, ὦ τέκνον. ia^2
πατρῷον δ᾽ ἐκτίνεις τιν᾽ ἆθλον. ba cr ba

Ἀν ἔψαυσας ἀλγεινοτάτας ia ch Ant. 3
ἐμοὶ μερίμνας, rz
πατρὸς τριπόλιστον οἶτον io^2
τοῦ τε πρόπαντος ad
ἁμετέρου πότμου do
κλεινοῖς Λαβδακίδαισιν. pher
ἰὼ ματρῷαι λέκ- mo^2
τρων ἆται κοιμήματά τ᾽ αὐ- ch^2
τογέννητ᾽ ἐμῷ πατρὶ δυσμόρου ματρός, ch^3
οἵων ἐγώ ποθ᾽ ἁ ταλαίφρων ἔφυν· ia ia cr
πρὸς οὓς ἀραῖος ἄγαμος ἅδ᾽ ia^2
ἐγὼ μέτοικος ἔρχομαι. ia^2
ἰὼ δυσπότμων κασί- ba ia
γνητε τιμῶν κυρήσας, cr tr
θανὼν ἔτ᾽ οὖσαν κατήναρές με. ia cr ba

Χο σέβειν μὲν εὐσέβειά τις, ia^2
κράτος δ᾽, ὅτῳ κράτος μέλει, ia^2
παραβατὸν οὐδαμᾷ πέλει, ia^2
σὲ δ᾽ αὐτόγνωτος ὤλεσ᾽ ὀργά. ba cr ba

Ἀν ἄκλαυτος, ἄφιλος, ἀνυμέναι- ia^2 Ep.
ος ταλαίφρων ἄγομαι cr ch
τὰν ἑτοίμαν ὁδόν. cr^2
οὐκέτι μοι τόδε λαμπάδος ἱερὸν da^4
ὄμμα θέμις ὁρᾶν ταλαίνᾳ· do ba
τὸν δ᾽ ἐμὸν πότμον ἀδάκρυτον do ba
οὐδεὶς φίλων στενάζει. ia ba

Κρ ἆρ᾽ ἴστ᾽ ἀοιδὰς καὶ γόους πρὸ τοῦ θανεῖν
ὡς οὐδ᾽ ἂν εἷς παύσαιτ᾽ ἄν, εἰ χρείη, λέγων;
οὐκ ἄξεθ᾽ ὡς τάχιστα, καὶ κατηρεφεῖ
τύμβῳ περιπτύξαντες, ὡς εἴρηκ᾽ ἐγώ,
ἄφετε μόνην ἐρῆμον, εἴτε χρῇ θανεῖν

des Rechtes stießest du heftig, Kind.
Du büßest des Vaters Not zu Ende.

An Du hast die schmerzvollste berührt
von meinen Qualen:
des Vaters verrufnes Schicksal,
ja, unsres ganzen
ruhmvollen Hauses Los,
des Labdakos-Geschlechtes.
Weh, Mutters Wirrsal durch
die Ehe, durchs Schlafen mit ihm,
der Frucht ihres Schoßes: so ward er *mein* Vater.
Von ihnen ward einst *ich*, zum Leid mir, gezeugt!
Zu ihnen fluchbeschwert und nicht
vermählt geh' ich hinab und heim.
Mein Bruder, ach, du empfingst
heut von mir Unheilsehren.
Im Tode reißest du hinab mein Leben!

Ch Wir ehren den, der fromm verehrt.
Der Macht jedoch, der Macht gebührt,
zu trotzen hat stets ins Leid geführt:
dich stürzt ein eigenwillig Trachten.

An Beweint nicht, niemandem lieb, nicht vermählt,
werd' ich Unsel'ge geführt
den für mich offnen Weg.
Nimmer das heilige Auge des Lichtes dort
ist mir Armen erlaubt zu schauen.
Aber mein Schicksal beweint man nicht:
keins von den Meinen klagt drum.

Kreon ist herausgetreten

Kr Wißt ihr, daß Klagelied und Jammer vor dem Tod
bei niemand enden würden, führten sie zum Ziel?
Hinweg mit ihr aufs schnellste! In die Felsengruft,
ins Grabgewölbe schließt sie, wie ich es befahl!
Allein und einsam laßt sie, sei es, daß sie stirbt

εἴτ' ἐν τοιαύτῃ ζῶσα νυμφεύειν στέγῃ·
ἡμεῖς γὰρ ἁγνοὶ τοὐπὶ τήνδε τὴν κόρην·
μετοικίας δ' οὖν τῆς ἄνω στερήσεται.
'Αν ὦ τύμβος, ὦ νυμφεῖον, ὦ κατασκαφὴς
οἴκησις αἰείφρουρος, οἷ πορεύομαι
πρὸς τοὺς ἐμαυτῆς, ὧν ἀριθμὸν ἐν νεκροῖς
πλεῖστον δέδεκται Φερσέφασσ' ὀλωλότων·
ὧν λοισθία 'γὼ καὶ κάκιστα δὴ μακρῷ
κάτειμι, πρίν μοι μοῖραν ἐξήκειν βίου.
ἐλθοῦσα μέντοι κάρτ' ἐν ἐλπίσιν τρέφω
φίλη μὲν ἥξειν πατρί, προσφιλὴς δὲ σοί,
μῆτερ, φίλη δὲ σοί, κασίγνητον κάρα.
ἐπεὶ θανόντας αὐτόχειρ ὑμᾶς ἐγὼ
ἔλουσα κἀκόσμησα κἀπιτυμβίους
χοὰς ἔδωκα· νῦν δέ, Πολύνεικες, τὸ σὸν
δέμας περιστέλλουσα τοιάδ' ἄρνυμαι.
καίτοι σέ γ' εὖ 'τίμησα τοῖς φρονοῦσιν εὖ.
(οὐ γάρ ποτ' οὔτ' ἂν εἰ τέκνων μήτηρ ἔφυν
οὔτ' εἰ πόσις μοι κατθανὼν ἐτήκετο,
βίᾳ πολιτῶν τόνδ' ἂν ᾐρόμην πόνον.
τίνος νόμου δὴ ταῦτα πρὸς χάριν λέγω;
πόσις μὲν ἄν μοι κατθανόντος ἄλλος ἦν,
καὶ παῖς ἀπ' ἄλλου φωτός, εἰ τοῦδ' ἤμπλακον,
μητρὸς δ' ἐν Ἅιδου καὶ πατρὸς κεκευθότοιν
οὐκ ἔστ' ἀδελφὸς ὅστις ἂν βλάστοι ποτέ.)
τοιῷδε μέντοι σ' ἐκπροτιμήσασ' ἐγὼ
νόμῳ, Κρέοντι ταῦτ' ἔδοξ' ἁμαρτάνειν
καὶ δεινὰ τολμᾶν, ὦ κασίγνητον κάρα.
καὶ νῦν ἄγει με διὰ χερῶν οὕτω λαβὼν
ἄλεκτρον, ἀνυμέναιον, οὔτε του γάμου
μέρος λαχοῦσαν οὔτε παιδείου τροφῆς,
ἀλλ' ὧδ' ἐρῆμος πρὸς φίλων ἡ δύσμορος
ζῶσ' ἐς θανόντων ἔρχομαι κατασκαφάς·
ποίαν παρεξελθοῦσα δαιμόνων δίκην;
τί χρή με τὴν δύστηνον ἐς θεοὺς ἔτι
βλέπειν; τίν' αὐδᾶν ξυμμάχων; ἐπεί γε δὴ

oder in solcher Wohnung lebend Hochzeit hält:
so bleiben wir an diesem Mädchen frei von Schuld,
doch ihr ist es verwehrt, zu hausen hier mit uns.

An O Grab, o Brautgemach, o unterirdischer
Behausung ewige Haft, wo ich die Meinen nun
aufsuche, deren meiste schon Persephone
im Totenland nach ihrem Ende aufgenommen hat,
als deren letzte ich am allerschmählichsten
hingeh', bevor des Lebens Schicksal sich erfüllt!
Doch geh' ich nun, so macht mich eine Hoffnung stark:
den Vater wird mein Kommen freuen, freuen auch
dich, Mutter, freuen dich, du brüderliches Haupt,
weil ich ja selbst mit dieser Hand bei eurem Tod
euch wusch und kleidete und auf den Gräbern euch
die Spenden weihte: weil ich, Polyneikes, jetzt
auch deinen Leib bestattet', ernt' ich solchen Lohn.
Doch für die Rechtgesinnten ehrte ich dich recht.
(Denn niemals hätt' ich, wenn ich Kindern Mutter ward,
noch wenn ein toter Gatte mir hinmoderte,
den Bürgern trotzend solches Leid mir auferlegt.
Zugunsten welcher Satzung sage ich das nun?
Für einen toten Gatten würd' ein andrer mir,
ein Kind von einem andren Mann, verlör' ich dies.
Da aber Mutter mir und Vater ruhn im Grab,
so wird ein Bruder niemals wieder mir geschenkt.)
Daß ich nach solcher Satzung dich so hoch geehrt,
das gilt nun Kreon als verbrecherisches Tun,
als Frechheit unerhört, du brüderliches Haupt!
Und jetzt ergreift er mit Gewalt mich, treibt mich fort:
kein Brautlied, keine Hochzeit, keines Ehebunds
Beglückung ward zuteil mir, Kinder nährt' ich nicht;
verlassen von den Lieben, ich Unselige, komm'
ich lebend in des Todes unterirdisch Reich.
Welches Gesetz der Götter übertrat ich denn?
Wie soll in meinem Leid ich zu den Göttern noch
aufblicken, wen um Hilfe bitten, da ich nun

τὴν δυσσέβειαν εὐσεβοῦσ’ ἐκτησάμην.
ἀλλ’ εἰ μὲν οὖν τάδ’ ἐστὶν ἐν θεοῖς καλά,
παθόντες ἂν ξυγγνοῖμεν ἡμαρτηκότες·
εἰ δ’ οἵδ’ ἁμαρτάνουσι, μὴ πλείω κακὰ
πάθοιεν ἢ καὶ δρῶσιν ἐκδίκως ἐμέ.

Χο ἔτι τῶν αὐτῶν ἀνέμων αὑταὶ — an^4
ψυχῆς ῥιπαὶ τήνδε γ’ ἔχουσιν.
Κρ τοιγὰρ τούτων τοῖσιν ἄγουσιν
κλαύμαθ’ ὑπάρξει βραδυτῆτος ὕπερ.
Χο οἴμοι, θανάτου τοῦτ’ ἐγγυτάτω
τοὔπος ἀφῖκται.
Κρ θαρσεῖν οὐδὲν παραμυθοῦμαι
μὴ οὐ τάδε ταύτῃ κατακυροῦσθαι.
Ἀν ὦ γῆς Θήβης ἄστυ πατρῷον
καὶ θεοὶ προγενεῖς,
ἄγομαι δὴ κοὐκέτι μέλλω.
λεύσσετε, Θήβης οἱ κοιρανίδαι,
τὴν βασιλειδᾶν μούνην λοιπήν,
οἷα πρὸς οἵων ἀνδρῶν πάσχω,
τὴν εὐσεβίαν σεβίσασα.

Χορός

Str. 1

ἔτλα καὶ Δανάας οὐράνιον φῶς — ascl (m) ∧
ἀλλάξαι δέμας ἐν χαλκοδέτοις — do ch
αὐλαῖς· κρυπτομένα δ’ ἐν — pher
τυμβήρει θαλάμῳ κατεζεύχθη· — gl sp
καίτοι ⟨καὶ⟩ γενεᾷ τί-
μιος, ὦ παῖ παῖ, — ascl (m)
καὶ Ζηνὸς ταμιεύε- — pher
σκε γονὰς χρυσορύτους. — do
ἀλλ’ ἁ μοιριδία τις
δύνασις δεινά· — ascl (m)
οὔτ’ ἄν νιν ὄλβος οὔτ’ Ἄρης, — ia^2
οὐ πύργος, οὐχ ἁλίκτυποι — ia^2
κελαιναὶ νᾶες ἐκφύγοιεν. — ba cr ba

als gottlos gelte für mein gottesfürchtig Tun?
Doch wenn die Götter damit einverstanden sind,
so muß ich duldend wohl gestehn: ich frevelte;
Doch freveln die hier, mögen sie kein größres Leid
erdulden, als sie widerrechtlich mir getan!

Ch Noch immer wird von desselben Sturms
Gewalt dieses Mädchens Seele geschüttelt.
Kr Drum wird auch bald ihren Führern da für
Langsamkeit schmerzbringende Strafe zuteil!
Ch O Jammer, dicht an des Todes Rand
rührt diese Rede!
Kr Ich sage dir nichts, was die Hoffnung läßt,
daß dies nicht an ihr sich erfüllen wird.
An O Burg der Väter im thebischen Lande
und ihr Götter des Stamms!
Man treibt mich: ich zögre nicht länger.
Sehet, ihr Edlen aus Thebens Volk,
die letzte, die blieb vom Königsgeschlecht!
Seht, was ich dulden muß und von wem,
weil ich Heiliges heilig gehalten!

Während der Chor beginnt, wird sie hinweggeführt

Chor

Auch schon Danae mußt' himmlischen Lichtglanz
tauschen für einen Zwingkerker mit Erz-
wänden, wo sie verborgen,
ins Verlies eines Grabes gesperrt ward.
Dennoch war ja auch sie hoch-
bürtig, Kind, o Kind:
goldenströmende Zeugung
durft' ihr Schoß tragen von Zeus.
Doch des Schicksals Gewalt ist
unentrinnbar streng:
ihr kann kein Reichtum und kein Kampf,
kein fester Turm und, meergepeitscht,
kein dunkles Seeschiff sich entziehen.

ζεύχθη δ᾽ ὀξύχολος παῖς ὁ Δρύαντος.	ascl (m) ∧	Ant. 1
Ἠδωνῶν βασιλεύς, κερτομίοις	do ch	
ὀργαῖς ἐκ Διονύσου	pher	
πετρώδει κατάφαρκτος ἐν δεσμῷ.	gl sp	
οὕτω τᾶς μανίας δει-		
	ascl (m)	
νὸν ἀποστάζει		
ἀνθηρόν τε μένος. κεῖ-	pher	
νος ἐπέγνω μανίαις	do	
ψαύων τὸν θεὸν ἐν κερ-		
	ascl (m)	
τομίοις γλώσσαις.		
παύεσκε μὲν γὰρ ἐνθέους	ia^2	
γυναῖκας εὔιόν τε πῦρ,	ia^2	
φιλαύλους τ᾽ ἠρέθιζε Μούσας.	ba cr ba	

παρὰ δὲ κυανέαιν σπιλάδοιν διδύμας ἁλὸς	gl do	Str. 2
ἀκταὶ Βοσπόριαι ἰδ᾽ ὁ Θρῃκῶν ⟨ἠιὼν⟩	gl do	
Σαλμυδησσός, ἵν᾽ ἀγχίπολις Ἄρης	do ch	
δισσοῖσι Φινεΐδαις	ch^2	
εἶδεν ἀρατὸν ἕλκος	ch ba	
τυφλωθὲν ἐξ ἀγρίας δάμαρτος	ia cr ba	
ἀλαὸν ἀλαστόροισιν ὀμμάτων κύκλοις	ia^3	
ἀραχθέντων ὑφ᾽ αἱματηραῖς	ba cr ba	
χείρεσσι καὶ κερκίδων ἀκμαῖσιν.	ia cr ba	

κατὰ δὲ τακόμενοι μέλεοι μελέαν πάθαν	gl do	Ant. 2
κλαῖον, ματρὸς ἔχοντες ἀνύμφευτον γονάν·	gl do	
ἁ δὲ σπέρμα μὲν ἀρχαιογόνων	do ch	
αὔχασ᾽ Ἐρεχθεϊδᾶν,	ch^2	
τηλεπόροις δ᾽ ἐν ἄντροις	ch ba	
τράφη θυέλλῃσιν ἐν πατρῴαις	ia cr ba	
Βορεὰς ἅμιππος ὀρθόποδος ὑπὲρ πάγου	ia^3	
θεῶν παῖς· ἀλλὰ κἀπ᾽ ἐκείνᾳ	ba cr ba	
Μοῖραι μακραίωνες ἔσχον, ὦ παῖ.	ia cr ba	

Dryas' grimmiger Sohn, Fürst der Edonen,
von Dionysos für lästernden Hohn
festgehalten in Fesseln,
ward gezwängt in den felsigen Kerker,
und nun tobt er das Rasen
seiner Tollwut aus,
wilden, maßlosen Zorn. Er
hat erkannt, daß diesen Gott
seine Spottsucht gereizt hat,
seine Hohnreden.
Denn gottverzückter Frauen Schwarm
verscheucht' er und des Rausches Glut
und kränkte flötenfrohe Musen.

Nah aber neben den stahlblauen Klippen des Zwillingsmeers
liegt an Bosporos' Strande der Thraker Küstenland
Salmydessos, wo Ares, Schützer der Stadt,
an Phineus' Söhnen, den zwei'n,
sah die verruchte Wunde,
geblendet von der verrohten Gattin,
des Lichtes beraubt die Augenhöhlen jammervoll,
gestochen von den Händen, blutig
bespritzten, mit spitzen Weberschiffchen.

Und die Unseligen sanken dahin, ihr unsäglich Leid
jammernd, weil sie die Mutter im Unheilsbund gebar,
die vom Stamm sich der urbürtigen doch,
der Erechthiden, gerühmt,
doch in entlegnen Grotten
erwuchs im Sturmwetter ihres Vaters
die Boreas-Tochter, roßgeschwind auf steilem Hang,
ein Götterkind, und doch, auch diese
ergriffen, Kind, Schicksals ew'ge Mächte.

Teiresias kommt, geführt von einem Knaben

Τειρεσίας

Θήβης ἄνακτες, ἥκομεν κοινὴν ὁδὸν
δύ' ἐξ ἑνὸς βλέποντε· τοῖς τυφλοῖσι γὰρ
αὕτη κέλευθος ἐκ προηγητοῦ πέλει.

Κρέων

τί δ' ἔστιν, ὦ γεραιὲ Τειρεσία, νέον;
Τε· ἐγὼ διδάξω, καὶ σὺ τῷ μάντει πιθοῦ.
Κρ οὔκουν πάρος γε σῆς ἀπεστάτουν φρενός.
Τε τοιγὰρ δι' ὀρθῆς τήνδε ναυκληρεῖς πόλιν.
Κρ ἔχω πεπονθὼς μαρτυρεῖν ὀνήσιμα.
Τε φρόνει βεβὼς αὖ νῦν ἐπὶ ξυροῦ τύχης.
Κρ τί δ' ἔστιν; ὡς ἐγὼ τὸ σὸν φρίσσω στόμα.
Τε γνώσῃ, τέχνης σημεῖα τῆς ἐμῆς κλύων.
ἐς γὰρ παλαιὸν θᾶκον ὀρνιθοσκόπον
ἵζων, ἵν' ἦν μοι παντὸς οἰωνοῦ λιμήν,
ἀγνῶτ' ἀκούω φθόγγον ὀρνίθων, κακῷ
κλάζοντας οἴστρῳ καὶ βεβαρβαρωμένῳ·
καὶ σπῶντας ἐν χηλαῖσιν ἀλλήλους φοναῖς
ἔγνων· πτερῶν γὰρ ῥοῖβδος οὐκ ἄσημος ἦν.
εὐθὺς δὲ δείσας ἐμπύρων ἐγευόμην
βωμοῖσι παμφλέκτοισιν· ἐκ δὲ θυμάτων
Ἥφαιστος οὐκ ἔλαμπεν, ἀλλ' ἐπὶ σποδῷ
μυδῶσα κηκὶς μηρίων ἐτήκετο
κἄτυφε κἀνέπτυε, καὶ μετάρσιοι
χολαὶ διεσπείροντο, καὶ καταρρυεῖς
μηροὶ καλυπτῆς ἐξέκειντο πιμελῆς.
τοιαῦτα παιδὸς τοῦδ' ἐμάνθανον πάρα
φθίνοντ' ἀσήμων ὀργίων μαντεύματα.
ἐμοὶ γὰρ οὗτος ἡγεμών, ἄλλοις δ' ἐγώ.
καὶ ταῦτα τῆς σῆς ἐκ φρενὸς νοσεῖ πόλις.
βωμοὶ γὰρ ἡμῖν ἐσχάραι τε παντελεῖς
πλήρεις ὑπ' οἰωνῶν τε καὶ κυνῶν βορᾶς
τοῦ δυσμόρου πεπτῶτος Οἰδίπου γόνου.
κᾆτ' οὐ δέχονται θυστάδας λιτὰς ἔτι
θεοὶ παρ' ἡμῶν οὐδὲ μηρίων φλόγα,

Teiresias

Ihr Herrn von Theben, gleichen Weges kommen wir,
zwei, doch durch einen sehend: Blinde müssen ja
mit ihrem Führer stets desselben Weges gehn.

Kreon

Welch neue Kunde bringst du, Greis Teiresias?
Te Ich will's verkünden. Folge du dem Seher dann!
Kr Auch früher wich ich nie von deinem Rate ab.
Te Drum lenkst du auf gerader Bahn das Schiff des Staats.
Kr Ich kann bezeugen, daß ich Nützliches erfuhr.
Te Denk': auf der Schneide des Geschickes gehst du jetzt!
Kr Was ist's? Wie schaudert's mich bei deines Mundes Wort!
Te Du wirst's erkennen an den Zeichen meiner Kunst.
Denn auf dem alten Sitz der Vogelschauer saß
ich, wo der Hafen ist für alles Flügelvolk.
Da hör' ich unbekannter Vögel Stimme, die
in böser Wut barbarisch krächzten, wirr und wild,
erkannt' auch, daß mit Krallen sie sich mörderisch
zerfleischten: deutlich war das Flattern und Geschwirr.
Sogleich besorgt, versucht' ich's mit dem Opferbrand
rings auf entfachten Herden; doch des Feuers Kraft
entlohte nicht den Opfern: auf der Asche nur
zerschmolz das Fett, das von den Schenkelstücken troff,
und spritzte auf und schwelte, und, hoch aufgebläht,
platzten die Gallen, und die Schenkel lagen da,
die abgeschmolznen, von des Fettes Hülle frei.
Von diesem Knaben hier erfuhr ich alles dies:
die Opfer zeichenlos, die Deutung bleibt verwehrt! –
Denn mir ist dieser Führer, andren bin ich's selbst. –
Und nur durch deinen Willen duldet dies die Stadt.
Denn Feuerstätten und Altäre sind uns jetzt
besudelt durch der Vögel und der Hunde Fraß
am Leib von Oidipus' gefallnem Unglückssohn.
Die Götter nehmen Opfer und Gebete schon
nicht mehr von uns entgegen, nicht der Schenkel Brand.

οὐδ' ὄρνις εὐσήμους ἀπορροιβδεῖ βοάς,
ἀνδροφθόρου βεβρῶτες αἵματος λίπος.
ταῦτ' οὖν, τέκνον, φρόνησον. ἀνθρώποισι γὰρ
τοῖς πᾶσι κοινόν ἐστι τοὐξαμαρτάνειν·
ἐπεὶ δ' ἁμάρτῃ, κεῖνος οὐκέτ' ἔστ' ἀνὴρ
ἄβουλος οὐδ' ἄνολβος, ὅστις ἐς κακὸν
πεσὼν ἀκεῖται μηδ' ἀκίνητος πέλει.
αὐθαδία τοι σκαιότητ' ὀφλισκάνει.
ἀλλ' εἶκε τῷ φρενοῦντι, μηδ' ὀλωλότα
κέντει. τίς ἀλκὴ τὸν θανόντ' ἐπικτανεῖν;
εὖ σοι φρονήσας εὖ λέγω· τὸ μανθάνειν δ'
ἥδιστον εὖ λέγοντος, εἰ κέρδος φέρει.
Κρ ὦ πρέσβυ, πάντες ὥστε τοξόται σκοποῦ
τοξεύετ' ἀνδρὸς τοῦδε, κοὐδὲ μαντικῆς
ἄπρακτος ὑμῖν εἰμι· τοῖσι δ' ἐν γένει
ἐξημπόλημαι κἀκπεφόρτισμαι πάλαι.
κερδαίνετ', ἐμπολᾶτε τἀπὸ Σάρδεων
ἤλεκτρον, εἰ βούλεσθε, καὶ τὸν Ἰνδικὸν
χρυσόν· τάφῳ δ' ἐκεῖνον οὐχὶ κρύψετε,
οὐδ' ἢν θέλωσ' οἱ Ζηνὸς αἰετοὶ βορὰν
φέρειν νιν ἁρπάζοντες ἐς Διὸς θρόνους·
οὐδ' ὣς μίασμα τοῦτο μὴ τρέσας ἐγὼ
θάπτειν παρήσω κεῖνον· εὖ γὰρ οἶδ', ὅτι
θεοὺς μιαίνειν οὔτις ἀνθρώπων σθένει.
πίπτουσι δ', ὦ γεραιὲ Τειρεσία, βροτῶν
χοἰ πολλὰ δεινοὶ πτώματ' αἴσχρ', ὅταν λόγους
αἰσχροὺς καλῶς λέγωσι τοῦ κέρδους χάριν.
Τε φεῦ·
ἆρ' οἶδεν ἀνθρώπων τις, ἆρα φράζεται,
Κρ τί χρῆμα; ποῖον τοῦτο πάγκοινον λέγεις;
Τε ὅσῳ κράτιστον κτημάτων εὐβουλία;
Κρ ὅσῳπερ, οἶμαι, μὴ φρονεῖν πλείστη βλάβη.
Τε ταύτης σὺ μέντοι τῆς νόσου πλήρης ἔφυς.
Κρ οὐ βούλομαι τὸν μάντιν ἀντειπεῖν κακῶς.
Τε καὶ μὴν λέγεις, ψευδῆ με θεσπίζειν λέγων.
Κρ τὸ μαντικὸν γὰρ πᾶν φιλάργυρον γένος.

Kein Vogel stimmt verheißungsvollen Ruf uns an:
sie fraßen sich am blutigen Saft des Toten satt.
Dies nun, mein Sohn, bedenke! Denn den Menschen ist
gemeinsam allen, daß sie manchmal irregehn.
Doch irrt er schon, so ist der Mann doch nicht von Rat
und Glück verlassen, der, falls er auf Schlimmes kam,
dem Übel abhilft und nicht unbewegt beharrt.
Nur Eigensinn verfällt der Schuld des Unverstands.
Gib nach dem Warner: stich nach dem Erschlagnen nicht!
Den Toten nochmals töten – welcher Heldenmut!
Ich mein' es gut und rede gut: am besten ist's,
auf guten Rat zu hören, wenn er Nutzen bringt.

Kr Du, Alter, alle wie die Schützen nach dem Ziel
schießt ihr nach diesem Mann: auch nicht die Seherkunst
bleibt unversucht an mir; von den Verwandten bin
ich ja verraten und verkauft seit langem schon.
So treibt nur Wucher, handelt nur von Sardes ein
das Silbergold und, wenn ihr wollt, das lautre Gold
von Indien: ihn bergt ihr mir in keinem Grab!
Und wollten ihn Zeus' Adler selber sich zum Fraß
erraffen, ihn zu tragen vor des Gottes Thron,
diese Befleckung fürcht' ich nicht und werd' ihn drum
auch nicht begraben lassen; denn ich weiß recht gut:
die Götter zu beflecken, das vermag kein Mensch.
Doch von den Menschen kommen, Greis Teiresias,
schmählich auch Mächtigste zu Fall, wenn sie ein Werk
der Schmach beschönigen, weil's ihnen Nutzen bringt.

Te Ach,
weiß wohl noch jemand in der Welt, bedenkt er wohl ...

Kr Was willst du? Welche Redensart verkündigst du?

Te wie Wohlberatenheit der Güter höchstes ist?

Kr So wie der größte Schaden, glaub' ich, Unvernunft.

Te Von dieser Krankheit eben bist du ausgefüllt!

Kr Ich will dem Seher nicht erwidern böses Wort.

Te Du tust es, wenn du meinen Wahrspruch Lüge nennst.

Kr Das ganze Volk der Seher ist dem Gelde hold.

Τε τὸ δέ γε τυράννων αἰσχροκέρδειαν φιλεῖ.
Κρ ἆρ' οἶσθα ταγοὺς ὄντας ἃν λέγῃς λέγων;
Τε οἶδ'· ἐξ ἐμοῦ γὰρ τήνδ' ἔχεις σώσας πόλιν.
Κρ σοφὸς σὺ μάντις, ἀλλὰ τἀδικεῖν φιλῶν.
Τε ὄρσεις με τἀκίνητα διὰ φρενῶν φράσαι.
Κρ κίνει, μόνον δὲ μὴ 'πὶ κέρδεσιν λέγων.
Τε οὕτω γὰρ ἤδη καὶ δοκῶ τὸ σὸν μέρος.
Κρ ὡς μὴ 'μπολήσων ἴσθι τὴν ἐμὴν φρένα.
Τε ἀλλ' εὖ γέ τοι κάτισθι μὴ πολλοὺς ἔτι
τρόχους ἁμιλλητῆρας ἡλίου τελῶν,
ἐν οἷσι τῶν σῶν αὐτὸς ἐκ σπλάγχνων ἕνα
νέκυν νεκρῶν ἀμοιβὸν ἀντιδοὺς ἔσῃ,
ἀνθ' ὧν ἔχεις μὲν τῶν ἄνω βαλὼν κάτω,
ψυχήν τ' ἀτίμως ἐν τάφῳ κατῴκισας,
ἔχεις δὲ τῶν κάτωθεν ἐνθάδ' αὖ θεῶν
ἄμοιρον, ἀκτέριστον, ἀνόσιον νέκυν.
ὧν οὔτε σοὶ μέτεστιν οὔτε τοῖς ἄνω
θεοῖσιν, ἀλλ' ἐκ σοῦ βιάζονται τάδε.
τούτων σε λωβητῆρες ὑστεροφθόροι
λοχῶσιν Ἅιδου καὶ θεῶν Ἐρινύες,
ἐν τοῖσιν αὐτοῖς τοῖσδε ληφθῆναι κακοῖς.
καὶ ταῦτ' ἄθρησον εἰ κατηργυρωμένος
λέγω· φανεῖ γάρ, οὐ μακροῦ χρόνου τριβή,
ἀνδρῶν γυναικῶν σοῖς δόμοις κωκύματα.
ἔχθρᾳ δὲ πᾶσαι συνταράσσονται πόλεις
ὅσων σπαράγματ' ἢ κύνες καθήγνισαν
ἢ θῆρες, ἤ τις πτηνὸς οἰωνός, φέρων
ἀνόσιον ὀσμὴν ἑστιοῦχον ἐς πόλιν.
τοιαῦτά σου, λυπεῖς γάρ, ὥστε τοξότης
ἀφῆκα θυμῷ καρδίας τοξεύματα
βέβαια, τῶν σὺ θάλπος οὐχ ὑπεκδραμῇ.
ὦ παῖ, σὺ δ' ἡμᾶς ἄπαγε πρὸς δόμους, ἵνα
τὸν θυμὸν οὗτος ἐς νεωτέρους ἀφῇ
καὶ γνῷ τρέφειν τὴν γλῶσσαν ἡσυχαιτέραν
τὸν νοῦν τ' ἀμείνω τῶν φρενῶν ὧν νῦν φέρει.

Te Und das der Herrscher liebt den schimpflichen Gewinn.
Kr Weißt du, daß es der Herrscher ist, mit dem du sprichst?
Te Ja! Denn durch mich besitzt du die befreite Stadt!
Kr Ein kluger Seher, doch der Arglist zugetan.
Te Du drängst mich, auszusprechen, was die Brust verschließt!
Kr Sprich's aus! Doch rede nur nicht dem Gewinn zulieb!
Te Das glaub' ich wohl zu tun, – soweit es dich betrifft!
Kr Bedenke, daß du meinen Willen nicht erkaufst!
Te Doch du bedenke nun, daß nicht mehr allzu oft
der Sonnenwagen seine Bahn zu Ende läuft,
bis einen du aus deines eignen Blutes Stamm
tot als Entgelt den Toten hingegeben hast
dafür, daß du ein Lebendes hinabgestürzt,
im Grabe schmählich eine Seele hausen läßt,
doch hier behältst, was Todesgöttern zugehört:
den Leichnam frevelnd, unbeerdigt, ungeweiht,
der weder dir gebührt noch in der obern Welt
den Göttern, denen du dies aufgezwungen hast.
Drum lauern unheilvoll mit grauser Ahndung dir
des Hades und der Götter Rächerinnen auf
und suchen dich mit diesem selben Leide heim.
Und nun sieh zu, ob ich als ein Bestochner dies
gesagt! Das zeigt nach gar nicht langer Frist Verlauf
das Wehgeschrei von Mann und Weib in deinem Haus.
Doch Feindschaft wiegelt alle Städte auf, wo den
zerfetzten Leichen Hunde oder Raubgetier
den Segen geben, ein beschwingter Vogel, der
heillosen Ruch zur Stadt, zum heilgen Herde trägt. –
Das sind die Pfeile, die ich, wie ein Schütze, dir
ins Herz geschossen, weil du mich zum Zorne reizt:
sie treffen sicher, ihrer Pein entrinnst du nicht.
Du, Knabe, führe mich zum Haus zurück, damit
der da den Zorn an Jüngeren auslassen kann
und seine Zunge mehr im Zaum zu halten lernt
und bessere Besinnung üben als bisher!

Er geht, geführt vom Knaben

Χο ἀνήρ, ἄναξ, βέβηκε δεινὰ θεσπίσας.
ἐπιστάμεσθα δ', ἐξ ὅτου λευκὴν ἐγὼ
τήνδ' ἐκ μελαίνης ἀμφιβάλλομαι τρίχα,
μή πώ ποτ' αὐτὸν ψεῦδος ἐς πόλιν λακεῖν.
Κρ ἔγνωκα καὐτὸς καὶ ταράσσομαι φρένας·
τό τ' εἰκαθεῖν γὰρ δεινόν, ἀντιστάντα δὲ
ἄτῃ παλαῖσαι δεινὰ καὶ δεινῶν πέρα.
Χο εὐβουλίας δεῖ, παῖ Μενοικέως, λαβεῖν.
Κρ τί δῆτα χρὴ δρᾶν; φράζε· πείσομαι δ' ἐγώ.
Χο ἐλθὼν κόρην μὲν ἐκ κατώρυχος στέγης
ἄνες, κτίσον δὲ τῷ προκειμένῳ τάφον.
Κρ καὶ ταῦτ' ἐπαινεῖς καὶ δοκεῖς παρεικαθεῖν;
Χο ὅσον γ', ἄναξ, τάχιστα· συντέμνουσι γὰρ
θεῶν ποδώκεις τοὺς κακόφρονας Βλάβαι.
Κρ οἴμοι· μόλις μέν, καρδίας δ' ἐξίσταμαι
τὸ δρᾶν· ἀνάγκῃ δ' οὐχὶ δυσμαχητέον.
Χο δρᾶ νυν τάδ' ἐλθὼν μηδ' ἐπ' ἄλλοισιν τρέπε.
Κρ ὧδ' ὡς ἔχω στείχοιμ' ἄν· ἴτ' ἴτ' ὀπάονες,
οἵ τ' ὄντες οἵ τ' ἀπόντες, ἀξίνας χεροῖν
ὁρμᾶσθ' ἑλόντες εἰς ἐπόψιον τόπον.
ἐγὼ δ', ἐπειδὴ δόξα τῇδ' ἐπεστράφη,
αὐτός τ' ἔδησα καὶ παρὼν ἐκλύσομαι.
δέδοικα γὰρ μὴ τοὺς καθεστῶτας νόμους
ἄριστον ᾖ σῴζοντα τὸν βίον τελεῖν.

Χορός

πολυώνυμε, Καδμείας ἄγαλμα νύμφας gl rz Str. 1
καὶ Διὸς βαρυβρεμέτα ch^2
γένος, κλυτὰν ὃς ἀμφέπεις ia^2
Ἰταλίαν, μέδεις δὲ ch ba
παγκοίνοις Ἐλευσινίας ch^2
Δηοῦς ἐν κόλποις, ὦ Βακχεῦ, sp^4
Βακχᾶν ματρόπολιν Θήβαν gl
ναιετῶν παρ' ὑγροῖς Ἰ- pher
σμηνοῦ ῥείθροις, ἀγρίου τ' ch^2
ἐπὶ σπορᾷ δράκοντος· ia ba

Chf Der Mann hat Furchtbares geweissagt, Herr, und geht;
wir aber wissen: seit ich dieses weiße Haar
anstatt des dunklen trage auf dem greisen Haupt,
hat er mit keiner Lüge je die Stadt getäuscht.
Kr Ich weiß es selbst, und es erschüttert meinen Sinn.
Hart ist es nachzugeben; doch im Widerstand
dem Unheil zu erliegen hart und mehr als hart.
Chf Sich gut beraten, das, Menoikeus' Sohn, ist not.
Kr Was ist zu tun? Ich will dir folgen: rede nur!
Chf Entlaß das Mädchen aus dem unterirdischen
Gemach und gib dem hingestreckten Mann ein Grab!
Kr Und das empfiehlst du? Nachzugeben scheint dir gut?
Chf So schnell, o Herr, wie möglich! Denn mit raschem Fuß
ereilt die Schlechtberatnen göttliches Gericht.
Kr Wehe, wie schwer! Doch ich entsage meinem Sinn
und tu' es: gegen das Notwendige hilft kein Kampf.
Chf Geh nun und tu es: überlaß es andren nicht!
Kr So, wie ich bin, will ich denn gehn! Auf, Diener, auf,
alle, die hier und draußen! Äxte nehmt sogleich
zur Hand und eilt dem weitsichtbaren Orte zu! –
Doch ich, da mein Entschluß sich so gewandelt hat,
ich band sie selbst, und so befrei' ich sie auch selbst.
Ich fürchte doch, das Beste ist's, bestehende
Gesetze wahren bis an unsres Lebens Ziel.

Er geht

Chor

Vielnamiger, Glanz und Glück der Kadmostochter,
der dem donnertosenden Zeus
entsprang, der schützt Italiens
hehres Gefild, doch waltet
in Demeters gastlicher Flur,
Eleusis' Buchten, Bakchos, du
Herr von Theben, der Mutterstadt
aller Bakchen, am Ufer
des Ismenos und beim Volk,
das stammt vom wilden Drachen!

σὲ δ' ὑπὲρ διλόφου πέτρας στέροψ ὄπωπε   gl rz   Ant. 1
λιγνύς, ἔνθα Κωρύκιαι   ch^2
στείχουσι Νύμφαι Βακχίδες   ia^2
Κασταλίας τε νᾶμα.   ch ba
καί σε Νυσαίων ὀρέων   ch^3
κισσήρεις ὄχθαι χλωρά τ' ἀ-   sp^4
κτὰ πολυστάφυλος πέμπει   gl
ἀβρότων ἐπετᾶν εὐ-   pher
αζόντων Θηβαΐας   ch^3
ἐπισκοποῦντ' ἀγυιάς·   ia ba

τὰν ἐκ πασᾶν τιμᾷς   mo^2 Str. 2
ὑπερτάταν πόλεων   pr
ματρὶ σὺν κεραυνίᾳ·   cr ia
καὶ νῦν, ὡς βιαίας ἔχεται   sp cr ch
πάνδαμος πόλις ἐπὶ νόσου,   gl
μολεῖν καθαρσίῳ ποδὶ Παρνασσίαν   rz ch cr
ὑπὲρ κλιτύν, ἢ στονόεντα πορθμόν.   ch^2 ba

ἰὼ πῦρ πνειόντων   mo^2 Ant. 2
χοράγ' ἄστρων, νυχίων   pr
φθεγμάτων ἐπίσκοπε,   cr ia
παῖ Διὸς γένεθλον, προφάνηθ',   (sp) cr ch
ὦναξ, σαῖς ἅμα περιπόλοις   gl
Θυίαισιν, αἵ σε μαινόμεναι πάννυχοι   rz ch cr
χορεύουσι τὸν ταμίαν Ἴακχον.   ch^2 ba

Ἄγγελος

Κάδμου πάροικοι καὶ δόμων Ἀμφίονος,
οὐκ ἔσθ' ὁποῖον στάντ' ἂν ἀνθρώπου βίον
οὔτ' αἰνέσαιμ' ἂν οὔτε μεμψαίμην ποτέ.
τύχη γὰρ ὀρθοῖ καὶ τύχη καταρρέπει
τὸν εὐτυχοῦντα τόν τε δυστυχοῦντ' ἀεί·
καὶ μάντις οὐδεὶς τῶν ἐφεστώτων βροτοῖς.
Κρέων γὰρ ἦν ζηλωτός, ὡς ἐμοί, ποτέ,

Dich erschaut, von dem Doppelfelsen, hell erstrahlend
Feuer, wo im bakchischen Tanz
Korykions Nymphen schreiten; dich
sieht Kastalias Quelle.
Dich entsenden, efeuumrankt,
Nysas Bergeshöh'n und grünes,
traubenreiches Gestad, wenn Du
Thebens Straßen besuchst bei
Jubelliedern deines
unsterblichen Gefolges!

Die du weit höher ehrst
als jede andere Stadt
samt der Mutter, die der Blitz
traf, – auch jetzt, da des Übels Gewalt
die Stadt samt ihrem Volk übermannt,
komm, komm mit deinem läuternden Schritt über den
Parnaß-Abhang oder des Sundes Brandung!

Heil dir, Chorführer Glut
versprüh'nder Sterne, du Herr
freudigen Gesangs bei Nacht!
Zeusentsprossener Sohn, o erschein',
du Herr, samt der Gefährtinnen Schar,
die schwärmend, die dich rasend verzückt nächtelang
im Tanz feiern, dich, ihren Meister Bakchos!

Ein Bote kommt von draußen

Bote

Anwohner ihr von Kadmos' und Amphions Haus!
Kein Menschenleben gibt es, wie's auch stehen mag,
das je ich wieder preisen oder tadeln will.
Denn Schicksal hebt empor und Schicksal bringt zu Fall
den Hochbeglückten wie den Unglückseligen,
und niemand sieht vorher, was Menschen treffen wird.
So schien mir Kreon ehemals beneidenswert:

σώσας μὲν ἐχθρῶν τήνδε Καδμείαν χθόνα,
λαβών τε χώρας παντελῆ μοναρχίαν
ηὔθυνε, θάλλων εὐγενεῖ τέκνων σπορᾷ·
καὶ νῦν ἀφεῖται πάνθ'· ὅταν γὰρ ἡδοναὶ
βίον προδῶσιν ἀνδρός, οὔτι φημ' ἐγὼ
ζῆν τοῦτον, ἀλλ' ἔμψυχον ἡγοῦμαι νεκρόν.
πλούτει τε γὰρ κατ' οἶκον, εἰ βούλῃ, μέγα,
καὶ ζῆ τύραννον σχῆμ' ἔχων, ἐὰν δ' ἀπῇ
τούτων τὸ χαίρειν, τἄλλ' ἐγὼ καπνοῦ σκιᾶς
οὐκ ἂν πριαίμην ἀνδρὶ πρὸς τὴν ἡδονήν.
Χο τί δ' αὖ τόδ' ἄχθος βασιλέων ἥκεις φέρων;
'Αγ τεθνᾶσιν· οἱ δὲ ζῶντες αἴτιοι θανεῖν.
Χο καὶ τίς φονεύει; τίς δ' ὁ κείμενος; λέγε.
'Αγ Αἵμων ὄλωλεν· αὐτόχειρ δ' αἱμάσσεται.
Χο πότερα πατρῴας, ἢ πρὸς οἰκείας χερός;
'Αγ αὐτὸς πρὸς αὑτοῦ, πατρὶ μηνίσας φόνου.
Χο ὦ μάντι, τοὔπος ὡς ἄρ' ὀρθὸν ἤνυσας.
'Αγ ὡς ὧδ' ἐχόντων τἄλλα βουλεύειν πάρα.
Χο καὶ μὴν ὁρῶ τάλαιναν Εὐρυδίκην ὁμοῦ
δάμαρτα τὴν Κρέοντος· ἐκ δὲ δωμάτων
ἤτοι κλύουσα παιδὸς ἢ τύχῃ περᾷ.

Εὐρυδίκη

ὦ πάντες ἀστοί, τῶν λόγων ἐπῃσθόμην
πρὸς ἔξοδον στείχουσα, Παλλάδος θεᾶς
ὅπως ἱκοίμην εὐγμάτων προσήγορος.
καὶ τυγχάνω τε κλῇθρ' ἀνασπαστοῦ πύλης
χαλῶσα, καί με φθόγγος οἰκείου κακοῦ
βάλλει δι' ὤτων· ὑπτία δὲ κλίνομαι
δείσασα πρὸς δμωαῖσι κἀποπλήσσομαι.
ἀλλ' ὅστις ἦν ὁ μῦθος αὖθις εἴπατε·
κακῶν γὰρ οὐκ ἄπειρος οὖσ' ἀκούσομαι.
'Αγ ἐγώ, φίλη δέσποινα, καὶ παρὼν ἐρῶ,
κοὐδὲν παρήσω τῆς ἀληθείας ἔπος.
τί γάρ σε μαλθάσσοιμ' ἂν ὧν ἐς ὕστερον

vor Feinden hat er dieses Kadmos-Land beschützt,
ergriff des Reiches ungeteilte Königsmacht,
ward Herrscher, war mit edler Kinder Saat beglückt,
und nun verliert er alles. Lassen Glück und Lust
das Leben eines Manns im Stich, der, sag' ich, lebt
nicht mehr: zwar noch beseelt, erscheint er mir wie tot.
Ja, häufe, wenn du magst, dir Schätze an im Haus
und leb in königlichem Glanz, – kannst du dich nicht
daran erfreuen, kauf' ich alles andre dir
nicht um des Rauches Schatten ab statt frohen Sinns.
Chf Welch neues Leid des Königshauses meldest du?
Bo Tot sind sie, und die Lebenden sind schuld am Tod!
Chf Wer mordete? Wer ist der Tote? Rede doch!
Bo Haimon verschied, und durch Gewalttat floß sein Blut.
Chf Durch seines Vaters oder durch die eigne Hand?
Bo Er starb durch eigne Hand im Zorn um Vaters Mord.
Chf O Seher, wie erweist sich nun dein Spruch als wahr!
Bo Viel ist in solcher Lage zu bedenken noch.
Chf Schon seh' ich Eurydike dort, die duldende
Gemahlin Kreons: aus dem Hause tritt sie, sei's
aus Zufall oder weil sie von dem Sohn gehört.

Eurydike ist herausgetreten

Eurydike

Ihr Bürger alle, eure Reden hörte ich,
als ich dem Ausgang nahte mit Gebeten, um
die Göttin Pallas hilfesuchend anzuflehn.
Soeben wollt' ich, um das Tor mir aufzutun,
die Riegel öffnen, als der Ruf von unsrem Leid
ans Ohr mir drang; da aber sank ich rücklings vor
Entsetzen Mägden in den Arm und war betäubt.
Doch sagt mir nochmals, wie die Kunde lautete!
Im Leid bin ich nicht ungeübt: laßt hören mich!
Bo Ich, liebe Herrin, war dabei: so red' ich denn
und halte von der Wahrheit nicht ein Wort zurück.
Wozu sollt' ich's dir mildern, daß ich hinterher

ψεῦσται φανούμεθ᾽; ὀρθὸν ἀλήθει᾽ ἀεί.
ἐγὼ δὲ σῷ ποδαγὸς ἑσπόμην πόσει
πεδίον ἐπ᾽ ἄκρον, ἔνθ᾽ ἔκειτο νηλεὲς
κυνοσπάρακτον σῶμα Πολυνείκους ἔτι·
καὶ τὸν μέν, αἰτήσαντες ἐνοδίαν θεὸν
Πλούτωνά τ᾽ ὀργὰς εὐμενεῖς κατασχεθεῖν,
λούσαντες ἁγνὸν λουτρόν, ἐν νεοσπάσιν
θαλλοῖς ὃ δὴ ᾽λέλειπτο συγκατήθομεν,
καὶ τύμβον ὀρθόκρανον οἰκείας χθονὸς
χώσαντες αὖθις πρὸς λιθόστρωτον κόρης
νυμφεῖον Ἅιδου κοῖλον εἰσεβαίνομεν.
φωνῆς δ᾽ ἄπωθεν ὀρθίων κωκυμάτων
κλύει τις ἀκτέριστον ἀμφὶ παστάδα,
καὶ δεσπότῃ Κρέοντι σημαίνει μολών·
τῷ δ᾽ ἀθλίας ἄσημα περιβαίνει βοῆς
ἕρποντι μᾶλλον ἆσσον, οἰμώξας δ᾽ ἔπος
ἵησι δυσθρήνητον, ὢ τάλας ἐγώ,
ἆρ᾽ εἰμὶ μάντις; ἆρα δυστυχεστάτην
κέλευθον ἕρπω τῶν παρελθουσῶν ὁδῶν;
παιδός με σαίνει φθόγγος. ἀλλά, πρόσπολοι,
ἴτ᾽ ἆσσον ὠκεῖς, καὶ παραστάντες τάφῳ
ἀθρήσαθ᾽, ἁρμὸν χώματος λιθοσπαδῆ
δύντες πρὸς αὐτὸ στόμιον, εἰ τὸν Αἵμονος
φθόγγον συνίημ᾽, ἢ θεοῖσι κλέπτομαι.
τάδ᾽ ἐξ ἀθύμου δεσπότου κελευσμάτων
ἠθροῦμεν· ἐν δὲ λοισθίῳ τυμβεύματι
τὴν μὲν κρεμαστὴν αὐχένος κατείδομεν,
βρόχῳ μιτώδει σινδόνος καθημμένην,
τὸν δ᾽ ἀμφὶ μέσσῃ περιπετῆ προσκείμενον,
εὐνῆς ἀποιμώζοντα τῆς κάτω φθορὰν
καὶ πατρὸς ἔργα καὶ τὸ δύστηνον λέχος.
ὃ δ᾽ ὡς ὁρᾷ σφε, στυγνὸν οἰμώξας ἔσω
χωρεῖ πρὸς αὐτὸν κἀνακωκύσας καλεῖ·
ὦ τλῆμον, οἷον ἔργον εἴργασαι· τίνα
νοῦν ἔσχες; ἐν τῷ συμφορᾶς διεφθάρης;
ἔξελθε, τέκνον, ἱκέσιός σε λίσσομαι.

als Lügner gelte? Wahrheit nur kann stets bestehn.
Ich gab als Führer deinem Gatten das Geleit
zum Rand des Feldes, wo noch immer grauenhaft
zerfleischt von Hunden Polyneikes' Leichnam lag.
Zur Wegegöttin und zu Pluton beteten
wir dort, uns gnädig beizustehn, und wuschen ihn
mit heiligem Wasser, und was übrig war von ihm,
das ward auf frisch gebrochnen Zweigen dann verbrannt.
Aus heimischer Erde warfen wir ein hohes Grab
ihm auf und gingen dann zum unterirdischen,
steinernen Grabesbrautgemach des Mädchens hin.
Und einer fernen Stimme gellenden Klagelaut
hört' einer von dem weihelosen Grabe her
und kam und zeigt' es dem Gebieter Kreon an.
Ihm dringt ein unverständlich Schmerzgeschrei ans Ohr,
indes er nun sich nähert. Klagend stößt er aus
ein jammervolles Wort: O ich Geschlagener!
Bin ich ein Seher? Schreit' ich den unseligsten
von allen Pfaden, die ich je gegangen bin?
Des Sohnes Stimme grüßt mich! Auf, ihr Diener, auf!
Geht eilends näher! Tretet dicht hinan ans Grab,
entfernt den Stein, dringt durch die Lücke des
Gewölbes bis zur Öffnung vor und späht, ob ich
die Stimme Haimons hört', ob Götter mich getäuscht! –
Auf den Befehl des zagenden Gebieters hin
erkunden wir's und sehn im Innersten der Gruft
das Mädchen hangen, aufgeknüpft am Hals, um den
ein leinen Band als Schlinge sie gewunden hat.
Er aber, knieend, hält umfangen ihren Leib
und jammert über der Geliebten Untergang,
des Vaters Tat und das verlorne Liebesglück.
Der, als er ihn erblickt, weint jammernd auf und tritt
hinein zu ihm und ruft ihn an in wildem Weh:
Unseliger, welches Werk begannst du, welchen Plan
hast du gefaßt, in welches Unheil dich verstrickt?
Komm doch heraus, Kind! Flehentlich beschwör' ich dich! –

τὸν δ᾽ ἀγρίοις ὄσσοισι παπτήνας ὁ παῖς,
πτύσας προσώπῳ κοὐδὲν ἀντειπών, ξίφους
ἕλκει διπλοῦς κνώδοντας, ἐκ δ᾽ ὁρμωμένου
πατρὸς φυγαῖσιν ἤμπλακ᾽· εἶθ᾽ ὁ δύσμορος
αὑτῷ χολωθείς, ὥσπερ εἶχ᾽, ἐπενταθεὶς
ἤρεισε πλευραῖς μέσσον ἔγχος, ἐς δ᾽ ὑγρὸν
ἀγκῶν᾽ ἔτ᾽ ἔμφρων παρθένῳ προσπτύσσεται·
καὶ φυσιῶν ὀξεῖαν ἐκβάλλει ῥοὴν
λευκῇ παρειᾷ φοινίου σταλάγματος.
κεῖται δὲ νεκρὸς περὶ νεκρῷ, τὰ νυμφικὰ
τέλη λαχὼν δείλαιος εἰν Ἅιδου δόμοις,
δείξας ἐν ἀνθρώποισι τὴν ἀβουλίαν
ὅσῳ μέγιστον ἀνδρὶ πρόσκειται κακόν.

Χο τί τοῦτ᾽ ἂν εἰκάσειας; ἡ γυνὴ πάλιν
φρούδη, πρὶν εἰπεῖν ἐσθλὸν ἢ κακὸν λόγον.
Ἀγ καὐτὸς τεθάμβηκ᾽· ἐλπίσιν δὲ βόσκομαι
ἄχη τέκνου κλύουσαν ἐς πόλιν γόου
οὐκ ἀξιώσειν, ἀλλ᾽ ὑπὸ στέγης ἔσω
δμωαῖς προθήσειν πένθος οἰκεῖον στένειν.
γνώμης γὰρ οὐκ ἄμοιρος, ὥσθ᾽ ἁμαρτάνειν.
Χο οὐκ οἶδ᾽· ἐμοὶ δ᾽ οὖν ἥ τ᾽ ἄγαν σιγὴ βαρὺ
δοκεῖ προσεῖναι χἠ μάτην πολλὴ βοή.
Ἀγ ἀλλ᾽ εἰσόμεσθα, μή τι καὶ κατάσχετον
κρυφῇ καλύπτει καρδίᾳ θυμουμένῃ,
δόμους παραστείχοντες· εὖ γὰρ οὖν λέγεις·
καὶ τῆς ἄγαν γάρ ἐστί που σιγῆς βάρος.

Χορός

καὶ μὴν ὅδ᾽ ἄναξ αὐτὸς ἐφήκει an[4]
μνῆμ᾽ ἐπίσημον διὰ χειρὸς ἔχων,
εἰ θέμις εἰπεῖν, οὐκ ἀλλοτρίαν
ἄτην, ἀλλ᾽ αὐτὸς ἁμαρτών.

Mit wilden Augen aber starrt der Sohn ihn an,
speit ins Gesicht ihm und erwidert nichts und zieht
sein doppelschneidig Schwert; der Vater stürzt hinaus
und flieht, und so verfehlt er ihn und wütet nun
gegen sich selbst, unselig wie er ist: er stemmt
sich auf das Schwert, stößt's halb sich in den Leib, umschlingt,
bei Sinnen noch, mit schlaffem Arm die Jungfrau jetzt
und wirft, tief Atem holend, aus die bittre Flut
der Purpurtropfen auf die weiße Wange ihr.
Tot bei der Toten liegt er nun, die bräutliche
Weihe zu finden heillos in des Hades Haus,
und zeigt den Menschen, daß die Unberatenheit
für einen Mann das allergrößte Übel ist.

Eurydike ist hineingegangen

Chf Wie soll man das verstehn? Die Herrin ging zurück
ins Haus und sprach kein gutes oder böses Wort!
Bo Auch ich erschrak; doch geb' ich mich der Hoffnung hin:
sie will das Los des Sohnes, das sie hörte, nicht
vor aller Welt beweinen, sondern im Gemach
bei ihren Frauen klagen um des Hauses Leid.
Nicht so von Sinnen ist sie, daß sie frevelte.
Chf Ich weiß nicht; doch mir scheint, zu tiefes Schweigen zeigt
ein Unheil an, nicht überlautes Klagen nur.
Bo Wir werden es erfahren, ob sie nicht geheim
verhaltnen Gram in der empörten Brust verbirgt.
Ich geh' ins Haus hinauf; denn wahr ist, was du sagst:
auf Unheil deutet allzu tiefe Schweigsamkeit.

Er geht hinein

Kreon, Haimons Leichnam auf den Armen, ist von draußen gekommen

Chor

Und siehe: der König selbst kommt herbei;
Ein sichtbares Zeichen hält er im Arm –
nicht fremden Vergehns, wenn das Wort mir erlaubt:
er hat es ja selbst verschuldet.

Κρ ἰὼ — sp — Str. 1
φρενῶν δυσφρόνων ἁμαρτήματα — do^2
στερεὰ θανατόεντ᾽, — do
ὢ κτανόντας τε καὶ — cr^2
θανόντας βλέποντες ἐμφυλίους. — do^2
ὤμοι ἐμῶν ἄνολβα βουλευμάτων. — do^2
ἰὼ παῖ, νέος νέῳ ξὺν μόρῳ, — do^2
αἰαῖ αἰαῖ, — sp^2
ἔθανες, ἀπελύθης, — do
ἐμαῖς οὐδὲ σαῖσι δυσβουλίαις. — do^2

Χο οἴμ᾽ ὡς ἔοικας ὀψὲ τὴν δίκην ἰδεῖν. — ia^3

Κρ οἴμοι, — sp
ἔχω μαθὼν δείλαιος· ἐν δ᾽ ἐμῷ κάρᾳ — ia^3
θεὸς τότ᾽ ἄρα τότε μέγα βάρος μ᾽ ἔχων — do^2
ἔπαισεν, ἐν δ᾽ ἔσεισεν ἀγρίαις ὁδοῖς, — ia^3
οἴμοι λακπάτητον ἀντρέπων χαράν. — do ia ba
φεῦ φεῦ, ἰὼ πόνοι βροτῶν δύσπονοι. — do^2

Ἐξάγγελος

ὦ δέσποθ᾽, ὡς ἔχων τε καὶ κεκτημένος,
τὰ μὲν πρὸ χειρῶν τάδε φέρειν, τὰ δ᾽ ἐν δόμοις
ἔοικας ἥκων καὶ τάχ᾽ ὄψεσθαι κακά.
Κρ τί δ᾽; ἔστιν αὖ κάκιον ἢ κακῶν ἔτι;
Ἐξ γυνὴ τέθνηκε, τοῦδε παμμήτωρ νεκροῦ,
δύστηνος, ἄρτι νεοτόμοισι πλήγμασιν.

Κρ ἰώ, — sp — Ant. 1
ἰὼ δυσκάθαρτος Ἅιδου λιμήν, — do^2
τί μ᾽ ἄρα τί μ᾽ ὀλέκεις; — do
ὦ κακάγγελτά μοι — cr^2
προπέμψας ἄχη, τίνα θροεῖς λόγον; — do^2
αἰαῖ, ὀλωλότ᾽ ἄνδρ᾽ ἐπεξειργάσω. — do^2
τί φής, ὦ τίν᾽ αὖ λέγεις μοι νέον, — do^2

Kr Wehe!
Des sinnlosen Sinns, des todbringenden
Starrsinns Versündigung! Ach,
seht den Totschläger und,
mit ihm gleichen Bluts, den Toten zumal!
Weh über meinen unglücksel'gen Beschluß!
Ach Kind, noch so jung ereilt vom Geschick,
aiai aiai,
starbest du, wurdest entrückt!
Nicht dich, sondern mich verließ der Verstand!

Ch Ach, du erkennst das Rechte, scheint mir, allzu spät!

Kr O Leid'
Im Jammer mußt' ich's lernen. Ja, es hat aufs Haupt
dort mich ein Gott, ja mich dort mit gewaltiger Wucht
geschlagen und auf irre Wege mich gedrängt.
In Staub, ach, getreten und zermalmt mein Glück!
Ach, ach, Menschenlos und mühsel'ge Mühn!

Ein zweiter Bote
kommt aus dem Haus

O Herr, als Eigner und Besitzer trägst du schon
auf deinen Armen Schlimmes; doch es scheint, du kommst,
auch noch das Schlimme dort im Haus zu sehn, und bald.
Kr Was ist's? Kann etwas denn noch schlimmer sein als schlimm?
Bo Die Frau ist tot, ganz Mutter dieses Toten hier:
an frischen Wunden starb die Ärmste eben jetzt.

Kr Wehe!
Ach, Hades, du unversöhnlicher Schlund!
Warum vernichtest du mich?
Unheilsbotschaft für mich
hast du überbracht! Welch Wort sagtest du!
Dem toten Manne gabst du nochmals den Tod.
Was meinst du? Du sagst, ein mordgierig Los,

	αἰαῖ αἰαῖ,	sp^2	
	σφάγιον ἐπ' ὀλέθρῳ	do	
	γυναικεῖον ἀμφικεῖσθαι μόρον;	do^2	
Χο	ὁρᾶν πάρεστιν· οὐ γὰρ ἐν μυχοῖς ἔτι.	ia^3	
Κρ	οἴμοι,	sp	
	κακὸν τόδ' ἄλλο δεύτερον βλέπω τάλας.	ia^3	
	τίς ἄρα, τίς με πότμος ἔτι περιμένει;	do^2	
	ἔχω μὲν ἐν χείρεσσιν ἀρτίως τέκνον,	ia^3	
	τάλας, τὸν δ' ἔναντα προσβλέπω νεκρόν.	do ia ba	
	φεῦ φεῦ μᾶτερ ἀθλία, φεῦ τέκνον.	do^2	
Ἐξ	ἣ δ' ὀξύπληκτος ἡμένη δὲ βωμία		
	λύει κελαινὰ βλέφαρα, κωκύσασα μὲν		
	τοῦ πρὶν θανόντος Μεγαρέως κενὸν λέχος,		
	αὖθις δὲ τοῦδε, λοίσθιον δὲ σοὶ κακὰς		
	πράξεις ἐφυμνήσασα τῷ παιδοκτόνῳ.		
Κρ	αἰαῖ αἰαῖ,	sp^2	Str. 2
	ἀνέπταν φόβῳ. τί μ' οὐκ ἀνταίαν	do^2	
	ἔπαισέν τις ἀμφιθήκτῳ ξίφει;	do^2	
	δείλαιος ἐγώ, αἰαῖ,	te	
	δειλαίᾳ δὲ συγκέκραμαι δύᾳ.	do^2	
Ἐξ	ὡς αἰτίαν γε τῶνδε κἀκείνων ἔχων		
	πρὸς τῆς θανούσης τῆσδ' ἐπεσκήπτου μόρων.		
Κρ	ποίῳ δὲ κἀπελύσατ' ἐν φοναῖς τρόπῳ;		
Ἐξ	παίσασ' ὑφ' ἧπαρ αὐτόχειρ αὑτήν, ὅπως		
	παιδὸς τόδ' ᾔσθετ' ὀξυκώκυτον πάθος.		
Κρ	ὤμοι μοι, τάδ' οὐκ ἐπ' ἄλλον βροτῶν	do^2	Str. 3
	ἐμᾶς ἁρμόσει ποτ' ἐξ αἰτίας.	do^2	
	ἐγὼ γάρ σ' ἐγὼ 'κανον, ἰὼ μέλεος,	do^2	
	ἐγώ, φάμ' ἔτυμον. ἰὼ πρόσπολοι,	do^2	
	ἀπάγετέ μ' ὅτι τάχος, ἄγετέ μ' ἐκποδών,	do^2	
	τὸν οὐκ ὄντα μᾶλλον ἢ μηδένα.	do^2	

aiai aiai,
habe zu meinem Verderb
mich nochmals umstrickt: die Frau litt den Tod?

Das Tor des Palastes öffnet sich. Man sieht Eurydike tot am Altar

Chf Schon ist's zu sehen; denn das Haus verbirgt's nicht mehr.

Kr O Leid!
Das andre, neue Unglück seh' ich Armer nun!
Welches, ach, welches Verhängnis erwartet mich noch?
Hier halt' ich ja in meinen Armen noch den Sohn,
und dort blick' ich auf den andren Leichnam schon.
Ach, ach, Mutter, schmerzenvoll! Ach, mein Sohn!

Bo Vom Stahl getroffen, hingesunken am Altar,
riß sie ihr dunkelndes Auge auf, beklagte noch
Megareus leeres Bett, der vorher schon verstarb,
dann wieder seines, und zuletzt verfluchte sie
als Kindesmörder dich samt deinem schlimmen Tun.

Kr Wehe mir, weh!
Die Angst jagt mich auf! Was bohrt keiner mir
ein zweischneidig Schwert von vorn durch die Brust?
Ich Elender, weh mir, ach,
mit Elend und Pein vertraut macht' ich mich!

Bo Ja, denn die Schuld an diesem und dem andren Tod
hat dort die Tote dir allein zur Last gelegt.
Kr Doch sag': auf welche Weise suchte sie den Tod?
Bo Mit eigner Hand hat sie sich selbst die Brust durchbohrt,
als sie des Sohns bejammernswertes Los erfuhr.

Kr Weh mir, mir! Die Schuld wird niemals von mir
gelöst, wird auch nie auf andre gewälzt.
Denn ich war's, nur ich erschlug dich, o Pein!
Ja, ich: Wahrheit sag' ich. Ach, kommt, Diener, kommt,
führt mich von hinnen doch rasch, führt mich doch nur hinweg!
Ich bin ja nicht mehr, nicht mehr als ein Nichts.

Χο κέρδη παραινεῖς, εἴ τι κέρδος ἐν κακοῖς·
βράχιστα γὰρ κράτιστα τἀν ποσὶν κακά.

Κρ ἴτω ἴτω, ia Ant. 2
φανήτω μόρων ὁ κάλλιστ' ἐμῶν do^2
ἐμοὶ τερμίαν ἄγων ἁμέραν do^2
ὕπατος· ἴτω ἴτω, do
ὅπως μηκέτ' ἆμαρ ἄλλ' εἰσίδω. do^2

Χο μέλλοντα ταῦτα. τῶν προκειμένων τι χρὴ
πράσσειν. μέλει γὰρ τῶνδ' ὅτοισι χρὴ μέλειν.
Κρ ἀλλ' ὧν ἐρῶμεν, ταῦτα συγκατηυξάμην.
Χο μή νυν προσεύχου μηδέν· ὡς πεπρωμένης
οὐκ ἔστι θνητοῖς συμφορᾶς ἀπαλλαγή.

Κρ ἄγοιτ' ἂν μάταιον ἄνδρ' ἐκποδών, do^2 Ant. 3
ὅς, ὦ παῖ, σέ τ' οὐχ ἑκὼν κατέκανον do^2
σέ τ' αὖ τάνδ', ὤμοι μέλεος, οὐδ' ἔχω do^2
πρὸς πότερον ἴδω, πᾷ κλιθῶ· πάντα γὰρ do cr^2
λέχρια τἀν χεροῖν, τὰ δ' ἐπὶ κρατί μοι do^2
πότμος δυσκόμιστος εἰσήλατο. do^2

Χο πολλῷ τὸ φρονεῖν εὐδαιμονίας an^4
πρῶτον ὑπάρχει· χρὴ δὲ τά γ' ἐς θεοὺς
μηδὲν ἀσεπτεῖν· μεγάλοι δὲ λόγοι
μεγάλας πληγὰς τῶν ὑπεραύχων
ἀποτείσαντες
γήρᾳ τὸ φρονεῖν ἐδίδαξαν.

Chf Du nennst das Heil, wenn's Heil im Unheil gibt: so geht
das schlimmste heutige Leid am raschesten vorbei.

Kr O komm, o komm,
erschein' endlich mir, erwünschtes Geschick
und führ' mir herauf den äußersten Tag!
Erhabenstes, komm, ja, komm!
Ach, laß mich hinfort den Tag nicht mehr schaun!

Chf Das bringt die Zukunft: für die Gegenwart ist jetzt
zu handeln; dafür sorgt, wem es zu tun gebührt.
Kr Was ich ersehne, darum nur hab' ich gefleht.
Chf Erbitte nichts mehr! Denn aus dem Geschick, das uns
bestimmt ist, gibt's Erlösung nicht für Sterbliche.

Kr So führt mich hinweg, mich törichten Mann,
der willentlich dich, mein Kind, nicht erschlug,
auch dich nicht, mein Weib! Ich weiß ja nicht mehr,
wohin schaun, wohin mich wenden; alles, ach,
gleitet mir aus der Hand; über mein Haupt entlud
sich Unheil mit nicht ertragbarer Wucht.

Ch Besinnung ist von den Gütern des Glücks
bei weitem das höchste: man frevle nicht
gegen Göttergebot! Je größer der Stolz
der Vermessenen ist, um so tiefer der Sturz,
der die Untat sühnt
und lehrt sie im Alter Besinnung.

ΟΙΔΙΠΟΥΣ ΤΥΡΑΝΝΟΣ
KÖNIG OIDIPUS

ΟΙΔΙΠΟΥΣ ΤΥΡΑΝΝΟΣ

Τὰ τοῦ δράματος πρόσωπα

Οἰδίπους · Ἱερεύς · Κρέων · Χορὸς γερόντων Θηβαίων · Τειρεσίας · Ἰοκάστη · Ἄγγελος · Θεράπων Λαΐου · Ἐξάγγελος

Οἰδίπους

Ὦ τέκνα, Κάδμου τοῦ πάλαι νέα τροφή,
τίνας ποθ᾽ ἕδρας τάσδε μοι θοάζετε
ἱκτηρίοις κλάδοισιν ἐξεστεμμένοι;
πόλις δ᾽ ὁμοῦ μὲν θυμιαμάτων γέμει,
ὁμοῦ δὲ παιάνων τε καὶ στεναγμάτων·
ἁγὼ δικαιῶν μὴ παρ᾽ ἀγγέλων, τέκνα,
ἄλλων ἀκούειν αὐτὸς ὧδ᾽ ἐλήλυθα,
ὁ πᾶσι κλεινὸς Οἰδίπους καλούμενος.
ἀλλ᾽, ὦ γεραιέ, φράζ᾽, ἐπεὶ πρέπων ἔφυς
πρὸ τῶνδε φωνεῖν, τίνι τρόπῳ καθέστατε,
δείσαντες ἢ στέρξαντες; ὡς θέλοντος ἂν
ἐμοῦ προσαρκεῖν πᾶν· δυσάλγητος γὰρ ἂν
εἴην τοιάνδε μὴ οὐ κατοικτίρων ἕδραν.

KÖNIG OIDIPUS

Die Personen der Handlung)*

Oidipus · Priester · Kreon · Chor der Ältesten von Theben · Chorführer · Teiresias · Iokaste · Der Bote aus Korinth · Der Hirt · Ein Diener

Stumme Personen

Antigone · Ismene · Diener · Boten

Schauplatz: Vor dem Königspalast zu Theben

Morgens. Ein Zug von Knaben, jungen Männern und bejahrten Priestern kommt von rechts, Zweige des Ölbaums in den Händen; sie lassen sich auf den Stufen des Altares vor dem Palaste nieder. Nur der wortführende Priester bleibt stehen.

Oidipus
aus dem Hause kommend

O Kinder, jung Geschlecht aus Kadmos' altem Stamm!
Wie deut' ich's, daß ihr hier auf diesen Plätzen sitzt,
mit hilfeflehenden Gezweigen reich geschmückt?
Die Stadt indes ist angefüllt von Weihrauchduft,
zugleich von Bittgesängen und von Wehgeschrei.
Ich hielt es nicht für recht, von Boten, Kinder, dies,
von andren zu vernehmen, und so komm' ich selbst,
von allen der berühmte Oidipus genannt.
Jedoch, du Alter, sprich, da du berufen scheinst,
für sie zu reden: welchen Sinnes nahet ihr?
Ist es aus Furcht, aus Hoffnung? Da in allem ich
euch beizustehn gewillt bin, müßt' ich fühllos sein,
erweckte solch Gebaren Mitleid nicht in mir.

---

*) *Sprich:* Oidipus mit langem u, Kréon mit kurzem e und langem o, Teirésias mit kurzem e und langem a, Iokáste viersilbig mit langem, offenem e.

Ἱερεύς

ἀλλ', ὦ κρατύνων Οἰδίπους χώρας ἐμῆς,
ὁρᾷς μὲν ἡμᾶς, ἡλίκοι προσήμεθα
βωμοῖσι τοῖς σοῖς, οἱ μὲν οὐδέπω μακρὰν
πτέσθαι σθένοντες, οἱ δὲ σὺν γήρᾳ βαρεῖς
ἱερῆς, ἐγὼ μὲν Ζηνός, οἱ δ' ἔτ' ᾐθέων
λεκτοί· τὸ δ' ἄλλο φῦλον ἐξεστεμμένον
ἀγοραῖσι θακεῖ, πρός τε Παλλάδος διπλοῖς
ναοῖς, ἐπ' Ἰσμηνοῦ τε μαντείᾳ σποδῷ.
πόλις γάρ, ὥσπερ καὐτὸς εἰσορᾷς, ἄγαν
ἤδη σαλεύει κἀνακουφίσαι κάρα
βυθῶν ἔτ' οὐχ οἵα τε φοινίου σάλου,
φθίνουσα μὲν κάλυξιν ἐγκάρποις χθονός,
φθίνουσα δ' ἀγέλαις βουνόμοις, τόκοισί τε
ἀγόνοις γυναικῶν· ἐν δ' ὁ πυρφόρος θεὸς
σκήψας ἐλαύνει, λοιμὸς ἔχθιστος, πόλιν,
ὑφ' οὗ κενοῦται δῶμα Καδμεῖον· μέλας δ'
Ἅιδης στεναγμοῖς καὶ γόοις πλουτίζεται.
θεοῖσι μέν νυν οὐκ ἰσούμενόν σ' ἐγὼ
οὐδ' οἵδε παῖδες ἑζόμεσθ' ἐφέστιοι,
ἀνδρῶν δὲ πρῶτον ἔν τε συμφοραῖς βίου
κρίνοντες ἔν τε δαιμόνων συναλλαγαῖς·
ὅς γ' ἐξέλυσας ἄστυ Καδμεῖον μολὼν
σκληρᾶς ἀοιδοῦ δασμὸν ὃν παρείχομεν,
καὶ ταῦθ' ὑφ' ἡμῶν οὐδὲν ἐξειδὼς πλέον
οὐδ' ἐκδιδαχθείς, ἀλλὰ προσθήκῃ θεοῦ
λέγῃ νομίζῃ θ' ἡμὶν ὀρθῶσαι βίον.
νῦν δ', ὦ κράτιστον πᾶσιν Οἰδίπου κάρα,
ἱκετεύομέν σε πάντες οἵδε πρόστροποι
ἀλκήν τιν' εὑρεῖν ἡμίν, εἴτε του θεῶν
φήμην ἀκούσας εἴτ' ἀπ' ἀνδρὸς οἶσθά που·
ὡς τοῖσιν ἐμπείροισι καὶ τὰς ξυμφορὰς
ζώσας ὁρῶ μάλιστα τῶν βουλευμάτων.
ἴθ', ὦ βροτῶν ἄριστ', ἀνόρθωσον πόλιν·
ἴθ', εὐλαβήθηθ'· ὡς σὲ νῦν μὲν ἥδε γῆ

Priester

Ja, Oidipus, der du mein Heimatland beherrschst,
du siehst, wes Alters wir uns niederließen hier
um deinen Hausaltar: die da noch nicht bei Kraft
zu weitem Fluge, die von Alters Bürde schwer,
die Priester, ich des Zeus, die aus den Jünglingen
erlesen; doch das andre Volk weilt auf dem Markt,
es hockt geschmückt vor Pallas Doppelheiligtum
und bei des Ismenos weissagender Asche auch.
Denn, wie du selber auch erkennst: es schwankt die Stadt
so schwer schon, daß sie nicht imstand' ist, noch ihr Haupt
zu heben aus den Tiefen mörderischer Flut:
sie schwindet hier im fruchtbarn Keim des Ackerlands;
sie schwindet dort in Rinderherden und der Fraun
fruchtloser Schwangerschaft; der feuersprüh'nde Gott
stürmt her und trifft, wütender Pesthauch, unsre Stadt.
Durch ihn verödet Kadmos' Haus; das schwarze Land
des Hades wird an Klagelaut und Stöhnen reich.
Nicht einen Göttergleichen ehren wir in dir,
ich und die Knaben, wenn wir flehn an deinem Herd,
jedoch der Männer Ersten schätzen wir dich in
des Lebens Drangsal, im Verkehr mit Göttern auch.
Du schafftest, kaum vor Kadmos' Stadt gelangt, den Zoll,
den wir der grausen Sängerin gewährten, ab,
und das, wiewohl du gar nichts sonst von uns erfuhrst,
auch nicht belehrt warst, nein: mit eines Gottes Hilf',
so sagt und glaubt man, richtetst du unser Leben auf.
Und jetzt, ob allen mächtig Haupt des Oidipus,
jetzt wenden wir uns flehend alle hier an dich:
Find eine Hilfe uns, ob du nun einen Spruch
von einem Gott uns weißt, ob Mannes Rat gehört.
Ich sehe, daß von andren beigebrachter Rat
für die Verständigen am meisten wirksam ist.
Auf, Bester du der Menschen, richt' empor die Stadt!
Auf, hilf und hüt' dich, da dich dieses Land noch jetzt

σωτῆρα κλῄζει τῆς πάρος προθυμίας·
ἀρχῆς δὲ τῆς σῆς μηδαμῶς μεμνῄμεθα
στάντες τ' ἐς ὀρθὸν καὶ πεσόντες ὕστερον,
ἀλλ' ἀσφαλείᾳ τήνδ' ἀνόρθωσον πόλιν.
ὄρνιθι γὰρ καὶ τὴν τότ' αἰσίῳ τύχην
παρέσχες ἡμῖν, καὶ τανῦν ἴσος γενοῦ.
ὡς εἴπερ ἄρξεις τῆσδε γῆς, ὥσπερ κρατεῖς,
ξὺν ἀνδράσιν κάλλιον ἢ κενῆς κρατεῖν·
ὡς οὐδέν ἐστιν οὔτε πύργος οὔτε ναῦς
ἐρῆμος ἀνδρῶν μὴ ξυνοικούντων ἔσω.
Οἰ ὦ παῖδες οἰκτροί, γνωτὰ κοὐκ ἄγνωτά μοι
προσήλθεθ' ἱμείροντες. εὖ γὰρ οἶδ', ὅτι
νοσεῖτε πάντες, καὶ νοσοῦντες, ὡς ἐγὼ
οὐκ ἔστιν ὑμῶν ὅστις ἐξ ἴσου νοσεῖ.
τὸ μὲν γὰρ ὑμῶν ἄλγος εἰς ἕν' ἔρχεται
μόνον καθ' αὑτόν, κοὐδέν' ἄλλον, ἡ δ' ἐμὴ
ψυχὴ πόλιν τε κἀμὲ καὶ σ' ὁμοῦ στένει.
ὥστ' οὐχ ὕπνῳ γ' εὕδοντά μ' ἐξεγείρετε,
ἀλλ' ἴστε πολλὰ μέν με δακρύσαντα δή,
πολλὰς δ' ὁδοὺς ἐλθόντα φροντίδος πλάνοις.
ἣν δ' εὖ σκοπῶν ηὕρισκον ἴασιν μόνην,
ταύτην ἔπραξα· παῖδα γὰρ Μενοικέως
Κρέοντ' ἐμαυτοῦ γαμβρόν, ἐς τὰ Πυθικὰ
ἔπεμψα Φοίβου δώμαθ', ὡς πύθοιθ', ὅ τι
δρῶν ἢ τί φωνῶν τήνδε ῥυσαίμην πόλιν.
καί μ' ἦμαρ ἤδη ξυμμετρούμενον χρόνῳ
λυπεῖ, τί πράσσει· τοῦ γὰρ εἰκότος πέρα
ἄπεστι πλείω τοῦ καθήκοντος χρόνου.
ὅταν δ' ἵκηται, τηνικαῦτ' ἐγὼ κακὸς
μὴ δρῶν ἂν εἴην πάνθ' ὅσ' ἂν δηλοῖ θεός.
Ἱε ἀλλ' ἐς καλὸν σύ τ' εἶπας, οἵδε τ' ἀρτίως
Κρέοντα προσστείχοντα σημαίνουσί μοι.
Οἰ ὦναξ Ἄπολλον, εἰ γὰρ ἐν τύχῃ γέ τῳ
σωτῆρι βαίη λαμπρὸς ὥσπερ ὄμματι.
Ἱε ἀλλ' εἰκάσαι μέν, ἡδύς· οὐ γὰρ ἂν κάρα
πολυστεφὴς ὧδ' εἷρπε παγκάρπου δάφνης.

als Retter preist für das, was du geleistet einst.
Gedächten wir nur deiner Herrschaft niemals so:
daß wir, erst aufgerichtet, schließlich untergehn.
Nein, sichren Sinnes richte nochmals auf die Stadt!
Denn damals brachtest unter günstigen Zeichen du
Glück über uns: bewähr' als Gleicher dich auch jetzt!
Denn lenkst du künftig dieses Land, wie du ja herrschst,
ist es mit Menschen schöner als im leeren Raum,
und nichts mehr wert ist weder fester Wall noch Schiff,
entblößt der Männer und von niemand mehr bewohnt.
Oi O arme Kinder, wohlbekannt, nicht unbekannt
ist mir, was ihr zu fordern kommt; wohl weiß ich, daß
ihr alle leidet; aber leidet ihr, so ist
doch keiner, der so sehr wie ich zu leiden hat.
Denn was ihr duldet, richtet sich auf einen nur,
auf euch und keinen andren; meine Seele stöhnt
vom Jammer um die Stadt und mich und dich zugleich.
Drum weckt ihr keinen Schlafbefangnen auf in mir,
nein, wißt, mir kamen schon die Tränen manches Mal,
der Sorge Pfade hab' ich vielerlei durchirrt.
Die einzige Rettung, die ich, wohl erwägend, fand,
die unternahm ich: Kreon, des Menoikeus Sohn,
entsandt' ich, meinen Schwager, hin zur pythischen
Wohnstatt des Phoibos, daß er dort erkunde, was
ich tun, was sagen soll, zu retten diese Stadt.
Doch da schon heut der Reise Frist durchmessen ist,
bekümmert sein Verbleib mich: unerwartet lang
schon ist er unterwegs, mehr als erforderlich.
Doch wenn er wiederkehrt, dann wär' ich wahrlich schlecht,
tät' ich nicht alles, was der Gott uns offenbart.
Pr Im rechten Augenblick sagst du's; denn diese hier
bedeuten mir soeben, Kreon nahe schon.
Oi Du Herr Apollon! Käme doch mit ihm ein Glück,
ein rettendes: sein Auge blickt so strahlend drein.
Pr Es scheint, er kommt mit Freuden; denn sonst wäre kaum
sein Haupt mit beerenreichem Lorbeer rings umkränzt.

Οἰ τάχ' εἰσόμεσθα· ξύμμετρος γὰρ ὡς κλύειν.

ἄναξ, ἐμὸν κήδευμα, παῖ Μενοικέως,
τίν' ἡμὶν ἥκεις τοῦ θεοῦ φέρων φάτιν;

Κρέων

ἐσθλήν· λέγω γὰρ καὶ τὰ δύσφορ', εἰ τύχοι
κατ' ὀρθὸν ἐξιόντα, πάντ' ἂν εὐτυχεῖν.
Οἰ ἔστιν δὲ ποῖον τοὔπος; οὔτε γὰρ θρασὺς
οὔτ' οὖν προδείσας εἰμὶ τῷ γε νῦν λόγῳ.
Κρ εἰ τῶνδε χρῄζεις πλησιαζόντων κλύειν,
ἑτοῖμος εἰπεῖν, εἴτε καὶ στείχειν ἔσω.
Οἰ ἐς πάντας αὔδα. τῶνδε γὰρ πλέον φέρω
τὸ πένθος ἢ καὶ τῆς ἐμῆς ψυχῆς πέρι.
Κρ λέγοιμ' ἂν οἷ' ἤκουσα τοῦ θεοῦ πάρα.
ἄνωγεν ἡμᾶς Φοῖβος ἐμφανῶς ἄναξ
μίασμα χώρας, ὡς τεθραμμένον χθονὶ
ἐν τῇδ', ἐλαύνειν μηδ' ἀνήκεστον τρέφειν.
Οἰ ποίῳ καθαρμῷ; τίς ὁ τρόπος τῆς ξυμφορᾶς;
Κρ ἀνδρηλατοῦντας, ἢ φόνῳ φόνον πάλιν
λύοντας, ὡς τόδ' αἷμα χειμάζον πόλιν.
Οἰ ποίου γὰρ ἀνδρὸς τήνδε μηνύει τύχην;
Κρ ἦν ἡμίν, ὦναξ, Λάιός ποθ' ἡγεμὼν
γῆς τῆσδε, πρὶν σὲ τήνδ' ἀπευθύνειν πόλιν.
Οἰ ἔξοιδ' ἀκούων· οὐ γὰρ εἰσεῖδόν γέ πω.
Κρ τούτου θανόντος νῦν ἐπιστέλλει σαφῶς
τοὺς αὐτοέντας χειρὶ τιμωρεῖν τινας.
Οἰ οἳ δ' εἰσὶ ποῦ γῆς; ποῦ τόδ' εὑρεθήσεται
ἴχνος παλαιᾶς δυστέκμαρτον αἰτίας;
Κρ ἐν τῇδ' ἔφασκε γῇ. τὸ δὲ ζητούμενον
ἁλωτόν, ἐκφεύγειν δὲ τἀμελούμενον.
Οἰ πότερα δ' ἐν οἴκοις, ἢ 'ν ἀγροῖς ὁ Λάιος,
ἢ γῆς ἐπ' ἄλλης τῷδε συμπίπτει φόνῳ;
Κρ θεωρός, ὡς ἔφασκεν, ἐκδημῶν πάλιν
πρὸς οἶκον οὐκέθ' ἵκεθ', ὡς ἀπεστάλη.

Oi Bald sehn wir klar: er ist so nah, daß er uns hört.

Kreon kommt von rechts

O Fürst, mein Anverwandter und Menoikeus' Sohn!
Mit welcher Kunde kehrst du uns vom Gott zurück?

Kreon

Mit heilsamer, denn, mein' ich, auch das Schwierige,
wenn's nur zum rechten Ende kommt, ist völlig gut.
Oi Wie lautet nun der Spruch? Denn weder mutig macht
dein jetzig Wort mich, noch erfüllt's mit Sorge mich.
Kr Wenn du's in deren Gegenwart zu hören wünschst,
bin ich bereit zu sprechen; sonst gehn wir hinein.
Oi Zu allen rede! Trag' ich doch um diese hier
weit größres Leid als um mein eignes Leben selbst.
Kr So sag' ich denn, was von der Gottheit ich vernahm.
Phoibos, der Herr, gebietet klar und deutlich uns,
des Landes Schandfleck, der von dieser Erde sich
nährt, zu vertreiben, nicht zu hegen ungesühnt.
Oi Durch welche Sühne, welche Wendung des Geschicks?
Kr Wir sollen ächten oder gar den Mord mit Mord
vergeltend sühnen, da dies Blut die Stadt durchstürmt.
Oi Von welchem Mann hat er dies Schicksal kundgetan?
Kr Uns war, o Herr, vor Zeiten Laïos Oberhaupt
des Landes, ehe du gebotest dieser Stadt.
Oi Vom Hören weiß ich es; gesehn hab' ich ihn nie.
Kr Da er verstarb, ergeht ein klarer Auftrag jetzt,
die Mörder, wer es immer sei, zu züchtigen.
Oi Doch wo im Land sind die? Wo wird zu finden sein
die Spur, die schwer erkennbare, so alter Schuld?
Kr Im Land hier, sprach der Gott. Doch was man suche, sei
zu greifen: es entkomme, läßt man's außer acht.
Oi War es im Haus hier oder war's im Freien, war's
in fremdem Land, als Laïos dem Mord erlag?
Kr Als Gottbefrager, wie er sagte, zog er aus;
doch kam er nicht so, wie er abfuhr, wieder heim.

Οἰ οὐδ' ἄγγελός τις οὐδὲ συμπράκτωρ ὁδοῦ
κατῆλθ', ὅτου τις ἐκμαθὼν ἐχρήσατ' ἄν;
Κρ θνῄσκουσι γάρ, πλὴν εἷς τις, ὃς φόβῳ φυγὼν
ὧν εἶδε πλὴν ἓν οὐδὲν εἶχ' εἰδὼς φράσαι.
Οἰ τὸ ποῖον; ἓν γὰρ πόλλ' ἂν ἐξεύροι μαθεῖν,
ἀρχὴν βραχεῖαν εἰ λάβοιμεν ἐλπίδος.
Κρ λῃστὰς ἔφασκε συντυχόντας οὐ μιᾷ
ῥώμῃ κτανεῖν νιν, ἀλλὰ σὺν πλήθει χερῶν.
Οἰ πῶς οὖν ὁ λῃστής, εἴ τι μὴ ξὺν ἀργύρῳ
ἐπράσσετ' ἐνθένδ', ἐς τόδ' ἂν τόλμης ἔβη;
Κρ δοκοῦντα ταῦτ' ἦν· Λαΐου δ' ὀλωλότος
οὐδεὶς ἀρωγὸς ἐν κακοῖς ἐγίγνετο.
Οἰ κακὸν δὲ ποῖον ἐμποδὼν τυραννίδος
οὕτω πεσούσης εἶργε τοῦτ' ἐξειδέναι;
Κρ ἡ ποικιλῳδὸς Σφὶγξ τὸ πρὸς ποσὶ σκοπεῖν
μεθέντας ἡμᾶς τἀφανῆ προσήγετο.
Οἰ ἀλλ' ἐξ ὑπαρχῆς αὖθις αὔτ' ἐγὼ φανῶ.
ἐπαξίως γὰρ Φοῖβος, ἀξίως δὲ σὺ
πρὸ τοῦ θανόντος τήνδ' ἔθεσθ' ἐπιστροφήν·
ὥστ' ἐνδίκως ὄψεσθε κἀμὲ σύμμαχον,
γῇ τῇδε τιμωροῦντα τῷ θεῷ θ' ἅμα.
ὑπὲρ γὰρ οὐχὶ τῶν ἀπωτέρω φίλων,
ἀλλ' αὐτὸς αὑτοῦ τοῦτ' ἀποσκεδῶ μύσος.
ὅστις γὰρ ἦν ἐκεῖνον ὁ κτανών, τάχ' ἂν
κἄμ' ἂν τοιαύτῃ χειρὶ τιμωρεῖν θέλοι.
κείνῳ προσαρκῶν οὖν ἐμαυτὸν ὠφελῶ.
ἀλλ' ὡς τάχιστα, παῖδες, ὑμεῖς μὲν βάθρων
ἵστασθε, τούσδ' ἄραντες ἱκτῆρας κλάδους,
ἄλλος δὲ Κάδμου λαὸν ὧδ' ἀθροιζέτω,
ὡς πᾶν ἐμοῦ δράσοντος. ἢ γὰρ εὐτυχεῖς
σὺν τῷ θεῷ φανούμεθ', ἢ πεπτωκότες.

Ἱε ὦ παῖδες, ἱστώμεσθα· τῶνδε γὰρ χάριν
καὶ δεῦρ' ἔβημεν ὧν ὅδ' ἐξαγγέλλεται.
Φοῖβος δ' ὁ πέμψας τάσδε μαντείας ἅμα
σωτήρ θ' ἵκοιτο καὶ νόσου παυστήριος.

Oi Und auch kein Bote, kein Genosse seiner Fahrt
kam heim, von dem man hätte Brauchbares gehört?
Kr Sie starben bis auf einen, der, aus Furcht geflohn,
nichts, was er sah, zu sagen wußte, bis auf eins.
Oi Was war das? Eines führt uns wohl zu vielem hin,
wenn man ein kleines Ende Hoffnung fassen kann.
Kr Er sagte: Räuber überfielen sie, ihn nicht
mit einem Arm zu töten, nein, durch Übermacht.
Oi Wie ging denn wohl der Räuber, wenn er nicht mit Geld
von hier gedungen war, so weit im Frevelsinn?
Kr So schien es damals. Dem erschlagnen Laïos
indessen stand kein Helfer in der Notzeit auf.
Oi Was stand für Not im Weg, – wenn so das Königtum
darniedersank – daß dies sich nicht ergründen ließ?
Kr Die Rätselsängerin Sphinx zwang uns, zu schaun, was vor
den Füßen, und zu lassen, was im Dunkel lag.
Oi So will denn ich dies Dunkel klären vom Beginn!
Denn Phoibos hat sehr würdig, würdig hast auch du
dem Abgeschiednen soviel Sorge zugewandt:
drum sollt ihr billig mich auch sehn mit euch im Bund
dem Lande Sühne schaffen und dem Gott zugleich.
Denn wahrlich für entfernte Anverwandte nicht,
nein, von mir selbst aus tilg' ich diesen Greuel selbst.
Denn wer's auch war, der ihn erschlug, er will vielleicht
sich bald an mir vergreifen mit derselben Hand.
Drum, wenn ich jenem diene, helf' ich mir auch selbst.
Ihr aber, Kinder, steht von diesen Stufen auf,
und eiligst! Nehmt auch dieses Bittgezweige mit!
Ein andrer lasse Kadmos' Volk sich sammeln hier;
ich bin bereit zu allem; denn entweder sind
wir mit dem Gott erfolgreich oder gehn zugrund'.

Er geht mit Kreon hinein

Pr So laßt uns aufstehn, Kinder! Sind wir doch um das
hierher gezogen, was er jetzt versprochen hat.
Und möge Phoibos, der den Seherspruch gesandt,
als Retter kommen und Befreier von der Pest!

Alle erheben sich und ziehen zur Stadt

Χορός

ὦ Διὸς ἁδυεπὲς φάτι, τίς ποτε τᾶς πολυχρύσου da^6 Str. 1
Πυθῶνος ἀγλαὰς ἔβας ia^2
Θήβας; ἐκτέταμαι φοβερὰν φρένα δείματι πάλλων, da^6
ἰήιε Δάλιε Παιάν, en
ἀμφὶ σοὶ ἁζόμενος τί μοι ἢ νέον da^4
ἢ περιτελλομέναις ὥραις πάλιν da^4
ἐξανύσεις χρέος. da^2
εἰπέ μοι, ὦ χρυσέας τέκνον Ἐλπίδος, ἄμβροτε Φάμα. da^6

πρῶτά σε κεκλόμενος, θύγατερ Διός, ἄμβροτ᾽ Ἀθάνα, Ant. 1
γαιάοχόν τ᾽ ἀδελφεὰν ia^2
Ἄρτεμιν, ἃ κυκλόεντ᾽ ἀγορᾶς θρόνον Εὔκλεα θάσσει, da^6
καὶ Φοῖβον ἑκαβόλον, ἰὼ en
τρισσοὶ ἀλεξίμοροι προφάνητέ μοι, da^4
εἴ ποτε καὶ προτέρας ἄτας ὕπερ da^4
ὀρνυμένας πόλει da^2
ἠνύσατ᾽ ἐκτοπίαν φλόγα πήματος, ἔλθετε καὶ νῦν. da^6

ὦ πόποι, ἀνάριθμα γὰρ φέρω ia^2 Str. 2
πήματα· νοσεῖ δέ μοι πρόπας ia^2
στόλος, οὐδ᾽ ἔνι φροντίδος ἔγχος en
ᾧ τις ἀλέξεται. οὔτε γὰρ ἔκγονα da^4
κλυτᾶς χθονὸς αὔξεται οὔτε τόκοισιν en ba
ἰηίων ia
καμάτων ἀνέχουσι γυναῖκες· en
ἄλλον δ᾽ ἂν ἄλ- ia
λῳ προσίδοις ἅπερ εὔπτερον ὄρνιν da^4
κρεῖσσον ἀμαιμακέτου πυρὸς ὄρμενον da^4
ἀκτὰν πρὸς ἑσπέρου θεοῦ· ia ba

ὧν πόλις ἀνάριθμος ὄλλυται· ia^2 Ant. 2
νηλέα δὲ γένεθλα πρὸς πέδῳ ia^2
θαναταφόρα κεῖται ἀνοίκτως· en

Der Chor
zieht ein

Lieblich erklingende Stimme des Zeus, was ergeht nun durch dich
der goldnen Pytho an die Pracht [von
Thebens? Gespannt auf die Folter der Furcht und des Schreckens
du delischer Helfer und Heiland, [erbeb' ich,
bang und in Sorge vor dir, ob du Neues mir
oder von früherer Zeit her Verpflichtendes
wieder gebieten wirst.
Sag es mir, Kind du der goldnen Erwartung, unsterbliche Stimme!

Erstlich sei, Tochter des Zeus, du gerufen, Athene, unsterblich,
du, Schwester, auch, des Landes Schutz:
Artemis, Ruhmreiche, sitzend am Markt auf gerundetem Throne,
und Phoibos, o treffender, weh mir!
Dreiheit, vom Tod mich zu retten, erscheine mir!
Wenn ihr das frühere Unheil, das diese
Stadt überwältigte,
wendetet, bannend die Flamme des Leides, so nahet auch heute!

O Jammer, unzählige Leiden muß
ich dulden: es krankt mir die ganze Schar,
und dabei keine Waffe der Klugheit,
daß man sich schützen kann: weder Erzeugnisse
des herrlichen Landes gedeihn, noch erholen
die Frauen sich
von den quälenden Wehn der Geburten;
doch siehst du sie
eins auf das andre wie flatternde Vögel,
jäher als fressendes Feuer geworfen zu
des abenddunklen Gottes Strand.

So zahllos gemartert, erliegt die Stadt:
am Boden erbarmungslos hingestreckt
ihre Sprossen, den Tod noch verbreitend.

ἐν δ᾽ ἄλοχοι πολιαί τ᾽ ἔπι ματέρες	da^4	
ἀκτὰν παρὰ βώμιον ἄλλοθεν ἄλλαι	en ba	
λυγρῶν πόνων	ia	
ἱκτῆρες ἐπιστενάχουσιν.	en	
παιὰν δὲ λάμ-	ia	
πει στονόεσσά τε γῆρυς ὅμαυλος·	da^4	
ὧν ὕπερ, ὦ χρυσέα θύγατερ Διός,	da^4	
εὐῶπα πέμψον ἀλκάν·	ia ba	
Ἀρεά τε τὸν μαλερόν, ὃς	ia cr	Str. 3
νῦν ἄχαλκος ἀσπίδων	cr ia	
φλέγει με περιβόατος ἀντιάζων,	ia ia ba	
παλίσσυτον δράμημα νωτίσαι πάτρας	ia^3	
ἄπουρον, εἴτ᾽ ἐς μέγαν	ia cr	
θάλαμον Ἀμφιτρίτας	cr ba	
εἴτ᾽ ἐς τὸν ἀπόξενον ὅρμων	en	
Θρῄκιον κλύδωνα·	ith	
τέλει γάρ, εἴ τι νὺξ ἀφῇ,	ia^2	
τοῦτ᾽ ἐπ᾽ ἆμαρ ἔρχεται·	cr ia	
τόν, ὦ ⟨τᾶν⟩ πυρφόρων	ba cr	
ἀστραπᾶν κράτη νέμων,	cr ia	
ὦ Ζεῦ πάτερ, ὑπὸ σῷ φθίσον κεραυνῷ.	ia ia ba	
Λύκει᾽ ἄναξ, τά τε σὰ χρυ-	ia cr	Ant. 3
σοστρόφων ἀπ᾽ ἀγκυλᾶν	cr ia	
βέλεα θέλοιμ᾽ ἂν ἀδάματ᾽ ἐνδατεῖσθαι	ia ia ba	
ἀρωγὰ προσταθέντα, τάς τε πυρφόρους	ia^3	
Ἀρτέμιδος αἴγλας, ξὺν αἷς	ia cr	
Λύκι᾽ ὄρεα διᾴσσει·	cr ba	
τὸν χρυσομίτραν τε κικλήσκω,	en	
τᾶσδ᾽ ἐπώνυμον γᾶς,	ith	
οἰνῶπα Βάκχον, εὔιον	ia^2	
Μαινάδων ὁμόστολον,	cr ia	
πελασθῆναι φλέγοντ᾽	ba cr	
ἀγλαῶπι — ⌣ —	cr ia	
πεύκᾳ ᾽πὶ τὸν ἀπότιμον ἐν θεοῖς θεόν.	ia^3	

Drinnen ergrauende Mütter und Gattinnen,
am Strand der Altäre von hier und von dort her,
bejammern sie
die Drangsale, flehentlich schluchzend.
Das Klaglied tönt
laut mit dem brausenden Schrei sich vereinend.
Gegen dies alles, o goldene Zeustochter,
holdblickend schick' uns Beistand!

Den Ares, der gierigen Grimms
ohne Wehr und Waffen jetzt
mich brennt, vom Wehgeschrei umgellt im Nahkampf
laß rückgewandten Laufs sich kehren aus dem Land,
es sei zum weiträumigen
Lager der Amphitrite,
es sei zur unwirtlichen Sturmflut
thrakisch wilder Meerbucht!
Denn wenn zuletzt die Nacht etwas
übrigläßt, verschlingt's der Tag.
Ihn, der du flammenden
Wetterschlägen Wucht verleihst,
laß, Zeus, o Vater, vergehn vor deinem Blitzstrahl!

Herr, lykischer, von deiner gold-
geflochtnen Bogensehne auch
die Pfeile, die unentrinnbaren, möcht' ich schwirr'n sehn,
zum Schutz vorausgesandt, und auch der Artemis
brandtragende Leuchten, womit
sie über lykisch Gebirg stürmt.
Auch den mit dem goldenen Stirnband
ruf' ich, dieses Lands Sohn,
ja, Bakchos, jubelnd, Wein im Blick,
vom Mänadenschwarm umringt!
Sei flammend nah uns und
kämpfe mit des lichten Kiens
Geloder gegen den Gott, den auch kein Gott ehrt!

Οἰδίπους

αἰτεῖς· ἃ δ' αἰτεῖς, τἄμ' ἐὰν θέλῃς ἔπη
κλύων δέχεσθαι τῇ νόσῳ θ' ὑπηρετεῖν,
ἀλκὴν λάβοις ἂν κἀνακούφισιν κακῶν·
ἁγὼ ξένος μὲν τοῦ λόγου τοῦδ' ἐξερῶ,
ξένος δὲ τοῦ πραχθέντος· οὐ γὰρ ἂν μακρὰν
ἴχνευον αὐτός, μὴ οὐκ ἔχων τι σύμβολον.
νῦν δ', ὕστερος γὰρ ἀστὸς εἰς ἀστοὺς τελῶ,
ὑμῖν προφωνῶ πᾶσι Καδμείοις τάδε·
ὅστις ποθ' ὑμῶν Λάιον τὸν Λαβδάκου
κάτοιδεν ἀνδρὸς ἐκ τίνος διώλετο,
τοῦτον κελεύω πάντα σημαίνειν ἐμοί·
κεἰ μὲν φοβεῖται τοὐπίκλημ' ὑπεξελεῖν
αὐτὸς καθ' αὑτοῦ· πείσεται γὰρ ἄλλο μὲν
ἀστεργὲς οὐδέν, γῆς δ' ἄπεισιν ἀβλαβής·
εἰ δ' αὖ τις ἄλλον οἶδεν ἐξ ἄλλης χθονὸς
τὸν αὐτόχειρα, μὴ σιωπάτω· τὸ γὰρ
κέρδος τελῶ 'γὼ χἠ χάρις προσκείσεται.
εἰ δ' αὖ σιωπήσεσθε καί τις ἢ φίλου
δείσας ἀπώσει τοὔπος ἢ χαὑτοῦ τόδε,
ἁκ τῶνδε δράσω, ταῦτα χρὴ κλύειν ἐμοῦ.
τὸν ἄνδρ' ἀπαυδῶ τοῦτον, ὅστις ἐστί, γῆς
τῆσδ', ἧς ἐγὼ κράτη τε καὶ θρόνους νέμω,
μήτ' ἐσδέχεσθαι μήτε προσφωνεῖν τινα,
μήτ' ἐν θεῶν εὐχαῖσι μηδὲ θύμασιν
κοινὸν ποεῖσθαι, μήτε χέρνιβας νέμειν·
ὠθεῖν δ' ἀπ' οἴκων πάντας, ὡς μιάσματος
τοῦδ' ἡμὶν ὄντος, ὡς τὸ Πυθικὸν θεοῦ
μαντεῖον ἐξέφηνεν ἀρτίως ἐμοί.
ἐγὼ μὲν οὖν τοιόσδε τῷ τε δαίμονι
τῷ τ' ἀνδρὶ τῷ θανόντι σύμμαχος πέλω.
κατεύχομαι δὲ τὸν δεδρακότ', εἴτε τις
εἷς ὢν λέληθεν εἴτε πλειόνων μετα,
κακὸν κακῶς νιν ἄμορον ἐκτρῖψαι βίον.
ἐπεύχομαι δ', οἴκοισιν εἰ ξυνέστιος

Oidipus
ist herausgekommen

Du flehst. Doch was du flehst, magst meine Worte du
vernehmend hören und der Seuche widmen dich,
du fändest Hilfe und Erleichterung der Not.
Dies sprech' ich aus, weil ich dem Spruch des Gottes fremd,
fremd dem Getanen bin: ich käme ja nicht weit,
wenn selbst ich forschte, wo mir jedes Merkmal fehlt.
Jetzt, da ich später Bürger erst bei Bürgern ward,
so geb' ich euch Kadmeiern allen dies bekannt:
Wer unter euch von Laïos, Sohn des Labdakos,
Genaues weiß, durch welchen Mann den Tod er fand,
den fordr' ich hiemit auf, mir alles kundzutun.
Und bangt er, die Anklage selber aus sich selbst
heraufzuholen: treffen wird ihn weiter nichts
Unliebsames; das Land verläßt er unversehrt.
Kennt jemand einen andren, sei's aus fremdem Land,
als Täter, so verschweig' er mir's nur nicht; denn die
Belohnung zahl' ich, und der Dank wird zugelegt.
Wenn ihr hingegen schweigt und man, sei's für den Freund,
sei's für sich selbst, aus Furcht dies Wort beiseite schiebt, –
was ich daraufhin tun will, das vernehmt von mir!
Dem Mann verwehr' ich, daß, wer es auch ist, im Land
hier, wo ich Throne und Gewalten innehab',
ihn jemand bei sich aufnimmt oder zu ihm spricht,
Gebete zu den Göttern oder Opferung
mit ihm gemeinsam hält und ihm das Wasser reicht.
Nein, aus den Häusern sollt ihr all' ihn stoßen, weil
er die Befleckung ist für uns, wie eben erst
des Gottes pythischer Wahrspruch mir verkündet hat.
Ich also werde dergestalt dem Gott zugleich
und auch dem abgeschiednen Mann Mitkämpfer sein.
Doch wünsch' ich dem, der es getan hat, sei's allein
und im verborgnen, sei's mit mehreren, daß er,
der Schnöde, schnöd ein elend Leben schleppt dahin.
Und weiter wünsch' ich selbst, wenn er so, daß ich's weiß,

ἐν τοῖς ἐμοῖς γένοιτ' ἐμοῦ συνειδότος,
παθεῖν ἅπερ τοῖσδ' ἀρτίως ἠρασάμην.
ὑμῖν δὲ ταῦτα πάντ' ἐπισκήπτω τελεῖν,
ὑπέρ τ' ἐμαυτοῦ, τοῦ θεοῦ τε, τῆσδέ τε
γῆς ὧδ' ἀκάρπως κἀθέως ἐφθαρμένης.
οὐδ' εἰ γὰρ ἦν τὸ πρᾶγμα μὴ θεήλατον,
ἀκάθαρτον ὑμᾶς εἰκὸς ἦν οὕτως ἐᾶν,
ἀνδρός γ' ἀρίστου βασιλέως τ' ὀλωλότος,
ἀλλ' ἐξερευνᾶν· νῦν δ' ἐπεὶ κυρῶ τ' ἐγὼ
ἔχων μὲν ἀρχάς, ἃς ἐκεῖνος εἶχε πρίν,
ἔχων δὲ λέκτρα καὶ γυναῖχ' ὁμόσπορον,
κοινῶν τε παίδων κοίν' ἄν, εἰ κείνῳ γένος
μὴ 'δυστύχησεν, ἦν ἂν ἐκπεφυκότα, –
νῦν δ' ἐς τὸ κείνου κρᾶτ' ἐνήλαθ' ἡ τύχη·
ἀνθ' ὧν ἐγὼ τάδ', ὡσπερεὶ τοὐμοῦ πατρός,
ὑπερμαχοῦμαι κἀπὶ πάντ' ἀφίξομαι
ζητῶν τὸν αὐτόχειρα τοῦ φόνου λαβεῖν
τῷ Λαβδακείῳ παιδὶ Πολυδώρου τε καὶ
τοῦ πρόσθε Κάδμου τοῦ πάλαι τ' Ἀγήνορος.
καὶ ταῦτα τοῖς μὴ δρῶσιν εὔχομαι θεοὺς
μήτ' ἄροτον αὐτοῖς γῆς ἀνιέναι τινὰ
μήτ' οὖν γυναικῶν παῖδας, ἀλλὰ τῷ πότμῳ
τῷ νῦν φθερεῖσθαι κἄτι τοῦδ' ἐχθίονι.
ὑμῖν δὲ τοῖς ἄλλοισι Καδμείοις, ὅσοις
τάδ' ἔστ' ἀρέσκονθ', ἥ τε σύμμαχος Δίκη
χοἰ πάντες εὖ ξυνεῖεν εἰσαεὶ θεοί.

Χορός

ὥσπερ μ' ἀραῖον εἶλες, ὧδ', ἄναξ, ἐρῶ.
οὔτ' ἔκτανον γὰρ οὔτε τὸν κτανόντ' ἔχω
δεῖξαι. τὸ δὲ ζήτημα τοῦ πέμψαντος ἦν
Φοίβου τόδ' εἰπεῖν, ὅστις εἴργασταί ποτε.
Οἰ δίκαι' ἔλεξας· ἀλλ' ἀναγκάσαι θεοὺς
ἂν μὴ θέλωσιν οὐδ' ἂν εἷς δύναιτ' ἀνήρ.
Χο τὰ δεύτερ' ἐκ τῶνδ' ἂν λέγοιμ' ἁμοὶ δοκεῖ.

in meinen Häusern Herdgenoß geworden ist,
zu dulden, was ich eben jetzt auf euch herabgefleht.
Euch aber trag' ich all dies zu erfüllen auf,
für mich sowohl wie für den Gott und dieses Land,
das unfruchtbar und gottentfernt zugrunde geht.
Denn, wäre dies auch keine gottgewollte Pflicht,
ihr dürftet es nicht unbereinigt lassen, daß
der beste Mann und König hingemordet ward,
und müßtet forschen. Da ich's nun dahin gebracht,
die Macht zu haben, die er ehemals gehabt,
sein Bett zu haben und gemeinsam Weib mit ihm,
gemeinsam Kinder, wäre jenem Vaterschaft
nicht fehlgeschlagen, wären aufgewachsen uns,
so aber brach das Schicksal auf sein Haupt herein
mach' ich nun wie für meinen eignen Vater dies
zu meinem eignen Kampf und geh' dem allem nach:
zu greifen such' ich den Urheber dieses Mords
am Sohn des Labdakos, Polydoros und auch
des Kadmos ehedem und des Agenor einst.
Und denen, die nicht mittun, wünsch' ich: Götter, laßt
nie mehr ein Saatfeld ihnen auf dem Land gedeihn
noch Kinder ihrer Frauen, nein, im jetzigen
Geschick sie untergehn und in noch schlimmerem!
Euch andren Kadmos-Kindern, denen dies gefällt,
soll Dike, Wahrerin des Rechts, verbündet sein,
und alle Götter seien immerdar mit euch!

Chorführer

Wie mich dein Fluch gebunden hat, so red' ich, Herr:
Gemordet hab' ich weder, noch den Mörder kann
ich zeigen. Doch bei Phoibos, der die Nachforschung
uns aufträgt, lag's, zu sagen, wer es einst verübt.
Oi Du sagst das Rechte. Aber Götter nötigen,
wo sie nicht wollen, das vermöcht' auch nicht ein Mensch.
Chf So möcht' ich sagen, was als zweites mir erscheint.

Οἰ εἰ καὶ τρίτ' ἐστί, μὴ παρῇς τὸ μὴ οὐ φράσαι.
Χο ἄνακτ' ἄνακτι ταὔθ' ὁρῶντ' ἐπίσταμαι
μάλιστα Φοίβῳ Τειρεσίαν, παρ' οὗ τις ἂν
σκοπῶν τάδ', ὦναξ, ἐκμάθοι σαφέστατα.
Οἰ ἀλλ' οὐκ ἐν ἀργοῖς οὐδὲ τοῦτ' ἐπραξάμην.
ἔπεμψα γὰρ Κρέοντος εἰπόντος διπλοῦς
πομπούς· πάλαι δὲ μὴ παρὼν θαυμάζεται.
Χο καὶ μὴν τά γ' ἄλλα κωφὰ καὶ παλαί' ἔπη.
Οἰ τὰ ποῖα ταῦτα; πάντα γὰρ σκοπῶ λόγον.
Χο θανεῖν ἐλέχθη πρός τινων ὁδοιπόρων.
Οἰ ἤκουσα κἀγώ· τὸν δὲ δρῶντ' οὐδεὶς ὁρᾷ.
Χο ἀλλ' εἴ τι μὲν δὴ δείματός γ' ἔχει μέρος,
τὰς σὰς ἀκούων οὐ μενεῖ τοιάσδ' ἀράς.
Οἰ ᾧ μή 'στι δρῶντι τάρβος, οὐδ' ἔπος φοβεῖ.
Χο ἀλλ' οὑξελέγξων αὐτὸν ἔστιν· οἵδε γὰρ
τὸν θεῖον ἤδη μάντιν ὧδ' ἄγουσιν, ᾧ
τἀληθὲς ἐμπέφυκεν ἀνθρώπων μόνῳ.

Οἰ ὦ πάντα νωμῶν Τειρεσία, διδακτά τε
ἄρρητά τ' οὐράνιά τε καὶ χθονοστιβῆ,
πόλιν μέν, εἰ καὶ μὴ βλέπεις, φρονεῖς δ' ὅμως,
οἵᾳ νόσῳ σύνεστιν· ἧς σὲ προστάτην
σωτῆρά τ', ὦναξ, μοῦνον ἐξευρίσκομεν.
Φοῖβος γάρ, εἰ καὶ μὴ κλύεις τῶν ἀγγέλων,
πέμψασιν ἡμῖν ἀντέπεμψεν, ἔκλυσιν
μόνην ἂν ἐλθεῖν τοῦδε τοῦ νοσήματος,
εἰ τοὺς κτανόντας Λάιον μαθόντες εὖ
κτείναιμεν, ἢ γῆς φυγάδας ἐκπεμψαίμεθα.
σὺ δ' οὖν φθονήσας μήτ' ἀπ' οἰωνῶν φάτιν
μήτ' εἴ τιν' ἄλλην μαντικῆς ἔχεις ὁδόν,
ῥῦσαι σεαυτὸν καὶ πόλιν, ῥῦσαι δ' ἐμέ,
ῥῦσαι δὲ πᾶν μίασμα τοῦ τεθνηκότος.
ἐν σοὶ γὰρ ἐσμέν· ἄνδρα δ' ὠφελεῖν ἀφ' ὧν
ἔχοι τε καὶ δύναιτο κάλλιστος πόνων.

Oi Und gibt's ein drittes, säume nicht, es kundzutun!
Chf Dem Herren Phoibos kommt, ich weiß, als Sehender
der Herr Teiresias am nächsten: forschte man
bei ihm, Herr, nach, erführe man wohl Sicherstes.
Oi Nicht untätig, hab' ich dies schon ins Werk gesetzt.
Auf Kreons Rat hab' ich zwei Boten ausgesandt:
es wundert mich, daß er nicht längst erschienen ist.
Chf Das übrige sind doch bloß Reden, taub und alt.
Oi Von welcher Art? Denn ich beachte jedes Wort.
Chf Es hieß, daß er durch irgendwelche Wandrer fiel.
Oi Ich hört' es auch. Doch niemand kennt den, der es tat.
Chf Doch wenn er auch nur eine Spur von Scheu noch hegt,
kann er vor Flüchen wie den deinen nicht bestehn.
Oi Wem vor der Tat nicht graute, fürchtet auch kein Wort.
Chf Doch der ihn überführt, ist da; denn diese dort
geleiten schon den göttlichen, den Seher her,
der Menschen einzigen, dem Wahrheit innewohnt.

Teiresias von rechts, geführt von einem Knaben, begleitet von den Boten

Oi O du, der alles schaut, Teiresias, Lehrbares,
Unsagbares, das Himmlische, das Irdische!
Die Stadt, erblickst du sie auch nicht, so weißt du doch,
mit welcher Krankheit sie sich trägt. Vor ihr, o Herr,
als Schützer, Retter finden wir dich einzig aus.
Denn Phoibos, falls du von den Boten nichts gehört,
entbot auf unsre Botschaft uns, die einzige
Erlösung aus der Not der Seuche komme wohl,
wenn wir die finden, die einst Laïos töteten,
sie töten oder sie verjagen aus dem Land.
Mißgönne du mir nun der Vögel Stimme nicht,
noch einen Ausweg sonst, den du als Seher weißt!
Dich selbst errette und die Stadt! Errette mich!
Errett' aus aller Blutschuld an dem Toten uns!
In dir bestehn wir: helfen, wo er kann, mit dem,
was er nur hat, ist Mannes edelstes Bemühn.

Τειρεσίας

φεῦ φεῦ, φρονεῖν ὡς δεινὸν ἔνθα μὴ τέλη
λύει φρονοῦντι. ταῦτα γὰρ καλῶς ἐγὼ
εἰδὼς διώλεσ᾽· οὐ γὰρ ἂν δεῦρ᾽ ἱκόμην.
Οἰ τί δ᾽ ἔστιν; ὡς ἄθυμος εἰσελήλυθας.
Τε ἄφες μ᾽ ἐς οἴκους· ῥᾷστα γὰρ τὸ σόν τε σὺ
κἀγὼ διοίσω τοὐμόν, ἢν ἐμοὶ πίθῃ.
Οἰ οὔτ᾽ ἔννομ᾽ εἶπας οὔτε προσφιλῆ πόλει
τῇδ᾽, ἥ σ᾽ ἔθρεψε, τήνδ᾽ ἀποστερῶν φάτιν.
Τε ὁρῶ γὰρ οὐδὲ σοὶ τὸ σὸν φώνημ᾽ ἰὸν
πρὸς καιρόν· ὡς οὖν μηδ᾽ ἐγὼ ταὐτὸν πάθω ...
Οἰ μὴ πρὸς θεῶν φρονῶν γ᾽ ἀποστραφῇς, ἐπεὶ
πάντες σε προσκυνοῦμεν οἵδ᾽ ἱκτήριοι.
Τε πάντες γὰρ οὐ φρονεῖτ᾽. ἐγὼ δ᾽ οὐ μή ποτε
τὰ μάσσον᾽ εἴπω, μὴ τὰ σ᾽ ἐκφήνω κακά.
Οἰ τί φής; ξυνειδὼς οὐ φράσεις, ἀλλ᾽ ἐννοεῖς
ἡμᾶς προδοῦναι καὶ καταφθεῖραι πόλιν;
Τε ἐγὼ οὔτ᾽ ἐμαυτὸν οὔτε σ᾽ ἀλγυνῶ. τί ταῦτ᾽
ἄλλως ἐλέγχεις; οὐ γὰρ ἂν πύθοιό μου.
Οἰ οὐκ, ὦ κακῶν κάκιστε, καὶ γὰρ ἂν πέτρου
φύσιν σύ γ᾽ ὀργάνειας, ἐξερεῖς ποτέ,
ἀλλ᾽ ὧδ᾽ ἄτεγκτος κἀτελεύτητος φανῇ;
Τε ὀργὴν ἐμέμψω τὴν ἐμήν, τὴν σὴν δ᾽ ὁμοῦ
ναίουσαν οὐ κατεῖδες, ἀλλ᾽ ἐμὲ ψέγεις.
Οἰ τίς γὰρ τοιαῦτ᾽ ἂν οὐκ ἂν ὀργίζοιτ᾽ ἔπη
κλύων, ἃ νῦν σὺ τήνδ᾽ ἀτιμάζεις πόλιν;
Τε ἥξει γὰρ αὐτά, κἂν ἐγὼ σιγῇ στέγω.
Οἰ οὐκοῦν ἅ γ᾽ ἥξει καὶ σὲ χρὴ λέγειν ἐμοί.
Τε οὐκ ἂν πέρα φράσαιμι. πρὸς τάδ᾽, εἰ θέλεις,
θυμοῦ δι᾽ ὀργῆς ἥτις ἀγριωτάτη.
Οἰ καὶ μὴν παρήσω γ᾽ οὐδέν, ὡς ὀργῆς ἔχω,
ἅπερ ξυνίημ᾽. ἴσθι γὰρ δοκῶν ἐμοὶ
καὶ ξυμφυτεῦσαι τοὔργον, εἰργάσθαι θ᾽, ὅσον
μὴ χερσὶ καίνων· εἰ δ᾽ ἐτύγχανες βλέπων,
καὶ τοὔργον ἂν σοῦ τοῦτ᾽ ἔφην εἶναι μόνου.

Teiresias

Ach, ach, wie schlimm, zu wissen, wo's dem Wissenden
nicht frommen kann! Dies hab' ich wohl gewußt und doch
mißachtet: sonst hätt' ich mich nicht hierher verfügt.
Oi Was ist geschehn, daß du so mutlos hier erscheinst?
Te Entlaß nach Haus mich! Denn du trägst am leichtesten
dein Teil und ich das meine, wenn du auf mich hörst.
Oi Nicht nach Gesetz und Freundschaft redest du zur Stadt,
ihr, die dich aufzog, wenn du deinen Rat versagst.
Te Ich sehe ja: auch deine Stimme geht dir nicht
gebührlich. Daß nun mir dasselbe nicht geschieht ...
Oi Bei Göttern, wenn du weißt, so wende dich nicht ab,
da wir hier alle hilfeflehend vor dir knien!
Te Ihr alle wißt ja nicht; ich aber sage nun
nichts weiter, daß ich nicht dein Leid enthüllen muß.
Oi Was sagst du? Wissend sprichst du nicht, gedenkst indes
uns preiszugeben, weihst die Stadt dem Untergang?
Te Ich will mir selbst und dir nicht wehetun. Warum
forschst du vergebens nach? Von mir erfährst du's nicht.
Oi Wirst, Schlimmster aller Schlimmen, – denn auch eines Steins
Natur wohl brächtest du in Zorn – nun reden du?
Zeigst du so ungerührt und unerbittlich dich?
Te Du tadelst meine Sinnesart; die deine, die
dir innewohnt, erkennst du nicht, schiltst aber mich.
Oi Wen sollt' es denn wohl nicht erzürnen, wenn er hört,
wie du mit deinen Worten jetzt die Stadt entehrst?
Te Es kommt von selbst, deck' ich es gleich mit Schweigen zu.
Oi Drum eben mußt du sagen mir, was kommen wird.
Te Ich möchte nichts mehr sagen. Wüte, wenn du willst,
in deinem Zorn darüber, sei er noch so wild!
Oi Gut! Bin ich denn im Zorn, so unterdrück' ich nichts,
was ich vermute. Wisse drum: mir scheint, du hast
die Tat mit angestiftet, auch verübt, nur nicht
mit Händen tötend: wär' es dir vergönnt, zu sehn,
so sagt' ich, diese Tat gehöre dir allein.

Τε ἄληθες; ἐννέπω σὲ τῷ κηρύγματι
ᾧπερ προεῖπας ἐμμένειν, κἀφ' ἡμέρας
τῆς νῦν προσαυδᾶν μήτε τούσδε μήτ' ἐμέ,
ὡς ὄντι γῆς τῆσδ' ἀνοσίῳ μιάστορι.
Οἰ οὕτως ἀναιδῶς ἐξεκίνησας τόδε
τὸ ῥῆμα; καὶ ποῦ τοῦτο φεύξεσθαι δοκεῖς;
Τε πέφευγα· τἀληθὲς γὰρ ἰσχῦον τρέφω.
Οἰ πρὸς τοῦ διδαχθείς; οὐ γὰρ ἔκ γε τῆς τέχνης.
Τε πρὸς σοῦ· σὺ γάρ μ' ἄκοντα προυτρέψω λέγειν.
Οἰ ποῖον λόγον; λέγ' αὖθις, ὡς μᾶλλον μάθω.
Τε οὐχὶ ξυνῆκας πρόσθεν; ἢ 'κπειρᾷ λόγων;
Οἰ οὐχ ὥστε γ' εἰπεῖν γνωστόν· ἀλλ' αὖθις φράσον.
Τε φονέα σε φημὶ τἀνδρὸς οὗ ζητεῖς κυρεῖν.
Οἰ ἀλλ' οὔ τι χαίρων δίς γε πημονὰς ἐρεῖς.
Τε εἴπω τι δῆτα κἄλλ', ἵν' ὀργίζῃ πλέον;
Οἰ ὅσον γε χρῄζεις· ὡς μάτην εἰρήσεται.
Τε λελῆθέναι σε φημὶ σὺν τοῖς φιλτάτοις
αἴσχισθ' ὁμιλοῦντ' οὐδ' ὁρᾶν, ἵν' εἶ κακοῦ.
Οἰ ἦ καὶ γεγηθὼς ταῦτ' ἀεὶ λέξειν δοκεῖς;
Τε εἴπερ τί γ' ἐστὶ τῆς ἀληθείας σθένος.
Οἰ ἀλλ' ἔστι, πλὴν σοί· σοὶ δὲ τοῦτ' οὐκ ἔστ', ἐπεὶ
τυφλὸς τά τ' ὦτα τόν τε νοῦν τά τ' ὄμματ' εἶ.
Τε σὺ δ' ἄθλιός γε ταῦτ' ὀνειδίζων, ἃ σοὶ
οὐδεὶς ὃς οὐχὶ τῶνδ' ὀνειδιεῖ τάχα.
Οἰ μιᾶς τρέφει πρὸς νυκτός, ὥστε μήτ' ἐμὲ
μήτ' ἄλλον, ὅστις φῶς ὁρᾷ, βλάψαι ποτ' ἄν.
Τε οὐ γάρ σε μοῖρα πρός γ' ἐμοῦ πεσεῖν, ἐπεὶ
ἱκανὸς 'Απόλλων, ᾧ τάδ' ἐκπρᾶξαι μέλει.
Οἰ Κρέοντος, ἢ τοῦ ταῦτα τἀξευρήματα;
Τε Κρέων δέ σοι πῆμ' οὐδέν, ἀλλ' αὐτὸς σὺ σοί.
Οἰ ὦ πλοῦτε καὶ τυραννὶ καὶ τέχνη τέχνης
ὑπερφέρουσα τῷ πολυζήλῳ βίῳ,
ὅσος παρ' ὑμῖν ὁ φθόνος φυλάσσεται,
εἰ τῆσδέ γ' ἀρχῆς οὕνεχ', ἣν ἐμοὶ πόλις
δωρητόν, οὐκ αἰτητόν, εἰσεχείρισεν,
ταύτης Κρέων ὁ πιστός, οὑξ ἀρχῆς φίλος,

Te Wirklich? Ich fordre, daß du bei der Anordnung,
die du verkündet, bleibst und weder diese hier
noch mich anredest von dem heutigen Tage an,
da du des Landes frevelnder Beflecker bist!
Oi So schamlos schleuderst du ein solches Wort heraus?
Und wie, hiernach, gedenkst davonzukommen du?
Te Ich bin davon! Wahrheit, die starke, nähr' ich ja.
Oi Von wem belehrt? Doch wohl von deinem Handwerk nicht?
Te Von dir! Zu reden zwangst du wider Willen mich.
Oi Welch Wort? Sag's nochmals, daß ich's besser fassen kann!
Te Hast du's nicht gleich verstanden? Oder prüfst du mich?
Oi Dein Reden war nicht faßbar: sprich es nochmals aus!
Te Den Mörder des Mannes nenn' ich dich, nach dem du forschst.
Oi Nicht dir zur Freude sagst du zweimal Schmähungen!
Te Soll ich noch Weitres sagen, daß du mehr noch zürnst?
Oi Soviel es dir beliebt! Vergebens sprichst du doch.
Te Nichts ahnend, sag' ich, pflegst du mit den Teuersten
in Schanden Umgang, tief im Argen unversehns.
Oi Und so zu reden meinst du immer frohen Sinns?
Te Solang es irgend noch die Macht der Wahrheit gibt.
Oi Es gibt sie: außer dir! Für dich gibt's keine, weil
du blind an Ohr und Geist – wie an den Augen bist!
Te Bedauernswerter du, der das verhöhnt, was bald
von diesen keiner an dir nicht verhöhnen wird!
Oi Du zehrst von einer Nacht, so daß du weder mir
noch andren, die das Licht erblicken, schaden kannst.
Te Auch ist es nicht dein Los, durch mich zu fallen; da
genügt Apollon: Er vollbringt, woran ihm liegt!
Oi Sind das Erfindungen von Kreon oder dir?
Te Nicht Kreon bringt dir Unheil, sondern du dir selbst.
Oi O Reichtum, Königsmacht und Kunst, die alle Kunst
weit übertrifft im eifervollen Lebenskampf,
wie sehr wird doch die Mißgunst um euch hier gehegt,
wenn dieser Herrschaft wegen, welche mir die Stadt
als unbegehrte Gabe in die Hand gelegt,
der treue Kreon, er, der Freund von Anfang an,

λάθρᾳ μ' ὑπελθὼν ἐκβαλεῖν ἱμείρεται,
ὑφεὶς μάγον τοιόνδε μηχανορράφον,
δόλιον ἀγύρτην, ὅστις ἐν τοῖς κέρδεσιν
μόνον δέδορκε, τὴν τέχνην δ' ἔφυ τυφλός.
ἐπεὶ φέρ' εἰπέ, ποῦ σὺ μάντις εἶ σαφής;
πῶς οὐχ, ὅθ' ἡ ῥαψῳδὸς ἐνθάδ' ἦν κύων,
ηὔδας τι τοῖσδ' ἀστοῖσιν ἐκλυτήριον;
καίτοι τό γ' αἴνιγμ' οὐχὶ τοὐπιόντος ἦν
ἀνδρὸς διειπεῖν, ἀλλὰ μαντείας ἔδει·
ἣν οὔτ' ἀπ' οἰωνῶν σὺ προυφάνης ἔχων
οὔτ' ἐκ θεῶν του γνωτόν· ἀλλ' ἐγὼ μολών,
ὁ μηδὲν εἰδὼς Οἰδίπους ἔπαυσά νιν,
γνώμῃ κυρήσας οὐδ' ἀπ' οἰωνῶν μαθών·
ὃν δὴ σὺ πειρᾷς ἐκβαλεῖν, δοκῶν θρόνοις
παραστατήσειν τοῖς Κρεοντείοις πέλας.
κλαίων δοκεῖς μοι καὶ σὺ χὡ συνθεὶς τάδε
ἀγηλατήσειν· εἰ δὲ μὴ 'δόκεις γέρων
εἶναι, παθὼν ἔγνως ἂν οἷά περ φρονεῖς.

Χορός

ἡμῖν μὲν εἰκάζουσι καὶ τὰ τοῦδ' ἔπη
ὀργῇ λελέχθαι καὶ τὰ σ', Οἰδίπου, δοκεῖ.
δεῖ δ' οὐ τοιούτων, ἀλλ' ὅπως τὰ τοῦ θεοῦ
μαντεῖ' ἄριστα λύσομεν, τόδε σκοπεῖν.
Τε εἰ καὶ τυραννεῖς, ἐξισωτέον τὸ γοῦν
ἴσ' ἀντιλέξαι· τοῦδε γὰρ κἀγὼ κρατῶ.
οὐ γάρ τι σοὶ ζῶ δοῦλος, ἀλλὰ Λοξίᾳ·
ὥστ' οὐ Κρέοντος προστάτου γεγράψομαι.
λέγω δ', ἐπειδὴ καὶ τυφλόν μ' ὠνείδισας·
σὺ καὶ δέδορκας κοὐ βλέπεις, ἵν' εἶ κακοῦ,
οὐδ' ἔνθα ναίεις, οὐδ' ὅτων οἰκεῖς μέτα.
ἆρ' οἶσθ' ἀφ' ὧν εἶ; καὶ λέληθας ἐχθρὸς ὢν
τοῖς σοῖσιν αὐτοῦ νέρθε κἀπὶ γῆς ἄνω,
καί σ' ἀμφιπλὴξ μητρός τε καὶ τοῦ σοῦ πατρὸς
ἐλᾷ ποτ' ἐκ γῆς τῆσδε δεινόπους ἀρά,

mich heimlich hintergeht und auszustoßen wünscht,
anstiftet diesen Zauberer und Ränkeschmied,
den listigen Landstreicher, der für den Gewinn
nur Augen hat, in seiner Kunst ein Blinder ist!
Denn sag mir doch, wo du als Seher glaubhaft bist!
Warum, als hier die Sängerin, die Hündin, war,
sprachst du für diese Bürger kein erlösend Wort?
Nun ja, das Rätsel lösen war nicht Sache des
dahergelaufnen Manns, nein, Sehertum war not,
wie du es offenbar von Vögeln nicht gelernt
noch von der Götter einem. Nein: ich kam daher,
ich, Oidipus, nichts wissend, räumte mit ihr auf.
Ich traf's mit dem Verstand, von Vögeln nicht belehrt
ich, den du auszustoßen suchst, weil du dem Thron
dann, dem kreontischen, recht nah zu stehen hoffst.
Weinend wirst, denk' ich, du und er, der das ersann,
vertreiben den „Verfluchten"! Schienst du nicht so alt
zu sein, du solltest schmerzlich spüren, was du planst.

Chorführer

Vergleichen wir, so scheint uns, seine Worte sind
im Zorn gesprochen wie die deinen, Oidipus.
Doch solches braucht's nicht, nein: wie wir den Seherspruch
des Gottes bestens lösen, danach gilt's zu schaun.

Te Wenn du auch herrschst, so weit muß Gleichheit gehn, daß ich
entgegne Gleiches: hierin bin ich mächtig auch.
Leb' ich doch in Apollons Dienst, in deinem nicht,
werd' auch als Kreons Schützling nicht verzeichnet stehn.
Ich sage, da du ja als Blinden mich verhöhnst:
Du schaust, und siehst doch nicht, wie du im Argen steckst,
nicht wo du wohnst und auch mit wem du hausest nicht.
Weißt du, von wem du stammst? Nichts ahnend, bist du Feind
den Deinigen da unten und auf Erden hier,
und doppelt treffend jagt dich einst aus diesem Land
mit Schreckensschritt der Mutter und des Vaters Fluch,

βλέποντα νῦν μὲν ὄρθ', ἔπειτα δὲ σκότον.
βοῆς δὲ τῆς σῆς ποῖος οὐκ ἔσται λιμήν,
ποῖος Κιθαιρὼν οὐχὶ σύμφωνος τάχα,
ὅταν καταίσθῃ τὸν ὑμέναιον, ὃν δόμοις
ἄνορμον εἰσέπλευσας, εὐπλοίας τυχών;
ἄλλων δὲ πλῆθος οὐκ ἐπαισθάνῃ κακῶν,
ἅ σ' ἐξισώσει σοί τε καὶ τοῖς σοῖς τέκνοις.
πρὸς ταῦτα καὶ Κρέοντα καὶ τοὐμὸν στόμα
προπηλάκιζε. σοῦ γὰρ οὐκ ἔστιν βροτῶν
κάκιον ὅστις ἐκτριβήσεταί ποτε.
Οἰ ἦ ταῦτα δῆτ' ἀνεκτὰ πρὸς τούτου κλύειν;
οὐκ εἰς ὄλεθρον; οὐχὶ θᾶσσον; οὐ πάλιν
ἄψορρος οἴκων τῶνδ' ἀποστραφεὶς ἄπει;
Τε οὐδ' ἱκόμην ἔγωγ' ἄν, εἰ σὺ μὴ 'κάλεις.
Οἰ οὐ γάρ τί σ' ᾔδη μῶρα φωνήσοντ', ἐπεὶ
σχολῇ σ' ἂν οἴκους τοὺς ἐμοὺς ἐστειλάμην.
Τε ἡμεῖς τοιοίδ' ἔφυμεν, ὡς μὲν σοὶ δοκεῖ,
μῶροι, γονεῦσι δ', οἵ σ' ἔφυσαν, ἔμφρονες.
Οἰ ποίοισι; μεῖνον. τίς δέ μ' ἐκφύει βροτῶν;
Τε ἥδ' ἡμέρα φύσει σε καὶ διαφθερεῖ.
Οἰ ὡς πάντ' ἄγαν αἰνικτὰ κἀσαφῆ λέγεις.
Τε οὔκουν σὺ ταῦτ' ἄριστος εὑρίσκειν ἔφυς;
Οἰ τοιαῦτ' ὀνείδιζ' οἷς ἔμ' εὑρήσεις μέγαν.
Τε αὕτη γε μέντοι σ' ἡ τύχη διώλεσεν.
Οἰ ἀλλ' εἰ πόλιν τήνδ' ἐξέσωσ', οὔ μοι μέλει.
Τε ἄπειμι τοίνυν· καὶ σύ, παῖ, κόμιζέ με.
Οἰ κομιζέτω δῆθ'· ὡς παρὼν σύ γ' ἐμποδὼν
ὀχλεῖς, συθείς τ' ἂν οὐκ ἂν ἀλγύναις πλέον.
Τε εἰπὼν ἄπειμ' ὧν οὕνεκ' ἦλθον, οὐ τὸ σὸν
δείσας πρόσωπον· οὐ γὰρ ἔσθ' ὅπου μ' ὀλεῖς.
λέγω δέ σοι· τὸν ἄνδρα τοῦτον, ὃν πάλαι
ζητεῖς ἀπειλῶν κἀνακηρύσσων φόνον
τὸν Λαΐειον, οὗτός ἐστιν ἐνθάδε.
ξένος λόγῳ μέτοικος, εἶτα δ' ἐγγενὴς
φανήσεται Θηβαῖος, οὐδ' ἡσθήσεται
τῇ ξυμφορᾷ· τυφλὸς γὰρ ἐκ δεδορκότος

dich, der jetzt richtig blickt, dann aber – Dunkles nur.
Von deinen Schreien – welche Meeresbucht wird nicht,
welcher Kithairon dann nicht widerhallen bald,
wenn deines Ehebunds Leidhafen du gewahrst,
den du im eignen Haus anliefst bei guter Fahrt?!
Auch andrer Übel Menge wirst du nicht gewahr:
sie machen dich dir selbst und deinen Kindern gleich!
Hiernach bewirf nur Kreon, wirf auf meinen Mund
mit Unrat: unter Sterblichen ist keiner, der
je schlimmer als du selbst zerrieben werden soll.

Oi Ist's auszuhalten, das zu hören von dem Mann?
Gehst du zugrunde nicht? Und schleunig? Wendest du
von diesem Hause dich nicht ab und gehst davon?

Te Ich wäre nicht gekommen, wenn du mich nicht riefst.

Oi Ich dachte nicht, du werdest Narrheit schwatzen, sonst
hätt' ich dich kaum vor meine Häuser herbestellt.

Te So bin ich von Geburt: wie es dir scheint, ein Narr,
den Eltern, welche dich gebaren, bei Verstand.

Oi Und welchen? Bleibe! Welcher Mensch hat mich gezeugt?

Te Der Tag heut wird dich zeugen und vernichten auch.

Oi Wie sagst du alles rätselhaft und unbestimmt!

Te Bist du, es zu erraten, nicht der Fähigste?

Oi Verhöhne nur, worin du groß mich finden wirst!

Te Doch eben dieses Glück ward zum Verderben dir.

Oi Hab' ich nur diese Stadt errettet, gilt's mir gleich.

Te So geh' ich denn, und du, Kind, führe mich hinweg!

Oi Er führe dich! Anwesend bist du hinderlich,
zur Last. Entfernt kannst du nicht weiter wehetun.

Te Vorm Weggehn sag' ich's noch, weshalb ich kam. Mich schreckt
dein Blick nicht; denn dir bleibt nicht Raum, zu töten mich.
Ich aber sage dir: der Mann, er, dem du lang
nachspürst, bedrohlich laut verkündigend den Mord
an Laïos, der Mann ist hier, nach dem Gerücht
ein Fremder, zugewandert, zeigt sich aber bald
als eingeborener Thebaier, ohne sich
zu freun der Wandlung: aus dem Sehenden wird dann

καὶ πτωχὸς ἀντὶ πλουσίου ξένην ἔπι
σκήπτρῳ προδεικνὺς γαῖαν ἐμπορεύσεται.
φανήσεται δὲ παισὶ τοῖς αὑτοῦ ξυνὼν
ἀδελφὸς αὑτὸς καὶ πατήρ, κἀξ ἧς ἔφυ
γυναικὸς υἱὸς καὶ πόσις, καὶ τοῦ πατρὸς
ὁμόσπορός τε καὶ φονεύς. καὶ ταῦτ᾽ ἰὼν
εἴσω λογίζου· κἂν λάβῃς ἐψευσμένον,
φάσκειν ἔμ᾽ ἤδη μαντικῇ μηδὲν φρονεῖν.

Χορός

Str. 1

τίς ὅντιν᾽ ἁ θεσπιέπει- ia ch
α Δελφὶς εἶπε πέτρα ia ba
ἄρρητ᾽ ἀρρήτων τελέσαν- ch^2
τα φοινίαισι χερσίν; ia ba
ὥρα νιν ἀελλάδων te
ἵππων σθεναρώτερον te
φυγᾷ πόδα νωμᾶν. rz
ἔνοπλος γὰρ ἐπ᾽ αὐτὸν ἐπενθρῴσκει an^4
πυρὶ καὶ στεροπαῖς ὁ Διὸς γενέτας, an^4
δειναὶ δ᾽ ἅμ᾽ ἕπονται rz
Κῆρες ἀναπλάκητοι. ith

Ant. 1

ἔλαμψε γὰρ τοῦ νιφόεν- ia ch
τος ἀρτίως φανεῖσα ia ba
φάμα Παρνασσοῦ τὸν ἄδη- ch
λον ἄνδρα πάντ᾽ ἰχνεύειν. ia ba
φοιτᾷ γὰρ ὑπ᾽ ἀγρίαν te
ὕλαν ἀνά τ᾽ ἄντρα καὶ te
πέτρας ἅτε ταῦρος, rz
μέλεος μελέῳ ποδὶ χηρεύων, an^4
τὰ μεσόμφαλα γᾶς ἀπονοσφίζων an^4
μαντεῖα· τὰ δ᾽ αἰεὶ rz
ζῶντα περιποτᾶται. ith

ein Blinder, bettelarm der Reiche; mit dem Stab
vortastend wandert er dahin in fremdes Land.
Dann zeigt sich: mit den eignen Kindern lebt er als
ihr Bruder und auch Vater, ist der Frau, von der
er stammt, Sohn und Gemahl, Mitgatte und zugleich
Mörder des Vaters! Und nun geh hinein ins Haus
und sinne nach! Und findest du, ich irrte, soll
man sagen, ich verstehe nichts von Weissagung!

Oidipus ist hineingegangen. Teiresias und der Knabe gehen zur Stadt

Chor

Wer ist's, von dem göttlichen Tons
in Delphoi sprach der Felsen,
der ganz Unsagbares vollbracht
mit mörderischen Händen?
's ist Zeit, daß er heftiger
als stürmischer Rosse Huf
zur Flucht seinen Fuß regt.
Denn auf ihn der Gewappnete bricht herein
mit dem Feuer, den Wettern der Sohn von Zeus:
Furchtbarstes Geleit sind
Todesgeister, unfehlbar.

Denn vom Parnaß her, dem beschnei-
ten, eben erst verkündigt,
erklang klar der Ruf: den verborg-
nen Mann soll jeder aufspür'n.
Er schweift unter wilden Walds
Gehölz, in den Höhlen, auf
den Felsen, dem Stier gleich,
doch unselig, unseligen Schritts, verwaist,
will die Sprüche des Nabels der Erde von sich
fernhalten, die allzeit
lebend flattern umher ihm.

δεινὰ μὲν οὖν, δεινὰ ταρασ- ch^{2} Str. 2
σει σοφὸς οἰωνοθέτας, ch^{2}
οὔτε δοκοῦντ' οὔτ' ἀποφά- ch^{2}
σκονθ'· ὅ τι λέξω δ' ἀπορῶ. ch^{2}
πέτομαι δ' ἐλπίσιν οὔτ' ἐν- io^{2}
θάδ' ὁρῶν οὔτ' ὀπίσω. io^{2}
τί γὰρ ἢ Λαβδακίδαις io^{2}
ἢ τῷ Πολύβου νεῖ- io^{2}
κος ἔκειτ' οὔτε πάροιθέν io^{2}
ποτ' ἔγωγ' οὔτε τανῦν πω io^{2}
ἔμαθον, πρὸς ὅτου δὴ io^{2}
βασάνῳ ⟨πεῖραν ἔχων⟩ io^{2}
ἐπὶ τὰν ἐπίδαμον io^{2}
φάτιν εἶμ' Οἰδιπόδα Λαβδακίδαις io^{3}
ἐπίκουρος ἀδήλων θανάτων. io^{3}

ἀλλ' ὁ μὲν οὖν Ζεὺς ὅ τ' Ἀπόλ- ch^{2} Ant. 2
λων ξυνετοὶ καὶ τὰ βροτῶν ch^{2}
εἰδότες· ἀνδρῶν δ' ὅτι μάν- ch^{2}
τις πλέον ἢ 'γὼ φέρεται, ch^{2}
κρίσις οὐκ ἔστιν ἀληθής· io^{2}
σοφίᾳ δ' ἂν σοφίαν io^{2}
παραμείψειεν ἀνήρ. io^{2}
ἀλλ' οὔποτ' ἔγωγ' ἄν, io^{2}
πρὶν ἴδοιμ' ὀρθὸν ἔπος, μεμ- io^{2}
φομένων ἂν καταφαίην. io^{2}
φανερὰ γὰρ ἐπ' αὐτῷ io^{2}
πτερόεσσ' ἦλθε κόρα io^{2}
ποτέ, καὶ σοφὸς ὤφθη io^{2}
βασάνῳ θ' ἁδύπολις· τῷ ἀπ' ἐμᾶς io^{3}
φρενὸς οὔποτ' ὀφλήσει κακίαν. io^{3}

Κρέων

ἄνδρες πολῖται, δείν' ἔπη πεπυσμένος
κατηγορεῖν μου τὸν τύραννον Οἰδίπουν
πάρειμ' ἀτλητῶν. εἰ γὰρ ἐν ταῖς ξυμφοραῖς

Schreckliches wühlt, Schreckliches auf
sehenden Manns wissender Spruch:
Glaubhaft ist's kaum, zweifelhaft kaum:
weiß keinen Rat, weiß nicht, was frommt.
Ja, in Angst schweb' ich und sehe
nicht, was ist, noch was da kommt.
Denn ob je Labdakos' Haus
und Polybos' Sohn la-
gen im Streit, weder bisher hört'
ich es, noch fand ich bis heut schon
einen Grund, der mich zwingt mit
eines Prüfsteines Gewähr,
daß ich, schmälernd den Ruhm, den
vor dem Volk Oidipus hat, räche den Tod,
den der Labdakos-Sohn fand insgeheim.

Freilich, es sind Zeus und Apoll
Kenner der Welt, Menschengeschicks
Wissende; daß aber ein Mann
weiter als ich schauen gelernt,
ist ein Urteil ohne Wahrheit;
doch durch Klugheit übertrifft
wohl ein Mann Klugheit sogar.
Doch gäb' ich wohl nie schmä-
hendem Spruch, eh' ich gesehn, daß
er gerechtfertigt, mein Jawort.
Denn das fliegende Weib, sicht-
lich dereinst ging es auf ihn,
und man sah, daß er klug war
und der Stadt hold in der Not: geht es nach mir,
wird er nie einer Schandtat überführt.

Kreon

kommt rasch

Ihr Männer, Bürger, mit furchtbaren Reden klagt,
wie ich vernahm, der König Oidipus mich an:
Ich komme, weil ich's nicht ertrug; denn wenn er glaubt,

ταῖς νῦν νομίζει πρός γ' ἐμοῦ πεπονθέναι
λόγοισιν εἴτ' ἔργοισιν ἐς βλάβην φέρον,
οὔτοι βίου μοι τοῦ μακραίωνος πόθος,
φέροντι τήνδε βάξιν. οὐ γὰρ εἰς ἁπλοῦν
ἡ ζημία μοι τοῦ λόγου τούτου φέρει,
ἀλλ' ἐς μέγιστον, εἰ κακὸς μὲν ἐν πόλει,
κακὸς δὲ πρὸς σοῦ καὶ φίλων κεκλήσομαι.

Χορός

ἀλλ' ἦλθε μὲν δὴ τοῦτο τοὔνειδος τάχ' ἂν
ὀργῇ βιασθὲν μᾶλλον ἢ γνώμῃ φρενῶν.
Κρ τοὔπος δ' ἐφάνθη, ταῖς ἐμαῖς βουλαῖς ὅτι
πεισθεὶς ὁ μάντις τοὺς λόγους ψευδεῖς λέγοι;
Χο ηὐδᾶτο μὲν τάδ', οἶδα δ' οὐ γνώμῃ τίνι.
Κρ ἐξ ὀμμάτων ὀρθῶν δὲ κἀξ ὀρθῆς φρενὸς
κατηγορεῖτο τοὐπίκλημα τοῦτό μου;
Χο οὐκ οἶδ'· ἃ γὰρ δρῶσ' οἱ κρατοῦντες, οὐχ ὁρῶ.
αὐτὸς δ' ὅδ' ἤδη δωμάτων ἔξω περᾷ.

Οἰδίπους

οὗτος σύ, πῶς δεῦρ' ἦλθες; ἦ τοσόνδ' ἔχεις
τόλμης πρόσωπον, ὥστε τὰς ἐμὰς στέγας
ἵκου, φονεὺς ὢν τοῦδε τἀνδρὸς ἐμφανῶς
λῃστής τ' ἐναργὴς τῆς ἐμῆς τυραννίδος;
φέρ' εἰπὲ πρὸς θεῶν, δειλίαν ἢ μωρίαν
ἰδών τιν' ἐν ἐμοὶ ταῦτ' ἐβουλεύσω ποεῖν;
ἢ τοὔργον ὡς οὐ γνωριοῖμί σου τόδε
δόλῳ προσέρπον ἢ οὐκ ἀλεξοίμην μαθών;
ἆρ' οὐχὶ μῶρόν ἐστι τοὐγχείρημά σου,
ἄνευ τε πλήθους καὶ φίλων τυραννίδα
θηρᾶν, ὃ πλήθει χρήμασίν θ' ἁλίσκεται;
Κρ οἶσθ' ὡς πόησον; ἀντὶ τῶν εἰρημένων
ἴσ' ἀντάκουσον, κᾆτα κρῖν' αὐτὸς μαθών.
Οἰ λέγειν σὺ δεινός, μανθάνειν δ' ἐγὼ κακὸς
σοῦ· δυσμενῆ γὰρ καὶ βαρύν σ' ηὕρηκ' ἐμοί.

daß er in diesen Nöten jetzt durch mich erlitt
mit Worten oder Werken, was ihm Schaden bringt,
vergeht fürwahr die Lust am langen Leben mir,
erduld' ich solch Gerede. Denn die Schädigung
aus diesen Worten zielt ja nicht auf Niedriges,
nein, auf das Höchste, wenn als schlecht ich in der Stadt,
als schlecht bei dir und Freunden soll verrufen sein.

Chorführer

Doch dieser Vorwurf ist vielleicht mehr aus dem Zwang
des Zorns gekommen als aus vorbedachtem Sinn.

Kr Ist nun das Wort gefallen, daß, durch meinen Rat
bestimmt, der Seher Lügensprüche sagen soll?

Chf So ward's gesagt; doch wie's gemeint war, weiß ich nicht.

Kr Mit festen Blicken und bei ruhigem Verstand
ward die Beschuldigung geäußert gegen mich?

Chf Weiß nicht; denn was die Herren tun, das seh' ich nicht.
Doch eben tritt er selber aus dem Hause dort.

Oidipus
heraustretend

Du bist es? Wie? Du kamst hierher? Du hast die Stirn
zu solcher Frechheit, daß du meinen Häusern nahst,
der du der Mörder jenes Mannes offenbar
und der leibhaftige Räuber meiner Herrschaft bist?
Sag, bei den Göttern, welche Feigheit du an mir
erspäht hast oder Torheit, als du plantest dies,
daß ich dein schleichend Tun nicht merken oder mich,
wenn ich's gewahre, nicht dagegen wehren kann?
Ist denn dein Unterfangen keine Narretei:
ohn' Anhang, ohne Freunde nach der Königsmacht
zu greifen, was mit Anhang man und Geld erzwingt?

Kr Weißt du, was tun? Auf das, was du gesagt, vernimm
zur Antwort Gleiches und entscheide selbst danach!

Oi Du bist im Reden stark, ich aber höre schlecht
auf dich: mir bösgesinnt und feindlich fand ich dich.

Κρ τοῦτ' αὐτὸ νῦν μου πρῶτ' ἄκουσον ὡς ἐρῶ.
Οἰ τοῦτ' αὐτὸ μή μοι φράζ', ὅπως οὐκ εἶ κακός.
Κρ εἴ τοι νομίζεις κτῆμα τὴν αὐθαδίαν
εἶναί τι τοῦ νοῦ χωρίς, οὐκ ὀρθῶς φρονεῖς.
Οἰ εἴ τοι νομίζεις ἄνδρα συγγενῆ κακῶς
δρῶν οὐχ ὑφέξειν τὴν δίκην, οὐκ εὖ φρονεῖς.
Κρ ξύμφημί σοι ταῦτ' ἔνδικ' εἰρῆσθαι· τὸ δὲ
πάθημ' ὁποῖον φὴς παθεῖν δίδασκέ με.
Οἰ ἔπειθες, ἢ οὐκ ἔπειθες, ὡς χρείη μ' ἐπὶ
τὸν σεμνόμαντιν ἄνδρα πέμψασθαί τινα;
Κρ καὶ νῦν ἔθ' αὐτός εἰμι τῷ βουλεύματι.
Οἰ πόσον τιν' ἤδη δῆθ' ὁ Λάιος χρόνον . . .
Κρ δέδρακε ποῖον ἔργον; οὐ γὰρ ἐννοῶ.
Οἰ ἄφαντος ἔρρει θανασίμῳ χειρώματι;
Κρ μακροὶ παλαιοί τ' ἂν μετρηθεῖεν χρόνοι.
Οἰ τότ' οὖν ὁ μάντις οὗτος ἦν ἐν τῇ τέχνῃ;
Κρ σοφός γ' ὁμοίως κἀξ ἴσου τιμώμενος.
Οἰ ἐμνήσατ' οὖν ἐμοῦ τι τῷ τότ' ἐν χρόνῳ;
Κρ οὔκουν ἐμοῦ γ' ἑστῶτος οὐδαμοῦ πέλας.
Οἰ ἀλλ' οὐκ ἔρευναν τοῦ θανόντος ἔσχετε;
Κρ παρέσχομεν, πῶς δ' οὐχί; κοὐκ ἠκούσαμεν.
Οἰ πῶς οὖν τόθ' οὗτος ὁ σοφὸς οὐκ ηὔδα τάδε;
Κρ οὐκ οἶδ'· ἐφ' οἷς γὰρ μὴ φρονῶ, σιγᾶν φιλῶ.
Οἰ τὸ σὸν δέ γ' οἶσθα καὶ λέγοις ἂν εὖ φρονῶν.
Κρ ποῖον τόδ'; εἰ γὰρ οἶδά γ', οὐκ ἀρνήσομαι.
Οἰ ὁθούνεκ', εἰ μὴ σοὶ ξυνῆλθε, τὰς ἐμὰς
οὐκ ἄν ποτ' εἶπε Λαΐου διαφθοράς.
Κρ εἰ μὲν λέγει τάδ', αὐτὸς οἶσθ'· ἐγὼ δέ σου
μαθεῖν δικαιῶ ταὔθ' ἅπερ κἀμοῦ σὺ νῦν.
Οἰ ἐκμάνθαν'· οὐ γὰρ δὴ φονεὺς ἁλώσομαι.
Κρ τί δῆτ'; ἀδελφὴν τὴν ἐμὴν γήμας ἔχεις;
Οἰ ἄρνησις οὐκ ἔνεστιν ὧν ἀνιστορεῖς.
Κρ ἄρχεις δ' ἐκείνῃ ταὐτὰ γῆς ἴσον νέμων;
Οἰ ἂν ᾖ θέλουσα πάντ' ἐμοῦ κομίζεται.
Κρ οὔκουν ἰσοῦμαι σφῷν ἐγὼ δυοῖν τρίτος;
Οἰ ἐνταῦθα γὰρ δὴ καὶ κακὸς φαίνῃ φίλος.

Kr Gerade davon red' ich jetzt zuerst: hör zu!
Oi Gerade davon sprich mir nicht, du wärst nicht schlecht!
Kr Doch wenn du meinst, es sei ein Wert der Eigensinn,
der von Vernunft sich lossagt, dann denkst du nicht klar.
Oi Doch wenn du meinst, ein Mann, der an Verwandten schlecht
tut, unterstehe nicht dem Recht, denkst du nicht wahr.
Kr Ich stimme zu: hier hast du recht. Doch welches Leid
du nun erlitten haben willst, das lehre mich!
Oi Hast du geraten oder nicht, ich solle nach
dem ehrenwerten Seher senden einen Mann?
Kr Und stehe jetzt noch ebenso zu diesem Rat.
Oi Wie lange Zeit schon ist es her, daß Laïos ...
Kr Welch eine Tat vollbracht hat? Ich verstehe nicht ...
Oi durch tödliche Gewalttat unbemerkt entschwand?
Kr Da kämen alte, ferne Zeiten wohl heraus.
Oi Und übte dieser Seher damals schon die Kunst?
Kr Genau so weise, gleichermaßen auch geehrt.
Oi Gedacht' er irgend meiner auch in jener Zeit?
Kr Nein, niemals wenigstens, wenn ich zugegen war.
Oi Ihr stelltet keine Fahndung um den Toten an?
Ke Wir fahndeten – wie denn auch nicht? – doch hörten nichts.
Oi Und warum sprach's der weise Mann nicht damals aus?
Kr Ich weiß nicht. Wo ich nicht verstehe, schweig' ich gern.
Oi Doch was dich angeht, weißt du gut und sagst es wohl.
Kr Was ist's? Ich will es nicht verleugnen, wenn ich's weiß.
Oi Dies: wenn er nicht mit dir zusammenstimmte, hätt'
er nie den Mord an Laïos mein Werk genannt.
Kr Ob er das sagt, du mußt es wissen; doch mir scheint
es billig, jetzt dich so zu fragen wie du mich.
Oi So frage! Nicht als Mörder überführt man mich.
Kr Wohlan denn! Meine Schwester hast du doch zur Frau?
Oi Bestreiten läßt sich nicht, wonach du mich da fragst.
Kr Beherrschst das Land mit ihr zusammen, gleich zu gleich?
Oi Was sie nur wünscht, wird alles ihr von mir zuteil.
Kr Und steh' ich nun als Dritter nicht euch beiden gleich?
Oi Und eben hierbei zeigst du dich als schlechten Freund.

Κρ οὔκ, εἰ διδοίης γ᾽ ὡς ἐγὼ σαυτῷ λόγον.
σκέψαι δὲ τοῦτο πρῶτον, εἴ τιν᾽ ἂν δοκεῖς
ἄρχειν ἑλέσθαι ξὺν φόβοισι μᾶλλον ἢ
ἄτρεστον εὕδοντ᾽, εἰ τά γ᾽ αὔθ᾽ ἕξει κράτη.
ἐγὼ μὲν οὖν οὔτ᾽ αὐτὸς ἱμείρων ἔφυν
τύραννος εἶναι μᾶλλον ἢ τύραννα δρᾶν,
οὔτ᾽ ἄλλος ὅστις σωφρονεῖν ἐπίσταται.
νῦν μὲν γὰρ ἐκ σοῦ πάντ᾽ ἄνευ φόβου φέρω,
εἰ δ᾽ αὐτὸς ἦρχον, πολλὰ κἂν ἄκων ἔδρων.
πῶς δῆτ᾽ ἐμοὶ τυραννὶς ἡδίων ἔχειν
ἀρχῆς ἀλύπου καὶ δυναστείας ἔφυ;
οὔπω τοσοῦτον ἠπατημένος κυρῶ
ὥστ᾽ ἄλλα χρῄζειν ἢ τὰ σὺν κέρδει καλά.
νῦν πᾶσι χαίρω, νῦν με πᾶς ἀσπάζεται,
νῦν οἱ σέθεν χρῄζοντες ἐκκαλοῦσί με·
τὸ γὰρ τυχεῖν αὐτοῖσι πᾶν ἐνταῦθ᾽ ἔνι.
πῶς δῆτ᾽ ἐγὼ κεῖν᾽ ἂν λάβοιμ᾽ ἀφεὶς τάδε;
οὐκ ἂν γένοιτο νοῦς κακὸς καλῶς φρονῶν.
ἀλλ᾽ οὔτ᾽ ἐραστὴς τῆσδε τῆς γνώμης ἔφυν
οὔτ᾽ ἂν μετ᾽ ἄλλου δρῶντος ἂν τλαίην ποτέ.
καὶ τῶνδ᾽ ἔλεγχον τοῦτο μὲν Πυθώδ᾽ ἰὼν
πεύθου τὰ χρησθέντ᾽, εἰ σαφῶς ἤγγειλά σοι·
τοῦτ᾽ ἄλλ᾽, ἐάν με τῷ τερασκόπῳ λάβῃς
κοινῇ τι βουλεύσαντα, μή μ᾽ ἁπλῇ κτάνῃς
ψήφῳ, διπλῇ δέ, τῇ τ᾽ ἐμῇ καὶ σῇ, λαβών,
γνώμῃ δ᾽ ἀδήλῳ μή με χωρὶς αἰτιῶ.
οὐ γὰρ δίκαιον οὔτε τοὺς κακοὺς μάτην
χρηστοὺς νομίζειν οὔτε τοὺς χρηστοὺς κακούς.
φίλον γὰρ ἐσθλὸν ἐκβαλεῖν ἴσον λέγω
καὶ τὸν παρ᾽ αὑτοῦ βίοτον, ὃν πλεῖστον φιλεῖ.
ἀλλ᾽ ἐν χρόνῳ γνώσῃ τάδ᾽ ἀσφαλῶς, ἐπεὶ
χρόνος δίκαιον ἄνδρα δείκνυσιν μόνος,
κακὸν δὲ κἂν ἐν ἡμέρᾳ γνοίης μιᾷ.

Χο καλῶς ἔλεξεν εὐλαβουμένῳ πεσεῖν,
ἄναξ· φρονεῖν γὰρ οἱ ταχεῖς οὐκ ἀσφαλεῖς.

Οἰ ὅταν ταχύς τις οὑπιβουλεύων λάθρᾳ

Kr Nicht, wenn du Rechenschaft dir geben magst wie ich.
Betrachte dies als erstes: ob du meinst, daß wohl
mit Ängsten jemand lieber herrschen will als bei
geruhigem Schlaf, wenn er dieselbe Macht doch hat.
Nun bin ich weder selbst von solcher Art, daß ich
möcht' eher König sein als Königliches tun,
noch irgend jemand sonst, wenn er vernünftig denkt.
Denn jetzt empfang' ich alles ohne Furcht von dir;
doch herrscht' ich selbst, so müßt' ich vieles ungern tun.
Wie sollte da das Königtum mir köstlicher
als sorgenfreie Macht, als Rang und Geltung sein?
So weit verstieg ich mich noch in der Torheit nicht,
um mehr zu wünschen als die Würde, die auch nützt.
Jetzt freu' ich mich an allen, jeder grüßt mich jetzt;
jetzt rufen, die nach dir verlangen, mich heraus;
Denn ob es ihnen glückt, das hängt ganz hiervon ab.
Wie sollt' ich denn nach jenem greifen, dies verschmähn?
Schlecht werden kann ein Sinn, der rechtlich denkt, wohl nicht.
Doch weder bin ich ein Verehrer jenes Geists,
noch wagt' ich es, mit andren solches je zu tun.
Und der Beweis? Zunächst: nach Pytho geh und frag,
ob ich dir klar gemeldet das Verkündigte.
Dann: findest du, daß mit dem Zeichendeuter ich
gemeinsam etwas plante, töte mich nicht nur
nach einem Spruch, dem deinen, nein, nach meinem auch!
Doch nicht auf unerwiesenen Argwohn klag mich an!
Denn nicht gerecht ist dies: die Schlechten unbesehn
für ehrlich halten, doch die Ehrlichen für schlecht.
Wer einen guten Freund verwirft, vergreift sich ja
am eignen Leben, das er doch am meisten liebt.
Doch mit der Zeit erkennst du das erst deutlich: zeigt
allein die Zeit uns einen Mann doch als gerecht.
Den schlechten aber kennst du schon nach einem Tag.

Chf Er sprach gar gut für jemand, der nicht fallen mag,
Herr; denn nicht sicher geht, wer sich zu rasch entschließt.

Oi Wenn jemand heimlich etwas Böses plant und rasch

χωρῇ, ταχὺν δεῖ κἀμὲ βουλεύειν πάλιν.
εἰ δ' ἡσυχάζων προσμενῶ, τὰ τοῦδε μὲν
πεπραγμέν' ἔσται, τἀμὰ δ' ἡμαρτημένα.
Κρ τί δῆτα χρῄζεις; ἦ με γῆς ἔξω βαλεῖν;
Οἰ ἥκιστα· θνῄσκειν, οὐ φυγεῖν σε βούλομαι.
Κρ ὅταν προδείξῃς οἷόν ἐστι τὸ φθονεῖν ...
Οἰ ὡς οὐχ ὑπείξων οὐδὲ πιστεύσων λέγεις;
Κρ οὐ γὰρ φρονοῦντά σ' εὖ βλέπω.
Οἰ τὸ γοῦν ἐμόν.
Κρ ἀλλ' ἐξ ἴσου δεῖ κἀμόν.
Οἰ ἀλλ' ἔφυς κακός.
Κρ εἰ δὲ ξυνίης μηδέν;
Οἰ ἀρκτέον γ' ὅμως.
Κρ οὔτοι κακῶς γ' ἄρχοντος.
Οἰ ὦ πόλις πόλις.
Κρ κἀμοὶ πόλεως μέτεστιν, οὐχὶ σοὶ μόνῳ.
Χο παύσασθ', ἄνακτες· καιρίαν δ' ὑμῖν ὁρῶ
τήνδ' ἐκ δόμων στείχουσαν Ἰοκάστην, μεθ' ἧς
τὸ νῦν παρεστὸς νεῖκος εὖ θέσθαι χρεών.

Ἰοκάστη

τί τὴν ἄβουλον, ὦ ταλαίπωροι, στάσιν
γλώσσης ἐπήρασθ'; οὐδ' ἐπαισχύνεσθε γῆς
οὕτω νοσούσης ἴδια κινοῦντες κακά;
οὐκ εἶ σύ τ' οἴκους σύ τε, Κρέον, κατὰ στέγας,
καὶ μὴ τὸ μηδὲν ἄλγος ἐς μέγ' οἴσετε;
Κρ ὅμαιμε, δεινά μ' Οἰδίπους ὁ σὸς πόσις
δρᾶσαι δικαιοῖ δυοῖν ἀποκρίνας κακοῖν,
ἢ γῆς ἀπῶσαι πατρίδος, ἢ κτεῖναι λαβών.
Οἰ ξύμφημι· δρῶντα γάρ νιν, ὦ γύναι, κακῶς
εἴληφα τοὐμὸν σῶμα σὺν τέχνῃ κακῇ.
Κρ μή νυν ὀναίμην, ἀλλ' ἀραῖος, εἴ σέ τι
δέδρακ', ὀλοίμην, ὧν ἐπαιτιᾷ με δρᾶν.

vorangeht, heißt es rasch beschließen auch für mich.
Wenn ich in aller Ruhe warte, wird sein Werk
zwar bald vollbracht sein, doch das meinige geht fehl.
Kr Was wünschst du also? Treibst du mich zum Land hinaus?
Oi Mitnichten! Sterben, nicht entfliehen sollst du mir!
Kr Erst wenn du nachweist, welcher Art die Mißgunst ist ...
Oi Du sprichst, als trotztest du und nähmest es nicht ernst?
Kr Ich seh's: du bist nicht wohl bedacht!
Oi Aufs Meine schon!
Kr Doch müßtest auch aufs Meine du ...
Oi Nein, du bist schlecht!
Kr Doch wenn du völlig irrst?
Oi Gleichviel: Gehorsam gilt's!
Kr Doch nicht, wo einer schlecht befiehlt!
Oi O Stadt, o Stadt!
Kr Auch ich hab' Anteil an der Stadt, nicht du allein!
Chf Laßt ab, ihr Herrn! Zur rechten Zeit für euch seh' ich,
daß aus dem Haus dort Iokaste tritt, mit der
ihr schlichten solltet den jetzt ausgebrochnen Zwist!

Iokaste
heraustretend

Was habt ihr, Unglückselige, den Zungenkampf
erregt, den unberatnen? Schämt ihr euch nicht, da
das Land so krank ist, aufzuwühlen eignen Zank?
Gehst du ins Haus nicht? Du auch, Kreon, gehe heim!
Bauscht doch ein Nichts nicht auf zu großem Ärgernis!
Kr Ach, Schwester, Furchtbares hält Oidipus, dein Mann,
für recht an mir zu tun, wählt von zwei Übeln eins:
des Lands verweisen oder fangen und töten mich.
Oi So ist es, – weil ich ihn bei üblem Tun betraf,
Frau: bösen Anschlag gegen mich hat er geplant.
Kr Nicht wohl ergehe mir's, verflucht zugrunde gehn
will ich, wenn ich getan, was du zur Last mir legst!

Ἰο ὦ πρὸς θεῶν πίστευσον, Οἰδίπους, τάδε,
μάλιστα μὲν τόνδ᾽ ὅρκον αἰδεσθεὶς θεῶν,
ἔπειτα κἀμὲ τούσδε θ᾽ οἳ πάρεισί σοι.

Χορός

πιθοῦ θελήσας φρονή- — ia cr — Str. 1
σας τ᾽, ἄναξ, λίσσομαι — cr^2
Οἰ τί σοι θέλεις δῆτ᾽ εἰκάθω; — ia^2
Χο τὸν οὔτε πρὶν νήπιον — ia cr
νῦν τ᾽ ἐν ὅρκῳ μέγαν καταίδεσαι. — cr cr ia
Οἰ οἶσθ᾽ οὖν ἃ χρῄζεις;
Χο οἶδα.
Οἰ φράζε δή, τί φής. — ia^3
Χο τὸν ἐναγῆ φίλον μηδέποτ᾽ αἰτίᾳ — do^2
σ᾽ ἐν ἀφανεῖ λόγων ἄτιμον βαλεῖν. — do^2
Οἰ εὖ νυν ἐπίστω, ταῦθ᾽ ὅταν ζητῇς, ἐμοὶ — ia^3
ζητῶν ὄλεθρον ἢ φυγὴν ἐκ τῆσδε γῆς. — ia^3

Χο οὐ τὸν πάντων θεῶν θεὸν πρόμον — mo cr ia — Str. 2
Ἅλιον· ἐπεὶ ἄθεος ἄφιλος ὅ τι πύματον — do^2
ὀλοίμαν, φρόνησιν εἰ τάνδ᾽ ἔχω. — do^2
ἀλλά μοι δυσμόρῳ γᾶ φθίνου- — cr^3
σα τρύχει λῆμα καὶ τάδ᾽ εἰ κακοῖς — ba cr ia
προσάψει τοῖς πάλαι τὰ πρὸς σφῷν. — ba cr ba

Οἰ ὃ δ᾽ οὖν ἴτω, κεἰ χρή με παντελῶς θανεῖν,
ἢ γῆς ἄτιμον τῆσδ᾽ ἀπωσθῆναι βίᾳ.
τὸ γὰρ σόν, οὐ τὸ τοῦδ᾽, ἐποικτίρω στόμα
ἐλεινόν· οὗτος δ᾽ ἔνθ᾽ ἂν ᾖ στυγήσεται.
Κρ στυγνὸς μὲν εἴκων δῆλος εἶ, βαρὺς δ᾽, ὅταν
θυμοῦ περάσῃς. αἱ δὲ τοιαῦται φύσεις
αὑταῖς δικαίως εἰσὶν ἄλγισται φέρειν.
Οἰ οὔκουν μ᾽ ἐάσεις κἀκτὸς εἶ;
Κρ πορεύσομαι,
σοῦ μὲν τυχὼν ἀγνῶτος, ἐν δὲ τοῖσδ᾽ ἴσος.

Io O, bei den Göttern, glaub' ihm dieses, Oidipus,
aus Achtung vor dem Göttereid zuallererst,
dann auch vor mir und allen, die hier vor dir stehn!

Chor

Entschlossen gib nach, o Herr!
Denk' es recht! Hör mich flehn!
Oi Worin soll ich mich fügen dir?
Ch Der früher nicht töricht war,
jetzt im Eid groß sich zeigt, den achte hoch!
Oi Weißt du auch, was du forderst?
Ch Ja!
Oi Sag, wie du's meinst!
Ch Den, der sich band durch Eid, solltest du niemals zeihn
ohne erwiesnen Grund so ehrloser Schuld.
Oi Recht gut versteh' ich: wenn du das verlangst, so wünschst
du mir Verderben oder Flucht aus diesem Land.

Ch Nein, nicht, bei aller Götter erstem Gott,
Helios! Götterlos, freundelos will ich aufs elendeste
zugrunde gehen, hegt' ich solch Denken je!
Doch mir zehrt jammervoll dieses Lands
Verderb am Herzen, wenn ans Leid das Leid
sich anschließt, an das alte das von euch noch.

Oi So soll er gehn, müßt' ich auch ganz des Todes sein,
vielleicht gewaltsam, ehrlos aus dem Land gejagt!
Denn deine mitleidvollen Worte rühren mich,
nicht seine: er, wo er auch sei, bleibt mir verhaßt.
Kr Im Haß zwar, sieht man, gibst du nach; doch schwer wird's dir,
sobald der Zorn vergeht: Naturen solcher Art
sind ja, mit Recht, sich selbst am schmerzlichsten zur Last.
Oi Läßt du mich nun und gehst hinweg?
Kr So will ich gehn,
von dir verkannt zwar, doch für diese gleich wie je.

Er geht nach rechts ab

Χο γύναι, τί μέλλεις κομί- ia cr Ant. 1
ζειν δόμων τόνδ᾽ ἔσω; cr^2
Ἰο μαθοῦσά γ᾽, ἥτις ἡ τύχη. ia^2
Χο δόκησις ἀγνὼς λόγων ia cr
ἦλθε, δάπτει δὲ καὶ τὸ μὴ ᾽νδικον. cr cr ia
Ἰο ἀμφοῖν ἀπ᾽ αὐτοῖν;
Χο ναίχι.
Ἰο καὶ τίς ἦν λόγος; ia^3
Χο ἅλις ἔμοιγ᾽, ἅλις, γᾶς προπονουμένας do^2
φαίνεται, ἔνθ᾽ ἔληξεν, αὐτοῦ μένειν. do^2
Οἰ ὁρᾷς, ἵν᾽ ἥκεις, ἀγαθὸς ὢν γνώμην ἀνήρ, ia^3
τοὐμὸν παριεὶς καὶ καταμβλύνων κέαρ. ia^3

Χο ὦναξ, εἶπον μὲν οὐχ ἅπαξ μόνον, mo cr ia Ant. 2
ἴσθι δὲ παραφρόνιμον, ἄπορον ἐπὶ φρόνιμα do^2
πεφάνθαι μ᾽ ἄν, εἴ σε νοσφίζομαι, do^2
ὅς τ᾽ ἐμὰν γᾶν φίλαν ἐν πόνοις cr^3
σαλεύουσαν κατ᾽ ὀρθὸν οὔρισας, ba cr ia
τανῦν τ᾽ εὔπομπος εἰ γένοιο. ba cr ba

Ἰο πρὸς θεῶν δίδαξον κἄμ᾽, ἄναξ, ὅτου ποτὲ
μῆνιν τοσήνδε πράγματος στήσας ἔχεις.
Οἰ ἐρῶ· σὲ γὰρ τῶνδ᾽ ἐς πλέον, γύναι, σέβω·
Κρέοντος, οἷά μοι βεβουλευκὼς ἔχει.
Ἰο λέγ᾽, εἰ σαφῶς τὸ νεῖκος ἐγκαλῶν ἐρεῖς.
Οἰ φονέα με φησὶ Λαΐου καθεστάναι.
Ἰο αὐτὸς ξυνειδώς, ἢ μαθὼν ἄλλου πάρα;
Οἰ μάντιν μὲν οὖν κακοῦργον ἐσπέμψας, ἐπεὶ
τό γ᾽ εἰς ἑαυτὸν πᾶν ἐλευθεροῖ στόμα.
Ἰο σύ νυν ἀφεὶς σεαυτὸν ὧν λέγεις πέρι
ἐμοῦ ᾽πάκουσον καὶ μάθ᾽, οὕνεκ᾽ ἐστί σοι
βρότειον οὐδὲν μαντικῆς ἔχον τέχνης.
φανῶ δέ σοι σημεῖα τῶνδε σύντομα.
χρησμὸς γὰρ ἦλθε Λαΐῳ ποτ᾽, οὐκ ἐρῶ
Φοίβου γ᾽ ἀπ᾽ αὐτοῦ, τῶν δ᾽ ὑπηρετῶν ἄπο,
ὡς αὐτὸν ἕξοι μοῖρα πρὸς παιδὸς θανεῖν,

Ch Was säumst du, Frau? Bringst du ihn
denn ins Haus nicht hinein?
Io Ja, wenn ich weiß, wie's dazu kam.
Ch Verdacht kam auf, Worte nur,
ungeklärt: nagt doch auch, was grundlos ist.
Io Von ihnen beiden?
Ch Ja.
Io Und welchen Anlaß gab's?
Ch Es scheint genug, genug – leidet das Land doch schwer –,
daß es zu Ende ging und dort auch verbleibt.
Oi Du siehst, wohin du kommst als mildgesinnter Mann,
wenn du mich preisgibst und dein Herz erkalten läßt.

Ch Herr, nicht ein einzigmal nur sprach ich's aus;
wisse doch: wahnsinnig, unfähig alles besonnenen Tuns
erschien' ich mir, ließ' ich je dich im Stich,
dich, der mein liebes Land, das in Not
umhertrieb, lenkte vor den rechten Wind.
Sei, kannst du, heut ein guter Steurer!

Io Bei Göttern, lehr' auch mich, aus welchem Grunde, Herr,
du einen solchen Zorn aufkommen läßt in dir!
Oi Ich rede, Frau, – denn dich verehr' ich mehr als sie –
von Kreon: welchen Plan er gegen mich erwog.
Io Sprich, ob du klar die Schuld am Streit ihm geben kannst!
Oi Fest stehe, sagt er, daß ich Laïos' Mörder sei!
Io Aus eigner Kenntnis oder weil's ein andrer meint?
Oi Den bösgewillten Seher hat er vorgeschickt:
er selber hält den eignen Mund von allem frei.
Io So mach' dich jetzt von allem, was du sagtest, los
und hör auf mich! Erfahre, daß nichts Sterbliches
an dir die Kunst des Sehertumes üben kann!
Dafür lass' ich dich bündige Beweise sehn.
Ein Spruch erging an Laïos einst, ich sage nicht
von Phoibos selber, doch von seinen Dienern wohl:
ihm sei das Los verhängt, zu sterben durch den Sohn,

ὅστις γένοιτ' ἐμοῦ τε κἀκείνου πάρα.
καὶ τὸν μέν, ὥσπερ γ' ἡ φάτις, ξένοι ποτὲ
λῃσταὶ φονεύουσ' ἐν τριπλαῖς ἁμαξιτοῖς·
παιδὸς δὲ βλάστας οὐ διέσχον ἡμέραι
τρεῖς, καί νιν ἄρθρα κεῖνος ἐνζεύξας ποδοῖν
ἔρριψεν ἄλλων χερσὶν εἰς ἄβατον ὄρος.
κἀνταῦθ' Ἀπόλλων οὔτ' ἐκεῖνον ἤνυσεν
φονέα γενέσθαι πατρὸς οὔτε Λάιον
τὸ δεινὸν οὑφοβεῖτο πρὸς παιδὸς παθεῖν.
τοιαῦτα φῆμαι μαντικαὶ διώρισαν,
ὧν ἐντρέπου σὺ μηδέν· ὧν γὰρ ἂν θεὸς
χρείαν ἐρευνᾷ, ῥᾳδίως αὐτὸς φανεῖ.
Οἰ οἷόν μ' ἀκούσαντ' ἀρτίως ἔχει, γύναι,
ψυχῆς πλάνημα κἀνακίνησις φρενῶν.
Ἰο ποίας μερίμνης τοῦθ' ὑποστραφεὶς λέγεις;
Οἰ ἔδοξ' ἀκοῦσαι σοῦ τόδ', ὡς ὁ Λάιος
κατασφαγείη πρὸς τριπλαῖς ἁμαξιτοῖς.
Ἰο ηὐδᾶτο γὰρ ταῦτ' οὐδέ πω λήξαντ' ἔχει.
Οἰ καὶ ποῦ 'σθ' ὁ χῶρος οὗτος οὗ τόδ' ἦν πάθος;
Ἰο Φωκὶς μὲν ἡ γῆ κλῄζεται, σχιστὴ δ' ὁδὸς
ἐς ταὐτὸ Δελφῶν κἀπὸ Δαυλίας ἄγει.
Οἰ καὶ τίς χρόνος τοῖσδ' ἐστὶν οὑξεληλυθώς;
Ἰο σχεδόν τι πρόσθεν ἢ σὺ τῆσδ' ἔχων χθονὸς
ἀρχὴν ἐφαίνου τοῦτ' ἐκηρύχθη πόλει.
Οἰ ὦ Ζεῦ, τί μου δρᾶσαι βεβούλευσαι πέρι;
Ἰο τί δ' ἐστί σοι τοῦτ', Οἰδίπους, ἐνθύμιον;
Οἰ μήπω μ' ἐρώτα· τὸν δὲ Λάιον φύσιν
τίν' εἶρπε φράζε, τίνα δ' ἀκμὴν ἥβης ἔχων.
Ἰο μέγας, χνοάζων ἄρτι λευκανθὲς κάρα,
μορφῆς δὲ τῆς σῆς οὐκ ἀπεστάτει πολύ.
Οἰ οἴμοι τάλας· ἔοικ' ἐμαυτὸν εἰς ἀρὰς
δεινὰς προβάλλων ἀρτίως οὐκ εἰδέναι.
Ἰο πῶς φῄς; ὀκνῶ τοι πρὸς σ' ἀποσκοποῦσ', ἄναξ.
Οἰ δεινῶς ἀθυμῶ, μὴ βλέπων ὁ μάντις ᾖ.
δείξεις δὲ μᾶλλον, ἢν ἓν ἐξείπῃς ἔτι.
Ἰο καὶ μὴν ὀκνῶ μέν, ἃν δ' ἔρῃ μαθοῦσ' ἐρῶ.

der bald geboren werden sollt' aus mir und ihm.
Und ihn erschlagen später fremde Räuber an
der Scheide dreier Wagenstraßen, wie man sagt.
Doch nicht drei Tage gingen hin nach der Geburt
des Kinds, da schnürt' er ihm die Fußgelenke ein,
warf es durch fremde Hand in wegloses Gebirg,
und dort erfüllt' es ihm Apollon nicht, daß es
zum Mörder seines Vaters würde, Laïos
vom Sohn das Schlimme litte, das er fürchtete.
Und solches hatten Sehersprüche festgesetzt!
Drum kehre du dich nicht an sie! Denn was der Gott
als seinen Zweck erstrebt, enthüllt er selber leicht.

Oi Wie faßt nach dem, was ich soeben hörte, Frau,
Verwirrung meinen Geist, Erschütterung mein Herz!

Io Und welche Sorge regt dich auf, daß du so sprichst?

Oi Ich meinte, dies von dir zu hören: Laïos
ward an der Scheide dreier Straßen umgebracht.

Io Das sagte man, und heute noch ist's nicht verstummt.

Oi Und wo ist dieser Ort, wo sich's ereignete?

Io Das Land benennt sich Phokis: ein geteilter Weg
von Delphoi und von Daulia führt bis dorthin.

Oi Und welche Zeit ging über das Geschehnis hin?

Io Ganz kurz bevor du im Besitz der Herrschaft dich
des Landes zeigtest, gab man's in der Stadt bekannt.

Oi Was hast du über mich zu tun beschlossen, Zeus?

Io Weshalb ist dies für dich bedenklich, Oidipus?

Oi Noch frage nicht! Doch sprich von Laïos: wie war
sein Wuchs? Und welches Alters Reife hatte er?

Io Groß war er, nur den ersten weißen Flaum ums Haupt,
und an Gestalt war er von dir nicht weit entfernt.

Oi Weh mir! Es scheint, ich habe selbst soeben mich
in grauenhaften Fluch verstrickt und weiß es nicht.

Io Wie sagst du? Scheu' ich doch, dich anzuschauen, Herr!

Oi Die Ahnung schreckt mich, daß der Seher sehend war.
Doch wirst du's klarer zeigen, wenn du eins noch sagst.

Io Wie bang auch, – weiß ich es, so sag' ich, was du fragst.

Οἰ πότερον ἐχώρει βαιός, ἢ πολλοὺς ἔχων
ἄνδρας λοχίτας, οἷ' ἀνὴρ ἀρχηγέτης;
᾽Ιο πέντ' ἦσαν οἱ ξύμπαντες, ἐν δ' αὐτοῖσιν ἦν
κῆρυξ· ἀπήνη δ' ἦγε Λάιον μία.
Οἰ αἰαῖ, τάθ' ἤδη διαφανῆ. τίς ἦν ποτὲ
ὁ τούσδε λέξας τοὺς λόγους ὑμῖν, γύναι;
᾽Ιο οἰκεύς τις, ὅσπερ ἵκετ' ἐκσωθεὶς μόνος.
Οἰ ἦ κἀν δόμοισι τυγχάνει τανῦν παρών;
᾽Ιο οὐ δῆτ'· ἀφ' οὗ γὰρ κεῖθεν ἦλθε καὶ κράτη
σέ τ' εἶδ' ἔχοντα Λάιόν τ' ὀλωλότα,
ἐξικέτευσε τῆς ἐμῆς χειρὸς θιγὼν
ἀγρούς σφε πέμψαι κἀπὶ ποιμνίων νομάς,
ὡς πλεῖστον εἴη τοῦδ' ἄποπτος ἄστεως.
κἄπεμψ' ἐγώ νιν· ἄξιος γὰρ οἷ' ἀνὴρ
δοῦλος φέρειν ἦν τῆσδε καὶ μείζω χάριν.
Οἰ πῶς ἂν μόλοι δῆθ' ἡμὶν ἐν τάχει πάλιν;
᾽Ιο πάρεστιν. ἀλλὰ πρὸς τί τοῦτ' ἐφίεσαι;
Οἰ δέδοικ' ἐμαυτόν, ὦ γύναι, μὴ πόλλ' ἄγαν
εἰρημέν' ᾖ μοι δι' ἅ νιν εἰσιδεῖν θέλω.
᾽Ιο ἀλλ' ἵξεται μέν· ἀξία δέ που μαθεῖν
κἀγὼ τά γ' ἐν σοὶ δυσφόρως ἔχοντ', ἄναξ.
Οἰ κοὐ μὴ στερηθῇς γ' ἐς τοσοῦτον ἐλπίδων
ἐμοῦ βεβῶτος. τῷ γὰρ ἂν καὶ μείζονι
λέξαιμ' ἂν ἢ σοὶ διὰ τύχης τοιᾶσδ' ἰών;
ἐμοὶ πατὴρ μὲν Πόλυβος ἦν Κορίνθιος,
μήτηρ δὲ Μερόπη Δωρίς. ἠγόμην δ' ἀνὴρ
ἀστῶν μέγιστος τῶν ἐκεῖ, πρίν μοι τύχη
τοιάδ' ἐπέστη, θαυμάσαι μὲν ἀξία,
σπουδῆς γε μέντοι τῆς ἐμῆς οὐκ ἀξία.
ἀνὴρ γὰρ ἐν δείπνοις μ' ὑπερπλησθεὶς μέθης
καλεῖ παρ' οἴνῳ, πλαστὸς ὡς εἴην πατρί.
κἀγὼ βαρυνθεὶς τὴν μὲν οὖσαν ἡμέραν
μόλις κατέσχον, θατέρᾳ δ' ἰὼν πέλας
μητρὸς πατρός τ' ἤλεγχον· οἱ δὲ δυσφόρως
τοὔνειδος ἦγον τῷ μεθέντι τὸν λόγον.
κἀγὼ τὰ μὲν κείνοιν ἐτερπόμην, ὅμως δ'

Oi Zog er als schlichter Wandrer oder hatt' er viel
Begleiter bei sich als ein Mann von Fürstenrang?
Io Sie waren fünf im ganzen: unter ihnen war
ein Herold; und ein Wagen nur, der Laïos trug.
Oi Weh mir, das wird schon durchsichtig! Wer war es denn,
der diese Nachrichten euch überbrachte, Frau?
Io Ein Diener, der allein gerettet wiederkam.
Oi Und ist er etwa jetzt im Haus zugegen noch?
Io Nicht mehr. Denn als er wiederkam und sah, daß du
die Macht besaßest, Laïos umgekommen war,
fleht' er mich an und griff nach meiner Hand dabei,
zu schicken ihn aufs Feld, aufs Weideland des Viehs,
wo möglichst er der Stadt nicht mehr ansichtig sei.
Ich ließ ihn gehen, denn, für einen Sklaven, war
er wert, noch größre Gunst als diese zu empfahn.
Oi Wie käm' er uns nun wohl in Eile wieder her?
Io Gleich ist er da. Wozu jedoch verlangst du das?
Oi Ach, Frau, ich fürcht', ich habe selbst schon allzu viel
davon gesagt, weswegen ich ihn sehen will.
Io So soll er kommen! Doch wohl bin ich würdig, auch
zu wissen, was an Schwerem auf dir lastet, Herr.
Oi Nicht missen sollst du's, da ich schon in Ahnungen
so weit gelangt bin: wem dürft' ich's mit größrem Recht
als dir vertrauen auf dem Weg durch dies Geschick?
Polybos war mein Vater, der Korinthier,
Merope Mutter mir, aus Doris. Und ich galt
als mächtigster der Bürger dort, bis Zufall mir
derart begegnete, daß es zwar wert war, sich
zu wundern, aber doch nicht meines Eifers wert.
Ein Mann, beim Essen, übervoll der Trunkenheit
vom Wein, ruft, unterschoben sei dem Vater ich.
Ich, schwer getroffen, hielt an diesem Tage mich
mühsam zurück. Am nächsten drang ich voll Vertraun
in Mutter und Vater; die verübelten den Schimpf
dem Menschen schwer, der jene Worte fallen ließ.
Ich freute zwar mich ihrer Auskunft, doch gleichviel:

ἔκνιζέ μ' αἰεὶ τοῦθ'· ὑφεῖρπε γὰρ πολύ.
λάθρᾳ δὲ μητρὸς καὶ πατρὸς πορεύομαι
Πυθώδε, καί μ' ὁ Φοῖβος ὧν μὲν ἱκόμην
ἄτιμον ἐξέπεμψεν, ἄλλα δ' ἄθλια
καὶ δεινὰ καὶ δύστηνα προύφηνεν λέγων,
ὡς μητρὶ μὲν χρείη με μειχθῆναι, γένος δ'
ἄτλητον ἀνθρώποισι δηλώσοιμ' ὁρᾶν,
φονεὺς δ' ἐσοίμην τοῦ φυτεύσαντος πατρός.
κἀγὼ 'πακούσας ταῦτα τὴν Κορινθίαν
ἄστροις τὸ λοιπὸν ἐκμετρούμενος χθόνα
ἔφευγον, ἔνθα μήποτ' ὀψοίμην κακῶν
χρησμῶν ὀνείδη τῶν ἐμῶν τελούμενα.
στείχων δ' ἱκνοῦμαι τούσδε τοὺς χώρους ἐν οἷς
σὺ τὸν τύραννον τοῦτον ὄλλυσθαι λέγεις.
καί σοι, γύναι, τἀληθὲς ἐξερῶ. τριπλῆς
ὅτ' ἦ κελεύθου τῆσδ' ὁδοιπορῶν πέλας,
ἐνταῦθά μοι κῆρυξ τε κἀπὶ πωλικῆς
ἀνὴρ ἀπήνης ἐμβεβώς, οἷον σὺ φής,
ξυνηντίαζον· κἀξ ὁδοῦ μ' ὅ θ' ἡγεμὼν
αὐτός θ' ὁ πρέσβυς πρὸς βίαν ἠλαυνέτην.
κἀγὼ τὸν ἐκτρέποντα, τὸν τροχηλάτην,
παίω δι' ὀργῆς· καί μ' ὁ πρέσβυς ὡς ὁρᾷ
ὄχους παραστείχοντα, τηρήσας μέσον
κάρα διπλοῖς κέντροισί μου καθίκετο.
οὐ μὴν ἴσην γ' ἔτεισεν, ἀλλὰ συντόμως
σκήπτρῳ τυπεὶς ἐκ τῆσδε χειρὸς ὕπτιος
μέσης ἀπήνης εὐθὺς ἐκκυλίνδεται·
κτείνω δὲ τοὺς ξύμπαντας. εἰ δὲ τῷ ξένῳ
τούτῳ προσήκει Λαΐῳ τι συγγενές,
τίς τοῦδέ γ' ἀνδρὸς νῦν ἔτ' ἀθλιώτερος,
τίς ἐχθροδαίμων μᾶλλον ἂν γένοιτ' ἀνήρ,
ὃν μὴ ξένων ἔξεστι μηδ' ἀστῶν τινι
δόμοις δέχεσθαι, μηδὲ προσφωνεῖν τινα,
ὠθεῖν δ' ἀπ' οἴκων; καὶ τάδ' οὔτις ἄλλος ἦν
ἢ 'γὼ 'π' ἐμαυτῷ τάσδ' ἀρὰς ὁ προστιθείς.
λέχη δὲ τοῦ θανόντος ἐν χεροῖν ἐμαῖν

es nagte in mir weiter, sprach sich auch herum,
und ohne Mutters oder Vaters Wissen zog
nach Pytho ich; doch Phoibos schickte mich hinweg
als unwert des, um was ich kam, doch Düsteres,
Furchtbares, Schauderhaftes tat er kund und sprach,
der Mutter müßt' ich mich vermischen, ein Geschlecht
zutage bringen, schrecklich für der Menschen Blick;
des Vaters Mörder würd' ich sein, der mich gepflanzt.
Und ich, dies hörend, mied korinthisches Gebiet,
ermaß hinfort es an den Sternen nur und floh
in Lande, wo ich hoffte nie zu sehn, daß sich
die Schmach des mir erteilten schlimmen Spruchs erfüllt.
Doch wandernd komm' ich in die Gegend, wo, wie du
gesagt hast, dieser Landesherr sein Ende fand.
Dir, Frau, sag' ich die Wahrheit ganz: dem Dreiweg war
ich, meines Weges ziehend, nah gekommen schon,
da kam ein Herold mir entgegen und ein Mann
auf roßbespanntem Wagen sitzend, wie du sagst,
und aus dem Wege will der Wagenlenker mich,
wie auch der Alte selbst, vertreiben mit Gewalt,
und ich, im Zorne, schlage den, der mich verdrängt,
den Lenker, und der Alte, der am Wagen mich
vorbeigehn sieht, erspäht den Augenblick und fährt
mir mit dem Doppelstachel mitten übers Haupt.
Nun, nicht mit Gleichem büßt' er's, sondern kurzerhand
von diesem Arme mit dem Stab getroffen, wankt
er rücklings aus des Wagens Mitte augenblicks,
und ich erschlug sie alle. Wenn dem Fremden nun,
ihm, Blutsverwandtschaft käme zu mit Laïos,
wer wäre wohl unseliger heut als – hier der Mann,
und welcher Mann wohl könnte gottverhaßter sein,
den unter Fremden nicht noch Bürgern irgendwer
ins Haus aufnehmen oder je ansprechen darf,
nein, aus dem Haus muß stoßen? Dies – kein andrer war's
als ich, hab' über mich die Flüche selbst gebracht.
Des Toten Bett – mit meinen Armen schänd' ich es,

χραίνω, δι' ὧνπερ ὤλετ'. ἆρ' ἔφυν κακός;
ἆρ' οὐχὶ πᾶς ἄναγνος; εἴ με χρὴ φυγεῖν,
καί μοι φυγόντι μήστι τοὺς ἐμοὺς ἰδεῖν
μηδ' ἐμβατεῦσαι πατρίδος, ἢ γάμοις με δεῖ
μητρὸς ζυγῆναι καὶ πατέρα κατακτανεῖν
Πόλυβον, ὃς ἐξέθρεψε κἀξέφυσέ με.
ἆρ' οὐκ ἀπ' ὠμοῦ ταῦτα δαίμονός τις ἂν
κρίνων ἐπ' ἀνδρὶ τῷδ' ἂν ὀρθοίη λόγον;
μὴ δῆτα μὴ δῆτ', ὦ θεῶν ἁγνὸν σέβας,
ἴδοιμι ταύτην ἡμέραν, ἀλλ' ἐκ βροτῶν
βαίην ἄφαντος πρόσθεν ἢ τοιάνδ' ἰδεῖν
κηλῖδ' ἐμαυτῷ συμφορᾶς ἀφιγμένην.

Χορός

ἡμῖν μέν, ὦναξ, ταῦτ' ὀκνήρ'· ἕως δ' ἂν οὖν
πρὸς τοῦ παρόντος ἐκμάθῃς, ἔχ' ἐλπίδα.
Οἰ καὶ μὴν τοσοῦτόν γ' ἐστί μοι τῆς ἐλπίδος,
τὸν ἄνδρα τὸν βοτῆρα προσμεῖναι μόνον.
Ἰο πεφασμένου δὲ τίς ποθ' ἡ προθυμία;
Οἰ ἐγὼ διδάξω σ'· ἢν γὰρ εὑρεθῇ λέγων
σοὶ ταὔτ', ἔγωγ' ἂν ἐκπεφευγοίην πάθος.
Ἰο ποῖον δέ μου περισσὸν ἤκουσας λόγον;
Οἰ λῃστὰς ἔφασκες αὐτὸν ἄνδρας ἐννέπειν,
ὥς νιν κατακτείνειαν. εἰ μὲν οὖν ἔτι
λέξει τὸν αὐτὸν ἀριθμόν, οὐκ ἐγὼ 'κτανον·
οὐ γὰρ γένοιτ' ἂν εἷς γε τοῖς πολλοῖς ἴσος·
εἰ δ' ἄνδρ' ἕν' οἰόζωνον αὐδήσει, σαφῶς
τοῦτ' ἐστὶν ἤδη τοὔργον εἰς ἐμὲ ῥέπον.
Ἰο ἀλλ' ὡς φανέν γε τοὔπος ὧδ' ἐπίστασο,
κοὐκ ἔστιν αὐτῷ τοῦτό γ' ἐκβαλεῖν πάλιν·
πόλις γὰρ ἤκουσ', οὐκ ἐγὼ μόνη, τάδε.
εἰ δ' οὖν τι κἀκτρέποιτο τοῦ πρόσθεν λόγου,
οὔτοι ποτ', ὦναξ, τόν γε Λαΐου φόνον
φανεῖ δικαίως ὀρθόν, ὅν γε Λοξίας
διεῖπε χρῆναι παιδὸς ἐξ ἐμοῦ θανεῖν.

durch die er umgekommen ist! Bin ich nicht schlecht,
nicht ganz und gar verworfen, wenn ich flüchten muß
und darf, als Flüchtling, nicht die Meinen wiedersehn,
betreten nicht das Vaterland, sonst müßt' ich mich
verbinden mit der Mutter, Vater Polybos
ermorden, der gezeugt und auferzogen mich?
Spräch' einer, der von einem grausen Daimon dies
herleitet, nicht auf diesen Mann das rechte Wort?
Nein, nie, niemals, o heilig reine Göttermacht,
will diesen Tag ich sehen: lieber unvermerkt
geh' ich von Sterblichen hinweg, bevor ich solch
ein Unheilsschandmal über mich gekommen seh'!

Chorführer

Uns macht dies freilich bang, doch bis du den, der einst
dabei war, ausgeforscht hast, habe Hoffnung, Herr!
Oi Jawohl, den Mann, den Hirten abzuwarten ist
die ganze Hoffnung, die mir jetzt noch übrig bleibt.
Io Und was versprichst du dir davon, wenn er erscheint?
Oi Ich will's dir sagen: findet sich, daß er genau
so spricht wie du, dürft' ich dem Leid entronnen sein.
Io Und welch besondres Wort hast du von mir gehört?
Oi Von räuberischen Menschen, sagtest du, hat er
erzählt, daß sie ihn töteten. Spricht er nun noch
von dieser Anzahl, kann ich nicht der Mörder sein;
denn nie erscheint ein einzelner den vielen gleich.
Wenn er von einem Manne, der allein ging, spricht,
dann senkt sich deutlich diese Tat auf mich herab.
Io Nein, daß sein Wort so lautete, des sei gewiß!
Es wieder umzustoßen, das steht ihm nicht zu.
Denn auch die Stadt hat es gehört, nicht ich allein.
Doch weicht er auch vom frühern Wort in etwas ab,
wird er doch niemals, Herr, den Mord an Laïos, Herr,
als recht erfüllt erweisen, dem Apollon ja
beschied, er müsse sterben durch ein Kind von mir.

καίτοι νιν οὐ κεῖνός γ' ὁ δύστηνός ποτε
κατέκταν', ἀλλ' αὐτὸς πάροιθεν ὤλετο.
ὥστ' οὐχὶ μαντείας γ' ἂν οὔτε τῇδ' ἐγὼ
βλέψαιμ' ἂν οὕνεκ' οὔτε τῇδ' ἂν ὕστερον.
Οἰ καλῶς νομίζεις. ἀλλ' ὅμως τὸν ἐργάτην
πέμψον τινὰ στελοῦντα μηδὲ τοῦτ' ἀφῇς.
Ἰο πέμψω ταχύνασ'· ἀλλ' ἴωμεν ἐς δόμους.
οὐδὲν γὰρ ἂν πράξαιμ' ἂν ὧν οὔ σοι φίλον.

Χορός

εἴ μοι ξυνείη φέροντι — ia tr — Str. 1
μοῖρα τὰν εὔσεπτον ἁγνείαν λόγων — cr ia ia
ἔργων τε πάντων, ὧν νόμοι πρόκεινται — ia ia ba
ὑψίποδες, οὐρανίᾳ 'ν — cr ch
αἰθέρι τεκνωθέντες, ὧν Ὄλυμπος — ia cr ba
πατὴρ μόνος, οὐδέ νιν — te
θνατὰ φύσις ἀνέρων — te
ἔτικτεν, οὐδὲ μήποτε — ia^2
λάθα κατακοιμάσῃ· — te
μέγας ἐν τούτοις θεός, οὐδὲ γηράσκει. — ch^3

ὕβρις φυτεύει τύραννον· — ia tr — Ant. 1
ὕβρις, εἰ πολλῶν ὑπερπλησθῇ μάταν, — cr ia ia
ἃ μὴ 'πίκαιρα μηδὲ συμφέροντα, — ia ia ba
ἀκρότατα γεῖσ' ἀναβᾶσ' — cr ch
ἀπότομον ὤρουσεν εἰς ἀνάγκαν — ia cr ba
ἔνθ' οὐ ποδὶ χρησίμῳ — te
χρῆται. τὸ καλῶς δ' ἔχον — te
πόλει πάλαισμα μήποτε — ia^2
λῦσαι θεὸν αἰτοῦμαι. — te
θεὸν οὐ λήξω ποτὲ προστάταν ἴσχων. — ch^3

εἰ δέ τις ὑπέροπτα χερ- — ch cr — Str. 2
σὶν ἢ λόγῳ πορεύεται, — ia^2
Δίκας ἀφόβητος, οὐδὲ — ch

Indes hat jener Unglückselige ihn nie
getötet, vielmehr kam er selber vormals um.
Drum möcht' ich nie mehr einem Seherspruch zulieb
nach dieser Seite oder jener künftig schaun.
Oi Du denkst verständig. Dennoch schicke jemand, der
den Arbeitsmann hierher bringt: unterlaß es nicht!
Io Ich schicke schleunig. Aber gehen wir ins Haus!
Denn niemals möcht' ich etwas tun, was dir nicht lieb.

Sie gehen hinein

Chor

O wär's vergönnt mir vom Schicksal,
zu erringen fromme Lauterkeit in Wort
und Werken allen, wie Gesetze kundtun
hoch wandelnd im Himmelsgezelt,
im Äther gezeugt: einzig ist Olympos
ihr Vater; es hat sie nicht
ein sterblicher Menschenleib
erzeugt; sie läßt Vergessenheit nie,
nie in den Schlaf eingehn.
Denn in ihnen groß ist der Gott und altert nicht.

Doch Frevelmut schafft Gewaltherrn,
Frevelmut, mit vielem eitel überfüllt,
was nicht ersprießlich ist und niemals Heil bringt:
er steigt bis zum Gipfel empor
und taumelt hinab steil in sein Verhängnis.
Dort weiß er nicht festen Fuß
zu fassen. Doch flehe ich
den Gott an, daß er nie von dem Kampf
lasse zum Heil der Stadt.
Unablässig halt' ich am Gott als Schutzherrn fest.

Doch wenn einer des Frevels Pfad
betritt in Worten oder Tat,
ums Recht nicht besorgt und vor der

δαιμόνων ἕδη σέβων, lec
κακά νιν ἕλοιτο μοῖρα, en
δυσπότμου χάριν χλιδᾶς, lec
εἰ μὴ τὸ κέρδος κερδανεῖ δικαίως ia ia ba
καὶ τῶν ἀσέπτων ἕρξεται, ia^2
ἢ τῶν ἀθίκτων ἕξεται ματᾴζων. ia ia ba
τίς ἔτι ποτ' ἐν τοῖσδ' ἀνὴρ θυμῶν βέλη ia cr ia
εὔξεται ψυχᾶς ἀμύνειν; tr^2
εἰ γὰρ αἱ τοιαίδε πράξεις τίμιαι, tr tr cr
τί δεῖ με χορεύειν; rz

οὐκέτι τὸν ἄθικτον εἶ- ch cr Ant. 2
μι γᾶς ἐπ' ὀμφαλὸν σέβων, ia^2
οὐδ' ἐς τὸν Ἀβαῖσι ναόν, en
οὐδὲ τὰν Ὀλυμπίαν, lec
εἰ μὴ τάδε χειρόδεικτα en
πᾶσιν ἁρμόσει βροτοῖς. lec
ἀλλ', ὦ κρατύνων, εἴπερ ὄρθ' ἀκούεις, ia ia ba
Ζεῦ, πάντ' ἀνάσσων, μὴ λάθοι ia^2
σὲ τάν τε σὰν ἀθάνατον αἰὲν ἀρχάν. ia ia ba
φθίνοντα γὰρ Λαΐου παλαιὰ ia cr ba
θέσφατ' ἐξαιροῦσιν ἤδη, tr^2
κοὐδαμοῦ τιμαῖς Ἀπόλλων ἐμφανής· tr tr cr
ἔρρει δὲ τὰ θεῖα. rz

Ἰοκάστη

χώρας ἄνακτες, δόξα μοι παρεστάθη
ναοὺς ἱκέσθαι δαιμόνων, τάδ' ἐν χεροῖν
στέφη λαβούσῃ κἀπιθυμιάματα.
ὑψοῦ γὰρ αἴρει θυμὸν Οἰδίπους ἄγαν
λύπαισι παντοίαισιν· οὐδ' ὁποῖ' ἀνὴρ
ἔννους τὰ καινὰ τοῖς πάλαι τεκμαίρεται,
ἀλλ' ἐστὶ τοῦ λέγοντος, εἰ φόβους λέγοι.
ὅτ' οὖν παραινοῦσ' οὐδὲν ἐς πλέον ποιῶ,
πρὸς σ', ὦ Λύκει' Ἄπολλον, ἄγχιστος γὰρ εἶ,

Gottheit Wohnstatt ohne Scheu,
den packe ein schlimmes Schicksal
für verruchten Übermut!
Wenn er gewinnt, wo doch Gewinn nicht recht ist,
unlautrem Tun sich nicht verschließt,
um dreist ans Unantastbare zu rühren,
wer darf sich da noch wünschen, von des Zorns Geschoß
frei zu halten seine Seele?
Denn wenn solche Handlungen in Ehren stehn,
was soll dann mein Weihtanz?

Nie zum Nabel der Erde geh'
ich mehr, zum heil'gen, flehend, auch
zum Tempel von Abai nimmer
oder nach Olympia,
wenn dies nicht, mit Händen greifbar,
allen Menschen gelten soll.
Doch, o Gebieter, heißt du wahrhaft also,
Zeus, Weltbeherrscher, nicht entgeh'
es dir und deiner todlos ewigen Allmacht!
Der Spruch, den einst Laïos empfing, wird
als entkräftet abgetan, und
nirgend ist Apoll in Ehren offenbar:
das Göttliche schwindet.

Iokaste
tritt heraus

Ihr Herrn des Landes, der Gedanke kam mich an,
die Göttertempel aufzusuchen, diese Kränze hier
in Händen haltend und dazu das Räucherwerk.
Denn maßlos steigert Oidipus sein Herz hinein
in Qualen aller Art, und nicht beurteilt er
das Neue nach dem Früheren als kluger Mann,
ist jedes Sprechers Beute, der von Schrecken spricht.
Da ich mit Zuspruch nun nichts mehr erreichen kann,
komm' ich zu dir, Apollon, Gott des Lichts, weil du

ἱκέτις ἀφῖγμαι τοῖσδε σὺν κατεύγμασιν,
ὅπως λύσιν τιν' ἡμὶν εὐαγῆ πόρῃς·
ὡς νῦν ὀκνοῦμεν πάντες ἐκπεπληγμένον
κεῖνον βλέποντες ὡς κυβερνήτην νεώς.

Ἄγγελος

ἆρ' ἂν παρ' ὑμῶν, ὦ ξένοι, μάθοιμ', ὅπου
τὰ τοῦ τυράννου δώματ' ἐστὶν Οἰδίπου;
μάλιστα δ' αὐτὸν εἴπατ', εἰ κάτισθ', ὅπου.

Χορός

στέγαι μὲν αἵδε, καὐτὸς ἔνδον, ὦ ξένε·
γυνὴ δὲ μήτηρ ἥδε τῶν κείνου τέκνων.
'Αγ ἀλλ' ὀλβία τε καὶ ξὺν ὀλβίοις ἀεὶ
γένοιτ', ἐκείνου γ' οὖσα παντελὴς δάμαρ.
'Ιο αὔτως δὲ καὶ σύ γ', ὦ ξέν'· ἄξιος γὰρ εἶ
τῆς εὐεπείας οὕνεκ'. ἀλλὰ φράζ', ὅτου
χρῄζων ἀφῖξαι χὤτι σημῆναι θέλων.
'Αγ ἀγαθὰ δόμοις τε καὶ πόσει τῷ σῷ, γύναι.
'Ιο τὰ ποῖα ταῦτα; πρὸς τίνος δ' ἀφιγμένος;
'Αγ ἐκ τῆς Κορίνθου. τὸ δ' ἔπος οὐξερῶ τάχα,
ἥδοιο μέν, πῶς δ' οὐκ ἄν; ἀσχάλλοις δ' ἴσως.
'Ιο τί δ' ἔστι; ποίαν δύναμιν ὧδ' ἔχει διπλῆν;
'Αγ τύραννον αὐτὸν οὑπιχώριοι χθονὸς
τῆς 'Ισθμίας στήσουσιν, ὡς ηὐδᾶτ' ἐκεῖ.
'Ιο τί δ'; οὐχ ὁ πρέσβυς Πόλυβος ἐγκρατὴς ἔτι;
'Αγ οὐ δῆτ', ἐπεί νιν θάνατος ἐν τάφοις ἔχει.
'Ιο πῶς εἶπας; ἦ τέθνηκε⟨ν Οἰδίπου πατήρ⟩;
'Αγ εἰ μὴ λέγω τἀληθές, ἀξιῶ θανεῖν.

'Ιο ὦ πρόσπολ', οὐχὶ δεσπότῃ τάδ' ὡς τάχος
μολοῦσα λέξεις; ὦ θεῶν μαντεύματα,
ἵν' ἐστέ· τοῦτον Οἰδίπους πάλαι τρέμων
τὸν ἄνδρ' ἔφευγε, μὴ κτάνοι· καὶ νῦν ὅδε
πρὸς τῆς τύχης ὄλωλεν οὐδὲ τοῦδ' ὕπο.

der nächste bist, mit diesen Gaben, um zu flehn,
daß du uns eine reinigende Lösung schaffst;
denn jetzt verzagen alle wir, von Schreck betäubt
ihn sehn zu müssen als den Steuermann des Schiffs.

Sie schmückt Apollons Standbild. Von rechts kommt ein Bote aus Korinth

Bote

Könnt' ich von euch, ihr Leute, wohl erfahren, wo
die Häuser eures Herrschers sind, des Oidipus?
Am besten sagt gleich, wo er selbst ist, wenn ihr's wißt!

Chorführer

Dies seine Dächer, er ist drinnen, fremder Mann,
und hier die Mutter seiner Kinder, seine Frau.
Bo Dann lebe sie beglückt mit Glücklichen hinfort,
wenn sie im vollen Sinne seine Gattin ist!
Io Ganz ebenso du, Fremder, denn du bist es wert
des guten Wunsches wegen. Aber sage: was
bezweckt dein Kommen? Was willst du verkündigen?
Bo Dem Hause Gutes und auch deinem Gatten, Frau.
Io Doch welcher Art? In wessen Auftrag kommst du her?
Bo Der Stadt Korinth. Das Wort, das ich gleich sagen will,
wird dich zwar freun – warum denn nicht? – doch schmerzen auch.
Io Was ist's? Wieso hat es denn solche Doppelkraft?
Bo Zum Herrscher wollen die Bewohner des Gebiets
am Isthmos ihn bestellen: so rief man dort aus.
Io Wie? Ist der alte Polybos nicht mehr an der Macht?
Bo Nein, nicht, seitdem der Tod in seinem Grab ihn hält.
Io Wie sagtest du? So wäre Oidipus' Vater tot?
Bo Wenn es nicht wahr ist, will ich selbst des Todes sein!

Iokaste zu einer Dienerin

Io Ah –! Mädchen, läufst du nicht zum Herrn, so schnell du kannst,
und sagst es? O, ihr Götterweissagungen, nun,
wo seid ihr? Diesen Mann hat zitternd Oidipus
seit lang gemieden, um ihn nicht zu töten, und –
nun kam er durch sein Schicksal um und nicht durch ihn!

Οἰδίπους

ὦ φίλτατον γυναικὸς Ἰοκάστης κάρα,
τί μ' ἐξεπέμψω δεῦρο τῶνδε δωμάτων;
Ἰο ἄκουε τἀνδρὸς τοῦδε, καὶ σκόπει κλύων,
τὰ σέμν' ἵν' ἥκει τοῦ θεοῦ μαντεύματα.
Οἰ οὗτος δὲ τίς ποτ' ἐστὶ καὶ τί μοι λέγει;
Ἰο ἐκ τῆς Κορίνθου, πατέρα τὸν σὸν ἀγγελῶν
ὡς οὐκέτ' ὄντα Πόλυβον, ἀλλ' ὀλωλότα.
Οἰ τί φής, ξέν'; αὐτός μοι σὺ σημήνας γενοῦ.
Ἀγ εἰ τοῦτο πρῶτον δεῖ μ' ἀπαγγεῖλαι σαφῶς,
εὖ ἴσθ' ἐκεῖνον θανάσιμον βεβηκότα.
Οἰ πότερα φόνοισιν, ἢ νόσου ξυναλλαγῇ;
Ἀγ σμικρὰ παλαιὰ σώματ' εὐνάζει ῥοπή.
Οἰ νόσοις ὁ τλήμων, ὡς ἔοικεν, ἔφθιτο.
Ἀγ καὶ τῷ μακρῷ γε συμμετρούμενος χρόνῳ.
Οἰ φεῦ φεῦ, τί δῆτ' ἄν, ὦ γύναι, σκοποῖτό τις
τὴν Πυθόμαντιν ἑστίαν, ἢ τοὺς ἄνω
κλάζοντας ὄρνεις, ὧν ὑφηγητῶν ἐγὼ
κτενεῖν ἔμελλον πατέρα τὸν ἐμόν; ὃ δὲ θανὼν
κεύθει κάτω δὴ γῆς· ἐγὼ δ' ὅδ' ἐνθάδε
ἄψαυστος ἔγχους, εἴ τι μὴ τὠμῷ πόθῳ
κατέφθιθ'· οὕτω δ' ἂν θανὼν εἴη 'ξ ἐμοῦ.
τὰ δ' οὖν προδόντα συλλαβὼν θεσπίσματα
κεῖται παρ' Ἅιδῃ Πόλυβος ἄξι' οὐδενός.
Ἰο οὔκουν ἐγώ σοι ταῦτα προὔλεγον πάλαι;
Οἰ ηὔδας· ἐγὼ δὲ τῷ φόβῳ παρηγόμην.
Ἰο μή νυν ἔτ' αὐτῶν μηδὲν ἐς θυμὸν βάλῃς.
Οἰ καὶ πῶς τὸ μητρὸς οὐκ ὀκνεῖν λέχος με δεῖ;
Ἰο τί δ' ἂν φοβοῖτ' ἄνθρωπος ᾧ τὰ τῆς τύχης
κρατεῖ, πρόνοια δ' ἐστὶν οὐδενὸς σαφής;
εἰκῆ κράτιστον ζῆν, ὅπως δύναιτό τις.
σὺ δ' ἐς τὰ μητρὸς μὴ φοβοῦ νυμφεύματα·
πολλοὶ γὰρ ἤδη κἀν ὀνείρασιν βροτῶν
μητρὶ ξυνηυνάσθησαν. ἀλλὰ ταῦθ' ὅτῳ
παρ' οὐδέν ἐστι, ῥᾷστα τὸν βίον φέρει.

Oidipus
kommt heraus

O Iokastes, meiner Frau geliebtes Haupt!
Was riefest du mich aus dem Hause hier heraus?
Io Hör diesen Mann hier, und vernahmst du, dann sieh zu,
wohin es mit den hehren Göttersprüchen kam!
Oi Wer aber ist nun dieser, und was bringt er mir?
Io Kommt von Korinth und bringt die Botschaft, daß
dein Vater Polybos nicht mehr ist, daß er verstarb!
Oi Was sagst du, Fremdling? Werde selbst zum Deuter mir!
Bo Wenn ich als erstes dies eindeutig melden soll,
so sei gewiß, daß sterblich er von hinnen ging.
Oi Durch Mordtat etwa? Oder raffte Krankheit ihn?
Bo Ein kleiner Anstoß bringt den alten Leibern Ruh'.
Oi An Krankheit ging der Arme, wie es scheint, zugrund'.
Bo Und an der langen Zeit, die er durchmessen hat.
Oi Nein, nein, wie sollte, Frau, noch einer auf den Herd,
den pythoseherischen, schauen oder nach
den schreienden Vögeln droben, deren Weisung mich
zum Mörder am eigenen Vater zu machen droht, und der,
verstorben, ruht im Erdenschoß – ich aber hier –
kein Schwert berührt – wenn nicht vor Sehnsucht er nach mir
vielleicht verschied: dann freilich wär' er tot durch mich.
Doch die erteilten Göttersprüche nahm er mit
und liegt im Hades, Polybos, und sie sind nichts wert!
Io Hab' ich dir das nun nicht schon längst vorausgesagt?
Oi Du sagtest es; doch mich mißleitete die Furcht.
Io Nun nimm von alledem dir nichts zu Herzen mehr!
Oi Wie soll mir vor der Mutter Bett nicht bange sein?
Io Was soll der Mensch wohl fürchten, dem des Zufalls Macht
gebeut, der aber nichts Gewisses vorhersieht?
Am besten ist's, dahinzuleben, wie man kann.
Doch um die Ehe mit der Mutter sorg' dich nicht!
Denn viele Menschen haben wohl in Träumen schon
der Mutter beigelegen. Doch wem alles dies
für nichts gilt, trägt des Lebens Last am leichtesten.

Οἰ καλῶς ἅπαντα ταῦτ᾽ ἂν ἐξείρητό σοι,
εἰ μὴ 'κύρει ζῶσ᾽ ἡ τεκοῦσα· νῦν δ᾽ ἐπεὶ
ζῇ, πᾶσ᾽ ἀνάγκη, κεἰ καλῶς λέγεις, ὀκνεῖν.
᾽Ιο καὶ μὴν μέγας ⟨γ᾽⟩ ὀφθαλμὸς οἱ πατρὸς τάφοι.
Οἰ μέγας, ξυνίημ᾽· ἀλλὰ τῆς ζώσης φόβος.
᾽Αγ ποίας δὲ καὶ γυναικὸς ἐκφοβεῖσθ᾽ ὕπερ;
Οἰ Μερόπης, γεραιέ, Πόλυβος ἧς ᾤκει μέτα.
᾽Αγ τί δ᾽ ἔστ᾽ ἐκείνης ὑμὶν ἐς φόβον φέρον;
Οἰ θεήλατον μάντευμα δεινόν, ὦ ξένε.
᾽Αγ ἦ ῥητόν; ἢ οὐχὶ θεμιτὸν ἄλλον εἰδέναι;
Οἰ μάλιστά γ᾽· εἶπε γάρ με Λοξίας ποτὲ
χρῆναι μιγῆναι μητρὶ τἠμαυτοῦ, τό τε
πατρῷον αἷμα χερσὶ ταῖς ἐμαῖς ἑλεῖν.
ὧν οὕνεχ᾽ ἡ Κόρινθος ἐξ ἐμοῦ πάλαι
μακρὰν ἀπῳκεῖτ᾽· εὐτυχῶς μέν, ἀλλ᾽ ὅμως
τὰ τῶν τεκόντων ὄμμαθ᾽ ἥδιστον βλέπειν.
᾽Αγ ἦ γὰρ τάδ᾽ ὀκνῶν κεῖθεν ἦσθ᾽ ἀπόπτολις;
Οἰ πατρός τε χρῄζων μὴ φονεὺς εἶναι, γέρον.
᾽Αγ τί δῆτ᾽ ἐγὼ οὐχὶ τοῦδε τοῦ φόβου σ᾽, ἄναξ,
ἐπείπερ εὔνους ἦλθον, ἐξελυσάμην;
Οἰ καὶ μὴν χάριν γ᾽ ἂν ἀξίαν λάβοις ἐμοῦ.
᾽Αγ καὶ μὴν μάλιστα τοῦτ᾽ ἀφικόμην, ὅπως
σοῦ πρὸς δόμους ἐλθόντος εὖ πράξαιμί τι.
Οἰ ἀλλ᾽ οὔποτ᾽ εἶμι τοῖς φυτεύσασίν γ᾽ ὁμοῦ.
᾽Αγ ὦ παῖ, καλῶς εἶ δῆλος οὐκ εἰδώς, τί δρᾷς.
Οἰ πῶς, ὦ γεραιέ; πρὸς θεῶν δίδασκέ με.
᾽Αγ εἰ τῶνδε φεύγεις οὕνεκ᾽ εἰς οἴκους μολεῖν.
Οἰ ταρβῶν γε, μή μοι Φοῖβος ἐξέλθῃ σαφής.
᾽Αγ ἦ μὴ μίασμα τῶν φυτευσάντων λάβῃς;
Οἰ τοῦτ᾽ αὐτό, πρέσβυ, τοῦτό μ᾽ εἰσαεὶ φοβεῖ.
᾽Αγ ἆρ᾽ οἶσθα δῆτα πρὸς δίκης οὐδὲν τρέμων;
Οἰ πῶς δ᾽ οὐχί, παῖς γ᾽ εἰ τῶνδε γεννητῶν ἔφυν;
᾽Αγ ὁθούνεκ᾽ ἦν σοι Πόλυβος οὐδὲν ἐν γένει.
Οἰ πῶς εἶπας; οὐ γὰρ Πόλυβος ἐξέφυσέ με;
᾽Αγ οὐ μᾶλλον οὐδὲν τοῦδε τἀνδρός, ἀλλ᾽ ἴσον.
Οἰ καὶ πῶς ὁ φύσας ἐξ ἴσου τῷ μηδενί;

Oi All dieses sprächest du mit Recht aus, wäre nicht,
die mich gebar, am Leben; nun, da sie noch lebt,
beherrscht mich, ob du noch so trefflich sprichst, die Angst.
Io Da ist ein großer Lichtblick doch des Vaters Grab!
Oi Ein großer, ja! Doch gilt der Lebenden die Furcht.
Bo Wer ist die Frau, um die ihr so in Sorge seid?
Oi Merope, Alter, mit welcher Polybos gelebt ...
Bo Jedoch was ist an ihr, das euch in Furcht versetzt?
Oi Ein gottgesandter Spruch, mein Freund, ein schrecklicher.
Bo Mitteilbar? Oder darf kein andrer wissen drum?
Oi Durchaus. Denn einst hat Loxias gesagt, daß ich
mich mit der eignen Mutter mischen muß und nach
dem väterlichen Blut ausstrecken meine Hand.
Deswegen hab' ich von Korinth seit langer Zeit
mich ferngehalten, zwar zu meinem Glück, – gleichwohl:
es ist sehr süß, den Eltern in die Augen schaun!
Bo Und dies befürchtend, bliebst du fern und heimatlos?
Oi Ja, Alter, und um Vaters Mörder nicht zu sein.
Bo Warum hab' ich nun nicht von dieser Angst dich, Herr,
da ich ja wohlgesonnen kam, sogleich befreit?!
Oi Und wirklich würde dir von mir verdienter Dank!
Bo Und wirklich kam ich ja vor allem deshalb, daß
es mir, wenn du nach Haus kämst, einmal gut ergeht.
Oi Nein, nie will ich mit denen, die mich zeugten, sein!
Bo O Kind, da sieht man klar: du weißt nicht, was du tust!
Oi Wieso denn, Alter? Bei den Göttern, lehre mich!
Bo Wenn ihretwegen du nach Haus zu kommen scheust.
Oi Aus Furcht, daß Phoibos sich als wahr an mir bewährt.
Bo Daß dir Befleckung von den Eltern widerfährt?
Oi Dies eben, Alter, dies erschreckt mich allezeit.
Bo Weißt du's noch nicht? Du zitterst eigentlich um nichts!
Oi Wieso das, wenn ich als ihr Sohn geboren bin?
Bo Weil Polybos mit dir nicht eines Stammes war.
Oi Wie sagst du? Hat denn Polybos mich nicht gezeugt?
Bo Nicht mehr als dieser Mann hier, vielmehr ebenso!
Oi Wie wäre der Erzeuger gleich dem, der's nicht ist?

Ἀγ ἀλλ' οὔ σ' ἐγείνατ' οὔτ' ἐκεῖνος οὔτ' ἐγώ.
Οἰ ἀλλ' ἀντὶ τοῦ δὴ παῖδά μ' ὠνομάζετο;
Ἀγ δῶρόν ποτ', ἴσθι, τῶν ἐμῶν χειρῶν λαβών.
Οἰ κᾆθ' ὧδ' ἀπ' ἄλλης χειρὸς ἔστερξεν μέγα;
Ἀγ ἡ γὰρ πρὶν αὐτὸν ἐξέπεισ' ἀπαιδία.
Οἰ σὺ δ' ἐμπολήσας, ἢ τυχών μ' αὐτῷ δίδως;
Ἀγ εὑρὼν ναπαίαις ἐν Κιθαιρῶνος πτυχαῖς.
Οἰ ὡδοιπόρεις δὲ πρὸς τί τούσδε τοὺς τόπους;
Ἀγ ἐνταῦθ' ὀρείοις ποιμνίοις ἐπεστάτουν.
Οἰ ποιμὴν γὰρ ἦσθα κἀπὶ θητείᾳ πλάνης;
Ἀγ σοῦ δ', ὦ τέκνον, σωτήρ γε τῷ τότ' ἐν χρόνῳ.
Οἰ τί δ' ἄλγος ἴσχοντ' ἐν χεροῖν με λαμβάνεις;
Ἀγ ποδῶν ἂν ἄρθρα μαρτυρήσειεν τὰ σά.
Οἰ οἴμοι, τί τοῦτ' ἀρχαῖον ἐννέπεις κακόν;
Ἀγ λύω σ' ἔχοντα διατόρους ποδοῖν ἀκμάς.
Οἰ καλόν γ' ὄνειδος σπαργάνων ἀνειλόμην.
Ἀγ ὥστ' ὠνομάσθης ἐκ τύχης ταύτης ὃς εἶ.
Οἰ ὦ πρὸς θεῶν, πρὸς μητρός, ἢ πατρός; φράσον.
Ἀγ οὐκ οἶδ'· ὁ δοὺς δὲ ταῦτ' ἐμοῦ λῷον φρονεῖ.
Οἰ ἦ γὰρ παρ' ἄλλου μ' ἔλαβες οὐδ' αὐτὸς τυχών;
Ἀγ οὔκ, ἀλλὰ ποιμὴν ἄλλος ἐκδίδωσί μοι.
Οἰ τίς οὗτος; ἦ κάτοισθα δηλῶσαι λόγῳ;
Ἀγ τῶν Λαΐου δήπου τις ὠνομάζετο.
Οἰ ἦ τοῦ τυράννου τῆσδε γῆς πάλαι ποτέ;
Ἀγ μάλιστα· τούτου τἀνδρὸς οὗτος ἦν βοτήρ.
Οἰ ἦ κἄστ' ἔτι ζῶν οὗτος, ὥστ' ἰδεῖν ἐμέ;

Ἀγ ὑμεῖς γ' ἄριστ' εἰδεῖτ' ἂν οὑπιχώριοι.
Οἰ ἔστιν τις ὑμῶν τῶν παρεστώτων πέλας,
ὅστις κάτοιδε τὸν βοτῆρ', ὃν ἐννέπει,
εἴτ' οὖν ἐπ' ἀγρῶν εἴτε κἀνθάδ' εἰσιδών;
σημήναθ', ὡς ὁ καιρὸς ηὑρῆσθαι τάδε.

Χορός

οἶμαι μὲν οὐδέν' ἄλλον ἢ τὸν ἐξ ἀγρῶν,

Bo Doch schenkte weder er noch ich das Leben dir.
Oi Doch warum hat er dann mich seinen Sohn genannt?
Bo Bedenk': aus meiner Hand nahm er dich als Geschenk!
Oi Und hat, wiewohl aus fremder Hand, mich sehr geliebt!?
Bo Die frühere Kinderlosigkeit hat ihn bestimmt.
Oi Du kauftest oder fandest mich und gabst mich ihm?
Bo In des Kithairons Waldesschluchten fand ich dich.
Oi Was streiftest du in jenen Gegenden umher?
Bo Dem Herdenvieh dort im Gebirge stand ich vor.
Oi Du warst ein Hirt, ein wandernder, auf Tagelohn?
Bo Für dich, mein Kind, der Retter doch zu jener Zeit!
Oi Woran denn litt ich, als mich deine Hand ergriff?
Bo Bezeugen könnten's deine Fußgelenke wohl.
Oi Ach, geh! Was sprichst du von dem alten Übel mir?
Bo Ich machte der durchbohrten Füße Spitzen frei.
Oi Welch schönen Schandfleck bracht' ich aus den Windeln mit!
Bo Nach diesem Umstand hieß man dich den – der du bist.
Oi Wer? Mutter oder Vater? Bei den Göttern, sprich!
Bo Ich weiß nicht; der dich brachte, kennt sich besser aus.
Oi Von einem andren nahmst du, fandest mich nicht selbst?
Bo Nein, nicht, ein andrer Hirte übergab dich mir.
Oi Wer ist's? Kannst du bezeichnen ihn mit einem Wort?
Bo Von Laïos' Leuten einen nannt' er sich doch wohl.
Oi Von dem, der einstmals König war in diesem Land?
Bo Ganz recht: von diesem selben Mann war er ein Hirt.
Oi Und ist er noch am Leben? Könnt' ich ihn wohl sehn?

zum Chor

Bo Das wißt doch ihr am besten wohl, die ihr hier wohnt.
Oi Ist jemand unter euch, die ihr dabeisteht hier,
der etwa diesen Hirten kennt, von dem er spricht,
und auf dem Land ihn oder auch hier drinnen sah?
Dann meldet's, da die Zeit, dies zu ergründen, kam!

Chorführer

Ich mein', es ist kein andrer als vom Lande der,

ὃν κἀμάτευες πρόσθεν εἰσιδεῖν· ἀτὰρ
ἥδ' ἂν τάδ' οὐχ ἥκιστ' ἂν Ἰοκάστη λέγοι.
Οἰ γύναι, νοεῖς ἐκεῖνον, ὅντιν' ἀρτίως
μολεῖν ἐφιέμεσθα; τόνδ' οὗτος λέγει;
Ἰο τί δ'; ὅντιν' εἶπε, μηδὲν ἐντραπῇς. τὰ δὲ
ῥηθέντα βούλου μηδὲ μεμνῆσθαι μάτην.
Οἰ οὐκ ἂν γένοιτο τοῦθ', ὅπως ἐγὼ λαβὼν
σημεῖα τοιαῦτ' οὐ φανῶ τοὐμὸν γένος.
Ἰο μὴ πρὸς θεῶν, εἴπερ τι τοῦ σαυτοῦ βίου
κήδῃ, ματεύσῃς τοῦθ'· ἅλις νοσοῦσ' ἐγώ.
Οἰ θάρσει· σὺ μὲν γὰρ οὐδ' ἐὰν τρίτης ἐγὼ
μητρὸς φανῶ τρίδουλος, ἐκφανῇ κακή.
Ἰο ὅμως πιθοῦ μοι, λίσσομαι, μὴ δρᾶν τάδε.
Οἰ οὐκ ἂν πιθοίμην μὴ οὐ τάδ' ἐκμαθεῖν σαφῶς.
Ἰο καὶ μὴν φρονοῦσά γ' εὖ τὰ λῷστά σοι λέγω.
Οἰ τὰ λῷστα τοίνυν ταῦτά μ' ἀλγύνει πάλαι.
Ἰο ὦ δύσποτμ', εἴθε μήποτε γνοίης, ὃς εἶ.
Οἰ ἄξει τις ἐλθὼν δεῦρο τὸν βοτῆρά μοι;
ταύτην δ' ἐᾶτε πλουσίῳ χαίρειν γένει.
Ἰο ἰοὺ ἰού, δύστηνε· τοῦτο γάρ σ' ἔχω
μόνον προσειπεῖν, ἄλλο δ' οὔποθ' ὕστερον.

Χο τί ποτε βέβηκεν, Οἰδίπους, ὑπ' ἀγρίας
ᾄξασα λύπης ἡ γυνή; δέδοιχ', ὅπως
μὴ 'κ τῆς σιωπῆς τῆσδ' ἀναρρήξει κακά.
Οἰ ὁποῖα χρῄζει ῥηγνύτω· τοὐμὸν δ' ἐγώ,
κεἰ σμικρόν ἐστι, σπέρμ' ἰδεῖν βουλήσομαι.
αὕτη δ' ἴσως, φρονεῖ γὰρ ὡς γυνὴ μέγα,
τὴν δυσγένειαν τὴν ἐμὴν αἰσχύνεται.
ἐγὼ δ' ἐμαυτὸν παῖδα τῆς Τύχης νέμων
τῆς εὖ διδούσης οὐκ ἀτιμασθήσομαι.
τῆς γὰρ πέφυκα μητρός· οἱ δὲ συγγενεῖς
μῆνές με μικρὸν καὶ μέγαν διώρισαν.
τοιόσδε δ' ἐκφὺς οὐκ ἂν ἐξέλθοιμ' ἔτι
ποτ' ἄλλος, ὥστε μὴ 'κμαθεῖν τοὐμὸν γένος.

den du zuvor schon hier zu sehen wünschtest; doch
dies sagt wohl sie am ehesten, Iokaste, dir.

Oi Frau, glaubst du, jener, dem wir eben noch hierher
zu kommen aufgetragen, sei der, den er meint?

Io Warum? Wen er auch meinte, kehre dich nicht dran
und denk auch dem Gesprochnen nicht vergebens nach!

Oi Es kann wohl nicht geschehn, daß, Zeichen dieser Art
empfangend, ich nicht meine Herkunft bring' ans Licht.

Io Nein, bei den Göttern! Wenn dein Leben irgend lieb
dir ist, geh dem nicht nach! Ich leide schon genug.

Oi Getrost! Zeigt' ich mich von der dritten Mutter her
dreifach als Sklave: du erscheinst drum nicht gering.

Io Und dennoch hör auf mich, ich flehe: tu nicht dies!

Oi Ich mag nicht hören, daß ich's nicht ergründen soll!

Io Und doch, ich mein' es gut: das Beste rat' ich dir.

Oi „Das Beste"! Das, wahrhaftig, peinigt mich schon längst!

Io Unseliger! Erführst du niemals, wer du bist!

Oi Geht einer nun und schafft den Hirten mir herbei?
Sie aber laßt sich ihrer reichen Herkunft freun!

Io Weh dir, du Unglückseliger! Dies allein noch hab'
ich dir zu sagen, andres nimmermehr fortan.

Sie geht hinein

Chf Warum ist sie gegangen, Oidipus, – gejagt
von wildem Herzeleid, die Frau? Ich fürchte, daß
aus diesem Schweigen Schlimmes noch aufbrechen wird.

Oi Es breche auf, was immer mag! Ich aber will,
und sei er auch gering, nun meinen Ursprung sehn.
Sie mag vielleicht – als Frau ist sie ja stolz gesinnt –
sich schämen wegen meiner niedren Abstammung.
Ich aber, der ich mich als der Glücksgöttin Sohn,
der gabenreichen, schätze, werde nicht entehrt.
Von dieser Mutter stamm' ich ab: die Monde, die
mit mir gebornen, ließen klein und groß mich sein.
Bei solcher Herkunft könnt' ich mich wohl kaum noch je
so ändern, daß ich meine Geburt nicht wissen darf.

Χορός

εἴπερ ἐγὼ μάντις εἰμὶ — ch ep — Str.
καὶ κατὰ γνώμαν ἴδρις, — ep cr
οὐ τὸν Ὄλυμπον ἄπειρος, — he ⏑
ὦ Κιθαιρών, οὐκ ἔσῃ τὰν αὔριον — ep^2 cr
πανσέληνον, — ep
μὴ οὐ σ' ἐμέ καὶ πατριώταν Οἰδίπου — he ia
καὶ τροφὸν καὶ ματέρ' αὔξειν, — ep^2
καὶ χορεύεσθαι πρὸς ἡμῶν, — ep^2
ὡς ἐπίηρα φέροντα — he ⏑
τοῖς ἐμοῖς τυράννοις. — ith
ἰήιε Φοῖβε, σοὶ δὲ — en
ταῦτ' ἀρέστ' εἴη. — ith

τίς σε, τέκνον, τίς σ' ἔτικτε — ch ep — Ant.
τᾶν μακραιώνων κορᾶν — ep cr
Πανὸς ὀρεσσιβάτα πα- — he ⏑
τρὸς πελασθεῖσ'; ἤ σέ γ' εὐνάτειρα — ep^2 sp
Λοξίου; τῷ — ep
γὰρ πλάκες ἀγρόνομοι πᾶσαι φίλαι· — he ia
εἴθ' ὁ Κυλλάνας ἀνάσσων, — ep^2
εἴθ' ὁ Βακχεῖος θεὸς ναί- — ep^2
ων ἐπ' ἄκρων ὀρέων σε — he ⏑
κῦμα δέξατ' ἔκ του — ith
Νυμφᾶν Ἑλικωνίδων, αἷς — en
πλεῖστα συμπαίζει. — ith

Οἰ εἰ χρή τι κἀμὲ μὴ συναλλάξαντά πω,
πρέσβεις, σταθμᾶσθαι, τὸν βοτῆρ' ὁρᾶν δοκῶ,
ὅνπερ πάλαι ζητοῦμεν. ἔν τε γὰρ μακρῷ
γήρᾳ ξυνᾴδει τῷδε τἀνδρὶ σύμμετρος,
ἄλλως τε τοὺς ἄγοντας ὥσπερ οἰκέτας
ἔγνωκ' ἐμαυτοῦ· τῇ δ' ἐπιστήμῃ σύ μου
προὔχοις τάχ' ἄν που, τὸν βοτῆρ' ἰδὼν πάρος.
Χο ἔγνωκα γάρ, σάφ' ἴσθι· Λαΐου γὰρ ἦν
εἴπερ τις ἄλλος πιστὸς ὡς νομεὺς ἀνήρ.

Chor

Eignet auch mir Sehergabe,
Wissenschaft durch Urteilskraft,
dann, beim Olympos, dann wird's dir,
o Kithairon, morgen in der Vollmondnacht
offenbar, daß
man dich zu Oidipus' Landsmann wird erhöhn
und zur Amme, ja zur Mutter,
daß wir dich im Reigen feiern,
weil du Beglückendes brachtest
meinem Herrscherhause.
Und, helfender Phoibos, möge
dies genehm dir sein!

Wer hat dich, Kind, wer geboren?
Welche Nymphe, ewigjung,
machte den Bergwandrer Pan zu
deinem Vater? Oder war der Loxier
ihr gesellt? Denn
alle beweideten Fluren sind ihm lieb.
Oder hat Kyllenes Herrscher,
hat der Gott, der bakchische, der
wohnt auf den Höhen der Berge
dich zum Sohn von einer
der Nymphen des Helikon, mit
denen meist er spielt?

Zwei Diener führen den Hirten herbei, der ganz an der Seite stehen bleibt

Oi Ihr Alten, wenn auch ich, der nie mit ihm zu tun
gehabt, vermuten darf, seh' ich den Hirten wohl,
den wir so lange suchen. Mit dem Manne stimmt
der da nach seinem hohen Alter überein,
und außerdem erkenn' ich, die ihn hergeführt,
als meine Diener; doch du bist an Kenntnis mir
vielleicht voraus, da du den Hirten sonst schon sahst.

Chf Ich kenn' ihn, sei gewiß: wenn irgendeiner sonst,
so war er Laïos' getreuer Hirtenmann.

Οἰ σὲ πρῶτ' ἐρωτῶ, τὸν Κορίνθιον ξένον,
ἦ τόνδε φράζεις;
'Αγ τοῦτον, ὅνπερ εἰσορᾷς.
Οἰ οὗτος σύ, πρέσβυ, δεῦρό μοι φώνει βλέπων,
ὅσ' ἄν σ' ἐρωτῶ. Λαΐου ποτ' ἦσθα σύ;

Θεράπων

ἦ, δοῦλος οὐκ ὠνητός, ἀλλ' οἴκοι τραφείς.
Οἰ ἔργον μεριμνῶν ποῖον ἢ βίον τίνα;
Θε ποίμναις τὰ πλεῖστα τοῦ βίου συνειπόμην.
Οἰ χώροις μάλιστα πρὸς τίσι ξύναυλος ὤν;
Θε ἦν μὲν Κιθαιρών, ἦν δὲ πρόσχωρος τόπος.
Οἰ τὸν ἄνδρα τόνδ' οὖν οἶσθα τῇδέ που μαθών,
Θε τί χρῆμα δρῶντα; ποῖον ἄνδρα καὶ λέγεις;
Οἰ τόνδ' ὃς πάρεστιν· ἦ ξυναλλάξας τί που;
Θε οὐχ ὥστε γ' εἰπεῖν ἐν τάχει μνήμης ἄπο.
'Αγ κοὐδέν γε θαῦμα, δέσποτ'. ἀλλ' ἐγὼ σαφῶς
ἀγνῶτ' ἀναμνήσω νιν. εὖ γὰρ οἶδ', ὅτι
κάτοιδεν, ἦμος τὸν Κιθαιρῶνος τόπον
ὃ μὲν διπλοῖσι ποιμνίοις, ἐγὼ δ' ἑνὶ
ἐπλησίαζον τῷδε τἀνδρὶ τρεῖς ὅλους
ἐξ ἦρος εἰς ἀρκτοῦρον ἑκμήνους χρόνους·
χειμῶνι δ' ἤδη τἀμά τ' εἰς ἔπαυλ' ἐγὼ
ἤλαυνον οὗτός τ' ἐς τὰ Λαΐου σταθμά.
λέγω τι τούτων, ἢ οὐ λέγω πεπραγμένον;
Θε λέγεις ἀληθῆ, καίπερ ἐκ μακροῦ χρόνου.
'Αγ φέρ' εἰπὲ νῦν, τότ' οἶσθα παῖδά μοί τινα
δούς, ὡς ἐμαυτῷ θρέμμα θρεψαίμην ἐγώ;
Θε τί δ' ἔστι; πρὸς τί τοῦτο τοὔπος ἱστορεῖς;
'Αγ ὅδ' ἐστίν, ὦ τᾶν, κεῖνος ὃς τότ' ἦν νέος.
Θε οὐκ εἰς ὄλεθρον; οὐ σιωπήσας ἔσῃ;

Οἰ ἆ, μὴ κόλαζε, πρέσβυ, τόνδ', ἐπεὶ τὰ σὰ
δεῖται κολαστοῦ μᾶλλον ἢ τὰ τοῦδ' ἔπη.
Θε τί δ', ὦ φέριστε δεσποτῶν, ἁμαρτάνω;

Oi Dich frag' ich nun, den Fremden aus Korinth, zuerst:
Ist's dieser, den du meinst?
Bo Ihn, den du vor dir siehst.
Oi Du Alter da, sieh hierher jetzt und sage mir,
was ich dich frage! Laïos' Eigen warst du einst?

Hirte

Hi War Sklave. Kein gekaufter: wuchs im Hause auf.
Oi Verrichtend welche Arbeit oder welch Gewerb?
Hi Den Herden folgt' ich meines Lebens längste Zeit.
Oi Und welchen Plätzen warst du meistens zugeteilt?
Hi Teils war's Kithairon, teils die Fluren um ihn her.
Oi Den Mann da – weißt du, ob du irgendwo ihn sahst?
Hi Womit beschäftigt? Und was ist das für ein Mann?
Oi Der hier steht: hast du je mit ihm zu tun gehabt?
Hi Nicht daß ich's gleich aus dem Gedächtnis sagen kann.
Bo Das ist auch gar kein Wunder, Herr. Jedoch gewiß
bring' ich den Ahnungslosen drauf. Ich weiß genau,
daß er wohl weiß, wie in Kithairons Gegend er
zwei Herden hütete, ich aber eine nur:
da war ich diesem Mann von Frühling bis Arktur
durch ganze drei Sechsmonatszeiten nah genug.
Im Winter trieb alsbald in Hürden ich mein Vieh
und er das seinige in Laïos' Stallungen.
Sag' ich hiermit etwas Geschehenes oder nicht?
Hi Du sagst die Wahrheit, ist es auch schon lange her.
Bo Komm, sag nun: weißt du, daß du damals mir ein Kind
gegeben, daß ich's mir als Ziehkind zöge groß?
Hi Was soll das? Warum forschst du der Geschichte nach?
Bo Der da, mein Bester, war der Kleine dazumal!
Hi Verrecken sollst du! Wirst du endlich stille sein?
Er will den Boten schlagen
Oi Nein, Alter! Züchtige nicht ihn: dein Reden braucht
den Züchtiger weit eher als das seinige.
Hi Worin, du bester aller Herrn, vergeh' ich mich?

Οἰ οὐκ ἐννέπων τὸν παῖδ' ὃν οὗτος ἱστορεῖ.
Θε λέγει γὰρ εἰδὼς οὐδέν, ἀλλ' ἄλλως πονεῖ.
Οἰ σὺ πρὸς χάριν μὲν οὐκ ἐρεῖς, κλαίων δ' ἐρεῖς.
Θε μὴ δῆτα, πρὸς θεῶν, τὸν γέροντά μ' αἰκίσῃ.
Οἰ οὐχ ὡς τάχος τις τοῦδ' ἀποστρέψει χέρας;
Θε δύστηνος, ἀντὶ τοῦ; τί προσχρῄζων μαθεῖν;
Οἰ τὸν παῖδ' ἔδωκας τῷδ' ὃν οὗτος ἱστορεῖ;
Θε ἔδωκ'· ὀλέσθαι δ' ὤφελον τῇδ' ἡμέρᾳ.
Οἰ ἀλλ' ἐς τόδ' ἥξεις μὴ λέγων γε τοὔνδικον.
Θε πολλῷ γε μᾶλλον, ἢν φράσω, διόλλυμαι.
Οἰ ἁνὴρ ὅδ', ὡς ἔοικεν, ἐς τριβὰς ἐλᾷ.
Θε οὐ δῆτ' ἔγωγ', ἀλλ' εἶπον, ὡς δοίην, πάλαι.
Οἰ πόθεν λαβών; οἰκεῖον, ἢ 'ξ ἄλλου τινός;
Θε ἐμὸν μὲν οὐκ ἔγωγ', ἐδεξάμην δέ του.
Οἰ τίνος πολιτῶν τῶνδε κἀκ ποίας στέγης;
Θε μὴ πρὸς θεῶν, μή, δέσποθ', ἱστόρει πλέον.
Οἰ ὄλωλας, εἴ σε ταῦτ' ἐρήσομαι πάλιν.
Θε τῶν Λαΐου τοίνυν τις ἦν γεννημάτων.
Οἰ ἦ δοῦλος, ἢ κείνου τις ἐγγενὴς γεγώς;
Θε οἴμοι, πρὸς αὐτῷ γ' εἰμὶ τῷ δεινῷ λέγειν.
Οἰ κἄγωγ' ἀκούειν· ἀλλ' ὅμως ἀκουστέον.
Θε κείνου γέ τοι δὴ παῖς ἐκλῄζεθ'· ἡ δ' ἔσω
κάλλιστ' ἂν εἴποι σὴ γυνὴ τάδ' ὡς ἔχει.
Οἰ ἦ γὰρ δίδωσιν ἥδε σοι;
Θε μάλιστ', ἄναξ.
Οἰ ὡς πρὸς τί χρείας;
Θε ὡς ἀναλώσαιμί νιν.
Οἰ τεκοῦσα τλήμων;
Θε θεσφάτων γ' ὄκνῳ κακῶν.
Οἰ ποίων;
Θε κτενεῖν νιν τοὺς τεκόντας ἦν λόγος.
Οἰ πῶς δῆτ' ἀφῆκας τῷ γέροντι τῷδε σύ;
Θε κατοικτίσας, ὦ δέσποθ', ὡς ἄλλην χθόνα
δοκῶν ἀποίσειν, αὐτὸς ἔνθεν ἦν· ὁ δὲ
κάκ' ἐς μέγιστ' ἔσωσεν. εἰ γὰρ οὗτος εἶ
ὅν φησιν οὗτος, ἴσθι δύσποτμος γεγώς.

Oi Weil du das Kind verleugnen willst, nach dem er fragt.
Hi Er spricht und weiß nichts und ereifert sich umsonst.
Oi Und du sprichst nicht im guten, aber weinend bald!
Hi Ihr Götter, nein! Mißhandle nicht mich alten Mann!
Oi Schnürt man die Arme schleunigst nicht nach hinten ihm?
Hi Ich Elender! Wofür? Was willst du wissen noch?
Oi Das Kind, nach welchem der dort fragt, – du gabst es ihm?
Hi Ich gab's. Umkommen hätt' ich sollen an dem Tag!
Oi Du kommst so weit noch, sagst du nicht, was sich gebührt!
Hi Und wenn ich rede, ist's weit eher aus mit mir.
Oi Nur Zeit gewinnen will der Mann, so scheint es mir.
Hi Nein, ich doch nicht! Ich sagte längst: ich gab es ihm.
Oi Wo nahmst du's her? War es von andren? War es dein?
Hi Mein eignes? Nein, ich übernahm's von jemandem.
Oi Von welchem unsrer Bürger und aus welchem Haus?
Hi Nein, bei den Göttern! Nein, nicht weiter forsche, Herr!
Oi Du bist verloren, wenn ich nochmals fragen muß!
Hi Ein Sprößling also denn aus Laïos' Hause war's.
Oi Ein Sklave? Oder irgend blutsverwandt mit ihm?
Hi Weh mir! Das Schreckliche zu sagen ist an mir!
Oi An mir, es hören! Doch gleichviel: zu hören gilt's.
Hi Nun denn: sein Kind ward es genannt; doch drin dein Weib
kann wohl am besten sagen, wie sich das verhält.
Oi Wie? Übergab denn sie es dir?
Hi Gewiß, Herr, ja!
Oi Und das zu welchem Zweck?
Hi Vernichten sollt' ich es.
Oi Die Mutter konnte ...?
Hi Böse Sprüche schreckten sie.
Oi Welche?
Hi Den Vater werd' es töten, hieß das Wort.
Oi Weshalb dann gabst du es an diesen Alten weg?
Hi Aus Mitleid, Herr: ich dachte doch, er brächt' es weg
ins fremde Land, woher er selber war. Doch für
die schlimmste Pein hat er's bewahrt; denn bist du der,
von dem er sprach: so wisse dich zum Leid gezeugt.

Οἰ ἰοὺ ἰού· τὰ πάντ' ἂν ἐξήκοι σαφῆ.
ὦ φῶς, τελευταῖόν σε προσβλέψαιμι νῦν,
ὅστις πέφασμαι φύς τ' ἀφ' ὧν οὐ χρῆν, ξὺν οἷς τ'
οὐ χρῆν ὁμιλῶν, οὕς τέ μ' οὐκ ἔδει κτανών.

Χορός

ἰὼ γενεαὶ βροτῶν, te Str. 1
ὡς ὑμᾶς ἴσα καὶ τὸ μη- gl
δὲν ζώσας ἐναριθμῶ. pher
τίς γάρ, τίς ἀνὴρ πλέον te
τᾶς εὐδαιμονίας φέρει gl
ἢ τοσοῦτον ὅσον δοκεῖν gl
καὶ δόξαντ' ἀποκλῖναι; pher
τὸν σόν τοι παράδειγμ' ἔχων, gl
τὸν σὸν δαίμονα, τὸν σόν, ὦ gl
τλᾶμον Οἰδιπόδα, βροτῶν gl
οὐδὲν μακαρίζω· rz

ὅστις καθ' ὑπερβολὰν te Ant. 1
τοξεύσας ἐκράτησας τοῦ gl
πάντ' εὐδαίμονος ὄλβου, pher
ὦ Ζεῦ, κατὰ μὲν φθίσας te
τὰν γαμψώνυχα παρθένον gl
χρησμῳδόν, θανάτων δ' ἐμᾷ gl
χώρᾳ πύργος ἀνέστας· pher
ἐξ οὗ καὶ βασιλεὺς καλῇ gl
ἀμὸς καὶ τὰ μέγιστ' ἐτι- gl
μάθης, ταῖς μεγάλαισιν ἐν gl
Θήβαισιν ἀνάσσων. rz

τανῦν δ' ἀκούειν τίς ἀθλιώτερος; ia cr ia Str. 2
τίς ἄταις ἀγρίαις, τίς ἐν πόνοις ba cr ia
ξύνοικος ἀλλαγᾷ βίου; ia^2
ἰὼ κλεινὸν Οἰδίπου κάρα, sp cr ia
ᾧ μέγας λιμὴν do

Oi O Schmach! O Schmach! So wär' es alles klar heraus.
O Licht! Zum letzten Male will ich jetzt dich schaun,
der ich entsproß, wem ich nicht durfte, lebte mit
wem ich nicht durfte und, wen ich nicht sollt', erschlug!

Er geht hinein, die Hirten gehen weg

Chor

Ihr Menschengeschlechter, ach,
euer Leben, wie muß ich es
gleich dem Nichts doch erachten!
Denn wer, welcher Mann wohl trägt
mehr Glückseligkeit je davon,
als soviel er zu haben wähnt,
eh' dem Wahn er entfallen?
Beispiel ist mir der deinige,
dein Daimon: denk' ich deinem nach,
armer Oidipus, keinen preis'
ich selig auf Erden.

Du, der über alles Maß
zielend traf und bemächtigt sich
ganz des seligsten Glückes,
bei Zeus! da du tilgtest die
Jungfrau mit den gekrümmten Klaun,
Sprüchesängerin, meinem Land
halfst, ein Turm im Verderben:
mein König heißest du seither,
höchste Ehren empfingest du,
in des mächtigen Thebens Stadt
als Herrscher gebietend.

Und nun – von wem hört man größren Elends Not?
Wer ward mit Qual, mit grausem Frevelsinn
in jähem Wechsel eng vertraut?
O Leid! Rühmlich Haupt des Oidipus,
dem derselbe Port

αὐτὸς ἤρκεσεν do
παιδὶ καὶ πατρὶ do
θαλαμηπόλῳ πεσεῖν, pr
πῶς ποτε πῶς ποθ' αἱ πατρῷ- ch ia
αί σ' ἄλοκες φέρειν, τάλας, ch ia
σῖγ' ἐδυνάθησαν ἐς τοσόνδε; ch ith

ἐφηῦρέ σ' ἀγνῶθ' ὁ πάνθ' ὁρῶν χρόνος, ia cr ia Ant. 2
δικάζει τὸν ἄγαμον γάμον πάλαι ba cr ia
τεκνοῦντα καὶ τεκνούμενον. ia^2
ἰὼ Λαΐειον ⟨ὦ⟩ τέκνον, sp cr ia
εἴθε σ' εἴθε ⟨σε⟩ do
μήποτ' εἰδόμαν. do
δύρομαι γὰρ ὥσ- do
περ ἰήλεμον χέων pr
ἐκ στομάτων. τὸ δ' ὀρθὸν εἰ- ch ia
πεῖν, ἀνέπνευσά τ' ἐκ σέθεν ch ia
καὶ κατεκοίμησα τοὐμὸν ὄμμα. ch ith

Ἐξάγγελος

ὦ γῆς μέγιστα τῆσδ' ἀεὶ τιμώμενοι,
οἷ' ἔργ' ἀκούσεσθ', οἷα δ' εἰσόψεσθ', ὅσον δ'
ἀρεῖσθε πένθος, εἴπερ ἐγγενῶς ἔτι
τῶν Λαβδακείων ἐντρέπεσθε δωμάτων.
οἶμαι γὰρ οὔτ' ἂν Ἴστρον οὔτε Φᾶσιν ἂν
νίψαι καθαρμῷ τήνδε τὴν στέγην, ὅσα
κεύθει, τὰ δ' αὐτίκ' ἐς τὸ φῶς φανεῖ κακὰ
ἑκόντα κοὐκ ἄκοντα. τῶν δὲ πημονῶν
μάλιστα λυποῦσ', αἳ φανῶσ' αὐθαίρετοι.

Χορός

λείπει μὲν οὐδ' ἃ πρόσθεν ᾔδεμεν τὸ μὴ οὐ
βαρύστον' εἶναι· πρὸς δ' ἐκείνοισιν τί φής;
Ἐξ ὁ μὲν τάχιστος τῶν λόγων εἰπεῖν τε καὶ
μαθεῖν· τέθνηκε θεῖον Ἰοκάστης κάρα.

diente, Sohn zu sein
und als Vater drin
zu versinken ehelich!
Wie denn nur, wie vermochten die
Furchen des Vaters, Armer, dich
schweigend so weit, weit dahinzutragen?

Dich, der's nicht sah, fand die alles schau'nde Zeit,
verwirft die ehelose Ehe längst,
wo der Gezeugte Zeuger ward.
O Leid! Sohn des Laïos, o du,
hätt' ich, hätt' ich doch
niemals dich gesehn!
Jammernd ohne Maß
sich ergießt der Klagelaut
mir aus dem Mund; doch zu sagen, was
recht ist: ich atmet' auf dank dir,
durfte zum Schlaf schließen meine Lider.

Ein Diener
ist herausgekommen

O allzeit höchst geehrte Männer dieses Lands,
was werdet ihr an Taten hören, was ersehn,
welch Leid empfinden, wenn in alter Treu' ihr noch
verharrt, dem Haus der Labdakiden zugetan!
Denn, glaub' ich, nicht der Ister, nicht der Phasis wird
zur Reinigung abwaschen dieses Haus, soviel
verbirgt's, was nun alsbald ans Licht an Übeln kommt,
gewollt, nicht ungewollt: jedoch von allem Leid
am meisten schmerzt, was sich als selbstgewählt erweist.

Chorführer

Auch was wir vorher wußten, läßt nichts übrig, was
man nicht bejammern muß: was bringst du nun hinzu?
Di Am raschesten zu sagen und zu hören ist
dies Wort: verblichen ist Iokastes göttlich Haupt!

Χο ὦ δυστάλαινα, πρὸς τίνος ποτ' αἰτίας;
Ἐξ αὐτὴ πρὸς αὑτῆς. τῶν δὲ πραχθέντων τὰ μὲν
ἄλγιστ' ἄπεστιν· ἡ γὰρ ὄψις οὐ πάρα.
ὅμως δ', ὅσον γε κἀν ἐμοὶ μνήμης ἔνι,
πεύσῃ τὰ κείνης ἀθλίας παθήματα.
ὅπως γὰρ ὀργῇ χρωμένη παρῆλθ' ἔσω
θυρῶνος, ἵετ' εὐθὺς ἐς τὰ νυμφικὰ
λέχη, κόμην σπῶσ' ἀμφιδεξίοις ἀκμαῖς·
πύλας δ', ὅπως εἰσῆλθ', ἐπιρράξασ' ἔσω,
καλεῖ τὸν ἤδη Λάιον πάλαι νεκρόν,
μνήμην παλαιῶν σπερμάτων ἔχουσ', ὑφ' ὧν
θάνοι μεν αὐτός, τὴν δὲ τίκτουσαν λίποι
τοῖς οἷσιν αὑτοῦ δύστεκνον παιδουργίαν.
γοᾶτο δ' εὐνάς, ἔνθα δύστηνος διπλοῦς
ἐξ ἀνδρὸς ἄνδρα καὶ τέκν' ἐκ τέκνων τέκοι.
χὤπως μὲν ἐκ τῶνδ' οὐκέτ' οἶδ' ἀπόλλυται·
βοῶν γὰρ εἰσέπαισεν Οἰδίπους, ὑφ' οὗ
οὐκ ἦν τὸ κείνης ἐκθεάσασθαι κακόν,
ἀλλ' εἰς ἐκεῖνον περιπολοῦντ' ἐλεύσσομεν.
φοιτᾷ γὰρ ἡμᾶς ἔγχος ἐξαιτῶν πορεῖν,
γυναῖκά τ' οὐ γυναῖκα, μητρῴαν δ' ὅπου
κίχοι διπλῆν ἄρουραν οὗ τε καὶ τέκνων.
λυσσῶντι δ' αὐτῷ δαιμόνων δείκνυσί τις·
οὐδεὶς γὰρ ἀνδρῶν, οἳ παρῆμεν ἐγγύθεν.
δεινὸν δ' ἀύσας ὡς ὑφηγητοῦ τινος
πύλαις διπλαῖς ἐνήλατ', ἐκ δὲ πυθμένων
ἔκλινε κοῖλα κλῇθρα κἀμπίπτει στέγῃ.
οὗ δὴ κρεμαστὴν τὴν γυναῖκ' εἰσείδομεν,
πλεκταῖς ἐώραις ἐμπεπλεγμένην. ὃ δέ,
ὅπως ὁρᾷ νιν, δεινὰ βρυχηθεὶς τάλας,
χαλᾷ κρεμαστὴν ἀρτάνην. ἐπεὶ δὲ γῇ
ἔκειτο τλήμων, δεινὰ δ' ἦν τἀνθένδ' ὁρᾶν.
ἀποσπάσας γὰρ εἱμάτων χρυσηλάτους
περόνας ἀπ' αὐτῆς, αἷσιν ἐξεστέλλετο,
ἄρας ἔπαισεν ἄρθρα τῶν αὑτοῦ κύκλων,
αὐδῶν τοιαῦθ', ὁθούνεκ' οὐκ ὄψοιντό νιν

Chf O Unglückselige! Durch wessen Schuld geschah's?
Di Durch ihre eigne! Doch das Schmerzlichste von dem
Geschehnen bleibt euch fern: den Anblick habt ihr nicht.
Gleichwohl, soviel mir etwa im Gedächtnis ist,
sollst du vernehmen dieser Ärmsten Leidensgang.
Denn bebend vor Erregung kaum ins Vorgemach
getreten, lief zur ehelichen Kammer sie:
mit beider Hände Spitzen raufte sie ihr Haar
und schlug die Tür, sobald sie eingetreten, zu.
Drin ruft sie nach dem lang schon toten Laïos,
Gedächtnis haltend frühen Keims, durch den der Tod
ihn treffen sollt' und dem er die Gebärerin
dann hinterließ zu unheilschwangrer Kindersaat,
bejammert auch das Bett, wo – doppelt elend – sie
vom Mann den Mann, die Kinderschar vom Kind empfing.
Wie sie dann umkam, davon weiß ich weiter nichts;
denn schreiend stürzte Oidipus herein, so daß
ihr Leid nicht bis zum Letzten wahrzunehmen blieb:
nach ihm indes, wie er umherlief, spähten wir.
Er rast, ein Schwert zu bringen heißt er uns und fragt,
wo er die Frau, nicht Frau, das Saatfeld finde, das
zwiefältig mütterlich ihn und die Kinder trug.
Der Götter einer zeigt es ihm, dem Tobenden,
der Männer keiner, die wir standen nah dabei.
Doch grausig schreiend, wie geführt von irgendwem,
sprang er die Doppeltür an, bog aus seinem Halt
das hohle Schloß und stürzt' in das Gemach hinein;
wir blickten hin und sehn die Frau nun: aufgehängt,
umschlungen von geflochtner Schnur. Doch er, wie er
sie sieht, der Arme, brüllt entsetzlich auf und löst
den aufgehängten Strick. Doch als die Unglücksfrau
am Boden lag, war's furchtbar, was nun kam, zu sehn.
Denn aus dem Kleide riß die goldgetriebenen,
die Nadeln er, womit sie immer schmückte sich,
holt' aus und stieß sie in die eignen Augen sich,
so etwa rufend: fürder würden nimmer sie

οὔθ' οἷ' ἔπασχεν οὔθ' ὁποῖ' ἔδρα κακά,
ἀλλ' ἐν σκότῳ τὸ λοιπὸν οὓς μὲν οὐκ ἔδει
ὀψοίαθ', οὓς δ' ἔχρῃζεν οὐ γνωσοίατο.
τοιαῦτ' ἐφυμνῶν πολλάκις τε κοὐχ ἅπαξ
ἤρασσε περόναις βλέφαρα. φοίνιαι δ' ὁμοῦ
γλῆναι γένει' ἔτεγγον, οὐδ' ἀνίεσαν
φόνου μυδώσας σταγόνας, ἀλλ' ὁμοῦ μέλας
ὄμβρος χάλαζά θ' αἱματοῦσσ' ἐτέγγετο.
τάδ' ἐς δυοῖν ἔρρωγεν οὐ μόνου κάρα,
ἀλλ' ἀνδρὶ καὶ γυναικὶ συμμιγῆ κακά.
ὁ πρὶν παλαιὸς δ' ὄλβος ἦν πάροιθε μὲν
ὄλβος δικαίως, νῦν δὲ τῇδε θἠμέρᾳ
στεναγμός, ἄτη, θάνατος, αἰσχύνη, κακῶν
ὅσ' ἐστὶ πάντων ὀνόματ', οὐδέν ἐστ' ἀπόν.
Χο νῦν δ' ἔσθ' ὁ τλήμων ἔν τινι σχολῇ κακοῦ;
Ἐξ βοᾷ διοίγειν κλῇθρα καὶ δηλοῦν τινα
τοῖς πᾶσι Καδμείοισι τὸν πατροκτόνον,
τὸν μητρός, αὐδῶν ἀνόσι' οὐδὲ ῥητά μοι,
ὡς ἐκ χθονὸς ῥίψων ἑαυτόν, οὐδ' ἔτι
μενῶν δόμοις ἀραῖος, ὡς ἠράσατο.
ῥώμης γε μέντοι καὶ προηγητοῦ τινος
δεῖται· τὸ γὰρ νόσημα μεῖζον ἢ φέρειν.
δείξει δὲ καὶ σοί. κλῇθρα γὰρ πυλῶν τάδε
διοίγεται· θέαμα δ' εἰσόψῃ τάχα
τοιοῦτον οἷον καὶ στυγοῦντ' ἐποικτίσαι.

Χορός

ὦ δεινὸν ἰδεῖν πάθος ἀνθρώποις, an[4]
ὦ δεινότατον πάντων ὅσ' ἐγὼ
προσέκυρσ' ἤδη. τίς σ', ὦ τλᾶμον,
προσέβη μανία; τίς ὁ πηδήσας
μείζονα δαίμων τῶν μακίστων
  πρὸς σῇ δυσδαίμονι μοίρᾳ;

das sehn, nicht Übel, die er litt, noch die er tat,
vielmehr im Dunkel schaun, die nie sie hätten schaun
gedurft, die er ersehnte, kennen nie hinfort.
Und derart singend stieß er – oft, nicht einmal nur –
die Nadeln in die Augen sich. Die blutenden,
die Höhlen, netzten auch die Wangen, sandten nicht
nur Tropfen rinnenden Blutes, nein, in einem hin
verströmte schwarz sich blutrünstiger Hagelguß.
Das brach auf beide nieder, traf kein einzles Haupt:
das Unheil heftet sich an Mann und Weib zugleich.
Das alte Glück von ehedem war vormals zwar
in Wahrheit Glück; doch jetzt, an diesem Tag ist nur
Gestöhn und Wirrnis, Tod und Schmach, – wieviel es auch
an Namen gibt für all die Übel, keiner fehlt.
Chf Hat nun der Arme etwas Ruhe nach der Qual?
Di Er schreit, man soll die Riegel öffnen, allen den
Kadmeiern kundzutun den Vatermörder und
den Mutter... ruft Verruchtes, mir Unsagbares,
als wollt' er aus dem Land sich selbst verstoßen, nicht
im Haus mehr bleiben, weil verflucht durch eignen Fluch.
Doch freilich jetzt bedarf er irgend jemands Kraft
und Führung; denn das Leid ist unerträglich groß.
Nun zeigt er es auch dir: des Tores Riegel, da,
eröffnen sich, und einen Anblick wirst alsbald du sehn
derart, daß es selbst den erbarmt, der Abscheu fühlt.

Der geblendete Oidipus wird von zwei Dienern herausgeführt

Chor

O Leid, für Menschen schrecklich zu sehn,
o schrecklichstes Leid von allen, soviel
ich erlebte je! Welcher Wahnsinn kam,
du Armer, dich an? Welcher Unheilsgeist
sprang, weit hinaus übern weitesten Sprung,
auf dein unseliges Schicksal?

φεῦ φεῦ δύσταν', ἀλλ' οὐδ' ἐσιδεῖν
δύναμαί σ', ἐθέλων πόλλ' ἀνερέσθαι,
πολλὰ πυθέσθαι, πολλὰ δ' ἀθρῆσαι·
τοίαν φρίκην παρέχεις μοι.

Οἰ αἰαῖ αἰαῖ,
φεῦ φεῦ,
δύστανος ἐγώ,
ποῖ γᾶς φέρομαι τλάμων; πᾷ μοι
φθογγὰ διαπωτᾶται φοράδην;
ἰὼ δαῖμον, ἵν' ἐξήλου;
Χο ἐς δεινόν, οὐδ' ἀκαυστόν, οὐδ' ἐπόψιμον. ia^3

Οἰ ἰὼ σκότου ia Str. 1
νέφος ἐμὸν ἀπότροπον, ἐπιπλόμενον ἄφατον, do^2
ἀδάματόν τε καὶ δυσούριστον ⟨ὄν⟩. do^2
οἴμοι, sp
οἴμοι μάλ' αὖθις· οἷον εἰσέδυ μ' ἅμα ia^3
κέντρων τε τῶνδ' οἴστρημα καὶ μνήμη κακῶν. ia^3
Χο καὶ θαῦμά γ' οὐδὲν ἐν τοσοῖσδε πήμασιν ia^3
διπλᾶ σε πενθεῖν καὶ διπλᾶ φέρειν κακά. ia^3

Οἰ ἰὼ φίλος, ia Ant. 1
σὺ μὲν ἐμὸς ἐπίπολος ἔτι μόνιμος· ἔτι γὰρ do^2
ὑπομένεις με τὸν τυφλὸν κηδεύων. do^2
φεῦ φεῦ· sp
οὐ γάρ με λήθεις, ἀλλὰ γιγνώσκω σαφῶς, ia^3
καίπερ σκοτεινός, τήν γε σὴν αὐδὴν ὅμως. ia^3
Χο ὦ δεινὰ δράσας, πῶς ἔτλης τοιαῦτα σὰς ia^3
ὄψεις μαρᾶναι; τίς σ' ἐπῆρε δαιμόνων; ia^3

Οἰ Ἀπόλλων τάδ' ἦν, Ἀπόλλων, φίλοι, do^2 Str. 2
ὁ κακὰ κακὰ τελῶν ἐμὰ τάδ' ἐμὰ πάθεα. do^2
ἔπαισε δ' αὐτόχειρ νιν οὔτις, ἀλλ' ἐγὼ τλάμων. ia^3 sp
τί γὰρ ἔδει μ' ὁρᾶν, do
ὅτῳ γ' ὁρῶντι μηδὲν ἦν ἰδεῖν γλυκύ; ia^3
Χο ἦν ταῦθ' ὅπωσπερ καὶ σὺ φής. ia^2

O Pein! Unseliger! Doch ich ertrag'
es nicht, dich zu sehn, und möchte dich doch
viel fragen, erfahren und wissen viel:
solch Schaudern und Grauen erregst du.

Oi Aiai! Aiai!
O Pein!
Unseliger ich!
Wohin auf Erden gelang' ich? Wohin
entfliegt mir die Stimme, hallend hinweg?
Weh, Ungeist, wohin triebst du?
Chf In Schrecken, nicht zu hören oder anzusehn!

Oi O Dunkelheit,
du, mein Gewölk, du entsetzlich unsagbar bedrängendes, ach,
das unabwendbar ist, vom Sturm hergeweht!
Weh mir!
Weh mir, ja nochmals! Wie drang in mich ein zugleich
der Stich der Stacheln und des Leids Erinnerung!
Chf Kein Wunder ist es, daß in solchem Unheil du
verdoppelt klagst und an den Übeln doppelt trägst.

Oi Ach, lieber Freund,
du, mein beständiger Helfer in Treue noch immer; denn stets
harrst du noch aus und sorgst für mich blinden Mann.
O Pein!
Verbirgst dich nicht vor mir, nein, klar erkenn' ich doch,
wiewohl verhüllt von Dunkel, deine Stimme noch.
Chf O schrecklich tatest du! Wie konntest du dir so
die Augen löschen? Welche Gottheit trieb dich an?

Oi Apollon hat das, Apollon, o Freund,
Schlimme, das Schlimme vollbracht, dieses, das meine, mein Leid.
Doch schlug sie eigenhändig keiner als ich Unheilssohn.
Denn warum mußt' ich sehn,
für den es, sehend, Holdes nicht zu schauen gab?
Chf Es war genau so, wie du sagst.

Οἰ τί δῆτ' ἐμοὶ βλεπτὸν ἦν — ia cr
στερκτόν, ἢ προσήγορον — cr ia
ἔτ' ἔστ' ἀκούειν ἁδονᾷ, φίλοι; — ia sp ia
ἀπάγετ' ἐκτόπιον ὅτι τάχιστά με, — do^2
ἀπάγετ', ὦ φίλοι, τὸν μέγ' ὀλέθριον, — do^2
τὸν καταρατότατον, ἔτι δὲ καὶ θεοῖς — do^2
ἐχθρότατον βροτῶν. — do
Χο δείλαιε τοῦ νοῦ τῆς τε συμφορᾶς ἴσον, — ia^3
ὡς σ' ἠθέλησα μηδαμὰ γνῶναί ποτ' ἄν. — ia^3

Οἰ ὄλοιθ' ὅστις ὅς μ' ἀπ' ἀγρίας πέδας — do^2 — Ant. 2
νομάδ' ἐπιποδίας ἔλαβ' ἀπό τε φόνου — do^2
ἔρυτο κἀνέσωσεν, οὐδὲν ἐς χάριν πράσσων. — ia^3 sp
τότε γὰρ ἂν θανὼν — do
οὐκ ἦ φίλοισιν οὐδ' ἐμοὶ τοσόνδ' ἄχος. — ia^3
Χο θέλοντι κἀμοὶ τοῦτ' ἂν ἦν. — ia^2
Οἰ οὔκουν πατρός γ' ἂν φονεὺς — ia cr
ἦλθον, οὐδὲ νυμφίος — cr ia
βροτοῖς ἐκλήθην ὧν ἔφυν ἄπο. — ia sp ia
νῦν δ' ἄθεος μέν εἰμ', ἀνοσίων δὲ παῖς, — do^2
ὁμογενὴς δ' ἀφ' ὧν αὐτὸς ἔφυν τάλας. — do^2
εἰ δέ τι πρεσβύτερον ἔτι κακοῦ κακόν, — do^2
τοῦτ' ἔλαχ' Οἰδίπους. — do
Χο οὐκ οἶδ', ὅπως σε φῶ βεβουλεῦσθαι καλῶς. — ia^3
κρείσσων γὰρ ἦσθα μηκέτ' ὢν ἢ ζῶν τυφλός. — ia^3

Οἰ ὡς μὲν τάδ' οὐχ ὧδ' ἔστ' ἄριστ' εἰργασμένα,
μή μ' ἐκδίδασκε, μηδὲ συμβούλευ' ἔτι.
ἐγὼ γὰρ οὐκ οἶδ' ὄμμασιν ποίοις βλέπων
πατέρα ποτ' ἂν προσεῖδον εἰς Ἅιδου μολών,
οὐδ' αὖ τάλαιναν μητέρ', οἷν ἐμοὶ δυοῖν
ἔργ' ἐστὶ κρείσσον' ἀγχόνης εἰργασμένα.
ἀλλ' ἡ τέκνων δῆτ' ὄψις ἦν ἐφίμερος,
βλαστοῦσ' ὅπως ἔβλαστε, προσλεύσσειν ἐμοί;
οὐ δῆτα τοῖς γ' ἐμοῖσιν ὀφθαλμοῖς ποτε·
οὐδ' ἄστυ γ', οὐδὲ πύργος, οὐδὲ δαιμόνων
ἀγάλμαθ' ἱερά, τῶν ὁ παντλήμων ἐγὼ

Oi Was sollt' ich noch blicken, was
lieben? Welcher Zuspruch bleibt
mir, Freunde, freudig zu vernehmen noch?
Jagt mich doch, jagt aus dem Land mich, so geschwind ihr könnt!
Jagt mich, ihr Freunde, mich völlig Verworfenen,
den allerverfluchtesten, Göttern verhaßtesten
unter den Sterblichen!
Chf Unselig du durch Denkart und Geschick zugleich!
Wie wünscht' ich mir, ich hätte niemals dich gekannt!

Oi Verderb dem, der einst das grausame Band
streifte dem Findling vom Fuß: hat der Ermordung mich
entrissen, mich gerettet, doch mir nichts zu Dank getan!
Denn wenn ich damals starb,
wär' ich den Meinen und auch mir nicht so zur Qual.
Ch Das wäre auch nach meinem Wunsch.
Oi Dann ward ich nie Mörder am
Vater, hieß bei Menschen nie
der Ehemann der Frau, der ich entsproß.
Nun bin ich ruchlos, bin heilloser Eltern Kind,
teilhaft des Ehebunds, welchem ich selbst entsprang:
Wenn etwas Schlimmeres noch ist als das Schlimmste selbst,
lost' es sich Oidipus.
Chf Nicht sagen könnt' ich, daß du recht beraten warst;
denn besser wär' dir nicht mehr sein als lebend blind.

Oi Daß dies nun so nicht auf das beste sei getan,
das rede mir nicht ein! Berate mich nicht mehr!
Ich weiß ja nicht, mit was für Augen ich dereinst
den Vater anschaun soll, komm' ich zur Totenwelt,
noch auch die arme Mutter, da an beiden ich
verübte Taten, schlimmer als des Stranges wert.
Indes der Kinder Anblick wäre lieblich doch,
erblühend, wie sie blühten, anzuschaun für mich?
Nein, wenigstens für meine Augen nimmermehr!
Auch nicht die Stadt, die Burg nicht und die Bilder nicht,
die heiligen, der Götter, deren ich ganz Elender,

κάλλιστ' ἀνὴρ εἷς ἔν γε ταῖς Θήβαις τραφεὶς
ἀπεστέρησ' ἐμαυτόν, αὐτὸς ἐννέπων
ὠθεῖν ἅπαντας τὸν ἀσεβῆ, τὸν ἐκ θεῶν
φανέντ' ἄναγνον καὶ γένους τοῦ Λαΐου.
τοιάνδ' ἐγὼ κηλῖδα μηνύσας ἐμὴν
ὀρθοῖς ἔμελλον ὄμμασιν τούτους ὁρᾶν;
ἥκιστά γ'· ἀλλ' εἰ τῆς ἀκουούσης ἔτ' ἦν
πηγῆς δι' ὤτων φραγμός, οὐκ ἂν ἐσχόμην
τὸ μὴ ἀποκλῇσαι τοὐμὸν ἄθλιον δέμας,
ἵν' ἦ τυφλός τε καὶ κλύων μηδέν· τὸ γὰρ
τὴν φροντίδ' ἔξω τῶν κακῶν οἰκεῖν γλυκύ.
ἰὼ Κιθαιρών, τί μ' ἐδέχου; τί μ' οὐ λαβὼν
ἔκτεινας εὐθύς, ὡς ἔδειξα μήποτε
ἐμαυτὸν ἀνθρώποισιν ἔνθεν ἦ γεγώς;
ὦ Πόλυβε καὶ Κόρινθε καὶ τὰ πάτρια
λόγῳ παλαιὰ δώμαθ', οἷον ἆρά με
κάλλος κακῶν ὕπουλον ἐξεθρέψατε.
νῦν γὰρ κακός τ' ὢν κἀκ κακῶν εὑρίσκομαι.
ὦ τρεῖς κέλευθοι καὶ κεκρυμμένη νάπη
δρυμός τε καὶ στενωπὸς ἐν τριπλαῖς ὁδοῖς,
αἳ τοὐμὸν αἷμα τῶν ἐμῶν χειρῶν ἄπο
ἐπίετε πατρός, ἆρά μου μέμνησθ' ἔτι,
οἷ' ἔργα δράσας ὑμὶν εἶτα δεῦρ' ἰὼν
ὁποῖ' ἔπρασσον αὖθις; ὦ γάμοι γάμοι,
ἐφύσαθ' ἡμᾶς, καὶ φυτεύσαντες πάλιν
ἀνεῖτε ταὐτὸν σπέρμα, κἀπεδείξατε
πατέρας, ἀδελφούς, παῖδας, αἷμ' ἐμφύλιον,
νύμφας γυναῖκας μητέρας τε, χὠπόσα
αἴσχιστ' ἐν ἀνθρώποισιν ἔργα γίγνεται.
ἀλλ', οὐ γὰρ αὐδᾶν ἔσθ' ἃ μηδὲ δρᾶν καλόν,
ὅπως τάχιστα πρὸς θεῶν ἔξω μέ που
καλύψατ', ἢ φονεύσατ', ἢ θαλάσσιον
ἐκρίψατ', ἔνθα μήποτ' εἰσόψεσθ' ἔτι.
ἴτ', ἀξιώσατ' ἀνδρὸς ἀθλίου θιγεῖν·
πίθεσθε, μὴ δείσητε· τἀμὰ γὰρ κακὰ
οὐδεὶς οἷός τε πλὴν ἐμοῦ φέρειν βροτῶν.

der wie nur einer hier in Theben groß gelebt,
mich selbst beraubte, da ich allen selbst gebot,
den Frevler auszustoßen, den die Götter als
befleckt bezeichnen, als den Unhold unsres Stamms.
Da ich solch Schandmal als das meine aufgedeckt,
vermöcht' ich's, mit geraden Augen sie zu sehn?
Unmöglich! Sondern gäb' es für die Quelle des
Gehörs durchs Ohr ein Stauwehr, hielt' ich nicht zurück,
ganz abzuschließen meinen jammervollen Leib,
damit er blind und auch nichts hörend sei; denn süß
ist's, wenn sich unser Denken frei vom Üblen hält.
Weh dir, Kithairon! Was empfingst du mich? Was nahmst
und tötetest du mich nicht gleich, damit ich nie
mich Menschen zeigen konnte noch woher ich bin?
O Polybos und Korinth und du, vermeintliches
uraltes Vaterhaus, welch eine Herrlichkeit,
darunter Übel schwärten, zogt ihr auf an mir!
Denn übel jetzt und übler Abkunft find' ich mich.
O ihr drei Straßen und du abgelegne Schlucht,
Gebüsch und Engpaß an der Wegekreuzung, ihr,
die ihr mein Blut aus meinen eignen Händen trankt,
des Vaters Blut, – erinnert ihr euch meiner noch,
was ich euch angetan und, als ich hierherkam,
was wieder ich verübt? O Ehen, Ehen, ihr
erzeugtet uns, und als ihr uns erzeugt, da ließt
ihr nochmals gleichen Samen aufgehn, stelltet dar
in Vätern, Brüdern, Kindern stammverwandtes Blut,
in Mädchen, Frauen, Müttern und soviel nur an
verruchten Greueln unter Menschen je geschehn.
Doch ziemt's nicht zu bereden, was zu tun nicht schön.
Drum, bei den Göttern, bergt mich schleunig irgendwo
da draußen oder tötet oder werft hinaus
ins Meer mich, wo ihr nie mich wiedersehen könnt!
Kommt! Überwindet euch: ergreift den Unglücksmann!
Gebt nach und fürchtet nichts! Denn meine Übel ist
kein Sterblicher imstand' zu tragen außer mir.

Χο ἀλλ' ὧν ἐπαιτεῖς ἐς δέον πάρεσθ' ὅδε
Κρέων τὸ πράσσειν καὶ τὸ βουλεύειν, ἐπεὶ
χώρας λέλειπται μοῦνος ἀντὶ σοῦ φύλαξ.

Οἰ οἴμοι, τί δῆτα λέξομεν πρὸς τόνδ' ἔπος;
τίς μοι φανεῖται πίστις ἔνδικος; τὰ γὰρ
πάρος πρὸς αὐτὸν πάντ' ἐφηύρημαι κακός.

Κρέων

οὐχ ὡς γελαστής, Οἰδίπους, ἐλήλυθα,
οὐδ' ὡς ὀνειδιῶν τι τῶν πάρος κακῶν.

ἀλλ' εἰ τὰ θνητῶν μὴ καταισχύνεσθ' ἔτι
γένεθλα, τὴν γοῦν πάντα βόσκουσαν φλόγα
αἰδεῖσθ' ἄνακτος Ἡλίου, τοιόνδ' ἄγος
ἀκάλυπτον οὕτω δεικνύναι, τὸ μήτε γῆ
μήτ' ὄμβρος ἱερὸς μήτε φῶς προσδέξεται.
ἀλλ' ὡς τάχιστ' ἐς οἶκον ἐσκομίζετε·
τοῖς ἐν γένει γὰρ τἀγγενῆ μάλισθ' ὁρᾶν
μόνοις τ' ἀκούειν εὐσεβῶς ἔχει κακά.
Οἰ πρὸς θεῶν, ἐπείπερ ἐλπίδος μ' ἀπέσπασας,
ἄριστος ἐλθὼν πρὸς κάκιστον ἄνδρ' ἐμέ,
πιθοῦ τί μοι. πρὸς σοῦ γάρ, οὐδ' ἐμοῦ, φράσω.
Κρ καὶ τοῦ με χρείας ὧδε λιπαρεῖς τυχεῖν;
Οἰ ῥῖψόν με γῆς ἐκ τῆσδ' ὅσον τάχισθ', ὅπου
θνητῶν φανοῦμαι μηδενὸς προσήγορος.
Κρ ἔδρασ' ἂν εὖ τοῦτ' ἴσθ' ἄν, εἰ μὴ τοῦ θεοῦ
πρώτιστ' ἔχρῃζον ἐκμαθεῖν, τί πρακτέον.
Οἰ ἀλλ' ἥ γ' ἐκείνου πᾶσ' ἐδηλώθη φάτις,
τὸν πατροφόντην, τὸν ἀσεβῆ μ' ἀπολλύναι.
Κρ οὕτως ἐλέχθη ταῦθ'· ὅμως δ' ἵν' ἕσταμεν
χρείας ἄμεινον ἐκμαθεῖν, τί δραστέον.
Οἰ οὕτως ἄρ' ἀνδρὸς ἀθλίου πεύσεσθ' ὕπερ;
Κρ καὶ γὰρ σὺ νῦν τἂν τῷ θεῷ πίστιν φέροις.
Οἰ καὶ σοί γ' ἐπισκήπτω τε καὶ προστρέψομαι,
τῆς μὲν κατ' οἴκους αὐτὸς ὃν θέλεις τάφον

Chf Doch um nun auszuführen, was du forderst, und
zu raten, kommt hier Kreon eben recht, da er
allein statt deiner als des Landes Hüter bleibt.

Kreon ist von rechts gekommen

Oi Weh mir! Was für ein Wort nun sagen wir zu ihm?
Was für Vertrauen steht mir Rechtens zu? Bisher
erwies ich gegen ihn in allem mich als schlecht.

Kreon

Nicht als ein Spötter komm' ich, Oidipus, nicht um
zu schelten über Böses, das zuvor geschah.

zum Chor gewandt

Doch ihr, wenn ihr vor Menschenkindern euch nicht schämt,
so sollt ihr wenigstens den alles nährenden Brand
des Herrschers Helios scheun und solchen Greuel nicht
so unverhüllt ihm zeigen, den die Erde nicht
noch heiliger Regen oder Licht je dulden wird!
Nein, führt so schnell wie möglich ihn ins Haus hinein!
Das Schlimme sehn und hören, das den Stamm betrifft,
ist für die Stammverwandten einzig fromme Pflicht.

Oi Bei Göttern, da du mich der Angst entrissen hast,
als bester zu mir schlimmsten Mann gekommen bist,
gewähr' mir eins! Ich sag's für dich, nicht mir zulieb.

Kr Und welches Wunsches wegen flehst du mich so an?

Oi Wirf schnellstens mich aus diesem Land, dahin, wo ich
von keinem Menschen angesprochen werden kann!

Kr Ich tät' es wohl, das wisse, wenn ich nicht zuerst
vom Gott erfahren möchte, was zu tun geziemt.

Oi Doch seine Weisung ist ja ganz schon offenbart:
der Vatermörder – Frevler – ich – soll untergehn!

Kr So wurde das gesagt. Gleichwohl, wo in der Not
wir stehn, ist's besser, zu erkunden, was zu tun.

Oi So wollt ihr fragen wegen des verlornen Manns?

Kr Auch du wirst jetzt Vertrauen hegen zu dem Gott.

Oi Auch wend' ich mich mit einem Auftrag noch an dich:
ihr, dort im Haus, bestelle selbst ein Grab, wie du

θοῦ· καὶ γὰρ ὀρθῶς τῶν γε σῶν τελεῖς ὕπερ·
ἐμοῦ δὲ μήποτ' ἀξιωθήτω τόδε
πατρῷον ἄστυ ζῶντος οἰκητοῦ τυχεῖν,
ἀλλ' ἔα με ναίειν ὄρεσιν, ἔνθα κλῄζεται
οὑμὸς Κιθαιρὼν οὗτος, ὃν μήτηρ τέ μοι
πατήρ τ' ἐθέσθην ζῶντε κύριον τάφον,
ἵν' ἐξ ἐκείνων, οἵ μ' ἀπωλλύτην, θάνω.
καίτοι τοσοῦτόν γ' οἶδα, μήτε μ' ἂν νόσον
μήτ' ἄλλο πέρσαι μηδέν· οὐ γὰρ ἄν ποτε
θνῄσκων ἐσώθην, μὴ 'πί τῳ δεινῷ κακῷ.
ἀλλ' ἡ μὲν ἡμῶν μοῖρ', ὅποιπερ εἶσ', ἴτω·
παίδων δὲ τῶν μὲν ἀρσένων μή μοι, Κρέον,
προθῇ μέριμναν· ἄνδρες εἰσίν, ὥστε μὴ
σπάνιν ποτὲ σχεῖν, ἔνθ' ἂν ὦσι, τοῦ βίου·
τοῖν δ' ἀθλίαιν οἰκτραῖν τε παρθένοιν ἐμαῖν,
οἷν οὔποθ' ἡμὴ χωρὶς ἐστάθη βορᾶς
τράπεζ' ἄνευ τοῦδ' ἀνδρός, ἀλλ' ὅσων ἐγὼ
ψαύοιμι, πάντων τῶνδ' ἀεὶ μετειχέτην·
τοῖν μοι μέλεσθαι· καὶ μάλιστα μὲν χεροῖν
ψαῦσαί μ' ἔασον κἀποκλαύσασθαι κακά.
ἴθ' ὦναξ,
ἴθ' ὦ γονῇ γενναῖε. χερσί τἂν θιγὼν
δοκοῖμ' ἔχειν σφας, ὥσπερ ἡνίκ' ἔβλεπον.

τί φημί;
οὐ δὴ κλύω που πρὸς θεῶν τοῖν μοι φίλοιν
δακρυρροούντοιν, καί μ' ἐποικτίρας Κρέων
ἔπεμψέ μοι τὰ φίλτατ' ἐκγόνοιν ἐμοῖν;
λέγω τι;
Κρ λέγεις· ἐγὼ γάρ εἰμ' ὁ πορσύνας τάδε,
γνοὺς τὴν παροῦσαν τέρψιν, ἥ σ' εἶχεν, πάλαι.
Οἰ ἀλλ' εὐτυχοίης, καί σε τῆσδε τῆς ὁδοῦ
δαίμων ἄμεινον ἢ 'μὲ φρουρήσας τύχοι.
ὦ τέκνα, ποῦ ποτ' ἐστέ; δεῦρ' ἴτ', ἔλθετε
ὡς τὰς ἀδελφὰς τάσδε τὰς ἐμὰς χέρας,

es willst. Den Deinen wirst du das schon recht vollziehn.
Mich – das sei nie verlangt von unsrer Vaterstadt,
daß sie als lebenden Bewohner dulde mich!
Nein, laß mich wohnen im Gebirge, wo es mein
Kithairon heißt, der, den die Mutter mir und auch
der Vater lebend setzten fest als gültig Grab,
daß ich dort stürbe: wünschten sie doch meinen Tod.
Doch soviel weiß ich freilich: weder Krankheit wird
vernichten mich noch andres sonst; nie wär' ich als
schon Sterbender bewahrt, wenn nicht für schlimmstes Leid.
Doch unser Schicksal gehe denn, wohin es geht!
Um meine Kinder, um die Söhne, Kreon, mach'
dir keine Sorge! Männer sind sie, daß sie nie
an Lebensnotdurft Mangel trifft, wo sie auch sind.
Doch meine beiden Mädchen, elend, mitleidswert,
für die der Tisch noch nie getrennt von mir bestellt
mit Speise ward, dem Mann hier fern, nein, alles, was
ich selbst berührte, daran hatten stets sie teil,
um sie sei mir besorgt! Und laß am liebsten sie
mit Händen mich berühren, weinen um ihr Leid!
Komm, Herr,
komm, Hochgeborner: spür' ich mit den Händen sie,
wird es mir sein, als hätt' ich sie, wie als ich sah.

Kreon winkt einem Diener, der Antigone und Ismene herausführt

Was sag' ich?
Hör' ich nicht, Götter, meine beiden Lieben wo
weinen und schluchzen? Hat sich Kreon mein erbarmt
und schickt die liebsten mir von meinen Kindern her?
Ist's so?
Kr So ist es. Denn ich bin es, der dafür gesorgt:
ich weiß ja, daß es jetzt dich freut wie immer schon.
Oi So werde glücklich! Möge dich für diesen Schritt
die Gottheit besser schützen, als sie mir getan! –
O Kinder! Wo denn seid ihr? Geht doch her! O kommt
zu diesen meinen brüderlichen Armen her,

αἳ τοῦ φυτουργοῦ πατρὸς ὑμὶν ὧδ' ὁρᾶν
τὰ πρόσθε λαμπρὰ προυξένησαν ὄμματα·
ὃς ὑμίν, ὦ τέκν', οὔθ' ὁρῶν οὔθ' ἱστορῶν
πατὴρ ἐφάνθην ἔνθεν αὐτὸς ἠρόθην.
καὶ σφὼ δακρύω· προσβλέπειν γὰρ οὐ σθένω·
νοούμενος τὰ λοιπὰ τοῦ πικροῦ βίου,
οἷον βιῶναι σφὼ πρὸς ἀνθρώπων χρεών.
ποίας γὰρ ἀστῶν ἥξετ' εἰς ὁμιλίας,
ποίας δ' ἑορτάς, ἔνθεν οὐ κεκλαυμέναι
πρὸς οἶκον ἵξεσθ' ἀντὶ τῆς θεωρίας;
ἀλλ' ἡνίκ' ἂν δὴ πρὸς γάμων ἥκητ' ἀκμάς,
τίς οὗτος ἔσται, τίς παραρρίψει, τέκνα,
τοιαῦτ' ὀνείδη λαμβάνειν, ἃ τοῖς ἐμοῖς
γονεῦσιν ἔσται σφῷν θ' ὁμοῦ δηλήματα;
τί γὰρ κακῶν ἄπεστι; τὸν πατέρα πατὴρ
ὑμῶν ἔπεφνε· τὴν τεκοῦσαν ἤροσεν,
ὅθεν περ αὐτὸς ἐσπάρη, κἀκ τῶν ἴσων
ἐκτήσαθ' ὑμᾶς, ὧνπερ αὐτὸς ἐξέφυ.
τοιαῦτ' ὀνειδιεῖσθε. κᾆτα τίς γαμεῖ;
οὐκ ἔστιν οὐδείς, ὦ τέκν', ἀλλὰ δηλαδὴ
χέρσους φθαρῆναι κἀγάμους ὑμᾶς χρεών.
ὦ παῖ Μενοικέως, ἀλλ' ἐπεὶ μόνος πατὴρ
τούτοιν λέλειψαι, νὼ γάρ, ὣ 'φυτεύσαμεν,
ὀλώλαμεν δύ' ὄντε, μή σφε δὴ παρῇς
πτωχὰς ἀνάνδρους ἐγγενεῖς ἀλωμένας,
μηδ' ἐξισώσῃς τάσδε τοῖς ἐμοῖς κακοῖς.
ἀλλ' οἴκτισόν σφας, ὧδε τηλικάσδ' ὁρῶν
πάντων ἐρήμους, πλὴν ὅσον τὸ σὸν μέρος.
ξύννευσον, ὦ γενναῖε, σῇ ψαύσας χερί.
σφῷν δ', ὦ τέκν', εἰ μὲν εἰχέτην ἤδη φρένας,
πόλλ' ἂν παρῄνουν· νῦν δὲ τοῦτ' εὔχεσθέ μοι,
οὗ καιρὸς αἰεὶ ζῆν, βίου δὲ λῴονος
ὑμᾶς κυρῆσαι τοῦ φυτεύσαντος πατρός.
Κρ ἅλις ἵν' ἐξήκεις δακρύων· ἀλλ' ἴθι στέγης ἔσω. tr[4] Λ
Οἰ πειστέον, κεἰ μηδὲν ἡδύ.
Κρ πάντα γὰρ καιρῷ καλά.

die dafür sorgten, daß des Vaters Augen, der
euch pflanzte, früher strahlend, schauen so nach euch,
der ich nicht sehend und nicht fragend, Kinder, euch
zum Vater wurde, wo ich selber ward gesät.
Auch euch bewein' ich, – anschaun kann ich euch ja nicht –
bedenk' ich eures bittren Lebens weitren Gang,
wie ihr es fürder unter Menschen leben müßt.
Was für Versammlungen der Bürger werdet ihr
besuchen, was für Feste, wo ihr weinend nicht
nach Hause gehen werdet, statt dabei zu sein?
Doch wenn ihr dann zur Reife für die Ehe kommt,
wer wird es sein, wer geht das Wagnis, Kinder, ein,
den Schaden solchen Schimpfs auf sich zu nehmen, der
auf meine Eltern fällt, die auch die euren sind?
Denn welches Übel fehlt noch? Euer Vater schlug
den seinen tot und pflügte die, die ihn gebar,
in die er selbst gesät ward, und gewann dann euch
vom selben Schoß, daraus er selbst entsprossen war.
So wird man euch beschimpfen, und wer freit euch dann?
Nein, da ist keiner, Kinder, sondern ganz gewiß
müßt ihr unfruchtbar, ehelos zugrunde gehn.
O Sohn Menoikeus'! Da du nun allein für sie
als Vater übrig bist, denn wir, die sie gepflanzt,
wir beiden sind dahin, – sieh du es nicht mit an,
daß bettelnd, unvermählt Verwandte ziehn umher,
und achte ihre Übel nicht den meinen gleich,
vielmehr erbarm' dich ihrer! Sieh sie an: so jung,
entblößt von allem außer, was du ihnen gönnst.
Gewähr' es, Edler, mir mit einem Händedruck!
Euch Kindern wüßt' ich, hättet ihr Verständnis schon,
noch viel zu raten. Betet mir nur jetzt um dies:
zu leben, wo es Zeit und Stunde fügt, doch daß
ihr's besser als der Vater, der euch pflanzte, habt!
Kr Weit genug gerätst du weinend: gehe nun ins Haus hinein!
Oi Folgen muß ich, wenn auch ungern.
Kr Alles recht zur rechten Zeit!

Οἰ οἶσθ', ἐφ' οἷς οὖν εἶμι;
Κρ λέξεις, καὶ τότ' εἴσομαι κλύων.
Οἰ γῆς μ' ὅπως πέμψεις ἄποικον.
Κρ τοῦ θεοῦ μ' αἰτεῖς δόσιν.
Οἰ ἀλλὰ θεοῖς γ' ἔχθιστος ἥκω.
Κρ τοιγαροῦν τεύξῃ τάχα.
Οἰ φῂς τάδ' οὖν;
Κρ ἃ μὴ φρονῶ γὰρ οὐ φιλῶ λέγειν μάτην.
Οἰ ἄπαγέ νύν μ' ἐντεῦθεν ἤδη.
Κρ στεῖχέ νυν, τέκνων δ' ἀφοῦ.
Οἰ μηδαμῶς ταύτας γ' ἕλῃ μου.
Κρ πάντα μὴ βούλου κρατεῖν·
καὶ γὰρ ἀκράτησας οὔ σοι τῷ βίῳ ξυνέσπετο.

Χορός

ὦ πάτρας Θήβης ἔνοικοι, λεύσσετ', Οἰδίπους ὅδε, tr^4 ∧
ὃς τὰ κλείν' αἰνίγματ' ᾔδει καὶ κράτιστος ἦν ἀνήρ,
οὗ τίς οὐ ζήλῳ πολιτῶν ἦν τύχαις ἐπιβλέπων,
εἰς ὅσον κλύδωνα δεινῆς συμφορᾶς ἐλήλυθεν.
ὥστε, θνητὸν ὄντα, κείνην τὴν τελευταίαν ἰδεῖν
ἡμέραν ἐπισκοποῦντα μηδέν' ὀλβίζειν, πρὶν ἂν
τέρμα τοῦ βίου περάσῃ μηδὲν ἀλγεινὸν παθών.

Oi Weißt du, was ich nun erstrebe?
Kr Sag' es! Hör' ich's, weiß ich es.
Oi Daß du aus dem Land mich gehn läßt.
Kr Gottes Gabe forderst du!
Oi Doch verhaßt den Göttern ward ich.
Kr Dann wird's dir auch bald zuteil.
Oi Sagst du zu?
Kr Was ich nicht denke, sag' ich ungern nur zum Schein.
Oi Führe denn mich jetzt von hinnen!
Kr Geh denn! Laß die Kinder los!
Oi Nimmermehr entreiße sie mir!
Kr Nicht auf jedem Wunsch besteh'!
Denn was dir nach Wunsch gegangen, blieb dir nicht fürs Leben treu.

Alle gehen hinein bis auf den Chor

Chor

Bürger ihr der Heimat Theben, sehet: dieser Oidipus,
Löser der berühmten Rätsel, der ein Mann war reich an Macht,
dessen Glück die Bürger alle sahen und beneideten,
wie er in des schlimmsten Schicksals Woge nun geraten ist!
Drum, ist einer sterblich, achtet drauf, nach jenem letzten Tag
auszuschauen: keinen darf man glücklich preisen, eh er denn
an des Lebens Ziel gelangt ist und kein Leid erduldet hat.

ΗΛΕΚΤΡΑ
ELEKTRA

ΗΛΕΚΤΡΑ

Τὰ τοῦ δράματος πρόσωπα

Παιδαγωγός · Ὀρέστης · Ἠλέκτρα · Χορὸς ἐξ ἐπιχωρίων παρθένων · Χρυσόθεμις · Κλυταιμνήστρα · Αἴγισθος

Παιδαγωγός

Ὦ τοῦ στρατηγήσαντος ἐν Τροίᾳ ποτὲ
Ἀγαμέμνονος παῖ, νῦν ἐκεῖν' ἔξεστί σοι
παρόντι λεύσσειν, ὧν πρόθυμος ἦσθ' ἀεί.
τὸ γὰρ παλαιὸν Ἄργος οὑπόθεις τόδε,
τῆς οἰστροπλῆγος ἄλσος Ἰνάχου κόρης·
αὕτη δ', Ὀρέστα, τοῦ λυκοκτόνου θεοῦ
ἀγορὰ Λύκειος· οὑξ ἀριστερᾶς δ' ὅδε
Ἥρας ὁ κλεινὸς ναός· οἷ δ' ἱκάνομεν,
φάσκειν Μυκήνας τὰς πολυχρύσους ὁρᾶν,
πολύφθορόν τε δῶμα Πελοπιδῶν τόδε,
ὅθεν σε πατρὸς ἐκ φόνων ἐγώ ποτε
πρὸς σῆς ὁμαίμου καὶ κασιγνήτης λαβὼν
ἤνεγκα κἀξέσωσα κἀξεθρεψάμην
τοσόνδ' ἐς ἥβης, πατρὶ τιμωρὸν φόνου.
νῦν οὖν, Ὀρέστα καὶ σὺ φίλτατε ξένων
Πυλάδη, τί χρὴ δρᾶν, ἐν τάχει βουλευτέον·
ὡς ἡμὶν ἤδη λαμπρὸν ἡλίου σέλας
ἑῷα κινεῖ φθέγματ' ὀρνίθων σαφῆ
μέλαινά τ' ἄστρων ἐκλέλοιπεν εὐφρόνη.
πρὶν οὖν τιν' ἀνδρῶν ἐξοδοιπορεῖν στέγης,
ξυνάπτετον λόγοισιν· ὡς ἐνταῦθ' ἐμὲν
ἵν' οὐκέτ' ὀκνεῖν καιρός, ἀλλ' ἔργων ἀκμή.

ELEKTRA

Die Personen der Handlung

Der alte Erzieher · Orestes · Elektra · Chor einheimischer Jungfrauen · Chrysothemis · Klytaimnestra · Aigisthos

Stumme Person

Pylades

Schauplatz: Vor dem Königspalast in Mykenai

Von links treten auf der alte Erzieher, Orestes und sein Freund Pylades

Der Alte

Sohn dessen, der das Heer vor Troia einst geführt,
des Agamemnon, endlich bist du hier und darfst
all das erblicken, was du dir von je gewünscht:
dort liegt das alte Argos, das du längst ersehnst,
der Hain ist's, wo die Bremse Inachos' Tochter stach.
Das dort, Orestes, ist der Wolfsmarkt, nach dem Gott
benannt, der Wölfe jagt, und dort zur Linken hebt
sich Heras hehrer Tempel. Doch wo wir nun sind,
sprich's aus: du siehst Mykenais goldgezierte Stadt.
Und hier der Pelopiden unheilvolles Haus,
von wo nach der Ermordung deines Vaters ich
dich einst empfing aus deiner leiblichen Schwester Hand,
hinweg dich trug und rettete und auferzog
zu diesem Alter, daß du rächst des Vaters Mord.
Doch jetzt, Orestes, und der Freunde bester du,
Pylades, heißt es rasch beraten, was zu tun,
da uns das strahlende Geleucht der Sonne schon
der Vögel morgendliche Stimmen hörbar macht
und hingeschwunden ist die schwarze Sternennacht.
Drum, eh' der Männer einer aus dem Hause kommt,
besprecht euch miteinander! Denn wir sind nun dort,
wo nicht mehr Zeit zum Zaudern ist: der Tat bedarf's.

Ὀρέστης

ὦ φίλτατ' ἀνδρῶν προσπόλων, ὥς μοι σαφῆ
σημεῖα φαίνεις ἐσθλὸς εἰς ἡμᾶς γεγώς.
ὥσπερ γὰρ ἵππος εὐγενής, κἂν ᾖ γέρων,
ἐν τοῖσι δεινοῖς θυμὸν οὐκ ἀπώλεσεν,
ἀλλ' ὀρθὸν οὖς ἵστησιν, ὡσαύτως δὲ σὺ
ἡμᾶς τ' ὀτρύνεις καὐτὸς ἐν πρώτοις ἕπῃ.
τοιγὰρ τὰ μὲν δόξαντα δηλώσω, σὺ δὲ
ὀξεῖαν ἀκοὴν τοῖς ἐμοῖς λόγοις διδούς,
εἰ μή τι καιροῦ τυγχάνω, μεθάρμοσον.
ἐγὼ γὰρ ἡνίχ' ἱκόμην τὸ Πυθικὸν
μαντεῖον, ὡς μάθοιμ', ὅτῳ τρόπῳ πατρὶ
δίκας ἀροίμην τῶν φονευσάντων πάρα,
χρῇ μοι τοιαῦθ' ὁ Φοῖβος ὧν πεύσῃ τάχα·
ἄσκευον αὐτὸν ἀσπίδων τε καὶ στρατοῦ
δόλοισι κλέψαι χειρὸς ἐνδίκους σφαγάς.
ὅτ' οὖν τοιόνδε χρησμὸν εἰσηκούσαμεν,
σὺ μὲν μολών, ὅταν σε καιρὸς εἰσάγῃ,
δόμων ἔσω τῶνδ' ἴσθι πᾶν τὸ δρώμενον,
ὅπως ἂν εἰδὼς ἡμὶν ἀγγείλῃς σαφῆ.
οὐ γάρ σε μὴ γήρᾳ τε καὶ χρόνῳ μακρῷ
γνῶσ', οὐδ' ὑποπτεύσουσιν ὧδ' ἠνθισμένον.
λόγῳ δὲ χρῶ τοιῷδ', ὅτι ξένος μὲν εἶ
Φωκέως παρ' ἀνδρὸς Φανοτέως ἥκων· ὁ γὰρ
μέγιστος αὐτοῖς τυγχάνει δορυξένων.
ἄγγελλε δ' ὅρκον προστιθείς, ὁθούνεκα
τέθνηκ' Ὀρέστης ἐξ ἀναγκαίας τύχης,
ἄθλοισι Πυθικοῖσιν ἐκ τροχηλάτων
δίφρων κυλισθείς· ὧδ' ὁ μῦθος ἑστάτω.
ἡμεῖς δὲ πατρὸς τύμβον, ὡς ἐφίετο,
λοιβαῖσι πρῶτον καὶ καρατόμοις χλιδαῖς
στέψαντες, εἶτ' ἄψορρον ἥξομεν πάλιν,
κύτωμα χαλκόπλευρον ἠρμένοι χεροῖν,
ὃ καὶ σὺ θάμνοις οἶσθά που κεκρυμμένον,
ὅπως λόγῳ κλέπτοντες ἡδεῖαν φάτιν
φέρωμεν αὐτοῖς, τοὐμὸν ὡς ἔρρει δέμας

Orestes

Du liebster Mann und Helfer, wie du deutlich mir
Beweise gibst, daß du es redlich meinst mit uns!
Denn wie ein edles Pferd, und wär' es auch schon alt,
in allen Schrecken niemals doch den Mut verliert,
sondern die Ohren spitzt, genau so bist auch du,
ermunterst uns und folgst, der ersten einer, selbst.
Drum will ich dir bekennen, wie ich's mir gedacht.
Du aber leihe meinem Wort ein scharf Gehör,
und treff' ich nicht das Rechte, so verbeßre mich!
Denn als ich hingekommen war zum pythischen
Orakel, zu erfahren, wie dem Vater ich
an seinen Meuchelmördern Recht verschaffen soll,
gebot mir Phoibos, was du gleich vernehmen wirst:
allein und nicht auf eines Heeres Macht gestützt,
heimlich, mit List, gerechte Tötung zu vollziehn.
Da uns nun dieser Götterspruch verkündet ward,
geh du, sobald sich die Gelegenheit ergibt,
ins Haus hinein und forsche aus, was dort geschieht,
und dann bericht' uns recht genau, was du gesehn!
Sie werden dich nicht kennen nach so langer Zeit:
Alter und graues Haar bewahrt dich vor Verdacht.
Als Grund gib dieses an: daß du ein Fremder seist
und kommst von einem Mann aus Phokis, Phanoteus;
denn dieser ist ihr mächtigster Verbündeter.
Verkünde und bekräftige mit deinem Eid,
tot sei Orestes durch ein unerbittlich Los,
beim pythischen Wettkampf aus dem eilend rollenden
Wagen gestürzt: darauf beruhe der Bericht!
Wir gehn zu Vaters Grab, wie es befohlen ist:
Trankopfer bringen wir und abgeschnittnes Haar
zum Schmucke dar; dann kehren wir hierher zurück.
Die erzgetriebne Urne tragen wir im Arm,
die im Gebüsch – du weißt – von mir verborgen ward,
daß wir sie irreführen und willkommene
Meldung erstatten: wie mein Körper ganz dahin,

φλογιστὸν ἤδη καὶ κατηνθρακωμένον.
τί γάρ με λυπεῖ τοῦθ', ὅταν λόγῳ θανὼν
ἔργοισι σωθῶ κἀξενέγκωμαι κλέος;
δοκῶ μέν, οὐδὲν ῥῆμα σὺν κέρδει κακόν.
ἤδη γὰρ εἶδον πολλάκις καὶ τοὺς σοφοὺς
λόγῳ μάτην θνῄσκοντας· εἶθ', ὅταν δόμους
ἔλθωσιν αὖθις, ἐκτετίμηνται πλέον·
ὡς κἄμ' ἐπαυχῶ τῆσδε τῆς φήμης ἄπο
δεδορκότ' ἐχθροῖς ἄστρον ὣς λάμψειν ἔτι.
ἀλλ', ὦ πατρῴα γῆ θεοί τ' ἐγχώριοι,
δέξασθέ μ' εὐτυχοῦντα ταῖσδε ταῖς ὁδοῖς,
σύ τ', ὦ πατρῷον δῶμα· σοῦ γὰρ ἔρχομαι
δίκῃ καθαρτὴς πρὸς θεῶν ὡρμημένος·
καὶ μή μ' ἄτιμον τῆσδ' ἀποστείλητε γῆς,
ἀλλ' ἀρχέπλουτον καὶ καταστάτην δόμων.
εἴρηκα μέν νυν ταῦτα· σοὶ δ' ἤδη, γέρον,
τὸ σὸν μελέσθω βάντι φρουρῆσαι χρέος.
νὼ δ' ἔξιμεν· καιρὸς γάρ, ὅσπερ ἀνδράσιν
μέγιστος ἔργου παντός ἐστ' ἐπιστάτης.

Ἠλέκτρα

ἰώ μοί μοι δύστηνος.
Πα καὶ μὴν θυρῶν ἔδοξα προσπόλων τινὸς
ὑποστενούσης ἔνδον αἰσθέσθαι, τέκνον.
Ὀρ ἆρ' ἐστὶν ἡ δύστηνος Ἠλέκτρα; θέλεις
μείνωμεν αὐτοῦ κἀπακούσωμεν γόων;
Πα ἥκιστα. μηδὲν πρόσθεν ἢ τὰ Λοξίου
πειρώμεθ' ἔρδειν κἀπὸ τῶνδ' ἀρχηγετεῖν,
πατρὸς χέοντες λουτρά· ταῦτα γὰρ φέρειν
νίκην τέ φημι καὶ κράτος τῶν δρωμένων.

Ἠλ ὦ φάος ἁγνὸν an^{2}
καὶ γῆς ἰσόμοιρ' ἀήρ, ὥς μοι an^{4}
πολλὰς μὲν θρήνων ᾠδάς,
πολλὰς δ' ἀντήρεις ᾔσθου

bereits verbrannt sei und in Asche aufgelöst.
Denn was bekümmert's mich, wenn ich, dem Wort nach tot,
der Tat nach lebe und zu Ehren kommen kann?
Auch denk' ich, daß kein Wort, das hilft, verwerflich ist.
Von klugen Männern hab' ich oftmals schon gehört,
die totgesagt durch irriges Gerücht: wenn sie
nach Haus dann kehrten, ehrte man sie desto mehr.
So hoff' ich, daß auf dies Gerücht noch lebend ich
den Feinden auch erstrahlen werde wie ein Stern.
Du Vatererde, heimatliche Götter ihr,
empfangt mich! Laßt mir wohlgelingen diese Fahrt,
auch du, Haus meiner Väter! Denn ich komm' als dein
Entsühner nach dem Recht: die Götter senden mich.
Und laßt mich ehrlos nicht aus diesem Lande gehn!
Laßt mich des Hauses Macht und Größe neu erbaun!
Das hab' ich nun gesagt. Du, Alter, geh und sei
bedacht darauf, was deines Amtes ist, zu tun!
Wir gehn hinaus. Der Augenblick ist da, der stets
Männern der stärkste Helfer ist bei ihrem Werk.

Elektra
im Hause

Weh mir in meinem Unglück!
Al Kind, durch die Türe hab' ich eben, wie mich dünkt,
von drinnen einer Dienerin Gestöhn gehört.
Or Ist's etwa die unglückliche Elektra? Willst
du, daß wir bleiben, um zu hören, wie sie klagt?
Al Nein, nein, laß uns darauf bedacht sein, erst den Spruch
des Gottes zu vollziehn und zu beginnen mit
des Vaters Totenopfer; denn ich meine, das
bringt uns den Sieg und gibt die Kraft uns für die Tat.

Die Männer gehen nach links weg; Elektra kommt aus dem Hause

El Du heiliges Licht,
und Luft zwischen Erd' und Himmel, wie oft
vernahmt ihr Klagelieder
von mir und die grimmen Schläge,

στέρνων πλαγὰς αἱμασσομένων,
ὁπόταν δνοφερὰ νὺξ ὑπολειφθῇ·
τὰ δὲ παννυχίδων ἤδη στυγεραὶ
ξυνίσασ' εὐναὶ μογερῶν οἴκων,
ὅσα τὸν δύστηνον ἐμὸν θρηνῶ
πατέρ', ὃν κατὰ μὲν βάρβαρον αἶαν
φοίνιος Ἄρης οὐκ ἐξένισεν,
μήτηρ δ' ἡμὴ χὠ κοινολεχὴς
Αἴγισθος ὅπως δρῦν ὑλοτόμοι
σχίζουσι κάρα φονίῳ πελέκει.
κοὐδεὶς τούτων οἶκτος ἀπ' ἄλλης
ἢ 'μοῦ φέρεται, σοῦ, πάτερ, οὕτως
αἰκῶς οἰκτρῶς τε θανόντος.
ἀλλ' οὐ μὲν δὴ
λήξω θρήνων στυγερῶν τε γόων,
ἔστ' ἂν παμφεγγεῖς ἄστρων
ῥιπάς, λεύσσω δὲ τόδ' ἦμαρ,
μὴ οὐ τεκνολέτειρ' ὥς τις ἀηδὼν
ἐπὶ κωκυτῷ τῶνδε πατρῴων
πρὸ θυρῶν ἠχὼ πᾶσι προφωνεῖν.
ὦ δῶμ' Ἀίδου καὶ Περσεφόνης,
ὦ χθόνι' Ἑρμῆ καὶ πότνι' Ἀρά,
σεμναί τε θεῶν παῖδες Ἐρινύες,
αἳ τοὺς ἀδίκως θνῄσκοντας ὁρᾶθ',
αἳ τοὺς εὐνὰς ὑποκλεπτομένους,
ἔλθετ', ἀρήξατε, τείσασθε πατρὸς
φόνον ἡμετέρου,
καί μοι τὸν ἐμὸν πέμψατ' ἀδελφόν.
μούνη γὰρ ἄγειν οὐκέτι σωκῶ
λύπης ἀντίρροπον ἄχθος.

Χορός

ὦ παῖ, παῖ δυστανοτάτας — ch^2 — Str. 1
Ἠλέκτρα ματρός, τίν' ἀεὶ — ch^2
τάκεις ὧδ' ἀκόρεστον οἰμωγὰν — gl sp

mit denen ich blutig riß meine Brust,
sobald die finstere Nacht entwich!
Und gar diese nächtlichen „Feste“ im Bett
der Qual, mitwissend des Hauses Schmach!
Wie wein' ich um meinen Vater dann,
den ärmsten, den nicht im Barbarenland
der blutige Ares aufnahm, dem
meine Mutter jedoch und ihr Bettgenoß
Aigisthos, wie Holzfäller Eichenholz,
das Haupt mit dem Mordbeil spalteten!
Und keine andre erhebt dabei
die Klage als ich um dich, Vater, der
so schmählich und elend dahinstarb.
Doch nimmermehr
will ich enden Jammer und Klagegesang,
solang ich der Sterne flackernden Glanz
und das Licht dieses Tages schaue:
wie die Nachtigall, ihrer Jungen beraubt,
wehklagt, so lass' ich ertönen vorm Tor
des Vaters den Wehruf für alle hier.
O Hades und du, Persephones Haus!
O Totengott Hermes, o Herrin des Fluchs!
Erinyen, hehre, aus Göttergeschlecht,
die ihr die rechtlos Getöteten seht
und diesen verstohlenen Ehebruch,
o, nahet und helfet und sühnet den Mord
an unserem Vater!
Und sendet mir doch meinen Bruder her!
Denn als einzige kann ich die Last des Leids
nicht länger im Gleichgewicht halten.

Chor

zieht ein

Kind Elektra, Kind einer, ach,
heillos schlimmen Mutter, wie schmilzt
unersättlich dein Klagelied um den,

	τὸν πάλαι ἐκ δολερᾶς ἀθεώτατα	da^4	
	ματρὸς ἁλόντ' ἀπάταις Ἀγαμέμνονα	da^4	
	κακᾷ τε χειρὶ πρόδοτον; ὡς ὁ τάδε πορὼν	ia^3	
	ὄλοιτ', εἴ μοι θέμις τάδ' αὐδᾶν.	ba cr ba	
Ἠλ	ὦ γενέθλα γενναίων,	ch mo	
	ἥκετ' ἐμῶν καμάτων παραμύθιον·	da^4	
	οἶδά τε καὶ ξυνίημι τάδ', οὔ τί με	da^4	
	φυγγάνει, οὐδ' ἐθέλω προλιπεῖν τόδε,	da^4	
	μὴ οὐ τὸν ἐμὸν στενάχειν πατέρ' ἄθλιον.	da^4	
	ἀλλ' ὦ παντοί-	da^2	
	ας φιλότητος ἀμειβόμεναι χάριν,	da^4	
	ἐᾶτέ μ' ὧδ' ἀλύειν,	ia ba	
	αἰαῖ, ἱκνοῦμαι.	rz	
Χο	ἀλλ' οὔτοι τόν γ' ἐξ' Ἀΐδα	ch^2	Ant. 1
	παγκοίνου λίμνας πατέρ' ἀν-	ch^2	
	στάσεις οὔτε γόοις οὔτε λιταῖσιν·	ascl (m) ∧	
	ἀλλ' ἀπὸ τῶν μετρίων ἐπ' ἀμήχανον	da^4	
	ἄλγος ἀεὶ στενάχουσα διόλλυσαι,	da^4	
	ἐν οἷς ἀνάλυσίς ἐστιν οὐδεμία κακῶν.	ia^3	
	τί μοι τῶν δυσφόρων ἐφίῃ;	ba cr ba	
Ἠλ	νήπιος ὃς τῶν οἰκτρῶς	ch mo	
	οἰχομένων γονέων ἐπιλάθεται.	da^4	
	ἀλλ' ἐμέ γ' ἁ στονόεσσ' ἄραρεν φρένας,	da^4	
	ἃ Ἴτυν, αἰὲν Ἴτυν ὀλοφύρεται,	da^4	
	ὄρνις ἀτυζομένα, Διὸς ἄγγελος.	da^4	
	ἰὼ παντλά-	da^2	
	μων Νιόβα, σὲ δ' ἔγωγε νέμω θεόν,	da^4	
	ἅτ' ἐν τάφῳ πετραίῳ,	ia ba	
	αἰαῖ, δακρύεις.	rz	
Χο	οὔτοι σοὶ μούνᾳ,	do	Str. 2
	τέκνον, ἄχος ἐφάνη βροτῶν,	cr ia	
	πρὸς τί δὲ σὺ τῶν ἔνδον εἶ περισσά,	ia cr ba	
	οἷς ὁμόθεν εἶ καὶ γονᾷ ξύναιμος,	ia cr ba	
	οἵα Χρυσόθεμις ζώει καὶ	da^4	
	Ἰφιάνασσα,	ad	

der von der tückischen Mutter vorzeiten mit
ruchloser Arglist umgarnt, Agamemnon, und
mit frevler Hand geopfert ward? Käme, wer es verbrach.
doch um, wenn mir dies Wort erlaubt ist!

El Ihr, unsrer Edlen Töchter,
kommt, mich zu trösten in all meinen Drangsalen.
Weiß ich es doch und versteh' es: wie sollt' ich's nicht
fühlen? Doch will ich auch nimmermehr ablassen,
wehezuklagen um meinen ermordeten
Vater. Aber
ihr, die ihr stets meine Liebe erwidertet,
erlaubt mir, so zu toben,
weh mir, ich flehe!

Ch Dennoch rufst den Vater du nicht
her von Hades' Wassern, den all-
schlingenden, nicht durch Wehruf noch Gebete.
Doch unablässig beweinend versinkst du aus
maßvollem Kummer in heillose Bitternis,
wo es doch keinerlei Ausweg je aus dem Leide gibt.
Was überläßt du dich dem Grame?

El Töricht ist, wer die elend
untergegangenen Eltern vergessen kann.
Doch meinem Herzen ist teuer die schluchzende,
immer um Itys, um Itys nur klagende
Botin des Frühlings, die ängstliche Nachtigall.
Weh, auch du, all-
duldende Niobe, bist eine Göttin mir,
die noch als steinern Grabmal
ach, immerfort weint!

Ch Doch dir allein nicht,
Kind, ward auf Erden ja Leid zuteil!
Wozu übertriffst du die drin im Klagen,
mit denen du gleich stehst durch Blut und Herkunft?
Wie Chrysothemis lebt und wie auch
Iphianassa,

	κρυπτᾷ τ’ ἀχέων ἐν ἥβᾳ	ia ba	
	ὄλβιος, ὃν ἁ κλεινὰ	ia sp	
	γᾶ ποτε Μυκηναίων	ia sp	
	δέξεται εὐπατρίδαν, Διὸς εὔφρονι	da^4	
	σήματι μολόντα τάνδε γᾶν Ὀρέσταν.	ia ia ba	
Ἠλ	ὅν γ’ ἐγὼ ἀκάματα προσμένουσ’ ἄτεκνος,	ia ia ba	
	τάλαιν’ ἀνύμφευτος αἰὲν οἰχνῶ,	ia cr ba	
	δάκρυσι μυδαλέα, τὸν ἀνήνυτον	da^4	
	οἶτον ἔχουσα κακῶν· ὁ δὲ λάθεται	da^4	
	ὧν τ’ ἔπαθ’ ὧν τ’ ἐδάη. τί γὰρ οὐκ ἐμοὶ	da^4	
	ἔρχεται ἀγγελίας ἀπατώμενον;	da^4	
	ἀεὶ μὲν γὰρ ποθεῖ,	ba cr	
	ποθῶν δ’ οὐκ ἀξιοῖ φανῆναι.	ba cr ba	
Χο	θάρσει μοι, θάρσει,	do	Ant. 2
	τέκνον. ἔτι μέγας οὐρανῷ	cr ia	
	Ζεύς, ὃς ἐφορᾷ πάντα καὶ κρατύνει·	ia cr ba	
	ᾧ τὸν ὑπεραλγῆ χόλον νέμουσα	ia cr ba	
	μήθ’ οἷς ἐχθαίρεις ὑπεράχθεο	da^4	
	μήτ’ ἐπιλάθου·	ad	
	χρόνος γὰρ εὐμαρὴς θεός.	ia ba	
	οὔτε γὰρ ὁ τὰν Κρίσᾳ	ia sp	
	βούνομον ἔχων ἀκτὰν	ia sp	
	παῖς Ἀγαμεμνονίδας ἀπερίτροπος	da^4	
	οὔθ’ ὁ παρὰ τὸν Ἀχέροντα θεὸς ἀνάσσων.	ia ia ba	
Ἠλ	ἀλλ’ ἐμὲ μὲν ὁ πολὺς ἀπολέλοιπεν ἤδη	ia ia ba	
	βίοτος ἀνέλπιστος, οὐδ’ ἔτ’ ἀρκῶ·	ia cr ba	
	ἅτις ἄνευ τεκέων κατατάκομαι,	da^4	
	ἇς φίλος οὔτις ἀνὴρ ὑπερίσταται,	da^4	
	ἀλλ’ ἁπερεί τις ἔποικος ἀναξία	da^4	
	οἰκονομῶ θαλάμους πατρός, ὧδε μὲν	da^4	
	ἀεικεῖ σὺν στολᾷ,	ba cr	
	κεναῖς δ’ ἀμφίσταμαι τραπέζαις.	ba cr ba	
Χο	οἰκτρὰ μὲν νόστοις αὐδά,	en	Str. 3
	οἰκτρὰ δ’ ἐν κοίταις πατρῴαις	do^2	
	ὅτε οἱ παγχάλκων ἀνταία	do^2	

in leidentrückter Jugend
ist glücklich auch er, den stolz
das Land der Mykener einst
grüßt als den Erben, der kommt mit dem huldvollen
Geleite des Zeus in dieses Land: Orestes!

El Ich harre auf ihn unermüdlich: ohne Kinder
und unvermählt, wandl' ich leidvoll allzeit,
immer in Tränen gebadet die endlose
Plage der Übel ertragend; vergessen hat
er, was ich tat und ihm kündete: welche von
all seinen Botschaften waren nicht Täuschungen?
Denn stets zwar sehnt er sich,
doch drängt ihn Sehnsucht nicht, zu kommen.

Ch Vertrau', vertraue,
Kind! Denn im Himmel ist mächtig noch
Zeus: Er überwacht alles und gebietet.
Ihm stelle den Groll heim, den allzu bittren!
Hasse nicht zu sehr deine Feinde
noch auch vergiß sie!
Die Göttin Zeit ist hilfreich:
denn weder auf Krisa weilt,
am rinderbewohnten Strand,
sorglos und uneingedenk Agamemnons Sohn,
noch hat es der Gott, der am Acheron herrscht, vergessen.

El Jedoch ist bereits in Verzweiflung das meiste Dasein
dahin mir geflohn: länger nicht ertrag' ich's,
die sich allein, ohne Kinder verzehren muß,
Schutz eines liebenden Mannes entbehren muß:
aber gleichwie eine Fremde, Verachtete
schaff' ich im Hause des Vaters, gekleidet in
dies schäbige Gewand,
und steh' am karg bestellten Tische!

Ch Bei seiner Heimkehr Wehruf
und Wehruf auf der Väter Pfühl,
als der Schlag ihn, der wohlgezielte,

	γενύων ὡρμάθη πλαγά.	en	
	δόλος ἦν ὁ φράσας, ἔρος ὁ κτείνας,	an^4	
	δεινὰν δεινῶς προφυτεύσαντες	an^4	
	μορφάν· εἴτ' οὖν θεὸς εἴτε βροτῶν	an^4	
	ἦν ὁ ταῦτα πράσσων.	ith	
Ἠλ	ὦ πασᾶν κείνα πλέον ἁμέρα	do^2	
	ἐλθοῦσ' ἐχθίστα δή μοι·	en	
	ὦ νύξ, ὦ δείπνων ἀρρήτων	do^2	
	ἔκπαγλ' ἄχθη·	do	
	τοὺς ἐμὸς ἴδε πατὴρ	do	
	θανάτους αἰκεῖς διδύμαιν χειροῖν,	an^4	
	αἳ τὸν ἐμὸν εἷλον βίον	ia cr	
	πρόδοτον, αἵ μ' ἀπώλεσαν·	cr ia	
	οἷς θεὸς ὁ μέγας Ὀλύμπιος	ia^2	
	ποίνιμα πάθεα παθεῖν πόροι,	ia^2	
	μηδέ ποτ' ἀγλαΐας ἀποναίατο	da^4	
	τοιάδ' ἀνύσαντες ἔργα.	en	
Χο	φράζου μὴ πόρσω φωνεῖν.	en	Ant. 3
	οὐ γνώμαν ἴσχεις ἐξ οἵων	do^2	
	τὰ παρόντ'; οἰκείας εἰς ἄτας	do^2	
	ἐμπίπτεις οὕτως αἰκῶς.	en	
	πολὺ γάρ τι κακῶν ὑπερεκτήσω,	an^4	
	σᾷ δυσθύμῳ τίκτουσ' αἰεὶ	an^4	
	ψυχᾷ πολέμους· τῷ τοῖς δυνατοῖς	an^4	
	οὐκ ἀρεστὰ πράσσειν.	ith	
Ἠλ	δείν' ἐν δεινοῖς ἠναγκάσθην·	do^2	
	ἔξοιδ', οὐ λάθει μ' ὀργά.	en	
	ἀλλ' ἐν γὰρ δεινοῖς οὐ σχήσω	do^2	
	ταύτας ἄτας,	do^2	
	ὄφρα με βίος ἔχῃ.	do	
	τίνι γάρ ποτ' ἄν, ὦ φιλία γενέθλα,	an^4	
	πρόσφορον ἀκούσαιμ' ἔπος,	ia cr	
	τίνι φρονοῦντι καίρια;	cr ia	
	ἄνετέ μ' ἄνετε παράγοροι.	ia^2	
	τάδε γὰρ ἄλυτα κεκλήσεται·	ia^2	

des erznen Beiles jäh traf:
der Berater war Tücke, der Mörder Gier,
entsetzlich zeugend entsetzliches
Gebild, es sei nun ein Gott oder Mensch,
der die Tat vollbracht hat.

El O jener Tag, weit der verhaßteste
von allen, die mir kamen!
Nacht! O grausigen Gelages
Qual, unsagbar!
Mein Vater schaute den Tod,
den entehrenden Tod in den Händen der zwei:
sie nahmen das Leben auch mir,
gaben es preis, zerstörten mich.
Der Gott, der olympische, mächtige
er lasse sie leiden ihr Leben lang!
Nimmermehr möge der Glanz sie befriedigen,
die solche Gewalttat übten!

Ch Halt inne! Sprich nicht weiter!
Erkennst du nicht, woraus das Heut
sich erhob? Mit des Hauses Unheil
bemengst du so dich schmachvoll.
Denn du zogst dir schon Übel im Unmaß zu,
gebarst in deinem düstren Sinn
Zerwürfnisse stets, weil den Mächtigen du
nicht gefällig sein willst.

El Nur Härte zwang mich, hart zu sein.
Wohl kenn' ich meine Wildheit;
doch im harten Los verhalt' ich
nie den Jammer,
solang das Leben mich hält.
Denn von wem, o ihr freundlichen Mädchen, vernähm'
ich je noch ein hilfreiches Wort,
der sich in meine Lage denkt?
Drum laßt mich, ihr Tröstenden, laßt mich nur!
Denn immer wird dies unauflösbar sein.

οὐδέ ποτ᾽ ἐκ καμάτων ἀποπαύσομαι — da^4
ἀνάριθμος ὧδε θρήνων. — en

Χο ἀλλ᾽ οὖν εὐνοίᾳ γ᾽ αὐδῶ, — en — Ep.
μάτηρ ὡσεί τις πιστά, — en
μὴ τίκτειν σ᾽ ἄταν ἄταις. — en
Ἠλ καὶ τί μέτρον κακότατος ἔφυ; φέρε, — da^4
πῶς ἐπὶ τοῖς φθιμένοις ἀμελεῖν καλόν; — da^4
ἐν τίνι τοῦτ᾽ ἔβλαστ᾽ ἀνθρώπων; — da^4
μήτ᾽ εἴην ἔντιμος τούτοις — an^4
μήτ᾽, εἴ τῳ πρόσκειμαι χρηστῷ, — an^4
ξυνναίοιμ᾽ εὔκηλος, γονέων — mo do
ἐκτίμους ἴσχουσα πτέρυγας — mo do
ὀξυτόνων γόων. — do
εἰ γὰρ ὁ μὲν θανὼν γᾶ τε καὶ οὐδὲν ὢν — do^2
κείσεται τάλας, — do
οἱ δὲ μὴ πάλιν — do
δώσουσ᾽ ἀντιφόνους δίκας, — gl
ἔρροι τ᾽ ἂν αἰδὼς — rz
ἁπάντων τ᾽ εὐσέβεια θνατῶν. — ba cr ba

Χορός

ἐγὼ μέν, ὦ παῖ, καὶ τὸ σὸν σπεύδουσ᾽ ἅμα
καὶ τοὐμὸν αὐτῆς ἦλθον· εἰ δὲ μὴ καλῶς
λέγω, σὺ νίκα· σοὶ γὰρ ἑψόμεσθ᾽ ἅμα.
Ἠλ αἰσχύνομαι μέν, ὦ γυναῖκες, εἰ δοκῶ
πολλοῖσι θρήνοις δυσφορεῖν ὑμῖν ἄγαν.
ἀλλ᾽ ἡ βία γάρ ταῦτ᾽ ἀναγκάζει με δρᾶν,
σύγγνωτε. πῶς γάρ, εἴ τις εὐγενὴς γυνή,
πατρῷ᾽ ὁρῶσα πήματ᾽, οὐ δρῴη τάδ᾽ ἄν,
ἁγὼ κατ᾽ ἦμαρ καὶ κατ᾽ εὐφρόνην ἀεὶ
θάλλοντα μᾶλλον ἢ καταφθίνονθ᾽ ὁρῶ;
ᾗ πρῶτα μὲν τὰ μητρός, ἥ μ᾽ ἐγείνατο,
ἔχθιστα συμβέβηκεν· εἶτα δώμασιν
ἐν τοῖς ἐμαυτῆς τοῖς φονεῦσι τοῦ πατρὸς

Lass' ich doch nie meine Trübsal sich endigen;
die Klagen sind unerschöpflich.

Ch In guter Absicht rat' ich
getreu wie eine Mutter,
daß du nicht Leid aus Leid zeugst.
El Wo ist das Maß ihrer Bosheit? Und sage mir,
ziemt es sich denn, zu versäumen Verstorbene?
Bei was für Menschen ward dies Sitte?
Bei solchen sei ich nie geehrt!
Nie, würd' ich eines Edlen Weib,
sei ich ihm friedlich zugetan,
hemmt' ich zu Vaters Schande den Flug
gellenden Klagerufs!
Denn wenn der Tote, bloß Staub und nichts weiter sonst,
elend liegen soll,
sie hingegen nicht
büßen sollen den Mord gerecht,
stirbt aus die Ehrfurcht
und alle fromme Scheu bei Menschen.

Chorführerin

Zwar kam ich, Kind, zugleich bekümmert um dein Los
und um mein eigenes hierher; doch ist mein Wort
nicht richtig, gelte deines; denn wir folgen dir.
El Wohl schäm' ich mich, ihr Mädchen, wenn ich euch zu sehr
mich zu empören scheine mit dem Wehgeschrei;
doch da mich die Gewalttat nötigt, dies zu tun,
vergebt mir! Denn wie könnte wohl ein edles Weib
ererbtes Unheil ansehn, ohne so zu tun?
Ich muß es jederzeit, bei Tag und in der Nacht,
weit eher neu erblicken als hinschwinden sehn.
Zum ersten liegt der Mutter ganzer Haß, die mich
gebar, vereint auf mir; sodann muß ich im Haus,
in meinem eignen, mit des Vaters Mördern stets

ξύνειμι, κἀκ τῶνδ' ἄρχομαι κἀκ τῶνδέ μοι
λαβεῖν θ' ὁμοίως καὶ τὸ τητᾶσθαι πέλει.
ἔπειτα ποίας ἡμέρας δοκεῖς μ' ἄγειν,
ὅταν θρόνοις Αἴγισθον ἐνθακοῦντ' ἴδω
τοῖσιν πατρῴοις, εἰσίδω δ' ἐσθήματα
φοροῦντ' ἐκείνῳ ταὐτά, καὶ παρεστίους
σπένδοντα λοιβὰς ἔνθ' ἐκεῖνον ὤλεσεν,
ἴδω δὲ τούτων τὴν τελευταίαν ὕβριν,
τὸν αὐτοέντην ἡμὶν ἐν κοίτῃ πατρὸς
ξὺν τῇ ταλαίνῃ μητρί, μητέρ' εἰ χρεὼν
ταύτην προσαυδᾶν τῷδε συγκοιμωμένην·
ἡ δ' ὧδε τλήμων, ὥστε τῷ μιάστορι
ξύνεστ', Ἐρινὺν οὔτιν' ἐκφοβουμένη·
ἀλλ' ὥσπερ ἐγγελῶσα τοῖς ποιουμένοις,
τηροῦσ' ἐκείνην ἡμέραν, ἐν ᾗ τότε
πατέρα τὸν ἁμὸν ἐκ δόλου κατέκτανεν,
ταύτῃ χοροὺς ἵστησι καὶ μηλοσφαγεῖ
θεοῖσιν ἔμμην' ἱερὰ τοῖς σωτηρίοις.
ἐγὼ δ' ὁρῶσα δύσμορος κατὰ στέγας
κλαίω, τέτηκα, κἀπικωκύω πατρὸς
τὴν δυστάλαιναν δαῖτ' ἐπωνομασμένην
αὐτὴ πρὸς αὐτήν· οὐδὲ γὰρ κλαῦσαι πάρα
τοσόνδ' ὅσον μοι θυμὸς ἡδονὴν φέρει.
αὕτη γὰρ ἡ λόγοισι γενναία γυνὴ
φωνοῦσα τοιάδ' ἐξονειδίζει κακά·
ὦ δύσθεον μίσημα, σοὶ μόνῃ πατὴρ
τέθνηκεν; ἄλλος δ' οὔτις ἐν πένθει βροτῶν;
κακῶς ὄλοιο, μηδέ σ' ἐκ γόων ποτὲ
τῶν νῦν ἀπαλλάξειαν οἱ κάτω θεοί.
τάδ' ἐξυβρίζει· πλὴν ὅταν κλύῃ τινὸς
ἥξοντ' Ὀρέστην· τηνικαῦτα δ' ἐμμανὴς
βοᾷ παραστᾶσ'· οὐ σύ μοι τῶνδ' αἰτία;
οὐ σὸν τόδ' ἐστὶ τοὔργον, ἥτις ἐκ χερῶν
κλέψασ' Ὀρέστην τῶν ἐμῶν ὑπεξέθου;
ἀλλ' ἴσθι τοι τείσουσά γ' ἀξίαν δίκην.
τοιαῦθ' ὑλακτεῖ, σὺν δ' ἐποτρύνει πέλας

zusammensein, bin ihnen untertan, und sie
bestimmen, was ich nehmen, was entbehren soll.
Und endlich: was für Tage, meinst du, hab' ich wohl,
wenn ich Aigisthos sitzen sehe auf dem Thron,
dem väterlichen, sehe, wie er Kleider trägt,
die Er dereinst getragen, und am Hausaltar
Trankopfer spendet, wo er ihn ermordet hat,
und gar den allerschwersten Frevel sehen muß:
den Mörder liegend in des Vaters Ehebett
mit der unseligen Mutter, – wenn man Mutter sie
noch nennen müßte, die mit dem zusammen schläft,
die mit dem schuldbefleckten Mann so ohne Scham
zusammenlebt und keine Rachegöttin scheut;
nein, wie zum Hohne über all das, was geschah,
begeht sie jenen Tag, an welchem damals sie
mit Arglist unsren Vater hingemordet hat!
Dann läßt sie Reigen tanzen, und allmonatlich
bringt sie Schafopfer für den Schutz der Götter dar.
Ich Unglückselige, seh' ich das im Haus mit an,
wein' ich, verzehre mich und jammre um das „Mahl"
des Vaters, wie sie die unselige Feier nennt,
für mich allein; denn auch zu weinen ist mir nicht
soviel erlaubt, wie es des Herzens Lust verlangt.
Denn sie, die nach dem Namen hochgeborne Frau,
ruft dann mir höhnisch solche bösen Worte zu:
„Gottloses Scheusal, ist der Vater dir allein
verstorben? Trägt kein andrer Mensch noch Leid um ihn?
Verkomm im Elend! Und von diesem Wehgeheul
mögen dich auch die Götter drunten nie befrein!"
So ruft sie freveInd; nur wenn sie von jemand hört,
Orestes werde kommen, tritt sie rasend vor
mich hin und schreit: „Hast du mir dies nicht angetan?
Ist dieses Werk nicht deines, die aus meinem Arm
Orestes mir geraubt und heimlich fortgebracht?
Doch wisse: büßen wirst du's mit verdientem Lohn!"
Dermaßen bellt sie. Ihr erlauchter Gatte tritt

ὁ κλεινὸς αὐτῇ ταῦτα νυμφίος παρών,
ὁ πάντ' ἄναλκις οὗτος, ἡ πᾶσα βλάβη,
ὁ σὺν γυναιξὶ τὰς μάχας ποιούμενος.
ἐγὼ δ' Ὀρέστην τῶνδε προσμένουσ' ἀεὶ
παυστῆρ' ἐφήξειν ἡ τάλαιν' ἀπόλλυμαι.
μέλλων γὰρ αἰεὶ δρᾶν τι τὰς οὔσας τέ μου
καὶ τὰς ἀπούσας ἐλπίδας διέφθορεν.
ἐν οὖν τοιούτοις οὔτε σωφρονεῖν, φίλαι,
οὔτ' εὐσεβεῖν πάρεστιν· ἀλλ' ἐν τοῖς κακοῖς
πολλή 'στ' ἀνάγκη κἀπιτηδεύειν κακά.
Χο φέρ' εἰπέ, πότερον ὄντος Αἰγίσθου πέλας
λέγεις τάδ' ἡμῖν, ἢ βεβῶτος ἐκ δόμων;
Ἠλ ἦ κάρτα. μὴ δόκει μ' ἄν, εἴπερ ἦν πέλας,
θυραῖον οἰχνεῖν· νῦν δ' ἀγροῖσι τυγχάνει.
Χο ἦ δὴ ἂν ἐγὼ θαρσοῦσα μᾶλλον ἐς λόγους
τοὺς σοὺς ἱκοίμην, εἴπερ ὧδε ταῦτ' ἔχει.
Ἠλ ὡς νῦν ἀπόντος ἱστόρει· τί σοι φίλον;
Χο καὶ δή σ' ἐρωτῶ, τοῦ κασιγνήτου τί φής,
ἥξοντος, ἢ μέλλοντος; εἰδέναι θέλω.
Ἠλ φησίν γε· φάσκων δ' οὐδὲν ὧν λέγει ποεῖ.
Χο φιλεῖ γὰρ ὀκνεῖν πρᾶγμ' ἀνὴρ πράσσων μέγα.
Ἠλ καὶ μὴν ἔγωγ' ἔσωσ' ἐκεῖνον οὐκ ὄκνῳ.
Χο θάρσει· πέφυκεν ἐσθλός, ὥστ' ἀρκεῖν φίλοις.
Ἠλ πέποιθ', ἐπεὶ τἂν οὐ μακρὰν ἔζων ἐγώ.
Χο μὴ νῦν ἔτ' εἴπῃς μηδέν· ὡς δόμων ὁρῶ
τὴν σὴν ὅμαιμον, ἐκ πατρὸς ταὐτοῦ φύσιν,
Χρυσόθεμιν, ἔκ τε μητρός, ἐντάφια χεροῖν
φέρουσαν, οἷα τοῖς κάτω νομίζεται.

Χρυσόθεμις

τίν' αὖ σὺ τήνδε πρὸς θυρῶνος ἐξόδοις
ἐλθοῦσα φωνεῖς, ὦ κασιγνήτη, φάτιν,
κοὐδ' ἐν χρόνῳ μακρῷ διδαχθῆναι θέλεις
θυμῷ ματαίῳ μὴ χαρίζεσθαι κενά;
καίτοι τοσοῦτόν γ' οἶδα κἀμαυτήν, ὅτι

zur Seite ihr und spornt sie immer weiter an,
er, der vollkommene Feigling, Schädling durch und durch,
der nur mit Weibern alle seine Schlachten schlägt!
Ich aber, immer harrend, daß Orestes kommt,
unser Befreier, gehe noch zugrund' vor Gram.
Denn immer zaudert er zu handeln und zerstört
mir alle nahen, alle fernen Hoffnungen.
In solcher Not, ihr Lieben, ist nicht Mäßigung,
ist nicht Ergebenheit erlaubt: in übler Zeit
ist viele Nötigung, das Üble auch zu tun.
Chf Doch sag mir: ist Aigisthos nahe, während du
so mit uns redest, oder ging er aus dem Haus?
El Gewiß doch! Wenn er nahe wäre, käm' ich nicht
hier vor die Türe. Auf den Feldern ist er jetzt.
Chf So darf auch ich auf deine Worte wohl mit mehr
Zutrauen eingehn, wenn sich's so damit verhält.
El Da er jetzt weg ist, frage nur! Was möchtest du?
Chf So will ich fragen. – Was du von dem Bruder meinst:
ob er noch zögert oder kommt, das wüßt' ich gern.
El Er sagt es zwar; doch was er sagt, führt er nicht aus.
Chf Zu zaudern pflegt der Mann, der Großes unternimmt.
El Doch ohne Zaudern hab' ich ihn gerettet einst.
Chf Getrost! Er ist ja edel, steht den Seinen bei.
El Ich glaub' es, denn ich lebte sonst nicht lange mehr.
Chf Sag jetzt nichts mehr davon! Ich sehe, aus dem Haus
tritt deine Schwester, die vom selben Vater stammt,
Chrysothemis, und der Mutter: in den Händen trägt
sie Gaben, wie man sie den Toten drunten weiht.

Chrysothemis
ist herausgetreten

Ach, Schwester, warum gehst du denn nun wieder zum
Ausgang des Vorsaals und führst solche Reden hier
und willst es noch nicht lernen nach so langer Zeit,
zwecklosem Zorne nicht umsonst zu huldigen?
So weit kenn' ich mich freilich selbst und weiß, daß ich

ἀλγῶ 'πὶ τοῖς παροῦσιν· ὥστ' ἄν, εἰ σθένος
λάβοιμι, δηλώσαιμ' ἂν οἷ' αὐτοῖς φρονῶ.
νῦν δ' ἐν κακοῖς μοι πλεῖν ὑφειμένῃ δοκεῖ,
καὶ μὴ δοκεῖν μὲν δρᾶν τι, πημαίνειν δὲ μή.
τοιαῦτα δ' ἄλλα καὶ σὲ βούλομαι ποεῖν.
καίτοι τὸ μὲν δίκαιον, οὐχ ᾗ 'γὼ λέγω,
ἀλλ' ᾗ σὺ κρίνεις. εἰ δ' ἐλευθέραν με δεῖ
ζῆν, τῶν κρατούντων ἐστὶ πάντ' ἀκουστέα.

Ἠλ δεινόν γέ σ' οὖσαν πατρὸς οὗ σὺ παῖς ἔφυς
κείνου λελῆσθαι, τῆς δὲ τικτούσης μέλειν.
ἅπαντα γάρ σοι τἀμὰ νουθετήματα
κείνης διδακτά, κοὐδὲν ἐκ σαυτῆς λέγεις.
ἔπειθ' ἑλοῦ γε θάτερ', ἢ φρονεῖν κακῶς,
ἢ τῶν φίλων φρονοῦσα μὴ μνήμην ἔχειν·
ἥτις λέγεις μὲν ἀρτίως ὡς, εἰ λάβοις
σθένος, τὸ τούτων μῖσος ἐκδείξειας ἄν·
ἐμοῦ δὲ πατρὶ πάντα τιμωρουμένης
οὔτε ξυνέρδεις τήν τε δρῶσαν ἐκτρέπεις.
οὐ ταῦτα πρὸς κακοῖσι δειλίαν ἔχει;
ἐπεὶ δίδαξον, ἢ μάθ' ἐξ ἐμοῦ, τί μοι
κέρδος γένοιτ' ἂν τῶνδε ληξάσῃ γόων.
οὐ ζῶ; κακῶς μέν, οἶδ', ἐπαρκούντως δ' ἐμοί.
λυπῶ δὲ τούτους, ὥστε τῷ τεθνηκότι
τιμὰς προσάπτειν, εἴ τις ἔστ' ἐκεῖ χάρις.
σὺ δ' ἡμὶν ἡ μισοῦσα μισεῖς μὲν λόγῳ,
ἔργῳ δὲ τοῖς φονεῦσι τοῦ πατρὸς ξύνει.
ἐγὼ μὲν οὖν οὐκ ἄν ποτ', οὐδ' εἴ μοι τὰ σὰ
μέλλοι τις οἴσειν δῶρ', ἐφ' οἷσι νῦν χλιδᾷς,
τούτοις ὑπεικάθοιμι· σοὶ δὲ πλουσία
τράπεζα κείσθω καὶ περιρρείτω βίος.
ἐμοὶ γὰρ ἔστω τοὐμμένειν λύπῃ μόνον
βόσκημα· τῆς σῆς δ' οὐκ ἐρῶ τιμῆς λαχεῖν.
οὐδ' ἂν σύ, σώφρων γ' οὖσα. νῦν δ' ἐξὸν πατρὸς
πάντων ἀρίστου παῖδα κεκλῆσθαι, καλοῦ
τῆς μητρός. οὕτω γὰρ φανῇ πλείστοις κακή,
θανόντα πατέρα καὶ φίλους προδοῦσα σούς.

an diesem Zustand leide: würde mir die Macht
zuteil, so zeigt' ich, wie ich denke über sie!
Jetzt in der Not zieh' ich die Segel lieber ein,
meide, da ich nicht schädigen kann, den Schein der Tat
und möchte gern, daß du dich ebenso verhältst.
Freilich, das Recht ist nicht bei dem, was ich gesagt,
es ist bei deinem Urteil; aber wenn ich frei
soll leben, muß ich hören auf die Mächtigen.

El Schlimm ist's, daß du den Vater, dessen Kind du bist,
vergessen hast, doch hältst zu der, die dich gebar!
Denn alle die Belehrungen, die du mir gibst,
hat sie dir beigebracht: nichts sagst du aus dir selbst.
Nun wähle eins von beiden: ob du töricht sein,
ob klug und deiner Lieben nicht gedenken willst.
Denn eben sagst du, würde dir die Macht zuteil,
du machtest deinen Haß auf jene offenbar.
Doch wenn ich Rache für den Vater nehmen will,
tust du nicht mit und rätst mir ab von meinem Tun.
Kommt da zu unsrem Elend nicht die Feigheit noch?
Belehre mich denn oder lerne du von mir:
was hätt' ich für Gewinn, ließ' ich vom Klagen ab?
Leb' ich nicht? Schlecht, ich weiß es, doch genug für mich.
Die aber kränkt es, daß ich dem Verstorbenen
Ehren erweise, – wenn es dort noch Freuden gibt.
Doch du, die Hasserin, du hassest zwar im Wort,
doch mit der Tat stehst du des Vaters Mördern bei.
Ich freilich möchte niemals, trüge man mir gleich
all die Geschenke zu, daran du jetzt dich labst,
mich denen unterwerfen. Aber dir sei reich
der Tisch bestellt, das Leben flute um dich her!
Mir sei beständiges Leidtragen einzige
Labung! Anteil an deinem Glanze mag ich nicht.
Auch du nicht, wenn du klug bist! Könntest du noch so
des besten Vaters Tochter heißen! Heiße nun
der Mutter Kind! Dann sehn fast alle: du bist schlecht,
verrätst den toten Vater und die Deinigen.

Χο μηδὲν πρὸς ὀργὴν πρὸς θεῶν· ὡς τοῖς λόγοις
ἔνεστιν ἀμφοῖν κέρδος, εἰ σὺ μὲν μάθοις
τοῖς τῆσδε χρῆσθαι, τοῖς δὲ σοῖς αὕτη πάλιν.
Χρ ἐγὼ μέν, ὦ γυναῖκες, ἠθάς εἰμί πως
τῶν τῆσδε μύθων· οὐδ' ἂν ἐμνήσθην ποτέ,
εἰ μὴ κακὸν μέγιστον εἰς αὐτὴν ἰὸν
ἤκουσ', ὃ ταύτην τῶν μακρῶν σχήσει γόων.
Ἠλ φέρ' εἰπὲ δὴ τὸ δεινόν. εἰ γὰρ τῶνδέ μοι
μεῖζόν τι λέξεις, οὐκ ἂν ἀντείποιμ' ἔτι.
Χρ ἀλλ' ἐξερῶ σοι πᾶν ὅσον κάτοιδ' ἐγώ.
μέλλουσι γάρ σ', εἰ τῶνδε μὴ λήξεις γόων,
ἐνταῦθα πέμψειν ἔνθα μή ποθ' ἡλίου
φέγγος προσόψῃ, ζῶσα δ' ἐν κατηρεφεῖ
στέγῃ χθονὸς τῆσδ' ἐκτὸς ὑμνήσεις κακά.
πρὸς ταῦτα φράζου κἀμὲ μή ποθ' ὕστερον
παθοῦσα μέμψῃ. νῦν γὰρ ἐν καλῷ φρονεῖν.
Ἠλ ἦ ταῦτα δή με καὶ βεβούλευνται ποεῖν;
Χρ μάλισθ'. ὅταν περ οἴκαδ' Αἴγισθος μόλῃ.
Ἠλ ἀλλ' ἐξίκοιτο τοῦδέ γ' οὕνεκ' ἐν τάχει.
Χρ τίν', ὦ τάλαινα, τόνδ' ἐπηράσω λόγον,
Ἠλ ἐλθεῖν ἐκεῖνον, εἴ τι τῶνδε δρᾶν νοεῖ.
Χρ ὅπως πάθῃς τί χρῆμα; ποῦ ποτ' εἶ φρενῶν;
Ἠλ ὅπως ἀφ' ὑμῶν ὡς προσώτατ' ἐκφύγω.
Χρ βίου δὲ τοῦ παρόντος οὐ μνείαν ἔχεις;
Ἠλ καλὸς γὰρ οὑμὸς βίοτος ὥστε θαυμάσαι.
Χρ ἀλλ' ἦν ἄν, εἰ σύ γ' εὖ φρονεῖν ἠπίστασο.
Ἠλ μή μ' ἐκδίδασκε τοῖς φίλοις εἶναι κακήν.
Χρ ἀλλ' οὐ διδάσκω· τοῖς κρατοῦσι δ' εἰκαθεῖν.
Ἠλ σὺ ταῦτα θώπευ'· οὐκ ἐμοὺς τρόπους λέγεις.
Χρ καλόν γε μέντοι μὴ 'ξ ἀβουλίας πεσεῖν.
Ἠλ πεσούμεθ', εἰ χρή, πατρὶ τιμωρούμενοι.
Χρ πατὴρ δὲ τούτων, οἶδα, συγγνώμην ἔχει.
Ἠλ ταῦτ' ἐστὶ τἄπη πρὸς κακῶν ἐπαινέσαι.
Χρ σὺ δ' οὐχὶ πείσῃ καὶ συναινέσεις ἐμοί;
Ἠλ οὐ δῆτα. μή πω νοῦ τοσόνδ' εἴην κενή.
Χρ χωρήσομαί τἄρ' οἷπερ ἐστάλην ὁδοῦ.

Chf Nicht zornig werden, bei den Göttern! Nützliches
enthalten euer beider Worte, wenn du lernst
die ihren nutzen, sie die deinen ebenso.
Chr Ich meinerseits, ihr Mädchen, bin ja schon gewöhnt
an ihre Reden, hätte wohl auch nichts erwähnt,
wenn ich nicht hörte, daß sehr großes Unheil sie
bedrohe, das ihr langes Jammern enden wird.
El Sag nur das Ungeheure! Wenn es schlimmer ist,
als was ich dulde, widersprech' ich dir nicht mehr.
Chr Soweit es mir bekannt ist, sag' ich alles dir.
Sie wollen dich, wenn nicht dein Wehgeschrei verstummt,
dorthin verschicken, wo du niemals mehr das Licht
der Sonne sehn sollst; lebend in verdeckter Gruft
fern diesem Lande wirst besingen du dein Leid.
Bedenke dies und wirf es mir nicht später vor,
wenn du's erduldest! Werde klug! Es ist nun Zeit.
El Dies also haben sie beschlossen mir zu tun?
Chr Gewiß! Sobald Aigisthos heimgekommen ist.
El Wenn's so ist, kehr' er nur so schnell wie möglich heim!
Chr Unselige, welches Unglück wünschst du da herbei!
El Er komme nur, wenn er dergleichen Absicht hegt!
Chr Damit du – was erduldest? Wo gerätst du hin?
El Damit ich möglichst weit von euch entweichen kann.
Chr Dein gegenwärtiges Leben achtest du für nichts?
El Mein Leben ist wahrhaftig zum Bewundern schön!
Chr So wär' es, wenn du es verstündest, klug zu sein.
El Lehr' mich nicht, gegen meine Lieben schlecht zu sein!
Chr Das lehr' ich nicht, nur fügsam sein den Mächtigen.
El Schmeichle du ihnen! Meiner Art entspricht das nicht.
Chr Doch besser fällt man nicht durch Unbesonnenheit.
El Wenn's sein muß, fallen wir! Doch für des Vaters Recht!
Chr Der Vater wird es mir verzeihn, das weiß ich ja.
El Das ist ein Wort, das nur ein Feigling loben kann.
Chr So hörst du nicht auf mich und stimmst mir niemals bei?
El Gewiß nicht! Nie sei ich so allen Sinnes bar!
Chr So will ich weitergehn des Wegs, den man mich schickt.

Ἠλ ποῖ δ' ἐμπορεύῃ; τῷ φέρεις τάδ' ἔμπυρα;
Χρ μήτηρ με πέμπει πατρὶ τυμβεῦσαι χοάς.
Ἠλ πῶς εἶπας; ἦ τῷ δυσμενεστάτῳ βροτῶν;
Χρ ὃν ἔκταν' αὐτή· τοῦτο γὰρ λέξαι θέλεις.
Ἠλ ἐκ τοῦ φίλων πεισθεῖσα; τῷ τοῦτ' ἤρεσεν;
Χρ ἐκ δείματός του νυκτέρου, δοκεῖν ἐμοί.
Ἠλ ὦ θεοὶ πατρῷοι, συγγένεσθέ γ' ἀλλὰ νῦν.
Χρ ἔχεις τι θάρσος τοῦδε τοῦ τάρβους πέρι;
Ἠλ εἴ μοι λέγοις τὴν ὄψιν, εἴποιμ' ἂν τότε.
Χρ ἀλλ' οὐ κάτοιδα πλὴν ἐπὶ σμικρὸν φράσαι.
Ἠλ λέγ' ἀλλὰ τοῦτο. πολλά τοι σμικροὶ λόγοι
ἔσφηλαν ἤδη καὶ κατώρθωσαν βροτούς.
Χρ λόγος τις αὐτήν ἐστιν εἰσιδεῖν πατρὸς
τοῦ σοῦ τε κἀμοῦ δευτέραν ὁμιλίαν
ἐλθόντος ἐς φῶς· εἶτα τόνδ' ἐφέστιον
πῆξαι λαβόντα σκῆπτρον οὑφόρει ποτὲ
αὐτός, τανῦν δ' Αἴγισθος· ἔκ τε τοῦδ' ἄνω
βλαστεῖν βρύοντα θαλλόν, ᾧ κατάσκιον
πᾶσαν γενέσθαι τὴν Μυκηναίων χθόνα.
τοιαῦτά του παρόντος, ἡνίχ' Ἡλίῳ
δείκνυσι τοὔναρ, ἔκλυον ἐξηγουμένου.
πλείω δὲ τούτων οὐ κάτοιδα, πλὴν ὅτι
πέμπει με κείνη τοῦδε τοῦ φόβου χάριν.
πρός νυν θεῶν σε λίσσομαι τῶν ἐγγενῶν
ἐμοὶ πιθέσθαι μηδ' ἀβουλίᾳ πεσεῖν·
εἰ γάρ μ' ἀπώσῃ, σὺν κακῷ μέτει πάλιν.
Ἠλ ἀλλ', ὦ φίλη, τούτων μὲν ὧν ἔχεις χεροῖν
τύμβῳ προσάψῃς μηδέν· οὐ γάρ σοι θέμις
οὐδ' ὅσιον ἐχθρᾶς ἀπὸ γυναικὸς ἱστάναι
κτερίσματ' οὐδὲ λουτρὰ προσφέρειν πατρί·
ἀλλ' ἢ πνοαῖσιν ἢ βαθυσκαφεῖ κόνει
κρύψον νιν, ἔνθα μή ποτ' εἰς εὐνὴν πατρὸς
τούτων πρόσεισι μηδέν· ἀλλ' ὅταν θάνῃ,
κειμήλι' αὐτῇ ταῦτα σῳζέσθω κάτω.
ἀρχὴν δ' ἄν, εἰ μὴ τλημονεστάτη γυνὴ
πασῶν ἔβλαστε, τάσδε δυσμενεῖς χοὰς

El Wo gehst du hin? Wem bringst du diese Spenden dar?
Chr Die Mutter schickt mich, sie des Vaters Grab zu weihn.
El Wie sagst du? Des verhaßtesten der Sterblichen?
Chr Den sie erschlagen hat: so meintest du es doch?
El Wer ihrer Freunde riet ihr dies? Wer billigt es?
Chr Ein Schreckensbild, ein nächtliches, so scheint es mir.
El Jetzt, Götter unsrer Väter, steht uns endlich bei!
Chr Erwächst aus ihrem Angsttraum dir ein neuer Mut?
El Wenn du mir das Gesicht erzählst, dann sag' ich's wohl.
Chr Doch ist's nur wenig, was ich mitzuteilen weiß.
El So sage dies! Oft haben wenig Worte schon
zu Fall gebracht und aufgerichtet Sterbliche.
Chr Es geht die Rede, daß sie sich mit Vater sah,
deinem und meinem, der, zum zweiten Ehebund
ans Licht gekommen, nun den Herrscherstab ergriff,
den einst er führte, jetzt Aigisthos hat, und ihn
einpflanzte in den Herd: aus ihm hervor sei drauf
ein üppig blühender Zweig gewachsen, dessen Laub
Mykenes ganze Gegend überschattete.
So hört' ich einen sagen, der zugegen war,
als sie dem Sonnengott den Traum berichtete.
Mehr hab' ich nicht davon erfahren, außer daß
die Mutter mich um dieses Schreckens willen schickt.
Drum bitt' ich bei den angestammten Göttern dich:
folg' mir und falle nicht in Unbesonnenheit!
Verstößt du mich, – du suchst im Leid mich wieder auf!
El Nur, meine Liebe, rühre nicht mit dem, was du
in Händen trägst, das Grab an! Unrecht wär' es ja
und Frevel, Totengaben vom verhaßten Weib
und Opfertrank zu bringen zu des Vaters Gruft.
Gib sie vielmehr den Winden! Grabe tief sie ein
im Staube, wo zu Vaters Ruhestätte nichts
davon jemals gelangen kann! Doch wenn sie stirbt,
sei es als Schatz für sie da unten aufbewahrt!
Wahrhaftig, wäre sie von allen Frauen nicht
die frechste, hätte sie die schnöden Gaben nie

οὐκ ἄν ποθ᾽ ὅν γ᾽ ἔκτεινε τῷδ᾽ ἐπέστεφε.
σκέψαι γάρ, εἴ σοι προσφιλῶς αὐτῇ δοκεῖ
γέρα τάδ᾽ οὑν τάφοισι δέξεσθαι νέκυς
ὑφ᾽ ἧς θανὼν ἄτιμος ὥστε δυσμενὴς
ἐμασχαλίσθη κἀπὶ λουτροῖσιν κάρᾳ
κηλῖδας ἐξέμαξεν. ἆρα μὴ δοκεῖς
λυτήρι᾽ αὐτῇ ταῦτα τοῦ φόνου φέρειν;
οὐκ ἔστιν. ἀλλὰ ταῦτα μὲν μέθες· σὺ δὲ
τεμοῦσα κρατὸς βοστρύχων ἄκρας φόβας
κἀμοῦ ταλαίνης, σμικρὰ μὲν τάδ᾽, ἀλλ᾽ ὅμως
ἄχω, δὸς αὐτῷ, τήνδε λιπαρῆ τρίχα
καὶ ζῶμα τοὐμὸν οὐ χλιδαῖς ἠσκημένον.
αἰτοῦ δὲ προσπίτνουσα γῆθεν εὐμενῆ
ἡμῖν ἀρωγὸν αὐτὸν εἰς ἐχθροὺς μολεῖν,
καὶ παῖδ᾽ Ὀρέστην ἐξ ὑπερτέρας χερὸς
ἐχθροῖσιν αὐτοῦ ζῶντ᾽ ἐπεμβῆναι ποδί,
ὅπως τὸ λοιπὸν αὐτὸν ἀφνεωτέραις
χερσὶ στέφωμεν ἢ τανῦν δωρούμεθα.
οἶμαι μὲν οὖν, οἶμαί τι κἀκείνῳ μέλειν
πέμψαι τάδ᾽ αὐτῇ δυσπρόσοπτ᾽ ὀνείρατα·
ὅμως δ᾽, ἀδελφή, σοί θ᾽ ὑπούργησον τάδε
ἐμοί τ᾽ ἀρωγά, τῷ τε φιλτάτῳ βροτῶν
πάντων, ἐν Ἅιδου κειμένῳ κοινῷ πατρί.
Χο προς εὐσέβειαν ἡ κόρη λέγει· σὺ δέ,
εἰ σωφρονήσεις, ὦ φίλη, δράσεις τάδε.
Χρ δράσω· τὸ γὰρ δίκαιον οὐκ ἔχει λόγον
κλύοντ᾽ ἐρίζειν, ἀλλ᾽ ἐπισπεύδειν τὸ δρᾶν.
πειρωμένῃ δὲ τῶνδε τῶν ἔργων ἐμοὶ
σιγὴ παρ᾽ ὑμῶν πρὸς θεῶν ἔστω, φίλαι·
ὡς εἰ τάδ᾽ ἡ τεκοῦσα πεύσεται, πικρὰν
δοκῶ με πεῖραν τήνδε τολμήσειν ἔτι.

Χορός

εἰ μὴ ᾽γὼ παράφρων μάντις ἔφυν καὶ io³ Str.
γνώμας λειπομένα σοφᾶς, gl

dem Manne dargebracht, den sie ermordet hat.
Bedenke doch nur selbst, ob denn der Tote dort
im Grab die Gaben gern empfangen wird von ihr,
durch die er ehrlos starb, die ihn wie einen Feind
verstümmelt' und zur Reinigung an seinem Haupt
das Blut abwischte. Oder denkst du etwa gar,
daß dies zur Sühne ihres Mordes dienen kann?
Unmöglich! Laß dies vielmehr sein! Doch schneide du
vom Haupte dir die Spitzen deiner Locken ab,
und von mir Armen gib ihm, wenig zwar, doch was
ich habe: diese flehentliche Locke hier
und meinen Gürtel, den kein üppiger Zierat schmückt!
Doch bitt' auf Knien, daß er vom Grab her holdgesinnt
als Helfer gegen unsrer Feinde Macht ersteht
und daß sein Sohn Orest mit überlegner Kraft
lebend auf Vaters Feinde mit den Füßen tritt,
damit in Zukunft wir mit reicheren Händen ihm
Grabspenden bringen, als wir heut ihm können weihn.
Ich glaube nun, ich glaub', er sorgte selbst dafür,
zu senden ihr dies schreckensvolle Traumgesicht.
Und dennoch, Schwester, übernimm dies Werk und hilf
dir selbst und mir und ihm, dem liebsten Sterblichen,
der, unser beider Vater, ruht in Hades' Haus!

Chf Aus frommen Herzen spricht das Mädchen: aber du,
o Freundin, führst es aus, wenn du verständig bist.

Chr Ich tu' es; denn man soll nicht streiten, wenn man hört,
was recht und billig; sondern schnell zu handeln gilt's.
Doch bei den Göttern, Freundinnen, wenn ich dies Werk
nun unternehme, müßt ihr mir verschwiegen sein.
Denn wenn die Mutter das erfährt, dann, glaub' ich, bringt
dies Wagnis mir noch eine bittre Lehre ein.

Sie schneidet von ihrem Haar ab, nimmt Elektras Locke und Gürtel und geht

Chor

Wenn ich Seherin, nicht ohne Verstand bin,
nicht verlassen von klugem Sinn,

εἶσιν ἁ πρόμαντις	ith	
Δίκα, δίκαια φερομένα χεροῖν κράτη·	ia^3	
μέτεισιν, ὦ τέκνον, οὐ μακροῦ χρόνου.	ia cr ia	
ὕπεστί μοι θάρσος,	ia sp	
ἁδυπνόων κλύουσαν	ch ba	
ἀρτίως ὀνειράτων.	lec	
οὐ γάρ ποτ' ἀμναστεῖ γ' ὁ φύ-	ia^2	
σας ⟨σ'⟩ Ἑλλάνων ἄναξ,	mo cr	
οὐδ' ἁ παλαιὰ χαλκόπλα-	ia^2	
κτος ἀμφάκης γένυς,	ba cr	
ἅ νιν κατέπεφνεν αἰ-	te	
σχίσταις ἐν αἰκείαις.	ia sp	
ἥξει καὶ πολύπους καὶ πολύχειρ ἁ	io^3	Ant.
δεινοῖς κρυπτομένα λόχοις	gl	
χαλκόπους Ἐρινύς.	ith	
ἄλεκτρ' ἄνυμφα γὰρ ἐπέβα μιαιφόνων	ia^3	
γάμων ἁμιλλήμαθ' οἷσιν οὐ θέμις.	ia cr ia	
πρὸ τῶνδέ τοι θάρσος	ia sp	
μήποτε μήποθ' ἡμῖν	ch ba	
ψέξομεν πελᾶν τέρας	lec	
τοῖς δρῶσι καὶ συνδρῶσιν. ἤ-	ia^2	
τοι μαντεῖαι βροτῶν	mo cr	
οὐκ εἰσὶν ἐν δεινοῖς ὀνεί-	ia^2	
ροις οὐδ' ἐν θεσφάτοις,	mo cr	
εἰ μὴ τόδε φάσμα νυ-	te	
κτὸς εὖ κατασχήσει.	ia sp	
ὦ Πέλοπος ἁ πρόσθεν	ia sp	Ep.
πολύπονος ἱππεία,	ia sp	
ὡς ἔμολες αἰανὴς	ia sp	
τᾷδε γᾷ.	cr	
εὖτε γὰρ ὁ ποντισθεὶς	ia sp	
Μυρτίλος ἐκοιμάθη,	ia sp	
παγχρύσων δίφρων	mo sp	
δυστάνοις αἰκείαις	mo^2	

meldet jetzt ihr Kommen
Gerechtigkeit: die trägt in den Händen Strafgewalt.
Sie greift es auf, Kind, in gar nicht ferner Zeit.
Nun kann ich Mut fassen,
weil ich soeben Träume,
köstlich wehende, vernahm.
Vergessen hat dein Vater nicht,
der Griechen Oberherr,
auch nicht das alte, erzene,
das zwiegeschliffene Beil,
das ihn niederstreckte mit
grauenhafter Untat.

Mit viel Füßen und viel Händen erscheint bald,
die in schaurigen Höhlen haust,
erznen Tritts: die Rache.
Denn ehebrecherisch überkam sie Gier nach blut-
beflecktem Beilager wider göttlich Recht.
Drum darf ich Mut fassen:
niemals wird uns mißfallen,
daß ein Schreckensbild sich zeigt
den Tätern und Mittätern, ja,
nie könnt' ein böser Traum
für Menschen von Bedeutung sein
und auch kein Götterspruch,
wenn uns dies Gesicht der Nacht
Gutes nicht verkündet.

O schreckliche Wagenfahrt
des Pelops in alter Zeit,
wie wurdest du unheilvoll
diesem Land!
Denn seit in dem Meer versank
Myrtilos zum Todesschlaf,
den vom goldnen Sitz
schmähliche Gewalttat

πρόρριζος ἐκριφθείς, ia sp
οὔ τί πω cr
ἔλιπεν ἐκ τοῦδ᾽ οἴκου cr mo
πολύπονος αἰκεία. ia sp

Κλυταιμνήστρα

ἀνειμένη μέν, ὡς ἔοικας, αὖ στρέφῃ.
οὐ γὰρ πάρεστ᾽ Αἴγισθος, ὅς σ᾽ ἐπεῖχ᾽ ἀεὶ
μή τοι θυραίαν γ᾽ οὖσαν αἰσχύνειν φίλους·
νῦν δ᾽ ὡς ἄπεστ᾽ ἐκεῖνος, οὐδὲν ἐντρέπῃ
ἐμοῦ γε· καίτοι πολλὰ πρὸς πολλούς με δὴ
ἐξεῖπας, ὡς θρασεῖα καὶ πέρα δίκης
ἄρχω, καθυβρίζουσα καὶ σὲ καὶ τὰ σά.
ἐγὼ δ᾽ ὕβριν μὲν οὐκ ἔχω, κακῶς δέ σε
λέγω κακῶς κλύουσα πρὸς σέθεν θαμά.
πατὴρ γάρ, οὐδὲν ἄλλο, σοὶ πρόσχημ᾽ ἀεί,
ὡς ἐξ ἐμοῦ τέθνηκεν. ἐξ ἐμοῦ· καλῶς
ἔξοιδα· τῶνδ᾽ ἄρνησις οὐκ ἔνεστί μοι.
ἡ γὰρ Δίκη νιν εἷλεν, οὐκ ἐγὼ μόνη,
ᾗ χρῆν σ᾽ ἀρήγειν, εἰ φρονοῦσ᾽ ἐτύγχανες.
ἐπεὶ πατὴρ σὸς οὗτος, ὃν θρηνεῖς ἀεί,
τὴν αὑτὸς αὑτοῦ μοῦνος Ἑλλήνων ἔτλη
θῦσαι θεοῖσιν, οὐκ ἴσον καμὼν ἐμοὶ
λύπης, ὅτ᾽ ἔσπειρ᾽, ὥσπερ ἡ τίκτουσ᾽ ἐγώ.
εἶέν· δίδαξον δή με ⟨τοῦτο⟩, τοῦ χάριν
ἔθυσεν αὐτήν. πότερον Ἀργείων ἐρεῖς;
ἀλλ᾽ οὐ μετῆν αὐτοῖσι τήν γ᾽ ἐμὴν κτανεῖν.
ἀλλ᾽ ἀντ᾽ ἀδελφοῦ δῆτα Μενέλεω κτανὼν
τἄμ᾽ οὐκ ἔμελλε τῶνδέ μοι δώσειν δίκην;
πότερον ἐκείνῳ παῖδες οὐκ ἦσαν διπλοῖ,
οὓς τῆσδε μᾶλλον εἰκὸς ἦν θνῄσκειν, πάρος
καὶ μητρὸς ὄντας, ἧς ὁ πλοῦς ὅδ᾽ ἦν χάριν;
ἢ τῶν ἐμῶν Ἅιδης τιν᾽ ἵμερον τέκνων
ἢ τῶν ἐκείνης ἔσχε δαίσασθαι πλέον;

vernichtend hinauswarf,
ist noch nie
gewichen von diesem Haus
die schreckliche Missetat.

Klytaimnestra kommt mit zwei Dienerinnen heraus

Klytaimnestra
zu Elektra

Es scheint, du treibst dich wieder ungehemmt herum.
Aigisthos ist nicht da: der hielt dich stets zurück,
damit du vor der Türe nicht die Deinen schmähst.
Nun, da er weggegangen, kümmerst du dich nicht
um mich, und hast es oftmals doch vor vielen schon
verkündet, daß ich rücksichtslos und ohne Recht
herrsche und dich verhöhne und das Deinige.
Ich weiß nichts von Verhöhnung; doch ich schelte dich,
weil ich von dir mein Tun gescholten hören muß.
Der Vater, und nichts andres dient zum Vorwand dir,
er sei durch mich gestorben. Ja, durch mich, ich weiß
es wohl, und dies zu leugnen hab ich nicht im Sinn.
Gerechtigkeit nahm ihn hinweg, nicht ich allein.
Ihr hättst du helfen sollen, wärst du recht gesinnt.
Denn dieser Mann, dein Vater, den du stets beweinst,
ließ – einziger Hellene – seine Tochter selbst
den Göttern opfern! Freilich hatte er sie nicht
gezeugt mit soviel Qualen, wie ich sie gebar!
Nun gut! Erkläre mir doch eins noch: wem zulieb
er sie geopfert! Den Argeiern, meinst du wohl?
Mein Kind zu opfern hatten sie jedoch kein Recht.
Da er nun statt des Bruders Menelaos Kind
das meine nahm, sollt' er mir denn nicht büßen dies?
Wie? Hatte Menelaos nicht zwei Kinder, die
eher als meines hätten sterben sollen, weil
um ihrer Mutter willen jene Fahrt geschah?
Und hatte Hades etwa größere Begier,
zu schlingen meine Kinder als die ihrigen?

ἢ τῷ πανώλει πατρὶ τῶν μὲν ἐξ ἐμοῦ
παίδων πόθος παρεῖτο, Μενέλεω δ' ἐνῆν;
οὐ ταῦτ' ἀβούλου καὶ κακοῦ γνώμην πατρός;
δοκῶ μέν, εἰ καὶ σῆς δίχα γνώμης λέγω.
φαίη δ' ἂν ἡ θανοῦσά γ', εἰ φωνὴν λάβοι.
ἐγὼ μὲν οὖν οὐκ εἰμὶ τοῖς πεπραγμένοις
δύσθυμος· εἰ δὲ σοὶ δοκῶ φρονεῖν κακῶς,
γνώμην δικαίαν σχοῦσα τοὺς πέλας ψέγε.
Ἠλ ἐρεῖς μὲν οὐχὶ νῦν γέ μ' ὡς ἄρξασά τι
λυπηρὸν εἶτα σοῦ τάδ' ἐξήκουσ' ὕπο·
ἀλλ' ἢν ἐφῇς μοι, τοῦ τεθνηκότος θ' ὕπερ
λέξαιμ' ἂν ὀρθῶς τῆς κασιγνήτης θ' ὁμοῦ.
Κλ καὶ μὴν ἐφίημ'. εἰ δέ μ' ὧδ' ἀεὶ λόγους
ἐξῆρχες, οὐκ ἂν ἦσθα λυπηρὰ κλύειν.
Ἠλ καὶ δὴ λέγω σοι. πατέρα φῂς κτεῖναι. τίς ἂν
τούτου λόγος γένοιτ' ἂν αἴσχίων ἔτι,
εἴτ' οὖν δικαίως εἴτε μή; λέξω δέ σοι,
ὡς οὐ δίκῃ γ' ἔκτεινας, ἀλλά σ' ἔσπασεν
πειθὼ κακοῦ πρὸς ἀνδρός, ᾧ τανῦν ξύνει.
ἐροῦ δὲ τὴν κυναγὸν Ἄρτεμιν, τίνος
ποινὰς τὰ πολλὰ πνεύματ' ἔσχ' ἐν Αὐλίδι·
ἢ 'γὼ φράσω· κείνης γὰρ οὐ θέμις μαθεῖν.
πατήρ ποθ' οὑμός, ὡς ἐγὼ κλύω, θεᾶς
παίζων κατ' ἄλσος ἐξεκίνησεν ποδοῖν
στικτὸν κεράστην ἔλαφον, οὗ κατὰ σφαγὰς
ἐκκομπάσας ἔπος τι τυγχάνει βαλών.
κἀκ τοῦδε μηνίσασα Λητῴα κόρη
κατεῖχ' Ἀχαιούς, ὡς πατὴρ ἀντίσταθμον
τοῦ θηρὸς ἐκθύσειε τὴν αὑτοῦ κόρην.
ὧδ' ἦν τὰ κείνης θύματ'· οὐ γὰρ ἦν λύσις
ἄλλη στρατῷ πρὸς οἶκον οὐδ' εἰς Ἴλιον.
ἀνθ' ὧν βιασθεὶς πολλὰ κἀντιβὰς μόλις
ἔθυσεν αὐτήν, οὐχὶ Μενέλεω χάριν.
εἰ δ' οὖν, ἐρῶ γὰρ καὶ τὸ σόν, κεῖνον θέλων
ἐπωφελῆσαι ταῦτ' ἔδρα, τούτου θανεῖν
χρῆν αὐτὸν οὕνεκ' ἐκ σέθεν; ποίῳ νόμῳ;

Und hegte der verruchte Vater Liebe nur
für Menelaos' Kinder, doch für meine nicht?
Ist das nicht eines schlechtgesinnten Vaters Art?
Ich denke, – wenn auch deine Meinung anders ist.
Und könnte sie, die Tote spräche ebenso.
Ich kann drum keine Reue wegen meiner Tat
empfinden; wenn du aber meinst, ich denke falsch,
so denk erst rechtlich, eh' du Nahverwandte schmähst!

El Diesmal kannst du nicht sagen, daß ich dich zuerst
gescholten und von dir nun Gleiches hören muß.
Erlaubst du aber, spräch' ich von dem Toten gern
ein offnes Wort zu dir und von der Schwester auch.

Kl Gewiß gestatt' ich's. Wenn du stets in diesem Ton
anfingest, hörte man dich ohne Ärger an.

El So red' ich denn. Du hast den Vater, wie du sagst,
getötet. Gäb's ein Wort, das schlimmer wär' als dies,
ob du nun recht hast oder nicht? Doch sag' ich: nicht
mit Recht hast du getötet: dich verführte nur
der schlechte Mann, mit dem du jetzt zusammenlebst.
Frag Artemis, die Jägerin, um wessen Schuld
in Aulis sie die Winde sämtlich ruhen hieß!
Ich will's dir sagen, weil man sie nicht fragen darf:
Mein Vater, so hab' ich gehört, lustwandelt' einst
im Hain der Göttin, scheuchte einen scheckigen,
gehörnten Hirsch auf, und nachdem er ihn erlegt,
rühmt' er sich des mit einem hingeworfnen Wort.
Aus diesem Grunde zürnte Letos Tochter ihm,
hielt die Achaier auf so lang, bis Vater als
Ersatz des Tiers die eigne Tochter opfere.
So kam's zu ihrer Opferung, da sonst kein Weg
dem Heere blieb nach Hause oder Ilion.
Deshalb, gezwungen und nach vielem Sträuben, hat
er sie geopfert, doch für Menelaos nicht.
Und hätt' er es, um es von dir aus anzusehn,
getan zum Nutzen seines Bruders, hätt' ihm dann
der Tod von deiner Hand gebührt? Nach welchem Recht?

ὅρα τιθεῖσα τόνδε τὸν νόμον βροτοῖς,
μὴ πῆμα σαυτῇ καὶ μετάγνοιαν τίθῃς.
εἰ γὰρ κτενοῦμεν ἄλλον ἀντ' ἄλλου, σύ τοι
πρώτη θάνοις ἄν, εἰ δίκης γε τυγχάνοις.
ἀλλ' εἰσόρα, μὴ σκῆψιν οὐκ οὖσαν τίθῃς.
εἰ γὰρ θέλεις, δίδαξον ἀνθ' ὅτου τανῦν
αἴσχιστα πάντων ἔργα δρῶσα τυγχάνεις,
ἥτις ξυνεύδεις τῷ παλαμναίῳ, μεθ' οὗ
πατέρα τὸν ἀμὸν πρόσθεν ἐξαπώλεσας,
καὶ παιδοποιεῖς, τοὺς δὲ πρόσθεν εὐσεβεῖς
κἀξ εὐσεβῶν βλαστόντας ἐκβαλοῦσ' ἔχεις.
πῶς ταῦτ' ἐπαινέσαιμ' ἄν; ἢ καὶ ταῦτ' ἐρεῖς,
ὡς τῆς θυγατρὸς ἀντίποινα λαμβάνεις;
αἰσχρῶς δ', ἐάν περ καὶ λέγῃς. ποῦ γὰρ καλὸν
ἐχθροῖς γαμεῖσθαι τῆς θυγατρὸς οὕνεκα.
ἀλλ' οὐ γὰρ οὐδὲ νουθετεῖν ἔξεστί σε,
ἣ πᾶσαν ἵης γλῶσσαν, ὡς τὴν μητέρα
κακοστομοῦμεν. καί σ' ἔγωγε δεσπότιν
ἢ μητέρ' οὐκ ἔλασσον εἰς ἡμᾶς νέμω,
ἣ ζῶ βίον μοχθηρόν, ἔκ τε σοῦ κακοῖς
πολλοῖς ἀεὶ ξυνοῦσα τοῦ τε συννόμου.
ὁ δ' ἄλλος ἔξω, χεῖρα σὴν μόλις φυγών,
τλήμων Ὀρέστης δυστυχῆ τρίβει βίον·
ὃν πολλὰ δή μέ σοι τρέφειν μιάστορα
ἐπῃτιάσω· καὶ τόδ', εἴπερ ἔσθενον,
ἔδρων ἄν, εὖ τοῦτ' ἴσθι. τοῦδέ γ' οὕνεκα
κήρυσσέ μ' εἰς ἅπαντας, εἴτε χρῇς κακὴν
εἴτε στόμαργον εἴτ' ἀναιδείας πλέαν.
εἰ γὰρ πέφυκα τῶνδε τῶν ἔργων ἴδρις,
σχεδόν τι τὴν σὴν οὐ καταισχύνω φύσιν.

Χο ὁρῶ μένος πνέουσαν· εἰ δὲ σὺν δίκῃ
ξύνεστι, τοῦδε φροντίδ' οὐκέτ' εἰσορῶ.

Κλ ποίας δ' ἐμοὶ δεῖ πρός γε τήνδε φροντίδος,
ἥτις τοιαῦτα τὴν τεκοῦσαν ὕβρισεν,
καὶ ταῦτα τηλικοῦτος; ἆρά σοι δοκεῖ
χωρεῖν ἂν ἐς πᾶν ἔργον αἰσχύνης ἄτερ;

Sich zu, wenn du solch ein Gesetz den Menschen gibst,
daß du dir selbst nicht Leid und bittre Reue schaffst!
Denn wenn man einen für den andren töten muß,
stirbst du zuerst wohl, wenn dein Recht dir widerfährt.
Doch schau, auf welchen leeren Vorwand du dich stützt!
Denn wenn du magst, belehre mich, warum du jetzt
die schändlichsten all deiner Taten erst vollbringst,
die du zusammen mit dem Mörder schläfst, mit dem
du meinen Vater ehemals erschlagen hast,
und Kinder machst, doch die wie ausgestoßne hältst,
die früher reinen Eltern rein entsprossen sind.
Wie sollt' ich all das loben? Oder willst du hier
auch sagen, daß du Rache für die Tochter nimmst?
Schmählich, wenn du's zu sagen wagst! Wie wär' es recht,
der Tochter wegen mit dem Feind vermählt zu sein?
Doch nicht einmal dich zu ermahnen ist erlaubt:
sonst zeterst du und schreist, beschimpfen wolle man
die Mutter; und ich sehe ja in dir weit mehr
die harte Herrin als die Mutter gegen uns,
solch elend Leben führ' ich, da ich immerfort
deine und deines Buhlen Greuel ansehn muß.
Orestes aber, deiner Hand nur knapp entflohn,
verbringt ein kummervolles Leben fern von hier,
er, den ich dir als Rächer aufbewahre, wie
du oft mir vorwirfst, und hätt' ich die Macht dazu,
ich hätt' es auch getan, des sei gewiß! Darum
verschrei mich nur bei allen, wie's beliebt: als arg,
als dreistes Mundwerk und als völlig ohne Scham!
Wenn ich in solchen Dingen wohlerfahren bin,
mach' ich wohl schwerlich Schande dir und deiner Art!

Chf Ich sehe sie Zorn schnauben. Ob sie sich ans Recht
gehalten, darum seh' ich sie nicht mehr besorgt.

Kl Wie wär' ich also ihretwegen noch besorgt,
die mich, als ihre Mutter, derart frech beschimpft,
und das in solchem Alter? Oder meinst du nicht,
daß, frei von Scham, zu jeder Untat sie bereit?

Ἠλ εὖ νυν ἐπίστω τῶνδέ μ᾽ αἰσχύνην ἔχειν,
κεἰ μὴ δοκῶ σοι· μανθάνω δ᾽, ὁθούνεκα
ἔξωρα πράσσω κοὐκ ἐμοὶ προσεικότα.
ἀλλ᾽ ἡ γὰρ ἐκ σοῦ δυσμένεια καὶ τὰ σὰ
ἔργ᾽ ἐξαναγκάζει με ταῦτα δρᾶν βίᾳ·
αἰσχροῖς γὰρ αἰσχρὰ πράγματ᾽ ἐκδιδάσκεται.
Κλ ὦ θρέμμ᾽ ἀναιδές, ἦ σ᾽ ἐγὼ καὶ τἄμ᾽ ἔπη
καὶ τἄργα τἀμὰ πόλλ᾽ ἄγαν λέγειν ποεῖ.
Ἠλ σύ τοι λέγεις νιν, οὐκ ἐγώ. σὺ γὰρ ποεῖς
τοὔργον· τὰ δ᾽ ἔργα τοὺς λόγους εὑρίσκεται.
Κλ ἀλλ᾽ οὐ μὰ τὴν δέσποιναν Ἄρτεμιν θράσους
τοῦδ᾽ οὐκ ἀλύξεις, εὖτ᾽ ἂν Αἴγισθος μόλῃ.
Ἠλ ὁρᾷς; πρὸς ὀργὴν ἐκφέρῃ, μεθεῖσά μοι
λέγειν ἃ χρῄζοιμ᾽, οὐδ᾽ ἐπίστασαι κλύειν.
Κλ οὔκουν ἐάσεις οὐδ᾽ ὑπ᾽ εὐφήμου βοῆς
θῦσαί μ᾽, ἐπειδὴ σοί γ᾽ ἐφῆκα πᾶν λέγειν;
Ἠλ ἐῶ, κελεύω, θῦε, μηδ᾽ ἐπαιτιῶ
τοὐμὸν στόμ᾽· ὡς οὐκ ἂν πέρα λέξαιμ᾽ ἔτι.

Κλ ἔπαιρε δὴ σὺ θύμαθ᾽ ἡ παροῦσά μοι
πάγκαρπ᾽, ἄνακτι τῷδ᾽ ὅπως λυτηρίους
εὐχὰς ἀνάσχω δειμάτων, ἃ νῦν ἔχω.
κλύοις ἂν ἤδη, Φοῖβε προστατήριε,
κεκρυμμένην μου βάξιν. οὐ γὰρ ἐν φίλοις
ὁ μῦθος, οὐδὲ πᾶν ἀναπτύξαι πρέπει
πρὸς φῶς παρούσης τῆσδε πλησίας ἐμοί,
μὴ σὺν φθόνῳ τε καὶ πολυγλώσσῳ βοῇ
σπείρῃ ματαίαν βάξιν ἐς πᾶσαν πόλιν.
ἀλλ᾽ ὧδ᾽ ἄκουε· τῇδε γὰρ κἀγὼ φράσω.
ἃ γὰρ προσεῖδον νυκτὶ τῇδε φάσματα
δισσῶν ὀνείρων, ταῦτά μοι, Λύκει᾽ ἄναξ,
εἰ μὲν πέφηνεν ἐσθλά, δὸς τελεσφόρα,
εἰ δ᾽ ἐχθρά, τοῖς ἐχθροῖσιν ἔμπαλιν μέθες·
καὶ μή με πλούτου τοῦ παρόντος εἴ τινες
δόλοισι βουλεύουσιν ἐκβαλεῖν, ἐφῇς,
ἀλλ᾽ ὧδέ μ᾽ αἰεὶ ζῶσαν ἀβλαβεῖ βίῳ

El Sei überzeugt, daß mich all dies mit Scham erfüllt,
scheint's dir auch nicht so! Denn ich weiß gar wohl, daß ich
nicht handle, wie es mir und meinem Alter ziemt.
Doch deine Feindschaft, dein Verhalten gegen mich,
das alles zwingt mich mit Gewalt zu solchem Tun.
Am bösen Beispiel lernt man böse Sitten leicht.
Kl Gezücht, schamloses! Also ich, mein Reden und
mein Handeln bringt dir diese dreiste Sprache bei!
El Nicht meine Sprache, deine ist's: du tust die Tat,
und zu den Taten stellen sich die Worte ein.
Kl Die Frechheit, bei der Herrin Artemis, soll dir
nicht straflos hingehn, wenn Aigisthos wiederkommt!
El Siehst du? Dich packt die Wut: du hast mir doch erlaubt
zu sagen, was ich will; das Hören fällt dir schwer.
Kl Läßt du mich jetzt nicht opfern ohne dein Geschrei,
nachdem ich alles auszusprechen dir erlaubt?
El Ich lasse dich, ich wünsch' es, opfre! Klage nur
nicht meinen Mund an! Denn ich sage weiter nichts.

Klytaimnestra zu einer Dienerin

Kl So sei zur Hand mir, heb empor das Opfer, du,
den Früchtekorb, daß ich anflehe diesen Herrn,
er wolle mich erlösen aus der jetzigen Angst.
Nun, Phoibos, unser Schirmherr du, vernimm denn mein
verhülltes Reden! Denn nicht unter Freunden sprech'
ich ja und darf nicht alles hier im Licht vor dir
ausbreiten, da ja sie in meiner Nähe ist,
damit sie tückisch mit vielzüngigem Geschrei
nicht leere Reden aussprengt in der ganzen Stadt.
Drum höre so mich an, wie ich jetzt reden will!
Die Bilder des zweideutigen Traumes, die ich sah
in dieser Nacht, die laß, Herr, der vor Wölfen schützt,
nur wenn sie günstig scheinen, in Erfüllung gehn,
wenn feindlich, lenk' auf meine Feinde sie zurück!
Und planen manche, mich aus meinem jetzigen Glück
mit arger List zu stürzen, laß es nicht geschehn,
sondern in ungetrübtem Leben immer mich

δόμους Ἀτρειδῶν σκῆπτρά τ' ἀμφέπειν τάδε,
φίλοισί τε ξυνοῦσαν οἷς ξύνειμι νῦν
εὐημεροῦσαν καὶ τέκνων ὅσων ἐμοὶ
δύσνοια μὴ πρόσεστιν ἢ λύπη πικρά.
ταῦτ', ὦ Λύκει' Ἄπολλον, ἵλεως κλύων
δὸς πᾶσιν ἡμῖν, ὥσπερ ἐξαιτούμεθα.
τὰ δ' ἄλλα πάντα καὶ σιωπώσης ἐμοῦ
ἐπαξιῶ σε δαίμον' ὄντ' ἐξειδέναι·
τοὺς ἐκ Διὸς γὰρ εἰκός ἐστι πάνθ' ὁρᾶν.

Παιδαγωγός

ξέναι γυναῖκες, πῶς ἂν εἰδείην σαφῶς,
εἰ τοῦ τυράννου δώματ' Αἰγίσθου τάδε;
Χο τάδ' ἐστίν, ὦ ξέν'· αὐτὸς ᾔκασας καλῶς.
Πα ἦ καὶ δάμαρτα τήνδ' ἐπεικάζων κυρῶ
κείνου; πρέπει γὰρ ὡς τύραννος εἰσορᾶν.
Χο μάλιστα πάντων· ἥδε σοι κείνη πάρα.
Πα ὦ χαῖρ', ἄνασσα. σοὶ φέρων ἥκω λόγους
ἡδεῖς φίλου παρ' ἀνδρὸς Αἰγίσθῳ θ' ὁμοῦ.
Κλ ἐδεξάμην τὸ ῥηθέν· εἰδέναι δέ σου
πρώτιστα χρῄζω, τίς σ' ἀπέστειλεν βροτῶν.
Πα Φανοτεὺς ὁ Φωκεύς, πρᾶγμα πορσύνων μέγα.
Κλ τὸ ποῖον, ὦ ξέν'; εἰπέ. παρὰ φίλου γὰρ ὢν
ἀνδρός, σάφ' οἶδα, προσφιλεῖς λέξεις λόγους.
Πα τέθνηκ' Ὀρέστης· ἐν βραχεῖ ξυνθεὶς λέγω.
Ἠλ οἲ 'γὼ τάλαιν', ὄλωλα τῇδ' ἐν ἡμέρᾳ.
Κλ τί φής, τί φής, ὦ ξεῖνε; μὴ ταύτης κλύε.
Πα θανόντ' Ὀρέστην νῦν τε καὶ τότ' ἐννέπω.
Ἠλ ἀπωλόμην δύστηνος, οὐδέν εἰμ' ἔτι.
Κλ σὺ μὲν τὰ σαυτῆς πρᾶσσ', ἐμοὶ δὲ σύ, ξένε,
τἀληθὲς εἰπέ· τῷ τρόπῳ διόλλυται;
Πα κἀπεμπόμην πρὸς ταῦτα καὶ τὸ πᾶν φράσω.
κεῖνος γὰρ ἐλθὼν ἐς τὸ κλεινὸν Ἑλλάδος
πρόσχημ' ἀγῶνος Δελφικῶν ἄθλων χάριν,
ὅτ' ᾔσθετ' ἀνδρὸς ὀρθίων κηρυγμάτων

des Herrscherstabes walten im Atridenhaus,
vereint den Freunden, die mir jetzt verbunden sind,
in frohen Zeiten und mit Kindern, die mir nicht
mit Haß begegnen wollen und mit bittrem Schimpf!
Dies, du Wolfstöter Phoibos, höre gnädig an
und gib uns allen, wie wir es von dir erflehn!
Doch alles andre, wenn ich's auch verschweigen muß,
das weißt du, glaube ich, als Gottheit ganz genau;
denn daß Zeus' Kinder alles sehn, ist wohl gewiß.

Der alte Erzieher
von links kommend

Ihr fremden Fraun, wer gibt mir sicheren Bescheid,
ob dies Aigisthos', eures Herrschers, Häuser sind?
Chf Sie sind es, Fremdling: recht geraten hast du das.
Al Und darf ich auch vermuten, diese sei des Herrn
Gemahlin? Wie die Herrscherin sieht sie ja aus.
Chf Du hast es gut getroffen, denn sie steht vor dir.
Al Heil dir, o Herrin! Frohe Nachricht bring' ich dir,
auch für Aigisthos, als der Bote eines Freunds.
Kl Die Botschaft sei willkommen! Doch zuallererst
wünscht' ich zu wissen, welcher Mann dich abgesandt.
Al Phanoteus, der Phoker, meldet wichtiges Geschehn.
Kl Und welches, Freund? O rede! Denn von einem Freund,
das weiß ich sicher, bringst du uns ein freundlich Wort.
Al Tot ist Orestes: kurz gefaßt sag' ich es denn.
El Wehe mir Armen! Dieser Tag vernichtet mich.
Kl Was sagst – was sagst du, Freund?! Auf die da höre nicht!
Al Daß tot Orestes, sag' ich jetzt wie schon zuvor.
El Zugrunde geh' ich an dem Leid! Ich bin nichts mehr.
Kl Um deine Dinge kümmre dich! Du aber, Freund,
sag mir die Wahrheit: wie hat ihn der Tod ereilt?
Al Dazu hab' ich den Auftrag: alles meld' ich denn.
Zu Hellas' glanzerfülltem Wettkampf kam er hin,
zum Fest, wo's um die delphischen Siegespreise geht.
Als er den lauten Heroldsruf des Mannes, der

δρόμον προκηρύξαντος, οὗ πρώτη κρίσις,
εἰσῆλθε λαμπρός, πᾶσι τοῖς ἐκεῖ σέβας· 685
χὤπως μὲν ἐν παύροισι πολλά σοι λέγω, 688
οὐκ οἶδα τοιοῦδ' ἀνδρὸς ἔργα καὶ κράτη·
ἓν δ' ἴσθ'· ὅσων γὰρ εἰσεκήρυξαν βραβῆς 690
δρόμων ἐνεγκὼν πάντα τἀπινίκια 691/2
ὠλβίζετ', Ἀργεῖος μὲν ἀνακαλούμενος,
ὄνομα δ' Ὀρέστης, τοῦ τὸ κλεινὸν Ἑλλάδος
Ἀγαμέμνονος στράτευμ' ἀγείραντός ποτε. 695
δρόμον δ' ἰσώσας τῇ φύσει τοῦ σπέρματος 686
νίκης ἔχων ἐξῆλθε πάντιμον γέρας. 687
καὶ ταῦτα μὲν τοιαῦθ'. ὅταν δέ τις θεῶν 696
βλάπτῃ, δύναιτ' ἂν οὐδ' ἂν ἰσχύων φυγεῖν.
κεῖνος γὰρ ἄλλης ἡμέρας, ὅθ' ἱππικῶν
ἦν ἡλίου τέλλοντος ὠκύπους ἀγών,
εἰσῆλθε πολλῶν ἁρματηλατῶν μέτα. 700
εἷς ἦν Ἀχαιός, εἷς ἀπὸ Σπάρτης, δύο
Λίβυες ζυγωτῶν ἁρμάτων ἐπιστάται·
κἀκεῖνος ἐν τούτοισι Θεσσαλὰς ἔχων
ἵππους, ὁ πέμπτος· ἕκτος ἐξ Αἰτωλίας
ξανθαῖσι πώλοις· ἕβδομος Μάγνης ἀνήρ· 705
ὁ δ' ὄγδοος λεύκιππος, Αἰνιὰν γένος·
ἔνατος Ἀθηνῶν τῶν θεοδμήτων ἄπο·
Βοιωτὸς ἄλλος, δέκατον ἐκπληρῶν ὄχον.
στάντες δ' † ὅθ' αὐτοὺς οἱ τεταγμένοι βραβῆς
κλήροις ἔπηλαν καὶ κατέστησαν δίφρους, 710
χαλκῆς ὑπαὶ σάλπιγγος ᾖξαν· οἱ δ' ἅμα
ἵπποις ὁμοκλήσαντες ἡνίας χεροῖν
ἔσεισαν· ἐν δὲ πᾶς ἐμεστώθη δρόμος
κτύπου κροτητῶν ἁρμάτων· κόνις δ' ἄνω
φορεῖθ'· ὁμοῦ δὲ πάντες ἀναμεμειγμένοι 715
φείδοντο κέντρων οὐδέν, ὡς ὑπερβάλοι
χνόας τις αὐτῶν καὶ φρυάγμαθ' ἱππικά.
ὁμοῦ γὰρ ἀμφὶ νῶτα καὶ τροχῶν βάσεις

691 δρόμων [διαύλων πένταθλ' ἃ νομίζεται
692 τούτων] ἐνεγκὼν πάντα τἀπινίκια

zum Wettlauf lädt, vernahm, womit der Kampf beginnt,
da trat er strahlend, allen dort ein Wunder, an.
Und, um dir viel in wenig Worten kundzutun,
nie sah ich jemand ihm an Kraft und Leistung gleich.
Eins wisse: immer wenn zum Lauf das Kampfgericht
aufrief, errang er jedesmal den Siegespreis
und ward gefeiert: als Argeier pries man ihn,
Orest genannt, Sohn Agamemnons, welcher einst
das weitberühmte Heer von Hellas sammelte.
Da er im Wettlauf seines Stammes Art erwies,
kam er mit allem Siegesruhm gekrönt zurück.
Soweit ging alles gut. Doch wenn ein Gott gedenkt
zu schaden, kann ihm auch der Starke nicht entgehn.
Am andren Tage nämlich, als das Rennen der
Pferdegespanne gleich bei Sonnenaufgang war,
trat er mit vielen Wagenlenkern wieder an.
Von Sparta einer, aus Achaia einer, zwei
Libyer, Meister in der Wagenlenkerschaft,
und jener als der fünfte unter ihnen mit
thessalischen Pferden, sechster ein Aitolier
mit braunen Fohlen, siebenter ein Magnesier;
mit Schimmeln kam, als achter dann, ein Ainier,
der neunte aus dem gottgegründeten Athen,
im zehnten, letzten Wagen ein Boioter noch.
Sie standen dort, wo die bestellten Ordner sie
durchs Los hinwiesen, richteten die Wagen aus
und stürmten beim Trompetenzeichen los. Sie schrien
laut alle auf die Pferde ein und schüttelten
die Zügel, und die ganze Laufbahn war erfüllt
vom rasselnden Gelärm der Wagen. Staub fliegt hoch
empor, und alle fuhren durcheinander hin
und sparten nicht den Stachel, um der andren Rad
zu überholen und ihr schnaubendes Gespann.
Die Pferde schäumten atmend und versprühten Gischt

ἤφριζον, εἰσέβαλλον ἱππικαὶ πνοαί. 719
καὶ πρὶν μὲν ὀρθοὶ πάντες ἕστασαν δίφροι· 723
ἔπειτα δ' Αἰνιᾶνος ἀνδρὸς ἄστομοι
πῶλοι βίᾳ φέρουσιν, ἐκ δ' ὑποστροφῆς 725
τελοῦντες ἕκτον ἕβδομόν τ' ἤδη δρόμον
μέτωπα συμπαίουσι Βαρκαίοις ὄχοις·
κἀντεῦθεν ἄλλος ἄλλον ἐξ ἑνὸς κακοῦ
ἔθραυε κἀνέπιπτε, πᾶν δ' ἐπίμπλατο
ναυαγίων Κρισαῖον ἱππικῶν πέδον. 730
γνοὺς δ' οὑξ Ἀθηνῶν δεινὸς ἡνιοστρόφος
ἔξω παρασπᾷ κἀνοκωχεύει παρεὶς
κλύδων' ἔφιππον ἐν μέσῳ κυκώμενον.
ἤλαυνε δ' ἔσχατος μὲν ὑστέρας δ' ἔχων
πώλους Ὀρέστης, τῷ τέλει πίστιν φέρων· 735
ὃ δ' ὡς ὁρᾷ μόνον νιν ἐλλελειμμένον,
ὀξὺν δι' ὤτων κέλαδον ἐνσείσας θοαῖς
πώλοις διώκει, κἀξισώσαντε ζυγὰ
ἠλαυνέτην, τότ' ἄλλος, ἄλλοθ' ἅτερος
κάρα προβάλλων ἱππικῶν ὀχημάτων. 740
κεῖνος δ' ὑπ' αὐτὴν ἐσχάτην στήλην ἔχων 720
ἔχριμπτ' ἀεὶ σύριγγα, δεξιὸν δ' ἀνεὶς
σειραῖον ἵππον εἶργε τὸν προσκείμενον. 722
καὶ τοὺς μὲν ἄλλους πάντας ἀσφαλεῖς δρόμους 741
ὠρθοῦθ' ὁ τλήμων ὀρθὸς ἐξ ὀρθῶν δίφρων·
ἔπειτ' ἀνέλκων ἡνίαν ἀριστερὰν
κάμπτοντος ἵππου λανθάνει στήλην ἄκραν
παίσας· ἔθραυσε δ' ἄξονος μέσας χνόας, 745
κἀξ ἀντύγων ὤλισθεν· ἐν δ' ἑλίσσεται
τμητοῖς ἱμᾶσι· τοῦ δὲ πίπτοντος πέδῳ
πῶλοι διεσπάρησαν ἐς μέσον δρόμον.
στρατὸς δ' ὅπως ὁρᾷ νιν ἐκπεπτωκότα
δίφρων, ἀνωλόλυξε τὸν νεανίαν, 750
οἷ' ἔργα δράσας οἷα λαγχάνει κακά,
φορούμενος πρὸς οὖδας, ἄλλοτ' οὐρανῷ
σκέλη προφαίνων, ἔστε νιν διφρηλάται,
μόλις κατασχεθόντες ἱππικὸν δρόμον,

auf manches Lenkers Rücken, manches Rades Reif.
In einer Reihe liefen alle Wagen erst.
Dann aber gehn des Ainianers Schimmel durch,
hartmäulige Fohlen, biegen fälschlich aus nach rechts,
erfüllend ihren sechsten, siebenten Umlauf schon,
und stießen mit der Stirn aufs libysche Gefährt.
Und nach des einen Mißgeschick zerschmettert' eins
das andre, stürzte, und das Feld von Krisa war
mit Trümmern aus dem Wagenschiffbruch rings bedeckt.
Dies sieht der tüchtige Zügelführer aus Athen
und biegt nach außen, bremst die Schnelligkeit und läßt
im Inneren der verwickelten Gespanne Knäul.
Als letzter fuhr Orestes, hielt der Rosse Lauf
indes zurück und setzt' aufs Ende sein Vertraun.
Doch da er nur den einen noch verblieben sieht,
lärmt er den flinken Rennern mit Gerassel laut
ins Ohr und treibt sie; beide Wagen standen gleich
und jagten weiter: wechselweise waren sie
um Kopfeslänge mit dem Viergespann voraus.
Orestes schwenkte immer dicht am Wendemal
und streift' es mit der Nabe, ließ dem Pferd ganz rechts
den Zügel locker, hielt jedoch das innere kurz.
Und alle andren Runden hatte sicher er,
der Ärmste, schon vollendet, fest auf festem Sitz.
Da aber strafft er seinen linken Zügel, als
das Pferd sich wendet, unversehens stößt er an
die Säule, bricht des Rades Nabe mitten durch
und gleitet aus dem Wagensitz, verwickelt sich
im Riemenzeug, und als er dann zu Boden sinkt,
brachen die Pferde fliehend mitten durch die Bahn.
Da nun die Menge sieht, wie er vom Wagenkranz
herabstürzt, schrie sie, jammernd um den jungen Mann:
was er geleistet und welch schlimmes Los ihn trifft,
der bald am Boden schleift, bald wieder himmelwärts
die Schenkel kehrt, bis schließlich Wagenlenker ihn,
die nur mit Mühe hemmten seiner Renner Lauf,

ἔλυσαν αἱματηρόν, ὥστε μηδένα
γνῶναι φίλων ἰδόντ' ἂν ἄθλιον δέμας.
καί νιν πυρᾷ κέαντες εὐθὺς ἐν βραχεῖ
χαλκῷ μεγίστου σώματος βαιὰν σποδὸν
φέρουσιν ἄνδρες Φωκέων τεταγμένοι,
ὅπως πατρῴας τύμβον ἐκλάχῃ χθονός.
τοιαῦτά σοι ταῦτ' ἐστίν, ὡς μὲν ἐν λόγοις
ἀλγεινά, τοῖς δ' ἰδοῦσιν, οἵπερ εἴδομεν,
μέγιστα πάντων ὧν ὄπωπ' ἐγὼ κακῶν.
Χο φεῦ φεῦ· τὸ πᾶν δὴ δεσπόταισι τοῖς πάλαι
πρόρριζον, ὡς ἔοικεν, ἔφθαρται γένος.
Κλ ὦ Ζεῦ, τί ταῦτα, πότερον εὐτυχῆ λέγω,
ἢ δεινὰ μέν, κέρδη δέ; λυπηρῶς δ' ἔχει,
εἰ τῶν ἐμαυτῆς τὸν βίον σῴζω κακοῖς.
Πα τί δ' ὧδ' ἀθυμεῖς, ὦ γύναι, τῷ νῦν λόγῳ;
Κλ δεινὸν τὸ τίκτειν ἐστίν· οὐδὲ γὰρ κακῶς
πάσχοντι μῖσος ὧν τέκῃ προσγίγνεται.
Πα μάτην ἄρ' ἡμεῖς, ὡς ἔοικεν, ἥκομεν.
Κλ οὔτοι μάτην γε. πῶς γὰρ ἂν μάτην λέγοις;
εἴ μοι θανόντος πίστ' ἔχων τεκμήρια
προσῆλθες, ὅστις τῆς ἐμῆς ψυχῆς γεγώς,
μαστῶν ἀποστὰς καὶ τροφῆς ἐμῆς, φυγὰς
ἀπεξενοῦτο· καί μ', ἐπεὶ τῆσδε χθονὸς
ἐξῆλθεν, οὐκέτ' εἶδεν· ἐγκαλῶν δέ μοι
φόνους πατρῴους δείν' ἐπηπείλει τελεῖν·
ὥστ' οὔτε νυκτὸς ὕπνον οὔτ' ἐξ ἡμέρας
ἐμὲ στεγάζειν ἡδύν, ἀλλ' ὁ προστατῶν
χρόνος διῆγέ μ' αἰὲν ὡς θανουμένην.
νῦν δ' – ἡμέρᾳ γὰρ τῇδ' ἀπηλλάγην φόβου
πρὸς τῆσδ' ἐκείνου θ'· ἥδε γὰρ μείζων βλάβη
ξύνοικος ἦν μοι, τοὐμὸν ἐκπίνουσ' ἀεὶ
ψυχῆς ἄκρατον αἷμα – νῦν δ' ἕκηλά που
τῶν τῆσδ' ἀπειλῶν οὕνεχ' ἡμερεύσομεν.
Ἠλ οἴμοι τάλαινα· νῦν γὰρ οἰμῶξαι πάρα,
Ὀρέστα, τὴν σὴν ξυμφοράν, ὅθ' ὧδ' ἔχων
πρὸς τῆσδ' ὑβρίζῃ μητρός. ἆρ' ἔχει καλῶς;

losmachten, so blutüberströmt, daß keiner von
den Freunden noch erkannte den geschundnen Leib.
Sie gaben ihn den Flammen gleich: im engen Erz
nun bringen Männer, von den Phokern abgesandt,
den kleinen Aschenrest des mächt'gen Körpers her,
daß ihm ein Grab im Heimatlande sei gegönnt.
So also ist's gekommen: schon in Worten ist
es schmerzlich; denen, die wie wir es angesehn,
der schlimmste Unglücksfall, den jemals ich erlebt.

Chf Weh! Weh! Der ganze Stamm der alten Herrscher ist
nun, wie es scheint, bis auf die Wurzel ausgetilgt!

Kl O Zeus! Was soll ich sagen? Nenn' ich es ein Glück,
nenn' ich's ein Unheil, doch Gewinn? Es tut mir weh,
mein Leben zu bewahren durch der Meinen Leid.

Al Wie kommt es, Frau, daß du bei dieser Kunde zagst?

Kl Gebären ist doch mächtig: wenn sie Böses auch
erduldet, keine Mutter haßt, was sie gebar.

Al Vergebens also kamen wir, so scheint es, her?

Kl Vergebens nicht. Vergebens? Warum sagst du das,
wenn du hierher kommst und mir sichre Kunde bringst
vom Tode dessen, der, einst meines Herzens Sohn,
entfernt von meiner Brust und Pflege, Flüchtling und
entfremdet wurde, mich, nachdem er unser Land
verlassen, nicht mehr sah, doch mich des Mordes zieh
am Vater, grausam drohend mit Vergeltung mir,
daß niemals, weder nachts noch über Tag, der Schlaf
mich hold umfangen konnte, sondern mir die Zeit
als Führerin zuseiten schritt wie einer Sterbenden.
Doch nun – denn dieser Tag befreite mich von Furcht
vor ihm und der da, die, als größres Übel, haust
mit mir und jederzeit das schiere Lebensblut
mir aussog – doch nun kann ich wohl beruhigt sein
vor ihren Drohungen und mich des Lebens freun.

El Wehe mir Armen! Jetzt muß ich dein Mißgeschick,
Orest, beklagen, wenn nach allem, was geschah,
dein diese Mutter spottet. Ist dies richtig so?

Κλ οὔτοι σύ· κεῖνος δ' ὡς ἔχει καλῶς ἔχει.
Ἠλ ἄκουε, Νέμεσι τοῦ θανόντος ἀρτίως.
Κλ ἤκουσεν ὧν δεῖ κἀπεκύρωσεν καλῶς.
Ἠλ ὕβριζε· νῦν γὰρ εὐτυχοῦσα τυγχάνεις.
Κλ οὔκουν Ὀρέστης καὶ σὺ παύσετον τάδε;
Ἠλ πεπαύμεθ' ἡμεῖς, οὐχ ὅπως σε παύσομεν.

Κλ πολλῶν ἂν ἥκοις, ὦ ξέν', ἄξιος τυχεῖν,
εἰ τήνδ' ἔπαυσας τῆς πολυγλώσσου βοῆς.
Πα οὐκοῦν ἀποστείχοιμ' ἄν, εἰ τάδ' εὖ κυρεῖ.
Κλ ἥκιστ'· ἐπείπερ οὔτ' ἐμοῦ κατάξι' ἂν
πράξειας οὔτε τοῦ πορεύσαντος ξένου.
ἀλλ' εἴσιθ' εἴσω· τήνδε δ' ἔκτοθεν βοᾶν
ἔα τά θ' αὑτῆς καὶ τὰ τῶν φίλων κακά.

Ἠλ ἆρ' ὑμὶν ὡς ἀλγοῦσα κὠδυνωμένη
δεινῶς δακρῦσαι κἀπικωκῦσαι δοκεῖ
τὸν υἱὸν ἡ δύστηνος ὧδ' ὀλωλότα;
ἀλλ' ἐγγελῶσα φροῦδος. ὢ τάλαιν' ἐγώ·
Ὀρέστα φίλταθ', ὥς μ' ἀπώλεσας θανών.
ἀποσπάσας γὰρ τῆς ἐμῆς οἴχῃ φρενὸς
αἵ μοι μόναι παρῆσαν ἐλπίδων ἔτι,
σὲ πατρὸς ἥξειν ζῶντα τιμωρόν ποτε
κἀμοῦ ταλαίνης. νῦν δὲ ποῖ με χρὴ μολεῖν;
μόνη γάρ εἰμι, σοῦ τ' ἀπεστερημένη
καὶ πατρός. ἤδη δεῖ με δουλεύειν πάλιν
ἐν τοῖσιν ἐχθίστοισιν ἀνθρώπων ἐμοί,
φονεῦσι πατρός. ἆρά μοι καλῶς ἔχει;
ἀλλ' οὔ τι μὴν ἔγωγε τοῦ λοιποῦ χρόνου
ξύνοικος εἴσειμ', ἀλλὰ τῇδε πρὸς πύλῃ
παρεῖσ' ἐμαυτὴν ἄφιλος αὐανῶ βίον.
πρὸς ταῦτα καινέτω τις, εἰ βαρύνεται,
τῶν ἔνδον ὄντων· ὡς χάρις μέν, ἢν κτάνῃ,
λύπη δ', ἐὰν ζῶ. τοῦ βίου δ' οὐδεὶς πόθος.

Kl Mit dir noch nicht! Mit ihm ist's richtig, wie es ist.
El O hör es, Nemesis des jüngst Verstorbenen!
Kl Sie hörte, wen sie sollte: recht hat sie getan!
El Ja, spotte! Denn nun lebst du ja im vollen Glück!
Kl Du und Orest könnt dem kein Ende setzen, wie?
El Wir sind am Ende, nicht dein Ende setzen wir.

Klytaimnestra zum Alten

Kl Du hättest dir ein groß Verdienst erworben, Freund,
wenn du ein Ende setztest ihrem Lästermaul.
Al So darf ich also gehn, da dies erledigt ist?
Kl O nein! Dann tätest du, was weder meiner noch
des Gastfreunds, der dich hergesandt hat, würdig ist.
Nein, komm ins Haus! Sie laß hier draußen jammern nur
ums eigne Mißgeschick und das der Ihrigen!

Sie geht mit dem Alten und den Dienerinnen ins Haus

El Scheint euch, daß, trauernd und von Herzensweh erfüllt,
die Ärmste ihren Sohn, der so ums Leben kam,
in bittrem Gram beweint und ihn bejammert hat?
Nein, höhnisch lachend ging sie. Ich nur trage Leid!
Orestes, liebster, wie vernichtet mich dein Tod!
Du gehst und nimmst mit dir hinweg aus meiner Brust
die Hoffnungen, die einzig mir geblieben sind:
daß du einst lebend kämst, ein Rächer für den Tod
des Vaters und für mich. Wohin soll ich nun fliehn?
Denn jetzt bin ich allein und, nach dem Vater, nun
auch dein beraubt: jetzt muß ich wieder Sklavin sein
bei Menschen, die am allermeisten mir verhaßt,
bei Vaters Mördern! Ist mir damit recht geschehn?
Doch, wahrlich, nie in aller Zukunft geh' ich noch
hinein als Mitbewohner! Nein, vor dieser Tür,
verzweifelnd und verhaßt, bring' ich mein Leben hin.
Wenn es von denen drinnen einem lästig ist,
erschlag' er mich! Denn Glück ist's, wenn ich sterben muß,
Qual, wenn ich lebe: nichts mehr hält im Dasein mich.

Χορός

ποῦ ποτε κεραυνοὶ Διός, ἢ — ia ch — Str. 1
ποῦ φαέθων Ἅλιος, εἰ ταῦτ᾽ ἐφορῶν- — ch^3
τες κρύπτουσιν ἕκηλοι; — pher
Ἠλ ἒ ἔ, αἰαῖ. — io
Χο ὦ παῖ, τί δακρύεις; — rz
Ἠλ φεῦ.
Χο μηδὲν μέγ᾽ ἀΰσῃς. — pher
Ἠλ ἀπολεῖς.
Χο πῶς; — io
Ἠλ εἰ τῶν φανερῶς οἰχομένων — io^3
εἰς Ἀΐδαν ἐλπίδ᾽ ὑποί- — ch^2
σεις, κατ᾽ ἐμοῦ τακομένας — ch^2
μᾶλλον ἐπεμβάσῃ. — do

Χο οἶδα γὰρ ἄνακτ᾽ Ἀμφιάρεων — ia ch — Ant. 1
χρυσοδέτοις ἕρκεσι κρυφθέντα γυναι- — ch^3
κῶν καὶ νῦν ὑπὸ γαίας — pher
Ἠλ ἒ ἔ, ἰώ. — io
Χο πάμψυχος ἀνάσσει. — rz
Ἠλ φεῦ.
Χο φεῦ δῆτ᾽· ὀλοὰ γὰρ — pher
Ἠλ ἐδάμη.
Χο ναί. — io
Ἠλ οἶδ᾽ οἶδ᾽· ἐφάνη γὰρ μελέτωρ — io^3
ἀμφὶ τὸν ἐν πένθει· ἐμοὶ — ch^2
δ᾽ οὔτις ἔτ᾽ ἔσθ᾽· ὃς γὰρ ἔτ᾽ ἦν, — ch^2
φροῦδος ἀναρπασθείς. — do

Χο δειλαία δειλαίων κυρεῖς. — sp^2 ia — Str. 2
Ἠλ κἀγὼ τοῦδ᾽ ἴστωρ, ὑπερίστωρ, — an^4
πανσύρτῳ παμμήνῳ πολλῶν — an^4
δεινῶν στυγνῶν τ᾽ αἰῶνι. — an^4 Λ
Χο εἴδομεν ἃ θρηνεῖς. — do
Ἠλ μή μέ νυν μηκέτι — cr^2
παραγάγῃς, ἵν᾽ οὐ — do

Chor

Wo bleibt denn nun Zeus' Blitz oder wo,
flammenumsprüht, Helios, wenn solches sie sehn,
aber ruhig verschweigen?

El Ah, ah, welch Leid!
Ch O Kind, warum weinst du?
El Ha, ...
Ch Du solltest nicht lästern!
El Du zerstörst ...
Ch Wie?!
El Du willst, daß ich noch Hoffnung auf die
setze, die schon sichtlich hinab-
gingen, und quälst nur um so mehr
mich, die das Leid verzehrt.

Ch Ich weiß doch, daß Fürst Amphiareos
ging in den Tod, weil nach dem Gold gierte sein Weib.
Jetzt, auch unter der Erde ...
El Ah, ah, welch Leid!
Ch ... gebeut er lebendig!
El Ha!
Ch Ja, ha! Denn die Arge ...
El Sie erlag.
Ch Ja!!
El Ich weiß. Es erschien nämlich sein Sohn,
übte für ihn Rache; doch mir
bleibt nun kein Freund: er, der es war,
wurde hinweggerafft.

Ch Im Unglück lebst du, Unglückskind!
El Mir ist's vertraut, allzu vertraut nur,
mein Leben überreich an Leid
und Qualen ohne Ende.
Ch Wir sah'n, was du beklagst.
El Suche mich länger drum
nicht zu trösten, wo...

Χο τί φῄς;
Ἠλ πάρεισιν ἐλπίδων — ia^2
ἔτι κοινοτόκων εὐπατρίδων τ' ἀρωγαί. — an^2 ch ba

Χο πᾶσι θνατοῖς ἔφυ μόρος. — sp^4 ia — Ant. 2
Ἠλ ἦ καὶ χαλαργοῖς ἐν ἁμίλλαις — an^4
οὕτως, ὡς κείνῳ δυστάνῳ, — an^4
τμητοῖς ὁλκοῖς ἐγκῦρσαι; — an^4 Λ
Χο ἄσκοπος ἁ λώβα. — do
Ἠλ πῶς γὰρ οὔκ; εἰ ξένος — cr^2
ἄτερ ἐμᾶν χερῶν — do
Χο παπαῖ.
Ἠλ κέκευθεν, οὔτε του — ia^2
τάφου ἀντιάσας οὔτε γόων παρ' ἡμῶν. — an^2 ch ba

Χρυσόθεμις

ὑφ' ἡδονῆς τοι, φιλτάτη, διώκομαι
τὸ κόσμιον μεθεῖσα σὺν τάχει μολεῖν.
φέρω γὰρ ἡδονάς τε κἀνάπαυλαν ὧν
πάροιθεν εἶχες καὶ κατέστενες κακῶν.
Ἠλ πόθεν δ' ἂν εὕροις τῶν ἐμῶν σὺ πημάτων
ἄρηξιν, οἷς ἴασις οὐκ ἔνεστ' ἰδεῖν;
Χρ πάρεστ' Ὀρέστης ἡμίν, ἴσθι τοῦτ' ἐμοῦ
κλύουσ', ἐναργῶς, ὥσπερ εἰσορᾷς ἐμέ.
Ἠλ ἀλλ' ἦ μέμηνας, ὦ τάλαινα, κἀπὶ τοῖς
σαυτῆς κακοῖσι κἀπὶ τοῖς ἐμοῖς γελᾷς;
Χρ μὰ τὴν πατρῴαν ἑστίαν, ἀλλ' οὐχ ὕβρει
λέγω τάδ', ἀλλ' ἐκεῖνον ὡς παρόντα νῷν.
Ἠλ οἴμοι τάλαινα· καὶ τίνος βροτῶν λόγον
τόνδ' εἰσακούσασ' ὧδε πιστεύεις ἄγαν;
Χρ ἐγὼ μὲν ἐξ ἐμοῦ τε κοὐκ ἄλλης σαφῆ
σημεῖ' ἰδοῦσα τῷδε πιστεύω λόγῳ.
Ἠλ τίν', ὦ τάλαιν', ἰδοῦσα πίστιν; ἐς τί μοι
βλέψασα θάλπῃ τῷδ' ἀνηκέστῳ πυρί;
Χρ πρός νυν θεῶν ἄκουσον, ὡς μαθοῦσά μου
τὸ λοιπὸν ἢ φρονοῦσαν ἢ μώραν λέγῃς.

Ch Was meinst du?

El ... keine Hilfe bleibt
von verschwisterter, von edelgeborner Hoffnung!

Ch Der Tod ist aller Menschen Los.

El Auch der beim Wettlauf der Gespanne,
wie er den Armen traf, der sich
im Riemenzeug verstrickte?

Ch Grausig zu sehn: entstellt!

El Wie denn nicht, wenn er fern,
ganz meiner Hand entrückt ...

Ch O Pein!

El ... dahinsank, wenn er auch
eines Grabes entbehrt, unserer Totenklage?!

Chrysothemis
kommt zurück

Von Freude hergetrieben komm' ich, Liebste du,
in großer Eile, unbesorgt um Schicklichkeit.
Denn Freude bring' ich und Erlösung von dem Leid,
das du bisher getragen und bejammert hast.

El Wo fändest du aus allen meinen Qualen wohl
Errettung, da doch Heilung nicht zu sehen ist?

Chr Uns ist Orestes nahe! Dies vernimm von mir
und wisse es so sicher, wie du mich erblickst!

El Bist du von Sinnen, Unglückselige? Treibst du Spott
mit deinem eignen Unheil und dem meinigen?

Chr Beim Herde unsrer Väter, nein, ich sag' es nicht
aus Mutwill', sondern meine, daß er bei uns ist!

El Ich Arme, weh mir! Und von wem hast du dies Wort
vernommen, daß du ihm so leicht Vertrauen schenkst?

Chr Ich? Von mir selbst, von keiner andren, hab'
ich sichere Beweise: deshalb glaub' ich dran.

El Welch Zeichen, Unglückselige, sahst du? Was hast du
erlebt, daß du entbrennst von solch heilloser Glut?

Chr Nun, bei den Göttern, höre, daß, wenn du's vernimmst,
du klug mich künftig oder töricht nennen kannst!

Ἠλ σὺ δ᾽ οὖν λέγ᾽, εἴ σοι τῷ λόγῳ τις ἡδονή.
Χρ καὶ δὴ λέγω σοι πᾶν ὅσον κατειδόμην.
ἐπεὶ γὰρ ἦλθον πατρὸς ἀρχαῖον τάφον,
ὁρῶ κολώνης ἐξ ἄκρας νεορρύτους
πηγὰς γάλακτος καὶ περιστεφῆ κύκλῳ
πάντων ὅσ᾽ ἔστιν ἀνθέων θήκην πατρός.
ἰδοῦσα δ᾽ ἔσχον θαῦμα, καὶ περισκοπῶ,
μή πού τις ἡμῖν ἐγγὺς ἐγχρίμπτει βροτῶν.
ὡς δ᾽ ἐν γαλήνῃ πάντ᾽ ἐδερκόμην τόπον,
τύμβου προσεῖρπον ἆσσον· ἐσχάτης δ᾽ ὁρῶ
πυρᾶς νεώρη βόστρυχον τετμημένον·
κεὐθὺς τάλαιν᾽ ὡς εἶδον, ἐμπαίει τί μοι
ψυχῇ σύνηθες ὄμμα, φιλτάτου βροτῶν
πάντων Ὀρέστου τοῦθ᾽ ὁρᾶν τεκμήριον·
καὶ χερσὶ βαστάσασα δυσφημῶ μὲν οὔ,
χαρᾷ δὲ πίμπλημ᾽ εὐθὺς ὄμμα δακρύων.
καὶ νῦν θ᾽ ὁμοίως καὶ τότ᾽ ἐξεπίσταμαι
μή του τόδ᾽ ἀγλάισμα πλὴν κείνου μολεῖν.
τῷ γὰρ προσήκει πλήν γ᾽ ἐμοῦ καὶ σοῦ τόδε;
κἀγὼ μὲν οὐκ ἔδρασα, τοῦτ᾽ ἐπίσταμαι,
οὐδ᾽ αὖ σύ· πῶς γάρ; ᾗ γε μηδὲ πρὸς θεοὺς
ἔξεστ᾽ ἀκλαύτῳ τῆσδ᾽ ἀποστῆναι στέγης.
ἀλλ᾽ οὐδὲ μὲν δὴ μητρὸς οὔθ᾽ ὁ νοῦς φιλεῖ
τοιαῦτα πράσσειν οὔτε δρῶσ᾽ ἐλάνθανεν·
ἀλλ᾽ ἔστ᾽ Ὀρέστου ταῦτα τἀπιτύμβια.
ἀλλ᾽, ὦ φίλη, θάρσυνε. τοῖς αὐτοῖσί τοι
οὐχ αὑτὸς αἰεὶ δαιμόνων παραστατεῖ.
νῷν δ᾽ ἦν τὰ πρόσθεν στυγνός· ἡ δὲ νῦν ἴσως
πολλῶν ὑπάρξει κῦρος ἡμέρα καλῶν.
Ἠλ φεῦ, τῆς ἀνοίας ὥς σ᾽ ἐποικτίρω πάλαι.
Χρ τί δ᾽ ἔστιν; οὐ πρὸς ἡδονὴν λέγω τάδε;
Ἠλ οὐκ οἶσθ᾽, ὅποι γῆς οὐδ᾽ ὅποι γνώμης φέρῃ.
Χρ πῶς δ᾽ οὐκ ἐγὼ κάτοιδ᾽ ἅ γ᾽ εἶδον ἐμφανῶς;
Ἠλ τέθνηκεν, ὦ τάλαινα· τἀκείνου δέ σοι
σωτήρι᾽ ἔρρει· μηδὲν ἐς κεῖνόν γ᾽ ὅρα.
Χρ οἴμοι τάλαινα· τοῦ τάδ᾽ ἤκουσας βροτῶν;

El So rede nur, wenn Reden dir Vergnügen macht!
Chr So will ich alles dir erzählen, was ich sah.
Denn als ich hinkam zu des Vaters alter Gruft,
erblick' ich von des Hügels Höhe her von Milch
ganz frische Bäche ausgegossen und umkränzt
mit allen Blumen, die jetzt blühn, des Vaters Grab.
Ich staunte bei dem Anblick, spähe rings umher,
ob irgendjemand etwa in der Nähe sei.
Doch als ich dann den ganzen Platz in Ruhe sah,
trat ich dem Hügel näher und erblicke dort
frisch abgeschnittne Locken dicht am Urnenplatz,
und als ich's sah, ich Arme, tritt sogleich mir vor
die Seele ein vertrautes Antlitz, so als säh'
ich von Orest, dem liebsten Menschen, eine Spur,
und mit den Händen rührt' ich's an: zwar red' ich nichts,
doch füllt mein Auge jäh mit Freudentränen sich.
Und jetzt noch ist es so gewiß mir wie zuvor:
von ihm und keinem sonst kam dieser Grabesschmuck.
Wem sonst als höchstens mir und dir käm' es denn zu?
Und ich – ich hab' es nicht getan, das ist gewiß,
du auch nicht: wie auch? Da du doch zu Göttern selbst
nicht ungestraft aus diesem Hause treten darfst!
Indes beliebt es auch dem Sinn der Mutter nicht,
solches zu tun; auch bliebe das nicht unbemerkt.
Nein, von Orestes nur kann dieser Grabschmuck sein.
Ja, fasse Mut, du Liebe! Nicht denselben wird
dieselbe Gottheit allezeit zur Seite stehn.
Bisher war sie uns feindlich, doch der heutige Tag
beschert vielleicht die Fülle hohen Glückes noch.
El Ach, deine Torheit! Lange schon beklag' ich sie.
Chr Was ist denn? Sag' ich es denn nicht zur Freude dir?
El Weißt nicht, wo in der Welt du bist in deinem Wahn!
Chr Wie soll ich denn nicht wissen, was ich deutlich sah?
El Tot ist er, Ärmste! Es ist aus mit allem Schutz,
den du von ihm erwartest: hoffe nicht auf ihn!
Chr Wehe mir Armen! Und von wem hast du's gehört?

Ἠλ τοῦ πλησίον παρόντος, ἡνίκ' ὤλλυτο.
Χρ καὶ ποῦ 'στιν οὗτος; θαῦμά τοί μ' ὑπέρχεται.
Ἠλ κατ' οἶκον, ἡδὺς οὐδὲ μητρὶ δυσχερής.
Χρ οἴμοι τάλαινα· τοῦ γὰρ ἀνθρώπων ποτ' ἦν
τὰ πολλὰ πατρὸς πρὸς τάφοις κτερίσματα;
Ἠλ οἶμαι μάλιστ' ἔγωγε τοῦ τεθνηκότος
μνημεῖ' Ὀρέστου ταῦτα προσθεῖναί τινα.
Χρ ὦ δυστυχής· ἐγὼ δὲ σὺν χαρᾷ λόγους
τοιούσδ' ἔχουσ' ἔσπευδον, οὐκ εἰδυῖ' ἄρα
ἵν' ἦμεν ἄτης· ἀλλὰ νῦν, ὅθ' ἱκόμην,
τά τ' ὄντα πρόσθεν ἄλλα θ' εὑρίσκω κακά.
Ἠλ οὕτως ἔχει σοι ταῦτ'· ἐὰν δ' ἐμοὶ πίθῃ,
τῆς νῦν παρούσης πημονῆς λύσεις βάρος.
Χρ ἦ τοὺς θανόντας ἐξαναστήσω ποτέ;
Ἠλ οὐκ ἐς τόδ' εἶπον· οὐ γὰρ ὧδ' ἄφρων ἔφυν.
Χρ τί γὰρ κελεύεις ὧν ἐγὼ φερέγγυος;
Ἠλ τλῆναί σε δρῶσαν ἂν ἐγὼ παραινέσω.
Χρ ἀλλ' εἴ τις ὠφέλειά γ', οὐκ ἀπώσομαι.
Ἠλ ὅρα, πόνου τοι χωρὶς οὐδὲν εὐτυχεῖ.
Χρ ὁρῶ. ξυνοίσω πᾶν ὅσονπερ ἂν σθένω.
Ἠλ ἄκουε δή νυν, ᾗ βεβούλευμαι τελεῖν.
παρουσίαν μὲν οἶσθα καὶ σύ που φίλων
ὡς οὔτις ἡμῖν ἐστιν, ἀλλ' Ἅιδης λαβὼν
ἀπεστέρηκε καὶ μόνα λελείμμεθον.
ἐγὼ δ' ἕως μὲν τὸν κασίγνητον βίῳ
θάλλοντ' ἔτ' εἰσήκουον, εἶχον ἐλπίδας
φόνου ποτ' αὐτὸν πράκτορ' ἵξεσθαι πατρός·
νῦν δ' ἡνίκ' οὐκέτ' ἔστιν, ἐς σὲ δὴ βλέπω,
ὅπως τὸν αὐτόχειρα πατρῴου φόνου
ξὺν τῇδ' ἀδελφῇ μὴ κατοκνήσεις κτανεῖν
Αἴγισθον· οὐδὲν γάρ σε δεῖ κρύπτειν μ' ἔτι.
ποῖ γὰρ μενεῖς ῥάθυμος, ἐς τίν' ἐλπίδων
βλέψασ' ἔτ' ὀρθήν; ᾗ πάρεστι μὲν στένειν
πλούτου πατρῴου κτῆσιν ἐστερημένῃ,
πάρεστι δ' ἀλγεῖν ἐς τοσόνδε τοῦ χρόνου
ἄλεκτρα γηράσκουσαν ἀνυμέναιά τε.

El Von einem, der dabeigewesen, als er starb.
Chr Und wo ist dieser? Staunen überkommt mich doch!
El Im Haus, der Mutter höchst erwünscht und kein Verdruß!
Chr Wehe mir Armen! Doch von wem in aller Welt
war dann der viele Schmuck auf unsres Vaters Grab?
El Ich möcht' am ehesten glauben, jemand habe des
verstorbenen Orests Gedächtnis dies geweiht.
Chr Du Unglückliche! Ich bin freudig hergeeilt
mit einer solchen Kunde, und ich ahnte nicht,
wie tief im Leid wir sind. Doch angekommen nun,
find' ich die alte Qual und neue noch dazu!
El So also steht es nun; doch folgst du meinem Rat,
dann wirfst du ab des neuen Leides schwere Last.
Chr Lass' ich die Toten etwa wiederauferstehn?
El Das hab' ich nicht gesagt; so töricht bin ich nicht.
Chr Was also forderst du, wozu ich fähig bin?
El Daß du es wagst zu handeln, wie ich raten will.
Chr Ja, wenn es Nutzen bringt, so weis' ich's nicht zurück.
El Du weißt ja wohl, daß ohne Mühe nichts gelingt.
Chr Ich weiß; gern trag' ich alles mit, soweit ich kann.
El So höre jetzt, was ich zu tun entschlossen bin!
Auch dir ist's nun gewiß, daß keine Hilfe mehr
uns kommen wird von Freunden; sondern Hades nahm
und raubte sie; wir zwei allein sind übrig noch.
Zwar ich, solang' ich hörte, daß der Bruder noch
im Leben blühe, hegte Hoffnungen, daß er
einst als Vergelter komme für des Vaters Tod.
Jetzt aber, da er nicht mehr ist, blick' ich auf dich,
daß du den Mörder, der den Vater umgebracht,
mit mir, der Schwester, ohne Zaudern töten sollst:
Aigisthos, – denn verhehlen muß ich's dir nicht mehr.
Worauf denn harrst du müßig? Welche Hoffnung siehst
du noch bestehen? Nichts als Klagen bleibt dir noch,
beraubt des väterlichen Erbes, wie du bist,
und Jammer bleibt, daß du so viele Jahre schon
als Ungeliebte, Unvermählte altern mußt,

καὶ τῶνδε μέντοι μηκέτ᾽ ἐλπίσῃς ὅπως
τεύξῃ ποτ᾽· οὐ γὰρ ὧδ᾽ ἄβουλός ἐστ᾽ ἀνὴρ
Αἴγισθος ὥστε σόν ποτ᾽ ἢ κἀμὸν γένος
βλαστεῖν ἐᾶσαι, πημονὴν αὑτῷ σαφῆ.
ἀλλ᾽ ἢν ἐπίσπῃ τοῖς ἐμοῖς βουλεύμασιν,
πρῶτον μὲν εὐσέβειαν ἐκ πατρὸς κάτω
θανόντος οἴσῃ τοῦ κασιγνήτου θ᾽ ἅμα·
ἔπειτα δ᾽, ὥσπερ ἐξέφυς, ἐλευθέρα
καλῇ τὸ λοιπὸν καὶ γάμων ἐπαξίων
τεύξῃ· φιλεῖ γὰρ πρὸς τὰ χρηστὰ πᾶς ὁρᾶν.
λόγων γε μὴν εὔκλειαν οὐχ ὁρᾷς ὅσην
σαυτῇ τε κἀμοὶ προσβαλεῖς πεισθεῖσ᾽ ἐμοί;
τίς γάρ ποτ᾽ ἀστῶν ἢ ξένων ἡμᾶς ἰδὼν
τοιοῖσδ᾽ ἐπαίνοις οὐχὶ δεξιώσεται·
ἴδεσθε τώδε τὼ κασιγνήτω, φίλοι,
ὣ τὸν πατρῷον οἶκον ἐξεσωσάτην,
ὣ τοῖσιν ἐχθροῖς εὖ βεβηκόσιν ποτὲ
ψυχῆς ἀφειδήσαντε προυστήτην φόνου.
τούτω φιλεῖν χρή, τώδε χρὴ πάντας σέβειν·
τώδ᾽ ἔν θ᾽ ἑορταῖς ἔν τε πανδήμῳ πόλει
τιμᾶν ἅπαντας οὕνεκ᾽ ἀνδρείας χρεών.
τοιαῦτά τοι νὼ πᾶς τις ἐξερεῖ βροτῶν,
ζώσαιν θανούσαιν θ᾽ ὥστε μὴ ᾽κλιπεῖν κλέος.
ἀλλ᾽, ὦ φίλη, πείσθητι, συμπόνει πατρί,
σύγκαμν᾽ ἀδελφῷ, παῦσον ἐκ κακῶν ἐμέ,
παῦσον δὲ σαυτήν, τοῦτο γιγνώσκουσ᾽, ὅτι
ζῆν αἰσχρὸν αἰσχρῶς τοῖς καλῶς πεφυκόσιν.

Χο ἐν τοῖς τοιούτοις ἐστὶν ἡ προμηθία
καὶ τῷ λέγοντι καὶ κλύοντι σύμμαχος.

Χρ καὶ πρίν γε φωνεῖν, ὦ γυναῖκες, εἰ φρενῶν
ἐτύγχαν᾽ αὕτη μὴ κακῶν, ἐσῴζετ᾽ ἂν
τὴν εὐλάβειαν, ὥσπερ οὐχὶ σῴζεται.
ποῖ γάρ ποτε βλέψασα τοιοῦτον θράσος
αὐτή θ᾽ ὁπλίζῃ κἄμ᾽ ὑπηρετεῖν καλεῖς;
οὐκ εἰσορᾷς; γυνὴ μὲν οὐδ᾽ ἀνὴρ ἔφυς,
σθένεις δ᾽ ἔλασσον τῶν ἐναντίων χερί.

und darfst nicht hoffen, daß dir solches Glück noch je
zuteil wird: kein so unberatner Mann ist ja
Aigisthos, daß er jemals dein und mein Geschlecht
erblühen läßt, sich selbst zum sichren Untergang.
Doch wenn du meinen Plänen Folge leisten willst,
erringst du dir zuerst den Dank der Liebespflicht
beim toten Vater drunten und beim Bruder auch;
dann aber wird man frei, wie du geboren bist,
dich künftig nennen, und ein würdiger Ehebund
wird dir zuteil: rechtschaffene Art sieht jeder gern.
Siehst du denn gar nicht, welches hohen Ruhmes Preis
du dir und mir erringst, wenn du mein Wort befolgst?
Denn welcher Bürger oder Gast, wenn er uns sieht,
begrüßt uns dann mit solchen Lobesworten nicht:
,Ihr Freunde, schaut auf diese beiden Schwestern hier:
Gerettet haben sie ihr väterliches Haus,
die Feinde, deren Macht so fest gegründet war,
ihr eignes Leben wagend, für den Mord gestraft.
Sie lieben, sie verehren sei uns allen Pflicht!
Sie muß bei Festen und Versammlungen der Stadt
ein jeder ehren wegen ihrer Tapferkeit.'
So werden alle Leute sprechen über uns,
und Ruhm verläßt uns nicht im Leben, nicht im Tod.
Drum, Liebe, hör auf mich und steh dem Vater bei,
hilf auch dem Bruder, rette mich aus diesem Leid,
dich selber rette, immer eins bedenkend: daß
schimpfliches Leben Edelbürtigen Schande bringt!

Chf Bei solchen Dingen zeigt sich die Besonnenheit
als bester Helfer dem, der spricht, und dem, der hört.

Chr Ja, Jungfraun, wäre sie nicht unverständigen Sinns,
sie hätte wohl, bevor sie sprach, Behutsamkeit
gewahrt, die sie nun eben keineswegs bewahrt.
Worauf vertrauend hast du wohl mit solchem Mut
dich selbst gewappnet und verlangst auch meinen Dienst?
Siehst du's nicht ein? Du bist kein Mann, du bist ein Weib
und auch an Macht geringer, als die Gegner sind.

δαίμων δὲ τοῖς μὲν εὐτυχεῖ καθ' ἡμέραν,
ἡμῖν δ' ἀπορρεῖ κἀπὶ μηδὲν ἔρχεται.
τίς οὖν τοιοῦτον ἄνδρα βουλεύων ἑλεῖν
ἄλυπος ἄτης ἐξαπαλλαχθήσεται;
ὅρα, κακῶς πράσσοντε μὴ μείζω κακὰ
κτησώμεθ', εἴ τις τούσδ' ἀκούσεται λόγους.
λύει γὰρ ἡμᾶς οὐδὲν οὐδ' ἐπωφελεῖ
βάξιν καλὴν λαβόντε δυσκλεῶς θανεῖν.
ἀλλ' ἀντιάζω, πρὶν πανωλέθρους τὸ πᾶν
ἡμᾶς τ' ὀλέσθαι κἀξερημῶσαι γένος,
κατάσχες ὀργήν. καὶ τὰ μὲν λελεγμένα
ἄρρητ' ἐγώ σοι κἀτελῆ φυλάξομαι,
αὐτὴ δὲ νοῦν σχὲς ἀλλὰ τῷ χρόνῳ ποτέ,
σθένουσα μηδὲν τοῖς κρατοῦσιν εἰκαθεῖν.
Χο πείθου. προνοίας οὐδὲν ἀνθρώποις ἔφυ
κέρδος λαβεῖν ἄμεινον οὐδὲ νοῦ σοφοῦ.
Ἠλ ἀπροσδόκητον οὐδὲν εἴρηκας· καλῶς δ'
ᾔδη σ' ἀπορρίψουσαν ἁπηγγελλόμην.
ἀλλ' αὐτόχειρί μοι μόνῃ τε δραστέον
τοὔργον τόδ'· οὐ γὰρ δὴ κενόν γ' ἀφήσομεν.
Χρ φεῦ·
εἴθ' ὤφελες τοιάδε τὴν γνώμην πατρὸς
θνῄσκοντος εἶναι· πᾶν γὰρ ἂν κατειργάσω.
Ἠλ ἀλλ' ἦ φύσιν γε, τὸν δὲ νοῦν ἥσσων τότε.
Χρ ἄσκει τοιαύτη νοῦν δι' αἰῶνος μένειν.
Ἠλ ὡς οὐχὶ συνδράσουσα νουθετεῖς τάδε.
Χρ εἰκὸς γὰρ ἐγχειροῦντα καὶ πράσσειν κακῶς.
Ἠλ ζηλῶ σε τοῦ νοῦ, τῆς δὲ δειλίας στυγῶ.
Χρ ἀνέξομαι κλύουσα χὤταν εὖ λέγῃς.
Ἠλ ἀλλ' οὔ ποτ' ἐξ ἐμοῦ γε μὴ πάθῃς τόδε.
Χρ μακρὸς τὸ κρῖναι ταῦτα χὠ λοιπὸς χρόνος.
Ἠλ ἄπελθε· σοὶ γὰρ ὠφέλησις οὐκ ἔνι.
Χρ ἔνεστιν· ἀλλὰ σοὶ μάθησις οὐ πάρα.
Ἠλ ἐλθοῦσα μητρὶ ταῦτα πάντ' ἔξειπε σῇ.

1007 οὐ γὰρ θανεῖν ἔχθιστον, ἀλλ' ὅταν θανεῖν
1008 χρῄζων τις εἶτα μηδὲ τοῦτ' ἔχῃ λαβεῖν.

Denn ihnen spendet eine Gottheit täglich Glück,
doch uns zerrinnt es und verschwindet bis zum Nichts.
Wer also könnte, wenn er einen solchen Mann
zu stürzen plant, dem Untergang sich heil entziehn?
Sieh zu, daß wir im Unglück nicht noch größres Leid
uns zuziehn, wenn ein andrer diese Reden hört!
Denn das befreit uns nicht noch nützt es uns, wenn wir
im schönsten Rufe stehn, doch schmählich untergehn.
Vielmehr fleh' ich dich an, bevor wir ganz und gar
zugrunde gehn und unser Stamm verödet ist:
zügle dein Zürnen! Das, was du gesprochen hast,
als ungesagt und ungeschehn bewahr' ich es.
Du aber selbst komm endlich zu der Einsicht, daß
du nichts vermagst und dich den Herrschenden fügen mußt!

Chf Gib nach! Für Menschen gibt es keinen besseren
Gewinn als kluge Vorsicht und Besonnenheit.

El Du hast nichts Unerwartetes gesagt, und wohl
wußt' ich, daß du verwerfen würdest, was ich riet.
So muß ich ganz allein mit eigner Hand die Tat
vollbringen. Denn ich lasse sie nicht ungetan.

Chr Ach,
hättst du doch diese Meinung damals schon gehabt,
als Vater starb! Denn alles hättest du vollbracht!

El Der Art nach hatt' ich sie, nur fehlte der Verstand.

Chr Solchen Verstand bewahre dir dein Leben lang!

El Du willst nicht mittun und erteilst Belehrungen!

Chr Wer Schlimmes unternimmt, dem muß es schlimm ergehn.

El Erstaunlich klug bist du und unausstehlich feig!

Chr Gleichgültig ist es mir, sogar wenn du mich lobst.

El Dies aber wird von mir dir nimmermehr geschehn.

Chr Das zu entscheiden bleibt uns noch geraume Zeit.

El Nun geh nur! Keine Hilfsbereitschaft ist in dir.

Chr Sie ist in mir! Nur nimmst du keine Lehren an.

El Geh hin und teil' dies alles deiner Mutter mit!

Χρ οὐδ᾽ αὖ τοσοῦτον ἔχθος ἐχθαίρω σ᾽ ἐγώ.
Ἠλ ἀλλ᾽ οὖν ἐπίστω γ᾽, οἷ μ᾽ ἀτιμίας ἄγεις.
Χρ ἀτιμίας μὲν οὔ, προμηθίας δὲ σοῦ.
Ἠλ τῷ σῷ δικαίῳ δῆτ᾽ ἐπισπέσθαι με δεῖ;
Χρ ὅταν γὰρ εὖ φρονῇς, τόθ᾽ ἡγήσῃ σὺ νῷν.
Ἠλ ἦ δεινὸν εὖ λέγουσαν ἐξαμαρτάνειν.
Χρ εἴρηκας ὀρθῶς ᾧ σὺ πρόσκεισαι κακῷ.
Ἠλ τί δ᾽; οὐ δοκῶ σοι ταῦτα σὺν δίκῃ λέγειν;
Χρ ἀλλ᾽ ἔστιν ἔνθα χἠ δίκη βλάβην φέρει.
Ἠλ τούτοις ἐγὼ ζῆν τοῖς νόμοις οὐ βούλομαι.
Χρ ἀλλ᾽ εἰ ποήσεις ταῦτ᾽, ἐπαινέσεις ἐμέ.
Ἠλ καὶ μὴν ποήσω γ᾽ οὐδὲν ἐκπλαγεῖσά σε.
Χρ καὶ τοῦτ᾽ ἀληθές, οὐδὲ βουλεύσῃ πάλιν;
Ἠλ βουλῆς γὰρ οὐδέν ἐστιν ἔχθιον κακῆς.
Χρ φρονεῖν ἔοικας οὐδὲν ὧν ἐγὼ λέγω.
Ἠλ πάλαι δέδοκται ταῦτα κοὐ νεωστί μοι
Χρ ἄπειμι τοίνυν· οὔτε γὰρ σὺ τἄμ᾽ ἔπη
τολμᾷς ἐπαινεῖν οὔτ᾽ ἐγὼ τοὺς σοὺς τρόπους.
Ἠλ ἀλλ᾽ εἴσιθ᾽. οὔ σοι μὴ μεθέψομαί ποτε,
οὐδ᾽ ἢν σφόδρ᾽ ἱμείρουσα τυγχάνῃς· ἐπεὶ
πολλῆς ἀνοίας καὶ τὸ θηρᾶσθαι κενά.
Χρ ἀλλ᾽ εἰ σεαυτῇ τυγχάνεις δοκοῦσά τι
φρονεῖν, φρόνει τοιαῦθ᾽· ὅταν γὰρ ἐν κακοῖς
ἤδη βεβήκῃς, τἄμ᾽ ἐπαινέσεις ἔπη.

Χορός

τί τοὺς ἄνωθεν φρονιμωτάτους οἰω- ia ch ia Str. 1
νοὺς ἐσορώμενοι τροφᾶς ch ia
κηδομένους ἀφ᾽ ὧν τε βλά- ch ia
στωσιν ἀφ᾽ ὧν τ᾽ ὄνασιν εὖ- ch ia
ρωσι, τάδ᾽ οὐκ ἐπ᾽ ἴσας τελοῦμεν; alc 10
ἀλλ᾽ οὐ τὰν Διὸς ἀστραπὰν gl
καὶ τὰν οὐρανίαν Θέμιν gl
δαρὸν οὐκ ἀπόνητοι. pher
ὦ χθονία βροτοῖσι φά- ch ia

Chr Niemals befehde ich mit solcher Feindschaft dich.
El Begreife doch, zu welcher Schande du mich drängst!
Chr Zur Schande drängte ich? Zur Sorge nur um dich!
El So darf ich nur befolgen, was dir recht erscheint?
Chr Nein, wenn du weise bist, sei du uns Führerin!
El Schlimm ist es, gut zu reden und doch fehlzugehn.
Chr Du sprichst das Übel richtig aus, dem du erliegst.
El Wie? Meinst du denn, ich spräche nicht mit vollem Recht?
Chr Doch kommt es vor, das auch das Recht uns Schaden bringt.
El Nach solchen Grundsätzen zu leben wünsch' ich nicht.
Chr Doch stimmst du einst mir bei, wenn du die Tat vollbracht!
El Ich werde sie vollbringen: du erschreckst mich nicht.
Chr Und das soll gelten? Änderst du nicht deinen Plan?
El Denn nichts ist mir verhaßter als ein feiger Plan.
Chr In nichts, so scheint es, stimmst du meinen Worten zu.
El Seit langem schon ist dies beschlossen, nicht erst jüngst.
Chr So will ich gehn. Denn weder bist du je bereit,
mein Wort zu billigen, noch dein Verhalten ich.
El Ja, geh hinein! Dir folgen werd' ich nimmermehr,
und solltest du es noch so dringend wünschen; denn
es ist sehr töricht, nichtigen Zielen nachzugehn.
Chr Wenn du nun meinst, du habest eine Weisheit für
dich selbst, so habe sie! Sobald du erst ins Leid
geraten, wirst du meine Worte billigen.

Sie geht hinein

Chor

Warum, wenn wir droben die klügsten Vögel um
Nahrung sich sorglich mühen sehn,
um ihre Alten, denen sie
Leben und Hilfe danken, zu
sättigen, tun wir denn nicht dasselbe?
Doch, beim treffenden Blitz des Zeus,
bei der himmlischen Richterin,
lange bleibt es nicht straflos.
Botin des Tods für Sterbliche,

μα, κατά μοι βόασον οἰ-	ch ia	
κτρὰν ὄπα τοῖς ἔνερθ' Ἀτρεί-	ch ia	
δαις, ἀχόρευτα φέρουσ' ὀνείδη·	alc 10	
ὅτι σφὶν ἤδη τὰ μὲν ἐκ δόμων νοσοῦν-	ia ch cr	Ant. 1
τ' ἦν τὰ δὲ πρὸς τέκνων διπλῆ	ch ia	
φύλοπις οὐκέτ' ἐξισοῦ-	ch ia	
ται φιλοτασίῳ διαί-	ch ia	
τᾳ. πρόδοτος δὲ μόνα σαλεύει	alc 10	
Ἠλέκτρα, τό γ' ἀεὶ πάρος	gl	
δειλαία στενάχουσ' ὅπως	gl	
ἁ πάνδυρτος ἀηδών,	pher	
οὔτε τι τοῦ θανεῖν προμη-	ch ia	
θὴς τό τε μὴ βλέπειν ἑτοί-	ch ia	
μα, διδύμαν ἑλοῦσ' Ἐρι-	ch ia	
νύν. τίς ἂν εὔπατρις ὧδε βλάστοι;	alc 10	
οὐδεὶς τῶν ἀγαθῶν γὰρ	pher	Str. 2
ζῶν κακῶς εὔκλειαν αἰσχῦναι θέλει	cr ia ia	
νώνυμος, ὦ παῖ παῖ,	ch sp	
ὡς καὶ σὺ πάγκλαυτον αἰ-	ia cr	
ῶν' ἄοικον εἵλου,	cr ba	
τὸ μὴ καλὸν ἀπολακτίσα-	ia^2	
σα δύο φέρειν ⟨ἐν⟩ ἑνὶ λόγῳ,	ia^2	
σοφά τ' ἀρίστα τε παῖς κεκλῆσθαι.	ia cr ba	
ζῴης μοι καθύπερθεν	pher	Ant. 2
χειρὶ καὶ πλούτῳ τοσόνδ' ἐχθρῶν ὅσον	cr ia ia	
νῦν ὑπόχειρ ναίεις·	ch sp	
ἐπεί σ' ἐφηύρηκα μοί-	ia cr	
ρᾳ μὲν οὐκ ἐν ἐσθλᾷ	cr ba	
βεβῶσαν, ἃ δὲ μέγιστ' ἔβλα-	ia^2	
στε νόμιμα, τῶνδε φερομέναν	ia^2	
ἄριστα τὰν σὰν δι' εὐσέβειαν.	ia cr ba	

dröhne den Jammerruf von mir
drunten den Atreus-Söhnen zu:
melde die bittere Schmach und Trauer,

daß ihnen schon früher das Haus an Krankheit litt,
jetzt aber beider Töchter Zwist
nicht auf geschwisterliche Art
je wieder auszugleichen ist.
Aber verlassen und einsam schwebt ja
in Gefahren Elektra, die
jammert um das Geschehene stets,
wie die Nachtigall klagend.
Nicht um das Sterben sorgt sie sich,
gern auf das Licht verzichtet sie,
wenn sie vertilgt das Mörderpaar.
Wer ist wohl so seines Adels würdig?

Will doch keiner der Edlen
ehrlos lebend seines Namens guten Ruf
schädigen, Kind, o Kind:
so wählst auch du tränenreich
unbehaustes Leben.
Das Niedre stießest du weit von dir,
in einem zu ernten zwiefaches Lob:
als weises Kind – und als bestes gelten.

Leben sollst du so hoch an
Macht und Fülle über deinen Feinden, wie
jetzt du in Knechtschaft harrst.
Denn zwar in unedles Los
hab' ich dich versunken
gefunden; doch in den Pflichten, die
am obersten stehn, erscheinst du gekrönt
für deine Ehrfurcht mit höchstem Preise.

Orestes, Pylades und zwei Diener mit einer Urne kommen

Ὀρέστης

ἆρ', ὦ γυναῖκες, ὀρθά τ' εἰσηκούσαμεν
ὀρθῶς θ' ὁδοιποροῦμεν, ἔνθα χρῄζομεν;
Χο τί δ' ἐξερευνᾷς καὶ τί βουληθεὶς πάρει;
Ὀρ Αἴγισθον ἔνθ' ᾤκηκεν ἱστορῶ πάλαι.
Χο ἀλλ' εὖ θ' ἱκάνεις χὠ φράσας ἀζήμιος.
Ὀρ τίς οὖν ἂν ὑμῶν τοῖς ἔσω φράσειεν ἂν
ἡμῶν ποθεινὴν κοινόπουν παρουσίαν;
Χο ἥδ', εἰ τὸν ἄγχιστόν γε κηρύσσειν χρεών.

Ὀρ ἴθ', ὦ γύναι, δήλωσον εἰσελθοῦσ', ὅτι
Φωκῆς ματεύουσ' ἄνδρες Αἴγισθόν τινες.
Ἠλ οἴμοι τάλαιν', οὐ δή ποθ' ἧς ἠκούσαμεν
φήμης φέροντες ἐμφανῆ τεκμήρια;
Ὀρ οὐκ οἶδα τὴν σὴν κληδόν'· ἀλλά μοι γέρων
ἐφεῖτ' Ὀρέστου Στροφίος ἀγγεῖλαι πέρι.
Ἠλ τί δ' ἔστιν, ὦ ξέν'; ὥς μ' ὑπέρχεται φόβος.
Ὀρ φέροντες αὐτοῦ σμικρὰ λείψαν' ἐν βραχεῖ
τεύχει θανόντος, ὡς ὁρᾷς, κομίζομεν.
Ἠλ οἲ 'γὼ τάλαινα, τοῦτ' ἐκεῖν' ἤδη σαφές·
πρόχειρον ἄχθος, ὡς ἔοικε, δέρκομαι.
Ὀρ εἴπερ τι κλαίεις τῶν Ὀρεστείων κακῶν,
τόδ' ἄγγος ἴσθι σῶμα τοὐκείνου στέγον.
Ἠλ ὦ ξεῖνε, δός νυν πρὸς θεῶν, εἴπερ τόδε
κέκευθεν αὐτὸν τεῦχος, ἐς χεῖρας λαβεῖν,
ὅπως ἐμαυτὴν καὶ γένος τὸ πᾶν ὁμοῦ
ξὺν τῇδε κλαύσω κἀποδύρωμαι σποδῷ.

Ὀρ δόθ', ἥτις ἐστί, προσφέροντες· οὐ γὰρ ὡς
ἐν δυσμενείᾳ γ' οὖσ' ἐπαιτεῖται τόδε,
ἀλλ' ἢ φίλων τις, ἢ πρὸς αἵματος φύσιν.
Ἠλ ὦ φιλτάτου μνημεῖον ἀνθρώπων ἐμοὶ
ψυχῆς Ὀρέστου λοιπόν, ὥς ⟨σ'⟩ ἀπ' ἐλπίδων
οὐχ ὧνπερ ἐξέπεμπον εἰσεδεξάμην.
νῦν μὲν γὰρ οὐδὲν ὄντα βαστάζω χεροῖν,
δόμων δέ σ', ὦ παῖ, λαμπρὸν ἐξέπεμψ' ἐγώ.

Orestes

Sagt an, ihr Frauen: haben wir wohl recht gehört
und sind wir auf dem rechten Weg nach unsrem Ziel?

Chf Was willst du wissen? Welcher Wunsch führt dich hierher?

Or Aigisthos, – wo er wohnhaft ist, such' ich schon lang.

Chf So gehst du richtig: gut gewiesen hat man dich.

Or Doch wer von euch verkündet denen drinnen wohl,
daß wir gemeinsam hier erscheinen, lang ersehnt?

Chf Dort die, wenn es die Nächstverwandte melden soll.

Orestes zu Elektra

Or Frau, geh hinein und tue drinnen kund, daß hier
aus Phokis Männer, die Aigisthos suchen, sind.

El Weh mir, ihr kommt doch nicht, die Kunde, die wir schon
gehört, durch sichre Zeichen zu bekräftigen?

Or Ich kenne dein Gerücht nicht: mich hat Strophios,
der Greis, mit Nachricht von Orestes hergesandt.

El Was ist es, Fremdling? Wie mich Schrecken überfällt!

Or Wir bringen hier in kleiner Urne, wie du siehst,
die kargen Überreste des Verstorbenen.

El Ah, ich Unselige! Nun ist alles ganz gewiß:
vor Augen offenbar seh' ich die Schmerzenslast.

Or Wenn du etwa Orestes' Unglücksfall beweinst,
so wisse: dies Gefäß hier birgt des Mannes Leib.

El Laß bei den Göttern, Fremdling, diese Urne mich,
wenn sie ihn denn umhüllt, umfassen mit der Hand,
daß ich mich selber und den ganzen Stamm zugleich
mit diesem Staub beweinen und betrauern kann!

Orestes zu den Dienern

Or Wer sie auch sein mag, bringt und gebt sie ihr! Denn nicht
aus feindlicher Gesinnung bittet sie darum,
sondern als Blutsverwandte und Befreundete.

El O Denkmal des geliebtesten der Menschen, das
mir von Orestes' Leben bleibt! Wie sandt' ich dich
voll Hoffnung aus und wie empfang' ich dich zurück!
Heut als ein Nichts umfass' ich mit den Händen dich:
einst aus dem Hause, Kind, entsandt' ich strahlend dich.

ὡς ὤφελον πάροιθεν ἐκλιπεῖν βίον,
πρὶν ἐς ξένην σε γαῖαν ἐκπέμψαι χεροῖν
κλέψασα τοῖνδε κἀνασώσασθαι φόνου,
ὅπως θανὼν ἔκεισο τῇ τόθ' ἡμέρᾳ,
τύμβου πατρῴου κοινὸν εἰληχὼς μέρος.
νῦν δ' ἐκτὸς οἴκων κἀπὶ γῆς ἄλλης φυγὰς
κακῶς ἀπώλου, σῆς κασιγνήτης δίχα·
κοὔτ' ἐν φίλαισι χερσὶν ἡ τάλαιν' ἐγὼ
λουτροῖς σ' ἐκόσμησ' οὔτε παμφλέκτου πυρὸς
ἀνειλόμην, ὡς εἰκός, ἄθλιον βάρος,
ἀλλ' ἐν ξένῃσι χερσὶ κηδευθεὶς τάλας
σμικρὸς προσήκεις ὄγκος ἐν σμικρῷ κύτει.
οἴμοι τάλαινα τῆς ἐμῆς πάλαι τροφῆς
ἀνωφελήτου, τὴν ἐγὼ θάμ' ἀμφὶ σοὶ
πόνῳ γλυκεῖ παρέσχον. οὔτε γάρ ποτε
μητρὸς σύ γ' ἦσθα μᾶλλον ἢ κἀμοῦ τέκος,
οὔθ' οἱ κατ' οἶκον ἦσαν ἀλλ' ἐγὼ τροφός,
ἐγὼ δ' ἀδελφὴ σοὶ προσηυδώμην ἀεί.
νῦν δ' ἐκλέλοιπε ταῦτ' ἐν ἡμέρᾳ μιᾷ
θανόντι σὺν σοί. πάντα γὰρ συναρπάσας,
θύελλ' ὅπως, βέβηκας. οἴχεται πατήρ·
τέθνηκ' ἐγὼ σοί· φροῦδος αὐτὸς εἶ θανών·
γελῶσι δ' ἐχθροί· μαίνεται δ' ὑφ' ἡδονῆς
μήτηρ ἀμήτωρ, ἧς ἐμοὶ σὺ πολλάκις
φήμας λάθρᾳ προὔπεμπες ὡς φανούμενος
τιμωρὸς αὐτός. ἀλλὰ ταῦθ' ὁ δυστυχὴς
δαίμων ὁ σός τε κἀμὸς ἐξαφείλετο,
ὅς σ' ὧδέ μοι προὔπεμψεν ἀντὶ φιλτάτης
μορφῆς σποδόν τε καὶ σκιὰν ἀνωφελῆ.
οἴμοι μοι mo
ὦ δέμας οἰκτρόν. φεῦ φεῦ. ch mo
ὦ δεινοτάτας, οἴμοι μοι, ⏑ch mo
πεμφθεὶς κελεύθους, φίλταθ', ὥς μ' ἀπώλεσας·
ἀπώλεσας δῆτ', ὦ κασίγνητον κάρα.
τοιγὰρ σὺ δέξαι μ' ἐς τὸ σὸν τόδε στέγος,
τὴν μηδὲν ἐς τὸ μηδέν, ὡς σὺν σοὶ κάτω

Das Leben hätt' ich lassen sollen dazumal,
bevor ich dich mit diesen Händen stahl und dich
ins fremde Land entsandte und dem Mord entriß.
Dann wärest du dem Tod erlegen selbigen Tags
und hättest Anteil an dem väterlichen Grab.
So aber, fern vom Haus, ein Flüchtling außer Lands,
gingst elend du, von deiner Schwester fern, zugrund':
nicht mit der Liebe Händen hab' ich Arme dich
durch Waschungen geehrt, nicht aus verzehrender Glut
emporgehoben, wie sich's ziemt, die Schmerzenslast;
betreut vielmehr von fremden Händen kommst du her,
Armer, ein kleines Häuflein in dem kleinen Krug.
Weh mir Unseligen! Meine ganze Pflege war
nun völlig zwecklos, die sich einst so oft an dich
in süßer Mühe wandte. Immer warst du ja
mein Kind viel eher, als du das der Mutter warst,
und niemand sonst im Hause pflegte dich, nur ich,
und immer sprachst du mich als deine Schwester an.
Nun schwand an einem einzigen Tag all dies dahin
mit deinem Tode; denn gleich einem Sturmwind zogst
du hin und rissest alles mit. Der Vater ging,
tot bin auch ich mit dir, du selber bist hinweg.
Die Feinde lachen, und verrückt vor Freude wird
unmütterlich die Mutter, der, wie du mir oft
heimlich verkünden ließest, als ein Rächer du
erscheinen wolltest. Doch nun hat der Unheilsgeist,
der deine und der meine, all dies uns geraubt,
da er dich so mir sendet: statt der teuersten
Gestalt nur Staub und nichtigen Schatten nur.
Wehe mir!
Trauriger Anblick! Ach, ach,
auf schrecklichstem Pfade, weh mir,
hierhergesandt, du liebster, gibst du mir den Tod,
ja, gibst den Tod mir, mein geliebtes Bruderhaupt.
Drum nimm mich auf in dieses dein Gehäus',
das Nichts zum Nichts, daß drunten ich vereint mit dir

ναίω τὸ λοιπόν. καὶ γὰρ ἡνίκ' ἦσθ' ἄνω,
ξὺν σοὶ μετεῖχον τῶν ἴσων· καὶ νῦν ποθῶ
τοῦ σοῦ θανοῦσα μὴ ἀπολείπεσθαι τάφου.
τοὺς γὰρ θανόντας οὐχ ὁρῶ λυπουμένους.
Χο θνητοῦ πέφυκας πατρός, Ἠλέκτρα, φρόνει·
θνητὸς δ' Ὀρέστης· ὥστε μὴ λίαν στένε·
πᾶσιν γὰρ ἡμῖν τοῦτ' ὀφείλεται παθεῖν.
Ὀρ φεῦ φεῦ, τί λέξω; ποῖ λόγων ἀμηχανῶν
ἔλθω; κρατεῖν γὰρ οὐκέτι γλώσσης σθένω.
Ἠλ τί δ' ἔσχες ἄλγος; πρὸς τί τοῦτ' εἰπὼν κυρεῖς;
Ὀρ ἦ σὸν τὸ κλεινὸν εἶδος Ἠλέκτρας τόδε;
Ἠλ τόδ' ἔστ' ἐκεῖνο, καὶ μάλ' ἀθλίως ἔχον.
Ὀρ οἴμοι ταλαίνης ἆρα τῆσδε συμφορᾶς.
Ἠλ οὐ δή ποτ', ὦ ξέν', ἀμφ' ἐμοὶ στένεις τάδε;
Ὀρ ὦ σῶμ' ἀτίμως κἀθέως ἐφθαρμένον.
Ἠλ οὔτοι ποτ' ἄλλην ἢ 'μὲ δυσφημεῖς, ξένε;
Ὀρ φεῦ τῆς ἀνύμφου δυσμόρου τε σῆς τροφῆς.
Ἠλ τί δή ποτ', ὦ ξέν', ὧδ' ἐπισκοπῶν στένεις;
Ὀρ ὡς οὐκ ἄρ' ᾔδη τῶν ἐμῶν οὐδὲν κακῶν.
Ἠλ ἐν τῷ διέγνως τοῦτο τῶν εἰρημένων;
Ὀρ ὁρῶν σε πολλοῖς ἐμπρέπουσαν ἄλγεσιν.
Ἠλ καὶ μὴν ὁρᾷς γε παῦρα τῶν ἐμῶν κακῶν.
Ὀρ καὶ πῶς γένοιτ' ἂν τῶνδ' ἔτ' ἐχθίω βλέπειν;
Ἠλ ὁθούνεκ' εἰμὶ τοῖς φονεῦσι σύντροφος.
Ὀρ τοῖς τοῦ; πόθεν τοῦτ' ἐξεσήμηνας κακόν;
Ἠλ τοῖς πατρός. εἶτα τοῖσδε δουλεύω βίᾳ.
Ὀρ τίς γάρ σ' ἀνάγκῃ τῇδε προστρέπει βροτῶν;
Ἠλ μήτηρ καλεῖται· μητρὶ δ' οὐδὲν ἐξισοῖ.
Ὀρ τί δρῶσα; πότερα χερσίν, ἢ λύμῃ βίου;
Ἠλ καὶ χερσὶ καὶ λύμαισι καὶ πᾶσιν κακοῖς.
Ὀρ οὐδ' οὑπαρήξων οὐδ' ὁ κωλύσων πάρα;
Ἠλ οὐ δῆθ'· ὃς ἦν γάρ μοι σὺ προὔθηκας σποδόν.
Ὀρ ὦ δύσποτμ', ὡς ὁρῶν σ' ἐποικτίρω πάλαι.
Ἠλ μόνος βροτῶν νυν ἴσθ' ἐποικτίρας ποτέ.
Ὀρ μόνος γὰρ ἥκω τοῖσι σοῖς ἀλγῶν κακοῖς.
Ἠλ οὐ δή ποθ' ἡμῖν ξυγγενὴς ἥκεις ποθέν;

in Zukunft wohne! Denn als du hier oben warst,
hatt' ich mit dir das gleiche Los: nun sehn' ich mich,
zu sterben und von deinem Grab nicht fern zu sein;
denn die Verstorbenen seh' ich frei von allem Leid.

Chf Bedenk, Elektra: eines sterblichen Vaters bist
du wie Orestes; darum klage nicht zu sehr!
Dies zu erdulden ist uns allen ja verhängt.

Or Was sag' ich? Ach, wohin, mit unberatnem Wort,
gerat' ich? Kaum beherrsch' ich meine Zunge noch.

El Was macht dir Kummer? Worauf zielte, was du sprachst?

Or Seh' ich vor mir Elektras adlige Gestalt?

El Sie ist es wohl, doch recht erbärmlich sieht sie aus.

Or O Pein! Du Arme! Tief bedaure ich dies Los.

El Du klagst doch, Fremder, nicht um meinetwillen so?

Or Wie schmählich, ruchlos seh' ich deinen Leib entstellt!

El Fremder, bedauerst keine andre du als mich?

Or Ach, daß du ehelos und so im Elend lebst!

El Fremder, warum betrachtest du mich so und klagst?

Or Wie wenig wußt' ich doch bisher vom eignen Leid!

El An welchem meiner Worte hast du dies erkannt?

Or Von Trauer und von Gram gezeichnet seh' ich dich.

El Und siehst von meinen Übeln doch nur wenige.

Or Wie gäbe es noch schlimmere zu sehn als die?

El Daß mit den Mördern ich zusammenwohnen muß.

Or Wessen? Von woher stammt das Unheil, das du nennst?

El Des Vaters! Ihnen muß seither ich dienstbar sein.

Or Doch wer in aller Welt übt solchen Zwang an dir?

El Sie nennt sich Mutter, gleicht doch Müttern keineswegs.

Or Was tut sie? Ist's Mißhandlung, ist's Erniedrigung?

El Mißhandlung und Erniedrigung und alle Schmach.

Or Hast du denn keinen Helfer, der sie hindern kann?

El Keinen, denn der es war, den bringst du mir als Staub.

Or Du Arme! Dich zu sehen jammert mich schon längst.

El Der einzige bist du, den es je gejammert hat.

Or Als einziger komm' ich, dessen Leid das deine ist.

El Du kommst doch wohl nicht als Verwandter her zu uns?

Ὀρ ἐγὼ φράσαιμ᾽ ἄν, εἰ τὸ τῶνδ᾽ εὔνουν πάρα.
Ἠλ ἀλλ᾽ ἐστὶν εὔνουν, ὥστε πρὸς πιστὰς ἐρεῖς.
Ὀρ μέθες τόδ᾽ ἄγγος νυν, ὅπως τὸ πᾶν μάθῃς.
Ἠλ μὴ δῆτα πρὸς θεῶν τοῦτό μ᾽ ἐργάσῃ, ξένε.
Ὀρ πιθοῦ λέγοντι κοὐχ ἁμαρτήσῃ ποτέ.
Ἠλ μὴ πρὸς γενείου μὴ ᾽ξέλῃ τὰ φίλτατα.
Ὀρ οὔ φημ᾽ ἐάσειν.
Ἠλ ὦ τάλαιν᾽ ἐγὼ σέθεν,
Ὀρέστα, τῆς σῆς εἰ στερήσομαι ταφῆς.
Ὀρ εὔφημα φώνει· πρὸς δίκης γὰρ οὐ στένεις.
Ἠλ πῶς τὸν θανόντ᾽ ἀδελφὸν οὐ δίκῃ στένω;
Ὀρ οὔ σοι προσήκει τήνδε προσφωνεῖν φάτιν.
Ἠλ οὕτως ἄτιμός εἰμι τοῦ τεθνηκότος;
Ὀρ ἄτιμος οὐδενὸς σύ· τοῦτο δ᾽ οὐχὶ σόν.
Ἠλ εἴπερ γ᾽ Ὀρέστου σῶμα βαστάζω τόδε.
Ὀρ ἀλλ᾽ οὐκ Ὀρέστου, πλὴν λόγῳ γ᾽ ἠσκημένον.
Ἠλ ποῦ δ᾽ ἔστ᾽ ἐκείνου τοῦ ταλαιπώρου τάφος;
Ὀρ οὐκ ἔστι· τοῦ γὰρ ζῶντος οὐκ ἔστιν τάφος.
Ἠλ πῶς εἶπας, ὦ παῖ;
Ὀρ ψεῦδος οὐδὲν ὧν λέγω.
Ἠλ ἦ ζῇ γὰρ ἁνήρ;
Ὀρ εἴπερ ἔμψυχός γ᾽ ἐγώ.
Ἠλ ἦ γὰρ σὺ κεῖνος;
Ὀρ τήνδε προσβλέψασά μου
σφραγῖδα πατρὸς ἔκμαθ᾽, εἰ σαφῆ λέγω.
Ἠλ ὦ φίλτατον φῶς.
Ὀρ φίλτατον, ξυμμαρτυρῶ.
Ἠλ ὦ φθέγμ᾽, ἀφίκου;
Ὀρ μηκέτ᾽ ἄλλοθεν πύθῃ.
Ἠλ ἔχω σε χερσίν;
Ὀρ ὡς τὰ λοίπ᾽ ἔχοις ἀεί.
Ἠλ ὦ φίλταται γυναῖκες, ὦ πολίτιδες,
ὁρᾶτ᾽ Ὀρέστην τόνδε, μηχαναῖσι μὲν
θανόντα, νῦν δὲ μηχαναῖς σεσωμένον.
Χο ὁρῶμεν, ὦ παῖ, κἀπὶ συμφοραῖσί μοι
γεγηθὸς ἕρπει δάκρυον ὀμμάτων ἄπο.

Or Ich spräche, wären diese da uns wohlgesinnt.
El Sie sind es: als vor Treuergebnen redest du.
Or So laß die Urne los, damit du alles hörst!
El Das, bei den Göttern, Fremder, tue mir nicht an!
Or Befolge nur mein Wort! Es wird kein Fehler sein.
El Bei deinem Angesicht, nimm mir das Liebste nicht!
Or Das will ich gar nicht.
El Weh mir Armen ohne dich,
Orest, wenn man dich zu bestatten mir verwehrt!
Or Sprich frohe Worte! Du beklagst dich nicht mit Recht.
El Wie? Um den toten Bruder klag' ich nicht mit Recht?
Or Solch Namen auszusprechen kommt dir ja nicht zu!
El So unwert bin ich des Dahingeschiedenen?
Or Niemandes unwert bist du! Doch dies ist nicht dein.
El Wenn ich das Sterbliche Orestens halte hier?
Or Nein, nicht Orestens! Nur zum Scheine tat man so.
El Wo also ist nun dieses Unglückseligen Grab?
Or Nirgends! Denn ein Lebendiger braucht des Grabes nicht.
El O Kind! Wie sagst du?
Or Keine Lüge sprech' ich aus.
El So lebt der Jüngling?
Or Wenn ich selbst am Leben bin!
El So bist du Er?
Or Wenn du hier Vaters Siegelring
anschaust, erkennst du wohl, ob ich die Wahrheit sprach.
El O schönster Tag!
Or O schönster, sag' ich auch!
El Du kamst? O Stimme!
Or Keinen andren frage mehr!
El Ich halt' im Arm dich?
Or Immer halt mich fürder so!
El O beste Freundinnen, Mitbürgerinnen ihr!
Seht hier Orestes, der durch listigen Anschlag zwar
verstorben, doch durch Anschlag jetzt gerettet ist.
Chf O Kind! Wir sehn ihn, und bei solcher Fügung rinnt
die Freudenflut der Tränen aus den Augen mir.

Ἠλ	ἰὼ γοναί,	ia	Str.
	γοναὶ σωμάτων ἐμοὶ φιλτάτων	do^{2}	
	ἐμόλετ' ἀρτίως,	do	
	ἐφηύρετ', ἤλθετ', εἴδεθ' οὓς ἐχρῄζετε.	ia^{3}	
Ὀρ	πάρεσμεν· ἀλλὰ σῖγ' ἔχουσα πρόσμενε.	ia^{3}	
Ἠλ	τί δ' ἔστιν;	ba	
Ὀρ	σιγᾶν ἄμεινον, μή τις ἔνδοθεν κλύῃ.	ia^{3}	
Ἠλ	ἀλλ' οὐ τὰν Ἄρτεμιν	ba cr	
	τὰν ἀεὶ ἀδμήταν	do	
	τόδε μὲν οὔ ποτ' ἀξιώσω τρέσαι,	do^{2}	
	περισσὸν ἄχθος ἔνδον	ia ba	
	γυναικῶν ὂν αἰεί.	ba^{2}	
Ὀρ	ὅρα γε μὲν δὴ κἀν γυναιξὶν ὡς Ἄρης	ia^{3}	
	ἔνεστιν· εὖ δ' ἔξοισθα πειραθεῖσά που.	ia^{3}	
Ἠλ	ὀττοτοῖ ὀττοτοῖ,	do	
	ἀνέφελον ἐνέβαλες οὔ ποτε καταλύσιμον,	do^{2}	
	οὐδέ ποτε λησόμενον ἁμέτερον	cr^{3}	
	οἷον ἔφυ κακόν.	do	
Ὀρ	ἔξοιδα καὶ ταῦτ'· ἀλλ' ὅταν παρρησίᾳ	ia^{3}	
	παρῇ, τότ' ἔργων τῶνδε μεμνῆσθαι χρεών.	ia^{3}	
Ἠλ	ὁ πᾶς ἐμοὶ	ia	Ant.
	ὁ πᾶς ἂν πρέποι παρὼν ἐννέπειν	do^{2}	
	τάδε δίκᾳ χρόνος.	do	
	μόλις γὰρ ἔσχον νῦν ἐλεύθερον στόμα.	ia^{3}	
Ὀρ	ξύμφημι κἀγώ. τοιγαροῦν σῴζου τόδε.	ia^{3}	
Ἠλ	τί δρῶσα;	ba	
Ὀρ	οὗ μὴ 'στι καιρὸς μὴ μακρὰν βούλου λέγειν.	ia^{3}	
Ἠλ	τίς οὖν ἀντάξι' ἂν	ba cr	
	σοῦ γε πεφηνότος	do	
	μεταβάλοιτ' ἂν ὧδε σιγὰν λόγων;	do^{2}	
	ἐπεί σε νῦν ἀφράστως	ia ba	
	ἀέλπτως τ' ἐσεῖδον.	ba^{2}	
Ὀρ	τότ' εἶδες, ὅτε θεοί μ' ἐπώτρυναν μολεῖν	ia^{3}	
	⏑ – ⏑ – ⏑ – ⏑ – ⏑ – ⏑ – .	⟨ia^{3}⟩	

El Heil dir, du Sproß,
du Sproß aus dem Leib, den heiß ich geliebt!
Du bist nun endlich da,
du kamest, fandest, sahest die Ersehnte doch!
Or Ja, ich bin da! Doch schweige still und harre noch!
El Warum nur?
Or Schweigen ist besser: daß uns drinnen niemand hört!
El Nein doch, bei Artemis,
bei der unbezwungenen,
davor zu zittern wünsch' ich nun niemals mehr:
drin mit der Frau beständig
die sinnlose Plage!
Or Bedenke nur, daß Kampfgeist auch in Frauen wohnt!
Du weißt es nur zu gut: Erfahrung lehrt es dich.

Elektra schluchzt

El Ottotoi ottotoi!
Du schleuderst mir hüllenlos zu das nimmer mehr zu heilende,
das nimmermehr auch sich vergißt, unser Geschick,
wie es so übel war.
Or Ich weiß das auch. Doch wenn die Zeit des freien Worts
erscheint, dann gilt es zu bedenken dieses Tuns.

El Die ganze Zeit
ist mir recht, die ganze, dies auszuschrein!
Zeit ist's nach Fug und Recht!
Denn kaum errang ich meinem Munde Freiheit jetzt.
Or So denk' ich selber. Darum eben hüte sie!
El Wodurch denn?
Or Wofür noch nicht die Zeit ist, davon sprich nicht lang!
El Wem wär' es einerlei,
da du erschienen bist,
wählte er jetzt noch Schweigen anstatt des Worts?
Denn jetzt durft' ich dich schauen,
unglaublich, unfaßbar!
Or Du sahst mich, als die Götter mich zu gehn gedrängt,
....

Ἠλ ἔφρασας ὑπερτέραν   do
τᾶς πάρος ἔτι χάριτος, εἴ σε θεὸς ἐπόρισεν   do^2
ἁμέτερα πρὸς μέλαθρα· δαιμόνιον   cr^3
αὐτὸ τίθημ' ἐγώ.   do
Ὀρ τὰ μέν σ' ὀκνῶ χαίρουσαν εἰργαθεῖν, τὰ δὲ   ia^3
δέδοικα λίαν ἡδονῇ νικωμένην.   ia^3

Ἠλ ἰὼ χρόνῳ   ia   Ep.
μακρῷ φιλτάταν ὁδὸν ἐπαξιώ-   do^2
σας ὧδέ μοι φανῆναι,   ia ba
μή τί με, πολύπονον ὧδ' ἰδὼν   ia^2
Ὀρ τί μὴ ποήσω;
Ἠλ μή μ' ἀποστερήσῃς   ia ia ba
τῶν σῶν προσώπων ἁδονὰν μεθέσθαι.   ia ia ba
Ὀρ ἦ κάρτα κἂν ἄλλοισι θυμοίμην ἰδών.   ia^3
Ἠλ ξυναινεῖς;
Ὀρ τί μὴν οὔ;   ba^2
Ἠλ ὦ φίλ', ἔκλυον ἃν ἐγὼ οὐδ' ἂν ἤλπισ' αὐδάν.   tr^3
ἔσχον ὀργὰν ἄναυδον   cr tr
οὐδὲ σὺν βοᾷ κλύουσ' ἁ τάλαινα.   tr cr tr
νῦν δ' ἔχω σε· προυφάνης δὲ   tr^2
φιλτάταν ἔχων πρόσοψιν,   tr^2
ἇς ἐγὼ οὐδ' ἂν ἐν κακοῖς λαθοίμαν.   tr ith

Ὀρ τὰ μὲν περισσεύοντα τῶν λόγων ἄφες,
καὶ μήτε μήτηρ ὡς κακὴ δίδασκέ με
μήθ' ὡς πατρῴαν κτῆσιν Αἴγισθος δόμων
ἀντλεῖ, τὰ δ' ἐκχεῖ, τὰ δὲ διασπείρει μάτην·
χρόνου γὰρ ἄν σοι καιρὸν ἐξείργοι λόγος.
ἃ δ' ἁρμόσει μοι τῷ παρόντι νῦν χρόνῳ
σήμαιν', ὅπου φανέντες ἢ κεκρυμμένοι
γελῶντας ἐχθροὺς παύσομεν τῇ νῦν ὁδῷ.
οὕτως δ' ὅπως μήτηρ σε μὴ 'πιγνώσεται
φαιδρῷ προσώπῳ νῷν ἐπελθόντοιν δόμους·
ἀλλ' ὡς ἐπ' ἄτῃ τῇ μάτην λελεγμένῃ
στέναζ'· ὅταν γὰρ εὐτυχήσωμεν, τότε
χαίρειν παρέσται καὶ γελᾶν ἐλευθέρως.

El Höchste Wonne sprichst du aus,
ja, höhere noch als bisher, wenn dich ein Gott zu unserer
Behausung geleitet hat, denn göttliche Macht
selber erkenn' ich da.
Or Nicht gern zwar mag ich deine Freude hemmen; doch
zu sehr, befürcht' ich, überwältigt dich das Glück.

El O du, der nach
so lang-langer Frist frohesten Pfad zu mir
zu gehen mich gewürdigt,
nun darfst du nicht, da du im Leid mich siehst...
Or Was soll ich nicht tun?
El ... dessen mich berauben.
mir deines Anblicks Freude zu gewähren.
Or Auch andren, wenn sie solches täten, zürnt' ich sehr.
El Versprichst du's?
Or Warum nicht?
El Lieber, o, ich vernahm eine kaum erhoffte Stimme!
Zorn, unsagbaren, hegt' ich:
auch nicht einen Ton von dir hört' ich Arme!
Doch nun hab' ich dich! Ganz sicher
hab' ich den geliebten Anblick,
den ich selbst tief in Leiden nicht vergäße!

Or Den Überfluß der Worte laß beiseite nun,
und weder lehre mich, wie schlecht die Mutter ist,
noch wie Aigisthos unsres Hauses erblich Gut
verpraßt, vergeudet und umherstreut ohne Sinn!
Im Reden geht die Gunst der Stunde dir vorbei.
Nur was im jetzigen Augenblick mir nützen kann,
erkläre: wo wir, offen oder insgeheim,
dem Hohn der Feinde Einhalt tun auf unsrem Gang,
doch so, daß nicht etwa an deinem heitren Blick
die Mutter, wenn wir nun ins Haus gehn, etwas merkt!
Nein, jammre über diesen Unglücksfall, den wir
ihr vorgetäuscht! Ist unser Werk gelungen, dann
ist Zeit zur Freude und das Lachen steht uns frei.

Ἠλ ἀλλ', ὦ κασίγνηθ', ὧδ' ὅπως καὶ σοὶ φίλον
καὶ τοὐμὸν ἔσται τῇδ'· ἐπεὶ τὰς ἡδονὰς
πρὸς σοῦ λαβοῦσα κοὐκ ἐμὰς ἐκτησάμην.
κοὐδ' ἄν σε λυπήσασα δεξαίμην βραχὺ
αὐτὴ μέγ' εὑρεῖν κέρδος· οὐ γὰρ ἂν καλῶς
ὑπηρετοίην τῷ παρόντι δαίμονι.
ἀλλ' οἶσθα μὲν τἀνθένδε, πῶς γὰρ οὔ; κλύων
ὁθούνεκ' Αἴγισθος μὲν οὐ κατὰ στέγας,
μήτηρ δ' ἐν οἴκοις· ἣν σὺ μὴ δείσῃς ποθ' ὡς
γέλωτι τοὐμὸν φαιδρὸν ὄψεται κάρα.
μῖσός τε γὰρ παλαιὸν ἐντέτηκέ μοι,
κἀπεί σ' ἐσεῖδον, οὔ ποτ' ἐκλήξω χαρᾷ
δακρυρροοῦσα. πῶς γὰρ ἂν λήξαιμ' ἐγώ,
ἥτις μιᾷ σε τῇδ' ὁδῷ θανόντα τε
καὶ ζῶντ' ἐσεῖδον; εἴργασαι δέ μ' ἄσκοπα·
ὥστ', εἰ πατήρ μοι ζῶν ἵκοιτο, μηκέτ' ἂν
τέρας νομίζειν αὐτό, πιστεύειν δ' ὁρᾶν.
ὅτ' οὖν τοιαύτην ἡμὶν ἐξήκεις ὁδόν,
ἄρχ' αὐτὸς ὥς σοι θυμός. ὡς ἐγὼ μόνη
οὐκ ἂν δυοῖν ἥμαρτον· ἢ γὰρ ἂν καλῶς
ἔσωσ' ἐμαυτήν, ἢ καλῶς ἀπωλόμην.
Ὀρ σιγᾶν ἐπῄνεσ'· ὡς ἐπ' ἐξόδῳ κλύω
τῶν ἔνδοθεν χωροῦντος.
Ἠλ εἴσιτ', ὦ ξένοι,
ἄλλως τε καὶ φέροντες οἷ' ἂν οὔτε τις
δόμων ἀπώσαιτ' οὔτ' ἂν ἡσθείη λαβών.

Παιδαγωγός

ὦ πλεῖστα μῶροι καὶ φρενῶν τητώμενοι,
πότερα παρ' οὐδὲν τοῦ βίου κήδεσθ' ἔτι,
ἢ νοῦς ἔνεστιν οὔτις ὑμὶν ἐγγενής,
ὅτ' οὐ παρ' αὐτοῖς ἀλλ' ἐν αὐτοῖσιν κακοῖς
τοῖσιν μεγίστοις ὄντες οὐ γιγνώσκετε;
ἀλλ' εἰ σταθμοῖσι τοῖσδε μὴ 'κύρουν ἐγὼ

El Ja, lieber Bruder, wie es dir am liebsten ist,
wird es auch mir sein; denn die Freude hab' ich ja
von dir empfangen: ich errang sie mir nicht selbst,
und nicht den kleinsten Kummer möcht' ich dir, und sei's
um großen Lohn, bereiten; denn sonst leistet' ich
dem Gotte, der uns beisteht, keinen guten Dienst,
Das Weitre aber weißt du. Wie denn nicht? Du hörst,
daß zwar Aigisthos jetzt nicht drin im Hause weilt,
die Mutter aber. Fürchte nicht, daß jemals sie
von Freude mein Gesicht erheitert sehen wird!
Fest eingewurzelt ist in mir der alte Haß,
und seit ich dich erblickte, hör' ich gar nicht auf,
vor Glück zu weinen. Denn wie könnt' ich das wohl auch,
da ich auf einem und demselben Wege tot
und lebend dich gesehn? Du wirkst Unglaubliches
an mir: wenn jetzt der Vater käme, würd' ich es
kein Wunder nennen, sondern glauben, was ich sah.
Da du zu uns nun kommst auf einem solchen Weg,
geh selbst nach deinem Sinn voran! Denn ich allein
hätt' eins von beiden nicht verfehlt: mich ehrenhaft
erretten oder ehrenhaft zugrunde gehn.

Or Sei still, ich bitte! Denn ich höre an der Tür,
daß jemand kommt von drinnen.

El Gäste, tretet ein,
besonders weil ihr bringt, was keiner wohl vom Haus
abweisen oder freudenvoll empfangen wird.

Sie gehen auf die Tür zu, da tritt heraus

Der alte Erzieher

O arge Toren! O ihr Sinnverblendeten!
Seid ihr um euer Leben schon ganz unbesorgt,
oder gebricht's am angeborenen Verstand,
daß ihr nicht seht, ihr seid der üblen Lage nicht
nur nahe, seid schon mitten drin in der Gefahr?
Und wenn ich nicht auf diese Pforte lange schon

πάλαι φυλάσσων, ἣν ἂν ὑμὶν ἐν δόμοις
τὰ δρώμεν' ὑμῶν πρόσθεν ἢ δὰ σώματα·
νῦν δ' εὐλάβειαν τῶνδε προυθέμην ἐγώ.
καὶ νῦν ἀπαλλαχθέντε τῶν μακρῶν λόγων
καὶ τῆς ἀπλήστου τῆσδε σὺν χαρᾷ βοῆς
εἴσω παρέλθεθ', ὡς τὸ μὲν μέλλειν κακὸν
ἐν τοῖς τοιούτοις ἔστ', ἀπηλλάχθαι δ' ἀκμή.
Ὀρ πῶς οὖν ἔχει τἀντεῦθεν εἰσιόντι μοι;
Πα καλῶς· ὑπάρχει γάρ σε μὴ γνῶναί τινα.
Ὀρ ἤγγειλας, ὡς ἔοικεν, ὡς τεθνηκότα.
Πα εἷς τῶν ἐν Ἅιδου μάνθαν' ἐνθάδ' ὢν ἀνήρ.
Ὀρ χαίρουσιν οὖν τούτοισιν; ἢ τίνες λόγοι;
Πα τελουμένων εἴποιμ' ἄν· ὡς δὲ νῦν ἔχει,
καλῶς τὰ κείνων πάντα, καὶ τὰ μὴ καλῶς.
Ἠλ τίς οὗτός ἐστ', ἀδελφέ; πρὸς θεῶν φράσον.
Ὀρ οὐχὶ ξυνίης;
Ἠλ οὐδέ γ' ἐς θυμὸν φέρω.
Ὀρ οὐκ οἶσθ', ὅτῳ μ' ἔδωκας ἐς χεῖράς ποτε;
Ἠλ ποίῳ; τί φωνεῖς;
Ὀρ οὗ τὸ Φωκέων πέδον
ὑπεξεπέμφθην σῇ προμηθίᾳ χεροῖν.
Ἠλ ἦ κεῖνος οὗτος ὅν ποτ' ἐκ πολλῶν ἐγὼ
μόνον προσηῦρον πιστὸν ἐν πατρὸς φόνῳ;
Ὀρ ὅδ' ἐστί. μή μ' ἔλεγχε πλείοσιν λόγοις.

Ἠλ ὦ φίλτατον φῶς, ὦ μόνος σωτὴρ δόμων
Ἀγαμέμνονος, πῶς ἦλθες; ἦ σὺ κεῖνος εἶ,
ὃς τόνδε κἄμ' ἔσωσας ἐκ πολλῶν πόνων;
ὦ φίλταται μὲν χεῖρες, ἥδιστον δ' ἔχων
ποδῶν ὑπηρέτημα, πῶς οὕτω πάλαι
ξυνών μ' ἔληθες οὐδ' ἔφαινες, ἀλλά με
λόγοις ἀπώλλυς, ἔργ' ἔχων ἥδιστ' ἐμοί;
χαῖρ', ὦ πάτερ· πατέρα γὰρ εἰσορᾶν δοκῶ·
χαῖρ'· ἴσθι δ', ὡς μάλιστά σ' ἀνθρώπων ἐγὼ
ἤχθηρα κἀφίλησ' ἐν ἡμέρᾳ μιᾷ.

geachtet hätte, wären eure Pläne drin im Haus
bekannt geworden, eh' ihr selbst hineingelangt.
So aber hab' ich euch durch Wachsamkeit beschützt.
Nun reißt euch endlich von den langen Reden los
und von dem Freudenlärm, dem unersättlichen!
Kommt doch ins Innre! Denn bei solchen Dingen ist
Zaudern vom Übel: rasch zu enden gilt es da.

Or Und geh' ich nun hinein, wie ist die Lage drin?

Al Günstig! Denn es ist sicher, daß dich niemand kennt.

Or Du hast gemeldet, daß ich tot bin, denk' ich mir.

Al Da drin giltst du als Mann des Hades, sei gewiß!

Or Freun sie sich nun darüber? Oder was sagen sie?

Al Sind wir am Ziel, erzähl' ich gern. Wie es jetzt steht,
ist ihr Verhalten recht, wenn es auch unrecht ist.

El Wer ist der Mann da, Bruder? Bei den Göttern, sprich!

Or Das weißt du nicht?

El Auch nicht erinnern kann ich mich.

Or Weißt du nicht, wem du einst mich übergeben hast?

El Wem denn? Was meinst du?

Or Dessen Arm mich in das Land
der Phoker insgeheim dank deiner Sorge trug.

El So wär' es der, den damals unter vielen ich
als einzigen getreu erfand bei Vaters Tod?

Or Der ist es! Richte keine Fragen mehr an mich!

Elektra zum Alten

El Holdester Tag, an dem du einziger Retter kamst
von Agamemnons Haus! So bist du's wirklich, der
diesen und mich gerettet hat aus großer Not?
O ihr geliebten Hände! Wie hat euer Dienst,
ihr Füße, mich beglückt! Wie lange bist du mir
schon nah, verbirgst es, zeigst's nicht, hast mit Worten mich
getötet, da du die beglückendsten Taten weißt!
Heil dir, du Vater! Einen Vater glaub' ich ja zu sehn!
Heil! Wisse, daß ich keinen Menschen je wie dich
gehaßt hab' und geliebt an einem einzigen Tag!

Πα ἀρκεῖν δοκεῖ μοι· τοὺς γὰρ ἐν μέσῳ λόγους
πολλαὶ κυκλοῦνται νύκτες ἡμέραι τ' ἴσαι,
αἵ ταῦτά σοι δείξουσιν, Ἠλέκτρα, σαφῆ.

σφῷν δ' ἐννέπω γε τοῖν παρεστώτοιν, ὅτι
νῦν καιρὸς ἔρδειν· νῦν Κλυταιμνήστρα μόνη·
νῦν οὔτις ἀνδρῶν ἔνδον· εἰ δ' ἐφέξετον,
φροντίζεθ' ὡς τούτοις τε καὶ σοφωτέροις
ἄλλοισι τούτων πλείοσιν μαχούμενοι.
Ὀρ οὐκ ἂν μακρῶν ἔθ' ἡμὶν οὐδὲν ἂν λόγων,
Πυλάδη, τόδ' εἴη τοὔργον, ἀλλ' ὅσον τάχος
χωρεῖν ἔσω, πατρῷα προσκύσανθ' ἕδη
θεῶν, ὅσοιπερ πρόπυλα ναίουσιν τάδε.

Ἠλ ἄναξ Ἄπολλον, ἵλεως αὐτοῖν κλύε,
ἐμοῦ τε πρὸς τούτοισιν, ἥ σε πολλὰ δὴ
ἀφ' ὧν ἔχοιμι λιπαρεῖ προύστην χερί.
νῦν δ', ὦ Λύκει' Ἄπολλον, ἐξ οἵων ἔχω
αἰτῶ, προπίτνω, λίσσομαι, γενοῦ πρόφρων
ἡμῖν ἀρωγὸς τῶνδε τῶν βουλευμάτων
καὶ δεῖξον ἀνθρώποισι τἀπιτίμια
τῆς δυσσεβείας οἷα δωροῦνται θεοί.

Χορός

ἴδεθ', ὅποι προνέμεται cr^{2} Str.
τὸ δυσέριστον αἷμα φυσῶν Ἄρης. do^{2}
βεβᾶσιν ἄρτι δωμάτων ὑπόστεγοι ia^{3}
μετάδρομοι κακῶν πανουργημάτων do^{2}
ἄφυκτοι κύνες· do
ὥστ' οὐ μακρὰν ἔτ' ἀμμενεῖ ia^{2}
τοὐμὸν φρενῶν ὄνειρον αἰωρούμενον. ia^{3}

παράγεται γὰρ ἐνέρων cr^{2} Ant.
δολιόπους ἀρωγὸς εἴσω στέγας, do^{2}
ἀρχαιόπλουτα πατρὸς εἰς ἑδώλια, ia^{3}

Al Nun scheint's genug mir. Was inzwischen noch geschehn, –
viel Nächte werden kreisen, gleich viel Tage auch,
Elektra, um's dir zu erzählen ganz genau.

Zu Orestes und Pylades

Euch beiden aber sag' ich, die ihr hier noch steht:
Jetzt ist's zu handeln Zeit, Klytaimnestra jetzt allein,
keiner der Männer drin jetzt: wenn ihr länger säumt,
bedenkt, daß ihr mit ihnen dann und andren noch
und klügeren als sie den Kampf bestehen müßt!

Or So wäre denn dies Werk für uns nicht länger zu
bereden, Pylades: gehn wir hinein, so bald
wie möglich! Doch begrüßen wir zuvor den Sitz
der Ahnengötter, die hier thronen vor dem Tor!

Die drei Männer beten und gehen hinein

El O Herr Apollon, höre sie in Gnaden an
und mich mit ihnen, die ich oftmals dir, soweit
ich konnte, Gaben brachte dar mit flehender Hand!
Jetzt, Wolfstöter Apollon, jetzt, so sehr ich kann,
bitt' ich und fleh' auf Knien zu dir: in Gnaden steh
uns bei als Helfer der geplanten schweren Tat
und laß die Menschen die Vergeltung sehn, mit der
die Hand der Götter frevelhaftes Tun belohnt!

Sie geht ins Haus

Chor

Seht nun, wie weit Ares voran
stürmt: unaufhaltsam drängend schnaubt er nach Blut.
Jetzt sind die Hündinnen geschlichen in das Haus:
strafend verfolgen sie des Mords Freveltat,
die unfliehbaren,
daß nicht mehr lange zögen wird
der Traum, der mir bedrohlich vor der Seele schwebt.

Denn ins Gemach wird er geführt:
Helfer des Toten, der auf Listfüßen kam
zu seines Vaters uralt reichem Herrschersitz,

νεακόνητον αἷμα χειροῖν ἔχων· do^2
ὁ Μαίας δὲ παῖς do
Ἑρμῆς σφ' ἄγει δόλον σκότῳ ia^2
κρύψας πρὸς αὐτὸ τέρμα, κοὐκέτ' ἀμμένει. ia^3

Ἠλέκτρα

ὦ φίλταται γυναῖκες, ἄνδρες αὐτίκα Str.
τελοῦσι τοὔργον· ἀλλὰ σῖγα πρόσμενε.
Χο πῶς δή; τί νῦν πράσσουσιν;
Ἠλ ἣ μὲν ἐς τάφον
λέβητα κοσμεῖ, τὼ δ' ἐφέστατον πέλας.
Χο σὺ δ' ἐκτὸς ἦξας πρὸς τί;
Ἠλ φρουρήσουσ', ὅπως
Αἴγισθος ἡμᾶς μὴ λάθῃ μολὼν ἔσω.

Κλυταιμνήστρα

αἰαῖ. ἰὼ στέγαι sp ia
φίλων ἐρῆμοι, τῶν δ' ἀπολλύντων πλέαι.
Ἠλ βοᾷ τις ἔνδον. οὐκ ἀκούετ', ὦ φίλαι;

Χορός

ἤκουσ' ἀνήκουστα δύ- ia cr
στανος, ὥστε φρῖξαι. cr ba

Κλ οἴμοι τάλαιν'· Αἴγισθε, ποῦ ποτ' ὢν κυρεῖς;
Ἠλ ἰδοὺ μάλ' αὖ θροεῖ τις.

Κλ ὦ τέκνον τέκνον,
οἴκτιρε τὴν τεκοῦσαν.
Ἠλ ἀλλ' οὐκ ἐκ σέθεν
ᾠκτίρεθ' οὗτος οὐδ' ὁ γεννήσας πατήρ.

Χορός

ὦ πόλις, ὦ γενεὰ τάλαινα, νῦν σοι he rz
μοῖρα καθαμερία φθίνει φθίνει. he ia

und seine Hand schon hält den Mordstahl bereit.
Es führt Maias Sohn
ihn, Hermes, bis zum Ziele hin,
die List im Dunkel bergend, und er säumt nicht mehr.

Elektra
herauskommend

O beste Freundinnen, sogleich vollbringen jetzt
das Werk die Männer. Aber schweigt und wartet noch!
Chf Wieso? Was tun sie jetzt?
El Sie schmückt die Urne für
das Grab. Die beiden Männer stehen nah bei ihr.
Chf Und du, warum kommst du heraus?
El Achtgeben, daß
Aigisthos uns nicht unversehens kommt hinein.

Klytaimnestra
schreit im Haus

Ah! Ah! Unheil! Das Haus,
verwaist von Freunden, ist von Mördern angefüllt!
El Es schreit drin jemand. Hört ihr's nicht, ihr Freundinnen?!

Chor

Ich hörte, was unerhört,
daß ich schaudre vor Schreck!

Klytaimnestra im Haus

Kl Wehe mir Armen! Wo, Aigisthos, bleibst du nur?
El Sieh an! Da ruft schon wieder jemand.

Klytaimnestra im Haus

Kl Kind, o Kind,
hab Mitleid mit der Mutter!
El Fand er doch bei dir
kein Mitleid, auch der Vater nicht, der ihn gezeugt!

Chor

Stadt und unselig Geschlecht, es geht, es geht nun
euer täglich Verhängnis dem Ende zu.

Κλ ὤμοι πέπληγμαι.
Ἠλ παῖσον, εἰ σθένεις, διπλῆν.
Κλ ὤμοι μάλ' αὖθις.
Ἠλ εἰ γὰρ Αἰγίσθῳ θ' ὁμοῦ.

Χορός

τελοῦσ' ἀραί· ζῶσιν οἱ — ia cr
γᾶς ὕπαι κείμενοι. — cr^{2}
παλίρρυτον γὰρ αἷμ' ὑπεξαιροῦσι τῶν — ia^{3}
κτανόντων οἱ πάλαι θανόντες. — ba cr ba

Χο καὶ μὴν πάρεισιν οἵδε· φοινία δὲ χεὶρ — Ant.
στάζει θυηλῆς Ἄρεος, οὐδ' ἔχω ψέγειν.
Ἠλ Ὀρέστα, πῶς κυρεῖτε;

Ὀρέστης

τἀν δόμοισι μὲν
καλῶς, Ἀπόλλων εἰ καλῶς ἐθέσπισεν.
Ἠλ τέθνηκεν ἡ τάλαινα;
Ὀρ μηκέτ' ἐκφοβοῦ,
μητρῷον ὥς σε λῆμ' ἀτιμάσει ποτέ.
Ἠλ . . . . — ⟨sp ia⟩
. . . . — ⟨ia^{3}⟩
Ὀρ . . . . — ⟨ia^{3}⟩

Χορός

παύσασθε, λεύσσω γὰρ Αἴ- — ia cr
γισθον ἐκ προδήλου. — cr ba

Ὀρ . . . . — ⟨ia^{3}⟩
Ἠλ ὦ παῖδες, οὐκ ἄψορρον;
Ὀρ εἰσορᾶτέ που
τὸν ἄνδρ' ἐφ' ἡμῖν . . . . . .
Ἠλ . . . . — ⟨ia^{3}⟩
χωρεῖ γεγηθὼς οὗτος ἐκ προαστίου.

Klytaimnestra im Haus

Kl Ah! Ah! Getroffen!

El Triff sie nochmals, wenn du kannst!

Kl Ah! Wieder!

El Träf' er dich doch mit Aigisth zugleich!

Chor

Es wirkt der Fluch: die das Grab
drunten hielt, leben auf.
Denn Blut um Blut in Strömen saugen heimlich aus
den Mördern die schon lang Verstorbnen.

Die drei Männer kommen heraus

Chf Fürwahr, da sind sie wieder: doch die blutige Hand
trieft von dem Ares-Opfer. Tadeln kann ich's nicht.

El Wie steht es nun, Orestes?

Orestes

Drin im Hause steht
es gut, sofern Apollon recht geraten hat.

El So ist sie tot, die Arge?

Or Fürchte nun nicht mehr,
daß dich die mütterliche Bosheit wieder quält.

El ....
....

Or ....

Chor

Seid still! Denn dort seh' ich Ai-
gisthos ohne Zweifel.

Or ....

El Geht ihr nicht rasch hinein?

Or Von wo seht ihr den Mann
denn auf uns zu...

El ....
Vom Landgut draußen kommt er hocherfreut herbei.

Χορός

βᾶτε κατ' ἀντιθύρων ὅσον τάχιστα, he rz
νῦν, τὰ πρὶν εὖ θέμενοι, τάδ' ὡς πάλιν. he ia

Ὀρ θάρσει· τελοῦμεν.
Ἠλ ᾗ νοεῖς, ἔπειγέ νυν.
Ὀρ καὶ δὴ βέβηκα.

Ἠλ τἀνθάδ' ἂν μέλοιτ' ἐμοί.

Χορός

δι' ὠτὸς ἂν παῦρά γ' ὡς ia cr
ἠπίως ἐννέπειν cr^2
πρὸς ἄνδρα τόνδε συμφέροι, λαθραῖον ὡς ia^3
ὀρούσῃ πρὸς δίκας ἀγῶνα. ba cr ba

Αἴγισθος

τίς οἶδεν ὑμῶν, ποῦ ποθ' οἱ Φωκῆς ξένοι,
οὕς φασ' Ὀρέστην ἡμὶν ἀγγεῖλαι βίον
λελοιπόθ' ἱππικοῖσιν ἐν ναυαγίοις;
σέ τοι, σὲ κρίνω, ναὶ σέ, τὴν ἐν τῷ πάρος
χρόνῳ θρασεῖαν· ὡς μάλιστα σοὶ μέλειν
οἶμαι, μάλιστα δ' ἂν κατειδυῖαν φράσαι.
Ἠλ ἔξοιδα· πῶς γὰρ οὐχί; συμφορᾶς γὰρ ἂν
ἔξωθεν εἴην τῶν ἐμῶν γε φιλτάτων.
Αἰ ποῦ δῆτ' ἂν εἶεν οἱ ξένοι; δίδασκέ με.
Ἠλ ἔνδον· φίλης γὰρ προξένου κατήνυσαν.
Αἰ ἦ καὶ θανόντ' ἤγγειλαν ὡς ἐτητύμως;
Ἠλ οὔκ. ἀλλὰ κἀπέδειξαν, οὐ λόγῳ μόνον.
Αἰ πάρεστ' ἄρ' ἡμῖν ὥστε κἀμφανῆ μαθεῖν;
Ἠλ πάρεστι δῆτα καὶ μάλ' ἄζηλος θέα.
Αἰ ἦ πολλὰ χαίρειν μ' εἶπας οὐκ εἰωθότως.
Ἠλ χαίροις ἄν, εἴ σοι χαρτὰ τυγχάνει τάδε.
Αἰ σιγᾶν ἄνωγα κἀναδεικνύναι πύλας
πᾶσιν Μυκηναίοισιν Ἀργείοις θ' ὁρᾶν,

Chor

Geht hinters Tor zurück so schnell wie möglich!
Jetzt, da das erste gelang, vollbringt auch dies!

Or Getrost! Wir tun es.
El Eile deinem Ziele zu!
Or Ich bin am Ziel!

Er geht mit Pylades und dem Alten hinein

El Das hier soll meine Sorge sein.

Chor

Es wäre gut, diesem Mann
sanft und leis in sein Ohr
nur weniges zu flüstern, daß er unversehns
hineile zu dem Kampf der Rache.

Aigisthos

von der Stadt her kommend

Wer von euch weiß denn, wo die phokischen Gäste sind,
die, wie es heißt, uns melden, daß Orestes jüngst
durch Unfall auf der Rennbahn um sein Leben kam?
Doch dich, ja dich, dich frag' ich, die in früherer Zeit
immer so frech war; denn dich geht's am meisten an,
mein' ich: so gibst du wohl am besten mir Bescheid.
El Wohl weiß ich's. Könnt' ich anders? Denn sonst müßt' ich ja
ganz außerhalb des Schicksals meiner Liebsten stehn.
Ai Wo mögen nun die Gäste sein? Belehre mich!
El Drinnen. Denn eine liebe Wirtin fanden sie.
Ai Und melden sie's für ganz gewiß, daß er verstarb?
El Vielmehr beweisen sie es, nicht mit Worten nur.
Ai Man kann sich vergewissern durch den Augenschein?
El Man kann. Doch ist der Anblick nicht beneidenswert.
Ai Du sagst mir viel Erfreuliches, ganz ungewohnt.
El So freue dich, wenn dies dir Freude machen kann!
Ai Ruhe befehl' ich! Und des Hauses Tor weit aufgetan!
Alle Mykener und Argeier sollen's sehn,

ὡς, εἴ τις αὐτῶν ἐλπίσιν κεναῖς πάρος
ἐξῄρετ' ἀνδρὸς τοῦδε, νῦν ὁρῶν νεκρὸν
στόμια δέχηται τἀμά, μηδὲ πρὸς βίαν
ἐμοῦ κολαστοῦ προστυχὼν φύσῃ φρένας.
Ἠλ καὶ δὴ τελεῖται τἀπ' ἐμοῦ· τῷ γὰρ χρόνῳ
νοῦν ἔσχον, ὥστε συμφέρειν τοῖς κρείσσοσιν.

Αἰ ὦ Ζεῦ, δέδορκα φάσμ' ἄνευ θεοῦ μὲν οὐ
πεφηνός· εἰ δ' ἔπεστι νέμεσις, οὐ λέγω.
χαλᾶτε πᾶν κάλυμμ' ἀπ' ὀφθαλμῶν, ὅπως
τὸ συγγενές τοι κἀπ' ἐμοῦ θρήνων τύχῃ.
Ὀρ αὐτὸς σὺ βάσταζ'· οὐκ ἐμὸν τόδ', ἀλλὰ σόν,
τὸ ταῦθ' ὁρᾶν τε καὶ προσηγορεῖν φίλως.
Αἰ ἀλλ' εὖ παραινεῖς, κἀπιπείσομαι· σὺ δέ,
εἴ που κατ' οἶκόν μοι Κλυταιμνήστρα, κάλει.
Ὀρ αὕτη πέλας σοῦ· μηκέτ' ἄλλοσε σκόπει.

Αἰ οἴμοι, τί λεύσσω;
Ὀρ τίνα φοβῇ; τίν' ἀγνοεῖς;
Αἰ τίνων ποτ' ἀνδρῶν ἐν μέσοις ἀρκυστάτοις
πέπτωχ' ὁ τλήμων;
Ὀρ οὐ γὰρ αἰσθάνῃ πάλαι,
ζῶντας θανοῦσιν οὕνεκ' ἀνταυδᾷς ἴσα;
Αἰ οἴμοι, ξυνῆκα τοὔπος· οὐ γὰρ ἔσθ' ὅπως
ὅδ' οὐκ Ὀρέστης ἔσθ' ὁ προσφωνῶν ἐμέ.
Ὀρ καὶ μάντις ὢν ἄριστος ἐσφάλλου πάλαι;
Αἰ ὄλωλα δὴ δείλαιος. ἀλλά μοι πάρες
κἂν σμικρὸν εἰπεῖν.
Ἠλ μὴ πέρα λέγειν ἔα,
πρὸς θεῶν, ἄδελφε, μηδὲ μηκύνειν λόγους.
τί γὰρ βροτῶν ἂν σὺν κακοῖς μεμειγμένων
θνῄσκειν ὁ μέλλων τοῦ χρόνου κέρδος φέροι;
ἀλλ' ὡς τάχιστα κτεῖνε καὶ κτανὼν πρόθες
ταφεῦσιν ὧν τόνδ' εἰκός ἐστι τυγχάνειν,

daß, wenn noch jemand eitle Hoffnungen gesetzt
auf jenen Mann, er bei des Toten Anblick jetzt
sich meinem Zügel fügt und meine Züchtigung
nicht erst gewaltsam zur Vernunft ihn bringen muß!

El Ich tue schon das Meinige. Denn mit der Zeit
lernt' ich, daß man den Stärkeren sich fügen muß.

Sie öffnet das Tor. Man sieht Klytaimnestras zugedeckte Leiche. Die drei Männer kommen heraus.

Ai O Zeus! Ich seh' ein Zeichen, nicht ohn' einen Gott
errichtet! – Ist das Sünde, nehm' ich es zurück. –
Hebt ganz die Hülle vom Gesicht, damit von mir
doch das verwandte Blut der Tränen Zoll empfängt!

Or Nimm sie doch selber ab! Dir kommt es zu, nicht mir,
dies anzusehn und zu begrüßen freundschaftlich.

Ai Du hast wohl recht. Ich folge deinem Rat. Doch du
rufe mir Klytaimnestra, wenn sie wo im Haus...

Or Sie ist dir nahe: suche sie nicht anderwärts!

Aigisthos die Decke hebend

Ai Weh mir! Was seh' ich?

Or Wer erschreckt dich? Zweifelst du?

Ai Ach, welchen Männern bin ich mitten in ihr Netz
gestürzt, ich Armer!

Or Spürst du denn nicht lange schon,
daß du mit einem Lebenden sprichst, als wär' er tot?

Ai Weh mir! Dies Wort versteh' ich. Anders ist es nicht:
der mir dies zuruft, kann Orestes selbst nur sein.

Or Du Seher ohnegleichen täuschtest dich so lang?

Ai Ich Ärmster bin verloren. Doch erlaube mir,
noch kurz zu sprechen!

El Laß ihn, bei den Göttern, nicht
mehr reden, Bruder, oder Worte machen noch!
Was nützt es einem Menschen, der, in schwere Schuld
verstrickt, nun sterben soll, wenn er noch Zeit gewinnt?
Nein, töt' ihn auf das schnellste, überlaß ihn dann
den Totengräbern, die für ihn die rechten sind,

ἄποπτον ἡμῶν. ὡς ἐμοὶ τόδ' ἂν κακῶν
μόνον γένοιτο τῶν πάλαι λυτήριον.

Ὀρ χωροῖς ἂν εἴσω σὺν τάχει· λόγων γὰρ οὐ
νῦν ἐστιν ἁγών, ἀλλὰ σῆς ψυχῆς πέρι.
Αἰ τί δ' ἐς δόμους ἄγεις με; πῶς, τόδ' εἰ καλὸν
τοὔργον, σκότου δεῖ, κοὐ πρόχειρος εἶ κτανεῖν;
Ὀρ μὴ τάσσε· χώρει δ' ἔνθαπερ κατέκτανες
πατέρα τὸν ἀμόν, ὡς ἂν ἐν ταὐτῷ θάνῃς.
Αἰ ἦ πᾶσ' ἀνάγκη τήνδε τὴν στέγην ἰδεῖν
τά τ' ὄντα καὶ μέλλοντα Πελοπιδῶν κακά;
Ὀρ τὰ γοῦν σ'· ἐγώ σοι μάντις εἰμὶ τῶνδ' ἄκρος.
Αἰ ἀλλ' οὐ πατρῴαν τὴν τέχνην ἐκόμπασας.
Ὀρ πόλλ' ἀντιφωνεῖς, ἡ δ' ὁδὸς βραδύνεται.
ἀλλ' ἕρφ'.
Αἰ ὑφηγοῦ.
Ὀρ σοὶ βαδιστέον πάρος.
Αἰ ἦ μὴ φύγω σε;
Ὀρ μὴ μὲν οὖν καθ' ἡδονὴν
θάνῃς· φυλάξαι δεῖ με τοῦτό σοι πικρόν.
χρῆν δ' εὐθὺς εἶναι τήνδε τοῖς πᾶσιν δίκην,
ὅστις πέρα πράσσειν γε τῶν νόμων θέλοι,
κτείνειν· τὸ γὰρ πανοῦργον οὐκ ἂν ἦν πολύ.

Χο ὦ σπέρμ' Ἀτρέως, ὡς πολλὰ παθὸν an^{4}
δι' ἐλευθερίας μόλις ἐξῆλθες
τῇ νῦν ὁρμῇ τελεωθέν.

fern unsren Blicken! Dies allein genüge mir
als Sühne für die Übel, die ich lang ertrug.

Orestes zu Aigisthos

Or Geh denn hinein jetzt, schleunigst! Nicht mit Worten mehr
wird jetzt gefochten: um dein Leben geht es nun.
Ai Was drängst du erst ins Haus mich? Ist dein Tun gerecht,
was braucht's des Dunkels? Warum mordest du nicht hier?
Or Befiehl nicht! Geh dorthin, wo meinen Vater du
erschlugst! Denn an derselben Stelle stirbst du nun.
Ai Ist's diesem Hause denn durchaus bestimmt, zu sehn
der Pelopiden jetziges und künftiges Leid?
Or Das deine sicher: da ich der beste Seher dir!
Ai Die Kunst stammt nicht vom Vater, deren du dich rühmst.
Or Du gibst viel Antwort, und der Gang verzögert sich.
Nun vorwärts!
Ai Geh voran!
Or Nein, spute dich sofort!
Ai Denkst du, ich fliehe?
Or Nein, nicht wie es dir beliebt,
stirbst du. Ersparen darf ich dir dies Bittre nicht.
O träfe jeden doch sofort dies Strafgericht,
der gegen die Gesetze jemals freveln will:
der Tod! Dann gäb' es nicht so viel Verbrechen mehr.

Chor

O Atreus' Geschlecht, wie littest du schwer,
wie mühevoll drangst du zur Freiheit durch:
im Sturm ist's heut dir gelungen!

ΦΙΛΟΚΤΗΤΗΣ
PHILOKTETES

ΦΙΛΟΚΤΗΤΗΣ

Τὰ τοῦ δράματος πρόσωπα

Ὀδυσσεύς · Νεοπτόλεμος · Χορός · Σκοπὸς ὡς ἔμπορος · Φιλοκτήτης · Ἡρακλῆς

Ὀδυσσεύς

Ἀκτὴ μὲν ἥδε τῆς περιρρύτου χθονὸς
Λήμνου, βροτοῖς ἄστιπτος οὐδ' οἰκουμένη,
ἔνθ', ὦ κρατίστου πατρὸς Ἑλλήνων τραφεὶς
Ἀχιλλέως παῖ Νεοπτόλεμε, τὸν Μηλιᾶ
Ποίαντος υἱὸν ἐξέθηκ' ἐγώ ποτε,
ταχθεὶς τόδ' ἔρδειν τῶν ἀνασσόντων ὕπο,
νόσῳ καταστάζοντα διαβόρῳ πόδα·
ὅτ' οὔτε λοιβῆς ἡμὶν οὔτε θυμάτων
παρῆν ἑκήλοις προσθιγεῖν, ἀλλ' ἀγρίαις
κατεῖχ' ἀεὶ πᾶν στρατόπεδον δυσφημίαις,
βοῶν, στενάζων. ἀλλὰ ταῦτα μὲν τί δεῖ
λέγειν; ἀκμὴ γὰρ οὐ μακρῶν ἡμῖν λόγων,
μὴ καὶ μάθῃ μ' ἥκοντα κἀκχέω τὸ πᾶν
σόφισμα τῷ νιν αὐτίχ' αἱρήσειν δοκῶ.
ἀλλ' ἔργον ἤδη σὸν τὰ λοίφ' ὑπηρετεῖν,
σκοπεῖν θ' ὅπου 'στ' ἐνταῦθα δίστομος πέτρα
τοιάδ', ἵν' ἐν ψύχει μὲν ἡλίου διπλῆ
πάρεστιν ἐνθάκησις, ἐν θέρει δ' ὕπνον
δι' ἀμφιτρῆτος αὐλίου πέμπει πνοή.
βαιὸν δ' ἔνερθεν ἐξ ἀριστερᾶς τάχ' ἂν
ἴδοις ποτὸν κρηναῖον, εἴπερ ἐστὶ σῶν.
ἅ μοι προσελθὼν σῖγα σήμαιν' εἴτ' ἔχει

PHILOKTETES

Die Personen der Handlung

Odysseus · Neoptolemos · Der Chor (Männer von Neoptolemos' Schiff) · Ein Späher, als Schiffsherr verkleidet · Philoktetes · Herakles

Schauplatz: Auf der Insel Lemnos. Ein Platz in der Nähe des Strandes. Im Hintergrund eine Höhle mit zwei Eingängen, zu der ein kurzer Pfad hinanführt.

Odysseus und Neoptolemos kommen vom Strand herauf, begleitet von dem Späher

Odysseus

Dies hier ist nun des meerumwogten Lemnos Strand,
ein Land, von Menschen nicht betreten noch bewohnt.
Du, dessen Vater der Hellenen Bester war,
du Sohn Achills, mein Neoptolemos, hier hab'
ich einstmals Poias' Sohn, den Melier, ausgesetzt,
wie es von unsren Feldherrn mir befohlen war,
weil vom zerfressenen Beine ihm der Eiter troff,
daß wir die Weihespenden und die Opfer nicht
mehr ungestört verrichten konnten; denn die Reihn
des Lagers waren voll von wildem Stöhnen, Schrein
und Lästerreden. Doch was ist noch viel davon
zu sagen? Denn zu langen Reden fehlt die Zeit:
sonst merkt er, ich sei hier, und ich vereitle noch
den Plan, nach dem ich ihn zu fangen willens bin.
Das Weitre zu vollbringen ist nun deine Pflicht:
erspäh' die doppelt offne Felsenhöhle dort,
wo man im Winter in die Sonne beiderseits
sich setzen kann und wo zur Sommerszeit der Wind
durch beide Öffnungen, den Schlaf befördernd, weht,
Ein wenig unterhalb zur Linken wirst du dann
den Trinkquell sehen, wenn er noch vorhanden ist.
Geh leise hin und gib ein Zeichen, ob er dort

χῶρον πρὸς αὐτὸν τόνδ' ἔτ', εἴτ' ἄλλῃ κυρεῖ,
ὡς τἀπίλοιπα τῶν λόγων σὺ μὲν κλύῃς,
ἐγὼ δὲ φράζω, κοινὰ δ' ἐξ ἀμφοῖν ἴῃ.

Νεοπτόλεμος

ἄναξ 'Οδυσσεῦ, τοὔργον οὐ μακρὰν λέγεις·
δοκῶ γὰρ οἷον εἶπας ἄντρον εἰσορᾶν.
'Οδ ἄνωθεν, ἢ κάτωθεν; οὐ γὰρ ἐννοῶ.
Νε τόδ' ἐξύπερθε, καὶ στίβου γ' οὐδεὶς τύπος.
'Οδ ὅρα, καθ' ὕπνον μὴ καταυλισθεὶς κυρῇ.
Νε ὁρῶ κενὴν οἴκησιν ἀνθρώπων δίχα.
'Οδ οὐδ' ἔνδον οἰκοποιός ἐστί τις τρυφή;
Νε στιπτή γε φυλλὰς ὡς ἐναυλίζοντί τῳ.
'Οδ τὰ δ' ἄλλ' ἐρῆμα, κοὐδέν ἐσθ' ὑπόστεγον;
Νε αὐτόξυλόν γ' ἔκπωμα, φλαυρουργοῦ τινος
τεχνήματ' ἀνδρός, καὶ πυρεῖ' ὁμοῦ τάδε.
'Οδ κείνου τὸ θησαύρισμα σημαίνεις τόδε.
Νε ἰοὺ ἰού· καὶ ταῦτά γ' ἄλλα θάλπεται
ῥάκη, βαρείας του νοσηλείας πλέα.
'Οδ ἀνὴρ κατοικεῖ τούσδε τοὺς τόπους σαφῶς,
κἄστ' οὐχ ἑκάς που. πῶς γὰρ ἂν νοσῶν ἀνὴρ
κῶλον παλαιᾷ κηρὶ προσβαίη μακράν;
ἀλλ' ἢ 'πὶ φορβῆς νόστον ἐξελήλυθεν,
ἢ φύλλον εἴ τι νώδυνον κάτοιδέ που.
τὸν οὖν παρόντα πέμψον ἐς κατασκοπήν,
μὴ καὶ λάθῃ με προσπεσών· ὡς μᾶλλον ἂν
ἕλοιτό μ' ἢ τοὺς πάντας 'Αργείους λαβεῖν.

Νε ἀλλ' ἔρχεταί τε καὶ φυλάξεται στίβος.
σὺ δ' εἴ τι χρῄζεις, φράζε δευτέρῳ λόγῳ.
'Οδ 'Αχιλλέως παῖ, δεῖ σ' ἐφ' οἷς ἐλήλυθας
γενναῖον εἶναι, μὴ μόνον τῷ σώματι,
ἀλλ' ἤν τι καινόν, ὧν πρὶν οὐκ ἀκήκοας,
κλύῃς, ὑπουργεῖν, ὡς ὑπηρέτης πάρει.
Νε τί δῆτ' ἄνωγας;

noch jetzt sich aufhält, ob an einem andren Ort,
und höre dann, was weiter zu bedenken ist:
ich werde reden, doch gemeinsam handeln wir.

Neoptolemos
ist zur Höhle hinaufgestiegen

König Odysseus, was du meinst, ist gar nicht weit:
die Höhle, die du nanntest, glaub' ich schon zu sehn.
Od Wo? Oben oder unten? Denn ich sehe nichts.
Ne Hier oben ist sie; doch von Schritten keine Spur.
Od Sieh, ob er nicht zum Schlaf sich hingelagert hat.
Ne Ich sehe die Behausung leer: kein Mensch ist drin.
Od Ist denn kein Prunkstück drinnen, das sie wohnlich macht?
Ne Laubstreu, gedrückt, als hätte jemand drauf geruht.
Od Sonst alles öde? Ist nichts weiter unterm Dach?
Ne Ein Trinkgefäß aus Holz, Behelfswerk, roh geschnitzt
von ungeübter Hand, und Zeug zur Feuerung.
Od Sein ganzer Reichtum also ist's, was du mir nennst.
Ne Pfui, pfui, da ist noch was: ein Lappen trocknet da,
vom Eiter einer üblen Wunde ganz befleckt.
Od Der Mann wohnt hier an dieser Stelle offenbar
und ist nicht weit entfernt; denn wie vermöcht' ein Mann,
der schon so lange fußkrank ist, noch weit zu gehn?
Entweder zog er wohl auf Nahrungssuche aus
oder nach einem Kraut, das seine Schmerzen stillt.
Drum sende diesen Diener zur Erkundung aus,
daß er nicht plötzlich mich ertappt. Viel lieber möcht'
er mich wohl fangen als das ganze Griechenheer.

Neoptolemos winkt dem Späher, der sich entfernt

Ne Der Mann entfernt sich, und der Pfad wird überwacht.
Du aber, wünschst du etwas, sprich ein weitres Wort!
Od Achilleus' Sohn, du mußt bei dem, wozu du kamst,
dich tüchtig zeigen, nicht an Leibeskräften nur:
doch hörst du Neues, wie du's sonst noch nicht vernahmst,
so schick' dich in das Werk, da du ja helfen sollst!
Ne Und was befiehlst du?

'Οδ τὴν Φιλοκτήτου σε δεῖ
ψυχὴν ὅπως λόγοισιν ἐκκλέψεις λέγων.
ὅταν σ' ἐρωτᾷ, τίς τε καὶ πόθεν πάρει,
λέγειν, 'Αχιλλέως παῖς· τόδ' οὐχὶ κλεπτέον·
πλεῖς δ' ὡς πρὸς οἶκον, ἐκλιπὼν τὸ ναυτικὸν
στράτευμ' 'Αχαιῶν, ἔχθος ἐχθήρας μέγα,
οἵ σ' ἐν λιταῖς στείλαντες ἐξ οἴκων μολεῖν,
μόνην ἔχοντες τήνδ' ἅλωσιν 'Ιλίου,
οὐκ ἠξίωσαν τῶν 'Αχιλλείων ὅπλων
ἐλθόντι δοῦναι κυρίως αἰτουμένῳ,
ἀλλ' αὔτ' 'Οδυσσεῖ παρέδοσαν· λέγων ὅσ' ἂν
θέλῃς καθ' ἡμῶν ἔσχατ' ἐσχάτων κακά.
τούτων γὰρ οὐδὲν ἀλγυνεῖ μ'· εἰ δ' ἐργάσῃ
μὴ ταῦτα, λύπην πᾶσιν 'Αργείοις βαλεῖς.
εἰ γὰρ τὰ τοῦδε τόξα μὴ ληφθήσεται,
οὐκ ἔστι πέρσαι σοι τὸ Δαρδάνου πέδον.
ὡς δ' ἔστ' ἐμοὶ μὲν οὐχί, σοὶ δ' ὁμιλία
πρὸς τόνδε πιστὴ καὶ βέβαιος, ἔκμαθε.
σὺ μὲν πέπλευκας οὔτ' ἔνορκος οὐδενὶ
οὔτ' ἐξ ἀνάγκης οὔτε τοῦ πρώτου στόλου,
ἐμοὶ δὲ τούτων οὐδέν ἐστ' ἀρνήσιμον.
ὥστ' εἴ με τόξων ἐγκρατὴς αἰσθήσεται,
ὄλωλα καὶ σὲ προσδιαφθερῶ ξυνών.
ἀλλ' αὐτὸ τοῦτο δεῖ σοφισθῆναι, κλοπεὺς
ὅπως γενήσῃ τῶν ἀνικήτων ὅπλων.
ἔξοιδα, παῖ, φύσει σε μὴ πεφυκότα
τοιαῦτα φωνεῖν μηδὲ τεχνᾶσθαι κακά·
ἀλλ' ἡδὺ γάρ τι κτῆμα τῆς νίκης λαβεῖν,
τόλμα· δίκαιοι δ' αὖθις ἐκφανούμεθα.
νῦν δ' εἰς ἀναιδὲς ἡμέρας μέρος βραχὺ
δός μοι σεαυτόν, κᾆτα τὸν λοιπὸν χρόνον
κέκλησο πάντων εὐσεβέστατος βροτῶν.
Νε ἐγὼ μὲν οὓς ἂν τῶν λόγων ἀλγῶ κλύων,
Λαερτίου παῖ, τούσδε καὶ πράσσειν στυγῶ·
ἔφυν γὰρ οὐδὲν ἐκ τέχνης πράσσειν κακῆς,
οὔτ' αὐτὸς οὔθ', ὥς φασιν, οὑκφύσας ἐμέ.

Od Philoktetes' Seele mußt
du klug durch trügerische Worte hintergehn.
Wenn er dich fragt, woher du kommst und wer du bist,
so sag: Achilleus' Sohn; darin belüg ihn nicht!
Heim willst du segeln; der Achaier Flotte hast
verlassen du als Feind, weil sie verhaßt dir sind,
die dich mit Bitten aus der Heimat weggelockt,
weil Troia nur durch dich erobert werden kann,
doch dich nicht würdigten, Achilleus' Waffen dir
zu geben, als du kamst und fordertest dein Recht,
vielmehr Odysseus sie verliehn: sag nur von mir,
soviel du willst, das Übelste vom Übelsten!
Du kränkst mich keineswegs damit; doch wenn du dies
nicht tust, so bringst du den Argeiern allen Leid.
Denn wenn des Mannes Bogen nicht gewonnen wird,
vernichtest niemals du das Land des Dardanos.
Wieso der Umgang mit dem Manne nicht für mich,
für dich nur ungefährlich ist, das höre nun!
Durch keinen Eid gebunden fuhrst du übers Meer,
durch nichts gezwungen, auch nicht bei dem ersten Zug.
Auf mich hingegen trifft all dies unleugbar zu.
Drum, wenn er, seines Bogens mächtig, mich gewahrt,
bin ich verloren und verderbe dich mit mir.
Dies aber gilt es listig zu bedenken, wie
du ihm die unbesiegte Waffe rauben kannst.
Ich weiß, mein Sohn, du bist nicht von Natur dazu
geschaffen, so zu reden, nicht zu List und Trug.
Doch herrlich ist der sichere Besitz des Siegs.
Ertrag es! Später wieder scheinen wir gerecht.
Jetzt gib dich ohne Scham für einen kurzen Teil
des Tages mir! Für alle Zukunft heiße dann
der Gottesfürchtigste von allen Sterblichen!
Ne Was mir schon anzuhören schwer erträglich ist,
Laërtes-Sohn, das gar zu tun ist mir verhaßt.
Aus arger List zu handeln ist nicht meine Art,
es war auch, wie man sagt, die meines Vaters nicht.

ἀλλ' εἴμ' ἑτοῖμος πρὸς βίαν τὸν ἄνδρ' ἄγειν
καὶ μὴ δόλοισιν· οὐ γὰρ ἐξ ἑνὸς ποδὸς
ἡμᾶς τοσούσδε πρὸς βίαν χειρώσεται.
πεμφθείς γε μέντοι σοὶ ξυνεργάτης ὀκνῶ
προδότης καλεῖσθαι· βούλομαι δ', ἄναξ, καλῶς
δρῶν ἐξαμαρτεῖν μᾶλλον ἢ νικᾶν κακῶς.
Ὀδ ἐσθλοῦ πατρὸς παῖ, καὐτὸς ὢν νέος ποτὲ
γλῶσσαν μὲν ἀργόν, χεῖρα δ' εἶχον ἐργάτιν·
νῦν δ' εἰς ἔλεγχον ἐξιὼν ὁρῶ βροτοῖς
τὴν γλῶσσαν, οὐχὶ τἄργα, πάνθ' ἡγουμένην.
Νε τί οὖν μ' ἄνωγας ἄλλο πλὴν ψευδῆ λέγειν;
Ὀδ λέγω σ' ἐγὼ δόλῳ Φιλοκτήτην λαβεῖν.
Νε τί δ' ἐν δόλῳ δεῖ μᾶλλον ἢ πείσαντ' ἄγειν;
Ὀδ οὐ μὴ πίθηται· πρὸς βίαν δ' οὐκ ἂν λάβοις.
Νε οὕτως ἔχει τι δεινὸν ἰσχύος θράσος;
Ὀδ ἰοὺς ἀφύκτους καὶ προπέμποντας φόνον.
Νε οὐκ ἆρ' ἐκείνῳ γ' οὐδὲ προσμεῖξαι θρασύ;
Ὀδ οὔ, μὴ δόλῳ λαβόντα γ', ὡς ἐγὼ λέγω.
Νε οὐκ αἰσχρὸν ἡγῇ δῆτα τὰ ψευδῆ λέγειν;
Ὀδ οὔκ, εἰ τὸ σωθῆναί γε τὸ ψεῦδος φέρει.
Νε πῶς οὖν βλέπων τις ταῦτα τολμήσει λακεῖν;
Ὀδ ὅταν τι δρᾷς ἐς κέρδος, οὐκ ὀκνεῖν πρέπει.
Νε κέρδος δ' ἐμοὶ τί τοῦτον ἐς Τροίαν μολεῖν;
Ὀδ αἱρεῖ τὰ τόξα ταῦτα τὴν Τροίαν μόνα.
Νε οὐκ ἆρ' ὁ πέρσων, ὡς ἐφάσκετ', εἴμ' ἐγώ;
Ὀδ οὔτ' ἂν σὺ κείνων χωρὶς οὔτ' ἐκεῖνα σοῦ.
Νε θηρατέ' οὖν γίγνοιτ' ἄν, εἴπερ ὧδ' ἔχει.
Ὀδ ὡς τοῦτό γ' ἔρξας δύο φέρῃ δωρήματα.
Νε ποίω; μαθὼν γὰρ οὐκ ἂν ἀρνοίμην τὸ δρᾶν.
Ὀδ σοφός τ' ἂν αὑτὸς κἀγαθὸς κεκλῇ' ἅμα.
Νε ἴτω· ποήσω, πᾶσαν αἰσχύνην ἀφείς.
Ὀδ ἦ μνημονεύεις οὖν ἅ σοι παρῄνεσα;
Νε σάφ' ἴσθ', ἐπείπερ εἰσάπαξ συνῄνεσα.
Ὀδ σὺ μὲν μένων νυν κεῖνον ἐνθάδ' ἐκδέχου,
ἐγὼ δ' ἄπειμι, μὴ κατοπτευθῶ παρών,
καὶ τὸν σκοπὸν πρὸς ναῦν ἀποστελῶ πάλιν.

Ich bin bereit, den Mann zu holen mit Gewalt,
doch nicht mit Tücke: wird er doch, auf einem Fuß,
uns, die so viele sind, nicht überwältigen.
Zwar ausgesandt, dir beizustehn, möcht' ich doch nicht
Verräter heißen: lieber ist Mißlingen mir
bei gutem Werke, Fürst, als übler Sache Sieg.
Od Sohn edlen Vaters! Einst, als ich so jung wie du,
war langsam meine Zunge auch und rasch die Hand.
Jetzt, zu Erfahrung kommend, seh' ich wohl, es lenkt
die Menschen stets der Zunge Wort und nicht die Tat.
Ne Was trägst du mir nun andres außer Lügen auf?
Od Mit Listen Philoktetes fangen heiß' ich dich.
Ne Was braucht's der List? Vermag nicht Überredung mehr?
Od Ihn überredst du nicht. Ihn zwingt auch nicht Gewalt.
Ne Macht ihn Vertraun auf Stärke so unheimlich wild?
Od Auf Pfeile, unentrinnbar Mord versendende.
Ne So darf man es nicht wagen, ihm auch nur zu nahn?
Od Nein, nur mit List kann man ihn fangen, wie gesagt.
Ne Du hältst es also nicht für schändlich, wenn man lügt?
Od Nein, wenn allein die Lüge Rettung bringen kann.
Ne Mit welchem Antlitz bringt man solch ein Wort hervor?
Od Wenn man Gewinn erstrebt, darf man nicht heikel sein.
Ne Doch bringt mir das Gewinn, wenn er nach Troia kommt?
Od Ja, denn allein die Pfeile nehmen Troia ein.
Ne Also nicht ich zerstör' es, wie ihr doch gesagt?
Od Du ohne Pfeile nicht und sie nicht ohne dich.
Ne Erbeuten muß ich sie, wenn es sich so verhält!
Od Denn wenn du dies vollbringst, wird dir zwiefacher Preis.
Ne Welcher? Könnt' ich dies einsehn, sträubt' ich mich nicht mehr.
Od Du würdest klug und tüchtig dann zugleich genannt.
Ne Es sei! Ich will es tun, entsage jeder Scham.
Od Und denkst du auch an alles, was ich dir empfahl?
Ne Sei ohne Sorge, wenn ich's einmal zugesagt!
Od So bleibe denn und warte hier, bis er erscheint!
Ich geh' hinweg, daß er mich, kommt er, nicht erblickt,
und nehme auch den Späher wieder mit zum Schiff.

καὶ δεῦρ', ἐάν μοι τοῦ χρόνου δοκῆτέ τι
κατασχολάζειν, αὖθις ἐκπέμψω πάλιν
τοῦτον τὸν αὐτὸν ἄνδρα, ναυκλήρου τρόποις
μορφὴν δολώσας, ὡς ἂν ἀγνοίᾳ προσῇ·
οὗ δῆτα, τέκνον, ποικίλως αὐδωμένου
δέχου τὰ συμφέροντα τῶν ἀεὶ λόγων.
ἐγὼ δὲ πρὸς ναῦν εἶμι, σοὶ παρεὶς τάδε·
Ἑρμῆς δ' ὁ πέμπων δόλιος ἡγήσαιτο νῷν
Νίκη τ' Ἀθάνα Πολιάς, ἣ σῴζει μ' ἀεί.

Χορός

	τί χρὴ τί χρή με, δέσποτ', ἐν ξένᾳ ξένον	ia^3	Str. 1
	στέγειν, ἢ τί λέγειν πρὸς ἄνδρ' ὑπόπταν;	phal	
	φράζε μοι.	cr	
	τέχνα γὰρ τέχνας ἑτέρας	ch^2	
	προὔχει καὶ γνώμα παρ' ὅτῳ τὸ θεῖον	ch^2 ba	
	Διὸς σκῆπτρον ἀνάσσεται.	gl	
	σὲ δ', ὦ τέκνον, τόδ' ἐλήλυθεν	⏑gl	
	πᾶν κράτος ὠγύγιον· τό μοι ἔννεπε	da^4	
	τί σοι χρεὼν ὑπουργεῖν.	ia ba	
Νε	νῦν μέν, ἴσως γὰρ τόπον ἐσχατιᾶς	an^4	
	προσιδεῖν ἐθέλεις ὄντινα κεῖται,		
	δέρκου θαρσῶν· ὁπόταν δὲ μόλῃ		
	δεινὸς ὁδίτης τῶνδ' ἐκ μελάθρων,		
	πρὸς ἐμὴν αἰεὶ χεῖρα προχωρῶν		
	πειρῶ τὸ παρὸν θεραπεύειν.		
Χο	μέλον πάλαι μέλημά μοι λέγεις, ἄναξ,	ia^3	Ant. 1
	φρουρεῖν ὄμμ' ἐπὶ σῷ μάλιστα καιρῷ·	phal	
	νῦν δέ μοι	cr	
	λέγ' αὐλὰς ποίας ἔνεδρος	ch^2	
	ναίει καὶ χῶρον τίν' ἔχει. τὸ γάρ μοι	ch^2 ba	
	μαθεῖν οὐκ ἀποκαίριον,	gl	

Und später, wenn es mir erscheint, daß ihr die Zeit
zu sehr vergeudet, send' ich ihn hierher zurück,
denselben Mann, jedoch in eines Schiffsherrn Tracht,
verwandelt täuschend, daß er ganz unkenntlich sei.
Wenn er dann bunte Reden führen wird, mein Sohn,
so greif nur immer davon auf, was nützen kann!
Ich geh' zum Schiff und überlasse alles dir.
Hermes, der listige Begleiter, führ' uns denn,
Athene siegreich auch, Stadtgöttin, die mich schützt!

Er geht zum Strand hinab

Chor

zieht ein

Was soll, was soll ich, Herrscher, in der Fremde fremd,
dem Argwöhnenden hehlen oder kundtun?
Sage mir!
Denn hoch ragt vor anderer Kunst
hervor der Sinn dessen, von dem das Zepter
geführt wird, das ihm Zeus verlieh.
Auf dich, o Sohn, ward von Urzeit her
alle Gewaltübererbt; so verkünde mir:
womit soll ich dir dienen?

Ne Jetzt, weil ihr vielleicht zu sehen verlangt
den verborgenen Ort, den jener bewohnt,
schaut hin getrost! Doch sobald er erscheint,
der Entsetzliche, der in der Höhle haust,
dann kommt herbei, um zur Hand mir zu sein
und meiner Befehle gewärtig!

Ch Du forderst, was ich schon von jeher wünschte, Herr:
zu sehn, wie ich dir dienen kann, wenn's Zeit ist.
Aber jetzt
Laß sehn mich die Stätte, die er
bewohnt, und welch Heim er wohl hat; denn dies zu
erspähn scheint mir nicht ohne Nutz;

	μὴ προσπεσών με λάθῃ ποθέν,	⏑gl	
	τίς τόπος, ἢ τίς ἕδρα, τίν' ἔχει στίβον,	da^4	
	ἔναυλος, ἢ θυραῖος.	ia ba	
Νε	οἶκον μὲν ὁρᾷς τόνδ' ἀμφίθυρον	an^4	
	πετρίνης κοίτης.		
Χο	ποῦ γὰρ ὁ τλήμων αὐτὸς ἄπεστιν;		
Νε	δῆλον ἔμοιγ', ὡς φορβῆς χρείᾳ		
	στίβον ὀγμεύει τῇδε πέλας που.		
	ταύτην γὰρ ἔχειν βιοτῆς αὐτὸν		
	λόγος ἐστὶ φύσιν, θηροβολοῦντα		
	πτηνοῖς ἰοῖς σμυγερὸν σμυγερῶς,		
	οὐδέ τιν' αὐτῷ		
	παιῶνα κακῶν ἐπινωμᾶν.		
Χο	οἰκτίρω νιν ἔγωγ', ὅπως,	gl	Str. 2
	μή του κηδομένου βροτῶν	gl	
	μηδὲ ξύντροφον ὄμμ' ἔχων,	gl	
	δύστανος, μόνος αἰεί,	pher	
	νοσεῖ μὲν νόσον ἀγρίαν,	gl	
	ἀλύει δ' ἐπὶ παντί τῳ	gl	
	χρείας ἱσταμένῳ. πῶς ποτε πῶς	ascl (M)	
	δύσμορος ἀντέχει;		
	ὦ παλάμαι θνητῶν,	do	
	ὦ δύστανα γένη βροτῶν,	gl	
	οἷς μὴ μέτριος αἰών.	pher	
	οὗτος πρωτογόνων γεγὼς	gl	Ant. 2
	οἴκων οὐδενὸς ὕστερος,	gl	
	πάντων ἄμμορος ἐν βίῳ	gl	
	κεῖται μοῦνος ἀπ' ἄλλων	pher	
	στικτῶν ἢ λασίων μετὰ	gl	
	θηρῶν, ἔν τ' ὀδύναις ὁμοῦ	gl	
	λιμῷ τ' οἰκτρὸς ἀνήκεστα μερι-	ascl (M)	
	μνήματ' ἔχει βορᾶς.		
	ἁ δ' ἀθυρόστομος	do	

sonst trifft er aus dem Verborgnen mich.
Sprich: wo verweilt er, wo sitzt, wo ergeht er sich,
sei's drinnen oder draußen?

Ne Hier siehst du sein Haus mit der doppelten Tür,
das Felsengemach.
Ch Wo aber verweilt der Unselige selbst?
Ne Mir scheint es gewiß, daß er fort sich geschleppt,
um Nahrung zu suchen nicht weit von hier.
Denn dies ist die Art, so erzählt man sich,
wie sein Leben er führt in mühsamer Müh':
er jagt mit gefiederten Pfeilen das Wild.
Doch keiner wird je
ihn heilen von seinen Gebresten.

Ch Ich beklage des Mannes Not,
den kein Sterblicher pflegen mag,
den kein hilfreiches Aug' umsorgt.
Qualvoll, allezeit einsam,
an wildwühlender Krankheit krank,
darbt an allem er, was ein Mensch
braucht, um fortzubestehn: wie nur, o, wie
hält es der Ärmste aus?
Wehe! Der Menschen Hand!
Weh, wie dulden die Menschen Pein,
deren Schicksal nicht Maß kennt!

Dieser, Sprößling aus ältestem
Haus, der keinem an Adel weicht,
liegt nun, allen Bedarfs entblößt,
einsam, ohne Genossen,
mit buntscheckigen, zottigen
Tieren, elend von Schmerz zugleich
und von Hunger, unstillbarem, gequält.
sorgt er um Nahrung sich.
Nur die geschwätzige

Ἀχὼ τηλεφανὴς πικραῖς — gl
οἰμωγαῖς ὑπακούει. — pher

Νε οὐδὲν τούτων θαυμαστὸν ἐμοί· — an^4
θεῖα γάρ, εἴπερ κἀγώ τι φρονῶ,
καὶ τὰ παθήματα κεῖνα πρὸς αὐτὸν
τῆς ὠμόφρονος Χρύσης ἐπέβη,
καὶ νῦν ἃ πονεῖ δίχα κηδεμόνων,
οὐκ ἔστιν ὅπως οὐ θεῶν μελέτῃ
τοῦ μὴ πρότερον τόνδ' ἐπὶ Τροίᾳ
τεῖναι τὰ θεῶν ἀμάχητα βέλη,
πρὶν ὅδ' ἐξήκοι χρόνος, ᾧ λέγεται
χρῆναί σφ' ὑπὸ τῶνδε δαμῆναι.

Χο εὔστομ' ἔχε, παῖ. — Str. 3
Νε τί τόδε;
Χο προυφάνη κτύπος, — ia cr ia
φωτὸς σύντροφος ὡς τειρομένου ⟨του⟩, — io^3
ἤ που τῇδ' ἢ τῇδε τόπων. — ch^2
βάλλει βάλλει μ' ἐτύμα — ch^2
φθογγά του στίβον κατ' ἀνάγ- — ch^2
καν ἕρποντος, οὐδέ με λά- — ch^2
θει βαρεῖα τηλόθεν αὐ- — ch^2
δὰ τρυσάνωρ· διάσημα θροεῖ γάρ. — mo ch tr

Χο ἀλλ' ἔχε, τέκνον. — Ant. 3
Νε λέγ', ὅ τι.
Χο φροντίδας νέας· — ia cr ia
ὡς οὐκ ἔξεδρος, ἀλλ' ἔντοπος ἀνήρ, — io^3
οὐ μολπὰν σύριγγος ἔχων, — ch^2
ὡς ποιμὴν ἀγροβότας, — ch^2
ἀλλ' ἤ που πταίων ὑπ' ἀνάγ- — ch^2
κας βοᾷ τηλωπὸν ἰω- — ch^2
άν, ἢ ναὸς ἄξενον αὐ- — ch^2
γάζων ὅρμον· προβοᾷ γάρ τι δεινόν. — mo ch tr

weithin hörbare Echo hallt
Antwort bitterem Wehruf.

Ne Von all dem ist nichts verwunderlich mir:
denn, ist auch mir ein Urteil erlaubt,
haben Götter dies Leid über ihn verhängt,
als einst er Chryse zum Zorne gereizt.
Auch jetzt, was er duldet, der Pflege beraubt,
geschieht nicht ohne der Gottheit Beschluß,
damit er nicht eher auf Troia den Pfeil
der Götter, den unbesiegbaren, zielt,
als bis die Zeit kommt, da, wie es heißt,
mit ihm er die Stadt überwindet.

Ch Rede nicht mehr, Sohn!
Ne Was gibt es?
Ch Es erscholl Geschrei,
wie ein Mensch in der Qual meistens es ausstößt.
Dorther kam es! – Oder von dort?
Deutlich trifft mich, ja, mich trifft
eine Stimme, als schliche ein Mann
mühsam her; nun hör' ich es wohl:
schweres Stöhnen tönt uns von fern;
qualbeschwert jammert er jetzt, ach, vor Schmerzen.

Ch Kind, nun gib nur acht ...
Ne Sag' worauf!
Ch ... was bevorsteht jetzt!
Nicht mehr ferne, ganz nah schon ist der Mann uns.
Und es klingt nicht wie die Schalmei,
die ein Hirt bläst auf dem Feld,
nein, als stieße heftig er sich,
schreit er laut ins Weite hinaus,
späht auch wohl zur Bucht, wo ein Schiff
kaum je anlegt. Darum schreit er so schrecklich.

Philoktetes, mit Bogen und Köcher, schleppt sich mühsam heran

Φιλοκτήτης

ἰὼ ξένοι,
τίνες ποτ' ἐς γῆν τήνδε κἀκ ποίας τύχης
κατέσχετ' οὔτ' εὔορμον οὔτ' οἰκουμένην;
ποίας πάτρας ἂν ἢ γένους ὑμᾶς ποτε
τύχοιμ' ἂν εἰπών; σχῆμα μὲν γὰρ Ἑλλάδος
στολῆς ὑπάρχει προσφιλεστάτης ἐμοί·
φωνῆς δ' ἀκοῦσαι βούλομαι· καὶ μή μ' ὄκνῳ
δείσαντες ἐκπλαγῆτ' ἀπηγριωμένον,
ἀλλ' οἰκτίσαντες ἄνδρα δύστηνον, μόνον,
ἐρῆμον ὧδε κἄφιλον κακούμενον,
φωνήσατ', εἴπερ ὡς φίλοι προσήκετε.
ἀλλ' ἀνταμείψασθ'· οὐ γὰρ εἰκὸς οὔτ' ἐμὲ
ὑμῶν ἁμαρτεῖν τοῦτό γ' οὔθ' ὑμᾶς ἐμοῦ.
Νε ἀλλ', ὦ ξέν', ἴσθι τοῦτο πρῶτον, οὕνεκα
Ἕλληνές ἐσμεν· τοῦτο γὰρ βούλῃ μαθεῖν.
Φι ὦ φίλτατον φώνημα· φεῦ τὸ καὶ λαβεῖν
πρόσφθεγμα τοιοῦδ' ἀνδρὸς ἐν χρόνῳ μακρῷ.
τίς σ', ὦ τέκνον, προσέσχε, τίς προσήγαγεν
χρεία; τίς ὁρμή; τίς ἀνέμων ὁ φίλτατος;
γέγωνέ μοι πᾶν τοῦθ', ὅπως εἰδῶ, τίς εἶ.
Νε ἐγὼ γένος μέν εἰμι τῆς περιρρύτου
Σκύρου· πλέω δ' ἐς οἶκον· αὐδῶμαι δὲ παῖς
Ἀχιλλέως, Νεοπτόλεμος. οἶσθα δὴ τὸ πᾶν.
Φι ὦ φιλτάτου παῖ πατρός, ὦ φίλης χθονός,
ὦ τοῦ γέροντος θρέμμα Λυκομήδους, τίνι
στόλῳ προσέσχες τήνδε γῆν; πόθεν πλέων;
Νε ἐξ Ἰλίου τοι δὴ τανῦν γε ναυστολῶ.
Φι πῶς εἶπας; οὐ γὰρ δὴ σύ γ' ἦσθα ναυβάτης
ἡμῖν κατ' ἀρχὴν τοῦ πρὸς Ἴλιον στόλου.
Νε ἦ γὰρ μετέσχες καὶ σὺ τοῦδε τοῦ πόνου;
Φι ὦ τέκνον, οὐ γὰρ οἶσθά μ' ὅντιν' εἰσορᾷς;
Νε πῶς γὰρ κάτοιδ' ὅν γ' εἶδον οὐδεπώποτε;
Φι οὐδ' ὄνομα τοὐμὸν οὐδὲ τῶν κακῶν κλέος
ᾔσθου ποτ' οὐδέν, οἷς ἐγὼ διωλλύμην;
Νε ὡς μηδὲν εἰδότ' ἴσθι μ' ὧν ἀνιστορεῖς.

Philoktetes

Weh, Fremdlinge!
Wer seid ihr und durch welch Geschick kommt ihr hierher
an diesen hafenlosen, unbewohnten Strand?
Nach welchem Vaterlande, welchem Stamm soll ich
euch nennen? Zwar das Aussehn eurer Kleidung weist
auf Hellas hin: es ist die allerliebste mir.
Doch möcht' ich auch die Sprache hören; wendet euch
nicht ab aus Furcht und Schreck vor mir Verwildertem!
Nein, habt Erbarmen mit dem Unglücksmann, der so
in Einsamkeit und ohne Freunde leben muß,
und sprecht, wenn ihr als Freunde hergekommen seid!
O, gebt mir Antwort! Denn es wäre ja nicht recht,
wenn ich's an euch versäumte oder ihr an mir.

Ne Drum, Fremdling, wisse denn als erstes dies, daß wir
Hellenen sind: dies zu erfahren wünschst du ja.

Ph O liebster Sprache Klang! Ach, daß mir endlich doch
solch Wort von solchem Manne kommt nach langer Zeit!
Was führte dich hierher, mein Kind? Was trieb dich her?
Welch holdester von allen Winden? Welcher Zweck?
Dies alles sag mir, daß ich wisse, wer du bist!

Ne Ich bin, der Herkunft nach, vom meerumflossenen
Skyros; ich segle heimwärts; Neoptolemos
heiß' ich, Sohn von Achilleus; alles weißt du nun.

Ph O Sohn des liebsten Vaters, holden Landes Kind!
O Pflegekind des greisen Lykomedes, sprich:
Aus welchem Anlaß kamst du in dies Land? Von wo?

Ne Von Ilion soeben fahr' ich fort zu Schiff.

Ph Wie sagst du? Denn du warst doch nicht bei unsrer Fahrt,
als wir im Anfang zogen gegen Ilion.

Ne So warst auch du bei dieser mühevollen Fahrt?

Ph O Kind! So weißt du nicht, wen du in mir erblickst?

Ne Wie sollt' ich kennen, den ich niemals vorher sah?

Ph Auch nicht den Namen, nicht den Ruf von meinem Leid,
das mich vernichtend heimsucht, hast du je gehört?

Ne Von all dem, was du mich da fragst, weiß ich kein Wort!

Φι ὦ πόλλ' ἐγὼ μοχθηρός, ὦ πικρὸς θεοῖς,
οὗ μηδὲ κληδὼν ὧδ' ἔχοντος οἴκαδε
μηδ' Ἑλλάδος γῆς μηδαμοῖ διῆλθέ που.
ἀλλ' οἱ μὲν ἐκβαλόντες ἀνοσίως ἐμὲ
γελῶσι σῖγ' ἔχοντες, ἡ δ' ἐμὴ νόσος
ἀεὶ τέθηλε κἀπὶ μεῖζον ἔρχεται.
ὦ τέκνον, ὦ παῖ πατρὸς ἐξ Ἀχιλλέως,
ὅδ' εἴμ' ἐγώ σοι κεῖνος, ὃν κλύεις ἴσως
τῶν Ἡρακλείων ὄντα δεσπότην ὅπλων,
ὁ τοῦ Ποίαντος παῖς Φιλοκτήτης, ὃν οἱ
δισσοὶ στρατηγοὶ χὠ Κεφαλλήνων ἄναξ
ἔρριψαν αἰσχρῶς ὧδ' ἐρῆμον, ἀγρίᾳ
νόσῳ καταφθίνοντα, τῆς ἀνδροφθόρου
πληγέντ' ἐχίδνης φοινίῳ χαράγματι·
ξὺν ᾗ μ' ἐκεῖνοι, παῖ, προθέντες ἐνθάδε
ᾤχοντ' ἐρῆμον, ἡνίκ' ἐκ τῆς ποντίας
Χρύσης κατέσχον δεῦρο ναυβάτῃ στόλῳ.
τότ' ἄσμενοί μ' ὡς εἶδον ἐκ πολλοῦ σάλου
εὕδοντ' ἐπ' ἀκτῆς ἐν κατηρεφεῖ πέτρᾳ,
λιπόντες ᾤχονθ', οἷα φωτὶ δυσμόρῳ
ῥάκη προθέντες βαιὰ καί τι καὶ βορᾶς
ἐπωφέλημα σμικρόν, οἷ' αὐτοῖς τύχοι.
σὺ δή, τέκνον, ποίαν μ' ἀνάστασιν δοκεῖς
αὐτῶν βεβώτων ἐξ ὕπνου στῆναι τότε;
ποῖ' ἐκδακρῦσαι, ποῖ' ἀποιμῶξαι κακά;
ὁρῶντα μὲν ναῦς, ἃς ἔχων ἐναυστόλουν,
πάσας βεβώσας, ἄνδρα δ' οὐδέν' ἔντοπον,
οὐχ ὅστις ἀρκέσειεν, οὐδ' ὅστις νόσου
κάμνοντι συλλάβοιτο· πάντα δὲ σκοπῶν
ηὕρισκον οὐδὲν πλὴν ἀνιᾶσθαι παρόν,
τούτου δὲ πολλὴν εὐμάρειαν, ὦ τέκνον.
ὁ μὲν χρόνος δὴ διὰ χρόνου προὔβαινέ μοι,
κἄδει τι βαιᾷ τῇδ' ὑπὸ στέγῃ μόνον
διακονεῖσθαι· γαστρὶ μὲν τὰ σύμφορα
τόξον τόδ' ἐξηύρισκε, τὰς ὑποπτέρους
βάλλον πελείας· πρὸς δὲ τοῦθ', ὃ μοι βάλοι

Ph O ich unseliger, ich gottverhaßter Mann,
daß kein Gerücht von meinem Leid nach Hause, noch
sonst irgend ins Hellenenland gedrungen ist!
Sie aber, die mich frevelhaft hier ausgesetzt,
die lachen insgeheim, indessen mein Geschwür
gedeiht und fressend immer weiter um sich greift.
O Kind, o Sohn, der du Achill zum Vater hast,
sieh, ich bin der, von welchem du vielleicht gehört,
daß er der Herr der Waffen ist des Herakles;
der Sohn von Poias bin ich, Philoktetes, den
die beiden Feldherrn und der Kephallenerfürst
in diese Wüste schmachvoll stießen, weil an mir
ein wildes Übel zehrt, das einer Natter Biß,
der wilde, menschenmordende, mir eingeflößt:
in diesem Zustand setzten sie mich aus, mein Sohn,
und ließen mich allein, als sie von Chryse, von
der Insel, mit den Schiffen kamen hier vorbei.
Dann, als sie sahn, daß müd vom vielen Schaukeln ich
am Strand in der gewölbten Felsenhöhle schlief,
entflohn sie eilends ohne mich und ließen mir
nur ein paar Lumpen da wie einem Bettelmann
und wenig Nahrung. Mög' es ihnen auch so gehn!
Was meinst du nun, was das für ein Erwachen war,
als ich vom Schlaf erstand und sah, sie waren fort,
wie ich da weinte, wie ich, sie verfluchend, schrie,
als ich gewahrte, daß die Schiffe alle, die
mich brachten, fort, kein einziger Mensch mehr bei mir war,
nicht einer, mir zu helfen, keiner, der sich mir
in meiner Krankheit widmen könnt': ich spähte rings,
doch ich entdeckte nichts als Jammer überall,
doch davon einen großen Überfluß, mein Sohn.
Die Tage gingen einer nach dem andren hin.
Ich mußt', allein hier unter diesem niedren Dach,
mich selbst bedienen. Mit des Leibes Notdurft zwar
versorgte mich der Bogen: wilde Tauben fängt
er in den Lüften; doch zu dem, was mir der Pfeil,

νευροσπαδὴς ἄτρακτος, αὐτὸς ἂν τάλας
εἰλυόμην δύστηνον ἐξέλκων πόδα
πρὸς τοῦτ' ἄν· εἴ τ' ἔδει τι καὶ ποτὸν λαβεῖν,
καί που πάγου χυθέντος, οἷα χείματι,
ξύλον τι θραῦσαι, ταῦτ' ἂν ἐξέρπων τάλας
ἐμηχανώμην· εἶτα πῦρ ἂν οὐ παρῆν,
ἀλλ' ἐν πέτροισι πέτρον ἐκτρίβων μόλις
ἔφην' ἄφαντον φῶς, ὃ καὶ σῴζει μ' ἀεί.
οἰκουμένη γὰρ οὖν στέγη πυρὸς μέτα
πάντ' ἐκπορίζει πλὴν τὸ μὴ νοσεῖν ἐμέ.
φέρ', ὦ τέκνον, νῦν καὶ τὸ τῆς νήσου μάθῃς.
ταύτῃ πελάζει ναυβάτης οὐδεὶς ἑκών·
οὐ γάρ τις ὅρμος ἐστίν, οὐδ' ὅποι πλέων
ἐξεμπολήσει κέρδος, ἢ ξενώσεται.
οὐκ ἐνθάδ' οἱ πλοῖ τοῖσι σώφροσιν βροτῶν.
τάχ' οὖν τις ἄκων ἔσχε· πολλὰ γὰρ τάδε
ἐν τῷ μακρῷ γένοιτ' ἂν ἀνθρώπων χρόνῳ.
οὗτοί μ', ὅταν μόλωσιν, ὦ τέκνον, λόγοις
ἐλεοῦσι μέν, καί πού τι καὶ βορᾶς μέρος
προσέδοσαν οἰκτίραντες, ἤ τινα στολήν·
ἐκεῖνο δ' οὐδείς, ἡνίκ' ἂν μνησθῶ, θέλει,
σῶσαί μ' ἐς οἴκους, ἀλλ' ἀπόλλυμαι τάλας
ἔτος τόδ' ἤδη δέκατον ἐν λιμῷ τε καὶ
κακοῖσι βόσκων τὴν ἀδηφάγον νόσον.
τοιαῦτ' Ἀτρεῖδαί μ' ἥ τ' Ὀδυσσέως βία,
ὦ παῖ, δεδράκασ'· οἷς Ὀλύμπιοι θεοὶ
δοῖέν ποτ' αὐτοῖς ἀντίποιν' ἐμοῦ παθεῖν.

Χορός

ἔοικα κἀγὼ τοῖς ἀφιγμένοις ἴσα
ξένοις ἐποικτίρειν σε, Ποίαντος τέκνον.

Νε ἐγὼ δὲ καὐτὸς τοῖσδε μάρτυς ἐν λόγοις,
ὡς εἴσ' ἀληθεῖς οἶδα, σὺν τυχὼν κακῶν
ἀνδρῶν Ἀτρειδῶν τῆς τ' Ὀδυσσέως βίας.

Φι ἦ γάρ τι καὶ σὺ τοῖς πανωλέθροις ἔχεις
ἔγκλημ' Ἀτρείδαις, ὥστε θυμοῦσθαι παθών;

der abgeschoßne, trifft, muß ich Elender selbst
hinkriechen, muß, der Beute nach, den kranken Fuß
hinschleppen. Was ich brauchte je, sei es ein Trunk,
sei es, wenn Frost sich breitet, wie zur Winterszeit,
daß Holz zu schlagen war, kroch mühsam ich hinaus,
es zu beschaffen. Dann gebrach's an Feuer mir,
und Stein an Steine rieb ich mit Beschwer und schlug
heraus den schlummernden Funken, der mir Schutz gewährt.
Denn durch das Feuer ward mein Obdach wohnbar erst
und bietet alles mir, nur die Gesundheit nicht.
Nun hör, mein Sohn, auch was ich von der Insel weiß!
Freiwillig kommt kein Schiffer diesem Strand zu nah.
Denn keinen Landungsplatz und keine Stelle, wo
der Seemann Handel treibe, gibt's, kein gastlich Haus.
Die Fahrten kluger Leute führen nicht hierher.
Nur unfreiwillig etwa landet man; denn viel
begibt sich in der Menschen langer Lebenszeit.
Und solche, wenn sie kommen, Kind, bedauern mich
mit Worten wohl und reichen etwas Speise mir
aus Mitleid, schenken mir wohl auch ein Kleidungsstück.
Eins aber, wenn ich das erwähne, will man nie:
mich in die Heimat retten. So verkümmr' ich nun
bereits ins zehnte Jahr hinein in Hunger und
in Not, und die gefräßige Wunde zehrt an mir.
So taten die Atriden, tat Odysseus mir
Gewalt. Sei ihnen von den Göttern des Olymps
einst zur Vergeltung gleiches Leid wie mir beschert!

Chorführer

Auch ich muß dich, so scheint mir, jenen Fremden gleich,
die hier gelandet sind, beklagen, Poias' Sohn.

Ne Für deine Worte bin ich selbst ein Zeuge auch
und weiß, wie wahr sie sind; erfuhr ich doch an mir
die Bosheit der Atriden und Odysseus' Zwang.

Ph So führst du Klage gegen die Atriden auch?
Die Allverderber haben deinen Zorn erregt?

Νε θυμὸν γένοιτο χειρὶ πληρῶσαί ποτε,
ἵν' αἱ Μυκῆναι γνοῖεν ἡ Σπάρτη θ', ὅτι
χἠ Σκῦρος ἀνδρῶν ἀλκίμων μήτηρ ἔφυ.
Φι εὖ γ', ὦ τέκνον· τίνος γὰρ ὧδε τὸν μέγαν
χόλον κατ' αὐτῶν ἐκκαλῶν ἐλήλυθας;
Νε ὦ παῖ Ποίαντος, ἐξερῶ, μόλις δ' ἐρῶ,
ἅγωγ' ὑπ' αὐτῶν ἐξελωβήθην μολών.
ἐπεὶ γὰρ ἔσχε μοῖρ' Ἀχιλλέα θανεῖν,
Φι οἴμοι· φράσῃς μοι μὴ πέρα, πρὶν ἂν μάθω
πρῶτον τόδ', εἰ τέθνηχ' ὁ Πηλέως γόνος;
Νε τέθνηκεν, ἀνδρὸς οὐδενός, θεοῦ δ' ὕπο,
τοξευτός, ὡς λέγουσιν, ἐκ Φοίβου δαμείς.
Φι ἀλλ' εὐγενὴς μὲν ὁ κτανών τε χὠ θανών.
ἀμηχανῶ δέ, πότερον, ὦ τέκνον, τὸ σὸν
πάθημ' ἐλέγχω πρῶτον, ἢ κεῖνον στένω.
Νε οἶμαι μὲν ἀρκεῖν σοί γε καὶ τὰ σ', ὦ τάλας,
ἀλγήμαθ', ὥστε μὴ τὰ τῶν πέλας στένειν.
Φι ὀρθῶς ἔλεξας. τοιγαροῦν τὸ σὸν φράσον
αὖθις πάλιν μοι πρᾶγμ', ὅπως σ' ἐνύβρισαν.
Νε ἦλθόν με νηὶ ποικιλοστόλῳ μέτα
δῖός τ' Ὀδυσσεὺς χὠ τροφεὺς τοὐμοῦ πατρός,
λέγοντες, εἴτ' ἀληθὲς εἴτ' ἄρ' οὖν μάτην,
ὡς οὐ θέμις γίγνοιτ', ἐπεὶ κατέφθιτο
πατὴρ ἐμός, τὰ πέργαμ' ἄλλον ἢ 'μ' ἑλεῖν.
ταῦτ', ὦ ξέν', οὕτως ἐννέποντες οὐ πολὺν
χρόνον μ' ἐπέσχον μή με ναυστολεῖν ταχύ,
μάλιστα μὲν δὴ τοῦ θανόντος ἱμέρῳ,
ὅπως ἴδοιμ' ἄθαπτον· οὐ γὰρ εἰδόμην·
ἔπειτα μέντοι χὠ λόγος καλὸς προσῆν,
εἰ τἀπὶ Τροίᾳ πέργαμ' αἱρήσοιμ' ἰών.
ἦν δ' ἦμαρ ἤδη δεύτερον πλέοντί μοι,
κἀγὼ πικρὸν Σίγειον οὐρίῳ πλάτῃ
κατηγόμην· καί μ' εὐθὺς ἐν κύκλῳ στρατὸς
ἐκβάντα πᾶς ἠσπάζετ', ὀμνύντες βλέπειν
τὸν οὐκέτ' ὄντα ζῶντ' Ἀχιλλέα πάλιν.
κεῖνος μὲν οὖν ἔκειτ'· ἐγὼ δ' ὁ δύσμορος,

Ne Könnt' ich ihn erst ersättigen mit dieser Hand,
damit man in Myken' und Sparta sähe, daß
auch Skyros kampferprobter Männer Mutter ward!

Ph So recht, mein Sohn! Was aber wirfst du ihnen vor?
Was hat dich so zum Zorne gegen sie gereizt?

Ne O, Poias' Sohn! Ich will dir sagen, fällt's auch schwer,
wie ich von ihnen, als ich ankam, ward beschimpft.
Denn als das Schicksal fügte, daß Achilleus fiel ...

Ph O Jammer! Sage mir nichts weiter, eh' ich dies
als erstes ganz begreife: tot ist Peleus' Sohn?

Ne Ja, tot! Doch keines Menschen, eines Gottes Hand,
ein Pfeil von Phoibos hat, so sagt man, ihn gefällt.

Ph Der Tote wie der Töter, beide höchsten Rangs!
Ich stehe ratlos: soll ich erst erkunden, was
dir angetan ward, oder ihn beweinen erst?

Ne Ich glaube, schwer genug trägst du am eignen Leid,
daß du nicht das der andren noch beweinen mußt.

Ph Da sprichst du wahr. So komme denn zurück auf dein
Ergehn: erzähle, wie sie an dir frevelten!

Ne Der prächtige Odysseus, mich zu holen, kam
samt meines Vaters Pfleger an auf buntem Schiff;
sie sagten – sei es Wahrheit oder nur Geschwätz –,
daß keiner außer mir die Burg erobern kann:
dies sei nach meines Vaters Untergang gewiß.
Mit solchen Reden brachten sie mich bald so weit,
o Freund, daß ich mit ihnen schnell das Schiff bestieg.
Vor allem trieb mich Sehnsucht, unbestattet noch
des Toten Leib zu schauen; denn ich kannt' ihn nicht.
Hinzu kam der Gedanke, daß es rühmlich sei,
wenn's mir bestimmt sei, einzunehmen Troias Burg.
Es war der zweite Tag schon meiner Segelfahrt,
als guter Wind zum traurigen Sigeion mich
gelangen ließ. Kaum ausgestiegen, war ich gleich
vom ganzen Heer umringt, und jeder schwur, Achill,
der tote, sei zum Leben wieder auferwacht.
Doch er lag da, entseelt. Ich aber, schmerzerfüllt,

ἐπεὶ 'δάκρυσα κεῖνον, οὐ μακρῷ χρόνῳ
ἐλθὼν 'Ατρείδας πρὸς φίλους, ὡς εἰκὸς ἦν,
τά θ' ὅπλ' ἀπῄτουν τοῦ πατρὸς τά τ' ἄλλ' ὅσ' ἦν.
οἳ δ' εἶπον, οἴμοι, τλημονέστατον λόγον·
ὦ σπέρμ' 'Αχιλλέως, τἄλλα μὲν πάρεστί σοι
πατρῷ' ἑλέσθαι, τῶν δ' ὅπλων κείνων ἀνὴρ
ἄλλος κρατύνει νῦν, ὁ Λαέρτου γόνος.
κἀγὼ δακρύσας εὐθὺς ἐξανίσταμαι
ὀργῇ βαρείᾳ, καὶ καταλγήσας λέγω·
ὦ σχέτλι', ἦ 'τολμήσατ' ἀντ' ἐμοῦ τινι
δοῦναι τὰ τεύχη τἀμά, πρὶν μαθεῖν ἐμοῦ;
ὁ δ' εἶπ' 'Οδυσσεύς, πλησίον γὰρ ὢν κυρεῖ·
ναί, παῖ, δεδώκασ' ἐνδίκως οὗτοι τάδε·
ἐγὼ γὰρ αὔτ' ἔσωσα κἀκεῖνον παρών.
κἀγὼ χολωθεὶς εὐθὺς ἤρασσον κακοῖς
τοῖς πᾶσιν, οὐδὲν ἐνδεὲς ποιούμενος,
εἰ τἀμὰ κεῖνος ὅπλ' ἀφαιρήσοιτό με.
ὃ δ' ἐνθάδ' ἥκων, καίπερ οὐ δύσοργος ὤν,
δηχθεὶς πρὸς ἁξήκουσεν ὧδ' ἠμείψατο·
οὐκ ἦσθ' ἵν' ἡμεῖς, ἀλλ' ἀπῆσθ' ἵν' οὔ σ' ἔδει.
καὶ ταῦτ', ἐπειδὴ καὶ λέγεις θρασυστομῶν,
οὐ μή ποτ' ἐς τὴν Σκῦρον ἐκπλεύσῃς ἔχων.
τοιαῦτ' ἀκούσας κἀξονειδισθεὶς κακὰ
πλέω πρὸς οἴκους, τῶν ἐμῶν τητώμενος
πρὸς τοῦ κακίστου κἀκ κακῶν 'Οδυσσέως.
κοὐκ αἰτιῶμαι κεῖνον ὡς τοὺς ἐν τέλει·
πόλις γάρ ἐστι πᾶσα τῶν ἡγουμένων
στρατός τε σύμπας· οἱ δ' ἀκοσμοῦντες βροτῶν
διδασκάλων λόγοισι γίγνονται κακοί.
λόγος λέλεκται πᾶς· ὁ δ' 'Ατρείδας στυγῶν
ἐμοί θ' ὁμοίως καὶ θεοῖς εἴη φίλος.

Χορός

ὀρεστέρα παμβῶτι, Γᾶ, ia^2 Str.
μᾶτερ αὐτοῦ Διός, cr^2
ἃ τὸν μέγαν Πακτωλὸν εὔχρυσον νέμεις, ia^3

nachdem ich ihn beweint, begab mich kurzerhand,
wie's ziemte, zu den Freunden, den Atriden, hin,
erbat des Vaters Waffen und sein sonstig Gut.
Doch ihre Anwort, ach, war reichlich unverschämt:
O Sproß Achills, das andre alles steht dir zur
Verfügung; seine Waffen nur, die nennt bereits
ein andrer Mann sein eigen: der Laërtes-Sohn.
Ich aber, dies vernehmend, springe auf sogleich
in heftigem Zorn und sage, schmerzerschüttert, dies:
Ihr Frechen wagtet es, statt meiner irgendwem
zu geben meine Rüstung, eh' ihr mich gefragt?!
Da rief Odysseus, denn er stand nicht weit von uns:
Ja, Knabe, Rechtens gaben sie die Sachen mir;
hab' ich sie doch geborgen samt dem Toten selbst.
Und ich, voll Wut, warf alle nur erdenklichen
Fluchworte ins Gesicht ihm und vergaß nicht eins,
falls er mir vorenthielte meinen Waffenschmuck.
So eingeengt, wiewohl er nicht zum Jähzorn neigt,
verletzt durch das, was er gehört, erwidert er:
Du bliebst uns fern, warst nicht, wohin die Pflicht dich rief.
Die Waffen, da du hier so dreiste Reden führst,
die nimmst du nicht auf deinem Schiff nach Skyros mit!
Auf dieses Wort hin, da er mich so übel schmäht,
fahr' ich nach Hause, meines Eigentums beraubt
durch den Odysseus, durch der Üblen Übelsten.
Doch klag' ich weniger ihn, vielmehr die Führer an.
Denn wie ein Staat sich richtet nach den Herrschenden,
so auch ein Heer, und Menschen, die gesetzlos sind,
die werden durch die Worte ihrer Lehrer schlecht.
Alles ist nun gesagt. Wer Atreus' Söhne haßt,
der ist mir lieb und mög' es auch den Göttern sein!

Chor

Allmutter Erde, bergige,
die den Zeus selbst gebar,
die du am großen Goldstrom des Paktolos herrschst,

σὲ κἀκεῖ, μᾶτερ πότνι', ἐπηυδώμαν, do^{2}
ὅτ' ἐς τόνδ' Ἀτρειδᾶν ba^{2}
ὕβρις πᾶσ' ἐχώρει, ba^{2}
ὅτε τὰ πάτρια τεύχεα παρεδίδοσαν, do^{2}
ἰὼ μάκαιρα ταυρο- ia ba
κτόνων λεόντων ἔφε- ia cr
δρε, τῷ Λαρτίου, σέβας ὑπέρτατον. do^{2}

Φι ἔχοντες, ὡς ἔοικε, σύμβολον σαφὲς
λύπης πρὸς ἡμᾶς, ὦ ξένοι, πεπλεύκατε,
καί μοι προσᾴδεθ' ὥστε γιγνώσκειν, ὅτι
ταῦτ' ἐξ Ἀτρειδῶν ἔργα κἀξ Ὀδυσσέως.
ἔξοιδα γάρ νιν παντὸς ἂν λόγου κακοῦ
γλώσσῃ θιγόντα καὶ πανουργίας, ἀφ' ἧς
μηδὲν δίκαιον ἐς τέλος μέλλοι ποεῖν.
ἀλλ' οὔ τι τοῦτο θαῦμ' ἔμοιγ', ἀλλ' εἰ παρὼν
Αἴας ὁ μείζων ταῦθ' ὁρῶν ἠνείχετο.
Νε οὐκ ἦν ἔτι ζῶν, ὦ ξέν'· οὐ γὰρ ἄν ποτε
ζῶντός γ' ἐκείνου ταῦτ' ἐσυλήθην ἐγώ.
Φι πῶς εἶπας; ἀλλ' ἦ χοὖτος οἴχεται θανών;
Νε ὡς μηκέτ' ὄντα κεῖνον ἐν φάει νόει.
Φι οἴμοι τάλας. ἀλλ' οὐχ ὁ Τυδέως γόνος,
οὐδ' οὑμπολητὸς Σισύφου Λαερτίῳ,
οὐ μὴ θάνωσι. τούσδε γὰρ μὴ ζῆν ἔδει.
Νε οὐ δῆτ'· ἐπίστω τοῦτό γ'· ἀλλὰ καὶ μέγα
θάλλοντές εἰσι νῦν ἐν Ἀργείων στρατῷ.
Φι τί δ' αὖ παλαιὸς κἀγαθὸς φίλος τ' ἐμός,
Νέστωρ ὁ Πύλιος ἔστιν; οὗτος γὰρ τά γε
κείνων κάκ' ἐξήρυκε, βουλεύων σοφά.
Νε κεῖνός γε πράσσει νῦν κακῶς, ἐπεὶ θανὼν
Ἀντίλοχος αὐτῷ φροῦδος ὅς παρῆν γόνος.
Φι οἴμοι, δύ' αὖ τώδ' ἐξέδειξας, οἷν ἐγὼ
ἥκιστ' ἂν ἠθέλησ' ὀλωλότοιν κλύειν.
φεῦ φεῦ· τί δῆτα δεῖ σκοπεῖν, ὅθ' οἵδε μὲν
τεθνᾶσ', Ὀδυσσεὺς δ' ἔστιν αὖ κἀνταῦθ' ἵνα
χρῆν ἀντὶ τούτων αὐτὸν αὐδᾶσθαι νεκρόν;

schon dort, Mutter du und Herrin, rief ich dich,
als all ihren Hohn ihm
die Atriden boten,
als sie die Waffen des Vaters weiterverschenkten, ach,
du Hochgepriesne, thronend
auf Löwen, stierwürgenden,
dem Sohn des Laërtes dieses Wunderwerk!

Ph Des Schmerzes deutlich Merkmal tragend, wie mir scheint,
kommt, Freunde, ihr zu mir gefahren übers Meer;
ihr stimmt mit mir zusammen, und ich sehe wohl:
so treiben's die Atriden und Odysseus nur.
Ich weiß es nur zu gut, daß er zu jedem Trug
die Zunge leiht, zu jeder Schändlichkeit, wenn er
zuletzt nur Ungerechtigkeit bewirken kann.
Mich wundert eins nur: daß der große Aias auch,
wenn er zugegen war, dies anzusehn ertrug.
Ne Er lebte nicht mehr, Freund. Wenn der noch lebte, ja,
dann hätte niemand diesen Raub an mir verübt.
Ph Wie sagst du? So verstarb auch er und ist dahin?
Ne Nicht mehr im Lichte wesend denke dir auch ihn!
Ph Weh mir, welch Leid! Nicht aber Tydeus' Sproß, nicht er,
den sich Laërtes hat von Sisyphos erkauft, –
die, die nicht mehr zu leben brauchten, starben nicht.
Ne Die nicht! Des sei versichert! Vielmehr blühen sie
in hohem Ansehn beim hellenischen Heere jetzt.
Ph Und weiter: lebt denn auch mein alter wackrer Freund,
Nestor von Pylos, nicht mehr? Der verhütete
doch ihre bösen Pläne oft durch weisen Rat.
Ne Er lebt, gebeugt von Gram, nachdem Antilochos,
sein Sohn, der um ihn war, für ihn gestorben ist.
Ph Weh mir, zwei Männer nanntest du, von deren Tod
zu hören ich am allerwenigsten gewünscht!
Ach, ach, wohin soll man noch blicken, wenn die zwei
verstarben und Odysseus lebt auch da, wo man
von seinem statt von ihrem Tode hören sollt'?

Νε σοφὸς παλαιστὴς κεῖνος, ἀλλὰ χαἰ σοφαὶ
γνῶμαι, Φιλοκτῆτ', ἐμποδίζονται θαμά.
Φι φέρ' εἰπὲ πρὸς θεῶν, ποῦ γὰρ ἦν ἐνταῦθά σοι
Πάτροκλος, ὃς σοῦ πατρὸς ἦν τὰ φίλτατα;
Νε χοὖτος τεθνηκὼς ἦν· λόγῳ δέ σ' ἐν βραχεῖ
τοῦτ' ἐκδιδάξω. πόλεμος οὐδέν' ἄνδρ' ἑκὼν
αἱρεῖ πονηρόν, ἀλλὰ τοὺς χρηστοὺς ἀεί.
Φι ξυμμαρτυρῶ σοι· καὶ κατ' αὐτὸ τοῦτό γε
ἀναξίου μὲν φωτὸς ἐξερήσομαι,
γλώσσῃ δὲ δεινοῦ καὶ σοφοῦ, τί νῦν κυρεῖ.
Νε ποίου δὲ τούτου πλήν γ' Ὀδυσσέως ἐρεῖς;
Φι οὐ τοῦτον εἶπον, ἀλλὰ Θερσίτης τις ἦν,
ὃς οὐκ ἂν εἵλετ' εἰσάπαξ εἰπεῖν, ὅπου
μηδεὶς ἐῴη· τοῦτον οἶσθ' εἰ ζῶν κυρεῖ;
Νε οὐκ εἶδον αὐτόν, ᾐσθόμην δ' ἔτ' ὄντα νιν.
Φι ἔμελλ'· ἐπεὶ οὐδέν πω κακόν γ' ἀπώλετο,
ἀλλ' εὖ περιστέλλουσιν αὐτὰ δαίμονες,
καί πως τὰ μὲν πανοῦργα καὶ παλιντριβῆ
χαίρουσ' ἀναστρέφοντες ἐξ Ἅιδου, τὰ δὲ
δίκαια καὶ τὰ χρήστ' ἀποστέλλουσ' ἀεί.
ποῦ χρὴ τίθεσθαι ταῦτα, ποῦ δ' αἰνεῖν, ὅταν
τὰ θεῖ' ἐπαινῶν τοὺς θεοὺς εὕρω κακούς;
Νε ἐγὼ μέν, ὦ γένεθλον Οἰταίου πατρός,
τὸ λοιπὸν ἤδη τηλόθεν τό τ' Ἴλιον
καὶ τοὺς Ἀτρείδας εἰσορῶν φυλάξομαι·
ὅπου θ' ὁ χείρων τἀγαθοῦ μεῖζον σθένει
κἀποφθίνει τὰ χρηστὰ χὠ δειλὸς κρατεῖ,
τούτους ἐγὼ τοὺς ἄνδρας οὐ στέρξω ποτέ·
ἀλλ' ἡ πετραία Σκῦρος ἐξαρκοῦσά μοι
ἔσται τὸ λοιπόν, ὥστε τέρπεσθαι δόμῳ.
νῦν δ' εἶμι πρὸς ναῦν. καὶ σύ, Ποίαντος τέκνον,
χαῖρ' ὡς μέγιστα, χαῖρε· καί σε δαίμονες
νόσου μεταστήσειαν, ὡς αὐτὸς θέλεις.
ἡμεῖς δ' ἴωμεν, ὡς ὁπηνίκ' ἂν θεὸς
πλοῦν ἡμὶν εἴκῃ, τηνικαῦθ' ὁρμώμεθα.
Φι ἤδη, τέκνον, στέλλεσθε;

Ne Ein schlauer Ringer ist er; doch der schlaue Sinn,
mein Philoktetes, kommt gar häufig auch zu Fall.
Ph Nun aber, bei den Göttern, sage mir: wo war
denn Patroklos, der deines Vaters liebster Freund?
Ne Gefallen war auch er; mit kurzem Worte will
ich's dir berichten. Ja, nicht gerne rafft der Krieg
die Schlechten, aber stets die Tüchtigen hinweg.
Ph Ich kann's bezeugen, und gerade deshalb will
nach einem minderwertigen Mann ich fragen, der
doch schlau bei dreistem Mundwerk war: wie geht es dem?
Ne Nach welchem fragst du, wenn es nicht Odysseus ist?
Ph Den mein' ich nicht, nein, da war ein Thersites noch,
der wiederholte alles unentwegt, auch was
gar niemand hören wollte: weißt du, ob der lebt?
Ne Ich sah ihn selbst nicht; wie ich hörte, lebt er noch.
Ph Ich dacht' es mir; denn Schlechtes kommt so leicht nicht um.
vielmehr wird es von Himmelsmächten gut gehegt.
Es freut sie gar, was tückisch ist und abgefeimt,
zurückzusenden aus der Unterwelt; jedoch
was rechtlich ist und tüchtig, stoßen sie hinab.
Wie soll ich das verstehn, wie soll ich's loben, wenn
ich, Göttliches verehrend, Götter böse fand?
Ne Ich also, Sohn des Vaters, der am Oita herrscht,
will mich in Zukunft hüten, auch von ferne nur
die Atreus-Söhne oder Ilion zu sehn.
Denn wo der Schlimme höher als der Edle steht,
wo Tüchtiges zugrunde geht, der Feige herrscht, –
mit solchen Leuten werd' ich nie befreundet sein.
Die Felseninsel Skyros soll in Zukunft mir
genügen: dort will ich der Heimat mich erfreun.
Ich gehe jetzt zu Schiff; du aber Poias' Sohn,
leb wohl, leb möglichst wohl! Die Götter mögen dich
befrein von deinem Leiden, wie du selbst es wünschst!
Wir aber gehen; denn sobald uns guten Wind
die Gottheit sendet, wollen wir von hinnen ziehn.
Ph Ihr wollt schon weiterfahren, Kind?

Νε καιρὸς γὰρ καλεῖ
πλοῦν μὴ 'ξ ἀπόπτου μᾶλλον ἢ 'γγύθεν σκοπεῖν.
Φι πρός νύν σε πατρός, πρός τε μητρός, ὦ τέκνον,
πρός τ' εἴ τί σοι κατ' οἶκόν ἐστι προσφιλές,
ἱκέτης ἱκνοῦμαι, μὴ λίπῃς μ' οὕτω μόνον,
ἐρῆμον ἐν κακοῖσι τοῖσδ' οἵοις ὁρᾷς
ὅσοισί τ' ἐξήκουσας ἐνναίοντά με·
ἀλλ' ἐν παρέργῳ θοῦ με. δυσχέρεια μέν,
ἔξοιδα, πολλὴ τοῦδε τοῦ φορήματος·
ὅμως δὲ τλῆθι· τοῖσι γενναίοισί τοι
τό τ' αἰσχρὸν ἐχθρὸν καὶ τὸ χρηστὸν εὐκλεές.
σοὶ δ', ἐκλιπόντι τοῦτ', ὄνειδος οὐ καλόν,
δράσαντι δ', ὦ παῖ, πλεῖστον εὐκλείας γέρας,
ἐὰν μόλω 'γὼ ζῶν πρὸς Οἰταίαν χθόνα.
ἴθ'· ἡμέρας τοι μόχθος οὐχ ὅλης μιᾶς.
τόλμησον, ἐμβαλοῦ μ' ὅποι θέλεις ἄγων,
ἐς ἀντλίαν, ἐς πρῷραν, ἐς πρύμνην, ὅπου
ἥκιστα μέλλω τοὺς ξυνόντας ἀλγυνεῖν.
νεῦσον, πρὸς αὐτοῦ Ζηνὸς ἱκεσίου, τέκνον,

πείσθητι. προσπίτνω σε γόνασι, καίπερ ὢν
ἀκράτωρ ὁ τλήμων, χωλός. ἀλλὰ μή μ' ἀφῇς
ἐρῆμον οὕτω χωρὶς ἀνθρώπων στίβου,
ἀλλ' ἢ πρὸς οἶκον τὸν σὸν ἔκσωσόν μ' ἄγων,
ἢ πρὸς τὰ Χαλκώδοντος Εὐβοίας σταθμά·
κἀκεῖθεν οὔ μοι μακρὸς εἰς Οἴτην στόλος
Τραχινίαν τε δειράδ' ἢ τὸν εὔροον
Σπερχειὸν ἔσται, πατρί μ' ὡς δείξῃς φίλῳ,
ὃν δὴ παλαιὸν ἐξότου δέδοικ' ἐγὼ
μή μοι βεβήκῃ. πολλὰ γὰρ τοῖς ἱγμένοις
ἔστελλον αὐτὸν ἱκεσίους πέμπων λιτάς,
αὐτόστολον πέμψαντά μ' ἐκσῶσαι δόμους.
ἀλλ' ἢ τέθνηκεν, ἢ τὰ τῶν διακόνων,
ὡς εἰκός, οἶμαι, τοὐμὸν ἐν σμικρῷ μέρει
ποιούμενοι τὸν οἴκαδ' ἤπειγον στόλον.
νῦν δ', ἐς σὲ γὰρ πομπόν τε καὐτὸν ἄγγελον

Ne Die Stunde drängt,
recht nah beim Schiff auf Wind zu warten statt von fern.
Ph Bei deinem Vater und bei deiner Mutter, Kind,
bei allem, was dir Teures lebt im Vaterhaus,
fleh' ich dich an: laß mich nicht so allein zurück,
so hilflos in den Leiden, drinnen du mich siehst,
und all der Not, von der ich dir berichtete!
Als Ballast nimm mich mit! Ich weiß es freilich wohl,
daß diese Fracht viel Unbequemes mit sich bringt.
Ertrag es dennoch! Einem Hochgesinnten ist
das Schändliche verhaßt, das Edle ehrenvoll.
Dir bringt es üble Schande, wenn du's mir versagst,
doch höchsten Ruhmes Lohn, o Jüngling, wenn du's tust,
wenn ich ins Land am Oita lebend kehre heim.
Wohlan! Ich bin dir keinen ganzen Tag zur Last.
Versuch' es doch! Und wirf mich hin, wohin du willst:
Schiffsboden, Vorder- oder Hinterdeck, wo ich
die Fahrtgenossen möglichst nicht belästige.
Bei Zeus, dem Gott Schutzflehender, gewähr' es, Kind!

Er kniet

Erhöre mich! Ich falle dir zu Füßen, bin
ich elend gleich, hilflos und lahm: ach, laß mich nicht
so einsam in der Öde, die kein Mensch betritt!
In deine Heimat bringe mich und rette mich,
bring an Chalkodons, des Euboiers, Hof mich nur:
von da zum Oita hab' ich keine weite Fahrt,
zu Trachis' Hügeln und zum flutenreichen Strom
Spercheios. So zum lieben Vater führst du mich,
um den seit langem schon die Sorge mich erfüllt,
er sei dahingegangen; denn ich sandt' ihm oft
durch die Ankommenden inständige Bitten zu,
ein eignes Schiff zu senden, das mich heimwärts holt.
Doch er muß tot sein, oder meine Boten sind,
so scheint es, fürcht' ich, weil sie mein Ergehn gering
geachtet, kurzerhand nach Haus zurückgekehrt.
Nun bitt' ich dich: sei Bote und Geleit zugleich!

ἥκω, σὺ σῶσον, σύ μ᾽ ἐλέησον, εἰσορῶν,
ὡς πάντα δεινὰ κἀπικινδύνως βροτοῖς
κεῖται παθεῖν μὲν εὖ, παθεῖν δὲ θάτερα.
χρὴ δ᾽ ἐκτὸς ὄντα πημάτων τὰ δείν᾽ ὁρᾶν,
χὤταν τις εὖ ζῇ, τηνικαῦτα τὸν βίον
σκοπεῖν μάλιστα, μὴ διαφθαρεὶς λάθῃ.

Χορός

οἴκτιρ᾽, ἄναξ· πολλῶν ἔλε-	ia^{2}	Ant.
ξεν δυσοίστων πόνων	cr^{2}	
ἆθλ᾽, οἷα μηδεὶς τῶν ἐμῶν τύχοι φίλων.	ia^{3}	
εἰ δὲ πικρούς, ἄναξ, ἔχθεις ᾽Ατρείδας,	do^{2}	
ἐγὼ μέν, τὸ κείνων	ba^{2}	
κακὸν τῷδε κέρδος	ba^{2}	
μετατιθέμενος, ἔνθαπερ ἐπιμέμονεν,	do^{2}	
ἐπ᾽ εὐστόλου ταχείας	ia ba	
νεὼς πορεύσαιμ᾽ ἂν ἐς	ia cr	
δόμους, τὰν θεῶν νέμεσιν ἐκφυγών.	do^{2}	

Νε ὅρα σύ, μὴ νῦν μέν τις εὐχερὴς παρῇς,
ὅταν δὲ πλησθῇς τῆς νόσου ξυνουσίᾳ,
τότ᾽ οὐκέθ᾽ αὑτὸς τοῖς λόγοις τούτοις φανῇς.
Χο ἥκιστα· τοῦτ᾽ οὐκ ἔσθ᾽ ὅπως ποτ᾽ εἰς ἐμὲ
τοὔνειδος ἕξεις ἐνδίκως ὀνειδίσαι.
Νε ἀλλ᾽ αἰσχρὰ μέντοι σοῦ γέ μ᾽ ἐνδεέστερον
ξένῳ φανῆναι πρὸς τὸ καίριον πονεῖν.
ἀλλ᾽ εἰ δοκεῖ, πλέωμεν, ὁρμάσθω ταχύς·
χἠ ναῦς γὰρ ἄξει κοὐκ ἀπαρνηθήσεται.
μόνον θεοὶ σῴζοιεν ἔκ τε τῆσδε γῆς
ἡμᾶς ὅποι τ᾽ ἐνθένδε βουλοίμεσθα πλεῖν.
Φι ὦ φίλτατον μὲν ἦμαρ, ἥδιστος δ᾽ ἀνήρ,
φίλοι δὲ ναῦται, πῶς ἂν ὑμὶν ἐμφανὴς
ἔργῳ γενοίμην, ὥς μ᾽ ἔθεσθε προσφιλῆ.
ἴωμεν, ὦ παῖ, προσκύσαντε γῆν ἔσω
ἄοικον εἰς οἴκησιν, ὥς με καὶ μάθῃς

Erbarme du dich! Rette mich! Bedenke, daß
Gefahr und Unheil stets dem Menschen droht und er
im Wohlergehn des Wechsels muß gewärtig sein!
Wer frei von Leid ist, mache sich darauf gefaßt,
und wer im Glück ist, muß gerade dann erst recht
sich hüten, ob nicht heimliches Verderben droht.

Chor

Hab Mitleid, Herr! Er sprach von Kampf,
vielem Weh, tiefer Not,
wie keinen meiner Freunde jemals treffen soll.
Wenn die Atriden, Herr, so verhaßt dir sind,
so ließ' ich den Frevel,
den tückisch sie übten,
ihm in Gewinn sich verwandeln: wohin er sich sehnt,
dahin gäb' ich Geleit ihm
im Schiff, im schnellsegelnden,
nach Haus und entzöge dem Groll der Götter mich.

Neoptolemos zum Chorführer

Ne Sieh zu, ob du nicht jetzt zu leicht erbötig bist
und, wenn dir seines Leidens Nähe lästig wird,
ob du dann nicht ganz anders sprechen wirst als jetzt!
Chf Gewiß nicht! Niemals wird es dazu kommen, daß
du rechtens diesen Vorwurf gegen mich erhebst.
Ne So wär' es schimpflich, zeigte ich mich säumiger
als du, wo es zu rechter Zeit zu helfen gilt.
Wenn ihr denn meint, so gehn wir: eilends rüst' er sich!
Auch wird das Schiff ihn tragen ohne Weigerung.
Daß nur die Götter uns von diesem Land hinweg
geleiten möchten bis an unsrer Wünsche Ziel!
Ph O meines Lebens schönster Tag! O bester Mann!
Ihr lieben Schiffer! Wie soll ich euch durch die Tat
beweisen, daß ihr ganz mein Herz gewonnen habt?
Ja, gehn wir, Junge! Nur laß drinnen grüßen uns
die unwohnliche Wohnung, daß du siehst, wovon

ἀφ' ὧν διέζων, ὥς τ' ἔφυν εὐκάρδιος.
οἶμαι γὰρ οὐδ' ἂν ὄμμασιν μόνον θέαν
ἄλλον λαβόντα πλὴν ἐμοῦ τλῆναι τάδε·
ἐγὼ δ' ἀνάγκῃ προὔμαθον στέργειν κακά.
Χο ἐπίσχετον, μάθωμεν· ἄνδρε γὰρ δύο,
ὃ μὲν νεὼς σῆς ναυβάτης, ὃ δ' ἀλλόθρους,
χωρεῖτον, ὧν μαθόντες αὖθις εἴσιτον.

Ἔμπορος

Ἀχιλλέως παῖ, τόνδε τὸν ξυνέμπορον,
ὃς ἦν νεὼς σῆς σὺν δυοῖν ἄλλοιν φύλαξ,
ἐκέλευσ' ἐμοί σε ποῦ κυρῶν εἴης φράσαι,
ἐπείπερ ἀντέκυρσα, δοξάζων μὲν οὔ,
τύχῃ δέ πως πρὸς ταὐτὸν ὁρμισθεὶς πέδον.
πλέων γὰρ ὡς ναύκληρος οὐ πολλῷ στόλῳ
ἀπ' Ἰλίου πρὸς οἶκον ἐς τὴν εὔβοτρυν
Πεπάρηθον, ὡς ἤκουσα τοὺς ναύτας ὅτι
σοὶ πάντες εἶεν συννεναυστοληκότες,
ἔδοξέ μοι μὴ σῖγα, πρὶν φράσαιμί σοι,
τὸν πλοῦν ποιεῖσθαι, προστυχόντι τῶν ἴσων.
οὐδὲν σύ που κάτοισθα τῶν σαυτοῦ πέρι,
ἃ τοῖσιν Ἀργείοισιν ἀμφὶ σοῦ νέα
βουλεύματ' ἐστί, κοὐ μόνον βουλεύματα,
ἀλλ' ἔργα δρώμεν', οὐκέτ' ἐξαργούμενα.
Νε ἀλλ' ἡ χάρις μὲν τῆς προμηθίας, ξένε,
εἰ μὴ κακὸς πέφυκα, προσφιλὴς μενεῖ·
φράσον δ' ἅπερ γ' ἔλεξας, ὡς μάθω, τί μοι
νεώτερον βούλευμ' ἀπ' Ἀργείων ἔχεις.
Ἐμ φροῦδοι διώκοντές σε ναυτικῷ στόλῳ
Φοῖνιξ ὁ πρέσβυς οἵ τε Θησέως κόροι.
Νε ὡς ἐκ βίας μ' ἄξοντες ἢ λόγοις πάλιν;
Ἐμ οὐκ οἶδ'. ἀκούσας δ' ἄγγελος πάρειμί σοι.
Νε ἦ ταῦτα δὴ Φοῖνίξ τε χοἱ ξυνναυβάται
οὕτω καθ' ὁρμὴν δρῶσιν Ἀτρειδῶν χάριν;

ich fristete mein Leben und mit welchem Mut.
Ein anderer als ich, das glaub' ich, hätte nicht
einmal ertragen, dem mit Augen zuzuschaun.
Mich aber lehrte Not, vertraut zu sein dem Leid.
Chf Verweilt noch! Laßt uns hören! Denn zwei Männer seh'
ich nahn: der eine ist ein Schiffer deines Schiffs,
der andre fremd; sie hört noch an! Dann geht hinein!

Der Späher, als Schiffsherr verkleidet, kommt, begleitet von einem Schiffer

Späher

Du, Sohn Achilleus', diesen Fahrtgenossen hier,
der mit zwei andren Wächter deines Schiffes war,
bat ich, zu sagen mir, wo du zu finden seist,
nachdem ich, unvermutet zwar, hier auf euch stieß:
ein Zufall hat mich an denselben Strand geführt.
Als Schiffsherr nämlich segelnd, nicht mit großem Zug,
von Ilion nach Hause zu dem Traubenland
Peparethos, vernahm ich, daß die Schiffer all
zu dir gehören und mit dir gefahren sind,
und wollte schweigend, ohne dich zu sprechen, nicht
von hinnen steuern: ich versprach mir Botenlohn.
Nicht alles, was dich angeht, ist dir schon bekannt:
welch neue Pläne die Argeier deinethalb
beschlossen haben, – und nicht Pläne sind es nur,
nein, Taten, ohne Zaudern gleich ins Werk gesetzt.
Ne Für die Vorsorglichkeit, mein Freund, wird dir von mir,
wenn ich kein schlechter Mensch bin, wärmster Dank zuteil.
Doch sage, was du meinst, damit ich höre, was
du von dem neuen Anschlag der Argeier weißt!
Sp Mit vollen Segeln zogen, zu verfolgen dich,
der greise Phoinix und die Theseus-Söhne aus.
Ne Mit Bitten mich zu holen oder mit Gewalt?
Sp Das weiß ich nicht. Nur was ich hörte, meld' ich dir.
Ne Sollte denn Phoinix samt den Fahrtgenossen dies
so eifrig den Atriden wohl zuliebe tun?

Ἐμ	ὡς ταῦτ' ἐπίστω δρώμεν', οὐ μέλλοντ' ἔτι.
Νε	πῶς οὖν Ὀδυσσεὺς πρὸς τάδ' οὐκ αὐτάγγελος
	πλεῖν ἦν ἑτοῖμος; ἢ φόβος τις εἶργέ νιν;
Ἐμ	κεῖνός γ' ἐπ' ἄλλον ἄνδρ' ὁ Τυδέως τε παῖς
	ἔστελλον, ἡνίκ' ἐξανηγόμην ἐγώ.
Νε	πρὸς ποῖον αὖ τόνδ' αὐτὸς οὑδυσσεὺς ἔπλει;
Ἐμ	ἦν δή τις – ἀλλὰ τόνδε μοι πρῶτον φράσον
	τίς ἐστίν· ἂν λέγῃς δὲ μὴ φώνει μέγα.
Νε	ὅδ' ἔσθ' ὁ κλεινός σοι Φιλοκτήτης, ξένε.
Ἐμ	μή νύν μ' ἔρῃ τὰ πλείον', ἀλλ' ὅσον τάχος
	ἔκπλει σεαυτὸν ξυλλαβὼν ἐκ τῆσδε γῆς.
Φι	τί φησιν, ὦ παῖ; τί με κατὰ σκότον ποτὲ
	διεμπολᾷ λόγοισι πρός σ' ὁ ναυβάτης;
Νε	οὐκ οἶδά πω, τί φησι· δεῖ δ' αὐτὸν λέγειν
	ἐς φῶς ὃ λέξει, πρὸς σὲ κἀμὲ τούσδε τε.
Ἐμ	ὦ σπέρμ' Ἀχιλλέως, μή με διαβάλῃς στρατῷ
	λέγονθ' ἃ μὴ δεῖ· πόλλ' ἐγὼ κείνων ὕπο
	δρῶν ἀντιπάσχω χρηστά γ', οἷ' ἀνὴρ πένης.
Νε	ἐγώ εἰμ' Ἀτρείδαις δυσμενής· οὗτος δέ μοι
	φίλος μέγιστος, οὕνεκ' Ἀτρείδας στυγεῖ.
	δεῖ δή σ', ἔμοιγ' ἐλθόντα προσφιλῆ, λόγων
	κρύψαι πρὸς ἡμᾶς μηδέν' ὧν ἀκήκοας.
Ἐμ	ὅρα τί ποιεῖς, παῖ.
Νε	σκοπῶ κἀγὼ πάλαι.
Ἐμ	σὲ θήσομαι τῶνδ' αἴτιον.
Νε	ποιοῦ λέγων.
Ἐμ	λέγω. ἐπὶ τοῦτον ἄνδρε τώδ' ὥπερ κλύεις,
	ὁ Τυδέως παῖς ἥ τ' Ὀδυσσέως βία,
	διώμοτοι πλέουσιν ἦ μὴν ἢ λόγῳ
	πείσαντες ἄξειν, ἢ πρὸς ἰσχύος κράτος.
	καὶ ταῦτ' Ἀχαιοὶ πάντες ἤκουον σαφῶς
	Ὀδυσσέως λέγοντος· οὗτος γὰρ πλέον
	τὸ θάρσος εἶχε θατέρου δράσειν τάδε.

Sp Bedenke, daß sie es schon tun, nicht planen nur!
Ne War denn Odysseus nicht bereit, auf diese Fahrt
selbst auszuziehen? Oder hielt ihn Furcht zurück?
Sp Er und des Tydeus Sohn, sie brachen eben auf
nach einem andren Mann, als ich die Fahrt begann.
Ne Wer ist der andre, daß Odysseus selbst ihn sucht?
Sp Er ist ein – (leise): Aber sage mir zuvor, wer ist
denn der da? Nur sprich leise, was du sagen willst!

Neoptolemos laut:

Ne Dieser ist der berühmte Philoktetes, Freund.

Späher leise:

Sp So frage mich nicht weiter, sondern raffe dich
zusammen möglichst rasch und fahre fort von hier!
Ph Mein Sohn, was sagt er? Will der Seemann mich vielleicht
mit seinen Reden dir verschachern insgeheim?
Ne Ich weiß nicht, was er meint; doch soll er offen jetzt
zu dir und mir und diesen sagen, was er will.
Sp Achilleus-Sohn, verklage mich beim Heere nicht,
wenn ich Verbotnes sage: manches Gute tun
sie mir und tu' ich ihnen, wie's ein Armer kann.
Ne Verhaßt sind die Atriden mir, und dieser ist
mein bester Freund, weil er auch die Atriden haßt.
Drum darfst du uns, wenn du es freundlich meinst mit mir,
von dem, was du gehört hast, nichts verheimlichen.
Sp Bedenke, was du tust!
Ne Ja, das bedenk' ich längst.
Sp Ich schiebe alle Schuld auf dich.
Ne Das tu! Nur sprich!
Sp Es sei! Nach diesem da sind die zwei Männer jetzt,
Odysseus und der Sohn von Tydeus, wie gesagt,
gefahren, schwörend, ihn durch Überredungskunst
herbeizuschaffen oder durch Gewaltsamkeit.
Und deutlich hörten aus Odysseus' Munde dies
alle Achaier; denn er hatte mehr Vertrauen,
die Sache auszuführen als der andere.

Νε τίνος δ' Ἀτρεῖδαι τοῦδ' ἄγαν οὕτω χρόνῳ
τοσῷδ' ἐπεστρέφοντο πράγματος χάριν,
ὅν γ' εἶχον ἤδη χρόνιον ἐκβεβληκότες;
τίς ὁ πόθος αὐτοὺς ἵκετ', ἢ θεῶν βία
καὶ νέμεσις, οἵπερ ἔργ' ἀμύνουσιν κακά;
Ἐμ ἐγώ σε τοῦτ', ἴσως γὰρ οὐκ ἀκήκοας,
πᾶν ἐκδιδάξω. μάντις ἦν τις εὐγενής,
Πριάμου μὲν υἱός, ὄνομα δ' ὠνομάζετο
Ἕλενος, ὃν οὗτος νυκτὸς ἐξελθὼν μόνος
ὁ πάντ' ἀκούων αἰσχρὰ καὶ λωβήτ' ἔπη
δόλοις Ὀδυσσεὺς εἷλε· δέσμιόν τ' ἄγων
ἔδειξ' Ἀχαιοῖς ἐς μέσον, θήραν καλήν·
ὃς δὴ τά τ' ἄλλ' αὐτοῖσι πάντ' ἐθέσπισεν
καὶ τἀπὶ Τροίᾳ, πέργαμ' ὡς οὐ μή ποτε
πέρσοιεν, εἰ μὴ τόνδε πείσαντες λόγῳ
ἄγοιντο νήσου τῆσδ' ἐφ' ἧς ναίει τανῦν.
καὶ ταῦθ' ὅπως ἤκουσ' ὁ Λαέρτου τόκος
τὸν μάντιν εἰπόντ', εὐθέως ὑπέσχετο
τὸν ἄνδρ' Ἀχαιοῖς τόνδε δηλώσειν ἄγων·
οἴοιτο μὲν μάλισθ' ἑκούσιον λαβών,
εἰ μὴ θέλοι δ', ἄκοντα· καὶ τούτων κάρα
τέμνειν ἐφεῖτο τῷ θέλοντι μὴ τυχών.
ἤκουσας, ὦ παῖ, πάντα· τὸ σπεύδειν δέ σοι
καὐτῷ παραινῶ κεἴ τινος κήδῃ πέρι.
Φι οἴμοι τάλας. ἦ κεῖνος, ἡ πᾶσα βλάβη,
ἔμ' εἰς Ἀχαιοὺς ὤμοσεν πείσας στελεῖν;
πεισθήσομαι γὰρ ὧδε κἀξ Ἅιδου θανὼν
πρὸς φῶς ἀνελθεῖν, ὥσπερ οὑκείνου πατήρ.
Ἐμ οὐκ οἶδ' ἐγὼ ταῦτ'· ἀλλ' ἐγὼ μὲν εἶμ' ἐπὶ
ναῦν, σφῷν δ' ὅπως ἄριστα συμφέροι θεός.

Φι οὔκουν τάδ', ὦ παῖ, δεινά, τὸν Λαερτίου
ἔμ' ἐλπίσαι ποτ' ἂν λόγοισι μαλθακοῖς
δεῖξαι νεὼς ἄγοντ' ἐν Ἀργείοις μέσοις;
οὔ· θᾶσσον ἂν τῆς πλεῖστον ἐχθίστης ἐμοὶ
κλύοιμ' ἐχίδνης, ἥ μ' ἔθηκεν ὧδ' ἄπουν.

Ne In welcher Absicht wandten die Atriden denn
sich nach so langer Zeit dem Manne wieder zu,
den sie doch ausgestoßen schon vor langer Zeit?
Welch ein Verlangen trieb sie? Oder war es Furcht
vorm Zorn der Götter, der die Freveltat bestraft?
Sp Das alles – denn vielleicht hast du es nicht gehört –
will ich dir melden. Ein begabter Seher war's,
ein Sohn des Priamos mit Namen Helenos,
den jener, als allein bei Nacht er draußen war,
er, dessen Namen alle Schmach und Schande trifft,
Odysseus, listig fing. In Fesseln bracht' er ihn
und zeigt' ihn den Achaiern, einen schönen Fang.
Der weissagt' ihnen neben vielem andren nun
auch über Troias Burg, sie würden niemals sie
zerstören, wenn sie nicht bewögen diesen Mann,
die Insel zu verlassen, die er jetzt bewohnt.
Und als Laërtes' Sohn vernommen hatte, was
der Seher sagte, war er auch sogleich bereit,
den Mann zu holen und zu zeigen ihn dem Heer.
Er glaube fest, daß er sich gern abholen läßt,
und sträub' er sich, dann eben ungern: Wer es wünscht,
soll ihm den Kopf abschneiden dürfen, wenn's mißlingt.
Nun weißt du alles, Sohn. Zu eilen rat' ich dir
und ihm und wer dir etwa sonst am Herzen liegt.
Ph Weh mir! Ich Armer! Also der Verruchte schwor,
mich zu bereden, mitzugehn zum Griechenheer?
So könnte man mich auch bereden, nach dem Tod
zum Licht zurückzukehren, wie sein Vater einst!
Sp Ich kann's nicht wissen; doch ich gehe jetzt aufs Schiff.
Euch aber geb' ein Gott, was euch am meisten nützt!

Er geht mit seinem Begleiter

Ph Ist das nicht schrecklich, Kind, daß des Laërtes Sohn
mit glatten Worten mich hier wegzulocken hofft,
vom Schiff mich unter die Argeier führt und zeigt?
Weit eher wollt' ich der verhaßten Feindin, der
Natter gehorchen, die den Fuß mir hat geraubt.

ἀλλ' ἔστ' ἐκείνῳ πάντα λεκτά, πάντα δὲ
τολμητά· καὶ νῦν οἶδ', ὁθούνεχ' ἵξεται.
ἀλλ', ὦ τέκνον, χωρῶμεν, ὡς ἡμᾶς πολὺ
πέλαγος ὁρίζῃ τῆς Ὀδυσσέως νεώς.
ἴωμεν· ἥ τοι καίριος σπουδὴ πόνου
λήξαντος ὕπνον κἀνάπαυλαν ἤγαγεν.
Νε οὐκοῦν ἐπειδὰν πνεῦμα τοὐκ πρῴρας ἀνῇ,
τότε στελοῦμεν· νῦν γὰρ ἀντιοστατεῖ.
Φι ἀεὶ καλὸς πλοῦς ἔσθ', ὅταν φεύγῃς κακά.
Νε οὔκ, ἀλλὰ κἀκείνοισι ταῦτ' ἐναντία.
Φι οὐκ ἔστι λῃσταῖς πνεῦμ' ἐναντιούμενον,
ὅταν παρῇ κλέψαι τε χἀρπάσαι βίᾳ.
Νε ἀλλ' εἰ δοκεῖ, χωρῶμεν, ἔνδοθεν λαβὼν
ὅτου σε χρεία καὶ πόθος μάλιστ' ἔχει.
Φι ἀλλ' ἔστιν ὧν δεῖ, καίπερ οὐ πολλῶν ἄπο.
Νε τί τοῦθ' ὃ μὴ νεώς γε τῆς ἐμῆς ἔπι;
Φι φύλλον τί μοι πάρεστιν, ᾧ μάλιστ' ἀεὶ
κοιμῶ τόδ' ἕλκος, ὥστε πραΰνειν πάνυ.
Νε ἀλλ' ἔκφερ' αὐτό. τί γὰρ ἔτ' ἄλλ' ἐρᾷς λαβεῖν;
Φι εἴ μοί τι τόξων τῶνδ' ἀπημελημένον
παρερρύηκεν, ὡς λίπω μή τῳ λαβεῖν.
Νε ἦ ταῦτα γὰρ τὰ κλεινὰ τόξ' ἃ νῦν ἔχεις;
Φι ταῦτ', οὐ γὰρ ἄλλα γ' ἔσθ', ἃ βαστάζω χεροῖν.
Νε ἆρ' ἔστιν ὥστε κἀγγύθεν θέαν λαβεῖν,
καὶ βαστάσαι με προσκύσαι θ' ὥσπερ θεόν;
Φι σοί γ', ὦ τέκνον, καὶ τοῦτο κἄλλο τῶν ἐμῶν
ὁποῖον ἄν σοι ξυμφέρῃ γενήσεται.
Νε καὶ μὴν ἐρῶ γε· τὸν δ' ἔρωθ' οὕτως ἔχω·
εἴ μοι θέμις, θέλοιμ' ἄν· εἰ δὲ μή, πάρες.
Φι ὅσιά τε φωνεῖς ἔστι τ', ὦ τέκνον, θέμις,
ὅς γ' ἡλίου τόδ' εἰσορᾶν ἐμοὶ φάος
μόνος δέδωκας, ὃς χθόν' Οἰταίαν ἰδεῖν,
ὃς πατέρα πρέσβυν, ὃς φίλους, ὃς τῶν ἐμῶν
ἐχθρῶν ἔνερθεν ὄντ' ἀνέστησάς μ' ὕπερ.
θάρσει, παρέσται ταῦτά σοι καὶ θιγγάνειν
καὶ δόντι δοῦναι κἀξεπεύξασθαι βροτῶν

Doch er darf alles sagen, darf zu allem sich
erfrechen, und ich weiß jetzt, daß er kommen wird.
Darum, mein Kind, laß jetzt uns eilen, daß uns weit
die Meeresflut vom Schiffe des Odysseus trennt!
Komm! Gehn wir! Eifriges Bemühn zu rechter Zeit
schenkt nach getaner Arbeit Muße uns und Schlaf.

Ne Wohlan, sobald der Wind, der jetzt vom Bug her weht,
sich legt, gehn wir in See: jetzt widerstrebt er uns.

Ph Der Wind ist immer gut, wenn man vor Übeln flieht.

Ne Nein, vielmehr haben auch die andren Gegenwind.

Ph Kein Wind ist für die Räuber jemals hinderlich,
wenn es zu stehlen gilt, zu rauben mit Gewalt.

Ne Nun, wenn du meinst, so gehn wir; nimm von drinnen dir,
was du bedarfst und was du dir am meisten wünschst.

Ph Ja, etwas muß ich haben von dem wenigen.

Ne Was ist's, das nicht auf meinem Schiff zu finden ist?

Ph Ich hab' ein Kraut, mit welchem ich am besten stets
den Schmerz der Wunde lindre, bis er ganz sich stillt.

Ne So hol' es! Und was nahmst du gerne sonst noch mit?

Ph Ob mir von diesen Pfeilen unversehens nicht
etwas entfallen ist, daß es ein andrer nimmt?

Ne Ist das der vielgerühmte Bogen, den du trägst?

Ph Der ist's, den ich hier halte, und kein andrer sonst.

Ne Ist es gestattet, ihn von nahem anzusehn,
zu halten, zu verehren ihn wie einen Gott?

Ph Dir, Jüngling, werde dies, und was vom Meinigen
dir sonst gefallen oder nützen kann, zuteil!

Ne Ich möcht' es freilich gern; doch möcht' ich es nur so:
wenn es erlaubt ist, wünscht' ich's mir; sonst laß es nur!

Ph Mit Ehrfurcht redest du; drum ist es dir erlaubt,
der du allein zum Sonnenlicht empor mich schaun
und mich das Land am Oita wiedersehen läßt,
den greisen Vater und die Freunde, der du, da
ich meinen Feinden unterlag, mich hoch erhebst.
Du darfst ihn ohne Scheu betasten, nehmen, ihn
dem Geber wiedergeben und dich rühmen, daß

ἀρετῆς ἕκατι τῶνδ' ἐπιψαῦσαι μόνον·
εὐεργετῶν γὰρ καὐτὸς αὔτ' ἐκτησάμην.
Νε οὐκ ἄχθομαί σ' ἰδών τε καὶ λαβὼν φίλον.
ὅστις γὰρ εὖ δρᾶν εὖ παθὼν ἐπίσταται,
παντὸς γένοιτ' ἂν κτήματος κρείσσων φίλος.
χωροῖς ἂν εἴσω.
Φι καὶ σέ γ' εἰσάξω· τὸ γὰρ
νοσοῦν ποθεῖ σε ξυμπαραστάτην λαβεῖν.

Χορός

λόγῳ μὲν ἐξήκουσ', ὄπωπα δ' οὐ μάλα, ia^3 Str. 1
τὸν πελάταν λέκτρων ποτὲ ⟨τῶν⟩ Διὸς da^4
κατὰ δρομάδ' ἄμπυκα δέσμιον ὡς ἔλαβεν ◡da^{4-}
παγκρατὴς Κρόνου παῖς· ith
ἄλλον δ' οὔτιν' ἔγωγ' } ascl (M)
οἶδα κλύων οὐδ' ἐσιδὼν μοίρᾳ
τοῦδ' ἐχθίονι συντυχόντα θνατῶν, phal
ὃς οὔτ' ἔρξας τιν', οὔτι νοσφίσας, ba cr ia
ἀλλ' ἴσος ὢν ἴσοις ἀνήρ, ch ia
ὤλλυθ' ὧδ' ἀναξίως. cr ia
τόδε ⟨τοι⟩ θαῦμά μ' ἔχει, ch^2
πῶς ποτε πῶς ποτ' ἀμφιπλά- ch ia
κτων ῥοθίων μόνος κλύων, ch ia
πῶς ἄρα πανδάκρυτον οὕ- ch ia
τω βιοτὰν κατέσχεν· ch ba

ἵν' αὐτὸς ἦν πρόσουρον οὐκ ἔχων βάσιν, ia^3 Ant. 1
οὐδέ τιν' ἐγχώρων κακογείτονα, da^4
παρ' ᾧ στόνον ἀντίτυπον βαρυβρῶτ' ἀποκλαύ- ◡da^{4-}
σειεν αἱματηρόν· ith
οὐδ' ὃς θερμοτάταν } ascl (M)
αἱμάδα κηκιομέναν ἑλκέων
ἐνθήρου ποδὸς ἠπίοισι φύλλοις phal
κατευνάσειεν, εἴ τις ἐμπέσοι, ba cr ia
φορβάδος ἐκ γαίας ἑλών· ch ia

nur du um deiner Güte willen ihn berührt.
Für eine gute Tat empfing ich ihn ja selbst.

Ne Es reut mich nicht, daß ich zum Freunde dich gewann.
Denn wer für eine Wohltat wohlzutun versteht,
hoch über allem Reichtum steht ein solcher Freund. –
Geh nun hinein!

Ph (seinen Arm nehmend): Ich nehme dich mit mir. Es wünscht
mein Leiden, daß du Stütze ihm und Beistand seist.

Sie gehn in die Höhle

Chor

Nur sagen hört' ich es, doch hab' es nicht gesehn,
wie den Ixion, welcher dem Bett des Zeus
zu nahe getreten, aufs rollende Rad geflochten
Kronos-Sohnes Allmacht.
Doch von niemandem noch
hab' ich gehört, sah auch bei niemand sonst,
daß ihn härteres Leid als diesen hier traf,
der keinem je Gewalt noch Unrecht tat,
sondern Gerechten Recht erwies,
unverschuldet ging zugrund'.
Mich erfüllt Staunen darob,
wie nur, ach, wie er es ertrug,
hörend den Wogenschwall allein,
wie er in Tränen, Not und Pein
standhaft ertrug sein Leben.

Hier hauste er mit sich allein, im Gehn gehemmt,
ohn' einen Landsmann, der ihm als Nachbar half,
bei dem seine Klag' um den schwärenden, blutigen Fuß
Widerhall gefunden:
keiner war, der das heiß
quellende Blut, das aus der Wunde rann
am verstümmelten Fuß, mit Kräutern lindernd
zur Ruhe brachte, wenn es ihm geglückt,
daß er sie pflückt' auf fettem Grund.

εἷρπε δ' ἄλλοτ' ἀλλ⟨αχ⟩ᾷ   cr ia
τότ' ἂν εἰλυόμενος,   ch^2
παῖς ἄτερ ὡς φίλας τιθή-   ch ia
νας, ὅθεν εὐμάρει' ὑπάρ-   ch ia
χοι πόρου, ἁνίκ' ἐξανεί-   ch ia
η δακέθυμος ἄτα·   ch ba

οὐ φορβὰν ἱερᾶς γᾶς σπόρον, οὐκ ἄλλων   ascl (m)   Str. 2
αἴρων τῶν νεμόμεσθ' ἀνέρες ἀλφησταί,   ascl (m)
πλὴν ἐξ ὠκυβόλων εἴ ποτε τόξων   ascl (m) ∧
πτανοῖς ἰοῖς ἀνύσειε γαστρὶ φορβάν.   do en
ὦ μελέα ψυχά,   do
ὃς μηδ' οἰνοχύτου
πώματος ἥσθη δεκέτη χρόνον,   } ascl (M)
λεύσσων δ' ὅπου γνοίη στατὸν εἰς ὕδωρ,   alc 11
αἰεὶ προσενώμα.   rz

νῦν δ' ἀνδρῶν ἀγαθῶν παιδὶ συναντήσας   ascl (m)   Ant. 2
εὐδαίμων ἀνύσει καὶ μέγας ἐκ κείνων·   ascl (m)
ὅς νιν ποντοπόρῳ δούρατι, πλήθει   ascl (m) ∧
πολλῶν μηνῶν, πατρίαν ἄγει πρὸς αὐλὰν   do en
Μαλιάδων νυμφᾶν,   do
Σπερχειοῦ τε παρ' ὄ-
χθας, ἵν' ὁ χάλκασπις ἀνὴρ θεοῖς   } ascl (M)
πλάθει πᾶσιν θείῳ πυρὶ παμφαής,   alc 11
Οἴτας ὑπὲρ ὄχθων.   rz

Νε   ἕρπ', εἰ θέλεις. τί δή ποθ' ὧδ' ἐξ οὐδενὸς
λόγου σιωπᾷς κἀπόπληκτος ὧδ' ἔχῃ;

Φι   ἆ ἆ ἆ ἆ.
Νε   τί ἔστιν;
Φι   οὐδὲν δεινόν. ἀλλ' ἴθ', ὦ τέκνον.
Νε   μῶν ἄλγος ἴσχεις τῆς παρεστώσης νόσου;
Φι   οὐ δῆτ' ἔγωγ', ἀλλ' ἄρτι κουφίζειν δοκῶ.
ἰὼ θεοί.

Nein, er schleppte kriechend sich
hin und her, ab und hinauf
so wie ein Kind, der Amme fern,
wo sich ein Pfad ihm öffnete,
wenn nur die Pein, die sein Herz zerriß,
endlich ein wenig nachließ.

Nahrung gab ihm die Saat heiliger Erde nicht
oder sonst was zur Kost rüstiger Menschen dient,
außer wenn aus dem schnell treffenden Bogen
beschwingte Pfeile erlegten Leibesnahrung.
Elendes Leben! Weh!
Daß ihn nimmer ein Trunk
Weines gelabt schon in das zehnte Jahr!
Doch späht' er aus nach Pfützen mit Wasser, die
er aufsuchen mußte.

Aber nun er den Sohn rühmlicher Ahnen fand,
wird er glücklich und groß aus dem Geschick erstehn;
der, auf schnittigem Kiel, bringt nach Verlauf von
viel, vielen Monden zum väterlichen Hof ihn,
melischer Nymphen Strand,
an Spercheios Gestad',
wo sich der Held Herakles schwang empor
zur Götterwelt aus göttlichen Feuers Glut
am Gipfel des Oita.

Philoktetes und Neoptolemos kommen aus der Höhle

Ne Magst du, so komm! – Warum verstummst du plötzlich so
ohn' allen Grund und stehst so regungslos und starr?

Philoktetes ächzt:

Ph Ah! Ah! Ah! Ah!
Ne Was hast du?
Ph Ach, nichts Schlimmes. Geh nur weiter, Kind!
Ne Hast du jetzt Schmerzen, weil dein Leiden dich befällt?
Ph Nicht doch! Ich fühle eben schon Erleichterung.
O Götter!

Νε τί τοὺς θεοὺς οὕτως ἀναστένων καλεῖς;
Φι σωτῆρας αὐτοὺς ἠπίους θ' ἡμῖν μολεῖν.
ἆ ἆ ἆ ἆ.
Νε τί ποτε πέπονθας; οὐκ ἐρεῖς, ἀλλ' ὧδ' ἔσῃ
σιγηλός; ἐν κακῷ δέ τῳ φαίνῃ κυρῶν.
Φι ἀπόλωλα, τέκνον, κοὐ δυνήσομαι κακὸν
κρύψαι παρ' ὑμῖν, ἀτταταῖ· διέρχεται
διέρχεται. δύστηνος, ὢ τάλας ἐγώ.
ἀπόλωλα, τέκνον· βρύκομαι, τέκνον· παπαῖ,
ἀπαππαπαῖ, παπᾶ παπᾶ παπᾶ παπαῖ.
πρὸς θεῶν, πρόχειρον εἴ τί σοι, τέκνον, πάρα
ξίφος χεροῖν, πάταξον εἰς ἄκρον πόδα·
ἀπάμησον ὡς τάχιστα· μὴ φείσῃ βίου.
ἴθ' ὦ παῖ.
Νε τί δ' ἔστιν οὕτω νεοχμὸν ἐξαίφνης, ὅτου
τοσήνδ' ἰυγὴν καὶ στόνον σαυτοῦ ποῇ;
Φι οἶσθ', ὦ τέκνον.
Νε   τί ἔστιν;
Φι   οἶσθ', ὦ παῖ.
Νε   τί σοί;
οὐκ οἶδα.
Φι   πῶς οὐκ οἶσθα; παππαπαππαπαῖ.
Νε δεινόν γε τοὐπίσαγμα τοῦ νοσήματος.
Φι δεινὸν γὰρ οὐδὲ ῥητόν· ἀλλ' οἴκτιρέ με.
Νε τί δῆτα δράσω;
Φι   μή με ταρβήσας προδῷς·
ἥκει γὰρ αὕτη διὰ χρόνου πλάνοις ἴσοις,
ὡς ἐξεπλήσθη.
Νε   φεῦ ἰὼ δύστηνε σύ,
δύστηνε δῆτα διὰ πόνων πάντων φανείς.
βούλῃ λάβωμαι δῆτα καὶ θίγω τί σου;
Φι μὴ δῆτα τοῦτό γ'· ἀλλά μοι τὰ τόξ' ἑλὼν
τάδ', ὥσπερ ᾔτου μ' ἀρτίως, ἕως ἀνῇ
τὸ πῆμα τοῦτο τῆς νόσου τὸ νῦν παρόν,
σῷζ' αὐτὰ καὶ φύλασσε. λαμβάνει γὰρ οὖν
ὕπνος μ', ὅταν περ τὸ κακὸν ἐξίῃ τόδε·

Ne Was stöhnst du so empor und rufst die Götter an?
Ph Sie sollen als Beschützer helfend mit uns sein.
Ah! Ah! Ah! Ah!
Ne Was quält dich? Sprichst du nicht und hüllst du weiter dich
in Schweigen? Sieht man doch, daß dich ein Übel plagt.
Ph Ich bin verloren, Kind, und kann die Qual nicht mehr
vor euch verhehlen. Wehe! Ah! Es bricht hervor!
Es bricht hervor! Ich Armer, Unglückseliger!
Verloren bin ich, Kind! Es bringt mich um, Kind! Ach!
Ah, a ________ ch, ah ________ ch (anhaltende Schreie)
Bei den Göttern, Kind, hast du hier in der Nähe wo
ein Schwert zur Hand, so stoß mir's unten in den Fuß!
Schlag ihn mir eiligst ab! Mein Leben schone nicht!
O tu es, Kind!
Ne Welch neuer Schrecken kam so plötzlich über dich,
daß du solch lautes Stöhnen und Geschrei erhebst?
Ph Du weißt es, Kind.
Ne Was ist's?
Ph O Kind, du weißt!
Ne Nein, sprich!
Ich weiß es nicht!
Ph Wie solltest du nicht? – Jammer!! Ah!!
Ne Entsetzlich drückt die Bürde dieser Krankheit dich.
Ph Entsetzlich und unsagbar, ja! Erbarm' dich mein!
Ne Was soll ich tun?
Ph Erschreckt's dich gleich, gib mich nicht preis!
Das kommt von Zeit zu Zeit in gleichen Stößen, bis
es ausgetobt hat.
Ne Ach, du armer, armer Mann!
Du Armer, den jedwede Drangsal heimgesucht!
Willst du, daß ich dich stützen oder halten soll?
Ph Nein, laß es lieber! Aber diesen Bogen nimm,
um den du vorhin mich gebeten, bis die Qual
des Schmerzes nachläßt, der mich jetzt befallen hat!
Bewahr' ihn mir und hüt' ihn! Denn es faßt mich nun
der Schlaf, sobald der Anfall mich verlassen hat,

κοὐκ ἔστι λῆξαι πρότερον· ἀλλ' ἐὰν χρεὼν
ἕκηλον εὕδειν. ἢν δὲ τῷδε τῷ χρόνῳ
μόλωσ' ἐκεῖνοι, πρὸς θεῶν, ἐφίεμαι
ἑκόντα μηδ' ἄκοντα μηδέ τῳ τέχνῃ
κείνοις μεθεῖναι ταῦτα, μὴ σαυτόν θ' ἅμα
κἄμ', ὄντα σαυτοῦ πρόστροπον, κτείνας γένῃ.
Νε θάρσει προνοίας οὕνεκ'. οὐ δοθήσεται
πλὴν σοί τε κἀμοί· ξὺν τύχῃ δὲ πρόσφερε.
Φι ἰδού, δέχου, παῖ· τὸν φθόνον δὲ πρόσκυσον,
μή σοι γενέσθαι πολύπον' αὐτά, μηδ' ὅπως
ἐμοί τε καὶ τῷ πρόσθ' ἐμοῦ κεκτημένῳ.
Νε ὦ θεοί, γένοιτο ταῦτα νῷν· γένοιτο δὲ
πλοῦς οὔριός τε κεὐσταλὴς ὅποι ποτὲ
θεὸς δικαιοῖ χὠ στόλος πορσύνεται.
Φι δέδοικα δ', ὦ παῖ, μὴ ἀτελὴς εὐχὴ ⟨τύχῃ⟩·
στάζει γὰρ αὖ μοι φοίνιον τόδ' ἐκ βυθοῦ
κηκῖον αἷμα, καί τι προσδοκῶ νέον.
παπαῖ, φεῦ.
παπαῖ μάλ', ὦ πούς, οἷά μ' ἐργάσῃ κακά.
προσέρπει,
προσέρχεται τόδ' ἐγγύς. οἴμοι μοι τάλας.
ἔχετε τὸ πρᾶγμα· μὴ φύγητε μηδαμῇ.
ἀτταταῖ.
ὦ ξένε Κεφαλλήν, εἴθε σοῦ διαμπερὲς
στέρνων ἵκοιτ' ἄλγησις ἥδε. φεῦ, παπαῖ.
παπαῖ μάλ' αὖθις. ὦ διπλοῖ στρατηλάται,
Ἀγάμεμνον, ὦ Μενέλαε, πῶς ἂν ἀντ' ἐμοῦ
τὸν ἴσον χρόνον τρέφοιτε τήνδε τὴν νόσον;
ὤμοι μοι.
ὦ θάνατε θάνατε, πῶς ἀεὶ καλούμενος
οὕτω κατ' ἦμαρ οὐ δύνᾳ μολεῖν ποτε;
ὦ τέκνον, ὦ γενναῖον, ἀλλὰ συλλαβὼν
τῷ Λημνίῳ τῷδ' ἀνακαλουμένῳ πυρὶ
ἔμπρησον, ὦ γενναῖε· κἀγώ τοί ποτε
τὸν τοῦ Διὸς παῖδ' ἀντὶ τῶνδε τῶν ὅπλων,
ἃ νῦν σὺ σῴζεις, τοῦτ' ἐπηξίωσα δρᾶν.

und eher ist kein Ende; doch dann lasse man
mich ruhig schlafen! Wenn sie während dieser Zeit
kommen, dann, bei den Göttern, ist mein Wille, daß
du dir den Bogen nicht gutwillig noch durch Zwang
und List entwinden läßt, damit du nicht an dir
und mir, der ich dein Schützling bin, zum Mörder wirst!
Ne Vertraue meiner Vorsicht! Keiner außer dir
und mir empfängt ihn: reich' ihn mir zu unsrem Heil!
Ph So nimm ihn hin! Doch bete, daß der Götter Neid
die Waffe dir nicht zum Verderben werden läßt
wie mir und dem, der vor mir sie besessen hat!
Ne Dies, Götter, werde uns zuteil: es werde uns
glückhafte Fahrt bei gutem Wind, wohin auch je
ein Gott uns führt und uns der Weg gewiesen wird!
Ph Ich fürchte, Jüngling, dein Gebet erfüllt sich nicht;
denn wieder quillt vom Grund der Wunde purpurn mir
das sprühende Blut: ich fühl's, es bricht von neuem aus.
Ah! Jammer!
O Jammer! Was für Not bereitest du mir, Fuß!
Es schleicht heran,
es kommt schon näher! Wehe mir Unseligem!
Nun seht ihr alles. Aber geht nicht fort von mir!
O Elend!
O Freund aus Kephallenia, wenn dieser Schmerz
doch deine Brust durchbohrte! Weh mir! Diese Qual!
Ach, immer wieder! O, ihr beiden Feldherrn ihr,
Agamemnon, Menelaos, wenn statt meiner ihr
nun diese Krankheit nährtet soviel Jahre lang?!
O Jammer!
O Tod, o Tod, wenn du so immer Tag für Tag
gerufen wirst, warum erscheinst du nicht einmal?
O Jüngling, wohlgeborner, komm! Ergreif' mich und
verbrenn' mich in dem vielgepriesnen Flammenbrand
von Lemnos, o du Edler! Habe doch auch ich
dereinst dem Sohn von Zeus für diese Waffe, die
du jetzt verwahrst, denselben Liebesdienst getan. –

τί φής, παῖ;
τί φής; τί σιγᾷς; ποῦ ποτ' ὤν, τέκνον, κυρεῖς;
Νε ἀλγῶ πάλαι δὴ τἀπὶ σοὶ στένων κακά.
Φι ἀλλ', ὦ τέκνον, καὶ θάρσος ἴσχ'· ὡς ἥδε μοι
ὀξεῖα φοιτᾷ καὶ ταχεῖ' ἀπέρχεται.
ἀλλ' ἀντιάζω, μή με καταλίπῃς μόνον.
Νε θάρσει, μενοῦμεν.
Φι ἦ μενεῖς;
Νε σαφῶς φρόνει.
Φι οὐ μήν σ' ἔνορκόν γ' ἀξιῶ θέσθαι, τέκνον.
Νε ὡς οὐ θέμις γ' ἐμοὔστι σοῦ μολεῖν ἄτερ.
Φι ἔμβαλλε χειρὸς πίστιν.
Νε ἐμβάλλω μενεῖν.

Φι ἐκεῖσε νῦν μ', ἐκεῖσε
Νε ποῖ λέγεις;

Φι ἄνω
Νε τί παραφρονεῖς αὖ; τί τὸν ἄνω λεύσσεις κύκλον;
Φι μέθες μέθες με.
Νε ποῖ μεθῶ;
Φι μέθες ποτέ.
Νε οὔ φημ' ἐάσειν.
Φι ἀπό μ' ὀλεῖς, ἢν προσθίγῃς.
Νε καὶ δὴ μεθίημ', εἴ τι δὴ πλέον φρονεῖς.

Φι ὦ γαῖα, δέξαι θανάσιμόν μ' ὅπως ἔχω·
τὸ γὰρ κακὸν τόδ' οὐκέτ' ὀρθοῦσθαί μ' ἐᾷ.

Νε τὸν ἄνδρ' ἔοικεν ὕπνος οὐ μακροῦ χρόνου
ἕξειν· κάρα γὰρ ὑπτιάζεται τόδε·
ἱδρώς γέ τοί νιν πᾶν καταστάζει δέμας,
μέλαινά τ' ἄκρου τις παρέρρωγεν ποδὸς
αἱμορραγὴς φλέψ. ἀλλ' ἐάσωμεν, φίλοι,
ἕκηλον αὐτόν, ὡς ἂν εἰς ὕπνον πέσῃ.

Was sagst du, Kind?
Sprich doch! Du schweigst? Wo weilst du in Gedanken, Kind?
Ne Dein Leid schmerzt mich schon lange: ich beklag' es tief.
Ph Doch hab auch Zutraun, lieber Jüngling; denn es kommt
zwar immer heftig, doch es geht auch schnell vorbei.
Um eins nur bitt' ich: laß mich nicht allein zurück!
Ne Getrost! Wir bleiben.
Ph Bleibst du?
Ne Dessen sei gewiß!
Ph Ich mag dich nicht durch einen Eid verpflichten, Sohn.
Ne Ist ohne dich zu fahren mir doch nicht erlaubt.
Ph Gib mir die Hand darauf!
Ne Nimm sie! Wir warten hier.

Philoktetes hält die Hand fest

Ph Nun da hinauf mit mir! Hinauf!
Ne Wohin?

Philoktetes beugt sich zurück

Ph Hinan ...
Ne Was macht dich irr? Was spähst du so zum Himmel auf?
Ph Laß los mich! Laß mich los!
Ne Warum denn?
Ph Laß doch nur!
Ne Du sollst nicht fallen!
Ph Dein Berühren tötet mich!
Ne So lass' ich's denn, wenn du dich mehr darauf verstehst.

Philoktetes fällt

Ph O Erde, nimm mich auf, dem Tod nah, wie ich bin!
Denn nicht mehr aufrecht stehen läßt mich diese Qual.

Neoptolemos zu seinen Leuten

Ne Nicht lange mehr, und Schlaf, so scheint es, wird den Mann
umfangen; denn nach rückwärts sinkt das Haupt ihm schon.
Es bricht der Schweiß an seinem ganzen Leibe aus,
und schwarz aus aufgerißner Ader strömt das Blut
an seines Fußes Spitze. Freunde, lassen wir
ihn ruhig liegen, daß er nun im Schlaf versinkt!

Χορός

Ὕπν' ὀδύνας ἀδαής, Ὕπνε δ' ἀλγέων,	da^4	Str.
εὐαὲς ἡμῖν	ad	
ἔλθοις, εὐαίων εὐαίων, ὦναξ·	do^2	
ὄμμασι δ' ἀντίσχοις	do	
τάνδ' αἴγλαν, ἃ τέταται τανῦν.	mo do	
ἴθι ἴθι μοι παιών.	do	
ὦ τέκνον, ὅρα ποῦ στάσῃ,	ia mo	
ποῖ δὲ βάσῃ, πῶς δέ μοι τἀντεῦθεν	cr ia mo	
φροντίδος. ὁρᾷς; εὕδει.	ia sp	
πρὸς τί μένομεν πράσσειν;	ia sp	
καιρός τοι πάντων γνώμαν ἴσχων	do^2	
〈πολύ τι〉 πολὺ παρὰ πόδα κράτος ἄρνυται.	do^2	

Νε ἀλλ' ὅδε μὲν κλύει οὐδέν, ἐγὼ δ' ὁρῶ, οὕνεκα θήραν da^6
τήνδ' ἁλίως ἔχομεν τόξων, δίχα τοῦδε πλέοντες.
τοῦδε γὰρ ὁ στέφανος, τοῦτον θεὸς εἶπε κομίζειν.
κομπεῖν δ' ἔστ' ἀτελῆ σὺν ψεύδεσιν αἰσχρὸν ὄνειδος.

Χορός

ἀλλά, τέκνον, τάδε μὲν θεὸς ὄψεται·	da^4	Ant.
ὧν δ' ἂν ἀμείβῃ μ'	ad	
αὖθις, βαιάν μοι, βαιάν, ὦ τέκνον,	do^2	
πέμπε λόγων φάμαν·	do	
ὡς πάντων ἐν νόσῳ εὐδρακὴς	mo do	
ὕπνος ἄυπνος λεύσσειν.	do	
ἀλλ' ὅ τι δύνᾳ μάκιστον,	ia mo	
κεῖνο 〈δή〉 μοι, κεῖνό 〈μοι〉 λαθραίως	cr ia mo	
ἐξιδοῦ ὅπως πράξεις.	ia sp	
οἶσθα γὰρ ὃν αὐδῶμαι,	ia sp	
εἰ ταὐτᾷ τούτῳ γνώμαν ἴσχεις,	do^2	
μάλα τοι ἄπορα πυκινοῖς ἐνιδεῖν πάθη.	do^2	

οὖρός τοι, τέκνον, οὖρος· ἁ-	gl	Ep.
νὴρ δ' ἀνόμματος, οὐδ' ἔχων ἀρωγάν,	phal	

Chor

Schlaf, der du Qualen, o Schlaf, der du Schmerz nicht kennst,
komm doch herab, sanft
hauchend! Spende Segen, Segen, Herrscher!
Halt von den Augen fern
den Lichtesglanz, der sich jetzt ergießt!
O komm doch, komm, uns zum Heil!
Du, Jüngling, gibt acht, wo du stehst,
wo du nun hin gehst und was wir weiter
beschließen! Du siehst: er schläft.
Was zögern wir, es zu tun?
Wer packt den Augenblick, gewinnt ja
eilenden, eilenden Fußes mit aller Macht den Sieg.

Ne Dieser zwar hört jetzt nichts; doch ich weiß, daß umsonst wir den Bogen
hätten zur Beute gemacht, wenn wir ohne den Mann da hinwegziehn.
Sein ist der Kranz ja, und ihn hat der Gott uns zu holen geboten.
Unvollendeter Tat sich verlogen zu rühmen ist schmachvoll.

Chor

Solches, o Sohn, wird der Gott in Erwägung ziehn.
Gibst du mir hierauf
Antwort, Jüngling, sende leise, leise
mir deine Worte zu!
Denn aller Kranken Schlaf hört ja leicht,
und wach wird er, um zu spähn.
Indessen, so gut du vermagst,
insgeheim blick' aus, ja blick' verstohlen,
was du zu beginnen hast!
Du weißt ja, von wem ich sprach,
und tust du derart ihm den Willen,
sehn die Verständigen unumgängliches Leid voraus.

Fahrwind weht uns ja, Fahrwind! Der
Mann ist, blicklos, entblößt von jeder Hilfe,

ἐκτέταται νύχιος, – he
ἀλεὴς ὕπνος ἐσθλός, – pher
οὐ χερός, οὐ ποδός, οὔ τινος ἄρχων, da^{4}
ἀλλά τις ὡς ᾿Αΐδᾳ πάρα κείμενος da^{4}
ὁρᾷν. βλέπ᾿ εἰ καίρια ia cr
φθέγγῃ· τὸ δ᾿ ἁλώσιμον te
ἐμᾷ φροντίδι, παῖ, πόνος gl
ὁ μὴ φοβῶν κράτιστος. ia ba

Νε σιγᾶν κελεύω, μηδ᾿ ἀφεστάναι φρενῶν.
κινεῖ γὰρ ἀνὴρ ὄμμα κἀνάγει κάρα.

Φι ὦ φέγγος ὕπνου διάδοχον, τό τ᾿ ἐλπίδων
ἄπιστον οἰκούρημα τῶνδε τῶν ξένων.
οὐ γάρ ποτ᾿, ὦ παῖ, τοῦτ᾿ ἂν ἐξηύχησ᾿ ἐγώ,
τλῆναί σ᾿ ἐλεινῶς ὧδε τἀμὰ πήματα
μεῖναι παρόντα καὶ ξυνωφελοῦντά μοι.
οὔκουν ᾿Ατρεῖδαι τοῦτ᾿ ἔτλησαν εὐφόρως
οὕτως ἐνεγκεῖν, ἀγαθοὶ στρατηλάται.
ἀλλ᾿ εὐγενὴς γὰρ ἡ φύσις κἀξ εὐγενῶν,
ὦ τέκνον, ἡ σή, πάντα ταῦτ᾿ ἐν εὐχερεῖ
ἔθου, βοῆς τε καὶ δυσοσμίας γέμων.
καὶ νῦν ἐπειδὴ τοῦδε τοῦ κακοῦ δοκεῖ
λήθη τις εἶναι κἀνάπαυλα δή, τέκνον,
σύ μ᾿ αὐτὸς ἆρον, σύ με κατάστησον, τέκνον,
ἵν᾿, ἡνίκ᾿ ἂν κόπος μ᾿ ἀπαλλάξῃ ποτέ,
ὁρμώμεθ᾿ ἐς ναῦν μηδ᾿ ἐπίσχωμεν τὸ πλεῖν.
Νε ἀλλ᾿ ἥδομαι μέν σ᾿ εἰσιδὼν παρ᾿ ἐλπίδα
ἀνώδυνον βλέποντα κἀμπνέοντ᾿ ἔτι·
ὡς οὐκέτ᾿ ὄντος γὰρ τὰ συμβόλαιά σου
πρὸς τὰς παρούσας ξυμφορὰς ἐφαίνετο.

νῦν δ᾿ αἶρε σαυτόν· εἰ δέ σοι μᾶλλον φίλον,
οἴσουσί σ᾿ οἵδε· τοῦ πόνου γὰρ οὐκ ὄκνος,
ἐπείπερ οὕτω σοί τ᾿ ἔδοξ᾿ ἐμοί τε δρᾶν.

niedergestreckt wie in Nacht –
bei der Glut ist sein Schlaf fest:
Hand nicht und Fuß nicht, kein Glied mehr gehorcht ihm;
wie ein im Schoße des Hades Gebetteter
erscheint er: sprich, was an der
Zeit ist; soweit es mein Sinn
erfaßt, Kind, ist die Tat, die frei
von Furcht ist, stets die beste.

Ne Schweigen gebiet' ich, wachsam sein und auf der Hut!
Der Mann bewegt das Auge und erhebt sein Haupt.

Philoktetes erwacht

Ph O Sonne, schlafvertreibende, und, Fremdlinge,
ihr treuen Schützer: niemals hätt' ich das gehofft.
Ja, niemals hätt' ich, junger Freund, erwartet, daß
du meine Leiden so ertragend mitleidvoll
verharren würdest, um mir hilfreich beizustehn.
Das auszuhalten hat es Atreus' Söhnen ja,
den wackren Heeresführern, an Geduld gefehlt.
Doch deine Art ist edel, und von Edlen stammst
du ab, mein Sohn, und drum ertrugst du alles das
so leicht, das Schreien und den widrigen Geruch.
Und jetzt, da mir ein Ausruhn, ein Vergessen mir
all dieser Übel, wie es scheint, zuteil wird, Kind,
erhebe du mich, richte du mich auf, mein Sohn,
daß wir, wenn die Ermattung endlich von mir weicht,
zu Schiffe gehn und nicht verzögern unsre Fahrt!
Ne Mich freut es, wider mein Erhoffen nun zu sehn,
wie frei von Schmerz du um dich blickst und atmest noch.
Es schien nach allen Zeichen, die du gabst, als dich
der Anfall plötzlich traf, als wärest du nicht mehr.

Er reicht ihm beide Hände

Doch nun erhebe dich! Und wenn's dir lieber ist,
so tragen dich die Leute; denn sie scheuen nicht
die Mühe, wenn es dir so richtig scheint und mir.

Φι αἰνῶ τάδ', ὦ παῖ, καί μ' ἔπαιρ', ὥσπερ νοεῖς·
τούτους δ' ἔασον, μὴ βαρυνθῶσιν κακῇ
ὀσμῇ πρὸ τοῦ δέοντος· οὑπὶ νηὶ γὰρ
ἅλις πόνος τούτοισι συνναίειν ἐμοί.
Νε ἔσται τάδ'· ἀλλ' ἵστω τε καὐτὸς ἀντέχου.
Φι θάρσει· τό τοι σύνηθες ὀρθώσει μ' ἔθος.

Νε παπαῖ· τί δῆτ' ἂν δρῷμ' ἐγὼ τοὐνθένδε γε;
Φι τί δ' ἔστιν, ὦ παῖ; ποῖ ποτ' ἐξέβης λόγῳ;
Νε οὐκ οἶδ', ὅποι χρὴ τἄπορον τρέπειν ἔπος.
Φι ἀπορεῖς δὲ τοῦ σύ; μὴ λέγ', ὦ τέκνον, τάδε.
Νε ἀλλ' ἐνθάδ' ἤδη τοῦδε τοῦ πάθους κυρῶ.
Φι οὐ δή σε δυσχέρεια τοῦ νοσήματος
ἔπεισεν ὥστε μή μ' ἄγειν ναύτην ἔτι;
Νε ἅπαντα δυσχέρεια, τὴν αὑτοῦ φύσιν
ὅταν λιπών τις δρᾷ τὰ μὴ προσεικότα.
Φι ἀλλ' οὐδὲν ἔξω τοῦ φυτεύσαντος σύ γε
δρᾷς οὐδὲ φωνεῖς, ἐσθλὸν ἄνδρ' ἐπωφελῶν.
Νε αἰσχρὸς φανοῦμαι· τοῦτ' ἀνιῶμαι πάλαι.
Φι οὔκουν ἐν οἷς γε δρᾷς· ἐν οἷς δ' αὐδᾷς ὀκνῶ.
Νε ὦ Ζεῦ, τί δράσω; δεύτερον ληφθῶ κακός,
κρύπτων θ' ἃ μὴ δεῖ καὶ λέγων αἴσχιστ' ἐπῶν;
Φι ἀνὴρ ὅδ', εἰ μὴ 'γὼ κακὸς γνώμην ἔφυν,
προδούς μ' ἔοικε κἀκλιπὼν τὸν πλοῦν στελεῖν.
Νε λιπὼν μὲν οὐκ ἔγωγε, λυπηρῶς δὲ μὴ
πέμπω σε μᾶλλον, τοῦτ' ἀνιῶμαι πάλαι.
Φι τί ποτε λέγεις, ὦ τέκνον; ὡς οὐ μανθάνω.
Νε οὐδέν σε κρύψω· δεῖ γὰρ ἐς Τροίαν σε πλεῖν
πρὸς τοὺς Ἀχαιοὺς καὶ τὸν Ἀτρειδῶν στόλον.
Φι οἴμοι, τί εἶπας;
Νε μὴ στέναζε, πρὶν μάθῃς.
Φι ποῖον μάθημα; τί με νοεῖς δρᾶσαί ποτε;
Νε σῶσαι κακοῦ μὲν πρῶτα τοῦδ', ἔπειτα δὲ
ξὺν σοὶ τὰ Τροίας πεδία πορθῆσαι μολών.
Φι καὶ ταῦτ' ἀληθῆ δρᾶν νοεῖς;

Ph Ich danke dir! Ja, hilf mir auf, wie du gedacht.
Die Leute laß nur, daß der üble Duft sie nicht
belästigt, eh' es nötig ist; denn auf dem Schiff
fällt ihnen meine Nähe noch genug zur Last.
Ne So sei es; doch nun steh und halte selbst dich fest!
Ph Sei unbesorgt: Gewohnheit hält mich aufrecht nun.

Neoptolemos zu sich:

Ne Weh mir! Was tu' ich nun? Wie soll es weitergehn?
Ph Was hast du? Wo gerätst du in Gedanken hin?
Ne Ich stehe ratlos, wie ich mich erklären soll.
Ph Ratlos worüber? Kind, o rede doch nicht so!
Ne Schon allzu tief befind' ich mich in dieser Pein!
Ph Dich hat doch meines Leidens Unerträglichkeit
nicht noch bestimmt, mich auszuschließen von der Fahrt?
Ne Alles wird unerträglich, wenn man seine Art
verläßt und tut, was ihr nicht angemessen ist.
Ph Du tust und redest nichts, was deines Vaters Art
zuwider wäre, hilfst du einem Edelmann.
Ne Geschändet steh' ich da: das quält mich lange schon.
Ph Nicht durch dein Handeln; doch ich fürchte durch dein Wort.
Ne O Gott, was tu' ich? Zeig' ich mich nun zweimal schlecht,
verhehlend, was nicht ziemt, und redend, was nicht recht?
Ph Der Mann, wenn ich nicht krank mit dem Verstande bin,
verrät mich, scheint es, läßt mich hier und segelt ab!
Ne Nicht lass' ich dich; doch quält mich der Gedanke längst,
ob's dir nicht schmerzlicher wird sein, nehm' ich dich mit.
Ph Wie meinst du das, mein Sohn? Denn ich verstehe nicht ...
Ne Ich hehle dir nichts mehr: nach Troia mußt du ziehn
zu den Achaiern und der Atreus-Söhne Heer.
Ph Weh mir! Was sagst du?
Ne Klage nicht, bevor du hörst!
Ph Was soll ich hören? Was gedenkst du mir zu tun?
Ne Zuerst dich von dem Übel heilen, aber dann
mit dir zusammen Troias Feste stürzen gehn!
Ph Und das willst du wahrhaftig tun?

Νε πολλὴ κρατεῖ
τούτων ἀνάγκη· καὶ σὺ μὴ θυμοῦ κλύων.
Φι ἀπόλωλα τλήμων, προδέδομαι. τί μ', ὦ ξένε,
δέδρακας; ἀπόδος ὡς τάχος τὰ τόξα μοι.
Νε ἀλλ' οὐχ οἷόν τε· τῶν γὰρ ἐν τέλει κλύειν
τό τ' ἔνδικόν με καὶ τὸ συμφέρον ποεῖ.
Φι ὦ πῦρ σὺ καὶ πᾶν δεῖμα καὶ πανουργίας
δεινῆς τέχνημ' ἔχθιστον, οἷά μ' εἰργάσω,
οἷ' ἠπάτηκας· οὐδ' ἐπαισχύνῃ μ' ὁρῶν
τὸν προστρόπαιον, τὸν ἱκέτην, ὦ σχέτλιε;
ἀπεστέρηκας τὸν βίον, τὰ τόξ' ἑλών.
ἀπόδος, ἱκνοῦμαί σ', ἀπόδος, ἱκετεύω, τέκνον.
πρὸς θεῶν πατρῴων, τὸν βίον με μὴ ἀφέλῃς.
ὤμοι τάλας. ἀλλ' οὐδὲ προσφωνεῖ μ' ἔτι,
ἀλλ' ὡς μεθήσων μήποθ', ὧδ' ὁρᾷ πάλιν.
ὦ λιμένες, ὦ προβλῆτες, ὦ ξυνουσίαι
θηρῶν ὀρείων, ὦ καταρρῶγες πέτραι,
ὑμῖν τάδ', οὐ γὰρ ἄλλον οἶδ' ὅτῳ λέγω,
ἀνακλαίομαι παροῦσι τοῖς εἰωθόσιν,
οἷ' ἔργ' ὁ παῖς μ' ἔδρασεν οὑξ' Ἀχιλλέως·
ὀμόσας ἀπάξειν οἴκαδ', ἐς Τροίαν μ' ἄγει·
προσθείς τε χεῖρα δεξιάν, τὰ τόξα μου
ἱερὰ λαβὼν τοῦ Ζηνὸς Ἡρακλέους ἔχει,
καὶ τοῖσιν Ἀργείοισι φήνασθαι θέλει,
ὡς ἄνδρ' ἑλὼν μ' ἰσχυρὸν ἐκ βίας ἄγει,
κοὐκ οἶδ' ἐναίρων νεκρόν, ἢ καπνοῦ σκιάν,
εἴδωλον ἄλλως. οὐ γὰρ ἂν σθένοντά γε
εἷλέν μ'· ἐπεὶ οὐδ' ἂν ὧδ' ἔχοντ', εἰ μὴ δόλῳ.
νῦν δ' ἠπάτημαι δύσμορος. τί χρή με δρᾶν;
⟨ἀλλ'⟩ ἀπόδος. ἀλλὰ νῦν ἔτ' ἐν σαυτοῦ γενοῦ.
τί φής; σιωπᾷς. οὐδέν εἰμ' ὁ δύσμορος.
ὦ σχῆμα πέτρας δίπυλον, αὖθις αὖ πάλιν
εἴσειμι πρὸς σὲ ψιλός, οὐκ ἔχων τροφήν·
ἀλλ' αὐανοῦμαι τῷδ' ἐν αὐλίῳ μόνος,
οὐ πτηνὸν ὄρνιν, οὐδὲ θῆρ' ὀρειβάτην
τόξοις ἐναίρων τοισίδ', ἀλλ' αὐτὸς τάλας

Ne Ein harter Zwang
gebietet es; drum hör es ohne Zürnen an!
Ph Verloren bin ich, bin verraten! Was hast du,
der Gast, mir angetan! Schnell gib den Bogen her!
Ne Das ist unmöglich; denn zu hören auf das Wort
der Feldherrn zwingt die Pflicht und das Gemeinwohl mich
Ph Du Höllenbrand! Du Ungeheuer! Ausgeburt,
verhaßte, aller Niedertracht! Was tust du mir?!
Wie hast du mich betrogen! Und du schämst dich nicht,
mich anzusehn, Grausamer, der um Schutz dich bat?
In diesem Bogen raubtest du das Leben mir.
Gib ihn, ich flehe, gib ihn wieder, fleh' ich, Kind!
Bei unsrer Väter Göttern, nimm mein Leben nicht! –
O ich Elender! – Doch noch immer spricht er nicht,
nein, wie um niemals ihn zu lassen, blickt er weg.
O Buchten! O ihr Klippen! O du Nachbarschaft
der Tiere des Gebirgs! O Felsen schroff und steil!
Euch – denn ich weiß sonst niemand, den ich rufen kann –
euch klag' ich, die ihr mein vertrauter Umgang seid,
wie schändlich der Achilleus-Sohn an mir getan.
Heimkehr gelobt' er mir und bringt nach Troia mich!
Auf seinen Handschlag hin hat er den Bogen jetzt,
den heiligen von Herakles, dem Göttersohn,
und denkt ihn vorzuweisen im Hellenenheer!
Gewaltsam holt er mich als einen starken Mann
und weiß nicht, daß ein Toter, daß ein Scheinbild ihm
erliegt, der Schatten eines Rauchs; denn hätt' ich Kraft,
nie fing' er mich: selbst so noch konnt' er's nur mit List.
Grausam betrogen bin ich nun. Was soll ich tun?
Gib ihn mir wieder! Kehre zu dir selbst zurück!
Sprichst du? – Du schweigst! Ich Armer! Es ist aus mit mir!
Du, doppeltüriges Felsgebild, ich kehre nun
zurück zu dir, entblößt, der Nahrung auch beraubt.
Einsam verschmachten werd' ich unter deinem Dach.
Und kein beschwingter Vogel noch des Berges Wild
erliegt mehr diesem Bogen; ich Elender selbst,

θανὼν παρέξω δαῖτ᾽ ἀφ᾽ ὧν ἐφερβόμην,
καί μ᾽ οὓς ἐθήρων πρόσθε θηράσουσι νῦν·
φόνον φόνου δὲ ῥύσιον τείσω τάλας
πρὸς τοῦ δοκοῦντος οὐδὲν εἰδέναι κακόν.
ὄλοιο μή πω, πρὶν μάθοιμ᾽, εἰ καὶ πάλιν
γνώμην μετοίσεις· εἰ δὲ μή, θάνοις κακῶς.

Χορός

τί δρῶμεν; ἐν σοὶ καὶ τὸ πλεῖν ἡμᾶς, ἄναξ,
ἤδη ᾽στὶ καὶ τοῖς τοῦδε προσχωρεῖν λόγοις.
Νε ἐμοὶ μὲν οἶκτος δεινὸς ἐμπέπτωκέ τις
τοῦδ᾽ ἀνδρὸς οὐ νῦν πρῶτον, ἀλλὰ καὶ πάλαι.
Φι ἐλέησον, ὦ παῖ, πρὸς θεῶν, καὶ μὴ παρῇς
σαυτοῦ βροτοῖς ὄνειδος, ἐκκλέψας ἐμέ.
Νε οἴμοι, τί δράσω; μή ποτ᾽ ὤφελον λιπεῖν
τὴν Σκῦρον· οὕτω τοῖς παροῦσιν ἄχθομαι.
Φι οὐκ εἶ κακὸς σύ· πρὸς κακῶν δ᾽ ἀνδρῶν μαθὼν
ἔοικας ἥκειν αἰσχρά. νῦν δ᾽ ἄλλοισι δοὺς
οἷ᾽ εἰκὸς ἔκπλει, τἄμ᾽ ἐμοὶ μεθεὶς ὅπλα.
Νε τί δρῶμεν, ἄνδρες;

Ὀδυσσεύς

ὦ κάκιστ᾽ ἀνδρῶν, τί δρᾷς;
οὐκ εἶ μεθεὶς τὰ τόξα ταῦτ᾽ ἐμοὶ πάλιν;
Φι οἴμοι, τίς ἀνήρ; ἆρ᾽ Ὀδυσσέως κλύω;
Ὀδ Ὀδυσσέως, σάφ᾽ ἴσθ᾽, ἐμοῦ γ᾽, ὃν εἰσορᾷς.
Φι οἴμοι. πέπραμαι κἀπόλωλ᾽· ὅδ᾽ ἦν ἄρα
ὁ ξυλλαβών με κἀπονοσφίσας ὅπλων.
Ὀδ ἐγώ, σάφ᾽ ἴσθ᾽, οὐκ ἄλλος· ὁμολογῶ τάδε.
Φι ἀπόδος, ἄφες μοι, παῖ, τὰ τόξα.
Ὀδ τοῦτο μέν,
οὐδ᾽ ἢν θέλῃ, δράσει ποτ᾽· ἀλλὰ καὶ σὲ δεῖ
στείχειν ἅμ᾽ αὐτοῖς, ἢ βίᾳ στελοῦσί σε.

ich werde ihnen, die mich nährten, Nahrung sein,
und die ich früher jagte, jagen selbst mich jetzt.
Mit meinem Tode büß' ich Armer ihren Tod
dank ihm, der keine Schlechtigkeit zu kennen schien.
Fluch dir – doch nein, erst will ich sehn, ob sich vielleicht
dein Sinn noch ändert; sonst stirb einen schlimmen Tod!

Chorführer

Was tun wir, Herr? Es steht bei dir, ob wir zu Schiff
gehn sollen oder seinem Wunsch willfährig sein.
Ne Ein mächtiges Mitgefühl mit diesem Mann hat mich
ergriffen, und nicht jetzt erst, sondern lange schon.
Ph O Kind, erbarm' dich, bei den Göttern! Lade nicht
auf dich die Schande, daß du schmählich mich betrogst!
Ne Weh mir, was soll ich tun? Ach, hätt' ich Skyros doch
niemals verlassen, so bedrückt dies alles mich.
Ph Du bist nicht schlecht; von schlechten Männern nur belehrt,
kommst du auf Böses, scheint es: überlaß doch das
den andren, segle ab und laß die Waffen mir!
Ne Was tun wir, Männer?

Er will ihm den Bogen geben; da erscheint Odysseus, von zwei Leuten begleitet

Odysseus

Schlimmster der Männer, was tust du?
Trittst du zurück und übergibst den Bogen mir?!
Ph Ha, wer ist das? Hör' ich Odysseus' Stimme nicht?
Od Odysseus! Sei gewiß: mich selbst erblickst du hier.
Ph Verkauft bin ich, verraten! Ha! Der also war's,
der mich gefangen, mir die Waffen hat geraubt!
Od Ich! Sei gewiß! Kein andrer, ich gesteh' es dir.
Ph Gib mir den Bogen wieder, Kind!
Od Das tut er nie,
und wenn er es gleich wollte; doch du selber mußt
mit ihnen gehn: sonst bringen sie gewaltsam dich.

Φι ἔμ', ὦ κακῶν κάκιστε καὶ τόλμης πέρα,
οἵδ' ἐκ βίας ἄξουσιν;
'Οδ ἢν μὴ ἕρπῃς ἑκών.
Φι ὦ Λημνία χθὼν καὶ τὸ παγκρατὲς σέλας
Ἡφαιστότευκτον, ταῦτα δῆτ' ἀνασχετά,
εἴ μ' οὗτος ἐκ τῶν σῶν ἀπάξεται βίᾳ;
'Οδ Ζεὺς ἔσθ', ἵν' εἰδῇς, Ζεύς, ὁ τῆσδε γῆς κρατῶν,
Ζεύς, ᾧ δέδοκται ταῦθ'· ὑπηρετῶ δ' ἐγώ.
Φι ὦ μῖσος, οἷα κἀξανευρίσκεις λέγειν·
θεοὺς προτείνων τοὺς θεοὺς ψευδεῖς τίθης.
'Οδ οὔκ, ἀλλ' ἀληθεῖς. ἡ δ' ὁδὸς πορευτέα.
Φι οὔ φημ'.
'Οδ ἐγὼ δέ φημι. πειστέον τάδε.
Φι οἴμοι τάλας. ἡμᾶς μὲν ὡς δούλους σαφῶς
πατὴρ ἄρ' ἐξέφυσεν οὐδ' ἐλευθέρους.
'Οδ οὔκ, ἀλλ' ὁμοίους τοῖς ἀρίστοισιν, μεθ' ὧν
Τροίαν σ' ἑλεῖν δεῖ καὶ κατασκάψαι βίᾳ.
Φι οὐδέποτέ γ'. οὐδ' ἢν χρῇ με πᾶν παθεῖν κακόν,
ἕως γ' ἂν ᾖ μοι γῆς τόδ' αἰπεινὸν βάθρον.
'Οδ τί δ' ἐργασείεις;
Φι κρᾶτ' ἐμὸν τόδ' αὐτίκα
πέτρᾳ πέτρας ἄνωθεν αἱμάξω πεσών.
'Οδ ξυλλάβετέ γ' αὐτόν· μὴ 'πὶ τῷδ' ἔστω τάδε.

Φι ὦ χεῖρες, οἷα πάσχετ' ἐν χρείᾳ φίλης
νευρᾶς, ὑπ' ἀνδρὸς τοῦδε συνθηρώμεναι.
ὦ μηδὲν ὑγιὲς μηδ' ἐλεύθερον φρονῶν,
οἷ' αὖ μ' ὑπῆλθες, ὥς μ' ἐθηράσω, λαβὼν
πρόβλημα σαυτοῦ παῖδα τόνδ' ἀγνῶτ' ἐμοί,
ἀνάξιον μὲν σοῦ, κατάξιον δ' ἐμοῦ,
ὃς οὐδὲν ᾔδει πλὴν τὸ προσταχθὲν ποεῖν,
δῆλος δὲ καὶ νῦν ἐστιν ἀλγεινῶς φέρων
οἷς τ' αὐτὸς ἐξήμαρτεν οἷς τ' ἐγὼ 'παθον.
ἀλλ' ἡ κακὴ σὴ διὰ μυχῶν βλέπουσ' ἀεὶ
ψυχή νιν ἀφυῆ τ' ὄντα κοὐ θέλονθ' ὅμως
εὖ προυδίδαξεν ἐν κακοῖς εἶναι σοφόν.

Ph Mich? Schlechtester der Schlechten, Unverschämter du!
Sie mich gewaltsam?
Od Wenn du nicht gutwillig kommst.
Ph O Lemnos-Erde und du allgewaltiger Brand,
von Hephaistos geschürt! Das also duldet ihr,
daß dieser mich gewaltsam eurem Reich entreißt?
Od Zeus, daß du's weißt, Zeus ist's, der Herrscher dieses Lands,
Zeus, der es dir gebietet, und ich führ' es aus.
Ph Verruchter! Denke dir doch keine Märchen aus!
Die Götter schützt du vor und machst zu Lügnern sie.
Od Zu Wahrheitskündern! Gehen mußt du diesen Weg!
Ph Nein, sag' ich.
Od Und ich sage ja. Gehorche nun!
Ph O ich Unseliger! So hat der Vater wohl
als Sklaven mich und nicht als freien Mann gezeugt!
Od Nein, als den besten Männern gleich, mit denen du
Troia erobern und in Trümmer legen sollst.
Ph Nein, niemals, müßt' ich gleich erdulden alles Leid,
solang die steile Stufe mir erreichbar bleibt.
Od Was willst du dort?
Ph Vom Felsen stürz' ich mich sofort,
am Felsen blutig zu zerschmettern dies mein Haupt.
Od Ihr beiden! Greift ihn, daß ihm dies ja nicht gelingt!
Seine Begleiter packen Philoktetes bei den Armen
Ph Ihr Arme! Was erduldet ihr, von diesem Mann
gefesselt, weil euch der getreue Bogen fehlt!
Du, dem ein freies und gesundes Denken fremd,
wie hast du mich beschlichen, wie umgarnt, indem
du diesen Jüngling vorschobst, der mir unbekannt,
unwürdig deiner, meiner aber würdig ist,
der nichts gekannt hat, als Befohlenes zu tun,
jetzt aber sichtlich unter Schmerzen nur erträgt,
was er an mir begangen hat und was ich litt!
Nur deine schlechte Seele, auf der Lauer stets,
hat ihm, dem Ahnungslosen, Widerstrebenden,
erst beigebracht, in argen Schlichen klug zu sein.

καὶ νῦν ἔμ', ὦ δύστηνε, συνδήσας νοεῖς
ἄγειν ἀπ' ἀκτῆς τῆσδ', ἐν ᾗ με προυβάλου
ἄφιλον ἐρῆμον ἄπολιν ἐν ζῶσιν νεκρόν.
φεῦ.
ὄλοιο· καί σοι πολλάκις τόδ' ηὐξάμην.
ἀλλ' οὐ γὰρ οὐδὲν θεοὶ νέμουσιν ἡδύ μοι,
σὺ μὲν γέγηθας ζῶν, ἐγὼ δ' ἀλγύνομαι
τοῦτ' αὔθ', ὅτι ζῶ σὺν κακοῖς πολλοῖς τάλας,
γελώμενος πρὸς σοῦ τε καὶ τῶν 'Ατρέως
διπλῶν στρατηγῶν, οἷς σὺ ταῦθ' ὑπηρετεῖς.
καίτοι σὺ μὲν κλοπῇ τε κἀνάγκῃ ζυγεὶς
ἔπλεις ἅμ' αὐτοῖς, ἐμὲ δὲ τὸν πανάθλιον
ἑκόντα πλεύσανθ' ἑπτὰ ναυσὶ ναυβάτην
ἄτιμον ἔβαλον, ὡς σὺ φής, κεῖνοι δὲ σέ.
καὶ νῦν τί μ' ἄγετε; τί μ' ἀπάγεσθε; τοῦ χάριν;
ὃς οὐδέν εἰμι καὶ τέθνηχ' ὑμῖν πάλαι.
πῶς, ὦ θεοῖς ἔχθιστε, νῦν οὐκ εἰμί σοι
χωλός, δυσώδης; πῶς θεοῖς ἔξεστ', ἐμοῦ
πλεύσαντος, αἴθειν ἱερά; πῶς σπένδειν ἔτι;
αὕτη γὰρ ἦν σοι πρόφασις ἐκβαλεῖν ἐμέ.
κακῶς ὄλοισθ'· ὀλεῖσθε δ' ἠδικηκότες
τὸν ἄνδρα τόνδε, θεοῖσιν εἰ δίκης μέλει.
ἔξοιδα δ', ὡς μέλει γ'· ἐπεὶ οὔποτ' ἂν στόλον
ἐπλεύσατ' ἂν τόνδ' οὕνεκ' ἀνδρὸς ἀθλίου,
εἰ μή τι κέντρον θεῖον ἦγ' ὑμᾶς ἐμοῦ.
ἀλλ', ὦ πατρῴα γῆ θεοί τ' ἐπόψιοι,
τείσασθε τείσασθ' ἀλλὰ τῷ χρόνῳ ποτὲ
ξύμπαντας αὐτούς, εἴ τι κἄμ' οἰκτίρετε.
ὡς ζῶ μὲν οἰκτρῶς, εἰ δ' ἴδοιμ' ὀλωλότας
τούτους, δοκοῖμ' ἂν τῆς νόσου πεφευγέναι.
Χο βαρύς τε καὶ βαρεῖαν ὁ ξένος φάτιν
τήνδ' εἶπ', 'Οδυσσεῦ, κοὐχ ὑπείκουσαν κακοῖς.
'Οδ πόλλ' ἂν λέγειν ἔχοιμι πρὸς τὰ τοῦδ' ἔπη,
εἴ μοι παρείκοι· νῦν δ' ἑνὸς κρατῶ λόγου.
οὗ γὰρ τοιούτων δεῖ, τοιοῦτός εἰμ' ἐγώ.
χὤπου δικαίων κἀγαθῶν ἀνδρῶν κρίσις,

Und jetzt, Elender, denkst du mich gebunden fort-
zuschleppen von dem Strand, an den du einst mich warfst,
freundlos und einsam, heimatlos, noch lebend tot.
Ah!
Stirb und verdirb! Das hab' ich dir schon oft gewünscht.
Doch gönnen mir die Götter nichts Erfreuliches:
du freust des Lebens dich, ich aber trage Leid
darüber, daß ich leben muß in lauter Qual,
von dir und von den Atreus-Söhnen noch verlacht,
den beiden Feldherrn, denen du so eifrig dienst.
Und doch, du zogst mit ihnen nur durch List und Zwang
genötigt; mich Unseligen indessen, der
freiwillig kam mit sieben Schiffen, stießen sie,
so sagst du, schimpflich aus; sie aber sagen: du!
Und jetzt? Was drängt, was schleppt ihr mich hinweg? Wozu?
Der ich ein Nichts bin und für euch schon lange tot?
Wie, Gottverhaßter? Bin ich jetzt für dich nicht mehr
der Lahme, Stinkende? Wie bringt ihr Göttern, wenn
ich bei euch bin, Brandopfer oder Spenden dar?
Dies war dein Vorwand ja, um auszusetzen mich.
Umkommen sollt ihr, kommt auch um für das, was ihr
an mir verübt habt, wenn bei Göttern Recht noch gilt.
Ich weiß: es gilt noch. Niemals hättet ihr ja sonst
solch eine Fahrt gemacht um einen Unglücksmann,
hätt' euch ein Gottesstachel nicht nach mir gejagt.
O Vatererde und wachsame Götter ihr!
Bestraft, bestraft sie endlich nach so langer Zeit,
sie allesamt, wenn ihr erbarmend meiner denkt!
Erbärmlich ist mein Leben; aber dürft' ich sie
vernichtet sehn, glaubt' ich der Krankheit zu entfliehn.

Chf In schwerem Zorne hat der Freund solch schweres Wort
gesagt, Odysseus, das vor keiner Not sich beugt.

Od Auf seine Reden könnt' ich viel erwidern, hätt'
ich Zeit genug. Ein Wort nur ist mir möglich jetzt.
Dort, wo man solche braucht, bin ich ein solcher, ja!
Doch wo es rechtliche und tugendhafte Männer gilt,

οὐκ ἂν λάβοις μου μᾶλλον οὐδέν' εὐσεβῆ.
νικᾶν γε μέντοι πανταχοῦ χρῄζων ἔφυν,
πλὴν ἐς σέ· νῦν δὲ σοί γ' ἑκὼν ἐκστήσομαι.
ἄφετε γὰρ αὐτόν, μηδὲ προσψαύσητ' ἔτι.
ἐᾶτε μίμνειν. οὐδὲ σοῦ προσχρῄζομεν,
τά γ' ὅπλ' ἔχοντες ταῦτ'· ἐπεὶ πάρεστι μὲν
Τεῦκρος παρ' ἡμῖν, τήνδ' ἐπιστήμην ἔχων,
ἐγώ θ', ὃς οἶμαι σοῦ κάκιον οὐδὲν ἂν
τούτων κρατύνειν, μηδ' ἐπιθύνειν χερί.
τί δῆτα σοῦ δεῖ; χαῖρε τὴν Λῆμνον πατῶν.
ἡμεῖς δ' ἴωμεν. καὶ τάχ' ἂν τὸ σὸν γέρας
τιμὴν ἐμοὶ νείμειεν, ἣν σὲ χρῆν ἔχειν.
Φι οἴμοι· τί δράσω δύσμορος; σὺ τοῖς ἐμοῖς
ὅπλοισι κοσμηθεὶς ἐν Ἀργείοις φανῇ;
Ὀδ μή μ' ἀντιφώνει μηδέν, ὡς στείχοντα δή.
Φι ὦ σπέρμ' Ἀχιλλέως, οὐδὲ σοῦ φωνῆς ἔτι
γενήσομαι προσφθεγκτός, ἀλλ' οὕτως ἄπει;
Ὀδ χώρει σύ· μὴ πρόσλευσσε, γενναῖός περ ὤν,
ἡμῶν ὅπως μὴ τὴν τύχην διαφθερεῖς.
Φι ἦ καὶ πρὸς ὑμῶν ὧδ' ἐρῆμος, ὦ ξένοι,
λειφθήσομαι δὴ κοὐκ ἐποικτερεῖτέ με;
Χο ὅδ' ἐστὶν ἡμῶν ναυκράτωρ ὁ παῖς. ὅσ' ἂν
οὗτος λέγῃ σοι, ταῦτά σοι χἠμεῖς φαμεν.
Νε ἀκούσομαι μέν, ὡς ἔφυν οἴκτου πλέως
πρὸς τοῦδ'· ὅμως δὲ μείνατ', εἰ τούτῳ δοκεῖ,
χρόνον τοσοῦτον, εἰς ὅσον τὰ τῆς νεὼς
στείλωσι ναῦται καὶ θεοῖς εὐξώμεθα.
χοὗτος τάχ' ἂν φρόνησιν ἐν τούτῳ λάβοι
λῴω τιν' ἡμῖν. νὼ μὲν οὖν ὁρμώμεθον,
ὑμεῖς δ', ὅταν καλῶμεν, ὁρμᾶσθαι ταχεῖς.

Φιλοκτήτης

ὦ κοίλας πέτρας γύαλον ch^2 Str. 1
θερμὸν καὶ παγετῶδες, ὥς gl

da wirst du keinen sehn, der frömmer ist als ich.
Nur bin ich so, daß ich in allem siegen muß, –
bloß gegen dich nicht: gerne räum' ich dir den Platz.
Laßt ihn nur los! Berührt ihn jetzt nicht mehr und laßt
ihn hier nur bleiben! – Denn wir brauchen dich ja nicht,
da wir ja diese Waffen haben und bei uns
ja Teukros weilt, der ein bewährter Schütze ist,
und ich, ich glaube, daß ich schlechter nicht als du
Bogen zu spannen und das Ziel zu treffen weiß.
Was braucht es deiner? Tummle du auf Lemnos dich!
Wir gehn. Vielleicht daß deine Ehrenwaffe nun
den Ruhm, den du erringen solltest, mir verleiht.

Ph Weh mir! Was tu' ich Elender? Du willst, geschmückt
mit meinen Waffen, prangen vorm Argeierheer?

Od Erwidre nur nichts weiter; denn ich gehe schon.

Ph Sohn des Achilleus, ist mir auch von dir kein Wort
des Zuspruchs mehr beschieden? Gehst du so hinweg?

Od Geh du! Schau nicht auf ihn, hochherzig wie du bist,
damit du unser aller Glück nicht noch verdirbst!

Ph Und auch von euch, ihr Freunde, werd' ich einsam nun
zurückgelassen hier, und ihr erbarmt euch nicht?

Chf Der Jüngling hier ist unsres Schiffes Herr, und was
dir dieser sagt, das gilt, als hätten wir's gesagt.

Ne Zwar werd' ich hören, daß ich allzu mitleidvoll
mit ihm bin: bleibt gleichwohl bei ihm, wenn er es wünscht,
so lange, bis die Schiffer fertig sind, das Schiff
zu rüsten und der Götter Segen wir erflehn!
Er faßt vielleicht noch einen besseren Entschluß
zu unsrem Heil. Wir beide gehen jetzt hinweg;
doch ihr, sobald wir rufen, kommt uns eilends nach!

Odysseus und Neoptolemos gehen zum Strand

Philoktetes

Du, mein hohles Felsengemach,
heiß und dann wieder frostig, ach,

	σ' οὐκ ἔμελλον ἄρ', ὦ τάλας,	gl	
	λείψειν οὐδέποτ', ἀλλά μοι	gl	
	καὶ θνῄσκοντι συνείσῃ.	pher	
	ὤμοι μοί μοι.	do	
	ὦ πληρέστατον αὔλιον	gl	
	λύπας τᾶς ἀπ' ἐμοῦ τάλαν,	gl	
	τίπτ' αὖ μοι τὸ κατ' ἆμαρ	pher	
	ἔσται; τοῦ ποτε τεύξομαι	gl	
	σιτονόμου μέλεος πόθεν ἐλπίδος;	da^4	
	εἶτ' αἰθέρος ἄνω	do	
	πτωκάδες ὀξυτόνου διὰ πνεύματος	da^4	
	ἐλῶσί μ'· οὐδ' ἔτ' ἰσχύς.	ia ba	

Χορός

	σύ τοι σύ τοι κατηξίω-	ia^2	
	σας, ὦ βαρύποτμ'· οὐκ	do	
	ἄλλοθεν ἁ τύχα ἅδ' ἀπὸ μείζονος·	da^4	
	εὖτέ γε παρὸν φρονῆσαι	ia ba	
	λῴονος ἐκ δαίμονος εἵ-	ch^2	
	λου τὸ κάκιον αἰνεῖν.	ch ba	

Φι	ὦ τλάμων τλάμων ἄρ' ἐγὼ	ch^2	Ant. 1
	καὶ μόχθῳ λωβατός, ὃς ἤ-	ch^2	
	δη μετ' οὐδενὸς ὕστερον	gl	
	ἀνδρῶν εἰσοπίσω τάλας	gl	
	ναίων ἐνθάδ' ὀλοῦμαι,	pher	
	αἰαῖ αἰαῖ,	do	
	οὐ φορβὰν ἔτι προσφέρων,	gl	
	οὐ πτανῶν ἀπ' ἐμῶν ὅπλων	gl	
	κραταιαῖς μετὰ χερσὶν	pher	
	ἴσχων· ἀλλά μοι ἄσκοπα	gl	
	κρυπτά τ' ἔπη δολερᾶς ὑπέδυ φρενός·	da^4	
	ἰδοίμαν δέ νιν,	do	
	τὸν τάδε μησάμενον, τὸν ἴσον χρόνον	da^4	
	ἐμὰς λαχόντ' ἀνίας.	ia ba	

niemals werde ich Armer dich
nun verlassen: du wirst noch einst
meines Todes Zeuge sein.
O Leid! O Leid!
O Behausung du, angefüllt
nur mit Jammer, mit meiner Pein,
wie soll ich Tag um Tag nun
leben? Woher gewinn' ich je
Hoffnung, ich Elender, daß ich mich nähren kann?
O daß doch empor mich
Vögel im brausenden Schwung durch die Lüfte hin
entführten! Machtlos bin ich.

Chor

Du selber, du erkorst dir dies,
du Leidender, nicht von
außen, von Größren kommt dieses Geschick zu dir:
es stand dir ja frei, zu wählen
besseres Los; aber du hast
dich fürs schlimmre entschieden.

Ph Ach, wie elend, elend ich bin!
Mühsal, Schande duld' ich hinfort,
werde, keinem der Menschen nah,
künftig hausen mit Schmerzen, um
hier zugrunde zu gehen.
O Qual! O Qual!
Nahrung bring' ich nach Haus nicht mehr,
kann sie, ohne beschwingte Wehr,
nie mit kräftigen Armen
greifen; aber – ich ahnt' es nicht –
heimlich beschlich mich die List des Verschlagenen.
Doch sehn möcht' ich ihn,
der das ersonnen, wenn meine Beschwerden ihn
so viele Jahre quälten!

Χο πότμος ⟨πότμος⟩ σε δαιμόνων — ia²
τάδ', οὐδὲ σέ γε δόλος — do
ἔσχ' ὑπὸ χειρὸς ἐμᾶς. στυγερὰν ἔχε — da⁴
δύσποτμον ἀρὰν ἐπ' ἄλλοις. — ia ba
καὶ γὰρ ἐμοὶ τοῦτο μέλει, — ch²
μὴ φιλότητ' ἀπώσῃ. — ch ba

Φι οἴμοι μοι, καί που πολιᾶς — ch² Str. 2
πόντου θινὸς ἐφήμενος, — gl
γελᾷ μου, χερὶ πάλλων — pher
τὰν ἐμὰν μελέου τροφάν, — gl
τὰν οὐδείς ποτ' ἐβάστασεν. — gl
ὦ τόξον φίλον, ὦ φίλων — gl
χειρῶν ἐκβεβιασμένον, — gl
ἦ που ἐλεινὸν ὁρᾷς, φρένας εἴ τινας — da⁴
ἔχεις, τὸν Ἡράκλειον — ia ba
ἄρθμιον ὧδέ σοι — da²
οὐκέτι χρησόμενον τὸ μεθύστερον — da⁴
ἄλλου δ' ἐν μεταλλαγᾷ — mo ia
πολυμηχάνου ἀνδρὸς ἐρέσσῃ, — pa
ὁρῶν μὲν αἰσχρὰς ἀπάτας, — ia ch
στυγνόν τε φῶτ' ἐχθοδοπόν, — ia ch
μυρία τ' ἀθροῦν ἀνατέλ- — ch²
λονθ' ὅσ' ἐφ' ἡμῖν κάκ' ἐμήσαθ' οὗτος. — ch ch ba

Χο ἀνδρός τοι τὸ μὲν εὖ δίκαιον εἰπεῖν, — phal
εἰπόντος δὲ μὴ φθονερὰν — ch²
ἐξῶσαι γλώσσας ὀδύναν. — ch²
κεῖνος δ' εἷς ἀπὸ πολλῶν — pher
ταχθεὶς τοῦτ' ἐφημοσύνᾳ — ch²
κοινὰν ἤνυσεν ἐς φίλους ἀρωγάν. — phal

Φι ὦ πταναὶ θῆραι χαροπῶν τ' — ch² Ant. 2
ἔθνη θηρῶν, οὓς ὅδ' ἔχει — ch²
χῶρος οὐρεσιβώτας, — pher
οὐκ ἐμῶν ἔτ' ἀπ' αὐλίων — gl

Ch Verhängt, verhängt von Göttern ward
dir dies: es ist nicht Arglist,
die ich verübte an dir; drum auf andere
mußt richten den schrecklichen Fluch du.
Liegt doch auch mir alles daran,
daß du nicht Freundschaft abweist.

Ph Weh mir! An des schäumenden Meers
Strande sitzt er nun wohl und lacht
mich aus, schwingt mit der Hand ihn,
der mir Armem Ernährer war,
ihn, den keiner bisher berührt.
Lieber Bogen, entwunden aus
Freundeshänden, gewaltsam, roh,
mitleidig siehst du wohl jetzt, wenn Empfindung dir
verliehn ist, auf den Freund des
Herakles, der nie mehr
dein sich in künftigen Zeiten bedienen wird:
entwandt hat ein andrer dich,
ein durchtriebener Mensch, der dich handhabt.
Du siehst den heimtückischen Trug,
verschlagnen Manns feindlichen Sinn,
und wie Leid tausendfach entsteht,
das jener mir zum Schaden nur ersonnen.

Ch Männern ziemt es, zu sagen nur, was recht ist:
gesagt hab' ich's; bleibe hinfort
fern der Lästrung schmähendes Wort!
Er hat, einer von vielen,
abgesandt, nur ihren Befehl
ausgeführt zum gemeinsamen Wohl der Freunde.

Ph Flügelwild, mit funkelndem Blick
Raubtiervölker, die im Gebirg
dieses Landes sich nähren,
flüchtet nimmer vor meinem Haus!

	φεύγεσθ᾽· οὐ γὰρ ἔχω χεροῖν	gl
	τὰν πρόσθεν βελέων ἀλκάν,	gl
	ὢ δύστανος ἐγὼ τανῦν.	gl
	ἀλλ᾽ ἀνέδην ὅδε χῶρος ἐρύκεται;	da^4
	οὐκέτι φοβητὸς ὑμῖν,	ia ba
	ἕρπετε, νῦν καλὸν	da^2
	ἀντίφονον κορέσαι στόμα πρὸς χάριν	da^4
	ἐμᾶς σαρκὸς αἰόλας.	ba ia
	ἀπὸ γὰρ βίον αὐτίκα λείψω·	pa
	πόθεν γὰρ ἔσται βιοτά;	ia ch
	τίς ὧδ᾽ ἐν αὔραις τρέφεται,	ia ch
	μηκέτι μηδενὸς κρατύ-	ch ia
	νων ὅσα πέμπει βιόδωρος αἶα;	ch ch ba
Χο	πρὸς θεῶν, εἴ τι σέβῃ ξένον γ᾽ ἔλασσον,	phal
	εὐνοίᾳ πάσᾳ πελάταν,	ch^2
	ἀλλὰ γνῶθ᾽, εὖ γνῶθ᾽· ἐπὶ σοὶ	ch^2
	κῆρα τάνδ᾽ ἀποφεύγειν.	pher
	οἰκτρὰ γὰρ βόσκειν, ἀδαὴς δ᾽	ch^2
	ἔχειν μυρίον ἄχθος, ὃ ξυνοικεῖ.	phal
Φι	πάλιν πάλιν παλαιὸν ἄλ-	ia^2
	γημ᾽ ὑπέμνασας, ὦ	cr^2
	λῷστε τῶν πρὶν ἐντόπων.	cr ia
	τί μ᾽ ὤλεσας; τί μ᾽ εἴργασαι;	ia^2
Χο	τί τοῦτ᾽ ἔλεξας;	rz
Φι	εἰ σὺ τὰν ἐμοὶ	do
	στυγερὰν Τρῳάδα γᾶν μ᾽ ἤλπισας ἄξειν.	io^3
Χο	τόδε γὰρ νοῶ κράτιστον.	en
Φι	ἀπό νύν με λείπετ᾽ ἤδη.	en
Χο	φίλα μοι, φίλα ταῦτα παρήγγει-	en
	λας ἑκόντι τε πράσσειν.	pher
	ἴωμεν ἴωμεν	rz
	ναὸς ἵν᾽ ἡμῖν τέτακται.	ch^2
Φι	μή, πρὸς ἀραίου Διός, ἔλ-	ch^2

Denn ich halt' in der Hand nicht mehr
wie zuvor meiner Pfeile Macht:
so erbärmlich ergeht's mir jetzt.
Naht nur! Den Zutritt verwehrt euch jetzt keiner mehr:
ihr braucht ihn nicht zu fürchten.
Nutzt die Gelegenheit,
Mord wider Mord euch nach Lüsten zu sättigen
am Fleisch des Vereiterten!
Denn bald muß ich scheiden vom Dasein.
Wie soll ich Kost finden hinfort?
Wer kann von Luft nähren den Leib,
wenn über nichts mehr er verfügt,
was uns der Schoß nährender Erde spendet?

Ch Nein, beim Gott, wenn du den Freund auch wenig achtest,
der dir wohlgesonnen genaht,
so bedenk', bedenke: bei dir
liegt's, dieser Qual zu entrinnen.
Grausam zehrt sie, und du erträgst
die vielfältige Pein, die sie dir bringt, nicht.

Ph Und wieder, wieder weckst du das
alte Weh, Bester, der
je hierher gekommen ist!
Was quälst du mich? Was drängst du mich?
Ch Wie meinst du dieses?
Ph Wenn du hoffst, mich noch
in das elende, das Land Troas zu bringen.
Ch Eben dies halt' ich fürs Beste.
Ph So verlaßt mich auf der Stelle!
Ch Ich bin gern, nur zu gerne bereit, dir
deinen Wunsch zu erfüllen.
So gehn wir denn, gehn wir
an unsern Platz hin im Schiffe!
Ph Nein doch, beim Fluchgotte, komm her!

θῃς, ἱκετεύω.
Χο μετρίαζ’.
Φι ὦ ξένοι, ch ch cr
μείνατε, πρὸς θεῶν.
Χο τί θροεῖς; ch^2
Φι αἰαῖ αἰαῖ, an^2
δαίμων δαίμων· ἀπόλωλ’ ὁ τάλας· an^4
ὦ ποὺς πούς, τί σ’ ἔτ’ ἐν βίῳ gl
τεύξω τῷ μετόπιν τάλας; gl
ὦ ξένοι, ἔλθετ’ ἐπήλυδες αὖθις. da^4
Χο τί ῥέξοντες, ἀλλοκότῳ ch^2
γνώμᾳ τῶν πάρος ὧν προφαίνεις; hi
Φι οὔτοι νεμεσητὸν rz
ἀλύοντα χειμερίῳ ch^2
λύπᾳ καὶ παρὰ νοῦν θροεῖν. gl
Χο βᾶθί νυν, ὦ τάλαν, ὥς σε κελεύομεν. da^4
Φι οὐδέποτ’ οὐδέποτ’, ἴσθι τόδ’ ἔμπεδον, da^4
οὐδ’ εἰ πυρφόρος ἀστεροπητὴς da^4
βροντᾶς αὐγαῖς μ’ εἶσι φλογίζων. da^4
ἐρρέτω Ἴλιον, οἵ θ’ ὑπ’ ἐκείνῳ da^4
πάντες ὅσοι τόδ’ ἔτλασαν ἐμοῦ ποδὸς da^4
ἄρθρον ἀπῶσαι. ἀλλ’, do
ὦ ξένοι, ἕν γέ μοι εὖχος ὀρέξατε. da^4
Χο ποῖον ἐρεῖς τόδ’ ἔπος;
Φι ξίφος, εἴ ποθεν, da^4
ἢ γένυν, ἢ βελέων τι, προπέμψατε. da^4
Χο ὡς τίνα ⟨δὴ⟩ ῥέξῃς παλάμαν ποτέ; da^4
Φι κρᾶτα καὶ ἄρθρ’ ἀπὸ πάντα τέμω χερί· da^4
φονᾷ φονᾷ νόος ἤδη. en
Χο τί ποτε;
Φι πατέρα ματεύων. ia ba
Χο ποῖ γᾶς;
Φι ἐς Ἅιδου. rz
οὐ γὰρ ἐν φάει γ’ ἔτι. lec
ὦ πόλις ὦ πόλις πατρία, ch do
πῶς ἂν εἰσίδοιμί σ’ ἄθλιός γ’ ἀνήρ, cr ia ia

Höre mein Flehen!
Ch Mäßige ...
Ph Freunde, oh,
bleibt, bei den Göttern!
Ch Was schreist du so?
Ph O Pein! O Pein!
Gott, Gott, ich gehe zugrunde vor Qual!
O Fuß, Fuß, was soll im Leben
fürderhin ich mit dir noch tun?
Freunde, kommt! Kehrt doch zurück zu mir!
Ch Was sollen wir? Bist du denn jetzt
andren Sinns, als du vorhin zeigtest?
Ph Ihr müßt doch nicht schelten,
wenn man, außer sich in dem Sturm
der Qual, redet, was sinnlos ist!
Ch Komm denn, wie wir es dir raten, Unseliger!
Ph Nimmermehr, nimmermehr, des kannst du sicher sein,
selbst wenn feurig der Schleudrer der Blitze
kommt im Wetterstrahl mich verbrennen!
Ilion falle, und die es belagern
alle, die duldeten, daß man mich wegen des
Fußgelenks ausstieß! Doch,
Freunde, erfüllt eine einzige Bitte mir!
Chf Sprich: welcher Art ist dein Wunsch?
Ph Ob ein Schwert oder
Beil oder sonst eine Waffe – o reicht sie mir!
Chf Doch welche Untat willst du begehen denn?
Ph Abhaun das Haupt und die Glieder mir, sämtliche!
Auf Mord, auf Mord steht der Sinn mir!
Chf Wozu das?
Ph Den Vater zu suchen.
Chf Und wo?
Ph Im Hades!
Denn er lebt nicht mehr im Licht.
Stadt, o du teuere Vaterstadt,
Wie soll ich dich wiedersehn, ich armer Mann,

ὅς γε σὰν λιπὼν ἱερὰν λιβάδ', tr do
ἐχθροῖς ἔβαν Δαναοῖς pr
ἀρωγός· ἔτ' οὐδέν εἰμι. en

Χο ἐγὼ μὲν ἤδη καὶ πάλαι νεὼς ὁμοῦ
στείχων ἂν ἦ σοι τῆς ἐμῆς, εἰ μὴ πέλας
'Οδυσσέα στείχοντα τόν τ' 'Αχιλλέως
γόνον πρὸς ἡμᾶς δεῦρ' ἰόντ' ἐλεύσσομεν.

'Οδυσσεύς

οὐκ ἂν φράσειας, ἥντιν' αὖ παλίντροπος
κέλευθον ἕρπεις ὧδε σὺν σπουδῇ ταχύς;

Νεοπτόλεμος

λύσων ὅσ' ἐξήμαρτον ἐν τῷ πρὶν χρόνῳ.
'Οδ δεινόν γε φωνεῖς· ἡ δ' ἁμαρτία τίς ἦν;
Νε ἣν σοὶ πιθόμενος τῷ τε σύμπαντι στρατῷ
'Οδ ἔπραξας ἔργον ποῖον ὧν οὔ σοι πρέπον;
Νε ἀπάταισιν αἰσχραῖς ἄνδρα καὶ δόλοις ἑλών.
'Οδ τὸν ποῖον; ὤμοι· μῶν τι βουλεύῃ νέον;
Νε νέον μὲν οὐδέν, τῷ δὲ Ποίαντος τόκῳ
'Οδ τί χρῆμα δράσεις; ὥς μ' ὑπῆλθέ τις φόβος.
Νε παρ' οὗπερ ἔλαβον τάδε τὰ τόξ', αὖθις πάλιν
'Οδ ὦ Ζεῦ, τί λέξεις; οὔ τί που δοῦναι νοεῖς;
Νε αἰσχρῶς γὰρ αὐτὰ κοὐ δίκῃ λαβὼν ἔχω.
'Οδ πρὸς θεῶν, πότερα δὴ κερτομῶν λέγεις τάδε;
Νε εἰ κερτόμησίς ἐστι τἀληθῆ λέγειν.
'Οδ τί φής, 'Αχιλλέως παῖ; τίν' εἴρηκας λόγον;
Νε δὶς ταὐτὰ βούλῃ καὶ τρὶς ἀναπολεῖν μ' ἔπη;
'Οδ ἀρχὴν κλύειν ἂν οὐδ' ἅπαξ ἐβουλόμην.
Νε εὖ νῦν ἐπίστω πάντ' ἀκηκοὼς λόγον.
'Οδ ἔστιν τις ἔστιν ὅς σε κωλύσει τὸ δρᾶν.
Νε τί φής; τίς ἔσται μ' οὑπικωλύσων τάδε;
'Οδ ξύμπας 'Αχαιῶν λαός, ἐν δὲ τοῖς ἐγώ.
Νε σοφὸς πεφυκὼς οὐδὲν ἐξαυδᾷς σοφόν.

der ich deinen heiligen Strom verließ
zum Feind, zum Danaer ging
als Helfer? Ich bin ja nichts mehr!

Er geht in die Höhle

Chf Wir könnten nun schon lange auf dem Weg hinab
zu unsrem Schiffe sein, wenn wir nicht dort ganz nah
Odysseus gehen sähen mit Achilleus' Sohn:
geraden Weges kommen sie jetzt auf uns zu.

Neoptolemos kommt rasch, Odysseus folgt ihm

Odysseus

Willst du nicht sagen, welche Absicht du verfolgst,
daß du hierher zurückkehrst mit so großer Hast?

Neoptolemos

Gutmachen will ich, was ich vorhin hier gefehlt ...
Od Du sprichst ja seltsam. Welches war dein Fehler denn?
Ne Daß ich dir und dem ganzen Heer gehorsam war.
Od Und welche Tat vollbrachtest du, die dir nicht ziemt?
Ne Mit schändlichem Betrug hab' ich den Mann umgarnt.
Od Wen? – Ha, du planst doch keinen unbedachten Schritt?
Ne Nichts Unbedachtes; doch dem Sohn des Poias will ...
Od Was willst du tun? Ein Schrecken überläuft mich schon.
Ne Den Bogen hier, den ich ihm nahm, will ich zurück ...
Od O Gott! Was sagst du?! Doch nicht wiedergeben, wie?
Ne Durch Unrecht hab' ich schmählich ihn an mich gebracht.
Od Ihr Götter! Sprichst du etwa, mich zu kränken, so?
Ne Sofern du meinst, daß Wahrheit sagen Kränkung ist.
Od Was sagst du, Sohn Achills? Wie ist dein Wort gemeint?
Ne Wünschst du es zwei- und dreimal wiederholt zu sehn?
Od Ich wünscht', ich hätt' es nicht ein einzig Mal gehört.
Ne So wisse nun: du hast mein letztes Wort gehört.
Od Es ist – es ist noch einer, der dich hindern wird!
Ne Du meinst? Wer wird das sein, der mich verhindern kann?
Od Das ganze Volk der Griechen und darunter ich.
Ne Du bist so klug und redest nun so wenig klug.

Ὀδ σὺ δ' οὔτε φωνεῖς οὔτε δρασείεις σοφά.
Νε ἀλλ' εἰ δίκαια, τῶν σοφῶν κρείσσω τάδε.
Ὀδ καὶ πῶς δίκαιον, ἅ γ' ἔλαβες βουλαῖς ἐμαῖς,
πάλιν μεθεῖναι ταῦτα;
Νε τὴν ἁμαρτίαν
αἰσχρὰν ἁμαρτὼν ἀναλαβεῖν πειράσομαι.
Ὀδ στρατὸν δ' Ἀχαιῶν οὐ φοβῇ, πράσσων τάδε;
Νε ξὺν τῷ δικαίῳ τὸν σὸν οὐ ταρβῶ φόβον.
Ὀδ ....
Νε ἀλλ' οὐδέ τοι σῇ χειρὶ πείθομαι τὸ δρᾶν.
Ὀδ οὔ τἄρα Τρωσίν, ἀλλὰ σοὶ μαχούμεθα.
Νε ἴτω τὸ μέλλον.
Ὀδ χεῖρα δεξιὰν ὁρᾷς
κώπης ἐπιψαύουσαν;
Νε ἀλλὰ κἀμέ τοι
ταὐτὸν τόδ' ὄψῃ δρῶντα κοὐ μέλλοντ' ἔτι.
Ὀδ καίτοι σ' ἐάσω· τῷ δὲ σύμπαντι στρατῷ
λέξω τάδ' ἐλθών, ὅς σε τιμωρήσεται.

Νε ἐσωφρόνησας· κἂν τὰ λοίφ' οὕτω φρονῇς,
ἴσως ἂν ἐκτὸς κλαυμάτων ἔχοις πόδα.
σὺ δ', ὦ Ποίαντος παῖ, Φιλοκτήτην λέγω,
ἔξελθ', ἀμείψας τάσδε πετρήρεις στέγας.

Φιλοκτήτης

τίς αὖ παρ' ἄντροις θόρυβος ἵσταται βοῆς;
τί μ' ἐκκαλεῖσθε; τοῦ κεχρημένοι, ξένοι;

ὤμοι· κακὸν τὸ χρῆμα. μῶν τί μοι νέα
πάρεστε πρὸς κακοῖσι πέμποντες κακά;
Νε θάρσει· λόγους δ' ἄκουσον οὓς ἥκω φέρων.
Φι δέδοικ' ἔγωγε. καὶ τὰ πρὶν γὰρ ἐκ λόγων
καλῶν κακῶς ἔπραξα, σοῖς πεισθεὶς λόγοις.
Νε οὔκουν ἔνεστι καὶ μεταγνῶναι πάλιν;
Φι τοιοῦτος ἦσθα τοῖς λόγοισι χὤτε μου
τὰ τόξ' ἔκλεπτες, πιστός, ἀτηρὸς λάθρᾳ.

Od Du aber sprichst nicht klug und handelst auch nicht so.
Ne Tu' ich nur recht, so ist es mehr als Klugheit wert.
Od Wieso ist's recht, was du auf meinen Rat hin nahmst,
nun wieder hinzugeben?
Ne Ich versuche nur,
das gutzumachen, was ich schändlich frevelte.
Od Scheust du nicht das Achaier-Heer, wenn du das tust?
Ne Ist nur das Recht mit mir, dein Drohen fürcht' ich nicht.
Od ⟨Gib acht, daß du nicht meine Hand noch fürchten lernst!⟩
Ne Auch deiner Hand gehorch' ich nicht bei meinem Tun.
Od Also mit dir, nicht mit den Troern kämpfen wir!
Ne Komme, was kommen mag!
Od Siehst du die rechte Hand
den Griff des Schwertes fassen?
Ne Gut, du sollst auch mich
nicht zögern sehen, dir dasselbe nachzutun!
Od Doch nein, ich will dich lassen: dem gesamten Heer
geh' ich es melden, und es wird dich züchtigen.

Er geht

Ne Du nimmst Vernunft an: wenn du so vernünftig bleibst,
hältst du vielleicht den Fuß von allem Kummer fern.
Du aber, Sohn des Poias, Philoktetes, hör!
Verlasse dieses Felsendach und komm heraus!

Philoktetes

in der Höhle

Was gibt's vor meiner Höhle wieder für Geschrei?
Was ruft ihr mich hinaus? Was wollt ihr, Fremdlinge?

Er kommt heraus

Ach, etwas Übles ist es! Seid ihr etwa hier,
um neues Leid zu bringen zu dem alten Leid?
Ne Getrost! Vernimm die Worte, die ich bringen will!
Ph Mir bangt! Auch vorhin haben schöne Worte mir
viel Leid gebracht: auf deine Worte hörte ich.
Ne Wär' es nicht möglich, daß man andren Sinnes wird?
Ph Genau so redlich warst du mit den Worten, als
du mir den Bogen stahlst, doch heimlich arg und falsch.

Νε ἀλλ' οὔ τι μὴν νῦν· βούλομαι δέ σου κλύειν,
πότερα δέδοκταί σοι μένοντι καρτερεῖν,
ἢ πλεῖν μεθ' ἡμῶν.
Φι παῦε, μὴ λέξῃς πέρα.
μάτην γὰρ ἂν εἴπῃς γε πάντ' εἰρήσεται.
Νε οὕτω δέδοκται;
Φι καὶ πέρα γ' ἴσθ' ἢ λέγω.
Νε ἀλλ' ἤθελον μὲν ἄν σε πεισθῆναι λόγοις
ἐμοῖσιν· εἰ δὲ μή τι πρὸς καιρὸν λέγων
κυρῶ, πέπαυμαι.
Φι πάντα γὰρ φράσεις μάτην·
οὐ γάρ ποτ' εὔνουν τὴν ἐμὴν κτήσῃ φρένα,
ὅστις γ' ἐμοῦ δόλοισι τὸν βίον λαβὼν
ἀπεστέρηκας· κᾆτα νουθετεῖς ἐμὲ
ἐλθών, ἀρίστου πατρὸς αἴσχιστος γεγώς.
ὄλοισθ', Ἀτρεῖδαι μὲν μάλιστ', ἔπειτα δὲ
ὁ Λαρτίου παῖς, καὶ σύ.
Νε μὴ 'πεύξῃ πέρα·
δέχου δὲ χειρὸς ἐξ ἐμῆς βέλη τάδε.
Φι πῶς εἶπας; ἆρα δεύτερον δολούμεθα;
Νε ἀπώμοσ' ἁγνὸν Ζηνὸς ὑψίστου σέβας.
Φι ὦ φίλτατ' εἰπών, εἰ λέγεις ἐτήτυμα.
Νε τοὔργον παρέσται φανερόν. ἀλλὰ δεξιὰν
πρότεινε χεῖρα, καὶ κράτει τῶν σῶν ὅπλων.

Ὀδυσσεύς

ἐγὼ δ' ἀπαυδῶ γ', ὡς θεοὶ ξυνίστορες,
ὑπέρ τ' Ἀτρειδῶν τοῦ τε σύμπαντος στρατοῦ.
Φι τέκνον, τίνος φώνημα, μῶν Ὀδυσσέως,
ἐπῃσθόμην;
Ὀδ σάφ' ἴσθι· καὶ πέλας γ' ὁρᾷς,
ὅς σ' ἐς τὰ Τροίας πεδί' ἀποστελῶ βίᾳ,
ἐάν τ' Ἀχιλλέως παῖς ἐάν τε μὴ θέλῃ.

Φι ἀλλ' οὔ τι χαίρων, ἢν τόδ' ὀρθωθῇ βέλος.

Ne Jetzt aber nicht mehr. Hören möcht' ich nur von dir,
ob du gewillt bist, weiter auszuharren hier,
oder mit uns zu fahren.

Ph Sprich nicht weiter! Schweig!
Vergebens wäre alles, was du sagen willst.

Ne Du bleibst dabei?

Ph Und fester als ich sagen kann!

Ne Ich hätte zwar gewünscht, mit meinen Worten dich
noch zu gewinnen; doch wenn es dir nicht gefällt,
so schweig' ich still.

Ph Es wär' auch jedes Wort umsonst.
Denn niemals wieder machst du mich dir wohlgesinnt,
der du mir meinen Lebensunterhalt mit List
entzogen hast und nun noch kommst, mir weisen Rat
zu geben, eines edlen Vaters übler Sproß.
Tod euch! Vor allem den Atriden, aber dir
auch und Laërtes' Sohne!

Ne Fluche doch nicht mehr!
Doch nimm die Waffen hier aus meiner Hand zurück!

Ph Wie sagst du? Werd' ich nun zum zweiten Mal getäuscht?

Ne Nein, schwör' ich bei des höchsten Gottes heiliger Macht!

Ph Wie lieb ist mir dein Wort, wenn du es redlich meinst!

Ne Das soll die Tat beweisen: streck' die rechte Hand
nur aus, bemächtige nur deiner Waffen dich!

Er gibt sie ihm

Odysseus' Stimme:

Und ich verbiet' es! Seid, ihr Götter, Zeugen mir!
Im Namen der Atriden und des ganzen Heers!

Ph Kind, welche Stimme hab' ich jetzt vernommen? Ist's
Odysseus gar?

Odysseus tritt hervor

Od Gewiß! Er steht vor Augen dir,
der dich zu Troias Ebene mit Gewalt entführt,
mag der Achilleus-Sohn es wollen oder nicht.

Philoktetes spannt seinen Bogen

Ph Doch sollst du nicht frohlocken, wenn der Pfeil hier trifft!

Νε ἆ, μηδαμῶς, μή, πρὸς θεῶν, μεθῇς βέλος.

Φι μέθες με, πρὸς θεῶν, χεῖρα, φίλτατον τέκνον.
Νε οὐκ ἂν μεθείην.
Φι φεῦ· τί μ' ἄνδρα πολέμιον
ἐχθρόν τ' ἀφείλου μὴ κτανεῖν τόξοις ἐμοῖς;
Νε ἀλλ' οὔτ' ἐμοὶ τοῦτ' ἐστὶν οὔτε σοὶ καλόν.
Φι ἀλλ' οὖν τοσοῦτόν γ' ἴσθι, τοὺς πρώτους στρατοῦ,
τοὺς τῶν Ἀχαιῶν ψευδοκήρυκας, κακοὺς
ὄντας πρὸς αἰχμήν, ἐν δὲ τοῖς λόγοις θρασεῖς.
Νε εἶέν. τὰ μὲν δὴ τόξ' ἔχεις, κοὐκ ἔσθ' ὅτου
ὀργὴν ἔχοις ἂν οὐδὲ μέμψιν εἰς ἐμέ.
Φι ξύμφημι. τὴν φύσιν δ' ἔδειξας, ὦ τέκνον,
ἐξ ἧς ἔβλαστες, οὐχὶ Σισύφου πατρός,
ἀλλ' ἐξ Ἀχιλλέως, ὃς μετὰ ζώντων θ' ὅτ' ἦν
ἤκου' ἄριστα, νῦν τε τῶν τεθνηκότων.
Νε ἥσθην πατέρα τὸν ἀμὸν εὐλογοῦντά σε
αὐτόν τ' ἔμ'· ὧν δέ σου τυχεῖν ἐφίεμαι
ἄκουσον. ἀνθρώποισι τὰς μὲν ἐκ θεῶν
τύχας δοθείσας ἔστ' ἀναγκαῖον φέρειν·
ὅσοι δ' ἑκουσίοισιν ἔγκεινται βλάβαις,
ὥσπερ σύ, τούτοις οὔτε συγγνώμην ἔχειν
δίκαιόν ἐστιν οὔτ' ἐποικτίρειν τινά.
σὺ δ' ἠγρίωσαι, κοὔτε σύμβουλον δέχῃ,
ἐάν τε νουθετῇ τις εὐνοίᾳ λέγων,
στυγεῖς, πολέμιον δυσμενῆ θ' ἡγούμενος.
ὅμως δὲ λέξω· Ζῆνα δ' ὅρκιον καλῶ·
καὶ ταῦτ' ἐπίστω, καὶ γράφου φρενῶν ἔσω.
σὺ γὰρ νοσεῖς τόδ' ἄλγος ἐκ θείας τύχης,
Χρύσης πελασθεὶς φύλακος, ὃς τὸν ἀκαλυφῆ
σηκὸν φυλάσσει κρύφιος οἰκουρῶν ὄφις·
καὶ παῦλαν ἴσθι τῆσδε μή ποτ' ἂν τυχεῖν
νόσου βαρείας, ἕως ἂν αὑτὸς ἥλιος
ταύτῃ μὲν αἴρῃ, τῇδε δ' αὖ δύνῃ πάλιν,
πρὶν ἂν τὰ Τροίας πεδί' ἑκὼν αὐτὸς μόλῃς,

Neoptolemos greift nach seiner Hand

Ne Ah! Keinesfalls! Nein, bei den Göttern, schieße nicht!

Odysseus entflieht

Ph Laß, bei den Göttern, los die Hand, geliebtes Kind!

Ne Ich lass' sie nicht!

Ph Ach, warum hieltest du mich ab,
zu töten mit dem Bogen den verhaßten Feind?

Ne Das brächt' uns keine Ehre, weder dir noch mir.

Ph Doch so viel weißt du nun: die Ersten eures Heers,
die Lügenherolde der Griechen, sie sind feig
im Waffenkampfe; kühn sind sie im Reden nur.

Ne Mag sein. Doch deinen Bogen hast du, und es ist
kein Grund für dich zum Zorn und Tadel gegen mich.

Ph Das geb' ich zu: du hast das Blut bewährt, mein Sohn,
aus dem du stammst; dein Vater war kein Sisyphos:
Achilleus war's, der unter Lebenden dereinst
als Bester galt, jetzt als der Toten Bester gilt.

Ne Mit Freuden hör' ich, daß du meinen Vater lobst
und mich mit ihm; doch höre, was ich gern von dir
erlangte! Das von Göttern auferlegte Los
sollen die Menschen tragen als Notwendigkeit.
Wer aber starr beharrt in selbstgewähltem Leid
wie du, der hat kein Recht mehr, zu erwarten, daß
für ihn noch jemand Nachsicht oder Mitleid hat.
Du bist verbittert; guten Rat nimmst du nicht an,
und wenn dich jemand wohlgesinnt ermahnen will,
zürnst du und glaubst, er sei ein bösgewillter Feind.
Und dennoch red' ich. Zeus ruf' ich als Zeugen an!
Und du gib acht darauf und schreib es dir ins Herz!
Du krankst an einem Leid, das Götter dir verhängt,
weil du der Schlange nahtest, die als Wächterin
in Chryses offnem Heiligtum verborgen haust,
und wisse: nie wird von der schweren Krankheit Qual
Befreiung dir zuteil, solang die Sonne noch
von dort emporsteigt und nach da hinuntertaucht,
bevor du nicht freiwillig kommst zum troischen Feld,

καὶ τοῖν παρ' ἡμῖν ἐντυχὼν 'Ασκληπίδαιν
νόσου μαλαχθῇς τῆσδε, καὶ τὰ πέργαμα
ξὺν τοῖσδε τόξοις ξύν τ' ἐμοὶ πέρσας φανῇς.
ὡς δ' οἶδα ταῦτα τῇδ' ἔχοντ' ἐγώ, φράσω.
ἀνὴρ γὰρ ἡμῖν ἐστιν ἐκ Τροίας ἁλούς,
Ἕλενος ἀριστόμαντις, ὃς λέγει σαφῶς,
ὡς δεῖ γενέσθαι ταῦτα· καὶ πρὸς τοῖσδ' ἔτι,
ὡς ἔστ' ἀνάγκη τοῦ παρεστῶτος θέρους
Τροίαν ἁλῶναι πᾶσαν· ἢ δίδωσ' ἑκὼν
κτείνειν ἑαυτόν, ἢν τάδε ψευσθῇ λέγων.
ταῦτ' οὖν ἐπεὶ κάτοισθα, συγχώρει θέλων.
καλὴ γὰρ ἡ 'πίκτησις, Ἑλλήνων ἕνα
κριθέντ' ἄριστον, τοῦτο μὲν παιωνίας
ἐς χεῖρας ἐλθεῖν, εἶτα τὴν πολύστονον
Τροίαν ἑλόντα κλέος ὑπέρτατον λαβεῖν.
Φι ὦ στυγνὸς αἰών, τί με, τί δῆτ' ἔχεις ἄνω
βλέποντα, κοὐκ ἀφῆκας εἰς Ἅιδου μολεῖν;
οἴμοι, τί δράσω; πῶς ἀπιστήσω λόγοις
τοῖς τοῦδ', ὃς εὔνους ὢν ἐμοὶ παρῄνεσεν;
ἀλλ' εἰκάθω δῆτ'; εἶτα πῶς ὁ δύσμορος
ἐς φῶς τάδ' ἔρξας εἶμι; τῷ προσήγορος;
πῶς, ὦ τὰ πάντ' ἰδόντες ἀμφ' ἐμοὶ κύκλοι,
ταῦτ' ἐξανασχήσεσθε, τοῖσιν 'Ατρέως
ἐμὲ ξυνόντα παισίν, οἵ μ' ἀπώλεσαν;
πῶς τῷ πανώλει παιδὶ τῷ Λαερτίου;
οὐ γάρ με τἄλγος τῶν παρελθόντων δάκνει,
ἀλλ' οἷα χρὴ παθεῖν με πρὸς τούτων ἔτι
δοκῶ προλεύσσειν. οἷς γὰρ ἡ γνώμη κακῶν
μήτηρ γένηται, πάντα παιδεύει κακούς.
καὶ σοῦ δ' ἔγωγε θαυμάσας ἔχω τόδε.
χρῆν γάρ σε μήτ' αὐτόν ποτ' ἐς Τροίαν μολεῖν,
ἡμᾶς τ' ἀπείργειν· οἵ γέ σου καθύβρισαν,
πατρὸς γέρας συλῶντες, εἶτα τοῖσδε σὺ

1365 πατρὸς γέρας συλῶντες [οἳ τὸν ἄθλιον
Αἴανθ' ὅπλων σοῦ πατρὸς ὕστερον δίκῃ
'Οδυσσέως ἔκριναν]. εἶτα τοῖσδε σὺ

bei uns die beiden Söhne des Asklepios triffst,
daß sie dein Übel heilen, und die feste Stadt
durch diesen Bogen im Verein mit mir zerstörst.
Hör auch, woher ich weiß, daß dies sich so verhält!
Der Troer Helenos ist als Gefangener
bei uns, ein großer Seher: der bezeugt es klar,
daß dies geschehen muß, und weiter sagte er,
verhängt sei, daß im Laufe dieses Sommers noch
das ganze Troia falle, ja, er will sogar
den Tod freiwillig leiden, wenn es Lüge war.
Und nun, da du es weißt, gib nach und komme mit!
Es wäre doch ein schöner Lohn, als tapferster
Hellene anerkannt, zuerst in heilende
Hände zu kommen und danach das jammernde
Troia zu nehmen und zu ernten höchsten Ruhm.

Ph Warum, warum, verhaßtes Leben, hältst du mich
hier oben, läßt mich nicht zu Hades' Reich hinab?
O Pein! Was soll ich tun? Wie darf ich mich dem Wort
des Manns entziehn, der mich so wohlgesinnt berät?
Füg' ich mich also? Und wie lass' ich Armer mich
dann unter Leuten sehen? Wen red' ich noch an?
Ihr Augen, die ihr alles saht, was mir geschah,
wie könntet ihr ertragen, daß ich wieder bei
den Atreus-Söhnen bin, die mich vernichteten,
und bei Laërtes' Sohn, dem allverderbenden?
Denn nicht das überstandne Elend nagt an mir,
nein, was ich künftig noch von ihnen dulden muß,
glaub' ich zu ahnen: wessen Sinnesart einmal
Bosheiten heckte, wird auch sonst zum Bösewicht.
Verwunderung erfüllt mich doch auch über dich.
Denn niemals dürftest du doch selbst nach Troia ziehn
und müßtest mich dran hindern: die dich höhnten, dir
die Rüstung deines Vaters raubten, denen willst

εἶ ξυμμαχήσων, κἄμ' ἀναγκάζεις τάδε;
μὴ δῆτα, τέκνον· ἀλλά μ', ὃ ξυνῄνεσας,
πέμψον πρὸς οἴκους· καὐτὸς ἐν Σκύρῳ μένων
ἔα κακῶς αὐτοὺς ἀπόλλυσθαι κακούς.
χοὔτω διπλῆν μὲν ἐξ ἐμοῦ κτήσῃ χάριν,
διπλῆν δὲ πατρός· κοὐ κακοὺς ἐπωφελῶν
δόξεις ὅμοιος τοῖς κακοῖς πεφυκέναι.
Νε λέγεις μὲν εἰκότ', ἀλλ' ὅμως σε βούλομαι
θεοῖς τε πιστεύσαντα τοῖς τ' ἐμοῖς λόγοις
φίλου μετ' ἀνδρὸς τοῦδε τῆσδ' ἐκπλεῖν χθονός.
Φι ἦ πρὸς τὰ Τροίας πεδία καὶ τὸν 'Ατρέως
ἔχθιστον υἱὸν τῷδε δυστήνῳ ποδί;
Νε πρὸς τοὺς μὲν οὖν σε τήνδε τ' ἔμπυον βάσιν
παύσοντας ἄλγους κἀποσώσοντας νόσου.
Φι ὦ δεινὸν αἶνον αἰνέσας, τί φῄς ποτε;
Νε ἃ σοί τε κἀμοὶ λῷσθ' ὁρῶ τελούμενα.
Φι καὶ ταῦτα λέξας οὐ καταισχύνῃ θεούς;
Νε πῶς γάρ τις αἰσχύνοιτ' ἂν ἄλλον ὠφελῶν;
Φι λέγεις δ' 'Ατρείδαις ὄφελος, ἢ 'π' ἐμοὶ τόδε;
Νε σοί που φίλος γ' ὤν· χὠ λόγος τοιόσδε μου.
Φι πῶς, ὅς γε τοῖς ἐχθροῖσί μ' ἐκδοῦναι θέλεις;
Νε ὦ τᾶν, διδάσκου μὴ θρασύνεσθαι κακοῖς.
Φι ὀλεῖς με, γιγνώσκω σε, τοῖσδε τοῖς λόγοις.
Νε οὔκουν ἔγωγε· φημὶ δ' οὔ σε μανθάνειν.
Φι ἐγὼ οὐκ 'Ατρείδας ἐκβαλόντας οἶδά με;
Νε ἀλλ' ἐκβαλόντες εἰ πάλιν σώσουσ', ὅρα.
Φι οὐδέποθ' ἑκόντα γ' ὥστε τὴν Τροίαν ἰδεῖν.
Νε τί δῆτ' ἂν ἡμεῖς δρῷμεν, εἰ σέ γ' ἐν λόγοις
πείθειν δυνησόμεσθα μηδὲν ὧν λέγω;
ὡς ῥᾷστ' ἐμοὶ μὲν τῶν λόγων λῆξαι, σὲ δὲ
ζῆν, ὥσπερ ἤδη ζῇς, ἄνευ σωτηρίας.
Φι ἔα με πάσχειν ταῦθ' ἅπερ παθεῖν με δεῖ·
ἃ δ' ᾔνεσάς μοι δεξιᾶς ἐμῆς θιγών,
πέμπειν πρὸς οἴκους, ταῦτά μοι πρᾶξον, τέκνον,
καὶ μὴ βράδυνε μηδ' ἐπιμνησθῇς ἔτι
Τροίας· ἅλις γάρ μοι τεθρήνηται γόοις.

du Kampfgenosse sein und zwingst auch mich dazu?
Nein! Nicht doch, Jüngling! Sondern, wie du mir's beschworst,
bring mich nach Haus und bleibe selbst in Skyros dann;
die Schlimmen aber laß auch schlimm zugrunde gehn!
So wird dir doppelt Dank dafür von mir zuteil,
doppelt von meinem Vater: hilf den Bösen nicht,
damit du nicht den Bösen gleichgeartet scheinst!

Ne Du sprichst wohl richtig; dennoch wünscht' ich mir, daß du
vertrauend auf die Götter und auf meinen Rat
mit mir als Freund fortsegeltest von diesem Strand.

Ph Zum Feld vor Troia wohl und zum verhaßten Sohn
des Atreus, und mit diesem unglückseligen Fuß?

Ne Zu denen, die die Eiterung an deinem Bein
heilen und von der Qual der Krankheit dich befrein!

Ph O schrecklicher Ratgeber! Und was meinst du noch?

Ne Was schließlich dir und mir zum Besten dienen wird.

Ph Und solcher Worte schämst du dich vor Göttern nicht?

Ne Warum soll der sich schämen, der dem andren hilft?

Ph Wem willst du helfen: den Atriden oder mir?

Ne Dir als dein Freund, und so ist auch mein Rat gemeint.

Ph Wie das, wenn du den Feinden mich ausliefern willst?

Ne O Lieber, lerne doch, nicht starr zu sein im Leid!

Ph Ich kenne dich: mit deinem Rat verdirbst du mich!

Ne Nein, ich gewiß nicht; doch du willst mich nicht verstehn.

Ph Weiß ich nicht, daß mich die Atriden ausgesetzt?

Ne Die dich aussetzten, wollen jetzt dich retten, sieh!

Ph Freiwillig werd' ich Troia niemals wiedersehn.

Ne Was soll ich nur beginnen, wenn kein Wort von mir,
was ich auch sage, dich zu überzeugen weiß?
Am besten hör' ich dann zu reden auf, und du
lebst, wie bisher du lebtest, ohne Rettung hier.

Ph Laß mich erdulden, was zu dulden mir verhängt!
Doch was du mir gelobt hast in die rechte Hand,
mich heimzubringen, Jüngling, das erfülle mir
und zaudre nicht mehr und erinnre mich auch nicht
an Troia! Denn genug hab' ich darum geweint.

Νε εἰ δοκεῖ, στείχωμεν. tr^{4} ∧
Φι ὦ γενναῖον εἰρηκὼς ἔπος.
Νε ἀντέρειδε νῦν βάσιν σήν.
Φι εἰς ὅσον γ' ἐγὼ σθένω.
Νε αἰτίαν δὲ πῶς 'Αχαιῶν φεύξομαι;
Φι μὴ φροντίσῃς.
Νε τί γάρ, ἐὰν πορθῶσι χώραν τὴν ἐμήν;
Φι ἐγὼ παρὼν
Νε τίνα προσωφέλησιν ἔρξεις;
Φι βέλεσι τοῖς Ἡρακλέους
Νε πῶς λέγεις;
Φι εἴρξω πελάζειν.
Νε στεῖχε προσκύσας χθόνα.

Ἡρακλῆς

μήπω γε, πρὶν ἂν τῶν ἡμετέρων an^{4}
ἀίῃς μύθων, παῖ Ποίαντος·
φάσκειν δ' αὐδὴν τὴν Ἡρακλέους
ἀκοῇ τε κλύειν λεύσσειν τ' ὄψιν.
τὴν σὴν δ' ἥκω χάριν οὐρανίας
ἕδρας προλιπών,
τὰ Διός τε φράσων βουλεύματά σοι,
κατερητύσων θ' ὁδὸν ἣν στέλλῃ·
σὺ δ' ἐμῶν μύθων ἐπάκουσον.

καὶ πρῶτα μέν σοι τὰς ἐμὰς λέξω τύχας,
ὅσους πονήσας καὶ διεξελθὼν πόνους
ἀθάνατον ἀρετὴν ἔσχον, ὡς πάρεσθ' ὁρᾶν.
καὶ σοί, σάφ' ἴσθι, τοῦτ' ὀφείλεται παθεῖν,
ἐκ τῶν πόνων τῶνδ' εὐκλεᾶ θέσθαι βίον.
ἐλθὼν δὲ σὺν τῷδ' ἀνδρὶ πρὸς τὸ Τρωικὸν
πόλισμα πρῶτον μὲν νόσου παύσῃ λυγρᾶς,
ἀρετῇ τε πρῶτος ἐκκριθεὶς στρατεύματος,

1407 πῶς λέγεις; Φι. εἴρξω πελάζειν [σῆς πάτρας. Νε. ἀλλ' εἰ ⟨δοκεῖ
1408 σοὶ τὸ⟩ δρᾶν τάδ' ὥσπερ αὐδᾷς,] στεῖχε προσκύσας χθόνα.

Ne Wenn du willst, so gehn wir.
Ph Welch ein edelmütig Wort du sprichst!
Ne Setze nur beherzt den Fuß hin!
Ph Ja, so gut ich es vermag.
Ne Wie soll ich den Vorwurf der Achaier fliehn?
Ph Beacht' ihn nicht!
Ne Und verwüsten sie mein Land, was tu' ich dann?
Ph Dann bin ich da: ...
Ne Welche Hilfe kannst du bieten?
Ph mit dem Pfeil des Herakles ...
Ne Wie denn das?
Ph ... vertreib' ich alle.
Ne Grüße dieses Land und komm!

Sie wollen gehen, da erscheint von oben auf einer Wolke Herakles

Herakles

Nicht eher, als bis unsre Botschaft du
vernommen hast, o Poias-Sohn!
Bedenk indes, daß es Herakles ist,
den du sprechen hörst, dessen Antlitz du schaust!
Ich komme ja dir zuliebe, verließ
den himmlischen Sitz,
will Zeus' Beschlüsse verkündigen dir
und den Weg verwehren, den du betrittst:
du aber vernimm meine Botschaft!

Zuerst erinnr' ich an mein eignes Schicksal dich:
durch wieviel Mühen ich hindurchgegangen bin,
bis ich Unsterblichkeit gewann, wie du erkennst.
Auch dir, das wisse, ward dies Leiden auferlegt,
daß nach der Mühsal ruhmreich Leben du erringst.
Kommst du mit diesem Manne hin ins Troerland,
wirst du zuerst von deinem bittren Weh befreit.
Du wirst, an Wert als Erster anerkannt im Heer,

Πάριν μέν, ὃς τῶνδ' αἴτιος κακῶν ἔφυ,
τόξοισι τοῖς ἐμοῖσι νοσφιεῖς βίου,
πέρσεις τε Τροίαν, σκῦλά τ' ἐς μέλαθρα σὰ
πέμψεις, ἀριστεῖ' ἐκλαβὼν στρατεύματος,
Ποίαντι πατρὶ πρὸς πάτρας Οἴτης πλάκα.
ἃ δ' ἂν λάβῃς σὺ σκῦλα τοῦδε τοῦ στρατοῦ,
τόξων ἐμῶν μνημεῖα πρὸς πυρὰν ἐμὴν
κόμιζε. – καὶ σοὶ ταὔτ', 'Αχιλλέως τέκνον,
παρῄνεσ'· οὔτε γὰρ σὺ τοῦδ' ἄτερ σθένεις
ἑλεῖν τὸ Τροίας πεδίον οὔθ' οὗτος σέθεν.
ἀλλ' ὡς λέοντε συννόμω φυλάσσετον
οὗτος σὲ καὶ σὺ τόνδ'. – ἐγὼ δ' 'Ασκληπιὸν
παυστῆρα πέμψω σῆς νόσου πρὸς Ἴλιον.
τὸ δεύτερον γὰρ τοῖς ἐμοῖς αὐτὴν χρεὼν
τόξοις ἁλῶναι. τοῦτο δ' ἐννοεῖσθ', ὅταν
πορθῆτε γαῖαν, εὐσεβεῖν τὰ πρὸς θεούς·
ὡς τἄλλα πάντα δεύτερ' ἡγεῖται πατὴρ
Ζεύς. οὐ γὰρ ηὑσέβεια συνθνῄσκει βροτοῖς·
κἂν ζῶσι κἂν θάνωσιν, οὐκ ἀπόλλυται.

Φι ὦ φθέγμα ποθεινὸν ἐμοὶ πέμψας, an^{4}
χρόνιός τε φανείς,
οὐκ ἀπιθήσω τοῖς σοῖς μύθοις.
Νε κἀγὼ γνώμην ταὐτῇ τίθεμαι.
Ἡρ μή νυν χρόνιοι μέλλετε πράσσειν.
καιρὸς καὶ πλοῦς
ὅδ' ἐπείγει γὰρ κατὰ πρύμναν.

Φι φέρε νυν στείχων χώραν καλέσω.
χαῖρ', ὦ μέλαθρον ξύμφρουρον ἐμοί,
Νύμφαι τ' ἔνυδροι λειμωνιάδες,
καὶ κτύπος ἄρσην πόντου προβολῆς,
οὗ πολλάκι δὴ τοὐμὸν ἐτέγχθη
κρᾶτ' ἐνδόμυχον πληγῇσι νότου,
πολλὰ δὲ φωνῆς τῆς ἡμετέρας
Ἑρμαῖον ὄρος παρέπεμψεν ἐμοὶ

den Paris, der an allem Unheil schuldig ist,
mit meinem Bogen aus dem Leben tilgen, wirst
Troia zerstören, Beute in die Heimat dann
senden, die du empfängst als Ehrenpreis des Kampfs,
dem Vater Poias auf des heimischen Oita Flur.
Doch was du sonst als Beute dort vom Heer bekommst,
als Denkmal meines Bogens bring's zum Oita selbst,
wo ich verbrannte! – Und auch dich, Achilleus' Sohn
ermahne ich: denn ohne ihn vermagst du nicht
das Troerland zu nehmen, er nicht ohne dich.
Drum wie zwei Löwen steht zusammen und beschützt
euch gegenseitig. – Dir will ich Asklepios
nach Troia senden, daß er deine Krankheit heilt.
So muß zum zweitenmal mein Bogen diese Stadt
erobern! Aber denkt daran, wenn ihr das Land
dann plündert, daß ihr ehrt, was Göttern heilig ist!
Denn alles andre schätzt geringer Vater Zeus.
Die Ehrfurcht nämlich stirbt ja mit dem Menschen nicht:
er lebe oder sterbe, – sie wird nie vergehn.

Ph O Stimme, seit langem von mir ersehnt,
die nun endlich erklingt,
gern will ich gehorchen deinem Gebot.
Ne Auch ich bin dir zu folgen bereit.
He Nun zögert nicht lange, ans Werk zu gehn!
Es ist Zeit: es weht
zum Steuerbord günstiger Fahrwind.

Herakles verschwindet

Ph Wohlan! Zum Abschied grüß' ich dieses Land:
Leb wohl, Behausung, die treu mir gedient,
ihr Nymphen auch der Quellen und Aun,
ihr Wogen, gewaltig brausend am Fels,
wo oft bei den Stößen des Südsturms mir
mein Haupt benetzt ward in meinem Versteck,
wo oft meiner Stimme klagenden Ruf
der Berg des Hermes im Widerhall

στόνον ἀντίτυπον χειμαζομένῳ.
νῦν δ', ὦ κρῆναι Λύκιόν τε ποτόν,
λείπομεν ὑμᾶς, λείπομεν, οὐ δὴ
δόξης ποτὲ τῆσδ' ἐπιβάντες.
χαῖρ', ὦ Λήμνου πέδον ἀμφίαλον,
καί μ' εὐπλοίᾳ πέμψον ἀμέμπτως,
ἔνθ' ἡ μεγάλη Μοῖρα κομίζει,
γνώμη τε φίλων χὠ πανδαμάτωρ
δαίμων, ὃς ταῦτ' ἐπέκρανεν.

Χορός

χωρῶμεν δὴ πάντες ἀολλεῖς, an[4]
Νύμφαις ἁλίαισιν ἐπευξάμενοι
νόστου σωτῆρας ἱκέσθαι.

zurückgesandt, wenn die Qual mich befiel!
O Quellen ihr und Apollons Born,
ich verlass' euch denn, ich verlass' euch jetzt:
  es geht über all meine Hoffnung.
Leb wohl, mein Lemnos, umflutetes Land,
und verleihe mir glückliche Fahrt ans Ziel,
wohin das gewaltige Schicksal führt
und der Freunde Rat und der göttliche Geist,
  der allmächtige, der es gefügt hat!

Chor

Nun ziehn wir alle vereint von hier.
Doch flehen wir noch zu den Nymphen der See,
  daß sie schützend geleiten die Meerfahrt.

ΟΙΔΙΠΟΥΣ ΕΠΙ ΚΟΛΩΝΩΙ

OIDIPUS AUF KOLONOS

ΟΙΔΙΠΟΥΣ ΕΠΙ ΚΟΛΩΝΩΙ

Τὰ τοῦ δράματος πρόσωπα

Οἰδίπους · Ἀντιγόνη · Ξένος · Χορὸς Ἀττικῶν γερόντων · Ἰσμήνη · Θησεύς · Κρέων · Πολυνείκης · Ἄγγελος

Οἰδίπους

Τέκνον τυφλοῦ γέροντος Ἀντιγόνη, τίνας
χώρους ἀφίγμεθ' ἢ τίνων ἀνδρῶν πόλιν;
τίς τὸν πλανήτην Οἰδίπουν καθ' ἡμέραν
τὴν νῦν σπανιστοῖς δέξεται δωρήμασιν,
σμικρὸν μὲν ἐξαιτοῦντα, τοῦ σμικροῦ δ' ἔτι
μεῖον φέροντα, καὶ τόδ' ἐξαρκοῦν ἐμοί;
στέργειν γὰρ αἱ πάθαι με χὠ χρόνος ξυνὼν
μακρὸς διδάσκει καὶ τὸ γενναῖον τρίτον.
ἀλλ', ὦ τέκνον, θάκησιν εἴ τινα βλέπεις
ἢ πρὸς βεβήλοις ἢ πρὸς ἄλσεσιν θεῶν,
στῆσόν με κἀξίδρυσον, ὡς πυθώμεθα,
ὅπου ποτ' ἐσμέν· μανθάνειν γὰρ ἥκομεν
ξένοι πρὸς ἀστῶν, ἃν δ' ἀκούσωμεν τελεῖν.

Ἀντιγόνη

πάτερ ταλαίπωρ' Οἰδίπους, πύργοι μὲν οἳ
πόλιν στέφουσιν, ὡς ἀπ' ὀμμάτων, πρόσω·
χῶρος δ' ὅδ' ἱρός, ὡς σάφ' εἰκάσαι, βρύων
δάφνης, ἐλαίας, ἀμπέλου· πυκνόπτεροι δ'
εἴσω κατ' αὐτὸν εὐστομοῦσ' ἀηδόνες·
οὗ κῶλα κάμψον τοῦδ' ἐπ' ἀξέστου πέτρου·
μακρὰν γὰρ ὡς γέροντι προυστάλης ὁδόν.

OIDIPUS AUF KOLONOS

Die Personen der Handlung

Oidipus · Antigone · Ein Koloner · Der Chor (die Ältesten von Kolonos) · Ismene · Theseus · Kreon · Polyneikes · Bote

Schauplatz: Kolonos bei Athen; im Hintergrunde der heilige Hain der Eumeniden oder Erinyen

Der alte Oidipus, blind und im bestaubten Gewande, kommt gewandert, von Antigone geführt

Oidipus

Du Kind des blinden Alten, Antigone, in welch
Gebiet sind wir gekommen, welcher Männer Stadt?
Wer nimmt am heutigen Tag den Wandrer Oidipus
mit kärglichen Geschenken auf in seinem Haus,
der zwar um wenig bittet, doch noch weniger
als dies empfängt, – und doch genügt auch das für mich:
fürlieb zu nehmen lehrt das Leid mich und die lang
währende Zeit und als ein Drittes: edler Mut.
Doch, liebes Kind, erblickst du einen Ruhesitz,
sei's ungeweihter Boden oder Götterhain,
so führ' und laß mich ruhn, daß wir erkunden, wo
wir etwa sind: als Fremde müssen wir uns ja
nach den Bewohnern richten, ihren Willen tun.

Antigone

Mein armer Vater Oidipus, die Türme, die
die Stadt umkränzen, sind den Augen zwar noch fern;
doch heilig ist der Ort, das spürt man gleich: er prangt
von Lorbeer, Ölbaum, Wein; ein ungezählter Chor
von Nachtigallen singt tief drinnen holden Lauts.
Beug' hier die Kniee auf den unbehaunen Stein:
du machtest für dein Alter einen weiten Weg.

Οἰ κάθιζέ νύν με καὶ φύλασσε τὸν τυφλόν.
Ἀν χρόνου μὲν οὕνεκ' οὐ μαθεῖν με δεῖ τόδε.
Οἰ ἔχεις διδάξαι δή μ', ὅποι καθέσταμεν;
Ἀν τὰς γοῦν Ἀθήνας οἶδα, τὸν δὲ χῶρον οὔ.
Οἰ πᾶς γάρ τις ηὔδα τοῦτό γ' ἡμὶν ἐμπόρων.
Ἀν ἀλλ' ὅστις ὁ τόπος, ἦ μάθω μολοῦσά ποι;
Οἰ ναί, τέκνον, εἴπερ ἐστί γ' ἐξοικήσιμος.
Ἀν ἀλλ' ἐστὶ μὴν οἰκητός· οἴομαι δὲ δεῖν
οὐδέν· πέλας γὰρ ἄνδρα τόνδε νῷν ὁρῶ.
Οἰ ἦ δεῦρο προσστείχοντα κἀξορμώμενον;
Ἀν καὶ δὴ μὲν οὖν παρόντα· χὤ τι σοι λέγειν
εὔκαιρόν ἐστιν, ἔννεφ', ὡς ἀνὴρ ὅδε.

Οἰ ὦ ξεῖν', ἀκούων τῆσδε τῆς ὑπέρ τ' ἐμοῦ
αὑτῆς θ' ὁρώσης, οὕνεχ' ἡμὶν αἴσιος
σκοπὸς προσήκεις ὧν ἀδηλοῦμεν φράσαι . . .

Ξένος

πρίν νυν τὰ πλείον' ἱστορεῖν, ἐκ τῆσδ' ἕδρας
ἔξελθ'· ἔχεις γὰρ χῶρον οὐχ ἁγνὸν πατεῖν.
Οἰ τίς δ' ἔσθ' ὁ χῶρος; τοῦ θεῶν νομίζεται;
Ξε ἄθικτος οὐδ' οἰκητός. αἱ γὰρ ἔμφοβοι
θεαί σφ' ἔχουσι, Γῆς τε καὶ Σκότου κόραι.
Οἰ τίνων τὸ σεμνὸν ὄνομ' ἂν εὐξαίμην κλύων;
Ξε τὰς πάνθ' ὁρώσας Εὐμενίδας ὅ γ' ἐνθάδ' ἂν
εἴποι λεὼς νιν· ἄλλα δ' ἀλλαχοῦ καλά.
Οἰ ἀλλ' ἵλεῳ μὲν τὸν ἱκέτην δεξαίατο·
ὡς οὐχ ἕδρας γε τῆσδ' ἂν ἐξέλθοιμ' ἔτι.
Ξε τί δ' ἐστὶ τοῦτο;
Οἰ ξυμφορᾶς ξύνθημ' ἐμῆς.
Ξε ἀλλ' οὐδὲ μέντοι τοὐξανιστάναι πόλεως
δίχ' ἐστὶ θάρσος, πρίν γ' ἂν ἐνδείξω τί δρᾶν.
Οἰ πρός νυν θεῶν, ὦ ξεῖνε, μή μ' ἀτιμάσῃς,
τοιόνδ' ἀλήτην, ὧν σε προστρέπω, φράσαι.
Ξε σήμαινε, κοὐκ ἄτιμος ἔκ γ' ἐμοῦ φανῇ.

Oi So laß mich sitzen! Gib auch auf mich Blinden acht!
An Das muß ich nicht erst lernen nach so langer Zeit.
Oi Hast du nun Kenntnis, wo wir hingekommen sind?
An Athen erkenn' ich, nur die Gegend kenn' ich nicht.
Oi Das hat uns ja schon jeder Wandersmann gesagt.
An Soll ich nun gehn und fragen, wie der Ort hier heißt?
Oi Ja, Kind, sofern er überhaupt Bewohner hat.
An Gewiß ist er bewohnt. Doch glaub' ich, es bedarf
nichts weiter, denn ganz nahe seh' ich einen Mann.
Oi Ist er mit raschen Schritten hierher unterwegs?
An Er ist vielmehr schon da, und was zu sagen dir
am Herzen liegt, sprich es nur aus: der Mann ist hier.

Ein Bewohner von Kolonos ist herangekommen

Oi Mein Lieber, hier von dieser, die für mich und sich
muß sehen, hör' ich, daß du so nach Wunsch uns kommst,
als Wächter uns zu sagen, was uns unbekannt ...

Der Koloner

Bevor du weiter jetzt mich fragst, geh von dem Sitz
hinweg! Der Platz ist heilig, unbetretbar drum.
Oi Was für ein Platz ist's, welchem Gott geweiht ist er?
Ko Unnahbar, nicht bewohnt: die furchtbarn Göttinnen,
der Erde und des Dunkels Töchter, haben ihn.
Oi Mit welchem heiligen Namen ruf' ich sie wohl an?
Ko Die alles sehenden ‚Holdgesinnten' nennt das Volk
sie hierzulande; anderswo ist andres Brauch.
Oi So mögen sie den Schützling gnädig nehmen auf!
Nun weich' ich nimmermehr vom Sitz auf diesem Grund.
Ko Was soll das heißen?
Oi Meines Schicksals Losungsruf!
Ko So fehlt auch mir der Mut, dich ohne Wink der Stadt
hier wegzuweisen: erst erfrag' ich, was zu tun ...
Oi Jetzt, bei den Göttern, halte mich für unwert nicht,
mich Flüchtling, mir zu sagen, was ich wissen will!
Ko Sprich nur! Nicht unwert scheinst du: soviel seh' ich wohl.

Οἰ τίς ἔσθ' ὁ χῶρος δῆτ' ἐν ᾧ βεβήκαμεν;
Ξε ὅσ' οἶδα κἀγὼ πάντ' ἐπιστήσῃ κλύων.
χῶρος μὲν ἱερὸς πᾶς ὅδ' ἔστ'· ἔχει δέ νιν
σεμνὸς Ποσειδῶν· ἐν δ' ὁ πυρφόρος θεὸς
Τιτὰν Προμηθεύς· ὃν δ' ἐπιστείβεις τόπον
χθονὸς καλεῖται τῆσδε χαλκόπους ὀδός,
ἔρεισμ' Ἀθηνῶν· οἱ δὲ πλησίοι γύαι
τόνδ' ἱππότην Κολωνὸν εὔχονται σφίσιν

ἀρχηγὸν εἶναι, καὶ φοροῦσι τοὔνομα
τὸ τοῦδε κοινὸν πάντες ὠνομασμένοι.
τοιαῦτά σοι ταῦτ' ἐστίν, ὦ ξέν', οὐ λόγοις
τιμώμεν', ἀλλὰ τῇ ξυνουσίᾳ πλέον.
Οἰ ἦ γάρ τινες ναίουσι τούσδε τοὺς τόπους;
Ξε καὶ κάρτα, τοῦδε τοῦ θεοῦ γ' ἐπώνυμοι.
Οἰ ἄρχει τίς αὐτῶν, ἢ 'πὶ τῷ πλήθει λόγος;
Ξε ἐκ τοῦ κατ' ἄστυ βασιλέως τάδ' ἄρχεται.
Οἰ οὗτος δὲ τίς λόγῳ τε καὶ σθένει κρατεῖ;
Ξε Θησεὺς καλεῖται, τοῦ πρὶν Αἰγέως τόκος.
Οἰ ἆρ' ἄν τις αὐτῷ πομπὸς ἐξ ὑμῶν μόλοι;
Ξε ὡς πρὸς τί; λέξων ἢ καταρτύσων μολεῖν;
Οἰ ὡς ἂν προσαρκῶν σμικρὰ κερδάνῃ μέγα.
Ξε καὶ τίς πρὸς ἀνδρὸς μὴ βλέποντος ἄρκεσις;
Οἰ ὅσ' ἂν λέγωμεν πάνθ' ὁρῶντα λέξομεν.
Ξε οἶσθ', ὦ ξέν', ὡς νῦν μὴ σφαλῇς; ἐπείπερ εἶ
γενναῖος, ὡς ἰδόντι, πλὴν τοῦ δαίμονος,
αὐτοῦ μέν', οὗπερ κἀφάνης, ἕως ἐγὼ
τοῖς ἐνθάδ' αὐτοῦ μὴ κατ' ἄστυ δημόταις
λέξω τάδ' ἐλθών. οἵδε γὰρ κρινοῦσί γε,
εἰ χρή σε μίμνειν, ἢ πορεύεσθαι πάλιν.

Οἰ ὦ τέκνον, ἦ βέβηκεν ἡμὶν ὁ ξένος;
Ἀν βέβηκεν, ὥστε πᾶν ἐν ἡσύχῳ, πάτερ,
ἔξεστι φωνεῖν, ὡς ἐμοῦ μόνης πέλας.
Οἰ ὦ πότνιαι δεινῶπες, εὖτε νῦν ἕδρας
πρώτων ἐφ' ὑμῶν τῆσδε γῆς ἔκαμψ' ἐγώ,

Oi Wie heißt die Gegend, wo wir hingeraten sind?
Ko Alles sollst du erfahren, was ich selber weiß.
Die ganze Gegend hier ist heilig: ihr gebeut
als Herr Poseidon nebst dem feuerspendenden
Titan Prometheus. Doch der Ort, den du begehst,
wird, ‚eherne Schwelle' dieses Landes hier genannt,
Athens Grundmauer, und die Gegend rühmet sich
ringsum, daß jener reisige Kolonos dort

Er deutet auf ein Standbild

ihr Urahn ist: gemeinsam tragen allesamt
sie seinen Namen und benennen sich nach ihm.
So ist das also, Freund, und nicht auf Sagen ruht
des Landes Ehre, sondern auf Gemeinschaft mehr.
Oi Es wohnen also Leute in der Gegend hier?
Ko Jawohl, und nach dem Gott da werden sie genannt.
Oi Beherrscht sie jemand, oder liegt beim Volk die Macht?
Ko Vom König in der Stadt dort wird das Land beherrscht.
Oi Wer aber ist es, der mit Wort und Tat gebeut?
Ko Theseus heißt er, des früheren Königs Aigeus Sohn.
Oi Geht einer unter euch als Bote wohl zu ihm?
Ko Wozu? Zu melden oder um zu holen ihn?
Oi Daß er für kleine Hilfe großen Lohn gewinnt.
Ko Was für Gewinn von einem Manne, der nicht sieht?!
Oi Was ich auch spreche, immer wird es schauend sein.
Ko Freund, weißt du, ob du jetzt nicht strauchelst? Denn du bist,
das seh' ich, edel – bis aufs göttliche Geschick.
Drum bleibe hier, wo du nun bist, bis ich
den Mitbewohnern von hierselbst, nicht in der Stadt,
dies melden gehe; denn entscheiden müssen sie,
ob du hier bleiben oder weiterziehen sollst.

Er geht

Oi Mein Kind, der Fremde ist von uns gegangen doch?
An Er ist gegangen, Vater; ohne Sorge darfst
du alles sagen: ich allein bin hier bei dir.
Oi O Herrinnen, ihr furchtbar spähenden, da ich nun
zuerst auf diesem eurem Grunde Ruhe fand,

Φοίβῳ τε κἀμοὶ μὴ γένησθ' ἀγνώμονες,
ὅς μοι, τὰ πόλλ' ἐκεῖν' ὅτ' ἐξέχρη κακά,
ταύτην ἔλεξε παῦλαν ἐν χρόνῳ μακρῷ,
ἐλθόντι χώραν τερμίαν, ὅπου θεῶν
σεμνῶν ἕδραν λάβοιμι καὶ ξενόστασιν·
ἐνταῦθα κάμψειν τὸν ταλαίπωρον βίον,
κέρδη μὲν οἰκήσαντα τοῖς δεδεγμένοις,
ἄτην δὲ τοῖς πέμψασιν, οἵ μ' ἀπήλασαν·
σημεῖα δ' ἥξειν τῶνδέ μοι παρηγγύα,
ἢ σεισμόν, ἢ βροντήν τιν', ἢ Διὸς σέλας.
ἔγνωκα μέν νυν, ὥς με τήνδε τὴν ὁδὸν
οὐκ ἔσθ' ὅπως οὐ πιστὸν ἐξ ὑμῶν πτερὸν
ἐξήγαγ' ἐς τόδ' ἄλσος. οὐ γὰρ ἄν ποτε
πρώταισιν ὑμῖν ἀντέκυρσ' ὁδοιπορῶν,
νήφων ἀοίνοις, κἀπὶ σεμνὸν ἑζόμην
βάθρον τόδ' ἀσκέπαρνον. ἀλλά μοι, θεαί,
βίου κατ' ὀμφὰς τὰς 'Απόλλωνος δότε
πέρασιν ἤδη καὶ καταστροφήν τινα,
εἰ μὴ δοκῶ τι μειόνως ἔχειν, ἀεὶ
μόχθοις λατρεύων τοῖς ὑπερτάτοις βροτῶν.
ἴτ', ὦ γλυκεῖαι παῖδες ἀρχαίου Σκότου,
ἴτ', ὦ μεγίστης Παλλάδος καλούμεναι
πασῶν 'Αθῆναι τιμιωτάτη πόλις,
οἰκτίρατ' ἀνδρὸς Οἰδίπου τόδ' ἄθλιον
εἴδωλον· οὐ γὰρ δὴ τό γ' ἀρχαῖον δέμας.
'Αν σίγα. πορεύονται γὰρ οἵδε δή τινες
χρόνῳ παλαιοί, σῆς ἕδρας ἐπίσκοποι.
Οἰ σιγήσομαί τε καὶ σύ μ' ἐξ ὁδοῦ πόδα
κρύψον κατ' ἄλσος, τῶνδ' ἕως ἂν ἐκμάθω,
τίνας λόγους ἐροῦσιν. ἐν γὰρ τῷ μαθεῖν
ἔνεστιν ηὑλάβεια τῶν ποιουμένων.

Χορός

ὅρα. τίς ἄρ' ἦν; ποῦ ναίει; hi (ak) Str. 1
ποῦ κυρεῖ ἐκτόπιος συθεὶς ὁ πάντων, phal

zeigt euch nicht unversöhnlich Phoibos und auch mir,
der, als das viele Leid er mir verkündigte,
für späte Zeit mir diesen Frieden hier verhieß,
wenn ich ein letztes Land erreichte, wo am Sitz
der hehren Göttinnen ich eine Zuflucht fänd',
um dort des Lebens Leidensweg zu endigen,
einbringend Segen denen, die sich gastlich mir
erweisen, denen Fluch, die mich hinweggejagt.
Als Zeichen dessen komme, dies tat er mir kund,
Erdbeben oder Donner oder Blitz von Zeus.
Und nun hab' ich erkannt, daß mich auf diesem Weg
nichts so wie eure sichre Zeichengebung bis
in diesen Hain geleitet hat. Denn nie wär' ich
sonst euch zuerst begegnet auf der Wanderung,
der Nüchterne den Weinlosen, und säße nicht
auf diesem heil'gen, unbehaunen Sitz. Doch gebt,
Göttinnen, nach Apollons Weissagungen mir
des Lebens Wendung und Vollendung endlich nun,
falls ihr nicht meint, ich hätt' es nicht verdient, der stets
den allerärgsten Übeln unterworfen war.
Wohlan, ihr holden Töchter der uralten Nacht,
wohlan, du, die nach Pallas heißt, der mächtigen,
du Stadt Athen, von allen die geehrteste,
mit diesem Schattenbild des Mannes Oidipus
habt Mitleid! Denn dies ist nicht die Gestalt von einst.

An Sei still! Dort kommen nämlich Leute jetzt heran,
schon alt an Jahren, die nach deinem Sitze spähn.

Oi Ich werde still sein; führe du mich aus dem Weg,
verbirg im Haine mich, bis ich erkennen kann,
was sie für Reden führen. Im Erkennen liegt
die Vorbedingung ja für alles, was wir tun.

Sie gehen in den Hain

Der Chor

zieht ein

Nun schau, wer das war, wo er blieb!
Wo ist er hin von dem Platz entflohn, von allen,

	ὁ πάντων ἀκορέστατος;	gl
	προσδέρκου, λεῦσσέ νιν,	mo cr
	προσπεύθου πανταχῇ.	mo cr
	πλανάτας,	ba
	πλανάτας τις ὁ πρέσβυς, οὐδ’	gl
	ἔγχωρος· προσέβα γὰρ οὐκ	gl
	ἄν ποτ’ ἀστιβὲς ἄλσος ἐς	gl
	τᾶνδ’ ἀμαιμακετᾶν κορᾶν,	gl
	ἃς τρέμομεν λέγειν,	do
	καὶ παραμειβόμεσθ’ ἀδέρκτως,	hi
	ἀφώνως, ἀλόγως τὸ τᾶς	gl
	εὐφάμου στόμα φροντίδος ἱέντες·	gl ba
	τὰ δὲ νῦν τιν’ ἥκειν	rz
	λόγος οὐδὲν ἅζονθ’,	rz
	ὃν ἐγὼ λεύσσων περὶ πᾶν οὔπω	an^4
	δύναμαι τέμενος	an^2
	γνῶναι ποῦ μοί ποτε ναίει.	$an^4 \Lambda$
Οἰ	ὅδ’ ἐκεῖνος ἐγώ· φωνῇ γὰρ ὁρῶ,	an^4
	τὸ φατιζόμενον.	
Χο	ἰὼ ἰώ,	
	δεινὸς μὲν ὁρᾶν, δεινὸς δὲ κλύειν.	
Οἰ	μή μ’, ἱκετεύω, προσίδητ’ ἄνομον.	
Χο	Ζεῦ ἀλεξῆτορ, τίς ποθ’ ὁ πρέσβυς;	
Οἰ	οὐ πάνυ μοίρας εὐδαιμονίσαι	
	πρώτης, ὦ τῆσδ’ ἔφοροι χώρας.	
	δηλῶ δ’· οὐ γὰρ ἂν ὧδ’ ἀλλοτρίοις	
	ὄμμασιν εἷρπον	
	κἀπὶ σμικροῖς μέγας ὥρμουν.	
Χο	ἐή, ἀλαῶν ὀμμάτων.	hi (ak) Ant. 1
	ἆρα καὶ ἦσθα φυτάλμιος δυσαίων;	phal
	μακραίων γάρ, ἐπεικάσαι.	gl
	ἀλλ’ οὐ μὰν ἔν γ’ ἐμοὶ	mo cr
	προσθήσεις τάσδ’ ἀράς.	mo cr
	περᾷς γὰρ	ba

von allen der Vermessenste?!
Sei achtsam! Späh' nach ihm!
Schau überall umher!
Auf Irrfahrt,
auf Irrfahrt ist der Alte, kein
Landsmann; denn sonst beträt er nicht
den verbotenen Weihewald
der bedrohlichen Jungfraun hier,
die wir zu nennen scheun,
denen wir ohne Blick vorbeigehn,
sie lautlos, ohne Wort und mit
fromm-andächtiger Scheu und Sorge grüßend.
Aber nun, so heißt's, kommt
einer, der vor nichts scheut,
und ich schau' nach ihm im geweihten Bezirk,
aber nirgend vermag
zu sehn ich, wo er sich aufhält.

Oidipus und Antigone werden wieder sichtbar

Oi Hier ist er: ich bin's. Denn, wie man so sagt,
mit dem Ohr muß ich sehn.
Ch Ioh! Ioh!
Entsetzlich zu hören! Entsetzlich zu schaun!
Oi Ich flehe: o seht mich als Frevler nicht an!
Ch O Zeus, mein Beschützer! Der Alte, wer ist's?
Oi Ein nicht sehr glücklich zu Preisender, nach
dem verhängten Geschick, o ihr Hüter des Gaus.
Man sieht's: sonst müßt' ich ja nicht mit dem Aug'
anderer schleichen,
ein Starker, auf Schwache mich stützen.

Ch Welch Weh! Dieses Aug' ohne Blick!
Lebst du denn seit der Geburt in solchem Unglück?
Denn lang lebst du, so scheint es mir.
Doch fügst du, geht's nach mir,
nicht neuen Fluch hinzu:
du dringst ja,

περᾷς· ἀλλ' ἵνα τῷδ' ἐν ἀ- gl
φθέγκτῳ μὴ προπέσῃς νάπει gl
ποιάεντι, κάθυδρος οὗ gl
κρατὴρ μειλιχίων ποτῶν gl
ῥεύματι συντρέχει, do
τῶν, ξένε πάμμορ', εὖ φύλαξαι, hi
μετάσταθ', ἀπόβαθι. πολ- gl
λὰ κέλευθος ἐρατύοι· κλύεις, ὦ gl ba
πολύμοχθ' ἀλᾶτα; rz
λόγον εἴ τιν' οἴσεις rz
πρὸς ἐμὰν λέσχαν, ἀβάτων ἀποβάς, an
ἵνα πᾶσι νόμος an^{2}
  φώνει· πρόσθεν δ' ἀπερύκου. an^{4} ∧

Οἰ θύγατερ, ποῖ τις φροντίδος ἔλθῃ; an^{1}
Ἀν ὦ πάτερ, ἀστοῖς ἶσα χρὴ μελετᾶν,
εἴκοντας ἃ δεῖ κοὐκ ἀπιθοῦντας.
Οἰ πρόσθιγέ νύν μου.
Ἀν ψαύω καὶ δή.
Οἰ ξεῖνοι, μὴ δῆτ' ἀδικηθῶ σοὶ
  πιστεύσας καὶ μεταναστάς.

Χο οὔ τοι μήποτέ σ' ἐκ τῶνδ' ἑδράνων, ὦ io^{3} Str. 2
γέρον, ἄκοντά τις ἄξει. io^{2}
Οἰ ἔτ' οὖν;
Χο ἔτι βαῖνε πόρσω. en
Οἰ ἔτι;
Χο προβίβαζε, κούρα, en
πόρσω· σὺ γὰρ ἀίεις. te
Ἀν ἕπεο μάν, ἕπε' ὧδ' ἀμαυ- gl
ρῷ κώλῳ, πάτερ, ᾇ σ' ἄγω. gl
Οἰ ———— ⟨do⟩
Ἀν ⏑⏑⏑—⏑⏑—⏑— ⟨gl⟩
⏑——⏑⏑—⏑— ⟨gl⟩
Οἰ ———⏑⏑—— ⟨pher⟩
Χο τόλμα ξεῖνος ἐπὶ ξένας, gl
ὦ τλάμων, ὅ τι καὶ πόλις gl

dringst ein! Doch in die heilige
Stille grasigen Waldesgrunds
brich nicht vor, wo des Wassers Guß
mit der Süße des Honigtranks
strömend zusammenrinnt!
Hüte dich drum, unsel'ger Fremdling!
Geh da weg! Komm heraus doch! Weit
ist der Raum, der uns trennt von dir: vernimmst du's,
du beschwerter Flüchtling?
Willst ein Wort du sagen
der Versammlung hier, komm hierher aus dem Hain,
wo es allen erlaubt,
und sprich! Bis dahin sei stille!

Oi Meine Tochter, wozu entschließt man sich?
An Ach, Vater, wir müssen den Bürgern zulieb
das tun, was geziemt, und nicht widerstehn.
Oi Reich mir die Hand jetzt!
An Ich gebe sie dir.
Oi O Freunde, daß mir kein Leid geschieht,
wenn ich euch vertrau' und hier aufsteh'!

Ch Nie wird jemand von solch heiligem Sitz dich
mit Gewalt, Alter, vertreiben.
Oi Noch weiter?
Ch Noch schreite vorwärts!
Oi Noch?
Ch Führ' ihn nur weiter, Mädchen,
nach vorne! Du siehst es ja.
An Folge denn, folge mit blindem Fuß,
Vater, hier, wo ich führe dich!

(Vier Verse fehlen)

Ch Schick' dich, Fremder im fremden Land,
drein, du Armer, was dieser Stadt

τέτροφεν ἄφιλον ἀποστυγεῖν — ia^2
καὶ τὸ φίλον σέβεσθαι. — pher

Οἰ ἄγε νυν σύ με, παῖ, — an^2
ἵν' ἂν εὐσεβίας ἐπιβαίνοντες — an^4
τὸ μὲν εἴπωμεν, τὸ δ' ἀκούσωμεν,
καὶ μὴ χρείᾳ πολεμῶμεν.

Χο αὐτοῦ· μηκέτι τοῦδ' αὐτοπέτρου βή- — io^3 Ant. 2
ματος ἔξω πόδα κλίνῃς. — io^2
Οἰ οὕτως;
Χο ἄλις, ὡς ἀκούεις. — en
Οἰ ἦ ἐσθῶ;
Χο λέχριός γ' ἐπ' ἄκρου — en
λάου βραχὺς ὀκλάσας. — te
'Αν πάτερ, ἐμὸν τόδ'· ἐν ἁσυχαί- — gl
ᾳ βάσει βάσιν ἅρμοσαι, . . . — gl
Οἰ ἰώ μοί μοι — do
'Αν γεραὸν ἐς χέρα σῶμα σὸν — gl
προκλίνας φιλίαν ἐμάν. — gl
Οἰ ὤμοι δύσφρονος ἄτας. — pher
Χο ὦ τλάμων, ὅτε νῦν χαλᾷς, — gl
αὔδασον, τίς ἔφυς βροτῶν; — gl
τίς ὁ πολύπονος ἄγῃ; τίν' ἂν — ia^2
σοῦ πατρίδ' ἐκπυθοίμαν; — pher

Οἰ ὦ ξένοι, ἀπόπτολις· ἀλλὰ μή, — cr te
Χο τί τόδ' ἀπεννέπεις, γέρον; — cr ia
Οἰ μὴ μὴ μή μ' ἀνέρῃ, τίς εἰμι, — hi
μηδ' ἐξετάσῃς πέρα ματεύων. — phal (ak)
Χο τί τόδ';
Οἰ αἰνὰ φύσις.
Χο αὔδα. — io^2
Οἰ τέκνον, ὤμοι, τί γεγώνω; — io^2
Χο τίνος εἶ σπέρματος, ⟨ὦ⟩ — io^2
ξένε, φώνει, πατρόθεν; — io^2
Οἰ ὤμοι ἐγώ, τί πάθω, τέκνον ἐμόν; — he cr

verhaßt ist geworden, zu hassen auch,
das, was ihr lieb, zu ehren!

Oi Nun, so führ du mich, Kind,
wo uns heiliger Pflicht Unterworfenen
zu sprechen erlaubt ist, zu hören erlaubt,
wir gegen den Brauch nicht verstoßen!

Ch Dorthin! Über die Steinschwelle den Fuß set-
ze, doch dann weiter hinaus nicht!
Oi So richtig?
Ch Genug! Du hörst ja.
Oi Nun setzen?
Ch Seitwärts hier aufs Gesims
des Felsblockes setze dich!
An Vater, laß mich doch! In aller Ruh'
Schritt vor Schritt nur zu setzen brauchst ...
Oi O Jammer, ach!
An Stütze getrost deinen alten Leib
meinem Arm, dem vertrauten, auf!
Oi O mein feindliches Schicksal!
Ch Armer, da du nun Ruhe hast:
welcher Sterbliche bist du? Sprich!
Was ist's mit dem Mühebeladnen? Welch
Land deine Heimat nenn' ich?

Oi Heimatlos, ihr Freunde! Doch nimmermehr ...
Ch Alter, warum versagst du dies?
Oi Nein, nein, nein, frag mich nicht, wer ich bin!
Versuche nicht, Weitres zu erforschen!
Ch Und warum?
Oi Schlimme Geburt!
Ch Sprich!
Oi Welche Qual, Kind! Was verkünd' ich?
Ch Welches Haus ist's, dem du abstammst,
wer dein Vater? Fremdling, sag!
Oi Weh über mich! Was erduld' ich, o mein Kind!

Ἀν	λέγ', ἐπείπερ ἐπ' ἔσχατα βαίνεις.	pa
Οἰ	ἀλλ' ἐρῶ· οὐ γὰρ ἔχω κατακρυφάν.	he cr
Χο	μακρὰ μέλλετον, ἀλλὰ τάχυνε.	pa
Οἰ	Λαΐου ἴστε τιν' ἔκγονον;	
Χο	ἰού.	he cr
Οἰ	τό τε Λαβδακιδᾶν γένος;	
Χο	ὦ Ζεῦ.	pa
Οἰ	ἄθλιον Οἰδιπόδαν;	
Χο	σὺ γὰρ ὅδ' εἶ;	he cr
Οἰ	δέος ἴσχετε μηδὲν ὅσ' αὐδῶ.	pa
Χο	ἰὼ ὢ ὤ.	
Οἰ	δύσμορος.	
Χο	ὢ ὤ.	an^4
Οἰ	θύγατερ, τί ποτ' αὐτίκα κύρσει;	pa
Χο	ἔξω πόρσω βαίνετε χώρας.	an^4
Οἰ	ἃ δ' ὑπέσχεο ποῖ καταθήσεις;	pa
Χο	οὐδενὶ μοιριδία τίσις ἔρχεται	da^4
	ὧν προπάθῃ τὸ τίνειν· ἀπάτα δ' ἀπά-	da^4
	ταις ἑτέραις ἑτέρα παραβαλλομέ-	da^4
	να πόνον, οὐ χάριν, ἀντιδίδωσιν ἔ-	da^4
	χειν. σὺ δὲ τῶνδ' ἑδράνων πάλιν ἔκτοπος	da^4
	αὖτις ἄφορμος ἐμᾶς χθονὸς ἔκθορε,	da^4
	μή τι πέρα χρέος	da^2
	ἐμᾷ πόλει προσάψῃς.	ia ba
Ἀν	ὦ ξένοι αἰδόφρονες,	he
	ἀλλ' ἐπεὶ γεραὸν πατέρα	(gl)
	τόνδ' ἐμὸν οὐκ ἀνέτλατ' ἔργων	gl
	ἀκόντων ἀΐοντες αὐδάν,	hi
	ἀλλ' ἐμὲ τὰν μελέαν, ἱκετεύομεν,	da^4
	ὦ ξένοι, οἰκτίραθ', ἃ	ch cr
	πατρὸς ὑπὲρ τοῦδ' ἀθλίου ἄντομαι,	da^4
	ἄντομαι οὐκ ἀλαοῖς προσορωμένα	da^4
	ὄμμα σὸν ὄμμασιν, ὥς τις ἀφ' αἵματος	da^4
	ὑμετέρου προφανεῖσα, τὸν ἄθλιον	da^4
	αἰδοῦς κῦρσαι· ἐν ὕμμι γὰρ ὡς θεῷ	da^4

An Bis ans Äußerste kamst du: so rede!
Oi Red' ich denn! Ausflüchte gibt's für mich nicht mehr.
Ch Lange zögert ihr. Doch nun beeil' dich!
Oi Kennt einen Sohn ihr von Laios?
Ch Iuh!
Oi Das Geschlecht auch von Labdakos?
Ch O Zeus!
Oi Oidipus und sein Geschick?
Ch Du also bist's?
Oi Habt vor nichts, was ich sage, Besorgnis!
Ch O Leid! Oh! Oh!
Oi Jammervoll!
Ch Oh! Oh!
Oi Meine Tochter, was nun wohl geschehn wird?
Ch Hinweg! Weit fort! Geht fort aus dem Land!
Oi Wie erfüllst du nun, was du gewährt hast?
Ch Niemandem wird eine Strafe vom Schicksal zu-
teil, der vergilt, was er litt: wird dem einen Be-
truge der andre Betrug gegenüberge-
worfen, mit Leid und nicht Lust dann wird es vergol-
ten. Du aber verlaß nun dies Heiligtum da!
Eilends entferne von unsrem Gebiete dich!
Werde nicht weiterhin
an unsrer Stadt zum Frevler!

An Freunde ihr, barmherzige!
Wenn ihr ihn, meinen alten Vater,
dulden nicht wollt, weil ihr hört von den
unfreiwilligen Taten reden:
habt doch Erbarmen mit mir, dieser Elenden,
Freunde, ich bitt' euch, die ich
für meines Vaters Schicksal euch angehe,
angehe und nicht mit blicklosen Augen ins
Auge dir schaue, wie eine aus euerem
Blute Entsprossene: vor dem Unseligen
habt doch Ehrfurcht! Wie auf eine Gottheit ja

κείμεθα τλάμονες· ἀλλ' ἴτε, νεύσατε da^4
τὰν ἀδόκητον χάριν, ch cr
πρός σ' ὅ τι σοι φίλον ἐκ σέθεν ἄντομαι, da^4
ἢ τέκνον, ἢ λέχος, ἢ χρέος, ἢ θεός. da^4
οὐ γὰρ ἴδοις ἂν ἀθρῶν βροτὸν ὅστις ἄν, da^4
εἰ θεὸς ἄγοι, ia
ἐκφυγεῖν δύναιτο. ith

Χορός

ἀλλ' ἴσθι, τέκνον Οἰδίπου, σέ τ' ἐξ ἴσου
οἰκτίρομεν καὶ τόνδε συμφορᾶς χάριν·
τὰ δ' ἐκ θεῶν τρέμοντες οὐ σθένοιμεν ἂν
φωνεῖν πέρα τῶν πρὸς σὲ νῦν εἰρημένων.
Οἰ τί δῆτα δόξης, ἢ τί κληδόνος καλῆς
μάτην ῥεούσης ὠφέλημα γίγνεται,
εἰ τάς γ' Ἀθήνας φασὶ θεοσεβεστάτας
εἶναι, μόνας δὲ τὸν κακούμενον ξένον
σῴζειν οἵας τε καὶ μόνας ἀρκεῖν ἔχειν;
κἄμοιγε ποῦ ταῦτ' ἐστίν, οἵτινες βάθρων
ἐκ τῶνδέ μ' ἐξάραντες εἶτ' ἐλαύνετε,
ὄνομα μόνον δείσαντες; οὐ γὰρ δὴ τό γε
σῶμ' οὐδὲ τἄργα τἄμ'· ἐπεὶ τά γ' ἔργα μου
πεπονθότ' ἐστὶ μᾶλλον ἢ δεδρακότα,
εἴ σοι τὰ μητρὸς καὶ πατρὸς χρείη λέγειν,
ὧν οὕνεκ' ἐκφοβῇ με· τοῦτ' ἐγὼ καλῶς
ἔξοιδα. καίτοι πῶς ἐγὼ κακὸς φύσιν,
ὅστις παθὼν μὲν ἀντέδρων, ὥστ' εἰ φρονῶν
ἔπρασσον, οὐδ' ἂν ὧδ' ἐγιγνόμην κακός;
νῦν δ' οὐδὲν εἰδὼς ἱκόμην ἵν' ἱκόμην,
ὑφ' ὧν δ' ἔπασχον, εἰδότων ἀπωλλύμην.
ἀνθ' ὧν ἱκνοῦμαι πρὸς θεῶν ὑμᾶς, ξένοι,
ὥσπερ με κἀνεστήσαθ', ὧδε σώσατε,
καὶ μὴ θεοὺς τιμῶντες εἶτα τοὺς θεοὺς
μαύρους ποεῖσθε μηδαμῶς· ἡγεῖσθε δὲ
βλέπειν μὲν αὐτοὺς πρὸς τὸν εὐσεβῆ βροτῶν,
βλέπειν δὲ πρὸς τοὺς δυσσεβεῖς, φυγὴν δέ του

bauen wir Armen auf euch: o gewährt uns doch
die nicht vermutbare Huld!
Ach, ich beschwör' dich bei allem, was lieb dir ist:
Kind oder Gattin, Besitz oder Gottheiten!
Denn keinen Sterblichen wirst du erblicken, der,
bedrängt ihn ein Gott,
ihm entrinnen könnte.

Chorführer

Nein, wisse, Tochter Oidipus', dich ebenso
wie ihn bedauern wir um euer Ungemach.
Doch vor den Göttern zitternd, sind wir nicht imstand',
dir andres zu gewähren, als wir schon gesagt.

Oi Was soll denn nun ein Ruhm, zu welchem Nutzen dient
ein schöner Ruf denn noch, der so in nichts zerrinnt,
wenn's von Athen heißt, daß es die gottergebenste,
die Stadt ist, die allein bedrängte Fremdlinge
beschützt nach Kräften, die allein zu helfen weiß, –
und wie ist das bei mir, wenn ihr von jenem Sitz
dort erst mich fortlockt und mich nun vertreiben wollt,
weil ihr den bloßen Namen fürchtet? Denn mein Leib
und meine Taten sind's doch nicht: die Taten sind
ja mehr von mir erlitten als verübt, wenn ich
dir von der Mutter und vom Vater sagen sollt',
um derentwillen du mich fürchtest: das weiß ich
genau. Und doch: wie wär' ich böse von Natur,
da ich Erlittenes vergalt? Und hätt' ich es
bewußt getan, so ward ich darum doch nicht schlecht.
Nun wußt' ich nichts davon und kam, wohin ich kam.
Sie aber weihten wissend mich dem Leid, dem Tod.
Deshalb beschwör' ich, Freunde, bei den Göttern euch:
Wie ihr mich aufstehn hießet, so beschützt mich auch!
Und ehrt ihr Götter, wollt nur ja die Götter dann
nicht doch erniedrigen! Indessen glaubt mir nur:
Sie blicken auf den frommgesinnten Sterblichen
und blicken auf die bösgesinnten; doch entfliehn

μήπω γενέσθαι φωτὸς ἀνοσίου βροτῶν.
ξὺν οἷς σὺ μὴ κάλυπτε τὰς εὐδαίμονας
ἔργοις Ἀθήνας ἀνοσίοις ὑπηρετῶν.
ἀλλ' ὥσπερ ἔλαβες τὸν ἱκέτην ἐχέγγυον,
ῥύου με κἀκφύλασσε· μηδέ μου κάρα
τὸ δυσπρόσοπτον εἰσορῶν ἀτιμάσῃς.
ἥκω γὰρ ἱερὸς εὐσεβής τε καὶ φέρων
ὄνησιν ἀστοῖς τοῖσδ'· ὅταν δ' ὁ κύριος
παρῇ τις, ὑμῶν ὅστις ἐστὶν ἡγεμών,
τότ' εἰσακούων πάντ' ἐπιστήσῃ· τὰ δὲ
μεταξὺ τούτου μηδαμῶς γίγνου κακός.
Χο ταρβεῖν μέν, ὦ γεραιέ, τἀνθυμήματα
πολλή 'στ' ἀνάγκη τἀπὸ σοῦ· λόγοισι γὰρ
οὐκ ὠνόμασται βραχέσι. τοὺς δὲ τῆσδε γῆς
ἄνακτας ἀρκεῖ ταῦτά μοι διειδέναι.
Οἰ καὶ ποῦ 'σθ' ὁ κραίνων τῆσδε τῆς χώρας, ξένοι;
Χο πατρῷον ἄστυ γῆς ἔχει· σκοπὸς δέ νιν,
ὃς κἀμὲ δεῦρ' ἔπεμπεν, οἴχεται στελῶν.
Οἰ ἦ καὶ δοκεῖτε τοῦ τυφλοῦ τιν' ἐντροπὴν
ἢ φροντίδ' ἕξειν, αὐτὸν ὥστ' ἐλθεῖν πέλας;
Χο καὶ κάρθ', ὅταν περ τοὔνομ' αἴσθηται τὸ σόν.
Οἰ τίς δ' ἔσθ' ὁ κείνῳ τοῦτο τοὔπος ἀγγελῶν;
Χο μακρὰ κέλευθος· πολλὰ δ' ἐμπόρων ἔπη
φιλεῖ πλανᾶσθαι, τῶν ἐκεῖνος ἀίων,
θάρσει, παρέσται. πολὺ γάρ, ὦ γέρον, τὸ σὸν
ὄνομα διήκει πάντας, ὥστε κεἰ βραδὺς
εὕδει, κλύων σου δεῦρ' ἀφίξεται ταχύς.
Οἰ ἀλλ' εὐτυχὴς ἵκοιτο τῇ θ' αὑτοῦ πόλει
ἐμοί τε· τίς γὰρ ἐσθλὸς οὐχ αὑτῷ φίλος;
Ἀν ὦ Ζεῦ, τί λέξω; ποῖ φρενῶν ἔλθω, πάτερ;
Οἰ τί δ' ἔστι, τέκνον Ἀντιγόνη;
Ἀν γυναῖχ' ὁρῶ
στείχουσαν ἡμῶν ἆσσον, Αἰτναίας ἐπὶ
πώλου βεβῶσαν· κρατὶ δ' ἡλιοστερὴς
κυνῆ πρόσωπα Θεσσαλίς νιν ἀμπέχει.
τί φῶ;

kann ihnen niemals ein ruchloser Sterblicher.
Sie ehre! Und verdunkle nicht das strahlende
Athen, indem du dich unfrommem Tun ergibst!
Nein, wie den Schützling du in deine Obhut nahmst,
so rett' und schirme nun mich ganz! Veracht' auch nicht
den Anblick meines schrecklich anzuschau'nden Haupts!
Denn fromm und heilig nah' ich euch und Segen bring'
ich euren Bürgern, und sobald der Herr erscheint,
wer es auch ist, der über euch gebietet, dann
werdet ihr alles hören und verstehen; doch
bis dahin werde ja an mir zum Frevler nicht!

Chf Zu ehren, was du, Alter, zur Beherzigung
gesprochen hast, ist hohe Pflicht mir; denn mit nicht
gemeinem Wort ist es gesagt, und es genügt
mir, wenn des Landes Herr all dies genau erfährt.

Oi Wo aber, Freunde, ist der Herrscher des Gebiets?

Chf Ihn birgt des Landes Väterburg: der Wächter geht
ihn holen, der auch mich hierher gerufen hat.

Oi Meint ihr, er wird dem Blinden so viel Rücksicht und
Besorgnis widmen, daß er hierher kommen mag?

Chf Gewiß! Besonders wenn er deinen Namen hört.

Oi Wer aber ist's, der ihm den Namen melden wird?

Chf Weit ist der Weg, doch manches Wort der Wanderer
verbreitet sich gar leicht, und wenn er davon hört,
getrost, so kommt er; weit ist ja dein Name, Greis,
bekannt bei aller Welt: sollt' er auch säumig sein,
auf ein Gerücht von dir stellt er alsbald sich ein.

Oi O käm' er doch, zum Heile für die Stadt und auch
für mich! Denn welcher Edle ist sich selbst nicht Freund?

An O Gott! Was sag' ich, Vater, und wo denk' ich hin?

Oi Was ist, mein Kind Antigone?

An Ich seh' ein Weib
auf uns zukommen, das auf einem Maultier sitzt,
einem sizilischen; auf dem Haupt als Sonnenschutz
umrahmt ihr der thessalische Hut das Angesicht.
Was sag' ich?!

ἆρ’ ἔστιν; ἆρ’ οὐκ ἔστιν; ἢ γνώμη πλανᾷ;
καὶ φημὶ κἀπόφημι κοὐκ ἔχω, τί φῶ.
τάλαινα,
οὐκ ἔστιν ἄλλη. φαιδρὰ γοῦν ἀπ’ ὀμμάτων
σαίνει με προσστείχουσα· σημαίνει δ’, ὅτι
μόνης τόδ’ ἐστ’ ἀδελφὸν Ἰσμήνης κάρα.
Οἰ πῶς εἶπας, ὦ παῖ;
Ἀν παῖδα σήν, ἐμὴν δ’ ὁρᾶν
ὅμαιμον· αὐδῇ δ’ αὐτίκ’ ἔξεσται μαθεῖν.

Ἰσμήνη

ὦ δισσὰ πατρὸς καὶ κασιγνήτης ἐμοὶ
ἥδιστα προσφωνήμαθ’, ὡς ὑμᾶς μόλις
εὑροῦσα λύπῃ δεύτερον μόλις βλέπω.
Οἰ ὦ τέκνον, ἥκεις;
Ἰσ ὦ πάτερ δύσμοιρ’ ὁρᾶν.
Οἰ τέκνον, πέφηνας;
Ἰσ οὐκ ἄνευ μόχθου γέ μοι.
Οἰ πρόσψαυσον, ὦ παῖ.
Ἰσ θιγγάνω δυοῖν ὁμοῦ.
Οἰ ὦ σπέρμ’ ὅμαιμον.
Ἰσ ὦ δυσάθλιαι τροφαί.
Οἰ ἦ τῆσδε κἀμοῦ;
Ἰσ δυσμόρου τ’ ἐμοῦ τρίτης.
Οἰ τέκνον, τί δ’ ἦλθες;
Ἰσ σῇ, πάτερ, προμηθίᾳ.
Οἰ πότερα πόθοισι;
Ἰσ καὶ λόγων γ’ αὐτάγγελος,
ξὺν ᾧπερ εἶχον οἰκετῶν πιστῷ μόνῳ.
Οἰ οἱ δ’ αὐθόμαιμοι ποῦ νεανίαι πονεῖν;
Ἰσ εἴσ’ οὗπέρ εἰσι· δεινὰ τἀν κείνοις τανῦν.
Οἰ ὦ πάντ’ ἐκείνω τοῖς ἐν Αἰγύπτῳ νόμοις
φύσιν κατεικασθέντε καὶ βίου τροφάς·
ἐκεῖ γὰρ οἱ μὲν ἄρσενες κατὰ στέγας
θακοῦσιν ἱστουργοῦντες, αἱ δὲ σύννομοι

Ist sie es? Ist sie's nicht? Täuscht die Vermutung mich?
Ich sage ja und sage nein und weiß nicht was,
ich Ärmste! –
's ist keine andre! Heiter aus den Augen strahlt
die näher Kommende mich an, und nun ist's klar:
Dies ist allein Ismenes schwesterliches Haupt!

Oi Was sagst du, Kind?!

An Daß ich sie sehe, sie, dein Kind
und meine Schwester: an der Stimme hörst du's gleich.

Ismene

abgestiegen, begleitet von einem Diener

Vater und Schwester! O ihr beiden holdesten
Anreden, die es gibt für mich! Doch wie ich kaum
euch fand, kann ich euch abermals kaum sehn – vor Gram.

Oi O Kind, du kommst?

Is O Vater, traurig anzusehn!

Oi Kind, bist du da?!

Is Nicht ohne Müh' und Qual für mich.

Oi Laß mich dich fühlen!

Is Ich umfang' euch zwei zugleich.

Oi O Blutsgemeinschaft!

Is O welch Leben tief in Not!

Oi Ihrs und das meine?

Is Und als drittes meins dazu!

Oi Kind, warum kamst du?

Is Weil ich Sorge trag' um dich.

Oi Oder aus Sehnsucht?

Is Auch um selbst zu melden dir,
mit diesem Diener, der allein noch treu mir ist.

Oi Doch eure jungen Brüder – wo sind die am Werk?

Is Sind – wo sie sind: in ihnen geht jetzt Schlimmes vor.

Oi O, beide richten sich in allem nach dem Brauch
Ägyptens in Gesinnung und in Lebensart!
Denn in den Häusern bleiben dort die Männer stets,
am Webstuhl sitzend, während die Gefährtinnen

τἄξω βίου τροφεῖα πορσύνουσ᾽ ἀεί.
σφῷν δ᾽, ὦ τέκν᾽, οὓς μὲν εἰκὸς ἦν πονεῖν τάδε,
κατ᾽ οἶκον οἰκουροῦσιν ὥστε παρθένοι,
σφὼ δ᾽ ἀντ᾽ ἐκείνων τἀμὰ δυστήνου κακὰ
ὑπερπονεῖτον. ἣ μὲν ἐξ ὅτου νέας
τροφῆς ἔληξε καὶ κατίσχυσεν δέμας,
ἀεὶ μεθ᾽ ἡμῶν δύσμορος πλανωμένη,
γερονταγωγεῖ, πολλὰ μὲν κατ᾽ ἀγρίαν
ὕλην ἄσιτος νήλιπος τ᾽ ἀλωμένη,
πολλοῖσι δ᾽ ὄμβροις ἡλίου τε καύμασι
μοχθοῦσα τλήμων δεύτερ᾽ ἡγεῖται τὰ τῆς
οἴκοι διαίτης, εἰ πατὴρ τροφὴν ἔχοι.
σὺ δ᾽, ὦ τέκνον, πρόσθεν μὲν ἐξίκου πατρὶ
μαντεῖ᾽ ἄγουσα πάντα, Καδμείων λάθρᾳ,
ἃ τοῦδ᾽ ἐχρήσθη σώματος, φύλαξ δέ μου
πιστὴ κατέστης, γῆς ὅτ᾽ ἐξηλαυνόμην·
νῦν δ᾽ αὖ τίν᾽ ἥκεις μῦθον, Ἰσμήνη, πατρὶ
φέρουσα; τίς σ᾽ ἐξῆρεν οἴκοθεν στόλος;
ἥκεις γὰρ οὐ κενή γε, τοῦτ᾽ ἐγὼ σαφῶς
ἔξοιδα, μὴ οὐχὶ δεῖμ᾽ ἐμοὶ φέρουσά τι.
Ἰσ ἐγὼ τὰ μὲν παθήμαθ᾽ ἅπαθον, πάτερ,
ζητοῦσα τὴν σὴν ποῦ κατοικοίης τροφήν,
παρεῖσ᾽ ἐάσω. δὶς γὰρ οὐχὶ βούλομαι
πονοῦσά τ᾽ ἀλγεῖν καὶ λέγουσ᾽ αὖθις πάλιν.
ἃ δ᾽ ἀμφὶ τοῖν σοῖν δυσμόροιν παίδοιν κακὰ
νῦν ἐστι, ταῦτα σημανοῦσ᾽ ἐλήλυθα.
πρὶν μὲν γὰρ αὐτοῖς ἦν ἔρως Κρέοντί τε
θρόνους ἐᾶσθαι μηδὲ χραίνεσθαι πόλιν
λόγῳ σκοποῦσι τὴν πάλαι γένους φθοράν,
οἵα κατέσχε τὸν σὸν ἄθλιον δόμον·
νῦν δ᾽ ἐκ θεῶν του κἀλιτηρίου φρενὸς
εἰσῆλθε τοῖν τρὶς ἀθλίοιν ἔρις κακή,
ἀρχῆς λαβέσθαι καὶ κράτους τυραννικοῦ.
χὡ μὲν νεάζων καὶ χρόνῳ μείων γεγὼς
τὸν πρόσθε γεννηθέντα Πολυνείκη θρόνων
ἀποστερίσκει, κἀξελήλακεν πάτρας.

draußen sich mühen um des Lebens Unterhalt.
Ja, Kinder, sie, die auf sich nehmen müßten dies,
daheim, wie Jungfraun, hüten sie in Ruh' das Haus.
Ihr aber müßt statt ihrer euch an meinem Leid
hier übernehmen: die da ist, seit sie entwuchs
der frühen Kindheit und erstarkte an Gestalt,
leidvoll mit mir durchs Land gezogen immerfort
und führt und pflegt den Greis und irrt gar oft umher
im wilden Wald mit bloßen Füßen, ungespeist,
bei manchem Regenguß und oft vom Sonnenbrand
Mühsal erduldend, schätzt sie Kost und Aufenthalt
zu Haus gering, wenn nur der Vater Pflege hat.
Du aber, Kind, trugst früher jeden Seherspruch,
der meinem Leben galt, dem Vater zu, von den
Kadmeiern unbemerkt, und standest treu zu mir
als Hüterin, da man mich aus dem Lande trieb.
Doch jetzt, Ismene, welche Kunde kommst du jetzt
mir bringen? Welcher Zweck führt aus dem Haus dich weg?
Denn nicht mit leeren Händen kommst du, das weiß ich
genau, nicht ohne daß du Schreckensworte bringst.
Is Die Leiden, Vater, die ich selbst erlitt, da ich
erkundete, wo du dein Leben jetzt verbringst,
lass' ich beiseite; denn nicht zweimal will ich Schmerz
dulden: mich quälend erst und redend noch einmal.
Um deine zwei unseligen Söhne aber steht
es jetzt sehr schlimm, und dies zu melden kam ich her.
Denn anfangs war es ja ihr Wille, Kreon Thron
und Macht zu lassen und die Stadt nicht zu entweihn,
mit Recht den alten Fluch des Stamms bedenkend, der
von je dein unglückselig Haus im Banne hielt.
Jetzt, von der Götter einem und aus Frevelmut
kam über die dreimal Unseligen böser Zwist:
Nach Herrschaft griffen sie und königlicher Macht.
Der jüngere, der der Zeit nach später kam, beraubt
des Throns den erstgebornen Polyneikes, ja,
er hat ihn ausgewiesen aus dem Vaterland.

ὃ δ', ὡς καθ' ἡμᾶς ἔσθ' ὁ πληθύων λόγος,
τὸ κοῖλον Ἄργος βὰς φυγάς, προσλαμβάνει
κῆδός τε καινὸν καὶ ξυνασπιστὰς φίλους,
ὡς αὐτίκ' Ἄργος ἢ τὸ Καδμείων πέδον
αἰχμῇ καθέξον ἢ πρὸς οὐρανὸν βιβῶν.
ταῦτ' οὐκ ἀριθμός ἐστιν, ὦ πάτερ, λόγων,
ἀλλ' ἔργα δεινά· τοὺς δὲ σοὺς ὅποι θεοὶ
πόνους κατοικτιοῦσιν, οὐκ ἔχω μαθεῖν.
Οἱ ἤδη γὰρ ἔσχες ἐλπίδ' ὡς ἐμοῦ θεοὺς
ὤραν τιν' ἕξειν, ὥστε σωθῆναί ποτε;
Ἰσ ἔγωγε τοῖς νῦν γ', ὦ πάτερ, μαντεύμασιν.
Οἱ ποίοισι τούτοις; τί δὲ τεθέσπισται, τέκνον;
Ἰσ σὲ τοῖς ἐκεῖ ζητητὸν ἀνθρώποις ποτὲ
θανόντ' ἔσεσθαι ζῶντά τ' εὐσοίας χάριν.
Οἱ τίς δ' ἂν τοιοῦδ' ὑπ' ἀνδρὸς εὖ πράξειεν ἄν;
Ἰσ ἐν σοὶ τὰ κείνων φασὶ γίγνεσθαι κράτη.
Οἱ ὅτ' οὐκέτ' εἰμί, τηνικαῦτ' ἄρ' εἴμ' ἀνήρ;
Ἰσ νῦν γὰρ θεοί σ' ὀρθοῦσι, πρόσθε δ' ὤλλυσαν.
Οἱ γέροντα δ' ὀρθοῦν φλαῦρον ὃς νέος πέσῃ.
Ἰσ καὶ μὴν Κρέοντά γ' ἴσθι σοι τούτων χάριν
ἥξοντα βαιοῦ κοὐχὶ μυρίου χρόνου.
Οἱ ὅπως τί δράσῃ, θύγατερ; ἑρμήνευέ μοι.
Ἰσ ὥς σ' ἄγχι γῆς στήσωσι Καδμείας, ὅπως
κρατῶσι μὲν σοῦ, γῆς δὲ μὴ 'μβαίνῃς ὅρων.
Οἱ ἡ δ' ὠφέλησις τίς θύρασι κειμένου;
Ἰσ κείνοις ὁ τύμβος δυστυχῶν ὁ σὸς βαρύς.
Οἱ κἄνευ θεοῦ τις τοῦτό γ' ἂν γνώμῃ μάθοι.
Ἰσ τούτου χάριν τοίνυν σε προσθέσθαι πέλας
χώρας θέλουσι, μηδ' ἵν' ἂν σαυτοῦ κρατοῖς.
Οἱ ἦ καὶ κατασκιῶσι Θηβαίᾳ κόνει;
Ἰσ ἀλλ' οὐκ ἐᾷ τοὔμφυλον αἷμά σ', ὦ πάτερ.
Οἱ οὐκ ἄρ' ἐμοῦ γε μὴ κρατήσωσίν ποτε.
Ἰσ ἔσται ποτ' ἆρα τοῦτο Καδμείοις βάρος.
Οἱ ποίας φανείσης, ὦ τέκνον, συναλλαγῆς;
Ἰσ τῆς σῆς ὑπ' ὀργῆς, σοῖς ὅταν στῶσιν τάφοις.
Οἱ ἃ δ' ἐννέπεις, κλύουσα τοῦ λέγεις, τέκνον;

Der aber, dies Gerücht verbreitet sich bei uns,
kommt auf der Flucht zum Argos-Kessel und gewinnt
durch Heirat Schwäger, Kampfgenossen, Freunde, daß
alsbald entweder Argos der Kadmeier Land
besetzt im Kampfe oder auf zum Himmel steigt.
Dies Vater, sind nicht irgend ein paar Worte bloß:
Furchtbare Taten sind's! Doch wo die Götter da
sich deiner Not erbarmen werden, seh' ich nicht.
Oi So hegtest du schon Hoffnung, daß die Götter sich
annehmen meiner und ich Rettung finden kann?
Is Ich – Vater, ja doch: nach der jüngsten Weissagung!
Oi Wie lautet diese? Was ist denn verkündigt, Kind?
Is Daß du tot oder lebend von den Menschen dort
einst um der Wohlfahrt willen sehr ersehnt sein wirst.
Oi Wer fände Wohlergehn durch einen solchen Mann?
Is In dir, so heißt es, werde ihre Macht bestehn.
Oi Erst wenn ich nicht mehr bin, alsdann bin ich ein Held?
Is Die Götter, die dich erst gestürzt, erhöhn dich jetzt.
Oi Schnöd ist's den Greis erhöhn, der sank als junger Mann!
Is Und wisse: Kreon wird aus diesem Grund bei dir
erscheinen, und schon bald und nicht zu später Frist.
Oi In welcher Absicht, Tochter? Das erkläre mir!
Is Dem Kadmos-Land bringt man dich nahe, daß man dich
zur Hand hat, doch du nicht des Landes Grund betrittst.
Oi Was nützt es aber, läg' ich draußen vor der Tür?
Is Dein Grab wär' ohne Weihen unheilvoll für sie.
Oi Das weiß man wohl auch ohne Gott, bloß durch Verstand!
Is Drum eben wollen sie, daß du dem Land recht nah
dich niederläßt, nicht wo dein eigner Herr du wärst.
Oi Und decken mich mit Staub von Thebens Erde zu?
Is O Vater – das erlaubt dein Blutsvergehen nicht.
Oi Dann sollen sie sich meiner nie bemächtigen!
Is Ein schwerer Schlag wird's dann für die Kadmeier sein.
Oi Kind, welche Schicksalswendung brächte das zutag'?
Is Dein Zürnen, wenn sie einst auf deinem Grabe stehn.
Oi Von wem hast du gehört, was du berichtest, Kind?

Ἰσ ἀνδρῶν θεωρῶν Δελφικῆς ἀφ' ἑστίας.
Οἰ καὶ ταῦτ' ἐφ' ἡμῖν Φοῖβος εἰρηκὼς κυρεῖ;
Ἰσ ὥς φασιν οἱ μολόντες ἐς Θήβης πέδον.
Οἰ παίδων τις οὖν ἤκουσε τῶν ἐμῶν τάδε;
Ἰσ ἄμφω γ' ὁμοίως, κἀξεπίστασθον καλῶς.
Οἰ κᾆθ' οἱ κάκιστοι τῶνδ' ἀκούσαντες πάρος
τοὐμοῦ πόθου προὔθεντο τὴν τυραννίδα;
Ἰσ ἀλγῶ κλύουσα ταῦτ' ἐγώ, λέγω δ' ὅμως.
Οἰ ἀλλ' οἱ θεοί σφιν μήτε τὴν πεπρωμένην
ἔριν κατασβέσειαν, ἐν δ' ἐμοὶ τέλος
αὐτοῖν γένοιτο τῆσδε τῆς μάχης πέρι,
ἧς νῦν ἔχονται κἀπαναίρονται δόρυ·
ὡς οὔτ' ἂν ὃς νῦν σκῆπτρα καὶ θρόνους ἔχει
μείνειεν, οὔτ' ἂν οὑξεληλυθὼς πάλιν
ἔλθοι ποτ' αὖθις· οἵ γε τὸν φύσαντ' ἐμὲ
οὕτως ἀτίμως πατρίδος ἐξωθούμενον
οὐκ ἔσχον οὐδ' ἤμυναν, ἀλλ' ἀνάστατος
αὐτοῖν ἐπέμφθην κἀξεκηρύχθην φυγάς.
εἴποις ἂν ὡς θέλοντι τοῦτ' ἐμοὶ τότε
πόλις τὸ δῶρον εἰκότως κατῄνεσεν.
οὐ δῆτ', ἐπεί τοι τὴν μὲν αὐτίχ' ἡμέραν,
ὁπηνίκ' ἔζει θυμός, ἥδιστον δέ μοι
τὸ κατθανεῖν ἦν καὶ τὸ λευσθῆναι πέτροις,
οὐδεὶς ἔρωτος τοῦδ' ἐφαίνετ' ὠφελῶν·
χρόνῳ δ', ὅτ' ἤδη πᾶς ὁ μόχθος ἦν πέπων,
κἀμάνθανον τὸν θυμὸν ἐκδραμόντα μοι
μείζω κολαστὴν τῶν πρὶν ἡμαρτημένων,
τὸ τηνίκ' ἤδη τοῦτο μὲν πόλις βίᾳ
ἤλαυνέ μ' ἐκ γῆς χρόνιον, οἱ δ' ἐπωφελεῖν,
οἱ τοῦ πατρός, τῷ πατρὶ δυνάμενοι, τὸ δρᾶν
οὐκ ἠθέλησαν, ἀλλ' ἔπους σμικροῦ χάριν
φυγάς σφιν ἔξω πτωχὸς ἠλώμην ἀεί·
ἐκ τοῖνδε δ', οὔσαιν παρθένοιν, ὅσον φύσις
δίδωσιν αὐταῖν, καὶ τροφὰς ἔχω βίου
καὶ γῆς ἄδειαν καὶ γένους ἐπάρκεσιν·
τὼ δ' ἀντὶ τοῦ φύσαντος εἱλέσθην θρόνους

Is Vom delphischen Altare brachten's Boten mit.
Oi Und wirklich hat dies Phoibos über uns gesagt?
Is So sagen sie, zurückgekehrt auf Thebens Grund.
Oi Und hat nun einer meiner Söhne dies gehört?
Is Beide zugleich, und sie verstanden recht genau.
Oi Und diese Schlechten zogen doch, als sie's gehört,
den Pflichten gegen mich die Königsherrschaft vor?
Is Es schmerzt mich, das zu hören, dennoch sag' ich: ja.
Oi Dann mögen nur den über sie verhängten Zwist
die Götter niemals löschen, und durch mich allein
soll ja für sie zu Ende kommen dieser Kampf,
in den verstrickt sie jetzt sich mit dem Speer bedrohn!
Denn weder, der jetzt Thron und Zepter innehat,
soll bleiben, noch soll jemals der Geächtete
zurückgelangen! Haben sie doch ihren Vater, mich,
als man so schmählich aus der Heimat mich verstieß,
nicht festgehalten, nicht beschützt: sie ließen zu,
daß man mich als Verbannten ausrief und vertrieb.
Du sagst vielleicht, dies habe damals mir die Stadt
auf meinen Wunsch mit Recht als ein Geschenk gewährt.
O nein! Denn als mir an dem Tage gleich zuerst
die Seele heiß entbrannte, mir's am liebsten war,
dahinzusterben und zu dulden Steinigung,
erschien doch keiner, zu erfüllen diesen Wunsch;
doch als dann durch die Zeit die Pein gemildert war
und ich erkannte, daß mein Zorn ausschweifend mich
zu hart gestraft, weit übers Maß der frühern Schuld,
da erst, nach langer Zeit, hat mit Gewalt die Stadt
des Landes mich verwiesen; doch die Söhne, die
dem Vater helfen konnten, waren nicht gewillt
zu handeln, sei's nur durch ein kurzes Wort, vielmehr
als Bettler, flüchtig, ließen sie umher mich ziehn.
Von diesen aber, die doch Mädchen sind, hab' ich
Ernährung, sicheres Geleit und häusliche
Fürsorglichkeit, soweit es ihre Kraft vermag.
Die Brüder wählten, statt des Vaters, Macht des Throns

καὶ σκῆπτρα κραίνειν καὶ τυραννεύειν χθονός.
ἀλλ' οὔ τι μὴ λάχωσι τοῦδε συμμάχου,
οὐδέ σφιν ἀρχῆς τῆσδε Καδμείας ποτὲ
ὄνησις ἥξει· τοῦτ' ἐγᾦδα, τῆσδέ τε
μαντεῖ' ἀκούων, συννοῶν τε τἀξ ἐμοῦ
παλαίφαθ' ἁμοὶ Φοῖβος ἤνυσέν ποτε.
πρὸς ταῦτα καὶ Κρέοντα πεμπόντων ἐμοῦ
μαστῆρα, κεἴ τις ἄλλος ἐν πόλει σθένει.
ἐὰν γὰρ ὑμεῖς, ὦ ξένοι, θέλητ' ἐμοὶ
σὺν ταῖσδε ταῖς σεμναῖσι δημούχοις θεαῖς
ἀλκὴν ποεῖσθαι, τῇδε τῇ πόλει μέγαν
σωτῆρ' ἀρεῖσθε, τοῖς δ' ἐμοῖς ἐχθοῖς πόνους.

Χο ἐπάξιος μέν, Οἰδίπους, κατοικτίσαι,
αὐτός τε παῖδές θ' αἵδ'· ἐπεὶ δὲ τῆσδε γῆς
σωτῆρα σαυτὸν τῷδ' ἐπεμβάλλεις λόγῳ,
παραινέσαι σοι βούλομαι τὰ σύμφορα.
Οἰ ὦ φίλταθ', ὡς νῦν πᾶν τελοῦντι προξένει.
Χο θοῦ νῦν καθαρμὸν τῶνδε δαιμόνων, ἐφ' ἃς
τὸ πρῶτον ἵκου καὶ κατέστειψας πέδον.
Οἰ τρόποισι ποίοις; ὦ ξένοι, διδάσκετε.
Χο πρῶτον μὲν ἱρὰς ἐξ ἀειρύτου χοὰς
κρήνης ἐνεγκοῦ, δι' ὁσίων χειρῶν θιγών.
Οἰ ὅταν δὲ τοῦτο χεῦμ' ἀκήρατον λάβω;
Χο κρατῆρές εἰσιν, ἀνδρὸς εὔχειρος τέχνη,
ὧν κρᾶτ' ἔρεψον καὶ λαβὰς ἀμφιστόμους.
Οἰ θαλλοῖσιν, ἢ κρόκαισιν, ἢ ποίῳ τρόπῳ;
Χο οἰὸς νεώρους νεοπόκῳ μαλλῷ λαβών.
Οἰ εἶέν· τὸ δ' ἔνθεν ποῖ τελευτῆσαί με χρή;
Χο χοὰς χέασθαι στάντα πρὸς πρώτην ἕω.
Οἰ ἦ τοῖσδε κρωσσοῖς οἷς λέγεις χέω τάδε;
Χο τρισσάς γε πηγάς· τὸν τελευταῖον δ' ὅλον.
Οἰ τοῦ τόνδε πλήσας θῶ; δίδασκε καὶ τόδε.
Χο ὕδατος, μελίσσης· μηδὲ προσφέρειν μέθυ.
Οἰ ὅταν δὲ τούτων γῆ μελάμφυλλος τύχῃ;
Χο τρὶς ἐννέ' αὐτῇ κλῶνας ἐξ ἀμφοῖν χεροῖν

und Herrscherstabs und oberste Gewalt im Land.
Doch nie gewinnen sie zum Kampfgenossen mich.
Auch wird die Herrschaft über Kadmos' Stadt für sie
kein Segen sein; das weiß ich, wenn ich jetzt von ihr
den Spruch vernehm' und meinerseits erwäge, was
mir Phoibos schon in alter Zeit verkündet hat.
Drum sollen sie nur Kreon schicken, daß er mich
aufspüre, und wer sonst gebietet in der Stadt!
Denn wenn nur ihr, Gastfreunde, mit den Göttinnen,
den hehren, die an diesem Orte walten, mir
wollt Hilfe leisten, dann erwirkt ihr dieser Stadt
den starken Helfer, meinen Feinden aber Not.

Chf Durchaus des Mitleids würdig seid ihr, Oidipus,
du und die Mädchen da. Doch da du diesem Land
mit deinen Worten dich als Retter bietest an,
will ich mit dir beraten, was zuträglich ist.
Oi O Liebster, alles will ich tun: berate mich!
Chf Versöhne jetzt die Gottheiten, zu denen du
zuerst gekommen bist, als du den Grund betratst!
Oi Auf welche Art und Weise? Freunde, lehrt es mich!
Chf Als erstes hole heiliges Wasser aus dem Quell,
der immer fließt: mit reinen Händen rühr' ihn an!
Oi Doch wenn ich diese makellose Flut empfing ...?
Chf Es sind da Krüge, kunstgeübten Mannes Werk:
Umkränz' am Rand und an den beiden Griffen sie!
Oi Mit Zweigen oder Fäden oder womit sonst?
Chf Mit Wolle, die du nimmst vom frischgeschornen Lamm.
Oi Es sei! Doch wie muß ich das weitre dann vollziehn?
Chf Trankopfer gieße, gegen Morgen hingewandt!
Oi Aus jenen Krügen, die du nanntest, gieß' ich sie?
Chf Dreimal vom Quell. Den ganzen letzten Krug jedoch ...
Oi Womit soll ich den füllen? Lehre mich auch dies!
Chf Mit Wasser und Honig; mische keinen Wein hinzu!
Oi Doch wenn der schattenschwarze Boden es empfing – ?
Chf Vom Ölbaum lege Zweige dreimal neun darauf

τιθεὶς ἐλαίας τάσδ᾽ ἐπεύχεσθαι λιτάς.
Οἰ τούτων ἀκοῦσαι βούλομαι· μέγιστα γάρ.
Χο ὥς σφας καλοῦμεν Εὐμενίδας, ἐξ εὐμενῶν
στέρνων δέχεσθαι τὸν ἱκέτην σωτηρίους
αἰτοῦ σύ τ᾽ αὐτὸς κεἴ τις ἄλλος ἀντὶ σοῦ,
ἄπυστα φωνῶν μηδὲ μηκύνων βοήν.
ἔπειτ᾽ ἀφέρπειν ἄστροφος. καὶ ταῦτά σοι
δράσαντι θαρσῶν ἂν παρασταίην ἐγώ,
ἄλλως δὲ δειμαίνοιμ᾽ ἄν, ὦ ξέν᾽, ἀμφὶ σοί.
Οἰ ὦ παῖδε, κλύετον, τῶνδε προσχώρων ξένων;

Ἀντιγόνη

ἠκούσαμέν τε χὤ τι δεῖ πρόστασσε δρᾶν.
Οἰ ἐμοὶ μὲν οὐχ ὁδωτά· λείπομαι γὰρ ἐν
τῷ μὴ δύνασθαι μηδ᾽ ὁρᾶν, δυοῖν κακοῖν·
σφῷν δ᾽ ἁτέρα μολοῦσα πραξάτω τάδε.
ἀρκεῖν γὰρ οἶμαι κἀντὶ μυρίων μίαν
ψυχὴν τάδ᾽ ἐκτίνουσαν, ἢν εὔνους παρῇ,
ἀλλ᾽ ἐν τάχει τι πράσσετον· μόνον δέ με
μὴ λείπετ᾽. οὐ γὰρ ἂν σθένοι τοὐμὸν δέμας
ἐρῆμον ἕρπειν οὐδ᾽ ὑφηγητοῦ δίχα.
Ἰσ ἀλλ᾽ εἶμ᾽ ἐγὼ τελοῦσα· τὸν τόπον δ᾽ ἵνα
χρῆσται μ᾽ ἐφευρεῖν, τοῦτο βούλομαι μαθεῖν.
Χο τοὐκεῖθεν ἄλσους, ὦ ξένη, τοῦδ᾽. ἢν δέ του
σπάνιν τιν᾽ ἴσχῃς, ἔστ᾽ ἔποικος, ὃς φράσει.
Ἰσ χωροῖμ᾽ ἂν ἐς τόδ᾽· Ἀντιγόνη, σὺ δ᾽ ἐνθάδε
φύλασσε πατέρα τόνδε· τοῖς τεκοῦσι γὰρ
οὐδ᾽ εἰ πονεῖ τις, δεῖ πόνου μνήμην ἔχειν.

Χορός

δεινὸν μὲν τὸ πάλαι κείμενον ἤδη — io³ — Str. 1
κακόν, ὦ ξεῖν᾽, ἐπεγείρειν· — io²
ὅμως δ᾽ ἔραμαι πυθέσθαι — en

mit beiden Händen! Dabei bete dies Gebet: ...
Oi Das will ich hören, denn es ist das Wichtigste.
Chf Wie wir sie ‚Holdgesinnte' nennen, möchten sie
aufnehmen holden Sinns den, der um Rettung fleht:
So bitte selbst du, oder wer es tut für dich,
mit leisem Flehn, nicht so, daß man es weithin hört!
Dann weiche, abgewandten Blicks. Und wenn du dies
getan hast, will ich dir getrost zur Seite stehn.
Sonst aber, Gastfreund, wär' es mir wohl bang um dich.
Oi O Kinder, hört ihr den hier heimischen Freunden zu?

Antigone

Wir hörten, was zu tun ist: ordne du es an!
Oi Für mich ist dies nicht gangbar, denn mich hält in Haft
das Nichtvermögen und Nichtsehen, zwiefach Leid.
Eine von ihnen gehe hin und führ' es aus;
denn eine Seele, glaub' ich, kann für tausende
eintreten, dies zu sühnen, – naht sie wohlgesinnt.
Doch geht in Eile nun ans Werk! Nur laßt mich nicht
allein hier; denn kaum hätte wohl mein Leib die Kraft,
verlassen, ohne Führer seines Wegs zu ziehn.
Is Ich will es schon vollbringen; doch wo ich den Ort
zu finden habe, das zu wissen wär' mir lieb.
Chf Jenseits von diesem Haine, Mädchen; wenn es dir
an etwas fehlt: dort ist ein Nachbar, der's dir weist.
Is So will ich hingehn. Sorge du, Antigone,
hier für den Vater; denn den Kindern ziemt es ja,
auch wenn es Mühe macht, die Mühe nicht zu scheun.

Sie geht

Chor

Schwer zwar fällt es, das längst ruhende Unheil
aus dem Schlaf, Freund, zu erwecken:
Gleichwohl – zu erfahren wünscht' ich ...

Οἰ τί τοῦτο ; ba
Χο τᾶς δειλαίας ἀπόρου φανείσας mo ch ba
ἀλγηδόνος, ᾇ ξυνέστας. io^2
Οἰ μὴ πρὸς ξενίας ἀνοίξῃς io^2
τᾶς σᾶς ἃ πέπονθ' ἀναιδῆ. io^2
Χο τό τοι πολὺ καὶ μηδαμὰ λῆγον io^3
χρῄζω, ξεῖν', ὀρθὸν ἄκουσμ' ἀκοῦσαι. mo ch ba
Οἰ ὤμοι. sp
Χο στέρξον, ἱκετεύω. (do)
Οἰ φεῦ φεῦ. sp
Χο πείθου· κἀγὼ γὰρ ὅσον σὺ προσχρῄζεις. mo ch^2

Οἰ ἤνεγκ' οὖν κακότατ', ὦ ξένοι, ἤνεγκ' io^3 Ant. 1
ἀέκων μέν, θεὸς ἴστω, io^2
τούτων δ' αὐθαίρετον οὐδέν. en
Χο ἀλλ' ἐς τί ; ba
Οἰ κακᾷ μ' εὐνᾷ πόλις οὐδὲν ἴδριν ba ch ba
γάμων ἐνέδησεν ἄτᾳ. io^2
Χο ἦ ματρόθεν, ὡς ἀκούω, io^2
δυσώνυμα λέκτρ' ἐπλήσω ; io^2
Οἰ ὤμοι, θάνατος μὲν τάδ' ἀκούειν, io^3
ὦ ξεῖν'· αὗται δὲ δύ' ἐξ ἐμοῦ ⟨μὲν⟩ mo ch ba
Χο πῶς φής ; sp
Οἰ παῖδε, δύο δ' ἄτα (do)
Χο ὦ Ζεῦ. sp
Οἰ ματρὸς κοινᾶς ἀπέβλαστον ὠδῖνος. mo ch^2

Χο σαί τ' εἴσ' ἄρ' ἀπόγονοί τε καὶ ia^2 Str. 2
Οἰ κοιναί γε πατρὸς ἀδελφεαί. ia^2
Χο ἰώ.
Οἰ ἰὼ δῆτα μυ- ia cr
ρίων γ' ἐπιστροφαὶ κακῶν. ia^2
Χο ἔπαθες
Οἰ ἔπαθον ἄλαστ' ἔχειν. ia^2
Χο ἔρεξας
Οἰ οὐκ ἔρεξα.

Oi Was meinst du?
Ch Die grause Qual, die sich ausweglos dir
erwiesen, mit der du kämpftest.
Oi Nein, bei deiner Freundschaft, decke
nicht auf, was ich litt in Schanden.
Ch Was weithin bekannt, nimmer verstummt ist,
möcht' ich, Freund, richtig berichtet hören.
Oi Weh mir!
Ch Laß dich doch erbitten!
Oi Weh! Weh!
Ch Gib nach! Auch ich werde tun, was du wünschest.

Oi Unheil duldet' ich, o Freunde, erduldet's
ungewollt: Gott soll es wissen,
nichts tat aus eignem Entschluß ich.
Ch Wie kam es?
Oi Die Stadt band mich, einen Ahnungslosen,
mit schlimmer Vermählung Unheil.
Ch Du hattest unselig Lager
zu seiten der Mutter, hört' ich?
Oi O Jammer! Der Tod ist's, das zu hören,
Gastfreund! Die beiden da sind von mir ja ...
Ch Was sagst ...
Oi Kinder, beide Frevel ...
Ch O Zeus!
Oi Vom Schoß der nämlichen Frau wie ich selber.

Ch Sie sind deine Töchter also und ...
Oi Des eignen Vaters Geschwister auch!
Ch O Leid!
Oi O Leid, wahrlich ja!
Vieltausendfacher Übel Wucht!
Ch Du littest ...
Oi Ich litt unerträglich Weh.
Ch Verübtest ...
Oi Nichts verübt' ich.

Χο τί γάρ;
Οἰ ἐδεξάμην — ia^3
δῶρον, ὃ μήποτ' ἐγὼ ταλακάρδιος — da^4
ἐπωφέλησα πόλεος ἐξελέσθαι. — ia ia ba

Χο δύστανε, τί γάρ; ἔθου φόνον — ia^2 — Ant. 2
Οἰ τί τοῦτο; τί δ' ἐθέλεις μαθεῖν; — ia^2
Χο πατρός;
Οἰ παπαῖ, δευτέραν — ia cr
ἔπαισας ἐπὶ νόσῳ νόσον. — ia^2
Χο ἔκανες
Οἰ ἔκανον. ἔχει δέ μοι — ia^2
Χο τί τοῦτο;
Οἰ πρὸς δίκας τι.
Χο τί γάρ;
Οἰ ἐγὼ φράσω. — ia^3
καὶ γὰρ ἄνους ἐφόνευσ' ἀπό τ' ὤλεσα· — da^4
νόμῳ δὲ καθαρός, ἄιδρις ἐς τόδ' ἦλθον. — ia ia ba

Χο καὶ μὴν ἄναξ ὅδ' ἡμὶν Αἰγέως γόνος
Θησεὺς κατ' ὀμφὴν σὴν ἀποσταλεὶς πάρα.

Θησεύς

πολλῶν ἀκούων ἔν τε τῷ πάρος χρόνῳ
τὰς αἱματηρὰς ὀμμάτων διαφθορὰς
ἔγνωκά σ', ὦ παῖ Λαΐου, τανῦν θ' ὁδοῖς
ἐν ταῖσδ' ἀκούων μᾶλλον ἐξεπίσταμαι.
σκευή τε γάρ σε καὶ τὸ δύστηνον κάρα
δηλοῦτον ἡμῖν ὄνθ' ὃς εἶ, καί σ' οἰκτίσας
θέλω 'περέσθαι, δύσμορ' Οἰδίπου, τίνα
πόλεως ἐπέστης προστροπὴν ἐμοῦ τ' ἔχων,
αὐτός τε χἠ σὴ δύσμορος παραστάτις.
δίδασκε· δεινὴν γάρ τιν' ἂν πρᾶξιν τύχοις
λέξας ὁποίας ἐξαφισταίμην ἐγώ·
ὃς οἶδα καὐτὸς ὡς ἐπαιδεύθην ξένος,

Ch Wie denn?
Oi Nur ein Geschenk
hab' ich empfangen, das nimmer ich Elender
verdiente von der Stadt in Empfang zu nehmen.

Ch Unseliger, wie? Du gabst den Tod ...
Oi Was meinst du? Was willst du wissen noch?
Ch Dem Vater?
Oi Weh! Schlägst du doch
zur Wunde noch eine Wunde mir!
Ch Erschlugest ...?
Oi Erschlug ihn. Doch spricht für mich ...
Ch Wie meinst du?
Oi Ein Rechtsumstand ...
Ch Wie denn?
Oi Ich sag' es dir.
Unwissend nämlich erschlug ich und tötete,
kam ahnungslos dazu, dem Gesetz nach schuldlos ...

Chf Und siehe: da ist unser Herrscher, Aigeus' Sohn
Theseus, den man auf deinen Ruf hierher beschied.

Theseus
von der Stadt kommend

Da ich von vielen schon in früherer Zeit vernahm
die blutige Zerstörung deines Augenlichts,
hab' ich dich, Sohn des Laïos, gleich erkannt, und was
ich unterwegs jetzt hörte, macht mir's ganz gewiß.
Denn das Gewand sowohl wie das entstellte Haupt
beweisen mir, daß du es bist, und Mitgefühl
bewegt mich, dich zu fragen, armer Oidipus:
Mit welchem Wunsche nahst du unsrer Stadt und mir,
du selbst und deine leidvolle Begleiterin?
Sprich's aus! Du müßtest schon ein ungeheures Werk
verlangen, sollt' ich der Erfüllung mich entziehn,
der ich Bescheid weiß, selbst als Gast erzogen ward

ὥσπερ σύ, χὠς εἷς πλεῖστ' ἀνὴρ ἐπὶ ξένης
ἤθλησα κινδυνεύματ' ἐν τὠμῷ κάρᾳ,
ὥστε ξένον γ' ἂν οὐδέν' ὄνθ', ὥσπερ σὺ νῦν,
ὑπεκτραποίμην μὴ οὐ συνεκσῴζειν· ἐπεὶ
ἔξοιδ' ἀνὴρ ὢν χὤτι τῆς εἰς αὔριον
οὐδὲν πλέον μοι σοῦ μέτεστιν ἡμέρας.
Οἰ Θησεῦ, τὸ σὸν γενναῖον ἐν σμικρῷ λόγῳ
παρῆκεν ὥστε βραχέα μὴ αἰδεῖσθαι φράσαι.
σὺ γάρ μ' ὅς εἰμι, κἀφ' ὅτου πατρὸς γεγὼς
καὶ γῆς ὁποίας ἦλθον, εἰρηκὼς κυρεῖς·
ὥστ' ἐστί μοι τὸ λοιπὸν οὐδὲν ἄλλο πλὴν
εἰπεῖν ἃ χρῄζω, χὠ λόγος διοίχεται.
Θη τοῦτ' αὐτὸ νῦν δίδασχ', ὅπως ἂν ἐκμάθω.
Οἰ δώσων ἱκάνω τοὐμὸν ἄθλιον δέμας
σοὶ δῶρον, οὐ σπουδαῖον εἰς ὄψιν· τὰ δὲ
κέρδη παρ' αὐτοῦ κρείσσον' ἢ μορφὴ καλή.
Θη ποῖον δὲ κέρδος ἀξιοῖς ἥκειν φέρων;
Οἰ χρόνῳ μάθοις ἄν, οὐχὶ τῷ παρόντι που.
Θη ποίῳ γὰρ ἡ σὴ προσφορὰ δηλώσεται;
Οἰ ὅταν θάνω 'γὼ καὶ σύ μου ταφεὺς γένῃ.
Θη τὰ λοίσθ' ἄρ' αἰτῇ τοῦ βίου, τὰ δ' ἐν μέσῳ
ἢ λῆστιν ἴσχεις ἢ δι' οὐδενὸς ποιῇ.
Οἰ ἐνταῦθα γάρ μοι κεῖνα συγκομίζεται.
Θη ἀλλ' ἐν βραχεῖ δὴ τήνδε μ' ἐξαιτῇ χάριν.
Οἰ ὅρα γε μήν· οὐ σμικρός, οὔκ, ἀγὼν ὅδε.
Θη πότερα τὰ τῶν σῶν ἐκγόνων ἢ 'μοῦ λέγεις;
Οἰ κεῖνοι κομίζειν κεῖσ' ἀναγκάσουσί με.
Θη ἀλλ' εἰ θέλοντά γ'; οὐδὲ σοὶ φεύγειν καλόν.
Οἰ ἀλλ' οὐδ', ὅτ' αὐτὸς ἤθελον, παρίεσαν.
Θη ὦ μῶρε, θυμὸς δ' ἐν κακοῖς οὐ ξύμφορον.
Οἰ ὅταν μάθῃς μου, νουθέτει, τανῦν δ' ἔα.
Θη δίδασκ'. ἄνευ γνώμης γὰρ οὔ με χρὴ λέγειν.
Οἰ πέπονθα, Θησεῦ, δεινὰ πρὸς κακοῖς κακά.
Θη ἦ τὴν παλαιὰν ξυμφορὰν γένους ἐρεῖς;
Οἰ οὐ δῆτ'· ἐπεὶ πᾶς τοῦτό γ' Ἑλλήνων θροεῖ.
Θη τί γὰρ τὸ μεῖζον ἢ κατ' ἄνθρωπον νοσεῖς;

wie du, der ich, ein Mann allein, in fremdem Land
mit mancherlei Gefahren um mein Haupt gekämpft,
so daß ich keinem, der, wie du jetzt, Fremdling ist,
verweigern würde, ihn zu schützen, da ich ja
wohl weiß, daß ich ein Mensch bin und daß mir nicht mehr
Anteil am morgigen Tag beschieden ist als dir.
Oi Theseus! Dein edler Sinn macht es mit kurzem Wort
mir leicht, nur weniges zu sagen ohne Scheu.
Denn wer ich bin und welcher Vater mich gezeugt,
aus welchem Land ich komme, hast du schon gesagt.
Mir bleibt nichts andres übrig, als dir zu gestehn,
was mein Begehr ist, und die Rede ist am Ziel.
Th Dies eben sprich jetzt aus, daß ich's erkennen kann!
Oi Ich komme, dir zu bringen meinen müden Leib
als Gabe, nicht begehrenswert fürs Auge; doch
von ihm kommt höherer Gewinn als Wohlgestalt.
Th Und welcherlei Gewinn zu bringen rühmst du dich?
Oi Das lehrt dich wohl die Zeit, doch nicht die jetzige.
Th Wann also offenbart sich deine Schenkung denn?
Oi Sobald ich tot bin und du mein Bestatter wirst.
Th Des Lebens Letztes forderst du: die Zwischenzeit
hast du vergessen oder achtest sie für nichts?
Oi Ja, denn mit jenem wird mir dies zugleich gewährt.
Th Doch recht bescheiden ist die Gunst, die du begehrst.
Oi Nur freilich – sieh: ein leichter Kampf wird das nicht sein.
Th Meinst du den deiner Söhne oder meinen Kampf?
Oi Zurückzukehren werden sie mich nötigen.
Th Doch wenn's dein Wille? Ehr' bringt auch s'Exil dir nicht.
Oi Doch als ich selbst es wollte, ließen sie's nicht zu.
Th O Narr du! Groll im Unglück dient ja nicht zum Heil.
Oi Wenn du mich angehört hast, schilt! Doch jetzt laß sein!
Th So sprich! Denn ohne Kenntnis reden ziemt mir nicht.
Oi Erduldet hab' ich, Theseus, furchtbar Leid auf Leid.
Th Sprichst du von deines Hauses altem Ungemach?
Oi Nein, davon redet ja in Hellas jedermann.
Th Und woran leidest du nun über Menschenmaß?

Οἰ οὕτως ἔχει μοι· γῆς ἐμῆς ἀπηλάθην
πρὸς τῶν ἐμαυτοῦ σπερμάτων· ἔστιν δέ ποι
πάλιν κατελθεῖν μήποθ', ὡς πατροκτόνῳ.
Θη πῶς δῆτά σ' ἂν πεμψαίαθ', ὥστ' οἰκεῖν δίχα;
Οἰ τὸ θεῖον αὐτοὺς ἐξαναγκάζει στόμα.
Θη ποῖον πάθος δείσαντας ἐκ χρηστηρίων;
Οἰ ὅτι σφ' ἀνάγκη τῇδε πληγῆναι χθονί.
Θη καὶ πῶς γένοιτ' ἂν τἀμὰ κἀκείνων πικρά;
Οἰ ὦ φίλτατ' Αἰγέως παῖ, μόνοις οὐ γίγνεται
θεοῖσι γῆρας οὐδὲ κατθανεῖν ποτε,
τὰ δ' ἄλλα συγχεῖ πάνθ' ὁ παγκρατὴς χρόνος.
φθίνει μὲν ἰσχὺς γῆς, φθίνει δὲ σώματος,
θνῄσκει δὲ πίστις, βλαστάνει δ' ἀπιστία,
καὶ πνεῦμα ταὐτὸν οὔποτ' οὔτ' ἐν ἀνδράσιν
φίλοις βέβηκεν οὔτε πρὸς πόλιν πόλει.
τοῖς μὲν γὰρ ἤδη, τοῖς δ' ἐν ὑστέρῳ χρόνῳ
τὰ τερπνὰ πικρὰ γίγνεται καὖθις φίλα.
καὶ ταῖσι Θήβαις εἰ τανῦν εὐημερεῖ
καλῶς τὰ πρὸς σέ, μυρίας ὁ μυρίος
χρόνος τεκνοῦται νύκτας ἡμέρας τ' ἰών,
ἐν αἷς τὰ νῦν ξύμφωνα δεξιώματα
δόρει διασκεδῶσιν ἐκ σμικροῦ λόγου·
ἵν' οὑμὸς εὕδων καὶ κεκρυμμένος νέκυς
ψυχρός ποτ' αὐτῶν θερμὸν αἷμα πίεται,
εἰ Ζεὺς ἔτι Ζεὺς χὠ Διὸς Φοῖβος σαφής.
ἀλλ' οὐ γὰρ αὐδᾶν ἡδὺ τἀκίνητ' ἔπη,
ἔα μ' ἐν οἷσιν ἠρξάμην, τὸ σὸν μόνον
πιστὸν φυλάσσων· κοὔποτ' Οἰδίπουν ἐρεῖς
ἀχρεῖον οἰκητῆρα δέξασθαι τόπων
τῶν ἐνθάδ', εἴπερ μὴ θεοὶ ψεύσουσί με.

Χορός

ἄναξ, πάλαι καὶ ταῦτα καὶ τοιαῦτ' ἔπη
γῇ τῇδ' ὅδ' ἀνὴρ ὡς τελῶν ἐφαίνετο.
Θη τίς δῆτ' ἂν ἀνδρὸς εὐμένειαν ἐκβάλοι
τοιοῦδ', ὅτῳ πρῶτον μὲν ἡ δορύξενος

Oi So steht's mit mir: aus meinem Land ward ich verjagt
von meinen eignen Sprößlingen, und niemals mehr
ist mir, als Vatermörder, Wiederkehr erlaubt.
Th Wieso, wenn du verbannt bist, riefe man nach dir?
Oi Der Mund der Gottheit wird sie dazu nötigen.
Th Welch Leid befürchten sie von solchem Seherspruch?
Oi Es sei ihr Schicksal, daß man hier im Land sie schlägt.
Th Wie käm' Erbittrung zwischen ihnen auf und mir?
Oi O liebster Aigeus-Sohn, allein die Götter sind
vom Alter allezeit verschont und auch vom Tod.
Das übrige zerstört die Allgewalt der Zeit.
Es schwindet Kraft der Erde, schwindet Leibeskraft,
es stirbt die Treue, doch Treulosigkeit gedeiht,
und weder zwischen Männern, die befreundet sind,
weht stets derselbe Geist noch zwischen Stadt und Stadt.
Denn heut wird diesem, andren wird in spätrer Zeit
das Freudige zu Bitternis und wieder lieb.
Auch diesem Theben, ob es heute gleich zu dir
in holder Freundschaft strahlt, wird die zahllose Zeit
in ihrem Gang zahllose Tag' und Nächte doch
gebären, da die innigste Verbundenheit
aus kleinem Anlaß durch den Speer zerrissen wird,
wobei mein schlummernder, im Grab geborgner Leib,
erkaltet, noch von ihrem Blute wird getränkt,
wenn Zeus noch Zeus, sein Sohn Apollon wahrhaft ist.
Doch unsagbare Worte spricht man ungern aus:
Laß mich bei denen, die ich anfangs sprach! Getreu
nur halte deins, dann sagst du nie, in Oidipus
sei dieser Gegend ein Bewohner ohne Wert
gewonnen worden, – täuschen mich die Götter nicht.

Chorführer

Herr, lang schon hat sich dieser Mann für unser Land
gewillt erwiesen dies und ähnliches zu tun.
Th Wer sollte solchen Mannes Wohlgesonnenheit
abweisen, dem von vornherein des Hauses Herd

κοινὴ παρ᾽ ἡμῖν αἰέν ἐστιν ἑστία;
ἔπειτα δ᾽ ἱκέτης δαιμόνων ἀφιγμένος
γῇ τῇδε κἀμοὶ δασμὸν οὐ σμικρὸν τίνει.
ἁγὼ σεβισθεὶς οὔποτ᾽ ἐκβαλῶ χάριν
τὴν τοῦδε, χώρᾳ δ᾽ ἔμπολιν κατοικιῶ.
εἰ δ᾽ ἐνθάδ᾽ ἡδὺ τῷ ξένῳ μίμνειν, σέ νιν
τάξω φυλάσσειν, εἴτ᾽ ἐμοῦ στείχειν μέτα.
τὸ δ᾽ ἡδὺ τούτων, Οἰδίπου, δίδωμί σοι
κρίναντι χρῆσθαι· τῇδε γὰρ ξυνοίσομαι.
Οἰ ὦ Ζεῦ, διδοίης τοῖσι τοιούτοισιν εὖ.
Θη τί δῆτα χρῄζεις; ἦ δόμους στείχειν ἐμούς;
Οἰ εἴ μοι θέμις γ᾽ ἦν. ἀλλ᾽ ὁ χῶρός ἐσθ᾽ ὅδε,
Θη ἐν ᾧ τί πράξεις; οὐ γὰρ ἀντιστήσομαι.
Οἰ ἐν ᾧ κρατήσω τῶν ἔμ᾽ ἐκβεβληκότων.
Θη μέγ᾽ ἂν λέγοις δώρημα τῆς συνουσίας.
Οἰ εἰ σοί γ᾽ ἅπερ φῂς ἐμμενεῖ τελοῦντί μοι.
Θη θάρσει τὸ τοῦδέ γ᾽ ἀνδρός· οὔ σε μὴ προδῶ.
Οἰ οὔτοι σ᾽ ὑφ᾽ ὅρκου γ᾽ ὡς κακὸν πιστώσομαι.
Θη οὔκουν πέρα γ᾽ ἂν οὐδὲν ἢ λόγῳ φέροις.
Οἰ πῶς οὖν ποήσεις;
Θη τοῦ μάλιστ᾽ ὄκνος σ᾽ ἔχει;
Οἰ ἥξουσιν ἄνδρες
Θη ἀλλὰ τοῖσδ᾽ ἔσται μέλον.
Οἰ ὅρα με λείπων
Θη μὴ δίδασχ᾽ ἃ χρή με δρᾶν.
Οἰ ὀκνοῦντ᾽ ἀνάγκη.
Θη τοὐμὸν οὐκ ὀκνεῖ κέαρ.
Οἰ οὐκ οἶσθ᾽ ἀπειλὰς
Θη οἶδ᾽ ἐγώ σε μή τινα
ἐνθένδ᾽ ἀπάξοντ᾽ ἄνδρα πρὸς βίαν ἐμοῦ.
πολλαὶ δ᾽ ἀπειλαὶ πολλὰ δὴ μάτην ἔπη
θυμῷ κατηπείλησαν· ἀλλ᾽ ὁ νοῦς ὅταν
αὑτοῦ γένηται, φροῦδα τἀπειλήματα.
κείνοις δ᾽ ἴσως κεἰ δείν᾽ ἐπερρώσθη λέγειν
τῆς σῆς ἀγωγῆς, οἶδ᾽ ἐγώ, φανήσεται
μακρὸν τὸ δεῦρο πέλαγος οὐδὲ πλώσιμον.

bei uns zu jeder Zeit gastfreundlich offensteht,
da er nun Schutz der Göttinnen erbittend kommt
und diesem Land und mir nicht kleinen Zins bezahlt?
Da ich dies heilig halte, weis' ich seine Huld
niemals zurück und nehm' als Bürger ihn ins Land.
Beliebt's dem Gaste hier zu bleiben, stell' ich ihn
in deinen Schutz; wenn es ihm lieber ist, mit mir
zu kommen, – Oidipus, ich überlass' es dir,
zu wählen, was du tun willst: beides ist mir recht.
Oi Zeus, segne solche Männer stets mit Wohlergehn!
Th Was wünschst du also? Mitzukommen in mein Haus?
Oi Wenn's mir gestattet wäre! Doch hier ist der Ort ...
Th Wo du – was vorhast? Ich verwehr' es dir ja nicht.
Oi Wo ich besiegen werde, die mich fortgejagt.
Th Groß wäre der Gewinn aus der Begegnung dann.
Oi Wenn du bei dem, was du mir zusagst, fest beharrst.
Th Verlaß auf diesen Mann dich: nie geb' ich dich preis.
Oi Nicht mit dem Eid wie einen Schlechten bind' ich dich.
Th Nicht mehr als durch mein Wort gewännest du dabei.
Oi Wie willst du handeln?
Th Warum sorgst du dich denn noch?
Oi Es kommen Männer ...
Th Die hier nehmen dich in Schutz.
Oi Sieh, wenn du weggehst ...
Th Lehre mich nicht meine Pflicht!
Oi Doch, denn du zauderst ja.
Th Mein Herz ist ohne Furcht.
Oi Du weißt nicht, wie sie drohn ...
Th Ich weiß, daß keiner je
dich wider meinen Willen hier wegführen wird.
Drohungen werden viel mit manchem leeren Wort
im Zorn hervorgestoßen. Doch sobald der Sinn
sein selber Herr wird, sind die Drohungen dahin.
Verstieg ihr Mut auch so gewaltig sich, daß sie
dich rauben möchten, weiß ich doch: bald scheint der Weg
hierher für sie als weites, unschiffbares Meer.

θαρσεῖν μὲν οὖν ἔγωγε κἄνευ τῆς ἐμῆς
γνώμης ἐπαινῶ, Φοῖβος εἰ προύπεμψέ σε·
ὅμως δὲ κἀμοῦ μὴ παρόντος οἶδ' ὅτι
τοὐμὸν φυλάξει σ' ὄνομα μὴ πάσχειν κακῶς.

Χορός

εὐίππου, ξένε, τᾶσδε χώ- gl Str. 1
ρας ἵκου τὰ κράτιστα γᾶς ἔπαυλα, phal
τὸν ἀργῆτα Κολωνόν, ἔνθ' gl
ἁ λίγεια μινύρεται gl
θαμίζουσα μάλιστ' ἀη- gl
δὼν χλωραῖς ὑπὸ βάσσαις, pher
τὸν οἰνωπὸν ἔχουσα κισ- gl
σὸν καὶ τὰν ἄβατον θεοῦ gl
φυλλάδα μυριόκαρπον ἀνάλιον da^4
ἀνήνεμόν τε πάντων ia ba
χειμώνων· ἵν' ὁ βακχιώ- gl
τας ἀεὶ Διόνυσος ἐμβατεύει phal
θείαις ἀμφιπολῶν τιθήναις. hi

θάλλει δ' οὐρανίας ὑπ' ἄ- gl Ant. 1
χνας ὁ καλλίβοτρυς κατ' ἦμαρ αἰεὶ phal
νάρκισσος, μεγάλοιν θεοῖν gl
ἀρχαῖον στεφάνωμ', ὅ τε gl
χρυσαυγὴς κρόκος· οὐδ' ἄυ- gl
πνοι κρῆναι μινύθουσιν pher
Κηφισοῦ νομάδες ῥεέ- gl
θρων, ἀλλ' αἰὲν ἐπ' ἤματι gl
ὠκυτόκος πεδίων ἐπινίσεται da^4
ἀκηράτῳ σὺν ὄμβρῳ ia ba
στερνούχου χθονός· οὐδὲ Μου- gl
σᾶν χοροί νιν ἀπεστύγησαν, οὐδ' αὖ phal
ἁ χρυσάνιος Ἀφροδίτα. hi

ἔστιν δ' οἷον ἐγὼ γᾶς Ἀσίας οὐκ ἐπακούω, io^4 Str. 2
οὐδ' ἐν τᾷ μεγάλᾳ Δωρίδι νάσῳ io^3

Ich rate drum, getrost zu sein, auch abgesehn
von meinen Plänen, wenn doch Phoibos mit dir ist;
und wenn ich nicht anwesend bin, so weiß ich doch,
daß dich mein Name schützen wird vor Ungemach.

Er geht

Chor

Freund, zur prangendsten Siedlung hier
dieses Landes der schönen Pferde kamst du:
Zum kalkhellen Kolonos, wo
schluchzt und flötet die Nachtigall,
wo allzeit sie am liebsten weilt,
in der grünenden Waldschlucht,
im weinfarbenen Efeu wohnt,
im unnahbaren Gotteshain,
der in der Fülle des Laubs und der Früchte doch
vor Sonnenglut und Stürmen
bleibt geschützt, wo der immerdar
freudetrunkne Dionysos einherzieht,
mit den göttlichen Mägden schwärmend.

Hier, benetzt von des Himmels Tau,
blühn tagtäglich in Träubchen hold Narzissen
zum altheiligen Kranz der zwei
Großen Göttinnen. Golden strahlt
ringsum Krokus, und, nimmermüd',
nie versiegen die Quellen
des Kephisos: sie spenden uns
Wasser. Doch allzeit, Tag um Tag,
eilends die Fluren befruchtend, berieselt er
mit ungetrübten Fluten
breit sich dehnenden Boden; auch
Musen-Reigen verschmähn ihn nicht und auch nicht
Aphrodite mit goldnem Zügel.

Eins ist, das es im Land Asien nicht gibt, wie ich höre;
nicht einmal auf der Groß-Insel des Pelops

Πέλοπος πώποτε βλαστὸν   io^2
φύτευμ᾽ ἀχείρωτον αὐτοποιόν,   ia cr ba
ἐγχέων φόβημα δαΐων,   ia^2
ὃ τᾷδε θάλλει μέγιστα χώρᾳ,   ia cr ba
γλαυκᾶς παιδοτρόφου φύλλον ἐλαίας·   io^3
τὸ μέν τις οὐ νεαρὸς οὐδὲ γήρᾳ   ia cr ba
συνναίων ἁλιώσει χερὶ πέρσας· ὁ   ascl (m)
γὰρ εἰσαιὲν ὁρῶν κύκλος   gl
λεύσσει νιν Μορίου Διὸς   gl
χἀ γλαυκῶπις Ἀθάνα.   pher

ἄλλον δ᾽ αἶνον ἔχω ματροπόλει τᾷδε κράτιστον,   io^4 Ant. 2
δῶρον τοῦ μεγάλου δαίμονος, εἰπεῖν,   io^3
⟨χθονὸς⟩ αὔχημα μέγιστον,   io^2
εὔιππον, εὔπωλον, εὐθάλασσον.   ia cr ba
ὦ παῖ Κρόνου, σὺ γάρ νιν ἐς   ia^2
τόδ᾽ εἷσας αὔχημ᾽, ἄναξ Ποσειδάν,   ia cr ba
ἵπποισιν τὸν ἀκεστῆρα χαλινὸν   io^3
πρώταισι ταῖσδε κτίσας ἀγυιαῖς.   ia cr ba
ἁ δ᾽ εὐήρετμος ἔκπαγλ᾽ ἁλία χερσὶ   ascl (m)
† παραπτομένα † πλάτα   (gl)
θρῴσκει, τῶν ἑκατομπόδων   gl
Νηρῄδων ἀκόλουθος.   pher

Ἀντιγόνη

ὦ πλεῖστ᾽ ἐπαίνοις εὐλογούμενον πέδον,
νῦν σὸν τὰ λαμπρὰ ταῦτα δὴ φαίνειν ἔπη.

Οἰδίπους

τί δ᾽ ἔστιν, ὦ παῖ, καινόν;
Ἀν ἄσσον ἔρχεται
Κρέων ὅδ᾽ ἡμῖν οὐκ ἄνευ πομπῶν, πάτερ.
Οἰ ὦ φίλτατοι γέροντες, ἐξ ὑμῶν ἐμοὶ
φαίνοιτ᾽ ἂν ἤδη τέρμα τῆς σωτηρίας.
Χο θάρσει, παρέσται· καὶ γὰρ εἰ γέρων κυρῶ,
τὸ τῆσδε χώρας οὐ γεγήρακε σθένος.

kommt' er je Dorern gedeihen,
der Baum, durch nichts tilgbar, selbstgewachsen,
den auch des Feindes Speere scheun,
der hier erblüht kraftvoll diesem Lande,
Jugendnährend, vom Laub schimmernd: der Ölbaum,
den niemand, kein Jüngling noch wem das Alter
Macht gibt, frevelnder Hand schändet und ausmerzt, denn
mit Augäpfeln, die allzeit schaun,
blickt nach ihm der Beschützer Zeus
und lichtäugig Athene.

Noch ein Lob dieser Stadt, die mich gebar, darf ich, das höchste,
künden, Gabe der allwaltenden Gottheit,
dieses Gaus herrlichste Zierde:
Die Zucht des Pferds, Reitkunst, sichre Seefahrt.
O Kronos' Sohn, du hast uns ja
geschenkt die Zier, Herrscher du Poseidon,
der den Pferden zuerst hier in der Gegend
den Zügel umwarf, um sie zu zähmen.
Doch durchs Meer hin mit Macht eilt, den Händen
sich bequemend, das Ruderholz
wie im Fluge, von Seejungfraun
hundertfüßig begleitet.

Antigone

O Land, mit höchstem Lob gepriesen und gerühmt,
nun gilt es zu bewähren dieser Worte Glanz!

Oidipus

Mein Kind, was gibt es Neues?
An Vater, schon ganz nah
kommt dieser Kreon mit Begleitern auf uns zu.
Oi Ihr allerbesten Alten, mir wird wohl durch euch
nunmehr sich zeigen der Errettung letztes Ziel.
Chf Getrost! Es wird erscheinen: bin ich selbst auch alt,
so ist doch nicht gealtert dieses Landes Kraft.

Κρέων

ἄνδρες χθονὸς τῆσδ' εὐγενεῖς οἰκήτορες,
ὁρῶ τιν' ὑμᾶς ὀμμάτων εἰληφότας
φόβον νεώρη τῆς ἐμῆς ἐπεισόδου·
ὃν μήτ' ὀκνεῖτε μήτ' ἀφῆτ' ἔπος κακόν.
ἥκω γὰρ οὐχ ὡς δρᾶν τι βουληθείς, ἐπεὶ
γέρων μέν εἰμι, πρὸς πόλιν δ' ἐπίσταμαι
σθένουσαν ἥκων, εἴ τιν' Ἑλλάδος, μέγα.
ἀλλ' ἄνδρα τόνδε τηλικόσδ' ἀπεστάλην
πείσων ἕπεσθαι πρὸς τὸ Καδμείων πέδον,
οὐκ ἐξ ἑνὸς στείλαντος, ἀλλ' ἀστῶν ὕπο
πάντων κελευσθείς, οὕνεχ' ἧκέ μοι γένει
τὰ τοῦδε πενθεῖν πήματ' ἐς πλεῖστον πόλεως.
ἀλλ', ὦ ταλαίπωρ' Οἰδίπους, κλύων ἐμοῦ
ἱκοῦ πρὸς οἴκους. πᾶς σε Καδμείων λεὼς
καλεῖ δικαίως, ἐκ δὲ τῶν μάλιστ' ἐγώ,
ὅσῳπερ, εἰ μὴ πλεῖστον ἀνθρώπων ἔφυν
κάκιστος, ἀλγῶ τοῖσι σοῖς κακοῖς, γέρον,
ὁρῶν σε τὸν δύστηνον ὄντα μὲν ξένον,
ἀεὶ δ' ἀλήτην κἀπὶ προσπόλου μιᾶς
βιοστερῆ χωροῦντα, τὴν ἐγὼ τάλας
οὐκ ἄν ποτ' ἐς τοσοῦτον αἰκείας πεσεῖν
ἔδοξ', ὅσον πέπτωκεν ἥδε δύσμορος,
ἀεί σε κηδεύουσα καὶ τὸ σὸν κάρα
πτωχῷ διαίτῃ, τηλικοῦτος, οὐ γάμων
ἔμπειρος, ἀλλὰ τοὐπιόντος ἁρπάσαι.
ἆρ' ἄθλιον τοὔνειδος, ὦ τάλας ἐγώ,
ὠνείδισ' ἐς σὲ κἀμὲ καὶ τὸ πᾶν γένος;
ἀλλ' οὐ γὰρ ἔστι τἀμφανῆ κρύπτειν, σύ νυν
πρὸς θεῶν πατρῴων, Οἰδίπους, πεισθεὶς ἐμοὶ
κρύψον, θελήσας ἄστυ καὶ δόμους μολεῖν
τοὺς σοὺς πατρῴους, τήνδε τὴν πόλιν φίλως
εἰπών· ἐπαξία γάρ· ἡ δὴ οἴκοι πλέον
δίκῃ σέβοιτ' ἄν, οὖσα σὴ πάλαι τροφός.

Kreon

ist mit Gefolge gekommen

Ihr Männer, wohlgeborne Bürger dieses Lands,
an euren Augen seh' ich, daß ein jäher Schreck
infolge meiner Ankunft euch ergriffen hat.
Seid nicht besorgt darüber, sprecht kein böses Wort!
Denn nicht mit einer bösen Absicht komm' ich her:
Ich bin ja alt und weiß, ich komm' in eine Stadt,
die, wenn in Hellas eine, groß und mächtig ist.
Nein, so bejahrt ward ich gesandt, um diesen Mann
zu bitten, daß er mit mir komm' zu Kadmos' Land.
Nicht einer schickt mich: die gesamte Bürgerschaft
gab mir den Auftrag; als Verwandtem kommt es mir
am meisten zu, mich anzunehmen seines Leids.
Ja, hart geplagter Oidipus, nun hör auf mich
und komm nach Haus! Es ruft das ganze Kadmos-Volk
mit Recht nach dir, am meisten unter ihnen ich,
zumal da ich – sonst wär' ich der weit schlechteste
der Menschen – unter deinem Unglück leide, Greis,
seh' ich dich in dem schlimmen Zustand, zwar als Gast,
doch immer wandernd, mit nur einer Helferin,
dem Mangel preisgegeben: traurig seh' ich sie
derart in Ungebühr geraten, wie ich's nie
geglaubt und wie die Arme nun gesunken ist,
die jederzeit dich und dein blindes Haupt versorgt
mit Bettlerkost, so jung noch, auch der Ehe nicht
teilhaftig, sondern dem, der eben kommt, zum Raub!
O ich Unseliger, sprech' ich damit gegen dich
und mich und unser Haus nicht schlimmsten Vorwurf aus?
Doch Offenbares ist nicht zu verbergen. Du,
bei unsern Göttern, Oidipus, nun hör auf mich
Birg sie! Entschließe dich, zur Burg, zum Haus zu gehn,
zu deinem väterlichen! Dieser Stadt hier sag
ein freundlich Wort, denn sie verdient's; doch die daheim
steht rechtens höher: sie war einst dir Nährerin.

Οἰ ὦ πάντα τολμῶν κἀπὸ παντὸς ἂν φέρων
λόγου δικαίου μηχάνημα ποικίλον,
τί ταῦτα πειρᾷ κἀμὲ δεύτερον θέλεις
ἑλεῖν, ἐν οἷς μάλιστ' ἂν ἀλγοίην ἁλούς;
πρόσθεν τε γάρ με τοῖσιν οἰκείοις κακοῖς
νοσοῦνθ', ὅτ' ἦν μοι τέρψις ἐκπεσεῖν χθονός,
οὐκ ἤθελες θέλοντι προσθέσθαι χάριν,
ἀλλ' ἡνίκ' ἤδη μεστὸς ἦ θυμούμενος,
καὶ τοὐν δόμοισιν ἦν διαιτᾶσθαι γλυκύ,
τότ' ἐξεώθεις κἀξέβαλλες, οὐδέ σοι
τὸ συγγενὲς τοῦτ' οὐδαμῶς τότ' ἦν φίλον·
νῦν τ' αὖθις, ἡνίκ' εἰσορᾷς πόλιν τέ μοι
ξυνοῦσαν εὔνουν τήνδε καὶ γένος τὸ πᾶν,
πειρᾷ μετασπᾶν, σκληρὰ μαλθακῶς λέγων.
καίτοι τίς αὕτη τέρψις, ἄκοντας φιλεῖν;
ὥσπερ τις εἴ σοι λιπαροῦντι μὲν τυχεῖν
μηδὲν διδοίη μηδ' ἐπαρκέσαι θέλοι,
πλήρη δ' ἔχοντι θυμὸν ὧν χρῄζοις, τότε
δωροῖθ', ὅτ' οὐδὲν ἡ χάρις χάριν φέροι·
ἆρ' ἂν ματαίου τῆσδ' ἂν ἡδονῆς τύχοις;
τοιαῦτα μέντοι καὶ σὺ προσφέρεις ἐμοί,
λόγῳ μὲν ἐσθλά, τοῖσι δ' ἔργοισιν κακά.
φράσω δὲ καὶ τοῖσδ', ὥς σε δηλώσω κακόν.
ἥκεις ἔμ' ἄξων, οὐχ ἵν' ἐς δόμους ἄγῃς,
ἀλλ' ὡς πάραυλον οἰκίσῃς, πόλις δέ σοι
κακῶν ἄνατος τῆσδ' ἀπαλλαχθῇ χθονός.
οὐκ ἔστι σοι ταῦτ', ἀλλά σοι τάδ' ἔστ', ἐκεῖ
χώρας ἀλάστωρ οὑμὸς ἐνναίων ἀεί·
ἔστιν δὲ παισὶ τοῖς ἐμοῖσι τῆς ἐμῆς
χθονὸς λαχεῖν τοσοῦτον, ἐνθανεῖν μόνον.
ἆρ' οὐκ ἄμεινον ἢ σὺ τἀν Θήβαις φρονῶ;
πολλῷ γ', ὅσῳπερ καὶ σαφεστέρων κλύω,
Φοίβου τε καὐτοῦ Ζηνός, ὃς κείνου πατήρ.
τὸ σὸν δ' ἀφῖκται δεῦρ' ὑπόβλητον στόμα,
πολλὴν ἔχον στόμωσιν· ἐν δὲ τῷ λέγειν
κάκ' ἂν λάβοις τὰ πλείον' ἢ σωτήρια.

Oi Du bist zu allem fähig: schillernd Truggespinst
weißt du aus jedem Rechtsgedanken dir zu drehn.
Warum versuchst du dies, willst nochmals fangen mich,
daß, überwältigt, Schlimmstes ich erdulden muß?
Denn früher, als ich an den heimischen Übeln litt,
mit Freuden mich des Lands verwiesen wollte sehn,
da wünschtest du nicht zu willfahren meinem Wunsch;
doch als der Zürnende sein Maß bereits erfüllt,
ein Glück für ihn der Aufenthalt zu Hause war,
da stießest du ihn fort, warfst ihn hinaus, da war
diese Verwandtschaft nicht im mindsten teuer dir.
Nun wiederum, da du erkennst, daß diese Stadt
mir wohlgesonnen beisteht samt dem ganzen Volk,
suchst du mich wegzuziehn und sagst, was hart ist, sanft.
Doch unerwünschte Freundschaft – welch ein Glück ist das?
Wie wenn man dir auf unablässig Flehen zwar
nichts gäbe, dir auch keinen Wunsch erfüllen mag,
doch wenn du vollauf, was dein Herz begehrte, hast,
dir schenkt, wo doch die Freude nicht mehr Freude bringt, –
das wäre doch wohl ein Vergnügen ohne Wert?!
Und dennoch trägst auch du derartiges mir an,
dem Wort nach wacker zwar, doch übel in der Tat.
Auch ihnen sag' ich's, daß sie sehn, wie schlecht du bist.
Du kommst, mich wegzuführen, aber nicht nach Haus:
Du willst mich nah den Mauern sehn, ich soll die Stadt
vor Übeln schützen, die von diesem Land ihr drohn.
Das wird dir nicht zuteil; doch dies wird dir, daß dort
im Land mein Rachegeist wird hausen immerfort,
und meinen Söhnen wird von meinem Lande nur
so viel zuteil, wie man zum Sterben nötig hat.
Weiß ich um Theben besser nicht Bescheid als du?
Viel besser! Denn ich höre auf Gewissere:
Auf Phoibos, ja, auf Zeus selbst, der sein Vater ist.
Du aber kommst mit trügerischem Mund daher,
der eine glatte Zunge führt. Doch was du sagst,
bringt dir weit eher Mißgeschick als Rettung ein.

ἀλλ᾽ οἶδα γάρ σε ταῦτα μὴ πείθων, ἴθι·
ἡμᾶς δ᾽ ἔα ζῆν ἐνθάδ᾽· οὐ γὰρ ἂν κακῶς
οὐδ᾽ ὧδ᾽ ἔχοντες ζῷμεν, εἰ τερποίμεθα.
Κρ πότερα νομίζεις δυστυχεῖν ἔμ᾽ ἐς τὰ σά,
ἢ σ᾽ ἐς τὰ σαυτοῦ μᾶλλον ἐν τῷ νῦν λόγῳ;
Οἰ ἐμοὶ μέν ἐσθ᾽ ἥδιστον, εἰ σὺ μήτ᾽ ἐμὲ
πείθειν οἷός τ᾽ εἶ μήτε τούσδε τοὺς πέλας.
Κρ ὦ δύσμορ᾽, οὐδὲ τῷ χρόνῳ φύσας φανῇ
φρένας ποτ᾽, ἀλλὰ λῦμα τῷ γήρᾳ τρέφῃ;
Οἰ γλώσσῃ σὺ δεινός· ἄνδρα δ᾽ οὐδέν᾽ οἶδ᾽ ἐγὼ
δίκαιον ὅστις ἐξ ἅπαντος εὖ λέγει.
Κρ χωρὶς τό τ᾽ εἰπεῖν πολλὰ καὶ τὸ καίρια.
Οἰ ὡς δὴ σὺ βραχέα, ταῦτα δ᾽ ἐν καιρῷ λέγεις.
Κρ οὐ δῆθ᾽ ὅτῳ γε νοῦς ἴσος καὶ σοὶ πάρα.
Οἰ ἄπελθ᾽, ἐρῶ γὰρ καὶ πρὸ τῶνδε, μηδέ με
φύλασσ᾽ ἐφορμῶν, ἔνθα χρὴ ναίειν ἐμέ.
Κρ μαρτύρομαι τούσδ᾽, οὐ σέ, πρός γε τοὺς φίλους
οἷ᾽ ἀνταμείβῃ ῥήματ᾽, ἤν σ᾽ ἕλω ποτέ...
Οἰ τίς δ᾽ ἄν με τῶνδε συμμάχων ἕλοι βίᾳ;
Κρ ἦ μὴν σὺ κἄνευ τοῦδε λυπηθεὶς ἔσῃ.
Οἰ ποίῳ σὺν ἔργῳ τοῦτ᾽ ἀπειλήσας ἔχεις;
Κρ παίδοιν δυοῖν σοι τὴν μὲν ἀρτίως ἐγὼ
ξυναρπάσας ἔπεμψα, τὴν δ᾽ ἄξω τάχα.
Οἰ οἴμοι.
Κρ τάχ᾽ ἕξεις μᾶλλον οἰμώζειν τάδε.
Οἰ τὴν παῖδ᾽ ἔχεις μου;
Κρ τήνδε τ᾽ οὐ μακροῦ χρόνου.
Οἰ ἰὼ ξένοι, τί δράσετ᾽; ἦ προδώσετε,
κοὐκ ἐξελᾶτε τὸν ἀσεβῆ τῆσδε χθονός;
Χο χώρει, ξέν᾽, ἔξω θᾶσσον· οὔτε γὰρ τανῦν
δίκαι᾽ ἃ πράσσεις οὔθ᾽ ἃ πρόσθεν εἴργασαι.

Κρ ὑμῖν ἂν εἴη τήνδε καιρὸς ἐξάγειν
ἄκουσαν, εἰ θέλουσα μὴ πορεύσεται.

Wohl weiß ich: all dies überzeugt dich nicht. So geh!
Uns aber laß hier leben; denn wir leben wohl,
nicht elend, da uns dieses Los zufriedenstellt.

Kr Wer, meinst du, wird bei diesem Streit um dein Ergehn
wohl schließlich mehr im Nachteil sein: ich oder du?

Oi Am allerliebsten ist mir's, wenn du weder mich
je überreden kannst noch diese Freunde hier.

Kr Du Unglückseliger, kommst du auch nicht durch die Zeit
je zur Vernunft und lebst zum Spott des Greisentums?

Oi Du Zungenheld! Ich aber kenne keinen Mann,
der's redlich meint, wenn er geschickt von allem spricht.

Kr Viel reden oder Treffendes ist zweierlei.

Oi Drum ist so knapp und treffend alles, was du sagst!

Kr Nicht allerdings für den, der an Verstand dir gleicht!

Oi Nun geh! Ich spreche auch für sie. Und laure mir
nicht auf, hier, wo mein Los zu wohnen mir bestimmt!

Kr Zu Zeugen nehm' ich sie, nicht dich, auf welche Art
du Freunden Anwort gibst! Doch greif' ich dich einmal ...

Oi Wer, wenn sie beistehn, griffe wohl gewaltsam mich?

Kr Auch ohne dies steht freilich Kummer dir bevor.

Oi Auf welche Untat deutet diese Drohung hin?

Kr Von den zwei Töchtern hab' ich eine dir bereits
abführen lassen, mit der andren tu' ich's gleich.

Oi Weh mir!

Kr Zu solchem Wehruf hast du bald mehr Grund.

Oi Die Tochter nahmst du mir?

Kr Auch die dort nehm' ich gleich.

Oi Ah, Freunde ihr, was wollt ihr tun? Gebt ihr mich preis
und jagt den Frevler nicht aus eurem Land hinaus?

Chf Entweiche, Fremder! Schnell hinweg! Denn weder was
du jetzt beginnst, ist recht, noch was du schon verübt.

Kreon zu seinen Leuten

Kr Nun wär's wohl an der Zeit, hinwegzuführen sie,
gewaltsam, wenn sie nicht freiwillig mitgehn mag.

Ἀν οἴμοι τάλαινα, ποῖ φύγω; ποίαν λάβω
θεῶν ἄρηξιν ἢ βροτῶν;

Χο τί δρᾷς, ξένε;
Κρ οὐχ ἅψομαι τοῦδ' ἀνδρός, ἀλλὰ τῆς ἐμῆς.
Οἰ ὦ γῆς ἄνακτες.
Χο ὦ ξέν', οὐ δίκαια δρᾷς.
Κρ δίκαια.
Χο πῶς δίκαια;
Κρ τοὺς ἐμοὺς ἄγω.

Οἰ ἰὼ πόλις. ia Str.

Χορός

τί δρᾷς, ὦ ξέν'; οὐκ ἀφήσεις; τάχ' ἐς do^{2}
βάσανον εἶ χερῶν. do
Κρ εἴργου.
Χο σοῦ μὲν οὔ, τάδε γε μωμένου. do^{2}
Κρ πόλει μαχῇ γάρ, εἴ τι πημανεῖς ἐμέ. ia^{3}
Οἰ οὐκ ἠγόρευον ταῦτ' ἐγώ;
Χο μέθες χεροῖν ia^{3}
τὴν παῖδα θᾶσσον.
Κρ μὴ 'πίτασσ' ἃ μὴ κρατεῖς. ia^{3}
Χο χαλᾶν λέγω σοι.
Κρ σοὶ δ' ἔγωγ' ὁδοιπορεῖν. ia^{3}
Χο προβᾶθ' ὧδε, βᾶτε βᾶτ', ἔντοποι. do^{2}
πόλις ἐναίρεται, πόλις ἐμά, σθένει. do^{2}
προβᾶθ' ὧδέ μοι. do

Ἀν ἀφέλκομαι δύστηνος, ὦ ξένοι ξένοι.
Οἰ ποῦ, τέκνον, εἶ μοι;
Ἀν πρὸς βίαν πορεύομαι.
Οἰ ὄρεξον, ὦ παῖ, χεῖρας.
Ἀν ἀλλ' οὐδὲν σθένω.

Κρ οὐκ ἄξεθ' ὑμεῖς;
Οἰ ὦ τάλας ἐγώ, τάλας.

An Weh mir! Wo flieh' ich Ärmste hin? Wie find' ich Schutz
bei Göttern oder Sterblichen?

Chorführer zu Kreon

Chf Was tust du, – Gast?
Kr Nicht diesen Mann berühr' ich, doch die meinige.
Oi Ihr Herrn des Landes!
Chf Unrecht, Fremder, ist dein Tun!
Kr Recht ist es!
Chf Wieso recht?
Kr Die Meinen führ' ich weg.

Oi Nun höre, Stadt!

Chor

Was soll's, Fremder? Läßt du nicht los? Du spürst
sonst unsre Fäuste gleich!
Kr Zurück!
Ch Nicht vor dir, wenn du die Frechheit hast ...
Kr Du greifst die Stadt an, wenn du dich an mir vergreifst!
Oi Hab' ich das nicht vorher gesagt?
Chf Gib frei sofort
das Mädchen!
Kr Fordre nicht, wo du die Macht nicht hast!
Chf Loslassen, sag' ich dir!
Kr Und ich dir: Trolle dich!
Ch Herbei! Kommt doch, kommt herbei, Nachbarn, kommt!
Feinde bedrohn die Stadt, unsere Stadt! Gewalt!
Kommt her! Steht uns bei!

An Man schleppt mich Arme fort! O Freunde, Freunde, helft!
Oi Mein Kind, wo bist du?
An Mit Gewalt hinweggeführt ...
Oi O Kind, reich' mir die Hände!
An Ach, ich kann ja nicht!

Kreon zu seinen Leuten

Kr Führt ihr sie endlich ab?
Oi O ich Unglücklicher!

Κρ οὔκουν ποτ' ἐκ τούτοιν γε μὴ σκήπτροιν ἔτι
ὁδοιπορήσῃς· ἀλλ' ἐπεὶ νικᾶν θέλεις
πατρίδα τε τὴν σὴν καὶ φίλους, ὑφ' ὧν ἐγὼ
ταχθεὶς τάδ' ἔρδω, καὶ τύραννος ὢν ὅμως,
νίκα. χρόνῳ γάρ, οἶδ' ἐγώ, γνώσῃ τάδε,
ὁθούνεκ' αὐτὸς αὑτὸν οὔτε νῦν καλὰ
δρᾷς οὔτε πρόσθεν εἰργάσω, βίᾳ φίλων
ὀργῇ χάριν δούς, ἥ σ' ἀεὶ λυμαίνεται.
Χο ἐπίσχες αὐτοῦ, ξεῖνε.
Κρ μὴ ψαύειν λέγω.
Χο οὔτοι σ' ἀφήσω, τῶνδέ γ' ἐστερημένος.
Κρ καὶ μεῖζον ἆρα ῥύσιον πόλει τάχα
θήσεις· ἐφάψομαι γὰρ οὐ τούτοιν μόναιν.
Χο ἀλλ' ἐς τί τρέψῃ;
Κρ τόνδ' ἀπάξομαι λαβών.
Χο δεινὸν λέγεις.
Κρ ὡς τοῦτο νῦν πεπράξεται.
Χο ἢν μή σ' ὁ κραίνων τῆσδε γῆς ἀπειργάθῃ.
Οἰ ὦ φθέγμ' ἀναιδές, ἦ σὺ γὰρ ψαύσεις ἐμοῦ;
Κρ αὐδῶ σιωπᾶν.
Οἰ μὴ γὰρ αἵδε δαίμονες
θεῖέν μ' ἄφωνον τῆσδε τῆς ἀρᾶς ἔτι,
ὅς μ', ὦ κάκιστε, ψιλὸν ὄμμ' ἀποσπάσας
πρὸς ὄμμασιν τοῖς πρόσθεν ἐξοίχῃ βίᾳ.
τοιγὰρ σὲ καὐτὸν καὶ γένος τὸ σὸν θεῶν
ὁ πάντα λεύσσων Ἥλιος δοίη βίον
τοιοῦτον οἷον κἀμὲ γηράναι ποτέ.
Κρ ὁρᾶτε ταῦτα, τῆσδε γῆς ἐγχώριοι;
Οἰ ὁρῶσι κἀμὲ καὶ σέ, καὶ φρονοῦσ', ὅτι
ἔργοις πεπονθὼς ῥήμασίν σ' ἀμύνομαι.
Κρ οὔτοι καθέξω θυμόν, ἀλλ' ἄξω βίᾳ
κεἰ μοῦνός εἰμι τόνδε καὶ χρόνῳ βραδύς.

Οἰ ἰὼ τάλας. ia Ant.
Χο ὅσον λῆμ' ἔχων ἀφίκου, ξέν', εἰ do^2
τάδε δοκεῖς τελεῖν. do

Kr Mit diesen beiden Stützen wirst du nun nicht mehr
des Weges ziehn! Doch weil du deinem Vaterland
obsiegen möchtest und den Freunden, die mich dies
zu tun beauftragt, ob ich gleich der Herrscher bin,
so siege! Mit der Zeit, ich weiß, siehst du's schon ein,
daß du dir selber weder heute Gutes tust
noch früher angetan hast, als den Freunden du
zum Trotz dem Zorn dich hingabst, der dich stets entehrt.
Chf Hier bleibst du, Freund!
Kr Mich nicht berühren, sag' ich dir!
Chf Da ich der zwei beraubt bin, lass' ich dich nicht frei!
Kr So legst du bald der Stadt noch größre Sühne auf:
Nicht nur an jene beiden leg' ich dann die Hand.
Chf Und worauf zielst du?
Kr Den da greif' und führ' ich weg.
Chf Gewaltig sprichst du!
Kr Gleich wird es vollzogen sein!
Chf Wenn unsres Landes Herrscher dir das nicht verwehrt.
Oi Du Unverschämter! Also greifst du nun nach mir?
Kr Ich rate: Schweigen!
Oi Wenn doch diese Göttinnen
mich nicht verstummen ließen, eh' ich dir geflucht,
dir, du Verruchter, der mein wehrlos Auge mir,
dem Augenlosen, raubt gewaltsam und entweicht!
Drum lasse Helios, der Gott, der alles sieht,
dich selbst und dein Geschlecht in einem Leben einst
zu Jahren kommen, das so wie das meine sei!
Kr Vernehmt ihr dieses, ihr Bewohner dieses Lands?
Oi Ja, sie vernehmen mich und dich und wissen, daß
ich Taten duldend mich mit Worten wehren muß.
Kr Nicht länger halt' ich mich, führ' ihn gewaltsam fort,
wenn ich allein auch und durchs Alter langsam bin.

Oi Ich Armer, ach!
Ch Welch ruchloser Sinn hat her dich geführt,
wenn du das wagst zu tun?

Κρ δοκῶ.
Χο τάνδ' ἄρ' οὐκέτι νεμῶ πόλιν. do²
Κρ τοῖς τοι δικαίοις χὠ βραχὺς νικᾷ μέγαν. ia³
Οἰ ἀκούεθ' οἷα φθέγγεται;
Χο τά γ' οὐ τελεῖ ia³
⏑ – ⏑ –
Κρ Ζεὺς ταῦτ' ἂν εἰδείη, σὺ δ' οὔ. ia³
Χο ἆρ' οὐχ ὕβρις τάδ';
Κρ ὕβρις, ἀλλ' ἀνεκτέα. ia³
Χο ἰὼ πᾶς λεώς, ἰὼ γᾶς πρόμοι, do²
μόλετε σὺν τάχει, μόλετ'· ἐπεὶ πέρα do²
περῶσ' οἵδε δή. do

Θησεύς

τίς ποθ' ἡ βοή; τί τοὔργον; ἐκ τίνος φόβου ποτὲ tr⁴Λ
βουθυτοῦντά μ' ἀμφὶ βωμὸν ἔσχετ' ἐναλίῳ θεῷ
τοῦδ' ἐπιστάτῃ Κολωνοῦ; λέξαθ', ὡς εἰδῶ τὸ πᾶν,
οὗ χάριν δεῦρ' ᾖξα θᾶσσον ἢ καθ' ἡδονὴν ποδός.
Οἰ ὦ φίλτατ', ἔγνων γὰρ τὸ προσφώνημά σου,
πέπονθα δεινὰ τοῦδ' ὑπ' ἀνδρὸς ἀρτίως.
Θη τὰ ποῖα ταῦτα; τίς δ' ὁ πημήνας; λέγε.
Οἰ Κρέων ὅδ', ὃν δέδορκας, οἴχεται τέκνων
ἀποσπάσας μου τὴν μόνην ξυνωρίδα.
Θη πῶς εἶπας;
Οἰ οἷά περ πέπονθ' ἀκήκοας.
Θη οὔκουν τις ὡς τάχιστα προσπόλων μολὼν
πρὸς τούσδε βωμοὺς πάντ' ἀναγκάσει λεὼν
ἄνιππον ἱππότην τε θυμάτων ἄπο
σπεύδειν ἀπὸ ῥυτῆρος, ἔνθα δίστομοι
μάλιστα συμβάλλουσιν ἐμπόρων ὁδοί,
ὡς μὴ παρέλθωσ' αἱ κόραι, γέλως δ' ἐγὼ
ξένῳ γένωμαι τῷδε, χειρωθεὶς βίᾳ;
ἴθ', ὡς ἄνωγα, σὺν τάχει. τοῦτον δ' ἐγώ,
εἰ μὲν δι' ὀργῆς ἧκον, ἧς ὅδ' ἄξιος,
ἄτρωτον οὐ μεθῆκ' ἂν ἐξ ἐμῆς χερός·
νῦν δ' οὕσπερ αὐτὸς τοὺς νόμους εἰσῆλθ' ἔχων,

Kr Ich wag's!

Ch Nie dann heißt mir dieses Land noch ‚Staat'!

Kr Der Schwache schlägt den Starken auch, ist er im Recht!

Oi Hört ihr, was er verkündet da?

Chf Doch es gelingt
ihm nicht ⟨bei Zeus⟩!

Kr Zeus weiß es wohl, du aber nicht.

Chf Ist das nicht Schmähung?

Kr Schmähung! Doch du trägst sie schon!

Ch Herbei, alles Volk! Herbei, Landesherr!
Kommet in Eile her! Kommt! Über alles Maß
hinaus geht man jetzt!

Theseus
mit Gefolge

Welch Geschrei! Was ist geschehen? Welcher Schrecken droht euch denn,
daß ihr mich beim Rinderopfer am Altar des Meergotts stört,
des Beschützers von Kolonos? Sprecht, damit ich alles weiß,
wem zulieb' ich hergekommen, schneller als dem Fuß gefällt!

Oi O Bester – denn ich kenne deiner Stimme Klang –
Schweres erduldet' ich soeben von dem Mann.

Th Auf welche Art? Wer ist der Übeltäter? Sprich!

Oi Kreon, den du hier siehst, entweicht, nachdem er mir
die Töchter, meine einzige Stütze, weggeschleppt.

Th Wie sagst du?!

Oi Was ich dulden mußte, hörtest du.

Th So eile schleunigst einer von den Dienern hin
zu den Altären, alles Volk zu nötigen,
Berittne, Unberittne, von dem Opferfest
verhängten Zügels hinzueilen, wo die zwei
Kauffahrerstraßen sich genau vereinigen,
daß nicht die Mädchen uns entgehn, und unsrem Gast
ich zum Gelächter werde, unterläg' ich der Gewalt.
Auf, wie befohlen, äußerst rasch! – Doch diesen da,
wenn ich im Zorn verführe, so wie er verdient,
ließ' ich nicht unverwundet wohl aus meiner Hand.
So aber soll er nach demselben Recht, nach dem

τούτοισι κοὐκ ἄλλοισιν ἁρμοσθήσεται. –
οὐ γάρ ποτ' ἔξει τῆσδε τῆς χώρας, πρὶν ἂν
κείνας ἐναργεῖς δεῦρό μοι στήσῃς ἄγων·
ἐπεὶ δέδρακας οὔτ' ἐμοῦ κατάξια
οὔθ' ὧν πέφυκας αὐτὸς οὔτε σῆς χθονός,
ὅστις δίκαι' ἀσκοῦσαν εἰσελθὼν πόλιν
κἄνευ νόμου κραίνουσαν οὐδέν, εἶτ' ἀφεὶς
τὰ τῆσδε τῆς γῆς κύρι' ὧδ' ἐπεσπεσὼν
ἄγεις θ' ἃ χρῄζεις καὶ παρίστασαι βίᾳ·
καί μοι πόλιν κένανδρον ἢ δούλην τινὰ
ἔδοξας εἶναι, κἄμ' ἴσον τῷ μηδενί.
καίτοι σε Θῆβαί γ' οὐκ ἐπαίδευσαν κακόν·
οὐ γὰρ φιλοῦσιν ἄνδρας ἐκδίκους τρέφειν,
οὐδ' ἄν σ' ἐπαινέσειαν, εἰ πυθοίατο
συλῶντα τἀμὰ καὶ τὰ τῶν θεῶν, βίᾳ
ἄγοντα φωτῶν ἀθλίων ἱκτήρια.
οὔκουν ἔγωγ' ἂν σῆς ἐπεμβαίνων χθονός,
οὐδ' εἰ τὰ πάντων εἶχον ἐνδικώτατα,
ἄνευ γε τοῦ κραίνοντος, ὅστις ἦν, χθονὸς
οὔθ' εἷλκον οὔτ' ἂν ἦγον, ἀλλ' ἠπιστάμην
ξένον παρ' ἀστοῖς ὡς διαιτᾶσθαι χρεών.
σὺ δ' ἀξίαν οὐκ οὖσαν αἰσχύνεις πόλιν
τὴν αὐτὸς αὑτοῦ, καί σ' ὁ πληθύων χρόνος
γέρονθ' ὁμοῦ τίθησι καὶ τοῦ νοῦ κενόν.
εἶπον μὲν οὖν καὶ πρόσθεν, ἐννέπω δὲ νῦν,
τὰς παῖδας ὡς τάχιστα δεῦρ' ἄγειν τινά,
εἰ μὴ μέτοικος τῆσδε τῆς χώρας θέλεις
εἶναι βίᾳ τε κοὐχ ἑκών· καὶ ταῦτά σοι
τῷ νῷ θ' ὁμοίως κἀπὸ τῆς γλώσσης λέγω.

Χο ὁρᾷς ἵν' ἥκεις, ὦ ξέν'; ὡς ἀφ' ὧν μὲν εἶ
φαίνῃ δίκαιος, δρῶν δ' ἐφευρίσκῃ κακά.

Κρ ἐγὼ οὔτ' ἄνανδρον τήνδε τὴν πόλιν νέμων,
ὦ τέκνον Αἰγέως, οὔτ' ἄβουλον, ὡς σὺ φής,
τοὔργον τόδ' ἐξέπραξα, γιγνώσκων δ', ὅτι
οὐδείς ποτ' αὐτοὺς τῶν ἐμῶν ἂν ἐμπέσοι
ζῆλος ξυναίμων, ὥστ' ἐμοῦ τρέφειν βίᾳ.

er kam, behandelt werden und nach keinem sonst! –
Nicht eher wirst du dieses Land verlassen, als
bis du die Mädchen hier vor Augen mir gestellt,
da du getan hast, was nicht meiner würdig ist,
noch des Geschlechts, aus dem du stammst, noch deines Lands,
der du zu einer Stadt kommst, die dem Rechte dient
und ohne Gesetze nichts vollzieht, und nun, hintan
des Landes Satzung stellend, solchen Einbruch wagst
und überwältigst und entführst, wie's dir beliebt,
und glaubtest, eine männerleere Stadt sei mein,
sei eine Sklavin und ich selber gleich dem Nichts.
Und doch erzog dich Theben nicht zur Übeltat:
es liebt nicht, ungerechte Männer großzuziehn;
auch würd' es dich nicht loben, wenn es hörte, wie
an meinem und der Götter Recht du dich vergreifst
und arme Menschen, die um Schutz gebeten, raubst.
Ich würde doch, wenn ich je käm' in dein Gebiet,
und hätt' ich auch das allergrößte Recht dazu,
ohne des Herrschers Willen niemand, wer's auch sei,
verschleppen noch vertreiben, sondern wüßte wohl,
wie man als Gast zu Bürgern sich verhalten muß.
Du aber schändest selber deine eigne Stadt,
die's nicht verdient hat, und der Jahre Fülle hat
zugleich dich alt gemacht und jeder Klugheit bar.
Ich sagte schon zuvor und sag' es nochmals jetzt:
Die Mädchen führe man aufs schnellste mir herbei,
wenn du nicht unfreiwillig und gewaltsam willst
Mitwohner unsres Landes sein! Und dieses sag'
ich mit Bewußtsein und zugleich mit meinem Wort.

Chf Du siehst, wohin du kommst: nach deiner Abkunft scheinst
du rechtlich; doch bei üblem Tun betrifft man dich.

Kr Nicht in der Meinung, diese Stadt sei männerlos,
o Aigeus-Sohn, und schlecht beraten, wie du sagst,
vollbracht' ich diese Tat; ich dachte aber, daß
kein solcher Eifer um die Meinen diese hier
befiele, sie zu hegen gegen meinen Wunsch.

ᾔδη δ', ὁθούνεκ' ἄνδρα καὶ πατροκτόνον
κἄναγνον οὐ δεξοίατ', οὐδ' ὅτῳ γάμοι
ξυνόντες ηὑρέθησαν ἀνοσιώτατοι.
τοιοῦτον αὐτοῖς Ἄρεος εὔβουλον πάγον
ἐγὼ ξυνῄδη χθόνιον ὄνθ', ὃς οὐκ ἐᾷ
τοιούσδ' ἀλήτας τῇδ' ὁμοῦ ναίειν πόλει·
ᾧ πίστιν ἴσχων τήνδ' ἐχειρούμην ἄγραν.
καὶ ταῦτ' ἂν οὐκ ἔπρασσον, εἰ μή μοι πικρὰς
αὐτῷ τ' ἀρὰς ἠρᾶτο καὶ τὠμῷ γένει·
ἀνθ' ὧν πεπονθὼς ἠξίουν τάδ' ἀντιδρᾶν.
(θυμοῦ γὰρ οὐδὲν γῆράς ἐστιν ἄλλο πλὴν
θανεῖν· θανόντων δ' οὐδὲν ἄλγος ἅπτεται.)
πρὸς ταῦτα πράξεις οἷον ἂν θέλῃς· ἐπεὶ
ἐρημία με, κεἰ δίκαι' ὅμως λέγω,
σμικρὸν τίθησι· πρὸς δὲ τὰς πράξεις ὅμως,
καὶ τηλικόσδ' ὤν, ἀντιδρᾶν πειράσομαι.

Οἰ ὦ λῆμ' ἀναιδές, τοῦ καθυβρίζειν δοκεῖς,
πότερον ἐμοῦ γέροντος, ἢ σαυτοῦ, τόδε;
ὅστις φόνους μοι καὶ γάμους καὶ συμφορὰς
τοῦ σοῦ διῆκας στόματος, ἃς ἐγὼ τάλας
ἤνεγκον ἄκων· θεοῖς γὰρ ἦν οὕτω φίλον,
τάχ' ἄν τι μηνίουσιν ἐς γένος πάλαι.
ἐπεὶ καθ' αὑτόν γ' οὐκ ἂν ἐξεύροις ἐμοὶ
ἁμαρτίας ὄνειδος οὐδὲν ἀνθ' ὅτου
τάδ' εἰς ἐμαυτὸν τοὺς ἐμούς θ' ἡμάρτανον.
ἐπεὶ δίδαξον, εἴ τι θέσφατον πατρὶ
χρησμοῖσιν ἱκνεῖθ' ὥστε πρὸς παίδων θανεῖν,
πῶς ἂν δικαίως τοῦτ' ὀνειδίζοις ἐμοί,
ὃς οὔτε βλάστας πω γενεθλίους πατρός,
οὐ μητρὸς εἶχον, ἀλλ' ἀγέννητος τότ' ἦ;
εἰ δ' αὖ φανεὶς δύστηνος, ὡς ἐγὼ 'φάνην,
ἐς χεῖρας ἦλθον πατρὶ καὶ κατέκτανον,
μηδὲν ξυνιεὶς ὧν ἔδρων εἰς οὕς τ' ἔδρων,
πῶς ἂν τό γ' ἆκον πρᾶγμ' ἂν εἰκότως ψέγοις;
μητρὸς δέ, τλῆμον, οὐκ ἐπαισχύνῃ γάμους
οὔσης ὁμαίμου σῆς μ' ἀναγκάζων λέγειν

Ich wußte, daß ihr keinen schuldbefleckten Mann
aufnähmet, der den Vater mordete und der
in höchst verruchtem Ehebund betroffen ward.
Auch wußt' ich, daß solch weiser Ares-Hügel hier
im Land bei euch einheimisch ist, der nicht erlaubt,
daß solche Landstreicher mithausen in der Stadt:
hierauf vertrauend legt' ich Hand an diesen Fang.
Auch das hätt' ich wohl nicht getan, wenn dieser nicht
mit bittren Flüchen drohte, mir und meinem Haus.
Die Unbill damit zu vergelten schien mir recht;
(der Zorn weiß ja von keinem andren Alter als
dem Tod: die Toten nur berührt der Schmerz nicht mehr).
Beschließe nun hierüber, wie du willst: da ich
allein hier stehe, bin ich schwach, wieviel ich auch
Gerechtes spreche; dennoch, bin ich auch schon alt,
ich wag' es, mich zu wehren gegen die Gewalt.

Oi Schamlose Frechheit! Welchem alten Mann gedenkst
du Schimpf mit all dem anzutun: mir oder dir,
der du den Mord, die Ehe und mein Unheil mir
geifernd entgegenschreist, das ich nicht willentlich
erduldete; denn es gefiel den Göttern so:
Sie grollten unsrem Haus vielleicht seit langem schon.
Denn nicht an mir als einzelnem entdeckst du wohl
den Schandfleck einer Freveltat, mit der ich so
an mir und an den Meinen mich versündigte.
Erkläre drum: ist einem Vater gottverhängt,
durch Wahrspruch, daß er sterbe durch des Sohnes Hand,
wie darfst du dieser Untat mich beschuldigen,
der noch vom Vater und der Mutter nicht den Keim
des Lebens hatte, sondern ungezeugt noch war?
Wenn ich dann unglückselig, wie ich sichtlich war,
dem Vater in die Hände lief und ihn erschlug,
nicht ahnend, was ich tat und gegen wen ich's tat,
wie darfst du tadeln diese ungewollte Tat?
Schämst dich auch nicht und zwingst mich, auf die Ehe mit
der Mutter einzugehn, die deine Schwester war;

οἵους ἐρῶ τάχ᾽· οὐ γὰρ οὖν σιγήσομαι,
σοῦ γ᾽ ἐς τόδ᾽ ἐξελθόντος ἀνόσιον στόμα.
ἔτικτε γάρ μ᾽ ἔτικτεν, ὤμοι μοι κακῶν,
οὐκ εἰδότ᾽ οὐκ εἰδυῖα, καὶ τεκοῦσά με
αὑτῆς ὄνειδος παῖδας ἐξέφυσέ μοι.
ἀλλ᾽ ἓν γὰρ οὖν ἔξοιδα, σὲ μὲν ἑκόντ᾽ ἐμὲ
κείνην τε ταῦτα δυσστομεῖν· ἐγὼ δέ νιν
ἄκων τ᾽ ἔγημα, φθέγγομαί τ᾽ ἄκων τάδε.
ἀλλ᾽ οὐ γὰρ οὔτ᾽ ἐν τοῖσδ᾽ ἀκούσομαι κακὸς
γάμοισιν οὔθ᾽ οὓς αἰὲν ἐμφορεῖς σύ μοι
φόνους πατρῴους ἐξονειδίζων πικρῶς.
ἓν γάρ μ᾽ ἄμειψαι μοῦνον ὧν σ᾽ ἀνιστορῶ.
εἴ τίς σε τὸν δίκαιον αὐτίκ᾽ ἐνθάδε
κτείνοι παραστάς, πότερα πυνθάνοι᾽ ἄν, εἰ
πατήρ σ᾽ ὁ καίνων, ἢ τίνοι᾽ ἂν εὐθέως;
δοκῶ μέν, εἴπερ ζῆν φιλεῖς, τὸν αἴτιον
τίνοι᾽ ἄν, οὐδὲ τοὔνδικον περιβλέποις.
τοιαῦτα μέντοι καὐτὸς εἰσέβην κακά,
θεῶν ἀγόντων· ὥστ᾽ ἐγὼ οὐδὲ τὴν πατρὸς
ψυχὴν ἂν οἶμαι ζῶσαν ἀντειπεῖν ἐμοί.
σὺ δ᾽, εἶ γὰρ οὐ δίκαιος, ἀλλ᾽ ἅπαν καλὸν
λέγειν νομίζων, ῥητὸν ἄρρητόν τ᾽ ἔπος,
τοιαῦτ᾽ ὀνειδίζεις με τῶνδ᾽ ἐναντίον.
καί σοι τὸ Θησέως ὄνομα θωπεῦσαι καλόν,
καὶ τὰς Ἀθήνας, ὡς κατῴκηνται καλῶς·
κᾆθ᾽ ὧδ᾽ ἐπαινῶν πολλὰ τοῦδ᾽ ἐκλανθάνῃ,
ὁθούνεκ᾽ εἴ τις γῆ θεοὺς ἐπίσταται
τιμαῖς σεβίζειν, ἥδε τῷδ᾽ ὑπερφέρει,
ἀφ᾽ ἧς σὺ κλέψας τὸν ἱκέτην γέροντ᾽ ἐμὲ
αὐτόν τ᾽ ἐχειροῦ τὰς κόρας τ᾽ οἴχῃ λαβών.
ἀνθ᾽ ὧν ἐγὼ νῦν τάσδε τὰς θεὰς ἐμοὶ
καλῶν ἱκνοῦμαι καὶ κατασκήπτω λιταῖς
ἐλθεῖν ἀρωγοὺς ξυμμάχους θ᾽, ἵν᾽ ἐκμάθῃς,
οἵων ὑπ᾽ ἀνδρῶν ἥδε φρουρεῖται πόλις.
Χο ὁ ξεῖνος, ὦναξ, χρηστός· αἱ δὲ συμφοραὶ
αὐτοῦ πανώλεις, ἄξιαι δ᾽ ἀμυναθεῖν.

drum sag' ich's kurz, denn schweigen will ich nicht davon,
da du mit frechem Mund so weit gegangen bist.
Ja, sie gebar, gebar mich, weh mir, welches Leid,
nichts ahnend den nichts Ahnenden, und die mich gebar,
hat dann, sich selbst zur Schande, Kinder mir geschenkt.
Doch eins weiß ich genau: du hast mit Willen mich
und sie hiermit geschmäht; doch unfreiwillig nahm
ich sie zur Frau, und unfreiwillig sag' ich dies.
Denn nicht als schlecht in dieser Ehe darf man mich
verrufen, nicht des Mords bezichtigen, den du
mir immer vorhältst unter bittren Schmähungen.
Antworte mir auf eine einzige Frage nur!
Wenn jemand dich ‚Gerechten' hier im Augenblick
anfällt und töten möchte, fragst du dann wohl erst,
ob dich dein Vater tötet, oder schlägst du zu?
Ich dächte, wenn du gerne lebst, so züchtigst du
den Täter wohl und schaust nicht nach dem Recht dich um.
Nun, in solch Unheil lief ich selber auch hinein,
geführt von Göttern, und des Vaters Seele selbst,
die lebende, so glaub' ich, widerspricht mir nicht.
Doch du – denn nicht gerecht bist du und findest schön,
zu reden alles, sei's geziemend oder nicht –
beschimpfst mit solchen Worten mich vor diesen hier.
Auch schmeichelnd Theseus' Ruhm zu künden scheint dir klug
und von Athen, wie weise es verwaltet wird.
Und doch vergaßest du bei allem Rühmen dies:
Wenn je ein Land sich drauf versteht, verehrungsvoll
zu dienen Göttern, – dieses überbietet es,
aus welchem du mich schutzsuchenden Alten selbst
zu rauben trachtest und die Töchter schon verschleppt.
Drum komm' ich jetzt und rufe hier die Göttinnen
zu Hilfe und bestürme mit Gebeten sie,
mit Schutz und Beistand mir zu nahn, damit du lernst,
von was für Männern diese Stadt geleitet wird!

Chf Aufrichtig ist der Mann, Herr. Doch sein Schicksal ist
vernichtend und verlangt, daß man ihm Schutz gewährt.

Θη ἅλις λόγων· ὡς οἱ μὲν ἐξειργασμένοι
σπεύδουσιν, ἡμεῖς δ' οἱ παθόντες ἕσταμεν.
Κρ τί δῆτ' ἀμαυρῷ φωτὶ προστάσσεις ποεῖν;
Θη ὁδοῦ κατάρχειν τῆς ἐκεῖ, πομπὸν δ' ἐμοὶ
χωρεῖν, ἵν', εἰ μὲν ἐν τόποισι τοῖσδ' ἔχεις
τὰς παῖδας, ἥκων αὐτὸς ἐκδείξῃς ἐμοί·
εἰ δ' ἐγκρατεῖς φεύγουσιν, οὐδὲν δεῖ πονεῖν·
ἄλλοι γὰρ οἱ σπεύδοντες, οὓς οὐ μή ποτε
χώρας φυγόντες τῆσδ' ἐπεύξωνται θεοῖς.
ἀλλ' ἐξυφηγοῦ· γνῶθι δ', ὡς ἔχων ἔχῃ
καί σ' εἷλε θηρῶνθ' ἡ τύχη· τὰ γὰρ δόλῳ
τῷ μὴ δικαίῳ κτήματ' οὐχὶ σῴζεται.
κοὐκ ἄλλον ἕξεις ἐς τόδ'· ὡς ἔξοιδά σε
οὐ ψιλὸν οὐδ' ἄσκευον ἐς τοσήνδ' ὕβριν
ἥκοντα τόλμης τῆς παρεστώσης τανῦν,
ἀλλ' ἔσθ' ὅτῳ σὺ πιστὸς ὢν ἔδρας τάδε.
ἃ δεῖ μ' ἀθρῆσαι, μηδὲ τήνδε τὴν πόλιν
ἑνὸς ποῆσαι φωτὸς ἀσθενεστέραν.
νοεῖς τι τούτων, ἢ μάτην τὰ νῦν τέ σοι
δοκεῖ λελέχθαι χὤτε ταῦτ' ἐμηχανῶ;
Κρ οὐδὲν σὺ μεμπτὸν ἐνθάδ' ὢν ἐρεῖς ἐμοί·
οἴκοι δὲ χἠμεῖς εἰσόμεσθ' ἃ χρὴ ποεῖν.
Θη χωρῶν ἀπείλει νῦν· σὺ δ' ἡμίν, Οἰδίπους,
ἕκηλος αὐτοῦ μίμνε, πιστωθεὶς ὅτι,
ἢν μὴ θάνω 'γὼ πρόσθεν, οὐχὶ παύσομαι,
πρὶν ἄν σε τῶν σῶν κύριον στήσω τέκνων.
Οἰ ὄναιο, Θησεῦ, τοῦ τε γενναίου χάριν
καὶ τῆς πρὸς ἡμᾶς ἐνδίκου προμηθίας.

Χορός

εἴην ὅθι δαΐων — te — Str. 1
ἀνδρῶν τάχ' ἐπιστροφαὶ — te
τὸν χαλκοβόαν Ἄρη — te
μείξουσιν, ἢ πρὸς Πυθίαις, — ia^2
ἢ λαμπάσιν ἀκταῖς, — rz
οὗ πότνιαι σεμνὰ τιθηνοῦνται τέλη — ia ch ia

Th Genug der Worte! Sie, die diesen Raub vollführt,
entfliehn, wir aber stehen hier und dulden es!

Kr Und was befiehlst du dem wehrlosen Mann zu tun?

Th Den Weg nach dort voranzugehn, als Führer mir
zu dienen, daß, wenn du in dieser Gegend noch
die Mädchen festhältst, du sie selbst mir zeigst.
Wenn die Entführer fliehen, braucht's der Mühe nicht;
denn andre folgen eilends: niemals sollen sie
den Göttern danken für die Flucht aus unsrem Land!
Nun vorwärts! Führe! Merke dir: wer fängt, wird Fang,
und dich, den Jäger, fing das Jagdglück: was mit List
und wider Recht gewonnen ist, hat nicht Bestand.
Auch keinen Helfer findest du. Ich weiß recht wohl;
nicht einzeln und nicht ungerüstet kommst du zu
solch dreistem Anschlag, wie er jetzt zutage trat:
gestützt auf irgendwen hast du's ins Werk gesetzt.
Dies hab' ich zu beachten, darf nicht unsre Stadt
so schwächen, daß sie einem Menschen unterliegt.
Nimmst du dir dies zu Herzen oder denkst du's jetzt
so leicht zu nehmen wie bei deinem Überfall?

Kr Du kannst mir hier nichts sagen, was ich tadeln darf:
zu Hause werden wir auch wissen, was zu tun ...

Th Droh' unterwegs! Nur geh! Du aber, Oidipus,
bleib ungehindert hier bei uns, versichert, daß,
wenn ich nicht vorher sterbe, ich nicht ruhen will,
eh' ich dir deine Kinder wieder zugeführt.

Oi Sei glücklich, Theseus, deinem edlen Sinn zum Lohn
und deiner redlichen Fürsorglichkeit für uns!

Theseus geht mit Kreon und Gefolge

Chor

O wär' ich, wo mörderisch
die Männer sich Aug' in Aug'
im dröhnenden Schwerterkampf
begegnen, sei es Pythiens Strand,
sei's Fackelgestade,
wo hehre Weih'n spenden die beiden Herrinnen

θνατοῖσιν, ὧν καὶ χρυσέα — ia^2
κλῄς ἐπὶ γλώσσᾳ βέβακε — cr rz
προσπόλων Εὐμολπιδᾶν· — cr ia
ἔνθ' οἶμαι τὸν ἐγρεμάχαν — ch^2
Θησέα καὶ τὰς διστόλους — ch ia
ἀδμῆτας ἀδελφὰς — rz
αὐτάρκει τάχ' ἐμμείξειν βοᾷ — sp cr ia
τούσδ' ἀνὰ χώρους· — ad

ἤ που τὸν ἐφέσπερον — te — Ant. 1
πέτρας νιφάδος πελῶσ' — te
Οἰάτιδος ἐκ νομοῦ, — te
πώλοισιν, ἢ ῥιμφαρμάτοις — ia^2
φεύγοντες ἁμίλλαις. — rz
ἁλώσεται· δεινὸς ὁ προσχώρων Ἄρης, — ia ch ia
δεινὰ δὲ Θησειδᾶν ἀκμά. — ia^2
πᾶς γὰρ ἀστράπτει χαλινός, — cr rz
πᾶσα δ' ὁρμᾶται κατὰ — ia^2
ἀμπυκτήρι' ⟨ἀντιπάλων⟩ — ch^2
ἄμβασις, οἳ τὰν ἱππίαν — ch ia
τιμῶσιν Ἀθάναν — rz
καὶ τὸν πόντιον γαιάοχον — sp cr ia
Ῥέας φίλον υἱόν. — rz

ἔρδουσ', ἢ μέλλουσιν; ὡς — mo ia — Str. 2
προμνᾶταί τί μοι — do
γνώμα τάχ' ἐνδώσειν — ia sp
τᾶν δεινὰ τλασᾶν, δεινὰ δ' εὑ- — ia^2
ρουσᾶν πρὸς αὐθαίμων πάθη. — ia^2
τελεῖ τελεῖ Ζεύς τι κατ' ἆμαρ. — ia ad
μάντις εἴμ' ἐσθλῶν ἀγώνων. — ep^2
εἴθ' ἀελλαία ταχύρρωστος πελειὰς — ep^3
αἰθερίας νεφέλας κύρσαιμι τῶνδ' ἀγώνων — he ia ba
ἐωρήσασα τοὐμὸν ὄμμα. — ba cr ba — 1084

ἰὼ θεῶν πάνταρχε, παντ- — mo ia — Ant. 2
όπτα Ζεῦ, πόροις — do
γᾶς τᾶσδε δαμούχοις — ia sp

den Menschen, deren Zunge mit
goldnem Schloß zuvor beschwichten
Priester aus Eumolpos' Stamm!
Dort wird der Führer im Kampf
Theseus mit beiden Mädchen, den
jungfräulichen Schwestern,
finden sich bei siegesfrohem Ruf
hier in dem Lande,

auch wohl, gegen Westen mehr,
sich nahn dem beschneiten Fels
vonseiten des Oia-Gaus
auf Pferden oder eilend um
die Wette in Wagen.
Er holt sie ein! Hart ist der Kampfgeist hierzuland'
und hart der Theseus-Kinder Kraft.
Denn es funkelt jedes Zaumzeug,
jeder Reiter sprengt dahin
stürmend auf des drohenden Feinds
Zügel, weil sie die reisige
Athene verehren
und den Meerbeherrscher, Rheas Sohn,
den Schützer des Festlands.

Handeln oder zögern sie?
Mein Sinn sieht voraus:
man übergibt bald schon,
die Schweres duldet, schweres Leid
vom stammverwandten Blut erfuhr.
Es wirkt, es wirkt Zeus etwas heut noch!
Seher bin ich tapfrer Kämpfe.
Könnt' ich eilends nur, ein sturmbeschwingtes Täubchen,
stoßen zum Äthergewölk empor und an dem Anblick
der Kämpfe dort mein Auge weiden!

Heil Dir, Zeus, Allherrscher du,
der ja alles sieht,
verleih des Lands Schirmherrn,

σθένει 'πινικείῳ τὸν εὔ- ia^2
αγρον τελειῶσαι λόχον, ia^2
σεμνά τε παῖς Παλλὰς 'Αθάνα. ia ad
καὶ τὸν ἀγρευτὰν 'Απόλλω ep^2
καὶ κασιγνήταν πυκνοστίκτων ὀπαδὸν ep^3
ὠκυπόδων ἐλάφων στέργω διπλᾶς ἀρωγὰς he ia ba
μολεῖν γᾷ τᾷδε καὶ πολίταις. ba cr ba

Χο ὦ ξεῖν' ἀλῆτα, τῷ σκοπῷ μὲν οὐκ ἐρεῖς
ὡς ψευδόμαντις· τὰς κόρας γὰρ εἰσορῶ
τάσδ' ἆσσον αὖθις ὧδε προσπολουμένας.
Οἰ ποῦ ποῦ; τί φής; πῶς εἶπας;

'Αντιγόνη

ὦ πάτερ πάτερ,
τίς ἂν θεῶν σοι τόνδ' ἄριστον ἄνδρ' ἰδεῖν
δοίη, τὸν ἡμᾶς δεῦρο προσπέμψαντά σοι;
Οἰ ὦ τέκνον, ἦ πάρεστον;
'Αν αἵδε γὰρ χέρες
Θησέως ἔσωσαν φιλτάτων τ' ὀπαόνων.
Οἰ προσέλθετ', ὦ παῖ, πατρί, καὶ τὸ μηδαμὰ
ἐλπισθὲν ἥξειν σῶμα βαστάσαι δότε.
'Αν αἰτεῖς ἃ τεύξῃ· σὺν πόθῳ γὰρ ἡ χάρις.
Οἰ ποῦ δῆτα, ποῦ 'στον;
'Αν αἵδ' ὁμοῦ πελάζομεν.
Οἰ ὦ φίλτατ' ἔρνη.
'Αν τῷ τεκόντι πᾶν φίλον.
Οἰ ὦ σκῆπτρα φωτός.
'Αν δυσμόρου γε δύσμορα.
Οἰ ἔχω τὰ φίλτατ', οὐδ' ἔτ' ἂν πανάθλιος
θανὼν ἂν εἴην σφῷν παρεστώσαιν ἐμοί.
ἐρείσατ', ὦ παῖ, πλευρὸν ἀμφιδέξιον
ἐμφύντε τῷ φύσαντι, κἀναπαύσατον
τοῦ πρόσθ' ἐρήμου τοῦδε δυστήνου πλάνου.
καί μοι τὰ πραχθέντ' εἴπαθ' ὡς βράχιστ', ἐπεὶ
ταῖς τηλικαῖσδε σμικρὸς ἐξαρκεῖ λόγος.

daß er mit sieggewisser Kraft
zu Ende führt den Beutezug!
Du Hehre auch, Pallas Athene!
Und den Jäger auch, Apollon,
seine Schwester auch, die buntgefleckte, rasche
Hirsche verfolgt, sie beide ruf' ich: Naht als Beistand
für unser Land und seine Bürger!

Chf Nun, fremder Wandrer, sagst du nicht, dein Wächter sei
ein falscher Seher! Denn die Mädchen seh' ich jetzt:
sie sind ganz nah schon wieder auf dem Weg hierher!
Oi Wo? Wo? Was meinst – wie sagst du?

Theseus mit Gefolge, Antigone und Ismene kommen zurück

Antigone

Vater, Vater, oh!
Ließe der Götter einer doch den besten Mann
dich sehn, der uns hierher zu dir geleitet hat!
Oi Mein Kind, hab' ich euch wieder?
An Diese Arme hier
des Theseus und der treuesten Helfer bargen uns.
Oi Kommt, Kinder, her zum Vater! Laßt mich euren Leib
umfangen, dessen Wiederkehr ich nie erhofft!
An Dein Wunsch erfüllt sich, denn auch uns verlangt danach.
Oi Wo denn? Wo seid ihr?
An Hier! Wir beide sind ganz nah.
Oi Ihr liebsten Reiser!
An Jedes ist den Eltern lieb!
Oi Des Vaters Stützen ...
An ... schwache nur für den, der schwach ...
Oi Die liebsten hab' ich! Auch im Sterben werd' ich nun
nicht ganz unselig sein, wenn sie mir nahe sind.
Von beiden Seiten, Kinder, schmiegt euch fest an mich!
Umschlingt den Vater, daß er sich erholen kann
vom Elend seiner Irrfahrt und Verlassenheit!
Und nun erzählt mir das Geschehene nur kurz:
In eurem Alter liebt man ja das karge Wort.

Ἀν ὅδ᾽ ἔσθ᾽ ὁ σώσας· τοῦδε χρὴ κλύειν, πάτερ,
καὶ σοί τε τοὔργον τοῦτ᾽ ἐμοί τ᾽ ἔσται βραχύ.
Οἰ ὦ ξεῖνε, μὴ θαύμαζε πρὸς τὸ λιπαρές,
τέκν᾽ εἰ φανέντ᾽ ἄελπτα μηκυνῶ λόγον.
ἐπίσταμαι γὰρ τήνδε τὴν ἐς τάσδε μοι
τέρψιν παρ᾽ ἄλλου μηδενὸς πεφασμένην.
σὺ γάρ νιν ἐξέσωσας, οὐκ ἄλλος βροτῶν.
καί σοι θεοὶ πόροιεν ὡς ἐγὼ θέλω,
αὐτῷ τε καὶ γῇ τῇδ᾽· ἐπεὶ τό γ᾽ εὐσεβὲς
μόνοις παρ᾽ ὑμῖν ηὗρον ἀνθρώπων ἐγὼ
καὶ τοὐπιεικὲς καὶ τὸ μὴ ψευδοστομεῖν.
εἰδὼς δ᾽ ἀμύνω τοῖσδε τοῖς λόγοις τάδε.
ἔχω γὰρ ἅχω διὰ σὲ κοὐκ ἄλλον βροτῶν.
καί μοι χέρ᾽, ὦναξ, δεξιὰν ὄρεξον, ὡς
ψαύσω φιλήσω τ᾽, εἰ θέμις, τὸ σὸν κάρα.
καίτοι τί φωνῶ; πῶς σ᾽ ἂν ἄθλιος γεγὼς
θιγεῖν θελήσαιμ᾽ ἀνδρὸς ᾧ τίς οὐκ ἔνι
κηλὶς κακῶν ξύνοικος; οὐκ ἔγωγέ σε,
οὐδ᾽ οὖν ἐάσω. τοῖς γὰρ ἐμπείροις βροτῶν
μόνοις οἷόν τε συνταλαιπωρεῖν τάδε.
σὺ δ᾽ αὐτόθεν μοι χαῖρε καὶ τὰ λοιπά μου
μέλου δικαίως, ὥσπερ ἐς τόδ᾽ ἡμέρας.

Θησεύς

οὔτ᾽ εἴ τι μῆκος τῶν λόγων ἔθου πλέον,
τέκνοισι τερφθεὶς τοῖσδε, θαυμάσας ἔχω,
οὔτ᾽ εἰ πρὸ τοὐμοῦ προὔλαβες τὰ τῶνδ᾽ ἔπη.
βάρος γὰρ ἡμᾶς οὐδὲν ἐκ τούτων ἔχει.
οὐ γὰρ λόγοισι τὸν βίον σπουδάζομεν
λαμπρὸν ποιεῖσθαι μᾶλλον ἢ τοῖς δρωμένοις.
δείκνυμι δ᾽. ὧν γὰρ ὤμοσ᾽ οὐκ ἐψευσάμην
οὐδέν σε, πρέσβυ. τάσδε γὰρ πάρειμ᾽ ἄγων
ζώσας, ἀκραιφνεῖς τῶν κατηπειλημένων.
χὤπως μὲν ἁγὼν ᾑρέθη, τί δεῖ μάτην
κομπεῖν, ἅ γ᾽ εἴσῃ καὐτὸς ἐκ τούτοιν ξυνών;
λόγος δ᾽ ὃς ἐμπέπτωκεν ἀρτίως ἐμοὶ

An Da steht der Retter, Vater: höre nur auf ihn,
so ist für dich und auch für mich die Mühe kurz.
Oi O Freund, sei nicht befremdet von dem Überschwang,
wenn mich die unverhoffte Rückkehr wortreich macht!
Ich weiß recht wohl: das Glück, an ihnen mich zu freun,
wird mir durch keinen andren als durch dich zuteil.
Denn du hast sie gerettet und kein andrer sonst.
Drum mögen dich die Götter segnen, wie ich will,
dich selbst und dieses Land! Denn fromme Ehrfurcht hab'
ich unter Menschen hier bei euch allein erlebt,
gerechte Sinnesart und Worte ohne Trug.
Dies weiß ich, doch mit Worten nur vergelt' ich es:
ich habe, was ich habe, ja durch dich allein.
Drum reiche mir die rechte Hand, Herr, daß ich sie
berühr' und auch dein Antlitz küsse, wenn ich darf.
Allein was red' ich? Darf in meinem Elend ich
verlangen, einem Manne mich zu nahn, an dem
kein Makel haftet einer Schmach? Ich darf es nicht
und lass' es auch nicht zu. Nur wer vertraut ist mit
der Schmach, darf Anteil haben an dem Leid.
Dich laß von hier mich grüßen! Auch in Zukunft sei
so treu um mich besorgt, wie du bis jetzt es warst!

Theseus

Und hättest du noch länger deiner Freude an
den Töchtern Wort geliehn, – befremdet bin ich nicht,
auch nicht weil erst an sie dein Gruß ergangen ist.
Denn diese Dinge sind uns keines Kummers wert.
Bemühn wir uns doch nicht so sehr durch unser Wort
dem Leben Glanz zu geben wie durch unser Tun.
Ich zeig' es dir: was ich geschworen, hab' ich nicht
verleugnet, Alter; denn die Mädchen bring' ich dir
lebend zurück, trotz aller Drohung unversehrt.
Und wie der Kampf gewonnen ward, – wozu davon
groß prahlen? Du erfährst das bald von ihnen selbst.
Doch ward soeben eine Nachricht mir gebracht,

στείχοντι δεῦρο, συμβαλοῦ γνώμην, ἐπεὶ
σμικρὸς μὲν εἰπεῖν, ἄξιος δὲ θαυμάσαι.
πρᾶγος δ' ἀτίζειν οὐδὲν ἄνθρωπον χρεών.
Οἰ τί δ' ἔστι, τέκνον Αἰγέως; δίδασκέ με,
ὡς μὴ εἰδότ' αὐτὸν μηδὲν ὧν σὺ πυνθάνῃ.
Θη φασίν τιν' ἡμῖν ἄνδρα, σοὶ μὲν ἔμπολιν
οὐκ ὄντα, συγγενῆ δέ, προσπεσόντα πως
βωμῷ καθῆσθαι τῷ Ποσειδῶνος, παρ' ᾧ
θύων ἔκυρον, ἡνίχ' ὡρμώμην ἐγώ.
Οἰ ποδαπόν; τί προσχρῄζοντα τῷ θακήματι;
Θη οὐκ οἶδα πλὴν ἕν· σοῦ γάρ, ὡς λέγουσί μοι,
βραχύν τιν' αἰτεῖ μῦθον οὐκ ὄγκου πλέων.
Οἰ ποῖόν τιν'; οὐ γὰρ ἥδ' ἕδρα σμικροῦ λόγου.
Θη σοὶ φασὶν αὐτὸν ἐς λόγους μολόντα δὴ
αἰτεῖν ἀπελθεῖν ἀσφαλῶς τῆς δεῦρ' ὁδοῦ.
Οἰ τίς δῆτ' ἂν εἴη τήνδ' ὁ προσθακῶν ἕδραν;
Θη ὅρα κατ' Ἄργος εἴ τις ὑμὶν ἐγγενὴς
ἔσθ', ὅστις ἄν σου τοῦτο προσχρῄζοι τυχεῖν.
Οἰ ὦ φίλτατε, σχὲς οὗπερ εἶ.
Θη τί δ' ἔστι σοι;
Οἰ μή μου δεηθῇς.
Θη πράγματος ποίου; λέγε.
Οἰ ἔξοιδ' ἀκούων τῶνδ' ὅς ἐσθ' ὁ προστάτης.
Θη καὶ τίς ποτ' ἐστίν, ὅν γ' ἐγὼ ψέξαιμί τι;
Οἰ παῖς οὑμός, ὦναξ, στυγνός, οὗ λόγων ἐγὼ
ἄλγιστ' ἂν ἀνδρῶν ἐξανασχοίμην κλύων.
Θη τί δ'; οὐκ ἀκούειν ἔστι, καὶ μὴ δρᾶν ἃ μὴ
χρῄζεις; τί σοι τοῦτ' ἐστὶ λυπηρὸν κλύειν;
Οἰ ἔχθιστον, ὦναξ, φθέγμα τοῦθ' ἥκει πατρί·
καὶ μή μ' ἀνάγκῃ προσβάλῃς τάδ' εἰκαθεῖν.
Θη ἀλλ' εἰ τὸ θάκημ' ἐξαναγκάζει, σκόπει·
μή σοι πρόνοι' ᾖ τοῦ θεοῦ φυλακτέα.
Ἀν πάτερ, πιθοῦ μοι, κεἰ νέα παραινέσω.
τὸν ἄνδρ' ἔασον τόνδε τῇ θ' αὑτοῦ φρενὶ
χάριν παρασχεῖν τῷ θεῷ θ' ἃ βούλεται,
καὶ νῷν ὕπεικε τὸν κασίγνητον μολεῖν.

als ich hierher ging: denke doch darüber nach!
Rasch ist's gesagt, doch ist es der Beachtung wert.
Der Mensch soll ja nichts unterschätzen, was geschieht.
Oi Was ist es, Aigeus-Sohn? Belehre mich, der ich
noch selbst nichts weiß von dem, was du erfahren hast.
Th Man sagte uns, ein Mann, zwar nicht aus deiner Stadt,
doch dir verwandt, sei hingesunken am Altar
Poseidons, wo ich eben opferte, und dort
sei er geblieben, während ich hierher geeilt ...
Oi Aus welchem Land, mit welchem Wunsch naht er dem Ort?
Th Ich weiß nur eins: wie man mir sagt, erbittet er
ein kurzes, nicht beschwerliches Gespräch mit dir.
Oi Wovon? Um nichts Geringes wählt er jenen Platz.
Th Er kam, so sagt man, um mit dir zu sprechen, her
und wünscht dann unbehelligt seines Wegs zu ziehn.
Oi Wer ist es wohl, der jenen Sitz sich ausersah?
Th Sieh zu, ob euch in Argos ein Verwandter lebt,
der sich mit diesem Wunsch wohl an dich wenden mag.
Oi O bester Freund, nicht weiter sprich!
Th Was ist dir denn?
Oi Verlange dies nicht!
Th Worum handelt sich's? Sag an!
Oi Da ich dies höre, weiß ich, wer da fleht, genau.
Th Wer aber ist es nun, den ich abweisen soll?
Oi Mein Sohn, o Herr, verhaßt mir, dessen Reden ich
nur mit der allergrößten Pein anhören kann.
Th Wie? Kannst du ihn nicht hören und versagen, was
dir nicht gefällt? Verdrießt das bloße Hören dich?
Oi Feindselig klingt dem Vater diese Stimme, Herr:
drum unterwirf mich nicht dem Zwang, drauf einzugehn!
Th Bedenk, ob nicht die Zuflucht zum Altar dich zwingt,
ob du das Walten Gottes nicht beachten mußt!
An Vater, wenn ich auch jung bin, folge meinem Rat!
Laß diesen Mann hier nur nach seinem eignen Sinn
dem Gott Genüge tun, ihm dienen, wie er will!
Uns beiden aber gönn' es, daß der Bruder kommt!

οὐ γάρ σε, θάρσει, πρὸς βίαν παρασπάσει
γνώμης ἃ μή σοι συμφέροντα λέξεται.
λόγων δ' ἀκοῦσαι τίς βλάβη; τά τοι κακῶς
ηὑρημέν' ἔργα τῷ λόγῳ μηνύεται.
ἔφυσας αὐτόν· ὥστε μηδὲ δρῶντά σε
τὰ τῶν κακίστων δυσσεβέστατ', ὦ πάτερ,
θέμις σέ γ' εἶναι κεῖνον ἀντιδρᾶν κακῶς.
ἀλλ' ἔα νιν. εἰσὶ χἀτέροις γοναὶ κακαὶ
καὶ θυμὸς ὀξύς, ἀλλὰ νουθετούμενοι
φίλων ἐπῳδαῖς ἐξεπᾴδονται φύσιν.
σὺ δ' εἰς ἐκεῖνα, μὴ τὰ νῦν, ἀποσκόπει
πατρῷα καὶ μητρῷα πήμαθ' ἅπαθες,
κἂν κεῖνα λεύσσῃς, οἶδ' ἐγώ, γνώσῃ κακοῦ
θυμοῦ τελευτὴν ὡς κακὴ προσγίγνεται.
ἔχεις γὰρ οὐχὶ βαιὰ τἀνθυμήματα,
τῶν σῶν ἀδέρκτων ὀμμάτων τητώμενος.
ἀλλ' ἡμὶν εἶκε. λιπαρεῖν γὰρ οὐ καλὸν
δίκαια προσχρῄζουσιν, οὐδ' αὐτὸν μὲν εὖ
πάσχειν, παθόντα δ' οὐκ ἐπίστασθαι τίνειν.
Οἰ τέκνον, βαρεῖαν ἡδονὴν νικᾶτέ με
λέγοντες· ἔστω δ' οὖν ὅπως ὑμῖν φίλον.
μόνον, ξέν', εἴπερ κεῖνος ὧδ' ἐλεύσεται,
μηδεὶς κρατείτω τῆς ἐμῆς ψυχῆς ποτέ.
Θη ἅπαξ τὰ τοιαῦτ', οὐχὶ δὶς χρῄζω κλύειν,
ὦ πρέσβυ. κομπεῖν δ' οὐχὶ βούλομαι· σὲ δὲ
σῶν ἴσθ', ἐάν περ κἀμέ τις σῴζῃ θεῶν.

Χορός

ὅστις τοῦ πλέονος μέρους gl Str.
χρῄζει τοῦ μετρίου παρεὶς gl
ζώειν, σκαιοσύναν φυλάσ- gl
σων ἐν ἐμοὶ κατάδηλος ἔσται. alc 10
ἐπεὶ πολλὰ μὲν αἱ μακραὶ gl
ἁμέραι κατέθεντο δὴ gl
λύπας ἐγγυτέρω, τὰ τέρ- gl

Getrost! Es wird dich ja von deiner Meinung nicht
gewaltsam abziehn, was er Unwillkommnes spricht.
Doch Worte hören, schadet das? Gibt doch im Wort
sich zu erkennen die geplante Übeltat.
Du gabst das Leben ihm: und hätt' er auch an dir,
Vater, das Übelste, Ruchloseste getan,
ihm böse zu vergelten stünde dir nicht an.
Nein, laß ihn! Böse Kinder haben andre auch
und heftigen Zorn; jedoch zu Herzen gehender
Zuspruch der Liebe heilt beschwörend die Natur.
Du aber blicke nicht auf heute! Denk an das,
was du von deinen Eltern her erduldet hast!
Siehst du das an, wirst du, ich weiß, erkennen, daß
ein böser Zorn zu einem bösen Ende führt.
Du hast an dir ja nicht geringe Warnungen,
da du der Augen dich beraubt hast, nichts mehr siehst.
Doch hör auf uns nur! Lang zu flehen ist nicht schön,
wenn man Gerechtes bittet, und es ziemt nicht, daß,
wer Gutes selbst erfuhr, dafür nicht dankbar ist.

Oi Kind, euer Wort besiegt mich; schwer indes für mich
ist eure Freude: sei es denn, wie's euch gefällt! –
Nur, Freund, wenn jener junge Mann nun hier erscheint,
daß niemand meines Lebens sich bemächtige!

Th Einmal will ich dies hören, doch kein zweites Mal,
Alter! Ich mag nicht prahlen: aber wisse dich
in sichrem Schutz, solang auch mich ein Gott beschützt!

Er geht mit Gefolge

Chor

Wer sich längeren Lebens Frist
wünscht und mehr als das Mittelmaß
will, der frönt einer Narretei:
das, wie ich weiß, offenbart zuletzt sich.
Denn viel haben die mancherlei
Tage dann hinterlassen, was
näher steht der Betrübnis; doch

πoντα δ' οὐκ ἂν ἴδοις ὅπου, gl
ὅταν τις ἐς πλέον πρόβῃ ia^2
τοῦ δέοντος· ὁ δ' ἐπίκουρος ἰσοτέλεστος, tr^3
Ἄιδος ὅτε μοῖρ' ἀνυμέναιος tr^2
ἄλυρος ἄχορος ἀναπέφηνε, tr^2
θάνατος ἐς τελευτάν. cr ba

μὴ φῦναι τὸν ἅπαντα νι- gl Ant.
κᾷ λόγον· τὸ δ', ἐπεὶ φανῇ, gl
βῆναι κεῖσ' ὁπόθεν περ ἥ- gl
κει πολὺ δεύτερον ὡς τάχιστα. alc 10
ὡς εὖτ' ἂν τὸ νέον παρῇ gl
κούφας ἀφροσύνας φέρον, gl
τίς πλάγχθη πολὺ μόχθος ἔ- gl
ξω; τίς οὐ καμάτων ἔνι; gl
φθόνος, στάσεις, ἔρις, μάχαι ia^2
καὶ φόνοι· τό τε κατάμεμπτον ἐπιλέλογχε tr^3
πύματον ἀκρατὲς ἀπροσόμιλον tr^2
γῆρας ἄφιλον, ἵνα πρόπαντα tr^2
κακὰ κακῶν ξυνοικεῖ. cr ba

ἐν ᾧ τλάμων ὅδ', οὐκ ἐγὼ μόνος, ba cr ia Ep.
πάντοθεν βόρειος ὥς τις ἀκτὰ cr ia ba
κυματοπλὴξ χειμερία κλονεῖται, ch ch ba
ὣς καὶ τόνδε κατ' ἄκρας pher
δειναὶ κυματοαγεῖς pher
ἆται κλονέουσιν ἀεὶ ξυνοῦσαι, ⁻he ba
αἱ μὲν ἀπ' ἀελίου δυσμᾶν, gl
αἱ δ' ἀνατέλλοντος, ch sp
αἱ δ' ἀνὰ μέσσαν ἀκτῖν', ch^2
αἱ δ' ἐννυχιᾶν ἀπὸ Ῥιπᾶν. pa

Ἀντιγόνη

καὶ μὴν ὅδ' ἡμῖν, ὡς ἔοικεν, ὁ ξένος.
ἀνδρῶν δὲ μοῦνος, ὦ πάτερ, δι' ὄμματος
ἀστακτὶ λείβων δάκρυον ὧδ' ὁδοιπορεῖ.

Frohes findest du nirgends mehr,
wenn jemand übers Maß hinaus
weiterschreitet. Aber der Helfer, allen gemeinsam,
Hades, das Schicksal, sobald ohne Festlied
sanglos und klanglos er tritt in Erscheinung,
ist es der Tod: Vollendung.

Nicht geboren zu sein, das geht
über alles; doch, wenn du lebst,
ist das zweite, so schnell du kannst,
hinzugelangen, woher du kamest.
So bald schwindet die Jugend hin,
leicht, von Sorglosigkeit beschwingt:
wer dann lebt noch von Mühsal frei,
wer in steter Bedrängnis nicht?
Und Mißgunst, Aufruhr, Zwietracht, Krieg,
Morde! Und das immer gescholtne kommt dann hinzu als
Letztes: das kraftlose, freundlose Alter,
ungesellig, bei dem die gesamten
Übel der Übel hausen.

Der Mann hier duldet es, nicht ich allein:
allerseits, gleichwie ein Strand im Nordsturm
wogengepeitscht, winterlich wild durchtobt wird,
so umtoben von Grund auf
die wildbrandenden, furchtbarn
Geschicke auch diesen und folgen stets ihm,
sei's aus der Richtung des Lichtabschieds
oder vom Aufgang her,
sei es von mittags Lichtglanz,
vom nächtlichen, nördlichen Weltrand.

Antigone

Und wirklich kommt uns dort, so scheint es, der Besuch.
Ohne Begleitung, Vater, zieht er seines Wegs,
indes der Tränen Flut ihm aus den Augen strömt.

Οἰδίπους

τίς οὗτος;
’Αν ὅνπερ καὶ πάλαι κατείχομεν
γνώμῃ, πάρεστι δεῦρο Πολυνείκης ὅδε.

Πολυνείκης

οἴμοι, τί δράσω; πότερα τἀμαυτοῦ κακὰ
πρόσθεν δακρύσω, παῖδες, ἢ τὰ τοῦδ’ ὁρῶν
πατρὸς γέροντος; ὃν ξένης ἐπὶ χθονὸς
σὺν σφῷν ἐφηύρηκ’ ἐνθάδ’ ἐκβεβλημένον
ἐσθῆτι σὺν τοιᾷδε, τῆς ὁ δυσφιλὴς
γέρων γέροντι συγκατῴκηκεν πίνος
πλευρὰν μαραίνων, κρατὶ δ’ ὀμματοστερεῖ
κόμη δι’ αὔρας ἀκτένιστος ᾄσσεται·
ἀδελφὰ δ’, ὡς ἔοικε, τούτοισιν φορεῖ
τὰ τῆς ταλαίνης νηδύος θρεπτήρια.
ἁγὼ πανώλης ὄψ’ ἄγαν ἐκμανθάνω·
καὶ μαρτυρῶ κάκιστος ἀνθρώπων τροφαῖς
ταῖς σαῖσιν ἥκειν· τἀμὰ μὴ ’ξ ἄλλων πύθῃ.
ἀλλ’ ἔστι γὰρ καὶ Ζηνὶ σύνθακος θρόνων
Αἰδὼς ἐπ’ ἔργοις πᾶσι, καὶ πρὸς σοί, πάτερ,
παρασταθήτω. τῶν γὰρ ἡμαρτημένων
ἄκη μέν ἐστι, προσφορὰ δ’ οὐκ ἔστ’ ἔτι.
τί σιγᾷς;
φώνησον, ὦ πάτερ, τι· μή μ’ ἀποστραφῇς.
οὐδ’ ἀνταμείβῃ μ’ οὐδέν; ἀλλ’ ἀτιμάσας
πέμψεις ἄναυδος, οὐδ’ ἃ μηνίεις φράσας;
ὦ σπέρματ’ ἀνδρὸς τοῦδ’, ἐμαὶ δ’ ὁμαίμονες,
πειράσατ’ ἀλλ’ ὑμεῖς γε κινῆσαι πατρὸς
τὸ δυσπρόσοιστον κἀπροσήγορον στόμα,
ὡς μή μ’ ἄτιμον, τοῦ θεοῦ γε προστάτην,
οὕτως ἀφῇ με μηδὲν ἀντειπὼν ἔπος.
’Αν λέγ’, ὦ ταλαίπωρ’, αὐτὸς ὧν χρείᾳ πάρει.
τὰ πολλὰ γάρ τοι ῥήματ’ ἢ τέρψαντά τι,
ἢ δυσχεράναντ’, ἢ κατοικτίσαντά πως,
παρέσχε φωνὴν τοῖς ἀφωνήτοις τινά.

Oidipus

Wer ist es?

An Er, den wir nun lange schon im Sinn
getragen: Polyneikes ist's. Er steht vor dir.

Polyneikes

Ach, wie beginn' ich? Soll ich erst das eigne Leid
beweinen, Kinder, oder diesen Anblick hier,
den alten Vater? Den auf fremden Boden hier
ich mit euch finden muß als Ausgestoßenen
in solchem Kleide, wo der Schmutz sich, widerlich
und alt, dem Alten angesetzt hat, die Gestalt
entstellend, und im Winde flattert um das Haupt,
das augenlose, ihm sein ungekämmtes Haar!
Und, wie es scheint, empfängt er für den armen Leib
die Nahrung auch, die mit all dem zusammenstimmt.
Und ich Verworfner sehe das so spät erst ganz!
Ja, ich bekenne: als der Menschen schlechtester
sorg' ich für dich, – damit du's nicht von andren hörst.
Indessen sitzt mit Zeus zusammen auf dem Thron
Erbarmen über jede Tat: laß, Vater, sie
auch dir zur Seite stehn! Denn für Begangenes
ist Sühne möglich, – schlimmer werden kann's nicht mehr. –
Du schweigst?
Ach, Vater, sag etwas und wende dich nicht ab!
Gibst du mir keine Antwort, ächtest mich und willst
mich stumm entlassen, sagst auch nicht, weshalb du zürnst? –
O Kinder dieses Mannes, meine Schwestern, ach,
versucht doch ihr's: bewegt zum Sprechen Vaters Mund,
den unerbittlich harten, fest verschlossenen,
damit er ehrlos mich, des Gottes Schützling, nicht
so wieder gehn läßt und erwidert mir kein Wort!

An Unseliger, sage selbst, was dich zu kommen drängt!
Oft haben Worte schon, ob sie erfreulich sind,
ob unerquicklich oder auch erbarmenswert,
zum Sprechen manchen Ungesprächigen bewegt.

Πο ἀλλ' ἐξερῶ· καλῶς γὰρ ἐξηγῇ σύ μοι·
πρῶτον μὲν αὐτὸν τὸν θεὸν ποιούμενος
ἀρωγόν, ἔνθεν μ' ὧδ' ἀνέστησεν μολεῖν
ὁ τῆσδε τῆς γῆς κοίρανος, διδοὺς ἐμοὶ
λέξαι τ' ἀκοῦσαί τ' ἀσφαλεῖ σὺν ἐξόδῳ.
καὶ ταῦτ' ἀφ' ὑμῶν, ὦ ξένοι, βουλήσομαι
καὶ τοῖνδ' ἀδελφαῖν καὶ πατρὸς κυρεῖν ἐμοί.
ἃ δ' ἦλθον, ἤδη σοι θέλω λέξαι, πάτερ.
γῆς ἐκ πατρῴας ἐξελήλαμαι φυγάς,
τοῖς σοῖς ἀνάρχοις οὕνεκ' ἐνθακεῖν θρόνοις
γονῇ πεφυκὼς ἠξίουν γεραιτέρᾳ.
ἀνθ' ὧν μ' Ἐτεοκλῆς, ὢν φύσει νεώτερος,
γῆς ἐξέωσεν, οὔτε νικήσας λόγῳ
οὔτ' εἰς ἔλεγχον χειρὸς οὐδ' ἔργου μολών,
πόλιν δὲ πείσας. ὧν ἐγὼ μάλιστα μὲν
τὴν σὴν Ἐρινὺν αἰτίαν εἶναι λέγω·
ἔπειτα κἀπὸ μάντεων ταύτῃ κλύω.
ἐπεὶ γὰρ ἦλθον Ἄργος ἐς τὸ Δωρικόν,
λαβὼν Ἄδραστον πενθερόν, ξυνωμότας
ἔστησ' ἐμαυτῷ γῆς ὅσοιπερ Ἀπίας
πρῶτοι καλοῦνται καὶ τετίμηνται δορί,
ὅπως τὸν ἑπτάλογχον ἐς Θήβας στόλον
ξὺν τοῖσδ' ἀγείρας ἢ θάνοιμι πανδίκως,
ἢ τοὺς τάδ' ἐκπράξαντας ἐκβάλοιμι γῆς.
εἶέν· τί δῆτα νῦν ἀφιγμένος κυρῶ;
σοὶ προστροπαίους, ὦ πάτερ, λιτὰς ἔχων,
αὐτός τ' ἐμαυτοῦ ξυμμάχων τε τῶν ἐμῶν,
οἳ νῦν σὺν ἑπτὰ τάξεσιν σὺν ἑπτὰ τε
λόγχαις τὸ Θήβης πεδίον ἀμφεστᾶσι πᾶν·
οἷος δορυσσοῦς Ἀμφιάρεως, τὰ πρῶτα μὲν
δόρει κρατύνων, πρῶτα δ' οἰωνῶν ὁδοῖς·
ὁ δεύτερος δ' Αἰτωλὸς Οἰνέως τόκος
Τυδεύς· τρίτος δ' Ἐτέοκλος, Ἀργεῖος γεγώς·
τέταρτον Ἱππομέδοντ' ἀπέστειλεν πατὴρ
Ταλαός· ὁ πέμπτος δ' εὔχεται κατασκαφῇ
Καπανεὺς τὸ Θήβης ἄστυ δῃώσειν πυρί·

Po So red' ich denn, da du so trefflich mich berätst.
Zuerst ruf' ich den Gott, ihn selbst, als Helfer an,
vor dessen Herd der Landesherr mich aufstehn hieß
und hierher kommen: hier dürft' ich, so war sein Wort,
sprechen und hören und gefahrlos weiterziehn.
Und das, ihr Leute, wünsch' ich, werde nun von euch,
von meinen Schwestern und dem Vater mir zuteil!
Weshalb ich komme, Vater, will ich dir berichten jetzt.
Ich bin ein Flüchtling, aus dem Vaterland verbannt,
weil ich verlangt', auf deinem herrscherlosen Thron
zu sitzen, da ich ja der Erstgeborne bin.
Deshalb hat mich Eteokles, der Jüngere,
des Lands verwiesen; nicht mit Gründen siegt' er ob
und trat auch den Beweis des Arms, des Kampfs nicht an:
die Stadt beschwatzt' er. Hieran fällt die meiste Schuld,
sag' ich, der Rachegöttin deines Hauses zu,
und dann erklären es mir auch die Seher so.
Denn als ich nun nach Argos kam, ins Dorische,
ward Adrastos mein Schwiegervater: ich gewann
zu Mitverschwornen alle, die im Apischen Land
als erste Kämpfer gelten und in Ehren stehn:
mit ihnen bracht' ich sieben Heere für den Zug
nach Theben auf, will fallen im gerechten Kampf
oder die Schuldigen vertreiben aus dem Land.
Genug! Mit welcher Absicht komm' ich nun hierher?
Dir, Vater, trag' ich flehentliche Bitten vor
für mich und alle, die mit mir verbündet sind,
die, sieben Führer mit dem siebenfachen Heer,
auf Thebens Erde stehend es umlagern rings:
so Amphiareos, kriegerisch, im Kampf voran,
voran auch, wo's den Vogelflug zu deuten gilt;
ferner der Sohn des Oineus aus Aitolien,
Tydeus; der dritte stammt aus Argos: Eteoklos;
als vierten sandte seinen Sohn Hippomedon
Talaos, und der fünfte, Kapaneus, beschwört,
die Burg von Theben einzuäschern bis zum Grund.

ἕκτος δὲ Παρθενοπαῖος Ἀρκὰς ὄρνυται,
ἐπώνυμος τῆς πρόσθεν ἀδμήτης χρόνῳ
μητρὸς λοχευθείς. πιστὸς Ἀταλάντης γόνος·
ἐγὼ δὲ σός, κεἰ μὴ σός, ἀλλὰ τοῦ κακοῦ
πότμου φυτευθείς, σός γέ τοι καλούμενος,
ἄγω τὸν Ἄργους ἄφοβον ἐς Θήβας στρατόν.
οἵ σ' ἀντὶ παίδων τῶνδε καὶ ψυχῆς, πάτερ,
ἱκετεύομεν ξύμπαντες ἐξαιτούμενοι
μῆνιν βαρεῖαν εἰκαθεῖν ὁρμωμένῳ
τῷδ' ἀνδρὶ τοὐμοῦ πρὸς κασιγνήτου τίσιν,
ὅς μ' ἐξέωσε κἀπεσύλησεν πάτρας.
εἰ γάρ τι πιστόν ἐστιν ἐκ χρηστηρίων,
οἷς ἂν σὺ προσθῇ, τοῖσδ' ἔφασκ' εἶναι κράτος.
πρός νύν σε κρηνῶν καὶ θεῶν ὁμογνίων
αἰτῶ πιθέσθαι καὶ παρεικαθεῖν, ἐπεὶ
πτωχοὶ μὲν ἡμεῖς καὶ ξένοι, ξένος δὲ σύ·
ἄλλους δὲ θωπεύοντες οἰκοῦμεν σύ τε
κἀγώ, τὸν αὐτὸν δαίμον' ἐξειληχότες.
ὁ δ' ἐν δόμοις τύραννος, ὢ τάλας ἐγώ,
κοινῇ καθ' ἡμῶν ἐγγελῶν ἁβρύνεται·
ὅν, εἰ σὺ τἠμῇ ξυμπαραστήσῃ φρενί,
βραχεῖ σὺν ὄγκῳ καὶ χρόνῳ διασκεδῶ.
ὥστ' ἐν δόμοισι τοῖσι σοῖς στήσω σ' ἄγων,
στήσω δ' ἐμαυτόν, κεῖνον ἐκβαλὼν βίᾳ.
καὶ ταῦτα σοῦ μὲν ξυνθέλοντος ἔστι μοι
κομπεῖν, ἄνευ σοῦ δ' οὐδὲ σωθῆναι σθένω.
Χο τὸν ἄνδρα, τοῦ πέμψαντος οὕνεκ', Οἰδίπου,
εἰπὼν ὁποῖα ξύμφορ' ἔκπεμψαι πάλιν.
Οἰ ἀλλ' εἰ μέν, ἄνδρες, τῆσδε δημοῦχος χθονὸς
μὴ 'τύγχαν' αὐτὸν δεῦρο προσπέμψας ἐμοὶ
Θησεύς, δικαιῶν ὥστ' ἐμοῦ κλύειν λόγους,
οὔ τἄν ποτ' ὀμφῆς τῆς ἐμῆς ἐπῄσθετο·
νῦν δ' ἀξιωθεὶς εἶσι κἀκούσας γ' ἐμοῦ
τοιαῦθ' ἃ τὸν τοῦδ' οὔ ποτ' εὐφρανεῖ βίον·
ὅς γ', ὦ κάκιστε, σκῆπτρα καὶ θρόνους ἔχων,
ἃ νῦν ὁ σὸς ξύναιμος ἐν Θήβαις ἔχει,

Arkadiens Parthenopaios stürmt als sechster: nach
der Mutter heißt er so, die lange Jungfrau blieb,
bevor sie ihn gebar, Atalantas echter Sohn, -
und ich, der deine, und wenn nicht, so doch der Sohn
des schlimmen Schicksals und der deinige genannt,
ich führe gegen Theben Argos' tapfres Heer.
Wir alle, Vater, bitten bei den Mädchen hier,
bei deinem Leben bitten wir dich flehentlich:
laß ab vom schweren Zorne gegen diesen Mann,
da ich an meinem Bruder Rache nehmen will,
der aus der Heimat mich verstoßen und verbannt.
Denn wenn an Göttersprüchen etwas Wahres ist:
der werde siegen, dem du beistehst, künden sie.
Drum bei den Quellen, bei den Göttern unsres Stamms
bitt' ich dich nachzugeben, zu vertrauen, da
wir Bettler sind und Fremdlinge, Fremdling auch du,
und leben, indem wir andren schmeicheln, du und ich,
die wir vom selben Schicksalsfluch betroffen sind.
Und er, daheim Gewaltherr, – o ich Elender! –
Verlacht uns alle beide nun und brüstet sich.
Doch ihn, wenn du nur meinem Plan beitreten willst,
zerschmettr' ich mit geringer Müh' in kurzer Frist.
In dein Besitztum setz' ich dann dich wieder ein
und auch mich selber, hab' ich ihn erst weggejagt.
So darf ich mich berühmen, wenn du mit mir ziehst;
doch ohne dich ist keine Rettung mehr für mich.

Chf Um dessen willen, der ihn sandte, Oidipus,
sag diesem Manne, was du denkst, und laß ihn ziehn!

Oi Wahrhaftig, Männer, hätte dieses Landes Herr
ihn nicht zufällig bis hierher zu mir geschickt,
wünschte nicht Theseus, daß er meine Worte hört,
er sollte nie vernehmen meiner Stimme Ton.
Nun geht er, des gewürdigt, und erfährt von mir,
was ihm sein Leben nimmermehr erheitern wird. –
Als du, o Schändlicher, noch Thron und Herrscherstab
besaßest, die dein Bruder jetzt in Theben hat,

τὸν αὐτὸς αὑτοῦ πατέρα τόνδ' ἀπήλασας
κἄθηκας ἄπολιν καὶ στολὰς ταύτας φορεῖν,
ἃς νῦν δακρύεις εἰσορῶν, ὅτ' ἐν πόνῳ
ταὐτῷ βεβηκὼς τυγχάνεις ἴσων ἐμοί.
οὐ κλαυτὰ δ' ἐστίν, ἀλλ' ἐμοὶ μὲν οἰστέα
τάδ' ἕωσπερ ἂν ζῶ, σοῦ φονέως μεμνημένος·
σὺ γάρ με μόχθῳ τῷδ' ἔθηκας ἔντροφον,
σύ μ' ἐξέωσας· ἐκ σέθεν δ' ἀλώμενος
ἄλλους ἐπαιτῶ τὸν καθ' ἡμέραν βίον.
εἰ δ' ἐξέφυσα τάσδε μὴ 'μαυτῷ τροφοὺς
τὰς παῖδας, ἦ τἂν οὐκ ἂν ἦ, τὸ σὸν μέρος·
νῦν δ' αἵδε μ' ἐκσῴζουσιν, αἵδ' ἐμαὶ τροφοί,
αἵδ' ἄνδρες, οὐ γυναῖκες, ἐς τὸ συμπονεῖν·
ὑμεῖς δ' ἀπ' ἄλλου κοὐκ ἐμοῦ πεφύκατον.
τοιγάρ σ' ὁ δαίμων εἰσορᾷ μὲν οὔ τί πω
ὡς αὐτίκ', εἴπερ οἵδε κινοῦνται λόχοι
πρὸς ἄστυ Θήβης. οὐ γὰρ ἔσθ' ὅπως πόλιν
κείνην ἐρείψεις, ἀλλὰ πρόσθεν αἵματι
πεσῇ μιανθεὶς χὠ σύναιμος ἐξ ἴσου.
τοιάσδ' ἀρὰς σφῷν πρόσθε τ' ἐξανῆκ' ἐγὼ
νῦν τ' ἀνακαλοῦμαι ξυμμάχους ἐλθεῖν ἐμοί,
ἵν' ἀξιῶτον τοὺς φυτεύσαντας σέβειν,
καὶ μὴ 'ξατιμάζητον, εἰ τυφλοῦ πατρὸς
τοιώδ' ἔφυτον. αἵδε γὰρ τάδ' οὐκ ἔδρων.
τοιγὰρ τὸ σὸν θάκημα καὶ τοὺς σοὺς θρόνους
κρατοῦσιν, εἴπερ ἔστιν ἡ παλαίφατος
Δίκη, ξύνεδρος Ζηνὸς ἀρχαίοις νόμοις.
σὺ δ' ἔρρ' ἀπόπτυστός τε κἀπάτωρ ἐμοῦ,
κακῶν κάκιστε, τάσδε συλλαβὼν ἀράς,
ἅς σοι καλοῦμαι, μήτε γῆς ἐμφυλίου
δόρει κρατῆσαι μήτε νοστῆσαί ποτε
τὸ κοῖλον Ἄργος, ἀλλὰ συγγενεῖ χερὶ
θανεῖν κτανεῖν θ' ὑφ' οὗπερ ἐξελήλασαι.
τοιαῦτ' ἀρῶμαι, καὶ καλῶ τὸ Ταρτάρου
στυγνὸν πατρῷον ἔρεβος, ὥς σ' ἀποικίσῃ,
καλῶ δὲ τάσδε δαίμονας, καλῶ δ' Ἄρη

da triebst du selber diesen eignen Vater fort,
ließest den Flüchtling tragen diese Kleider hier,
die du nun weinend anblickst, da durch dein Geschick
du in die gleiche Not geraten bist wie ich.
Doch Weinen hilft nicht: tragen muß ich dies, solang
ich lebe, dein als meines Mörders eingedenk.
Denn du hast dieses Elend über mich gebracht,
du hast mich ausgestoßen, deinetwegen zieh'
umher ich, bettle andre an um täglich Brot.
Hätt' ich mir diese Pflegerinnen nicht erzeugt,
die Mädchen, käm's auf dich an, wär' ich schon nicht mehr.
Sie schützen mich, sie sind mir Pflegerinnen, sie
sind Männer, wo es mitzudulden gilt, nicht Fraun.
Ihr aber stammt von einem andren, nicht von mir.
Doch blickt der Geist der Rache noch nicht so nach dir
wie bald, wenn erst die Scharen gegen Thebens Burg
anstürmen werden. Denn es ist nicht möglich, daß
du diese Stadt zertrümmerst; vielmehr fällst du selbst
vorher blutüberströmt und so dein Bruder auch.
Schon früher warf ich solche Flüche gegen euch:
nun ruf' ich sie zu Kampfgenossen mir herbei,
damit ihr eure Eltern zu verehren lernt
und nicht entehrt, wenn ihr, des blinden Vaters Zucht,
nun so mißratet. Denn die Mädchen taten's nicht.
Drum ist dein Sitz und deines Thrones Macht dem Fluch
verfallen, wenn die alte Walterin des Rechts
nach ewigen Gesetzen neben Zeus noch thront.
Doch du, fahr hin, von mir verworfen, vaterlos,
der Schlimmen Schlimmster! Nimm die Flüche mit, die ich
jetzt rufe über dich: daß du der Väter Land
nie mit dem Speer eroberst, auch ins Argos-Tal
nie mehr zurückkehrst, sondern von des Bruders Hand
umkommst und tötest ihn, der dich vertrieben hat!
Dies ist mein Fluch. Dazu ruf' ich des Tartaros
grausige Urnacht, daß sie drunten dich empfängt,
und rufe hier die Göttinnen, rufe Ares an,

τὸν σφῷν τὸ δεινὸν μῖσος ἐμβεβληκότα.
καὶ ταῦτ' ἀκούσας στεῖχε, κἀξάγγελλ' ἰὼν
τοῖς πᾶσι Καδμείοισι τοῖς σαυτοῦ θ' ἅμα
πιστοῖσι συμμάχοισιν, οὕνεκ' Οἰδίπους
τοιαῦτ' ἔνειμε παισὶ τοῖς αὑτοῦ γέρα.
Χο Πολύνεικες, οὔτε ταῖς παρελθούσαις ὁδοῖς
ξυνήδομαί σοι, νῦν τ' ἴθ' ὡς τάχος πάλιν.
Πο οἴμοι κελεύθου τῆς τ' ἐμῆς δυσπραξίας
οἴμοι δ' ἑταίρων· οἷον ἆρ' ὁδοῦ τέλος
Ἄργους ἀφωρμήθημεν, ὢ τάλας ἐγώ,
τοιοῦτον οἷον οὐδὲ φωνῆσαί τινι
ἔξεσθ' ἑταίρων, οὐδ' ἀποστρέψαι πάλιν,
ἀλλ' ὄντ' ἄναυδον τῇδε συγκῦρσαι τύχῃ.
ὦ τοῦδ' ὅμαιμοι παῖδες, ἀλλ' ὑμεῖς, ἐπεὶ
τὰ σκληρὰ πατρὸς κλύετε τοῦδ' ἀρωμένου,
μή τοί με πρὸς θεῶν σφώ γ', ἐὰν αἱ τοῦδ' ἀραὶ
πατρὸς τελῶνται καί τις ὑμὶν ἐς δόμους
νόστος γένηται, μή μ' ἀτιμάσητέ γε,
ἀλλ' ἐν τάφοισι θέσθε κἀν κτερίσμασιν.
καὶ σφῷν ὁ νῦν ἔπαινος, ὃν κομίζετον
τοῦδ' ἀνδρὸς οἷς πονεῖτον, οὐκ ἐλάσσονα
ἔτ' ἄλλον οἴσει τῆς ἐμῆς ὑπουργίας.
Ἀν Πολύνεικες, ἱκετεύω σε πεισθῆναί τί μοι.
Πο ὦ φιλτάτη, τὸ ποῖον, Ἀντιγόνη; λέγε.
Ἀν στρέψαι στράτευμ' εἰς Ἄργος ὡς τάχιστά γε,
καὶ μὴ σέ τ' αὐτὸν καὶ πόλιν διεργάσῃ.
Πο ἀλλ' οὐχ οἷόν τε. πῶς γὰρ αὖθις ἂν πάλιν
στράτευμ' ἄγοιμι ταὐτὸν εἰσάπαξ τρέσας;
Ἀν τί δ' αὖθις, ὦ παῖ, δεῖ σε θυμοῦσθαι; τί σοι
πάτραν κατασκάψαντι κέρδος ἔρχεται;
Πο αἰσχρὸν τὸ φεύγειν, καὶ τὸ πρεσβεύοντ' ἐμὲ
οὕτω γελᾶσθαι τοῦ κασιγνήτου πάρα.
Ἀν ὁρᾷς τὰ τοῦδ' οὖν ὡς ἐς ὀρθὸν ἐκφέρεις
μαντεύμαθ', ὃς σφῷν θάνατον ἐξ ἀμφοῖν θροεῖ;
Πο χρῄζει γάρ· ἡμῖν δ' οὐχὶ συγχωρητέα.
Ἀν οἴμοι τάλαινα· τίς δὲ τολμήσει κλύων

der zwischen euch den furchtbarn Haß geworfen hat.
Damit im Ohre geh und meld' es recht genau
allen Kadmeiern und den Deinen ebenso,
den treuen Kampfgenossen auch: daß Oidipus
für seine Söhne solchen Lohn gespendet hat.

Chf Polyneikes, freuen können wir uns nicht mit dir,
daß du gekommen bist: nun geh, so schnell du kannst!

Po Weh über meinen Weg und mein verfehltes Tun!
Weh über meine Freunde! Ach, zu welchem Ziel
sind wir von Argos aufgebrochen! Ich Unseliger,
es ist so, daß ich's keinem der Gefährten je
berichten oder sie nach Haus entlassen darf,
sondern mich schweigend diesem Schicksal stellen muß.
O Schwestern, seine Kinder, ihr jedoch, die ihr
die Härte dieses Vaters hört und seines Fluchs,
ach, bei den Göttern, wenn sich dieses Vaters Fluch
erfüllt hat und die Rückkehr euch nach Hause je
beschieden ist, dann haltet mich für unwert nicht:
legt mich ins Grab und bringt die Totenspenden mir!
Dann wird dem Lob, das ihr durch eure Mühe jetzt
an diesem Mann verdient, ein andres noch und kein
geringeres folgen für den Liebesdienst an mir.

An Polyneikes, höre auf mein Wort! Ich fleh' dich an.

Po Liebste Antigone, was willst du? Sag es mir!

An Nach Argos führ' dein Heer zurück, so schnell du kannst,
und richte nicht dich selbst und unsre Stadt zugrund'!

Po Das ist unmöglich. Denn wie führt' ich nochmals wohl
dasselbe Heer, wenn einmal ich geflohen bin?

An Du Kind! Mußt du denn nochmals wüten? Was gewinnst
du denn dabei, wenn du das Vaterland verheerst?

Po Zu fliehen wäre schimpflich und als Älteren mich
von meinem Bruder hinterher verlacht zu sehn.

An Siehst du, wie du nun selber seinen Seherspruch
verwirklichst, der euch gegenseitigen Tod verheißt?

Po Er wünscht es. Aber weichen können wir nicht mehr.

An Wehe mir Armen! Aber wer wird wagen, dir

τὰ τοῦδ᾽ ἕπεσθαι τἀνδρός, οἷ᾽ ἐθέσπισεν;
Πο οὐδ᾽ ἀγγελοῦμεν φλαῦρ᾽· ἐπεὶ στρατηλάτου
χρηστοῦ τὰ κρείσσω μηδὲ τἀνδεᾶ λέγειν.
᾽Αν οὕτως ἄρ᾽, ὦ παῖ, ταῦτά σοι δεδογμένα;
Πο καὶ μή μ᾽ ἐπίσχῃς γ᾽· ἀλλ᾽ ἐμοὶ μὲν ἥδ᾽ ὁδὸς
ἔσται μέλουσα δύσποτμός τε καὶ κακὴ
πρὸς τοῦδε πατρὸς τῶν τε τοῦδ᾽ ᾽Ερινύων.
σφῷν δ᾽ εὖ διδοίη Ζεύς, τάδ᾽ εἰ τελεῖτέ μοι,
θανόντ᾽ ἐπεὶ οὐδὲ ζῶντά μ᾽ αὖθις ἕξετον.
μέθεσθε δ᾽ ἤδη, χαίρετόν τ᾽. οὐ γάρ μ᾽ ἔτι
βλέποντ᾽ ἐσόψεσθ᾽ αὖθις.
᾽Αν ὦ τάλαιν᾽ ἐγώ.
Πο μή τοί μ᾽ ὀδύρου.
᾽Αν καὶ τίς ἄν σ᾽ ὁρμώμενον
ἐς προὖπτον Ἅιδην οὐ καταστένοι, κάσι;
Πὸ εἰ χρή, θανοῦμαι.
᾽Αν μὴ σύ γ᾽, ἀλλ᾽ ἐμοὶ πιθοῦ.
Πο μὴ πεῖθ᾽ ἃ μὴ δεῖ.
᾽Αν δυστάλαινά τἄρ᾽ ἐγώ,
εἴ σου στερηθῶ.
Πο ταῦτα δ᾽ ἐν τῷ δαίμονι
καὶ τῇδε φῦναι χἀτέρᾳ. σφῷν δ᾽ οὖν ἐγὼ
θεοῖς ἀρῶμαι μή ποτ᾽ ἀντῆσαι κακῶν·
ἀνάξιαι γὰρ πᾶσίν ἐστε δυστυχεῖν.

Χορός

νέα τάδε νεόθεν ἦλθέ μοι ia^2 Str. 1
⟨νέα⟩ βαρύποτμα κακὰ παρ᾽ ἀλαοῦ ξένου, do^2
εἴ τι μοῖρα μὴ κιγχάνει. cr do
μάταν γὰρ οὐδὲν ἀξίωμα δαιμόνων ἔχω φράσαι. ia^4
ὁρᾷ ὁρᾷ πάντ᾽ ἀεὶ ia cr
χρόνος, στρέφων μὲν ἕτερα, ia cr
τὰ δὲ παρ᾽ ἦμαρ αὖθις αὔξων ἄνω. do^2

ἔκτυπεν αἰθήρ, ὦ Ζεῦ. ch mo

zu folgen, wenn er dieses Mannes Fluch vernimmt?
Po Das Schlimme meld' ich nicht: das Günstige erwähnt
ein kluger Feldherr nur, doch nie das Mißliche.
An Kind, Kind! So ist nun also dein Entschluß gefaßt?
Po Halt mich nicht länger! Dieser Weg wird der für mich
bestimmte bleiben, schicksalsschwer und unheilvoll
durch diesen Vater und die Rachegöttinnen.
Euch segne Zeus, wenn ihr mir tut, wie ich euch bat;
denn tot, nicht lebend findet ihr mich wieder je.
So laßt mich nun und lebet wohl! Denn niemals mehr
schaun wir einander in die Augen.
An O, wie weh ist mir!
Po Du sollst nicht weinen!
An Ach, wer seufzt wohl nicht, der dich,
mein Bruder, eilen sieht zum sichren Untergang?
Po Wenn's sein soll, fall' ich.
An Nein, nicht du! Hör doch auf mich!
Po Verlange nicht, was ich nicht darf!
An Welch Leid für mich,
dich zu verlieren!
Po Das liegt in der Gottheit Hand,
ob so es oder anders kommt. Für euch indes
fleh' ich die Götter an, daß euch kein Unheil trifft,
denn alle wissen, daß ihr Unheil nicht verdient.

Er geht

Chor

Neue Übel sind da aufs neue mir
neu und verhängnisträchtig gekommen vom blinden Gast,
wenn's das Schicksal nicht anders fügt.
Denn sagen, daß der Götter Walten nichtig sei, das kann ich nicht.
Es sieht, es sieht alles stets
die Zeit, sie stürzt eines dahin
und hebt andres neu im Lauf eines Tags.

Es donnert heftig

Dröhnendes Luftreich! Oh Zeus!

Οἰ ὦ τέκνα τέκνα, πῶς ἄν, εἴ τις ἔντοπος,
τὸν πάντ' ἄριστον δεῦρο Θησέα πόροι;
Ἀν πάτερ, τί δ' ἐστὶ τἀξίωμ' ἐφ' ᾧ καλεῖς;
Οἰ Διὸς πτερωτὸς ἥδε μ' αὐτίκ' ἄξεται
βροντὴ πρὸς Ἅιδην. ἀλλὰ πέμψαθ' ὡς τάχος.

Χο ἴδε μάλα μέγας ἐρείπεται ia^2 Ant. 1
κτύπος ἄφατος ὅδε διόβολος· ἐς δ' ἄκραν do^2
δεῖμ' ὑπῆλθε κρατὸς φόβαν. cr do
ἔπταξα θυμόν· οὐράνια γὰρ ἀστραπὰ φλέγει πάλιν. ia^4
τί μὰν ἀφήσει τέλος; ia cr
δέδια τόδ'· οὐ γὰρ ἅλιον cr^2
ἀφορμᾷ ποτ' οὐδ' ἄνευ ξυμφορᾶς. do^2

ὦ μέγας αἰθήρ, ὦ Ζεῦ. ch mo

Οἰ ὦ παῖδες, ἥκει τῷδ' ἐπ' ἀνδρὶ θέσφατος
βίου τελευτή, κοὐκέτ' ἔστ' ἀποστροφή.
Ἀν πῶς οἶσθα; τῷ δὲ τοῦτο συμβαλὼν ἔχεις;
Οἰ καλῶς κάτοιδ'· ἀλλ' ὡς τάχιστά μοι μολὼν
ἄνακτα χώρας τῆσδέ τις πορευσάτω.

Χο ἔα ἔα, ἰδοὺ μάλ' αὖ- ia^2 Str. 2
θις ἀμφίσταται διαπρύσιος ὄτοβος. do^2
ἵλαος, ὦ δαίμων, ἵλαος, εἴ τι γᾷ do^2
ματέρι τυγχάνεις ἀφεγγὲς φέρων. do^2
ἐναισίου δὲ σοῦ τύχοι- ia^2
μι, μηδ' ἄλαστον ἄνδρ' ἰδὼν ia^2
ἀκερδῆ χάριν μετάσχοιμί πως. do^2
Ζεῦ ἄνα, σοὶ φωνῶ. do

Οἰ ἆρ' ἐγγὺς ἁνήρ; ἆρ' ἔτ' ἐμψύχου, τέκνα,
κιχήσεταί μου καὶ κατορθοῦντος φρένα;
Ἀν τί δ' ἂν θέλοις τὸ πιστὸν ἐμφῦναι φρενί;
Οἰ ἀνθ' ὧν ἔπασχον εὖ τελεσφόρον χάριν
δοῦναί σφιν, ἥνπερ τυγχάνων ὑπεσχόμην.

Oi O Kinder, Kinder! Brächte wohl ein Hiesiger
den edelsten von allen Männern, Theseus, her?
An Vater, was ist dein Wunsch, daß du ihn rufen läßt?
Oi Zeus wird mich auf den Schwingen dieses Donnerschlags
alsbald zum Hades führen: schickt, so schnell ihr könnt!

Es donnert wieder

Ch Sieh! Ein übergewaltig Krachen fährt
nieder unsagbar, geschleudert von Zeus, und Entsetzen steigt
mir bis unter des Hauptes Haar.
Es duckt den Mut mir: wiederum vom Himmel nieder zuckt ein Blitz.
Auf welches Ziel stürzt er sich?
Ich schaudere, denn sinnlos ergießt
das nie sich herab und nie ohne Leid.

Es donnert

Mächtiges Luftreich! Oh Zeus!

Oi Ihr Mädchen, diesem Mann hier naht des Lebens Ziel,
vom Gott geweissagt: keinen Ausweg gibt es mehr.
An Wie weißt du das? Aus welchen Zeichen schließt du dies?
Oi Ich weiß es sicher. Drum muß jemand schnellstens gehn,
um dieses Landes Herrscher mir herbeizuhol'n.

Es donnert

Ch Nun hör doch, hör und sieh, wie noch-
mals rings uns bedroht ein durchdringender Donnerhall!
Sei gnädig, Gottheit du, sei gnädig uns, wenn du
die Mutter Erde deckst mit lichtloser Nacht!
Nach deiner Huld verlangt es mich,
daß, weil den Frevler ich begrüßt,
ich heillosen Lohn nicht hinnehmen muß.
Zu dir, Zeus, geht mein Ruf!

Oi Ist nun der Herrscher nahe? Kinder, wird er mich
als Lebenden noch finden und bei klarem Sinn?
An Was aber willst du seinem Herzen anvertraun?
Oi Für all sein Wohltun jetzt den Dank ihm durch die Tat
erstatten, den ich ihm versprach, als ich's empfing.

Χο ἰὼ ἰώ, παῖ, βᾶθι βᾶθ', ia^2 Ant. 2
†εἴτ' ἄκραν ἐπὶ† γύαλον ἐναλίῳ (do^2)
Ποσειδανίῳ θεῷ τυγχάνεις do^2
βούθυτον ἑστίαν ἁγίζων, ἱκοῦ. do^2
ὁ γὰρ ξένος σε καὶ πόλι- ia^2
σμα καὶ φίλους ἐπαξιοῖ ia^2
δικαίαν χάριν παρασχεῖν παθών. do^2
σπεῦσον ἄισσ', ὦναξ. do

Θησεύς

τίς αὖ παρ' ὑμῶν κοινὸς ἠχεῖται κτύπος,
σαφὴς μὲν ἀστῶν, ἐμφανὴς δὲ τοῦ ξένου;
μή τις Διὸς κεραυνός, ἤ τις ὀμβρία
χάλαζ' ἐπιρράξασα; πάντα γὰρ θεοῦ
τοιαῦτα χειμάζοντος εἰκάσαι πάρα.
Οἰ ἄναξ, ποθοῦντι προυφάνης, καί σοι θεῶν
τύχην τις ἐσθλὴν τῆσδ' ἔθηκε τῆς ὁδοῦ.
Θη τί δ' ἐστίν, ὦ παῖ Λαΐου, νέορτον αὖ;
Οἰ ῥοπὴ βίου μοι· καί σ' ἅπερ ξυνῄνεσα
θέλω πόλιν τε τήνδε μὴ ψεύσας θανεῖν.
Θη ἐν τῷ δὲ κεῖσαι τοῦ μόρου τεκμηρίῳ;
Οἰ αὐτοὶ θεοὶ κήρυκες ἀγγέλλουσί μοι,
ψεύδοντες οὐδὲν σημάτων προκειμένων.
Θη πῶς εἶπας, ὦ γεραιέ, δηλοῦσθαι τάδε;
Οἰ αἱ πολλὰ βρονταὶ διατελεῖς τὰ πολλά τε
στράψαντα χειρὸς τῆς ἀνικήτου βέλη.
Θη πείθεις με· πολλὰ γάρ σε θεσπίζονθ' ὁρῶ
κοὐ ψευδόφημα· χὤ τι χρὴ ποεῖν, λέγε.
Οἰ ἐγὼ διδάξω, τέκνον Αἰγέως, ἅ σοι
γήρως ἄλυπα τῇδε κείσεται πόλει.
χῶρον μὲν αὐτὸς αὐτίκ' ἐξηγήσομαι,
ἄθικτος ἡγητῆρος, οὗ με χρὴ θανεῖν.
τοῦτον δὲ φράζε μήποτ' ἀνθρώπων τινί,
μήθ' οὗ κέκευθε μήτ' ἐν οἷς κεῖται τόποις·
ὥς σοι πρὸ πολλῶν ἀσπίδων ἀλκὴν ὅδε

Ch Herbei, herbei, Sohn! Komm doch, komm!
Selbst wenn du ⟨im heiligen Haine⟩ dem Herrn des Meers,
wenn du auch eben jetzt dem Gott Poseidaon
den Hochaltar geweiht fürs Rindsopfer, – komm!
Da unser Gastfreund dir, der Stadt,
den Freunden für empfangne Huld
den Dank nach Gebühr nun abstatten will!
Herr, eile, eil' herbei!

Theseus

Welch einmütiges Rufen stimmt ihr wieder an:
laut und vernehmlich ihr, der Gast mit Dringlichkeit?
Daß nur kein Blitz von Zeus, daß nur kein Hagelschlag
hierher getroffen hat! Denn alles muß man ja
befürchten, wenn der Gott in solchen Stürmen naht.
Oi Herr, einem Sehnenden erscheinst du, und ein Gott
hat dir für diesen Gang ein hohes Glück bestimmt.
Th Was, Laïos-Sohn, ist Neues wiederum geschehn?
Oi Mein Leben geht zu Ende: sterbend will ich nicht
verleugnen, was ich dir und dieser Stadt gelobt.
Th Auf welches Zeichen stützt dein Schicksalswissen sich?
Oi Die Götter selbst als Herolde verkünden's mir,
und alle angegebnen Zeichen treffen ein.
Th Wie meinst du, Alter, daß sich dies dir offenbart?
Oi Durch Donnerschlag' und Blitze, die ohn' Unterlaß
herniedergehn aus Zeus' niemals besiegter Hand.
Th Du überzeugst mich: viel hab' ich dich künden sehn
und keine Unwahrheit. Nun sag: was ist zu tun?
Oi Ich will verkündigen, was dir, des Aigeus Sohn,
und dieser Stadt erblühn und niemals altern wird.
Ich führe selbst alsbald dich zu der Stätte hin,
wo ich, berührt von keinem Führer, sterben soll:
sie aber lasse keinen Menschen wissen je,
weder die Stelle noch die Gegend, wo sie liegt:
dann dient sie mehr als viele Schilde dir zum Schutz,

δορός τ' ἐπακτοῦ γειτονῶν ἀεὶ τιθῇ.
ἃ δ' ἐξάγιστα μηδὲ κινεῖται λόγῳ
αὐτὸς μαθήσῃ, κεῖσ' ὅταν μόλῃς μόνος·
ὡς οὔτ' ἂν ἀστῶν τῶνδ' ἂν ἐξείποιμί τῳ
οὔτ' ἂν τέκνοισι τοῖς ἐμοῖς, στέργων ὅμως.
ἀλλ' αὐτὸς αἰεὶ σῷζε, χὤταν ἐς τέλος
τοῦ ζῆν ἀφικνῇ, τῷ προφερτάτῳ μόνῳ
σήμαιν', ὃ δ' αἰεὶ τὠπιόντι δεικνύτω.
χοὔτως ἀδῇον τήνδ' ἐνοικήσεις πόλιν
σπαρτῶν ὑπ' ἀνδρῶν· αἱ δὲ μυρίαι πόλεις,
κἂν εὖ τις οἰκῇ, ῥᾳδίως καθύβρισαν.
θεοὶ γὰρ εὖ μέν, ὀψὲ δ' εἰσορῶσ', ὅταν
τὰ θεῖ' ἀφείς τις ἐς τὸ μαίνεσθαι τραπῇ·
ὃ μὴ σύ, τέκνον Αἰγέως, βούλου παθεῖν.
τὰ μὲν τοιαῦτ' οὖν εἰδότ' ἐκδιδάσκομεν. –
χῶρον δ', ἐπείγει γάρ με τοὐκ θεοῦ παρόν,
στείχωμεν ἤδη, μηδ' ἔτ' ἐκτρεπώμεθα.
ὦ παῖδες, ὧδ' ἕπεσθ'. ἐγὼ γὰρ ἡγεμὼν
σφῷν αὖ πέφασμαι καινός, ὥσπερ σφὼ πατρί.
χωρεῖτε, καὶ μὴ ψαύετ', ἀλλ' ἐᾶτέ με
αὐτὸν τὸν ἱερὸν τύμβον ἐξευρεῖν, ἵνα
μοῖρ' ἀνδρὶ τῷδε τῇδε κρυφθῆναι χθονί.
τῇδ', ὧδε, τῇδε βᾶτε· τῇδε γάρ μ' ἄγει
Ἑρμῆς ὁ πομπὸς ἥ τε νερτέρα θεός.
ὦ φῶς ἀφεγγές, πρόσθε πού ποτ' ἦσθ' ἐμόν,
νῦν δ' ἔσχατόν σου τοὐμὸν ἅπτεται δέμας.
ἤδη γὰρ ἕρπω τὸν τελευταῖον βίον
κρύψων παρ' Ἅιδην. ἀλλά, φίλτατε ξένων,
αὐτός τε χώρα θ' ἥδε πρόσπολοί τε σοὶ
εὐδαίμονες γένοισθε, κἀπ' εὐπραξίᾳ
μέμνῃσθέ μου θανόντος εὐτυχεῖς ἀεί.

Χορός

εἰ θέμις ἐστί μοι τὰν ἀφανῆ θεὸν do² Str.
καὶ σὲ λιταῖς σεβίζειν, ch ba

mehr als herbeigeeilter Nachbarn Waffenmacht.
Was, als das Heiligste, auch nicht im Wort erklingt,
erkennst du selbst, wenn du allein dich hinbegibst.
Denn weder diesen Bürgern darf ich's anvertraun
noch meinen Kindern, und ich habe sie doch lieb.
Du selbst bewahr' es immer, und wenn du ans Ziel
des Lebens kommst, gib's deinem Ältesten allein
bekannt, und stets dem Folgenden sei's offenbart!
Dann wohnt ihr hier im Land von Thebens Drachensaat
unangefochten. Doch unzähliger Städte Los
war ja, auch wenn man gut sie lenkte, Übermut.
Die Götter sehn es, wenn auch spät, genau, wenn man,
untreu dem Göttlichen in Raserei verfällt.
Du, Aigeus' Sohn, verhüte, daß dir dies geschieht!
Doch geb' ich die Belehrung einem Wissenden. –
Der Stätte – denn des Gottes Weisung treibt mich an –
laßt jetzt uns nahen, ohne länger zu verziehn!
Ihr, Kinder, folgt dorthin: als neuer Führer jetzt
erschein' ich euch, wie ihr es eurem Vater wart.
Berührt mich nicht im Gehen, sondern laßt mich selbst
ausfinden die geweihte Grabesstätte, wo
mein Leib in diesem Land geborgen werden soll!
Kommt diesen – hierher – diesen Weg! Denn diesen führt
Geleiter Hermes und die Göttin drunten mich.
Licht, unsichtbares, ehemals warst du auch mein,
jetzt aber triffst du meinen Leib zum letzten Mal.
Denn mein vollendet Leben geh' ich bergen nun
in Hades' Hause. Aber ihr, geliebter Freund,
du selbst und dieses Land und die dir untertan,
ihr möget glücklich werden, und im Wohlergehn
gedenket mein, des Toten, immerdar beglückt!

Oidipus, Theseus, Antigone, Ismene und Gefolge gehen

Chor

Wenn mir verstattet ist, verborgne Göttin, dir
betend zu nahn und dir auch,

ἐννυχίων ἄναξ,	do	
Ἀϊδωνεῦ Ἀϊδωνεῦ,	io^{2}	
δός μοι μήτ' ἐπιπόνῳ	sp ia	
μήτ' ἐπὶ βαρυαχεῖ	do	
ξένον ἐξανύσαι	do	
μόρῳ τὰν παγκευθῆ κάτω	do lec do	
νεκρῶν πλάκα καὶ Στύγιον δόμον.		
πολλῶν γὰρ ἂν καὶ μάταν	ia cr	
πημάτων ἱκνουμένων	lec	
πάλιν σφε δαίμων δίκαιος αὔξοι.	ia ith	
ὦ χθόνιαι θεαί, σῶμά τ' ἀνικάτου	do^{2}	Ant.
θηρός, ὃν ἐν πύλαισι	ch ba	
ταῖσι πολυξένοις	do	
εὐνᾶσθαι κνυζεῖσθαί τ'	mo^{2}	
ἐξ ἄντρων ἀδάματον	sp ia	
φύλακα παρ' Ἀΐδᾳ	do	
λόγος αἰὲν ἔχει.	do	
τόν, ὦ Γᾶς παῖ καὶ Ταρτάρου,	do lec do	
κατεύχομαι ἐν καθαρῷ βῆναι		
ὁρμωμένῳ νερτέρας	ia cr	
τῷ ξένῳ νεκρῶν πλάκας·	lec	
σέ τοι κικλήσκω τὸν αἰένυπνον.	ia ith	

Ἄγγελος

ἄνδρες πολῖται, ξυντομωτάτως μὲν ἂν
τύχοιμι λέξας Οἰδίπουν ὀλωλότα·
ἃ δ' ἦν τὰ πραχθέντ' οὔθ' ὁ μῦθος ἐν βραχεῖ
φράσαι πάρεστιν οὔτε τἄργ' ὅσ' ἦν ἐκεῖ.

Χο ὄλωλε γὰρ δύστηνος;

Ἀγ ὡς λελοιπότα
κεῖνον τὸν † ἀεὶ † βίοτον ἐξεπίστασο.

Χο πῶς; ἆρα θείᾳ κἀπόνῳ τάλας τύχῃ;

Ἀγ τοῦτ' ἐστὶν ἤδη κἀποθαυμάσαι πρέπον.
ὡς μὲν γὰρ ἐνθένδ' εἷρπε, καὶ σύ που παρὼν

Herrscher der Schattenwelt,
Aïdoneus, Aïdoneus,
hört mich flehn: nicht mit Mühsal
noch unter schwerem Gestöhn
soll der Gast seinen Weg
zu unser aller Bett, der Flur
der Toten begehn und zum Haus der Styx!
Da vielfach schon ohne Schuld,
Leidens Last ihn hart beschwert,
erhöh' ihn nun die gerechte Gottheit!

Göttinnen, erdgezeugt! Unüberwindliches
Tier du, das an dem allzeit
gastlichen Eingangstor
muß lauern und knurren
aus der Schlucht, unbesiegter
Wächter des Hades von je,
dessen Wille dich zwingt,
du Sohn von Erd' und Tartaros!
Ich flehe: es wandere unversehrt
der Gastfreund auf seiner Bahn
in das Totenreich hinab!
Dich, Gott des Schlafs ohne Ende, ruf' ich!

Bote

Männer und Bürger! Zwar in aller Kürze hätt'
ich rasch erzählt, daß Oidipus verstorben ist.
Doch wie es zuging, diese Kunde läßt sich nicht
so kurz berichten, denn der Hergang war es nicht.
Chf So ist er tot, der Arme?
Bo Sei versichert, daß
er seines Lebens Weg nunmehr beendet hat.
Chf Wie aber? Durch ein göttlich Schicksal, ohne Schmerz?
Bo Genau so ist es, und ein wunderbares Los!
Denn wie er von hier wegging, weißt du selber ja,

ἔξοισθ', ὑφηγητῆρος οὐδενὸς φίλων,
ἀλλ' αὐτὸς ἡμῖν πᾶσιν ἐξηγούμενος·
ἐπεὶ δ' ἀφῖκτο τὸν καταρράκτην ὀδὸν
χαλκοῖς βάθροισι γῆθεν ἐρριζωμένον,
ἔστη κελεύθων ἐν πολυσχίστων μιᾷ,
κοίλου πέλας κρατῆρος, οὗ τὰ Θησέως
Περίθου τε κεῖται πίστ' ἀεὶ ξυνθήματα·
ἀφ' οὗ μέσος στὰς τοῦ τε τρικορύφου πέτρου
κοίλης τ' ἀχέρδου κἀπὸ λαΐνου τάφου,
καθέζετ'· εἶτ' ἔλυσε δυσπινεῖς στολάς.
κἄπειτ' ἀύσας παῖδας ἠνώγει ῥυτῶν
ὑδάτων ἐνεγκεῖν λουτρὰ καὶ χοάς ποθεν·
τὼ δ' εὐχλόου Δήμητρος εἰς ἐπόψιον
πάγον μολούσα τάσδ' ἐπιστολὰς πατρὶ
ταχεῖ 'πόρευσαν σὺν χρόνῳ, λουτροῖς τέ νιν
ἐσθῆτί τ' ἐξήσκησαν ᾗ νομίζεται.
ἐπεὶ δὲ παντὸς εἶχε δρῶντος ἡδονὴν
κοὐκ ἦν ἔτ' ἀργὸν οὐδὲν ὧν ἐφίετο,
κτύπησε μὲν Ζεὺς χθόνιος, αἱ δὲ παρθένοι
ῥίγησαν, ὡς ἤκουσαν· ἐς δὲ γούνατα
πατρὸς πεσοῦσαι 'κλαῖον οὐδ' ἀνίεσαν
στέρνων ἀραγμοὺς οὐδὲ παμμήκεις γόους.
ὃ δ' ὡς ἀκούει φθόγγον ἐξαίφνης πικρόν,
πτύξας ἐπ' αὐταῖς χεῖρας εἶπεν· ὦ τέκνα,
οὐκ ἔστ' ἔθ' ὑμῖν τῇδ' ἐν ἡμέρᾳ πατήρ.
ὄλωλε γὰρ δὴ πάντα τἀμά, κοὐκέτι
τὴν δυσπόνητον ἕξετ' ἀμφ' ἐμοὶ τροφήν·
σκληρὰν μέν, οἶδα, παῖδες· ἀλλ' ἓν γὰρ μόνον
τὰ πάντα λύει ταῦτ' ἔπος μοχθήματα.
τὸ γὰρ φιλεῖν οὐκ ἔστιν ἐξ ὅτου πλέον
ἢ τοῦδε τἀνδρὸς ἔσχεθ', οὗ τητώμεναι
τὸν λοιπὸν ἤδη τοῦ βίου διάξετον.
τοιαῦτ' ἐπ' ἀλλήλοισιν ἀμφικείμενοι
λύγδην ἔκλαιον πάντες. ὡς δὲ πρὸς τέλος
γόων ἀφίκοντ' οὐδ' ἔτ' ὠρώρει βοή,
ἦν μὲν σιωπή, φθέγμα δ' ἐξαίφνης τινὸς

weil du dabeiwarst: nicht von Freundeshand geführt,
er selber war es, der uns allen schritt voran.
Und als er zu der steilen Schwelle kam, die dort
mit ehernen Stufen fest im Grund verwurzelt ist,
stand er an einem von viel Scheidewegen still,
der tiefen Senkung nahe, wo Peirithoos
und Theseus schlossen ihren ewigen Treuebund:
inmitten zwischen ihr und dem dreiköpfigen Stein,
dem hohlen wilden Birnbaum und dem Felsengrab,
setzt' er sich hin und tat die schmutzigen Kleider ab.
Denn rief er seine Töchter, hieß ein lautres Bad
fließenden Wassers rüsten und den Opfertrank.
Drauf eilten sie zum weit sichtbaren Hügel der
grünprangenden Demeter, brachten ungesäumt
dem Vater das Verlangte und versahen ihn
mit Waschung und Gewandung, wie es üblich ist.
Als er die Freude hatte, alles sei getan
und nichts mehr sei versäumt von dem, was er gewünscht,
da donnerte der Herr der Unterwelt. Entsetzt
vernahmen es die Jungfraun: zu des Vaters Knie
stürzten sie nieder, weinten, schlugen sich die Brust
ohn' Unterlaß und stimmten heftige Klagen an.
Doch er hat ihre bittren Rufe kaum gehört,
schlingt er den Arm um sie und sagt: „Ihr Kinder, ach,
von diesem Tag an habt ihr keinen Vater mehr.
Denn nun ist alles Meinige dahin, und ihr
habt nun mit meiner Pflege fürder keine Müh'.
Hart war's, ich weiß es, Kinder; doch ein einzig Wort
wiegt alle Sorgen und Beschwerden auf um mich:
denn größre Liebe käm' euch nie von irgendwem,
als ihr von diesem Mann habt: seiner nun beraubt,
müßt ihr durchleben eures weitren Daseins Frist."
Hierüber schluchzten sie und weinten alle drei,
einander fest umschlingend. Als sie nun zum Ziel
der Klagen kamen und kein Jammer mehr erscholl,
war eine Stille. Aber plötzlich rief nach ihm

θώϋξεν αὐτόν, ὥστε πάντας ὀρθίας
στῆσαι φόβῳ δείσαντας ἐξαίφνης τρίχας.
καλεῖ γὰρ αὐτὸν πολλὰ πολλαχῇ θεός·
ὦ οὗτος οὗτος, Οἰδίπους, τί μέλλομεν
χωρεῖν; πάλαι δὴ τἀπὸ σοῦ βραδύνεται.
ὃ δ᾽ ὡς ἐπῄσθετ᾽ ἐκ θεοῦ καλούμενος,
αὐδᾷ μολεῖν οἱ γῆς ἄνακτα Θησέα.
κἀπεὶ προσῆλθεν, εἶπεν· ὦ φίλον κάρα,
δός μοι χερὸς σῆς πίστιν ἀρχαίαν τέκνοις,
ὑμεῖς τε, παῖδες, τῷδε· καὶ καταίνεσον
μήποτε προδώσειν τάσδ᾽ ἑκών, τελεῖν δ᾽ ὅσ᾽ ἂν
μέλλῃς φρονῶν εὖ ξυμφέροντ᾽ αὐταῖς ἀεί.
ὃ δ᾽, ὡς ἀνὴρ γενναῖος, οὐκ οἴκτου μέτα
κατῄνεσεν τάδ᾽ ὅρκιος δράσειν ξένῳ.
ὅπως δὲ ταῦτ᾽ ἔδρασεν, εὐθὺς Οἰδίπους
ψαύσας ἀμαυραῖς χερσὶν ὧν παίδων λέγει·
ὦ παῖδε, τλάσας χρὴ τὸ γενναῖον φρενὶ
χωρεῖν τόπων ἐκ τῶνδε, μηδ᾽ ἃ μὴ θέμις
λεύσσειν δικαιοῦν, μηδὲ φωνούντων κλύειν.
ἀλλ᾽ ἕρπεθ᾽ ὡς τάχιστα· πλὴν ὁ κύριος
Θησεὺς παρέστω μανθάνων τὰ δρώμενα.
τοσαῦτα φωνήσαντος εἰσηκούσαμεν
ξύμπαντες· ἀστακτὶ δὲ σὺν ταῖς παρθένοις
στένοντες ὡμαρτοῦμεν. ὡς δ᾽ ἀπήλθομεν,
χρόνῳ βραχεῖ στραφέντες, ἐξαπείδομεν
τὸν ἄνδρα τὸν μὲν οὐδαμοῦ παρόντ᾽ ἔτι,
ἄνακτα δ᾽ αὐτὸν ὀμμάτων ἐπίσκιον
χεῖρ᾽ ἀντέχοντα κρατός, ὡς δεινοῦ τινος
φόβου φανέντος οὐδ᾽ ἀνασχετοῦ βλέπειν.
ἔπειτα μέντοι βαιὸν οὐδὲ σὺν χρόνῳ
ὁρῶμεν αὐτὸν γῆν τε προσκυνοῦνθ᾽ ἅμα
καὶ τὸν θεῶν Ὄλυμπον ἐν ταὐτῷ λόγῳ.
μόρῳ δ᾽ ὁποίῳ κεῖνος ὤλετ᾽, οὐδ᾽ ἂν εἷς
θνητῶν φράσειε πλὴν τὸ Θησέως κάρα.
οὐ γάρ τις αὐτὸν οὔτε πυρφόρος θεοῦ
κεραυνὸς ἐξέπραξεν οὔτε ποντία

jemandes Stimme, daß vor Angst und Schrecken sich
bei allen jäh die Haare richteten empor.
Denn immer immer wieder rief ein Gott nach ihm:
„O du, o du, du Oidipus, was zögern wir
zu gehn? Du hast nun allzu lange schon gesäumt."
Doch er, der innewurde, daß der Gott ihn rief,
er bittet jetzt den König Theseus, ihm zu nahn,
und da der hinging, sprach er: „Teures Haupt!
Als Pfand der Treue gib den Kindern deine Hand,
ihr, Kinder, gebt ihm eure, und gelobe, nie
sie preiszugeben willentlich, doch wohlgesinnt
an ihnen das zu tun, was ihnen dienlich ist!"
Und er, als edler Herrscher, ohne Klagelaut,
gelobte, dies zu tun, dem Gast mit seinem Eid.
Nachdem er das vollzogen, tastet' Oidipus
mit schwachen Händen nach den Mädchen gleich und spricht:
„O Kinder, tragen müßt ihr's nun mit edlem Mut,
den Platz hier zu verlassen, müßt Verbotnes nicht
zu schauen wünschen, auch nicht lauschen unsrem Wort.
Drum geht so schnell wie möglich! Nur der Herrscher darf
dabei sein, Theseus, und erfahren, was geschieht."
Soviel nur hörten wir von seinen Worten noch,
wir alle. Mit den Jungfraun dann enteilten wir
und schluchzten unaufhörlich. Doch nicht lang' darauf,
als wir zurück uns wandten, sahen wir genau,
daß von dem Manne schon nichts mehr vorhanden war,
nur noch der König, der, die Augen bergend, sich
die Hand vors Antlitz streckte, als erschiene ihm
ein Bild des Schreckens, unerträglich anzuschaun.
Dann wiederum, nach einer kurzen Spanne Zeit,
gewahren wir, wie er zur Erde niederkniet
und fleht zu ihr und zu den Göttern des Olymps.
Doch welchen Todes jener starb, das wüßte wohl
kein Sterblicher zu sagen außer Theseus' Mund.
Denn weder hat des Gottes feuersprüh'nder Blitz
ihn weggenommen noch ein Wirbelsturm, der sich

θύελλα κινηθεῖσα τῷ τότ' ἐν χρόνῳ,
ἀλλ' ἤ τις ἐκ θεῶν πομπός, ἢ τὸ νερτέρων
εὔνουν διαστὰν γῆς ἀλάμπετον βάθρον.
ἀνὴρ γὰρ οὐ στενακτὸς οὐδὲ σὺν νόσοις
ἀλγεινὸς ἐξεπέμπετ', ἀλλ' εἴ τις βροτῶν
θαυμαστός. εἰ δὲ μὴ δοκῶ φρονῶν λέγειν,
οὐκ ἂν παρείμην οἷσι μὴ δοκῶ φρονεῖν.
Χο ποῦ δ' αἵ τε παῖδες χοἱ προπέμψαντες φίλων;
'Αγ αἵδ' οὐχ ἑκάς· γόων γὰρ οὐκ ἀσήμονες
φθόγγοι σφε σημαίνουσι δεῦρ' ὁρμωμένας.

'Αν αἰαῖ, φεῦ· ἔστιν ἔστι νῷν δή   mo cr ba   Str. 1
οὐ τὸ μέν, ἄλλο δὲ μή, πατρὸς ἔμφυτον   da^{4}
ἄλαστον αἷμα δυσμόροιν στενάζειν,   ia ia ba
ᾧτινε τὸν πολὺν   da^{4}
ἄλλοτε μὲν πόνον ἔμπεδον εἴχομεν,   da^{4}
ἐν πυμάτῳ δ' ἀλόγιστα παροίσομεν   da^{4}
ἰδόντε καὶ παθούσα.   ia ba
Χο τί δ' ἔστιν;
'Αν ἔστιν μὲν εἰκάσαι, φίλοι.   ia cr ia
Χο βέβηκεν;
'Αν ὡς μάλιστ' ἂν ἐν πόθῳ λάβοις.   ia^{3}
τί γάρ, ὅτῳ μήτ' Ἄρης   cr^{2}
μήτε πόντος ἀντέκυρσεν,   tr^{2}
ἄσκοποι δὲ πλάκες ἔμαρψαν   tr^{2}
ἐν ἀφανεῖ τινι μόρῳ φερόμενον.   cr^{3}

τάλαινα, νῷν δ' ὀλεθρία   ia^{2}
νὺξ ἐπ' ὄμμασιν βέβακε.   tr^{2}
πῶς γὰρ ἤ τιν' ἀπίαν   lec
γᾶν ἢ πόντιον   sp cr
κλύδων' ἀλώμεναι βίου   ia^{2}
δύσοιστον ἕξομεν τροφάν;   ia^{2}
'Ισ οὐ κάτοιδα. κατά με φόνιος   tr^{2}
'Αΐδας ἕλοι πατρὶ   lec

zu dieser Zeit vom Meere her erhoben hat;
ein Götterbote vielmehr war's, vielleicht auch tat
wohlwollend sich das dunkle Tor der Untern auf.
Denn ohne Seufzer, auch von Krankheit nicht geplagt,
ward dieser Mann hinweggenommen, wunderbar
wie sonst kein Mensch. Wem meine Rede töricht scheint, –
ich hindre keinen, der mich einen Narren nennt.

Chf Wo aber sind die Mädchen, die Begleiter hin?

Bo Sie sind nicht weit: unmißverständlich zeigt der Klang
der Klagen, daß die Mädchen unterwegs nach hier.

Antigone und Ismene kommen

An O Leid! Wir müssen, müssen nunmehr
nicht nur ein einzelnes Weh, wir Unseligen
beweinen: das ererbte Blut des Vaters
ist es für uns, die wir
sonst unablässige Mühen erduldeten,
aber zuletzt das Unsäglichste vorbringen,
das wir erlebt, erlitten.

Ch Was ist es?

An Leicht ahnen, Freunde, läßt es sich.

Ch Er ist dahin?

An So schön man sich's nur wünschen kann!
Was denn noch, da ihm nicht Krieg,
nicht des Meeres Flut begegnet,
unsichtbare Mächte ihn nahmen
und ihn entrückten durch verborgenes Geschick?

zu Ismene

Du Arme! Uns ist tödliche
Nacht gesunken auf die Augen.
Denn wie sollen wir, umher-
ziehend über Land
und Meeres Schwall, den Unterhalt
des Lebens finden mühevoll?

Is Weh, ich weiß nicht! Ließe mich Hades doch,
der blutige, zugleich

	ξυνθανεῖν γεραιῷ	ith	
	τάλαιναν, ὡς ἔμοιγ' ὁ μέλ-	ia^2	
	λων βίος οὐ βιωτός.	ch ba	
Χο	ὦ διδύμα τέκνων ἀρίστα,	ch rz	
	τὸ φέρον ἐκ θεοῦ καλῶς φέρειν χρὴ	cr ia ba	
	μηδὲν ἄγαν φλέγεσθον· οὔ	ch ia	
	τοι κατάμεμπτ' ἔβητον.	ch ba	
'Αν	πόθος ⟨τοι⟩ καὶ κακῶν ἄρ' ἦν τις.	ba cr ba	Ant. 1
	καὶ γὰρ ὃ μηδαμὰ δὴ φίλον, ἦν φίλον,	da^4	
	ὁπότε γε καὶ τὸν ἐν χεροῖν κατεῖχον.	ia ia ba	
	ὦ πάτερ, ὦ φίλος,	da^2	
	ὦ τὸν ἀεὶ κατὰ γᾶς σκότον εἱμένος·	da^4	
	οὐδέ γ' ἀπὼν ἀφίλητος ἐμοί ποτε	da^4	
	καὶ τᾷδε μὴ κυρήσῃς.	ia ba	
Χο	ἔπραξεν.		
'Αν	ἔπραξεν οἷον ἤθελεν.	ia cr ia	
Χο	τὸ ποῖον;		
'Αν	ἇς ἔχρῃζε γᾶς ἐπὶ ξένας	ia^3	
	ἔθανε· κοίταν δ' ἔχει	cr^2	
	νέρθεν εὐσκίαστον αἰέν,	tr^2	
	οὐδὲ πένθος ἔλιπ' ἄκλαυτον.	tr^2	
	ἀνὰ γὰρ ὄμμα σε τόδ', ὦ πάτερ, ἐμὸν	cr^3	
	στένει δακρῦον, οὐδ' ἔχω	ia^2	
	πῶς με χρὴ τὸ σὸν τάλαιναν	tr^2	
	ἀφανίσαι τόσον ἄχος.	cr^2	
	ὤμοι γᾶς ἐπὶ	sp cr	
	ξένας θανεῖν ἔχρῃζες, ἀλλ'	ia^2	
	ἐρῆμος ἔθανες ὧδέ μοι.	ia^2	
'Ισ	ὦ τάλαινα, τίς ἄρα με πότμος	tr^2	
	— ◡ — ◡ — ◡ —	⟨lec⟩	
	— ◡ — ◡ — —	⟨ith⟩	
	ἔτ' ἀμμένει σέ τ', ὦ φίλα,	ia^2	
	⟨τὰς⟩ πατρὸς ὧδ' ἐρήμας;	ch ba	
Χο	ἀλλ' ἐπεὶ ὀλβίως γ' ἔλυσεν	ch rz	
	τὸ τέλος, ὦ φίλαι, βίου, ◡ — —	cr ia ⟨ba⟩	

sterben mit dem Vater,
mich Arme, da mein weiteres
Leben nicht lebenswert ist!
Ch O ihr zwei besten aller Kinder!
Würdig zu tragen gilt es, was ein Gott fügt.
Nichts darf zu sehr euch schrecken: euch
kann ja kein Tadel treffen.

An So gibt's denn Sehnsucht auch nach Schlimmem?
Denn was mitnichten erfreulich, erfreute doch,
solang ich ihn noch hielt in meinen Armen.
Vater, o du, mein Freund,
stets nun im Dunkel der Erde geborgener,
auch als Entrücktem gehört meine Liebe dir
und die der Schwester allzeit!
Ch So ging's ihm ...
An So ging's ihm, wie er sich gewünscht.
Ch Und wie denn?
An Was er stets ersehnt: im fremden Land
starb er und hat ewig sein
wohlbeschattet Lager drunten,
hinterließ viel Trauer und Tränen.
Denn es beklagt ja dich, o Vater, dieses hier:
mein weinend Auge, und ich weiß
nicht, ich Arme, wie ich meinen
Kummer stillen sollte um dich.
Ach, im fremden Land
zu sterben wünschtest du dir, doch
von mir verlassen starbst du so!
Is Ach, ich Arme! Was für ein Schicksal mich
....
....
und dich erwartet, Liebe du,
uns, dieses Vaters Waisen!
Ch Doch da so gnadenreich, ihr Lieben,
nun seines Lebens Ende war, –

	λήγετε τοῦδ’ ἄχους· κακῶν	ch ia	
	γὰρ δυσάλωτος οὐδείς.	ch ba	

’Αν	πάλιν, φίλα, συθῶμεν.		Str. 2
’Ισ	ὡς τί ῥέξομεν;	ia^3	
’Αν	ἵμερος ἔχει με		
’Ισ	τίς; ⟨φράσον⟩	ia^2	
’Αν	τὰν χθόνιον ἑστίαν ἰδεῖν	ia^2	
’Ισ	τίνος;		
’Αν	πατρός, τάλαιν’ ἐγώ.	ia^2	
’Ισ	θέμις δὲ πῶς τάδ’ ἐστί; μῶν	ia^2	
	οὐχ ὁρᾷς;		
’Αν	τί τόδ’ ἐπέπληξας;	tr^2	
’Ισ	καὶ τόδ’, ὡς		
’Αν	τί τόδε μάλ’ αὖθις;	tr^2	
’Ισ	ἄταφος ἔπιτνε δίχα τε παντός.	tr^2	
’Αν	ἄγε με, καὶ τότε μ’ ἐνάριξον.	tr^2	
’Ισ	αἰαῖ, δυστάλαινα, ποῦ δῆτ’	sp tr sp	
	αὖθις ὦδ’ ἐρῆμος ἄπορος	tr^2	
	αἰῶνα τλάμον’ ἕξω;	ia ba	

Χο	φίλαι, τρέσητε μηδέν.		Ant. 2
’Αν	ἀλλὰ ποῖ φύγω;	ia^3	
Χο	καὶ πάρος ἀπεφύγετον		
’Αν	⟨τὸ τί;⟩	ia^2	
Χο	⟨τὰ⟩ σφῷν τὸ μὴ πίτνειν κακῶς.	ia^2	
’Αν	φρονῶ,		
Χο	τί δῆθ’ ὅπερ νοεῖς;	ia^2	
’Αν	ὅπως μολούμεθ’ ἐς δόμους	ia^2	
	οὐκ ἔχω.		
Χο	μηδέ γε μάτευε.	tr^2	
’Αν	μόγος ἔχει.		
Χο	καὶ πάρος ἐπεῖ⟨χε⟩.	tr^2	
’Αν	τοτὲ μὲν ἄπορα, τοτὲ δ’ ὕπερθεν.	tr^2	
Χο	μέγ’ ἄρα πέλαγος ἐλαχέτην τι.	tr^2	

laßt von dem Kummer ab! Gefeit
ist gegen Unheil niemand.

An Laß, Liebe, uns zurückgehn!
Is Was soll dort geschehn?
An Verlangen bestimmt mich ...
Is Wonach? Sprich!
An den unterirdischen Hausaltar zu schaun ...
Is Von wem?
An Vom Vater. Welche Qual!
Is Wie wäre dies gestattet? Siehst
du nicht ein ...
An Warum dieser Vorwurf?
Is Außerdem ...
An Was sonst denn noch weiter?
Is Grablos versank er, geschieden von allem ...
An Führe mich hin und töte mich hierauf!
Is Ach, du Unglücksschwester, soll ich,
doppelt dann verlassen, mittellos,
ein elend Leben führen?

Ch Verzagt doch nicht, ihr Lieben!
An Doch wo flieh' ich hin?
Ch Ihr seid ja erst eben entflohn!
An Woraus?
Ch Euch beiden drohte ja Gefahr!
An Ich weiß.
Ch Was sorgst du dich nun noch?
An Wie wir nach Hause kommen, das
seh' ich nicht.
Ch Und wünsch' es dir auch nicht!
An Elend bedroht uns ...
Ch ... drohte jeher.
An Hoffnungslos früher, doch heute noch schlimmer.
Ch Ja, ihr erlostet ein Meer euch von Unheil.

Ἀν φεῦ, φεῦ· ποῖ μόλωμεν, ὦ Ζεῦ; sp tr sp
ἐλπίδων γὰρ ἐς τί⟨ν' ἔτι⟩ με tr^2
δαίμων τανῦν γ' ἐλαύνει; ia ba

Θη παύετε θρῆνον, παῖδες· ἐν οἷς γὰρ an^4
χάρις ἡ χθονία νὺξ ἀπόκειται
πενθεῖν οὐ χρή· νέμεσις γάρ.
Ἀν ὦ τέκνον Αἰγέως, προσπίτνομέν σοι.
Θη τίνος, ὦ παῖδες, χρείας ἀνύσαι;
Ἀν τύμβον θέλομεν
προσιδεῖν αὐταὶ πατρὸς ἡμετέρου.
Θη ἀλλ' οὐ θεμιτὸν κεῖσ' ἐ⟨στὶ⟩ μολεῖν.
Ἀν πῶς εἶπας, ἄναξ, κοίραν' Ἀθηνῶν;
Θη ὦ παῖδες, ἀπεῖπεν ἐμοὶ κεῖνος
μήτε πελάζειν ἐς τούσδε τόπους
μήτ' ἐπιφωνεῖν μηδένα θνητῶν
θήκην ἱεράν, ἣν κεῖνος ἔχει.
καὶ ταῦτά μ' ἔφη πράσσοντα καλῶς
χώραν ἕξειν αἰὲν ἄλυπον.
ταῦτ' οὖν ἔκλυεν δαίμων ἡμῶν
χὠ πάντ' ἀίων Διὸς Ὅρκος.
Ἀν ἀλλ' εἰ τάδ' ἔχει κατὰ νοῦν κείνῳ,
ταῦτ' ἂν ἀπαρκοῖ· Θήβας δ' ἡμᾶς
τὰς ὠγυγίους πέμψον, ἐάν πως
διακωλύσωμεν ἰόντα φόνον
τοῖσιν ὁμαίμοις.
Θη δράσω καὶ τάδε καὶ πάνθ' ὁπόσ' ἂν
μέλλω πράσσειν πρόσφορά θ' ὑμῖν
καὶ τῷ κατὰ γῆς, ὃς νέον ἔρρει,
πρὸς χάριν· οὐ δεῖ μ' ἀποκάμνειν.

Χο ἀλλ' ἀποπαύετε μηδ' ἐπὶ πλείω
θρῆνον ἐγείρετε·
πάντως γὰρ ἔχει τάδε κῦρος.

An Ach, ach, wohin gehn, o Zeus, wir?!
Ach, in welche Ängste wird mich denn
die Gottheit jetzt noch treiben?

Theseus kommt zurück

Th Endet die Klage, Kinder! Denn wo als
eine Gnade die Nacht drunten gewährt ist,
da trauert man nicht: es ist unrecht.
An Du Sohn des Aigeus, wir flehen zu dir!
Th Welchen Dienst, ihr Kinder, soll ich euch tun?
An Wir wollen das Grab
unsres Vaters mit eigenen Augen schaun.
Th Doch es ist nicht erlaubt, zu gehen dorthin.
An Wie sagst du, Herr und König Athens?
Th Ach, Kinder, er hat es mir untersagt:
kein Sterblicher solle der Stätte dort
je nahen, noch stören mit lautem Ruf
die heilige Gruft, die er nun bewohnt.
Befolgt' ich das, sagt er, so würd' ich im Glück
dies Land stets lenken und frei von Leid.
Das hörte der Gott und der alles vernimmt:
Zeus' Horkos, der Hüter der Eide.
An Ist dies denn also nach seinem Sinn,
so fügen wir uns: nach Theben laß
uns ziehn, dem uralten! Vielleicht, daß wir
verhindern können den drohenden Mord
zwischen den Brüdern.
Th Ich gewähr' es euch, und alles, was sonst
euch dienlich ist und ihm, den das Grab
soeben empfing, gedenk' ich zu tun
nach Wunsch: nie soll's mich ermüden.

Ch So lasset denn ab und erwecket nicht
weitere Klagen,
denn Geltung behält dies für immer.

ΙΧΝΕΥΤΑΙ ΣΑΤΥΡΟΙ

DIE SATYRN ALS SPÜRHUNDE

ΙΧΝΕΥΤΑΙ ΣΑΤΥΡΟΙ

Τὰ τοῦ δράματος πρόσωπα

Ἀπόλλων · Σιληνός · Χορὸς Σατύρων · Κυλλήνη · ⟨Ἑρμῆς⟩

1. (314 P)

⟨Ἀπόλλων⟩

Πᾶσιν θεοῖς καὶ πᾶσι]ν ἀγγέλλω [β]ροτο[ῖς,
χρυσοῦν στέφος τόδ' ὡς ὑπισ]χνοῦμαι τελεῖ[ν,
ὃς ἂν φέρῃ μοι Λοξίᾳ τἀ]πόπροθεν.
δειν]ὸν [γὰρ ἐστ' ἐμῇ τε δύσ]λοφον φρενὶ
νέμον]τα [βοῦν μεῖναί γε, βο]ῦς ἀμολγάδας
μόσ]χους [τε καὶ νέων ἄγαλμ]α πορτίδων –
ἅπαν]τα φρ[οῦδα, καὶ μάτη]ν ἰχνοσκοπῶ
λαθ]ραῖ' ἰόν[τα τῆλε βου]στάθμου κάπης
ἀφα]νῶς τεχνή[μασ'· ὡς ἐ]γὼ οὐκ ἂν ᾠόμην
οὔτ' ἂ]ν θεῶν τιν[' οὔτ' ἐφημ]έρων βροτῶν
δρᾶσ]αι τόδ' ἔργ[ον ὧδε] πρὸς τόλμαν πεσεῖν.
ταῦτ]' οὖν ἐπείπερ [εὗ]ρον, ἐκπλαγεὶς ὄκνῳ
στείχ]ω, ματεύω, παντελὲς κήρυγμ' ἔχων
θεοῖ]ς βροτοῖς τε μηδέν' ἀγνοεῖν τάδε·
ἀκολο]υθίᾳ γὰρ ἐμμανὴς κυνηγετῶ.
Θρᾳκ]ῶν δ' ἐπῆλθ[ο]ν φ[ῦ]λα τ[οῦ] παντὸς στρατ[οῦ,
ἀλλ' οὔ]τις[. . . . .].[

desunt versus duo

. . . . .] ισ[. . . . . ἔ]πειτα [δὲ
τ]ὰ Θεσσαλῶν [τ' ἔγκαρπα πεδί' ἐ]πεσσύθ[ην

DIE SATYRN ALS SPÜRHUNDE

Die Personen der Handlung

Apollon · Silenos · der Chor (Satyrn, Silenos' Söhne)
Kyllene (Bergnymphe) · ⟨Hermes⟩

Schauplatz: Auf der Kyllene, dem höchsten Gebirgsrücken der Peloponnes, an der Nordostecke Arkadiens. In der Mitte des Hintergrunds der Eingang einer Höhle. Wald. Felsen.

1.

Apollon

kommt eilends

Ich gebe allen Göttern, allen Menschen kund:
Hier diesen goldnen Kranz verheiß' ich dem zum Lohn,
der mir, dem Loxier, das Abhandene wiederbringt.
Denn schlimm, ja unerträglich ist's für meinen Sinn,
daß zwar der Stier noch grast, milchreiche Küh' indes
und meine Kälber und der jungen Färsen Pracht —
alles verschwunden! Und vergebens spür' ich nach
den heimlich von des Stalles Krippe weit hinweg
durch Hexerei Entführten: nie hätt' ich geglaubt,
daß von den Göttern oder Eintagsmenschen je
verfiele einer auf die Frechheit, dies zu tun.
Da ich das nun entdeckte, packt die Sorge mich;
ich laufe, suche, ruf' es ohne Rückhalt aus
bei Göttern und bei Menschen, daß es jeder weiß.
Denn wie ein wilder Jäger bin ich hinterher.
Des ganzen Thrakervolkes Stämme ging ich an,
doch niemand (sah die Herde) ....

zwei Verse fehlen

.... Alsdann bin ich
zu der Thessalier fruchtbarn Fluren hingeeilt

Βοιωτίας τε γ[ῆς πολυκτήτου]ς [πό]λ[εις,
ἔπει]τα δ[' ....
desunt versus fere quattuor
..................]ς Δωρικῇ [χθονί
.... γεί]τον', ἔνθ[εν
ἀκάματος] ἥκω ξυμ[μ]ά[χους ζητῶν πόνου
ἐς τόνδε Κυλ]λήνης τε δύ[σβατον πέτραις
ὑληφόρον] τε χῶρον, ἐς δ' ὕ[λην βοῶ·
ἄγ' εἴτε ποι]μὴν εἴτ' ἀγρωστή[ρων τις ἢ
μαριλοκαυ]τῶν ἐν λόγῳ παρ[ίσταται
ἢ τῶν ὀρ]είων νυμφογεννή[του γένους
θηρῶ]ν τίς ἐστι, πᾶσιν ἀγγέλ[λω τάδε·
βούφ]ωρα τοῦ Παιῶνος ὅστις ἂ[ν λάβῃ,
εὕρῃ] τὸ χρῆμα, μισθὸς ἔσθ' ὁ κε[ίμενος.

⟨Σιληνός⟩

Λύκειε,] σοῦ φώνημα τὼς ἐπέκλυον
βοῶ]ντος ὀρθίοισι σὺν κηρύγμασ[ι,
σ]πουδῇ τάδ' ἦ πάρεστι πρεσβύτῃ [μολών,
σ]οί, Φοῖβ' Ἄπολλον, προσφιλὴς εὐε[ργέτης
θέλων γενέσθαι, τῷδ' ἐπεσσύθην δρ[ό]μ[ῳ,
ἄν πως τὸ χρῆμα τοῦτό σοι κυνηγ[έ]σω.
τ[ό]τ' ἂν τε[λοῖ]ς μοι κείμενον χρ[υ]σο[ῦν σ]τέφο[ς,
μά[λι]στ' ἐπ[ιστολ]αῖσ[ι π]ροσθέσ[θαι χρεώ]ν.
παῖδας δ' ἐμ[οὺ]ς ὅσσοισι [παντ]αχο[ῖ] βλ[έπειν
πέμψαιμ]' [ἂ]ν, εἴπερ ἐκτε[λ]εῖς ἅπερ λέγεις.
⟨'Απ⟩ σπουδὴν ἐπαιν]ῶ· μοῦνον ἐμπ[έδου τ]άδ[ε.
⟨Σι⟩ τὰ[ς βοῦς ἐπάξω σ]οι. σὺ δ' ἐμπέδου [δόσι]ν.
⟨'Απ⟩ ἕξει σφ' ὅ γ' εὑ]ρών, ὅστις ἔσθ'· ἕτ[οι]μ[α] δέ.
⟨Σι⟩ ....]ισ..[.......] ζητ[ήσομεν.
⟨'Απ⟩ ....]εσο. [
⟨Σι⟩ ....

und zu den reichen Städten des Boioterlands
und hierauf (kam ich ins berühmte Attika).

Es fehlen ungefähr vier Verse

(Ich zog sodann in das) dem Land der Dorier
(bereits ganz nah) benachbarte (Korinth), von wo
ich rastlos eile, suchend Helfer in der Not,
hier auf Kyllenes Höhn, durch Felsen unwegsam,
an Wäldern reich, und rufe in den Wald hinein:
Auf! Falls ein Hirt, falls einer aus dem Jägervolk,
ein Kohlenbrenner in der Sache helfen will,
oder wenn's eins der Berggeschöpfe vom Geschlecht
der Nymphen ist, — ich geb' euch allen dies bekannt:
wer auch den Dieb der Rinder des Apollon fängt,
die Beute findet, der erhält den ausgesetzten Lohn.

Silenos

kommt in großer Eile

Apollon! Deine Stimme hab' ich kaum gehört,
die du so tönen läßt mit hellem Heroldsruf,
da komm' ich eilends, wie's ein Alter nur vermag,
Apollon Phoibos: freundschaftliche Wohltat will
ich dir erweisen, und so komm' ich raschen Laufs,
zu sehn, ob ich die Beute dir erjagen kann.
Dann lohnst du mir's wohl mit dem goldnen Kranze da,
den du mit deiner Botschaft zu verleihn versprichst.
Ich sende meine Jungen, daß sie allerwärts
mit Augen spähen, — wenn du hältst, was du verheißt.
Ap Den Eifer lob' ich; aber halt nur auch dran fest!
Si Die Kühe bring' ich dir: halt nur am Lohne fest!
Ap Den kriegt der Finder, wer's auch sei: er steht bereit.
Si .... Wir suchen dann.
Ap ....
Si ....

⟨Ἀπ⟩ . . . . .]α[
⟨Σι⟩ τί τοῦτο; πο[ῖα. . . . . .λέγ]εις;
⟨Ἀπ⟩ ἐλεύθερος σὺ [πᾶν τε γένος ἔσται τέκ]νων.

Χορός

ἴθ' ἄγε .[
πόδα βά[σιν τε. . . . .]ν
ἀπαπαπ[αῖ. . . . . . .
ὢ ὤ, σέ τοι[
ἔπιθι κλῶπ[α. . . . . .
ὑπόνομα κ[
διανύτων ὁ[
πατρικὰν γᾶρ[υν ὑπακούσας.
πῶς πᾷ τὰ λάθρι[α νύχια
κλέμματα ποσσὶ[
εἴ πως, ἂν τύχω, πο[
πατρί τ' ἐλεύθερον β[. . . .] μετ[
ξυνάμα θεὸς ὁ φίλος ἀνέτω ia^{2}
πόνους προφήνας rz
ἀρίζηλα χρυσοῦ παραδείγματα. do^{2}

Σιληνός

θεὸς Τύχη [κ]αὶ δαῖμον ἰθυντήριε,
τυχ[ε]ῖν με πράγους, οὗ δράμημ' ἐπείγεται,
λείαν ἄγραν σύλη[σ]ιν ἐκκυνηγέσαι
Φ[ο]ίβου κλ[ο]παίας βοῦς ἀπεστερημένο[υ.
τ]ῶν εἴ τις ὀπτήρ ἐστι[ν] ἢ κατήκοος,
ἐ]μοί τ' [ἂ]ν [ε]ἴη προσφιλή[ς] φράσας τόδε
Φοίβῳ τ]' ἄνακτι προστελὴς εὐεργ[έ]της.
. . . . .]α[. .]τ[. .]ς τοῦ λό[γο]υ θ' ἅμα
μήνυ[τρα. . . . . . .

⟨Χο⟩ ἰὼ σ[
ὑπο[
δ' οὐδ[

Ap ....

Si Wieso? Was für .... nennst du?

Ap Frei wirst du samt der ganzen Schar von Söhnen sein!

Chor

zieht stampfend ein

Nun vorwärts! .....
Den Fuß und den Schritt .....
Apapapai! .....
Oh! Oh! Doch dich .....
Stürz' auf den Dieb dich .....
Auf Schleichwegen .....
Vollbring es .....
Dem Befehl unsres Vaters gehorsam
Wie? Wo ist der heimliche, nächtliche
Diebstahl auf Sohlen (geschlichen)?
Ob, wenn's mir gelingt .....
dem Vater die Freiheit .....
Von uns allen nehme der freundliche Gott
die Fron, er, der uns
ein strahlend Gebilde von Gold verheißt!

Silenos

O Göttin Glück! Und, Geist du, der die Wege lenkt!
Laßt mich das Ziel erreichen, das mein Lauf ersehnt,
aufspüren laßt den Fang, den Raub, die Beute mich,
Phoibos' gestohlne Rinder, die ein Dieb entführt!
Wenn jemand es belauscht hat oder ausgespäht,
so sprech' er's aus: er wäre sehr willkommen mir
und leistete Herrn Phoibos wohlerwünschten Dienst.
.... der Anzeige und zugleich
der Finderlohn ....

Ch Wohlauf! ....
....
....

⟨Σι⟩ φησίν τις ἢ [οὐδείς φησιν εἰδέναι τάδε;
ἔοικεν ἤδη κ[αὶ πρὸς ἔργ' ὁρμᾶν με δεῖν.

⟨Χορός⟩

ἄγ' εἶα δὴ πᾶς ὅ[στις . . . . .
ῥινηλατῶν ὀσμ[αῖσι . . . . .
αὔρας ἐάν πῃ πρ[
δίπους ὀκλάζω[ν . . . .]ν
ὕποσμος ἐν χρῷ [
οὕτως ἔρευναν καὶ π[
ἅπαντα χρηστὰ κα[ὶ . . . . τε]λεῖν.

⟨Χορὸς α′⟩

θεὸς θεὸς θεὸς θεός. ἔα [μάλα.
ἔχειν ἔοιγμεν· ἴσχε· μὴ [σύ]ρ[δην πά]τει.

⟨Χορὸς β′⟩

ταῦτ' ἔστ' ἐκεῖνα τῶν β[οῶ]ν τ[ὰ] βήματα.
⟨α′⟩ σίγ[α]· θεός τις τὴν ἀποι[κία]ν ἄγει.
⟨β′⟩ τί δρῶμεν, ὦ τᾶν; ἢ τὸ δέον [ἐξ]ήνομεν;
τί; τοῖσ[ι] ταύτῃ πῶς δοκεῖ;
⟨α′⟩ δοκεῖ πάνυ.
σαφῆ [γ]ὰρ αὔθ' ἕκαστα σημαίνει τάδε.
⟨β′⟩ ἰδοὺ ἰδού.
καὶ τοὐπίσημον αὐτὸ τῶν ὁπλῶν πάλι[ν.
⟨α′⟩ ἄθρει μάλα.
αὔτ' ἐστὶ τοῦτο μέτρον [ἐ]κμε[μαγ]μ[έ]νον.
⟨β′⟩ χ[ώ]ρει δρόμῳ καὶ τα[. . . . .]. ν ἔχου
. . . .]οπ [. . . . .]μενος,
ῥοίβδημ' ἐάν τι τῶν [βοῶν ἀ]ν' οὖς [λάβῃ.

⟨α′⟩ οὐκ εἰσακούω πω [τορ]ῶς τοῦ φθ[έγ]ματος,

Si Sagt jemand oder sagt hier niemand, daß er's weiß?
Schon scheint es, daß ich selbst ans Werk mich machen muß.

Chorführer

Wohlan! Nun soll ein jeder ....
der mit der Nase wittert ....
ob in der Luft wo ....
zweibeinig hockend ....
wittern kann an der Haut ....
So laßt die Suche und ....
alles vortrefflich und ...... zu Ende gehn!

Der Chor teilt sich in zwei Hälften, die spähend und schnuppernd umherkriechen

Erster Halbchor

Ein Gott? Ein Gott? Ein Gott! Ein Gott! Wahrhaftig, ja!
Es scheint, wir haben's! Halte! Rück' nicht schnell vor!

Zweiter Halbchor

Fußtapfen von der Rinderherde sind ja dies!
1. Schweig still! Ein Gott führt diese Siedlerschar hinweg.
2. Was tun wir, Bester? Haben wir die Pflicht erfüllt?
Was? Wie erscheint es denen dort?
1. Es scheint durchaus.
Denn alle Zeichen weisen deutlich darauf hin.
2. Sieh hier! Sieh da!
Und von den Hufen wiederum dieselbe Spur!
1. So schau doch nur!
Und ganz dieselbe Größe immer ausgeformt!
2. Rück' eilends vor und halte ....
....
ob ein Gebrüll der Rinder fassen kann dein Ohr!

Schwache Töne aus dem Inneren der Höhle

1. Noch nehm' ich nirgends deutlich ihre Stimme wahr,

ἀλλ' αὐτὰ μὴν ἴχ[νη τε] χὠ στίβος τάδε
κείνων ἐναργῆ τῶν β[ο]ῶν. μαθεῖν πάρα.
⟨β'⟩ ἔα μάλα.
παλινστραφῆ τοι ναὶ μὰ Δία τὰ βήματα
εἰς τοὔμπαλιν δέδορκεν· αὖ τάδ' εἴσιδε.
⟨α'⟩ τί ἐστι τουτί; τίς ὁ τρόπος τοῦ τάγματ[ος;
⟨β'⟩ ἐ[πὶ] τοὐπίσω τὰ πρόσθεν ἤλλακται. τὰ δ' αὖ
ἐναντί' ἀλλήλοισι συμβ[εβλη]μένα.
δεινὸς κυκησμὸς εἶχ[ε τὸν βοη]λάτην.

⟨Σιληνός⟩

τίν' αὖ τέχνην σὺ τήν[δ' ἄρ' ἐξ]εῦρες, τίν' αὖ;
πρόσπαιον ὧδε κεκλιμ[ένος] κυνηγετεῖν
πρὸς γῇ; τίς ὑμῶν ὁ τρόπος; οὐχὶ μανθάνω.
ἐ]χῖνος ὥς τ[ι]ς ἐν λόχμῃ κεῖσαι πεσών,
ἤ] τις πίθη[κο]ς κύβδ' ἀποθυμαίνεις τινί.
τ[ί] ταῦτα; π[οῦ] γῆς ἐμάθετ', ἐν π[οί]ῳ τρόπῳ;
ση]μήνατ', ο[ὐ γ]ὰρ ἴδρις εἰμὶ τοῦ τρόπου.

⟨Χορός⟩

ὖ [ὖ] ὖ ὖ.
⟨Σι⟩ τ[ί τοῦτ' ἰύζεις;] τίνα φοβῇ; τίν' εἰσορᾷς;
τ[ί δεῖμ' ὄπωπ]ας; τί ποτε βακχεύεις ἔχων;
ἀ[γχοῦ τις ἦχε]ι κέρχνος· ἱμείρει[ς] μαθεῖν
τ[ίς ἦν; τί]σιγᾶθ', οἱ πρ[ὸ τοῦ λαλίστ]ατοι;
⟨Χο⟩ σ[ίγα μὲν οὖν.
⟨Σι⟩ τ[ίν' ἔστ' ἐκεῖθε]ν, ἀπονοσ[φίζ]εις ἔχων;

⟨Χορός⟩

ἄ[κουε δή.
⟨Σι⟩ καὶ πῶς ἀκούσ[ω μηδεν]ὸς φωνὴν κλύων;
⟨Χο⟩ ἐμοὶ πιθοῦ.
⟨Σι⟩ ἐμ[ὸν] δίω[γμά γ' οὐδα]μῶς ὀνήσετε;
⟨Χο⟩ ἄκουσον αὖ τ[ο]ῦ χρ[ήμα]τ[ο]ς χρόνον τινά,
ο]ἵῳ 'κπ[λ]αγέντες ἐν[θάδ'] ἐξηγίσμεθα

doch ganz dieselben Stapfen und die Fährte hier,
von jenen Rindern offenbar: 's ist leicht zu sehn.
2. Nun aber gar!
Die Tritte sind, beim Zeus, wahrhaftig umgedreht
und schauen jetzt nach hinten! Sieh dir das bloß an!
1. Was heißt das? Welches ist der Lauf der Herde jetzt?
2. Was vorwärts ging, ist rückwärts nun geführt. Jedoch
jetzt gehn die Gegensätze durcheinander gar!
Verrücktheit, heillos, hielt den Rinderdieb gepackt.

Saitenspiel aus der Erde hörbar. Die Satyrn lauschen auf allen Vieren

Silenos

Was für ein Kunststück hast du da erfunden? Was?
Beugt man sich plötzlich so zum Boden nieder, wenn
man jagt? Wie benehmt ihr euch denn? Das versteh' ich nicht!
Wie ein Igel liegst du da, der ins Gebüsch geplumpst,
oder ein Affe, der wen anfaucht, vorgebückt!
Was soll das? Wo auf Erden lerntet ihr's? Und wie?
Erklärt mir's! Ich versteh' mich nicht auf diese Art.

Chor

Huhu! Huhu!
Si Was huhst du so? Wen fürchtest du? Wen siehst du da?
Siehst du Gespenster? Warum bist du außer dir?
Geräusch ertönt ganz in der Näh': Ihr wüßtet gern,
wer's war? Was schweigt ihr, wo ihr erst so schwatzhaft wart?
Ch So schweig doch auch!
Si Was ist denn dort, das du vom Leib dir halten willst?

Chorführer

So horche doch!
Si Wie soll ich horchen, wenn ich niemands Stimme hör'?
Chf So glaub' uns doch!
Si Ihr laßt bei meiner Jagd mich also ganz im Stich?
Chf Nun horch doch endlich auf das Dings ein Weilchen nur:
welch ein Geräusch uns schreckte, uns hierher gelockt,

ψόφῳ, τὸν οὐδε[ὶ]ς π[ώπο]τ' ἤκουσεν βροτῶν.
⟨Σι⟩ τί μοι ψ[ό]φον φοβ[εῖσθε] κα[ὶ] δειμαίνετε,
μάλθης ἄναγνα σώ[μα]τ' ἐκμεμαγμένοι,
κάκιστα θηρῶν ὄντ[ες, ἐ]ν [π]άσῃ σκιᾷ
φόβον βλέποντες, πάν[τα] δειματούμενοι,
ἄνευρα κἀκόμιστ[α] κἀνε[λε]ύθερα
διακονοῦντες, [σ]ώ[μ]ατ' εἰ[σ]ιδ[ε]ῖν μόνον
κα[ὶ γ]λῶσσα κα[ὶ] φ[αλ]ῆτες; εἰ δέ που δέῃ,
πιστοὶ λόγοισιν ὄντες ἔργα φεύγετε, –
τοιοῦ[δ]ε πατρός, ὦ κάκιστα θηρίων,
οὗ πόλλ' ἐφ' ἥβης μνήματ' ἀνδρείας ὕπο
κ[ε]ῖται παρ' οἴκοις νυμφικοῖς ἠσκημένα,
οὐκ εἰς φυγὴν κλίνοντος, οὐ δειλ[ο]υμένου,
οὐδὲ ψόφοισι τῶν ὀρειτρόφων βοτῶν
π]τήσσοντος, ἀλλ' ἀ[κμ]αῖσιν ἐξει[ρ]γασμένου.
ἃ] νῦν ὑφ' ὑμῶν λάμ[πρ' ἀ]πορρυπαίνεται
ψ]όφῳ νεώρει κόλακ[ι] ποιμένων π[ο]θέν,
ὃν] δὴ φοβεῖσθε, παῖδες, ὡς πρὶν εἰσιδεῖν,
πλοῦτον δὲ χ[ρ]υσόφαντον ἐξαφί[ε]τε,
ὃν Φοῖβος ὑμῖν εἶπε κ[ἀ]νεδέξατο,
καὶ τὴν ἐλευθέρωσιν, ἣν κατῄνεσεν
ὑμῖν τε κἀμοί. ταῦτ' ἀφέντες εὕδετε.
εἰ μὴ 'νανοστήσαντες ἐξιχνεύσε[τε
τὰς βοῦς, ὅπῃ βεβᾶσι, καὶ τὸν βουκόλο[ν,
κλαίοντες αὐτῇ δειλίᾳ ψοφή[σ]ετε.
⟨Χο⟩ πάτερ, παρὼν αὐτός με συμποδηγέτε[ι,
ἵν' εὖ κατειδῇς, εἴ τίς ἐστι δειλία.
γνώσει γὰρ αὐτός, ἂν παρῇς, οὐδὲν λέγω[ν.
⟨Σι⟩ ἐγὼ πα[ρ]ὼν αὐτός σε προσβιβῶ λόγῳ
κυνορτικὸν σύριγμα διακαλούμεν[ος.
ἀλλ' εἶ' [ἐ]φίστω τριζύγης οἴμου βάσιν,
ἐγὼ δ' ἐν [ἔ]ργοις παρμένων σ' ἀπευθυνῶ.
Χο ὖ ὖ ὖ ψ ψ ἆ ἆ.
⟨Σι⟩ λέγ', ὅ τι πονεῖς.
τί μάτην ὑπέκλαγες, ὑπέκριγες,
ὑπό μ' ἴδες; ἔχεται

ein Klang, den keiner von den Menschen je vernahm!
Si Was fürchtet ihr mir ein Geräusch und ängstigt euch,
aus Wachs geknetete, schandbare Burschen ihr?
Ganz feiges Viehzeug seid ihr, seht ein Schreckensbild
in jedem Schatten; das Geringste macht euch scheu.
Ohne Schwung und ohne Art und ohne Ehrgefühl
seid ihr im Dienste, nur als Bäuche anzusehn
und Zungen nur und Schwänze: kommt es mal drauf an,
seid ihr mit Worten eifrig, Taten meidet ihr, –
als Söhne solchen Vaters, feiges Bestienpack,
aus dessen Jugend Male seiner Tapferkeit
gar viel an Nymphengrotten hangen noch zur Zier,
der nie zur Flucht geneigt ist, nie in Angst gerät,
auch nicht vor dem Gebrüll bergweidenden Getiers
sich duckt, vielmehr mit vollen Kräften es vertilgt!
All dieses Strahlende wird nun von euch beschmutzt!
Ein neuer Hirtenlockruf tönt von irgendwo,
schon, Burschen, ängstigt ihr euch, eh' ihr was erblickt,
gebt den Gewinn, den golden schimmernden, dahin,
von dem euch Phoibos sprach, den er euch zugesagt,
und die Befreiung auch, die er verheißen hat,
so euch wie mir: das alles gebt ihr preis und schlaft!
Wenn ihr nicht umkehrt und diese Kühe bald
aufspürt, wo sie gegangen, und den Treiber auch,
beweint ihr eure Feigheit noch und brüllt dann selbst!
Chf Sei, Vater, du mit uns und führe selber an,
damit du einsiehst, ob es eine Feigheit ist!
Du selbst erkennst, bist nah du, daß du grundlos schmähst.
Si Ich bin dabei und führ' euch selber hin durchs Wort,
pfeif' euch nach Weidmanns Art und gebe Zeichen euch.
Doch in drei Gliedern schreitet euren Weg dahin!
Ich harre aus beim Werk und weise euch den Weg.
Ch Huhu! Pst! Pst! Ah! Ah!
Si Sag, was dich bedrängt!
Warum winselst und fauchst du nur so sinnlos?
Blickst mich scheel an? Und was ist

ἐν πρώτῳ τίς ὅδε τρόπ[ος;
⟨Χο⟩ ἔχει· ἐλήλυθεν, ἐλήλ[υθεν·
ἐμὸς εἶ, ἀνάγου.
⟨Σι⟩ δευτέρῳ τίς ὅδε [τρόπος; ἴ]της
ὁ Δράκις, ὁ Γράπις [
Ο]ὐρίας, Οὐρίας, ἀ[δικεῖς, ἀδι]κεῖς,
παρέβης· Μέθυ[σος, Μέθυσος,
ὅ τι ποτὲ φερε[. . . . . . νό]μ̣ι[ο]ν
Ἔποχον ἔχει τι[
στίβος ὅδ' ἔνεσ[τι . . . .
Στράτιος, Στράτ[ιος, ...]υ[
δεῦρ' ἕπου· τ[ί] δρ[ᾷς; . . . .
ἔνι β[ο]ῦς, ἔνι πόνο[ς.
μὴ μεθῇ, Κρ[ο]κία[ς, Κροκίας·
σὺ τί καλ[ὸ]ν ἐπιδ[
ὅδε γ' ἀγαθὸς ὁ Τρέ[χις, ὁ Τρέχις,
κατὰ νόμον ἕπετα[ι.
ἐφέπου, ἐφέπου μ[
ὀπποποῖ· ἆ μιαρέ, γε[
ἦ τάχ' ὁπόταν ἀπίῃ[ς
ἀπελεύθερος ὢν ὀλ[
ἀλλὰ μὴ παραπλακ[
ἔπ[ι]θ', [ἔ]πεχ', εἴσιθ', ἴθι[·
τ[ὸ] δὲ πλάγιον ἔχομ[εν.

⟨Χο⟩ π[ά]τερ, τί σ[ι]γᾷς; μῶν ἀληθ[ὲς εἴπομεν;
οὔ[κ ε]ἰσακο[ύε]ις ἢ κεκώφη[σαι πάνυ;
⟨Σι⟩ σί[γα.]
⟨Χο⟩ τί ἔστιν;
⟨Σι⟩ οὐ μενῶ.
⟨Χο⟩ μέν', εἰ θέλεις.
⟨Σι⟩ οὐκ ἔστιν· ἀλλ' αὐτὸς σὺ ταῦθ' [ὅπῃ δύνῃ
ζήτει τε κἀξίχνευε καὶ πλού[τει λαβὼν
τὰς βοῦς τε κα[ὶ] τὸν χρυσὸν[. . . .]ε[
μὴ πλεῖστ[ον] ἔτι . [. .]ν[. .] χρόνον.

dort im ersten Glied geschehen?
Ch Geschnappt! Hier zog er lang! Hier zog er lang!
Du bist mein! Schick dich drein!
Si Und im zweiten, was geschieht dort? So recht,
der Drakis, der Grapis!.....
Urias, Urias, du verfehlst, du verfehlst,
gehst vorbei! Methysos, Methysos,
was du einmal .....
Den Epochos hält was .....
Die Spur da ist richtig .....
Stratios! Stratios! .....
Bleib im Glied! Was tust? .....
Willst die Küh', gib dir Müh'!
Laß nicht nach, Krokias, Krokias!
Was hast du denn Schönes gesehn?
Der da ist tüchtig, der Trechis, der Trechis:
nach der Vorschrift folgt er ihm.
Drauf und dran! Drauf und dran! .....
Oppopoi! Schweinehund du .....
Baldigst, wenn du dich drückst, ...
wirst du frei, (ein Entlaufner, verrecken).
Aber schweift doch nicht ab .....
Geht drauf! Bleibt dran! Vorrücken! Losgehn!
Doch wir fassen die Flanke und .....
Er hört das unterirdische Saitenspiel und verstummt
Chf Was schweigst du, Vater? Hätten wir doch recht gehabt?
Vernimmst du gar nichts? – Oder bist du völlig taub?
Si Sei still!
Chf Was gibt's?
Si Ich bleibe nicht!
Chf Bleib! Sei so gut!
Si Es geht nicht. Aber suche du nur selbst, soweit
du kannst, und spüre weiter, werde reich, fang ein
die Kühe und das Gold dazu! (Ich habe wohl)
nicht sehr viel Zeit, (um bei euch auszuharren) noch.

Er versteckt sich im Dickicht

⟨Χο⟩ ἀλλ' οὔ τι μ[ή σοί] μ[' ἐκλιπεῖν ἐφήσομαι
οὐδ' ἐξυπελ[θεῖ]ν τ[οῦ πόνου, πρίν γ' ἂν σα]φῶς
εἰδῶμεν, ὅν[τιν' ἔ̣νδον ἥδ' ἔχει στέγη.
⟨Χο⟩ ἰὼ γ[
φθέγμ' ἀφύσ[ε]ις [. . . . .]ου
μ]ηδ[ὲ μέλλ' ὅπως σε τοῦ μισ-]
θο[ῦ δ]όμοισιν ὀλβίσῃς.

⟨Σι⟩ ὃ [δ' ο]ὐ φαν[εῖτ]αι τοῖσιν· ἀλλ' ἐγὼ τάχα
φ[έρ]ων κτύ[π]ον πέδορτον ἐξαναγκάσω
π[η]δήμασιν κραιπνοῖσι καὶ λακτίσμασιν,
ὥ[σ]τ' εἰσακοῦσαι κεἰ λίαν κωφός τις ᾖ.

⟨Κυλλήνη⟩

θῆρες, τί [τό]νδε χλοερὸν ὑλώδη πάγον
ἔν[θ]ηρον ὡρμήθητε σὺν πολλῇ βοῇ;
τίς ἥδε τέχνη, τίς μετάστασις πόνων,
οὓς πρόσθεν εἶχες δεσπότῃ χάριν φέρων
ὑμῶν, ὃς αἰεὶ νεβρίνῃ καθημμέν[ο]ς
δορᾷ χερ[ο]ῖν τε θύρσ[ο]ν εὐπαλῆ φέρων
ὄπισθεν εὐίαζες ἀμφὶ τὸν θεὸν
σὺν ἐγγόνοις νύμφαισι καἰπόλων ὄχλῳ;
νῦν ἀγνοῶ τὸ χρῆμα, ποῖ στροφαὶ νέ[ω]ν
μανιῶν στρέφουσι· θαῦμα γὰρ κατέκλ[υ]ον·
ὁμοῦ πρέπον κέλευμά πως κ[υ]νηγετ[ῶ]ν
ἐγγὺς μολόντων θηρὸς εὐναί[ου] τρο[φ]ῆς,
ὁμοῦ δ' ἂν αὖτι[ς . . .]αι φωρ[. . .]. . .[
γλώσσης ἐτείνε[τ' ε]ἰς κλοπὴν [. . . . .].έναι,
αὖτις δ' α[. . . . .]τ[. . .]. . .μένων[. . .]α
κήρυκ[ος . .]ι[. . . .] κηρύγμα[τα.
καὶ τ[α]ῦτ' ἀφεῖσα, σὺν ποδῶν λακ[τίσμασι
κ]ληδὼν ὁμοῦ πάμφυρ[τ]' ἐγειτν[ία στέγῃ.
καὶ] ταῦτ' ἂν ἄλλως ἢ κλ[.]. . . . .μ[

Chf Nein, ich erlaube dir nicht, daß du mich verläßt,
um dich der Mühe zu entziehn, bevor wir klar
erkennen, wer es sei, den diese Höhle birgt.

Ch Hallo! (Du! Der aus dem Dunkel du)
spendest Klang, (komm hervor! Laß dich sehn!
Zögre nicht, damit du dann des)
Lohns daheim dich rühmen kannst!

Alle lauschen. Es bleibt still, und da nichts erfolgt, faßt Silenos Mut

Si Er zeigt sich nicht vor ihnen. Doch ich will geschwind
Lärm machen, will ihn zwingen aus dem Grund hervor
durch wilde Sprünge und durch dröhendes Gestampf,
daß er's vernimmt, und wäre er auch völlig taub.

Auf sein Zeichen vollführen die Satyrn trampelnd und johlend einen wilden Tanz. Plötzlich erstarren sie, denn

Kyllene

tritt aus ihrer Grotte hervor

Ihr Tiere! Was bestürmt ihr diesen Hügel hier,
den waldigen, tierreichen, mit so viel Geschrei?
Welch eine Kunst, welch eine Änderung im Dienst,
den eurem Herrn zur Freude du bisher geübt,
wo ihr doch sonst, beschurzt mit eines Hirschkalbs Fell,
mit Händen schwingend euren leichten Thyrsosstab,
in eures Gotts Gefolgschaft jubelt um ihn her
samt den verwandten Nymphen und der Hirten Schwarm?!
Jetzt aber weiß ich nicht, wohin die neue Art
von Raserei noch führt: befremdet hört' ich's an.
Bald klang's wie Zuruf, zünftiger, des Jägervolks,
wenn sich's des ruhenden Wildes Brut genähert hat,
bald wiederum, (als schmähtet) Räuber (ihr, wobei)
die Zung' ihr bis zum „Diebstahl" sich erstrecken ließt,
und wieder dann ....
(wie) eines Herolds .... Heroldsruf.
Das ließ ich hingehn. Doch dann gab es, meinem Haus
ganz nah, ein wüstes Trampeln und Geschrei zugleich,
und das klang anders, als (was je ans Ohr mir kam).

φων]ῶν ἀκούσασ᾽ ὧδε παραπεπαισμέν[ων
αἰναῖσι] φ[αί]η[ν ἂν φρε]νῶν ὑμᾶς νοσεῖν
νό[σοις. τί νύμφη]ν ἔτι ποεῖτ᾽ ἀναιτίαν;

Χορός

νύμφα βαθύζωνε, π[αῦσαι χόλου — ia cr^2 — Str.
τοῦδ᾽, οὔτε γὰρ νεῖκος ἥ[κω φέρων — ia cr^2
δᾴ[ο]υ μάχας οὐδ᾽ ἄξενό[ς που σέθεν — ia^2 cr
γλ[ῶ]σσ᾽ ἂν μάταιός τ[᾽ ἀφ᾽ ἡμῶν θίγοι· — ia cr^2
μή με μὴ προψαλ[άξῃς κακοῖς, — cr^3
ἀλλ᾽ [εὐ]πετῶς μοι πρ[όφανον τὸ πρᾶγ- — ia cr^2
μ᾽, ἐν [τ]όποις τοῖσ[δε τίς νέρθε γᾶς ὧδ᾽ ἀγα- — cr^4
στῶς ἐγάρυσε θέσπιν αὐδά[ν; — cr^2 ba

⟨Κυ⟩ ταῦτ᾽ ἔστ᾽ ἐκείνων νῦν [τρόπων πεπαίτερα,
καὶ τοῖσδε θηρῶν ἐκπύ[θοιο μᾶλλον ἂν
ἀλκασμάτ[ω]ν δ[ειλῆ]ς [τε πειρατηρίων
νύμφης· ἐμοὶ γὰ[ρ οὐ]κ [ἀρεστόν ἐστ᾽ ἔριν
ὀρθοψάλακτον ἐν [λ]όγο[ισ]ιν [ἱστάναι.
ἀλλ᾽ ἥσυχος πρόφαινε καὶ μ[ή]νυ[έ μοι,
ὅτου μάλιστα πράγματος χρείαν ἔχεις.

⟨Σιληνός⟩

τόπων ἄνασσα τῶν[δ]ε, Κυλλήνης σθένος,
ὅτου μὲν οὕνεκ᾽ ἦλθ[ο]ν, ὕστερον φράσω·
τὸ φθέγμα δ᾽ ἡμῖν τοῦ[θ]᾽ ὅπερ φωνεῖ φράσον
καὶ τίς ποτ᾽ αὐτῷ δι[α]χαράσσεται βροτῶν.
⟨Κυ⟩ ὑμᾶς μὲν αὐτοὺς χρὴ τάδ᾽ εἰδέναι σαφῶς,
ὡς, εἰ φανεῖτε τὸν λ[ό]γον τὸν ἐξ ἐμοῦ,
αὐτοῖσιν ὑμ[ῖν ζ]ημία πορίζεται.
καὶ γὰρ κέκρυπ[ται] τοὔργον ἐν [γ]ε[ῶ]ν ἕδραις,
Ἥραν ὅπως μ[ὴ πύ]στ[ι]ς ἵξετα[ι λ]όγου.
Ζ[εὺ]ς γ[ὰρ] κρυφ[αίαν ἐς στέγ]ην Ἀτλαντίδος
τήνδ᾽ ἧκε κἀξέπραξεν ἁβουλ]εύσατο,

Da ich nun so verrückter Stimmen Lärm vernahm,
meint' ich, ihr wäret schrecklich krank mit dem Verstand.
Was tut ihr der schuldlosen Nymphe nun noch an?

Chor

Laß, tiefgegürtete Nymphe, den Zorn!
Ich komme ja nicht, im Streit dir zu nahn,
als Feind im Kampf, auch soll kein unfreundliches,
kein töricht Wort rühren je an dein Ohr!
Bring nicht Schimpfworte vor gegen mich!
Nein, freundlich gib, was geschehn ist, mir kund,
wer so prachtvoll in der Erde drin hier herum
tönen ließ gotterfülltes Klangspiel!

Ky Das klingt viel sanfter schon als euer erster Ton,
und wenn du so vorgehst, erfährst du eher was
als durch Bedrohung und Gewalt gegenüber mir
ängstlicher Nymphe. Mir gefällt es nicht, wenn Zank
und lautes Schreien bei Gesprächen sich erhebt.
Nein, zeig' in aller Ruh' mir an und tue kund,
nach welchem Ziel vor allem dein Verlangen geht!

Silenos

mit tiefer Verbeugung

Herrscherin dieses Orts, Kyllenes hohe Macht,
weswegen ich hierher kam, sag' ich später dir.
Die Stimme, die hier tönt, von der erzähl' uns jetzt,
und welcher Sterbliche sich in ihr so wild ergießt.

Ky Ihr selber müßt darüber ganz im klaren sein:
verratet ihr die Auskunft, die ihr von mir hört,
wird euch persönlich eine Züchtigung verhängt.
Denn das Geschehn verbirgt im Schoß der Erde sich,
damit die Kunde hiervon Hera nie erreicht.
Denn zum verborgnen Heim der Atlas-Tochter hier
kam Zeus und führte aus, worauf sein Sinnen stand:

Μαίας ἱκέσθαι πρὸς χέρας σπε]ύ[δων] φίλας,
εὐνῆς τε] λήθῃ τῆς βαθυζώνου θεᾶς.
κατὰ σπέ]ος δὲ παῖδ' ἐφίτυσεν μόνον,
τοῦτον δὲ] χερσὶ ταῖς ἐμαῖς ἐγὼ τρέφω·
μητρὸς γ]ὰρ ἰσχὺς ἐν νόσῳ χειμάζεται.
κἄδεσμ]α καὶ ποτῆτα καὶ κοιμήματα
πρὸς σπ]αργάνοις μένουσα λικνῖτιν τροφὴν
ἐξευθ]ετίζω νύκτα καὶ καθ' ἡμέραν·
ὁ δ' α]ὔξεται κατ' ἦμαρ οὐκ ἐπεικότα
ἄπαυ]στος, ὥστε θαῦμα καὶ φόβος μ' ἔχει.
οὔπω γ]ὰρ ἕκτον ἦμαρ ἐκπεφασμέν[ο]ς
γυίοι]ς ἐρείδει παιδὸς εἰς ἥβης ἀκμήν,
κἀξορ]μενίζει κοὐκέτι σχολάζεται
βλάστη·] τοιόνδε παῖδα θησαυρὸς στέγει.
κατασχε]τός [τ' ἔτ]' ἐστὶ τοῦ πατρὸς θέσει.
ἀφ[ανεῖ δ' ὃ πεύθῃ φ]θέγμα μηχανῇ βρέμ[ον
καὶ π[όλ]λ' ἐθά[μβεις, αὐτὸ]ς ἡμέρᾳ μιᾷ
ἐξ ὑπτίας κ[οιλάδος ἐμηχ]ανήσατο.
τοιόνδε θη[ρὸς ἐκ θανόντ]ος ἡδονῆς
ἔμμεστον ἄ[γγος εὗρε κ]αὶ κάτω δ[ονεῖ.

⟨Χορός⟩

ἄφρασ[το. . . . .] παῖς βοᾶς (ia cr^2) Ant.
παιδο[ποιὸς . . . .] μαζεισ[(cr^3)
θηρευμ[α. . . . .]· λέγει[ς (ia^2 cr)
φωνημ[α. . . . . . .]σεθου[(ia cr^2)
τόνδ' ἀφ[. . . .]ον[(cr^3)
τως ἐξεφ[(ia cr^2)
ροντ' ἄπα[. . . . .] ἐ[κ θανόν- (cr^3)
τος πορίζειν τοιάνδε γᾶρυν; cr^3 ba

⟨Κυ⟩ μὴ νῦν ἀπίστε[ι]· πιστὰ γάρ σε προσγελᾷ θεᾶς ἔπη. ia^4

⟨Χο⟩ καὶ πῶς πίθωμαι τοῦ θανόντος φθέγμα τοιοῦτον βρέμειν;

er eilte, bald in Maias holdem Arm zu ruhn,
vergessend seiner tiefgegürteten Göttin Bett.
Doch in der Höhle zeugt' er einen einzigen Sohn,
und diesen zieh' ich selbst mit meinen Händen auf.
Die Mutter nämlich hat ihr Zustand sehr geschwächt.
Für Speis und Trank und seinen Schlaf bin ich besorgt,
mit Windeln stets beschäftigt: sein Gedeihen in
der Wiege hüt' ich treu bei Tag und in der Nacht.
Doch nimmt er zu mit jedem Tag unheimlich rasch,
ohn' Unterlaß, so daß mich Schreck und Staunen packt.
Denn vor nicht ganz sechs Tagen erst zur Welt gebracht,
reckt' er die Kindesglieder schon zu Jünglingskraft:
es sproßt und treibt empor und ruht und rastet nicht
sein Wuchs: solch einen Knaben birgt dies Schatzhaus hier!
Noch wird er dabehalten auf des Vaters Wunsch.
Den unsichtbar-kunstreichen Klang, den du erforschst
und viel bewunderst, hat er selbst an einem Tag
aus einer hohlen Wölbung Innerem gelockt.
Aus einem toten Tier ein solch Gefäß, gefüllt
mit Lust, erfand und hat er drunten in Gebrauch!

Chor

Unsagbar! (So ist) ein Kind des Klangs
Urerzeuger! ....
ein Tierleib .... du sagst,
das Tönen ....
....
....
.... aus etwas
Totem den Klang hervorzubringen?

Ky Mißtraue nicht! Vertrauenswürdig lacht dich an der Göttin Wort.

Chf Wie soll ich glauben, aus was Totem töne Klang von solcher Art?

⟨Κυ⟩ πιθοῦ· θανὼν γὰρ ἔσχε φωνήν, ζῶν ἄναυδος ἦν ὁ θήρ.
⟨Χο⟩ ποῖός τις ἦν εἶδος; πρ[ο]μήκης ἢ ’πίκυρτος ἢ βραχύς;
⟨Κυ⟩ βραχὺς χυτρώδης ποικ[ί]λῃ δορᾷ κατερρικνωμένος.
⟨Χο⟩ ὡς αἰέλουρος εἰκάσαι πέφυκεν ἢ τὼς πόρδαλις;
⟨Κυ⟩ πλεῖστον με[τ]αξύ· γογγύλον γάρ ἐστι καὶ βραχυσκελές.
⟨Χο⟩ οὐδ’ ὡς ἰχνευτῇ προσφερὲς πέφυκεν οὐδ’ ὡς καρκίνῳ;
⟨Κυ⟩ οὐδ’ αὖ τοιοῦτ[ό]ν ἐστιν, ἀλλ’ ἄλλον τιν’ ἐξευροῦ τρόπον.
⟨Χο⟩ ἀλλ’ ὡς κεράστ[η]ς κάνθαρος δῆτ’ ἐστὶν Αἰτναῖος φυήν;
⟨Κυ⟩ νῦν ἐγγὺς ἔγν[ως] ᾧ μάλιστα προσφερὲς τὸ κνώδαλον.
⟨Χο⟩ τ[ί δ’ αὖ τὸ] φων[οῦ]ν ἐστιν αὐτοῦ, τοὐντὸς ἢ τοὔξω, φράσο[ν.
⟨Κυ⟩ ....]λο[...] ὀρεινὴ σύγγονος τῶν ὀστράκων.
⟨Χο⟩ ποῖον δὲ τοὔνομ’ ἐν]νέ[πει]ς; πόρσυνον, εἴ τι πλ̣[έ]ον ἔχεις.
⟨Κυ⟩ τὸν θῆρα μὲν χέλυν, τὸ φωνο]ῦν δ’ αὖ λύραν ὁ π[αῖς κ]αλεῖ.
⟨Χο⟩ ....]. κτέανον ἢ συ[...] τίνι;
⟨Κυ⟩ ....] δέρμα κ[αὶ] στ[ροφεῖς βοῶν
.............]ον ὧδ[ε] κλαγγά[νει χέλυς
ἐνήλατα ξύλα τρίγομφα διατ]όρως ἐρείδετα̣ι̣
................χορδὰς] πλεκτὰ[ς...]με[
..................κοι]λάδος κ̣ [....]σσ[
..................κόλ]λοπες δε[...]νε̣[
..........καθ]αμμάτω[ν ..]χε[
...........]ο̣ν̣[.....]α̣ντ̣[
..................]αι[
................]εμ[
....................]χελ[

Ky Glaub' nur! Das tote Tier nahm Stimme an, das lebende war stumm.

Chf Wie war's gestaltet? War es lang? War es gebogen? Oder kurz?

Ky Kurz war es, schüsselförmig, unterwärts in bunte Haut gezwängt.

Chf So war es einer Katze ähnlich oder einem Pardeltier?

Ky Völlig daneben! Denn gerundet ist's, und kurz nur sein Gebein.

Chf Auch nicht wie ein Ichneumon ähnlich oder etwa wie ein Krebs?

Ky Nein, nein, so ist es auch nicht: such dir eine andre Tierart aus!

Chf Dann ist's vielleicht wie der gehörnte Käfer, der am Aitna lebt?

Ky Jetzt bist du nah bei etwas, dem das Tier am ehesten ähnlich sieht.

Chf Was ist das Tönende daran? Das Innen oder Außen? Sprich!

Ky (Ein Teil des Tiers) ist hügelförmig, Muschelschalen nah verwandt.

Chf Mit welchem Namen nennst du es? Erzähle, wenn du noch was weißt!

Ky Schildkröte nennt der Bub das Tier, doch Lyra jenen Teil, der tönt.

Chf Wem (scheint) der Schatz (denn holder) als ...... ?

Ky .... der Rinder Wirbelknochen und die Haut.
.... so klingt die Krötenschale nun.
Geschnittne Hölzer, starke Nägel, wurden da hineingebohrt.
.... gedrehte Därme ....
.... der Höhlung ....
.... die Wirbel ....
.... der Knoten ....
....
....
....
....

. . . . .]τραχὺς ᾧ χελώνης κέρχνος ἐξανίσταται
καὶ τοῦτο λύπη[ς] ἔστ' ἄκεστρον καὶ παραψυκ[τ]ήρ[ιο]ν
κείνῳ μόνον, χα[ί]ρει δ' ἀλύων καί τι προσφων[ῶν μέλος
ξύμφωνον· ἐξα[ί]ρει γὰρ αὐτὸν αἰόλισμα τῆς λ[ύ]ρας.
οὕτως ὁ παῖς θανόντι θηρὶ φθέγμ' ἐμηχανήσατ[ο.

Χορός

ὀρθοψάλακτός τις ὀμφὰ κατοιχ- ia cr^2 Str.
νεῖ τόπου, πρεπτὰ δὴ ⟨τοῦ⟩ τόνου cr^3
φάσματ' ἔγχωρ' ἐπανθεμίζει· cr^2 ba
τὸ πρᾶγμα δ' οὗ πέρι πορεύω βάδην, ia cr^2
ἴσθι τὸν δα[ί]μον' ὅστις ποθ' ὃς ταῦτ' ἐτεχ- cr^4
νήσατ', οὔκ ἄλλος ἐστὶν κλ[οπεὺς cr^3
ἀντ' ἐκείνου, γύναι, σάφ' ἴσθι. cr^2 ba
σὺ δ' ἀντὶ τῶνδε μὴ χαλε- ia^2
φθῇς μηδὲ δυσφορηθῇς. ia ba

⟨Κυλλήνη⟩

τίς ἔχει πλά]νη σε; τίνα κλοπὴν ὠνείδισ[ας;

⟨Χο⟩ οὐ μὰ Δία σ', ὦ πρέσ]βειρα, χειμάζειν [θέλω.
⟨Κυ⟩ μῶν τὸν Διὸς παῖδ' ὄ]ντα φηλήτην κα[λεῖς;
⟨Χο⟩ . . . .] ἂν αὐτῇ τῇ κλο[πῇ.
⟨Κυ⟩ . . . . .ε]ἴ γέ τἀ[λ]ηθῆ λέ[γεις.
⟨Χο⟩ . . . . .τ]ἀληθῆ λέγ[ω.
κεῖνον δὲ Φοίβου κεκλο]φέναι σάφ[' οἶδ' ἐγὼ
τὰ μῆλα· πῶς γὰρ δέρμ' ὁ μη[δὲ βοῦς πάνυ
ἰδὼν κατ' ἄντρου τῇ λύρ]ᾳ καθήρ[μ]ο[σ' ἄν;

316 cf. Inachi frg. 6

..., darin der Krötenschale rauher Buckel sich erhebt,
und dieses ist im Kummer Heilungs- und Beruhigungsmittel ihm,
sein einz'ges: außer sich vor Freude, singt ein Lied er, das damit
zusammenklingt; es reißt ihn hin der Lyra wandelbarer Klang.
So zauberte der Knabe dem verstorbnen Tiere Wohllaut an.

Chor

da die Musik wieder zu hören ist

Empor erhebt vollen Klangs sich der Schall
hier vom Platz: strahlend nun aus dem Ton
blühen erdbürtige Gesichte.
Die Tat jedoch, die mich geführt diesen Weg,
wisse: wer's immer sei, dieser Gott hat den Trug
hier verübt, keiner sonst ist der Dieb
außer ihm; dessen, Frau, sei sicher!
Doch du sei deshalb nicht ergrimmt
und auch nicht ungehalten!

Kyllene

Welch Wahn umstrickt dich? Welchen Diebstahl warfst ihm vor?
Chf Bei Zeus, Verehrte, dich erschrecken will ich nicht.
Ky Nennst du ihn etwa einen Dieb, den Sohn von Zeus?
Chf (Er wird ja überführt) durch das Gestohlne selbst!
Ky (Beweisen müßtest du,) ob du die Wahrheit sprichst.
Chf (So hör und sage dann,) ob ich die Wahrheit sprach!
Daß er Apollons Vieh gestohlen hat, das weiß
ich sicher; denn hätt' er die Rinder nie gesehn,
wie paßt' er in der Höhl' die Haut der Lyra an?

. . . .]λου τεμὼν[
. . . .]φο.λ[ύ]ρα.

desunt versus duo vel tres

⟨Κυ⟩ σὲ μὲν πονηρῶς] ἄρτι μανθάνω χρόνῳ
ληροῦντα κἀγχ]άσκοντα τῇ ’μῇ μωρίᾳ.
δρᾷς δ’ ὑγιὲς ο]ὐδέν, ἀλλὰ παιδιᾶς χάριν.
καίτοι τὸ λοιπὸ]ν εἰς ἔμ’ εὐδίαν ἔχων,
εἴ σοι φέρει χάρ]μ’ ἤ τι κερδαίνειν δοκεῖς,
ὅπως θέλεις, κά]χαζε καὶ τέρπου φρένα·
τὸν παῖδα δ’ ὄ]ντα τοῦ Διὸς σαφεῖ λόγῳ
μὴ σκῶπτε ποι]ῶν ἐν νέῳ νέον λόγον.
οὗτος γὰρ οὔτε] πρὸς πατρὸς κλέπτης ἔφυ
οὔτ’ αὖτις ἐν μ]ήτρωσιν ἡ κλοπὴ κρατεῖ.
εἰ δὴ κλοπή τ]ίς ἐστι, τὸν κλέπτην σκόπει
ἄπορον ἄ]καρπον· τοῦδε δ’ οὐ πεινῇ δόμος.
ἄθρ]ει γένος, πρόσαπτε τὴν πονηρίαν
πρὸ]ς ὅντιν’ ἥκει· τῷδε δ’ οὐχ οὕτω πρέπει.
ἀ[λλ’] αἰὲν εἶ σὺ παῖς· πάλαι γὰρ ὢν ἀνὴρ
π[ώγ]ωνι θάλλων ὡς τράγος κνηκῷ χλιδᾷς.
παύου τὸ λεῖον φαλακρὸν ἡδονῇ πιτνάς.
ο]ὐκ ἐκ θεῶν τὰ μῶρα καὶ γέλοια χρὴ
χ]ανόντα κλαίειν ὕστερ’; ὡς ἐγὼ λέγω.

⟨Χορός⟩

στρέφου λυγίζου τε μύθοις, ὁποί- ia cr^2 Ant.
αν θέλεις βάξιν εὕρισκ’ ἀπό- cr^3
ψηκτον· οὐ γάρ με ταῦτα πείσεις, cr^2 ba
ὅπως τὸ χρῆμ’ οὗτος εἰργασμένος ia cr^2
ῥινοκόλλητον ἄλλων ἔκλεψεν βοῶν cr^4
που δορὰ[ς ἢ] ’πὸ τῶν Λοξίου. cr^3
[μ]ή με τᾶ[σδ’ ἐ]ξ ὁδοῦ βίβαζε. cr^2 ba
. . . . ⟨ia^2⟩
δὴ γύν’ η[(ia ba)

.... zugeschnitten hat
.... die Lyra .....

Zwei oder drei Verse fehlen ganz

Ky Du! Mit der Zeit begreif' ich endlich, daß du dreist
nur Unfug treibst und meiner Einfalt spotten willst.
Nicht ehrlich meinst du's, denkst an Kindereien bloß.
Nun aber lasse künftighin in Frieden mich!
Wenn es dich freut und du dir was davon versprichst,
lache, soviel du willst, und habe deinen Spaß!
Ihn aber, der ein Sohn von Zeus unzweifelbar,
verspotte nicht und üb' am Kind nicht kindischen Witz!
Denn weder ist er Dieb von Vaters Seite her,
noch ist im Hause seiner Mutter Diebstahl Brauch.
Ist was gestohlen worden, spähe nach dem Dieb
bei armen Schluckern: seinem Haus ist Hunger fremd.
Sieh nach der Herkunft! Wirf die Schlechtigkeit dem vor,
zu dem sie paßt! Ihm aber ist sie nicht gemäß.
Doch immer bleibst du Kind; denn zwar schon längst ein Mann,
bist stolz du wie ein Bock auf deinen gelben Bart.
Hör auf, mit deiner kahlen Glatze dick zu tun!
Lassen die Götter den, der platzt vor Narretei
und Ulk, nicht später weinen? Solches sage ich!

Chor

Ach, winde, dreh' dich mit viel Reden, find,
wie du willst, Worte die alles weg-
wischen! Mich überzeugst du niemals,
daß jener, als er das Ding sich erschuf
und aus Haut klebte, sonstwo von Rindsherden sich
Häute stahl als beim Rindvieh Apolls.
Bring mich nicht ab von diesem Wege!
....
Also, Frau, ...

⟨Κυ⟩ μανιῶν τ[
ὦ παμπόνη[ρε . . . . .
ἐ]ρᾷ τάχ' ὀργὴ[
⟨Χο⟩ τ]ἀληθὲς εἴπ[ομεν . . . . .
τὰς β]οῦς γὰρ[
⟨Κυ⟩ ὁ] παῖς κλοπ[εύς . . . . .
⟨Χο⟩ εἴ] τοι πονη[ρὰ δρᾷ, πονηρὸς ὢν κυρεῖ.
⟨Κυ⟩ κ]ακῶς ἀκού[ειν οὐ πρέπει Διὸς γόνῳ.
⟨Χο⟩ ε]ἰ δ' ἔστ' ἀλη[θῆ, χρή με καὶ λέγειν τάδε.
⟨Κυ⟩ σ]ὺ μὴ τάδ' [εἴπῃς . . . . .

desunt versus sex

⟨Χο⟩ . . .] πελέθους βοῶν[
⟨Κυ⟩ πο[λ]λαὶ βόες νέμουσι τ[
⟨Χο⟩ π[λ]είους δὲ γ' ἤδη νῦν[
⟨Κυ⟩ τ[ί]ς, ὦ πονήρ', ἔχει; τί πλε̣[
⟨Χο⟩ ὁ παῖς, ὃς ἔνδον ἐστὶν ἐγκεκλῃ[μένος.
⟨Κυ⟩ τὸ]ν παῖδα παῦσαι τοῦ Διὸς [κακῶς λέγων.
⟨Χο⟩ π[α]ύοιμ' [ἄ]ν, [εἰ] τὰς βοῦς τις ἐξελᾶ[ν θέλοι.
⟨Κυ⟩ ἤδη με πν[ί]γεις καὶ σὺ χα[ὶ βόες σέθεν.
⟨Χο⟩ . . .]λεις ἐπ̣ρ̣[. . .]υ[. . ἐ]ξελαύν[ετε.
⟨Κυ⟩ . . . .
⟨Χο⟩ γ̣ύ̣ν̣αι̣[
⟨Κυ⟩ ἄγ' εἶα νῦ̣[ν . . . . .
⟨Χο⟩ . . . . . μυχῷ σκ[οτεινῷ . . . . .
⟨Κυ⟩ παν'[

desunt versus tres

⟨Χορός⟩

Ἀ[πόλλων

ἰοὺ ἰοὺ[
ἦν τ' ἔφη π̣[
οὗτος οὐ φ[

Ky Wahnsinniger! ....
Du schlechter Kerl du! ....
Bald lüstet's meinen Zorn, ...
Chf Die Wahrheit sprachen wir ....
Die Kühe nämlich (hat das Kind da drin entführt)
Ky Das Kind ein Dieb? (Das ist verruchte Lästerung!)
Chf Wenn er doch Schlimmes tut, so ist er eben schlimm.
Ky Zeus' Sprößling ziemt's nicht, daß man übel von ihm spricht.
Chf Wenn es die Wahrheit ist, muß ich sie sagen auch!
Ky Du, sprich es nicht (noch einmal aus) ....

Sechs Verse fehlen

Chf Kuhfladen (haben wir gerochen und gesehn.)
Ky Hier weiden viele Kühe ....
Chf Die meisten freilich sind nun schon (drin eingesperrt).
Ky Wer hält sie fest, du schlechter Kerl? Was ....
Chf Der Junge, der da drinnen eingeschlossen ist!
Ky Hör endlich auf, Zeus' Söhnchen zu beleidigen!
Chf Gern hör ich auf, wenn man die Kühe führt heraus.
Ky Du bringst mich ja noch um mit deinen Kühen, du!
Chf .... Treibt sie doch heraus!
Ky ....
Chf Frau, ...
Ky Nun munter! Los! ....
Chf Tief drin (im Dunkel) ....
Ky ....

Drei Verse fehlen

Chor

Apollon .....

Apollon kehrt zurück

Hallo! Hallo! ....
war sie und sagte ....
dieser nicht ....

⟨Σιληνός⟩

ὦ Λ[οξία . . . . .
ἰὼ δ[
⟨Χο⟩ ὦ Λοξία δε[
καὶ παρῆ[μεν . . . . .
τῶν [β]οῶν[

Ἀπόλλων

ἀ]νύ[ω . . . . .
ε[.]ει[
βο[
ὁπο[
πρ[ο]φ[
μισθὸν[
ἐλεύθερο[ι δ' ἔσεσθε τὸν λοιπὸν χρόνον.
⟨Σι⟩ τὸν ἐγ[

(Oxyrh. Pap. IX 1174)

2. (295 N = 316 P)

ῥικνοῦσθαι

(Phot. lex. p. 489,1)

3. (317 P)

]βράβευμ[α

(Oxyrh. Pap. IX 1174 fr. 26)

4. (932 [inc.] N = 318 P)

κέκλεμμαι βοῦκλεψ

παρὰ Σοφοκλεῖ Ἑρμῆς (Athen. l. c.) *(Athen. 409 C)*

Silenos

kommt wider nach vorn

O Loxier! ....
Juchhe! ....
Ch O Loxier! ....
und wir halfen ....
der Kühe ....

Apollon

Ich erfülle ....
....
....
....
(Zum Vorschein bringen?) ....
Den Lohn ....
Dann sollt ihr für die Zukunft freie Leute sein!
Si Den ....

2.

einschrumpfen, gekrümmt werden

3.

ein Urteil

4.

Hermes

Ich, Kuhdieb, bin bestohlen!

„Bestohlen" im Sinne von „überlistet"

ANHANG

ERLÄUTERUNGEN

AIAS

Stammbaum (Frauen *kursiv*):

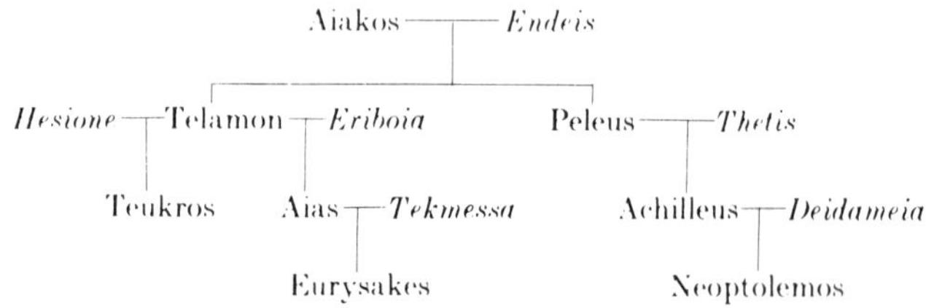

Aus dem Stammbaum wird deutlich, daß Aias zu Recht als naher Verwandter Anspruch auf Achills Waffen erhob. –

8: Die lakonischen Hunde sind für ihre Schnelligkeit bekannt. – 17: tyrrhenisch = etruskisch; die Etrusker galten als Erfinder der Trompete. – 172: Artemis ist ursprünglich eine asiatische Gottheit, die mit orgiastischen Bräuchen verehrt wurde und der man blutige Opfer darbrachte. – 179: Der kriegerische Gott ist Enyalios, der auf Salamis ein Heiligtum hatte; Ares wird nicht genannt, da er nach Homer auf trojanischer Seite stand. – 189: In einer nachhomerischen Sagenversion ist nicht Laertes der wirkliche Vater des Odysseus, sondern der Erzgauner Sisyphos, von dem Odysseus seine Verschlagenheit geerbt habe; Odysseus' Mutter hat nach dieser Version, bevor sie nach Ithaka kam, mit Sisyphos Umgang gehabt. – 202: Durch die Anrede „Erechthiden" wird die attische Abstammungssage auf die Insel Salamis übertragen. – 387: Aiakos war Sohn von Zeus und Aigina. – 645: Aiakide heißt Aias nach seinem Großvater. – 696: Kyllene war Pans Heimat. Das Jubellied zeigt den Erfolg von Aias' Trugrede. – 699: Nysische Tänze tanzen die Satyrn im Thiasos des Dionysos auf der Bergflur von Nysa, kretische Tänze werden in Knosos zu Ehren Ariadnes, Dionysos' Braut, getanzt. – 702: Ikaros-Meer: bei der Insel Ikaria, wo nach der Sage Ikaros, der Sohn des Daidalos, ertrank. – 801: Thestoride: der Seher Kalchas (vgl. Homer, Il. 9, 69).

– 814: Der Chor zieht im griechischen Drama sehr selten während der Handlung aus (sog. μετάστασις χοροῦ) und wieder ein (sog. *Epiparodos*), vgl. Aischylos, Eum. 231 und 244; Euripides, Alk. 746 und 861, Hel. 385 und 515, Rhes. 564 und 674; Aristophanes, Ekkl. 310 und 478. – 1028–1037: Die eingeklammerten Verse sind wohl eine spätere Interpolation. – 1171 ff.: Statt der sonst üblichen Zweige soll Eurysakes je eine Locke von sich, seiner Mutter und Teukros als Bittflehender an der Leiche seines Vaters in der Hand halten. – 1192 ff.: Paris als Urheber des Kriegs wird verflucht. – 1285 ff.: Sophokles bezieht eine anachronistische Version aus der Heraklidensage ein: Bei der Verteilung der peloponnesischen Landschaften war ausgemacht, daß dem, dessen Los zuerst herausfalle, Argos, dem Nächstfolgenden Lakonien und dem Letzten Messenien zufallen solle. Kresphontes hatte es auf Messenien, die fruchtbarste Landschaft, abgesehen und warf statt der Tonscherbe einen Erdklumpen in den Helm, der sich auflöste und nicht herausfiel. – 1292: „Phryger“ ist im Athen des 5. Jahrhunderts ein Schimpfwort, da zahlreiche Sklaven Phryger waren. – 1302: Herakles.

DIE TRACHINIERINNEN

Stammbaum (Frauen *kursiv*):

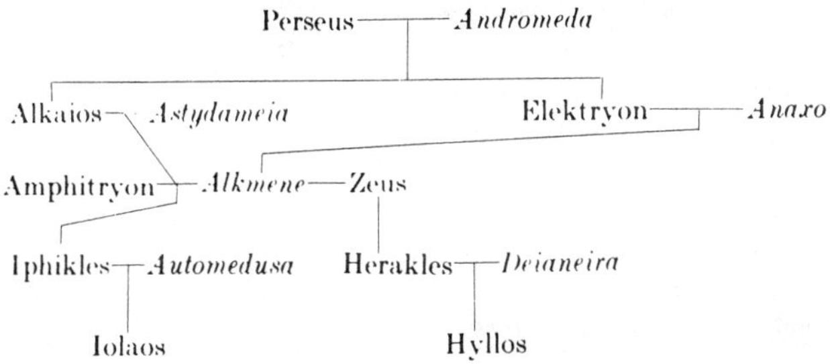

7: Pleuron: alte aitolische Stadt am Euenos. – 9 ff.: Stromgötter werden teils ganz als Stiere, teils als Stiere mit menschlichem Kopf dargestellt. – 116: Sohn Thebens: Herakles. – 172: Die Zeus-Orakel zu Dodona wurden dem Rauschen einer alten Eiche entnommen. – 200: Ein heiliges Gelände durfte nicht gemäht werden. – 205ff.: Apollon und Artemis wurden durch Doppelchöre von Jünglingen und Mädchen gefeiert; vgl. Horaz, Carm. saec. 6 und Carm. IV 6, 29. 40. – 213: Ortygia: Beiname der Artemis, unter dem sie auf dem aitolischen Berg Chalkis und auch anderswo verehrt wurde. – 237: Kenaios: Beiname des Zeus nach dem Vorgebirge Kenaion an der Nordwestspitze Euboias, wo er verehrt wurde. – 249ff.: Vgl. V. 69f. – 267: Eurytos hatte Herakles als Knecht des Eurystheus verspottet. – 497: Kypris: Aphrodite nach ihrem Geburtsort Zypern. – 510: Oiniad(ai): Stadt in der Mündungsebene des Acheloos. – 639: Pylai: Die Thermopylen. Der Bund ist die Amphiktyonie, eine Eidgenossenschaft zum Schutz der Heiligtümer des Apollon in Delphi, der Demeter in Anthele bei Thermopylai und zu gegenseitiger Einhaltung der Völkerrechte. – 1031: Pallas Athena als Schutzgöttin von Herakles. – 1058ff.: Ohne Herakles' Unterstützung wäre den Olympiern der Sieg über die Giganten, die Kinder der Ge oder Gaia (Erde), versagt geblieben. – 1167: Sellen: Priester des Zeus in Dodona (vgl. V. 172).

ANTIGONE

Der Stammbaum (Frauen *kursiv*) gibt nur die für das Verständnis des Dramas wichtigen genealogischen Verhältnisse wieder:

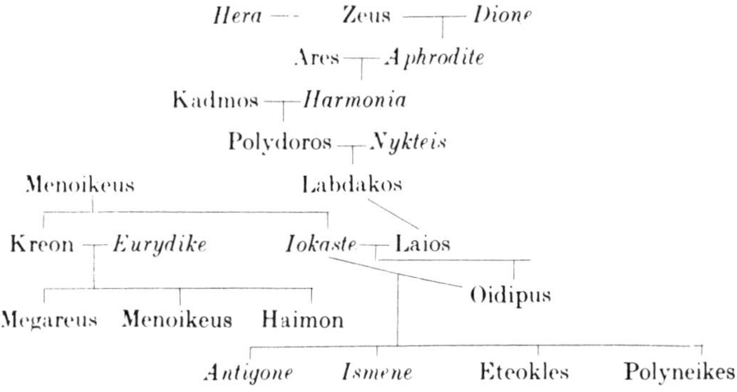

105: Dirke: Quelle nordwestlich von Theben. – 123: Hephaistos als Gott des Feuers. – 126: Der Sage nach waren die ältesten Einwohner Thebens aus den Zähnen eines Drachen entstanden, die Kadmos gesät hatte. – 131. 139: Der Riese Kapaneus, der, als er die Mauer bestieg, von einem Blitz erschlagen wurde. Wie die anderen Namen der Verbündeten des Polyneikes wird auch er nicht namentlich genannt. – 143f.: Waffen erschlagener Feinde wurden im Zeus-Tempel als Weihegeschenke aufgehängt. – 155: Bakchos, Kultname des Dionysos, Sohn von Zeus und der Kadmostochter Semele, wurde in Theben als Stadtgottheit verehrt. – 823ff.: Tantalos' Tochter Niobe, Gemahlin des Königs Amphion von Theben, rühmte sich gegenüber der Göttin Leto ihrer zahlreichen Kinder, während Leto nur Apollon und Artemis geboren habe. Zur Strafe tötete Apollon mit seinen Pfeilen ihre sieben Söhne, Artemis ihre sieben Töchter. Sie selbst wurde in einen Fels verwandelt, der auf dem Berge Sipylos in Lydien, ständig von Tränen strömend, ein Denkmal ihres Leids wurde. – 834: Niobes Vater: Tantalos, Sohn des Zeus. – 891–928: Antigones Argumentation, in der sie ihre Tat mit der Unersetzlichkeit eines Bruders rechtfertigt, erregte immer schon Anstoß (vgl. Goethes Gespräch mit Eckermann vom 28.3.1827). Für die Echtheit der Partie spricht Sophokles' Kompositionstechnik, die durch einen Wechsel von Pathos und Logos, von spannungsreichen, gefühlsbetonten und oft gesungenen Abschnitten und logischen, nüchternen Darstellungen desselben Sachverhalts bestimmt ist. Eine ähnliche Argumentation findet sich bei Herodot (3, 119), zu dem sich auch an anderen Stellen Berührungspunkte nachweisen lassen; er gehörte wie Sophokles dem Kreis um Perikles an. – 944: Danaë, Tochter des Königs Akrisios von Argos, der sie, da ihm geweissagt worden war, er werde durch den Sohn seiner Tochter sterben, in einem unterirdischen Gemach eingeschlossen hatte. Zeus drang in der Gestalt eines goldenen Regens ein und zeugte Perseus. – 956: Dryas' Sohn Lykurgos, der König der Edonen, verjagte die Bakchantinnen aus seinem Land; zur Strafe wurde er von Dionysos in eine Felsenhöhle gesperrt, wo er verhungerte. – 968: Kleopatra, Gattin des Königs Phineus von Thrakien, Tochter von Boreas und Enkelin des Königs Erechtheus von Athen (mütterlicherseits), wurde von ihrem Mann verstoßen, der Idaia, die Tochter des

Dardanos, heiratete. Diese blendete die zwei Söhne Kleopatras, sperrte sie ein und ließ sie verhungern. – 1120f.: Bakchos, s.o. V. 155; unter diesem Kultnamen wurde Dionysos auch bei den Eleusinischen Mysterien verehrt. – 1124: Ismenos: der Fluß, an dem Theben liegt. – 1126: Doppelfelsen: die zwei Gipfel des Parnassos in Phokien, an dessen Fuß Delphi liegt und die Quelle von Kastalia entspringt. Das „Strahlen" des Felsens wird durch Thiasoi des Dionysos erklärt. – 1128: Die Korykische Grotte liegt am Südhang des Parnassos nördlich von Delphi; sie war Pan und den Nymphen heilig. – 1131: Auf dem Berge Nysa auf Euboia blühte eine Wunderrebe am Morgen, mittags trug sie Herlinge, abends Trauben. – 1139: Vom Blitz des Zeus getroffen, gebar Semele den Dionysos vor der Zeit. Daraufhin nähte ihn Zeus in seinen Schenkel, um ihn ‚auszutragen' und vor den Nachstellungen Heras zu schützen; vgl. Euripides, Bakch. 88ff. – 1146ff.: So wie Bakchos den Thiasos auf der Erde anführt, der unter dem Leuchten von Fackeln stattfindet, stellt man sich ihn als Anführer der leuchtenden Gestirne vor. – 1199: Wegegöttin: Hekate. – 1202: Zum Verbrennen der Toten benutzte man Ölbaumzweige.

KÖNIG OIDIPUS

Stammbaum s.o. zur „Antigone". – 21: Der Seher Ismenos war Sohn Apollons und der Nymphe Melia; er gab dem Fluß Ismenos den Namen. – 122: Die falsche Nachricht, Laios sei von Räubern erschlagen worden, bestärkt Oidipus im weiteren Verlauf der Handlung in seiner Verblendung. – 124: Mit tragischer Ironie läßt Sophokles Oidipus sich bereits hier der Wahrheit nähern, da er nur noch den Singular verwendet. – 152: Pytho: ältester Name der Landschaft Phokis, wo Delphi liegt. – 190ff.: Die Pest wird als der wütende Kriegsgott gesehen. – 203: Beiname des Apollon. – 267: Vgl. Herodot 5, 59; s.o. zu Ant. VV. 891–928. – 469f.: der Gewappnete: Apollon. – 490: Polybos' Sohn: Oidipus; nur Teiresias kennt bisher die wahre Herkunft des Königs. – 507: das fliegende Weib: die Sphinx. – 603: s. zu V. 152. – 897: Ein weißer, kegelförmiger Stein neben dem Opferaltar im delphischen Tempel galt als „Nabel" der Welt. – 900: Abai in Phokis war der Sitz eines Apollontempels und -orakels, die für älter als die in Delphi galten. – 901: In Olympia war ein altes Zeus-Orakel. – 1089: Kithairon: Grenzgebirge zwischen Boiotien und Attika. – 1101: Loxier: Beiname Apollons. – 1104: Kyllene: Heimat des Hermes, der dort verehrt wurde. – 1123ff.: Zum Verhör und dem Gegenüberstellen von zwei Boten vgl. Trach. 400ff. – 1227: Ister: Donau; Phasis: Fluß in Kolchis (heute Rion).

ELEKTRA

Stammbaum (Frauen *kursiv*):

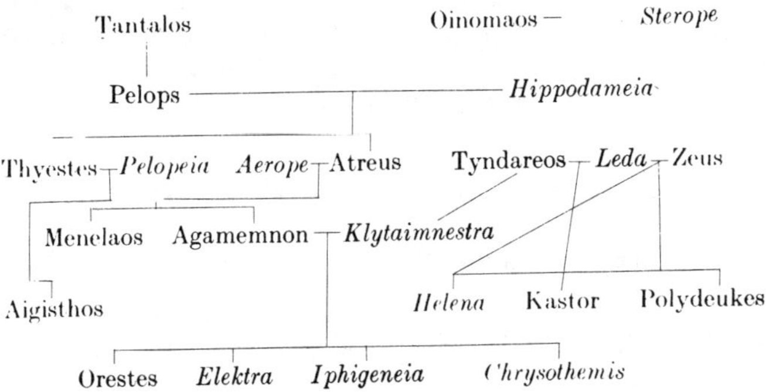

4: Argos ist von Mykene 9,6 km entfernt. – 5: Inachos' Tochter: Io, Geliebte des Zeus, die von ihm in eine Kuh verwandelt wurde, um sie vor Heras Nachstellungen zu schützen. Diese peinigt sie aber durch eine Bremse. – 6: Wolfsmarkt: Marktplatz in Argos, an dem der Tempel des Apollon Lykeios, des Wolfstöters, lag. – 148: Im Lied der Nachtigall hörten die Griechen die Klage von Prokne um ihren Sohn Itys, den sie selbst getötet hatte, da ihr Gatte Tereus sich an ihrer Schwester Philomela vergangen hatte. Zur Strafe wird Tereus in den Wiedehopf, Prokne in die Nachtigall und Philomela in die Schwalbe verwandelt. – 150: Zu Niobe s.o. zu Ant. 823ff. – 180: Krisa: Stadt in Phokis, westlich von Delphi. – 184: Hades. –

504ff.: Rückverweis auf den Anfang der Übeltaten der Pelopiden: Pelops stürzte den Wagenlenker Myrtilos am Vorgebirge Geraistos auf Euboia ins Meer und wurde von diesem verflucht. – 531: Iphigenie. – 548: Klytaimnestra nimmt an, Iphigenie sei tot. – 570: Artemis. – 574: Troja. – 660: Zur Unterbrechung eines Gebets durch einen Boten vgl. O. R. 924. – 792: Nemesis: Göttin der Vergeltung, die dem Verstorbenen beistehen soll, wenn er sich selbst nicht mehr rächen kann. – 836ff.: Amphiaraos, König von Argos, der ein Seher war, hatte es abgelehnt, am Zug der Sieben gegen Theben teilzunehmen, da er die Niederlage voraussah. Seine tückische Gattin überredete ihn zur Teilnahme, da sie von Polyneikes durch ein Goldgeschmeide bestochen war. Auf der Flucht des Heeres öffnete Zeus durch einen Blitz vor ihm die Erde, die Amphiaraos samt seinem Viergespann aufnahm. – 1384ff.: Der Chor sieht im Geist Ares und die Rachegöttinnen zusammen mit Orest das Haus betreten. – 1388: die Erinyen. – 1395: Hermes wird als Gott der List angerufen.

PHILOKTETES

Stammbäume zu den drei Hauptpersonen der Tragödie (Frauen *kursiv*):

Poias — *Demonassa*
Philoktetes

Laertes — *Antikleia*
Odysseus — *Penelope*
Telemachos

Peleus — *Thetis*
Achilleus — *Deidameia*
Neoptolemos

134: Athena ist Odysseus' Schutzgöttin; vgl. „Aias". – 194: Chryse: kleine Insel bei Lemnos, die einer Nymphe gleichen Namens heilig war. – 391ff.: Der Chor ist ganz Komplize des Neoptolemos; wie gewöhnlich bei Schwüren und Verfluchungen wird Ga, die Erde, angerufen. – 400f.: Die Große Göttermutter Kybele (oder Kybebe), Tochter von Uranos und Ga (Ge), wird hier mit ihrer Mutter gleichgesetzt. Man dachte sie sich auf einem mit Löwen bespannten Wagen fahrend oder auf Löwen reitend. – 416: Tydeus' Sproß: Diomedes, Begleiter des Odysseus bei kühnen und verschlagenen Unternehmungen. – 417: Vgl. zu „Aias" 189. – 448: Gemeint ist Sisyphos, der den Tod überlistete und zur Oberwelt zurückkehrte; vgl. zu „Aias" 189. – 549: Peparethos: größte Insel der nördlichen Sporaden, berühmt durch den Reichtum an Wein, Korn und Öl. – 562: Phoinix, Erzieher des Achilleus; Söhne des Theseus: Akamas und Demophon; sie kommen erst in den nachhomerischen Epen vor. – 677ff.: Ixion, König der Lapithen in Thessalien, stellte Hera nach; er zeugte mit einer ihr nachgebildeten Wolkengestalt die Kentauren; zur Strafe wurde er in der Unterwelt an ein sich ewig drehendes Rad gebunden. – 726: Spercheios: Fluß nördlich des Oita. – 791: Wie in V. 264 wird Odysseus von Ph. höhnisch nach der Insel Kephallenia genannt, die zu Odysseus' Reich gehört. Die Kephallenen galten als schlaue Händler, Betrüger und Seeräuber. – 986: Hephaistos hatte seine Kultstätte auf Lemnos. – 1437: Asklepios, Gott der Heilkunde; vgl. auch „Leben und Werk" I.

OIDIPUS AUF KOLONOS

Stammbaum s.o. zu Ant. – 54ff.: vgl. das Chorlied 668ff. – 337ff.: Vgl. Herodot 2, 35: In Ägypten gehen die Frauen auf den Markt und treiben Handel, die Männer bleiben zu Hause und weben; zu Soph. und Herodot vgl. o. Ant. 891–928. – 609: Vgl. „Aias" 646ff. – 610ff.: Vgl. „Aias" 669ff. – 698ff.: Vgl. Herodot 8, 55; zum Preis der beiden Stadtgottheiten vgl. auch Aristophanes, „Ritter" 551ff. 581ff.; beide Gottheiten wurden in dem kurz vor der Abfassung der Tragödie fertiggestellten Erechtheion verehrt. – 1044ff.: In der Vision des Chores wird das hinterszenische Geschehen in erregter lyrischer Form geschildert. – 1049: Fackelgestade: bei Eleusis; am Strand wurden nächtliche Feiern zur Erinnerung der Suche Demeters nach ihrer Tochter Persephone begangen. – 1050: Demeter und Persephone. – 1051f.: Den Mysten war strenge Schweigepflicht auferlegt. – 1053: Eumolpos, Sohn von Poseidon und Chione, stiftete die Eleusinischen Mysterien; seine Nachkommen, das attische Geschlecht der Eumolpiden, stellte die Priester der Eleusinischen Mysterien. – 1061: Oia: attischer Bezirk, nordwestlich von Athen. – 1248: Rhipai: sagenhaftes, in Finsternis gehülltes Gebirge am Nordrand der Welt. – 1303: apisches Land: die Peloponnes, benannt nach Apis, dem Sohn des Aigialeus, der das Land von Ungeheuern gereinigt hatte. – 1556: Persephone. – 1559: Aidoneus: Hades. – 1568: Erinyen. – 1575: Sohn der Erde und des Tartaros ist Thanatos, der Tod. – 1767: Horkos, Sohn der Eris, ist der Diener des Zeus Horkios, des Gottes der Eide.

DIE SATYRN ALS SPÜRHUNDE

Bei der Gattung ‚Satyrspiel' sind wir leider nicht in der glücklichen Lage, über genügend Vergleichsmaterial zu verfügen. Lediglich von Euripides ist mit dem „Kyklops" ein Stück vollständig überliefert. Durch Papyrusfunde im ägyptischen Oxyrhynchos wurde allerdings nun auch das Bild von Aischylos und Sophokles als Autoren von Satyrspielen ergänzt. Die *dramatis personae* des Satyrspiels zerfallen in zwei Gruppen: den Chor der Satyrn auf der einen und in Tragödienhelden sowie Götter auf der anderen Seite. Die Satyrn gehören zu dem Gefolge des Gottes Dionysos; sie sind mit einem Pferdeschwanz und einem erigierten Phallos ausgestattet. Begleitet werden sie von ihrem alten Vater Silenos, dem die Tierattribute fehlen. Ihrer Natur nach sind sie zugleich ängstlich (vgl. V. 118ff.) und neugierig (V. 237ff.), prahlerisch (V. 39ff.) und unterwürfig (V. 237ff.). Im Kontrast zu diesen wilden Wesen stehen die Götter und Helden (Odysseus im „Kyklops", Apollon, Hermes und Kyllene in den „Spürhunden"). Ein besonderer Reiz des Satyrspiels besteht nun gerade in dem Aufeinandertreffen dieser beiden Welten, der Welt der Tragödie, der die Fabel *(mythos)* des Stücks entnommen ist, und der ganz und gar unheroischen, animalischen Welt der Satyrn. Nach der Aufführung von drei Tragödien im Agon (s.u. S. 762) bildet das Satyrspiel den nach der Erschütterung durch die Tragödie nötigen heiteren, ausgleichenden Abschluß.

Das Satyrspiel bevorzugt gewisse stereotype Handlungskonstellationen und Motive: Beliebt ist die Figur des Bösewichts (Polyphem im „Kyklops"), in dessen Gewalt sich zumeist die Satyrn befinden und der von einem listigeren oder stärkeren Helden schließlich überlistet wird. Ein zweites häufiges Motiv, das den Ablauf der Handlung bestimmt, ist die Trennung der Satyrn von ihrem Herrn Dionysos, ihre Gefangenschaft (vgl. V. 57) und Befreiung. Das Satyrspiel zeigt oft eine besondere Vorliebe für erotische Stoffe und die Schilderung und Darstellung von Trinken und Essen, für Themen also, die ihren Ursprung im Dionysoskult haben. Verbunden mit der Trunksucht der Satyrn ist ihre Tanzfreudigkeit; ihre ausgelassenen Tänze (sog. *Sikinnis*) können wir noch in dem unruhigen, bewegten Metrum fassen, in dem die Chorpartien abgefaßt sind. Wichtig sind außerdem Rätsel, in die irgendwelche Erfindungen, die oft mit dem Dionysoskult in Beziehung stehen, eingekleidet sind (vgl. V. 291 ff.).

Die Fabel der „Spürhunde" ist dem homerischen Hermes-Hymnos entnommen (vgl. „Homerische Hymnen", Tusc.-Ausg., S. 68 ff.). – 33 ff.: Der Hilferuf ist typisch für das Satyrspiel und die Komödie. – 215: Kyllene ist die Nymphe des Kyllene-Gebirges (im Nordosten Arkadiens an der Grenze zu Achaia); in einer Höhle dieses Gebirges wurde Hermes geboren und von Kyllene aufgezogen.

Die Textgestaltung, die Wilhelm Willige seiner Übersetzung zugrunde legte, beruht vorwiegend auf E. Siegmanns Untersuchungen zu den ‚Ichneutai' (Hamburg 1941). Die Ergebnisse der neueren Forschungen zum Text der ‚Ichneutai' lassen sich Stefan Radts Ausgabe der Fragmente von Sophokles' Dramen (Tragicorum Graecorum Fragmenta, Vol. IV. Göttingen [2]1999) entnehmen.

ZUR TEXTGESCHICHTE UND TEXTGESTALTUNG

Etwa 75 Jahre nach dem Tode des Dichters wurden in Athen von Staats wegen die Texte seiner Dramen in einer maßgeblichen Fassung festgelegt. Die Handschrift ist, zusammen mit den Texten der beiden anderen großen Tragiker, vermutlich später nach Alexandria gekommen und beim Brande der Bibliothek nach der Eroberung durch Cäsar (48 v. Chr.) vernichtet worden. Zum Glück hatten Gelehrte vorher Abschriften von einer größeren Anzahl der Dramen genommen. Etwa vom zweiten Jahrhundert nach Christus ab beschränkte man sich – ebenso wie bei Aischylos – auf die Vervielfältigung von sieben Dramen, die man damals, mit erläuternden Anmerkungen (Scholien) dem Leser und den jungen Menschen in den Schulen zugänglich machte. Es sind die sieben Stücke, die vollständig erhalten geblieben sind, und zwar deshalb, weil byzantinische Forscher sich um die Erhaltung dieser Texte bemüht haben. Im fünfzehnten Jahrhundert gelangte eine Abschrift davon nach Florenz in die Bibliothek des Hauses Medici. Dieser Codex Laurentianus XXXII. 9 (L) ist im elften Jahrhundert geschrieben; hinzu tritt der im dreizehnten Jahrhundert geschriebene Codex Parisinus 2712 (A). Einzelne byzantinische Handschriften enthalten nur drei Dramen: Aias, Elektra und König Oidipus. Trümmer der mehr als hundert verlorenen Dramen sind als Zitate bei antiken Schriftstellern und durch Papyrusfunde auf uns gekommen.

Die sieben erhaltenen Dramen

Unsere Ausgabe legt für die sieben Dramen weitgehend den Druck der Editio Oxoniensis von A. C. Pearson: Sophoclis Fabulae, Oxford 1957, zugrunde. Auch die Ausgabe von Schneidewin und Nauck und in einzelnen Fällen die von Dindorf und Mekler (Teubneriana) wurden zu Rate gezogen.

ia^4 Iambische Tetrameter kommen außer im Satyrspiel nur ganz vereinzelt vor, auch in den Formen cr^4, sp^4 und ia^3 sp.

Trochäen

tr trochaeus — ⏑ — ⏓, auch aufgelöst zu ⏑́⏑ ⏑ ⏑́⏑ ⏓
äußerlich gleich dem (nicht auflösbaren)

ep epitritus; vgl. unter ‚Daktyloepitriten'.

Verkürzte Formen des Trochaeus sind:

cr creticus — ⏑ —
pb palimbaccheus — — ⏑
mo molossus — — —
sp spondeus — —

tr^2 Trochäischer Dimeter; daneben finden sich gelegentlich Kombinationen mit anderen Metren: cr tr; tr ad.

Lyrische Sonderformen sind:

lec lecythion — ⏑ — ⏑ — ⏑ —
ith ithyphallicus — ⏑ — ⏑ — ⏑
auch in Verbindungen: ia ith, sp ith, tr ith.

tr^3 Trochäischer Trimeter, ganz vereinzelt in den Formen tr tr cr, tr tr ba, tr cr tr.

tr^4 Trochäischer Tetrameter, nur in katalektischer Form $tr^4 \wedge$.

Ioniker

io ionicus a minore ⏑ ⏑ — ⏒
ionicus a maiore ⏒ — ⏑ ⏑

Verkürzte Formen des Ionicus sind:

cr creticus — ⏑ —
ba baccheus ⏑ — —
mo molossus — — —
sp spondeus — —
an anapaestus ⏑ ⏑ —

io^2 Ionischer Dimeter
io^3 Ionischer Trimeter
io^4 Ionischer Tetrameter

Es genügt ein reiner Ionicus, um einen Dimeter, Trimeter

oder Tetrameter als „ionisch" auszuweisen. Die übrigen Metren können von *verkürzten* Formen eingenommen werden.

Anapäste

an anapaestus ⏑ ⏑ —

Vertretbar durch:

sp spondeus — —

(da) sog. irrationaler Daktylus — ⏑́ ⏑

an² Anapästischer Dimeter, in der Metrik meist als ‚anapästisches Metrum', also nicht als Dimeter bezeichnet.

an³ Anapästischer Trimeter (vgl. Anmerkung zum ‚Dimeter') liegt nur vor als:

pr prosodiacus ⏑ — ⏑ ⏑ — ⏑ ⏑ —

Durch die Versabtrennung unserer Ausgabe bedingt findet sich auch die Verbindung pr ba.

an⁴ Anapästischer Tetrameter, in der Metrik meist als ‚anapästischer Dimeter' bezeichnet; am Satzende in katalektischer Form als an⁴ Λ.

pa paroemiacus ⏑ ⏑ — ⏑ ⏑ — ⏑ ⏑ — —

en enoplius (⏑) ⏑ — ⏑/⏑⏑ — ⏑ ⏑ — ⏑/—

Sonderformen sind:

(alc) enoplius Alcaici generis (Schroeder, Cantica p. 79): Ai. 702 = 715.

(alcm) enoplius Alcmanici generis (Schroeder, Cantica p. 79): Ai. 231 = 255.

Daktylen

da dactylus — ⏑ ⏑

Vertretbar durch:

sp spondeus — —

da² Daktylischer Dimeter

ad adonius — ⏑ ⏑ — ⏑/—

Er findet sich auch in Verbindung mit anderen Maßen: ia ad, ad sp, ch ad, tr ad.

da³ Daktylischer Trimeter, findet sich (außer in der Form da da rz) nur katalektisch als:

he — hemiepes — ⏑ ⏑ — ⏑ ⏑ —

An den Hemiepes können Vor- und Nachsilben treten: ¯he, he¯, ¯he¯; gelegentlich mit kurzer Silbe he˘.

Es finden sich auch Verbindungen mit anderen Maßen: he ia, ¯he ba, he ia ba, ia he, ia ¯he, ia ¯he¯, ba he; vgl. auch unter Reizianum und Daktyloepitriten.

da^4 — Daktylischer Tetrameter, gelegentlich auch mit Vor- oder Nachsilbe ¯da^4, da^4¯.

da^6 — Daktylischer Hexameter, immer in katelektischer Form, also eigentlich da^6 ∧ zu schreiben.

Choriamben

ch — choriambus — ⏑ ⏑ —, auch aufgelöst zu: ⏖ ⏑⏑ ⏖

ch^2 — Choriambischer Dimeter, zuweilen auch ch^2¯ und ¯ch^2.

Vertretbar ist je einer der Choriamben durch:

iambus	⏑ — ⏑ —	
trochaeus	— ⏑ — ⏑	
epitritus	— ⏑ — —	
antispastus	⏑ — — ⏑	
ionicus (a minore)	⏑ ⏑ — —	oder — ⏑ — —
paeon	— ⏑ ⏑ ⏑	
ferner durch:	— — — —	
	⏑ — — —	
	— — — ⏑	

Daneben gibt es auch Kombinationen mit *kürzeren* Metren. Es finden sich: cr ch, ba ch, pb ch, mo ch, sp ch, an ch, ch ba, ch mo, ch sp, ch ep; auch ˘ch ia, ¯ch mo. Daneben je einmal ch ad, ch ith, do ch.

ch^3 — Choriambischer Trimeter

Neben der reinen Form ch ch ch finden sich *Vertretungen* eines oder zweier Choriamben durch die gleichen Metra wie beim Dimeter. Meist steht der reine ch in der Mitte. Es kommen aber auch vor: io io ch und ch ia ia, ch ia ba, ch cr mo.

Der dritte Choriambus kann auch *verkürzt* werden zu ba

oder mo, z. B. ia ch ba, ch cr mo, der erste Choriambus zu mo, z. B. mo ch tr. — Daneben einmal rz ch rz.

ch⁴ Choriambischer Tetrameter, ganz selten in reiner Form; es kommt vor: ia ch ch ia, an an ch ba.

Glykoneus und seine Abarten

gl glyconeus ⏓ ⏒ — ⏑ ⏑ — ⏒ ⏓,
auch in der Form ⏑ — ⏑ — — ⏑ — ⏑

te telesilleion ⏒ — ⏑ ⏑ — ⏒ ⏓

pher pherecrateus ⏓ ⏒ — ⏑ ⏑ — ⏓

hi hipponacteum ⏓ ⏒ — ⏑ ⏑ — ⏑ — ⏓,
auch in der Form — ⏑ ⏑ — ⏑ — ⏑ — —

alc 10 decasyllabus Alcaei — ⏑ ⏑ — ⏑ ⏑ — ⏑ — ⏓

phal phalaecus ⏓ ⏒ — ⏑ ⏑ — ⏑ — ⏑ — ⏓

Die Versabteilung unserer Ausgabe bringt es mit sich, daß folgende Kombinationen von Glykoneen mit anderen Metren stattfinden: ia gl, gl ia, gl ba, gl sp; auch gl do, gl rz; ferner: ia hi, te sp, te ch, te ep te.

Ganz selten steht vor dem Glyconeus ein Auftakt: ⏑gl.

(gl) Seltene Sonderform: ⏓ ⏒ — ⏑ ⏑ — ⏑ ⏑ —.

Dochmius und seine Verbindungen

do dochmius ⏑ — — ⏑ —
hypodochmius — ⏑ — ⏑ —

Die Grundform ist auflösbar zu:

⏑⏑ ⏑⏑ ⏑⏑ ⏑⏑ ⏑⏑
⏒ ⏒ — ⏒ —

Daraus ergeben sich mehr als 30 Möglichkeiten; die häufigsten sind:

⏑ ⏑ ⏑	— ⏑ ⏑ —	— —	— — —	⏑ ⏑ ⏑	— ⏑ —
— ⏑ ⏑	— ⏑ ⏑ —	— ⏑ ⏑	— — —	— ⏑ ⏑	— ⏑ —
⏑ —	— ⏑ ⏑ —	⏑ —	— — —	⏑ ⏑ ⏑ ⏑ ⏑ ⏑ ⏑ ⏑ ⏑ ⏑	
— ⏑	— ⏑ ⏑ —	— ⏑	— — —	⏑ ⏑ ⏑ ⏑ ⏑ ⏑ ⏑ ⏑ —	

Selbst die *verkürzte* Form — — — — kommt vor.

do² Zwei Dochmien bilden oft zusammen einen Vers.

Mitunter steht statt des zweiten Dochmius ein anderes Maß; es findet sich:

do ia	do ep	ia do	io do
do ba	do en	cr do	gl do
do ch	do rz	mo do	rz do (= alc 11)

Eine dochmische Verbindung ist ferner:

ascl (m) asclepiadeus minor ⏒ ⏓ — ⏑ ⏑ — — ⏑ ⏑ — ⏓ ⏒

Er tritt auch katalektisch auf: ascl (m) Λ.

do³ Sehr selten tritt der Dochmius zu zwei weiteren Metren; es findet sich: do cr cr, do lec do.

Eine dochmische Verbindung ist auch:

ascl (M) asclepiadeus maior ⏒ ⏓ — ⏑ ⏑ — — ⏑ ⏑ — — ⏑ ⏑ — ⏓ ⏒

Reizianum und seine Verbindungen

rz reizianum ⏒ — ⏑ ⏑ — ⏒, auch *verkürzt* zu ⏒ — ⏑ — ⏒

Diese Grundformen sind durch Auflösung der Längen in zwei Kürzen sehr variabel.

Neben der durch die Versabteilung unserer Ausgabe entstandenen Verbindung ia rz gibt es die folgenden mit besonderen Namen:

acl 9 enneasyllabus Alcaei ⏓ — ⏑ — ⏓ — ⏑ — ⏓ (= rz tr)

alc 11 hendecasyllabus Alcaei ⏓ — ⏑ — ⏓ — ⏑ ⏑ — ⏑ ⏓ (= rz do)

Bezüglich des alc 10 vgl. unter Glyconeus!

px praxilleion — ⏑ ⏑ — ⏑ ⏑ — ⏑ ⏑ — ⏑ — ⏒ (= he ⏑⏑rz)

In unserer Ausgabe wurden nicht mit eigenen Symbolen bezeichnet die Verbindungen:

rz he = iambelegus

he rz = elegiambus

¯he rz = archebuleion.

Daneben kommen vor: cr rz, rz cr, ch rz, da² rz, rz gl, gl rz.

Daktyloepitriten

ep epitritus — ⏑ — —

Verkürzte Form:

cr creticus — ⏑ —

ep^2		Zwei Epitriten, auch in der Form ep cr.
	ep he	dactyloepitritus, auch in der Form ep he^-.
ep^3		Dreierverbindung, durch Versabteilung bedingt: ep ep cr. Daneben auch ep ep sp, ep he ba, da da ep.

EINFÜHRUNG

LEBEN UND WERK

Der 497/496 v. Chr. in dem attischen Demos (Dorf) Kolonos geborene Sophokles begann seine Karriere als Tragiker mit einem Coup de théâtre: Nach seinem Debüt im Jahre 470 belegte er bereits beim zweiten Mal, als ihm ‚ein Chor zugesprochen wurde', als ihm also der Archon epónymos, der höchste Beamte Athens, das Aufführungsrecht verliehen hatte, den ersten Platz im Wettstreit (Agón) der tragischen Dichter. Daß ihm Aischylos, der Altmeister der Gattung, unterlegen sei und aus Groll über diese Niederlage Athen verlassen habe, dürfte eine anekdotische Ausschmückung späterer Zeit sein. Auch in der Folgezeit blieb Sophokles äußerst erfolgreich: Vermutlich 28mal trat er zum Agón an und errang 18, nach anderen Quellen sogar 24 Siege. Dritter, d. h. Letzter, wurde er ganz im Gegensatz zu seinem jüngeren Rivalen in der tragischen Kunst, Euripides, nie.

Sein Erfolg als Dramatiker ist gekoppelt mit einem außergewöhnlichen Engagement in der Politik seiner Heimatstadt Athen. 443/442 bekleidete er das Amt eines Hellenotamías und war damit einer der zehn führenden Männer des attisch-delischen Seebundes. Im Samischen Krieg (441–439) war er zusammen mit Perikles, dem herausragenden Politiker jener Zeit, zu dessen engstem Kreis er gehörte, Stratege (Feldherr, Admiral), ein Amt, das er 428 und vielleicht 423/422 – also in der ersten Phase des Kriegs gegen Sparta (Peloponnesischer Krieg, 441–404) – noch einmal innehatte. 413/412, in der ersten großen Krise, in die die attische Demokratie nach der katastrophalen Niederlage der Athener auf Sizilien und der Vernichtung der Flotte, Athens Stolz und Machtbasis, geraten war, gehörte er dem Gremium der Probulen (‚Vorberater') an. Die Behörde sollte in einer Art Selbstbeschränkung die Auswüchse der radikalen Demokratie eindämmen und für eine Konsolidierung der athenischen Politik sorgen, indem sie Anträge, die in der Volksversammlung eingebracht werden sollten, im voraus beriet und damit eine stärkere Kontrolle über die politischen, vor allem militärischen Aktionen ausübte. Daneben bekleidete Sophokles mehrere kultische Ämter: Er war Priester des Heros Halon und maßgeblich an der Einführung des Kultes des Heilgottes Asklepios aus Epidauros nach Athen im Jahre 420 beteiligt. Gestorben ist Sophokles wenige Monate nach Euripides' Tod im Frühsommer 406. Die Wertschätzung, die Sophokles in Athen genoß, spiegelt ein Komödienfragment wider, ein Nachruf auf den großen Tragiker aus der Feder des Komikers Phrynichos, der mit seinen literaturkritischen *Musen* im Jahre 405 den zweiten Platz hinter den *Fröschen* des Aristophanes belegte (Fr. 32 Poetae Comici Graeci):

„Glückseliger Sophokles, der nach einem langen Leben
als glücklicher und rechtschaffener Mann gestorben ist;
er hatte einen schönen Tod, nachdem er viele schöne Tragödien
gedichtet hatte und nie ein Leid ertragen mußte."

Von den vermutlich 113 Stücken des Sophokles sind wie im Falle des Aischylos sieben Tragödien erhalten, deren Datierung mit der Ausnahme des *Philoktetes* (409) und des *Oidipus auf Kolonos* (postum 401 aufgeführt) umstritten ist. Für die übrigen Stücke läßt sich eine relative Chronologie nur nach strukturellen und inhaltlichen Kriterien erstellen. Über die Datierungen besteht keineswegs Übereinstimmung in der Forschung. Man sollte sich gerade im Fall des Sophokles stets vor Augen halten, daß wir nur über einen minimalen Teil seines umfangreichen Werkes verfügen und daß es deshalb methodisch äußerst fragwürdig ist, auf dieser schmalen Materialbasis eine sprachliche oder inhaltliche Entwicklungslinie nachvollziehen oder gar entscheiden zu wollen, was sophokleisch und nicht sophokleisch sei. Aufgrund struktureller Gemeinsamkeiten, der sogenannten Diptychonform – d.h. die Stücke bestehen aus zwei Teilen, die durch den Protagonisten zusammengehalten werden, verlegt eine Mehrheit der Philologen *Aias* und *Trachinierinnen* in die 50er oder 40er Jahre. Zur Datierung der *Antigone* dient eine Notiz der antiken Literaturgeschichtsschreibung, nach der Sophokles wegen des Erfolgs, den er mit der *Antigone* errungen habe, zum Admiral im Samischen Krieg gewählt worden sei. Es muß jedoch betont werden, daß diese Nachrichten wie im Falle der Niederlage des Aischylos gegen Sophokles im Jahre 468 häufig legendenhaft sind.

Für die Aufführung der Tragödie kommen demnach, vorausgesetzt, die Notiz ist korrekt, die Jahre 443/442 in Frage. Den *König Oidipus* hatte man früher als einen Reflex auf die große Seuche verstanden, die 430/429 in Athen wütete und der auch Perikles zum Opfer fiel. Inzwischen interpretiert man die Pest, die in Theben herrscht und die den Ausgangspunkt des *König Oidipus* darstellt, eher als literarischen Topos, der seit dem ersten Buch von Homers *Ilias* in der griechischen Literatur präsent ist: Durch das Fehlverhalten eines einzelnen kommt Unheil über das ganze Gemeinwesen. Für die Aufführung des *König Oidipus* kommen eventuell die 30er Jahre in Frage (436–433). Die *Elektra* wird wegen der vergleichbaren Charakterzeichnung der Protagonistin in die Nähe des 409 aufgeführten *Philoktet* gerückt (um 414–411). Das Verhältnis zur euripideischen *Elektra* ist umstritten; ich nehme die Priorität der *Elektra* des Euripides an und verstehe Sophokles' Stück als Reaktion auf Euripides.

Sophokles hat durch die Einführung des dritten Schauspielers die Spielmöglichkeiten des griechischen Theaters beträchtlich erweitert (Aristoteles, *Poetik*, c. 4, 1449a 15). Die Zahl der Choreuten (Mitglieder des Chores) soll er von zwölf auf fünfzehn erhöht haben. Im Bereich der Inszenierung hat er – wiederum nach Aristoteles' *Poetik* – die Bühnenmalerei (*skenographía*) erfunden. Im Gegensatz zu Aischylos nimmt in seinen Stücken das lyrische Element einen geringen Raum ein. Nur in von höchstem Pathos bestimmten Szenen läßt er den Chor in einen Wechselgesang (Amoibaion) mit einem Schauspieler eintreten. Im Gegensatz zu seinem Zeitgenossen Euripides vermeidet Sophokles – jedenfalls in den erhaltenen Tragödien – die im letzten Viertel des 5. Jahrhunderts beliebte Form der Soloarie. Dies weist darauf hin, daß Sophokles größeres Gewicht auf das gesprochene, reflektierende Wort als auf lyrisch-pathetische Übersteigerung gelegt hat. So nimmt es nicht Wunder, daß Aristoteles in der *Poetik* die Tragödien des Sophokles, insbesondere den *König Oidipus*, als Vollendung der Gattung angesehen hat, da der Philosoph aus Stageira der Vertonung (*melopoiía*) wie der Inszenierung (*ópsis*) keinen hohen Wert beimaß. Die Qualität einer Tragödie müsse sich ohne das optische und akustische Beiwerk entfalten. In dieser Geringschätzung, die

Aristoteles dem musikalischen Element entgegenbringt, dürfte auch sein Lob begründet sein, das er Sophokles für die Konzeption seiner Chöre erteilt (*Poetik*, c. 18, 1456a 25–32). Indem er herausstreicht, daß Sophokles den Chor wie einen Schauspieler einsetze, verweist er implizit darauf, daß er großen lyrischen Partien in einer vollendeten Tragödie keinen Platz einräumt.

Aus den mageren Fakten, die übrig bleiben, wenn man die Anekdoten beiseite läßt, die sich um die Person des Dichters ranken, läßt sich zwar keine Biographie des Sophokles rekonstruieren. Ins Auge sticht jedoch die enge Verflechtung von Dichtung, Politik, Religion und Kult, die für ein adäquates Verständnis des griechischen Dramas des 5. Jahrhunderts v. Chr. von höchster Bedeutung ist.

ORGANISATION VON DRAMENAUFFÜHRUNGEN IN ATHEN

Tragödien- und Komödienaufführungen fanden in Athen an zwei Festen zu Ehren des Gottes Dionysos statt: an den *Städtischen* oder *Großen Dionysien* im März oder April und den *Lenäen* im Januar oder Februar. Die Lenäen waren das ältere Fest, an dem vor allem die Komödie ihren Platz hatte. Zuständig für ihre Ausrichtung war der *Archon Basileús*, der für den Kult verantwortliche Staatsbeamte. Erst spät übernahm die Stadt (*Polis*) ihre Organisation: Ab 440 gibt es an diesem Fest von der Polis offiziell veranstaltete Komödien-, Tragödienaufführungen sogar erst nach 432 v. Chr. Im Gegensatz dazu waren die prächtigen Städtischen oder Großen Dionysien bereits seit der Mitte des 6. Jahrhunderts – schon zur Zeit des Tyrannen Peisistratos – neben den Panathenäen, dem Fest zu Ehren der Stadtgöttin Pallas Athena,– das zentrale Fest Athens.

Die Gattung ‚Tragödie' wurde allerdings nicht erst im 6. Jahrhundert von Thespis geschaffen, der nach der antiken Literaturgeschichtsschreibung als ‚Erfinder' der Gattung gilt und zwischen 435 und 431 in Athen an den Großen Dionysien die erste Tragödie aufgeführt haben soll. Vielmehr reichen ihre Wurzeln bis in die prähistorische Zeit zurück. Gesang und einfache mimetische Darbietungen waren wie das Tragen von Masken seit je mit Kulten und Riten verbunden. So bedeutet denn auch *tragodía* eher den Gesang, der anläßlich eines Bockopfers (zu Ehren des Gottes Dionysos) vorgetragen wurde, als ‚Gesang der Böcke'. Doch wie die gesamte Diskussion über den Ursprung der Tragödie ist selbst die Erklärung der Gattungsbezeichnung von der Antike bis heute in der Forschung äußerst umstritten. Inhalt dieser frühen Gesänge waren wohl Begebenheiten aus dem Leben des Gottes. Ein interessantes Zeugnis für derartige vorliterarische Aufführungen, die man wahrscheinlich noch nicht dramatisch nennen kann, sondern die aus reinem Chorgesang bestanden, findet man im Geschichtswerk des Historikers Herodot (V 67). Er berichtet, daß die Bewohner der Stadt Sikyon in der nördlichen Peloponnes ‚tragische Chöre' aufführten, die aber nicht dem Dionysos – wie in Athen – gewidmet waren, sondern an die Leiden des Stadtheros Adrastos erinnern sollten. Der Tyrann Kleisthenes (600–565 v. Chr.) habe im Zuge einer religionspolitischen Maßnahme den Kult des Adrastos durch den des Heros Melanippos ersetzt und dem neuen Heros nur das Opfer belassen, die ‚tragischen Chöre' jedoch dem Dionysos geweiht.

Die große Leistung der athenischen Dramatiker bestand darin, daß sie aus diesen erzählenden und hymnischen kultischen Chorvorträgen das *Drama*, also Handlung, entstehen ließen. Die den Chorliedern innewohnenden dramatischen Elemente wurden erkannt und ausgenutzt. Thespis, der sagenhafte ‚Erfinder' der Tragödie, war der erste, der dem Chor einen Schauspieler, einen *Hypokrités* (Antworter), entgegenstellte und damit die Möglichkeit zu einem Dialog und einer rudimentären Handlung schuf. Aischylos führte den zweiten, Sophokles den dritten Schauspieler ein. Aus dem statischen Chorvortrag war die dramatische Gattung ‚Tragödie' entstanden.

Den Hauptgrund für die schnelle Entwicklung der Gattung muß man in dem von Peisistratos geschaffenen institutionellen Rahmen der Großen Dionysien sehen. Die Aufführung von Tragödien und später auch von Komödien fand als Wettkampf (*Agón*) der Dichter statt, die insgesamt vier Stücke, eine sogenannte *Tetralogie,* bestehend aus drei Tragödien (*Trilogie*) und einem Satyrspiel, einreichen mußten. Das Satyrspiel wies im Normalfall noch einen sichtbaren Bezug zu

Dionysos und zu Elementen des Dionysoskultes wie Wein und Fruchtbarkeit auf und stellte einen heiteren Ausklang nach den oft erschütternden vorangehenden Tragödien dar. Der Archon epónymos, der höchste attische Staatsbeamte, nach dem in Athen offiziell die Jahre gerechnet wurden (z. B. „unter Kallias“) und der für die Organisation der Dionysien verantwortlich war, wählte drei Dichter aus, denen er, so der offizielle Ausdruck, „einen Chor zuteilte“, d. h. das Aufführungsrecht zusprach. Die Kosten der Aufführung, angefangen bei den Kostümen über die Requisiten bis hin zu den Honoraren für die professionellen Schauspieler und den Flötisten (*Auleten*), der die rezitierten und gesungenen Passagen begleitete, mußten wohlhabende Athener in einer Art indirekter Besteuerung zur Finanzierung der Aufführung tragen (sogenannte *Choregie*). Die Entscheidung, wer von den drei Dramatikern den ersten Platz belegen sollte, oblag einem in einem komplizierten Wahlmodus gewählten Gremium von zehn Schiedsrichtern. Die Situation des Wettstreits, das agonale Element, das seinen Ursprung ebenfalls im Kult hat, spornte die Dichter zu Neuerungen an, zumal sie jedesmal, wenn sie „sich um einen Chor bewarben“, neue Stücke einreichen mußten. Die Aufführungen an den Dionysien und Lenäen waren einmalig, da die Stücke – gleichsam als Dionysos geweihte Erstlingsopfer – dem Gott nur ein einziges Mal dargebracht werden konnten. Wiederaufführungen wurden durch Volksbeschluß erst ab 386 v. Chr. zugelassen. Erst von diesem Zeitpunkt an kann man von einem Theaterbetrieb im heutigen Sinne sprechen, da es nun möglich wurde, ein bestimmtes Stück mehrfach zu sehen. Nur Stücke des Aischylos genossen bereits im 5. Jahrhundert – als postume Ehrung des großen Dichters – das außergewöhnliche Recht der Wiederaufführung.

Das Publikum, das durch regelmäßigen Theaterbesuch mit den Darstellungsformen und vor allem mit den Handlungsgerüsten der Tragödien vertraut war, die einigen wenigen Sagenkreisen – vor allem den mit dem Trojanischen Krieg und dem thebanischen Herrscherhaus zusammenhängenden Mythen – entstammten, konnte noch so geringfügige Änderungen genießen; seine Erwartung und Aufmerksamkeit richteten sich darauf, wie der Dichter einem altbekannten und schon mehrfach poetisch behandelten Stoff neue Aspekte abgewinnen konnte, sei es in der Darstellung und Charakterisierung der Personen, sei es durch die formale Umgestaltung oder musikalische Ausgestaltung, sei es durch inhaltliche Akzentverschiebungen.

SPIELSTÄTTE

Spielstätte der klassischen Dramen des 5. Jahrhunderts v. Chr. war das am Südhang der Athener Akropolis gelegene Dionysos-Theater. Auf einer leicht erhöhten Bühne (*Skené*) agierten die Schauspieler, davor tanzte und sang in der *Orchestra* der Chor. Die schlichte Anlage bot den Dichtern keine großen Möglichkeiten, durch die Inszenierung zu brillieren. Ebensowenig war es ihnen möglich, einen naturalistischen Bühnenhintergrund zu schaffen. Naturalismus oder Realismus wurden bei einer Inszenierung des 5. Jahrhunderts v. Chr. vor allem auch durch die beiden Theatermaschinen der attischen Bühne verhindert, das *Ekkyklema* und den Kran (*Géranos* oder *Mechané*). Das Ekkyklema, ein kleiner, aus dem Mitteltor des Bühnenhintergrunds herausfahrbarer Wagen, diente dazu, Interieurs, Innenszenen gleichsam als Tableau ‚auszustellen'. Es erfüllte demnach die Aufgabe, die im modernen Theater der Drehbühne oder dem den Hintergrund ausleuchtenden Scheinwerfer zukommt. Der Kran ist die Theatermaschine, an der schwebend der vor allem bei Euripides beliebte *deus ex machina* am Ende der Stücke erscheinen konnte.

STRUKTUR DER KLASSISCHEN TRAGÖDIE

Eine Tragödie des 5. Jahrhunderts v. Chr. erhält die ihr eigene und von Aristoteles im 12. Kapitel seiner *Poetik* beschriebene Struktur aus dem Zusammenwirken der beiden am tragischen Spiel beteiligten Gruppen, der Schauspieler und des Chores, dessen Stärke Sophokles von zwölf auf fünfzehn Mann (*Choreuten*) erhöhte. Während der Chor sich aus Bürgern Athens zusammensetzte, waren die Schauspieler – vor allem in der zweiten Hälfte des 5. Jahrhunderts – ‚professionals', für die neben dem Wettkampf der Dichter ein eigener Schauspieleragon veranstaltet wurde. Die vom Chor zum Tanz gesungenen oder rezitierten Partien untergliedern eine Tragödie in mehrere große Blöcke. Aristoteles unterscheidet bei den Chorpartien das Einzugslied (*Parodos*) und die Lieder, die der Chor nach seinem Einzug in die Orchestra, seinen Tanzplatz, singt (*Stasima*). Durch die Einschübe der Chorlieder ergeben sich im Verlauf einer Tragödie folgende Abschnitte: der *Prolog*, den Aristoteles als den Abschnitt vor dem Einzug des Chores definiert, die *Epeisodia*, unter denen man die Teile zwischen den einzelnen Chorliedern (Parodos und Stasima) versteht, und schließlich die *Exodos*, den Teil einer Tragödie, der auf das letzte Stasimon folgt.

Es liegt auf der Hand, daß eine strikte Anwendung des aristotelischen Gliederungsschemas dem organischen Aufbau einer Tragödie Gewalt antun würde, zumal sich die Dichter stets darum bemühten, starre Strukturen aufzulockern und aufzubrechen. Gerade Sophokles wird von Aristoteles im 18. Kapitel der *Poetik* dafür gelobt, daß er den Chor eng in die Handlung eingebunden und wie einen weiteren Schauspieler eingesetzt habe. Dies erreichte der Tragiker unter anderem dadurch, daß er den Chor in Wechselgesänge mit den Schauspielern verwickelte (sogenannte *Amoibaia* oder *Kommoi*), die beiden Spielbereiche des Theaters, die Orchestra und Bühne (*Skené*), also in einen Dialog eintreten ließ.

Um einen besseren Eindruck von der Struktur der klassischen Tragödie zu vermitteln, sei als Beispiel der Aufbau des *König Oidipus* angeführt, des Stückes, das Aristoteles formal wie inhaltlich in der *Poetik* mehrfach als Idealbild einer Tragödie anführt.

(S = Sprechpartie, G = Gesangspartie, R = Rezitativ)

1–150		**Prolog**
	S	a) 1–84 Oidipus – Priester: In der verzweifelten Lage der Stadt ruht alle Hoffnung auf Oidipus
	S	b) 85–150: Kreon – dieselben: Das delphische Orakel zeigt einen Weg zur Rettung: Die Bestrafung von Laios' Mörder.

151–215		**Parodos**
	G	Chor: Die Götter werden in einem Hymnos um Hilfe gebeten.
216–462		**1. Epeisodion**
	S	a) 216–299 Oidipus – Chorführer: Fahndung nach dem Mörder mit allen Mitteln.
	S	b) 300–462 Oidipus – Teiresias – Chorführer (-Knabe): Der Seher enthüllt die Wahrheit: Oidipus ist der Gesuchte. Der König verdächtigt Teiresias der Komplizenschaft mit dem Täter.
463–512		**1. Stasimon**
	G	Der Chor ist ratlos; er bekennt sich aber zu Oidipus.
513–862		**2. Epeisodion**
	S	a) 513–630 Kreon – Oidipus – Chorführer: Oidipus beschuldigt Kreon der Komplizenschaft mit dem Seher.
	S	b) 531–648 Iokaste – dieselben: Vermittlungsversuch.
	S + G	c) 649–697 dieselben (Amoibaion): Oidipus gibt nach und verurteilt Kreon nicht zum Tode, sondern verbannt ihn.
	S	d) 698–862 Oidipus – Iokaste – Chorführer: Erwähnung der Orakel und des Dreiwegs, an dem Laios erschlagen wurde; Oidipus ahnt die Wahrheit und will den überlebenden Augenzeugen befragen.
863–910		**2. Stasimon**
	G	Der Chor fürchtet um Oidipus
911–1085		**3. Epeisodion**
	S	Iokaste – Chorführer – Bote (aus Korinth) – Oidipus: Der Bote meldet, daß Polybos gestorben und Oidipus nicht der Sohn des korinthischen Königspaars ist. Iokaste ahnt die Wahrheit, doch Oidipus will sich durch die Ge-

		genüberstellung des Boten und des Augenzeugen Gewißheit über seine Herkunft verschaffen.
1086–1109		**3. Stasimon**
	G	Der Chor singt ein Freudenlied.
1110–1185		**4. Epeisodion** (*Peripetie*)
	S	Oidipus – Hirte – Bote: Enthüllung der Wahrheit.
1186–1222		**4. Stasimon**
	G	Chor: Scheinhaftigkeit menschlichen Glücks.
1223–1530		**Exodos**
	S	a) 1223–1296 Bote – Chorführer: Iokaste hat sich umgebracht, Oidipus sich geblendet.
	S + G + R	b) 1297–1366 Chor – Oidipus (Amoibaion): *Ecce homo.*
	S	c) 1367–1514 Oidipus – Kreon – Chorführer (– Antigone – Ismene): Oidipus ordnet seine Verhältnisse; er will Theben verlassen.
	R	d) 1515–15 30: Chor – Oidipus (– Antigone – Ismene): Auszug.

Die gesprochenen, rezitierten und gesungenen Partien sind in je verschiedenen Rhythmen gehalten. Die Schauspieler sprechen im *iambischen Trimeter,* in der dreimaligen Wiederholung der Sequenz x – v – (v = Kürze, – = Länge, x = Kürze oder Länge, sog. anceps). In rezitierten Partien fand vor allem der *trochäische Tetrameter* Verwendung. Dieses Versmaß setzt sich zusammen aus der Abfolge – v – x, die dreimal wiederholt wird; im letzten, vierten Metrum fehlt ein Element (– v –), wodurch eine kurze Pause vor dem nächsten Vers zustande kommt (sogenannte *Katalexe*). Für die Gesangspartien stand eine große Zahl unterschiedlicher metrischer Formen zur Verfügung. Die Verwendung der einzelnen metrischen Formen in den gesungenen Teilen vermittelt immerhin einen gewissen Eindruck von Variationsmöglichkeiten im Rahmen der musikalischen Komposition, die eine Tragödie des 5. Jahrhunderts aufwies, und verdeutlicht eindrucksvoll, daß dem heutigen Leser einer Tragödie nicht nur die optischen

Reize der Inszenierung fehlen, sondern vor allem auch die musikalische Ausgestaltung, die eine Tragödie des 5. Jahrhunderts nach heutigen Maßstäben weit mehr als eine Oper des Barock oder Rokoko denn als ein Sprechstück erscheinen ließe. Uns fehlt damit auch ein wesentlicher Zugang zum Verständnis und zur Interpretation der Stücke, da die Dichter die verschiedenen Versmaße nicht blindlings über die einzelnen Partien streuten, sondern ganz bewußt als Sinnträger einsetzten. So konnten bestimmte Metren und Rhythmen den Zuschauer des 5. Jahrhunderts v. Chr. an aus dem Alltag bekannte Liedformen erinnern, andere wie der *Ioniker* (v v – –) wiesen einen exotischen, orientalischen Charakter auf, wieder andere wie der durch seine Variationsmöglichkeiten vielseitig anpaßbare *Dochmius* (Grundform x – – x –) wurden eingesetzt, um Emotionen wie Verzweiflung oder Freude zu untermalen.

ÜBERLIEFERUNG DER TRAGÖDIEN

Die Tatsache, daß von den 113 Stücken des Sophokles nur sieben vollständig bis in die Gegenwart hinein erhalten geblieben sind, ist das Ergebnis eines komplizierten Überlieferungs- und Selektionsprozesses: Bereits in der hellenistischen Zeit, seit dem 3. Jahrhundert v. Chr., begann man, sich wissenschaftlich mit den Texten der Tragiker des 5. Jahrhunderts auseinanderzusetzen. Man erstellte zuverlässige Ausgaben, die mit Kommentaren und kurzen Inhaltsangaben (*Hypothéseis*) versehen waren. In der römischen Kaiserzeit wurde begonnen, nach den Bedürfnissen des Schulunterrichts aus der Vielzahl der Tragödien der großen drei Dichter eine Auswahl herzustellen: Je sieben Stücke des Aischylos und Sophokles und zehn des Euripides wurden in Ausgaben zusammengefaßt. Daß wir von Euripides 19 Stücke besitzen, verdanken wir einem Zufall der Überlieferung: Die neun zusätzlichen Stücke sind Bestandteil einer alphabetischen Gesamtausgabe, die in einer privaten Sammlung die Zeiten überdauerten und später mit den zehn anderen Tragödien in eine Handschrift übertragen wurden. Weitere gravierende Einschnitte in der Überlieferungsgeschichte fallen in die byzantinische Zeit: In den sogenannten ‚Dunkeln Jahrhunderten', den kulturfeindlichen Zeiten des Bildersturms (726 – 842 n. Chr.), gingen manche wertvolle Texte der Antike verloren. Nach einer kurzen Renaissance im 9. Jahrhundert, die mit dem Patriarchen Photios (ca. 810 – 897 n. Chr.) verbunden ist, brachten die Wirren der Kreuzzüge, insbesondere des durch die Venezianer nach Konstantinopel umgeleiteten Unternehmens im 13. Jahrhundert, noch den Verlust manchen antiken Autors mit sich. In der zweiten Hälfte des 13. und im 14. Jahrhundert n. Chr. setzte ein erneutes Interesse an antiken Werken ein. Die noch erhaltenen Texte wurden – wie Jahrhunderte zuvor in der hellenistischen Zeit – neu herausgegeben und kommentiert. Die Arbeit der byzantinischen Gelehrten dieser Zeit bestimmt im wesentlichen die Gestaltung der frühen Drucke des 15. und 16. Jahrhunderts und bildet somit das wichtigste Bindeglied zwischen Antike und Gegenwart.

DIE ERHALTENEN TRAGÖDIEN

Aias und Trachinierinnen

Im Mittelpunkt des *Aias* und der *Trachinierinnen* steht ein die normalen menschlichen Grenzen überschreitender Held bzw. Halbgott, dessen Verhalten das Handeln und Denken seiner Mitmenschen beeinflußt und sie sogar ins Verderben stürzt.

Bereits im Prolog des *Aias* wird deutlich, daß der Held die dem Menschen gesetzten Schranken durchbrochen hat. Der übermäßige Stolz und Haß sind ein Zeichen von Hybris, wie Athena dem betroffenen Odysseus erläutert (131–133), ebenso sein Verhalten im Gespräch mit der Göttin, mit der er auf einer Stufe, von gleich zu gleich verkehrt (91 ff.). Sein Ehrenkodex verbietet es ihm, die Schmach der Beleidigung durch die Atriden hinzunehmen, die Odysseus Achills Waffen zusprachen, und macht ihm nach der Wahnsinnstat des Gemetzels unter dem Vieh ein Weiterleben unmöglich. Die Verantwortung für seine Untertanen, die Seeleute von Salamis, die den Chor bilden, und die Liebe zu den Eltern und seinem Kind werden durch die starren Adelsnormen, nach denen er sich richtet, bezwungen: Als einziger Weg, der

Schmach zu entgehen, bleibt ihm der Selbstmord. Monomanisch kreist sein Denken nur um dieses eine. Einsam, ohne auf Tekmessas beschwörende Argumente zu hören, die gegen seinen starren Adelskodex ein geradezu modernes Bild der Verantwortung der Menschen füreinander setzt, geht er seinen Weg. Da er sich unverstanden weiß, hält er sogar eine lange Rede (346ff.), die ihn als besonnenen Mann zeigen soll – eine Trugrede, wie sich nachher herausstellen wird und wie dem zeitgenössischen Zuschauer aus seiner Kenntnis des Mythos klar war. Die Einsamkeit des tragischen Helden wird in der großartigen Abschiedsrede von Aias besonders eindrucksvoll dargestellt (815ff.): Sophokles hat – ein äußerst seltenes Phänomen in der griechischen Tragödie – den Chor auf der Suche nach Aias aus der Orchestra abziehen lassen. Völlig allein gelassen, bleibt Aias als Ansprechpartner nur die ihn umgebende Natur, in der er seine Heldentaten vollbrachte, und der nahe Tod.

Die Bedeutung des Helden für seine Mitmenschen wird besonders durch die „Diptychonform" verdeutlicht. Bis zu seinem Tod bestimmt Aias durch seine Anwesenheit das Geschehen, danach (866ff.) durch den Streit, den seine Bestattung hervorruft.

Die übrigen Figuren des Dramas repräsentieren verschiedene Verhaltensweisen im Umkreis des Helden. Menelaos und Agamemnon reagieren mit Haß, Odysseus wird in der Schlußszene wie im Prolog als maßvoller Mensch gezeichnet, der aus Aias' tiefem Fall gelernt hat und die den Menschen gesetzten Grenzen wahrt. Der Chor der Seeleute steht Aias' Verhalten verständnislos gegenüber; er steht für den Durchschnittsmenschen, dem unbeugbare Adelsnormen fremd sind. Interessant ist die Reaktion auf Aias' Tod. Die Seeleute sehen ihr Wohlergehen, vor allem ihre Heimfahrt gefährdet, ebenso fürchtet Teukros, nunmehr schutzlos als Bastard den Schmähungen der Höhergestellten ausgesetzt zu sein, Tekmessa hat Angst um ihre Existenz. Selbst über den Tod hinaus zeigt die Größe des Helden ihre Wirkung.

Wichtig ist die Rolle des Kalchas-Orakels (719ff.), das *zu spät* kommt, um Aias zu retten. Typisch für menschliches Verhalten ist Tekmessas Reaktion: Obwohl Aias' Tod besiegelt ist, da er das Zelt verlassen hat, sieht sie noch einen Hoffnungsschimmer und veranlaßt die sofortige Suche nach ihm. Sie hört von dem Orakel nur, daß Aias am Leben bleiben kann, ohne zu berücksichtigen, daß die Voraussetzung dafür nicht erfüllt ist. Menschliches Denken und Handeln sind von Stimmungen und Hoffnungen geprägt.

In den *Trachinierinnen* liegt eine spiegelbildliche Umkehrung der auch im *Aias* verwendeten Diptychonform vor: Im *Aias* war der Held im ersten Teil der Tragödie anwesend und bestimmte im zweiten Teil durch seinen Tod den Ablauf des Geschehens, in den *Trachinierinnen* beeinflußt Herakles durch die bloße Botschaft von seinem Kommen im ersten Teil (1946) die Handlungen seiner Umwelt, bevor er im zweiten Teil selbst erscheint. Die *Trachinierinnen* sind eine echte Doppeltragödie. Im Mittelpunkt des ersten Teils steht Deianeira, die sich – ähnlich wie Oidipus – durch den Versuch, dem Schicksal zu entgehen, gerade darin verstrickt, ja, es sogar durch ihr Mitanpacken beschleunigt und erst, als es *zu spät* ist, durch Leiden zur Erkenntnis kommt. Wie Tekmessa im *Aias* wird auch Deianeira in ihrem Denken und Handeln von Hoffnungen getrieben, von der Hoffnung, durch das verhängnisvolle Liebesmittel ihren Mann wiederzugewinnen.

Die Charakterisierung der handelnden Personen ist äußerst ausgefeilt: Deianeira ist eine alternde Frau, die dem offenen Konflikt ausweichen will und zu geheimen Mitteln greift, um die Liebe ihres Gatten wiederzuerlangen. Sie kann und will die Realität nicht wahrhaben; wie Aias in seiner Trugrede (646ff.) zeigt auch sie nur in der Verstellung als verständnisvolle Ehefrau, die die Macht der Liebe kennt (436–469), die richtige Einsicht in den Lauf der Welt. Hyllos ist als ein zwischen den beiden Elternteilen hin- und hergerissener Sohn gezeichnet. Mit Lichas und dem Boten sind zwei Verhaltensmuster von Abhängigen entworfen: Lichas als treuer Diener seines Herrn, der Bote als Opportunist, der sich in die Gunst der Herrin einschleichen will. Herakles schließlich ist der Übermensch, der Halbgott, der im Gegensatz zu Deianeira seinen Tod mit Toben begleitet und selbst auf dem Sterbebett seinen letzten Willen den anderen ohne Rücksicht aufzwingt. Der Chor der trachinischen Mädchen schließlich stellt Deianeiras Vertrauensperson dar, an die sie sich in ihren schweren Entscheidungen wendet. Er begleitet das Handeln Deianeiras voller Anteilnahme. Der Chor ist also – ganz wie der Chor der salaminischen

Seeleute im *Aias* – vollkommen in die Handlung integriert, gleichsam ein weiterer Schauspieler.

Wie später *König Oidipus* stehen auch die *Trachinierinnen* von Anfang an unter dem Vorzeichen von zwei Orakeln, deren Zusammenhang, das Ende der Mühen und der Tod durch einen Toten, der sterbende Herakles erkennt. Von Anfang an verbreitet das Orakel, in dessen Besitz Deianeira ist, eine Stimmung von Besorgnis und Unruhe über die Undurchschaubarkeit des menschlichen Lebens (1–3). Dieser pessimistische Grundtenor durchzieht das ganze Stück (vgl. vor allem 943 ff.) und wird erst in den Schlußversen (1277 f.) in einer Theodizee aufgehoben, die dem Leiden seinen Sinn in der Welt zuweist.

Antigone

Mit der *Antigone* ist die Phase in Sophokles' Schaffen erreicht, in der er die strenge Diptychonform aufgibt. Zwar stellt Antigones Abführung zum Tod (943) einen gewissen Einschnitt dar; da aber Kreon das ganze Stück hindurch anwesend bleibt, kann nicht mehr von einer Zweiteilung gesprochen werden.

Die Handlung der Tragödie wird bestimmt von den Antagonisten Antigone und Kreon. Antigone ruht fest in sich selbst, konsequent bewahrt sie dieselbe Haltung. Einsam und unbeirrt geht sie auf dem Weg, den sie einmal als den richtigen erkannt hat, schroff weist sie jede Hilfe der Schwester zurück (536 ff.), nachdem diese sie zuerst in ihrem Plan nicht unterstützt hat. Sie setzt die Werte, die sie hochhält, die Pflicht der Verwandten, ihre Toten zu bestatten, als unbedingt, für sie gibt es nur die Gegensatzpaare richtig – falsch, edel – verwerflich ohne jegliche Schattierungen. Treffend ist ihre Charakterisierung aus dem Mund des Chores, der sie als αὐτόνομος (*autónomos*, 821) bezeichnet, als eine unabhängige, nach eigenen Gesetzen lebende Persönlichkeit.

Dagegen ist Kreon derjenige, der sich wandelt und *zu spät* (1270) zur Erkenntnis kommt. Wie ein aischyleischer Held sieht er sich dem Walten eines unbarmherzigen Schicksals ausgeliefert, das seinen Verstand mit Verblendung schlug und ihn dadurch ins Verderben stürzte

(1271ff.). Bis er von dem Seher Teiresias auf die Wahrheit gestoßen wird, die er zunächst nicht wahrhaben will, ist sein Denken von der ständigen Angst vor Umsturz geprägt. Überall, im Verhalten Antigones, Haimons, des Wächters und des Sehers, wittert er Verschwörung aus Macht- und Geldgier; das Wort κέρδος (*kérdos*, Vorteil, Profit) durchzieht als Leitmotiv alle seine Reden.

Zwischen diese beiden Pole, Antigone und Kreon, sind die übrigen Personen gestellt, die durch verschiedene Bindungen an die beiden Antagonisten in ihrem Verhalten bestimmt werden: Ismene wird zwischen der Furcht vor Kreon und der Liebe zu ihrer Schwester hin- und hergerissen. Im Prolog, in der Auseinandersetzung mit Antigone, siegt ihre Furcht vor dem Machthaber. Sie fordert ihre Schwester zu einem ‚normalen' Leben auf, zu einem Leben der Konformität. Als sie jedoch Antigone in Gefahr sieht (526–581), läßt sie ihre vorsichtige Zurückhaltung fallen, läßt sich von dem Impuls hinreißen, ihr zu helfen, und beschuldigt sich der Mittäterschaft, ohne die Gefahr, die sie im Prolog als Argument vorbrachte, zu erwägen. Im Gegensatz zu ihrer Schwester neigt sie nicht zum Grundsätzlichen und Unwiderrufbaren; als Kontrastfigur zu Antigone repräsentiert sie den Durchschnittsmenschen.

Haimon trägt zunächst die Spannung zwischen der Liebe zu seiner Braut und zu seinem Vater in sich aus. Erst als er sieht, daß Kreon mit vernünftigen Argumenten nicht beizukommen ist (726ff.), bekennt er sich offen zu Antigone.

Der Wächter und der Chor der thebanischen Alten führen vor, wie der Normalbürger unter Zwang reagiert. Er sieht zwar das Rechte, bekennt sich aber nicht offen dazu, sondern läßt nur versteckt ab und zu erkennen, welcher Seite seine Sympathie gilt. Das zeigt sich vor allem in den Liedern, in denen sich der Chor in allgemeine Reflexionen flüchtet, um keine direkte Stellungnahme abgeben zu müssen. Hinter diesen Reflexionen lassen sich jedoch Bezüge zum dramatischen Geschehen aufdecken, die oft, dem Verhalten des Chors entsprechend, ambivalent sind. So trifft die Bezeichnung ἄπολις (*ápolis*, heimatlos, 370) vordergründig auf Antigone zu, die die geltenden Erlasse mißachtet, auf einer zweiten Ebene jedoch auf Kreon, der das „Götterrecht" durch sein Gebot umstößt. Diese Deutung findet ihre Stütze in den Versen 278b f., in denen der Chor in seiner ersten Überraschung die rituelle Bestattung als „gottgewolltes Werk" bezeichnet und damit implizit Kreons Gebot als gottlos deutet.

Viele Interpreten sehen in der *Antigone*, beeinflußt durch Hegels in der „Ästhetik" gegebenen Deutung, ein Aufeinanderprallen von zwei gleichberechtigten Positionen, von Kreons Anspruch, den Staat zu schützen, und Antigones Eintreten für die ungeschriebenen Gesetze, einen Konflikt von Staats- und Familieninteresse. Eine derartige Interpretation übersieht jedoch den Verständnishorizont des zeitgenössischen Zuschauers, des Bürgers des demokratischen Athen, für den eine positive Bewertung Kreons aus politischen und religiösen Gründen unmöglich war. Für den Athener des 5. Jahrhunderts ist Kreon von Anfang an in ein negatives Licht gesetzt. Die Prinzipien, nach denen er seine Regierung ausrichten will und aufgrund derer er Polyneikes' Bestattung verbietet, können nur einem modernen Leser akzeptabel erscheinen. Für einen Athener war sein Verhalten vollkommen undemokratisch. Die vornehmen Thebaner, die er als Kronrat betrachtet, sind eine Elite, die sich heimlich trifft und nicht die Legitimation einer Wahl durch die Bürger aufweisen kann. Kreons ständiges Mißtrauen gegen jedermann verstößt gegen die demokratischen Grundprinzipien, wie sie bei Thukydides (II 37) Perikles ausspricht. Vor allem aber war es für das religiöse Bewußtsein der Griechen die Pflicht der Familie, ihre Toten zu bestatten. Selbst für Vaterlandsverräter galt kein generelles Bestattungsverbot, die Bestattung durfte nur nicht in der heimatlichen Erde vollzogen werden. Antigone handelte demnach nach dem Verständnis der Zeitgenossen des Sophokles in vollem Recht, Kreon befand sich in einer verhängnisvollen Verblendung. Antigones Tragik besteht darin, daß sie durch ihr konsequentes Handeln genau das zerstört, für das sie eintritt: die Familie.

König Oidipus

Zentrales Thema des *König Oidipus* ist die menschliche Erkenntnisfähigkeit. In zwei Handlungssträngen, der Suche nach Laios' Mörder und nach der eigenen Abstammung, die schließlich in einer schrecklichen Erkenntnis zusammenlaufen, führt Sophokles das langsame

Herantasten an die Wahrheit vor, das für den zeitgenössischen Zuschauer voll tragischer Ironie war, da er von Anfang an wußte, daß Oidipus der Gesuchte ist.

Gleich zu Beginn wird Oidipus' Fahndung nach dem Täter unter das für die menschliche Erkenntnis verhängnisvolle Stichwort „Hoffnung" (ἐλπίς, *elpís*) gestellt (vgl. 121). Dieses Motiv klingt um so deutlicher an, da es im Einzugslied des Chores (151 ff.) wieder angeschlagen wird: In seinem Hymnos erhebt der Chor die Hoffnung in den Rang einer Gottheit, die auf derselben Stufe wie die olympischen Götter steht (158). Aufgrund seines in Hoffnungen verfangenen Denkens verstrickt sich Oidipus immer mehr im Schein, je näher er der Wahrheit kommt. Die Offenbarung des Sehers Teiresias, der ihn mit deutlichsten Worten als den gesuchten Mörder anspricht (353.364) und sogar seine blutschänderische Ehe mit Iokaste andeutet (364f.), bestärkt ihn in seiner Meinung, stößt ihn noch mehr in den Schein hinein. Der delphische Spruch, den Kreon überbringt, und Teiresias' Prophetie sind für ihn nichts als Intrigen, um ihn zu stürzen.

Doch die Wahrheit läßt sich nicht unterdrücken. Iokastes schlichtendes Eingreifen (634 ff.) führt zu einer kurzen Beruhigung vor der Erkenntnis des Schrecklichen. Mit aufklärerischem Impetus erklärt sie alle Orakel für unzuverlässig. Habe man doch auch Laios geweissagt, er werde durch seinen Sohn umkommen, den man doch kurz nach der Geburt mit gefesselten Beinen im Gebirge ausgesetzt und dem Tod preisgegeben habe; Laios sei aber von Räubern an einem Dreiweg erschlagen worden. Wie in den *Trachinierinnen* (1141) das Wort „Nessos", so führt hier das völlig absichtslose Anführen des Dreiwegs (716) zur Erkenntnis. Mit einem Schlag zerreißt der Vorhang des Scheins. Oidipus erkennt, daß er der Mörder ist (754). Die folgenden Ausführungen des Königs stellen einen weiteren Höhepunkt dar: Unverzüglich will Oidipus den einzigen Überlebenden befragen. Trotz aller klaren Fakten, aufgrund derer er sich für den Mörder halten muß, klammert er sich an die falsche Nachricht, Laios sei von mehreren Räubern erschlagen worden. Bezeichnend für menschliches Verhalten ist, daß Oidipus im ersten Schrecken Teiresias' Spruch als wahr erkennt – allerdings nur in dem Punkt, daß er Laios' Mörder sei. Daß er mit seiner Mutter verheiratet ist, sieht er noch nicht, obwohl er im selben Atemzug Iokaste von Apollons Orakel erzählt, das ihm als unentrinnbares Los die Ehe mit der Mutter und die Ermordung des Vaters voraussagte.

Wegen seines Hoffnungsdenkens, das die Wahrheit nicht sehen will, das Alternativen sieht, wo es keine gibt, und Mittel sucht, dem Unausweichlichen auszuweichen, ist der Mensch nicht dazu imstande, zur Erkenntnis zu kommen, ohne durch großes Leid gegangen zu sein.

Erst das Eintreffen des korinthischen Boten (924 ff.), das die Handlung kurzfristig noch einmal beruhigt, und das Verhör des überlebenden Augenzeugen (1110–1185) führen zu einer richtigen Kombination der an Laios, Oidipus und Kreon ergangenen Orakel sowie Teiresias' Seherspruch und erzwingen so die Erkenntnis der Wahrheit.

Elektra und Philoktetes

Eng zusammen gehören aufgrund der Charakterisierung der Protagonisten und der Handlungskonstellation *Elektra* und *Philoktetes*. In beiden Stücken entspringt das menschliche Leiden nicht dem Willen einer Gottheit, sondern der Kollision verschiedener menschlicher Interessen; die Handlung beider Stücke ist durch eine Intrige bestimmt.

Elektra wird wegen Aigisths und Klytaimnestras Furcht vor der Rückkehr des Orest unterdrückt. Sie stellt gleichsam das lebende „Schlechte Gewissen“ der beiden Mörder Agamemnons dar; durch ihre bloße Anwesenheit erinnert sie an das Verbrechen. In der Erniedrigung, die sie ertragen muß, nährt sie einen abgrundtiefen Haß auf das Herrscherpaar, alle ihre Hoffnungen richten sich auf eines: Orests Rückkehr. Die falsche Todesnachricht (680 ff.) läßt sie für einen Moment zusammenbrechen; doch dann siegt der jahrelang unterdrückte Haß und treibt sie zur Tat. Sophokles zeichnet mit Elektra eine Persönlichkeit, die trotz steter Unterdrückung ungebrochen geblieben ist, ungebrochen allerdings nur aufgrund ihres verzweifelten Hasses, der sie am Leben erhält.

Wie Ismene der Antigone, so ist Chrysothemis der Elektra als untragisches Kontrastbild gegenübergestellt. Wie Ismene arrangiert sich Chrysothemis mit den herrschenden Zuständen, um in Ruhe leben zu können. In der Auseinandersetzung der beiden Schwestern

(328 ff.) werden die unterschiedlichen Positionen deutlich herausgestellt: Chrysothemis betont den Wert der äußeren (339 f.), Elektra den der inneren Freiheit, die ihr ihre konsequente Haltung gewährt (354).

Orest geht von Anfang des Stückes an unbeirrt seinen Weg als Rächer; voller Sendungsbewußtsein versteht er sich aufgrund von Apollons Orakel als gottgesandter, frommer „Reiniger" des Hauses (69 f.), der durch seine Tat sowohl das durch Greueltaten besudelte Tantalosgeschlecht als auch den Palast als den Ort von Agamemnons Tod entsühnt. Man hört nichts von den Gewissensbissen, die den Muttermörder in Aischylos' und Euripides' Elektra-Dramen peinigen, nichts von den anklagenden Worten, mit denen Orest bei Euripides dem Gott Vorwürfe macht. Für den zeitgenössischen Zuschauer konnte jedoch gerade dieser klare Schluß einen Anstoß zum Weiterdenken über Orests Tat darstellen. Die Kenntnis des Mythos und der beiden anderen großen Elektra-Stücke könnten ihm die Sophokleische Tragödie zu einem Stück mit offenem Ausgang werden lassen.

Wie in der *Elektra* steht auch im *Philoktetes* das Schicksal und das Leid eines ausgestoßenen, ganz auf sich gestellten Menschen im Mittelpunkt: Verbittert fristet Philoktet ohne jeglichen Kontakt mit Menschen sein Leben auf der Insel Lemnos; sein Denken ist von zwei Faktoren bestimmt, seiner Krankheit und seiner Isoliertheit, die ihn einen ungeheuren Haß auf die Griechen, besonders auf Odysseus, der seine Aussetzung betrieben hat, hegen lassen. Ein einziges Mal vertraut er nach Jahren der Verbitterung einem jungen Mann, Neoptolemos, der derselben Schicht wie er entstammt und dieselben Adelsideale zu vertreten scheint, und wird bitter enttäuscht. Um so erbitterter bricht er danach beinahe jegliche Kommunikation mit seiner Umwelt ab.

In Odysseus trifft man auf eine der typischen untragischen Gestalten wie z. B. Ismene in der *Antigone* oder Chrysothemis in der *Elektra*. Odysseus ist ein Machtpolitiker, für den nur die Fakten gelten, der vor Betrug nicht zurückschreckt, um seine Ziele zu erreichen, und für den Orakel eine willkommene Rechtfertigung seines Handelns und eine Argumentationsstütze darstellen.

Zwischen diese beiden Pole ist Neoptolemos gestellt, Achills Sohn, ein junger Mann aus vornehmstem Hause und von bestem Ruf. Durch seine Herkunft und die Adelsideale, die allein schon der Name seines Vaters garantiert, gewinnt er sofort Philoktets Vertrauen, zumal der Verstoßene in Neoptolemos' „Lügengeschichte" sein eigenes Schicksal, die schlechte Behandlung durch die Heerführer, widergespiegelt sieht. Neoptolemos gibt Philoktet sein Ehrenwort, ihn in die Heimat zu bringen. Auf der anderen Seite stehen die Griechen, die ihre Hoffnungen auf den jungen Mann setzen, und das Odysseus gegebene Versprechen, Philoktet zu betrügen. Neoptolemos ist demnach einer echten tragischen Situation ausgesetzt. Wie er sich entscheidet, bricht er sein Wort. Es ist jedoch verfehlt, Neoptolemos als den eigentlichen Mittelpunkt der Tragödie zu bezeichnen. Wie im *Aias*, der *Antigone* oder der *Elektra* steht im Mittelpunkt der Tragödie der unwandelbare Charakter einer großen, das Normalmaß überschreitenden Persönlichkeit. Ein derartiger Mensch gerät nicht in eine tragische Entscheidungssituation, denn aufgrund der Unwandelbarkeit seines Charakters gibt es für ihn keine Alternativen, sondern nur einen einzigen Weg. Tragische Entscheidungen dagegen lasten auf schwächeren Personen, die richtig oder falsch handeln können, die Zweifel haben und wie Kreon in der *Antigone* erst durch Leiden zur Erkenntnis kommen.

Die Handlung der Tragödie wird durch zwei Motive bestimmt: durch das Orakel des Helenos, das besagt, daß Philoktet ohne Gewaltanwendung freiwillig mit nach Troja fahren soll, damit die Stadt, wie es vorherbestimmt ist, in demselben Sommer fallen werde (vgl. 1331 ff.), und durch das dauernd drohende Scheitern des göttlichen Willens aufgrund menschlicher Intrigen und menschlichen Eigensinns. Wie der Verlauf der Handlung zeigt, ist der volle Wortlaut des Orakels Odysseus und Neoptolemos von Anfang an bekannt. Doch anstatt dem göttlichen Willen nachzukommen, versucht Odysseus, dem Schicksal den Weg zu ebnen. Mehrfach besteht die Gefahr, daß das Orakel sich nicht erfüllt, besonders als Neoptolemos am Schluß der Tragödie Philoktet verspricht, ihn nach Hause zu bringen. Nur Herakles' Epiphanie kann dem Einhalt gebieten. Die Deus-ex-machina-Szene trägt unter dem Gesichtspunkt der Wissens- und Erkenntnisproblematik durchaus pessimistische Züge: Selbst wenn den Menschen göttliches Wissen in Orakeln zuteil wird, versuchen sie, diese Offenbarungen in ihr eigenes mangelhaftes Wissen einzuordnen und sie zurechtzubiegen. Käme es nur auf die Menschen an, würden sie in ihrer Selbstherrlichkeit die göttlichen Pläne zum Scheitern bringen. Neoptolemos hätte Philoktet nach Hause gebracht, Trojas Eroberung wäre gescheitert. Dies entspricht letztlich einem Bild vom Verhältnis Gott – Mensch, das schon im *Aias* und *König Oidipus* auffiel: Die Götter, ihre Handlungen und Entscheidungen sind dem Menschen unverständlich, der in seiner eigenen Welt, seinen eigenen Problemen und Gedanken, vor allem in seinen Hoffnungen und Ängsten so sehr verfangen ist, daß es ihm unmöglich ist, sein menschliches Verständnis hinter sich zu lassen und den göttlichen Willen einzusehen. Im Spiel der Tragödie kann der Dichter durch den Kunstgriff des Deus ex machina alles noch zu einem unerwarteten guten Ende bringen. Doch indem er das Erscheinen von Herakles aufgesetzt wirken läßt, gibt Sophokles zu erkennen: Nur im Spiel ist ein glückliches Ende möglich, nicht in der Realität, in der menschlicher Eigensinn und menschliche Bosheit siegen.

Oidipus auf Kolonos

Mit dem *Oidipus auf Kolonos* wendet sich Sophokles kurz vor seinem Tod noch einmal dem Oidipus-Stoff zu. Das Stück trägt die typischen Züge eines Alterswerks: eine verschlungene Handlungsführung, zahlreiche Wiederholungen und die Überlänge. Ähnlich wie im *Oidipus auf Kolonos* hatte Aischylos in den *Eumeniden* dargestellt, wie ein Fluchbeladener, Orest, in Athen Erlösung findet und der Stadt letztlich zum Segen wird. Wie Aischylos damit ein Loblied auf Athen singt, so stellt auch Sophokles' Tragödie einen Preis sowohl der Heimat als Zufluchtsort von Asylanten als auch seines Geburtsortes Kolonos dar, wo – in der Nähe des Heiligtums der Eumeniden – die Tragödie spielt.

Von Anfang an ist im *Oidipus auf Kolonos* das Göttliche präsent: Oidipus hat von Apollon das Orakel erhalten, er werde im hiesigen Bezirk der Eumeniden endlich zur Ruhe kommen (84–110). Dieses prophezeite Ende wird durch zwei Handlungsstränge retardiert:

sonen und den Kollisionen menschlicher Interessen. In seiner *Electre* (1937) deutet Jean Giraudoux Elektras Haß und ihr vergangenheitsbezogenes Leben als Versündigung gegen die Gemeinschaft. Wie bei Sophokles Chrysothemis ihre Schwester zu einem normalen Leben zu überreden versucht, so hält ihr bei Giraudoux der Gerichtspräsident Theokathokles vor, daß Blutrache und starres Beharren auf dem Recht Staat, Familie und Individuum zerstören. Selbst die Rachegöttinnen sind bei Giraudoux nur die unwilligen Begleiterinnen Elektras. Ebenso zeichnet auch Sartre in *Les Mouches* (*Die Fliegen*, 1943) ein negatives Elektra-Bild. Während Orest in der Tat die Freiheit als Mensch findet, ist Elektra einseitig charakterisiert als diejenige, die zum Mord antreibt.

Wurden in der Rezeption der Elektra-Gestalt die negativen Züge ausgedeutet, die bei Sophokles vorgezeichnet sind, bleibt Antigone in den modernen Bearbeitungen durchweg eine positive Gestalt. Walter Hasenclever macht in seiner *Antigone* (1917) aus dem sophokleischen Stück einen Aufruf zum Frieden. „Meine Nachdichtung der *Antigone*", bemerkt Hasenclever über sein Stück, „hatte einen politischen Zweck. 1916 geschrieben, zu einer Zeit, in der jedes freie Wort der Zensur verfiel, hatte sie die Aufgabe, im antiken Gewand gegen Krieg und Vergewaltigung zu protestieren." In ihrem Kampf gegen den Diktator Kreon wird die Antigone Hasenclevers zur pazifistischen Märtyrerin. In seiner *Antigone* (1942, Uraufführung 1944) stellt Jean Anouilh Antigones konsequenter Verneinung des Lebens Kreons Lebensliebe entgegen. Wie bei Sophokles kann sich Anouilhs Antigone nicht mit dem ‚kleinen Glück' der Durchschnittsmenschen und den Kompromissen abfinden, die jeder schließen muß, um ruhig leben zu können, und sieht als einzigen Ausweg aus der absurden Welt den Tod. In Bert Brechts Bearbeitung der *Antigone* (1948) wird die Bestattung des Polyneikes, die bei Sophokles als religiöse Pflicht dargestellt ist, als Widerstand gegen Kreons Unrechtsregime interpretiert. Antigones Verhalten wird – vor dem Hintergrund der gerade zu Ende gegangenen Schreckensherrschaft der Nationalsozialisten – zur politischen Zivilcourage. Brechts Helene Weigel zur Churer Premiere (25. Februar 1948) gewidmetes Antigone-Gedicht macht dies deutlich.

Komm aus dem Dämmer und geh
Vor uns her eine Zeit
Freundliche, mit dem leichten Schritt
Der ganz Bestimmten, schrecklich
Den Schrecklichen.

Abgewandte, ich weiß
Wie du den Tod gefürchtet hast, aber
Mehr noch fürchtetest du
Unwürdig Leben.

Und ließest den Mächtigen
Nichts durch, und glichst dich
Mit den Verwirrern nicht aus, noch je
Vergaßest du Schimpf und über der Untat wuchs
Ihnen kein Gras.

Kein anderes Stück des Sophokles wurde von der Literaturtheorie und philosophischen Diskussion, aber auch von anderen Disziplinen wie der Psychologie als auch von den Dramatikern und Literaten mehr zur Kenntnis genommen als der *König Oidipus*. Bereits für Aristoteles ist in der *Poetik* der *König Oidipus* in vielerlei Hinsicht der Musterfall einer Tragödie, vor allem unter dem Gesichtspunkt der Handlungsführung, des Umschlags des Geschehens vom Glück zu Unglück (*Peripetie*), von Verblendung zu Selbsterkenntnis. Die Wertschätzung, die Aristoteles dem *König Oidipus* entgegenbrachte, machte diese Tragödie des Sophokles zu dem wohl bekanntesten griechischen Drama in der Zeit der italienischen Renaissance. Am 3. März 1585 wurde der *König Oidipus (Edipo Re)* in der Übersetzung von Orsatto Giustiniani und mit der Musik von Andrea Gabrieli in dem eigens für die Aufführung von Palladio erbauten Teatro Olimpico in Vicenza auf die Bühne gebracht. Immer wieder, insbesondere in der deutschen Klassik, bei Schelling und Schiller, bis hin zur modernen Literaturtheorie – zu nennen sind hier vor allem E. Staiger und P. Szondi –, dient der *König Oidipus* des Sophokles als ideale Tragödie, als Modellfall einer einzigartigen ‚tragischen Analyse', die durch eine dialektische Spannung, durch die Einheit von Gegensätzen und vor allem durch den ‚Umschlag des Einen in sein Gegenteil' (Szondi) gekennzeichnet ist.

In der produktiven Auseinandersetzung mit der sophokleischen Tragödie spielt das Problem der menschlichen Erkenntnisfähigkeit, das die Handlung und Struktur von Sophokles' Tragödie prägt, im *Oedipus* des Seneca (um Christi Geburt – 65 n. Chr.) überhaupt keine Rolle. Der römische Dichterphilosoph nimmt gegenüber dem sophokleischen Stück eine kleine, für die Dramaturgie jedoch entscheidende Akzentverschiebung vor. Bereits im Prolog, in den Versen 32–36, spricht Oedipus es mit Bestimmtheit aus, daß er selbst die Schuld an der Seuche trage, die in Theben wütet. Die Tatsache, daß er inmitten all des Leids und Todes allein unversehrt dastehe, mache ihn zum Angeklagten Apolls, da er trotz aller Gegenmaßnahmen, um seinem ihm vorhergesagten Schicksal zu entgehen, gescheitert sei und den Himmel befleckt habe. Thema der Tragödie des Seneca ist demnach nicht, wie ein Mensch, allein an der Hoffnung sich orientierend, sich immer mehr einer grausamen Wahrheit annähert, die er nicht wahrhaben will, ja, gar nicht wahrhaben kann, wenn er überleben will; vielmehr wird im Stück des Seneca vorgeführt, wie ein Tyrann, der von der ihm zugefallenen Macht nicht lassen will, sich angesichts der Wahrheit und angesichts eines ungeheueren Verbrechens verhält, das er auf sich geladen hat und unter dem nicht nur er selbst und seine Familie, sondern die ganze Gemeinschaft zu leiden hat. Im Spiegel des griechischen Oidipus-Mythos – eines Mythos, der in Rom vor Seneca nur einmal, nämlich von dem jungen C. Julius Caesar, nachgedichtet worden war – zeichnet Seneca ein bitteres Bild entarteter Machtausübung, von Inzest und Vatermord, hinter dem sich unschwer Kaiser Nero erkennen läßt.

Das Motiv des Richters, der über sich selbst zu Gericht sitzt, sowie die Schein-Sein-Problematik stehen in Heinrich von Kleists *Der zerbrochene Krug* (Uraufführung 1808) im Mittelpunkt. In der „Vorrede" bezieht sich Kleist ausdrücklich auf den Sophokleischen *König Oidipus*, ebenso verweist der Klumpfuß des Dorfrichters Adam auf Sophokles. Kleists Lustspiel stellt gleichsam eine Umkehrung des *König Oidipus* dar: Versuchte bei Sophokles Oidipus, ohne zu wissen, daß er der Gesuchte ist, mit allen Mitteln die Wahrheit herauszufinden, während Iokaste, die die Zusammenhänge ahnt, ihn davon abhalten will, verschleiert der Dorfrichter bei Kleist die Wahrheit, da er sich seiner Schuld bewußt ist, während Gerichtsrat Walter sie mit aller Gewalt aufdecken will. Der von Kleist bewußt angelegte Sophokleische Hintergrund des *Zerbrochenen Krugs* und das Verhalten des Protagonisten schaffen somit durchweg eine ironische Spannung, die durch die Reibung zwischen literarischer Vorlage und Kleists Deutung zustande kommt.

Daß man dem Schicksal nicht ausweichen und die Götter nicht durchschauen kann, betont Jean Cocteau in seiner Auseinandersetzung mit Sophokles' *König Oidipus*. In *La machine infernale (Die Höllenmaschine*, 1932, Uraufführung 1934) läuft mit unerbittlicher Präzision das Räderwerk des Schicksals ab, es gibt kein Entrinnen; dem Menschen werden Leid und Qualen aufgebürdet, eine rettende oder strafende Gottheit ist hinter dem Geschehen nicht sichtbar.

Während die *Elektra* des Sophokles auf der Bühne der Gegenwart, verdrängt durch Hofmannsthals Stück oder Strauss' Oper, nicht allzu oft zu sehen ist, gehören die *Antigone* und der *König Oidipus* zum Repertoire der modernen Theater. Zu nennen ist vor allem die Vertonung der *Antigone* und des *König Oidipus* durch Carl Orff (*Antigonae*, *Oedipus der Tyrann* 1949). Der *König Oidipus* hat vor allem in Piere Paolo Pasolinis Film *Edipo Re* (1967) eine Neuinterpretation erlebt: Pasolini zeigt in der Transposition des antiken Stoffes in eine nicht lokalisierbare Gegenwart die Aktualität des griechischen Mythos und gleichzeitig seine archaische Gebundenheit. Doch gerade die Alterität und Aktualität des Mythos, der uns im Spiegel des Fremden und doch zugleich Vertrauten Grundwahrheiten des menschlichen Daseins vermittelt, ist, wie es Pasolinis Deutung des Oidipus-Mythos deutlich macht, ein faszinierender Zugang zu den griechischen Tragikern.

INHALT DER EINZELNEN STÜCKE

AIAS

Der *Aias* ist vermutlich die älteste der erhaltenen Tragödien des Sophokles (50er Jahre des 5. Jahrhunderts v. Chr.). Der Stoff entstammt dem trojanischen Sagenkreis, den nicht überlieferten Epen *Aithiopís* und *Kleine Ilias*. Nach dem Tod des Achilleus entbrennt ein Streit um die Waffen des Helden. Die beiden Heerführer Agamemnon und Menelaos sprechen die Waffen Odysseus zu, obwohl Aias als Verwandter und größter Held nach Achill seine Ansprüche geltend gemacht hatte. Aus Rache plant Aias, die griechischen Heerführer zu ermorden. Die Göttin Athena verhindert jedoch das Blutbad. Sie schlägt Aias mit Wahnsinn und läßt ihn anstelle der griechischen Helden Herdenvieh niedermetzeln. An diesem Punkt des Mythos beginnt das Stück des Sophokles.

Athena berichtet Odysseus, der von den Griechen als Späher in das Lager des Aias gesandt wurde, von der im Wahnsinn begangenen Tat des Aias (1 ff.). Sie ruft Aias aus dem Zelt (71 ff.), um ihn in seiner Verblendung Odysseus vorzuführen, und bringt ihn dazu, großsprecherisch mit seiner Rachetat zu prahlen (91 ff.). In dem den Prolog abschließenden Gespräch zwischen Odysseus und Athena stellt die Göttin Aias als warnendes Beispiel für übermäßigen Hochmut (*Hybris*) und das Überschreiten der den Menschen von den Göttern gesetzten Grenzen hin (118 ff.). Der Chor der Seeleute von der Insel Salamis, der Heimat des Aias, versammelt sich vor dem Zelt, um sich Gewißheit über das Schicksal ihres Herrn zu verschaffen (Parodos, 134 ff.). Doch auf ihr Rufen erscheint nicht Aias, sondern Tekmessa, eine Prinzessin, die als Kriegsbeute die Geliebte des Aias ist (201 ff.). Sie schildert den Seeleuten die ausweglose Situation, in der sich Aias nach seiner Tat befindet. Da ertönt die klagende Stimme ihres Herrn aus dem Zelt (333 ff.). Er verlangt nach seinem Sohn Eurysakes und nach seinem Halbbruder Teukros. Das Zelt öffnet sich (347), und man sieht Aias selbst inmitten des erschlagenen Viehs. Der lyrische Dialog zwischen Aias, Tekmessa und dem Chor (348 ff.) enthüllt die ganze Verzweiflung, in der sich der Held nach der Erkenntnis seiner Tat befindet. Als Ausweg bleibt ihm nur noch der Selbstmord (430ff.). Gegen Tekmessas beschwörende Worte, die an seine Liebe und sein Verantwortungsgefühl appelliert, setzt er eine starre Adelsethik. Zögernd, da sie Schlimmes befürchtet, kommt Tekmessa schließlich dem Befehl des Aias nach und holt ihren gemeinsamen Sohn Eurysakes. Aias nimmt ihn auf den Arm und hält ihm eine lange Abschiedsrede, gleichsam sein mündliches Testament (545ff.). Die Szene evoziert deutlich den Abschied Hektors von seiner Frau Andromache und seinem Sohn Astyanax im 6. Buch der homerischen *Ilias*. Der Chor beschließt die Szene mit einem Lied, in dem er sehnsuchtsvoll seine Heimat, die Insel Salamis, besingt (596ff.).

Aias, ein Schwert in der Hand haltend, und Tekmessa treten wieder auf. Zum größten Erstaunen der Seeleute scheint Tekmessa den harten Sinn ihres Herrn besänftigt zu haben. Denn Aias setzt ihnen auseinander, daß er an einem abgelegenen Ort sich von seiner Tat reinigen wolle (646ff.). Der Chor stimmt einen Freudengesang über den Sinneswandel des Aias an (693ff.). Doch die Freude ist von kurzer Dauer: Ein von Teukros, dem Halbbruder des Aias, geschickter Bote berichtet dem Chor und der hinzukommenden Tekmessa, daß der Seher Kalchas geweissagt habe, man müsse Aias nur diesen Tag im Zelt zurückhalten, wenn man sein Leben retten wolle (719ff.). Alle machen sich sofort auf, um Aias zu suchen.

Bühne und Orchestra sind leer. Die Szene verwandelt sich in eine einsame Gegend am Meer. Aias, das Schwert in der Hand, hält, an die ihn umgebende Natur gewandt, seine Abschiedsrede; dann stürzt er sich in das Schwert (815ff.).

Der Wiedereinzug des Chores eröffnet den zweiten Teil der Tragödie (866ff.), den die Auseinandersetzung um die Bestattung des Toten füllt. Mit der Arroganz der Überlegenen verbieten Menelaos und Agamemnon das Begräbnis des Aias. Erst Odysseus, der aus Athenas warnenden Worten gelernt hat, kann die Heerführer umstimmen (1318ff.). So kann sich der Chor zu einem Trauerzug formieren, um die Bestattung seines Herrn auszurichten (Exodos, 1402ff.).

G. M. Kirkwood, A study of Sophoclean drama, Ithaca. (N. Y.) 1958.
H. D. F. Kitto, Sophocles, dramatist and philosopher, London 1958.
B. M. W. Knox, The heroic temper. Studies in Sophoclean tragedy, Berkeley / Los Angeles 1964.
J. Latacz, Einführung in die griechische Tragödie, Göttingen 1993.
E. Lefèvre, Die Unfähigkeit, sich zu erkennen: Sophokles' Tragödien, Leiden 2001.
A. Lesky, Die tragische Dichtung der Hellenen, Göttingen ^{3}1972.
M. McDonald, Ancient sun, modern light. Greek drama on the modern stage, New York / Oyford 1992.
S. Melchinger, Sophokles, Hannover ^{3}1974.
S. Melchinger, Das Theater der Tragödie. Aischylos, Sophokles, Euripides auf der Bühne ihrer Zeit, München 1974.
C. W. Müller, Zur Datierung des sophokleischen Ödipus, Akademie der Wissenschaften und Literatur, Geistes- und sozialwissenschaftliche Klasse, Mainz 1984.
G. Müller, Sophokles Antigone, Heidelberg 1967.
A. W. Pickard-Cambridge, The dramatic festivals of Athens, Oxford ^{2}1968 (1988).
K. Reinhardt, Sophokles, Frankfurt a. M. ^{4}1976.
W. Rösler, Polis und Tragödie, Konstanz 1980.
J. de Romilly (Hg.), Sophocle. Entretiens sur l'antiquité classique, Vandoeuvres – Genf 1983.
G. A. Seeck, Die griechische Tragödie, in: Griechische Literatur, hsg. von E. Vogt, Wiesbaden 1981, 143-186 (Neues Handbuch der Literaturwissenschaft, Bd. 2).
B. Seidensticker, Das Satyrspiel, in: Das griechische Drama, hg. von G. A. Seeck, Darmstadt 1979, 204-257.
Ch. Segal, Sophocles' tragic world. Divinity, nature, society, Cambridge (Mass.) 1998.
E. Segal (Hg.), Oxford readings in Greek tragedy, Oxford 1983.
G. Steiner, Antigones, Oxford 1984. Dt. u. d. Titel: Die Antigonen, München 1990.
T. B. L. Webster, An introduction to Sophocles, London ^{2}1969.
R. P. Winnington-Ingram, Sophocles. An interpretation, Cambridge 1980.

T. Woodard (Hg.) Sophocles. A collection of eritical essays, Englewood Cliffs 1966.

B. Zimmermann, Die griechische Tragödie. Eine Einführung, München / Zürich ²1992.

B. Zimmermann (Hg.), Antike Dramentheorien und ihre Rezeption, Stuttgart 1992.

B. Zimmermann, Europa und die griechische Tragödie. Vom kultischen Spiel zum Theater der Gegenwart, Frankfurt a. M. 2000.